泉州文庫

選堂題

（明）黄汝良 著
李夢生 點校

河干集（上）

泉州文庫整理出版委員會 編

创于1897
商務印書館
The Commercial Press

前　言

泉州建制一千三百多年,爲中國歷史文化名城和古代海外交通的重要港口。“比屋弦誦,人文爲閩最”,素稱海濱鄒魯、文獻之邦。代有經邦緯國、出類拔萃之才,歐陽詹、曾公亮、蘇頌、蔡清、王慎中、俞大猷、李贄、鄭成功、李光地等一大批傑出人物留下了大量具有歷史、文學、藝術、哲學、軍事、經濟價值的文化遺産。據不完全統計,見載於史籍的著作家有一千四百二十六人,著作多達三千七百三十九種,其中唐五代二十九人三十二種,宋代二百人三百九十一種,元代二十一人四十種,明代五百三十六人一千五百八十五種,清代六百四十人一千六百九十一種;收入《四庫全書》一百一十五家一百六十四種,《四庫全書存目叢書》五十六家七十四種,《續修四庫全書》十四家十七種。二〇〇八年國務院頒布第一批國家珍貴古籍名録,屬泉人著述、出版者十三種。

遺憾的是,雖然泉州典籍贍富,每一時代都有一批重要著作相繼問世,但歷經歲月淘汰、劫難摧殘,加上庋藏環境不良,遺存至今十無二三,多成珍籍孤本。這些文化遺産,是歷史的見證,是泉州人民同時也是中華民族的寶貴文化財富,亟待搶救保護,古爲今用。

對泉州地方文獻的搜集與整理,最早有南宋嘉定年間的《清源文集》十卷,明萬曆二十五年《清源文獻》十八卷繼出,入清則有《清源文獻纂續合編》三十六卷問世。這些文獻彙編,或已佚失,或存本極少。二十世紀四十年代,泉州成立“晋江文獻整理委員會”,準備整理出版歷代泉人著作,因經費短缺未果。八十年代,地方文史界發起研究“泉州學”,再次計劃編輯地方文獻叢書,可惜後來也因爲各種條件的限制,其事遂寢。但是這兩次努力,爲地方文獻叢書的整理出版做了準備,留下了珍貴的文獻資料和書目彙編。

二〇〇五年三月,中共泉州市委、泉州市政府決定將地方文獻叢書出版工作列爲國民經濟和社會發展第十一個五年規劃的一項文化工程。翌年,正式成立"泉州地方典籍《泉州文庫》整理出版委員會",着手對分散庋藏於全國各大圖書館及民間的古籍進行調查搜集,整理出《泉州文庫備考書目》二百六十七家六百一十四種,以後又陸續檢索出遺漏書目近百家一百八十餘種。經過省内外專家學者多次論證,最後篩選出一百五十部二百五十餘種著作,組成一套有一定規模、自成體系、比較完整,可以概括泉人著作風貌、反映泉州千餘年文化發展脉絡的地方文獻叢書,取名《泉州文庫》,二〇一一年起陸續出版發行。

整理出版《泉州文庫》的宗旨是:遵循國家的文化方針政策,保護和利用珍貴文獻典籍,以期繼承發揚中華民族優秀文化傳統,增進民族團結,維護國家統一,提高民族自信心和凝聚力,加强社會主義核心價值體系建設,增强文化軟實力,爲泉州的物質文明和精神文明建設服務。

《泉州文庫》始唐迄清,原著點校,收録標準着眼於學術性、科學性、文學性、地域性、原創性、權威性,具有全國重要影響和著名歷史人物的代表作優先。所録著作涵蓋泉州各縣(市、區),包括金門縣及歷史上泉州府屬同安縣,曾在泉州任職、寄寓、活動過的非泉籍人氏的作品,則取其内容與泉州密切相關的專門著作。文庫採用繁體字横排印刷,内容涉及政治、經濟、歷史、地理、哲學、宗教、軍事、語言文字、文化教育、文學藝術、科學技術等領域,其中不乏孤稀珍罕舊槧秘笈,堪稱温陵文獻之幟志。

值此《泉州文庫》出版之際,謹向各支持單位、個人和參加點校的專家學者表示誠摯的感謝!由於涉及的學科和内容至爲廣泛,工作底本每有蛀蝕脱漏,加之書成衆手,雖經反復校勘,但限於水平,不足或錯誤之處還是難免,敬請讀者批評指教。

泉州地方典籍《泉州文庫》整理出版委員會

二〇一一年三月

整理凡例

一、《泉州文庫》（以下簡稱"文庫"）收録對象爲有關泉州的專門著作和泉州籍人士（包括長期寓居泉州的著名人物）著作，地域範圍爲泉州一府七縣，即晋江（包括現在的晋江市、石獅市、鯉城區、豐澤區、洛江區）、南安、惠安（包括泉港區）、同安（包括金門縣）、安溪、永春、德化。成書下限爲一九四九年九月以前（個别選題酌情下延）。選題内容以文學藝術、歷史、地理、哲學、政治、軍事、科技、語言教育等文化典籍爲主，以發掘珍本、孤本爲重點，有全國性影響、學術價值高、富有原創性著作優先，兼及零散資料匯總。

二、每種著作盡量收集不同版本進行比較，選擇其中年代較早、内容完整、校刻最精的版本爲工作底本，并與有關史籍、筆記、文集、叢書參校，文字擇善而從。

三、尊重原著，作者原有注釋與説明文字概予保留。後來增加者，則視其價值取捨。

四、凡底本訛誤衍漏，增字以[　]表示，正字以（　）表示，難辨或無法補正的缺脱文字以□表示，明顯錯字徑直改正，均不作校記。

五、凡底本與其他版本文字差異，各有所長，取捨兩難，或原文脱訛嚴重致點讀困難，或史實明顯錯誤者，正文仍從底本，而於篇末校勘記中説明。

六、凡人名、地名、官名脱誤者，均予改正，訛誤而又查不到出處之人名、地名、官名及少數民族部落名同異譯者，依原文不予改動。

七、少數民族名稱凡帶有侮辱性的字樣，除舊史中習見的泛稱以外，均加引號以示區别，并於校記中説明。

八、標點符號執行一九九六年實施的國家《標點符號用法》。文庫點校循新版二十四史及《清史稿》例，一般不使用破折號和省略號。

九、原文不分段者,按文意自然分段。

十、凡異體字、俗體字、通假字,如非人名、地名,改動又無關文旨者,一般改爲通用字;異體字已經約定俗成、容易辨認者不改。個别著作爲保持原本文字語言風貌,其通假字則不校改。

十一、避諱字、缺筆字盡量改正。早期因避諱所産生的詞彙成爲習慣者不改正。

十二、古籍行文中涉及國家、朝廷、皇帝、上司、宗族等所用抬頭格式均予取消。

十三、文庫一般一册收録一種著作,篇幅小的著作由兩種或若干種組成一册,篇幅大的著作則分成兩册或若干册。

十四、文庫採用横排、繁體字印刷出版。每册前置前言、凡例。每種著作仿《四庫全書》提要之例,由編者撰寫《校點後記》,簡略介紹作者生平、著作内容及評價、版本情况,説明其他需要説明的問題。

泉州地方典籍《泉州文庫》整理出版委員會辦公室

二〇〇七年二月五日

河干集序

嘗謂古今文章之盛，當於廟廊之上求之，如《伊訓》、《説命》、《多士》、《立政》，《詩》《雅》、《頌》篇，出於大聖賢所作，無論矣；兩漢以來，若《治安》、《天人》之策，《聖主賢臣》之頌，前、後《出師》之表，諷諫勵志之詩，千古膾炙人口，皆哲輔藎臣之所爲作也。蓋其所與上下議論，皆致治保邦之謨，其所援引證據，皆金匱石室之書。以天下之大制作，發天下之大文章；以千古之大識見，出千古之大議論。故能鴻藻與江河俱流，而麗詞與日星並耀也。至如山澤之癯非無著述，用以感慨時事、發舒懷抱則可耳，將以稱於天下曰極盛之文，則未也。

少宗伯黄明起先生，予里中親友也。幼而岐嶷，能爲日食之對；長益好學，蚤親太乙之藜。編摩史局，馳騁乎圖書墨翰之場；造士辟雍，餚核乎三都二京之勝。衡文吴楚，校士南宫，近世得人，於斯爲盛，海内稱文章司命者必歸焉。兹以文集示余，余覽未終篇，作而嘆曰：美哉，郁郁乎盛世之文也！麗而質，壯而婉，奇而能正，非陶鎔於聖化之久不及此。夫文一體易工，衆善難備。鄴下諸子皆稱美才，猶或以詞賦稱，或以章表稱，或以五言，或以書記，或以著論稱，未有兼擅所長，卓然名家者也。明起之文章，表則托志忠雅，誦法孔明；論説則折（析）理精微，步趨韓愈；撰序記則敘事有法，希子長之遺風；造碑銘則大雅不群，繼中郎之逸軌；書翰清潤，煒燁與報孫、答蘇相爲輝映。至於詩歌，直追正始。近體諸作，氣格和平，音律諧暢，宛然開元、大曆之音也。蓋文章本于性靈，關乎學術。譬如名山喬岳，廣大峻極，莫得而窮其際，然後雲烟興焉，寶玉生焉，瀑布懸崖而喬木參天焉，皆自然之文章也。明起之學淵源父祖，胸富萬卷，志在千秋。異時詞林諸臣有相傾相擠，以求柄用者，明起處之恬如也。其學富，故其才豐；其韻高，故其詞逸。雍容爾雅之風，直凌漢、唐而上之，其必傳無疑也。

不佞里居與明起時時過從，惟相與蒿目時政，鮮及文章，識者謂明起不欲以所長自見。然明起實優於政事，今集中所載，如廢弛紛更，任事議事諸篇，皆深達治體，有如人主思舊臣，召公河干，使秉國成，執此以往可也。《易》曰："觀乎人文，以化成天下。"《詩》云："吉甫作頌，穆如清風。"予深於明起有望矣。

賜進士出身、資善大夫、南京兵部尚書、參贊機務，前兵部尚書兼都察院右副都御史、奉勑巡撫山東、督理營田、提督軍務、四川按察司副使，奉勑提督學校眷弟黄克纘頓首拜譔。

黄先生河干集序

國家雅意文教，而壹其棅於詞林。凡明光温室之所結撰，綜緯天人，咸於是寄。天造之初，作者崛興，鴻龐猶鬱，要各因時而致用，未厭椎輪，無庸改玉。百餘年後，有霸於文者出，始欲操勝於人頤頬之外，一時之所風尚，自詭以不朽千秋，而於詞林别目之曰館閣體，然至課其用之實，則纖鉅不勝也。夫館閣者對山林而爲言者也。文而不爲館閣，寧山林愈邪？盍反而思其初，曾竭蹷於所爲宏詞之選否，無幸不得，亦蹄銜橛，吾不敢謂得者之無中下駟也。顧其爲上駟自若也，陰羡其用而陽尊其體，至以相詬病，冤矣。夫文體何常之有？唯於致用，蘄有當焉。敷奏之體委婉諄切，告諭之體嚴重疏通，而必欲紊櫛于古人句字之間，詫爲及格，使觀者不能卒其亂，致用謂何乎？詞林之職，主於沃扆聽而章國猷者也。其不欲沾沾然自竪一頤頬者，非力不能，以能之而不當於用也。且夫窮悱之辭易工，若以談説尋常則生色或减矣。今文人所共尊以爲鵠者，不西京子長乎哉？子長叙次刺客、遊俠、貨殖諸傳，令人髪上衝冠而淚沾臆，亦復解頤，佗固不盡爾。即昌黎氏文起八代，論者謂其怪怪奇奇，而《順宗實録》之編，曷不以傳毛穎例也譬，則清廟明堂之中，儗以戈矛擊刺之術，又如冠冕珮玉趨蹌之會，使之拊膺雪涕，縷述酸辛，以是爲駴心洞目，敷肝剔腸，豈有當乎？故山林而山林之，館閣而館閣之，奈之何以相詬病？

余雅持是説，廼今讀黄明起先生之文而重有合也。先生妙齡登上第，舉宏詞科，所謂上駟，已進綰史局二十餘年，翺翔金馬、石渠間，朝夕營職，非執經勸講，則應制讐文，真館閣事，而又遭時清明，主上玄嘿而理，一時奉槖之彦，端委彯紳，雍容都雅，故先生之文亦稱之。今其牘具在，若奏對，若箋表，若誥檄，其以獻六扆而播多方者，參一聱棘語不得。而至於歌頌成功，絓序典册，發攄風雅，雜以寒乞語不得。又至於叢林之考證，棘闈之標式，木天之贈言，著以諢諧語又不得。佗不可更僕舉，其凡斌斌乎大雅哉！先生之文如其人，如其官，蓋清廟明堂，冠冕珮玉之體，而沃宸聽章，國猷之用也。文如是足矣。先生經濟甚辨，時時露一班。中歲讀《禮》家居，遂乃落莫世外，若將終身焉。晚睹時日異，間有賦咏發于機，止于則，無所謂牢騷不平之氣，以感其心。先生之爲人，又如其文然者。集曰“河干”，其以自慰也，而非以自嘲也。雖然，吾惡乎知坎坎之不爲舟航用也。泰河之濟行，跂予望之矣。

賜進士及第、嘉議大夫、南京吏部右侍郎，前左右春坊中允、諭德、翰林院侍讀、充國朝正史纂脩官、直起居、制誥、南京國子監祭酒史繼偕世程甫謹叙。

河干集序

《河干集》者，吾師温陵毅菴先生之所著也。集何取于“河干”？蓋有味乎詩人伐檀之義。夫檀有車之用，而寘諸清漣之濱，人有惜其非地者。蓋幽人常咏此以自厲，疑非得時而駕，在勢處顯者之事。先生之立朝也，排金門，上玉堂，爲天子文學侍從之臣者幾四十年，其地常在日月之際，掌制代言，矢謨勸講，論達國體，書言兵事，察孝秀之選舉，領言動之編摩。暇則與士大夫述志叙悰，登高送遠，碑版以照四裔，詞賦而重三都，所論著富矣。炳炳麟麟，皆掞天鉅手，經國大業，花塼鈴索之經營，祕水蓬山之嘯咏也。是以讀其文者如見帝日之華、卿雲之爛，丹籞紫清之氣，霞綃霧縠之紋，有不似從人間來之歎。先生道非不行，志非不得也。謀適未用，見幾而作，韞匵而藏諸。然朝廷之上，問魁壘大儒可以丞弼一人、繫天下安危者，指必首爲先生屈。一日而跨騰風雲，執此以往，究厥施，兼善天下直蹋足以須之耳。譬之于車，蓋如天載，如地止，如山行，如流水。金輪而玉軑，丹轂而朱幩，固宜使衛公參乘，孫叔奉轡，雍容皇路，負荷天衢，以盡其用者也。時當清蹕，鹵簿未陳，姑命輿人掌之，車府藏之，以備法宫之駕，此與河干之寘何異？彼其任重致遠之具，豈不亦屹然爲當宁者所軾而憑，而廼以是爲介介乎哉？今先生之書具在也，其可爲天下用者與？書而具在也，即藏名山、傳通邑大都，天下望之且如龍輿象載，鶴馭鸞驂，常若轔轄于赤墀丹陛之前，砰隱于旄頭豹尾之内，真所謂以身之出處，對世之隆替者。試取其集所載者一一而稽之，用以臧否國論，則一代之蓍龜；用以澄汰官方，則九流之檢鏡；用以折衝樽俎，則萬里之干城；用以品藻文章，則八音之律吕。其他殘膏賸馥，遺瀋餘波，無不足以潤涸轍之枯，果飲河之腹。後世且播而述之，以求其用，又豈虞其當吾世而失之，若伐檀委棄于清漣，又胡以取喻于河干爲也。

古君子之大有爲于世也，其蓄之也恒不驟，其試之也恒不輕。故三揖而進，一辭而退。迫而後應，不得已而後起。時未可與，常什襲以待之。奚仲之爲車也，閉門而造，出門而合轍焉。非不可以輾萬里而不傾，轢九逵而不躓也。然使時未可用而輕用之，則槩策之憂，僨轅之戒，濡軌之咎，脱輹之占，何地蔑有？固不若税駕以需時，臨流而却步。古人恥左轂之鳴而策東野之敗，所爲愛此車者乃其重車之用者也。先生以可用之文，不急求試，卷而懷之，廼托喻河干以見其志，豈無謂哉？

集成之後，又十餘年，今天子踐阼，追憶先生爲神宗之燕、許，光宗之園、綺，特起先生于田間。人謂其且旦夕參大政，竟先生昔年未盡之用也。乃先生迴翔久之，不肯遽出。待温綸屢下，始一抵南禮之任。曾不逾年，亟請告歸，而斯集又爲河干物矣。處可用之時而猶欲固藏其用，有是哉，先生之藏器于身，待時而動，貞如介石，久而不渝者，如此乎其至也！第曰謀適未用，姑若繞朝之策，示人以方，豈知先生者哉？有如上一旦詢猷黄髮，備物典策，以召先生，追鋒之車自天而下，先生即欲不爲三聘之幡然有不可得者。執此以出，備五輅，光萬乘，御六龍，舞八駿，範我馳驅而大用之，人且謂河干之實者，山之器不足以方其瑞，奇肱氏之飛不足以喻其神，姬公旦之司南不足以象其直，黄帝之記里鼓不足以比其節，天下之文章孰大于是？示若無用以大其用，河干之地鬱爲璜谿，彼搆無用以爲用，逞風雲月露之形，招摇過市，矜不朽以懸國門，所謂誠不能效汝蹇蹇鹿車驅者也。

天啓甲子仲秋望日，賜進士及第、正議大夫、資治尹、吏部右侍郎兼翰林院侍讀學士、協理詹事府事、兩朝實録副總裁、前南京吏部右侍郎、詹事府少詹事、南京國子監祭酒、司業、左右春坊庶子、諭德、掌司經局事、國史編修、記注起居江寧門生顧起元頓首拜書。

河干集序

詞林以文章爲職業，其寢處飲食也，而世之推能者多歸它曹，何則？詞林以六經爲心印，宋學爲傳衣，纂述多內外制，才束于典墳風雅，而意束于清廟明堂，斤斤已爾。他或自放于《騷》、《選》、子史，骨董淆雜，可恣才情，靡所不騁，以束較騁，絀也。它曹雖僻詭汗漫無繩之者，而詞林一傀字累句，指砉不少恕，以嚴較寬，絀也。它曹尊官膴仕，文名與俱，其落莫鬱邑益以伸無聊，詞林官晦而文從之，即不晦而揜于勛業，又其人多無樂于自見，以顯較揜，絀也。此信陽、崆峒、弇州、歷下爲世子都，而以文爲職者不過宋、王、楊、李，僅號館閣體耳。然則昌黎、歐陽、蘇氏何以顯于紫霄玉清間哉？唐宋詞林迭官，而我明專官也。人不愛夏后氏之璧而愛己一小璣，有之爲利也。元稹有言，人情莫不耀所能而黨所近。歐、蘇雖久鑾坡，往往遞藩屏，遞言路。昌黎改比部郎中、史館修撰，轉考功、知制誥，世之人黨而近者多矣。故迭官則世視之己璣也，而專官則世視之夏后氏之有也。

乃我師晉江黃公毅菴之集一行，而世共以能歸之，無問異視同視，詞林遵爲白棫，即宇內操觚者咸奉之爲雞夷龍勺、大吕黄鐘，無不心醉而神飫，以爲唐宋三君子復出，何則？心口共嗜，有同然之理耳。師之祖菊山先生爲諸生，受知督學吾鄉江午坡公，然數不第，好苦吟，視師猶盧諶之于植、杜陵之于審言矣。師弱冠試南宮中第二人，典衡爲太倉王文肅、周文恪，亟賞之，既行其墨卷，雖公安袁公世不能次甲乙。入中秘，隻字出，長安爲之紙貴。歷成均、宮寮、端尹，直先帝講筵幾六七年。當是時，神祖切于礲震器，講官秉燭入，常先衛士，而師啓沃明白，每至治亂興亡之介，必反復辯論，先帝正容悚聽。此一時也，師名位幾顯，而文亦與之俱顯。如日登暘谷，毅然得大光明。亡何，晉少宗伯，師庶常，齟齬于時，適奉諱還。不肖走唁懷玉山下，雞骨憂損。里居幾十六年，詒不肖牘曰：余安能膾炙人哉。乃其長篇短叶無不盡人膾炙之者。此一時也，文不與之俱晦，如雲翳間作，至其聚熖成珠者，奕奕不能定瞬。先帝登極一月，即詔起甘盤舊學，睠顧再三。未幾宴駕，上念玉几之命，復以纂修實録，起師副總裁，晉少宰。丹青兩朝，文與位方將俱顯，若中天王字，無不快瞻，富有日新，又將繼兹集矣。而師感虎水小孽，蹙我疆埸，上書陳邊事幾數萬言，上下詔嘉其忠謨，蓋知公甚深，仍晉南大宗伯，將大其用，以樹敉寧之業，豈可以文字中求之哉？不肖妄謂均一氣也，均一理也，均一文也，人各然乎其所然，而不然乎其所不然。又有黨而近則然乎所不然，非黨而遠則不然乎所然者，劍佩相笑，肉素相分，儒墨相鑿，而未有定，至乎同然則無乎不然者。師之文行不自耀，其能不必近而黨者無不好之如己璣，何則？同然之理在焉耳。詔誥論説，含咀聖真，闡揚王制。記銘序述，簡古遒上，先君一銘，托以不朽。賦贍而典，識者以比范忠宣。"秋風吹汝水"詩，以聲律行比興，非以比興就聲律。昔工部"春光流轉"之句，自膳部"春色倍還人"脱化而出，雖不蹈襲，家法依然。師變菊山真率之調爲優游平中之音，尤行乎無迹矣。賀建儲表，惓惓于國本，音節騈麗，又無論已。江右、留都鄉試、丁未會試程士録，經濟大手盡露，《新書》、《罪言》無以過之。尺牘若陳孟公，人得其情。總而評之，日晶玉潔，海涵地負，雖怪怪奇奇，走翱踣湜，而剗僞爲真似昌黎；春容邇雅，如見德士，雍容揖遜，令人躁心息而鄙心融似永叔；跌宕縱横，行止聽乎數之所之，雖心手不能預爲程督似蘇長公。

不肖夙受師知，又妄謂理無彼此而氣有開閉，閩伈伈無諸國耳，不著列風，常衮後玉斧一琢，混沌洞闢，紫陽闕里在焉，與明俱開，蔚爲鄒魯。國子監丞陳公衆仲、翰林林公清源、祭酒張公志道，大張玉堂之幟。爰及楊公文敏，起焉帝師。嗣是垂績藻之譽者，若恒沙不可計。它曹若王遵巖與唐毗陵號二君子，而近日光輔由庚，不釋筆研而操化權，又師師並作。至師而集其美，豈非海濱之氣至此一大開乎？夫文之有序，自卜、毛、衛譜《詩》始，而今旁及諸文，變體也。師門下鵠袍之士遍宇内，而急不肖言，又變體也。集何以"河干"名？取《詩》

“伐檀”義也。集朝野獲而刻于食力時，志不素餐也。夫坎坎伐檀，堪爲輪輻之用，而置之清漣之所，無所用之，試與載于陰雨之塗，其利有攸往爲何如？蓋館閣之文，不難于持體而難于適用。師食于公矣，緝熙就將，值訪落之會；外叛内訌，丁集蓼之秋。師以有體之著作，發揮事業，以《天保》修内治，以《采薇》贊外攘。遠與《伊訓》、《説命》表裏，而近與潜溪、烏傷、東里、西涯頡頏，則氣之閉而開，晦而顯，又數之必然者與？而不肖姑論其理之同然，所謂美愛附而傳焉者。

賜同進士出身、正議大夫、資治尹、太子賓客加二品服俸、吏部右侍郎兼翰林院侍讀學士、充經筵日講、知起居注、兩朝實録副總裁、前詹事府少詹事、協理府事、教習庶吉士門生上饒鄭以偉頓首百拜謹撰。

河干集後序

吾師宗伯黄公，琰同里也。自琰燥髮而師登朝，讀書中秘，爾時逐童稚，豔其名已耳。歲之己酉、癸丑，則竊附門墻，後而師適里居，得朝夕奉教矣。顧私心未悉師之大藏，間以歷年著述請，師每曰身隱焉用文之。師不繫心，人皆炙口，竊抄借轉不如剞劂之爲逸，於是諸群從裒而授之梓人，琰亦與於讐校。既成，不揣黔陋，敬拜手颺言於末簡曰：

古之稱不朽者，立德、立功、立言，列而爲三，第分上次，琰竊以爲非也。潔静精微，温柔敦厚者言之德；著明深切，疏通知遠者言之功。飾之以爲繪，溺其質矣，張之以爲奇，匿之以爲奥，激而騒之以爲健，雜之以爲博，支之以爲辯，此皆中於小生新學之所喜，欲以施於用，且如圖鬼之無據，塵飯土羹之不可以飽。是故觀其言可以思其德，卜其功。琰今者盡讀吾師之文也，對揚敷奏，懇切而忠誠；考古鏡今，權衡而周悉。贈答餞問，歡洽而規諷；碑頌銘贊，莊雅而宏麗。聲律駢偶相質而披文具體兼長，未易殫述。而琰所以窺吾師之大者，蓋吾師於三不朽之實既已融而一之。斯集之中篇章不一，舉皆本於精微温厚之原，而出之以疏通著明之致。凡天下之躁心浮氣，夸志雜學，舉無足以涉其藩籬。而吾師乃托於無用，自署其名曰“河干”，直下比於伐檀遺逸之老，師之功業儲待可以自信，即天下識微君子將因言而望想其功者，兩皆令其與德而俱藏如是，則琰雖欲贊一詞於游、夏之末，吾師必且以爲贅，而又安用言之？琰蓋以告夫窺師一班而未睹全豹，與夫索之詞藻而未察其淵衷者也。諸群從曰而亦知言，遂收而殿諸後。

同里門下士蘇琰頓首拜書。

河干集自叙

余少不解事，質弱而氣高，長稍知讀書，幸博一第，謂天下事可咄嗟辨。遇國家有大政事、大議論、大征討，往往耳後生風，鼻頭出火，慷慨淋漓，搤腎技癢不自禁，不自知其呰窳無當也。以占籍詞林，局於職守，不能略有展錯，抑時與蠹魚作伍，乖其好矣。壯而多病，心血蚤虧，雖作意冥搜，精神終不可强。間有結撰，大都經營詞臣職業以内，其它酬應諸作，亦多迫而後起。陳思求試，既違初心；子雲小技，亦非素長。弍十餘年間，韶華半擲於輪鞅，壯志全耗於縹緗，老已冉冉至矣。丁憂南還，遂歷八載，棲遲一壑，世事無關，暇中發篋得舊草，自嗤半世經營，厪堪覆瓿，每一念來，唾壺爲缺。

家弟輩猶惜其散軼，强付之梓。梓成，取諦觀之，大氐直心質口，絶無繆巧殊致，可擅俛於世者。兹人亦盛際雕龍刻鵠，未足云工，和璞隋珠，觸目皆是。以若拙訥，與世相馳，歸休已後矣，矧其欲云云。乃知曩者慷慨技癢皆謬也。《伐檀》之詩曰："坎坎伐檀兮，寘之河之干兮。"車豈行水之具哉？强推之水，且載胥及之，寘之河干，幸耳。昔顏駟自謂遇好文而好武，遇好美而貌醜，遇好少而已老，寧惟不遇，已自無可遇也。余亦如之，因題之曰《河干集》。非以解嘲，乃反解嘲，還以自嘲云耳。

歲在旃蒙單闕陶陶孟夏，彌山居士黄汝良漫題于習静軒。

目　　録

河干集序 …………………………………………………………… 黄克纘　1
黄先生河干集序…………………………………………………… 史繼偕　3
河干集序 …………………………………………………………… 顧起元　5
河干集序 …………………………………………………………… 鄭以偉　7
河干集後序 ………………………………………………………… 蘇　琰　10
河干集自叙 ………………………………………………………… 黄汝良　11

河干集卷一 ………………………………………………………………… 1
議 ……………………………………………………………………………… 1
國朝理學名臣考議……………………………………………………… 1
國朝營制考 ……………………………………………………………… 2
屯田鹽法議 ……………………………………………………………… 4
救荒奇策何如…………………………………………………………… 6
修理黄河事宜議………………………………………………………… 7
防河議 …………………………………………………………………… 9
處置滿桂兼任督撫議 ……………………………………………… 10
會議總督張我續兵餉被劾事 …………………………………… 11
題雙峰叔祖直後議 ………………………………………………… 12
漢南北軍制略 ……………………………………………………… 12
宋新法始末考 ……………………………………………………… 14
疏…………………………………………………………………………… 15

乞進講大學衍義疏 …… 15
擬京房上考功課吏疏 …… 16
擬士風吏治疏 …… 18
論寧夏失事疏此疏草成,會學曾被逮,不果上。 …… 20
乞罷礦税疏 …… 22
天變脩省疏 …… 25
進宋書北史疏 …… 27
參監丞及書吏疏 …… 28
自陳疏乙巳年。 …… 30
乞假省覲疏 …… 31
乞罷疏 …… 32
請告疏 …… 33
請告二疏 …… 33
辯明心迹疏 …… 34
請告第六疏 …… 35
請告第七疏 …… 36
請告八疏 …… 36
請告九疏 …… 37
請卹疏 …… 39
請卹疏 …… 39
奉慰疏 …… 40
辭起南京禮部侍郎疏 …… 41
再辭起南京禮部侍郎疏 …… 42
辭吏部左侍郎疏 …… 43
條陳救時十畫疏 …… 44
南京到任謝恩疏 …… 51

問安公疏 …… 52
廣解額釐文體疏 …… 52
地震星變疏 …… 54
請告疏 …… 55
請告二疏 …… 56
請告三疏 …… 56
謝恩辭加銜并陳愚悃疏 …… 57
辭起禮部尚書掌詹疏 …… 59
地震奉慰公疏 …… 59
皇子薨逝奉慰公疏 …… 60
請旨恭謁定陵慶陵疏 …… 60
捐資助餉疏 …… 61
捐資助工疏 …… 61
請告一疏 …… 61
請告二疏 …… 62
得請謝恩疏 …… 63
辭朝疏 …… 64
申大義核信史疏 …… 64
謝恩并陳救時十策疏 …… 68
辭再起掌詹疏 …… 69
時務八要疏 …… 70
肅紀律周拱衛疏 …… 74
請停收選内侍疏 …… 76
類報災異疏 …… 77
覆議科場一疏 …… 82
覆議科場二疏 …… 83

覆議科場三疏 …… 85
祈天永命疏 …… 87
請告一疏 …… 89
請告二疏 …… 89
謫参違玩司官疏 …… 90
回奏朝鮮貢夷市易違禁疏 …… 91
奉旨省愆看議貢夷市禁并陳柔遠愚悃疏 …… 92
題請朝鮮貢使起行并進咨諭國王譔稿疏 …… 94
参閲武生取卷定擬疏 …… 95
請告三疏 …… 96
請告四疏 …… 97
回奏唐府看議一疏 …… 98
回奏唐府看議二疏 …… 99
回奏唐府看議三疏 …… 100
回奏唐藩看議四疏 …… 101
回奏唐藩看議五疏 …… 102
覈議靖藩玉哥請封疏 …… 104
覆議舉行謚典疏 …… 107
請告五疏 …… 108
請告六疏 …… 109
聖壽恭請受賀日期疏 …… 110
歲晏彙報災異疏 …… 110
請告七疏 …… 113
賓興届期文體宜正疏 …… 114
北岳釐正祀典疏 …… 117
卹死事明職掌疏 …… 119

人才宜先德行疏 …… 120
請告八疏 …… 123
請告九疏 …… 124
請告十疏 …… 124
得請謝恩疏 …… 125
恭進樂律志疏 …… 126
辭朝陳悃疏 …… 127
奉旨題覆錦衣衛副千户周進疏 …… 129
遵旨奏明疏 …… 129
諭朝鮮貢使劄 …… 130
咨吏部會議宗士選法事 …… 130
河干集卷二 …… 132
頌 …… 132
皇祖成功文章頌 …… 132
擬發司農錢遣使分賑郡國恭上聖德重民頌 …… 133
表 …… 134
奉賀登極表 …… 134
皇子誕生賀表 …… 135
皇子誕生賀箋 …… 135
擬進重修大明會典表 …… 136
擬加上聖母徽號詔告天下各王府及總督撫按衙門并天下文武五品以上諸司差官進賀皇上表 …… 137
擬册立東宫文武百官賀皇太后表 …… 137
擬册立東宫文武百官奉賀皇太后表 …… 138
擬欽賑各王府貧宗謝表 …… 139
擬上御文華殿召少傅楊士奇楊榮學士楊溥入侍以御製述先詩九章

并序摹本賜之因諭以開創之難守成不易宜盡心輔導謝表宣德六年丁未會試録。 …… 140
擬上開史館命儒臣纂修國朝正史謝表萬曆二十二年　甲午江西録。 …… 141
册文 …… 143
擬册皇三子福王册文 …… 143
擬加上徽號請聖母皇太后受册寶奏書 …… 143
箴 …… 144
仁明武箴 …… 144
訓 …… 144
主術臣術訓 …… 144
誥敕 …… 145
擬遼東剿平東夷賜給總督薊遼都御史誥 …… 145
擬敕督學使正文體敕 …… 145
少保兼太子太保吏部尚書武英殿大學士沈一貫并妻誥命一道 …… 146
原任户部山西清吏司主事金時舒并妻勅命一道 …… 147
原任户部山西清吏司主事金時舒父母勅命一道 …… 147
户部司務柯有斐父勅命一道 …… 147
論 …… 148
人主以天下爲度庚子應天録。 …… 148
人君當顯明其道甲午江西録。 …… 150
大器猶規矩準繩論 …… 153
士先器識而後文藝論 …… 154
李沆不用浮薄不行陳請論 …… 155
尚友論 …… 156
爲山九仞論 …… 157
文中子論 …… 158

績朱穆崇厚論 …… 159
解 …… 161
性習解 …… 161
復其見天地之心解 …… 162
斷斷休休解 …… 163
説 …… 164
一貫忠恕説 …… 164
五運生勝之説何如 …… 165
淡泊寧静説 …… 167
惜陰説 …… 168
朱陸同異折衷 …… 169
對 …… 170
經術世務要旨對 …… 170
辨 …… 171
忠清仁辨 …… 171
安静廢弛變通紛更辨 …… 172
河干集卷三 …… 174
策 …… 174
策一道國運　甲午江西録。 …… 174
策一道任議　甲午江西録。 …… 177
策一道禮樂　甲午江西録。 …… 181
策一道名法　甲午江西録。 …… 184
策一道兵制　甲午江西録。 …… 188
策一道憂勤逸豫　庚子應天録。 …… 192
策一道臣道剛柔　庚子應天録。 …… 195
策一道清名清議　庚子應天録。 …… 199

第一道兵謀　庚子擬作。…… 202
第一道建極明倫　戊子擬作。…… 206
第一道治兵　戊子擬作。…… 209
第一道一德一心　壬辰會試。…… 212
第一道委任責成　丁未會試録。…… 216
第一道大受小知　丁未會試録。…… 220
河干集卷四…… 224
序 …… 224
擬御製重修大明會典序 …… 224
南雍重刻史記序 …… 225
重刻三國志序 …… 225
重刻魏書序 …… 226
三鎮圖説後序代。…… 226
通翼序 …… 227
三教逸史序 …… 228
刻玉海序 …… 229
古文世編序 …… 230
樂律志總序 …… 231
樂律志小序 …… 234
江西鄉試録序 …… 235
江西鄉試録後序代。…… 237
應天府鄉試録序 …… 239
會試録後序 …… 241
重刻福建乙酉齒録序 …… 242
應天武舉録後序代。…… 243
莊梅谷老師文集序 …… 245

刻黄葵陽先生鑾坡制草序 …… 246
太學講章序 …… 247
刻大中丞吴悟齋先生摘稿序代。 …… 248
侍御意葵鄭公奏草叙 …… 249
刻德見陳先生制義序 …… 250
題會計録後 …… 251
温陵實政録序 …… 252
世説新語題後 …… 253
海上會編序 …… 253
刻無奇篇序 …… 254
成均拔雋録叙 …… 255
成均同軌録跋 …… 255
金墩黄氏族譜序 …… 256
方氏族譜序 …… 257
瀛溪韋氏族譜序 …… 258
龍岡鄒氏族譜序 …… 259
續筆管窺序 …… 260
刻明立金臺制義序 …… 261
張氏禮記主意叙 …… 262
舉業正式叙 …… 263
鳳凰雙壽詩序 …… 264
仲晉製義序 …… 265
林睿卿醒心草 …… 265
太傅大司馬侍御黄公數馬集序 …… 266
參知泰華程公禦夷膚議序 …… 267
龍虎山志序 …… 269

大年集序 …… 270
題幼嘉姪制義草 …… 271
沈太若老師梅園集序 …… 272
河干集卷五 …… 274
序 …… 274
送宫諭葉臺山南畿典試還朝序 …… 274
送南大司寇趙心堂報政北上序 …… 275
奉送大司空楊後山還朝序 …… 276
賀觀察使淳寰韓公三年考績晉秩右轄序 …… 278
賀王則之太史三年考最序 …… 279
贈李南鎮擢南雍序 …… 281
贈吴崇緒南昌司理序 …… 282
贈鄭廷奎守信陽序 …… 283
贈諧虞王君令永康序 …… 284
送韓仕廣之永寧序 …… 284
定興念塘李侯九年考績赴京序 …… 286
賀定興邑侯念塘李公榮擢禮曹序 …… 287
贈安平王明府三年考績叙 …… 288
贈忠義參軍清原葉君六年考績序 …… 289
贈韓壁哉晉觀察副使巡視閩海序 …… 290
賀詹見五觀察三年考績序 …… 292
賀郡伯五岳蔡公三載考績序 …… 293
送郡伯蔡五岳晉觀察分部建南序 …… 294
又送郡伯蔡五岳晉秩觀察移駐建南序 …… 296
送郡伯謝韶石入覲序 …… 297
送觀察君聚沈公祖入賀序 …… 298

賀別駕聞人二宗三年考績序 …… 300
元輔荆翁王老師七十壽序 …… 301
賀大司馬容翁吴老先生壽序 …… 302
贈大司成馮具區五十壽序 …… 304
壽鄧滄溟封翁七十序 …… 305
贈沈太公吴孺人七袠雙壽序 …… 307
別駕殷玄楷壽序 …… 308
賀邑侯陳宜蘇壽序 …… 309
賀累封奉直大夫禮部員外郎念奇桂翁八十壽序 …… 311
温陵祝壽編序 …… 312
楊太公林孺人雙壽序 …… 313
壽族伯體吾翁九十一序 …… 314
李封翁陳孺人雙壽序 …… 315
賀覺石李明府壽序 …… 317
賀郡伯蕭見虞七十壽序 …… 318
別駕王澄北壽序 …… 319
壽参知陳章閣八十序 …… 320
壽侍御林道卿年丈八十序 …… 322
何母孫太夫人七十壽序 …… 323
延母葛太孺人壽序 …… 325
壽邢母翟太安人八十序 …… 326
壽祖伯母周孺人序 …… 328
勑封郭母林太孺人壽序 …… 329
河干集卷六 …… 331
記 …… 331
擬歷科一甲庶吉士題名記 …… 331

擬翰林院學士題名記 …… 332
安海新設駐鎮館記 …… 333
侍御燕陽商公祠記 …… 335
延平司理豫源徐公德政碑記 …… 336
曾裔雲少宰高曾祖合祠碑記 …… 337
晉江重修儒學記 …… 339
銘 …… 340
泰山紀遊碑銘 …… 340
贊 …… 341
樂律志贊 …… 341
開國功臣六王贊 …… 342
王石溪先生像贊即山陰王對南相公乃翁。 …… 342
仙師吕純陽先生贊有序。 …… 343
巨源宗侯像贊 …… 344
告示 …… 344
安齊宗告示 …… 344
斥冗書塞倖竇告示 …… 345
國子監告示 …… 345
公呈 …… 347
安海請建邑公呈 …… 347
緣疏 …… 348
告族人修改祠堂疏 …… 348
重修安海西塔疏 …… 349
神山觀造橋緣疏 …… 349
安海築瀦水壩募緣疏 …… 350
檄 …… 350

擬遼東撫臣諭兩關屬夷檄 …………………………………… 350
書啓 ……………………………………………………………… 351
擬唐盧藏用與李邕書 ………………………………………… 351
上王對南相公啓 ……………………………………………… 353
奉唁太倉王相公啓 …………………………………………… 353
候張弘陽館師啓 ……………………………………………… 354
同門請沈太若老師啓 ………………………………………… 354
請蔡青門座主啓 ……………………………………………… 355
同省會請新制科啓 …………………………………………… 355
南雍到任謝政府老師 ………………………………………… 356
復劉晉川總督 ………………………………………………… 356
上王荆石相公老師 …………………………………………… 357
上王相公老師 ………………………………………………… 358
報曾見臺大司空 ……………………………………………… 358
報曾見臺南太宰 ……………………………………………… 358
上陳玉壘相公 ………………………………………………… 359
復李桂亭開府 ………………………………………………… 359
報唐抑所館丈 ………………………………………………… 360
報舒中陽大司空 ……………………………………………… 360
報蔡信菴表兄 ………………………………………………… 360
報何匪莪年丈 ………………………………………………… 361
報楊芳臺給諫 ………………………………………………… 361
上申瑶泉王荆石二相師 ……………………………………… 362
報吴左海年兄 ………………………………………………… 362
上沈太若老師 ………………………………………………… 363
報王霽宇制府 ………………………………………………… 363

復陳懷雲學院 …… 363
答莊泰岩親家 …… 364
復林碧麓廉使 …… 364
復劉復齋掌詹 …… 365
復徐石樓開府 …… 365
與胡趨徵年丈 …… 365
答馬石菌節推 …… 366
復高兩目安溪 …… 366
報杜文焕參戎 …… 367
答朱近華開府 …… 367
報李霖寰制府 …… 368
與方岱陽侍御 …… 368
報趙準臺侍御 …… 369
報方岱陽侍御 …… 369
報趙準臺侍御 …… 370
答方中涵侍御 …… 370
報彭秀南開府 …… 371
報曾見臺司空 …… 371
復吴左海大參 …… 371
復陳毓台中丞 …… 372
答李修吾開府 …… 372
復錢大復春元 …… 373
與錢聖錫明經 …… 373
與錢龍錫孝廉 …… 374
上王荆石老師 …… 374
上王荆石老師相公 …… 374

上申瑶泉相公 …… 375
復程羅陽太守 …… 376
復龔潤寰親家 …… 376
復饒映垣大參 …… 377
復黄慎軒宫庶 …… 377
與陳懷雲開府 …… 377
答李晴原大參 …… 378
復顧襟宇太常 …… 378
復連少嵩開府 …… 379
報丁禹門方伯 …… 379
復莊泰岩親家 …… 379
莊泰岩親家 …… 380
與蕭玄圃少宰 …… 380
與蕭玄圃少宰 …… 381
與陸瑞亭直指 …… 381
復李碧海觀察 …… 382
又 …… 382
與郭阜所舅 …… 383
復張程川觀察 …… 383
與陸開仲徵君 …… 384
報袁晞我開府 …… 385
與袁晞我撫臺 …… 385
與黄鍾梅大司馬 …… 386
與薛青雷大司馬 …… 386
報來路然太史 …… 387
復楊崑阜宫諭 …… 387

上李九我相公 …… 387
報黄鍾梅大司馬 …… 388
與黄鍾梅大司馬 …… 388
與申玄渚太常 …… 388
報蔡虚臺少參 …… 389
上葉臺山相公 …… 389
又 …… 390
報韓璧哉兵道 …… 390
復魏濬明銓部 …… 390
與吕天池侍御 …… 391
與易甌寧 …… 391
與計龍溪 …… 392
與魏濬明銓部 …… 392
與葉層城太史 …… 393
與徐正宇學院 …… 393
與趙霖宇南安 …… 394
與黄與參開府 …… 394
與于振芳方伯 …… 394
與李覺石封君 …… 395
復夏歙縣 …… 395
與蘇碩水尚璽 …… 396
與蔡虚臺光禄 …… 396
報詹見五兵道 …… 396
柬史聯岳少宰 …… 397
與陳海庚户部 …… 397
與李心湖武部 …… 398

復徐同安 …… 398
復吕天池侍御 …… 398
與朱寰同觀察 …… 399
與梅長公學使 …… 399
答丁未諸公辱寄壽章 …… 400
與李集虚太史 …… 400
與弟明立 …… 400
柬黄鍾梅大司馬 …… 401
報黄鍾梅大司馬 …… 401
與黄鍾梅 …… 402
與黄鍾梅大司馬 …… 403
與詹見五 …… 405
與詹見五兵道蔡五岳郡守 …… 405
與徐雲林同安 …… 406
與史聯岳親家 …… 407
與蔡五岳郡守 …… 407
與吴南安大尹 …… 407
與詹見五觀察蔡五岳郡守 …… 408
與戴金梁少參 …… 408
報戴鳳岐制府 …… 409
復沈進賢 …… 409
與蘇虹如大行 …… 410
柬詹見五觀察 …… 410
與黄玉崙翰撰 …… 411
復陸鏡泓撫州 …… 412
復諸公賀生日 …… 412

復戴今梁學使 …… 413
與王斗溟開府 …… 413
與詹見五觀察 …… 413
與徐若谷少參 …… 414
又 …… 414
柬蕭玄圃少宰 …… 415
復詹見五 …… 416
又 …… 416
復詹見五觀察 …… 417
復錢機山太史 …… 417
與黄鍾梅大司寇 …… 417
與姚益城奉常 …… 418
復林丹臺年兄 …… 418
與蕭玄圃少宰 …… 419
與黄鍾梅大司寇庚申冬。 …… 419
與左滄嶼侍御 …… 421
復孫六吉侍御 …… 421
與徐若谷少參 …… 422
復徐若谷少參 …… 423
上葉臺山相國 …… 423
復鄭意葵直指 …… 424
復鄭意葵直指 …… 424
復鄭意葵直指 …… 425
又復鄭意葵直指 …… 426
柬黄鍾梅大司馬 …… 426
與南京禮部各位公書 …… 427

與袁熙宇侍御 …… 427
復鄭意葵直指辛酉冬。 …… 428
復鄭意葵直指壬戌春。 …… 429
上葉臺山相國 …… 430
上葉臺山相國 …… 430
與朱安百大參 …… 432
柬商等軒開府 …… 432
柬鄭方水侍郎 …… 432
與左蒼嶼侍御 …… 433
與蔡元岡兵垣 …… 433
柬劉韓二閣下 …… 434
賀趙儕鶴太宰公啓 …… 435
與阮員海給諫 …… 435
與楊周卜侍御 …… 436
與孫六吉學院 …… 436
與魏道冲閣下 …… 437
與蕭玄圃大宗伯 …… 438
答郭旭陽直指 …… 438
與惠元孺太常 …… 438
與内閣諸相公 …… 439
報袁熙宇侍御惠元孺太常 …… 439
與顧塵客兵部 …… 440
與鄒匪石兵部 …… 440
與譚清湖户部 …… 440
與熊壇石操院 …… 441
與熊壇石操院 …… 441

與鄭方水大宗伯 …… 442
與魏道沖閣學 …… 442
復黃鍾梅宫傅 …… 443
與南二太開府 …… 444
與林槐亭館丈 …… 444
與蕭元恒學院 …… 444
復蕭元恒直指 …… 445
與黃鍾梅大司空 …… 445
復張侗初宗伯 …… 445
與明立 …… 446
與鄭方水大宗伯 …… 447
與黃鍾梅大司空 …… 447
復南二太開府 …… 448
復黃玉陽方伯 …… 448
與韓象雲閣下 …… 448
復成毖余閣下 …… 449
與李金莪宗伯 …… 449
與王射斗太宰 …… 450
與政府諸公庚午年。 …… 450
復張華東開府 …… 451
與張日葵直指 …… 451
與李爲輿户部 …… 452
與熊心開開府 …… 452
復陸鳳臺浙撫 …… 453
復熊心開制臺 …… 453
與熊心開開府 …… 454

又 …… 455
與熊心開開府 …… 455
復潘昭度臬長 …… 455
復熊心開開府 …… 456
與傅星垣南大司馬 …… 456
與徐若谷南少司空 …… 457
與李從樸方伯 …… 457
與熊心開開府 …… 457
與劉心城藩参 …… 458
與張華東南總院 …… 459
又 …… 459
與蔡質凡開府 …… 460
又 …… 460
復鄒匪石開府 …… 461
又 …… 461
與林季冲宗伯 …… 462
與曾二雲大参 …… 463
復曾二雲大参 …… 463
與李金莪宗伯 …… 463
與莊任公兵垣 …… 464
復鄒匪石撫臺 …… 464
復彭讓木司馬 …… 465
復賀對揚宗伯 …… 466
與鄭参戎 …… 466
復曾霖寰學使 …… 467
復熊心開制臺 …… 467

又 …… 468
復鄭參戎 …… 468
與黄東崖太史 …… 469
與蔣八公宫庶 …… 469
復李贊宇光禄 …… 469
復曾霖寰少參 …… 470
與施四明大參 …… 471
與林鶴胎宗伯 …… 471
與陸衷虛贛撫 …… 471
與鄒匪石撫臺 …… 472
又 …… 472
與鍾梅家少保 …… 473
［題原缺］…… 474
與張華東總院 …… 474
與許定于晉撫 …… 475
與傅星垣南參贊 …… 475
與鄒匪石撫臺 …… 476
又 …… 476
與張湘衡司馬 …… 477
與鄒匪石撫臺 …… 477
與林道卿同年 …… 478
與林季冲宗伯 …… 478
與成㤪予閣下 …… 479
與陸鳳臺少司馬 …… 479
與鄒匪石太僕 …… 480
復錢御冷南少宗伯 …… 480

與何半莪學使 …… 481
與倪三蘭直指 …… 481
與丁光三宣撫 …… 482
與蔡元崗太常 …… 482
與徐若谷侍郎 …… 483
與李建霞閣下 …… 483
與黄玉崙宗伯 …… 484
與范質公開府 …… 484
與劉滄嶼少司馬 …… 484
與范質公開府 …… 485
與張華東南總院 …… 485
與劉滄嶼少司馬 …… 486
與謝青墩南冢宰 …… 486
與張華東南掌院 …… 487
與家太傅鍾梅兄 …… 487
與姜素臣舊南吏科 …… 488
與張二水閣下 …… 488
復鄭意葵開府 …… 489
與蔡質凡滇撫 …… 489
與熊心開制臺 …… 490
又 …… 490
復鄒匪石開府 …… 491
又 …… 491
與鄒匪石開府 …… 492
與徐若谷南少司寇 …… 493
與鄒匪石撫臺 …… 494

與張華東司空 …… 494
復周日臺學使 …… 494
與葉臺山相公 …… 495
復張乃蒿侍御 …… 495
又 …… 496
與顧鄰初少宰 …… 496
與朱如容開府 …… 496
又 …… 497
復陸太和侍御 …… 497
又 …… 497
與何匪莪少司徒 …… 498
復張二水宮詹 …… 498
復阮圓海太常 …… 498
與何匪莪司徒 …… 499
與魏道沖相公 …… 499
又 …… 500
復錢機山南少宰 …… 500
復來路然南宗伯 …… 500
復王任吾制府 …… 501
河干集卷七 …… 502
誌銘 …… 502
明故資政大夫正治上卿禮部尚書贈太子少保謚文恭履菴萬公墓誌銘代。 …… 502
明故文林郎廣東道監察御史慎菴沈君墓誌銘 …… 505
明奉政大夫同知廣信府事進階朝列大夫印洲王公墓誌銘 …… 507
明勑封翰林院檢討徵仕郎五淤鄭公墓誌銘 …… 509

淳懿文源劉公暨配恭順徐孺人繼配慈惠王孺人合葬墓誌銘………… 511
明承務郎南京户部江西司主事午亭丁公暨配贈孺人李氏封孺人莊氏墓誌銘……………………………………………………………………… 514
明故文林郎廣西道監察御史弘宇徐公暨配葉孺人合葬墓誌銘…… 517
敕封文林郎浙江蕭山縣知縣興吾林翁暨配陳孺人合葬墓誌銘…… 519
明贈文林郎太平府推官原任濮州學正承春施先生暨配太孺人合葬墓誌銘……………………………………………………………………… 521
明處士巖泉方公墓碑銘……………………………………………… 523
處士斗巖陳君暨配顔孺人合葬墓誌銘 ………………………………… 525
明處士顔象峰公暨配蔡碩人合葬墓誌銘 …………………………… 527
明處士治宇柯公墓誌銘……………………………………………… 528
明處士懷心黄公暨配盧孺人合葬墓誌銘 …………………………… 530
明徵仕郎湖廣布政司副理問榆泉黄公暨配謝孺人合葬墓誌銘…… 531
明遥授州同知梅山黄公暨配勤肅柯孺人合葬墓誌銘 ……………… 533
明奉政大夫淮府左長史前河南鄧州知州鰲泉黄公暨配高宜人合葬墓誌銘……………………………………………………………………… 535
明故茂才鰲橋柯公暨配黄孺人合葬墓誌銘 ………………………… 537
明故茂才黄體吾翁暨配柯孺人合葬墓志銘 ………………………… 539
處士懷芹陳公墓誌銘………………………………………………… 541
族叔祖處士莘野公暨配陳碩人合葬墓誌銘 ………………………… 542
故文學我藩黄公暨配孺人蔡氏合葬壙誌 …………………………… 543
明太學生邇江黄君暨配慈肅留氏合葬墓誌銘 ……………………… 544
明禮部儒士俞特黄君暨配龔氏合葬墓誌銘 ………………………… 546
明待贈誨齋蔣公暨配葉孺人墓誌銘 ………………………………… 548
族姪俞瓊墓誌銘……………………………………………………… 549
明中順大夫柳州府知府卓然郭先生暨配黄孺人陳孺人合葬

墓誌銘 …… 551
茂才吕新溪先生暨配黄孺人合葬墓志銘 …… 553
贈文林郎浙江嘉興府嘉善縣知縣泉坡蔡公暨配贈孺人黄氏合葬
墓誌銘 …… 555
明累贈朝議大夫國子監祭酒原任光禄寺監事從菴吴公暨配累封太
恭人史氏合葬墓志銘 …… 557
翰林院修撰梅谷莊先生墓誌銘 …… 560
誥贈奉政大夫右春坊右庶子兼翰林院侍讀穎菴姚公暨旌表貞節累
贈宜人姚母文氏墓誌銘 …… 563
李安人貞烈銘有序。 …… 566
明陳母慈惠孺人李氏暨貞節孺人蔡氏合葬墓誌銘 …… 566
明故誥封夫人莊母王氏墓誌銘 …… 568
傳 …… 570
蔡默齋先生傳 …… 570
孝義吴先生傳 …… 574
毛穎陳玄石泓褚素傳 …… 575
河干集卷八 …… 577
墓表 …… 577
明故浙江參政台巖劉公墓表 …… 577
明中順大夫湖廣常德府知府我湖李翁暨配封孺人陳氏墓表 …… 579
行狀 …… 581
明故侍御岱陽方公行狀 …… 581
先王父菊山府君行略 …… 584
先考奉政大夫同知廉州府事雙江府君行狀 …… 587
誥封太淑人先母陳氏行狀 …… 591
累封夫人亡室慈靖李氏行略 …… 594

祝告文 …… 595
族中奉迎菊山公配享祖廟祝告文代從叔作。 …… 595
祭文 …… 595
祭王荆翁相國文 …… 595
祭郭希宇司徒文 …… 597
祭户部侍郎莊陽山文 …… 597
祭詹咫亭司寇文 …… 598
祭黄葵陽老師文 …… 599
同年祭蔡青門老師文 …… 600
同門奠莊太老師文 …… 600
祭翰撰莊梅谷老師文 …… 601
祭洪方伯訒原文 …… 602
祭給事六橋兄文 …… 603
同郡奠黄同春侍御文 …… 603
祭劉台巖大參文 …… 604
祭郡伯李我湖岳翁文 …… 605
奠史明府直吾文 …… 606
奠陳肖軒封君文 …… 606
奠黄文學文 …… 607
祭方秀才文 …… 608
祭史聯岳相國文 …… 608
同門奠沈師母文 …… 609
同館奠劉母范太孺人文 …… 609
祭丘安人文 …… 610
祭岳母李恭人文 …… 610
祭黄葵陽師母文 …… 611

祭莊母王淑人文 …… 612
祭勑封安人史母黄氏大夫人文 …… 612
奠蘇母曾太孺人文 …… 613
勑封孺人莊師母陳氏祭文 …… 613
封太宜人李母王氏祭文 …… 614
祭誥封一品夫人黄母陳氏文 …… 614
河干集卷九 …… 616
賦 …… 616
秋日懸清光賦 …… 616
玉壺冰賦 …… 617
五言古詩 …… 618
觀鄭俠流民畐有感 …… 618
謁先聖祠瞻壁間石刻畫像 …… 618
陳烈女安平有三烈女,俱陳姓。 …… 619
金華勸講 …… 619
詠史二首韓琦、司馬光。 …… 619
三月三日觀蘭亭修禊圖 …… 620
上巳觀禊 …… 620
省中紅藥 …… 620
望雨 …… 621
賦得七月流火 …… 621
度車盤嶺 …… 621
薊門道中感遇 …… 621
攬鏡 …… 622
被命江右典試道中即景書懷 …… 622
贈别趙南山太醫浮海從封使往琉球 …… 622

臥病口占 …… 623
甲子六月廿九日余自南都舟過京口五更苦熱不寐起行窺窗有月東上高數丈感而賦之 …… 623
舟行即事 …… 624
請告南歸三衢道中遣興 …… 624
島上紀聞 …… 624
春日乍寒乍煖感時書懷 …… 625
偶得木芍藥一株雙花爛然戲題三十四韻 …… 625
悲哉行乙丑歲時魏璫酷殺楊、左諸君子。 …… 626
卜居篇 …… 626
還舊廬 …… 627
顏同蘭掌科夫人侍翁病未愈割臂調羹以佐湯藥閨帷中有此異孝詩以紀之 …… 627
冬日齋中即景詠懷 …… 627
悼亡 …… 628
七言古詩 …… 628
題商山四皓圖 …… 628
觀上林春曉圖 …… 628
金人捧劍篇 …… 629
華封三祝歌 …… 629
鴈飛曲 …… 629
寒塘曲 …… 630
龍舟泛太液歌 …… 630
葵心向日歌 …… 630
遼陽行 …… 630
三冬吟 …… 631

漁陽老將行 …… 631
桂樹歌詠舒太年伯重慶堂别孺立年丈 …… 631
千秋金鑒歌 …… 632
九月十四日駕謁陵畢幸石景山臨觀渾河見水勢洶湧因念黄河時有衝决面諭輔臣經理須要得人復命作詩恭紀 …… 632
春鳩唤雨歌 …… 633
北虜嗣封表貢紀事 …… 633
汲井行有小序。 …… 633
上谷太守行爲汪給諫乃翁保定守作 …… 634
讀蘇子瞻南海集有感 …… 634
攤書行 …… 635
試新茶 …… 635
君子行贈何稚孝年丈兼以爲壽 …… 636
泛海歌明臣弟邀余泛海，作歌紀之。 …… 636
抵分水闗有賦 …… 637
純陽仙師降筆以詩爲壽賦此奉酬 …… 637
三月春望會宗中耆宿遊東郭水榭醉後放歌 …… 638
杜鵑行 …… 638
劒浦放舟 …… 638
院竹余以癸亥、丙寅兩次出山，歸來園亭花卉太半荒落，獨脩竹數竿，蒼翠自在，爲賦長句。 …… 639
王母瑶池歌送李豫石庶常請假省覲 …… 639
五言律詩 …… 640
端午賜扇紀恩 …… 640
西苑觀菊 …… 640
賦得玉壺冰 …… 640

除歲立春日賜百官食春餅應制 …………………………………… 640
雪後望西山 ………………………………………………………… 640
賦得池塘生春草 …………………………………………………… 640
賦得春深五鳳城 …………………………………………………… 641
張學士閒雲館 ……………………………………………………… 641
晚出御陌望西山 …………………………………………………… 641
雨霽聞蟬 …………………………………………………………… 641
夏日館中即事 ……………………………………………………… 641
賦得胡馬嘶北風 …………………………………………………… 641
霜降陪祀山陵 ……………………………………………………… 642
信菴兄歸自檇李有感書懷 ………………………………………… 642
秋夜 ………………………………………………………………… 642
泊舟淮上寄贈曹明府 ……………………………………………… 642
曹明府餉酒舟中書此爲謝 ………………………………………… 642
九日遊摩訶菴聽無絃上人彈琴 …………………………………… 642
甲午祇役江右開府陸仲鶴招飲滕王閣有賦 ……………………… 643
送漢篆侄南還 ……………………………………………………… 643
遣興 ………………………………………………………………… 643
詠懷 ………………………………………………………………… 643
壽朱清冷乃翁 ……………………………………………………… 643
小亭即景 …………………………………………………………… 643
晚春别從兄益金陵 ………………………………………………… 644
寒碧亭漫書 ………………………………………………………… 644
重過皖城寄問吴尚之館丈 ………………………………………… 644
重過安陽 …………………………………………………………… 644
壽白紹明太夫人時紹明以給諫言事待譴其乃郎新制科 ………… 644

重陽後送臣弟落第東歸遥望親舍悵然有賦 …… 645
何烈婦 …… 645
城南漫興二首 …… 645
重陽日遊覺海寺遇雨 …… 645
一片瓦 …… 646
天竺寺 …… 646
山行 …… 646
宿天竺寺陳鴻鼎上舍邀飲 …… 646
詠海潮 …… 646
秋夜同諸從讌集池閣 …… 647
神宗皇帝輓詞 …… 647
光宗皇帝輓詞 …… 647
聞命起南少宗伯感恩書懷 …… 648
春行憇田家 …… 648
抵家喜賦 …… 649
夏日官邸憶家園 …… 649
蚤朝四首 …… 649
歸興 …… 650
即事 …… 650
看地得竹兜山 …… 651
齋中芙蓉 …… 651
登臺 …… 651
夜坐 …… 651
晚春 …… 651
郊行喜雨 …… 651
聽雨 …… 652

五言排律 …… 652
大祀方澤 …… 652
讀秋聲賦有感 …… 652
城樓登眺 …… 652
賦得雨中春樹 …… 652
送蕭漢冲太史使西安秦府便道歸省 …… 653
壽徐賓岳太公七十 …… 653
皇子誕生志喜 …… 653
册封宗藩侍班紀事 …… 653
送吴京江給事奉使册封德府德在山東濟南。 …… 654
即事詠懷三十二韻 …… 654
喜承林道卿館丈問訊賦此爲酬兼寄問長公司理 …… 654
送周礪齋太史奉使滎陽便道省覲礪齋育於伯母。 …… 655
嶮峽道中 …… 655
送夏鶴田給諫使琉球 …… 655
題頤貞先生傳册爲沈給諫作 …… 656
神山觀 …… 656
題謝烈婦册有小序。 …… 656
河干集卷十 …… 658
七言律詩 …… 658
瀛州亭觀新水 …… 658
九月朔日禮官進祀册及登科録有述 …… 658
扈從南郊紀事 …… 658
瑞雪應禱 …… 658
送李太史册封趙藩 …… 658
陪祀朝日壇有述 …… 659

詠上苑牡丹 …… 659
送季太承太史使平涼韓藩便道歸省 …… 659
輓周儆菴老師 …… 659
題張弘陽先生閒雲館 …… 660
贈張同春季丈守通州 …… 660
壽徐太史尊堂六十時太史君以職事未獲歸省 …… 660
寶善亭納涼 …… 660
送李心湖謫武昌僚幕二首 …… 660
日食陰雲不見 …… 661
辟雍陪祀 …… 661
秋日登毘盧閣遠眺 …… 661
九日登高 …… 661
雪後朝天宮習儀 …… 661
吴泰軒太常使河南便道省覲 …… 661
題上林春曉圖 …… 662
贈李南鎮先生擢南雍 …… 662
送王寰宇給諫使江西便道省覲 …… 662
古意 …… 662
送吴民表館丈歸丹徒 …… 662
送王弘陽光禄使粤西二首 …… 662
島夷傳儆寄酬林雲斌秀才 …… 663
送給事中彭秀南先生使長沙 …… 663
重脩會典成賜宴禮部有述 …… 663
和康節仁者吟 …… 663
白燕爲王荆石相公題 …… 663
贈潘俊武舉 …… 663

送觀察蔡肖兼年伯入賀還部貴陽 …… 663
答瀛叔南海見寄 …… 664
孟冬朔日頒曆紀事 …… 664
送王則之太史年丈 …… 664
送莊冲虚太史奉使靖江在廣西臨桂。 …… 664
送焦漪園太史奉使周藩在河南開封。 …… 664
送王希泉給事奉使韓藩便道省覲韓在陝西平涼。 …… 664
無事 …… 664
九日偕館中諸丈遊賽天寧登藏經閣遠眺 …… 665
秋日懷戴今梁年丈金陵却寄 …… 665
壽徐慕蘧封君時乃郎侍御君省覲未獲。 …… 665
送大司空曾見臺老先生南還四首 …… 665
贈高侍御省覲 …… 666
册封紀事奉呈趙王殿下二首 …… 666
又呈臨漳殿下 …… 666
同王西里大行使鄴贈别二首冢宰公之子。 …… 666
遊武夷二首 …… 666
送大總戎朱師復還姑蘇 …… 667
贈李見羅先生 …… 667
贈温陵文學陳漢臺 …… 667
送趙心堂先生由開府晉秩大理還朝 …… 667
蚤發建陽 …… 667
劍津懷古 …… 667
崇安郵亭得女更宿遣懷 …… 668
九日寓崇安旅舍悵望武夷山 …… 668
包涵所查虞臯二主政招飲西湖時予扶病强起 …… 668

辛卯過武林有感…… 668
同洪欽所民部遊雲龍山…… 668
官柳 …… 668
樂城道中遇雪有懷同舘諸君子 …… 669
聞邊事有感…… 669
送余雲衢太史册封周藩二首 …… 669
贈李克菴少司寇乃翁…… 669
送侯泰和年丈奉使便道省墓 …… 669
送翁青陽太史奉使周藩取道省覲 …… 669
送李四履奉使秦藩取道省覲 …… 670
送區海目奉使淮藩…… 670
送劉性宇太史奉使肅藩…… 670
和劉雲嵩計部夏日招遊天壇有作 …… 670
舟行不寐 …… 670
送唐華濱參知賀事竣歸壽太夫人 …… 670
贈茂才曾時應會丈…… 670
送少司寇謝繹梅先生還朝 …… 671
賀總憲陳還冲公祖考績榮封兼以爲壽 …… 671
别後寄家弟明學明臣…… 671
三山道中即景 …… 671
壽韓母王太夫人七袠…… 671
吴少溪翁見訊却寄…… 671
漫題 …… 671
題張半洲大司馬駿烈重光册 …… 672
郭希所中丞見招座上觀紅白梅 …… 672
燈節邀謝司寇郭中丞飲燕市南樓分韻得風字 …… 672

立春後連日高風和謝司寇之作 …… 672
送方岱陽侍御按節留京 …… 672
送許孟葵仲葵二郡伯應朝還部 …… 672
送姚如龍南還 …… 673
壽劉復齋宫詹尊堂雙壽八十時乃弟用齋開府浙中。 …… 673
壽銓部趙乾室乃堂 …… 673
贈張大真人二首 …… 673
送盛陽陊太史奉御書使秦中藩府 …… 673
送邵芝南太史奉御書報慶山東藩府 …… 673
送張瑞石太史奉御書報慶河南藩府 …… 674
送給諫王斗溟年丈謫永從 …… 674
送高太史册封瀋藩 …… 674
題大司寇趙心堂先生節孝流芳册 …… 674
題周儆菴老師祠堂 …… 674
贈賀道星吏部得告將母南還 …… 674
送梁三山詞丈改官海鹽 …… 674
誄贈大中丞三泉温筠岡翁温一齋乃翁。 …… 675
送吴文源丈上京考績便歸省覲 …… 675
題贈耿華坪吏部乃翁侍御按應天時曾以保全善類忤時相得罪去者 …… 675
壽梁惺田給諫乃翁封君六十 …… 675
送芮中翰奉使勑諭河臣便道過原籍瞻掃 …… 675
春闈至公堂校士簡同事崔楊二侍御 …… 675
送畦東蓀太史館丈奉使册封衡藩在山東。 …… 676
送張澤矅太史館丈奉使册封襄藩在襄陽。 …… 676
送林述菴守潁州銓部省菴乃弟。 …… 676

鄧内黄明府以詩見賀叨轉賦此爲謝 …………………………… 676
贈宫諭朱蘭隅先生之南京掌翰篆 ……………………………… 676
題寶樹長春圖壽苑卿謝章紳先生 ……………………………… 676
李烈婦 ………………………………………………………………… 677
壽李心湖祠部太夫人………………………………………………… 677
和大司馬黄彭湖公遊石佛寺有作 ……………………………… 677
大司馬黄彭湖公赴任留樞有贈 ………………………………… 677
和大中丞袁晞我公祖予告還晉陵作 …………………………… 677
黄彭湖司馬公以遊莫愁湖詩見寄步韻却寄 …………………… 678
聞遼事有感二首……………………………………………………… 678
明臣家弟京闈中式志喜……………………………………………… 678
吕純陽仙翁降臨安海城西屢著靈異作詩紀贈 ………………… 678
登樓 …………………………………………………………………… 679
漫題 …………………………………………………………………… 679
小池 …………………………………………………………………… 679
奉送詹見五觀察公祖入賀二首 ………………………………… 679
蕭允升學士館丈遠寄詩什奉和却寄 …………………………… 679
閑居 …………………………………………………………………… 680
感遇 …………………………………………………………………… 680
直指鄭意葵公祖書問至口占奉謝 ……………………………… 680
送郡丞舒慎吾公祖擢兩浙運同二首 …………………………… 680
章司理公祖奏最有贈………………………………………………… 680
留署書懷二首 ………………………………………………………… 681
飲李家園 ……………………………………………………………… 681
靈谷寺 ………………………………………………………………… 681
重遊清凉臺 …………………………………………………………… 681

雨花臺登眺 …… 681
憇高座寺 …… 682
登報恩塔 …… 682
坐木末亭 …… 682
謁三忠祠靖難死節，皆閩人。 …… 682
題宋三忠陳公勤王死事傳陳大司空陪翁始祖，宋末死難。 …… 682
謁一拂祠 …… 682
得請予告感恩書懷 …… 683
謁辭孝陵恭紀 …… 683
出留都 …… 683
夜乘潮渡錢塘江 …… 683
重遊武夷 …… 683
聞客談燕中事賦述 …… 684
抵家明日遇中秋偕族中諸兄弟讌賞 …… 684
飲東郭水榭 …… 684
九日遊東山别業 …… 684
遊東山别業得姪慶增京闈捷報志喜并示諸少 …… 685
送陸鳳臺方伯入覲 …… 685
至日用社韻 …… 685
自壽甲子年十二月初五日。 …… 685
田間閲邸報有感 …… 686
人日對客 …… 686
燈節書懷 …… 686
春深苦旱 …… 686
久旱喜雨疊前韻 …… 686
送黄鍾梅翁起拜大司空應召還朝 …… 686

送大中丞南二太公祖拜命司空總河公前有平紅夷功時方議叙 …… 687
壽龔潤寰八十 …… 687
漫題 …… 687
閒居 …… 687
聞命起宗伯掌詹感恩述懷 …… 687
壽蔣貞母吴太恭人華誕母盛年守節庶常制科二君俱在家上壽懿範遐祉真足垂休彤史敬賦二章爲祝 …… 688
哭内子 …… 688
司理簡公祖考績榮封奉賀二首 …… 688
丙寅應召北上途中次李若金韵述懷 …… 688
過常思嶺 …… 688
三山道中聞奴酋大舉入犯旋聞寧遠多固守稍挫賊鋒志感 …… 689
再過茶洋 …… 689
出山過大横驛讀宫傅黄公壁間詠時公得請暫還依韵却寄 …… 689
同李若金丈北上途中賦贈 …… 689
清明前一日度分水關 …… 689
過桐江望釣臺 …… 689
廣陵懷古 …… 690
余以丁未渡淮經今廿載重過感賦 …… 690
過孟夫子廟 …… 690
初到京請旨得謁定陵慶陵恭紀 …… 690
到任後書懷 …… 690
贈張真人 …… 690
病中思歸 …… 690
得請出都門 …… 691
和李若金出都門見贈之作 …… 691

題張贈公孝友册户部主政張善治乃翁廬墓三年,以弟之子爲子。 …………… 691
曉渡揚子江霧中望金山…………………………………………………… 691
歸抵分水關 ……………………………………………………………… 691
得請南還臘前泊三山江上逢初度 ……………………………………… 691
徐山人之鏌以詩見贈次韻答謝 ………………………………………… 692
和陳京山人見贈之作……………………………………………………… 692
觀海樓避暑 ……………………………………………………………… 692
壽何司徒匪莪年丈七十…………………………………………………… 692
聞錦圍暫解奴騎猶駐大凌河 …………………………………………… 692
觀書自嘲 ………………………………………………………………… 692
閒居遣興 ………………………………………………………………… 693
招明聰弟奕棋……………………………………………………………… 693
九日東山草堂會客………………………………………………………… 693
讀白樂天詩有小序。 ……………………………………………………… 693
壽姚石嶺令公明府華誕…………………………………………………… 693
春遊 ……………………………………………………………………… 694
春閒 ……………………………………………………………………… 694
望月 ……………………………………………………………………… 694
晉秩宫保感恩恭紀書懷…………………………………………………… 694
晉秩後拜疏奏謝道遇虜騎梗塞乃更疏附陳十策蒙聖主嘉納施行
　不勝感激作詩恭紀……………………………………………………… 694
壽蔡五岳方伯公祖六十舊泉郡守,七月十四日生,海寇新就撫。 ………… 695
應召舟次吴門承范長公參知枉顧書此奉贈 …………………………… 695
應召北上停泊姑蘇時值重陽承范長公招飲賦謝 ……………………… 695
蒙召命入都書懷…………………………………………………………… 695
送鄭大白宫贊册封岷藩取道省覲 ……………………………………… 695

送李陽伮給諫册封遼藩……695
壽林潛江八袠加八翁歷仕至都轉運,時銓部公重慶侍膝下。……696
予告過劍浦書懷……696
寄賀新入閣相公……696
九日東山招飲……696
秋日芙蓉……696
觀海樓即景書懷……697
遣懷……697
乙亥冬皇上因寇虜猖獗痛倚任匪人避殿撤樂下罪己詔恭紀感賦……697
五言絶句……697
茶洋驛東亭……697
過豫讓橋……697
古洞棲霞……698
園池十詠……698
觀海潮……699
望西疇……699
雙鶴……699
小池……699
葉坊嶺遇驟雨丁卯歸途。……699
劍浦山行至古田……699
六言絶句……700
閑居詠懷……700
夏日小樓即景……701
七言絶句……701
讀懲忿窒慾編……701

夜坐 …… 701
送李晉陽館丈歸姑蘇 …… 701
詠紅梅 …… 701
賜扇紀恩 …… 702
袁了凡丈過從夜飲重惠佳章書此爲酬 …… 702
了凡時將出宰復賦二章爲別 …… 702
題熊尉遺思卷二首乃子尚文發解江右。 …… 702
觀奕 …… 703
重送中尉望兄赴東粤幕府二首 …… 703
送林開先館丈藩参浙中四首 …… 703
鄴中懷古 …… 703
渡揚子江 …… 704
雪後蚤發鄭城 …… 704
戲題郵亭 …… 704
西湖懷古 …… 704
金陵別家弟明學 …… 704
舍弟歸寄問社中諸君 …… 705
題雲嶺貞松圖爲某侍御題。 …… 705
題四皓册 …… 705
題畫竹爲蘇心竹太常題 …… 705
八景詠爲杜日章將軍作 …… 706
戊申冬閲邸報有感 …… 706
風雨甲寅八月初六日。 …… 707
讀張江陵集有感 …… 707
吕純陽先生降筆以詩見示前生原是列真有感奉和 …… 707
奉茶香二事作仙供并謝賜藥方 …… 708

戰遼陽 …… 708
奉寄吕純陽先生兼獻茶香之供 …… 709
漫題四首辛酉起官。 …… 709
晚春二首 …… 709
别星兒白下 …… 709
舟發錢塘晚憇宿六鰲塔下時甲子七月十三日。 …… 709
蚤到富陽 …… 710
桐廬道中 …… 710
上灘 …… 710
舟行苦熱 …… 710
賦得歸去青山好十首 …… 710
車中望武夷山 …… 711
題福唐宏路驛後老樹時福唐相國將歸 …… 711
莆陽道中見不入試諸士子紛紛還歸感賦 …… 711
老妻病甦志喜甲子自南都歸。 …… 712
與客對奕 …… 712
五日漫書 …… 712
東池殘荷 …… 712
齋中木芙蓉十月始花戲贈一絶 …… 712
過武夷遇陰雨阻遊 …… 713
雨霽過鉛山 …… 713
清明道中即事 …… 713
重過富陽江 …… 713
於越道中至後聞歸雁 …… 713
雪後玉山道中 …… 713
仲冬入閩見梅花盛開 …… 714

重過武夷山 …… 714

問歸燕 …… 714

代燕答 …… 714

感事 …… 714

丁卯仲冬欣聞魏璫伏辜奸逆盡殄聖主神斷逈邁古今敬賦太平歌十首 …… 714

赴召北上淮陽道中即景書懷 …… 715

過嚴陵釣臺 …… 715

聯語 …… 716

登第後過家題新居 …… 716

題祠堂 …… 716

題伯兄我藩齋居 …… 716

乙未年題南雍司成齋中寒碧亭 …… 716

題南雍一鑑亭 …… 716

題逍遥園壬子、癸丑。 …… 717

乙卯燈聯 …… 717

坊聯 …… 718

朱晦翁祠聯 …… 718

丙辰燈聯 …… 718

丁巳燈聯 …… 719

己未燈聯 …… 719

祠堂聯 …… 719

辛酉春聯 …… 720

壬戌春燈聯 …… 720

坊聯 …… 721

癸亥春燈聯 …… 721

乙丑燈聯 …… 721

丙寅家坊燈聯 …… 722

祠堂燈聯 …… 722

丁卯坊聯 …… 722

祠堂聯 …… 723

戊辰燈聯 …… 723

庚午燈聯 …… 723

來青閣對聯 …… 724

辛未燈聯 …… 724

甲戌燈聯 …… 724

乙亥燈聯 …… 725

觀海樓聯 …… 726

題吕仙師來青閣 …… 726

丙子春聯 …… 726

丁丑春聯 …… 727

校點後記 …… 728

河干集卷一

議

國朝理學名臣考議

夫理學之名，豈不亦瓌偉甚高哉，而何議者之多訾也。自遷、固斥儒者爲寡要罔功，而以列於九家藝術之流，荀卿作四儒解，貶駁譏詆剖擊，嚴於鈇鉞。至宋末而道學之禁尤嚴，近時號爲先正者，亦曰願爲真士夫，不爲僞道學。噫，何其不譽之甚哉！理學之名，一耳，而其致有真僞。彼有浮慕其真而托於僞以溷者，天下惡其僞之溷真，於是併其真者而疑之。昭明似鳳，碔砆似玉，惡其似也。既而見玉與鳳，曰是亦碔砆、昭明也，則亦黎丘丈人之智而已矣。

前代無論已。我國家文教宣朗，重道崇儒，百餘年來，元精鬱涬，宣、正、成、弘之際，真儒輩出，理學起家者，無慮十數輩。薛文清倡道于河津，胡叔心、吳聘君、羅文毅、張廷祥、張克修接武于江右，章德懋、陳士賢、王文成紹統于會稽，陳公甫馳聲于新會，莊孔暘高步于江浦，蔡介夫鳳舉于温陵，陳剩夫鴻鳴于漳海，黄仲昭、周梁石奮迹于莆陽，鄒汝愚標俊于蜀漢，後先輝映，羽翼聖真，斌斌盛矣。究其造詣，亦略可言。文清以復性爲宗而推之實踐窮理，胡叔心以主敬爲本而嚴於謹獨防微。良知是致，而契明明德之旨者，王文成也。體認天理而在勿忘勿助之間者，陳公甫也。羅文毅之明道救時，青天白日之致歟？陳剩夫之主一無適，超悟獨詣之玄乎？介夫專精於《易》，而餙躬勵行。石梁求見聖人之一，而由博反約。聘君以聖賢必可爲而沉潛收歛。至若陳士賢之克己求仁，章德懋之精詣靜養，張克修之窮理致知，張廷祥之學際天人，黄仲昭之耽嗜名理，鄒汝愚之據經守義，莊孔暘之志大學博，率皆澤於道德，游於高明，上足以闡洙泗之統緒，下足以闖濂、洛、關、閩之奥窔。高者入室，次亦升堂。其於聖人之道，概乎有聞者也。故其正氣真誠，足以維持宇宙；清風勁節，足以扶植綱常。大者如折奄振之權，諍奪情之議，平宸濠之逆，抗燈火之疏，上正學之書，拒逆藩之黨，而其餘亦循法恪職，守道修姱，矜名節，樂恬退，豈不謂明時楨幹而人倫羽儀者哉！以是爲理學，誰得而非之？雖其所由不無異同，要以不詭聖道，猶之適燕者越人操舟，秦人乘橇，於以求至一也。猶之射者或布侯，或棲鵠，於以祈中一也。今薛、王、胡、陳已列從祀，而餘亦多尸祝於鄉，學士大夫人人能誦之，表章非缺也。

乃邇者頽風漸煽，士或假僞以亂真，招號聲名以譁衆取寵，使人有昭明、碔砆之疑，毋亦議論勝而操行微乎？蓋文清之言曰：朱子以後，性理已明，正不必多爲著書。而今學士大夫，或剽竊土苴而多爲言説，至求之身心反索如也。愚以爲廟堂廣勵之路，必尚真脩而黜浮辭，而又取其真脩最著若倫清、真晟輩者，衡量精覈，以補祀典之未備，明示上意所向在此而不在彼，然後醇風可復而真儒可追也。此愚所欲議而未敢輕議者也。

國朝營制考

今天下有視若無患而實有深可患者，京營之兵是也。方今四郊無壘，却馬以糞，當事者遂目佳兵爲不祥，謂可奠枕而莫之講。不知自古無百年無事之天下，其禍敗横發，每至潰決而不可收拾者，多起於弢甲衅兵之日。士大夫狃於文墨議論，輕介胄而不知衈根本，浸弱漸成不掉，及其一旦卒起，遂至錯愕而莫可誰何。此自古已然。而況我國家定鼎幽燕，密邇悍虜，門户堂奥，將於是焉在。《易》曰："惟事事乃其有備，有備無患。"《司馬法》曰："天下雖安，忘戰必危。"將狃治安之形於此，而忘綢繆之備於彼，以幸無事也，不亦過乎？

間嘗考國家營制，自開創迄于兹，蓋未嘗不嘆前人貽翼之善，而後稍失之也。昔我太祖高皇帝，建設長策，計安萬世，天下既平，置留守等四十八衛，分隸五府，于以居重馭輕，控制宇内，品式周密，最爲深遠。統而言之，有七美焉。夫其五府並建，勢均力敵，彼此足以相制，威棱足以相懾，則彈壓之勢安。府自爲將，將自爲兵，堅瑕足以相形，勸懲足以相勵，則激勸之道寓。大小相司，什伍相保，逋逃者必覺，私役者必懲，則句稽之籍定。將有恒卒，卒有恒伍，夜戰聲相聞，晝戰目相識，則部署之法閑。府司尺籍，不得與調發，部司調發，不得與尺籍，則參伍之權當。出則命將，入則歸伍，聚散惟其時，操縱惟其令，則張弛之形便。統以大將，承以偏裨，選必取諸鷹揚，任不及夫紈袴，則推擇之制嚴。兼是數者，是以國威常壯，士氣常肅，撻伐之績用張，逆亂之萌不作。三代而下，治兵振旅之制，未有善於皇祖者也。

逮我成祖靖難之役，增七十有二衛，悉聚五軍營。又以寶纛龍旗定三千達子，置三千營，因平安南得火器神鎗，立神機營，是謂三大營，而河南、山東、大寧、中都之班操軍附焉。當時征伐四方，三犂虜庭，京營之兵因以團聚不散，而府直虛名耳。營府分爲二，似非建府本意。至榆木川之役，師還及關，時則可以散而不及散。其後承襲既久，武備漸隳。正統己巳之變，幾不能軍。于忠肅達務濟變，即三大營中抽其選鋒爲十團營，營各萬計，而其餘歸于三大營者謂之老家。成化中又增爲十二團營，弘治中又于十二團營之中選擇三萬聽征，爲東西官廳兵。逮至嘉靖庚戌，虜騎長驅，京營之兵至不能出一矢抗虜。於是天子赫然震怒，簿責大司馬以下，一時諸臣皇恐，無以稱上意。乃請復三大營，罷團營、官廳之兵，因神機爲神機，改三千爲神樞，與五軍營凡三，總以勳臣，協以樞臣，巡以臺臣、省臣，而中分三十小營，則以副將、參、遊三十分領，而總謂之戎政府。然耳目雖新，沿襲猶舊，終與國初規制逈異。至於今而弊益有可言焉。

國初洪、永時武猛超距之士不下三十餘萬，至正統間而其可戰者僅得十萬，至弘治間而其可戰者僅得三萬，而號爲老家者亦缺額太半。至於今，統三營之衆，不能國初三分之一，而選鋒直化爲烏有矣，則尺籍之弊已極也。今登壇而建旗鼓者大抵皆世禄之裔，而偏裨以下，或多賄通，目不能辨旌旗，耳不能節金鼓，身不曾履沙場，志耽慆淫，心存乾没。而爲協理巡視者，亦廑廑望以苛禮，視營政反若秦越，則選置之弊已極也。今營將教士之期，歲不過數月，月不過數日，其下操也，亦不過趨走數十步，吶喊數十聲，與角觝俳優之戲何異。至一罷操，而荷擔出市，絶不談兵，又安望其技擊節制可施於戰陳者哉？則訓練之弊已極也。夫賞罰明則士輕死，今操閱之際，雖有愆伐之法，已不敢盡用之士，至於將領，率多脂韋便僻，以求取容。臺省希所論劾，協理不聞參治，大抵呴濡在事，按資序遷而已。以此駕馭，人何由奮，則賞罰之弊已極也。曩者國家無事，往往以京軍充力役，每有營造，奔命靡遑，固已化戈鋋爲畚鍤矣。而豪右巨室，復因而役屬之，供應煩雜，營伍空虚，則占役之弊已極也。聞之京營諸將，往往有需月錢，索常例，或利其該操不到追取贖鍰者。國家歲漕東南百萬石以贍兵，而兵出月糧之半以贍將，故可知也。諸將多賈人子，厚金帛結中貴爲奥窟。彼既輸財于此，不得不取盈于彼，則悛削之弊已極也。若是而謂國之有兵也，可乎哉？

吾以當今之時，即幸而無他變，設或意外突至，亦有袖手錯愕而莫可誰何耳，於此輩復可恃賴也。蒿目憂時之士，見尺籍之耗減，則謂勾補當嚴；見職掌之廢弛，則謂選置當精；見訓練之失實，則謂蒐閲之法當飭；見賞罰之無章，則謂勸懲之典當嚴；見供應之無藝，則謂占役不可不革；見剢削之已甚，則謂債帥不可不懲。此皆補弊捄偏，要亦一時之石畫。乃其弊端所自來，實在於馭卒而利其不精，馭將而利其不任。何謂馭卒利其不精？團聚之卒，積惰成驕，給散後時，則脱巾搆煽，稍繩以法，且群起而姍矣。彼方無舍矢之能，而猶若是，而況人精其技，跋扈將何所不至？故寧得不練之士而馭之，猶可以相安旦夕，而無爲輦轂憂。何謂馭將利其不任？今以國家利器寄之一人，數萬人惟其指揮，即士非服習，爲勢已重矣。而況於精鋭成林，安所逃忌？故寧嚄唶自全，而無寧使人以肘腋疑我，苟歲月之無事而已。此無他，兵不分則易悍，將不分則易疑耳。故其要莫如復祖制，挈兵還府，俾五府相爲控彈，斯可無二者之嫌，然後六弊可漸袪，七美可漸收，雖有卒然之變，不患無備，國家之勢庶保常安矣。

屯田鹽法議

今天下事極弊而當亟反者，莫甚于屯田、鹽法。天下習見其弊而莫究所由弊，或究所由弊而不能信必然之計以祛弊之所由來，是以弊至於不可捄，而國家終無所獲其利。蓋我祖宗建設長策，於正賦之外，所恃以足兵食而紓國計者，惟屯鹽爲最大。國初衛所之兵徧天下，屯田亦徧天下。力農講武，分番迭更，率二人受田四十畝，歲入十二石，二兵供一而自食其餘。至餘丁亦以差受田，而歲課其入焉。使行之不變，餘丁益多，地利益闢，盡天下之屯，足以給天下之兵，而縣官無所與其費，屯田豈不誠大利哉！國家供邊，多藉鹽利，於各處産鹽之地，領以轉運提舉，通商辦鹽，令輸粟實邊而支引行鹽。大抵行鹽一引，輸邊粟二斗五升。征薄酬厚，以故商人多於邊地自立堡伍，鳩集貧民墾田力作，以便開中。是以當時邊粟有餘，無轉餉糴買之苦，鹽法豈不誠大利哉！

乃今二百年來，玩愒相仍，蠹壞從生，虚文徒具，實利寖微。四方軍實，悉藉民間，邊儲緩急，倚辦運糴，而屯田、鹽法，直弁髦耳。當事者莫不習見其弊，乃其弊則有所從來矣。夫屯田之弊孔雖多，而實不出於頑黠之隱匿，豪右之影侵。自更番法廢，逋負者攘爲已有，强弱相噬，兼併者視爲世業，尺籍無辨，轉相傳賣，即明知其爲故屯，固未肯心服而輸之官也。故勾稽之嚴當議也。鹽法之弊孔雖多，而大要不外小民之私販，貴近之奏討。興販出没而網漏於吞舟，奏討一分而夾帶且十倍。餘鹽既多，正引自滯。即有恤竈招商之令，欲不逃亡不可得也。故督察之嚴當議也。

夫今之職屯田者，誰不議勾稽？職鹽法者，誰不議督察？而弊不少損者，則未得所以任人也。任人者使人必以法而行之官，我必以法而行之人者也。以法行之官者，借以吏勢，假以便宜，無久近必搜，無貴賤必繩，而上不從中撓者也。必以法行之人者，稱職必賞，耗廢必罰，課額日增則隨以優叙，循襲舊文則從以顯斥，而人不得規避者也。夫因循宿弊者不藉口於生事，則隳心於任怨也。使彼法行則無生事任怨之可慮，我法行則彼雖欲慮生事任怨而亦不暇顧矣。如是而屯鹽庶幾可復也。雖然，舊屯當清，不若增屯田之新額也。餘鹽當革，不若復輸粟之本色也。今京輔之地曠閑數多，貴戚近侍日以莊田陳乞者無慮數十萬，不可稍裁損而藉之爲屯乎？河湟代北前代若趙充國、韓重華皆能以屯田佐軍興，未嘗之絶。先臣霍文敏、丘文莊皆言西路沿邊，水深土厚，若以南人教之耕種，實爲無窮之利。誠得人而斷以必行，屯額之廣，當不知其幾矣。至於大江以南，則如湖蕩斥鹵之未墾者，淫祠毁寺之可收者，奸豪欺隱之没入者，並可藉之爲屯。屯數既增，而定以經制，俾不復壞，屯政不患不舉矣。國初天下鹽課於各邊開中，俱納本色米豆。當時商人畢力墾耕，粟菽盈溢。正統、天順之間，粟石至易銀二錢。其後换以折色，間或輸粟，亦非二斗五升之舊。稼穡無利，商人遂撤業而歸，邊地日荒，粟價騰踴，而銀五兩不易粟一石矣。夫折色之利少而粟貴之害大，當事者見其利而不見其害，至於今邊儲日困，實誰作俑？誠舉本色舊課而復之，使耕種還業，塞下之粟必多。且商人喜於輸粟之易而樂其得利之厚，將不待招而商自集，鹽法不患其不復矣。

嗟夫！天下之事始以因循而弊，既相習而不自知。既知其弊，又相仗而不亟反。自非深原其本末而務必然之畫，未有能濟者矣。此今時之通患，而屯鹽尤急者也。謹議。

救荒奇策何如

聞爲國者之有備荒，不聞其有救荒也。賈生有言：堯有九年之水，湯有七年之旱，而國無捐瘠者，蓄積多而備先豫也。夫不修備而修救，而求其策之奇，自古及今未有能出者也。古今言救荒者多出於《周禮》。《周禮》荒政十有二，其於修救之道蓋詳哉其言之矣。雖然，此成周之所能行，而後世之不能必效者也。何也？周之備豫而後世之備不豫故耳。蓋天下有百年之計，然後能有一時之計。備者百年之計，而救者一時之計也。考之《周禮》，百年之計甚具，十二政不與焉。觀其保息以養萬民，九式以均財用。委人掌縣都之委積，以偵凶歉；廩人司九穀之登耗，以防賑恤。皆品式裁成，準酌盈虚，以爲卒然之應。而一遇歲荒，則君食不舉樂，衣布搢木，大夫不造車馬，士不履絲屨。是以三年耕則餘一年之食，九年耕則餘三年之食。帑廥充溢，儲偫不乏。以此救荒，而十二政乃可舉也。是故上有宛財則可以克己裕人，故先之以散財、薄征。督責過嚴則民益不聊生，故次之以緩刑、弛役、去譏、舍禁。虚文繁苛，或至費浮，肥蠹厲魃，或干沴咎，故次之以眚禮、殺哀。蕃樂多昏，索鬼神饑，民易與爲亂，故終之以治盜賊。要之，百年之計在先而一時之計在後，備而後救之，故年殺而不至恇懼也。

三代而下救荒者多踵周官之遺，然百年之計非豫，而一時之計徒勤，亦不過補殘苴漏，苟且於咄嗟之間，而其遺於所救者多矣。方今寓内多灾，南北水旱，殆無寧處。頃發内帑裁數十萬，賑者未甦，而司農水衡告絀矣，而災報猶洊至也。即欲更議散財，何財可散？邊需藩禄，絫歲稱逋，即欲更議薄征，何征可薄？此其大端，固已牴牾難行矣。即其他不過如向之所謂補殘苴漏止耳，烏能如成周之畫然必濟者哉！然則荒殆不可救乎？夫以百年而救一時者上也，以一時而救一時者下也，然而不善行之則無策也。夫今積儲之具既不可卒辦，而節省之圖猶可亟爲。廟堂之上，誠奮然振刷，躬澣濯之儉，塞漏卮之奸，捐不急之務，省無藝之求，去無用之官，此其所節，當以鉅萬計。然後倣所謂十二策者而次第行之，而又輔其未備，則如司馬光之擇守令，使各賑所轄者，可行也。如隆興中，立賞格，使富粟者自相賑，可行也。如富鄭公擇公私廬舍，以居流民，賦官吏待缺者禄貸以食民，而益以公廩者，可行也。如趙清獻增米直，使四方商賈輻輳而直反賤者，可行也。此無策之策，可以紓目前者，計無出此。必若求其奇策，則非百年之計不可，是所當速圖而不可驟致者也。

修理黄河事宜議

今天下之最可患者宜莫如黄河矣。昔之患在河而今之患更在漕，昔之患在民而今更舉國家安危大命恐恐焉惟咽喉之是憂。自國家經制河渠以來，不知其凡幾潰矣。潰輒治，治輒復潰，故可知也。河發源星宿海，越崑崙，歷西域，經秦、晉以至中國，數千里建瓴而下，而又挾涇、渭、汾、潞、伊、洛之水以滙于一淮而入海。故當其洶湧而不可支，則必乘瑕而決，決則支流漫衍，湮城郭，魚人民，甚且水勢分而運道奪，蓋勢所必至者。當事者憂其害而爲之捄，則有築與濬而已。議者曰：治河當求百年之計，而毋務爲一時之計。愚以爲當今之時，即二賈復生，出二策之外，而求必然之畫，未必其能得也。要之，審機而實圖之，則百年之計，亦惟築與濬而已。不審機而實圖之，則一時之計亦惟築與濬而已。

間者河決開封、靈寶、祥符等處，河南十餘州縣均被其災，漂溺之患至博矣。乃奉公之臣，復鰓鰓以齧漕爲憂，此非過計也。國家建會通河，籍黄水以資運。弘治中，築堤于張秋之黄陵崗，北斷河流，引河由歸德達徐、沛以入運道，歲漕賴之。且如往者，原武決而淤荼城，滎陽決而犯張秋，金龍、武城決而運道阻。今祥符之劉獸醫、蘭陽之銅瓦廂決皆百餘丈，且與張秋接壤，萬一奪河而北，如歲漕大計何？天子軫念河務，勑當事之臣鳩工分治，而又罪曩昔呰窳者，特遣近臣行河，計畫利便，不日且有成績。顧愚以意揣度之，今日之務總無能出於築與濬，惟在當事者深計而不以近慮，實圖而不以虚應，則百年之效可覩也。夫今瀕河諸處已決者將不議捲埽復故堤乎？未決者將不完繕俾益高厚乎？北近張秋，漕河要害，將不議益加峻其防乎？下流壅淤，將不議撈沙挑港乎？然愚以爲，河性猛悍善決，若束水太急，與河争地，欲藉一堤以承其鋭而保永久無患，勢不可得。故決雖塞而不益遠其堤以殺河怒，無益也。夏秋之間，一遇霪潦，水輒驟漲，或高于堤堰，溯霈振蕩而無所洩，不至濫溢而潰堤以去不止也。故堤雖設而不多築滚水壩以洩其溢，無益也。河流淤濁，一升之水，沙居强半，流少緩則必壅滯，勢也。今歲挑歲淺，煩費莫已，曷若多開水門，或高、寶等處各令赴海，幾下流益廣而衝刷自利，故挑濬雖勤而不益廣下流，無益也。夫建遥堤、築滚水壩、多開水門，此皆深計而不狃近慮者也。聞之治河者，以含沙之土遏滔天之勢，以疎柳之條障漂石之流，而其人又多待哺孱弱羸憊之夫，或剋削其金錢，任其慵玩而不問。故工役雖多而督責不嚴，無益也。今治河雖有撫、按、鹽司、部使者相爲經理，然無過提其要領，至於守、令、丞、尉，趾不及河壖，目不知畚鍤，而以委之散冗卑雜之賤吏，是以食不必歸工，工不必歸河，徒具文塞責耳。故綜理雖周而不擇任使，無益也。曩者草灣之役，大司空受上賞矣，然不久而堙没至今，何者？患在取效速而見功疾耳。夫不一勞而能永逸，不暫費而求永寧，則大禹不待四乘矣。今稽覈出納，期會約束，當事之臣掣肘顧慮，安知不有徼倖成功以希一日之賞者乎？故勑諭雖勤而便宜不假，無益也。夫嚴督責、擇任使、假便宜，皆實圖而不以虚應者也，如是乃庶幾百年之計矣。而議者復爲國家設萬一之慮，欲尋海運故道以待河漕之不虞，而屢議屢格，且撓之曰安知夫成之甚難而湮之甚易也。夫東南之民駕艅皇、測景緯，出没颶風巨浪之中，以交市外國，若履平陸然，而中原艘卒顧視若就死也。有如多方召募，得其人善海者，求勝國之遺迹，以無失國初不廢遮洋之意，即成雖難當不難於河湮，雖易當不易於河也。此誠千萬年之計也。語曰：非常之原，黎民懼焉。則海運之説是已。

防河議

今天下之最可患者莫如河，河之最可患者尤莫如徐、淮之間。往者河決劉獸醫、銅瓦箱諸處，河南十餘州縣被其災。於是天子爲罷當事諸臣，特遣行河使者，計畫利便，顧此未足以當國家大患，且有成畫矣。乃者徐、淮間自河臣建新堤以後，幾十年無河患，然以黄、淮合流，數千里洶湧淜湃之水，束之一堤，今河流日淤，河身日高，計堤高于地丈餘，夏秋水漲，幾與堤並，是水顧行地上，堤不足恃，而潰溢且必至矣。設黄水直搗運河，而潰通灣、天妃諸閘，則虞在漕；淮爲河激縮而灌鳳、泗，益犯無已，則虞在陵寢。自清河出海，四折之地，排山振薄，撼城而出其上，一決則虞在全淮民命。此三患者，亦至博而難爲計矣。

邇者建言之臣爲國家出萬不得已之畫，欲議復老黄河故道者，此亦軫慮極思而一勞暫費之必不可已者也。請參以治河諸策而試言其便。大抵先後言治河者無過四策，曰開支河，濬海口，築遥堤，勤埽捲而已矣。夫河身未甚高，分支河以殺其勢可也。今河淤且與岸等，令益分益引，不將奪正道而益甚其淤乎？海口之下流既濬，宜可以疏上流，然往者河臣建堤自東安至雲梯，期於衝刷海口。今上流高壅乃逾昔也，此其故豈專在海口乎？舊以縷堤束水，慮勢急横溢。曩者新堤已遠，不復與水争地矣，且有齧急之患，即欲議遠堤，將何底止乎？埽捲之説可施於事勢未極之時，今河患在旦夕，即歲埽且不勝其淤也，能以力争而令其安流乎？夫水行地中者也，今且行地上矣。行地上勢必不能久，即不復故道，非久亦必潰決他徙，他徙則必卒然横出，而變不可支。與任其横出而有不可支之變，曷若引之故道而藉其安流之利也。古今言治水者必曰就下，此非迂説也。今故道自漁溝鐵線一帶，地皆窪下，計水勢所利，莫便于此。國初陳平江始開會通，此實正河。今自桃源三義鎮起，至瓦子灘約九十里，其河形尚存者猶三十里。兹循其舊而復之，是事非鑿空，而可據者亦莫便于此。且其地皆斥莽不耕無民居土田，則有利而無害者，亦宜莫便于此。而或者以爲道遠費鉅。夫故道不復則費少而終遺其害，復故道則費多而必獲其利。况利獲則費可支，害遺而費尚無窮。此兩策者固相去遠也。曰然則故道復遂可百年無害乎？曰不敢必也。陳平江時豈不藉其利，今且奪而害也，吾安知夫後之不復爾也。要之，故道復而時修，向所謂四策者則三患可以無虞，故道復而無以善其後，則利害猶未可知也。顧在今日之計，誠未有長此者。若夫消弭之本與夫善後之圖，非愚之所能盡議者也。

處置滿桂兼任督撫議

太子少保、禮部尚書兼翰林院學士、掌詹事府事職黄汝良議得：自古有大將，有戰將。大將者有謀有勇，有恩有威，如漢淮陰，唐李、郭是也。戰將者賈勇先登，衝鋒陷陣，如絳、灌、樊、酈輩是也。大將固不易得，戰將得亦不易。

據所聞滿鎮廉勇自將，目無勍敵，惟是上下之間，多所齟齬。袁撫臣稱其剛愎自用，去鎮之日，士卒各有喜心。夫大將必平日撫循士卒，然後可申嚴紀律。兵志曰：視卒如嬰兒，乃可與赴深谿；視卒如子，乃可與俱死。若滿鎮者似恩威、剛柔、謀勇猶有未全，若比之淮陰、李、郭，不無少遜也。然王督師盛稱其足任驅策，而與撫臣固守危城，功効已著。撫臣亦稱其城中屢請出戰。則其膽勇氣決大有過人者，斷斷爲有用戰將，不宜置之休閑，自失干城之用也。第欲再與撫臣同城同事，恐嫌隙既開，將來必至矛盾冰炭，誤事不小，此又甚不可也。似宜儲之榆關，優以應得職銜，或隸督師帳部，或令訓練營屯，如遇奴賊入犯，即令相機截殺，攻城即令犄角應援，惰歸即令領兵追剿。仍諭令每事聽撫臣調度，勿得孤行一意。又勿謂爵位已高，虚憍怠事，即如絳、灌、樊、酈，疏榮帶礪，前途儘可策勳。夫以悁忿如魏延，孔明能用之蹙魏；鷙悍如鄧羌，景略能用之破燕。督師既切憐才之心，自有駕馭之術。他日廟堂且以保任法持其後，想督師必能重圖之也。

至於督、撫二臣，一德同心，原無分畛域。即爲滿鎮一事互争，亦從君國起見，朝廷似宜亟頒勑諭一道，勉以共襄王事。均任封疆，一體之中，手足豈宜異嚮；同舟之内，胡越亦應齊心。遠追廉、藺、寇、賈之芳規，近鑒熊經、王撫之覆轍。平時誼切輔車，有事互相首尾。如仍懷懻忮，或致参差，則廟堂自有真見聞，國家自有三尺法，功罪維均，誰敢軒輊。二臣爲社稷封疆計，自不容不和；即爲功罪身家計，雖欲不和，亦不可得矣。督、撫既和，自可同力共濟。昔漢命趙充國討先零，亦佐以辛武賢；晉武伐吴，兼用［王］渾、王濬；宋討西夏，亦並用韓琦、范仲淹；神祖時討哱劉，亦用葉夢熊經略、梅國禎巡撫，克奏膚功。封疆重大，强寇匪茹，恐一人之意見力量未易擔荷也。要在用得其人，人和其衷耳。安見專任之爲得，並任之爲失哉？伏讀明旨有云：一文一武，果足了恢復大計否？淵哉聖謨，已明見萬里，足折衷盈庭矣，何用更議爲哉？

會議總督張我續兵餉被劾事

具官職黄汝良議得：人君遣帥，恒以不御爲權。古有多金恣出入，盈篋謗不問者，主術也。長子帥師，先以一廉率下，古有竹頭木屑必稽，歸槖圖書數卷者，臣誼也。故數米而爨，誠非軍事所宜；粱肉載車，亦爲名將之累。安得以軍中使錢如使水藉口，獨不顧三空四盡之時乎？

原任總督張，奉命援蜀、援黔，自宜悉心覈兵覈餉，詎可博大成性，支取任情，策勳未免逗遛，糜費動經億萬。自來多口，何説之辭，惟是取用，當有支銷。支銷全憑册籍。今各處撫按查過册籍，俱已到部。張總督亦原有青册在部，該部宜選擇精明正直司官數員，取册籍徹底磨算，查其支銷明白與否。倘其有支有銷也，縱冒濫尚屬軍興，其過輕；倘其有支無銷也，則贓私當以何屬，其過重。

要須虛心公道，不縱不苛，俟撒算總算訖，分明抄傳，與舉朝海内共見之。國有常憲，律有明條，誰敢高下其手？然後奏請上裁，庶法紀昭，人心服，任事不嘆約結，儲偫不至漏巵矣。謹議。

題雙峰叔祖直後議

雙峰叔祖直後之議凡三易矣。始議以遺産入畏菴曾叔祖輪祀，繼議直閱焕之子錦，兹又議直明廸之子鎧。夫産入禰廟，因得禰食，宜不至爲若敖氏餒矣。獨惜雙峰身應郎宿，子列青衿，有可繼而莫爲之繼，而使其後斬焉忽諸，即神爲寓公，亦未妥也。直錦於倫序，似宜矣，然雙峰繼室沈固卻不願也，曰錦自有當繼者，至於告官給照，其亦有以致之耶？未亡人不願，誰能强之？不願而强，是禮所譏與爲人後者也，雖後猶弗後耳。鎧以親則與錦同，以序則亞於錦。然祖嬸沈之言曰：錦庶而鎧適，錦蕩而鎧愿，斷於心，請於廟，肯於族衆，曰後必鎧也，又誰能强之？吾儕宗盟總無適，莫第使雙峰無後而有後，更又何求？從今以往，祀往事居，耦俱無猜，毋令置後若棊奕然，其尤在鎧乎？其尤在鎧乎？

漢南北軍制略

昔漢高帝定天下，置南北軍于京師，卒與漢相終始，間亦增損少異，自子長、孟堅、蔚宗所譔《史記》、前後《漢書》，於漢事蓋詳哉其言之，而兵制獨缺，遂使一代經武之典，散逸無考，特其一二附見於紀傳表志中，間得以意采而述焉。

大都漢以南軍主宿衛殿門，屬衛尉；北軍主京城巡徼，屬中尉。衛尉而下有南宫、北宫衛士，左右都侯、宫掖七門司馬，而郎中令所掌諸郎騎職。殿門内不領于衛尉，然皆謂之南軍。中尉而下有緹騎，十二城門屯兵，左右京輔都尉丞之兵，皆屬于中尉，是爲北軍。余嘗謂其經制之善有五：一曰居重之慮深。漢初以南北軍駐京師，壯鈎陳之衛，至四方征伐，輒以羽檄銅符發兵，郡國問至刑徒罪人未嘗撤及，南北軍所以衛根本而遏邪萌，深得有備無患之略，故曰居重之慮深也。二曰控制之形便。衛尉、中尉分主南北軍，各自爲營壘，勢均力敵，足以相制。故太尉勃雖入北軍而南軍在内,深憂其不勝。勃雖告南軍勿内吕産,然卒以清宫掖而誅産者,北軍也。以此知兩軍相爲表裏,其勢且持衡,而無敢恣。及文帝拜宋昌爲衛將軍,領南北軍,殊失並建本意,未久遂罷衛將軍,仍以分屬。故曰控制之形便也。三曰養兵之費省。漢初南北軍軍可二萬人,如建元間詔衛士轉置迎送常二萬人是也。統京師之兵不滿四萬,然皆簡閲精練,足以蓄威耀武。其時食易給而軍興不乏,又以每歲正月季秋行幸曲臺,罷遣衛士,勸以農桑,猶有井田兵農之遺。稍稍分番,力作自食,而不專仰歲漕,故曰養兵之費省也。四曰番調之法閑。南北軍初無常人,以民始傳者爲之,民二十三而傳,六十五而免。南軍調之他郡國,北軍調之左右京輔。蓋以遠者衛宫則適莫不生,以近者衛城則患難可同。至於更番遞上,去則觀其角觝,歸則程以都試。如五鳳間黄霸爲京兆,坐發卒詣北軍馬不適士貶秩,欲令勾稽嚴核,不得以虚文塞責,故曰番調之法閑也。五曰節制之令嚴。太尉雖本兵,然三公位尊,或置或否,職非專司,衛尉、中尉實專涖之。北軍錯列長安城内,南軍環列宫垣,出入防衛,極其周密。太尉勃欲入北軍,非得紀通漢節,則軍門得以拒之。監軍御史擅穿北軍垣壘,軍正胡建得斬之。相國産欲入宫爲亂,衛尉不内,遂徘徊殿廷而無可誰何。江充劾貴戚近臣當詣北軍者,輒禁止不得入宫殿門,他可知矣。雖有大奸賊,誰敢睥睨其間者?故曰節制之令嚴也。南北軍在漢初兼此五者,一代良法,亦略可覩矣。

其後稍稍變易,遂以浸湮。元始中,發中尉卒擊南越。金城之役,發羽林佽飛之士擊羌,而京師之兵始出。孝武既以中尉材官出征,恐京師無重兵而生變,於是增置八校,又置期門羽林,以益南軍,而兵籍始非舊矣。八校之置大率多以習知胡越人充之,則召募自此始。期門羽林皆世家子遞相承代,則長從自此始。更調不一,而國家蕭然煩費矣。及至世祖罷都試而外兵不練,雖增屯廣戍,列營置塢,而國有征伐,悉藉中都兵,或移兵留屯,奔命四方,而禁旅無復鎮衛之職。永初間,募民入穀得爲虎賁羽林、緹騎營士,而營衛之選益衰。延熹間,詔羽林虎賁不事事者半俸,而京師之兵益單弱矣。至靈帝中平間,置西園八校尉,以小黄門蹇碩爲上軍校尉，西園軍皆統於碩，而兵權移於宦豎矣。於是始召邊郡之兵，以靖肘腋之患，虺蜴雖除，虎狼入室，漢事遂大壞而不可收拾。夫然後知南北軍之制，高帝之規模，豈不誠宏遠矣哉！

宋新法始末考

史遷《貨殖傳》有言曰："善者因之，其次教誨導利整齊之，最下者與之争。"安石以新法禍宋，當時諸君子排擊詆譏，不遺餘力，後世嗤之不敢道。雖然，安石剛愎偏拗，其行法非也，其法固不盡謬盭。吾嘗摭其始末，鉅者有八。其出于導利教誨整齊者有五：農田水利、保甲、募役、保馬、方田、均税是也。其出于争者有三：均輸、青苗、市易是也。雖不得爲大古因民之利，亦各隨時立政，非可盡非也。熙、豐中，分遣劉彝、程顥等八人行諸路，相度農田水利，税賦科率，徭役利害，數年間得廣田七百九十三處，凡三十六萬一千一百頃有奇。雖給役勞擾，然其得裁成輔相之意，不可少也。保甲之法，十家爲保，有保長；五十家爲大保，有大保長；十大保爲都，有都保正副。每一大保夜輪五人警盜，告捕者即以所獲賞之。同保犯死罪，知而不告者，依律。户兩丁以上選一人爲保丁附保，授之弓弩，教之戰陣，以法寓兵於農之意，而罷募兵。雖教令煩苛，時有追呼之擾，然其通兵農、除盜賊不可貶也。又謂古有庶人在官者，則致民財以禄之。於是先視州縣應用僱直多少，計民貧富，分五等輸錢募役，名免役錢。單丁、女户、未成丁者亦以次輸錢，名助役錢。又於應用僱直外，增取二分，以備水旱，名寬剩錢。而均謂之募役。雖徵錢太重，民或不能盡出錢，然使有力者得錢，出錢者遂得安意於田作衣食而不疲於奔命，弗可易也。保馬之法，保甲願養馬者户一匹，願養二匹者聽。給以監牧見馬，或與直自市，路無過一千匹，免其徭役，給其草料。乘越三百里者有禁。歲一閱其肥瘠，死病者補償。三等以上十户爲保，四等以下十户爲社，以察耗斃逋償。間或有所累，然其損太僕之費充軍興之用，弗可損也。時以田賦不均，乃重定方田及均税法。以一百六十步爲一方，分地計量，隨陂原衍澤而辨其地，因赤黑淤壚而辨其色。量畢乃參定肥瘠，而分五等之税。舊時租額嘗收蹙奇零,如米不及十合而收爲升,絹不及十分而收爲寸之類,今皆不得增展。縣各以其租額歲數爲限,若瘠鹵不毛、山林陂塘、溝路墳墓,皆不税。此其祛影射那移之弊,平輕重多寡之賦,雖百王弗能違也。至若均輸之法,令發運使總五路賦入,資其錢貨用度。凡上供之物,皆得徙貴就賤,因近易遠,預知在京倉庫所當辦者,得以便宜蓄買,而制其有無。夫以斯民惟正之供而爲鄙夫龍斷之行,何其好利而忘大體乎?又以諸路常平廣惠錢穀,當新陳不接之時,民願預借者給之,令出息二分,隨夏秋輸納,謂之青苗錢。夫錢入民手,雖良民不免妄用,及其出息,雖富民不免踰限。出納之奸既叢,督責之刑必用,是以利之道困之耳。市易之法,實祖弘羊平準法。以内庫錢帛置市易務于京師,見貨之可市,及滯於民者,平其價市之。若次市於官則度其金帛田宅爲抵當,而貸之錢,責期使償。各以歲之遠近輸息,過期不輸者加罰錢。夫以人主而逐什一之利,即無論安在其羸在上而不瘠在下,而忍於割民也。

大抵叔世之法無全利,亦無全害。善法者權其利害而全效隨之。新法之善者害不勝利,而其不善者利不勝害,非盡如當時所詆譏者也。今自青苗、均輸、市易外,固多爲當世所遵行,後王賴之。紫敗素也,而價十倍,岐黄之書,庸醫以之殤子,非徒法也。安石之法既不能盡究其利害,而持以執拗,寄之匪人,諸君子繼之以矯激之過,不論本末,喀喀然盡去而後已,故一弊而爲紹述,再弊而爲靖康。後之君子,能權其利害而虚心應之,擇人任之,雖新法而周官可也。

疏

乞進講大學衍義疏

臣經術淺短,闇習寡聞,荷蒙聖德深厚,擢置承明之廬,執經陪講幄有日矣。伏見陛下殫精墳典,雅意儒碩,爰自訪落之年,迄今十六載于兹,勤勤懇懇,恒如一日。容與道德之場,翺翔仁義之囿,夙夜靡懈。邇者春和甫布,講帷宏開,諸儒臣含鷄舌而侍龍顔者,靡不獲盡意極慮,輸忠獻悃。一時大小臣工,驩欣動色，以爲聖明嗜學，駕軼千古，雖高宗之始終典學、成王之日就月將，方之蔑如也。夫功成而緝熙不輟者，上聖之懿矩也。主聖而論思弗替者，藎臣之極思也。臣不佞不勝罣罣之愚，敢攄其一得。

臣聞稽古考文，非以餙觀，啾圖省誡，實以資理。滌濫繁響淫哇而無當于中龢者，非《簫韶》之聲也。誇多獵豔浮華而無益于治理者，非帝王之學也。故無益於治，雖美弗親；有益於治，無言可忽。今廣厦細氈之所敷陳，虎觀蘭臺之所諷誦，言必六經，術皆孔孟，致理成化之助，可謂盡之矣。然而聖賢立言，不廢羽翼；王者多聞，實惟建事。竊見有宋真氏《大學衍義》一書，因孔氏綱目之舊文，推帝王致治之實跡。始言爲治之有序，次言爲學之有本。其言明道術，辨人材，審治體，察民情，則帝王格致之事也。其言崇敬畏，戒逸慾，則帝王誠正之事也。其言正威儀，謹言行，則帝王脩身之事也。其言重妃匹，嚴内治，定國本，教戚屬，則帝王齊家之事也。上稽三五，下迄漢唐，理亂興替，靡不臚列，其於治國平天下則舉措而已矣。信哉，南面之蓍蔡，萬代之準繩，不出户而知天下者也。臣愚嘗謂《大學》以聖賢之微言，涵古今之理治，其書渾淪旁礴而無所不有。《衍義》推帝王之顯道，以暢聖賢之奧窔，其書昭晰森羅而無所不通。故《大學》譬則良玉之在玄圃，明珠之在赤水，而《衍義》譬則陟縣圃者之輿馬，濟赤水者之津筏也。人君而欲遵《大學》之旨，以適於治，舍《衍義》無復之矣。此臣有望於聖明而不能已也。

昔我太祖高皇帝定鼎之初，即命學士宋濂揭書廡壁，朝夕省觀。逮我世宗肅皇帝龍潛之時，已數勤睿覽，及入繼大統，復命儒臣進講。二祖治效，焜燦古今，然是書裨益，良不可誣。方今陛下寤寐先德，聿繩祖武，臣愚以爲法二祖之治，莫如法其學；法其學，莫如法其要。願明詔金華諸臣，以是書與六經、《語》、《孟》更進迭講，陛下凝旒而聽之，治亂興衰，若別白黑，注錯施張，若數一二。拱穆皇序之中，而萬化畢舉，何二祖之不可紹而帝王之不可侔哉！臣昧死上聞，惟陛下幸察。

擬京房上考功課吏疏

臣房經術短淺，行能無異，荷蒙陛下過舉，使待罪郎署，數賜清閒之對。自媿下駑，無以仰塞明詔。竊見陛下虚心求理，憂苦萬民，勤勤懆懆，常若不及，謂宜三光順軌，休徵類應，以昭陛下令德。廼間者日月無光，星辰失序，山崩泉涌，地震石隕，夏霜冬雷，春凋秋榮，盜賊、水旱、饑札、螟蝗，自古災異之衆，未有過於今日者，厥咎安在？毋亦臣下失職，無以稱上意而計安元元之所致歟？《書》曰："惟吉凶不僭在人，惟天降災祥在德。"又曰："惟聖時憲，惟臣欽若。"由是觀之，人事判於下，天變應於上。衆職不舉，百事隳廢，而能熙載亮工，坐弭天變者，自古及今，非所聞也。蓋功罪不彰，雖聖喆無以礪世，黜陟不當，雖帝王無以勸賢。在昔唐虞敷奏以言，明試以功，車服以庸，三載考績，三考黜陟幽明，庶績咸熙，乃作歌曰："元首明哉，股肱良哉，庶事康哉。"然後六府克修，三事允治，地平天成，鳳儀獸舞，休明之聲，千載勿絶。成周之際，王以十二歲時巡，大明黜陟，而又冢宰歲終則令百官府各正治受會，聽其致事，而詔王廢置。三歲則大計群吏之治，而誅賞之維時，附疏後先，奔走禦侮，各勵翼以比其職，故其《詩》曰："百辟卿士，媚于天子，不懈于位，民之攸塈。"逮至成康，天下和同，降福穰穰，祥端畢至，故其《詩》曰："錫兹祉福，惠我無疆，子孫保之。"感應之路，何其亮歟！

當今賢否混淆，聲實相悤，居官者尚窺瞰而鮮靖共之節，除吏者憑毁譽而違舉刺之公。是以人無兢勸之心，政多苟且之圖。賄賂滋章，職業並廢。適見於天示象著郵何？則考核不精，而彰癉之道缺也。夫牛驥同槽則千里無善御，梟鳳同鳴則高崗無好音。今使蹲踏闒茸之輩，諂諂詘詘，日與賢者交臂受事，殿最不明，勸懲莫辨，雖欲勵精爲治，作率興事，以斡世運而回天意，則臣見陛下之不能得也。謂宜自今稍法有虞考績，成周大計之遺意，而推廣之。令上下相司，各以其職，互爲糾察，而總之其長，不時條奏，毋得有所壅蔽隱匿，使淑慝之判，若别白黑，賢不肖之狀，若數一二。然後縣衡而較，畫一而守，而黜陟加焉。雖有讒諂奇衺之人，無所容其喙，天下莫不砥礪濯祓，勉力畢命，以稱陛下之德意，陛下何求而不得，何施而不獲？如此而虞周之治不可致，天變不可消者，臣不信矣。臣房不勝獻曝之志，謹以所作《考功課吏法》昧死上聞，惟陛下少留意焉。

擬士風吏治疏

竊惟世道之污隆係士風,民生之休戚係吏治。自古帝王之臻上理,未嘗不隆斯二者。伏見當今士風日薄,吏治日卑,積習既久,視爲固然,其爲世道民生蠹,不可勝言者。臣觸目感衷,敢以見聞,一二摭拾,爲我陛下言之。

夫士貴於四民,謂其能矜名節、勵廉耻也。廼若窳呰不檢,廉隅罕脩,狙詐成風,頽靡相習。以希榮競進爲良圖,以特立獨行爲迂闊。臣謂今時無爲貴士矣。張官置吏以爲民,謂其能宣豈第,廣仁恩也。乃若乾没爲心,闒茸無任,閭閻不問,嘉石弗矜。高者衹獵虚聲,下者恣爲厚利。臣謂今時無爲貴吏矣。然此士風吏治之弊,而非所由弊。所由弊者在上之禁下,陽禁而陰率之;下之應上,名應而實違之。何謂陽禁而陰率?功令課士則以守正,詔書勑吏則以奉公,然而所用非所勸,所罰非所懲,是謂陽禁而陰率。何謂名應而實違?國家每得一士,必曰守正;拔一吏,必曰奉公。然外托其文以市世令,而内行其私以規世好。是謂名應而實違。臣愚不識忌諱,請畢其説。

今世之士,當其幽潛之日,豈不願矢志勵行,深自愛惜?一旦與世酬接,則見彌文日盛,變態百出,突梯滑稽者顯榮其身,耿介椎魯者久孤於世,呫囁附會則無門而不入,抗意直遂則無媒而見斥。於是始玩功令爲虚文,刓方爲員,推剛爲脆,剗削消磨,而壯志盡隳矣。今世之吏,當其發軔之初,豈不願禔躬恪職,克自樹立?一旦與世相馳逐,則見錢神得志,脂韋耦時,便捷佻巧者炫鬻售欺,悃愊安静者泯忞無聞。苞苴雖革,然暗投而見收;干謁雖嚴,然故違而獲譽。於是始嗤詔令爲空談,朘下營私,罔上競進,馳騖紛錯而初服盡變矣。臣以爲生今之世,即有史曾難爲介,即有夷由難爲廉,即有龔、黄、召、杜難爲理。何者?由來者漸,且有溺而不反之勢。此非有所移易其心志,更新其耳目,大破拘攣之見,廣勵而濯磨之,百年之弊,未易以卒變也。昔漢時禮嚴光,褒卓茂,節義之士,靡然向風。今岩穴之間,安必乏人,而率以終南捷徑、太室高價疑之,士之恬愉者何由勸?故恬退當獎也。國初用人,自甲乙科貢外,别有經明行修、孝弟力田、大臣辟召諸目，以故人以質行自淬勵。今一任呫畢之技，而諸目盡廢，士安得不以好修爲贅厖，華言取寵，而無用耻，鮮不由之。故行舉當重也。語曰：好女者惡女之讎。故長孺側目於公孫，更生負謗於石顯。正人直士所以却迹投袂而不敢前，而諛風益熾矣。故讒衺當遠也。語曰：羊肉不慕蟻，蟻慕羊肉。故子厚不免叔文之黨，欽永失身王鳳之門。權勢移人，輕薄干進之士附之如矢集，雖賢者猶時不免焉。故私竇當塞也。夫有德之世，民至老死不相往來。而今翕翕訿訿，煩禮諛稱，士不由此者則笑以爲狂且悖。澆醇散樸，莫此爲甚。故靡文當革也。脩是五者，庶士知所趣舍而士風其可正乎？

蓋聞善行法者不阿貴，不避近。而今兩臺舉刺，方面藩臬，盡列薦剡，拓落散冗，略糾一二。夫官尊未必賢，官卑未必不肖，而舉刺若此，是縱大吏爲奸，而虛文塞責也。請自今舉刺相參，尊卑如一。故薦劾當公也。夫監司督守令，撫按察監司，是撫按係一方民命，任至重矣。今考課之法已不盡行乎監司，以至撫按則循資按籍，建牙持斧已耳。或威重意得，喜怒任情，罪可賄免，賢可怨蔽，雖寵賂昭彰，被摘以去，吏部猶憑其考注，以行黜陟，如下吏何？故撫按當察也。國初用人，不問資格，故況鐘、周忱輩皆發跡猥瑣，爲世能吏。今三途雖有成議，而實格不行，進士起家即見訾而蒙庇，科貢通籍即見賢而弗録。然則蒙庇者鮮不驕，而弗録者鮮不怠矣。故資格當寬也。國初痛繩墨吏，所以使人重犯而期於無刑。而今大吏賄敗，止于褫職，安享無恙。小吏坐贓，雖有追詰，百計營脱，並得滿載而歸，終身富厚。是以贓犯相望甘心而無所悔。故懲貪當嚴也。昔齊威王烹阿、封即墨，齊國大治。大抵良吏不事聲華，奸吏比周植黨，其大較也。誠能時加咨訪，其真知灼見者時加賞罰，以示不測之恩威，使人聳勵，而撫按不敢行其私。故咨訪當勤也。脩此五者，庶吏知所作率，而吏治其可循乎？

《易》曰："觀盥不薦，有孚顒若。"《大學》曰："其所令反其所好而民不從。"伏惟廟堂之上，端本澄源，正己率物，然後果斷力行，積以歲月，不狃故常，不撓異議，如是而士風不還淳，吏治不近古，世道不隆而民生不遂者，臣未之信也。惟陛下垂察，勅下部院施行，天下幸甚。

論寧夏失事疏此疏草成，會學曾被逮，不果上。

翰林院編修臣黄汝良謹奏，爲西事阽危已甚，督臣處置宜亟事。

臣惟自古無百年無事之國，所貴有爲國任事之臣。人臣爲國任事，必其謀與勇兼，才與誠合，斯能收功閫外，克敵師中。未聞有愞懦觀望，一籌莫措者，而可冀其僥倖集事者也。頃自哱劉搆逆，皇上挈諸鎮重兵，授魏學曾以討賊，生殺操縱，不從中制，委任責成，可謂良厚。臣意學曾受兹付托，感兹知遇，鞠躬盡瘁，何所不勉，么麽小醜，旋即戡定矣。既而見其逗遛難進，委靡不前，奏報悉支吾之詞，舉措盡乖張之狀。爲賊愚弄，有如嬰兒。臣始不勝憂危，然猶謂人言屢及，聖鑒難逃，不有僨事之誅，且有更置之舉。東隅雖失，桑榆可收，章句下臣，猶可相安無言也。乃兹在事五月，敗端四出，將來之患，已難收拾。而昨者學曾自劾一疏，猶蒙慰留。夫優禮大臣，自聖朝盛事，即雖不任，猶當呴嚅受之。然此在無事之時，去留無所關係之任則可耳。今西夏何時，總督何任，虜賊憑陵，有燃眉之急，事勢轉變，在反掌之間。乃不爲天下計安危，而爲督臣惜體面，臣實未解。譬如病人爲庸醫所悮，漸成痼疾，忍弗能去，不至身斃不止；責無力者負重，不蚤使之息肩，不惟至於絶筋折臏，且將舉所負而顛覆之。此臣所以感惋而不能已于言也。

請按西事始末，舉其悮國不堪之大者，爲我皇上言之。往歲安化之變，曹雄重兵驟壓其境，故仇鉞得以内應而擒寘鐇。大同再叛，張瓚親至城下，開諭禍福，故馬昇得以歸誠而獻首逆。頃寧夏變起，學曾亟宜星夜馳赴該鎮，一面召集兵馬，先諭威德，索首惡，宥脇從。是時衆心未一，虜援未集，人人自危，勢必中變，不則急以兵威蹙之，迅霆不及掩耳，破之必矣，何至遷延月餘，令賊得媾黨修備，機會既去，難且百倍。失一矣。賊之所恃惟在勾虜，學曾既慮及此，苟能以精兵萬人，按伏要害，一以遏虜之闌入，一以防賊之闌出。然後分使虜庭，布吾威信。虜知有備，自不敢動。計不出此，使虜騎住牧内地，如入無人之境，布列城下，尚不覺察。失二矣。虜之始入，或云五六百騎，或云千騎。時初夏馬弱，不堪馳驟，其來者又皆畸零窮虜，遠行饑疲，故平虜参將蕭如薰尚能以千卒取勝。而學曾提數萬之師，使能併力夾擊，當令隻騎不還。先聲既奪，餘自斂跡。奈何畏虜如虎，竟不敢以一矢相加遺，逡巡蓄縮，見短示弱。虜知中國終不敢抗，乃益引類呼朋，遂致滋蔓。失三矣。古之爲大將者，或親執旗鼓，或親臨矢石，如先臣王守仁、韓雍，俱以身督戰，故所向有功。此固不敢以責學曾，然亦宜駐劄近地，得以指麾諸將，方成指臂相使之勢。使學曾進兵之日，即駐靈州，令諸將渡河急擊，情形得以親睹，功罪得以親核，庶幾諸將用令，可收一鼓之功。乃畏怯避難，遠駐花馬池，聲息莫及，首尾不接。苟欲便其身圖，忍以虜遺君父。及奉明旨切責，乃始狼狽失據。失四矣。古之善用兵者，平日部勒諸將，必先知其才品，故臨期委用，不至敗事。如李愬之用李佑，李絳之用高崇文是已。學曾總督有日，將之能否悉宜熟知。乃所倚爲腹心者，一老朽庸懦之李煦，賈勇折衝之效蔑聞，掩飾欺罔之技畢露。養寇僨師，伊誰之咎？失五矣。用兵之道，威克厥愛攸濟，雖以三代仁厚，其誓師一則曰孥戮汝，二則曰孥戮汝。後世如李光弼，每督戰，見諸將少却，輒令人取其首來，是以諸將無不致死決戰者。乃學曾平日紀律既不嚴，臨陣號令又不肅，即如曩者榆林之兵違命撓衆，致令先登啖賊，功隳垂成，不即斬以狥軍，竟置不問，以致軍法益玩，軍心益懈。彼蓋内怵党馨之禍，惴惴然惟恐及身。雖蒙賜劒，終不敢借一人立威，此没世不振之氣也。失六矣。夫軍旅之興，軍實爲急。昔趙充國慮西羌爲變，先令耿中丞糴湟中穀以百萬石，老成制敵，遠猷類此。學曾受命討賊，漫不措處，軍興及旬，遂爾告匱，臣不知其月餘籌度，竟作何事？其尤可恨者，河西運糧，不置精兵防護，積儲大命，反以資敵，不意其寡謀至此也。失七矣。爲將之道，當先治心。昔李愬取淮西敗朗山而不憂，勝吴防而不取，冒大風盛雪，深入而不懼，蓋惟鎮定安閑，方能出奇無窮耳。乃學曾淺率輕躁，全無執持，未小勝輒曰賊已局縮，釜底遊魚；未小衄輒曰勢甚危急，卒難撲滅。其尤可嗤者，則請官招撫一奏。夫賊方稱帝稱王，何苦而求撫，我方數挫，何畏而求撫，緩師之計，三尺童子知之，而學曾墮其計中，望欲苟且了事，不意其老誖至此也。失八矣。夫敵之所忌，我之所寶也。蕭如薰孤城抗賊，奇兵擣虜，爲賊虜所仇恨，此真干城之具，謂宜委任之，培植之。奈何聽諸將之讒，畏賊虜之意，棄之孤城而不用，任其瀕危而不恤。及奉旨往救，僅與兵三百，過信麻貴，恐懼虜知，充其心不爲敵人甘心之不已也。失九矣。夫多筭勝少筭，少筭勝不筭。今賊已憑堅城，居死地，挾强援，此惟當出奇以擊其怠，多方以悮其謀。或爲地道潛入，或誘賊中内應，方可有濟。何至一味迂踈，漫無成畫，仰攻於烈日之下，争命於湯火之中。賊設阱致師，而我不察；賊乘夜劫營，而我不知。聞六月一戰，所損鋭士以五六千，賊雖太狡，我亦已拙。失十矣。

凡此十失，學曾之駑朽不堪，亦已盡見。自古有如此人而能夷大難、成大功者乎？夫臨敵易將，誠非得已，然與用非其人而終至決裂，所失孰多？且古今易將而勝者，未可殫述。如白起代王齕而勝趙，馮異代鄧禹而勝赤眉，光弼代子儀而勝史思明，仲淹代范雍而勝西夏。又如先朝用兵，亦往往由代置成功。如固原不決，則以項忠代陳介；大同不決，則以張瓚代劉源清；河北不決，則以陸完代馬中錫。顧能否何如，安得概以易將爲兵家所忌乎？況學曾精神已耄，志氣盡銷，指摘既多，展布尤難。令復再留一日，西事亦壞甚一日，雖有衆賢，衹恐操柁乖方，篙師終難措手。縱發匪人，衆力不爲要遮。故臣謂學曾不去，全陝存亡未可知。全陝不守，天下安危未可知也。

臣又惟當今天下不患無兵，患無將；不患無將，患無法。古有市人可戰、女人可陣者，將之法行也。惟國之法行於將，斯將之法行於兵。肅皇帝自庚戌以後，北虜、南倭，所在並訌，然不旋踵底定者，良由恩威不測，人心震慴耳。邇年以來，頗務寬縱，養禍怙亂，未不由兹。伏望皇上蚤奮乾斷，將魏學曾速賜罷斥，徐議其罪。擇大臣堪任者，責以討賊之効，仍勅該部及臺省諸臣，不時糾察邊將，僨事者參處如法。將見法行則將用命，將用命則士必死，士必死雖有逆賊勁虜悍倭，無能爲患矣。臣叨備詞林，夙蒙作養，雖無白簡之寄，竊與漆室之憂。心所謂危，義不容嘿。伏惟聖明財察，宗社幸甚，臣愚幸甚。

乞罷礦税疏

國子監臣□□□等謹奏，爲無益長物，虧聖德，累聖政，懇乞聖明清心静慮，較利度害，以弭亂萌，以隆美業事。

臣竊惟帝王舉事，行止無心，其事有利無害也則行之無疑，其事有害無利也則止之無疑。曩礦稅事起，原謂有利無害耳。乃今所在擾攘，變故日聞，小民嗷嗷呶呶，已不勝椎髓剥膚之慘，士大夫攢眉蹙額，慮即有土崩瓦解之虞，披肝瀝膽，叩閽力諍者，亦既無餘詞矣。竊意聖心省悟，必翻然改圖，乃至今未聞報罷，而宣府、廣西、貴州之命，復紛然繼出。頃雖以閣臣之言，罷遣貴州，已復稅及南京舖面，採及寧國等府矣。竭澤日甚，解懸無期，將不釀成大變不止。夫以皇上聰明仁愛，豈其不燭民隱，不廑民瘼，不復自爲社稷計，毋亦利之一言先入聖心，故於損益未暇致詳乎？臣竊謂此事不惟有害於天下，而且無益於聖躬；不惟於聖躬無益，而且於聖躬有大損。除害及天下者諸臣言之已詳，不敢復贅，以瀆聖聽外，謹以其有損無益於聖躬者爲我皇上陳之。

臣聞之，《易》曰："何以聚人，曰財。"《大學》曰："有財此有用。"蓋此一財也，散之民間則民聚，充之經費則用足，此財所爲有益也。若不以聚人制用，而積之無用之處，則謂之長物。長物者，言其委置賸餘，可無而不必有之物也。今内帑所積，内不以贍百姓，外不以供六軍，則非以聚人矣。名爲濟大禮、大工，乃大農未嘗以給好用，將作未嘗以給工役，則非以制用矣。皇上躬節儉，慎賜予，一切服食匪頒，歲有常供，又無藉於此也，何苦歛百姓之怨，鳩不急之物，入而不復出，聚而不復散，即使充棟盈室，儲偫如山，與瓦礫糞土何異？臣所謂無益於聖躬者此也。非直無益，又有大損。昔華封人祝堯曰："使聖人富。"堯曰："辭，多富則多事。"誠謂富不與事期而事自多。蓋握筭縱横，其役神必甚；商略盈縮，其勞心必劇。我皇上自静攝以來，郊廟不親，朝講不御，保護崇重若無不至，乃獨爲此錙銖小利，勞心役神，動有拂意，震怒隨之。雖一時不覺，久之所傷必多，甚非所以崇珍攝也。夫君德莫貴乎寡欲，自古人主多欲爲累者，或淫聲美色，或神僊土木，或荒禽黷武。我皇上於數者無一焉，仰見聖質清明，聖心恬澹，真千古寡欲之主。乃獨於貨利一端，未能有克，使人疑堯、舜、禹、湯之盛世，有鹿臺、瓊林之鄙事，甚非所以彰令軌也。昔人謂爲仁不富，爲富不仁。曩歲皇上遇旱步禱，遇災賑恤，當時仁心仁聞，信于四方，乃今以採榷之故，忍使所在繹騷，元元愁嘆，將謂昔日煦育之者何心，今日悛削之者又何心，爲惠不終，前美頓盡，甚非所以永終譽也。

蓋聞天子以天下爲家，故亦以天下爲富，藏之山澤則山澤之財皆其財，藏之閭閻則閭閻之財皆其財。乃若計有無、較多寡、固扃鐍、謹蓋藏，此直庶人之富耳。今必欲籠山澤之利，歸之内帑，罄閭閻之積，輸之左藏，然後始爲吾有，則是以萬乘之尊而效闤闠之守，貶損崇高，局促規模，甚非所以明廣大也，此皆虧德之屬也。夫命令者帝王所藉以鼓舞臣民，故曰如絲如綸，蓋其重也，故必擬之後言，慎之後發。今諸司章奏，中外建白，或留中不報，或淹滯日月。至於繭絲瑣事，則如石投水，無入不報；進獻詭詞，則如響應聲，無報不速。試觀近日朝報，連章累牘，率多聚歛之策；天語諄切，三令五申，半是征求之謀。何以傳播多方，昭垂青簡，屑越涣汗，至此極矣，甚非所以重國體也。夫正直者國之寶，邪佞者國之賊。自邇年骨鯁諸臣廢錮沉淪，海内失望，已非一日。間者又以採榷之役不能奉承左右，無故而再罷撫臣。又逆料新進忠讜之士必且力沮兹役，并考選行取，一向停閣，日惟邪狎言利掊克無賴之徒，是奬是信。竊恐正人解體，直士灰心，不有君子，其能國乎？只緣賤貨貴德，勢不兩立，遂致低昂失常至此，甚非所以得人心也。天子之威，譬如雷霆者，以其不常用也。使雷霆轟轟焉無日不摧擊，則威亦褻矣。夫天下者皇上之天下，臣民者皇上之臣民，豈敢有所愛以逆上心？惟是士大夫所重者名節，故其事上以大義，而曲意阿狥則不敢。小民所急者衣食，故能供上以正賦，而額外誅求則不堪。今中涓小不當意，必以衡命奏聞，致使緹騎四出，赭衣載途。竊恐褻則玩，玩則無震，刑不足懲，主威漸損，甚非所以養威重也。外攘必始内安，從古記之。自倭奴不靖，中國久疲奔命。今東事雖云告寧，播賊復爾狂逞。凋瘵未起，勝負未可知，正宜休養生息，以培元氣，以懾姦宄。何乃無端自啓瑕釁，使中國囂然揺動。即今四方之財盡歸内帑，亦如反裘負薪、割肉充腹，民志已離，姦雄生心，一旦有急，惟有掉臂而去耳。雖復府庫充溢，誰與爲守？甚非所以固邦本也，此皆累政之屬也。

夫人臣食君之禄，則當圖君之事。使採榷於君父有利無害，又使有害而尚有利，百姓雖病，猶願以身先之。今無益既彰彰如彼，而所損又歷歷如此，此滿朝臣工所以嘵嘵不能已也。大抵人有所作爲，方意氣盛時，利害或不及致詳，惟静意息慮，計前度後，而後利害始見。皇上試於静中詳加裁度，自然不以無益害有益，不以小積妨大積矣。

抑臣又有説焉。頃者皇上以皇儲大典在近，勅户部買辦珠寶等物，費至二千四百餘萬，中外惶惑，以爲自來累朝所未有之事，括盡民間必不能供之物，此必聚斂小人借言以誤陛下者。臣謂皇上實鍾愛皇儲，欲重大其事，偶未及察耳。第臣聞之，《書》曰："慎乃儉德，惟懷永圖。"天下之事儉則可永，皇上誠愛皇儲，宜示以節儉之美，國家長久之圖，珠寶之物，原非所以爲訓，況浩費無極，至竭天下脂膏不足以供？貽謀燕翼，似不宜爾。且皇長子睿齡已十有八，舉行典禮，今已愆期，若征求太廣，催促不前，則供億何時可備，典禮何時可行？何如節約而蚤成之爲貴乎？伏乞皇上虚心省察，思礦税有損而無益，典禮貴時不貴奢，速將採榷諸使已行者召回，未行者停止。特勅户部節約買辦，惟取成禮，務在速行。如此則轉圜之聽，如天地無私；不遠之復，如日月重明。聖德益崇，聖政益光，聖子神孫有所則效，億萬載無疆之休端在是矣。臣等草茅豎儒，感恩深重，輙効狂言，罔知忌諱，不勝悚息待命之至。

天變脩省疏

右春坊右中允、管國子監司業事臣黄汝良謹奏，爲天心仁愛，著郵迫切，懇乞聖明，深自祇畏，儆備非常，并勅勵大小臣工，共圖銷弭事。

臣聞漢臣董仲舒有曰：天心仁愛，人君國家將有失道之敗，先出灾異以譴告之。猶不省悟，然後出變異以恐懼之。猶不知改，傷敗乃至於此。見天之仁愛人君無已也。臣惟邇年以來，政令多僻。皇天弗鐲，灾異數見。兩宫三殿，連遭回禄，雷火燔木，震驚大廟。以至日月薄蝕，雨毛隕星，熯溢螟蝗之類，不可殫書。天心仁愛，所以譴告陛下者亦既至矣，然未至變怪迫切如今日者也。乃者九月庚戌，太白晝見，旋犯日躔。夫日者衆陽之宗，君父之象。太白陰星，其象爲兵，爲刑，爲人臣，爲小人，爲女寵、閹宦。太白晝見，法爲陰盛陽微，其占已醜，況又逆行失度，侵犯太陽，陰賊之害，寧可勝諱？又近見陝西撫按奏揭，八月甲午午時，臨洮府狄道縣城東北有山高二百餘丈，忽坐崩陷成坑，山南平地突出大小山五座，高二十餘丈。夫地道安静，崩圮震裂，已爲失常，然時有之，至於高山成谷，平地湧山，則爲尊卑易位，上下變革，咎徵之惡，有不忍言者矣。王者以四海爲家，千里猶在几席，豈得獨以邊境當之？兩者皆天地大變，著鄭示人，至明至痛，較之曩昔，尤爲異甚，且叠見旬日之間，稽古鮮有。惟成周年末，幽、平之際有之，《小雅・十月之交》是也。其詩曰："日月告凶，不用其行。四國無政，不用其良。"又曰："高岸爲谷，深谷爲陵。哀今之人，胡憯莫懲？"揆之今事，若合一轍。周人惟玩忽莫懲，無政棄良，是以周轍遂東，黍離繼作。今者怪異迫切，實天所以仁愛皇上無已，乃旬月以來，中外晏然，恬不知戒，疵政益甚，豈以變怪爲無傷邪？抑知之而故諱言之耶？

竊恐變異不悟，凶罰將至，後之視今，猶今之視昔也。傳曰：《春秋》灾異以指象爲言，語天道雖遠，指象可推。臣雖不長占候，竊意近日政事舛錯，人心泮散。在内疑有恚恨無聊包藏不逞之漸，在外疑有奸雄窺隙號澤揭竿之萌。皇上宜反身思道，克己正事，光亨陽德，破散陰謀。平喜怒，慎起居，闈閤肘掖之間，周廬宿衛之衆，尤宜百加儆察，以弭陰精犯陽之咎。下罪己之詔，除掊尅之條，散居積，施仁恩，令所在賑䘏窮民，增修武備，以折奸人睥睨之心，以塞陵谷變遷之異。

《書》曰："先王克謹天戒，人臣克有常憲。"言君臣均任其責也。大小臣工均有輔上消弭之職，均宜勑令痛加濯祓，共回天意。其大者無如政府與言路，尤宜加儆。《易》曰："鼎折足，覆公餗。"輔弼之臣鼎足承君，一足不任，則覆亂美實。今鼎司業已寥寥，而或虚擁揆端，偃卧經歲。上既畜爲羈縻之物，下亦甘爲飲食之尸。去就不明，廉隅道喪。恐在位者以苟容爲得，策將來者刓剛方爲軟熟，洿衊政本，蠱壞士風，折足之凶莫痛焉。望其爲國燮理，厭難消萌，無可幾矣。昔朱雲願斷佞臣一人以勵其餘，臣愚亦謂宜顯斥一人以儆有位。然後爰立俊乂，共襄治理，登蹇蹇之忠，充師師之任，將伊陟、祖己之訓陳於前，桑穀、肜日之變弭於後矣。《易》曰："豐其蔀，日中見斗。"臺瑣之臣爲天子耳目，耳目壅閼則豐蔀掩蔽，雖日中陽明之時，卒有昏暗見斗之患。邇來厭棄言官，無異草芥。攖鱗者投置於林莽，需命者瑣尾於公車。甚至言事久繫者，寄命磋砼，飛魂湯火。夫人情莫不戀身家，顧禄位。今以褫奪爲深淵，以刀鋸爲猛虎，人臣何苦而不結舌。人臣結舌，即有賣國之奸，彌天之釁，無從効於旒黈，而日中見斗之患至。謂宜亟出言事久繫之臣，録其待次公車、播棄林莽者，以廣勵直士，令得揚眉吐氣。將禁闥有寢謀之汲黯，司隸有折衝之鮑宣矣。

然其要又在我皇上設誠致行，庶可轉禍爲福。夫宋景小國之君，猶能以善念消孽，何況於聖明之在宥。曩歲宫殿灾時非不下詔修省，徒以誠意未孚，遂致譴告益烈。設今猶然以虚文矯誣，將天無所庸其仁愛，董子所謂禍敗者不知其所終矣。臣良幸蒙作養，得備員成均，非不知括囊無咎，哆口招尤，顧招尤止於及身，隱忠終爲負國。負國罪大，故去彼取此。伏祈聖明留意省察，臣不勝激切惶悚待命之至。

萬曆二十七年十月□日。

進宋書北史疏

國子監署監事、右春坊右中允、管國子監司業事臣黄汝良謹奏，爲奉旨校刊史書，恭進睿覽事。

萬曆十二年，伏蒙皇上俯允監臣之請，准於國學校刊十七史，除先後刊過《史記》、兩《漢書》、《晉書》、《魏書》、《隋書》、《唐書》，已陸續進呈外，間者《宋書》、《北史》又復竣工。先該原任祭酒臣方從哲暨臣督率屬官，覆加校閲已竟，適臣從哲得請在告，臣汝良承乏署事，理合恭進。謹用裝緝成帙，恭進御覽。

臣竊惟自昔圖治之君，必資監古之史。在全盛有道之世，懿美固所必稽；即叔季閏位之朝故實，亦所當考。非徒以博聞見，實藉以鏡興亡者也。惟《宋書》

撰自休文，起高祖，迄順帝，前後可六十年。而《北史》編自延壽，包魏、齊洎周、隋，首尾凡三百載。詞贍事富，薈萃若萬寶之山，何物不有；世變人情，古今似一丘之貉，觸類可通。間如宋元嘉、魏太和、周建德、隋開皇善政，猶歷歷足術。又如宋帝昱、周主贇、齊高緯、隋楊廣敗端，尤種種堪懲。總二史之始終，考五姓之興廢，孰有寅畏而不競，疇其逆失而能長，雖偏霸雜夷，何足窺渾噩於往古，而芳規覆轍，儘足垂法誡於將來。我皇上質挺自天，學新又日。在昔論思講幄，圖史固無時弗親；即今静攝深宫，精神尤不容無寄。況兹淑慝之路，非若雕繪之章。事事可以動憂勤，在在可以益意智。倘蒙萬幾之閒燕，取備乙夜之覽觀。睹夫麻拂葛燈，碎琥珀之枕，弛銀釘之牀，而知宋祖之所以起。睹夫飛鋋鼓劒，置發丘之郎，設摸金之尉，而知宋季之所以亡。省劉氏肉骨之釁多，則思貽謀燕翼之道宜講；覽元魏宫闈之禍熾，則思修身齊家之訓宜弘。鑒周贇之侮棄讜言，而悟聽納之不可不廣；鏡齊緯之信任群小，而識忠賢之不可不庸。以至隋文之綜理非不周，而主器不定，仁壽竟以悔終；載觀隋煬之儲偫非不富，而邦本不寧，大業由是淪覆。凡諸治同道，亂同事，總之涉目而儆心；無論善爲師，惡爲資，期於憲戯而戒否。將指掌而遺忘畢照，何畢握徑寸之紺珠；庶開卷而妍媸悉陳，常若懸千秋之金鑒。聖學或禆於萬一，微忠亦效其涓埃矣。臣無任欵悃拳拳之至。緣係奉旨校刊史書，恭進睿覽事理，爲此謹將刊定《宋書》一部計二十二册，《北史》一部計三十册，具本親賫，謹具奏聞。伏候勑旨。

萬曆二十八年正月初九日，奉聖旨：史書留覽。禮部知道。欽此。

參監丞及書吏疏

爲查參疎玩監屬及奸惡書吏人等，以肅法紀，以重太學，并自劾失職，乞賜罷斥事。

臣一介儒生，行能譾薄，荷蒙皇上作養，由詞林擢貳成均，荐歷南北，靡所報效。獨有兢兢砥礪，頗信士紳，庶幾無負我皇上作人範士至意。惟是賦質孱弱，素有腸風下血之病，不時發作，便至委頓。自去歲九月，原任祭酒方從哲注籍請告,臣一身兼攝兩廂,事務叢集,愈費支撑,尚籍監屬諸臣分猷共念,冀以獲免後艱。豈意有疎玩溺職如原任監丞、今陞刑部主事胡汝焕者乎?

查得太學條例内一欵,凡監生呈告撥歷者,俱批監丞廳查序,丞廳逐一磨筭,開具序單呈廂,照序點撥。蓋撥歷係監生出身先後所係,故監丞職掌惟此最爲喫緊。臣記去年入都時,先任司業、今南京禮部右侍郎葉向高爲臣言,渠向視監篆撥歷一事惟責成東廳,且與約曰:玆事既已相付,倘有差池,無復見及。臣嘗服其簡嚴得體,屢向汝焕稱述此言,以示托重。汝焕績文自喜,素負才名,臣雅相傾信,每事咨詢。即今春送部考語,亦備加奬詡,乃不意其負臣深也。該本月陸續接到吏、禮文選、儀制二司手本,爲歷事監生事。内開:查撥歷監生花名内有准歲貢監生卜自邦,例不應加納,情屬詐冒等因。臣因憶去歲十二月中,有廩例監生卜自邦等手執工部加納歲貢印信完狀到監,呈乞改正准貢。臣以禮部未有明文知會,未准改正,批候禮部手本在案。今該廳憑何將卜自邦開准歲貢,致撥送部,隨行新任監丞宗名世查報。續據宗監丞回報,卜自邦原以廩例入監,據禮部手本,止開食廩。其食廩年月、科舉次數,公文原未送監。後於工部加納歲貢,雖曰取有印信完照,若有可憑,然禮部未有改正明文,本監又有批候在案。乃丞廳書手張全不問禮部有無知會,本監曾否准改,只據工部完照監生供狀序單上徑開准貢名色,原任監丞胡汝涣失於點檢,遽持呈廂,以致自邦僥倖得撥雜歷等情到廂。臣於是始不能無憾於胡監丞矣。

夫監生撥歷供序,所以必批丞廳查者,非直以堂屬有體,正以書吏不可信,欲取信於衣冠士類也。若據書手開具,輒以呈廂,則監丞所職何爲?本監之委監丞查序又何爲?更聞道路嘖有煩言,臣益不能無疑。仍委監丞宗名世,助教王尚賓、線補衮、褚盛明,學正胡熙載,學録吴從周、葉承櫝,將臣經撥監生自去年十月起至今年三月止各序單,一一覆核,參以兩廂各廳堂簿籍。續據回報,内開:監生劉位除出復實走班四箇月,單開二十四箇月撥正歷。張建極除壓罰走班一箇月,單開九箇月撥續。黄李圩除告出實走班三箇月,單開十二箇月撥雜歷。聶不錙除告曠實走班五月餘,單開走班十箇月撥正歷。談麟章除告曠實走班四箇月,單開十箇月撥正歷。程胤走班六箇月,單開十二箇月撥雜歷。其餘影射多端,職未敢一一瑣陳,株連蔓引。凡此序單,皆出丞廳書手張全開造,而西廂書手蔣弘化、東廂書手王國鼎、火房馬葩、當該吏余廷模、劉世臣與之表裏爲奸,或洗補年月,或掣换册張,串同作弊,朋謀分賍,深根固蔕,已非一日。據所聞,詐騙諸生,或人百餘兩,或人數十兩。即未必皆的,而受賍枉法,則確乎可據矣。顧此輩何足道,監丞胡汝焕身爲師儒,查序乃其專職,序單出其手呈,乃博大爲心,通脱成習,當事慢無稽核,事後不聞摘發。使昧而不知,是爲疏,知而故縱,是爲玩,臣殆不能爲之解矣。以賢關清嚴之地,而爲群小營竊之窟,壞人心,蠹士習,長此安窮?此臣所以不避怨府而披瀝於皇上之前也。

總之,則由臣望輕不足以率屬,才綿不足以懾奸,不能先覺於未然,乃至瀆陳於已往。雖玩之一念所不敢萌,而疎之一字亦何能免?況今科舉漸近,監事益殷,臣以多病之身而兼兩廂之務,將來僨事,有不止此者。伏乞皇上俯念太學重地,將臣先賜罷斥,前廷推祭酒二臣,速賜欽點一員,來掌監事。其原任監丞胡汝焕特勅該部覆議處分,或念其才有可惜,心無他端,量加罰治,以爲監屬溺職者之戒。本内有名作弊人犯張全等,勅下法司嚴提究問如律,庶人心知警,士習可端,而於教化不無少補矣。臣無任悚息待命之至。

奉聖旨:吏弊正當摘發,黄汝良不必自陳,着照舊供職。胡汝焕罰俸四箇月,張全等法司提了問。

自陳疏乙巳年。

詹事府少詹事兼翰林院侍讀學士臣黄汝良謹奏,爲自陳不職,乞賜罷黜以肅計典事。

臣由萬曆十四年進士,選庶吉士,授翰林院編修,歷陞南京國子監司業、右中允,管國子監司業事,左諭德、左庶子、國子監祭酒,叨轉今職。近該吏部六年考察京官,臣忝居四品,例應自陳。竊念臣僻遠孤踪,學殖荒忽,遭逢盛際,冒歷清華。通籍雖及廿年,素餐實無寸竪。緇書虎觀,曾靡効于編摩;執筆螭坳,亦何功于紀載。棘院後先掄才，僅爾暗中摸索。若文體士風，罔克釐正。橋門南北教胄，祗亦束以科條，如菁莪棫樸，豈能庶幾。以至承乏宫僚，間嘗備員講幄。職司審諭，敢忘德義之陳？經匪修明，終媿疑丞之任。矧兹東華之少尹，更復北扉之兼銜。地切瑶山，允資碩望；班聯玉筍，詎厠庸流。量能而官，伎倆已畢窮於今日；知止不殆，負乘可更待於將來。伏望皇上察臣罪愆，特賜褫斥。澄流先自近始，華貫勿以幸參。則虞廷黜幽之典有光，而周室宅俊之風可媲矣。臣不勝悚息待命之至，爲此具本親齎，謹具奏聞，伏候勑旨。

奉聖旨：黄汝良着照舊供職。吏部知道。

乞假省覲疏

詹事府協理府事、禮部右侍郎兼翰林院侍讀學士臣黄汝良謹奏，爲比例陳情，懇乞天恩俯容，給假回籍省親事。

臣猥以凡庸，謬蒙作養，優游文墨，冒躐清華。皇上有天高地厚之恩，微臣無涓滴纖埃之報。方思竭蹶，敢便私圖？惟是臣有母年七十矣。臣自南司業叨轉過家，抵今凡八閲寒暑矣。維時臣欲將母而行，臣母以弟姪婚嫁未畢，不免相牽，仍勗臣以夙夜在公，勿爲内顧。臣内祗慈命，外畏簡書，不得已辭母就道。荏苒斯邁，蹉跎至今。從事非賢，徒有尸饔之母；有懷靡及，空懸陟屺之心。向也，母猶强健，今則榆景轉逼，精神不能如前矣。向也，猶望奉使遷轉，或可便道省覲，今則意願已不克遂矣。即間者受命教習，責任方殷，臣猶未敢遽請。今則散館届期，間於職事無復推諉可嫌矣。古人有言：爲子者願居長，以其事親之日長也。臣兄弟四人，臣兄既殁，臣則居長，乃有母不能事，而長以諉諸弟，雖聖朝可戀，而子職謂何？居長之職又謂何？臣籍福建之晉江，距京師八千里，即欲遣人迎養，而跋涉之苦既非衰年所堪，再欲濡忍歲時，而曠違已多，豈復天性可耐，此臣所以當食徬徨，明發不寐，不得不哀鳴祈懇於君父之前也。

查得《大明會典》内一欵：京朝官歷俸五年，例得給假省親。又查先年禮部侍郎兼翰林院侍讀學士馮琦、吏部侍郎兼翰林院侍讀學士劉元震，後先以給假省親請,節蒙聖恩,並賜俞允。臣之事體似與相同,雖駑駘下乘,不敢謬擬先輩,而烏鳥私念,亦或不異伊人。伏乞聖慈准假回籍,俾得少伸子情。倘或起居無恙,則版輿可奉,尚當効將來之馳驅;如其情事有違,則菽水永歡,亦可揚孝冶於萬一矣。臣無任祈懇悚息待命之至,爲此具本親賫奏聞,伏候勅旨。

乞罷疏

臣謹奏,爲歸志未伸,聞言增悚,懇祈天恩,速賜罷斥,以謝人言,以安愚分事。

臣一介庸劣,幸逢聖明,徒循積資,冒躋華近,每懷止足之誼,深切淵冰之虞。加以親舍久懸,白雲在望。去年十一月内奏乞比例給假,冀遂省親之圖,因爲避賢之計。乃候旨經時,未蒙允放。已而會試届期,臣以承乏被命,勉襄盛典,未敢瀆辭,擬待試録進呈,方圖再申前請。忽接邸報,該南京御史李雲鵠一本,爲卜相宜速、擇相宜慎等事。中間指摘及臣,謂臣爲阿媚,學術不醇,不足平章國是,蓋恐廷推誤及而豫言之也。夫臣素缺問學之功,何論弗醇;素無非望之想,何知國是。臺臣以此量臣,可謂知臣之深,愛臣之至矣。惟是目以阿媚,則與臣生平大不相類者。臣賦性自來狷介,入仕雅慕姱修。見羶悦之門遠之若浼,覩闒掉之習羞與爲儔。其於窺闞媚人、便巧適世,非惟心所不屑,抑亦性所不能。臺臣與臣向未相識,不知於何所受,以此加臣也。方今耆碩鴻儒,在朝在籍者未易縷數,臣序次尚後,迂疎寡諧,會推何遽便及?臺臣過爲不必然之慮,似亦太蚤計矣。

然臣自揣物望素輕,分量已溢,豈惟揆地密切,不宜濫推,即此詹尹清華,亦復非據。心本無競,已不能見諒於人;才實靡長,可不知裁度於己?伏望皇上鑒臣愚衷,速賜顯斥,令臣得遂定省之夙心,蚤脱猜忖之危地。雖不能報聖恩於萬一,亦得與田夫野叟祝聖壽於無疆矣。臣無任悚息待命之至,爲此具本謹具奏聞,伏候勅旨。

三月二十五日奏,二十八日奉聖旨:黄汝良以文學協理詹府,着照舊供職,不准辭。吏部知道。

請告疏

臣謹奏，爲宿疾驟加，不堪供職，懇乞天恩，亟賜回籍調理事。

臣海隅孤生，荷蒙皇上作養，二十餘年間，洊歷華近，徒有尸素之慚，曾無犬馬之報。頃者人言指及，自分棄捐，復蒙聖恩優容，着令照舊供職。臣聞命感激，勉矢涓埃，願畢力以馳驅，庶少酬乎高厚。不謂時命不佑，疾疢重嬰。緣臣賦質孱弱，素有腸風下血之症，每遇勞頓，輒至沉綿。邇因供事會場，軫精校閱，竣役之後，心血大傷，加以調攝無術，風邪乘之，數日以來，血下如注，精神不勝區瞀，手足浸致痿痺。延醫韓伯恭等診視，皆謂病已鄰於膏肓，効難收於歲月。自非屏處，勢必阽危。臣伏思人臣所願致者身，所不可强者病。身倘可致，敢自愛於夙宵？病日以深，將致曠乎職業。與其冒病貪禄而有瘝曠之愆，孰若量力乞身而安止足之義。伏望皇上察臣病困已甚，鞭策難前，准臣回籍調理。或痊可有期，猶得謳歌乎聖世，即溘先朝露，亦圖捐糜於來生矣。臣無任懇切待命之至。

四月初三日奏，初八日奉聖旨：黄汝良素有才守，着遵前旨供職，不准養病。吏部知道。

請告二疏

臣謹奏，爲抱病日深，報恩無地，懇乞聖慈憐憫，蚤賜生還事。

臣荷皇上二十餘年豢養，未能少効涓埃。頃以人言忽及，夙疾驟加，再疏乞休，節蒙温旨勉留，既録其文學，復嘉其才守。人方用爲譏彈，聖恩特加奬飾，臣至愚極陋，未酬作養之洪造，更荷特知之深仁，即使隕首陷胸，未足語於圖報，豈以畏譏憂讒，輒敢堅其遯思？用是一意慎攝，藥裹日親，冀獲少痊，即出供職。乃旬日以來，益加狼狽。藥餌雜投而元氣愈耗，舊症未減而新病復生。溝壑之期非遥，鄉關之念轉迫。竊思人臣報國，惟有此身。身既瀕危，報於何所？況臣母年登七旬，相隔萬里。以老母而懷病子，其憂煎必甚；以病子而思老母，其傷損益深。淹留將終負曠官之慙，亟歸猶可慰倚閭之望。此臣所以不避煩瀆之罪，再祈矜惻之恩。伏望皇上亟賜允放回籍，庶幾及見慈顔，臣世世生生銜結何極。臣無任哀鳴祈懇之至。

辯明心迹疏

臣謹奏，爲心迹可明，去就宜決，敬直述見聞，仰祈聖鑒，并蚤賜放歸，以昭分誼事。

臣於本月初五日因南科金士衡論臣，臣具疏奏辯，乞賜罷斥。隨於本月初九日奉聖旨："黄汝良着遵屢旨供職。言官風聞，不必深辯。吏部知道。欽此。"臣感激涕零，除扶病望闕叩頭謝恩外。竊思士衡論臣者類污辱之事，臣苟無所據以自明，雖聖恩含容，不加顯斥，令得從容引去，然身受惡名，雖歸亦何面目上先人丘墓乎？臣以此日夜伏枕自傷，思欲一剖心析肝以去其道無繇。

乃近有一二憐臣見枉者，語臣以楊興求誌銘一事。楊武烈同鄉徽人類能言其誣，而檢討趙師聖言之尤確。蓋武烈舊爲建昌府推官，師聖建昌人，與武烈素有相處。武烈以萬曆二十八年差解銀遼東，過家病故。故後有家人楊興來京關領未支俸薪，寓於師聖家，因托人代領間，楊興身染痢疾，七日而死，絕不聞有求誌銘事。此師聖對人詳言之，見在可質問者也。夫爲領俸薪而云求誌銘，痢疾而死而云爲求文不得自縊，不亦異乎？則謂臣受饋而不與其銘者，可以自白矣。

又於本月十六日接邸報，見山東巡撫黄克纘投各衙門揭帖，爲潔己污人，誼不忍爲，謹據實辯白，以明不欺事。中云本月初八日見南京金掌科參侍郎黄汝良内一欵，爲受萊蕪犯贓知縣魏應鰲重賄，寫宗弟書代屬救解，致被面斥差人，不認同宗，不允所屬。若以職爲能執法，歸美於職者。然職實不見汝良書，若隱忍無言，則己受直名，而人蒙污議，職與穿窬無異矣。汝良與職同邑，爲編修、員外同時，朝夕過從，非一日矣。原不認同宗，往來書柬稱眷弟，何待假宗弟爲重？查魏應鰲係萬曆三十年爲人告發，問明會同嚴巡按題請發落，此事有耳目者共知，實無屬托之書，天日可表。又曰昔趙臣貫高、孟舒不避三族之誅，受榜笞數千，明張敖不反，誠以敖不知其謀，不可枉也。職若安受執法之名，使汝良冒卑污無恥之行，是我朝之巡撫不如趙國之臣僕也，職良心未死，何忍爲之？爲此具揭，以明其無有，非明汝良也，明此心之不可欺也。等因。臣謂克纘既真心不昧，能言臣枉，乃不露章言之皇上，特具揭言之諸臣，豈以言官之威未易輕犯乎？然其揭已傳，縉紳亦已見之，則謂臣受賄代屬者亦可以自白矣。二事污衊最甚，既有誣枉的証，其他所云依附陰刺，或可舉類以見，必有能諒其不然者矣。

夫臣心迹不白，去亦辱，不去更辱。惟心迹既白，而臣始可以去，去而賢於留矣。自來大臣被劾，不問事之有無，惟當遠引，以待論定，而儒臣之去就，尤凜不可苟。臣雖不才，亦嘗奉教於君子矣。臣今横被口語，猶幸有二臣見在，可白見冤狀。兹復不去，則澳溷之迹遂成，後來復將有爲口實者，一辱不已，且將再辱，或至抱不白之冤，欲爲今日之去不可得矣。皇上縻臣以寵禄，不若勵臣以廉恥；體臣以苦心，勝於假臣以體貌。伏乞察臣情迫病甚，速賜放歸，毋使臣至于再辱，臣感激天恩，三旌九鼎不足云喻矣。臣無任瀝血披誠哀懇待命之至，爲此具本謹具奏聞，伏候勅旨。

五月二十日進呈。

請告第六疏

臣謹奏，爲久病阽危，委難就列，懇乞天恩，蚤放回籍，以保餘生事。

臣自二月以來，抱病沉頓，五疏乞休，未蒙俞允。臣伏思徼恩廿載，塵冒清班，曾無讜論嘉言，可以獻納黼座，而今屢屢瀆陳者，皆委瑣之苦詞，囂煩之鄙語，干冒宸嚴之罪，臣猶自知之。乃自前月二十日陳乞之後，一面静聽綸音，一面用心調理。不謂福隨緣薄，命與願違，惡症日增，醫藥罔效，危困急迫之情，有不可旦夕俟者。臣又伏思慈父不能私無能之子，仁君不能畜無用之臣。如臣菲劣無可施用，即使非病，猶當屏棄，而今身同隕籜，命如懸絲，雖復歲月覊留，終難分毫展措。矧臣上有七旬之老母，下僅一二之稚蒙，若其旦暮奄忽，溘死異鄉,將使忠孝兩虧,俯仰失所,皇上豢養之深仁,不將中道而委諸草莽乎?用是萬不得已,敢復干冒威嚴,披瀝陳瀆,伏祈聖慈,曲加憐憫,即賜允放。俾得生入里門,臣生生世世銜結無已時也。臣無任懇切哀鳴惶悚待命之至。

請告第七疏

臣謹奏,爲委頓病臣義難濡滯,懇乞天慈,即賜放歸,以全始終恩造事。

臣惟人臣之事君也,行於其所可行,則有匪躬之義;止於其所當止,則有知足之義。人君之馭臣也,有可用則使之盡其用,固以委任爲恩;無可用則使之遂其去,尤以體恤爲恩。斯堂陛之恒理,古今不能易也。臣愚自通籍以來,叨蒙恩厚,長養成就,同天罔極。夫以犬馬異類,尚知戀主,葵藿無知,猶能向陽。臣既含心知血氣之性,寧無感恩圖報之懷?至於逢辰迍蹇,疾痛沉綿,身欲奮而力不從,心欲竭而時不祐,則惟有束身待歸,乞恩君父,此臣命之有所制而義之不得不止者也。臣茲抱病杜門,已餘三月,乞骸之章,前後亦已六懇。乃天聰猶高,未蒙允放。豈以委任之爲恩,而賜罷之非恩乎?豈以近時告病諸臣多蒙恩勉留,即臣愚亦未忍遽斥乎?臣請復言之。

人臣才品賢否,固自區分,而職守劇易輕重,亦復迥別。故有德望隆重,其去就有關國家者,則宜留;有肩任鴻鉅,其職掌無可推委者,則宜留。如臣才具樸樕,既不足爲有無,而職任散冗,亦非有所關係。平日身無灾害,力能趨蹌,猶不勝具臣素飽之媿,而今病困已久,跬步難前,尚爾濡滯日時,壅塞賢路,是致身之初志既違,晚節之廉隅復毁。以聖主維縶之洪恩,更成微臣隕越之大釁,此臣之所甚懼也。伏望皇上憐臣病已沉痼,義難再淹,曲加體恤,即賜放歸。庶分義少安,不至披猖於出處,而聖恩浩蕩,亦蒙曲全於初終矣。臣無任瀝血陳誠懇切待命之至。

奉聖旨:黄汝良着在任調理,稍可遵旨供職,不准辭。吏部知道。

請告八疏

臣謹奏,爲求去方殷,人言復及,懇乞聖慈,亟賜允放,以息紛囂事。

臣久病乞歸,未蒙俞允。本月十二日再疏瀆懇,十七日奉聖旨:"黄汝良着在任調理，稍可遵旨供職，不准辭。吏部知道。欽此。”隨於本日接邸報，見科臣王元翰、胡忻後先論疏，又復及臣。二臣謂吏部會推本部右侍郎，不當首列臣名。臣之當推與否，自有會推諸臣任之，非臣所得與。而忻又謂當俟論定，以玉臣于成。此其意甚厚，臣感之甚深，可以付之無言也。元翰謂臣曩辯南臺疏時見輔臣票擬初有不足者，臣惟人臣被論蒙留，皆叨恩遇，文學才守，並屬褒綸，臣自循省不堪，何容妄生分別。且時方杜門，孰不足，孰愉快，向誰宣露？元翰斯言，可謂揣摩苦心，亦近腹誹深律，臣欲置辯，從何剖晰？亦可付之無言已耳。至謂侍郎楊道賓當會推閣員時，言官有所指及，謂言出自臣，此甚不知臣心，不容默默者。臣與道賓同縣同年，共僚共事，分誼綢繆，原來不淺。即臣偶被煩言，何忍便生逆億？至於形影疑似之間，别有傳聞，廷推互持之際，遂騰口説。此當問之科臣陳治則等，不當舉以爲臣罪也。臣待罪索居，門可羅雀，有何强援繆巧能使流言傳播。元翰既知言官自愛名節，不肯代人傾培，乃治則等久居言路，諒必自愛其羿，肯輕聽孤立求去之人而代之傾培乎？若謂臣誣道賓以自解，拉道賓以自全，尤爲不然。夫使論臣者而其言當耶，則臣罪無所逭於公論，誣拉道賓，秖自益罪，何能自解自全？使論臣者而其言無當耶，則公論自昭，臣之爲臣自若，亦何事誣拉道賓而以自解自全也。如元翰言是臣一官全藉道賓爲重，不惟不知臣，且難爲道賓矣。

然臣之病勢已深，臣之去志已决，原不因人言爲前却，亦何意哆口與人較是非。惟是著定之内，聚訟日煩，畛域之分，成心莫破，臣以此深爲國家憂耳。伏望皇上察臣區區，速賜罷歸田里，不惟微臣得遂首丘之願，而言官之意氣既伸，廟堂之議論自省，斯亦息紛止競之一要機也。臣愚幸甚，國是幸甚。臣無任悚息待命之至。

閏六月二十一日奏，本月二十八日奉聖旨：黄汝良屢旨勉留，如何又有此奏？妄言的已有旨了。着即出供職，不必深辯。吏部知道。

請告九疏

臣謹奏，爲久病難痊，見險當止，懇乞聖明察臣情危勢亟，速允放歸事。

臣自三月以來，被言抱病，屢疏乞休，未蒙允放。頃因與推銓貳復致科臣有言,臣惶恐更有塵瀆,隨奉聖旨:“黄汝良屢旨勉留,如何又有此奏?妄言的已有旨了。着即出供職,不必深辯。吏部知道。欽此。”臣伏思曾參大賢人,言三至雖慈母爲之投杼。今言臣者不啻三矣,聖恩獨察其無罪,屢旨勉留,神明曲照乎孤踪,保護有加於慈母。臣即有胸無心,寧不感恩思奮?惟是再三籌度,有萬萬難留者,敢爲皇上披瀝之。

臣至駑劣,叨塵詞林,雖冒華階,實無事任。向來所經營者,惟是執經校藝,侍從紀載之司,並屬優閒。臣竭蹶夙宵,幸無大盭,意尚可藏拙逭吏議者而不能然也。間者會推閣員,臣望輕資淺,原無非冀,而人言始及。繼而會推銓貳,臣以原推資序列名,用舍統由聖裁,亦誰有非冀,而人言又及。是臣未推而人逆防其推,未用而人先阻其用。方優游冗散,而已叢攻注射,豈非處或躍之地,故不免有競進之猜乎?臣計以爲,欲人之勿猜其進,莫若自處之勇于退。夫物在揚簸粃糠,或有前時;人非蛾眉,入宫總能見妬。自非高蹈遠引,脱然纓組之外,未易以釋危機、免禍會也。且非直危禍於己也,復苦纍人。頃臣以不才招議,亦已矣,又累及推臣者,致令其蒼黄救過,跋疐失辭,臣益自惶媿,殊恨其去之不蚤也。臣見自古知幾勇退之士,未嘗不慨然慕之。昔邴曼容爲官不欲過六百石,輒自免歸。錢若水恥士貪名勢見輕,四十而致事。兩疏解組之日,都人士咨嗟嘆息,至爲泣下,初不待人情厭棄而後引決也。臣今階三品矣,年半百矣,彈射屢至,徵色發聲矣。去於今日已媿昔賢,今復不去,人將謂何?《易》之《蹇》曰:“蹇,難也,險在前也。見險而能止,智矣哉!”臣之所處正如孤帆遭石尤,朽馭遇折坂,蹇險甚矣。險而不能見,見而不能止,止而不能速,辱己纍人,又何言智矣。臣兹勢同維谷,困甚觸藩,危厲節節薰心,疾疢種種作惡,病在不支,俟難終日。皇上雖憫其無罪,而不知知進而不知退,即其罪雖蒙屢旨勉留,而不知嘘枯肉朽即大造亦有所不能也。伏望皇上憫臣情迫詞窮,允賜罷免。臣辜負聖恩,猶當永矢銜結於世世。臣無任懇切惶悚待命之至,爲此具本謹具奏聞。

七月初十日奏,本月十九日奉聖旨:黄汝良着遵旨即出供職,毋得再辭。吏部知道。

請卹疏

詹事府協理府事、禮部右侍郎兼翰林院侍讀學士，今丁憂臣黄汝良謹奏，爲懇乞天恩，俯賜卹典事。

臣去歲以母年七十乞恩給假省侍，未蒙俞允。今年春復以被言抱病，九疏乞歸，不獨計在避賢，亦冀藉此得遂烏鳥私願。節蒙温旨，屢賜勉留。臣仰感皇上天地容蓋難酬之恩，俯戀慈母崦嵫晚暮難俟之養，展轉悲涕，以日爲年。寧知罪釁既深，徼恩復過，致臣母於六月十九日在籍病故。臣一聞訃音，五内痛裂，幾於滅性。復念臣母已失，臣即百死莫可爲贖，惟有仰望恩光，庶可藉慰冥漠耳。

查得《大明會典》内一欵：兩京三品文官父母曾授本等封者，俱照例祭葬。又一欵：文官三品以上，不論已、未考滿，父母曾授本等封者，俱照例祭葬。又一欵：四品以上官，其父母曾授本等封贈者，先後病故，祭得因後并及其先。伏念臣三品雖未考滿，而頃幸逢覃恩，得以本品贈父封母，則與父母曾授本等封照例祭葬者合矣。臣父故在先嗣蒙三品之贈，則與祭得因後并及其先者合矣。矧臣前任祭酒、少詹事，歷四品俸二年又一月，今叨任三品亦已二年又五月。且臣職在侍從，向曾備員春宫講讀，親奉出閣，首尾三載，間亦頗効有微勞。伏惟皇上孝治廣錫于庶類，洪仁覃被于遐方。簪履加恩，又或聖明之所弗靳也。伏乞勑下禮部覆議上請，如果臣言有據，給與應得祭葬，不惟臣父母銜結九原，而臣世世子孫亦當効犬馬於弗替矣。臣無任哀鳴祈懇待命之至。

請卹疏

原任禮部右侍郎兼翰林院侍讀學士，今丁憂臣黄汝良謹奏，爲瀆懇天恩，伏乞照例俯賜卹典事。

該臣于七月二十一日接家報，臣母累封太淑人陳氏于六月十九日在籍病故。臣驚聞訃音，痛割欲絶。于本月二十四日忍死陳情，爲母請卹。伏遇皇上萬幾殷繁，候旨數日，未蒙批發。于時方寸瞀亂，不能久候，即于本月二十九日辭朝回籍。玆行已至山東地方，闕廷日遠，既深犬馬戀主之思；風木興悲，復切桮棬永隔之恨。竊念欲報母德，終藉天恩，乃敢仰瀆宸聽，再申前請。

臣查《大明會典》，京官三品已考滿者例得祭一壇全葬，未考滿者祭一壇半葬。又一欵：京官三品以上不分已、未考滿父母曾授本等封者，俱照例給與祭葬。夫曰不分已、未考滿，則未考滿而以覃恩得封父母三品者亦得與考滿受封者同給均之一祭全葬矣。此萬曆三十一年以前通例也。至三十一年十二月内，禮臣以覃恩受封與考滿受封者應否異同上請，奉聖旨："覃恩受封與考滿受封者不同，祭葬不許濫給。欽此。"夫曰不許濫給者，謂其不得與考滿者同給，當有減殺，非謂一概不給也。就三品則例言減考滿者一等，則有未考滿一祭半葬之例矣。臣歷祭酒、少詹事二年又一月，歷今官二年又五月，雖未及考滿，而頃者恭遇覃恩，得贈父如其官，臣母累封太宜人，得晉今稱。如依三十一年以前之例，則臣母與臣父當祭一壇給全葬矣。如依三十一年以後之例，則當得一祭半葬矣。分有應得，何敢過求？然臣又查《大明會典》及䘏典條例内特恩一節，今後遇有稱侍從、春宫、軍功等項陳情者，行咨翰林院、兵部覆實，如果侍從而日侍講讀春宫而親奉出閣，開陳有勞，軍功而親履行陣，方許具由題請。大約于品級内加一等，如無祭者給祭一壇，無葬者給半葬，半葬者給全葬等。因臣于二十九年幸得充春宫講讀官，恭遇册立大禮、出閣講讀之時，首尾三載，頗亦効有微勞，正與親奉出閣加一等例合。此則特恩，出自上裁，非臣愚所敢必者也。伏望皇上勑下禮部覆議上請，如果臣言有據，照例推恩給與應得祭葬，庶幾寵命孔彰，得報先慈于冥漠，幽魂感慰，少贖不孝之罪愆。臣生當捐糜，死當銜結。臣無任激切祈懇待命之至。

奉聖旨：禮部知道。禮部覆本，奉聖旨：准照例與祭一壇，伊父某准並祭，減半造葬。該部知道。

奉　慰　疏

原任禮部侍郎兼翰林院侍讀學士、東宫日講官臣黄汝良謹奏，爲恭慰聖懷事。

臣先於八月間驚聞皇祖皇帝龍馭賓天，已不勝哀慟。不謂大行皇帝復於九月初一日崩逝。數月之中，薦罹大故，哀詔到府日，敬隨在籍諸臣，朝夕哭臨外。痛惟皇祖皇帝，久道化成，醖釀澤於恒貞之運；皇考皇帝，勵精圖治，毖至仁於俄頃之間。德洽九區，恩覃萬有。遽聞升遐之間，均纏罔極之悲。矧臣受先朝拔擢之榮，叨東華論思之舊。瞻羲馭之既邈，望鼎湖以莫追。五内如刲，百身曷贖。

伏念我皇上，至孝與舜文同軌，萬乘而曾閔爲心。當此變故之頻仍，何堪荼蓼之摧損。惟是天子之孝與恒人殊。考之經傳，曰大孝尊親。曰大孝不匱。曰善繼人之志，善述人之事。曰寧親莫大於寧神，寧神莫大於得四表之歡心。計皇上今日之孝，惟在褒揚二聖之謨烈，以篤尊親；纘紹萬年之統緒，以隆不匱。思前朝之所欲爲未爲者而闡繹之，則繼述善而先業彌光；思四表之所欲遂未遂者而敷施之，則歡氣騰而親心彌慰。若夫哀號孺慕，毁瘠危身，直小孝區區耳，何足語聖人之大孝哉！伏願念天地祖宗之付托，軫萬幾一日之殷繁。保護聖躬，抑情準禮，天下臣民幸甚。

職湖海孤蹤，病朽殘息。雖朝天無日，而戀主有心。輒循先朝講筵舊例，一申其欵欵。伏惟聖明裁督，臣無任瞻企惓切之至，專差義男黄福賫本具奏以聞。

泰昌元年十二月初十日奏，十四日奉聖旨：覽奏慰，知道了。禮部知道。

辭起南京禮部侍郎疏

原任禮部右侍郎兼翰林院侍讀學士臣黄汝良謹奏，爲聖恩甚厚，臣病難支，懇乞俯容辭免，以安愚分，以全餘生事。

臣自丁未秋以母憂回籍守制，經今忽十五載。風木痛深，世緣都謝。崦嵫漸逼，壯志盡灰。自分永棄于明時，敢希復齒于朝論？乃於三月二十八日，接吏部咨文，該部一本缺官事，奉聖旨："黄汝良起南京禮部右侍郎。欽此。"林莽枯荄，忽膏雨露；溝壑斷幹，頓賁青黄。謹扶掖望闕叩頭謝恩外。伏念臣汝良物望輕微，經術短淺。昔受神宗皇帝之簡拔，嗣而叝歷清班，曾無涓埃之稱塞。中事光宗皇帝于講帷，至於彌留末命，尚厪簪履之遺思。一介孤蹤，過蒙兩朝之睠顧;寸息猶屬,敢惜畢命于馳驅。兹恭逢我皇上紹庭訪落之年,正愚臣感恩圖報之會。不覺奉綸命而踴躍,誠願望鵷行以趨蹌。無奈臣孱弱之軀,當遲暮之景。攝生無術,宿疾遂加。矧是留都重地,常伯貳卿,神人禮樂之司,均資表率;容臺秩宗之任,必藉名賢。如以病朽之身冒厠寅清之列,曠官之罪曷逭,式禮之愆謂何? 近該言官建白,奉旨:三品官不許瀆辭。臣之官雖不敢以例辭,乃臣之病實不得不以情辭者也。伏惟皇上察臣病可哀憐,情無假托,容臣仍棲息衡泌,待盡蓬蒿。臣雖負高厚於此生,尚冀效犬馬於來世。無任感激涕零祈懇之至,爲此耑差義男黄恩賫本具奏以聞,伏候勑旨。

天啓元年七月二十一日奏,二十五日奉聖旨:黄汝良文行素著,簡用留禮,宜遵新命赴任,不准辭。吏部知道。

再辭起南京禮部侍郎疏

原任禮部右侍郎兼翰林院侍讀學士,今起南京禮部右侍郎臣黄汝良謹奏,爲夙疾難痊,乞恩休致事。

臣閩海孤生,苦塊餘息。沉淪日久,薖軸自甘。頃緣講幄微勞,荷先帝末命。皇上篤推犬馬之遺愛,特弘簪履之舊恩,起臣廢棄之中,俾佐留禮之任。臣聞命感激,矢志馳驅。無奈夙疾纏綿,靡堪蹴蹐。用是披陳下悃,乞遂初衣。乃於十月初七日接吏部咨文,奉聖旨:“黄汝良文行素著,簡用留禮,宜遵新命赴任,不准辭。吏部知道。欽此。”臣謹扶掖望闕,叩頭謝恩外。

夫文行乃聖門至教,詎豎儒所敢希;而簡用出皇上特恩,即致命何能報。既受不世之知遇,敢惜微軀之捐糜? 於是一面辦裝,一面調攝,稍俟痊可,即擬登程。不謂遲暮之年,莫起積衰之症。血已耗而難復,精垂老而盡銷。藥餌徒勤,沉痼轉甚。臣思累朝作養,委明命而忘匪躬,固義之所不敢出;三品遠臣,屢抗辭而瀆聖聽,尤例之所甚不安。惟是病既甚矣,猶貪榮而不止,是謂頑鈍,頑鈍罪也。任莫前矣,久懸缺而妨賢,是謂瘝曠,瘝曠尤罪也。與其觸藩而負罪,不如望闕而陳誠。伏祈聖恩察其苦情,准令休致。不惟恤微臣螻蟻之極悃,亦所以廣先朝帷蓋之深仁。一介微恩,三旌弗啻矣。臣無任呼天祈懇迫切之至,爲此耑遣義男黄恩代賫本具奏以聞,伏候勑旨。

天啓二年二月初五日奏,初八日奉聖旨:黄汝良資望素隆,着遵前旨赴任,不必屢辭。吏部知道。

辭吏部左侍郎疏

原任禮部右侍郎兼翰林院侍讀學士,今起陞吏部左侍郎臣黄汝良謹奏,爲陳誠未允,寵命洊加,再瀝苦情,終祈聖鑒事。

該臣於去年十一月中謹奏,爲夙疾難痊,乞恩休致事。旋接邸報,今年二月初六日奉聖旨:"黄汝良資望素隆,着遵前旨赴任,不必屢辭。吏部知道。欽此。"又於本月廿三日該大學士葉向高等題,爲纂修實録事内,擬南京禮部右侍郎黄汝良陞吏部左侍郎兼翰林院侍讀學士、實録副總裁。奉聖旨:"是。吏部知道。欽此。"

伏念臣汝良櫟樗朽質,糞土餘生。浹歲之間,再承簡命;匝月之内,叠荷温綸。優假銓貳之榮銜,俾副總裁之鉅任。際此隆恩而不感激圖報者,非人也。當今疆埸俶擾,東西交訌,至尊宵旰而靡寧,群賢馳騖而不足。凡一命之士,所宜披髮纓冠,投袂擊楫而罔後,矧其受累朝之厚恩,服匪躬之明訓,而或敢偃蹇歲月,優游家園者,非臣也。惟是古人有言,陳力就列,不能者止。臣年既衰遲,病復狼狽,種種不能之苦態,當止之真情,亦既備列前疏,宜蒙聖慈矜憐矣。豈其不堪於南者,而顧堪於北?不堪典禮者,而猶堪纂修?

皇上得毋以臣曩曾備員史局,鉛槧其所素習耶?豈知繙閲編摩,終非形骸疲苶者所能勉强;覯揚闡繹,尤非精神瞶眊者所可優爲。方今俊髦盈庭,儒碩滿座,倘令昏庸憊病者載筆其間,寧不羞明時而辱盛典哉!惟能者陳力就列,不能者放頓一丘,則既可奮起事功,而亦可砥礪廉耻。伏乞收回成命,容臣以原官休致。非惟病臣得安愚分,所俾益聖治,增光大典者良多矣。爲此具本謹遣義男黄恩代賫進奏以聞,伏候勑旨。

天啓二年六月二十七日奏，七月初一日奉聖旨：黄汝良素抱經濟，當此時艱，正宜遵命速來，効忠報國，不必托辭。該部知道。

條陳救時十畫疏

原任禮部右侍郎兼翰林院侍讀學士，今起陞吏部左侍郎臣黄汝良謹奏，爲憂國有心，報恩無力，敬抒救時十策，以少効涓埃事。

臣聞古今論治者折衷於孔子，孔子之言曰："政猛則民殘，殘則濟之以寬；政寬則民慢，慢則糾之以猛。"斯萬世治道之準繩也。及其爲司寇攝相事也，三日而誅聞人少正卯。使仲由隳三都，令家不得藏甲，大夫不得有百雉之城。行者别於途，市者不餙價。優施侮君，當盛夏僇之，首足異門而出。似此行事，在它人必以爲慘刻少恩，然而聖人行之者，魯弱國也，夷陵至於定、哀，濡弱已甚，不得不以嚴救之。其稱子産曰惠人，曰遺愛。夫子産相鄭，當晉、楚外侵，諸卿交侈之時，鑄刑書，立謗政，雖受蠆尾之怨而不辭。至傳政子太叔，猶戒之曰：火烈民鮮死焉，故寬難。然而孔子稱其惠愛者，所全者大也。其後孔明當劉璋暗弱之後，以嚴治蜀，亦曰齊之以法，法行則知恩。又曰兵交方始，若法令不行，何用討賊？又如魏相之佐漢宣，李德裕之佐唐武，皆以嚴濟寬。蓋因時度務，不得不如此。我太祖高皇帝承胡元廢弛極敝之餘，其爲治一意以整齊法紀、震肅人心爲務，實本孔子之治魯者而致行之。列聖相承，規模無改。至皇祖初政，綜核一新。維時内順外威，聲靈赫濯。逮至末年，倦勤静攝，諸臣幹蠱無術，幾幸偷安，遂爾專事姑息，多狥情面，厝火養癰，以至今日。以故奴賊一發難，所至潰决。高城深塹，曾無結草之固；棄地喪師，漸成瓦解之形。豈兵不多，餉不厚，爵禄弗肥哉？政寬民慢，法紀不張，而人心弗肅也。故臣謂今日當以勑法紀爲第一義，略倣子産、魏相、孔明、德裕所以救時者，以師仲尼之遺意，而復高皇帝之規模。臣謹條爲濟時十畫，以俟聖明採擇焉。

一曰嚴軍興之法，以鼓敵愾。自古行軍有軍興法，故曰國容不入軍，軍容不入國。又曰用命賞于祖，不用命戮于社。又曰威克厥愛攸濟，愛克厥威罔功。

但觀自古將將將兵,成功閫外,未有不自嚴法始。孫武不假于君姬,穰苴不借于寵臣,孔明不貸于愛將。以至光弼之斬用濟,狄青之斬陳曙,雖大將必法。李晟、岳飛,軍卒雖小犯必法。周世宗高平之戰,何樊僇而軍始振。楊素臨敵先遣二三百人嘗敵,退却立斬,繼者復然。又每行軍,先取死犯數十人戮之以威衆。是以軍心振肅,所向有功。此將將將兵之明効也。何也?兵死地也,不示以退後必死,孰肯向前求生?自三路喪師以來,以至失開原,失遼瀋,失廣寧,未有借一人明法者。退不死法,孰肯進而死敵?此没世不振之氣也。向使邇日撫經與諸道將知退之必死,亦以死守,不至生逃矣。請自今無論武臣、文臣,大臣、小臣,偏裨、卒伍,凡在行間者,一切以軍興法從事。其失機及退縮者,或軍前釁鼓,或歸死司敗,皆登時立决,無復需緩。以至糧餉不繼,器械弗精,募兵買馬無法者,皆以乏軍興論,輕則降黜,重則編戍。法在必行,人心自肅。庶幾武功可競,克敵有期矣。此項屢經言官建白,而寬緩如故。語曰:以生道殺人,雖死不怨。今寬假一二人而使千萬人膏原暴骨,不知其於生道何如也!

二曰嚴經武之法,以張國權。昔鄭躬、蘇令等反漢,梅福以爲匹夫窺國家權輕,乃敢與上争衡。兵者國權也,猶猛獸之有爪牙,故物莫敢犯之。我國家承平日久,武備單弱,故奴賊觀釁而動,藺賊、安賊繼之。彼皆窺國家權輕乃敢爾。今東方决裂,西賊未平,恐四夷與草澤奸雄當睥睨蠢動未已。近日臺臣建白,欲勑畿輔撫臣各練精兵二萬以待徵發,臣愚謂宜推廣其意,諸省直各團練精卒,大約以三萬爲率,不必更事招募增餉,祇將見在額兵嚴加訓練,不足則于衛所軍丁、郡邑機兵、弓兵、快手、民壯中擇其膂力趫健者充之,官爲處置衣甲、器械。其訓練之法,撫臣責之備兵監司,監司責之郡邑。大氐郡以數千,縣以數百計,自撫臣而下,各以其兵之精否爲殿最。文到之日,三月而畢集,一載而成軍。不任者以罷軟論,重者以守備不設失悮軍機論。國之大事在戎,矧當此時不任,何事肯任?昔馬燧之於河中,李抱真之於澤潞,李德裕之於劍南,皆能訓練民兵,轉弱爲勍。今各撫臣誼在圖國,寧肯多遜?然不繩以考功及軍興法,而以虚文塞責,如宋之義勇遍天下,無益也。至於撫臣標下謂之牙兵,尤須精選三五千人,令可一當十者,厚其資糧,結以恩信,庶足崇威望而重彈壓,豈復有邇日搆逆違命,鼓譟遁逃之紛紛乎?武事修而後國權重,莫耶在握,虎豹在山,守備益以完,徵調可如意,薄代自然底績,奸雄不至生心矣。至於居重馭輕,尤莫急京營。今任事有重臣,必能殫忠籌畫,振起積弱,無俟臣言之贅矣。

三曰嚴保任之法,以羅真才。《書》曰:“舉能其官,惟爾之能,稱匪其人,惟爾不任。”保任之法,自周官已然矣,故胥臣、士伯以進賢受賞,張勃、何武以失舉蒙罰。矧震虩阽危之秋,薦舉得失而封疆成敗、廟社安危係之,可令任情妄舉,而不爲之防哉?自東事之殷,經撫之任何等喫緊,乃一舉楊鎬,再舉袁應泰,三舉王化貞。經此三舉,而全遼盡墟,疆埸兵馬資糧器械盡已資敵,以至如柏之後,復舉如楨。如楨之後,復舉李光榮、朱萬良等,而高出、胡加棟等,舉而悮,悮而復舉,似此舛繆,中間豈無因緣?今所舉者間已伏辜,而舉者略不推問,竊恐朋比阿私,將來彌競,國家尚能更堪幾悮?謂宜嚴勑推究妄舉主名,正罪以警將來。自後凡要緊官員,關係重大,經吏、兵二部會推者,必書舉者姓名,及省臺各衙門薦引者,該部必慎爲斟酌,詳爲籍記,有功則該部與舉主兼受上賞,有罪則俱蒙顯罰。庶幾舉必得人,真才出而國事有攸賴矣。

四曰嚴連坐之法,以折奸逆。夫三代至仁厚也,其誓師之辭,一則曰孥僇女,二則曰孥僇女。罪人不孥,尋常刑辟乃爾,至用兵之際,舉事一不當,則伏尸流血,辱國喪師,法不得不畸重。我高皇帝制律,凡叛逆死刑,親屬皆斬;失機悮國,妻子迸流。豈不念其無罪株連?蓋所以重累其心,使不敢犯,此制刑深意也。自東方釁起,李永芳首爲叛逆,妻子無恙。已而賀世賢繼之,已而孫得功、黄進、祖天壽等繼之,不知其家屬何在,曾未聞剪爲鯨鯢,律令所行,僅僅一輦下傳報之。劉保夫叛,人有降虜之利,而親屬無從坐之虞,彼何忌而不爲?宜勑所司查其家屬所在,依律並斬,懸首藁街,以明示遠近。其棄地喪師、悮國重者,及首倡奔北如金勵等,及將卒在陣、在途逃者,守令望風棄城者,妻子各從坐以應得罪名。此後遣將調兵,悉置其家屬於京師、或原籍,使知有犯必坐,以重繫其心。昔郝昭以三千人爲魏守陳倉,孔明以五萬人圍之不克,使所知招之,昭應曰:“魏之國典,君所知也。吾家門累重,惟有死守耳。”孔明百道攻之數月,力疲而去。李陵以步卒五千,當單于十萬,斬將搴旗,矢盡力屈而降,漢猶誅其母妻。使今之法如漢、魏必行,臣知諸將之必爲郝昭不爲李陵矣。唐藩鎮據一州彈丸地,所遣將皆爲盡力致死者,以其家屬在帥府,無敢携貳也。此亦足以明法重之能使人矣。

五曰嚴考言之法,以定廟謨。漢臣有言:聽言之道,當以理觀之,則言者莫敢妄言。自遼難以來,議論雖多,成功則寡,其謬悠之甚,顯而易見者,如兵法“知己知彼”且勿論,即《語》、《孟》中以不教民戰是爲棄之,不教民而用謂之殃民,從少習讀,乃有驅烏合之衆,格方張之虜,而慫慂馬上督戰者。兵法“先爲不可勝”,乃有終日争戰争守,絶不言所以戰所以守者。兵法“戰不足者守有餘”,乃有言守則膽落色灰,言戰則摩拳擦掌。兵法“伐謀伐交”,全在揣情度勢,自立于不敗。豈有終年不選將練兵,今日靠西虜,明日購朝鮮。朝鮮脆弱已甚,三路師熸,其氣久奪,西虜黠詐無親,惟利是視,彼受奴之遺與畏奴之威,皆數倍於我,何苦助我而與奴爲難?至於數推諉,數反覆,猶然是信是憑。兵法“用吾所長,毋用吾所短”,豈有奴賊舍弓馬長技而與我争舟楫者?我數萬重兵,不屯駐廣寧近地,以爲犄角,而宿登、津數千里外,遥隔海波,指臂弗屬,而强言三方布置。此皆言之絶不近理者,而朝廷不加詰問,言路鮮所參駁,以至一敗塗地,悔不可追,乃始紛紛争經撫罪案。夫經撫罪案亦何難定?撫臣冥頑,渾是土偶,譟率有如風狂,悮國重大,一死未續。經臣威望正氣,儘足支撑,遼事初年,脩城池,誅懦將,戮逃卒,差强人意。惟其人非純忠,志非體國,不當托病避難。及其繼起,又不當索兵三十萬,以難朝廷。又不當信用逃臣高出、胡加棟等。又不當心知撫臣謬妄言戰不極力强諍,而冷語微言,若無痛癢者。廣寧既逃,又不蒐乘補卒,固守右屯,此皆負國之大者。惟是廟堂原不與以節制之權,差足分過。論罪雖云差薄,削籍殆未盡辜。此在朝廷一言可斷,何事盈庭紛囂?請自今廟堂之上,虚心觀理,折衷群言,底績是庸,無稽勿聽。在師固不中制,勝筭仍資運籌。至言官以言爲職,亦當以建白之臧否爲品題之低昂,勿得概事調停,以淆指視。史載女直舊俗,有事畫灰而議,自下而上,寂無人聲。行軍有前無却,却者盡斬,謂之硬軍。今中國正與相反,勝負之故,亦可憬然思矣。

六曰嚴賞功之法,以服人心。《書》曰:“功懋懋賞。”軍志曰:“罰必上究,賞必下逮。”又曰:“賞一人而千萬人喜者,賞之可也。”《會典》:“凡軍功加恩,非躬履行陣、實有斬馘者弗與。”邇來法制解弛,欺蔽成風。軍功題覆,多屬冒濫。聞諸邊報捷,往往摭拾畸零,或生事擣巢,得其婦丁幼口,輒報首功,而文吏大帥,高坐肉食者已儼然升賚世蔭矣。又聞卒伍間有斬獲,偏裨輒攘取其半以爲例。賞不下逮,士何肯奮?所以卒伍中衝鋒破敵之事絶少。至近日賞罰無章,僭濫尤甚。自三路喪師,總督從容晝繡,已屬倖免。遼瀋陷没,撫臣晉秩加官,更屬倒置。又其甚者,當兹敗衄震業之秋,叠宣遠年虚冒之捷。黔中宣矣,延綏、寧夏、甘肅則又宣矣。譽命輝煌,官聯舄奕,曾無横草之功,並徼延世之賞。如此之類,未易縷述。不思主辱臣死,競爲夸毗樂憂,傳之華夷,能無掩口,書之史册,足爲汗顔。戰士安得不灰心,豪傑安得不解體?從今邊功宜嚴加勘核,有能削平大難、擒斬賊王者,自不愛通侯世賞,其尋常功次,只賞及獲功之人,文臣大帥或量加升賚,不得概徼世蔭。若錦衣堂上官,下封拜一等,尤不宜濫襲。今帶俸金吾者無慮數千,宜勑兵部同科道官查其冒濫之尤者革去,收其俸糈,以養戰士。其偏裨卒伍中有能奮身克敵、建立奇功者,即爲不次擢拔,毋使有所掩蔽。庶賞一人而千萬人勸,不患無横刀陷陣之李嗣業、白袍先登之薛仁貴矣。

七曰嚴分職之法,以實幹濟。《書》曰:“無曠庶官,天工人其代之。”明有此官方用此人,用此人則當辦此官,未有空擁虚銜,無所事事,而優游坐食者。添注之例,自古未聞。高皇帝設官分職,無論大小内外,各有員數。列聖以來,罔敢軼越。惟萬曆末年,行取之命屢格,當事者爲一切權宜,暫將應取之人掛銜各部,謂之添注,初猶止於部屬,其後漸及卿寺,自開讀行而帶銜京卿者一衙門或至十數人,項背相望,幾無坐處,僅奉朝請,絶無事權。夫裁省冗員,即外而首領倉巡瑣細弗漏,何京秩華膴輒濫觴至此?不惟熙朝所無,抑且從古未有。不惟有乖式序之政體,抑且徒耗用世之壯懷。何者?諸臣起自廢錮,家食或數十年,一旦際會風雲，亦欲急時表業，俟河之清，人壽幾何？以祥麟威鳳之卓品而僅縻以好爵寵禄之虚銜，揆之賢豪夙抱，當不其然。臣至愚陋，使當年得蚤試吏或州郡、監司、甲兵、刑名，猶能少効鉛刀一割，不謂濫竽詞林，毫無建樹。今崦嵫日迫，虚過一生，每循鬓白憐，未嘗不悔其考館之誤也。以臣愚心，度諸臣或當不異。謂宜勑下銓部，深惟聖祖設官初意，一洗近日添注陋規。其見在諸臣設法疏通，務令蚤効勛勳，毋徒虚糜日月，庶明勵翼，事功輻輳，所關治道非淺鮮矣。

八曰嚴覈餉之法，以舒財用。語云："鄧林不能供野火，江河不能實漏巵。"言開財之不如節財也。今天下之財不在官，不在民，人皆知上下虚而中滿，中滿之病未易悉。數其大者，無如邊餉。邊餉之大者，無如遼。以諸邊年例言之，嘉靖末視前已加數倍，猶曰虜患殷而徵召繁也。其後虜欵矣，而年例有加無省。臣猶記備員教習時，一日晤大司農趙世卿，見其蹙額餉乏，問之曰："近見邸報，諸邊郎所節省或以七八萬，或以五六萬，宜可少紓矣。"世卿曰："不也，節省雖有，額解自如。"臣詰其故，曰："部中欲扣除減解，諸撫臣輒相恫喝，曰設有脱巾，公當任咎。"臣爲搤腕者久之。近見東方告急，欲調兵則苦少，欲索餉則苦多，毋亦敝套猶如世卿時乎？以遼餉言之，初擬用兵三十萬，歲費千餘萬。比廣寧未敗，見卒可十二萬，合登、津布置之兵可十五萬耳。未論搜括加納鼓鑄諸入孔，即加派已八百萬，發帑已六百萬，而猶廩廩憂不足，何也？臣記前大司農李汝華在事，爲遼餉支銷不明，請旨查覈。比檄催數次，竟不得其要領。汝華持籌計窮，竟懷憂去國。近見邸報，遼陽没後，庫中猶存八十萬，廣寧之敗亦多資寇，而經撫輒言庫無一錢，戰士至饑凍不可耐。無亦敝竇猶如汝華時乎？此皆可知不可問者。然今剥膚圖窮，又不容不問，要在廟堂之上，端本澄源，法在必行，專以稽覈之權，責按臣及餉司有查報不以實、不以時者，以不職乏軍興論。其諸邊督撫、鎮道，廉貪之尤者，查訪得實，間施不測恩威，如齊威烹阿封即墨故事，然後舉屯田、鑄錢諸務而設誠行之，舉債帥、墨吏而盡法斥之，庶民力可蠲，而軍國攸濟矣。

九曰嚴課習之法，以恢武略。語曰："治世尚文，亂世尚武。"又曰："天下危，注意將。”此真識時務之談，然非古也。鷹揚之尚父，即授丹書之尚父。方叔、召虎、尹吉甫之倫，皆以卿士任將帥，建薄伐之勳。即漢時無論良、平、諸葛，如魏尚、虞詡、皇甫規、張奐輩，皆以郡邑長即拜將軍，武功爛然。唐之魏元忠、郭元振、裴行儉、李泌、韋臯等，皆起家儒生，揆文奮武，戡亂定傾，國事賴之。至宋而文武始分，然未始無張齊賢、虞允文輩也。國家分文武兩科課士，士之取功名致通顯皆由佔畢章句，少而習之，長而安之。承平既久，武事絶不講求，士大夫公餘多以柔翰清玩自娱，甚至武夫亦駸駸化爲文士。一旦有事，遂爾倉皇錯愕。近日往往以劉秩當張通儒，以李元平當李希烈，爲賊所笑。人皆謂文士無用，然畢竟聰明才智，總無出此一班人，惟朝廷課習之何如耳。課之以佔畢章句，即佔畢章句矣。課之以韜略武藝，即韜略武藝矣。似宜著爲功令，督學使者兼以武事課士，經書外如《武經》及古今將略中所載出奇制變、戰陣屯營、墨守輸攻之事，以及騎射等藝，兼令習學，而第其等差。鄉會衡文，亦於後場發策占其方略，銓部題才，亦兼綜文武，以備緩急。其郡縣吏有能練鄉兵修守備者，即爲紀録待取，勿復以一切便給員通之人，冒邊材而悞邊事，文臣中自有請纓係虜、投筆封侯者出矣。至課用武弁，全在膽智勇力，勿得藉口緩帶輕裘、草檄賦詩爲虚名，此皆尚武注將之實事也。

十曰嚴會要之法，以責成功。《周禮》歲有會，月有要，所以熙績而考成也。漢亦有考功期會，至軍興奏報，則謂之羽書，謂其迅急若飛，明無敢逗遛頃刻也。我國家考成之法，歲終一奏報，稽遲止於罰俸，然猶平時常事耳。至事關軍國安危，判於斯須，寧可玩愒呴濡，機會坐失。自軍興以來，有旨下部者，第聞發令，鮮所責成。臣跧伏田間，去京師萬里，安所知軍國事？第每閲邸報，見分遣諸臣募兵，至募到兵幾何，堪用幾何，查點何人，部署何將，確然奏報，則未也。見京營兵着科道部臣分練，通州兵着練臣總練，至於材官蹶張，分數若何，投石超距，可當折衝禦侮練成若何，確然奏報，則未也。近又見有旨速行屯田，增築薊鎮諸口城堡矣。乃若圖上方略，何處平衍可屯，何處險要可築，確有成畫，如趙充國、張仁愿則未也。此等事皆軍國要機，急在然眉，恐我欲待而賊不能待，宜勑該部科嚴立程限,覆核奏報,近以月計,遠以歲計,毋得如前朦朧延緩,違悞者重加處分。其邊報務令偵得情形,急如星火,毋復如前半真半假,如醉如夢,違悞者以軍法治之,庶責成嚴而膚公可奏矣。

以上十畫皆整齊法紀而震肅人心之大且切者。夫廟堂方欲收拾人心,而臣乃言震肅人心,豈不知博大之便民,下嚴之府怨。惟此時之寬弛舒緩已極,若復以寬弛舒緩行之,正如以鄉飲禮治軍市,向河北賊讀《孝經》,粱肉攻疾,萬無濟理。竊謂綜核信必乃今時對病之方,故不自量,効其欵欵。方今國步孔艱,禍難未已,冲聖在上,人有玩心,尤望當事諸大臣忘身狥國,勿復以毁譽得失嬰懷。傳曰:"苟利社稷,死生以之。"先臣亦言,願以身爲薦席,使人得寢處便安而身受其污辱。師濟在列,其必有以辯此矣。臣汝良駑劣孤踪,兼以年衰身病,萬萬無能望見闕廷。第聞越轂鳴君,車右致死。今東西交訌,其爲鳴君也大矣。臣叨附簪履,受恩過於車右,倘獲死所,遑恤其他,輒不避出位之嫌,觸冒時忌,一貢愚心。倘蒙聖明採納,少裨淵岳萬一,即日暮入地,藉有餘榮矣。爲此具本謹遣義男黄恩代賫謹具奏以聞,伏候勑旨。

天啓二年六月二十七日奏,七月初一日奉聖旨:這所奏多切時務,着該部看議具奏。崇禎三年五月十五日,奉聖旨:治道寬猛張弛,法宜互濟。若欲課功責實,必須愓玩振窳。奏内諸欵,深得明作要體,雖屬往疏,足啓新猷。着該部院諸臣共加參詳,擇于時事關切的酌議具覆。

南京到任謝恩疏

南京禮部尚書臣黄汝良謹奏,爲奉旨到任,恭謝聖恩事。

臣蒲柳蚤衰,泌衡待盡。皇上念先朝之舊,學課講幄之微勞,徵起田間,洊躋九列,荏苒歲月,被召命者至三,披瀝悃誠,荷温綸者數四。臣感聖恩之高厚,既思圖報而無從;愓大義于令共,更欲瀆陳而不敢。乃始逡廵戒路,冒昧出山。以本年閏十月十五日抵南都履任,望闕叩頭謝恩受事外。

竊惟陪京根本,地重秩宗。典禮任殷,敢不夙夜惟寅清,少弼敦庸之上理;

禮樂從先進，庶培豐鎬之淳風。望日瞻雲，已凛天顔于咫尺；輪塵浥露，期答聖德于涓埃。臣無任感激屏營之至，爲此具本專差舍人某齎捧，謹具奏聞。

問安公疏

南京禮部等衙門尚書等官臣黄汝良等謹奏，爲恭問萬安事。

臣等接邸報，見二月三十日文書房傳出聖諭，聖體偶爾違和，宜加調攝。其經筵日講御門俱應暫免，于三月十五日後舉行。欽此。臣等備員南都，懸心北闕。犬馬不勝戀主，藿葵共切向陽。恭惟我皇上爲天地付托之身，撫日月恒升之運。百靈自應呵護，萬福方爾駢臻。偶有微痾，旋當勿藥。伏願倍加葆嗇，慎毖起居。紓臣民仰望之殷，慰遠邇瞻依之悃。爲此合詞恭候萬安。臣等無任惓惓欣戴之至，謹遣辦事官某賫捧，謹具奏聞。

廣解額釐文體疏

南京禮部尚書臣黄汝良等謹奏，爲廣解額以羅選士，釐文體以挽頹風事。

臣等待罪留都，尸素無補。兼以抱病日久，益懼曠官。兹屢疏陳誠，方俶裝以待放免，安敢復哆口言天下事。惟是科場屆期，職掌攸係，一日未去其位，尚當一日職思其居。敬以南都解額之當量增，與文體之當釐正者，敢爲皇上一披瀝之。

我皇上棫樸造士，向以龍飛首科，詔增制額。近奉旨照舊，誰復敢濫請市恩？惟是國家兩雍並建，其選南北之俊肄業辟雍，正欲拔茅茹而升，作楨皇國耳。兩雍舊額各中三十五人，在常時則然。今自泰昌恩詔所取恩貢，常數已倍，然猶是與例貢相伯仲者耳。至天啓恩詔所選恩貢，則合衆廪生而彙選之，其人皆郡國士之雋也。在北監者臣不能知，其來南監者，此時已四五百人，度其續到數亦如是，兼以年來登乙榜者並准貢入監，總南雍中一時所增譽髦，當以千餘計。若復解額照舊，無論例監登進之路窒而選貢及乙榜之路亦窒甚矣。夫以恩詔而精選之郡國，乃以常額而困頓之辟雍，其如加恩德意何？查得隆慶年間，恩貢集太學兩京鄉試各增十五名。萬曆年間,選貢集太學順天增二十名,既而分撥兩監,各增十名。前事歷歷可據。頃先後監臣以廣額請,確於功令有合,合無允其所請,如例增額,庶足以平群情,羅英雋,而於作人之恩詔爲不虚矣。所謂廣解額以羅選士者,此也。

至於近日文風似稱極盛,然識者竊慮其有衰徵焉。自古論文者曰詞達,曰修詞立誠,曰風行水上,曰辭尚體要,曰足志足言,未有以暗澁爲工者。即所稱文字之祖,非六經《學》、《庸》、《語》、《孟》乎?降而左、馬、賈、董、班、揚、崔、蔡,又降而唐宋諸大家,未有不明白正大者。惟周誥殷盤,間有詰屈聱牙,説者謂出於伏生年老口授之訛。其後新莽倣之作大誥,竟爲亡徵。乃今泰運方亨,不知士子緣何乃有一種暗澁文字,競趨于不可曉不可讀。夫不可曉不可讀,不第軋茁幾于不通矣。然乃曰須有幾分不通乃爲好文字,謂日月萬古常新,乃舉其貞明之體而易之可乎?謂人形貴有神俊,乃舉其鼻口耳目位置而混之可乎?亦異矣。近來經生不窮經,學人不學古。無論五經不能遍觀,有《通鑑綱目》絶不過眼者。終日逐逐惟務爲鉤棘時文,而究卒歸之俚淺,下筆不曰局則曰按,不曰轉一語則曰又一境。識者方不勝厭唾,而耳食者反以爲佳,又異矣。生於其心,害於其政,聖人復起,不易斯言。似此爲文,心術豈能光明?由此入官,事業安得俊偉?譸張爲幻,釀成昏黑否塞世界,當必由之矣。臣嘗私嘆文武二事,分屬陰陽。文,陽事也,法宜高明洞達,而世反競爲暗澁。武,陰事也,法宜潛天潛地,而世反行以徑直。如此失常,亦何怪乎騙官詐餉之紛紛,而喪師棄地之纍纍哉!此可視爲文字細故耶?臣汝良丁未叨役會場,禮官題請,奉旨場中文字有甚不經者,即時帖出榜示。今又不止不經而已。此番鄉試宜倘復丁未故事,場中檢其不經及暗澁不通之甚者,先行帖出,場後仍行兩雍及提學官戒飭降罰。其中式之文,初場須理味精深而歸之雅醇,後場須涉獵今古而暢于世務,毋俾流弊濫觴。事竣聽科部看詳,覆覈照常加嚴。此日秉文皆一時極選,歐陽師旦應有同心,世道尚嘉賴之,所謂釐文體以挽頽風者,此也。

以上二事,解額係賢關進退,文體係世風醇漓。然賢關人才固以南士爲冠冕，文體輕薄亦惟南士爲嚆矢。起於一二作俑，寓内輒沿習成風。今試期已迫，宜速行申飭，先南士以及各省，庶幾視民不恌，寓内士有所則傚乎？臣等觸目關心，不敢以將去弛擔，不覺言之娓娓。倘有俾於職掌，雖蹈馮婦之誚，亦不辭矣。伏祈皇上察其非謬，敕下禮部，覆議施行，多士幸甚，臣等幸甚。謹遣舍人賫本具奏以聞，伏候敕旨。

地震星變疏

南京禮部尚書臣黄汝良謹奏，爲災異疊見，根本可虞，據實奏聞，仰祈聖明垂意脩省，并敕内外臣工精白一心，以共圖消弭事。

祠祭司案呈，據欽天監手本，據天文生潘良材禀，本月二十二日丁未申時，候得地震二次，隆隆有聲，屋瓦窗櫺傾動摇撼，自東北方艮上來，往西南方坤上去。維時百官萬姓，莫不驚駭。職等偕文武諸臣恭詣孝陵行奉慰禮訖。看得地道爲陰主静，動則爲異。考之周漢，伯陽甫以爲陽伏而不能出，匡衡以爲陰變則静者動，翼奉以爲宜損陰破邪，李尋以爲宜崇陽抑陰，建威强本。是皆以地動爲陰盛陽衰之徵。然陰亦非一端矣。臣子者君父之陰，夷狄者中國之陰，宫壼者朝堂之陰，小人者君子之陰，奄宦者外庭之陰。《春秋》書地震者五，第紀災異，不書事應，欲人因其類而求之，未可以一端盡也。留都高皇帝龍興地，比於周之豐鎬，遭此變異，較它郡國尤重。今歲熒惑守斗，凡五閲月。斗，揚州之分也，遂有奸徒不逞，内煽孽宗，外連巨盗，東南幾至隉阢。幸而操臣熊明遇蚤見豫圖，罪人斯得。恐草澤窺隙，尚繁有徒，宜敕樞臣及操臣亟爲綢繆，以破散陰謀，永銷震業。而猶未也。前時九月間，順天撫臣以畿輔地震報矣，一時兩都並震，周之三川並震，不烈於此，則陰盛當防，不獨在東南半壁矣。又本月初四日，日加辰，太白晝見於寅位尾度。尾爲燕分，今京師是也。考星書，又屬天子後宫。十二月於卦爲《臨》，二陽方長，辰時爲暘谷初曦，太白陰星乃與日争曜，豈輦轂有囂陵之漸，壼掖有醖釀之萌歟？此又陰盛之當防者也。又十月間，陝西以異鼠告，中原以豕禍告，蜀中以水災告。夫鼠晝伏夜行，陰物也。《詩》賦碩鼠，刺貪殘也。重至三四斤，可謂碩矣。食盡禾稼，有肉翅能飛，其貪殘飛揚之應歟？豕於畜屬水，亦陰物也。一身二首八足，無乃主權不一，政多門，人心析離，陰謀朋比之象歟？水於五行屬太陰，至於没田廬，壞城郭，漂人民，近於不寧不令，高岸爲谷矣。《小雅·十月》之詩可繹也，此又陰盛之當防者也。

方今聖主在上，陽德方亨，師濟在朝，顯明其道，不宜有此陰盛之變。然而天地之譴告已若此矣。昔成湯遇災，以六事自責，曰政不節、使民疾、苞苴行、讒夫昌、女謁盛、宫室營。夫湯以聖王，當造商之始，於六事未必有也，然已遇災而思省。今國步斯頻之會，於六事未必無也，寧可見異而弗圖哉！除職等備員南中，痛加脩省外，伏願皇上穆然深思，超然遠覽，嘉與大小臣工，聚精會神，洗心滌慮，察陰陽之大分，施扶抑之妙權。屏除氛祲，昭登泰道。如古所稱脩德脩政脩救，無徒爲最下脩禳而已。至今時陰沴之大且急者，無如夷狄，在西南或漸底績。惟東北夷虜交訌，患在然眉，宜亟勅當事諸臣，毋狃牽制之虚名，務脩備禦之實事。無以講欵爲可恃，要以自强爲上策。庶安内可以攘外，盡人可以格天。式奠根本，永固苞桑，足大慰高皇帝在天之靈矣。職等職司災祥，不勝杞憂一念，敢因留都地震而并及之，伏祈聖明垂賜採擇，國家幸甚。謹遣舍人賫本具題以聞，伏候勅旨。

天啓三年十二月□□日奏。

請　告　疏

南京禮部尚書臣黄汝良謹奏，爲忝叨逾涯，聞言增悚，乞賜罷免，以安愚分事。

臣閩海孤生，行能無足比數，遭逢聖世，冒躐清班。通籍以來，毫無建樹。自丁未制回，家食者凡十七載，自分長守丘壠，無復出山之思。值先帝憑几末命，諄諄詢及講幄舊僚，是用因緣簪履，徵起家園。被命既已三年，乞身亦已四疏，聖恩未許遂初，臣誼何容偃蹇，不得不勉强一出，以畏此簡書。兹履任留都僅兩月耳，潦倒之軀既久闊略乎世務，乖崖之性又難調適乎物情。種種不堪之狀,臣自知已審。方擬懇乞初衣,蚤避賢路,而科臣孫紹統條陳疏中已指摘及之。感此相成之雅,亦復何云?第所言販海昭彰者,不知謂販給引之海耶?販違禁之海耶?如給引之海,臣家晋江之安海鄉其人多以海爲生,親族自覓衣食,臣安能禁之?且亦無此禁法,臣無庸辯也。如違禁之海,則越販通倭,事關重大。嘉靖末年臣鄉因此受禍最慘,臣縱不惜名節,寧不自惜性命?且既云昭彰,當有盤獲之賍証,或有告發之主名,倘然有之,莫逃見聞,如其無之,似難懸坐。臣鄉仕宦在京師者非乏,仕宦臣鄉而見在京師者亦非乏,其有無可問而知,臣亦無庸辯也。惟是臣衰憊已甚,分量已逾,豐鎬寅清之司,豈虛庸竊忝之地,無論有無,均應褫斥。伏乞聖明速賜罷歸,毋令塵點仕籍,臣得遂丘壑之素願,謝紛囂之畏途。三徑十畝間,優游待盡,其爲恩幸,實與天無極。臣無任懇切待命之至,謹遣舍人某賫疏謹具奏聞,伏候勑旨。

天啓四年二月某日奏,某日奉聖旨:卿以才望,簡任方新,奏内事情甚明,何必因言求去。着照舊供職。該部知道。

請告二疏[①]

(上原缺)耆碩,來典兹任,俾臣得歸骨舊丘,即此生莫能少酬高厚,而殘息尚存,當與山農野叟共祝聖壽於無疆。是亦報聖恩萬分之一也。臣無任懇切祈望之至,爲此謹遣舍人某代賫謹具奏聞。

天啓四年三月□□日奏,□□日奉聖旨:卿宏才宿學,簡任方殷,何乃連章求去?着遵旨照舊供職,不必再陳。該部知道。

請告三疏

南京禮部尚書臣黄汝良謹奏,爲沉疴已痼,痊可無期,萬望聖慈憐憫允放,以遂生還,以重臣節事。

臣于三月中奏爲衰病彌劇,職業全隳,懇乞聖恩蚤賜罷斥等事,旋接邸報,奉聖旨:"卿宏才宿學,簡任方殷,何乃連章求去?着遵旨照舊供職,不必再陳。

該部知道。欽此。”臣不勝感激，不勝慙惶，謹扶掖望闕叩頭謝恩外。

竊念臣才具最下，學殖久荒，任使無堪，自知已審。向所以冒昧出山者，直以遭逢聖主，荐被温綸，猶冀精神尚可支吾，筋力或能勉强，庶幾矢竭愚魯，掇摭謬悠，昔之未報于先朝，今或少効于聖世。此區區出山初念也。豈知蒲柳之姿，難經歲晏，陰陽之患，蚤着膏肓。即今手足漸成拘攣，神情日見區瞀。朝不及夕，每懷性命之憂；漏盡夜行，更慙負乘之誚。夫馬之駑者猶可服鹽車，馬之老者猶能識遠道，惟病而至骨露皮穿，虺隤已甚，主人鞭策何施，惟有脱其羈勒，放之林野而已。今臣駑而老矣，且病而痼矣，絶驅馳之用而戀棧櫪之恩，以寅清之堂爲養疴之地，縱溘先朝露，於微軀固無足恤，而披猖末途，於臣誼不大足羞乎？伏祈皇上念先朝簪履之遺，體先皇蓋帷之顧，全其晚節，與以生還。倘得偷視息于泌衡，敢不詠皇仁之高厚。勿俾貽譏嘲于殆辱，亦可厲臣節於廉頑矣。臣不勝伏枕流涕，懇切祈望之至，爲此謹遣舍人賫本謹具奏聞。

天啓四年五月□□日奏，□□日奉聖旨：卿學優經濟，向陳時政，嘉納允行，乃簡任方殷，引疾屢請，准回籍調理，痊可起用。念係皇考講官，勤勞夙著，着加太子少保，用示眷酬。該部知道。

謝恩辭加銜并陳愚悃疏

南京禮部尚書臣黄汝良謹奏，爲恭謝聖恩，辭免非望，并陳愚悃，少効餘忠事。

臣頃因衰年被病，大懼曠官，累疏乞身，誠萬非得已。旋接邸報，奉聖旨：“卿學優經濟，向陳時政，嘉納允行，乃簡任方殷，引疾屢請，准回籍調理，痊可起用。念係皇考講官，勤勞夙著，着加太子少保，以示眷酬。該部知道。欽此。”臣無任悚惶。伏念臣學不通方，才非適世。初蒙皇祖簡擢，洊歷清華，曾無聞於建樹。繼侍皇考經帷，循職講讀，亦何補於論思。既而退居有年，思欲圖報無地。恭遇皇上臨御寓内，幸而微臣叨召田間，時值遼左傾淪，廣寧覆没，中外震虩，夕不及朝。臣忝累朝豢養之恩，敢忘同室纓冠之誼，身在萬里，念切九闍,輒攄寸誠,條爲十畫。大類杞人之憂天墜,幾欲捧土以塞孟津,初不計鑿枘之戾於時,而江河之難爲挽也。荷皇上聖德,并包允納,下部臣,是以感葑菲之採録不量,欲策駑朽以馳驅,而命與時違,老不曉事。出山以後,宿疾漸加,三月留都,諸事沉閣。臣是以誼不終日,懇丐初衣。皇上予以生還,全其末路,如天之福,亦既幸甚無量矣。至乃被以温旨,寵以崇銜。謂録及蒭蕘,則空言何施;即課其講讀,亦宫僚常職。乃以碌碌去國之閑身,而冒峩峩宫保之峻秩,此臣所以跼蹐,罔知所受也。抑臣聞之,葵藿向陽,凋而不改;犬馬戀主,久而彌殷。臣三世受恩,一朝去國。身雖謝事,忠豈忘心。伏見皇上負大有爲之資,真不世出之主。典學無間於終始,勤政每勑乎時幾。用人而俊乂畢羅,聽言而批答如響。太平美業,千載一時矣。乃臣猶有獻焉。

帝王之學,道理固備於經書,鑒戒尤資於史策。今講筵自經書外,若歷代之《通鑑綱目》,我朝之列聖訓謨,獨不可令講官進講敷陳,以擴聰明而資考鏡乎?政事之煩,咨詢貴廣,攬斷貴精。今每日章奏,固無不經披閲,間有疑而未決者,尤宜召對閣部大臣,而加商榷,威福予奪,悉取上裁,庶以成獨斷而防旁落乎?用人固當並蓄兼收,而尤當辯其賢否。如憂國奉公,計安社稷者爲賢,反是則否。以此辯之,而用人庶有實效乎?聽言固當明目達聰,而尤當察其公私,如蕩平正直君國起見者爲公,反是則私。以此察之,庶聽言有實益乎?至于皇上一身爲萬化本原,尤宜寡慾清心,俾底于精明强固。然後四事可設誠致行,順治既張,威靈自暢,即犬羊匪茹,直令熊羆不貳心之臣,折箠笞之可耳,何足煩聖慮哉。昔汲黯棄外,猶不忘陳誠;梅福九江冗尉,猶每因公車上急政。臣之區區,竊附斯義。其言之關切而未可卒言者,猶有不盡之恨,矧敢緘默辜恩,伏祈皇上垂覽,與前疏并賜採擇,并乞收回成命,令臣以原官回籍調理,庶愚衷少展,愚分得安,丘壑尚有餘榮矣。臣無任頂戴馳戀之至,爲此謹遣舍人某賫奏謹具以聞,伏候勑旨。

天啓四年七月□□日奏,□□日奉聖旨:覽卿奏謝并陳衷悃,知道了。加銜已有成命,宜即祗承,不准辭。該部知道。

辭起禮部尚書掌詹疏

原任太子少保、南京禮部尚書臣黄汝良謹奏,爲聖恩高厚難報,臣誼止足當知,乞賜辭免新命,以保餘生,以安愚分事。

臣閩海腐儒,泌衡殘息。向蒙皇上過存簪履,不即棄捐,起之田間,畀以留禮,曾未半載,旋乞初衣。蓋自知潦倒之無堪,衹自傷時命之弗耦耳。賦歸以來,杜門掃軌,惟有詠歌聖澤,無復夢想出山。乃七月間忽傳邸報,見内閣題爲印信事,中擬起臣禮部尚書兼翰林院學士、掌詹事府印信。奉聖旨:"是。吏部知道。欽此。"臣不勝感激,謹望闕叩頭謝恩外。

伏念臣少讀《論語》,有云事君能致其身,言君臣之義莫逃,天地間凡事君者皆當不有其身也。又讀《禮記》有云事君量而後入,言事君固當致身,尤當自量其能否,不可貪昧冒進也。夫致身之義在庶官猶然,矧臣少備員詞林,中承恩宫講,受三朝之作養,荷皇上之特知,常恨不得瞻望闕廷,勉竭駑鈍。今蒙恩徵起,寧敢自便身圖,不思乘利見之期,而敢忘匪躬之節乎? 惟是蒲柳蚤衰,精力久耗,既已虺頽於昔,安能矍鑠於今? 毀已不堪於南,安能更効於北? 宫端係承華近地,宗伯爲九列崇班,若不審己量能,輒爾貪榮冒進,其如量而後入之誼何哉? 方今聖明在御,英俊滿朝,朋比化而皇路頓清,澄汰嚴而群僚式叙。倘使虚庸充位,何足爲盛世之有無;若其負乘貽譏,反足爲聖治之塵玷。此臣所以盤桓跼蹐,不敢不止足自防也。伏乞皇上收回成命,容臣照舊調理,待盡林間。衰朽孤踪,縱不能酬聖恩於萬一;局曲微尚,亦當戴鴻造於生成矣。臣無任瞻天仰聖皇悚屏營之至,謹遣義男賫疏謹具奏聞,伏候勑旨。

天啓五年十月十九日奉聖旨:卿以鴻猷夙望,簡任宫端,着遵旨前來供職,不准辭。該部知道。

地震奉慰公疏

太子少保、禮部尚書兼翰林院學士、掌詹事府事臣黄汝良等奏,爲恭問聖安事。

竊見邇者旬月之間灾異疊告，一見于王恭廠，再見于朝天宫。乃本月初四夜丑時，地復大震，牖户摧撼，屋宇傾摇。天心仁愛人君，深切著明如此。切計皇上深居大内，必有惕然靡寧者，臣等不勝惶悚，敬同諸臣躬詣乾清宫門叩頭奉慰訖。伏祈皇上澄慮凝神，脩德正事，坤維自然效順，天道自然降康。化灾爲祥，何難之有？謹合詞具本恭候聖安。臣等無任瞻切屏營之至，謹具奏聞。

奉聖旨：覽卿等奏慰，朕知道了。禮部知道。

皇子薨逝奉慰公疏

具官臣黄汝良等奏，爲恭慰事。

臣等驚聞皇子薨逝。切惟皇上仁慈素篤，哀痛必深。又惟堯應多男，商宜長發，逢兹春秋之鼎盛，自爾皇穆之咸臻。伏願順適天和，少寬聖慮。迓方來之休祉，節無益之悲思。臣等無任瞻依祈懇之至，謹合詞具本恭慰以聞。

奉聖旨：覽卿等奏慰，朕知道了。禮部知道。

請旨恭謁定陵慶陵疏

太子少保、禮部尚書兼翰林院學士、掌詹事府事臣黄汝良謹奏，爲恩重慕深，乞賜先期恭謁二陵，少展瞻依片念事。

臣海濱鯫生，遭時際會，事皇祖神宗皇帝二十餘年，猥蒙作養，拔置清華，漸陟宫端，洊躋卿貳。先後濯祓保護之恩，真同天罔極。間復承乏備員宫講，正逢皇考光宗皇帝册立冠婚禮成，臣與諸臣每日親奉出閣，造膝論思，陳誠啓沃。霽色虚衷而聽受，腹心手足之相聯。臣方自慶遭逢，感恩圖報，不幸制回，里居一十六禩。無禄，二聖相繼賓天。時跧伏萬里外，勢既阻於執紼，悲徒纏於號弓。明發有懷，思慕何極。

伏蒙我皇上録及簪履，俾微臣復厠班行，懸瞻佳氣之鬱葱，愈動歷年之悽愴。嚮奉明旨，續到諸臣俱隨衆謁陵行禮。第臣思叨備先朝講幄侍從，恩顧隆重，略與諸臣不同。屈指霜降日期尚隔數月，伏乞天恩，准臣先期祗謁定陵、慶陵，少展年來瞻依積悃，然後退而安心供職。追先朝之殊遇，矢圖報於今時。鬱積既申，捐糜無憾矣。臣無任祈懇屏營之至。

五月廿一日，奉聖旨：覽卿奏，恭謁定陵、慶陵，具見忠愛。該部知道。

捐資助餉疏

具官爲豫捐微俸，少助軍需事。

切惟逆奴發難，普天同仇。間者寧遠捷音，固仰藉乎廟筭，然而積年逋寇，猶未伏夫天誅。牒報相仍，蓄謀叵測。凡在有位，並切請纓。群策畢効于勛勸，儲胥尚虞夫庚癸。臣叨蒙恩厚，起自田間。潦倒書生，空懷伏波裹革之志；蕭條散署，莫酬卜式助邊之忠。敬從諸臣後，豫捐俸銀一百五十兩，用佐軍興。纖纊薄醪，何關軍國轉輸之大計；傾塵浥露，少抒犬馬圖報之微誠。無任瞻切屏營之至。

同日奉聖旨：捐資助餉，具見急公。銀着查收。該部知道。

捐資助工疏

太子少保、禮部尚書兼翰林院學士、掌詹事府事臣黄汝良謹奏，爲循例輸悃，少佐大工事。

恭惟三殿鼎建，萬國朝宗。群工竭子來之誠，率土仰皇居之壯。臣蒙恩徵起，適際昌辰。崇嚴幸得於對揚，經營罔効於將作。除以後捐俸欽奉明旨外，敬從諸臣後先捐銀一百兩，用佐大工。雖寒酸氣味，何能少裨乎涓埃；而芹曝愫衷，或亦藉申其萬一。伏乞勑下監部科道衙門查收。臣不勝欣抃踴躍之至。

天啓六年五月日，奉聖旨：捐資助建，具見急公。着該衙門查收。

請告一疏

太子少保、禮部尚書兼翰林院學士、掌詹事府事臣黄汝良謹奏，爲聖主深恩未報，愚臣宿病難支，懇乞歸骨故山，以全始終恩造事。

臣遠僻孤生，遭逢盛際，起家章句，洊躋清華。守制南還，家居一十七載，叨起留禮，八月即賦遂初。踽踽獨行，落落難合，自分没身蓬户，無望長樂鐘聲。不意過蒙皇上天高地厚之恩，録臣遺簪墜履之舊，授以今職，起自田間。臣竊慶千載之奇逢，思酬三朝之夙眷。一辭未允，即便啓途，萬里遄征，幸獲覲闕。

恭惟皇上龍姿天表，既得於對颺；聖治中興，復遂於目擊。向來懲貪銷比，已見王道之蕩蕩平平；邇時畏天恤民，益占聖心之兢兢業業。臣愈自感勵，矢志奮揚。倘能少効涓埃，寧愛未盡齒髮？不謂年迫蒙汜，命薄秋荼。微志未申，宿疾增劇。緣臣素有腸風便紅之夙症，加以家食偃息之多年，兹來驟習官儀，輒爾不勝疲苶，以致血痢傾注，肢體焦枯，步履難前，飲食不下。伏念皇上昔日召臣，冀其有用，而今已無可用矣。臣萬里赴闕，猶冀少效明時，而今更虚負明時矣。與其病廢無堪，徒溘死爲它鄉之鬼，何如微恩乞骸，庶生還藉厚下之仁。懇乞皇上察其病苦情真，准其回籍調理。慈恩式弘於覆載，鴻造無靳於始終。倘犬馬少延，願祝崗陵於有永；即唵嗑不俟，亦矢啣結於來生矣。臣無任哀鳴迫切之至，爲此謹具奏聞，伏候勅旨。

天啓六年七月□日，奉聖旨：卿才望素隆，精神正旺，宫端重地，倚任方殷。着即出供職，不准辭。該部知道。

請告二疏

太子少保、禮部尚書兼翰林院學士、掌詹事府事臣黄汝良謹奏，爲錮疾萬分難痊，求去甚非得已，懇乞蚤賜允放，以延殘喘，以廣皇仁事。

該臣以病甚乞歸，奉聖旨："卿才望素隆，精神正旺，宫端重地，倚任方殷。着即出供職，不准辭。該部知道。欽此。"臣不勝感悚，不勝慙惶，謹扶掖望闕叩頭謝恩外。

竊念臣物望輕微，精神衰耗，自知無益聖世，輒敢因病乞身。乃仰荷温綸，着令供職。豈以求去有所假托，身病尚可支吾乎？原臣赴召之初，自幸遇堯舜之聖主，冀得希日月之末光，惟知貪戀明時，已盡撇斷家累，妻亡罔暇顧恤，女殤不敢逗遛。祇畏簡書，庶幾夙夜，寧有所牽繫求去者？比覲闕之後，寵命洊加，纂修獲預鴻裁，經筵得隨鵷序。一時同朝之臣，自三事以暨百僚，無不意氣相聯，道誼相勗，獲上信友，正維此時，寧有所猜嫌求去者？八座崇班，宫詹優秩，臣所分實録已力疾看裁，即日繕寫送館。至於經筵，亦其夙習，誠願輸忠啓沃，自覺退食從容，寧有所推諉求去者？惟是年臘衰邁，宿病增加，元氣全虧，百藥罔效，濡滯不去，定有性命之憂。傳曰："人臣殺身有益於君則爲之。"臣如乘雁雙鳬，無足比數，倘卒先朝露，何益絲毫？徒使人謂熙明盛際，有漏盡不休之具臣，或反爲聖治塵點。此臣所以敢乞殘喘，誠疾痛窮極，不得已而呼天者也。自臣入都來，見九列乞歸諸臣若李起元、王永光、孟時芳、董可威、劉遵憲等，無不蒙恩體悉，臣縱不敢追踪於耆碩，或可徼一視於痌瘝。伏望皇上普發慈悲，立賜允放，庶臣鄰並沐好生之德，海寓益歌厚下之仁，臣世世生生永矢圖報於無極矣。臣無任懇切卬瞻之至，爲此謹具奏聞，伏候勑旨。

天啓六年□月□日，奉聖旨：卿才猷素著，啓沃夙勤，特起宫端，方切倚任，何乃連章求去？情詞懇至，准回籍調理。該部知道。

得請謝恩疏

太子少保、禮部尚書兼翰林院學士、掌詹事府事臣黄汝良謹奏，爲感激天恩，恭陳謝悃事。

該臣以病苦難耐，再疏乞休，奉聖旨："卿才猷素著，啓沃夙勤，特起宫端，方切倚任，何乃連章求去？情詞懇至，准回籍調理。該部知道。欽此。"臣不勝感激，謹仍前扶掖望闕叩頭謝恩外。

伏念臣萬里朝天，自媿涓埃未効；寸心戀主，何忍倏忽言歸？無奈宿疾之支離，乃蒙皇仁之憫惻。温綸允放，既遂生還；褒衮洊加，更出望外。祇緣先朝之啓沃，輒徼靈寵於蓋帷。感德無涯，報恩何地。伏願典學無間於終始，親政每勑於時幾。保身以保民，惟在清心寡慾之助；多男更多壽，總憑祈天永命之衷。軫牖户而切綢繆，安攘豫籌於帷幄；繼雷霆而敷雨露，靈長彌鞏於苞桑。自兹漸遠闕庭，無復瞻日望雲之路；不揣未忘芹曝，少抒輸塵浥露之忱。臣無任激切屏營之至，謹具本奏謝以聞，伏候勑旨。

奉聖旨：覽卿奏謝，知道了。

辭朝疏

太子少保、禮部尚書兼翰林院學士、掌詹事府事臣黄汝良謹奏，爲辭朝事。

臣以病苦乞歸，荷蒙我皇上俯賜矜憐，准令回籍調理。臣不勝感戴，已具本奏謝訖。兹當遠離，分宜陛辭。恐蹴躃不能成禮，謹于大明門外扶掖叩頭辭謝。伏惟三世受恩，一朝去國，戀闕之情徒切，致身之願已非。矧值聖作物覩之期，誰無結綬彈冠之想。心乎愛矣，其如命與志而相違；天實爲之，無奈病與衰而轉逼。去非得已，不禁夢魂繞長樂之鐘；詎忍恝然，可堪回首望長安之日。迹則遠，心則邇，寧敢處江湖而忘廟廊；日斯邁，月斯征，終於睠時明而懷主聖。從此枕流漱石，年年祝萬壽於無疆；庶偕田夫野叟，在在歌太平於有象。臣無任瞻天仰聖感激涕零之至，謹具本奏辭以聞。

奉聖旨：覽卿奏辭，知道了。

申大義核信史疏

原任太子少保、禮部尚書兼翰林院學士、前東宫日講官臣黄某謹奏，爲先朝大義宜申，萬世信史宜核，敬輸肝膽，述見聞，以贊中興，以光聖治事。

臣聞天地間莫重于綱常，綱常中莫重于君父。人臣立人之朝，愛君憂國者則爲忠良，依勢附會者則爲奸佞。忠良登進則爲治徵，奸佞得志則爲否象。伏睹我皇上聖明天縱，神武性生。御極以來，掃除奸逆，聲色不動，而宇宙頓爲廓清，日月重見開朗。真不世出之主，大有道之朝矣。而愚臣鰓鰓過計，猶覺先朝之大義未盡申，萬世之信史未盡核，似中興聖治猶若天地有憾者。臣荷皇祖擢拔，薦冒孤卿，又嘗備員皇考東宫日講，蒙先帝召起田間，雖立朝僅三月，見幾遠引，而頂戴三朝洪恩，不啻丘山重矣，敢惜身觀望，不爲皇上一披瀝之？

夫皇考先帝皇上之君父，亦四海臣民之君父也。人臣戴天履地，見君父稍有憂危，必効忠宣力以保護之。皇上孝篤君親，見諸臣中有忠讜愛護君父者必褒嘉而顯揚之，此天理人情之極也。昔越轂鳴君，義士致死，齒君路馬，禮猶有誅，安有人臣值君父劻勷而可旁觀泄泄者？矧張差持梃闖宫，羌戎接軫皇考，社稷之身危在五步之内，能禁諸臣之發憤亟請推究乎？皇考一月勵精，比隆堯舜。自崔文昇進泄藥，李可灼再進紅丸，鼎湖遽泣，曾不終朝，能禁諸臣之發憤亟請誅討乎？先帝登極有期，前一日先朝嬪御猶占住乾清宫，維時先帝欲避居慈慶則非體，欲同居乾清，安保無依憑干預之漸？雖既移之後，宜加厚恤，而亦難禁諸臣之發憤請移也。凡此三事，諸臣侃侃建白，要皆扶天綱、植人紀，愛國忠君，天地間不可泯滅之大義，寧可摧折禁錮之？今自逆璫誅殛之後，章滿公車，或引薦相知，或自訟掩抑，皇上往往虛懷止輦，受之靡有遺矣。乃先朝如許大事，正氣如許久湮，曾未有爲皇上言之，或言之殊未盡，豈諸臣通籍多晚，徒狃今日之静謐，未知前事之艱危耶？抑見《要典》已有成書，直言或犯忌諱耶？臣請述皇考在儲之艱難，而後及《要典》成書之來歷，皇上試垂聽焉。

臣叨中萬曆十四年進士，讀書中秘。時皇考睿齡五稔矣，《春秋》之義，母以子貴。會有旨册封皇貴妃而皇長子母妃不得封，舉朝恫疑，據禮執諍，閣臣諍之尤力。臣座師閣臣王錫爵會試出題，以"名之必可言"爲諷，惕然有深念焉。既而以出閣請，以册立請，屢疏未允。省臺部署多以激聒獲罪，而閣臣申時行、許國、王錫爵、王家屏後先以此去國，在皇祖固無母愛子抱之情，而諸臣不容不虔子以母貴之慮。幸而倫序素明，聖謨淵遠，皇考十齡而始出閣，又十年而始冠婚册立，此實繇皇考之止孝，益成皇祖之止慈，人也，而亦天也。臣記皇考初出閣講學時，率以漏下四鼓爲期。遇嚴冬大雪，未嘗傳免，長隨内官每用綿被抱持而出，講官至爲掩淚。然皇考夙夜其勤，就將罔間，經書熟誦，旨趣精通。寫倣務極端楷，對句確中音律。每講畢侍班司禮入奏，皇祖喜動天顔，對倣每用御筆圈點。又恭敬温文，跬步必謹，雖大婚稍遲，而宫闈肅穆，皇祖益加愛重。一日遇皇祖聖壽，同諸王入賀，賜以玉帶，即下階抃舞拜謝。皇祖顧謂諸王曰："汝兄讀書知禮，汝當效之。”又一日，賜以慈慶宫居住，潛遣内侍覘其坐向。皇考北向謝恩訖，逡巡西向坐。内侍回奏，皇祖亟稱知禮知禮。蓋臣先得之宫僚傳説，後得之講幄對颺者如此。

皇祖既知天下人心久歸皇儲，又見睿聖夙成，周旋中禮，以此眷顧彌篤，儲位益安矣。而能必近習左右，無徼福懼禍，覬覦不可知之事乎？《易》曰：“履霜堅冰至。”蓋言漸也。諸臣見前事之如此，虞後艱之若彼，安得不汲汲皇皇，隨事力諍乎？即當時同事諸臣，或議論未一，殿上相争，亦未嘗以執諍者爲非，而概欲摧折禁錮之也。至《要典》出而概從摧折禁錮矣。皇上謂《要典》誰之書哉？則逆璫魏忠賢泄憤報怨之書也。天啓四年五月，楊漣數魏忠賢二十四大罪，繇是左光斗、魏大中、袁化中、惠世楊等及部院趙南星、高攀龍等，以及卿寺、省臺諸臣，相繼論劾，忠賢痛恨切骨，欲報無繇，乃以楊漣等曾諍移宫爲題目而逮治之，慘殺□□□□□恐人議其後，事久變更，乃矯旨編纂成書，串連梃擊、紅丸并移宫爲三案。忠言者概目之爲嗜進通内，誣謗君父。夫近日之附會逆璫，占風逐臭，假旨頌德祝釐，以君父與廠臣並稱，躐取富貴者，真嗜進通内、誣謗君父也。乃舉而加之防微杜漸、愛君憂國之臣，何居乎？將使後之爲臣子者容容諓諓，聽君父之自安自危，乃爲得計乎？朝廷舉動當盡制曲防，不但示勸懲於一時，亦欲垂彰癉於萬世。今《要典》既以楊漣等爲罪案而編入檮杌之籍，則殺楊漣等如許顯純輩當爲逆璫首功，而受華衮之褒矣。此可爲信史乎？可爲訓乎？

按楊漣等劾逆璫在天啓四年，五月矯旨修《要典》，起六年正月，造意者魏忠賢，終始獎成之者則崔呈秀、劉志選輩也。今其人何如哉？宋季興同文舘獄，籍元祐黨碑，編紹興《日曆》，詎是盛事？附會者以《要典》比嘉靖中《明倫大典》。夫《大典》尊君父者也，《要典》錮其護君父者也，事豈可同？逆璫矯旨無所不有，此書寧出先帝意哉？

皇上博通今古，明燭幽遐，第取是書，平心覽觀，是非了然，當必爲之咨嗟憤惋矣。夫施籠絡之術於君父，矯誣箝制以毒害一時之忠良，禍不可言也。變亂白黑，淆萬世之信史，使人臣以忠義爲永戒，禍尤不可言也。伏願皇上懲前毖後，察三案諸臣忠義本末，勑下該部，存者亟加擢拔，殁者亟加贈恤。更勿問是何門户，仍將臣此疏宣付史舘，以考鏡方來，庶幾公道明而人心服，中興聖治爲之益光矣。若執筆纂修諸臣，制於矯旨，愓於兇威，勢不得不委曲，欲責備以董狐、南史之事實難，可置勿論也。

至愚臣向爲奸逆所沮抑，原耻於自明，惟事有與三案干涉者，不得不略言之。皇考賓天時，臣方家居，閲邸報有進泄藥、進紅丸之事，不勝痛心疾首，時同鄉臣黄克纘爲大司寇，臣寄書勸其奏請會多官廷鞫，有無奸謀，有則與天下共誅之，無則與天下共釋之，勿致疑議紛紜。克纘正直忠厚，與臣素稱莫逆，事雖未行，未嘗以臣言爲非是，且力加薦引。比臣再起掌詹，乃有宵小敗類者摘臣此書并臣稿中爲時事發憤者彙爲一帙，以贄于奸逆，時已蓄睚眦矣。又臣副實録總裁，閲梃擊一事，史臣頗有增損，至謂張差原未有梃，臣以事宜直書，稍加點竄，又結撰數語，云骨肉之間，在旁在房之際，有難株連淵察者，只宜以風癲結案，且引漢田叔燒梁獄詞爲倣。此事更忤時局。又臣至京時，聞大臣中有與逆璫稱晚生、稱恩男者，臣切痛之，絶不通一刺。一次爲皇極殿迎吻，一次至乾清宫門問安，見九列中有歷位踰階與逆璫傴僂繾綣者，臣實耻之，絶不交一談。逆璫愈怒，臣義難終日，即再疏乞身。適逆璫出看殿工，謂閣臣曰："此人何不票與他去？"時首輔注籍，次輔立極應曰："去即去，但係先朝講臣，宜稍加禮。"逆璫聲色俱厲曰："這專權事使不得。"見者爲之咋舌。因與鳳來、瑞圖二閣臣並到臣寓，備述此言。閣臣又謂臣有紅丸議，爲内裏所嫌，蓋指前書也。且曰須托人彌縫，不且不測。臣曰："能彌縫則不至是，聽之而已。"明日疏下票擬，加恩馳驛，一筆勾去。及臣出都，又遣緹騎踪跡。臣三月散署，行李蕭然，無可求多，然亦蹈虎尾矣。臣恭聞皇上嗣登寶曆，無任抃慶。萬里具表，冀申賀忱。閣臣止令勿上，或爲臣避干進之嫌耶？第賀表可勿上，而一腔血誠何能自已？故敢陳其窾窾。臣知此疏一出，附會者必思以中臣。臣衰朽已極，萬念俱灰，禍機之來，所不敢避。第思朱雲、梅福，里居小臣，猶能上急事，進危言，況臣受恩深重，際不諱之時，敢懷義忍默，奄奄作泉下人耶？倘蒙皇上察臣愚悃，異日者臣得藉手以對皇祖、皇考、先帝在天之靈，爲榮多矣，它何覬焉？臣無任瞻天仰聖激切屏營之至，謹遣義男黄福賫疏謹具奏聞，伏候勅旨。

崇禎元年七月初八日，奉聖旨：卿皇考舊臣，親侍講幄，覽奏當日慈孝詳悉(委)，朕心愴然。着宣付史館。《要典》舛贅，已焚燬了。皇考日講官未經先帝加恩的尚有幾人，該部查明具奏。

謝恩并陳救時十策疏

原任太子少保、禮部尚書兼翰林院學士臣黄汝良謹奏，爲恭謝聖恩兼陳愚悃事。

臣伏處閩海，久謝世緣，於崇禎二年九月間接邸報，該吏部一本，爲先朝大義宜申等事，奉聖旨："黄汝良久侍皇考講幄，啓沃勞深，准加太子太保。欽此。"臣不勝感激，謹設香案，望闕叩頭謝恩外。

緣臣於元年四月間謹奏，爲先朝大義宜申，萬世信史宜核等事，奉聖旨："卿皇考舊臣，親侍講幄，覽奏當日慈孝詳委，朕心愴然。着宣付史舘。《要典》舛贅，已焚燬了。皇考日講官未經先帝加恩的尚有幾人，吏部查明具奏。欽此。"臣初以叨侍皇考講幄，恭遇聖治中興，敬述曩日之見聞，闡揚先朝之慈孝，仰冀褒嘉忠義，察三朝羽翼之苦心，更祈彰癉是非，核萬世衮鉞之信史。幸遇皇上聖明天縱，狂瞽靡遺。黜《要典》之匪彝，付臣疏於史舘。忠義並蒙恤録，幽隱悉耀光明。臣萬里叩閽初心，亦既無負矣。乃皇上更以篤念皇考者加恩皇考潛邸舊臣，竊思講幄微勞，不過宫僚之常職，即遭逆璫摧抑，亦是義命之當然。顧兹宫保之崇階，詎是山林之克受？臣是以踊躇而靡寧也。乃臣以去歲孟冬拜疏，賫疏人行至山東，遭奴虜憑陵，道途梗塞。仰惟皇上宵衣旰食，焦勞正在此時，微臣受恩四朝，敢忘主憂臣辱？乃追回原疏，輒敢附布愚誠。夫奴孽幺麿小醜耳，向已陷没全遼，兹復侵犯内地，殘破州縣，驅掠人民，若非皇上聖武布昭，天威孔赫，幾至震驚廟社，何以故？法紀弗張，人心積玩，所繇來者漸矣。臣於壬戌年痛廣寧陷没，曾上救時十策一疏，以飭法紀、肅人心爲第一義。使當時肯盡用臣言,奴賊或未敢深入,即入亦有以禦之。敢敬録上,以備聖明採擇。今虜騎雖已漸遁,綢繆正在此時。兵志曰:“勿恃其不來,恃吾有以待之。”更願我皇上居安思危,懲前毖後。用人行政,期收綜覈之實功;選將練兵,務祛因循之積習。治外必先治内,要在固本以寧邦;保身乃可保民,尚期清心而寡慾。殷憂適以啓聖,順治自然威嚴。臣即伏處草莽,有餘榮矣。爲此謹將救時十策原疏一同封進,專捧謹具奏聞,伏候敕旨。

崇禎三年二月十五日,奉聖旨:覽卿奏謝,知道了。卿歷侍先朝,深識治體,所陳上十策,補牘再陳,具見忠悃,已付所司參酌施行。該部知道。

辭再起掌詹疏

原任太子太保兼翰林院學士臣黄汝良謹奏,爲聖恩高厚難酬,微臣衰朽已甚,乞賜辭免新命,以勵恬風,以安愚分事。

臣里居接邸報,崇禎三年十一月初三日,該内閣題,爲印信事,擬臣汝良起掌詹事府印信。奉聖旨:“是。吏部知道。欽此。”隨該吏部覆本,奉聖旨:“黄汝良仍以太子太保起禮部尚書兼翰林院學士,掌詹事府事。着作速前來赴任,不必例辭。欽此。”臣不勝感戴,謹設香案望闕叩頭謝恩外。

伏念臣以章句腐儒,歷事先帝,備員講讀,洊冒清華,自揣蹉跎歲時,未申報效萬一。伏遇皇上聖德中興之日,正微臣感恩圖報之辰。方喜宫府肅清,詎料邊氛孔棘,不勝葵藿之丹悃,再效狂瞽之鄙言。蒙聖明俯鑒微誠,過垂采納。一則令宣付史館,一則令部覆施行。既晉一品之宫銜,更錫四代之綸誥。固已榮出望外,兹復起自田間。何意餘生,叨膺殊眷,即摩頂放踵,粉骨糜軀,未足仰答洪恩,敢復自孤際會?無奈桑榆已迫,樸簌無堪。精神既屬消磨,何繇經營職業;筋力更苦疲苶,曷能夙夜趨蹌。雖遵旨不敢例辭,而苦衷實不容不以情控也。方今明良合德,英俊滿朝,若使暮景龍鍾之人,謬厠蓬山鶴禁之列,不惟無裨於聖治,抑且有玷于清班。伏望皇上俯憐苦衷,收回成命。俾臣保全殘息,得遂首丘。優老朽以函蓋之仁,風僚采以止足之誼。臣縱此生無能望闕廷事聖主,當世世效犬馬於方來也。臣無任瞻天仰聖激切屏營之至,爲此具本專差義男黄中賫捧謹具奏聞,伏候勑旨。

崇禎四年□月□□日奏,奉聖旨:卿端品宿學,簡領宫詹,前有旨,不必例辭,着上緊前來供職,勿復控陳。該部知道。

時務八要疏

太子太傅、禮部尚書兼翰林院學士臣黄汝良謹奏,爲敬陳時務之要,以仰答聖明事。

臣乞身家居,久斷出山夢想。恭遇聖明御極,垂念先朝講臣,録其鄙言,優以崇秩,掌詹既叨非據,典禮更荷新綸。猥以殘年,際此殊遇,即使捐糜身命,何能報塞天恩。伏惟我皇上聰明聖智,惕勵憂勤,真大有爲之君,不世出之主,謂宜太平可立致。然而振飭雖嚴,惰窳如故,風習未見移易,疆寓未克敉寧,毋亦諸臣奉行未得其要,致至尊獨懷社稷之憂乎?臣四朝受知,萬里赴召。躬逢堯舜之聖,敢忘葵藿之忠。敬述耳目所見聞,胸懷所鬱積者,條爲八要,庶幾仰答聖明知遇,伏惟皇上試垂聽焉。

一曰重本。《書》曰:"民惟邦本。"傳曰:"天之立君以爲民也。"故虞廷矢安民之謨,文王切如傷之視。漢文帝時猶能數數賜民田租,春和輒議賑貸。至唐宋末造,始有間架、陌錢,頭會箕斂之政。我太祖高皇帝時近臣有言理財以紓國用者,上曰:"天地生財以養民,人君當以養民爲務,可重征乎?"列聖以來,率循兹軌。臣躬事皇祖神宗皇帝,每見省直時有水旱,輒寬租發賑,當年豈無關白、劉哱、播州擾攘,亦未聞有加賦疊征之事。乃今正派之外有加派,帶征之外有豫征,且加而復加,派而復派,甚至生員優免亦行扣追,寒暑未免怨咨,皮盡而毛安附。雖曰軍興煩費,事出權宜,要以攘外必先安内,固本乃可寧邦。伏願皇上法帝王之懷保,體祖宗之弘仁。推憂旱步禱之心以恤民,廣近日賑貸秦、晉、淮、揚之恩以加惠寓内。雖征派未可盡蠲,而痌瘝宜切軫念,庶寬一分則民受賜一分。民既遂生,天自佑順,么麽小醜,自可折箠笞之。此聖政今日第一務也。

二曰節財。今征斂既無遺策,國用愈見空虛。臣謂不當務開財源,正當務節財流耳。所謂節流者,財入時當查其乾没,財出時當覈其冒破也。以往事言之,臣聞各省直加納事例,多以假印假咨送部,其銀竟歸内外奸胥之手。有各布政司起解物料價銀,多爲奸書奸商奸弁串同賺没,挨延累年,其物竟不到部者。有正供錢糧,州縣以虛文起解,府司以虛收發批,支飾那移,莫可究詰者。所謂乾没之宜查,此類是也。又聞各邊兵多虛伍,將多冗員,歲冒月餉俸錢無算,或稍傳警報,輒虛張恫喝,請討買馬造器銀兩,而器馬竟成烏有者。有遇警增餉,事平而所增遂不可減者。有解邊充賞銀兩,而惠不及下者。有邊郡節省銀兩,名爲貯庫,不以充餉而額餉歲解自如者。至修邊及買辦工費,往往以一報五,陵工則以百估千。所謂冒破之當覈,此類是也。然此猶其小者。安酋議討時請餉動至二百萬,毛文龍未殄時要脅索餉本折歲至百餘萬。此皆以虛聲而冒實費,江河雖罄,難滿漏巵。向時征派無已,率爲此也。昔漢武帝攘斥夷狄,用桑、孔鹽鐵、均輸而足用。唐德宗削平禍亂,用劉晏轉運江淮而足用。趙充國制先零,用步兵留屯而足用。諸葛亮定西蜀,用彭羕更鑄大錢而足用。昔人用其一而有餘,今人用其全而不足,此其故亦可思矣。今當事大臣,皆體國名碩,必能爲朝廷塞此漏孔。乞勅各該衙門,條上事件,逐一綜覈節裁,庶國計可裕,民力可寬乎?

三曰革貪臣。竊觀士人貪風,至今日極矣。納賄招權,視爲常事;剥民罔上,習爲固然。漢末之西園成市,晉季之孔方有靈,詎謂盛世,見此頹風。皇上功令彌嚴,而内外貪風愈甚,不有以革之,世道未知所底也。臣謂革貪之法不在小而在大,不在卑末散冗而在尊貴要津。請自今在外州縣貪官以摘發責道府,以糾劾責撫按。其有真貪大貪不摘發糾劾而僅以一二鄉貢塞責者,朝廷别有所聞,撫按、道府俱以功令從事。在内六部司官有賣法鬻爵、黷貨行私者,聽各堂上官摘發糾劾,若朦朧庇護,朝廷别有所聞,各堂屬俱以功令從事。又有貴要達官,向各衙門説事得錢者,聽各衙門摘發糾劾。如畏勢狥情,曲從容隱,朝廷别有所聞,囑事者與受囑者俱以功令從事。然後令各衙門官員將吏書蠹蝕侵漁,一一力加懲革，其能祛宿弊著風裁者，優以紀録超陞，庶幾内外尊卑以法相守，世道尚可轉移也。

四曰體臣。君爲元首，臣爲股肱，明其一體，相待而成。故孟子曰："君之視臣如手足，則臣視君如腹心。"賈誼曰："以國士待臣，彼將國士自爲也。以庸衆待臣，彼將庸衆自爲也。"自古未有君臣不協力同心而能建功集事者。國家當積弛之後，我皇上不得不以法紀整齊之，用以震疊式序，意至深遠也。惟是張弛各有所宜，寬猛自當互濟。諸臣中有作奸犯科自投法網，或失誤封疆關係重大者，自當爲法受惡，即置重典何辭？乃若簿書期會之或愆，力非所及詿誤，遭際之不幸，情有可原，自可及以寬政，開其一面。其無過舉大小諸臣，並宜聯以恩意，鼓其精神，令得瀝膽輸忠，無徒畏威順旨。至庶僚俸薪差薄，所司宜以時給發。既可藉以養廉，亦可紓其内顧。其有年衰身病，親老子單，以情請告者，亦可聽其善息暫歸，不必盡以委卸疑難之。凡此皆體臣之德意也。上既以一體視臣，而臣下不以盡忠報上者，則非人類矣。

五曰勵節。昔光武禮嚴光、褒卓茂，而人知重節義。我太祖高皇帝旌仗節之福壽，黜失節之危素，而胡元之陋俗頓移，一代之風尚克振。臣服官萬曆時，猶見士重清議，人貴好脩。不意二十餘年來，習氣頓異，身都榮貴，罔思爲國爲民。朝廷有事，只圖騙官騙餉。迨至逆璫煽禍，士氣沮銷，幾不知四維爲何物。聖皇御極，世道一新，然而積習之餘，猶難丕變。孔子曰："移風易俗，非家至日見之也。"要在樹之風聲，立之標表，使知景赴嚮會耳。請自今諸臣中有公爾忘私、盡瘁事國者，有嘉言讜論、正色立朝者，有清脩恬介、不淄勢利者，亟加擢拔，破格優崇。其昔日爲忤璫摧折尚滯丘園者，亟賜録用。庶可提醒人心，振起士習，亦勵世磨鈍一大機括也。

六曰實兵。今中外邊腹非無兵也，往往有兵之名，鮮兵之實。國家竭天下之力以餉兵，然而遇敵則逃，調遣則譟，所過遇平民則掠，不惟不得其用，且不堪其害。何以故？其源不在兵而在將也。自古爲將將兵，須有恩然後有威，有威然後能使。兵畏將而不畏敵，故吴起與士卒同苦樂，李牧市租悉以饗士，楊素、李勣得賞賜盡與士卒共之，雖小功不遺，是以令之必聽，鼓之必前，勞之殺之而不怨。今兵遍天下，債帥亦遍天下。臣記備員南京時，太常少卿麻僖以使事至，爲臣言今各邊總兵俱有定價，如某處一萬，某處八千之類，其餘腹裏大帥以及偏裨，鮮有不繇賄賂囑託得之者。聞邇年此風猶未盡改。夫既用賄以得官，勢必剥兵以償債。兵既受剥，將必損威，訓練約束，勢必不行，此所以無兵之實也。今本兵職方俱清執自愛，必能一洗夙習，然猶須彼此同心，絶去情面，庶將皆得人，兵有實用，平日有挾纊之恩，臨事有敵愾之勇矣。

七曰審勢。兵法曰："知己知彼，百戰百勝。"晁錯曰："帝王之兵出於萬全。"今與中國爲難，猖獗而不可驟制者，非奴酋乎？蓋其人便習弓馬，兇悍健鬭，而中國以怯將弱兵當之，宜其每遇輒潰也。顧奴賊有奴賊之長投（技），弓馬是已。中國有中國之長技，堅城深池、大炮石弩是已。自奴賊發難以來，戰則我未有得志於奴者，守則奴未有得志於我者。蓋彼己戰守之勢殊也。使去歲奴入犯時，各城能堅壁固守，彼即有弓馬長技，無所用之，俟其糧盡氣竭，然後以精鋭擊其惰歸，雖使隻騎不還可也。近日大凌之圍，勢不得不援，然亦須度量彼己，多設方略，或截燒其糧草，或夜劫其營壘，或聲擣其巢穴，所謂批亢擊虚，形格勢禁，可以計破，難以力争也。請自今嚴勅諸將，訓練士卒，繕守封疆，惟務自强，勿貪小勝。我既積氣併力，待敵有釁可乘，然後用間以離之，設奇以扼之，多方以誤之，而恢復可徐爲也。至於西虜之插敖，秦、晉之流寇，閩、廣、滇南之山賊、土醜，在我亦當先務自强，使欛柄在手，然後或翕或張，或撫或剿，審勢而圖之可也。

八曰嗇神。臣聞天道雖大，尚猶節其章光，愛其神明。故日有宵晝，月有晦望。自古堯舜雖日厪萬幾，而惟急圖先務。我皇上勵精圖治，罔間夙宵，披閲疏草，不遺幽眇，可謂勵精之至矣。惟是神太用則竭，精太勞則疲。宗廟社稷之身，何可不自葆嗇？况爲治有體，自來君職要而臣職詳，運治有機，貴在提其綱而挈其領。伏祈皇上以平章任輔臣，以分理委部院，以糾繩責省臺，課其當否而品騭隨之，聖治自可恭己無爲，聖壽自可與天無極矣。近日以諸臣不稱任使，聖心不勝焦勞，暫遣中官監督内外，此自一時權術，借以激勵臣工，想查核一番，撤回必速，刻印銷印，有何成心？皇上明並日月，博通古今，歷觀自古盛世治朝，亦有借才於宦寺者乎？國家賢杰自足贊佐中興，精擇責成，膚功自奏，此不足多煩聖慮也。

以上八要，當無出聖謨洞燭中，而芹曝微忱，有懷必獻。蓋臣受恩深重，自矢報國心長，而漸迫崦嵫，常恐致身日短。伏望聖明少賜採納，倘塵露少裨淵岳，報國赤心，或可少抒萬一，即觸犯時忌，臣甘受其辜矣。臣無任激切屏營之至，謹具奏聞。

崇禎四年十一月二十六日，奉聖旨：覽奏具見忠悃，恤民懲墨，節財練兵，俱有屢旨，未見恪遵，殊爲可恨。今後著在内部院、在外撫按各官，實心力行，期有成績。如再玩違干犯，定重治不宥。本内事關朕躬，知道了。該部知道。

肅紀律周拱衛疏

太子太傅、禮部尚書兼翰林院學士臣黄汝良謹奏，爲師中紀律宜肅，畿輔拱衛宜周，乞勑廷臣會議處置，以固封疆，以圖安攘事。

臣聞之《易》曰："師出以律，否臧凶。"言用兵當以嚴紀律爲主，紀律不嚴，雖有小善亦凶也。紀律者，賞罰之謂也。自古用師未有不明賞罰，而能將兵將將者。孔明街亭之敗，韓琦好水川之敗，雖一代重臣，未嘗不上章自劾，請鐫秩貶官，時主亦聽所請。薛仁貴、郭待封，名將、封侯，大非川之役喪師失地，流竄遠州，議者猶謂輕典。漢武、漢宣之世出塞討虜，趙食其、趙破奴、張騫、李廣、田廣明、范明友等僅以失道愆期，對簿下吏。惟其律嚴師中，故能功成閫外，當時所向克捷，威加四夷，有以也。高皇帝律令，失機具有明條。我皇上臨御以來，尤重失律之罰。如向年大同、薊鎮坐誤邊疆，文武皆伏重典。近日三邊督臣楊鶴以流寇猖獗逮，新推遼撫孫穀以告病疑於諉卸逮，謝璉以請召對疑於逗遛逮，皆未有喪師失律之甚也。蓋聖意在震肅人心，毖飭疆圉，操縱翕張，神謨淵遠矣。

乃兹者大凌失守，所喪精兵及班軍以二萬計，長山敗衂，關門及征調戰士幾四萬人散亡殆盡，器械馬匹並化烏有，此其失事何等重大，而猶稱爲智勇，誇爲出奇，此真掩耳偷鈴之智也。國家歲費四百八十萬餉以餉遼，平日訓練何在？臨時方略何施？一敗塗地，辱國損威，以至于此，竊意皇上必赫然震怒，廷臣必如法糾參，封疆大計，懲前方可毖後，乃俟之旬日，未見處分，將無使向日伏法諸臣有辭於地下，逮繫諸臣不平於獄中乎？或者皇上恩威不測，欲令其負罪圖功。然執法之臣自宜依律奏請，樞輔以下諸文武並宜束身待罪。倘聖恩浩蕩，天網弘開，僅從街亭、好水之輕條，期收孟明、曹沫之後效，亦須明示，以感恩圖報，勿謂倖可屢僥，倘再驅策不前，則國家三尺具在，庶衆心知儆，畢力勵勸。邊臣縱不爲國家慮復隍，必當爲身命戒衣袽。不者，人心已極，玩愒法紀，猶然姑息，喪師失律，視若尋常，奴騎萬一再來，邊臣仍此故智，不知封疆之事何所稅駕？臣所謂師中紀律宜肅者此也。

又聞之《易》曰："王公設險以守其國。"又曰："重門擊柝，以禦暴客。"我國家都燕，與虜僅隔一牆，故並設九邊以防虜，蓋取王公設險之義也。頃因奴氛匪茹，既增山海、薊門之防，復設通州、昌平二鎮以拱衛近畿，蓋取重門擊柝之義也。凡此開府建牙，措兵措餉，皆備不得不備，費不得不費者也。曩熊廷弼、王化貞經撫遼陽，不實修守備，徒創爲三方牽制之説，以欺罔朝廷，而天津、登萊、皮島三處于是遂設撫置將，增兵歲糜金錢以數百萬計。夫奴酋長技，只恃弓馬，彼何故舍弓馬而争舟楫之利？此不待智者而後辯也。天津設撫，猶曰運道咽喉，尚有説也。登萊距天津不遠，運道既無資防護，而備海轉餉之事自有山東撫臣、道臣任之，别設撫鎮，胡爲乎？至於皮島，則陡絶海外，風波限隔，自毛文龍節鎮以來，十餘年間，曾得其半矢之用否？即昨者登萊援凌之兵，屢奉嚴旨，已經累月，輒稱颶風爲阻，無一至者。此其牽制之效與不效，亦可見矣。計登萊歲餉以八十餘萬，皮島本折之餉亦稱是，十餘年來，所費朝廷錢糧幾二千萬。運有限之民膏，填無窮之谿壑，此謀國不忠之甚者。近見皮島兵變，所開鎮將黄龍條欵，其侵冒糧餉，魚肉朝鮮，作福作威，干紀無上，蓋自毛帥以來已成故事。鎮將既以海島爲樂窩，而節制用事之臣復以島帥爲外府，相蒙至今，養癰未已。盍無將登萊及皮島撫鎮概行罷撤，以其兵分隸昌平、通州，壯虎豹當關之勢。蓋一以擁衛陵寢，一以保護儲胥，且密邇神京，萬一緩急，可以朝呼夕至。今二鎮額兵僅得五千，猶存見少，每鎮須增至三萬，少亦當滿二萬。令該撫臣力加訓練，以備不虞。此時奴氣方張，狂謀難料，根本之慮，正當重圖，不得復以子囊城郢藉口，且撤所緩以備所急，罷無用以爲有用，於計尤便者。臣所謂畿輔之拱衛宜周者此也。

臣非不知默默泄泄可以容身，引繩批根定必招怨。且臣職司典禮，不宜出位多言。第仰念皇上封疆大計，關係匪輕，葵藿之私，不能自已。伏望勅下部院詳議處置，并臣前所陳十策、八要二疏，俱乞賓見之施行，幸甚，幸甚。臣頃者蒙恩召對，天威咫尺，未能盡吐悃誠，更乞萬幾餘暇，再賜清問。倘蒭蕘之言有裨于國家大計，臣即退處林莽有餘榮矣。臣無任激切屏營之至，謹具奏聞。

崇禎四年閏十一月初十日具奏，奉聖旨：覽奏，肅紀律、周拱衛等事，有關國典邊防，足覘忠讜。并前所陳二疏知道了。該部知道。

請停收選内侍疏

太子太傅、禮部尚書兼翰林院學士臣黄汝良等謹題，爲再陳收選未盡事宜，仰祈嚴旨申飭，以靖目前譁囂之患，以杜將來僥倖之風事。

臣等仰遵成命，會收浄身男子，五日内選取幾及二千，是于欽定三千五百名内已有其半矣，而鱗集待選者尚幾盈萬也。收者之喜不勝棄者之怨，相與屯聚正陽門外，思得復入，守門官軍拒逐甚力。臣等正擬具疏入告，已于本月二十三日文書房傳出聖諭："傳與戎政、廵捕各官，聞有選退浄身男子在正陽門聚集不散，爾等即會該城御史設法逐散，如有抗捍不遵的將爲首拿禁具奏。欽此。"仰見皇上于九重邃密之中，周知萬物煩拏之狀，于填補内署之選，蚤爲深防外訌之端，何待臣等申言。惟是異時廠衛、五城所爲驅散者，只於九門之外而已，然安知原籍非九門以内之人乎，驅之將何往也？不然，亦不過四五十里之外而已，又安知原籍非四五十里以内之人乎，驅之又將何往也？謂宜内之行五城御史，凡係宛、大二縣者，各坊總甲人等分投安緝；外之行廵按御史轉行所屬州縣印官，于保甲之内稽查，各令復業安生，量免其本身雜泛差徭，果有貧窘無計者，亦宜多方收卹，此爲待選而不得入彀者言。臣所謂靖目前嚻譁之患者也。

至自宫之禁，載在律例甚明。今去天啓三年收選之時未遠，而鱗次以需者不下數萬人。頃聞收選之旨而一二月之内，京城閹割者不下六七百人，畿輔之間又不知若干已。凡此皆户口差役之數，不宜令其如此耗減，又莫非生育天和，不宜令其如此凋削。且聞甚有現爲學宫子弟，父母在堂，妻子在室，而亦甘自閹割，以希與選者。夫古者下罪人于宫刑，士君子羞與刑餘爲伍。彼青青子衿，能自致青雲，平日讀聖賢書，視禮義廉耻爲何物，乃一旦不顧其父母，不卹其妻子，不愛其肢體，意欲何爲者？此時之敗倫傷化，他日之憑社借叢，爲禍方大，若不亟行厲禁，加等罪懲，貽害寧可勝言。臣所謂杜將來僥倖之端者此也。

查得《大明律》内一欵開：先年净身人曾經發回，若不候朝廷收取，官司明文起送，私自來京，圖謀進用者，問發邊衛充軍。又弘治五年十月二十四日，節該欽奉孝宗皇帝聖旨："今後敢有私自净的，本身并下手之人處斬，全家發邊遠充軍，兩鄰及歇家不舉首的問罪。有司里老人等仍要時常訪察，但有此等之徒，即便捉拿送官，如或容隱，一體治罪不饒。欽此。"可見祖宗禁例如此其嚴，今選退之人群聚擾亂，自宫日衆，僥倖成風，所當禁止，正與律例相合。伏乞勑下五城御史、廠衛、廵捕、提督等衙門，驅逐解散回籍，該地方有司稽查安輯，仍徧諭畿輔遠近地方，有犯禁私割者，依律問遣，庶紛嚻之患弭而僥倖之風永杜矣。

崇禎四年十二月二十九日奉聖旨：這選退净身男子著該地方官稽查安輯，不許縱令嚻聚。至嚴禁自閹，向有明諭，如何撫按有司未見祇遵。傳示還再行嚴飭。該部知道。

類報災異疏

太子太傅、禮部尚書兼翰林院學士臣黄汝良等謹題，爲類奏災異事。

祠祭清吏司案呈，崇禎四年五月十九等日，節奉本部送禮科抄出總督漕運巡撫鳳陽等處户部右侍郎兼都察院右僉都御史李待問題，據淮安府申稱，天道亢暘，久無雨澤。又據揚州府申稱，府屬地方旬月以來久無甘雨，二麥立見槀萎。又據鳳陽府申稱，天道亢暘，地乾泉涸，二麥已槀，民不聊生。又據徐州申稱，本州一帶天時亢旱，自冬至今，並無雨澤，將成之麥，不能結實，新種之豆，不能萌芽。續據淮安府報稱，本月初八日，安樂十一舖居民許賓遺火延燒九十餘家，瓦草房二百餘間。又據總捕廳報稱，十五日鎮海莊居民劉玉遺火延燒鄰人二十餘家，共房五十餘間。又據山陽縣報稱，十五日將軍廟住民李朝遺火延燒鄰居百十餘家，瓦草房四百餘間。又據清河縣報稱，十二日午時居民朱文靈遺火延燒約二里許，半縣民房頃刻俱燼。又據鳳陽府報稱，三月十六日懷遠衛生員王定謨家失火，延燒居民杜克勤等三十餘姓房屋二百二十餘間，徧地煨燼。又據定遠縣報稱，本月十四日縣前居民葉天雷等起火，連燒民房二十三家；十五日北壚鎮陳常等失火，延燒民房并佛寺神觀一百零四家，其房間不計其數。又據鳳陽府報稱，本府儒學本月十五日看東儀門住人潘有福遺火，自酉至戌，燒燬大殿及明倫堂、東西兩齋房、兩廡并尊經閣一座，及二山門，祭器、書籍盡行燒燬各等因。

巡撫陝西等處地方都察院右僉都御史練國事題，據蘭州報稱，崇禎四年三月二十日申時地震，有聲如雷，自西南來，從東北去，不知所止，塌倒城垣百餘丈，官民衙舍數百間，壓死居民數十口，牲畜無數。又據臨洮府呈稱，三月二十日酉時，本府地震，連震數次，有聲自東北艮方來，從東南巽方去。又據金縣申稱，本月二十日申時，地震四次，搖塌本縣東南北角樓、城垛三處，倉牆一處，衙舍牆垣倒塌十餘堵。又據貢馬營防守報稱，本月二十日未時，本營地震，起自東方，殷然有聲若雷，向西北而止，塌倒山窖，壓傷人民各等情。又據鞏昌府及秦州會寧縣、秦安縣各報，亦於前項月日地震等因。

整飭薊州等處邊備兼巡撫順天等府地方都察院右僉都御史傅宗龍咨稱，本月初三日據通州申稱，本月二十夜亥没子初，自西北震起，至正南止。又據陰陽官稟稱，地震日時起止相同等因。

巡撫河南等處地方提督軍務都察院右副都御史吴光義題，崇禎四年七月初三日，臨潁縣申，據本縣柏塚堡保正呈稱，六月初八日未時，王家莊雷雨之後，突生風霾，先至范家莊，將房倒壞，壓死二命，即至杜家莊，將監生杜逢昇、主簿杜鳳儀兩宅樓房二百餘間盡行打壞，樹木幾千餘株盡行摧折，櫃箱財物刮去不知何向，磨扇、花盆飄空猶如飛鵝，且將昇男杜發叢連牆過壕刮至北坡離莊一里有餘，風霾稍散，平安回家，及查眷屬壓死昇妻于氏并家下婦女八口。風霾至鞏家莊止，風霾所過處十五里餘，事出異常等因。

巡按湖廣監察御史白士麟題，臣巡歷湖南一帶方竣，於七月初旬按常德。至十七夜三更時，忽聞西北聲響如雷，勢疾若風，須臾黑氣障天，震撼動地，若駕不繫之舟而遇波濤，倏飜倏覆，恍惚靡定。公署房屋以及左右牆垣相仍傾倒者過半，臣幸以身免。次日據該府知府鄭時舉報稱，平地動摇，井泉溢溢，地裂爲縫，或穿爲孔，漿水湧出，帶有黄沙者六處，倒塌榮府宫殿城垣、有司官廨倉廠、居民房屋無數，壓死男女六十名口，此千百年未有大變也。越數日，路經澧州，分守上荆南道亦報稱，本月十八日子時，自東北起，從西南去，有聲如雷，連震數次，城内地裂二處，城垛坍塌千餘，城牆崩倒數十丈，東南北門樓及儒學官民房屋崩壞者數十間，壓死男婦十餘名。又據報稱，該州地名王家井噴黄水，鐵尸堰噴黑水，彭山崩倒淤河等因。又據分巡上荆南道報稱，荆州府本月十八日子丑時分地震，自東而往西，響聲大震，屋宇摇動，城垣地方傾壞十之四，民舍傾壞十之三，軍民壓死者十餘名。又據分巡武昌道稱，省城武昌府本月十七夜四更時分，忽然地動，從西北始，至東南止，連旋良久。又據分守湖北道報，常德府屬桃源、龍陽、沅江、靖州、會同等州縣，辰州府屬沅陵、沅州等州縣，分巡湖南道報長沙府屬長沙、善化、湘潭、寧鄉、湘陰、醴陵、安化等縣，各同日地震緣繇。此外有荆西等處密邇陵寢，關係尤重，隨經備行承天府查報去後。嗣據該府知府吴尚默報稱，鍾祥縣本夜地震三次，自東而西有聲，房屋俱動，牆瓦俱落，移時方止。又沔陽、潛江、景陵等州縣相同。各陸續申報等因。

總督貴州、四川、湖廣、雲南、廣西軍務,巡撫貴州、湖南、湖北、川東、偏沅等處地方兵部尚書兼都察院右都御史朱燮元題,本年七月内,據思南府呈詳,本月十七夜四更時分地震,自西方來,左右篩摇十餘次,少頃復震,闔郡士民房屋俱皆震動,事出異常等因。又據鎮守清浪等處參將呈詳,本月十七日夜亥子時分,忽聽瓦物俱動,急趨出外静聽,始知地震。次蚤詢之本城内外村市居民,皆稱是夕地震。又經行查,據所屬平蠻、硃砂、大樹、泡馬、平夷、鰲靖、獅子等營哨稟報相同。又據清浪、平溪、鎮遠衛并鮎魚、晃州、便水等哨亦稟前情等因。

巡按江西監察御史葉成章題,崇禎四年九月初十日,據江西布政使司呈,據南康府并南昌、新建、靖安、鄱陽等四縣各申報地震等因。又據宜春、南昌、新建、進賢、奉新、靖安、武寧、寧州、高安、上高、新昌、清江、新唫、新喻、峽江、鄱陽、餘干、安仁等十八州縣各報申同前事。據各里老陰陽生呈稱,委於本月十七夜四更五點丑時,從西南方微微起震,五更一點寅時,於東北方而止等因。又據南康府申稱,本府陰陽申稱,七月十七夜四更三點丑正一刻地動,隱隱有聲,從東方起,至西方丑正二刻止等因。又據德化縣申稱,本年七月十八日五更地動,自西南方來,東北方去,民房俱動,如風聲二次等因。

提督鴈門等關兼巡撫山西地方都察院右僉都御史宋統殷題,本年七月二十六日,據陽曲等縣申稱,本月二十二日丑時天鼓鳴,有一星形如斗大,從西南方墜落東北,星尾帶碎光如火等情。又據太原縣申稱,七月二十二日夜四更時分,原係無雲而有聲,乃天鼓鳴,先星墜落方有聲鳴等因。

監視薊鎮東協餉糧兵馬邊牆撫賞等事御馬監題,十一月二十九日酉時地震一次,響似風聲,戌時復震如初,從西北上起,至東南去,衙宇摇動,站立不定,實出駭異等因。

總督薊遼保定等處軍務兵部右侍郎兼都察院右僉都御史曹文衡題,據閏十一月初二日報稱,永平府屬地震驚人,據永平兵備道稱,案照本年十一月二十九日申時地震,據永平府呈稱,本月初二日據盧龍縣申報,陰陽官稟稱,十一月二十九日戊戌申時地震,戌時又震二次,俱從西北方起,東南方而去。又據遷安縣申稱，本月初一日據陰陽官報稱，十一月二十九日申時起至次日丑時止地震，連動六處。

監視大同糧餉兵馬邊牆撫賞等事御馬監題，本年閏十一月二十六日，據大同靈丘城守備呈稱，本城自天啓六年六月内遭逢大震，軍民壓死大半，屢震不息，忽於本年閏十一月初八日卯時地震，自西北而起，聲如雷吼，房屋瓦片齊鳴，連震三次，至卯末方止，響聲自東南而去。其震響與六年相去不遠，惟房屋未塌，人畜未損，但軍民受災，元氣未復，又值此動，未免驚惶。自初八日震後，每日或響動三五次不止等因。

及節准各省直撫按咨揭到部送司，除神京火災、風霾、雷震已經監科該城御史具題外，今該省直所報災異，例該年終類奏。

看得有道之世，天地平成，人物殷阜，日南無驕陽，斗北無伏陰。故《洪範》以五行配五事，惟肅哲謀乂聖，則雨暘燠寒風之時若應之，此其常也。我皇上勵精圖治，敬天勤民，真與日月同明，乾坤合德。謂宜休徵滋至，氛沴潛銷，乃兹何不然乎？節據今歲各省直撫按奏報，則雲漢之旱魃遍野矣，祝融之烈焰灼天矣，地震泉湧所在見告矣，至拔屋之怪風、障空之霾霧、飛流之妖星，復層見疊出矣。乃又有奏報所未及而耳目共睹聞者，如太陽薄蝕，適在十月之交。月犯斗魁，旋干軒轅之紀。大浸稽天，淮、揚之昏墊堪憐。太白晝見，徐、豫之分野可慮。以及中州之山草結兵，千鳥共窠，此尤咎徵之深切著明者。方今奴虜鴟張于東土，插敖鷙伏于西陲，秦、晉之流寇撲滅無期，山左之叛兵披猖方始。災異禍難，並集一時。何有道之朝而有此阽危之象？豈《洪範》庶徵其應有不盡然耶？董仲舒有言："天心仁愛人君，故出災異以儆懼之。"《易》言："震來虩虩，恐致福也。"惟人主能體天心而戒懼，則可以反災爲祥，轉禍爲福。《春秋》紀災異不書事應，正謂天道遠，人道邇耳。

伏願我皇上常存兢惕，勿替初終，在在若上帝之鑒臨，念念與天心相對越。勿以九重深遠而忘稼穡之艱難，勿以五位崇高而厭臣鄰之吁咈。勿示疑貳而開宵小之隙，勿屑苛細而忽遠大之圖。勿喜夸毗之諛詞而弛封疆綢繆之大計，勿諱師徒之撓敗而廢功罪賞罰之彝章。將上天自然降康,百靈無不佑順。昔太戊嚴恭寅畏,而災弭於祥桑;高宗正事脩身,而眚消於肜日。皇上宇宙在握,造化生心,反災爲祥,直在方寸頃刻間耳。至諸臣之共圖脩省,其喫緊猶有可言者。《書》曰:"先王克謹天戒,人臣克有常憲。百官修輔,厥后惟明明。"言雖有明明之后,猶藉人臣恪憲修職以輔之,乃可以弼主德而格皇天也。今者泄泄容容,誰從君國起見? 纍纍若若,總惟富貴是圖。寵賂滋章,安望屯膏及下;講嚷成習,何能爲官擇人。處處吸髓敲肌,只供鄧林野火;在在練兵秣馬,衹是塗車芻靈。患在剥膚,不思曲突徙薪之策;見狃眉睫,猶詫漏舟焚棟之安。此時之人禍天災,實諸臣有以致之。除臣等痛自脩省外,更乞皇上申飭内外大小臣工,湔洗夙弊,共圖新猷。庶幾臣職脩而皇圖鞏,天心順而泰道昌乎? 臣等無任佇望祈懇之至。

崇禎五年正月□□日,奉聖旨:覽奏類報災異,朕衷惕然。時事艱虞,天心儆愛,正宜君臣交省,滌慮勤修,實圖昭格。該衙門知道。

覆議科場一疏

太子太傅、禮部尚書兼翰林院學士臣黄汝良謹題,爲遵旨詳覆確議具奏事。

本年五月二十二日,該本部署部事左侍郎李某等奏,爲遵旨回奏事等因。本月二十五日奉聖旨:"知道了。馮起綸姑不究,其磨勘試卷李孫宸等還遵屢旨,詳覈確議具奏。欽此。"欽遵抄出到部。因司官屢易,磨勘屢更,向未輕易具覆。該臣汝良於十一月十七日到任管事,會同禮科恭捧明綸。伏思磨勘試卷一事,蒙皇上嚴旨詰責,不啻再三,豈直爲章句文字之間求多於諸士,并及主考、分考諸臣哉! 正謂文章一脉,與人心世道原自相通,故孔子曰:"不知言,無以知人。"孟子謂:"詖淫邪遁之辭,其流弊有必至者。"明旨所云生心害政,長此安窮,洋洋聖謨,真與孔孟之訓千載同符。臣等仰奉明綸之有赫,俯思職掌之攸關,敢不凛凛遵行,庶幾報稱萬一。遂於本月初八日會集四司官於本部公所,將各省直取中硃墨二千餘卷,窮日夜之力,字比句櫛而嚴勘之。勘訖,臣汝良、臣孫宸、臣應熊復取司官所勘者而更覆勘之。大抵醇正雅澹之風少，而杜撰强作之意多。求其如隆、萬間先輩法程，百無一焉，蓋繇來者漸矣。然其叛經離道、謬妄荒唐之甚，如前所參摘諸卷外，它亦不數見也。若夫醇疵不相掩，發揮欠自然，才情儘有足觀而矩矱稍乖大雅者，正可棄短取長，兼收並蓄。蓋習尚相沿，難以驟挽於旦夕，若刻覈已甚，或恐有駭於聽聞。且此入彀諸士，各省直奉皇上功令，歌《鹿鳴》以賓之，縣次續食以送之，策名天府以榮之。今以文字少疵概從革罰，彼入無以對父母，出無以見親朋，含悲向隅，自絶聖世，計亦皇仁之所隱念也。至於賄買一節，係作奸犯科，自應重處，然與文字原不相涉。向固有文字堪中而賄買得之者，不盡劣卷也，此必繇同鄉之首發，撫按之糾參，科道之入告，倘有其人，臣部自當按法題覆，投諸四裔，此時實未有聞，亦無從覆覈也。昔舜之命契曰："敬敷五教，在寬。"蓋寬則教可漸敷也。《詩》詠文王壽考作人，則曰："芃芃棫樸，薪之槱之。"棫樸非盡美材，薪之槱之者，作人不妨兼收並蓄也。

伏惟我皇上既遵孔孟之明訓，以式士而同文，又法舜文之深心，以作人而敷教。仁義並行而不悖，情法兼盡而不偏。臣等均當仰體奉行。先臣李騰芳屢奉明旨覆覈，然原參外至死不敢有所加者，正謂法如是止耳。若臣等不思體國，法外多參，徒博自身風力之名，或乖聖世平明之治，則爲負聖明、負職掌，又誼之所不敢出也。伏乞皇上鑒積習之難驟還，察懲一之足警百，第去太甚，除已經參罰外，中式士子及主考、分考諸臣，姑免再參，依前案處分注銷，士風世道胥有攸賴矣。伏候聖裁，臣等無任悚息屏營之至。

崇禎四年閏十一月二十五日，奉聖旨：考官屢旨嚴覈，何得仍請依前案處分？還著再行確議具奏。

覆議科場二疏

禮部等衙門太子太傅、禮部尚書兼翰林院學士臣黄汝良等謹題，爲遵旨詳覈確議具奏事。

該臣等於本年閏十一月二十二日題前事，本月二十五日奉聖旨："考官屢旨嚴覈，如何仍請依前案處分？還著再行確議具奏。欽此。”又本年十二月初七日，禮科抄出工部都水清吏司署郎中事主事王秉鑑奏，爲磨勘摘參宜覈，議處分別當詳，直剖蜀試閲卷分房併試録程文分篇，仰祈聖鑒事。十二月初六日奉聖旨：“王秉鑑正在勘覈，何得瀆陳？本内事情，禮部一併查議具覆。欽此。”欽遵通抄到部。

臣等會同禮科看得，各省直考官皆文學貴近之臣，與夫李署花封之選也。奉命而出，應徵而來，乃不能仰體皇上式士同文德意，致煩嚴綸屢次切責，諸臣其何地自容。臣等叨冒禮官，文體士風，實其職掌，乃奉旨參覈，亦不能仰體聖意，致屢奏屢駁，亦幾無地自容矣。天言有赫，臣等敢不肅將奉行？第恭繹確議具奏之旨，原非有意摧抑，而責之苛正欲罰足蔽辜而覈其確耳。夫確之一字，須至平至公，無過不及，乃謂之確。若有所瞻狥而漏於情法之内者非確，有所顧畏而溢於情法之外者亦非確也。臣等再矢虚公，遵確議之旨而確議之。

正考、副考皆主考也，今福建正考閔仲儼、江西正考鄭之玄、山西正考徐楠皆擬降俸一級矣。而江西副考許譽卿、四川副考王秉鑑、山西副考喬可聘、廣西副考沈應明僅擬罰俸一年，允爲未確，應俱各降俸一級。人臣有一失則當受一失之罰，若有二失三失則罰應遞加，原不相爲貸也。今浙江正考黄道周前經降三級調用，副考熊德陽前經降二級調外，乃以試録有議，復擬補任之日各加降俸二級矣。其四川正考楊鴻既經閒住，罰無可加。若廣西正考李若愚以武場降四級，今僅擬罰俸一年；福建副考仇維禎以武場降三級，今僅擬罰俸半年。夫武場自武場，文場自文場，亦爲未確。李若愚、仇維禎合各加降俸一級。至四川副考王秉鑑取劣卷二名，又試録有議，僅擬降俸一級，亦爲未確。但録文原非己出，而謬中二名，總裁終難辭責，合量加降俸二級。夫主考司其要者也，房考司其詳者也。主考之誤中，實繇房考之誤誤之。今主考既以誤中各擬降俸一級，而房考罰僅如之，亦爲未確。玆所取劣卷徐明彬等六人已經奉旨斥革，其房考如福建建寧府推官解學尹係取徐明彬者，江西饒州府推官朱天麟係取余日登者，山西汾陽縣知縣張毓泰係取王大武者，合擬各降二級。四川成都府推官蕭運泰係取江獻圖、周建魯者，應量降四級。各照舊管事。其沅陵縣署教諭金邦柱係取廣西王莊臨者，無級可降，應劣轉雜職。又罰科舉人趙夔、凃擴然、汪挺候勘奏奪，舉人梁御鼎係外簾失查對，俟查經管各官，另行奏奪。臣等此番詳議，自分仰體聖意，竭盡愚衷，兩兩銖銖，如秤秤物。總之以詿誤責詿誤，就詞章核詞章，固期於申嚴功令，以提醒浮靡之頹風，又不敢過爲苛刻，以稍傷渾厚之治體。臣等之確議具奏者止此矣，伏候聖裁。

顧臣等所議者取士也，猶未及養士也。夫臨時取士者考官，而平日養士者學臣也。譬如材木然，必先有以栽培之，然後乃可掄採之。使各省直提學平日條教素豫，衡鑒素精，則士風文體自然還醇，考官臨時收取，自然可得佳士。不然不戒視成，舛駁必多，恐將來考官不勝參而臣部亦不勝議矣。臣等前疏已及之，而未奉明旨。伏乞勅下部院，從今選差學臣，須更加慎毖。其學臣每年解卷到部，臣部詳加覆閲，如有破壞決裂、離經叛道、不可曉不可讀者，聽臣部差次參處，此尤式士同文一大要機也。伏候聖裁。臣等無任悚息屏營之至，緣係遵旨詳核確議具奏事理，未敢擅便，謹題請旨。

奉聖旨：覈議科場係該部科職掌，况奉屢旨，何得終務寬狥，徒煩批答。著再議奏來。提學官屢行條飭，未見該部科摘參一人，向來徒托空陳，這奏内事宜該部着實行。

覆議科場三疏

太子太傅、禮部尚書兼翰林院學士臣黄汝良等謹奏，爲奉旨再議具奏事。

臣等于十二月初十日奏，爲遵旨詳核具奏事。本月十六日奉聖旨："覈議科場係部科職掌，况奉屢旨，何得終務寬狥，徒煩批答。著再議奏來。提學官屢行條飭，未見該部科摘參一人，向來徒托空陳，這奏内事宜即著該部著實行。欽此。"

竊惟議處考官一事，首尾已二年于兹，諸臣屢經條奏，屢奉明旨批駁，臣等負罪跼蹐，萬不自安。緣諸臣愚見，祇謂掄文不精，考官失在疎略，即量處亦足示懲，乃聖明慮在生心害政，世道淳漓攸關，非重罰無以毖後。聖謨淵遠，誠非臣等愚昧所及。然天下事惟大中至正乃可服人，若有所瞻狥于前，或有所刻覈於後，均非中正之軌。明旨謂終務寬狥，臣等萬萬不敢。若過爲刻覈，使人謂堯舜蕩平之世，而有骫法已甚之臣，臣等猶萬萬不敢也。

臣等謹會同該科都給事中鍾炌等，遵旨再加擬議處分，除各官註誤情繇屢經奏覽，不敢瀆叙外，議得建寧府推官解學尹、饒州府推官朱天麟、汾陽縣知縣張毓泰，以誤取劣卷，原擬各降一級，今擬各降三級。成都府推官蕭運泰取兩劣卷，原擬降二級，今擬重降五級。各照舊管事。教諭金邦柱以取劣卷，原擬轉雜職，今擬劣轉邊方雜職。正考福建閔仲儼、江西鄭之玄、山西徐楠以總裁註誤，原擬各降俸一級，今擬實降二級，照舊管事。副考江西許譽卿、山西喬可聘、廣西沈應明，亦以總裁註誤，原擬各罰俸一年，今亦擬實降二級，照舊管事。四川正考楊鴻、副考王秉鑑，既裁中劣卷，又試録被參，但楊鴻已經閒住，無可再處，而秉鑑録文原非己出，原擬降俸一級，今亦擬實降二級，照舊管事。廣西正考李若愚，以武場降四級，福建副考仇維楨，以武場降三級調外，今以文場總裁註誤，擬再加降一級。浙江試録被參，正考黄道周前已降三級調用，副考熊德陽前已降二級調外，今擬俟補任之日再各加降二級。以上擬議處分，臣等凛奉明旨，蓋寧使諸考官爲功令任過，而不敢俾式士同文德意有所壅遏而不宣。臣等自甘爲職掌任怨，而亦不敢俾大中至正之治體有所偏倚而失平。其摘參提學官考卷事，容臣部着實舉行。從此人心知儆，掄核必精，文體可以去僞而還醇，士風可以挽邪而歸正矣。

抑臣等願有獻焉。自古聖人法天爲治，必以陰陽爲端。文事屬陽，法春夏之舒暢，故《書》言“敬敷五教，在寬”，《詩》言“敷政優優，百禄是遒”，順陽道也。武事屬陰，法秋冬之嚴肅。故《書》言“威克厥愛攸濟”，《詩》言“有嚴有翼，共武之服”，順陰道也。我皇上誕敷文德，於科場一事薄罰示懲，提嘶警覺，至再至三，文事無慮不舒暢矣。顧此時寇賊猖獗，夷虜憑陵，漸有瓦解之形，宜軫衣袽之慮。更祈我皇上聚精會神，修防飭備，紀律無或錯弛，賞罰務在必行。

于以震疊人心，張皇威武，使陰陽各得其分，安攘各効其能，此尤法天圖治、救時定傾之急務。若勾較毛錐，臣等雖不才，敢爲皇上任之，不足多勞聖慮，屢煩批答也。敢因奏議而并獻焉。臣等無任悚息待命之至，爲此謹具奏聞，伏候勑旨。

崇禎五年正月二十四日，奉聖旨：衡文造士，豈欲苛求；釐弊式靡，正須懲飭。這磨勘科場卷録，既經屢覈，姑依議，解學尹等各降三級，蕭運泰降五級，各照舊管事。金邦柱改邊方雜職用。閃仲儼等、許譽卿等各降一級，照舊管事。李若愚、仇維楨俱于原降職級外再降一級。黄道周、熊德陽俟補任日各再降二級。該部還通行飭諭，以後試卷文體有詭劣不堪中式可疑的，定行從重究治不貸。該部知道。

祈天永命疏

太子太傅、禮部尚書兼翰林院學士臣黄汝良謹奏，爲仰觀天人相與之際，敬陳祈天永命之謨事。

臣於本月十三日酉時，蒙皇上召臣等至會極門，恭接聖諭一道，“爲時將入夏，農事方殷，雨澤未敷，深軫朕念，著禮部擇日祈求。所有應行事宜，查明開寫具奏。欽此”。臣方接聖諭之時，即見上天同雲，霡霂遍地，土膏其動，品彙漸蘇矣，然需足則未也。比十四日，臣部擇吉具儀奏聞，旋奉有遣官分禱、大小臣工實圖修省之命。至十八日，雷聲霹靂，澍雨滂沱，群生向榮，歲事有望矣。然需足猶未也。恭聞十九日皇上出宿文華殿，齋居素食，恭默思道，期必得雨而後還宫。此與成湯之桑林自責，周宣之雲漢殷憂，後先同揆。至廿二日，甘霖大降，既需既足，從此于耜舉趾，農人之穡事可興，千倉萬箱秋成之豐登可必矣。

仰見皇上精誠一念，節節上與天通，無感弗應，天人相與之際，亦既彰彰如斯矣。乃臣敢以祈天永命之説進。《書》曰：“上天無親，克敬惟親。”又曰：“天難諶，命靡常。”言人君感格皇穹，惟在誠敬片念。然天有顯道，期於昭格固無難；厥命靡常，冀其長保亦不易。今觀祈雨一事，皇上既以敬格天矣，毋亦思天命靡常而長存敬畏乎？是必曰旦曰明，常如帝鑒，朝乾夕惕，無貳乃心。起一念必思允合天意，發一令必期允符天道。如是而上帝之眷命可常，皇圖之天保孔固矣。夫天之立君以爲民也，人君敬天孰有先於恤民者。顧四海九州無非皇上赤子，亦無非仰藉皇上生全愛養者。惟是窮簷蔀屋之情狀，祈寒暑雨之怨咨，萬里九閽，何繇上達。邇來有司迫於功令，只管催徵如額，速圖遷陞，鮮復以民生爲念。其不肖者又復藉口徵收，多潤囊橐，吸髓敲肌，愈不堪命，以致民窮盜起，莫可誰何。謂宜申勅省直撫按，嚴檄所司，加惠民瘼，毋以催科而忘拊字，宜先保障而後繭絲，以此課其殿最，庶可副皇上奉天子民德意乎？又畿輔之間，輦轂之下，所在蕭條，十室九空。近雖有雜派之蠲，僉商之豁，而鋪墊之重累，吏書之舞文，百孔千瘡，竟難窮詰。且也，功令嚴於束濕，文法密如凝脂，以致讞奏繁多，犴狴填塞，無論非太平景象，其如上天好生之意何？《禮記・月令》：孟夏時當純陽，斷薄刑，出輕繫。蓋順長養之時，宜行寬大之政耳。今熱審在邇，除作奸犯科、大惡大憝、失誤封疆、情罪深重者，自當與衆棄之，其餘宜勅法司務期平恕，依律速結，毋得一概幽囚久繫，致干天和。至於言官以言爲職，古者立進善之旌，設誹謗之木，招之惟恐其不言。倘言有不當，姑置之可也。近乃往往以言得罪，且至收繫之，淹禁之，令其喪氣闔扉，委命獄吏，人見如此，孰肯爲國家効忠輸誠，甚非朝廷建立言官本意也。昔賤臣叩心而飛霜擊於燕地，庶女叫天而震風襲於齊臺。近日寒煖失常，風霾屢作，毋亦抑鬱煩冤之所致乎？謂宜乘茲長夏，及以寬政，姑從薄罰，勿更深求，斯又奉天道，順時令，聖朝一大美事也。

禮官職在協神人，和上下，凡臣所言，皆臣職掌。乃又有事關軍國，嫌於出位而誼又不容默默者。方今虜寇交訌，叛逆接踵，奴酋窺發，已有情形。國家内無羽林佽飛之練士，外無輔車犄角之壯藩。此時如在焚棟漏舟，正藉協謀共濟。語云："太平之略，非一士之智。"又曰："群策屈群力。"乃近日奉有緊急機密文書不須科抄之旨。夫明旨所云機密者，兵家奇謀秘計，動九天而潛九地，此誠不可漏泄也。至於邊疆之情形，用兵之勝負，此何關機密，乃該科一切禁止抄傳。我即不抄傳，而四方别有見聞，轉生疑惑，何能塗人之耳目，祇自掩蔽其聰明耳。以故匝月之間，絶不見軍書一報，著定之内，絶不聞借箸一籌，甚非群策屈群力之長計也。昔漢諸葛亮用兵智略如神，然尚以集衆思、廣忠益爲拳拳。又謂同時諸臣曰：諸君能攻亮之過，則善矣。今封疆之事，惟樞臣與職方獨知而獨行之，即使智略如諸葛亮，猶不能無千慮一失之虞也。乞勅該科非係兵機秘密，准照常抄發。更勅在廷諸臣，共効忠猷。此又濟時永命之要圖，敢因入告并及之。臣自知多言取罪，然關係重大，臣受恩四朝，不言誰當言者？統冀聖明俯賜採納。無任激切屏營之至，爲此具本謹具奏聞，伏候勅旨。

崇禎五年三月廿五日具奏，廿八日奉聖旨：恤民飭吏，章奏科抄，屢旨自晰。讜言朕甚樂聞，若欺藐亂政，法豈容貸？該部知道。

請告一疏

太子太傅、禮部尚書兼翰林院學士臣黄汝良謹奏，爲聖主恩深未報，朽臣病甚難支，乞賜罷歸，以重典禮事。

臣向以衰朽餘息，待盡林間，久斷出山之思，無復覲闕之望。恭逢聖明御極，過念先朝遺簪，再加宫銜，特賜環召，畀以典禮之重任，申以趨命之嚴程。臣感激聖恩，祇畏明旨，趣裝就道，竭蹷趨朝，庶捐未盡之殘年，少酬千載之知遇。入都來，幸得恭睹聖顔，垂賜清問，寅直夙夜，藉慰生平。惟是精氣銷亡，不堪期會之殷劇；筋力疲苶，更苦步武之孔艱。勞積病生，日甚月異。又近接鄉信，家難頻仍，肉骨之殄瘁堪憐，肝腸之痛割難忍。以致形神俱損，病困日增。竊思微臣么麿微軀，有何關繫，正惟國家敦庸鉅典，豈容曠瘝。伏祈我皇上垂憐老臣，准令休致，别簡英俊，以重秩宗，庶典禮無虚曠之虞，而衰庸遂薖軸之願。即不能報高厚於今世，尚當効犬馬於來生也。臣無任逼切祈懇之至。

崇禎五年二月十九日，奉聖旨：卿弘猷碩德，精力正優，部務勤練著稱，[着]安意供職，不必引陳。該部知道。

請告二疏

太子太傅、禮部尚書兼翰林院學士臣黄汝良謹奏，爲衰病委實不堪，求去原非得已，乞賜允放，以廣皇仁事。

臣於本月十六日奏，爲聖主恩深未報，朽臣病甚難支等事。十九日奉聖旨："卿弘猷碩德，精力正優，部務勤練著稱，着安意供職，不必引陳。該部知道。欽此。"臣捧讀温旨，不覺感激涕零。竊惟糞土朽臣，何足比數。恭荷聖恩浩蕩，睠念有加，向冀其可用而徵起寵榮之，今雖知其無用而猶眷戀函蓋之。真天地父母之洪仁，微臣未知所受。然天地愛物，凡在函蓋，無不欲其生全。父母愛子，既切眷戀，尤必加以體恤。臣之年臘深積，仕籍可稽，氣體虺頹，衆目共睹。既衰而重以鞅掌，其病必深；既病而重以慘傷，其衰益甚。即今陰陽人道之患已攢集於微軀，安望瀕危垂盡之年能肩任乎部務？乃明旨褒其勤練，勉以供職。夫老馬力竭，僨駕恒在末途；野鳥倦飛，垂翅應在日暮。臣之初至，猶能勉强支吾，今則疲苶而不可任矣。此時乞休猶可無大罪過，若遷延不自引決，將瘝曠悮事，罪無所逃矣。伏祈皇上察衰朽之苦衷，鑒止足之真悃，全其末路，賜以懸車。則覆育無間初終，當永戴皇仁於罔極；而崦嵫得歸衡泌，惟有祝聖壽於無疆。臣無任迫切祈懇之至。

崇禎五年二月廿五日奏，廿七日奉聖旨：典禮重任，佇資名碩，前諭已明，着即祇遵視事，不得固請。該部知道。

謫參違玩司官疏

太子太傅、禮部尚書兼翰林院學士臣黄汝良等謹奏，爲參謫疎玩司官，以重柔遠，以慎防維事。

竊惟國家設會同兩館，以待四夷貢使，而又設提督司官一員，專董其事，來則豐其供給以勞之，去則優其犒賞以送之，其於柔遠可謂厚矣。然諸夷貢使去來及開市各有期限，惟朝鮮、琉球以素稱恭順，稍示寬程，至於違禁書籍物件，載在《會典》，具有明條，此則寬政所不得施，蓋於柔遠之中寓防維之意，慮至深長也。自提督主事潘陳忠受事以來，臣恒勉以勤恪供事，無奈其賦性舒緩，防範稍疎。臣等時加體訪，頗聞館夫因緣爲奸，夷使來則爲發賣彼國土宜，去則爲收買中國方物。借開市之名色，肆驅賺之奸謀。往往誘其厚貲，陰爲市買違禁物貨。雖宿弊有自來，然誰司提督而致令濫觴如是，臣方在抱病乞歸，又以見聞未確，未敢遽奏。

本月初七日，恭接聖諭："朝鮮使臣包箱係是何物，着該管司官逐件開驗明白，從實速奏，不許隱狥。禮部知道。欽此。"臣亟傳該管司官潘陳忠，即會同兵部同管主事鄭覲光赴館盤驗。越四日方來回覆，據報驗過箱以三百八十八數，貨物狼藉，其中違禁頗多，甚至禁城圖亦在所買之中。既云館夫爲之市易，而該管司官亦何辭疎玩之罪哉！臣等益仰服聖覽之如神，而自愧摘發之不蚤也。本當俟司官造册完日回奏，恐遷延日時，有違速奏明旨，謹先疏摘參，合無將潘陳忠量加罰治。其館夫小甲陸應春等，素爲奸利，黷貨犯科，須勑令法司提問，以懲積蠹。仍令潘陳忠造册自行回奏。至於朝鮮使臣所市漢物，除違禁者勿許攜帶，其無礙者仍許齎回，以示寛恤。既不以柔遠而弛防禁，更復於約束而寓綏懷。四夷聞之，其誰不服中國之至仁，而戴天恩於罔替乎？緣奉明旨着該管司官開驗速奏等事，臣汝良謹力疾與同官具疏摘參，謹具奏聞。

崇禎五年七月初十日奏，十五日奉聖旨：屬國恪修享貢，使臣市易，自有典制，該管司官何得漫無約束，縱容館役棍徒貿販踰制？這驗過貨物着將何項違禁、何項不禁，分别具奏。城圖着封進。潘陳忠吏部議處，陸應春等法司提了問。該衙門知道。

回奏朝鮮貢夷市易違禁疏

禮部等衙門尚書臣黄汝良等謹奏，爲奉旨回奏事。

該臣等於本月初十日奏，爲參謫疎玩司官等事，十五日奉聖旨："屬國恪修享貢，使臣市易，具有典制，該管官何得漫無約束，縱容館役棍徒貿販踰制？這驗過貨物，着將何項違禁、何項不禁，分别具奏。城圖着封進。潘陳忠吏部議處，陸應春等法司提了問。該衙門知道。欽此。"

臣等看得，夷使有市買之例，所以弘字小之深仁；市買有違禁之條，所以寓防微之遠慮。祖宗之馭夷柔遠，張弛各有所宜。據《大明會典》所載，朝鮮、琉球市買，不拘期限，然亦禁戢收買史書及玄、黄、紫、皂、大花、西番連緞，并一應違禁器物。夫曰一應違禁器物，則應禁者尚多，如硝磺、兵器最爲要緊當禁者，《會典》亦未詳載也，可以其未詳載而概許市買乎？今據提督主事潘陳忠開來市買物簿，稱無違禁。臣等據簿閲看，其古書、緞疋與他瑣細物件於禁似無甚違，即間或有之，亦無大關係，不必窮搜。惟是皇城圖一張，與國朝諸文集刻本，則不宜傳之外國者。昔孔光不敢對温室之樹，夫禁中一樹猶不敢外傳，况於九重森嚴，周廬容衛，而可輕傳之外夷乎？史書乃往古事蹟猶禁傳買，若國朝諸臣著作，其中自有封疆之利害、兵馬之要領、諫諍之微言、軍國之密務，寧可盡泄之外夷乎？此二項斷不可使擕帶，當令該管官取出，追還原價與之。主事潘陳忠只見《會典》未載，不加禁防，雖意識未周，亦何辭疎玩。其館夫人等平日賺騙，非此一端，想吏部法司自有分别，無敢復贅。至於朝鮮素稱恭順，使臣亮亦無他，祇其俗文墨自喜，輙至市買濫觴，聞昨搜驗包箱時，至拊心大哭，且云後不敢復來。臣部先已出示安慰外，或更勅下臣部，移文翰林院譔賜勅書一道，以慰其君臣，彌縫其瑕釁。班定遠所云御夷當簡易佚蕩，或亦良有深意乎？統惟聖裁。其禁城圖謹封進。爲此謹具回奏以聞。

崇禎五年八月初九日奏，十二日奉聖旨：朝廷優厚海藩，正因恪守禮度，是以貢使貿易，不限時日。硝磺、軍器，隨請給與，便當愈加稟奉，豈宜僭濫至此。乃若花樣有禁，史書有禁，市買限數，《會典》開載甚明，本内見獲花雲緞帛、今古書籍、違禁貨物俱着存留，一面追取原價，照數給付使臣，作速遣發，[不許短少扣尅]。硝磺關係更重，難保不有夾帶，亦不許給與。該部仍咨諭國王，仰體中朝飭法柔遠之(至)意，益矢恭順，永堅屏翰。今後撥選貢使，令慎遵紀法，毋蹈前失。貿易帛物，亦着該部科議定色數，使可永遵。事係該部職掌，一味游移朦混，該司官回將話來。該衙門知道。

奉旨省愆看議貢夷市禁并陳柔遠愚悃疏

太子太傅、禮部尚書兼翰林院學士臣黄汝良等謹奏，爲奉旨省愆，并陳愚悃事。

臣等於本月初二日爲奉旨回奏題覆查出朝鮮市買違禁書物等事，於初八日奉聖旨："朝廷優厚海藩，正因恪守禮度，是以貢使貿易，不限時日。硝磺、軍器，隨請輒與，便當愈加凛奉，豈宜僭濫至此。乃若花様有禁，史書有禁，市買限數，《會典》開載甚明，本内見獲花雲段帛、古今書籍、違禁貨物，俱著存留，一面追取原價，照數給付使臣，作速遣發，不許短少扣尅。硝磺關係更重，難保不有夾帶，亦不准給與。該部仍咨諭國王，仰體中國飭法柔遠至意，益矢恭順，永堅屏翰。今後擇選員役，令慎遵紀法，毋蹈前失。應易帛物，亦著部科議定色數，俾可永遵。事係該部職掌，一味游移蒙混，該司官回將話來。該衙門知道。欽此。"臣等恭捧明綸，不勝悚惕。

竊惟查覈朝鮮市買一事，奉旨會同兵部司官往館查究者提督兩館主事孔聞譚也。據提督查驗物件，具稿呈堂者，主客司署印主事水佳胤也。其案呈到部，皆臣堂官再三詳酌，然後敢以奏聞。前者明旨命臣部遵照《會典》應禁各物另本開列上請，一一存留矣。明旨命臣部安戢使臣，不許張皇搆激，已分付司官諭以朝廷柔遠防奸德意，令其取出違禁欵項，許給原價，便其蚤歸矣。臣等祇奉明旨，自分萬萬無敢差池，力所可爲止此矣。若此外尚有智慮所不及，自抵游移混蒙者，則司官之罪，皆臣等之罪，惟有屏息以聽皇上處分耳。

然臣等猶鰓鰓有過計焉。朝鮮磐踞海外，北近奴，南近倭，東近登萊，雖爲邊海之荒服，實惟中國之外藩。據《會典》所載，洪武、永樂、正統、嘉靖年間，往往優以賜賚，許其陳乞。萬曆年間，關白侵犯朝鮮，國家至爲遣將調兵以綏靖之，正惟示以懷柔，資其屏翰耳。《春秋傳》曰："王者不治夷狄。"歐陽脩解曰："夷狄不可以中國之治治也。"班超亦曰："治遠夷當蕩佚簡易。"祖宗懷柔，實取斯義。竊謂市易一事，正欲防崈於將來，不徒苛索於既往。惟當嚴治導誘之奸宄，不必顯示谿刻於夷人。向明旨所謂安戢使臣者，真深謀遠慮也。聞初驗包箱，使臣拊心慟哭曰："此後不敢復來矣。"今推索再三，其驚心必甚。至欽賞硝磺三千斤，已奉有明旨，令工部給與矣。今若反汗追出，彼必借爲疑端，重懷怨望,歸語其主,枝節横生。以二百七十年效順之屬國,一朝翦爲寇讐,無論挺而走險,變故難量,即奉貢不來,此時將問之乎,不問之乎?啓封疆之大釁,隳駕馭之遠猷,設有紛紜,誰執其咎?杞人愚慮,欵欵有在於斯。臣等寧受游移蒙混之責,不敢不剖心瀆陳也。除行文該衛追給原價、咨諭國王及部科議定色數奉旨遵依另奏,及司官自行回話外,伏祈俯採迂愚,仍加之褫斥,其於飭法柔遠兩得之矣。爲此謹具奏聞。

崇禎五年八月初十日奏,十二日戌時奉聖諭:海藩忠順有年,祖宗朝禮遇優厚,朕豈不知?但違禁貨物,典例開載甚明,向來原無假借,何得輕信姦誘,貿易無忌,亦豈國王敬事中朝,祗飭來使之意?覽奏知道了。目今渡海風高,亟宜善遣歸國。前貨物原價,權宜措給,續於姦棍名下追補。如有别項人役藉口查驗,凌索擾害者,該衙門參來處治。禮部知道。

題請朝鮮貢使起行并進咨諭國王譔稿疏

太子太傅、禮部尚書兼翰林院學士臣黄汝良等謹題,爲夷使起行甚急,乞示明旨,以便遵行事。

十二日戌時,接得禮科抄出聖諭一道:"海藩忠順有年,祖宗朝禮遇優厚,朕豈不知?但違禁貨物,典例開載甚明,向來原無假借,何得輕信姦誘,貿易無忌,亦豈國王敬事中朝,祗飭來使之意?覽奏知道了。目今渡海風高,亟宜善遣歸國。前貨物原價,權宜措給,續於姦棍名下追補。如有别項人役藉口查驗,凌索擾害者,該衙門參來處治。禮部知道。"皇上飭法柔遠德意,一一祗奉遵行。惟是朝鮮夷使已於十四日辭朝,其違禁書物俱遵旨存留外,所有原買價銀據主事孔聞譞到館,令夷使自開數目,未肯實供,大約酌量買價,并使費當得四百兩,未知此銀當借之何衙門,然後續追各棍名下抵還,乞賜明旨。至欽賞硝磺叁千斤,已經工部給與,前有旨硝磺關係更重,難保不有夾帶,亦不准給,不知即是此叁千斤之數否?亦乞明旨,或賜予,或取回,以便即時奉行。其咨諭國王咨稿,恭録進呈御覽。緣係夷使起行甚急等事緣繇,臣等未敢擅便,謹題請旨。

禮部咨，爲奉旨傳諭事。照得朝鮮國先賢裔土，秉禮舊邦，迨事我朝，尤敦臣節，列聖深嘉其恭順，貢獻不絶，於歲時宴賞有蕃錫之恩，市易示優異之典。庶幾同好，永寓懷柔。不謂邇來司賓弗虔，奸宄煽誘，濫貿禁物，罔顧彝章。不惟乾没多方，抑且有累素謹。皇帝明並日月，量廓乾坤。祇申防禁於庶頑，初無求多於來使。稍留禁貨，優給原貲。于飭法之中，存包荒之意。仍勑本部宣諭皇仁，該國夙佩詩書，服膺信義，應感天朝之涵蓋，益勵屬國之靖共。以後遴遣使臣，須令謹凛功令，効忠貞于有永，矢懲毖于方來。維翰維屏，威靈藉暢於萬里；來王來享，遐邇總視爲一家。豈不休哉，慎之無忽。爲此合咨該國，遵照施行。須至咨者。

奉聖旨：貨物存留若干，還着開數速奏，價值是否相當，不致虧損，一并奏明候奪。給過硝磺，不准與咨文。知道了。該衙門知道。

參閱武生取卷定擬疏

太子太傅、禮部尚書兼翰林院學士臣黄汝良謹題，爲遵旨參閱武生取卷定擬具奏事。

儀制清吏司案呈，崇禎五年七月二十四日，奉本部送禮科抄出刑部等衙門尚書等官胡應台等題前事等因。七月二十四日，奉聖旨："俱依擬，取卷各官着禮部從重議處具奏。欽此。"欽遵抄出到部送司，案呈到部。

臣等看得，科場之事，所當重議者，其一在通賄，其一在冒籍，其一在評文失詳。今武生一案，通賄既無，考官可以免議。冒籍已革，考官原不與知。今奉旨議處考官，惟評文失詳一事耳。然評文有主考，有房考，必房考先爲去取，而後主考得施其總裁。評文失詳亦有甚有不甚，甚者之罰宜稍重，而不甚者之罰當稍輕。查得法司問擬倖中，一名俞世灝，係《易經》，原任中書李日燁、今丁憂房考所取，而總裁則今詹事姚希孟也。一名高岱，係《詩經》，吏部辦事進士今給假吕化舜房考所取，而總裁則今請告在籍諭德姚明恭也。俞世灝原卷與覆試卷俱能成章，以其有别字累句，而後場未稱，斥革問杖。高岱原卷詞氣雖充，而有駁雜，覆試卷則未能完篇，斥革問徒。即此後先輕重間，便可定取卷官之處案矣。合無將主考官姚希孟罰俸半年，姚明恭起補日罰俸一年。房考官李日爗起補日降俸一級，吕化舜授官日實降一級。總之風簷寸晷，在士子既難求其全，而棄短取長，在評文亦難責之備事。宜懲岦情有可原，惟在聖明酌情法之中，諸臣當無不感服也。至於詹事臣希孟見在日講，啓幄著勞，或念親臣，免其罰治，是又聖恩法外優容，而非微臣所敢輕議者也。蓋前日所處考官，以其有關文體，今之所處取卷，以其較閲失詳，故所擬略不同，伏惟聖明裁奪。緣係奉旨議處等事，未敢擅便，臣等謹議奏聞。

奉聖旨：衡文務得真才，屢旨申飭，如何竟取不通試卷，情弊顯然。本當重處，姑且從輕此遭。姚明恭起補日著降二級，李日爗起補日降三級，吕化舜授官日降二級，姚希孟久直講幃，姑著降二級，講官另補。以後再有這等的必不輕宥。禮、刑二部蒙抗曲庇，該司官也且饒這遭。該部知道。

請告三疏

太子太傅、禮部尚書兼翰林院學士臣黄汝良謹奏，爲微臣衰朽已甚，劇病委頓難支，懇恩蚤賜放歸，以獲遂首丘，以無悮典禮事。

臣聞四時之序，成功者退，天道猶不能違時，況於人乎？夫人幼而學之，壯而行之，强而委質，老而懸車，此四時之序，天之道也。即君之使臣，臣之事君，未有能違時者。臣閩海孤生，泌衡殘息，恭蒙我皇上起之廢棄之餘，加以穹窿之秩，典司三禮，列在九卿。臣幸得遇明時，事聖主，自非有胸無心，寧不思竭靡圖報。乃無奈潦倒無堪，何也？臣筮仕在萬曆丙戌，班行中無兩焉。衰朽之狀，總在聖鑒。然使老而未病，病而未甚，猶庶幾盡瘁鞠躬，支吾歲月。乃自去歲十一月入都，恪職寅清，肅將夙夜，部務鞅掌，已若形神不親。今年春，兩疏乞休，未蒙允放，不得不遵旨勉出供事。然而年力終不可强，精氣日以銷亡，榮衛愈虚，風邪易中。至本月十八日進部，事畢還寓，忽然四肢沉疼，右臂不仁，服藥數劑，全無功効，召醫韓伯恭診視，謂虚極受風，非謝事静攝，恐痊可無期。臣思春官雖號清曹,然簿書填委,章奏繁多,每日進部,吏胥抱牘滿前,手不停披,目不停視,至於要緊文書,必須身親料理,自非精力强健,何能克勝?臣以風燭之年,抱兹痿痺之病,旦夕方難自必,部務何能支持?是臣之性命顛危未足憂,而隳職曠官負聖明委任責成至意,實所深懼也。伏望皇上察四時之序,憐垂斃之臣,曲體下情,准令休致,庶邦禮不至曠悞,而殘喘猶可望生還,始終生成大恩,世世銜結於無極矣。臣無任哀鳴祈懇之至,爲此謹具奏聞,伏候勅旨。

崇禎五年六月廿六日奏,三十日奉聖旨:卿夙德舊學,精力未衰,典禮重寄,何得屢有引陳?著即出視事,不必再請。該部知道。

請告四疏

太子太傅、禮部尚書兼翰林院學士臣黄汝良謹奏,爲身無可用,病已阽危,懇乞聖明垂憐,蚤賜允放,以甦殘息,以廣皇仁事。

臣於六月廿六日奏,爲微臣衰朽已甚,劇病委頓難支等事,隨於三十日奉聖旨:"卿夙德舊學,精力未衰,典禮重寄,何得屢有引陳?著即出視事,不必再請。吏部知道。欽此。"臣不勝感激,即扶病望闕叩頭謝恩外。

竊惟遭時遇主,士人之所深榮也。高爵重禄,人情之所深戀也。臣立堯舜之朝,際熙明之會,可謂遭時遇主矣。位列卿,秩宫傅,可謂高爵重禄矣。且值疆寓多故,臣子誼當分憂,自非萬不得已,孰忍去朝著?而奈以衰朽之年,感風痺之病。醫經曰風者百病之長,其中人最劇,其於施治最難。臣今四肢浸以不仁,元氣日以銷盡,身如槁葉,命如懸絲。若不及蚤放歸,必且爲前禮臣李騰芳之續矣。臣家鄉距京師八千里,煢煢數口相依,若一旦溘先朝露,爲旅邸孤魂,皇上亦必加憫惻。然與其憐之於身後,而衹厪簪履之悲,孰若放之於生前,而豫施帷蓋之惠。除臣所分《實録》纂修已竣,謹繕寫裝送内閣,其一切部事,俟另推管理外,臣今忍死待命,伏望我皇上俯察苦衷,毫無假托,立賜允放,以全恩造始終,不勝幸甚。臣草疏甫畢,聞御史張任學有疏規臣以退休,戒臣以止足,臣深服其正論,感其相成,更乞嘉納允從,不惟清賢達以重典禮,亦可警濡首而勵恬風,所關係者又非徒一朽臣之進退矣。臣無任哀懇迫切之至,爲此謹具奏聞,伏候勑旨。

崇禎五年七月初三日奏,初六日奉聖旨:典禮重任,已有旨諭卿即出,何乃又有此請?還着安意視事,不必再陳。該部知道。

回奏唐府看議一疏

太子太傅、禮部尚書兼翰林院學士臣黄汝良等謹題,爲出首謀逆事。

儀制清吏司案呈,奉本部送崇禎五年七月初九日該禮科密封紅本二本到部,内一本係欽差提督軍務撫治鄖陽等處地方、都察院右僉都御史蔣允儀題前事等因。初九日奉聖旨:"奏内事情重大,蔣允儀撫治近地,何得略無風聞實跡?即着會同該省撫按申嚴防備,一面體訪的確情形,密切奏聞。該部知道。欽此。"一本係唐府安陽王器埈、寶慶王器增、永壽王器圻、德安王器壖,闔藩鎮、輔、奉國將軍、中尉碩熘、器塱等奏,爲冒死出首謀逆,以報國恩,并請自辭爵封,以遠禍患事等因。初九日奉聖旨:"奏内事情關係重大,着部科密議速奏。欽此。"欽遵密封到部,送司案呈到部。

該臣等謹會同禮科都給事中張國維等密議得,此事係親藩順逆,關疆圉安危,其情果真,則明有國法,固不容嘜啃而養亂;其事未確,則誼屬天潢,又難以擊斷而傷恩。據安陽王器埈等所奏,則不軌已有情形,陰謀各有指証,且揚言罔有畏忌,似非無故而發大難之端。然謀反亦豈易爲?須蓄軍馬錢糧,藏有兵甲器械,否即狂逞竟欲何之?豈其兒戲而干不赦之罪?即虚實未可懸斷,而釁隙亦當豫防。語曰:"百聞不如一見。"彼中自有撫按、司道、府縣,切近呼吸可通,合無密勑鄖陽撫臣移駐近地,會同河南撫臣陰爲防備,整頓兵馬,慎守封疆,仍得便宜行事。又勑撫按密令司道、府縣申明保甲,謹護城池,譏察出入,禁遏交通,于以折其萌芽,防其突發。然後將所奏事件逐一審勘明白,無縱無枉。彼中鄉紳士民萬耳萬目,隻手豈能障天,白晝何容隱魅?勘得實蹟,密封火速奏聞,以聽朝廷處分。或令新按臣曾僩先出巡南陽,以便密訪,拏究要緊人犯,萬一事關重大,地方官未能遽了,然後特選公正重臣專勅覆覈,如前日差勘岷藩故事,則真僞自無所遁,情法兩得其平,於以壓難銷萌,批郤導窾,國家可無難處之事矣。臣汝良臥病注籍,奉有緊關聖諭,謹强起密議回奏以聞,伏候勅旨。

崇禎五年七月初十日奏,十一日奉聖旨:親藩重大事情,自當詳察理勢,密圖防維。這本議將所奏事件逐一審勘,是否撫按官遽可奉行,且親王各宗豈便互質得情,若因而搆激,致有他虞,國體所關不小。還着確查訓典應行事例,參酌詳妥速奏。該部知道。

回奏唐府看議二疏

太子太傅、禮部尚書兼翰林院學士臣黄汝良等謹題,爲奉旨回奏事。

該臣等于本月初十日題爲出首謀逆事,十一日接得密封紅本,奉聖旨:"親藩重大事情,自當詳察理勢,密圖防維。這本議將所奏事件逐一審勘,是否撫按官遽可奉行,且親王各宗豈便互質得情,若因而搆激,致有他虞,國體所關不小。還着確查訓典應行事例,參酌詳妥速奏。欽此。"

臣等覆議得,安陽王器埈等出首一事,緣唐世孫聿鍵負恃小才,慣成驕習,觀鄖陽撫臣所詢之道府者,謂其有狹小前人制度之意,當非安静循法之人。至於逆節邪謀,談何容易。即器埈等疏中所云,天下寧有通國切齒,道路以目,而僅恃腹心百人,衛軍數千,可以舉事者?明旨云詳察理勢,臣等亦謂虚實未可懸斷者,此也。然天下激亂之事不可有,而防亂之策不可無。在器埈等雖與世孫深仇,何遂發此大難之端乎?則潛折萌芽,豫周桑土,陰以隄備,早寓鎮奠銷弭之術,是爲河南、鄖陽兩撫臣,南陽、信陽兩道臣之責矣。明旨云密圖防維,臣等亦謂釁隙當加周防者,此也。自古骨肉之親,粲而不殊,今不欲暴露其事,又必盡得其情,則惟有速令廵按御史星馳詣南陽,就便緝察之爲當也。蓋御史曾偶入境之初,一面廵歷,一面體訪,形跡不露,意思安閒,可免驚擾激搆之虞。待詳察根由,或事狀虚實,過犯大小,火速具奏,自有祖宗之憲典,聖明之恩威在。

查得祖訓親王有過一條,有遣重臣之例,然必待過犯彰著而後遣官會勘。

前此如魯藩觀㝝、徽藩載埨、伊藩典楧、遼藩憲㸅，歷歷可按。今唐藩事情未便至是，則審勘二字不在此時，何也？器埈等之奏未有世孫久而不知者，知之則必辨，辨之則必互相訐，彼時終須一勘以服之，而今則猶未也。臣等一時擬議，委未詳妥，伏讀聖謨淵遠，真非愚昧所及，謹再陳末議，仰候聖裁，勅下臣部，行河南、鄖陽兩撫臣、巡按御史等密防細察，以先衣袽之戒，以奠盤石之宗。爲此再議，密奏以聞。

回奏唐府看議三疏

太子太傅、禮部尚書兼翰林院學士臣黄汝良等謹題，爲看議具奏事。

該河南巡按御史曾倜，題爲遵旨覆覈出首謀逆等事。九月二十六日奉聖旨："着禮部會同該科詳看奏内事理，查酌典制，密議妥確速奏。欽此。"又唐王聿鍵一本，爲坐臣黑冤，不可不辯，又無事可辯，懇乞聖恩，明聲罪狀，以便臣質對，以釋臣憂懼等事。本月初五日奉聖旨："王新膺册命，誼切維城。前郡宗疏訐，朕正不輕信，特令部科覆議、撫按體察，據實剖分，一切事情，俟查奏自明。覽奏具徵恪慎，朕知道了。蔣維芬婪肆踰紀，又閃爍情詞，揑稱會勘，好生可惡，着革了職，撫按提問奏奪。該部知道。欽此。"又河南巡撫右僉都御史樊尚燝奏，爲遵旨查奏事，與巡按御史所奏相同。本月初六日奉聖旨："已有旨了。該部知道。欽此。"俱先後抄出到部。

臣汝良等謹會同禮科都給事中張國維等看議，唐王親係帝胄，爵爲藩王，雅有知書能文之稱，夙負聰明才辯之概。乃安陽王等訐奏其虐宗害民，僭踰酷奪，種種諸不法狀，至於逆謀隱惡，有臣子所不忍聞、不忍言者，一何不譽之甚也！夫唐王固皇上之親藩也，安陽王、福山諸王即唐王之親叔父也。奏中淩虐諸宗皆天潢之懿戚也，所侵暴士民又皆朝廷之赤子也，其僭越無等又皆朝廷之軌物也。此何等關係，使所奏而虚耶，即平民猶不可輕誣，而矧於至親至貴之藩王；使所奏而不盡虚耶，則親貴固自有八議之條，而祖宗尤自有三章之法。孟子曰："夫舜烏得而禁之？夫有所受之也。"言皋陶之法受之於天，雖舜爲天子，猶不得禁其執法，見法之必上行也。然欲法之必行，先期於事情之得實。欲情之得實，必繇於覆覈之再三。棘木之聽，誠未易易也。據撫、按二臣查奏，得之道府諸臣密審者，其謀逆不道、毒弑淫蒸等項，孰知孰証，固難以冥冥決事，而酷虐占奪、僭擬肆横諸欵，亦頗已昭昭難諱矣。考之累朝實録及宗藩條例，禮部儀制司職掌親王有過，如趙、韓、徽、伊、遼、慶諸往事，除重大别處外，有遣重臣往勘者，有降勑書戒諭者，有先撤去護衛者，又有下廷臣會議者。撫、按二臣所請皆於典制有據，蓋仰體皇上保全親藩德意，非敢深求也。惟是質成須兩造具備，而大事尤不厭參詳。今據唐王所奏，懇乞明聲罪狀，以便質對等語，正謂安陽王等所奏向來未經發抄，故無從質辯。夫未質辯而遽有處分，何以服人心而彰國法？似遣勘降諭且不必行，而護衛削奪亦難驟議。宜速勑下臣部，將安陽王等原奏抄發河南撫按，轉行藩司啓王，俾得逐欵分剖具奏，然後勑下撫按將原訐奏與辯奏一并同加覆覈，仍提取撥置受害及干証人等同加質審，必慎必詳，無偏無枉，務得其虚實重輕，一一從公奉聞，以聽聖斷，於時或下廷臣會議，如降勑諭、遣重臣、議護衛諸事，隨其本情而斟酌施行之，以完結此局，庶恩威不貸，仁義兼施，既可示聖明敦睦之弘慈，亦可昭祖宗懲毖之家法，遠邇胥服，藩屏永寧矣。若夫備防消弭，曲突徙薪之計，則臣等前疏已先言之，惟在撫按諸臣慎加之意耳。乞一并申飭。除蔣維芬聽吏部咨發外，臣等謹會同科臣張國維等看議具奏，伏候勑旨。

崇禎□年□月□□日奏，□月□□日奉聖旨：依議。着將原疏抄發該撫按轉行啓王，逐欵分别具奏。其郡宗人等着撫按官傳諭，遵約静聽朝廷鑒核，不得生端紛擾。該部知道。

回奏唐藩看議四疏

太子太傅、禮部尚書兼翰林院學士臣黄汝良等謹題，爲感激天恩，恭披情悰，遵旨剖分，泣籲乾斷，以彰國法，以明臣節事。

崇禎五年十二月二十一日，内府禮科抄出唐王聿鍵奏稱前事等因。二十日奉聖旨:"覽王奏,剖陳事情最晰,前郡宗疏訐何甚不倫,着禮部會同該科從公覈看,詳酌確議具奏。欽此。"欽遵抄出到部。

臣等謹會同禮科都給事中張國維等看得,唐藩一案,據安陽王器埈等及福山王器壊先後奏訐,則謂造謀不軌,隱惡多端,其餘諸不法事,件件俱實。據唐王聿鍵奏辯,則爲不軌陰事,俱屬黑冤,不法諸項,多出誣揑。其所自認爲實者,僅十中之一二耳。據河南撫臣樊尚璟、按臣曾倜、鄖陽撫臣蔣允儀奉旨密奏,則謂不軌未有情形,隱惡並無左証,若不法諸欵略有証據者十頗得其五六焉。夫諸郡王遭唐王辱凌,發憤入奏,恨不得抵隙而甘心,其勢必至揑虛以爲實。唐王身被重訐,惶恐奏辯,冀欲舉前愆而盡掩蓋之,勢必至飾有以爲無。至於撫、按三臣其於親王、郡王既無適莫異同之見,而於地方事蹟自有耳聞目覩之真,聖明在上,功令在前,雖欲有所偏私而不敢,即欲有所瞻狥而不能,故欲結此案,俾之有相好而無相尤,仍惟撫、按虚公酌議爲可憑耳。先時撫、按三臣奉旨查覈,具有密奏,見在御前。臣等竊謂前日撫、按密奏止是據郡王之訐疏而單覈之也,事關天潢,尤宜倍加慎重。合無將唐王與郡王所奏一并勅下撫、按,再三虚心詳覈,從公具疏入告,然後將撫、按所奏發下廷臣,平停共議,以聽上裁。總之令其心服氣平,永永各歸和好,于以完結此案,固易易耳。皇上愛護親藩德意甚盛,臣等敢不仰體?惟是天下事有以愛護爲愛護,又以警醒爲愛護者,一於愛護,恐法或有時而窮,兼以警醒,庶恩始無所不暢。故臣等惟有據法上聞,而以酌量施恩,取自聖斷。此區區恪職愚衷,伏惟聖明俯賜垂察。緣係云云。

崇禎六年二月二十二日具題,二十五日奉聖旨:奏内所指唐王過端,允宜省改。但郡宗誣訐逆謀,尤屬非法,典制應有確條,何僅溷請飭罰?還着酌議詳妥速奏。該部知道。

回奏唐藩看議五疏

太子太傅、禮部尚書兼翰林院學士臣黄汝良等謹題,爲感激天恩,恭披情悰,遵旨剖分,泣籲乾斷,以彰國法,以明臣節事。

崇禎六年二月二十二日，臣等欽遵會議唐王聿鍵辯奏緣繇，二月二十五日奉聖旨："奏内所指唐王過端，允宜省改。但郡宗誣訐逆謀，尤屬非法，典制應有確條，何僅溷請飭罰？還着酌議詳妥速奏。欽此。"欽遵。

臣等遵奉明旨，謹再議得：事關宗藩，原非臣下所敢臆議，必考求典例，凛奉明綸，慎加詳酌，而總取自上裁者也。唐藩之事，臣等五經會議，兹復奉明旨，確查典制，仰見皇上事必法祖，務求情法允當，真所謂仁至而義盡者矣。臣等查得嘉靖三十一年間韓府襄陵王融燓等各連名令旭楦越關訐奏韓王融燧，廣地據險，打死人命，不孝，違法貪淫等事，誣以不軌；韓王亦奏襄陵王融燓、將軍旭梓等，不服鈐束，結黨歛財，營求遷移，敗倫傷化，劫財殺人，雕刻假印，誹陷親王等事。得旨會勘。該刑部議稱，襄陵王府鎮國中尉旭楦謀淫妻弟未室之婚，倡議越關誣訐親王，欲從重，併論奉國將軍旭棕、鎮國中尉旭栩等扛幫抗違。勑旨誹陷親王，俱應重處，及鎮、輔、奉國將軍、中尉偕澳等二百六十四位，依違附和，黨惡興詞，亦應量行戒飭。其襄陵王融燓首謀搆訟，蔑視親王，國體所關，似應酌處。韓王融燧受人投獻地土，并勒要財物，致使分配愆期，人心嗟怨，罪本難辭，但其占種官民地土既久，議令給主還官，已足示罰，憫其懿親，過未已甚，請勑省諭韓王洗心滌慮，勿蹈往轍，自啓釁端。再乞另勑切責襄陵王并戒諭諸宗室，各務聽約束，盡改前非。襄陵王仍再加減革，以警將來等因。奉世宗皇帝聖旨："這事情既勘問明白，旭檷、旭楦革了爵，送發高牆居住。旭棕、旭栩、旭楠降爲庶人。融焌等、偕漁等各罰住禄米一年。融燓本當治罪，姑革住禄米三之二。韓王着改過守法，管束宗室，還寫勑省諭。欽此。"此用法之例也。又查得天順元年間有唐王瓊炟、新野王芝城互相訐奏，得旨謂二王親叔姪，如何屢訐奏擾？念親親之故，不問。此用情之例也。

臣等參稽其間唐王爲親姪而安陽等王爲親叔，猶前唐王瓊炟爲親叔而新野王芝城爲親姪也。但前唐府相訐未必如逆謀之已甚，故可置不問。襄王融燓首謀搆訐，與今日安陽王器埈無異。融焌、偕漁等附和興詞，與今日寶慶王器增等無異。但韓府諸宗如中尉、將軍有敗倫不法及越關罪欵，故至降革送發，而今諸宗誣訐雖同,罪欵實異。在福山王以叔父之親而遭累禁之苦,安陽王等以燃箕之懼而激爲已甚之詞,以祖制繩之,郡宗無辭於法;以事理揆之,尤宜量從薄罰,示親親浩蕩之恩,俟教之不改而後盡法以繩之也。蓋諸郡王所訐奏唐王諸欵,其查奏是實者多是未襲封前之事,故得以捐舊慝而即新圖。今唐王纘桐伊始遽致二三叔父於重法,枝葉彫悴,根幹亦傷,恐唐王之心轉不能安,故寬諸郡王,政所以安唐王,而薄治之於今日,以待改絃,乃厚期之乎將來,以鞏磐石。臣等所以引用法用情兩例,仰憑聖斷,寧從其厚,尤臣等千慮之愚也。除唐王過端允宜省改,奉有明旨外,安陽王器埈或罰住禄米二年,或量減革禄米三之一;寶慶王器增、永壽王器圻、安德王器墉、福山王器埉等,各罰住禄米一年;其諸宗碩熌等五十七名,或止行戒飭,或各量罰,則取自上斷,臣等不敢遽定者也。伏乞聖明裁奪施行。

奉聖旨:這事情既詳引典例,參酌情法,器埈着革禄米三分之一;器增、器圻、器墉、器埉各罰住禄米半年;碩熌等姑行王分别戒飭,如再不悛,定盡法重懲;唐王着改過遵度,弭釁輯宗,還寫勑省諭。該衙門知道。

覈議靖藩玉哥請封疏

太子太傅、禮部尚書兼翰林院學士臣黄汝良等謹題,爲奉旨覈議具奏事。

十月十九日,内府抄出靖江王府奉國將軍原名玉哥、今賜名亨歅奏,爲恭謝天恩,并陳下悃,請給封典,以光孝治,以溥皇仁事。内稱應襲長孫玉哥,遭叔履祐謀奪國土,誣臣花生,蒙皇上鑒臣孤孽,賜臣奉國將軍,不勝雀躍,望闕叩頭謝恩外,仍請封其嫡母湯氏、生母曹氏,又爲其妻、妾二子請封請名。又言皇上既賜臣以將軍,則繼臣叔而有王爵者屬臣不屬臣叔之子,應在臨時請旨定奪等因。本月十八日奉聖旨:"禮部知道。亨歅已經賜名,如何仍署原名?且稱應襲。奏内所指後來事情,殊有關係,并着會同該科覈議來説。欽此。"欽遵抄出到部,送司案呈到部。

臣等謹會同禮科都給事中張國維等看得,亨歅一案,屢經撫按勘覈,禮部覆奏，又屢徼皇恩浩蕩，乃今又分外覬覦，瀆陳不已，此無他，蓋繇議法者游移而未有定耳。法者非惟皇上之法，乃祖宗之法，而天之法也。祖宗待宗藩之恩甚厚，然立法則甚嚴，其詳見於《宗藩條例》一書。此書成於嘉靖四十四年，部臣李春芳、嚴訥等會同五府、九卿、科道諸臣集議，備述累朝見行事例，編纂成書，奉奏御覽。世宗肅皇帝欽定爲《宗藩條例》，令世世遵行者也。内一欵：花生子女俱不許冒請名封，溷載玉牒；如有朦朧奏擾者，參奏降革，輔導及保勘官一體問罪。又一欵：濫妾所生子女，止許請名糧，不許請封；如有朦朧請封者，照前一體問罪。立法如此之嚴者，所以重天潢而防混濁也。查《玉牒》，靖江憲定王有子二人，長履祥，次履祐，皆王妃白氏所生。履祥以萬曆二十二年初封，爲長子娶湯氏，生子光啓，二歲而夭，又一歲而湯氏故，又三歲而履祥故。至二十八年，憲定王乃奏請改封履祐爲長子入府，蓋兄終弟及，一定之成法也。當時玉哥生已九歲矣，並未聞有報生請名之奏。至萬曆三十六年，憲定王始明奏亨歅爲履祥花生之子，例外請乞名糧。當時禮臣據例駁之，皇祖從禮臣所奏而不之許也。夫一名十二石米猶不輕許，况其他乎？明明以其花生違例，不得不以法裁之也。逮至今王履祐襲封之後，玉哥出府，奸人以玉哥爲奇貨，冀得幾幸襲爵，獲厚利而瓜分之。而玉哥亦借奸人爲羽翼，乃始招號連結劣生悍宗至二三千人，白晝搆兵，搶掠劫殺，借名爲玉哥稱冤，脅制有司撫按代爲奏請。言玉哥生母曹氏，乃履祥未婚時王妃白氏所賜。夫子未婚娶而先賜侍妾，有是禮乎？又謂玉哥既生，因嫡母湯氏妬忌，履祥不敢報王。夫履祥受制湯氏或有之，乃湯氏死三年矣，仍不報，誰制之乎？又謂履祐閉禁之。夫玉哥生十三年在府中，履祐尚未入府也，從何而閉禁之乎？即使湯氏妬之，履祐嫉之，而玉哥既爲王妃白氏賜侍所生，王妃寧不愛之，以報於王？履祥嫡出之子既夭，僅一玉哥在府，又寧不愛之以報於父？而憲定王又寧不以愛子者愛孫，而忍不爲之報生、請名、請封乎？蓋實以花生之子，報名、請封，於法有違，且恐貽累保勘之藩僚，奏請之撫按，故不敢也，誠畏法也。逮憲定王末年，今王改封長子之後，乃憐其孤孽，始爲越例乞名糧，而神宗皇帝亦不之許也，誠慎法也。今王乃私名之曰朱之徆，徆者矢也，蓋賤之也。且奏証曹氏係履祥在外邸所收流婦，則玉哥之爲花生明矣。

此事理昭昭易見者，乃一勘再勘，而輒游移其説者，亦有故焉。時奸民悍宗多唱訛言，搖惑遠邇，且令玉哥藏匿，而造爲今王令人謀殺之。衆口鑠金，聚蚊成雷。適有南科臣黄起龍據信風聞，以繼絶保孤爲奏，於是撫按、道府始惕於悍宗之挾持，繼碍於科臣之疏奏，姑二三其辭，改勘花生爲濫妾矣。即濫妾亦不當請封也，乃爲之請名、請糧矣，又爲之請千金置産矣，又爲之請封中尉矣。該部臣以事關天潢，不得不據撫按所請題覆，以聽上裁。蒙聖恩浩蕩，遂賜名亨歂，且封爲奉國將軍，履祥無祀而有祀，玉哥無封而有封，此法外無量之恩，且屢諭以恪遵禮法，不得復生事端。爲亨歂者當何如頂戴，何如凛承？曾幾何時，乃復有此無厭之奏乎？據奏求封其嫡母、生母、妻妾及其二子，而後言今王薨逝之日，應己襲爵，此何等語，將置今王父子於何地乎？得隴更復望蜀，舐穅漸至及米，此豈復知有皇上、祖宗之法乎？

夫禮有其舉之莫敢廢也，有其廢之莫敢舉也。今王以次嫡兄終弟及，神祖憑憲定王奏請及各宗、撫按勘結而册封之，於今已二十餘年，未有過失，所謂舉之而誰敢廢也。亨歂以花生不明之子，憲定王初不爲報生，臨終爲乞名糧，神祖猶以越例格之，且其貪亂樂禍，法宜降革，何况襲王，所謂廢之而誰敢舉也。孔子曰："大爲之防，民猶踰之，况不爲之防乎？"方今各省宗枝，其數不億，寓内多故，奸人生心，若使人人如亨歂結黨稱兵，横行搶殺，既已脅制撫按，因而凌迫親藩，要求朝廷，罔知厭足，正恐一人得志，諸宗效尤，履霜漸至堅冰，燎原勢難撲滅，此時皇上即欲保全之而有所不能矣。臣願皇上據法以裁恩，勿令怙恩而骫法，非以裁抑諸宗，正以保全諸宗也。伏乞嚴諭亨歂，恪遵明旨，勿得更爲非望之求。其爲二母及妻妾與子求封，除曹氏來歷與妾條例不合外，餘須啓王行文該省撫按，代爲奏請，俟臣部酌例以聽聖裁。以後如復違旨奏擾，須照條例降革發落施行。其撥置簸弄奸人潛住京師者，亟勑廠衛訪緝驅逐，在該省唱亂横行者，乞勑撫按訪緝參處。庶靖藩安而諸藩皆安，諸藩安而天下舉安矣。緣係奉旨議奏事理，謹會同該科合議，謹題請旨。

崇禎五年十一月二十日具題，二十五日奉聖旨：朝廷優厚宗藩，恩法原自相維，豈容假借紊越？亨歅前奏不署賜名，擅稱應襲，顯屬違慢冒混。該部科看議義例甚明，亨歅還著恪遵典制，安静斂束，不得率妄取咎。諸宗人等如有唆撥生事干紀者，國憲罔貸。其請封事情，著遵例啓王行撫按確核代奏，該部即與傳飭。該部知道。本内叙述前疏如何不全，且署名不照原文，何憑駁正，該司官殊屬不諳。

覆議舉行謚典疏

太子太傅、禮部尚書兼翰林院學士臣黄汝良謹題，爲議謚久稽，勵世宜急，乞勅速完大典，以襄治道事。

祠祭清吏司案呈，崇禎五年九月十四日，奉本部送禮科抄出，禮科都給事中張國維題，謚典宜急，并陳議謚宜詳宜慎緣因。崇禎五年九月十一日奉聖旨："謚典久稽，這條奏事宜著禮部看議來説。欽此。"欽遵抄出到部送司，案呈到部。

看得謚法始自成周，而沿于漢、晉、唐、宋，闡彰癉於既往，示法戒於方來，誠爲礪世輔治之善物也。我朝斟酌前代，建立彝章，錫謚惟表懿行而不及惡德，大臣不專於馭貴，而潛德時發其幽光，又勸忠善世之大權也。孔子曰："先王謚以尊名，節以壹惠，耻名之浮於實也。"惟名實貴於相符，故於尊名之中，特寓節惠之義，蓋凛若《春秋》華衮焉。國家初制，人臣之有功德者，身後論定，易名隨之。其後自特賜外，不無遷延歲月。近時始定五年一舉，然議同聚訟，事等築舍。自辛酉至今，十有二載，而懿典缺如。實愈久而愈湮，名寖微而寖滅，其於勸世奚賴焉？此科臣所以鰓鰓有懿典久稽之慮也。

夫以十二載難完之案而蘄完於一朝，以向來名卿碩哲不能了之局而責之孤陋鹵莽之微臣，此臣等所大懼也。第既係春官之職掌，又奉有看議之明綸，誼無容諉，則惟有"公虚詳慎"四字可以自盟而已。就人論人，因物付物，明鏡共照，誰敢爲私妍媸？平衡在懸，誰敢爲私輕重？是之謂公。盡化成心，絶去徑竇。

畛域門户之見，勿着於胸；炎凉枯菀之情，不關于念。是之謂虚。咨詢必廣，考覈必精，才品本末必稽之宦蹟奏章，勿徒以誌銘傳贊爲的據，素行真偽必參之輿論月旦，勿徒以子孫陳乞爲凖憑。是之爲詳。繇表測裏，循始考終。恕以持平，固不以小疵而掩大美；嚴以裁斷，尤不以虚譽而概生平。是之爲慎。合是四者，庶幾名實不浮，程量無爽，予奪之分悉肖，小大之擬必倫，而尊名一惠之大典，可無負乎？蓋科臣以詳慎而該公虚，而臣等欲以公虚而濟詳慎，其道實相成也。然公虚詳慎，固可矢之自心，而見聞是非，尤必徵之輿論。

查得《大明會典》一欵：文武大臣應得謚者，禮部廣加咨詢，稽覈名實。間有應謚未經題請，及題請未蒙賜予者，不論遠近，許撫按及科道從公舉奏，酌覆補給。乃自天啓元年題請應謚兵部尚書伍文定等八十三人外，以後未及舉行。至崇禎元年本部因謚典愆期題請，得旨將歷年卹過大臣并先年靖難忠諫及幽人韞璞者亦得列名册内，發單咨訪。於時特賜謚者僅鄒元標等十四人，除已奉明旨准謚者不發單外，其餘雖發單咨訪，而各衙門回覆杳然，大典久稽，正緣坐此耳。合無勑下臣部，將科臣條議諸欵并先後議謚諸臣刊成書册，行文南北九卿、詹翰、科道等官，從公注明，何人應謚，其品行勳猷、建白節概文學若何，亦務協"公虚詳慎"四字，限以時日，刻期報部。本部略倣銓部保舉之例，將原單存案，俟覆題請日，并抄呈御覽。庶人情無敢濫狥，大典不至稽緩，涣號一朝，華衮千載，佐爵賞威令之所不及者其在是乎？爲此具題，伏候勑旨。

崇禎五年十月初九日奏，十二日奉聖旨：謚法有關風礪，依議詳諮確核，務協公評，不得狥私憑臆，致乖大典。其發單仍勒限報部，毋再稽延。

請告五疏

太子太傅、禮部尚書兼翰林院學士臣黄汝良謹奏，爲朽臣萬宜退休，聖朝無取頑鈍，沉痼日甚，呼籲辭窮，懇乞垂憐，立賜允放事。

臣頃以老病，再疏乞休，勢逼情危，不容不呼天籲請。不謂明旨未允，天聽猶高，且諭以典禮重任，勉令安意視事。么𢉩衰殘，何當聖明留念。臣捧讀感激，不覺涕泗交頤。夫使臣而能安意視事，爲國家少佐惇庸，雖捐縻微軀，敢不趨蹌夙夜？正惟年力不可勉强，衰病日以沉昏，步履尚苦不前，部務何堪鞅掌？自前月抱疴注籍，經今已餘再旬，其尋常簿書猶賴司官代理，其要緊事務必須力疾支撑。然停閣實多，曠廢已甚，是顛危之係一身者猶細，而悮國家典禮，責將安逃？此時而猶貪位慕榮，不自引决，是謂頑鈍之臣也。臣雖碌碌匪材，雅慕硜硜姱節，向時見沉湎濡首者心輒嗤鄙之。頃陛見，疏陳諄諄以勵士節爲請，豈以遲暮之景反踵頑鈍之風，至使新進少年規以止足，寧不點聖朝而羞當世士哉？方今俊乂比肩，夷夔接踵，臣如已陳芻狗，無用秕穅，何足比數？乞將臣部印信勑令侍郎王應熊署掌，以俟會推，俾臣得蚤遂首丘，避賢者路，庶典禮不至虛曠，臣誼不至披猖。無論臣生死沾恩，其所裨士風世道尤非淺鮮矣。臣情緒窘急，冒瀆天威，不勝忍死待命之至。

崇禎五年七月十六日奏，十九日奉聖旨：卿耆德碩望，典禮正藉寅清，屢諭已明，何又堅請？着即出視事，不允辭。該部知道。

請告六疏

太子太傅、禮部尚書兼翰林院學士臣黄汝良謹奏，爲恩深亟思圖報，病困委不能支，乞放殘朽餘生，以全始終洪造事。

臣自六月間因勞傷委頓，觸冒風邪，肢體不仁，精神昏瞀，自分萬萬不能供職，不得已四疏乞休，病苦情真，毫無假托，乃疊荷温旨，慰留有加。竊惟葵藿猶知向陽，犬馬猶知戀主，物類尚爾，况於微臣感激天恩，猶冀忍死圖報。節次調理，或望痊可有期，庶竭餘忠，以答高厚。不謂血氣先已銷盡，沉痛久入膏肓，愈治愈劇，轉入轉深，雖復勉强支吾，不過尸居餘息耳。此時倘蒙恩允放，猶萬一可望生還，轉盻寒冽侵骫，間關萬里，首丘更無復望矣。

伏惟典禮非養疴之地，寅清無諉卸之嫌。放之有丘山之恩，留之無絲毫之益。懇祈我皇上念先邸侍從，四朝憖遺，向冀其可用而榮召之使來，今知其無可用而保全之使去。立賜允放，無令羈旅遊魂，委頓長途；始終恩造，即天地洪慈，不足喻矣。臣無任哀鳴懇切之至,爲此謹具奏聞,伏候勑旨。

崇禎五年八月初三日奏,十五日奉聖旨:典司邦禮,方資耆碩,屢旨諭卿已悉,何乃復行勤請?着即出視事,不必再陳。該部知道。

聖壽恭請受賀日期疏

太子太傅、禮部尚書兼翰林院學士臣黄汝良等謹奏,爲恭遇萬壽聖節,懇乞欽定御殿日期,以暢祝頌之群情,以垂典禮於永久事。

本月二十四日,恭遇萬壽聖節,臣部合先奏請升殿受賀,儀制司案呈到部。恭惟我皇上亶聖神文武之資,際重熙絫洽之運。恒升方茂,海寓歡騰。合八表之朝宗,祝萬年之景福。此誠臣子所不能已,而亦歷朝之所遵行者也。乃因是日係皇太后諱辰,自聖明御極以來,往往臨時傳免。雖則舜文大孝,不無廑罔極之遐思;然而天日懸瞻,何能已呼嵩之誠悃。即臣等近在班聯之内,猶以不獲舞蹈對颺爲嗛。矧在省直之遠,要荒之間,藩封文武諸臣奉琛獻賮,屬國始則間關萬里積誠拜表而來,今乃遥望九閽莫睹盛典而去。揆之臣誼,於心能無缺然?

太祖高皇帝初年以天下新定,謙讓不受賀,後以元臣李善長懇請,乃受賀如令儀。又世宗肅皇帝時以大禮未完,謙讓不受賀,後亦以禮臣高儀等懇請乃受賀如令儀。成憲具存,班班可考。今皇上於三大節正旦則御殿受賀矣。冬至則本日大祀圜丘,於次日乃行賀禮矣。而於聖壽令節,每每傳免,或者此日宣表奏樂,聖心有所未安乎?合無依冬至事宜,於次日升殿受賀。冬至之用次日,爲尊天也。今聖節之用次日,爲孝親也。庶幾仁至義盡,禮備樂和,諸臣得載賡《天保》之九如,萬國獲共伸堯封之三祝。聖壽彌增於天長地久,歡聲彌暢於八垓九埏矣。伏乞勑下臣部傳奉施行,永爲遵守。伏候勑旨。

崇禎五年十二月十九日奏,二十一日奉聖旨:覽奏具見忠悃,知道了,依議于二十五日行禮。該部知道。

歲晏彙報災異疏

太子太傅、禮部尚書兼翰林院學士臣黄汝良謹題,爲歲晏彙報災異,并陳修省愚衷事。

祠祭清吏司案呈，奉本部送禮科抄出各省直撫按監視題報災異等因，及節准撫按咨揭到部送司，除神京地震已經本部禮、刑科臣具題外，所有各省直撫按奏報災異，例該年終類奏通查，案呈到部。

看得災異之來，天之所以仁愛人君也。人君苟能遇災知儆，即可以克享天心。故《易》曰："震來虩虩，恐致福也。"言遇災異而恐懼，則災異可弭而福可致也。計今歲彙報災異，大約有四：淮、揚、江、漢之水潦横奔，川、蜀、吴、越之旱暵爲虐，宣、雲、巴、岷之雷火雷雨，薊、晉、遼、滇之地震陸沉。夫堯不有九年之水乎？然而儆余厪念，其咨切衷，竟以平章協和，而成放勳之烈，則洪水不能爲堯災也。湯不有七年之旱乎？然而六事自責，改過不吝，竟以克寬克仁，不邇不殖，而收建中之化，則旱魃不能爲湯災也。成王不有風雷之異乎？然而懲毖後患，無逸作所，竟以緝熙其勤，就將罔間，而播《卷阿》之詠，則風雷亦不足爲成王異也。迨至成周季末，天人交窮，故其《詩》曰："日月告凶，不用其行。""爗爗震電，不寧不令。""高岸爲谷，深谷爲陵。"變異若此之甚，乃其君臣傲然不戒，故詩人傷之曰："天之方虐，無然謔謔。""天之方懠，無爲夸毗。"又曰："匪先民是程，匪大猶是經，惟邇言是聽，惟邇言是争。"於是怒我之天，轉爲忘我之天，而周轍遂東矣。

我皇上勵精圖治，朝乾夕惕，畏天一念，真足追堯、湯、周成，然瑞應未臻，災異洊至，無亦天心之仁愛無已乎？《書》曰："天視自我民視，天聽自我民聽。"故欲合天心必先得人心，臣請頌言無諱可乎？夫人臣出身事君，誰不願及時表業，乃今志氣消沮，跋疐周章，精神耗於簿書之太繁，降罰苦於局趣之無地。建言者以觸諱受譴，營職者以詿誤蒙辜。兼之北司之權畸重，西廠之事漸萌。是以人人有白駒之思，在在多冥鴻之感。覺朝著之心未盡孚也。將無持大綱，蠲細過，鼓忠直之丹悃，督鞅掌之苦心，庶可作率而興事乎？夫用一緩二，王政之常經；賑貸蠲租，漢帝之盛事。今加派既難驟免，新舊又復併征。衣税食租者猶能勉輸以副期會，負耒荷鍤者必至皮盡而毛無存。彼不向緑林以偷生，惟有對萇楚而坐槁耳。覺田野之心未盡附也。將無節漏卮之冗費,蘇南畝之窮黎,費省一分則民可寬一分,庶可還定而安集乎?漢時徙天下富民以實京師,取强本重内之意也。今輦轂之下,十室九空,其殷户以商役賠累者至二百餘萬,臣等每入朝叫號塞道,聲不忍聞。其他坐徵文株逮,長繫圜扉者比比,使人盻春明而却走。是以鴻鴈絶安宅之望,碩鼠興樂郊之思。覺閭閻之心未盡戴也。將無時其給發,釋其株連,俾都會輻輳,各願藏市出途,庶可慰安而招來乎?國家竭天下之脂膏以養兵,正欲得其效命,資其捍禦耳。然有挾纊投醪之恩,方有搴旗死綏之士。今源頭不清,朘削無藝,師行鮮有宿飽,額餉半入私囊,彼安能枵腹而荷戈,惟有疾視而走險耳。覺行伍之心未盡協也。將無革債帥之弊,明賞功之條,使平時感恩,臨陣效死,庶足駕馭而鼓舞乎?夫不遇歲寒,安知松柏;不有砥柱,孰障狂瀾?自古孤標勁節之臣,乃國家之楨幹,緩急終必賴之。向時諸臣爲權奸摧折者已奉明旨起用,臣謂當此大來之候,正應彙征之期。不意入都來,别有一種議論,以節氣諸臣爲怪物,以起用節氣諸臣爲怪事。人壽幾何,河清難俟,錮人聖世,殊爲沉冤。是以碩人絶望於賜環,貞士甘心於洗耳。覺巖穴之心未盡暢也。將無捐畛域之見,布蕩平之風。起之薖軸,服在寮寀,庶足勵世而磨鈍乎?

此五者皆聯屬人心之大者也,敢祈留意申飭。乃諸臣之心又有當提醒者,臣敢一并及之。方今世道斯季,積習難移,内而體國奉公者固多,然而政以賄成,視國事若弁髦者亦不少。外而潔己愛民者固多,然而志在繭絲,視民瘼若秦越者亦不少。臣謂在内宜嚴勅省臺糾摘,在外宜嚴責撫按參劾。倘省臺撫按有所遺漏,即諸司有真見聞,亦得白簡從事。蓋食君之禄,均當任君之憂,何所瞻狗顧畏。惟是當從君國起見,不得借事行私耳。廟堂有此提醒,方可收拾人心,人心悦而天意得,有不化災爲祥者,臣不信也。除臣等痛自脩省外,伏祈皇上穆然深思,超然遠覽,嘉與大小臣工,共圖消弭,天下幸甚。

崇禎五年十二月二十六日具奏,六年正月初七日奉聖旨:覽奏歲終災變多端,朕心祗惕,正宜君臣交儆,共圖昭格,以稱天心仁愛。大小臣工務須滌慮飭躬，修舉職事，諸凡興釐軫恤事宜，俱竭誠致行，毋僅以空言塞責。該衙門知道。

請告七疏

太子太傅、禮部尚書兼翰林院學士臣黄汝良謹奏，爲驚聞煩言，引咎自責事。

臣於本月十九日接邸報，見户科給事中馮元颷一本，爲體統爲治亂之關，紀綱有振肅之要等事，奉聖旨："體統、紀綱洵屬治要，叛逆必誅，屢諭甚明。蔣其忠、侯良柱勘明自有裁奪。禮臣素稱寅讓，何至挾私傾詈，是否實情，即着侍郎王應熊自行奏明。該部知道。欽此。"科臣之疏，未見全抄，據侍郎王應熊揭中略載，科臣之疏言長安中盛傳臣應熊憾臣汝良不聽私囑，遂恃酒蹇肆，醆詈不已，傾陷隨之。以寅清重地而詬凌若此，其何以爲群僚標表也。臣病中見之，不勝驚異。《春秋傳》曰："同官爲僚。"《書》曰："同寅協恭，和衷哉。"言僚友誼重貴在協恭和衷也。自臣叨冒禮席，幸托臣應熊同僚，無事不共商確，無言不相信從。而臣應熊亦執禮謙恭，往往以先輩見推讓，謂庶幾協恭和衷之誼。豈其會晤相得甚驩，乃噂喈背憎，向人嫚駡，豈人情所有哉！應熊又謂科臣"傾陷"二字，疑指前日臺臣張任學特糾衰朽之疏，因與之同鄉，謂有所指授。夫臣之求去，非因人言，春間已再疏乞歸。前月臺臣未上疏時，又有疏再申前懇矣。臺臣雖疏稱特糾，然實未嘗有所求多，不過戒臣以夜行，勸皇上以蚤放，臣方佩之爲韋絃箴砭，感之爲益友良朋，原無傾陷至臣。應熊平日既稱莫逆，比臣請告杜門，以公事兩至臣寓，每津津勸臣速出。臣雖不能從，未嘗不感其意，豈覿面則勸其留，復嗾人以速其去，又豈人情所有哉！臣應熊以爲無之，臣亦亮其必無也。

總之，致此煩言，皆臣之咎。臣初聞召命，只當懇乞初衣，不謂嚴旨屢申，無容偃蹇，咎在孟浪出山。既已悞出，自知潦倒無堪，去當不俟終日，乃五疏未放，遂濡滯至今，咎在久壅賢路。緣進退之無據，致論議之紛來，無能爲國家効忠，祇令容臺無色,是皆咎自微臣。伏望皇上允臣蚤出國門,仍勑臣應熊即出視事,庶煩言自息而典禮有光矣。臣草疏已畢,臣前疏又叨蒙温旨:"卿耆德碩望,典禮正藉寅清,屢諭已明,何又堅請?着即出視事,不允辭。該部知道。欽此。"臣感激天恩,誼當勉出供職。然衰病實甚,自度不能再留,容臣另疏懇陳,乞賜允放。不勝悚息候命之至,謹具奏聞。

崇禎五年七月二十二日,奉聖旨:覽卿奏,和衷共事,詞意甚明,何又以浮言引咎?典禮殷繁,着遵屢旨即出,不必再有陳請。該部知道。

賓興届期文體宜正疏

太子太傅、禮部尚書兼翰林院學士臣黄汝良等謹題,爲賓興届期,文體宜正,敬陳未盡條欵,乞賜明旨申飭,以還醇風,以隆聖治事。

儀制清吏司案呈到部,看得科場年分,所有應行事宜,歷年禮臣具有條陳申飭。自萬曆四十六年,禮臣何宗彦等條爲二十欵頒行中外,至天啓四年復經禮臣林堯俞等具題,崇禎三年復經禮臣李騰芳等具題,俱奉旨通行申飭外,其於賓興大典,内簾、外簾之約束,考官士子之防維,可謂至詳至密,無復遺漏矣。今歲又當大比之年,臣部已於歲裏先期將前開科場條例刊刻成書,移文兩京十三省,照册榜示,着實遵行去後。惟是文體一項,關係最鉅,皇上深軫生心害政之慮,功令甚嚴,而多士久沿譸張爲幻之風,宿習難醒,即前禮臣科場條例中間亦言及,而邇者南禮臣李孫宸等言之尤爲諄切。然必明開條欵,著爲章程,如川行之有堤防,方可遏其横奔潰决之勢。如車驅之有軌範,方可止其詭遇獲禽之思。不則泛泛悠悠,轉眼復如庚午往事,即懲創之,亦已後矣。臣謹擇其切要列爲八條,乞賜明旨申飭頒行,庶幾標表在前,諸士自知景赴嚮會,而稽覈在後,文治自可革故鼎新矣。伏候聖裁。

一曰崇經。孔子删述六經,垂訓萬世,及門之徒,皆身通六藝。漢承秦火之餘,以明經取士,當時大儒若董仲舒、劉向、蕭望之、韋賢輩,皆兼通數經。我國家雖分經取士,然未嘗不貴其博涉淹通也。蓋天地間名理畢具六經,不惟大事業出其中,即大文章亦莫能外。乃今士人於本經已多鹵莽,至於他經,全不涉眼。朝夕記誦,只是坊間俗刻,何所施用? 若能分其精神以鑽經味道,文采韞藉,必自可觀。從今場中試卷首二三場有能博涉經書、融會旨趣者,亟收之,其浮華不根、俚淺無味者,無取也。

二曰依傳。夫傳注爲六經羽翼,當日大儒若二程、朱熹、蔡元定、胡安國、陳澔輩皆精心理解,提要鉤玄,闡前聖之壺奥,惠後學以梯航。聖祖頒之學宫,以爲程士法式。諸士依其成言,自可發揮妙義。何乃明棄師説,鑿空求奇,尋曲徑而背周行,忽範型而幾躍冶。悖違祖制,侮棄前修。無怪其一入仕途,便有不軌不物之事。從今制義宜一依傳注,其與傳注故相背違者,不許收録。

三曰切題。夫有題然後有制義。主司官出題試士,正欲其照題發揮,透露真切,以觀其意識之洞達,性地之靈通耳。乃近日士子作文,於題目通不照管,别作議論,漫衍浮夸。試使掩題讀之,不知其所作爲何。夫無儀的而妄射,雖中秋毫不爲巧,無根荄而敷華,即眩衆目總爲妖。所以服官而不顧職業,營私而不管身名,此亦生心害政之一左驗也。從今試文,必須肖題闡發,其與題全不相蒙者,雖華弗録。

四曰尚體。《書》曰:"詞尚體要。"制義之有體,猶人身之有五官,雖貴神俊,而其位置則不可增損移易也。近日士人藐視矩矱,恣意猖狂。或宜先而後,宜後而先;或宜分而合,宜合而分,則顛倒甚也。制義原限字五百餘,今或長至千字,甚至千餘,汎濫浮淫,有何關切,則駢枝甚也。又題中有之字、以字、而字,不過語助辭耳,乃舍大義不講,而扢扢於無要緊之一字,飽飣不已,則支離甚也。又往往以案牘之俚語,溷聖賢之微言,不曰按則曰局,不曰轉一語,則曰又一境。試看經傳中曾有此否? 則猥鄙甚也。又於題旨不可拆者而强拆之,題字不可離者而强離之,則又割裂甚矣。凡此體要之不存,皆士人踰閑蕩柙之先証也。從今取士須遵隆、萬間法程,如昔年禮臣王弘誨所刊《舉業正式》者爲準,違者不得混收。

五曰達辭。孔子曰:"辭達而已矣。"言貴達意也。《易》曰:"風行水上,涣,天下之至文。”言貴自然也。沈約亦云:“文章有三易:句易讀,字易解,使事易知也。”乃近日有一種不可解、不可讀之文字,其實暗澁不通,而耽僻者反喜之,曰須有幾分不通,方爲好文字。試觀自唐、虞、三代以及漢、唐、宋諸大家,曾有此文字否?惟殷盤、周誥詰倔聱牙,説者謂出於伏生年老之訛授,其後新莽效之作大誥以欺世。夫學新莽之文字已陋矣,學新莽之心術將若何?此其弊又甚於軋茁矣。自今諸士爲文,惟取達意自然,其暗澁不可方物者,必斥不録。

六曰讀史。夫天地名理具在六經,而往古事實載在列史。士人苟能廣搜博覽,考古知今,則事變糾紛,自能鑒觀其竅會,人材參錯,何難証嚮於品題。故諸葛亮有云:“才須學也。”爲學史言也。乃今人但知塗飾鉛槧,自甘蔽塞聰明,其歷代史書固難責以遍觀盡識,即《通鑑綱目》亦何可不寓目經心?臣居山時,閲邸報奏章,有以漢光武爲漢武帝者,有以燕、許大手筆爲太宗時弘文館學士者,傳之四方,寧無失笑?以此居官任職,其冥冥貿貿可知。從今試卷須遍閲二三場,必其洞晰今古、博雅成章者,方准收録,若舛錯虚浮,徒取塞白,即首場可觀,勿録。

七曰革僞。夫書有真僞,旨趣自别,在有識者何難鑒裁。自經書列史外,諸子百家並存天壤間,其可供文人薈撮者儘多。如《老》、《莊》、《列》、《荀》、《楊》、王、《管》、《韓》、《淮南》、《吕覽》、《武經》、《左傳》、《國語》、《戰國策》、《楚詞》、《説苑》、《新序》、《史通》、《文選》諸書,意義深長,文詞藻雅,諸士若肯時加搜閲,三冬四餘,儘自足用。乃近有一種僞書,淺俗猥庸,讀之如嚼蠟,令人厭唾。間所載帝王、周、孔之言,並不見經傳,只是憑空杜撰,不意有無識之人,津津稱引之,幾以飾詐驚愚,誣民惑世,其於真正大文字,反蔑如也。棄周鼎而寶康匏,擲隋珠而珍魚目,此詐僞得售之象也,豈盛世所宜有乎?從今士子二三場有偷竊僞書者必黜。至於竺乾之書,不妨泛涉其趣,不必明徵其詞,若用之首場,亦遵制必斥也。

八曰識務。語云:“識時務者在乎俊傑。”國家以文章取士,正欲於毫穎間覘其經濟,冀得識時務之俊傑而用之耳。近來士子平日全副精神,只用在首場文字，至於二三場不過臨時鋪張塗抹，一切世務何曾經心。主司時日有限，一入彀中，即爲桃李，鮮肯留心真材。前場取中，方尋後場，前場偶落，後場即有賈、董真才，何繇物色。士之騖浮華而闊實用，則始進之路已然。合無從今取士，參酌後場，真有練習彝章、通曉時務，如天文、地理，兵農、禮樂，屯鹽、鼓鑄，律令、河渠之類，能舉大義而中機宜者，即前場平平，亦亟收之。若虚謬無當，即前場可觀，亦弗録也。至於文事必兼武備，在此時尤爲要緊。諸士中有能淹貫《七書》及《百將傳》而發揮中窾者，尤當亟收之。遠可備中樞節鉞之選，近可資郡邑保障之需，在主司於策士遴才時加之意耳。

以上八欵，卑卑無甚高論，然因時捄弊，盡制曲防，不得不出于此。如農畝之有畔，布帛之有量，使人無越思而有定準，庶文體可袪僞還醇，士風可反邪歸正，於治道未必無小補矣。然要在内外諸臣，恪爲遵守，俟試士完日，解卷到部，有與條欵背違者，容臣部會該科着實摘參，重則黜革，輕則罰科。其考試官與提學官，亦照參罰多少量議處分。功令在上，臣等毋敢瞻狥也。伏乞勅下臣部，豫先行文兩京十三省，轉行各府州縣，刊刻榜示，使知毖後懲前，毋致如往事紛紛，多士幸甚，寓内幸甚。緣係賓興届期，文體宜正等事，謹題請旨。

崇禎六年正月廿四日具題，三十日奉聖旨：致治急需人材，取士宜先德行。近來專尚文詞，已失祖宗初意，乃制義又趨浮詭，士風吏治，安得不至窳敝？奏内各欵，于文體有裨，依議嚴飭行。今後科場較閲，務得純正典雅、宗經據傳、博綜古今、通達治體者，亟與收録。若奇衺險譎、空疎浮誕，其品可知，並從擯斥。如有故違，僥倖入彀者，士子、考官一體連坐。該部知道。

北岳釐正祀典疏

太子太傅、禮部尚書兼翰林院學士臣黄汝良謹題，爲釐正祀典，以服人心，以昭信史事。

祠祭司案呈，崇禎五年十二月十二日，奉本部送禮科抄出，大同巡撫張廷拱題前事。内稱渾源恒岳表自唐虞，實爲北方重鎮，是稱北岳。乃建祠曲陽，駕言飛石，實爲荒唐不經。既以北岳稱名，祀之畿南，未協舊典。今應復古封，改祀北岳于大同之渾源州，以光信史等因。又該直隸廵按胡志藩題，同前事。俱于本月初五日奉聖旨："禮部知道。欽此。"案呈到部。

臣看得，《禮記》云："天子祭天下名山大川，諸侯祭名山大川之在其地者。"考《大明會典》，我朝嶽鎮海瀆皆於方澤配祭，而於所在又令地方官春秋代祭，正與《禮記》相符。所謂五嶽者，泰、華、恒、衡、嵩也。其所坐地方，具載方策。《書》言舜朔廵狩，至于北嶽。注謂恒山也。考之《大明一統志》：北直真定府有恒山，在曲陽縣。《天文志》謂恒山星辰主焉。蓋祀典五嶽之一，自漢以來，真定名爲恒山郡者以此。山西大同府亦有恒山，在渾源州。《水經》謂之玄嶽，其山高接雲漢，晉、魏及唐因名大同爲北恒州者以此。夫此二山者，其名恒山同，其爲并州分野同，在天文俱屬昴、畢同，而因山以爲郡名亦同。説者謂渾源之山高大於曲陽山數倍，然秩祀亦不專在高大也。如中州嵩嶽比泰、華、衡、恒，僅培塿耳，而秩爲中嶽者，直謂峙在中土耳。又謂石晉以山、雲十六州賄契丹，渾源遂不在版圖，相沿至宋，乃專祠曲陽。考之前志，漢以來已名真定爲恒山，唐貞觀中已有曲陽恒山之祀矣。又謂唐時有飛石墜於曲陽縣西，因建祠望祀之，以爲荒唐。夫神祇變化，何所不有，《祭義》曰："川谷丘陵有能出雲爲風雨，見怪物者，皆曰神。有天下者祭百神。"夫以荒唐而秩禋祀固不經，若以變化而疑禋祀，尤不可。《禮》曰："凡祭，有其舉之，莫敢廢也。"我國家釐正祀典，準古酌今，三百年來，曲陽嶽祀未之有改，寧豈無見乎？先臣馬文昇建議欲祀渾源而廢曲陽，實爲未允，宜禮臣之不敢輕覆也。惟是辨方正位，渾源於四嶽爲正北，而曲陽稍在其東。國家建都于燕，曲陽乃在神京之南，而渾源正在神京之北，捍蔽夷虜，爲國家切近藩屏。且其洞巖聳邃，信爲神靈窟宅，祐國庇民，實有賴焉。既稱北嶽而禋祀弗及，允惟缺典。合無曲陽之祀遣官致祭照常，而於春秋二祀，并令就近道府致祭于渾源之山，於禮爲妥。或云一嶽而二祭，可乎？曰奚不可也？《禮》不云乎？"魯人將有事於泰山，必先有事於配林。晉人將有事於河，必先有事於滹沱。"神氣昭明，何往不在？山靈主配并祀，從古有之。方今寓内名山大川，咸秩無文者何限，何獨靳於玄嶽之一祀乎？伏乞勅下臣部，轉行該撫按，如議遵行，庶禮協中正，神無怨恫，國家之大典有光，士民之仰望亦慰矣。國之大事在祀，而臣部又以和神人爲職，敬詳考酌上聞，伏候聖裁。

崇禎六年二月十六日具奏，十九日奉聖旨：北嶽祀典定制久遵，似難輕議，二祭義亦未安，仍照舊行。該部知道。

卹死事明職掌疏

禮部等衙門太子太傅、禮部尚書兼翰林院學士臣黄汝良等謹題，爲死難自當優卹，職掌各有司存，敬遵旨剖覆，以仰祈聖裁事。

祠祭清吏司案呈，本年二月十九日，奉本部送禮科抄出巡按山東兼軍前監紀謝三賓題，爲萊守殉國之忠甚偉，朝廷酬忠之典宜隆等事，奉聖旨："該部即與議覆。欽此。"抄出到部送司，案呈到部。

看得原任山東萊州府知府朱萬年，職任專城，拒賊固守，後誤中賊計，出城招安，被賊脅降不屈，駡賊而死。其禍甚慘，其操甚烈。前按臣王道純奏爲請卹，奉旨下部，臣部即爲題覆，擬予祭一壇，仍與價造墳。以四品守土之外僚而得三品京官之卹典，其于褒忠亦可謂破格優厚矣。乃按臣謝三賓猶以禮部所擬爲輕微聊略，豈以贈廕未及乎？殊不知贈廕屬吏部職掌，臣部何敢越俎？即前奉明旨，亦令臣部會同吏部從優另擬，非臣部所敢專擅也。按臣通籍方新，或未知職掌所屬耶？抑擬謚未及乎？易名大典，十餘年來，名賢碩彦，未預表揚者何限，近方奉旨發訪，誠重之也。朱萬年駡賊死難，節概固爲可嘉，而被誘出城，輕率實爲失計。當時逆賊陷城殺官，窮兇極虐，罪惡上通于天，詎可招撫結局者，乃輕信淺謀，自貽伊慼，雖一死差足贖愆，而疆事國體所傷，亦既多矣。按臣津津以唐張巡、許遠爲比。聞張巡、許遠以堅守力竭而死，未聞以招撫出城而死也。此臣部所以擬祭與葬，而未敢擬謚，待論定以聽聖裁者也。按臣又譏臣部議卹銖銖寸寸同市賈稱量，至云此駔儈識見，安足論大道。夫卹典彰往勸來，事關鴻鉅，上有功令，下有公評，臣爲皇上謹守章程，安得不銖銖寸寸而稱量之？

此職掌實然,不知按臣所云大道,將何適從,將仰稽功令,俯酌公評,以恩典取自上裁爲大道乎?將惟外來之請是尊是奉,爲大道乎?而又謂向來上所予卹者,皆庸碌頑鄙,無益國家而惟隳賊計中身死賊手者爲足貴,其無乃隳見在任事諸臣之心乎?此又臣等所未解也。方今賊雖遁海,渠憝尚存,東合逆奴,隱憂方大。即有收復空城之績,未爲燕息處堂之時。按臣負挺持之英風,任監紀之重寄,宜策厲將士,殄滅兇渠,毋徒綉斧自雄,以賊虜遺君父,且嘵嘵騰口説,混職掌爲也。其朱萬年卹典,除贈廕會吏部另議外,臣部既奉有從優前旨,合無予以全葬,仍再加祭一壇,聽地方建祠修祀。至議謚還俟論定,恭聽聖裁。仍乞勅下臣部,以後請卹許臣等據《會典》覆核,勿得有所疑畏瞻狥,甚幸。

崇禎七年三月十六日具奏,十八日奉聖旨:朱萬年與祭一壇,造墳安葬,仍加祭一壇,准該地方建祠,以示旌勸。謚典俟確議另奏。請卹遵照典例核實具狀,自屬該部職掌,不必瞻顧剖陳。該部知道。

人才宜先德行疏

太子太傅、禮部尚書兼翰林院學士臣黄汝良謹題,爲人才宜先德行,德行貴在豫養,恭繹明綸,敬陳末議,以維世教,以勵士風事。

該臣等於正月二十四日題爲賓興届期,文體宜正等事,於本月初一日奉聖旨:"致治急需人才,取士宜先德行。近來專尚文詞,已失祖宗初意。乃制義又趨浮詭,士風吏治安得不至窳敝?奏内各欵于文體有裨,依議嚴飭行。今後科場較閱,務得純正典雅、宗經據傳、博綜古今、通達治體者,亟與收録。若奇衺險譎、空疎浮誕,其品可知,並從擯斥。如有故違,僥倖入彀者,士子、考官一體連坐。欽此。"又本月初三日,同吏部、都察院於會極門接出聖諭:"祖制設科取士,專爲致治求賢。近來士習日偷,貢舉失當,人才鮮少,理道不張,皆繇督學司教各官董率乖方,培養無術,盡失舊制初意,以致朝廷不獲收用人之效。朕思士子讀書進身,乃人才根原,必宜首重德行,幼學壯行,如生平果係孝弟廉讓,自然做官時不貪不欺,盡忠竭節,何必專工文藝。按《會典》及《提學勑書》内敦尚行誼，以勵頹俗，不專論文優劣，開載甚明。近來通不遵行，至《小學》諸書及州縣各有社學，原欲養蒙育德，敷教儲才，近則全不講究興舉。其士子自童時入塾，以迨應試登科，只以富貴温飽爲志，竟不知立身修行、忠君愛民之大道。如此教化不明，士風吏治安得不日趨卑下？朕惟祖宗朝求才用賢，原不盡拘資格，科目至考試文義正欲因言徵人，亦非專尚浮詞，務華遺實。今欲祇遵祖制，起敝還醇，童子必入小學，遇試先查德行，自童儒以及鄉、會，須有實跡，方許入場。異日敗行，考官挨論。酌古準今，宜有法則規條，頒布遵守。又教官爲士子師長，化導最親，舊制甚重，近皆以衰庸充數，教術全廢，此尤士風不正之原。今須設法興起，著吏、禮二部同都察院及該科詳議，明確具奏。至海内之大，豈無潛修碩德、積學鴻才，清直剛方，實堪大用者，更宜特拔一二，以示風勸。至於科道不必專出考選館員，應令先歷推知，并著酌議來行。欽此。"通抄案呈到部。除事關吏部者聽吏部會同臣部、都察院該科另行回奏外，其係臣部專職者，謹會禮科先行題奏。

竊惟臣等項所條奏文體款項，不過科場之防維，時文之針砭耳。兹恭捧綸音，臣等闡繹再四，仰見我皇上端本澄源至意，洞晰古今，有非臣等愚陋所及，敢一對揚而敷陳之。按《周官》以鄉三物教萬民，而賓興之。先六德，曰仁、智、聖、義、中、和。次六行，曰孝、友、睦、婣、任、恤。次乃及六藝，曰禮、樂、射、御、書、數。可見德行在六藝之先也。孔門以四科程及門高弟，首曰德行，次乃及言語、政事、文學，可見德行居四科之首也。比及漢、唐、宋以制策、詩賦、經義取士，雖寖非古初，然而賢良方正、經明行修之舉，未嘗不相輔而行。我國家因時變通，設科試士，程以制義，分爲三場，然高皇帝時首重德行，意尤拳切。如《大誥》有頒，明倫有堂，禮賢有館，孝廉有舉，天理行事有勅，學宫有卧碑，鄉約有聖訓，褒節義之福壽，黜失節之危素。至處士有行誼，如陶安、王褘、章溢、陳遇等，時加徵辟。列聖相承，率循斯軌，所以三百年來，士貴名節，人重清脩，即應試之文多醇正典雅，無非道德所發揮，即文章亦德行也。乃邇來習尚陵夷，風俗靡敝，行誼既乖，文章亦舛。禮義廉耻俱嗤爲贅談，背公營私相沿爲故事。攘官則不勝其衆，任事則鮮有其人。甚至以紳佩而祝奄祠，以衣冠而降夷虜。世道人心，敗壞至此極矣，宜聖心穆然有德行之思也。

竊謂取士固宜先德行而尤貴在豫養。方今士習久錮，驟挽爲難，則惟有豫養一法耳。董仲舒有言："不素養士而欲求賢，譬猶不琢玉而求文采也。"在《易》之《蒙》曰："山下出泉，蒙，君子以果行育德。"《伊訓》列三風十愆以儆有位，而總其要曰"具訓于蒙士"。蓋豫養于蒙，則教易入而德易成。以之脩身，自可以果行育德；以之入仕，自可免三風十愆。所謂少成若天性，習慣若自然者也。古之教者，家有塾，黨有庠，州有序，國有學，順序漸進，無非先勗以六德六行，而後及六藝，故曰"行有餘力，則以學文"。今之教者，自少至長，自長至壯，所學習者皆呫僤文藝之事，所經營者皆富貴溫飽之圖。一旦登第爲官，竟不知德行爲何物。無怪其四維不張，而百事決裂也。

合無勅下臣部，劄行各省直學臣，刊爲條教，頒下府縣，塾師俱籍名于官，有能以《孝經》、《小學》教育童蒙，俾之入孝出悌，幾幾小子有造者，塾師榮以衣巾；其子弟敗類而不戒戢者，塾師有罰。教官有能以規矩準繩表率子衿，俾之飭躬勵行，斌斌成人有德者，教官注以上考，其生童入試須令州縣、教官各取保結，無過犯方准進場，有敗類而失簡舉者，教官與州縣官各有罰。至於提學一官，尤爲宣上率下機要，必於文字外加意作興。其諸生行誼著聞，文雖平，加以優等；素行薄劣，文雖工，黜革示懲。實能奉行勅書者，查覈紀録，如彰癉不明，勸懲無法，提學官有罰。乃若舉貢生儒，及山林隱逸，有篤學不倦，秉誼繇衷，砥礪潛脩，志行邁衆者，府縣官覈實，申之督學，督學覈實，申之撫按，撫按覈實，上之朝廷，朝廷覈實，而旌表加焉。其尤殊高等者，時加徵召，如洪武中陶安等，天順中吴與弼等故事。果稱得人，舉主紀録，否則舉主亦與其罰。至於廟堂廣勵有位，尤當以德行爲先。大抵進廉而黜貪，抑競而獎恬，貴名節，重清議，如孔門四科，即言語、政事、文學猶其後耳。如此則父兄子弟所勗勵者，無非德行之事。耳目見聞所榮羨者，無非德行之人。士風庶可挽僞而還醇，世道庶可反邪而歸正，風習可袪而太平可幾矣。除文體欵項科場已近，即日移文各省直遵照明旨申飭奉行外，伏乞再勑臣部，敬將聖諭一道頒行内外，并臣等末議移文各省直如勑奉行，士風世道幸甚。緣係恭接聖諭等事理，臣等未敢擅便，謹會同該科敷陳條奏以聞，伏候聖裁。

崇禎六年二月初十日具奏，十三日奉聖旨：文風士習該部科職司提衡向來相率朦狥，即如省直提學及解進文卷，豈皆稱職可觀，如何曾未糾參一二？從前條奏奉旨，徑束高閣，何取空言？朕今特頒明諭，加意作人，該部科仍不祗遵，尚爾游詞混覆，是否欽承諭旨，實心籌畫之誼，著行詳議明確規則另奏。

請告八疏

太子太傅、禮部尚書兼翰林院學士臣黄汝良謹奏，爲六懇天恩，萬祈允放，以無悮典禮，以憐恤朽臣事。

臣汝良衰病纏綿，先後已閱三月，醫藥罔效，情危勢迫，控陳已經五疏，呼籲亦且詞窮，乃於是月十五日又奉聖旨："典司邦禮，方資耆碩，屢旨諭卿已悉，何乃復行勤請？着即出視事，不必再陳。該部知道。欽此。"臣謹扶掖望闕叩頭謝恩。方擬静攝，以冀痊可，正遇是日皇子誕生，朝家大慶，臣部職司典禮，不敢不勉强趨蹌，隨班稱賀，所有合行事宜，又不敢不考按舊章，以無誤吉典。庶幾事竣，便可一意供職，兹調理又復經旬矣。無奈尫㾾之軀，不堪委頓，秋風漸厲，宿病愈加。向猶能强起飲啗，今則脾胃損傷，骨節疼痛，跬步亦蹴蹶難前矣。向雖不能進部視事，猶能營度要務，總理大綱，今則精神眊瞶，部事一任停閣，亦付之無可奈何矣。身命之瀕危若彼，部務之廢曠若此，所以腸一日而九廻，眼欲穿而難待，不得不窮急呼天，以祈皇上之垂憐蚤放也。臣雖庸駑，亦先朝之犬馬也。加銜起用，實皇上之生成也。犬馬用其力，亦當恤其疲；既已生成於前，亦望體悉於後。伏惟聖慈弘始終之洪造，全衰朽之末途，更推國慶餘恩，以恤向隅殘喘。亟涣俞旨，俾得生出國門，則未盡之年，皆受恩之日，世世銜結於無涯矣。臣不勝懇切祈望之至，爲此謹具奏聞，伏候勅旨。

崇禎五年八月二十五日奏，[二]十九日奉聖旨：時事多艱，亟藉老成，共圖幹濟。卿奉有屢諭,何又頻請不已?着即出安心視事,以副倚任,不得再稽。該部知道。

請告九疏

太子太傅、禮部尚書兼翰林院學士臣黄汝良謹奏,爲微臣衰病已甚,部務委頓難支,懇乞聖恩蚤賜休致,以重典禮事。

臣性行迂疎,年臘衰朽,久斷出山之想,過蒙賜環之恩。起之田間,任以典禮。臣感戴高厚,矢竭涓埃,庶幾報稱萬一。然而年力終難勉强,疾疢日以纏綿。去歲先後八疏乞休,未蒙允放,臣祇奉明旨,不敢不力疾支吾。乃入春以來,潦倒彌甚。四肢疲苶,跬步每覺難前;兩目昏花,蒼素幾於莫辨。且又虚火上炎,唇舌爛破,飲食鮮進,語言含糊。似此尫頹不堪,自分非久人世,即欲竭蹶爲皇上料理部務,其將能乎?禮部雖號清曹,然藩宗、學政、朝賀、祭祀、請卹、易名、遠夷貢獻諸務,不勝繁重,臣每入部,簿書填委,手不停披,經營拮据,心血愈覺枯竭。以朽病垂盡之身,而冒典禮殷煩之任,自知沉廢舛錯,負罪實多,雖蒙聖恩優容,未加顯責,然每奉明旨下部,未嘗不跼蹐而靡寧也。若此時不引分乞歸,將來瘝曠罪積,益不可逭,即聖恩浩蕩寬宥,亦有所難施矣。伏乞聖明察臣衰朽病真,立賜休致,庶典禮可無耽悮,而朽臣獲蒙生全,世世生生,惟有銜結報皇恩於有永耳。臣無任激切祈懇之至,爲此謹具奏聞。

崇禎六年三月廿一日奏,廿四日奉聖旨:卿碩德舊學,精力尚優,寅清重任,正藉老成,何乃有此引請?着即出視事,不得再陳。該部知道。

請告十疏

太子太傅、禮部尚書兼翰林院學士臣黄汝良謹奏,爲立聖明之朝,何忍言去;抱沉痼之病,不容不去,乞垂憐憫,蚤賜放歸事。

臣於本月二十一日奏,爲微臣衰病已甚,部務委頓難支等事,二十四日奉聖旨:"卿碩德舊學,精力尚優,寅清重任,正藉老成,何乃有此引請?着即出視事，不得再陳。該部知道。欽此。”臣殘朽餘生，叨蒙温旨，不勝感激，不勝慙惶，謹扶掖叩頭謝恩外。

伏覩我皇上勵精圖治，夕惕朝乾，睿哲聰明，逈出千古，真大有爲之主也。臣汝良叨先朝簪履，幸得遭際聖明，豈不願努力効忠，鞠躬盡瘁，以報知遇萬分一，寧敢言去？寧忍言去？而無奈衰邁之無堪何也。臣之衰邁，已具前疏，不敢復瀆宸嚴，然使衰而無病，猶可勉强支吾，乃今病苦又更難言矣。臣之病非旦夕驟感之病，乃形神垂盡、氣血兩枯，以致五官之用不靈，百藥之施罔效。此時不去，必至奄忽旅邸，爲他鄉之遊魂，於性命必無幸矣。乃臣之所憂，又不在性命也。日暮途窮，不思止足，其罪爲頑鈍；廢棄職業，詿誤典禮，其罪爲曠瘝。頑鈍辱名，曠瘝負國。我皇上方飭勵群工綜覈萬務，其何取於辱名負國之臣，俾之塵點班行、竊禄尸位爲哉！伏惟俯察苦衷，真衰真病，情非得已，言無敢欺，蚤賜放歸，全其末路。不惟一介朽臣感恩罔極，凡百有位亦莫不頌體恤之洪慈，而共矢靖共於勿替矣。臣無任懇切屏營之至。

崇禎六年四月初三日奏，初六日奉聖旨：卿老成端練，典禮倚藉方殷，前諭已明。覽奏情詞愈切，准回籍調理，以成恬尚。着馳驛去。該部知道。

得請謝恩疏

太子太傅、禮部尚書兼翰林院學士臣黄汝良謹奏，爲得請感恩，恭陳謝悃事。

該臣以衰病難支，連乞休致，奉聖旨：“卿老成端練，典禮倚藉方殷，前諭已明。覽奏情詞愈切，准回籍調理，以成恬尚。着馳驛去。該部知道。欽此。”臣不勝感戴，謹扶掖望闕叩頭謝恩外。伏念臣衰遲殘息，潦倒餘生，過蒙賜環之洪仁，謬叨典禮之重任。寅直敢忘於夙夜，報稱未効于涓埃。不謂精既銷亡，病復沉劇。審己量力，深懼瘝曠之辜；引分陳誠，庶安止足之誼。荷大恩浩蕩，聖度恢宏。察其心無敢欺，亮其情非得已。既承回籍調理之温旨，又蒙老成端練之褒綸。榮以懸車，申錫殊出於非望；寵以乘傳，跋涉無虞於長途。生之全之，草木安酬乎雨露;既優既渥,枯槁孰報乎乾坤。惟有祝聖壽於無疆,祈太平於有永耳。臣無任感激瞻戀之至。

崇禎六年四月初八日奏,十一日奉聖旨:覽卿奏謝,知道了。該部知道。

恭進樂律志疏

太子太傅、禮部尚書兼翰林院學士臣黄汝良謹奏,爲恭進《昭代樂律志》以備制作,以資纂修事。

臣惟一代之興,必有一代之樂。依永和聲,象功昭德。神祇以之陟降,風俗以之移易。治心宣化,效莫大焉。自古五帝三王不相沿樂,歷漢、唐、宋,莫不各有制作。我太祖高皇帝當開創之初,即加意正樂,以供郊廟、禋祀、朝會、宴享之需,協神人而和上下。當時陶凱、詹同定其制,宋濂、樂韶鳳輩譔其文,亦既革胡元之淫哇,還雅樂於淳古矣。然而鐘律之參詳,猶有待也。嗣是列聖率循舊章,至世宗肅皇帝當百年之會,述作一新。當時張鶚、李文察輩皆以知樂,秩在太常,居然以稽律候氣爲己任,乃績用弗成,事鮮可紀,而吕懷、韓邦奇、李文利、王邦直等各著書言鐘律甚備,然職非典樂,無所施用,徒事辯博而已。

臣汝良當萬曆乙未年間備員史局,是時詔修昭代正史,當事者派臣分纂《樂律志》。遠搜近述,頗費苦心,編纂既完,藏在史館。無何回禄爲災,史事中廢,未知所撰今尚存與否。兹伏遇我皇上留心正樂,數發清問,御極初年即有詔博徵知樂之士,竟未有應明詔者。臣非敢言知樂,不過詮次舊聞,備掌故而已。今衰病乞身,即日去國,瘝曠無補,思效涓埃,謹將所纂《樂律志》繕寫進呈。其間音容之節奏,律吕之調諧,沿革之異同,器數之繁縟,無不畢載。倘後來遇制作之期,或可備伶人之考據;當纂修之會,或可資彤史之編摩。繇來聖世罔棄蒭蕘,亦表臣去國區區之一念也。伏望皇上少垂睿覽,仍勅宣付史館,以彰往示來。臣無任瞻仰屏營之至,伏候勅旨。

崇禎六年四月十五日奏,十七日奉聖旨:卿所進《樂書》,稽考精詳,留覽完,着宣付史館。該部知道。

辭朝陳悃疏

太子太傅、禮部尚書兼翰林院學士臣黄汝良謹奏，爲去國辭朝，啣恩陳悃事。

臣頃以衰病乞身，奉旨准回籍調理，且褒以寵綸，賜以馳驛。臣不勝感戴，已具本謝恩外，兹當遠離，分宜陛辭，恐潦倒不能成禮，謹於大明門外扶掖叩頭，辭朝而行。伏惟四朝受恩，一旦去國，雖犬馬力竭，無能少効於馳驅，而葵藿心傾，猶願略抒其悃悰。敢以中心所永懷，感事所欲吐者，爲皇上一披瀝之。

一則國家之元氣宜培也。國家之元氣在民生，今民生之凋疲極矣。或困於水旱，或苦於盜賊，又重迫於征輸。强者散之緑林，弱者轉於溝壑。甚至典妻鬻子，人與人相食，亦已廑聖心之憫惻矣。《易》曰："損上益下曰益，損下益上曰損。"伏願節省浮冗之費，稍緩催徵之令，寧損上以益下，毋損下以益上，庶國家之元氣有益無損，而太平可幾乎？

一則廟堂之聽受宜虚也。《易》曰："君子以虚受人。"《書》曰："有言逆于汝心，必求諸道；有言遜于汝志，必求諸非道。"故大舜舍己從人，成湯改過不吝。我皇上明目達聰，好問好察，何嘗不嘉納讜言，乃臣下惕于威嚴，過于觀望，覺近日殿陛間有都俞而鮮吁咈，畏威順旨之意多，而弼違補闕之風少，似與建鐸止輦之世稍異。伏願虚懷以詢，和顔而受。聖不自聖，乃益成其聖乎！

一則救時之文網宜寬也。孔子曰："政寬則民慢，慢則糾之以猛。政猛則民殘，殘則綏之以寬。"故寬嚴貴於相濟，張弛要於互施。我皇上即位之初，承惰窳蠱壞之餘，不得不以嚴綜覈之。今功令既肅，積習漸移，似宜稍濟以和平，使臣子得從容展布，聚精會神，以修職業。毋使人人重足脅息，救過不暇也。其有罪如大奸大貪、真賍真証，三尺安能假借？其餘小小過差，或可及以寬政。至若近日大臣以詿誤下獄，小臣以疎虞久繫，人情咸爲歎傷。伏願推大禹泣罪、成湯解網之意,加之矜恤乎?

一則幾務之當持大體也。自古君職要,臣職詳,如舉裘者惟挈其領,舉網者惟提其綱。孟子曰:"堯舜之智而不徧物,急先務也。"我皇上兢業萬幾,用心真同堯舜,乃臣下奉行鮮能稱上意者,以致批駁繁多,章奏紛疊。或一二本可完者,重複至三四本;一二旬可結者,牽纏動經歲月。幾務反至叢脞,皇心亦未免焦勞,似非堯舜急先務之意也。伏願提綱挈領,執簡御煩,圖其大而略其細,則萬幾自理,聖治可恭己而成乎?

一則威福不可不慎操也。《書》曰:"惟辟作福,惟辟作威。"老氏有言,國之利器不可以示人。威福者,人主之大權,國家之利器也。人主意嚮有所偏注,則威福必歸之。自古左右近習,往往以小忠小信爲人主所委任,迨至權勢入手,人趨附之,輒爾作威作福,而不可禁遏。我皇上聰明英武,乾綱自操,誰敢竊弄?然履霜堅冰,其漸不可不防也。伏願兼聽並觀,集思廣益,以股肱心膂任大臣,以宣力効忠勵庶職,勿偏以意嚮示人,使人得假嚬笑而盜威福,斯成聖世平明之治乎?

一則攘外必先務治内也。自古夷狄爲患,何代無之?大禹之有苗,殷高之鬼方,周宣之玁狁,此皆見于有道之世。至如漢之高、惠、文、景,匈奴强盛犯塞,而不失爲治安。迨至元、成、哀、平,匈奴入朝質子,而漢祚寖以衰微,顧其内治何如耳。臣頃同諸臣蒙皇上召對文華,聖諭諄諄以逆奴未滅爲憂。臣謂此不足多煩聖慮也。臣聞奴酋内有同氣之猜嫌,外有西虜之搆怨,群犬狺狺,勢必相囓,若我内治克脩,自可伺釁而動。伏願勅疆圉之臣,選將練兵,繕塞整械,用謀用間,動出萬全,胡運既衰,殄滅自易。至於中州西晉之流寇,亦宜撫勦兼施,而其要又當令所在有司加意愛養安輯良民,無使從賊,勢將自銷,兵法所謂先爲不可勝以待敵之可勝者,此也。

臣今遠離宫闕,徒懸戀主之心;靡効涓埃,空灑孤臣之淚。伏祈鑒其誠悃,採其狂愚,得稍申報恩萬一,即畢命林莽,有餘榮矣。無任感戴屏營之至,爲此具本謹具奏聞。

崇禎六年四月二十一日奏，二十四日奉聖旨：覽卿奏諸欵，具見忠悃，知道了。該部知道。

奉旨題覆錦衣衛副千户周進疏

看得周進所奏事關宫掖，非臣部所敢與聞。然臣部已奉有綸音，又不敢不爲題覆。據奏，周進之女於崇禎元年曾陪宫選，其父周進蒙恩授錦衣衛帶俸副千户職銜，而其女候命五載，至今未得入宫，猶然守志以待。夫女未供事掖庭，而父輒冒恩禁衛，宜其有維鵜之媿。父既已加官于一旦，而女仍居外者五年，宜其有摽梅之嗟。兹者椒壼集祥，蘿圖多福。螽斯麟趾之慶，振振方來；序鴈貫魚之倫，欣欣有喜。倘嘉其守志，收之内庭，既俾小星之徼餘恩，且示江汜之無屯澤。總之擬議以聽聖斷，進止取自上裁，非臣等所敢置喙者也。緣係皇慶日臻等緣繇，臣等未敢擅便，謹題請旨。

崇禎六年奉聖旨：不必收進。

遵旨奏明疏

禮部謹題，爲遵旨奏明事。

本月□□日，内府抄出山西監視兵馬錢糧太監劉文忠一本，爲乞恩寬假事。奉聖旨：“知道了。鄭履祥着速行提質，據實具奏，不得延狥。奉旨欽件，部中何故竟無移會？即着奏明。該衙門知道。欽此。”該司案呈到部。臣等不勝惶悚。

竊惟地方有司統于撫按，官有罪過，撫按得而彈治之。事當審結，撫按得而提質之。故臣部一向奉旨事件，惟有移文撫按而已。間者新寀所奏，欽奉有撫按協同監臣之旨，臣部既全抄旨意以移會撫按，撫按自應遵照明旨，以轉會監臣，行移既便，結局無難。因臣部自來無移會監臣之文，臣等惟斤斤爲皇上遵守掌故而已。所謂鄙儒不知時變，局曲僅守故常，非敢自抵違悮之愆，而實不免于拘滯之過也。既奉旨奏明，謹從實回奏。不勝戰慄恐懼之至，伏候勑旨。

諭朝鮮貢使劄

朝鮮素稱恭順，列聖柔遠之典，優厚有加，每請輒與，蓋諸屬國無敢望焉。近因使臣弗虔，爲奸民所詿誤，市買違禁之物至數百包箱，皇帝明並日月，量擴乾坤，止懲奸民，弗問來使。至於硝磺一項，既與復收，正恐前使轉市異域，資寇興戎，重爲該國累耳，豈於錙銖有愛也。歸語國王，從今宜慎擇使臣，恪守功令，益共屏翰，勿替初終（衷）。天朝字遠之恩，永永無斁，其何靳於數千斤之硝磺哉？前已移咨該國矣。勉旃毖飭，勿事多談。

咨吏部會議宗士選法事

禮部咨，爲宗士原無資格等事。

吏部尚書閔一本云云，奉聖旨："朱統鉌素有文才，館選無礙，即著確議奏奪，官職陞遷如常，祖訓甚明，該部院會同禮部及該科祇遵詳酌，條畫明確來看。欽此。"欽遵案呈到部。

看得宗士開科，起自近年，然既有開科，應有銓法。恭惟高皇帝祖訓有云：宗士選法照常。豈不監于周、召、虢、蔡夾輔周室，章、向、德、蒼並佐漢朝，李勉、李臯在唐俱爲賢將相，趙鼎、汝愚在宋均爲名宰執，洋洋聖謨，蓋欲網羅天潢才俊，幾得周、漢、唐、宋之宗英而顯庸之，德意詎不甚盛哉！顧自成祖靖難以來，二百五十餘禩，宗室惟有胙土分茅，食租食稅，並未有拔用一人。考之《大明會典》、《宗藩條例》，只有宗學，並無宗科，矧其有推陞選法，豈惟無宗科選法，即宗人亦不許擅出城入京矣，即親郡王亦不許擅出城入京矣，即諸宗戚屬仕宦亦僅止外僚矣。高皇帝之時庸展親，非偏於仁，列聖之曲防盡制，非偏於義，要皆時之所設耳。今既開設宗科，而宗士銓法，欲與民間之科第無異，則必舉歷來出城入京與宗屬京官之禁而盡變通之而後可，又必概課以考功之條，更蠲其賦禄之制，與諸士民埒而後可。然此豈易言哉，又豈臣子所敢盡言哉！傳曰："非天子不議禮，不制度。"又曰："惟王盡制，惟聖盡倫。"是必皇上特涣德音，令大臣省臺會議，又令親王與諸宗各自酌議，取自聖裁，斷而行之，庶幾成憲彜章，並行不悖，而爲經常可久之道也。至於朱統鈽清標雋才，允堪吉士之選，它日爲侍從，爲詹翰，何所不可？其餘一切選法，若兵甲財賦、統均典禮、開府言路，又上而綸扉政本，皆未易輕擬，則貴部先已入告，無庸本部贅言矣。

【校記】

① 題原缺，以文意補。

河干集卷二

頌

皇祖成功文章頌

粤自遂古之初，歷選列辟，踵武遞興，紛綸而不可勝紀。若其得一奉宸，厥有榮名顯號者，莫不有創業垂統之勛，被格寓内，經制謨謀，舄奕乎千載，成功文章，燁然足述。已乃則天稱大，獨頌帝堯，三五後先，抑略而弗談，豈非謂其首辟洪荒，肇開熙運，皇風鬱者始暢，帝紘胷者始彰，光天創物，萬禩而爲量者乎！由此言之，功莫大於基創，文莫大於制作。至若建百王未有之功，收百代既墜之文，三五以降，誠未有尤殊絶跡，烜爍顯懿，克配乎帝堯者也。

我皇祖起淮右，迅掃胡元，洗腥羶百年之穢，恢神州赤縣於陸沉板蕩之餘。乾坤闢而再造，日月滌而重光。甿萌復而冠裳，九鼎奠而如故。恩湛桂海，化燭冰天。此其成功燀赫，亦既與補天柱地争等烈矣。然且博稽逖採，盡制盡倫，載於金版玉牒之奥者，又未易殫列焉。如《大誥》三編，祝網之恩弘；《祖訓》一書，燕翼之慮遠。職掌集禮之頒，而畫一之制詳；聖政日曆之書，而明徵之保定。存心省躬，精誠昭鑒有録，而祈天永命之思毖；孝行有圖，《洪範》有注，而錫類建極之仁普。燕享九奏之聲諧，而昭格殷薦之典無缺；郊廟享配之禮備，而崇德報功之儀咸秩。休哉煌乎！文章之在宇宙者，抑何昭灼也。夫懷襄之沴，弗烈於腥穢；昏墊之厄，弗酷於兜離。帝堯啓中天於鴻濛未闢之時，皇祖振淳風於綱常已淪之季。至矣哉！成功之巍，文章之焕，何論漢唐宋，固已踰繩越契，漂殷蕩周，而揜映千古矣。皇哉唐哉，唐哉皇哉，真異世同符者歟？

臣不佞執筆立館下，頗得窺金匱之秘，因欲抽芬芳，揚盛美，詠洪休，詔來

裔,庶幾穆如之義。雖文采不稱,亦愚臣之極思也。頌曰:

茫茫函夏,經緯維王。體元居大,統此萬方。三正循環,五德乘昌。百王之弊,淳精淪亡。僭位奸軌,巇裂冠裳。二儀失序,七政寢光。天心悔禍,篤生高皇。載恢帝紀,載廓王綱。皇祖之興,有赫神武。奮跡淮甸,長驅齊魯。殪誠絷諒,殛定摧虜。禽滅群醜,敉寧疆土。氛掃攙槍,野戮窫貐。日域月窟,畢受纓組。蠉飛蝡動,以莫不堵。南北一候,華夷共主。皇心靡寧,思隆啓佑。游精三五,垂意長久。乃著彝章,乃宏薪槱。乃闢禮園,乃涉秇藪。創制立法,以裕厥後。闢石和鈞,王府則有。明明有訓,萬禩咸守。光映琬琰,照澈豐蔀。永奠金湯,永綿户牖。皇祖之功,乾坤不毁。皇祖之文,日月光被。成功巍矣,文章焕矣。巍乎焕乎,伊誰克侣。爰有神堯,中天握紀。放勳時雍,以受帝祉。欽明文思,百揆用叙。遠掩千古,近軼來祀。成功文章,古今莫擬。我儀圖之,亶其媲美。

擬發司農錢遣使分賑郡國恭上聖德重民頌

赫赫蒼穹,愛民孔殷。授符眷命,篤綏大君。其助上帝,毗此人群。拯溺亨屯,厥責維勤。於稽古哲,爰有令聞。放勳之世,懷襄滔天。維帝時克,疇咨秉虔。亦越天乙,躬禱桑田。以身代犧,六事叩玄。聖德重民,自昔已然。勉勉我皇,軫念萬方。顧畏民嵒,視古有光。艱知稼穡,憂深雨暘。靡害不祛,靡利不張。顧兹水暵,天行何常。祈寒暑雨,民猶怨咨。天運適爾,匪人則爲。皇心孔亟,勤恤不遲。謂民何辜,離此阽危。咨爾臣工,胡以相之。濟濟三事,祗順德意。矜此痌瘝,賑貸是議。勿屯膏澤,庶起憔顇。天子曰都,是余所志。俾我蒼赤,咸沐嘉賜。陳陳大倉,盈盈公庾。儲胥爲民,豈必内府。民之羸矣,君寧獨膴。財之散矣,民用則聚。冠蓋差池,輶軒旁午。肅肅斯征,繹絡道路。啣命遄往,不遑啓處。簡書所至,群生濡澍。昭蘇煦育,鼓腹含脯。如彼枯荑,式逢甘雨。兆姓戴德,誦明天子。思軫八荒,明見萬里。僨者以甦,仆者以起。匪我天子,孰克怙恃。天子萬年,降康受祉。皇帝之德,極天亘地。皇帝之仁,濟衆博施。旁魄遐方，躔淳幽秘。暨北迄南，東漸西被。蜂涌翔洽，滲漉蟠委。在昔憂旱，郊壇步禱。誡爾百司，民實是討。糾墨勝殘，惠鮮懷保。皇恩浩浩，皇民皞皞。堯湯之軌，殆未足道。我皇孜孜，益奠丕基。誠心實政，不替于時。愛之如傷，安不忘危。垂此芳躅，鑒于上儀。億萬斯年，綿祚延禧。

表

奉賀登極表

原任禮部侍郎兼翰林院侍讀學士、東宫日講官臣黄汝良謹奏，爲欣逢大慶，恭陳賀悃事。

萬曆四十八年九月初六日，恭遇皇上龍飛九五，臣伏處海陬，不勝瞻企，謹稽首頓首稱賀者。伏以五位乘乾，膺萬年在躬之大曆；一人出震，應四海利見之昌期。普天率土咸歸，社稷宗祊有奉。歡騰寓縣，慶洽臣鄰。

恭惟皇帝陛下，英睿性成，聰明天縱。當甲觀發祥之始，而虹流電繞之符已彰；自少陽毓德之時，而天表日姿之度丕著。式金式玉，天挺有道之元良；宜君宜皇，人占太平之真主。星重明而海重潤，皇祖貽孫之愛最深；建大本而稽大謀，先皇升儲之綸蚤涣。邇乃體元居正，握𠱩疑圖。紹二祖八宗赫濯之洪基，撫重熙累洽休明之景運。布大號于萬國，華夷莫不尊親；秩殷禮于三靈，神人同其翼戴。

臣汝良草茅朽質，丘壑餘生。曩荷皇祖擢拔之恩，獲叨東華講讀之職。顧旃厦之無補，敢徼靈寵於從龍。□簪履之弗遺，猶軫皇思於故劒。緬想先朝天高地厚之德，欲報涓埃以何從；幸逢今日聖作物覩之辰，遠在江湖而轉切。伏願思繼序之不易，知爲君之甚難。追夏后之敬承遵守典則，惟務畏天勤民而法祖；邁周成之訪落緝熙就將，要在講學親政以任賢。奮乾剛，運離明，鼓風雷于一旦，大横應庚庚之兆；外采薇，内天保，舞干羽于兩階，重華協蕩蕩之勳。臣無任瞻天仰聖欣忭踴躍之至，謹具本稱賀以聞。

泰昌元年十二月初十日奏，十四日奉聖旨：禮部知道。

皇子誕生賀表

伏以帝德乘乾，應大生而稱父；皇仁體震，喜初索而得男。宗社襲休，華夷禔福。

恭惟皇帝陛下，精一傳自堯舜，仁敬法乎湯文。聰明睿智足以臨，正直蕩平建其極。命基宥密，精誠默契玄穹；學懋就將，德教誕敷函夏。惟五位萃太和之氣，斯萬靈效長發之祥。乃當春秋鼎盛之時，聿睹日月重華之會。虹流電繞，占皇皇穆穆之咸宜；松茂竹苞，開蟄蟄繩繩而載夙。允矣一人有慶，休哉萬禩無疆。

臣某等職忝留京，心懸帝室。嵩呼而肅虎拜，遥瞻北闕之彤雲；華祝而迓龍綸，佇望東朝之紫氣。欣吾君之有子，欲獻南山保艾之詩；遡祖德之貽孫，載賡豐水有芑之頌。伏願皇極懋建，身範聿先。親則父，尊則君，養之在蒙，尚食息起居之是毖；傅居前，保居後，訓之貴豫，期維持調護之必周。螽斯詠而瓜瓞緜，媲有道之長於三代；宗廟饗而子孫保，衍勿替之祚於億年。臣等無任瞻天仰聖歡忭踴躍之至，謹奉表稱賀以聞。

皇子誕生賀箋

伏以乾道成男，慶實延於宗社；坤儀效順，喜更逌於庭幃。宫府咸歡，國家胥豫。

敬惟皇后殿下，德本俔天，道惟應地。中宫正位，擅四海母儀之尊；宗祧凝休，係九廟靈承之重。弼一人之男教，協氣旁流；肅九嬪於壼端，純禧畢集。恩垂樛木，和感螽斯。遂於陽月叶吉之晨，恭遇皇子誕生之慶。祥徵玄鳥，符濬發於商家；瑞應蒼龍，軼靈長於漢世。蓋惟寵均魚貫，以致祜篤麟振。是六宫所快瞻，而四海所欣慰者也。

臣某等身羈白下，夢遶青蒲。匝地謳歌，共歡蘿圖之鞏固；望雲舞抃，咸頌椒闈之平康。伏願永嗣徽音，益綏福履。雞鳴時儆於夙夜，相成宫雍廟肅之休風；鴻祚益引於恒升，克臻裕後光前之盛治。無任瞻仰激切屏營之至，謹奉箋稱賀以聞。

擬進重修大明會典表

萬曆某年某月某日，具官臣某等奉勑重修《大明會典》書成，恭用進呈者。明王道協先天，燕翼考百年之典禮；聖主思隆紹祖，鴻章續千載之規模。前人之謀烈有光，後葉之啓祐無缺。豈曰小補，爰集大成。

臣等誠惶誠恐，稽首頓首。竊惟政代結繩，經綸之迹蓋具；治布方策，制作之途斯存。法守信乎蓍龜，章程懸於象魏。粤自唐虞以降，謨訓典刑，至周而六官大備；亦越漢晉以來，會要故事，獨唐之《六典》爲詳。邁兹古先，寔惟昭代。既監周制，亦采唐儀。乃《會典》之修，初實定名於孝廟；而成書之布，曾經重校於武皇。以諸司職掌爲綱，上稽烈祖；以歷年事例爲目，下述累朝。實可信而可尊，亶有倫而有要。顧自弘、正以洎嘉、隆，代更四宗，或順時而增損；歲逾六紀，或因弊以更張。道與治同，政由俗革，匪加纂輯，孰率攸行。

兹蓋伏遇皇帝陛下，負大有爲之略，亶不世出之資。敷求哲王，成功遠期乎堯舜；篤綏前烈，繼緒無忝于成康。適當神化之時，正值綦隆之會。遂涣巽命，載稽彝章。博選儒臣，勒成大典。接弘治壬戌之舊籍，裁嘉靖乙酉之新編。開局分曹，萃天禄、石渠之彦；旁搜博采，考蘭臺、芸閣之藏。令之善者，雖寝亦書；體之重者，雖煩必録。凡例頗仍乎故牒，斟酌悉斷于宸衷。聖代之玉條金科，開卷盡晰，既遡之祖訓宗彝而足徵；先朝之寶訓石畫，指掌如新，將垂之聖子神孫而無斁。王馳帝驟，恍乎滌五而漂三；官察民治，煌乎掞天而揭日。肅將拜手，敬獻明廷。仰祈重瞳，備觀乙夜。

臣等見僅同於測海，識有慚於窺天。即潤色未工，或蒙漏萬之誚；而成憲可守，將興畫一之歌。伏願主善爲師，道必求於精一；多聞建事，學罔替於始終。法古以實，不以文存《關雎》、《麟趾》之意；致治在德，不在法追雲官、鳥紀之風。

臣無任瞻天仰聖激切屏營之至，謹奉表隨進以聞。

擬加上聖母徽號詔告天下各王府及總督撫按衙門并天下文武五品以上諸司差官進賀皇上表

萬曆二十九年某月某日，具官臣某等，恭遇加上聖母徽號，詔告天下，臣等誠歡誠忭，稽首頓首上言。

伏以祥源濬發，慰萬方報本之思；慈極增崇，仰一人因心之孝。臣鄰胥慶，函夏襲庥。竊惟至孝莫大尊親，惟王乃能盡制。商歌立子必推美於有娀，周詠多男亦歸佑於文母。闈儀隆於漢世，垂長樂、長信之徽稱；家法嚴於宋人，著壽明、壽成之懿號。爰暨昭代，益懋彝章。兹豈彌文，實存要道。兹蓋伏遇皇帝陛下，敦庸法天，仁義率祖。斂《洪範》九五福，建極必首叙倫；嗣服歷三十年，訏謨動準慈訓。蓋不徒鷄鳴問竪，盡愛日備物之誠；抑且以燕翼貽謀，爲繼志述事之大。屬春秋之鼎盛，軫廟社之深惟。茂建元良，兼啓藩輔。本支百世，洪仁既裕於後昆；日月重輪，介福宜先乎王母。顧至德難酬乎高厚，惟淑範庶得於揄揚。乃擇令辰，薦加顯册。率千官以拜舞，瑞靄椒宫；合四字以形容，光生彤管。由貞乃壽，應地道之博厚無疆；既獻且端，配坤元之直方以大。因之永錫爾類，闓澤均霈於遐陬；用以誕誥多方，驩聲遍騰於率土。誠爲太平之盛典，允矣不匱之令圖者也。

臣等分茅受社，職守堯封；宣化承流，心懸魏闕。逢熙朝之勝事，莫効駿奔；遥華祝以嵩呼，祇深鰲抃。伏願奉三無以永命，聚百順以寧親。啓後光前，玉燭調而坤維永奠；惜時保業，蘿圖鞏而泰運常熙。臣等無任瞻天仰聖欣忭踴躍之至，謹差官奉表稱賀以聞。

擬册立東宫文武百官賀皇太后表

萬曆二十九年某月某日，具官某等恭遇册立東宫禮成。臣等誠歡誠忭，稽首頓首，謹奉表稱賀者。

伏以重明麗正，四方仰離照之輪；厚德發祥，萬國稟坤元之載。神人胥慶，宫府騰歡。竊惟建儲非以私親，百王不敢變易。主器莫若長子，三代所以治安。前星朗斯心極以尊，少海澄則朝宗自一。伏覩皇太子殿下，睿質金相，英姿玉裕。凝休甲觀，岐嶷得于性生；毓德東華，温文繇于天縱。蚤知當璧之有在，豫占主鬯之得人。雖當入學齒胄之時，已作中外神祇之望。

兹蓋伏遇皇太后陛下，具堯舜稱，爲天地母。九五福襄成皇極，宸扆確稟芳規；三十年克端母儀，埏宇陰禔厚祉。德惟寶慈與儉，道以含章可貞。職在有終，穆思先帝艱難之托；義無攸遂，默贊神孫茂建之謀。暨我皇帝陛下，仰體洪仁，爰立上嗣。勝衣問膳，察海渟岳峙氣體之充盈；肆筆成書，識鳳翥鸞翔章法之楷正。乃傳玉檢，載錫黄扉。綺里何功，豈資羽翼；青蒲無力，不俟明争。奉以承祧，九廟與三靈並愜；率之問竪，龍旂與鶴駕相輝。且青宫啓而朱邸并開，益見磐石之鞏固；大本定而嘉禮具舉，愈衍瓜瓞之延綿。皇皇穆穆咸宜，振振繩繩未艾。兹實文母無疆之佑，以貽皇家有永之休者也。

臣等躬際奇逢，恩荷率育。吾君有子，久堅翊戴之心；厥初生民，倍切本源之感。望璇宫而稱觴上壽，願與地久天長；隨金輅而華祝嵩呼，情同鳳儀獸舞。無任瞻仰踴躍之至，謹奉表稱賀以聞。

擬册立東宫文武百官奉賀皇太后表

萬曆二十九年某月某日，具官臣某等恭遇册立東宫禮成，謹奉表稱賀者。

伏以坤元博厚，弘啓佑於無疆；震器凝承，仰貽謀之有自。大本定而神人禔福，洪基固而社稷彌康。慶叶重闈，歡騰萬國。

恭惟皇太后陛下，含弘光大，貞静幽閑。蚤膺降鳥之符，載啓飛龍之運。既已誕育聖子，爲久安長治之大君；復爾擁護神孫，居主鬯承祧之正體。養以天下，德在民初。惟巽命仰稟乎洪慈，故離照重明乎儲位。前星朗耀，皆依寶婺之光華；少海澄波，總屬瑶池之挹注。上以慰天地祖宗之望，下以順中外臣民之心。且青宫建而朱邸並開，祚益鞏於泰山磐石；上嗣升而嘉禮旋舉，澤愈衍於麟趾螽斯。皇皇穆穆咸宜，振振繩繩未艾。兹實我文母垂裕之大德，用成我皇上燕翼之深仁者也。

臣等躬際奇逢，恩沾率育。吾君有子，久堅翊戴之誠；主器得人，更切本源之感。望璇宫而鳳儀獸舞，願年年頌堯舜以齊天；隨金輅而華祝嵩呼，冀歲歲媲姜任而稱母。臣等無任欣抃踴躍之至，謹奉表稱賀以聞。

擬欽賑各王府貧宗謝表

伏以明王道隆一本，蔀屋仰照臨之恩；聖主誼篤宗盟，幽谷荷春陽之澤。瓜瓞聯于有道，痌瘝痛于乃心。覆冒如天，踴躍無地。臣等誠忻誠忭，稽首頓首上言。

竊惟承家開國，聿重展親之仁；尊祖敬宗，必始收族之義。故帝堯放勳敦睦，協和萬邦；而周家燕翼貽謀，本枝百世。發政施仁而先煢獨，即同姓而可知；散財出粟而首周親，宜於今而爲烈。侈五王之宅，空傳花萼相輝；立百孫之規，不及袒免以下。洪惟國家定制，啓佑之澤斯弘；況兹熙洽以來，昌熾之運益廣。隸玉牒者無慮億計，仰縣官者歲百萬緡。雖河漢無私，一統天潢之派；而日月有照，難徧燭龍之區。加以水旱荐仍，廩禄逋負。遂使堂堂帝胄，或有寄食王孫；悠悠國風，誰復皇恤我後？

兹蓋伏遇皇帝陛下，至仁根於惻怛，真愛發于淵衷。廓覆載胞與之量，恒篤近以舉遠；體天地祖宗之意，必由親以逮疎。雖則文昭武穆之傳，載蕃載衍，厥初實惟一身；亦越礪山帶河之裔，愈引愈分，原本實無異體。惟祈寒暑雨，尚勤聖世之憂；矧向隅悲天，近在同室之内。缾罄惟罍之恥，披枝懼傷厥根。用軫睿思，載頒明詔。冠蓋相續，内府分九牧之金；輶軒紛馳，官庾散千箱之積。損錦衣玉食之奉，惠普遐陬；廑米珠薪桂之艱，恩覃宗國。既富方穀，永固東平之思；式舞且歌，不作中山之對。

臣等支孽餘生，雲仍末品。幸蒙再造，望㦖來蘇；敢不恪守宗彝，永肩祖訓。感恩思奮，宜奕葉於重光；世德作求，協靈根於孔固。伏願損上益下，惟懷永圖；

節己裕人，勿忘初服。念九經之先務，由脩身以尊賢；推四海之深恩，復仁民而愛物。萬年鞏磐石之勢，億載壯維城之安。臣無任瞻天仰聖激切屏營之至，謹奉表稱謝以聞。

擬上御文華殿召少傅楊士奇楊榮學士楊溥入侍以御製述先詩九章并序摹本賜之因諭以開創之難守成不易宜盡心輔導謝表宣德六年　丁未會試録。

宣德六年某月某日，臣士奇、臣榮、臣溥恭遇皇上御文華殿，召臣等入侍，以御製《述先》詩九章并序摹本賜之。因諭以開創之難，守成不易，宜盡心輔導者。

伏以睿謨掞藻，述祖德以懋孫繩；皇極敷言，勵臣忠以弼主治。創守思深乎堂搆，明良義篤于腹心。荷晉接以爲榮，聆巽申而增惕。臣誠惶誠恐，稽首頓首。竊惟靈源錫羡，有開必先；明德肇基，克昌厥後。心法即爲家法，禹敬啓承；後王不忘前王，文謨武烈。乃一傳再傳而後，繄卜年卜世之初。《説命》造中興良弼帝賚，《卷阿》致盛治吉士王多。在上者惟勿予聖予雄，忘大命之不于常，而無念爾祖；在下者庶幾汝爲汝翼，贊成業之不易保，而率由舊章。此道風微，彼昏日替。生深宫而長阿保，未嘗知懼知勞；嗣天造而忽時幾，悮謂不陂不復。曾啓心沃心之蔑有，將善成善作之謂何？試看三尺劍芒，竟壞于竹絲宴衎；即若九功籥舞，旋移于花騎縱横。貞觀不自保其終，釁囮天寶；熙寧欲盡更其舊，禍釀靖康。豈真得之易而守之難，惟是君益驕而臣益諂。迨丁胡閏之世，盡易諸夏之常。默轉天心，特鍾帝祉。

洪惟仁祖，誕育高皇。剖乾坤再兆之鴻濛，道彌三極；復帝王自立之區宇，德耀八紘。肆我文廟之代興，昭哉皇考之嗣服。際雷雨亨屯之日，益茂經綸；撫地天交泰之辰，式勤輔相。祖孫父子，亘四世而治統彌光；道德功勳，歷三朝而丕基增奠。惟孝者能述事，祗紹永圖；非天子不考文，疇揚先烈。

兹蓋伏遇皇帝陛下，綏猷清穆，受命溥將。憂民情見乎《豳詩》，勤勞稼穡；招隱思深于《蘭操》，繾綣縶維。不享修文，威足鞭笞四夷而交南是棄；止戈爲武，恩以銷弭七國而趙邸永存。蓋自太宗伐北犁庭，以逮先帝處中監國。親睹兩儀之開闢，幾經百戰之間關。故奕葉方榮，如旭始旦，歲始春，將百世之本支，綿延此日；乃宸旒相戒，以中則昃，盈則食，儼四聖之英爽，昭格在天。斯已目擊而道存，猶恐言湮于世遠。龍章特灑，鳳藻親裁。溯仁祖之發祥，慶緣善積；繹高皇之啓祚，命自天申。赫赫長陵，一德兼資乎文武；煌煌昭考，六服咸戴以尊親。美必知，知必傳，英猶潤于琬琰；書盡言，［言］盡意，弘烈炳若丹青。八句九章，驚《河圖》、《洛書》之重揭；冠《詩》以序，笑毛萇、言偃之未工。俄宣丞弼于中樞，特御文華之左个。衣冠旅進，恍疑身上星辰；閶闔遥傳，共訝光依日月。宏披寶軸，寵錫瑶編。肆筆成書，勒珉摹本。捧御墨之三體，魂摇鳳翥龍翔；誦帝歌於五言，調叶金聲玉振。皇衷挹損，天語叮嚀。謂君子創業詒謀，本爲可繼；而小人諺誕放佚，反曰無知。況馬上得之，詎秋毫非風櫛雨沐；抑鴆安可畏，寧夙夜忘食旰衣宵。無疆惟休，亦無疆惟恤，咨炯鑒于千古；克艱厥后，亦克艱厥臣，勵交儆于一心。申誡臣鄰，悉誠襄贊。若曰都俞吁咈，予一人實藉爾猷；豈其左右後先，爾三臣不求予助。大哉言矣，儼然命之。是將撤豐蔀而憂釋于日中，豈直觀賁文而化成乎天下。

臣士奇等江閩涸鮒，荆楚散樗。徒荷九重國士之知，謬躋三孤閣學之任。雖葵心向日，罔敢愛其髮膚；然蚊力負山，終莫效其頂踵。緬惟聖人之游秇，無非孝子之永思。敢不祗竭朴忠，對揚休命。從龍從虎，規隨共弼乎仔肩；作礪作霖，啓沃同期于造膝。肯乏補衮之一字，技卑雕蟲；願矢許國之雙金，功高汗馬。伏願儀刑如見，陟降若思。述先以行不以言，豈娱情於翰墨；任人在心不在迹，尚致戒於暴寒。元首喜哉，股肱起哉，歌再賡於虞室；受命長矣，茀禄康矣，曆遠過于周家。臣等無任瞻天仰聖激切屏營之至，謹奉表稱謝以聞。

擬上開史館命儒臣纂修國朝正史謝表萬曆二十二年　甲午江西録。

萬曆二十二年某月某日，具官臣某等恭遇皇上開史館，命臣等入館纂修國朝正史，謹上表稱謝者。

伏以玉署天開，經綸闡一代之蹟；鑾坡地密，筆削昭萬世之公。鴻裁克纘乎先猷，燕翼永垂乎後烈。謬膺授簡，欣際右文。臣等誠惶誠恐，稽首頓首。竊惟自古國家之興，必立左右之史。軒籙兆自蒼頡，虞典屬之伯夷。其在夏商，有若終古高摯；以至周魯，莫如左氏戎夫。直筆傳之董狐，博物推乎倚相。漢治四百載，遷、固之同異最稱；晉史十八家，孫、干之《春秋》獨著。紀唐事則吴兢（競）、韋述，肇迹新舊之書；進宋史則夷簡、王珪，論譔英仁之世。兹皆銓次昭代，醇疵即未掩夫後人；然以網羅當時，文獻並足徵乎來禩。洪惟我朝，致治遠邁古先；乃若國史，成書尚遜往牒。文教已覃乎九有，盛典猶歉乎三欉。《實録》惟取編年而事跡靡貫，《會典》止載條例而議論罕收。加以野記家乘，各行胸臆；重之稗官璅説，滋混聽聞。故多闕文，未諧正史。恐從兹以往，愈久而愈失其真；儻及今不修，將益遠而益難爲力。事固有待，道不虚行。

兹蓋伏遇皇帝陛下，仁孝格於天親，聖明備乎述作。揭帝王之大經大法，主善爲師；遵祖宗以不忘不愆，成憲是鑒。軫民饑而軫民溺，政先於發粟散財；敬天怒而敬天渝，畏深於出王游衍。謂觀文所以成化，而考古莫如鏡今。十一葉之聖德神功，儼羹牆其如見；二百載之重熙絫洽，思著蔡之非遥。乃注宸衷，爰勤睿令。特允輔臣之請，聿重如椽之司。博選文儒，誕啓館局。闢蘭臺芸閣之邃，事專校讐；出金匱石室之藏，曹分纂輯。給尚方之筆札，披東觀之圖書。自列聖訏謨，赤刀天球之章，將俾掞天而揭日；若累朝故實，金科玉條之懿，冀令彰往而俟來。其間依光日月之倫，暨彼翊運風雲之倡。嘉言善行，宜著簡篇；傳後信今，有賴方策。慮掛一而漏萬，藉屬事而比辭。既標芳規，亦勒檮杌之炯戒；務發潛德，用紹鍾鼎之徽音。叙興革之繇，豈徒收功於鉛槧；示勸懲之路，庶幾助化於縹緗。允矣上聖之令圖，信爲不朽之盛事。顧必學兼五志，方可論著於螭蚴；又須美擅三長，纔能發揮乎麟史。

臣等識慙夢鳥，技媿雕蟲。稽古無功，叨侍玉皇之香案；載筆有命，驚映太乙之青藜。嗤彼金根，深懷覆餗；睠兹彤管，殊切飲冰。或總裁，或編摩，義例雖存於往喆；爲紀傳，爲志表，是非恐謬於聖人。敢不殫精咨詢，畢力探討。無虚美而隱惡,嚴褒貶於片言;不辨華而質俚,追盛美於前簡。斥鼂履羊鳴之陋,敢云一字一經;正亥豕魯魚之差,方可傳疑傳信。日記、月記、歲記,期聖代弘猷,與關石琬琰並列,直以永之億千年;大書、特書、屢書,庶盛明信史,與名山大川俱存,非僅取夫二三策。伏願資法戒於金鏡,昭德而塞違;判淑慝於陽秋,彰善而癉惡。聖朝無缺事,事必可書;人主無戲言,言期作命。則與治同道,既足咸五而登三;而以史準經,自可襲六而爲七。臣無任瞻天仰聖激切屏營之至,謹奉表稱謝以聞。

册　　文

擬册皇三子福王册文

制曰:朕惟廣樹藩服,業固靈根;崇建懿親,宗鞏磐石。睠後星之有爛,爰啓土以疏榮。禮以時行,事有成憲。咨爾第三子某,愨恭爲質,淵塞秉心。鳳序聯輝,應禎祥于再索;麟蹯比德,叫風化于二南。既在勝衣,宜膺受社。兹特封爾爲福王,錫之册寶。於戲!爲臣爲子,萃爾一人之身;于蕃于宣,翼我萬年之祚。尚追德萫於往牒,勿忘詩禮于過庭。庶永譽辭,增光寵命。欽哉!

擬加上徽號請聖母皇太后受册寶奏書

伏以恩覃本支,聖慈實配天而罔極;功歸博厚,鴻名宜應地以無疆。萃八表歡,爲一人慶。

恭惟聖母慈聖宣文明肅皇太后陛下,道涵太乙,德合重坤。震夙以育眇躬,克承十葉之統;恒久而章内教,陰培萬世之基。運丕釀於純熙,澤茂衍乎昌熾。兹者元儲既建,匕鬯攸歸。兼之衆子並封,藩翰益固。後昆之垂裕良遠,王母之介福宜先。思答涓埃,惟揚盛美。敬涓某日之吉,肅奉寶册,加薦尊稱。伏願俯鑒微誠,式俞懿典。養至而尊彌至,永嗣任姒之徽音;得壽必得其名,長稱堯舜之聖母。臣不勝懽祈仰望之至,謹具奏聞。

箴

仁明武箴

於皇作極，握符受命。維兹三德，上聖所乘。三德維何，曰仁明武。疇其弗全，克稱令主。茫茫宇宙，待澤我后。我后之位，作民父母。一日二日，爰有萬幾。患豈在顯，釁動於微。秩叙命討，惟君出令。運乾以剛，執器在柄。三德或遺，君人不全。上聖鑒兹，其道法天。天有雨露，靡細不育。君人法之，湛恩滲漉。天有日月，靡幽不照。君人法之，神明爍燿。天有雷霆，靡滯弗震。君人法之，剛健奮迅。勿謂吾仁，民易怨咨。一夫向隅，厥咎在余。勿謂吾明，煬竈蔽視。一指之障，几席千里。勿謂吾武，其末易靡。豈無雄材，縻于牀笫。仁非煦煦，明非察察。武不可黷，神武不殺。仁必兼明，明必兼武。厥道既隆，登宏三五。惠鮮懷保，廸文之德。明目達聰，紹舜之則。維湯布昭，維武執競。儀監芳規，古先是鏡。仁或不明，乃溷厥施。明或不武，厥功亦隳。匪仁匪明，爲武爲虣。□何能淑，罔由斯道。缺一則偏，缺二則危。缺三則亡，□□蓍龜。疇得不昌，疇失不否。下臣獻箴，以備矇史。

訓

主術臣術訓

維主職要，惟臣職詳。主臣不易，其國乃昌。主不知要，是謂主侵下事。主侵下事，反褻主位。臣不知詳，是謂臣怠天工。臣怠天工，罪在臣躬。在昔虞舜，無爲恭己。惟是師師百僚，翼爲明聽，以敷舜之治。亦有周文，庶慎罔知。惟是濟濟多士，疏附後先，以弼文之爲。乃若衡石程書，衛士傳餐，主役其神，臣曠其官。詎失序而不亂，疇易常而能安。彼焉知夫上下之有體，胡爲乎舍易而即難。明哲監此，法天之理。天不言而五行之吏爲之宣，君不勞而百職之司爲之使。使天下不得不爲己聽,使天下不得不爲己視。故曰勿察察以爲明,有臣以代吾之成;勿聽聽以爲聰,有臣以代吾之終。善治者用人而有裕,不善治者任智而愈窮。明明有訓,請書法宫。

誥　敕

擬遼東剿平東夷賜給總督薊遼都御史誥

奉天承運皇帝誥曰:朕惟天地無私,春生不廢秋肅;王人耀德,用武亦取勝殘。睠兹撻伐之勛,允賴戡定之佐。矧惟薊遼重鎮,實乃京輔左陲。天垂箕尾之墟,地接扶桑之窟。蠢彼仰逞遺孽,犬羊竊煽乎近關;連結建州諸夷,蛇豕荐窺乎上國。九嬰未戮,尚煩膏斧之誅;六月命師,尤重秉鉞之寄。

爾總督薊遼都御史某,壯志横秋,精忠貫日。鈐韜素定,胸藏數萬甲兵;詩書克敦,人推禁裹頗牧。律臧閫外,謀協師中。指麾則鈴柝風生,顧盼而氊裘膽落。糾龍驤虎視之士,景集雲屯;奮飈舉電擊之威,朝至暮捷。彎弓遼海,鴟梟變音;介馬石門,鯨鯢折首。雖諸將用命,而發縱指示之功尤多;且元兇既夷,將還定安集之勳。斯在筭無遺策,役不踰時;庶幾百年之安,遂獲七旬之績。兹特授爾某階錫之誥命。於戲!聽鼓鼙則思將帥,推轂特殷;三錫命以懷萬邦,報功宜重。爾尚丕固鎖鑰,效方叔之壯猷;靖綏封疆,追尚父之賜履。勿替腹心之任,懋彰竹帛之光。欽哉!

擬敕督學使正文體敕

朕惟經天緯地,務莫重於文章;起敝移風,機必先於倡率。故周末文勝,孔子傷焉;契教敬敷,虞民胥化。朕勤懇勸學,寤寐興賢。遠慕渾噩,上嘉姚姒。明詔方内學士大夫,隆兹雅道,抑默浮薄,崇獎恬愉,申飭不啻再三矣。乃間者文體尚靡,士習未釐。鉤棘之調彌工,馴雅之風彌缺。澆醇散璞,傷化滑和,朕無取焉。將廣勵之途或殊,濯祓之機猶塞歟?蓋標表弗樹,則士無由信從;賞罰罔彰,則士莫知趣舍。傳不云乎:化俗之道,豈家至之哉!爾督學諸臣,亦既操黜陟之權,關勸懲之路矣。章癉不極功令,奚爲嘉與。自今亟更敝轍,務持衡鑑之公,益毖雌黄之辨。春華秋實,追平正之知於先民;刻鵠雕龍,洗澆醨之風於叔季。勉脩爾職,無替朕言。欽哉!

少保兼太子太保吏部尚書武英殿大學士沈一貫并妻誥命一道

奉天承運皇帝制曰:朕惟天工人代,國家日有萬幾;君要臣詳,平章職在一相。睠兹心膂之重任,藉彼膚碩之良臣。勤施既著於皇家,懋賞亦關乎國典。

咨爾少保兼太子太保、吏部尚書、武英殿大學士沈一貫,亮節純忠,沉幾淵識。講金華,直翠幄,鼎望夙隆於論思;佐銓政,贊秩宗,豐伐洊騰於歷試。逮正文昌之位,爰簡密勿之司。翼翼小心在公,不懈於夙夜;休休雅量廣益,無間於洪纖。正直立朝而聲色不動,蕩平率物而朋比自消。握廟筭以靖邊疆,東西叠聞奏凱;懸藻鑑以程譽士,麟鳳悉見收羅。宏猷武緯以文經,嘉謨入告而出順。屬寓内之多紛糾,繄閣臣之罔備員。而爾謀斷兼資,一身而總四輔;規隨並運,獨力以襄百揆。觀其捧日之赤丹,直是擎天之柱石。歲閱既届,朕心孔嘉。顯陟孤卿,班聯三事之峻;光膺上宰,行見四海之均。誕霈廷綸,丕延世賞。兹仍授爾階光禄大夫,勳柱國,錫之誥命。於戲!元聖宰衡,振納溝之恥;康公爲保,矢卷阿之音。惟地切望殷,誼無可諉;故庇民尊主,道在必行。勉圖後功,匹休前美。務爲朕塞違而昭德,期與世拯溺以亨屯。鞏我皇祚百千萬年,遲爾中書二十四考。欽哉!

制曰:黄扉亮采,嘉鼎鼐之鴻勛;彤管傳馨,追琴瑟之燕婉。惟喆輔既底乃績,斯内助益彰其賢。爾少保兼太子太保、吏部尚書、武英殿大學士沈一貫妻累贈一品夫人張氏,淑慎在躬,徽柔居質。秉坤貞以治内,静好宜家;章婦順以相夫,盡瘁事國。儉以守貴,縞綦而佐素絲之風;逸不忘勞,錡釜而襄玉鉉之業。睠上宰輸忠於鸞掖,宜好逑從爵於魚軒。令度遽遥,芳規逾烈。兹仍贈爾爲一品夫人。七命滋隆，歆明綸於有赫；九原永耀，翊陰教於無疆。

原任户部山西清吏司主事金時舒并妻敕命一道

奉天承運皇帝敕曰：地官掌邦計度支，郎實分理之。盈縮之任，幹濟是資。不有褒嘉，曷酬勞勩。爾原任户部山西清吏司主事金時舒，德器端純，才諝敏練。楓陛擢對，棘寺蜚聲。爰自廷評，特遷版部。昔校士全晉，夙擅懸鑑之稱；邇督餉西江，益展運籌之略。猷望方起，綜理良勤。兹用歲閱，授爾階承德郎，錫之敕命。今爾已辭鳩司之廬，出牧鳳陽之郡。古之良守，勞來爲先；今之中都，凋疲已甚。爾尚移爾足國裕民之長策，培我興王毓秀之奥區。朕不忘爾勩。懋哉！

敕曰：人臣視國如家，克樹幹理之績。雖其猷念精專，亦爲政於家者令焉。爾原任户部山西清吏司主事金時舒妻某氏，孝婉有齊，柔嘉無遂。執組紃而勸學，躬綦縞以從官。爾夫廉勤恪職無内顧，則爾贊助之也。兹用封爾爲安人。益毖問佩之儆，用佐露冕之風。

原任户部山西清吏司主事金時舒父母敕命一道

奉天承運皇帝敕曰：有開必先，淳懿所以裕後；無德不報，顯融亦以逮親。兹惟國常，實乃天道。爾金重寶乃原任户部山西清吏司主事時舒之父。性行未琢未雕，鄉族稱孝稱弟。分賓席於殷序，惇史有書；課庭訓於韋經，生計不問。啓爾喆胤，佐朕大農。兹用贈爾承直郎、户部山西清吏司主事。有赫龍章之賁，於昭燕翼之光。

敕曰：國家阜財，聿重綜理之選；構堂式穀，尤資聖善之風。奏績既優，褒章可後。爾陳氏乃原任户部山西清吏司主事金時舒之母。素閑嬪則，夙備母儀。挽鹿承尊，拮据以佐甘旨；和熊勗子，慇勤而課詩書。既慈且嚴，雖女亦士。宜其壽考，報爾勤劬。兹用封爾爲安人。荷象服於方來，介燕喜而勿替。

户部司務柯有斐父敕命一道

奉天承運皇帝敕曰：人臣有職任殷繁而疏榮未能及親者，國家有貤秩之典以體卹之，所以廣孝思、勸忠勤也。爾生員柯元登乃户部司務有斐之父。樹惇抱樸，績學著書。昔驤首於黌宫，竟鎩羽於雲路。鵬圖雖戢，燕翼實弘。乃有子展采地官，克稱幹濟之選，亦既抒爾志矣。而爾生弗及養，歿不逮榮，朕甚悼焉。兹以爾子歲閲移秩贈爾爲修職佐郎。藉尉三釜之思，用酬一經之訓。

論

人主以天下爲度庚子應天録。

人主之度，不可不廣也。度包天下之外，則情周天下之内矣。夫物非所有者容可委之度外，天下者人主之天下也，人主而委天下，則天下安所置之，而亦安所稱人主？故人主既已享有天下，自不容不廣其度以置天下。既已置天下於度内，自不容不因天下以用其情。有益於天下者與天下共好焉，有害於天下者與天下共惡焉。即欲行其私好惡，有所不能矣。宋儒胡氏言：人主當以天下好惡爲賞罰，而曰人主以天下爲度。夫人主以己爲好惡，因以己之好惡爲賞罰，是見己不見天下也，是見孑然之己不見通天下爲一身之己也，何自待之不廣也，其亦不明於主度矣。夫人主何從而稱也，以有天下也。群而注之則爲君，往而歸之則爲王。天下非私人主，謂好惡不能自遂，不得不托人主以遂之，故人主者噓爲春，吸爲秋，慮則移氣，動則移星。非人主能以好惡自爲雄，以天下好惡托之事，故如此廣大也。乃人主不惟天下奉我之意，不惟我所以承天下之托，竊竊焉狃奥窔之見，戀闤闠之守，以作威作福之權，僅僅爲狗耳目形骸之具，則是天下固厚之，我固薄之，天下固尊之，我固褻之，非以屑越天下，實以自薄自褻也。

蓋嘗論之，人之分不同其度，亦各有所至。有國者度及國而止，有家者度及家而止，有身者度及身而止。人主有天下者也，東日域，西月髓，南倮國，北羽民，據神州，宅赤縣，則天下其國也。王畿爲堂奥，八方爲庭衢，四夷爲藩落，山澤爲蓋藏，則天下其家也。大臣心膂也，群臣股肱也，萌隸支體也，德澤元氣也，紀綱血脉也，則天下其身也。人主而委天下於度外，非直棄國恤，遺家計，乃忘其身,甚不可也。且凡物有計之未必益,舍之未必損者,猶可度外委之。天下神器也,大寶也,綏靖之則安,否即震盪鯢卼隨之矣。護持之則固,否即睥睨窺竊乘之矣。是堅凝之難,傾危之易,非可立於不成不敗之間者,而可度外委耶?明主知天下之托我者厚且尊,則不敢自處其薄且褻也,故不以己爲己,而以天下之併心合意者爲己。不以天下爲天下,而以己之屬毛離裏者爲天下。身則黄屋紫庭,思則窮簷荒蔀,居則奉宸,得一念則兼容并包。天下有藜藿不充者,主爲之玉食不甘味。天下有藍縷不完者,主爲之錦衣不適體。天下有苫蓋荆棘者,主爲之璇臺瑶室不安御。故瓊林、大盈不爲富,而閭閻充實則爲富。千鍾萬燧不爲樂,而民物恬熙則爲樂。六驌驦,八駃騠,弋高鴻,逐狡兔不爲逸,而潢池無警,萑苻不聚則爲逸。遊三島,訪十洲,遇大藥,注長生不爲壽,而夭札不作,瘥癘不干則爲壽。蓋己原不獨在度内,故己之富樂逸壽無一不通之天下。

天下原不獨在度外,故天下之饑寒疾苦無一不引之己。故曰樂以天下,憂以天下。樂以天下則能致天下樂者,不得不與之以好,即己無好,不得不爲天下好也,好則不得不賞也。憂以天下則凡貽天下憂者,不得不與之以惡,即己無惡不得不爲天下惡也,惡則不得不罰也。是故己瘦而天下肥,則賞其肥天下可矣。己以爲良臣,天下以爲民賊,則罰其爲民賊可矣。小忠大忠之讐,小利大利之殘,賞在大忠大利,則罰必在小忠小利矣。成大功者不計小拂,規遠圖者不恤近違。賞在大功遠圖,則罰必寬於小拂近違矣。由是則側陋可揚,罪人之子可興,耕築屠釣可相,數窘辱之怨可封。凡以有益天下也,不知其它也。由是則親可滅,聞人可誅,左右素譽可烹,愛幸之弄臣可付大臣而議辟。凡以有害天下也,亦不知其它也。惟其氣象恢廓,規摹宏達,舉天下圓顱方趾、含齒戴髮之倫,無一不入其度,是以呼吸與通,痌瘝與同,悲愉欣戚之狀無日不親切於前,吾方恃此二柄者爲之興利除害,猶懼不給,而何暇以己與之?故人主者賞曰天命,罰曰天討,而總之曰奉無私以勞天下。蓋惟以天下爲度自無所容其私,是之謂以天自處,斯稱其爲人主也。

惟主度不明,乃有認一膜以爲封,縱四體以爲便,則有告緡修宫、五均七市,以人主而有私財者。有皇父、家伯、三豎八貴,以人主而有私人者。猶之不遠一私百私,乃又有銅山、金穴,内降之詔,斜封之勅,以人主而有私喜、私賞者。有恚别君,恨辱己,惡司隸之虚威,憤僕射之禁切,以人主而有私怒、私罰者。此則狹隘氣象,局趣規摹,萬乘而見奥窔,四海而計闤闠,自薄自褻,莫甚此者矣。方其逞己縱欲,豈不快意?然一人之好惡伸而天下之好惡鬱矣。天下好惡不可久鬱,鬱久則誶詬囂凌,靳然而起,起於瓦解,漸至土崩,一旦長戟交於關外,彊弩射于域中,然後鄉之私財不給用,私人不給使,而一人之喜怒不能以獨行,則人主之好惡亦鬱矣。故始也人主快意而忘天下,究也天下亦掉臂而忘人主。忘天下猶可言也,忘人主不可言也。何也?撫后虐讐,有生之恒情,推數循理觀之,其亦有必至者也。甚哉!主度不可不廣也。

嗟夫!天下托於人主,人主亦托於天下。凡人主之威福雄行,以有天下也。猶之龍然,所以神,托於淵也,不則蝘蜓耳。古帝王兢兢業業,切其咨,儆勝予,微獨爲天下,亦以托其身也。故曰:養天下而享天下之謂君。又曰:無私也故能成其私。世主知圖其私而已,而其私亦終不可保。故夫堯、舜、禹、湯兩得之者也,幽、厲、桓、靈兩失之者也。夫兩得之與兩失計相萬也,人主奈何不自擇也。

人君當顯明其道甲午江西録。

明主欲一天下之心也,必先自一其心以昭示天下而後可。夫環四海而立之君,豈其威命靈爽不足以整齊天下?然而心之不一,則其爲道也必有回護隱伏,矯誣粉飾之弊,天下亦且乘其回護隱伏,矯誣粉飾者而得以揣摩變幻於其間。上匿之,下且意之。上遁之,下且逆之。上藏其一,而下且藏其百千萬億,而主術始窮。明主知其然,故不求其一於天下,而先求其一於君心。宅其心於大公至正之域,而推之以與天下相徵信,光明洞達,昭融宣朗,而天下亦得有所稟仰祗承,以拱一人平明之治,而天下之心一。天下之心一,而天下之治成矣。

程子言:人君欲附天下之心,當顯明其道。夫不顯明其道,而欲附天下之心，何繇哉？今夫人主居九重之上，天下環向而觀望焉。一有號令注厝，於此毫末，於彼尋常，於此尋常，於彼無筭。其道如乘風而呼，登高而招，無所不聞不見，亦何不顯明之有？道之不顯明，則私心害之也。私心存於中，則純白不備。純白不備，則王道不全。於是有紕政疵行出焉，惟恐人之聞且見也，而務掩之以爲小。則又有私智小慧出焉，惟恐人之不聞且見也，而務張之以爲大。掩之以爲小者，回護隱伏之情，去顯明之道遠矣。張之以爲大者，矯誣粉飾之計，去顯明之道又遠矣。顯明之道愈遠，而民心愈以不信。始於疑，卒於涣。始則門萬里，堂九閽，天下欲見一人之心而不可得，而無如人主何。卒也一人之智無以勝百千萬億人之智，揣摩競起，變幻雜出，而人主亦無如天下何矣。

《易》之《觀》曰："觀盥而不薦，有孚顒若。"蓋言人君大觀在上，但以中正顯示天下，即不必有心下觀，下已孚而化之矣。觀者，顯明其道之謂也。盥而不薦者，未事而一其心，所以爲觀也。有孚顒若者，以一心應上孚於觀者也。斯道也，君道也，亦天道也。今夫天一元流行於兩間者，生之無亭毒之心，死之非虔劉之志，至一而不二者也。是以其道不見自章，下濟光明。日月，人知其無私照臨；風雨，人知其無私噓潤；雷霆，人知其無私震撼；霜雪，人知其無私肅殺。故曰天地之道，貞觀者也。以貞爲觀，天之所以顯明其道者也。人君必以天之心爲心，乃能以天之道爲道。是以澡雪其本原，洗滌其志慮，齊潔其神明。在宫此心，在廟亦此心。淵涓蠖濩此心，鳴玉履綦亦此心。大廷廣衆此心，匹夫匹婦亦此心。無所公，無所私，靡濫振蕩，與天地澒洞；無所左，無所右，蟠委紾錯，與萬物終始。由是道在敬天，則圜丘方澤，泰壇泰折，衮冕龍旂，大路越席，以示敬也，而時幾常惕，臨保常存，游衍出王，降監對越，亦無弗敬也，天下顯然見上心之一於敬矣。道在勤民，則日出祖德，日中宣事，日入潔粢，日夕糾刑，以示勤也，而恫瘝在身，怨咨在念，春冰朽馭，觸目警心，亦無弗勤也，天下顯然見上心之一於勤矣。道在任賢，則在坐爲起，在輿爲下，束帛安車，三旌五鼎，以示任也，而金華論思，紫庭延訪，委心而接，造膝而陳，亦無弗任也，天下顯然見上心之一於賢矣。道在納諫，則師氏詔孅，保氏諫惡，建鼓懸鐸，設木置旌，以示納也，而批鱗不逆，伏蒲不罪，毋恨辱已，毋嫌買直，亦無弗納也，天下顯然見上心之一於諫矣。道在節財，則九貢九賦，九功九式，月要歲會，量入爲出，以示節也，而外無五均，内無七市，大盈散積，瓊林涣居，亦無弗節也，天下顯然見上心之一於節矣。道在肅紀，則八統八柄，八法八辟，太阿謹持，銜轡在手，以示肅也，而煢獨無虐，貴近無撓，叢社弗憑，牀笫弗昵，亦無弗肅也，天下顯然見上心之一於肅矣。推而至於一舉動，一嚬笑，無不洞然廓然，無障無礙。可以盟之方寸，亦可以質之鬼神。可以修之奥渫，亦可以形之表著。可以對之左右近習，亦可以誥之百官兆姓。可以施之法宫大内，亦可以傳之九夷八蠻。可以昭之圖書簡策，亦可以垂之千禩萬禩。未嘗有回護隱伏之私，亦未嘗有矯誣粉飾之意。未嘗祕之使人不聞不見，亦未嘗暴之使人必聞必見。纖芥之欲，不留於胸中，而正大之情，自通於民物。此真能以天之貞觀爲道者也，而天下之日囿於其道者，耳目恂達，志慮朝徹，亦莫不化偏黨爲蕩平，易反側爲正直。是故敬天之道明，則人知戴巍巍，奉慄慄，而事君如事天矣。勤民之道明，則人知后克艱，厥后臣，克艱厥臣，元首作率而股肱奮庸矣。任賢之道明，則人知人臣無虚貴，上意在太平，莫不濯磨競勸，而展布四體矣。納諫之道明，則人知趨賞諫之典，避不匡之罰，不得不極言規諫矣。節財之道明，則人知先義後利，耻費輕實，羔羊素絲之風愈勵矣。肅紀之道明，則人知嘉石圜土之下無佚罰，重襲密室之中無逃誅，天下無敢爲疑行以試法矣。

於斯時也，道化融洽，理道昭登，光天之下，出日之區，無不竦心滌行，精白以承休德。即有一二掩義藏慝、静譖庸回之徒，亦莫不革心回慮，易惡至中，克自濯祓於大順之世。譬之標表植於中天，而四方輻輳，衆趾競趨。又如太陽旭耀，鑠景清夷，即有魑魅魍魎，亦靡不遁形潛蹤，而不暇爲祟。此豈有徼發期會哉？至精之相爲感而已。蓋自古帝王未有不顯明其道而成其爲帝爲王者。堯之光被四表，舜之重華協帝，禹之文命誕敷，湯之彰信兆民，文、武之丕顯錫極，皆此志也，乃其心源之一則微矣。後世若漢武帝、唐太宗非不具千古英雄之資，然一則内多慾而外施仁義，一則行仁義而漸不克終。夫多慾鮮終則必有回護隱伏之施於此，多慾鮮終而談仁義則必有矯誣粉飾之形於彼。兩情異出，而其害於顯明之道則均矣，非以心之不一之故哉！雖然，心亦未易一矣。惟學可以明此心，惟賢人君子可以維持此心。古之帝王所以必親正人，聞正學，正以一此心而弼成光明俊偉之治耳。不然，深居稱朕，令人莫得見面聞聲，即交戟之内，已爲渺茫不可測之鄉，而望其道之顯明能乎哉？

大器猶規矩準繩論

昔仲尼大管仲之功而小其器。夫器大者用亦大，仲之時有仲之功，於用足矣。史遷以爲周室衰微，桓公既賢，不勉之王，乃稱霸哉？其實不然。桓公之時，周室雖微，非若夏、商之年有桀、紂之暴也。即使桓公得伊、吕之佐，亦不過輔之以尊周室，攘夷狄，建匡合之功而止，非能有所進越，若湯武放伐之舉也。然則獨以霸小仲者，何也？曰論器之大小者不惟其用之所至，而惟其質之所有。尊攘匡合之功，謂仲用能至之則可，謂仲質能有之則不可。

今夫冶匠之鑄金，金踴躍于鑪中，其溢地而凝著於物，亦必有所象矣，然而未可保於周室之九鼎也。射者無常儀的，雖率意而發，未嘗不中秋毫，然而以語蒲苴之巧未矣。何者？以其質非有之也。故曰未有功而知舜者，堯之知舜也。功成名立而知舜者，市人之知舜也。夫帝王之爲帝王，豈因功而後有哉？其用之所至，皆原于質之所有，一毫矯餙造作之意無所庯于其間。有其用，質不爲加；無其用，質不爲損。斯之謂大器，揚雄所謂猶規矩準繩者是也。夫所謂規矩準繩云者，豈若後世所言拘攣局趣、繩趨尺步之謂哉？質有之而已。規矩，質有其方員，然後方員之用隨之。準繩，質有其平直，然後平直之用隨之。方員平直之質先立，故方員平直之用不窮。即未嘗試之方員平直之用，而方員平直之質自在，斯之謂大器也。

伊尹、太公之爲商、周，是規矩準繩之究于用也，天下咸以藉其用。孔子、孟軻之終身不遇，是規矩準繩之不究于用也，天下不以疑其質。故論器者未聞大伊尹、太公而小孔子、孟軻，不惟其用，惟其質耳。尊攘匡合之功，其用未爲不偉，而仲之質則非。今觀《牧民》、《山高》、《乘馬》諸書，大抵出於權謀術數之爲，救徐存魯，責楚伐山戎，劓泠支，破屠何，拘秦夏，收西虞，多假仁義以濟其私。桓公内嬖六人，仲亦三歸反坫，其去聖賢之質，不亦遠乎？君子窺其質，因以小其器，以其所由來者淺耳。假令以仲之功而出之以聖賢之質，雖伊、吕當兹，豈能遠過，又安得獨訾其霸而小之？故士之欲大其器者，必先定質。質定然後器成，器成而後用合，用合則方員平直無施不可，而器忘。於乎，斯誠大器者矣。

士先器識而後文藝論

蓋嘗觀三代而下之士，負奇標雋，以文章鳴一世者，何其接踵紛馳也。然其得志於文者多，其獲伸於世者寡。至有才名益高而其坎壈於世乃益甚。於是世人始謂文士一切無用，肆其詆抨，而文士亦益淋漓自喜，搤腕奮袂，不謂當世之忌名，則謂造物之妬才。囂囂憤激，終身窮困而無所悟也，亦足悲矣。

譬士之行世，其猶舟車之行於水陸也。車之鳴和鸞，餙銀黄者，爲御容也。使輪轅不固而徒恃其和鸞、銀黄以爲車，則跬步必覆矣。畫鷁彩鷁，建衛樹旗，爲舟餙也。使檣檝不完，而徒恃其畫彩、羽衛以爲舟，則尋常不行矣。夫器識亦士之輪轅、檣檝也。士不先此以肩鉅致遠，而徒持其區區文藝以涉世之長途，一旦及於傾覆，且津津然天人之咎，而不知其鼭皵局曲之必至也，不亦謬哉！

故夫受大者器也，不宏則不勝。發機者識也，不深則不神。既宏以深，然後文藝出焉，乃可以善其用於天下。即文藝或不足，而其用亦可以不廢。蓋自古士之應世，所號爲卓犖瓌偉者，大都有三。太上之士，根大實茂，膏沃光燁，器識高天下而忘其迹，文藝擅天下而忘其名，兼施並運，純粹無方，若所稱碩膚几几，多材多藝，不動聲色，而隆施一世者是已。其次則器識天植，暗合道妙，而於文藝或不能無所短，若古所稱椎魯蹶張，多質少文，雖不能如文士之掞藻摛葩，而天下事亦可以顧盻咄嗟而辨。乃若務華絶根，淺能洩見，據其文采璀璨，非不足以綽絶古今，包絡宇宙，叩其中反冥冥木木，褊躁浮誇，此則春華之藻，何益殿最，雕蟲之技，壯夫不爲，一當世故，未有不蹷淤摧折者。較其功業，卒不得與椎魯蹶張、多質少文者同日而語，而況上世之士乎哉？故曰：居其厚不居其薄，居其實不居其華。去彼取此，非虚説也。

春秋戰國以降，績文抱藝之士，家握隋侯，人懷和氏，代不乏人，而摧敗拓落，喪身無成者，亦不可勝道。長卿潦倒於文園，子雲寂寞於投閣，孟堅失身於竇氏，七子沉淪於建安，潘、陸齮齕於晉代，斯亦足以明文士之概矣，則非器識之難哉！盧、駱、王、楊在上元中號稱四傑，裴行儉獨執器識文藝之説懸斷終身，□□謂有知人之鑒矣。雖然，裴之論四子是也，至所獎借者乃模稜之味道，鉤黨之王勮，其所優四子者直區區爵位耳，何足論士？吾不知所云器識者何居也。特其言有合於大道，故爲之廣其意如此。

李沆不用浮薄不行陳請論

大臣以天下爲心，故其計急於安天下，而不急於收天下之名。夫古今論大臣，則曰兼收並蓄，開誠布公，以爲是固大臣之體耳。不知大臣而自顧其體則形迹有所必存，議論有所必畏，或至委曲狥天下以取博大强幹之名，而國家反任其禍，非真識體者也。大臣者獨觀廟堂之上，洞悉八荒之情，精謀遠審，却顧長慮，惟務計國家之便安而己無所與。天下可以有爲濟，則博大强幹，延天下之議而不爲狥。天下可以無事集，則安静畫一，信一己之意而不爲私。夫有爲之功可見，故人臣之名章而天下治；無事之功不可見，故人臣之名晦而天下亦治。無事而治，天下收其全福；有爲而治，天下固有受其弊者。與其名章而天下受弊，故不若名晦而天下蒙福也，而況其時之不宜於有爲也乎？

李文靖，宋賢相也。其爲政不用新進喜事之人，而至四方所陳利害，一切報罷。噫，彼豈不聞吐哺握髮，上相所務，明目達聰，聖人所貴，而故逆有能之士，關讜議之門哉？蓋所謂急於計安天下而議論形迹有所不顧者也。夫天下之治，猶之一身然。方其元氣完固，精神榮衛充牣强澤也，當此之時，雖有岐俞之術，無所用之，保合休嗇而身已安矣。有謀丈夫者，謬信庸醫，求以益生，試無妄之藥，投金石之劑，其究非惟無益，一旦攻劫爲害，百病叢起，而禍隨之矣。故夫世否而呴濡養亂者，是身病而却醫也。世平而紛擾釀禍者，是身强而試藥也。皆伐壽命之道也。

文靖之時，太祖、太宗忠厚之規模已定，趙普、齊賢諸人拮据之謀猷方新。一時君臣相與同心貽翼，以計百年之安者，可謂盡之矣。譬之於人，非所謂元氣淳固充牣、强澤之時哉？故其時可以静鎮，而不可以譟擾，可以優游致平，而不可以紛更生事。文靖知之，故寧黜抑浮薄，使我無容人之名，而不使國家受多事之擾；寧罷却陳請，使我負畏事之誚，而不令國家有啓釁之咎。此非老成體國純心而無所圖名者，能之乎？且夫新進喜事之人，其氣甚鋭，其才多炫耀，揮霍而可觀，惟其貪功而玩禍，狃進而忘退，使人淫其浮説而無所底竟，是以其計不可長用。四方所陳利害，其間寧無豪傑所擘畫，明喆所經營？惟其更始而難爲力，害成而拂于衆，得未毫末而失已尋常，是以其説難以偏狥。

吾國家方治平無事，既無所藉於二者以爲安，而乃不自信決，將以招名聲於世，悦小辨，忽隱憂，是范苴虞慶效於前，而棘刺白馬售於世也，不幾畫蛇添足者哉？昔曹平陽代蕭相國爲相，日飲醇不治事，吏厚少文者白以爲丞相吏，至欲言事，輒飲以醇酒。丙少卿代弱翁爲相，上禮讓，好寬大，於臧吏無所案，至佚蕩醉嘔丞相車，終無所問。何者？規隨異用，寬嚴相濟，大臣爲國固不蘄於同，蘄於治耳。使兩君存形迹，顧議論，則平陽將不疑闒茸而無任，少卿將不疑柔茹而寡執也哉！故夫人臣先於識體，識體先於審時。《易》於《需》則言飲食燕樂，於《蠱》則言幹蠱用譽，惟其時也。時規時隨，故曹不媿蕭；時寬時猛，故丙不媿魏。時有爲，時無事，故文靖不媿趙、張諸賢，乃若當幹蠱用譽之日，而襲飲食宴樂之爲口實，文靖而索世之治也，吾不知其可矣。

尚友論

尚友之道，其凝神之所爲乎？夫君子生於千百載之下，而欲定交千百載之上，嘐嘐然曰古之人，古之人，不幾於悠謬荒唐乎哉！不知以人言則人各一身，身各一時，形骸膚革之外，固已迥然不相及。然而人之生也有涯，而其神也無涯。神之爲物,在鴻濛之先而不爲老,在六極之外而不爲遠,在元會運世之後而不爲久。神也者,不可以世筭者也。故以人定交,無論上古,即一鄉一國之善,不知其幾也,天下之善又不知其幾也,將欲家至而目見之而後可以爲友,於以盡一世之善,勢且不可,而況千百載之前後乎哉?此其爲友也,亦勞矣。其爲益也,亦隘矣。

知友道者則不然。知一人之善,千萬人之善也。一時之善,千萬世之善也。善之接於吾前者,吾可以人友之;善之不接於吾前者,吾可以神友之。以人友者,目擊而道存,固無非神;以神友者,精極而象顯,亦無非人矣。故有獨處奥窔之内,而羲皇爲儔侶;塊守淵默之中,而周、孔相出入。無他,凝神之久,若將見之,非徒恍惚疑似之間,而實與之爲麗澤,爲盍簪者也。先正有言:堯舜其心至今在。微獨堯舜,自書契以來,其爲聖若賢,何者其心不在?何者不可爲友?惟視人之凝神何如耳。舜之神在協帝紹堯者也,故食則見堯於羹,立則見堯於墻,因是以上友乎堯。孔子之神在行周公之道者也,故見公於夢寐之間,因是以上友乎周公。夫曰見則非徒恍惚疑似矣。堯、舜、周、孔非必並時而立,而且旦莫遇之者,何也?一神之相爲感也。陽燧見日而燃,陰諸見月而津,取類於大虚之上,不知其幾千萬里,而必應也,而況號爲同類之人,又爲同德之聖賢,其相求相應豈可以世數者哉?此尚友之説也。

雖然,凝神之道,非枯槁坐忘之所能得也。其事則孟氏之所謂誦詩讀書論世而其要必先去巧。故黜嗜慾,洗心滌慮,合於古初,然後誦讀非糟魄,論世非陳迹,專心致志,而千古若一時矣。此凝神之應,而尚友之説也。

爲山九仞論

爲學之道,以其至易而藏其至難,是故非其垂成者之可喜,而其垂成而卒於廢者之可虞。今夫爲學而方在一簣,其勢若難,而其底於九仞也若不易。爲學而至於九仞,其勢若易,而其底於爲山也若不難。然而君子之所深戒而視若難者,則不在此而在彼,何也?以形言則一簣難而九仞易,以理言則難者易之所自來,而易者難之所必至也。何也?凡人之爲學,惟志與氣而已矣。志始乎鋭,常卒乎玩;氣始乎奮,常卒乎怠。方其在一簣之時,彼自見其一簣,則其視己也若虚,而其視學也若渴,將不勝其羡慕必得之心,是故志鋭而氣奮。及其九仞之時,彼且自見其九仞,則其視己也若盈,而其視成也若近,將不勝其滿假因循之心,是故志玩而氣怠。故謂一簣而九仞易者,非其功之易也,由志鋭而氣奮則易也。謂九仞而爲山難者,非其功之難也,由志玩而氣怠則難也。

今夫用師者盛於一鼓,行遠者奮於發軔,此一簣爲易之説而已矣。飄風之衰不能起弱羽,强弩之末不能穿魯縞,此九仞爲難之説而已矣。大都爲學而能致九仞者,其品有三而進止懸焉。聖人者而當九仞,則純亦不已,而忘其難易。賢人者而當九仞,則雷勵風行,而勉難爲易。中人者之於九仞也,則滿假因循,亦終狃於易而阻於難而已矣。發憤敏求,孔子蓋忘之者也。欲罷不能,顏淵蓋勉之者也。子貢、冉有之徒,達聖教,悦聖道,始趨之若甚易,然而竟以自畫願息終也,豈非狃之爲患哉!故由一簣而九仞者,中人所可幾;由九仞而成山者,非聖賢不能也。難易之理,不亦較然矣哉!

蓋嘗論之天下之事,因其難而難之,則天下無所難;因其易而易之,則天下無所易。《易》不戒於未濟而戒於既濟,《書》不戒於未治而戒於未亂。堯舜既平而兢業,周公方盛而無逸。彼誠知九仞之勢難持,而爲山之無可恃也。唐明皇手戡戩亂,赫然中興,未幾而失之於婦人奴虜,豈非九仞不戒,而難易易形哉!嗟夫!爲學之與爲治,其大致皆若此矣。昔愚公移山,屬其子與其子之子孫而山靈爲動。嘻!愚公不難於移山,而吾人乃難於九仞,是故惡夫畫者。

文中子論

宋儒論文中子之書曰吴楚僭王之書也,爲其以續經而得罪於聖人也。夫續經何以罪也?六經聖人作也。王氏之書,字而比之,句而倣之,櫭櫭然匪六經之肖貌無出也。其自居以聖人,亦汰矣,故曰罪也。曰爲是而被之以僭王,王氏之爲罪也鋭矣。愚以爲王氏之書第當論其旨之醇不醇,而不在於經之續不續也。

其旨苟悖於聖人，即避經之名，吾必擠之門墻之外；苟於聖人之經爲有裨，即續經而於聖人之徒固無損也。

王氏之旨在於尊孔氏，明大義，要以無失聖人之意，而止言語文字之間，又何足爲王氏深誅哉？夫學者之尊孔氏，猶人臣尊王也。尊王之旨莫著於《春秋》。春秋之時，天子微，諸侯脅，王室不絶如綫，然後桓、文攘伐以康周室，雖假竊仁義，人非湯武，聖人猶津津有取焉。何也？謂尊周之義正也。自仲尼没而微言絶，七十子喪而大義乖，異端外道争掊擊聖人，老莊之放誕、佛氏之寂滅、申韓之慘刻，紛然並起，聖道之在六季不翅周室之在春秋矣。仲淹勤勤懞懞，博采精思，會稽之《詩》，河東之《禮》，北平之《樂》，仲華之《易》，東海之《春秋》，綜異爲同，研細於𥿋，雖間不盡雅馴，然其大旨與聖人固不謬盭，羽翼之功比之桓、文，不亦偉乎？且三百之篇，實載鄭、衛，《周書》之後，《秦誓》以續，吕氏《月令》並列《曲禮》，無亦謂其足以吹波助瀾，遂不復計其他也。乃於王氏獨以增皃續貂譏之，是日月之晦灼火不爲光，而桔槔不爲潤於世也。《論語》二十篇，統會一中，宋儒標之傳注，自以爲得統聖人。仲淹以《中説》擬《論語》，其言曰：中若大路，行以左右之偏，不危則泥。玆非《論語》之宗旨，而聖人之遺言歟？宋儒標之於後，而自居聖人之實；仲淹闡之於前，而深誅其竊聖經之名。以是而謂之僭王，何足以服王氏也。

或曰：荀、揚不明王道，述禮樂嘵嘵，六經乎？曰卿論性惡，雄作符命，大義已缺，千載莫贖。仲淹優優，見其大者，豈況、雄之倫乎？仲淹故有王氏六經，惜其書多散軼不傳，其傳者固足術也。余懼耳食之徒不察本末，猥聞僭王之説，與異端外道共嗤之，故爲論其旨如此。

續朱穆崇厚論

余嘗觀朱穆《崇厚論》，嘉其言論風旨有合於君子長者之行，讀其文想見其爲人，咨嗟賞玩久之。於是思爲之廣其意，不自知其續貂之陋，亦庶幾風世之一吷焉耳。

蓋嘗謂天下有必至之勢，又有必不可已之權。世道由厚而之薄者，勢之必至也。君子欲化天下之薄而不得不出於崇厚之計者，權之必不可已者也。夫顓嚳之世，政渾渾，民悶悶，窅然忘其公私左右，不自見厚，矧云薄哉！叔世道降，澆漓習興，睢睢盱盱之民，莫不竦身而覺，視未孩而始誰，於是乃有觭觟離跂、懻忮乖異，以求棘刺於世，竭淳而雕璞，傷恩而薄厚，而慘刻之路紛如矣。逮至今則鬼蜮公行，毒螫四出，窮垢索瘢，巧詆深文，操心益薄而其壞理傷道乃益甚。是故見善則惟恐其或庸，見過則惟慮其不彰。聞人之是則多方以蘖其短，聞人之非則附和以甚其辜。其人誠有卓行也，或以一眚而揜其生平；其人未有顯慝也，或以一節而概其疵瑕。論功則娼妬以撓其成，定罪則文致以就其釁。約於用恩，雖素交而不顧；果於用忍，雖睚眦而必復。此則隙由於蝸角，利争於錐刀。或因名位而相軋，或肆謗讟以相傾。營己而不顧妨物，此贏而不恤彼負。千變百出，未可名狀。故徒狄以之沉淵，介推逃之綿上，翟公因之署門，公叔由之絶交。何者？彼誠感薄惡之風，憤世嫉俗，而不忍見也。夫拱璧雖完，漸之必劌；醖釀雖醇，再漉必漓。世風之敝，有似於此矣。

君子作法於厚，其弊猶凉；作法於凉，何以制後？乃有碩人德士，含懿抱純，作意致情，以崇厚道。若有虞之隱惡揚善，周公之不求備棄。故孔子之有譽無毁，斯其至矣。乃若魯君不咎三北之將，秦穆不詰食馬之罪，魏侯不責放麑之過，漢文不顯受贓之奸，晏嬰脱驂於越石，祁奚免皋於叔向，刖危逃阨於子羔，不疑償金於同舍，平陽之揜匿細故，王昶之渾深戒子，婁公之數薦仁傑，文穆之不問朝士，斯並矯時礪世，維風起弊，豈非長厚之遺軌，而化薄之高標哉！故曰："罪疑惟輕，功疑惟重。"又曰："以德報怨，則寬身之仁也；以怨報德，則刑戮之民也。"君子之用心誠如此矣。夫君子豈不樂有中正之道而故爲是姑息之訓，以博敦大之名哉？毋亦鑒浮薄之弊而懼其末流之不可以禁耶？故天道陰陽以爲運，然常扶陽而抑陰；君子彰癉以爲教，然常善善長而惡惡短。故曰：毋没没而暗，勿察察而明。察見淵魚者不祥，急刻峭厲者有殃。君子爲政，寧優優以容天下，毋寧使天下迫迫索索而無所容于我。蓋過于厚猶可以養天下和平之福，而常見其有餘;過于薄天下將有廓革鍥急之患,頽敗而不可收拾。是以去彼取此,此捄時之務,崇厚之意也。

解

性習解

夫以諸子之言証聖言,未若以聖言証聖言也。聖人言其全,諸子言其偏;聖人之言無迹,諸子之言有迹。以全該偏,以無迹該有迹,則亦求之聖言焉足也。

夫性習之説,吾未之前聞也,其原出於仲尼。仲尼之言曰:"性相近也,習相遠也。"噫,至矣,盡矣,性無餘藴矣。夫性之爲言何爲者也?人所以生也。記曰:"人者天地之德,陰陽之交,鬼神之會,五行之秀氣也。"此則人所以生而爲性之原也。無極之真,二五之精,合而爲言者也。夫既真精合,則理氣有不可以偏屬者矣。聖人於此,將以爲不同乎,則維皇降衷,均厥靈秀,安得而謂之異?將以爲盡同乎,則游氣成質,紛紜雜揉,安得而謂之盡同?聖人於其同而不盡同之間,舉其全、融其迹而名之曰"性相近也,習相遠也"。相近則精粹之理也,其所以止於相近而不能盡同者,則雜揉之氣也。及其知誘物化,習尚變遷,氣始用事,而理由晦蝕也,則相遠而已矣。此立言之極,而萬世之衷與?

仲尼既没,異言繁興,紛紛藉藉,幾於聚訟。荀卿有性惡之説,揚雄有善惡混之説,告子有杞柳湍水之説,韓昌黎有三品之説,李翺有復性之説,大氐見其一察而不能相通,無足深辨。其最得聖人之旨者,無如子輿、仲舒、宋儒張氏之三説而已。孟子以性善明性而以盡其才明習,仲舒以生質明性而以教化明習,張氏以義理氣質明性而以善反明習。其明習之意不甚相懸,而其言性則代各異説,不相祖述。然而仲尼則嘗備言之矣。仲尼之繫《易》曰:"繼之者善也,成之者性也。"夫非性善之説乎?其曰:"上智下愚。"非生質之説乎?其告哀公以知行之等有三,而及其知之成功一也。夫三者非氣質而所以能一者,非義理乎?蓋聖人合言之,三子離言之;聖人包舉而言之,三子則斤斤指據而言之而總之,則“相近相遠”之一言而已足矣。夫執孟氏之説而謂天下不復有生質之異者近迂,執仲舒之説而謂人心無復懿德之同者近誣。性一而已,必津津焉命其何者爲義理,何者爲氣質,則亦近支焉而已矣。故曰:聖人言其全,諸子言其偏;聖人之言無迹,諸子之言有迹。以諸子之言証聖言,未若以聖言証聖言也。雖然,聖人明理之言也,三子救時之言也。當孟子時不可無性善之説,孟子之後不可無生質之説,孟氏、仲舒之後不可無義理氣質之説,是皆有功于性習之論者。余懼末學不晳聖人之旨,而惑於諸説之紛紛,作《性習解》。

復其見天地之心解

《復》何以見天地之心乎?天地之心生物者也,《復》者於序《坎》、《坤》,於月屬子,當夫六陰已極,萬象歸根,玄關方閉,元化將藏,湫瑟寂寥,蕭條忞穆,天地之生意駸駸無復霄塊間矣。然而六陰遄往,一陽潛來。《坤》上《震》下,伏雷德于地中:《剥》極《復》還,舒永晷于天上。元命之胚胎浸動,萬物之根荄漸萌。於此見天心仁愛,不以剥落而遽隳;元功震育,不以荒屯而終否。大德曰生,産物者聖,復觀其深,不其然乎?

或曰:孰生物者天地。夫既以生物爲心,則胡不長引其發生,漫衍其敷榮。使百昌咸遂,嫗煦之功無歇;四序並育,繁華之路不極。而廼温厚之餘幹以嚴凝,長養之后代爲肅殺。極而復之,其故何耶?豈造化靳鑪錘之用,而以萬物爲芻狗者歟?曰:何爲其然也。夫天道不能常明而無晦,物理不能常盛而無衰。故一陰一陽,天道之公;一來一往,物理之恒。獨不見曦馭夕蒙而旭曜,蟄龍蟠泥而飛天,馬以稅而能駕,弓以弛而可張。倘閉錮不密,則天地之房以泄;暄潤過時,則血氣之倫反傷。何者?動静互根,變合非假,消長迭至,循環相資。吾安知夫殺之非所以生也,吾安知屈之非所以伸也,吾安知夫翕聚專一非所以直遂發散也。通於是而天地之心獨專於《復》乎哉!

曰:若然,則天地生物,心固無之非是矣,而何以獨於《復》見之?嗟夫!天地之間,精之運不息而機之動有倪。言乎精之運也,則六十四卦生物之心蓋具。

言乎機之動也，則一陽來復，生物之心獨顯。且前乎《復》者，則爲《坤》之六陰，《剥》之五陰，《觀》之四陰，《否》之三陰，《遯》之二陰，以及於《姤》，而陰始，其心歛於寂而無迹。後乎《復》者，則爲《臨》之二陽，《泰》之三陽，《大壯》之四陽，《夬》之五陽，以至於《乾》，而陽極，其心散於物而無端。此則斡旋群陰之後，權輿衆陽之初，一元流行，盎然畢露。譬則谿子發機，百步之能始著；盆繅得緒，千尋之錦斯成。豈非玄牝之槖籥，而造化之至妙者哉！是以君子觀象，七日中行，戒迷復之凶，取訓地雷安静，順微陽之養義，並調燮道存幽贊，雖則繕身宥域，推之人事各一，然而抑陰扶陽，法之天道不殊。大《易》著訓有在於斯，維聖同天端可識矣。

斷斷休休解

《泰誓》之言一箇臣曰斷斷，曰休休。夫休休有容，其於言大臣之量似也，而必曰斷斷無他技者，何居？嗟夫！斷斷固所以爲休休者也，不斷斷而務爲休休，其休休有所不信於士矣。何也？大臣之所以能容天下士者，非徒恃其利禄以羈縻之，名位以覆翼之而已也，必有所以信於士也。無所以信於士，即有利禄名位，士且却步而不敢前。故斷斷者，大臣之所以信於士者也。今夫利禄名位可得，而籠致者寧必真士哉？世之真士號爲有技彦聖者，其中皆有以自負，蘄有所效於當途而不肯虚。當途者有需於士，則士進；無需於士，則士退。大臣苟或自聖其智，自辨其能，燿然以智能燀爚天下，視天下無足爲吾用者，此其精神已不屬於士矣。即或勉强爲容，陽爲網羅茹納之舉，而其沃心驕色，必有溢發而不自知，士亦且覘其僞而不吾信，所謂訑訑之聲音顔色，拒人於千里之外者是已。彼未必以訑訑拒人，士固畏其意而不就耳。故爲大臣者必掩塞聰明，屏除伎倆，剷落一切豪華自喜之狀，若於天下事無一能爲者，然後其需於士不得不急。需士急，故其求士不得不誠。求士誠，故感其誠者不得不信。士信，故群材可得而容也。然後衆勇無畏乎烏獲，衆明無畏乎離朱，而吾之治無一足難於天下。大臣知衆人之智能賢於一己之智能，故寧抑一己之智能，以伸衆人之智能。卒之衆人合而爲我無技而有技，無彦聖而有彦聖，兼羅并包，以成莫大之智能，而孰非自斷斷無技中來哉？故不徒曰有容，而曰寔能容之。夫斷斷則能容之寔也。

昔者舜之爲相也，闢四門，建總章，舉元凱，則可謂之休休矣。又懼天下之罔若信，於是稽衆舍己，好問察邇，諄諄然曰疇若予工，疇若予上下鳥獸草木，疇克典朕三禮六樂，若己每出諸臣下者，則又可謂之斷斷矣。以斷斷爲休休，舜固用之矣。

或曰：周公不多材多藝耶？記里鼓、指南車，公豈無技者歟？曰：多材多藝，公蓋愛君迫切而爲之言，非以加於士也。當時吐哺握髮，公自謂所事所友者若而人。假令公以才藝加士，士且却跡不暇，安所得事且友？且記里鼓、指南車，安知非吐哺握髮所得之士相與獻其藝事以潤色太平，後世歸功於公，因謂公爲之耳。曰：若是則休休者一椎魯之任乎？曰：惟有才而不見才者乃能容才，惟有全才者乃能有才而不見才。夫不見才者，才之至而運用衆才者也。不然，詢岳咨牧，吐哺握髮，詎一椎魯庸人能乎哉！

説

一貫忠恕説

自孔門以一貫授受，曾氏以忠恕發之，未有能明其説者。至宋儒爲之解，以爲曾氏難言一貫，姑以忠恕易曉者言之，謂聖人之一貫，猶學者之忠恕，若借粗以言精耳。夫以聖人與學者其忠恕有安勉可也，必謂一貫與忠恕而有精粗也，其毋乃非聖人意也乎？聖人曰："吾道一以貫之。"忠恕者，正所爲一也，正所以貫也。一貫之謂真詮，忠恕之謂實際，聖人由之而安焉，學者由之而勉焉，而其不能外忠恕以爲一貫也，則一而已矣。

夫一者心也。天下之事非心孰貫？顧心之所以能貫，非空蕩寂滅之所能也。中心爲忠，如心爲恕。無所不忠，無所不恕，則真誠無僞，滿腔天理，推之天下，何所不可？如絲得緒而引可千尋，水有源而流可萬派，此則一之所以貫。蓋忠恕之外，無餘物也。即聖人千變萬化，亦無過以忠恕者，大公而順應之，非能脱去忠恕而别爲一貫也。故吾以爲聖人雖純亦不已，不能外忠恕；學者雖反身而誠，未嘗非一貫。推其功非真積，機非神解，則無由自見其一。曾氏蓋已見之，故夫子以一貫默示忠恕，曾子即以忠恕還證一貫，而豈形容假借之詞哉？

曰：若然，則忠恕違道不遠，非聖人之言乎哉？曰：聖人嘗言巧言令色鮮矣仁，忠恕之必無違道，猶巧言令色之必無仁也。然而曰不遠，曰鮮，聖人微婉而言之也。夫學者之見道，猶之登高望遠然，造彌高者見彌遠。聖人之語子貢曰："予一以貫之。"蓋言忠恕也。而子貢不悟，又曰："一言可以終身行之，其恕乎？"蓋語一貫也。而子貢又不悟，故至於岐文章、性道而二之，而謂其有可聞，有不可聞。夫聖人行無不與，動皆天則。以忠恕觀之，則文章也；以一貫觀之，則性道也。要之，聞文章即性道，悟性道即文章，而謂其有聞有不聞也，則亦未免朝三見解矣。曾子見其合，子貢見其離，豈非所造然哉！至他日有志行恕，而曰："我不欲人之加諸我也，吾亦欲無加諸人。"聖人實喜其可以漸達一貫，而恐其易言之也，曰："非爾所及。"若謂能恕則無不忠，可以終身行，可以一貫。甚哉，所當勉强而未可易言者也。紫陽氏乃支其説曰：勿則恕，無則仁。仁非子貢事也。夫無之不可言恕，則安見四勿之不可言仁也，此亦繭絲牛毛之過也。故夫聖人之道盡之忠恕，純焉之謂仁，安焉之謂聖，而皆謂之一貫。舍忠恕而求一貫，以期至於仁聖，不至空蕩寂滅者鮮矣。

五運生勝之説何如

五運生勝之説，原出於鄒衍、劉向。衍謂五德更王，皆乘其所不勝。故夏以木德王，商以金乘之；商以金德王，周以火乘之。其言於三王之際爲近，而遡於五帝則舛。向謂五德更王，皆乘其所生。故太昊始以木德王，炎帝以火乘之；黄帝以土德王，少昊、顓頊以金、水迭乘之。其言於五帝之際爲近，而推於三王則盭。然吾以爲皆非也，彼皆見其一而未見其二，見其然而未見其不然，吾嘗求其言之所自來，而知其爲謬妄不經之談也。

向之説蓋本於五帝之位號，彼見神農之號炎帝，則意其爲火；軒轅、少昊之號黄帝、金天，則意其爲土、爲金。於是并意伏羲、顓頊之爲木、爲水，雖無其號，而强屬之以成相生之序。不知上古之帝，因時成務，後人各因一事而爲之號，如伏羲時始教民服乘豢畜，因號伏羲。神農時始教民修火範鎔，因號炎帝。軒轅而下固多此類，豈其德之必專在此也？况黄帝實神農之弟，少昊實黄帝之子，顓頊亦炎帝之孫，即如向之説亦宜易世相乘，不應家人世及之間遂爾改德更王也。此劉向相生之説，均爲謬妄不經者也。

衍之説蓋本於三王之色尚。彼見夫周之建太赤，牲用騂，祭用日出也，則意其爲火德之驗。彼見夫商之建太白，牲用翰，祭用日中也，則意其爲金德之驗。故雖以夏之旂尚玄，牲用黝，祭用日闇，原爲水之色也，亦以其近於青，强以木屬之，以成相勝之序。不知三王立政，互有變革。如子丑寅之異建，弁冔收之異冠，燕食饗之異養，要以因時盡制，新一代之耳目，豈以其德之在於是，而嘵嘵焉務以相勝也。况禹以治水功成，錫玄圭，故其後色皆尚黑。必如衍之説，則禹宜建青旂，駕青驪，衣青衣，然後可謂之木。夫黑之不可爲青，則水之不可爲木也，如之何其以禹爲木而爲金所乘也。此騶衍相勝之説，均爲謬妄不經者也。

曰：然則帝王之興無五行乎？曰：無非五行也。記曰："人者天地之心，五行之端。"又曰："聖人作則，以五行爲質。"夫謂之人則皆稟五行之秀，而天下事無非取正五行，况以聖人而當應運開創之期哉！故其興也，必當貞元會合、五氣盛昌，而其爲政亦必建五官、明五事，以陶冶陰陽，摶挽剛柔，而後成治，烏有偏乘一德而可爲帝王者哉？顓頊之世，實命少昊之子重、該、脩、熙爲四正，又命炎帝之子句龍爲土正，以分理五行，則五帝之無偏乘可知矣。禹征有扈氏，明徵其詞曰"威侮五行"，至武王受《洪範》於箕子，亦曰："敬用五事。"則三王之無偏乘可知矣。故五德之運無日無時不循環天地間，興隆之主，何德弗旺，逮其衰則亦非一德之衰而已矣。生勝之説，自古不著於經傳，蓋有以也。至秦氏惑鄒衍之説，自謂勝周而乘水，於是命河曰德水，猛戾刻深，一斷於水。後人不監其説之非，徒以其短祚斥爲餘閏，而生勝之説遂相襲而不可究，至於眩惑迷亂，莫知端倪。或因一事偶合，一物創見，遂指以爲據，紛無所定。張蒼因河決金堤，則謂漢爲水德。賈誼因黄龍見成紀，則謂漢爲土德。董行父因赤帝之讖，又謂漢爲火德。唐既自謂承晉爲水德，崔昌、衛包又謂繼漢爲木德，伊川又謂少河患爲土德。徐鉉既感赤光之符謂宋爲火德，趙垂慶、張君房又因白鹿、白龜之祥謂宋爲金德，謝絳又因日抱黄珥謂宋爲土德。

夫霄塊間飛潛動植，更至迭見，焉知其極，欲執是以名一代之運，此皆求其理而不得，而揣摩其説者也。若夫六朝五季之際，其運益乖舛而不可通，生勝正閏，皆出一人之口而靡所統一，要皆所謂見其一不見其二，見其然未見其不然，均爲謬妄不經之談而已矣。故夫古今説五行者，要以《禮經》、《洪範》爲信，其歷代休王之説皆不免於稗家瞽史者流，即齊諸斥之可也。

淡泊寧静説

蓋孔明之言曰："非淡泊無以明志，非寧静無以致遠。"甚矣，其言有似於聖賢也。夫自古聖賢作用，曷有不從性靈中來者。非聖賢之能益其性靈，能無失其性靈之初也。性靈之初，一物不雜，瑩然常淡；一念不起，寂然常静。惟淡故能含照，惟静故能運動。官天地，府萬物，摶捥揲運，無所不可，是淡泊寧静所從來也。惟其血氣心知隨應感起物而動，而紛華美麗逐感遇聚散而入，于是淡者有時泊，而静者有時擾。泊其淡是泊其所爲照之原也，擾其静是擾其所爲動之根也。根源一敝，作用盡隳，志烏乎明，遠烏乎致。故淡泊寧静云者無所益亦無所損，葆養其本源，而徐收其作用。記不云乎，"清明在躬，志氣如神"。清明者淡泊寧静故也，如神則志明而遠致矣。

今夫天下之人非其闇胷之甚，其志莫不各有所期。一旦醲脆靡曼之欲交中遞進，於是始浸淫汩没而向之所期者輒入於昏瞀，求其能明志者寡矣。非其孱弱之甚，其力莫不各有所至，一旦利害得失之故攖心滑和，於是始波蕩震撼，而力之所至者輒壞於呰窳，求其能致遠者寡矣。是故非明志之難，無所晦蝕其志之難。無所晦蝕者，志不期明而自明。非致遠之難，無所陔鬲其遠之難。無所陔鬲者，遠不期致而自致。今夫鏡之所以察毫睫，辨妍媸者，塵垢弗霾故也，此淡泊明志之説也。射者之能中百步，未有不始於凝神省括而能以輕發中者也，此寧静致遠之説也。試嘗驗之，人當其困窮蕭條，嗜欲弗伸，多以堅忍而生慧，而愚之損志恒富貴爲之。夫人方其坐一室之中，籌度可否，殫精竭慮，多所奇中而契會，及其煩囂四起，心意飛揚而謀用弗競。然則聖賢之明志而致遠者，其大略亦蓋可覩矣。斯道也，天道也。天道惟澹，故太虚之中，冲然穆然，而萬物炊累。天道惟静，故翕聚專一，而發散直遂因之。天且不違也，而況於人乎哉？雖然，非淡泊無以明志，非寧静無以致遠，而寧静又先之淡泊焉。夫不能寡欲而乃惡動求静也，是疾行而惡其影之速也，則愚未見其能得也。

惜陰説

晉陶士行有言曰："大禹聖人，乃惜寸陰，至於衆人，當惜分陰。"有味乎其言之也。夫日回而月周，時不與人，遊時之消息間不容髮，積日成月，積月成歲，積歲成老，相推相禪於大塊之間，如轂轉，如駒馳，往而不復，去焉而不可待。天地者無窮，而人之寄於天地者有時。以有時寄無窮，屑越忨愒，曾不知所顧惜，一旦志氣衰頽，名實俱泯，蚩蚩然與草木同命，不已悲乎！

孔子曰："君子疾没世而名不稱焉。"又曰："飽食終日，無所用心。"難矣哉，聖人之惜時如此矣。故奧窔之内，或存百年之慮；嚬笑之頃，或抱千歲之憂。若堯舜之勑時幾，大禹之過門不入，成湯克勤於昧爽，周后罔遑於日昃，衛武不替於既耄，姬旦致戒於噫逸。彼皆神明淵懿，絶類離倫，豈不知安逸之爲適好，自苦其生哉？誠知時之不可再得，而不敢屑越忨愒，以虚其生也。故能功蔽天地，聲浹于兹。夫聖人爲之一日者，衆人爲之百日未必能當也。聖人爲之一世者，衆人爲之十世未必能當也。而且涉世如此其勤也，而況中庸以下者乎？農夫之治田也，耕耘收斂，不失其候，以歲計者也。一之日于耜，三之日舉趾，日夜而思之，以日月計者也。而其稍确者，則其四時日月之計，力必倍焉。夫聖人之與衆人所惜寸陰、惜分陰，其道亦若斯焉已矣。漆園竹林，自爲貴生，以爲逆旅過隙，貴在逍遥恣睢,指聖賢之好勞,命之曰桎梏。夫彼以一身爲身,故貴其身以逸;聖賢以千百世爲身,故貴其身以無逸。然則漆園、竹林貴一身之身,聖賢貴千百世之身也,夫不貴千百世之身而貴一身,無爲貴身者矣。

朱陸同異折衷

夫學者期於得道則已矣。既得之,則其所從得可無問也。言其所從得,又可無問也。即言之而有同有異,又可無問也。千里之都,至之者或自燕而往焉,或自越而往焉,至而各言其南北水陸之所由,人各異也,而其所至則一而已矣。布侯棲鵠而射之,或操烏號,或彎谿子,或百步、或五十步中,而言其所射不一也,然而中之則一而已矣。夫道則學者之都會準的也,既有以至之中之,則其始之所從得,亦猶之舟車水陸、弓矢步武而已矣,何必其盡同哉! 即不盡同,而亦何害其爲同哉?

在昔宋季,朱、陸兩先生者,所謂趨孔孟之都會,遊孔孟之準的者也。然而當時兩家學者,各爲門户,互相詆譏,紛紜辨詰,幾於聚訟。至於今,精研之儒既爲元晦左袒,高俊之士復爲子静赤幟。大抵甲勝則乙負,抑此則伸彼,同異之致,迄無定評。噫,亦惑矣! 夫謂兩家之盡同者非也,謂兩家之不同而遂異之者非也,謂兩家之有同異而有所雌黄者又非之非也。蓋聖人之道一而已矣。無内無外,無始終先後,而一以貫之。至於學聖人者,則或由外而之内,或由内而之外。内外固不可偏遺,而始終先後則猶不能以盡廢,故不可以一律齊矣。由今觀朱氏之學,欲使學者先求之博,以資此心之明,然後約之至一者,以會其歸。陸氏之學,欲學者先求之約,以爲博物之地,然後推之不一者,以踐其實。故察之念慮,驗之事爲,求之文字,索之講論者,元晦也,疑於偏外也。然而居敬窮理,精義無二,則外而未嘗不内。先之定志,本之存心,索之良知真性者,子静也,疑於偏内也。然而用功在於人情,物理孝弟躬行則内而未嘗不外。惟其所見有頓漸,所入有難易,是以其説不能以盡同,而要以得聖人之道而止。朱氏固非道問學而遺德性,陸氏亦非尊德性而遺問學。朱氏則日積月累,六通四辟,脉絡條貫,聚萬爲一,其得聖人之道精以實。陸氏則超悟獨到,深造自得,溥博淵泉,推一於萬,其得聖人之道宏以粹。朱氏而在聖門則深察力行,可以居曾氏之科。陸氏而在聖門則心齋坐忘,亦當爲顏子之亞。程、李不同律,而皆得於兵;韓哀、秦青不同相,而皆得於馬。夫得於道者,亦豈必其盡同哉!

世儒記誦訓詁,博聞强識,角一日之長,忘終身之短,因附於朱以攻陸,而訾之曰太簡。凌高憑虚,談空説幻,謂不立文字可以即心見性,不讀一書可以神解妙悟,因自附於陸以攻朱,而訾之曰支離。彼徒見二先生之異而無得二先生之同,因病之爲俗爲禪也,不亦悖哉!孔子曰:“學而不思則罔,思而不學則殆。”《易》曰:“多識前言往行,以蓄其德。”又曰:“精義入神,以致用也。”或由内以之外,或由外以之内,夫豈一端而已,各有所當也。兩先生合之故得道,後儒離之故悖道。惟其無得於道,故因以疑兩先生。夫豈惟後儒疑之,即兩先生始亦不免於疑。鵝湖之講,《大極圖》之辨,往復剖擊,蓋不免於朝三見解矣。非兩先生之高明,安能平心抑氣,終至契合也哉!故學者務期於得道,得道則無爲標法門,多言求勝以亂道。亂道者必自多言始,皆其得之不深爲之也。故曰:道隱於小成,言隱於榮華。雖異端之言,亦可謂深中吾儒之病矣。

對

經術世務要旨對

或問:經術可以經世務乎?曰:六經聖人作也。聖人治天下之迹見於經,《易》著本始,《書》道政事,《詩》詠性情,《禮》載章程,《春秋》辨名分。經世之迹,歷歷可據。爲治而不資經術,是不法聖人也。夫爲治而不法聖人,又將誰法哉?

曰:若是則經生學士事佔畢而操鉛槧者,於世務亦有濟乎?曰:聖人治天下有迹者,必有所以迹者。所以迹者,神於迹者也。聖人不能傳其神,僅傳其迹。雖然,迹傳而神亦傳矣。吾能由聖人之迹以求聖人之神,即世聖人之治不難;不會其神而惟詞章記誦之是騖,則亦塵迹而已。譬如土龍芻狗之既陳,誰能貴之？而欲持此以經世務也,不亦遠乎哉？吾觀三代而上,經術之通於世務,蓋斷斷然;三代而下,經術世務之途始分。非夫經術之行於世有驗有不驗也,彼其所以爲經術者異焉。周之時經術莫備於周公,周之季莫如孔子。《豳風》之《詩》,《無逸》之《書》,傳象之《易》,六官之《禮》,筆之於經而推之於政,猶寓而取之也。孔子修六藝於衰周之季,當時不能竟其説,然一宰中都而四方則,爲司空而五土宜,爲司寇、攝相事而復鄆讙、却萊夷、反頴俘,每試輒效,其應如響。夫二聖人者之於經術世務也,豈規規然援古以證今,引此以傳彼,銖而程之、寸而度之哉！純白備於胸中,而精神喻於天下,必有不傳者矣。三代而下,重經術者無如西京與宋。然叔孫通號漢儒宗,道固委蛇。公孫弘白首治《春秋》,曲學阿世。趙琯、王臧以文學爲姦利。張禹、孔光治經術爲帝者師,而諂事權幸,君子耻之。至宋金陵氏以《周官》作新法,説者謂熙、豐之禍,卒基靖康,經術之於世務闊如也。至其定勛勸而肩鴻鉅,間或出於椎魯,或出於申商,或出於黄老,或學不由講,或不通太虚,於是經術始不讐於世,人竟以芻狗土龍斥之,而不知非經術之罪也。

今夫工倕之制器,未有不資斧斤者也。然而拙工或以傷手,乃因而訾工倕之斧悖。岐黄之壽民,未有不資方書者也。然而庸醫或以殤子,乃因而廢岐黄之書悖。夫六經其亦經世之斧斤、方書也,若之何其輕議之？故吾以經世務莫如資經術,資經術若如求聖人之神,而欲得聖人之神,又必先澄已之神。西京之宦達,金陵之偏拗,彼其神固已索然,又安望其能會聖人之神以達于世？是以其道必先去巧故,忘人已,除好惡,黜健羨,如周公之不驕不吝,孔子之無意必固我,然後能由六經以見聖人之神,而善治可幾。夫欲以經術經世務者無要於此者矣。

辨

忠清仁辨

夫真心無偏行,僞善無完德,亦云情而已矣。《記》曰:"與仁同功,其仁未可知也;與仁同過,而後其仁可知也。”情之所在,雖過猶可以知仁,而況於忠耶,清耶?忠與清之不得爲仁,則或以其情之不在而所以爲忠與清者非也。蓋世儒之言曰:仁爲至德,忠與清爲節行。其分量較然矣。雖然,吾未見夫爲仁之能遺節行,而忠與清之不可以通至德也。

夫純心體國之謂忠,去利就義之謂清,二者豈未仁之人所能辨耶?商之季,微子歸周,箕子佯狂,比干剖心,其情蓋均之謀商者也。夫子曰:“殷有三仁。”非以其純心體國而忠耶?伯夷、叔齊遜國而逃,醜周而餓,其情蓋皭然不滓者也。夫子曰:“求仁得仁。”非以其去利就義而清耶?夫微、箕、比干以忠而得仁,伯夷、叔齊以清而得仁。子文文子忠矣,清矣,而獨曰“未知,焉得仁”,非夫聖人之論略於彼而詳於此也,毋亦其情有真僞,而所以爲忠者清者異乎?語曰:往者東走,逐者亦東走,東走同而所以東走異。故夫同行之人不可不覈其情而知之矣。其情誠出於純心體國,去利就義者也,吾謂之忠與清,亦必謂之仁。其情有一毫不出於純心體國、去利就義者也,即嘵嘵以仁自號,吾不謂之仁,亦必不謂之真忠真清。故論仁者但當辨其情之真僞,而覈其清與忠之所自來,不必于忠與清之外而別求所謂一種之仁也。

曰:然則三者固無辨乎?曰:聖人蓋嘗辨之矣。聖人懼天下既其行而不既其情,而深爲之防者也。夫一情可以概百行,百行不足以知一情。居攝、東征之舉,與都俞等忠;曲阜、龜蒙之富,與箕潁等清,豈謂行耶?後世餙詐矜名,細廉曲謹,並托于忠與清之行。其似忠與清益甚,乃併其仁而竊之。故聖人津津爲之辨,非小忠與清也,小其非情者也。曰:管仲何以稱仁?曰:仲與仁同功者也。與仁同功,故稱其仁;與仁異情,故小其器。世有器小而得爲仁者乎?此皆與善之微權,而原心之眇論也。

安静廢弛變通紛更辨

大凡治天下之弊有二,曰廢弛,曰紛更。人皆知廢弛紛更之爲弊,然而不能去者,夫有所托焉者也。廢弛之托爲安静,紛更之托爲變通。是以其弊卒不可去而治，由之日壞。然天下有廢弛而托爲安静者矣。至有安静者出，人又竟以廢弛議之。天下有紛更而托爲變通者矣。至有變通者出，人又竟以紛更議之。於是長慮却顧之士，不得行其志，出身任事之人，不得關其忠，而壞且日甚矣。

夫安静順治者也，廢弛養亂者也，變通宜民者也，紛更害成者也。其形相近而其於國家利害則猶之乎霄壤也。有國家者將何從而辨之？亦曰時勢而已矣。夫冬日之用裘，夏日之用翣者，時也。水行之利舟，陸行之利車者，勢也。安静變通其時勢各有所宜，亦若是已矣。時勢在於安静也，而欲矯之以紛更；時勢在於變通也，而欲任之以廢弛；是猶舟而欲行之陸，翣而欲用之冬也。昔者漢文之時，干戈甫定，瘡夷未甦，此時勢在安静者也。文帝從而休養生息，鎮之以玄默，故天下以玄默治。至武帝好大喜功，取高帝約束紛更之，天下遂以多事亂。漢宣之時，官事秏廢，民俗呰窳，此時勢在變通者也。宣帝因而振刷濯磨，通之以綜核，故天下以綜核治。至元帝優游不斷，孝宣之業衰，天下遂以廢弛亂。夫漢文以無事治，漢元以無事亂；漢武以有事亂，漢宣以有事治，豈非時勢迥異，功業相反哉？晉人以清淡廢事，後人因之而陸沉。宋人以忠厚立國，安石更之而禍宋。彼晉人未嘗不慕安静之名，而宋人未嘗不稱變通之説，惟其時勢之不審，其禍遂至於不可救。故聖人之治天下，不慕安静以爲高，不稱變通以爲能，惟觀其時勢之所在而從事焉。時勢可以相安於無事，聖人不敢攘袂而居先，故有所鎮静寧一，雖蒙廢弛之誚而不辭，惟欲安静以養和平之福也，《書》之所謂"無作聰明亂舊章"是也。時勢不得不藉于有爲，聖人不敢柔茹而後時，故有所起弊維風，雖蹈紛更之謗而不恤，惟欲變通以收精明之効也，《易》之所謂"幹蠱用譽"是也。故曰：急而後應，不得已而後起。言聖人無意於爲，亦無意於不爲也。使其有意於安静變通也，則亦終歸於廢弛紛更而已矣。是以爲治莫患於喜事，莫患於畏事。喜事者爲於不可爲，畏事者可爲而不爲，而其究皆至於多事。雖然，喜事生於邀功，畏事生於避禍，皆有己爲之也。然則爲治之弊有二，喜事與畏事各居其一，而有己居其全者也。夫惟審時勢而去己，天下庶乎無弊矣。

河干集卷三

策

策一道國運　甲午江西録。

問：自古久安長治者，鴻荒標鹿之世歲或以萬計，顧書契以前事難稱引，三代獨周曆最長，然昭夷而下陵遲，徒空名耳。漢唐稱盛，中多離析。宋益偏安，亡論已。獨我明受命二百二十餘年，重熙絫洽如一日。雖震虩時來，而泰寧無損。説者競稱我國家法度綰結，與夫德澤淪被，固窺見涯略，抑更有出于是者否？玄言亂不極則治不形，邵雍亦云有十世、百世、千世、萬世事業。我高皇帝汛掃胡元，固宇宙渾沌一開闢，所謂亂極治形，萬世事業，非耶？我皇上纘大承庥，萬曆之治方與天無替，即邇者一二孽孽，何足干昌明之運？而當時言者或不勝私憂過計，然於今晏如，豈非天心眷顧，泰運靈長明驗歟？惟是聖主安不忘危，藎臣頌不忘規，諸生尚求可爲祈天永命之助者，著之于篇，毋以讖緯符命。

夫有國家者之熙鑠景而享鴻業也，蓋莫不有靈承之運矣。啓之者天也，際之者人也。啓之者若有所可憑，而際之者實無所可恃。今夫宇宙間貞元之氣不能以常聚常完，亦不至于驟涸驟竭。有所消鑠，斯有所亭育。必消鑠之極，斯有亭育之盛。故自古應運聖人，丁極亂積衰之後，而任經綸開創之責，弘濟益多，肇造功大。天則必爲之禔福延禧，衈胤錫羡，其後世子孫皆有所憑藉，以底于久安長治而無替。此理之必然者也。然而聖人知其然，不敢恃其然。方盛戒衰，居安慮危，然後天心永眷而靈長之運可長保。亦猶人稟無疆之筭，而猶不忘葆嗇愛護，斯可天壤相敝，彭喬爭年爾矣。請因明問所及，先揚厲我國家受命之運，而後及永保靈長之道，可乎？

粤稽太古，載籍靡存，稗諧所志，有謂天皇地皇各一萬八千歲者，有謂九頭氏兄弟分長九州，合四萬五千六百年者。其他柏皇、中央、赫胥、尊盧之屬，莫可究詰。大率鴻荒標鹿之事，若有若亡，存而不論可矣。自唐虞以降，稱享國長久，莫如三代。而三代中卜世三十，卜年八百，無如周。然吾觀周家天王之尊，千八百國之玉帛稽首雲集者，穆王以前或不少損，全盛可百年耳。自昭王狩于楚濱，夷王降爲侯服，其後與鄭交惡，與晉爲盟，政委于共和，大不能邾、莒，安在其爲有道之長哉？三代而下，漢四百年，唐、宋三百年，均曰一統之盛，然漢甫二百年而遭新莽竊命，高祖之業已墜于地，光武中興，如同别搆。若唐之天下始則牝雞易姓，既乃羯胡盜鼎，强藩跋扈，廟貌幾于改觀，吐蕃跳梁，鍾簴累至失守，貞觀、開元之太平僅僅耳。至于有宋，則燕雲北析，銀夏西裂，比至建炎，東南半壁，不過與孫吴、六朝埒，烏覩冠帶九州之規模乎？

獨我明啓運自太祖高皇帝，受命之辰，以迄我皇上垂拱之治，金甌固而無缺，玉燭耀而常調，吏飲漢醇，民含唐醂者二百二十餘年如一日，詎不謂古今未有之盛際耶？其間鹿駭鴟張，非時竊發，如土木之變，幾致靖康；濠鐇之難，有同吴楚。劉齊、楊趙之徒，非弱于龐勛、黄巢也。也先、火篩、吉囊之倫，非怯于淵、耀、苻、石也。天城振武之道，非小于盧龍、陝虢也。黎利、源義、汪、徐之輩，非下于尚結贊、元昊也。振、直、祥、瑾之横，非微于曹節、王甫、仇士良、劉季述也。凡此皆往代覆轍，遘一則震，交集則傾，而我國家幾發大難，卒之群醜革面，凶渠泥首，而天下安於覆盂，則何也？説者競稱我國家法度貽謀之遠，與德澤及人之深，愚以爲未覩其大也。

大氐天行之運，有衰則有盛，有極衰則有極盛。自古治亂相尋，無百年無事之朝，亦無百年淪胥之禍。夷狄之難雖與中國相終始，然未有胥華爲夷者。即五胡、遼、金張甚，而中原文獻尚有所寄，故石虎色憂于受命，苻堅寢廢于飲江。獨元氏一統百年，輿圖廣于唐、漢，腥臊遍于寓縣。斯時也，天地汶闇，山川震蝶，日月晦冥，文明清朗之氣，銷亡殆盡，豈非小劫之極而未濟之終耶？自高皇帝龍飛淮甸,虎步中原,百年凶穢,一旦廓清,而兩儀更爲位置,三光再爲開滌,八荒重爲清夷,真與補天柱地較隆比烈者矣。故嘗謂渾淪未判,以至萬劫歸盡,如長含無常所言,此之謂。

大混沌、大開闢未敢妄論,惟夫書契所存,則自盤古以來,經蚩尤九黎之變,至帝摯而亂始極。于時洪水滔天,十日並出,大風九嬰,猰貐鑿齒,封豨長蛇,充仞天壤間,而爲一混沌,乃有堯舜出而絶天地,殷碞緯,播百穀,敷五教,定九州,焚九澤,興利除害,府修事治而爲一開闢。自唐虞傳之三代,歷漢、唐、宋遞興遞廢,至胡元而亂始極。于時神州板蕩,赤縣陸沉,紀綱淪斁,衣冠殄滅,兜離椎結,左帶沸唇,復充仞天壤間,而又爲一混沌。乃有我太祖高皇帝出,而别華夷,滌乾坤,正君臣,明父子,還冠裳,復文物,恢廓帝紘,振舉王綱,而又爲一開闢。然而唐虞官天下,其盛不以世數,三代而下,治皆其治也。我明受命開闢之會,實與唐虞並,而其中孕夏、商,蹍周、漢,漂唐、宋,亦不可以世數。故自古帝王於金木水火土各乘一德,而我明之運則當與五德相終始,而無所偏乘也。皇、帝、王、伯於春、夏、秋、冬各屬一時,而我明之運則當與四時相循環而無所偏屬也。豈非《太玄》所謂亂不極則治不形,而邵雍所謂萬世事業者耶?以故休明之期有引勿替,顯懿之祚歷世彌昌,夷虜訌之不能損,士伍譁之不能害,寇賊擾之而卒就繩解,藩寺奸之而終膏斧鑕。蓋非獨人事,亦有氣運矣。

我皇上握乾御宇,誕隆駿命,紹芳闡繹,鞏固鴻業,二十二年於兹。乃曩者隉杌之形不無一二萌芽,其大者如火酋蹂躪于洮岷,長昂猖獗于遼薊,劉哱煽搆于寧夏,倭奴狂逞于朝鮮。當時學士大夫莫不相顧錯愕,若將有土崩瓦解旦夕不可爲計者。不知天保孔固,誰能害之?既而逆卒就擒,倭奴自遁,火酋、長昂亦且垂涎漢市,未敢肆其利觜長距,此豈真諸臣智力所及哉?盡高皇帝神靈威武所變化也。王孫滿曰:“天祚明德,有所底止。”干令昇曰:“基廣則難傾,根深則難拔。”亶其然矣。

雖然,外寧内憂,自昔所慮。今見變故之形如彼,底定之易如此,將毋謂皇祖寶命,實式寧之,從此可高拱而撝四海乎?將毋謂人臣言事大類杞人,從此憂危之苦辭寧足聽乎？而愚竊謂不然也。昔商人頌其祖成湯曰："堯享天心，受天明命。"若何恃矣，而繼之曰："新服厥命，維新厥德。"周人頌其祖文王曰："文王孫子，本支百世。"若可恃矣。而繼之曰："無念爾祖，聿修厥德。"彼《詩》、《書》所稱，豈過計焉？天之眷德無私，而其視下有赫，故可憑藉者國運，而不可盡憑藉者亦國運。如人有極永之壽，而人自爲病，則病必至，縱病終復于安，而剥鑠則既多矣。國有極盛之運，而人自爲衰，則衰必至，縱衰終復于盛，而瘃喪則已多矣。故曰："天道遠，人道邇。"豈惟商周嗣王，即堯舜圖納龍敘，玉受昭華，而未嘗不兢兢業業，惟時惟幾。又豈惟堯舜，即我高皇帝天剖神符，地合靈契，而一則曰："富貴易驕，艱難易忽。"二則曰："事微必慮，行小必防。"其得天而不恃類若此。愚謂天命之佑皇上，即所以眷皇祖，而皇上能常繩祖武，即可以永祈天命。是故誠覽存心省躬之録，而知天變之當畏；繹敢言敢爲之諭，而知人材之當惜。考臨御進講之規，而知政學之當勤；鑒却篦碎漏之風，而知玩好之當罷。遵持守出入之訓，而知食御之當節；省女寵寺人之誡，而知近習之當嚴。諸如此類，並率攸行。將内治既固，外釁自消，帝命常眷，皇圖愈靖。丕天景運，其疇能亘之哉！惟是高皇帝之功德無日不享於天心，其庬恩濊澤易衍，其赫聲濯靈易奮。若頃者皇上郊壇步禱而甘澍旋應，賜劍一行而堅城自摧，賑使方出而潢池即散。稍加軫念，未有不立致顯效者，蓋高皇帝之精神常通乎天，故天之精神常監乎皇上。此在設誠力行之，而造化且在掌握中矣。執事所謂祈天永命之旨，意者有在于斯。若夫讖緯符命，則桓譚、李泌所不敢諛其君者，何敢爲明時獻。

策一道任議　甲午江西録。

問：自古國家劻勷，待人而任，然事變之來，時異勢殊，非可以一方執一定拘也。故有任之者，必有議之者。往古無論，且舉我朝戡難定傾之臣言之。如麓川之征，或議其勤遠。哈密之復，或議其邀功。己巳遏虜，或議其緩於迎復。南昌討逆，或議其志在觀望。治河北盜而主撫，或議養亂而受譖。討天城逆而主剿，或議多殺而蒙罰。平田州、思恩而羈縻納降者，或不免姑息之議。克舟山、乍浦而厚賂用間者，或不免玩寇之議。此其是非果孰爲定衡歟？夫事以任成，亦以任敗；以議集，亦以議隳。假令以任廢議，恐非兼聽並觀之理；以議妨任，恐非鼓舞責成之方。欲任與議兩相成而不相病，其道何繇？語曰："前事之不忘，後事之師也。"諸生明於當世之務，其於先喆故實必素究心者，故願相與覆覈之，毋徒曰習江右事耳。

蓋論者曰：任天下之事難，議天下之事易。夫任信難矣，議亦何容易哉？任不爲國而爲己任，則進可倖成，退可避難，惟己所便耳，何難也。惟不以己而以國，則必審時勢，合機宜，而死生利鈍不與也，斯誠難矣。議不爲國而爲己議，則得失不相關，利害不相屬，矢口而談耳，誠易也。惟不以己而以國，則必揣彼己，中窾會，而愛憎同異不與也，斯誠不易矣。故真能任者未有惡議者也，真能議者未有害任者也。惡議、害任，非真能任、能議者也。

嗟夫！使事變之來而若白黑，一二之可坐而指數也，則一恒人而議之、而任之可矣。惟其數潛於九天九地之中，而其幾變於呼吸咄嗟之頃，或是而非，或非而是，或可而不可，或不可而可。是故同一和戎也，魏絳以之霸晉，汪、黄以之悮宋。同一納降也，在欽永時則伊邪莫演爲當拒，在德裕時則悉坦謀爲當受。同一請盟也，在尚結贊則李晟以爲不可許，在趙元昊則范仲淹以爲可許。同一治盜也，龔遂則計在解散，而渤海之亂除；朱儁則計在殄滅，而黄巾之亂亦除。同一鎮亂也，裴度於淮西則謂元濟在必討，於昭義則謂劉悟在可赦。同一復中原也，李綱、張浚經制於建炎，則爲仗義；童貫、蔡攸嘗試於宣和，則爲啓釁。同事異形，同形異情，同情異計，同計異機，譬之水之必寒而有驪山之温泉，火之必熱而有蕭丘之寒火，磁石能引鐵而不能引鉤鐵，琥珀能拾芥而不能拾腐芥。不可以端倪得，不可以形迹拘。明有所不見，聰有所不聞。故有任者不知而議者知之，如奕者當局而昧，而傍睨者反有得也。有議者不知而任者知之，如淄澠之水嘗而後知甘苦，而言者弗辨也。任者知之則毋嫌於獨任，而議者可勿更議也。如越人方診脈理，操鍼石以修，病者乃譊譊從旁撓焉，不可也。議者知之則毋嫌於䓁議，而任者即可據以爲任也。如乘舟遇風者百族之子皆得叫嘑，以圖共濟，未聞柁師以爲讓也。

前代亡論已。明興，豪傑輩出，濟難定傾，垂竹帛而紀圖書者，代不乏人，然往往議亦隨之。或功未成而枝於始，或功已成而齕於終。大率任無全是，議無全非。究其得失，可略而言。出師孟養，立石金沙，王驥之平定麓川偉矣。然麓川遠夷，思任倔彊小醜耳，非能割據荐食爲中國害也，何至傾内帑連數鎮征之，十年不能殄耶？使蚤從劉球言，寧使網漏吞舟，而移其力以備西北，當時土木之變，不有以待之乎？夜襲木蘭，威讋黑麻，馬文昇之興復哈密奇矣。然哈密孤懸，永樂中之封脱脱，謂能隔絶番虜耳。今陜巴久不能自立，何至疲中國奔命焉。我今日復之，土魯番明日取之，百反覆，百要挾，是爲中國釁端也。使蚤如世寧言，閉嘉峪關不復以金印城池爲問，滿速無厭之求，何至屢逞乎？劉齊倡亂，畿甸震驚，馬中錫欲以推誠招撫之，蓋賣刀買犢意耳。不知招撫之説可行於扶傷救死之民，不可行於長惡怙終之寇。向非彭澤等桑榆底績，緑林之禍烈矣，何怪乎謗瀆之紛紛也。天城啓變，大同再叛，劉源清謀欲禽獮草薙之，蓋決癰彈痤意耳。不知逆卒負固，詰渠魁則交自攜，誅脅從則黨益堅。向非張瓚等之改絃易轍，困獸之所傷多矣，何異乎言者之呶呶也。也先入訌，七萃蒙塵，迎復之義不可不亟矣。乃于謙主社稷爲重之説，故緩於遣使，虜要求無所遂，未幾而乘輿反正，中外晏如，此叔孫申圍許之計也。議者卒以此齮齕之，抑何讒人罔極耶？宸濠逆節，煽動南州，討賊之義不可不嚴矣。乃守仁未遽出師，先致賊黨家族，陽托以腹心，賊果不爲忌，悉其精鋭以出，一鼓而南昌巢覆，進退失據，此鄭武公伐胡之計也。議者竟以此媒孽之，彼譖人者不已太甚耶？田州、思恩之夷，輒征輒叛，用兵二十年矣。守仁乃踈闊節目，第取招降羈縻之，於是笞蘇受，官邦相，而思、田以靖，法所謂治之以不治所以深治之也。議者以姑息訾之，不知異時桶岡、浰頭之役，當事者豈煦濡含垢者耶？乍浦、舟山之寇，勾夷引醜，蔓延未易卒勝矣。宗憲乃厚賂用間，以攜其黨與，俾相爲戮，卒之縛徐海，俘汪直，倭氛以熄，法所謂利而誘之、亂而取之也。議者以玩寇訾之，不知當時陳東、蔣洲之間不行，當事者豈堪以東南再擲耶？較而言之，麓川之征、哈密之復，任者非無功也，然使蚤聽議者則無功之功也。至思、田之用縻，乍浦之用間，則任者爲濟時之苦心，而議者有所弗知矣。己巳迎復、南昌聲罪，議者非不然也，然以責於任者則然而實不然也。至河北之不可撫，天城之不宜剿，則議者爲對病之良藥，而任者有所弗辨矣。

夫任有遺策則任不可廢議也，議無完謀則議不可妨任也。乃後之任與議者吾惑焉。株守以爲任，津津焉惟惡其議之不出於己也。井窺以爲議，竊竊焉惟恐其任之不出於身也。夫人臣所事一君耳，所任所議一國之事耳。乃互分彼此，强立町畦，任與議各自擇其便，而君國之事中坐而受其敝，甚無謂也。蓋各有四蔽焉。不量事勢，不度可否，以用罔爲慷慨，以壯厲爲揮霍，經始罔求多福，慮終不計鮮禍，其蔽愎也。中情怯懦，外示老成，縮朒而後時，柔茹而寡執，不爲首而爲尾，不處刃而處錞，其蔽葸也。淺中弱植，寡謀洩見，聽熒而易眩，心輕而易撼，隨岐路以東西，類桔槔之俛仰，其蔽佻也。虚張譸幻，瑣嵬矞宇，揜敗而爲功，張細以爲大，窮五技而營三窟，貪如羊而狠如狼，其蔽黠也。四者任事之蔽也。蔽則中閡，中閡則外距，任之所以常拂議也。吹毛求疵，窮垢索瘢，以小醜而滅大美，以細謹而責大行，孟明必棄於一眚，曹沬難收於三北，其蔽刻也。不循本末，罔睹指歸，隨聲而附和，依衆而建白，若北郭之混吹，效長孺之首鼠，其蔽浮也。恣睢矜己，娼妬害物，功俛成而目攝，過方鋭而攘臂，挾主父之縱横，逞息夫之歷詆，其蔽忮也。揣量重輕，瞰窺凉燠，所嚮則蹻跖生羽翼，所去則史曾成痍痏，學張湯之陰陽，變夷甫之雌黄，其蔽頗也。四者議事之蔽也。蔽則中閡，中閡則外距，議之所以常拂任也。

昔孔明在漢，鞠躬盡瘁，不計成敗，可謂能任矣。而其言曰："開誠心，布公道，集衆思，廣忠益。"其資於議者切矣。彼蓋以議爲任者也，以是知真能任者不欲廢議也。謙、守仁，蓋庶幾焉，文昇與驥猶疑其偏於任也，而他又未敢知也。昔敬輿在唐，知無不言，言無不盡，可謂能議矣。而其言曰："謀無定主，衆無適從。力分於衆多，機失於遥制。"其責於任者殷矣。彼蓋以任爲議者也，以是知真能議者，不欲妨任也。世寧蓋庶幾焉，球猶疑其偶合於議也，而他又未敢知也。

抑此就任議而言耳，乃用任議者，則又有道焉。執事幸教之曰：事以任成，亦以任敗；以議集，亦以議隳。夫昭烈之孔明、齊桓之管仲，此以任成也。如明帝之殷浩，肅宗之房琯，則敗亦惟任矣。宣帝之充國，憲宗之裴度，此以議集也。如苻堅之慕容垂，清泰帝之薛文遇，則隳亦惟議矣。故其道莫若知人而善任，廣詢而善斷。善任則賢者不患不見任，而知人則任者必賢而無不賢。廣詢則議臧不患不見庸，而善斷則庸者必臧而無不臧。夫然故任以一人，不爲偏。議以盈廷，不爲摇。可以任資議，以議資任，不爲眩。可以任而不復議，議而不易任，不爲膠。謙、守仁、世寧等所以能盡其任與議者繇此。今獨不得數公者，而以知人善任廣詢善斷之術提衡之，豈憂東倭、北虜、播緬么麽之寇哉！

策一道禮樂　甲午江西録。

問：記言五帝不相沿樂，三王不相襲禮。乃宋儒又謂不復古禮，不變今樂，不足致治。豈有説歟？漢而下代有制作，亦可聞其略否？其不能復帝王之治者故安在？或謂禮樂所重在本不在文，乃傳記所載如辛有、史過、劉子、子貢之於禮，師曠、子憲、萬寶常、王令言之於樂，或得之儀容，或得之聲音，而成敗禍福，徵應如響，則文亦烏可盡忽歟？我太祖高皇帝開國之初，首闢禮樂二局，以與天下儒碩勒成鉅典。至世宗肅皇帝而制作益備，載在掌故者，其本文大旨亦有可窺測歟？宋儒又有著爲《儀禮經傳》及《律吕新書》，嘉靖中嘗有摭其言以進者，在今日亦可補苴萬一歟？抑古者禮樂之化至於式序太和，乃今觀世道民風和序不無少缺也，將亟挽之則何道而可？孔子有言："君子明於禮樂，舉而措之而已。"諸生行有舉措之責，願以所明告我。

禮樂有不可變之情，而亦有不容不變之文。禮一序也，樂一和也。天高地下，萬物散殊，而禮行焉。流而不息，合同而化，而樂興焉。自有天地以來，未之有改也。然而天地之風氣日開，而人之智故日益。聖人因人情而制禮，緣人性而作樂。其度數聲容有欲一之不可得者，是故洪荒之世燔黍捭豚，汙尊抔飲，所謂禮者如此而已。已而庖羲有好會之事，遂皇有尊卑之次，黄帝有冕弁宫輿之制，於是唐、虞之五典三禮出焉，夏、殷、周之尚忠、尚質、尚文出焉。若責以相襲，是後世必爲汙抔之禮也，故曰三王異世，不相襲禮也，然而情則本之一序也。葛天氏之樂，以三人摻牛尾投足而歌之，所謂樂者如此而已。已而有朱襄之瑟，有女媧之簧，有伊耆之籥，而後《英》、《莖》、《咸》、《雲》出焉，《章》、《韶》、《夏》、《濩》、《象》、《武》出焉。若責以相沿，是後世必爲葛天之樂也。故曰五帝殊時，不相沿樂也。然而情則本之一和也。故禮樂之不能不古而今也，猶大輅起於椎輪，龍艘生於落葉，非有所强而然也。不能不今而不害其爲古者，猶水之萬派不離源，木之千尋不離根，以有所本而然也。迨後世則離情言文，逐時忘本，僈漫爲樂，摘僻爲禮。治心者助慾矣，宣化者長怨矣。故周敦頤謂不復古禮，不變今樂，不足致治。誠欲挽淫忒爲和序，豈謂度數聲容一一而倣之古乃可言治哉？

三代而下，禮樂之變，不可勝紀，試舉其略。以禮言之，漢則有叔孫漢儀、曹褒東漢儀、應劭官儀故事。唐則有貞觀、顯慶禮，開元唐禮、元和曲臺新禮。宋則有開寶通禮，天禧、祥符大禮，嘉祐太常因革禮，可謂不相襲矣。而禮之所爲禮者，概未暇究也。以樂言之，漢則有房中、安世樂、樂府十九章、大予、鼓吹、鐃歌樂，唐則有二部、十部、十二和、十五和，宋則有建隆十二安、皇祐大安、崇寧大晟，可謂不相沿矣。而樂之所爲樂者，概未暇究也。

夫周漢之間固禮樂升降一大機也。成周以前，禮樂大行，上明其情，至於文則宗祝、瞽史能習之。迨周之衰，教化陵夷，典籍放失，不惟情不能知，且併其文而失之，如武子不知殽蒸，孟僖不辨相禮，獻子不識問諱，魯人不省尚羔，而禮亡。篇什溷於雅頌，樂師遁於河海，拊盆叩缶以爲聲，雜優侏儒以爲舞，而樂亡。時君世儒吹灰揚燼，急起而捄之，則又有如徐生世爲禮官，但能爲容而不能通其意；制氏世列樂官，紀其鏗鏘而不能言其義。蓋於本蔑如也。嗟乎！漢、唐、宋之禮樂其不爲徐生、制氏蓋鮮矣，則其得失亦何足深辨哉！故嘗論之，禮不可虚行，樂不可僞爲。情深文明則弗可揜也，季札觀《韶箾》而知舜德之至，韓宣子觀《周禮》在魯而知周所以王是也。合情飾貌不可欺也，魯昭習於威儀，君子不以爲禮；哀帝抑黜鄭聲，漢治亡救於衰是也。量己所至不可越也，高帝因叔孫通請起朝儀，令度所能爲；武帝因諸儒請立明堂辟雍，曰漢亦一家之事；魯莊公國小鍾大，曹劌譏之；齊桓公謀鑄大鍾，鮑叔諫之是也。越量所稱反爲咎也，新莽以《周官》致亂，蘇威以五教害治，景公享桑林之舞而恐懼著睢，平公聽清綠之樂而飄風赤地是也。彼辛有占興亡於祭祀，史過論修短於受玉，劉子以敬惰定命，端木以俯仰度衷，師曠聆南風而知楚師之不競，子憲聽商亂而識明皇之播遷，萬寶常徵厲淫而悟大業之有釁，王令言審番安而卜宫聲之無還。豈徒一鏗鏘、一進退之爲兢兢哉？見禮知政，聞樂知德，所觀者遠矣。《大戴禮》曰："其數可陳也，其義難知也。"荀卿曰："謹守其數，以待王公百司所以取禄秩者也。"則禮樂所重可識矣。

我國家功大樂備，治徧禮具。太祖高皇帝開國之初，首闢禮、樂二局，招致天下儒碩，著爲《大明集禮》一書。及饗宴侑食，九奏樂章，以潤飾太平，昭宣令緒。至肅皇帝當百年之會，又從而闡繹光大之，一代之制，益歸於咸正罔缺焉。然高皇帝嘗因進樂章諭侍臣曰："禮以宣敬，樂以道和。不敬不和，何以爲治？"其洞觀於禮樂之情者，何真切矣。又嘗讀《叔孫通傳》，諭侍臣曰："先王因時制宜，如兩生謂禮樂必待百年，則誠迂矣。"其會通於禮樂之文者何豁達矣。愚生跧伏草野，不能盡悉掌故，如聞國家朝儀多兼採秦漢，不必皆三代之遺也。饗燕樂章亦取揄揚昭代，不必皆三百篇之舊也。蓋漢、唐、宋所以失者，求其文而不深究其情；我國家所以得者，得其情而不沿襲其文。玆其辨也。

乃執事猶有取於朱熹之《儀禮經傳》、蔡元定之《律吕新書》，意其可以補苴今日萬一。夫《儀禮經傳》謂《儀禮》經也，《戴記》乃其義疏耳。自王安石黜《儀禮》尊《禮記》，棄經任傳，失其旨矣。熹故欲取《儀禮》爲經，而取《禮記》及諸家言《禮》者附之爲傳。嘉靖中禮臣湛若水曾言之。愚以爲三《禮》出於秦火，皆非古人全書，要之可互存，不可偏廢。誠採《周禮》分職大綱，而訂其庬，述《儀禮》諸儀條目，而節其猥，而摘《禮記》之粹者以錯綜經緯之，檃括成書，立之學宫，亦庸禮一盛事也。《律吕新書》謂黄鍾聲氣之元，作樂之要，自晉以來多求之矩黍，尺度大小長短一差而無所不差，元定故欲多截竹爲管，參上下聲以求中聲所在，然後定以三分損益、隔八相生之法，庶黄鍾諧而諸律可諧。嘉靖中太常張鶚嘗言之。愚以爲音律微眇，可以神會，難以言傳，要之存乎其人耳。誠得其人如伶倫、州鳩者，而後按元定之書以合於虞廷依咏和聲之義，隸之太常，諧乎神人，亦正樂一令典也，而猶以此爲非本也。蓋古者禮樂之行，至於鳳儀獸舞，神格鬼饗，諸福之物，可致之祥，無不畢至，況於具血氣心知而爲人者乎？

昔蘧伯玉欲以禮樂觀治亂，愚請以和序觀禮樂。執事謂今天下和序何如哉？紀綱陵遲，簾地罕隔，人有越畔之思，野無讓路之俗。伉犯者謂之氣節，恣睢者謂之豪舉。庶官果於持大寮，守令敢於訐監司，卒伍勇於辱主將，生徒易於抗師帥，惡少利於鬩巨室，如此而尚可言序乎？盭氣猶積，離德實多。郄較於椎刀，怒發於睚眦，機械憯於五兵，雲雨變於覆手，宫鄰之體未一，僚寀之衷未協，薖軸沉淪之嘆未銷，寒暑怨咨之聲未息，蕩平正直之路未登，如此而尚可言和乎？以故三靈示異，庶徵見咎，水旱連於南北，霆颷擊於禁近。令辛有、師曠輩見之，當不知何如。如此即日稱《虞典》，誦《周官》，奏《咸雲》，歌《韶夏》，尚不可言治，而況宋儒之書乎哉？孔子曰："移風易俗，豈家至之哉？"漢臣倪寬亦曰："惟天子建中和之極。"是必人主端好惡，平喜怒，履序蹈和於上，然後樹之藝極，彰之物軌，仁義以風之，政刑以輔之，則禮行樂達，而大化可舉也。天子明聖，頃嘗以《禮經》進講，《樂志》陳箴，必有獨契禮樂之原，神妙感孚之本者，方將採先正之遺書，補先世之缺事，光祖宗，軼帝王，漢、唐、宋之制作，又曷足爲今日道哉！

策一道名法　甲午江西録。

問：正名先於《魯論》，勑法著於《周易》，名法之關於治道何其急也，乃遷、固列名法於諸家，以爲異端外道而詆呰之。世儒遂掩口不欲道，此與耳食何異？今考《藝文志》所載名家者七，載法家者十，其人果有當於名法否歟？三代而下，漢治爲盛，當時斲雕爲樸，破觚爲圜，未嘗有尊名備法也，而主威常振，國勢常張，豈以其綜核信必之故歟？至標名之盛，無如晉；議法之煩，無如宋。而治效反以陵夷，又何歟？方今海内承平久，人情競於春華，文法密於秋荼，而識者乃有名盛不覈、法煩不行之慮，即欲覈名行法，何者爲急？夫覈名而人且以名家議之，行法而人且以法家議之，又何以能必覈必行歟？諸生蒿目時事，宜有概于中，其試言之，以觀救時之略。

夫治天下者曷能一日不用名法哉！今夫睢睢盱盱之氓，情欲相似，形貌相肖，彼命之爲上下貴賤，而莫敢不受者，非名孰爲之？命之下承上，賤事貴，而莫敢不率者，非法孰爲之？而説者謂聖人貴道德，賤名法，不知道德者聖人之所尚，而名法者道德之所寄。用名法實以寄道德，尚道德故不得獨賤名法也。用而賤之，必至有名而不敢覈，覈之則曰煩苛也。有法而不敢行，行之則曰操切也。博渾厚之虚聲，甘蠹朘之實害，其必繇此矣。

昔者孔子論衛，首先正名。《易》言勑法，取象《噬嗑》，乃其詳則《周官》備之。《周官》經以六官，緯以三百六十屬，孰非名乎？然而三物舉之，六叙正之，六計弊之，則名之覈蓋審矣。六官之所統、三百六十屬之所職，孰非法乎？然而日有成，月有要，歲有會，則法之行蓋嚴矣。後世之諱名法，則自遷、固始也。自史遷列名法於六家，班固祖之，復益爲九家，今觀《藝文志》所載名家者七，鄧析、尹文、公孫龍、惠施爲最著。夫鄧析操兩奇之説，設無窮之辭，以辨見誅子産者也。尹文子會稷下，作華山之冠以自表，言大道，又言法術權勢，田巴之流也。公孫龍侈白馬雕龍之辨，鬥堅白異同之論，孔子高所闢者也。惠施多方，其書五車，言曰天與地卑，山與澤平，日方中方晲，物方死方生，莊生謂之駘蕩不反者也。之數子，蓋不盡爲名也。即爲名，亦非吾所謂名也，則其餘可知也。載法家者十，商鞅、韓非、申不害、慎到爲最著。商鞅之略見於開塞耕戰，書其極慘刻少恩，受惡名於秦，有以也。韓非疾治國不修明法制，著《孤憤》、《五蠹》諸篇，至謂人臣骨肉無可信者,何礉核之甚耶?申子以富强干韓昭侯,著書六篇,主刑名而本道德,蓋老氏之哤也。慎子棄智去己,而緣於不得已,泠汰萬物,以爲道理,莊生譏其謑髁無任是也。之數子,蓋不盡爲法也,即爲法亦非吾所謂法也,則其餘可知也。

而固論之曰:名家出於古禮官,謷者爲之,鉤釽析亂而已。法家出於古理官,刻者爲之,傷恩薄厚而已。夫諸子得名法之一察,以諸子蔽名法,非也。先王之名法,於六官無所不貫,以爲出於一官,又非也。名法未嘗有謷與刻,因諸子之謷刻而罪名法,又非之非也。夫不欲爲治則已,爲治而舍名法,是致遠而不用舟車也。不用名法則已,用名法而不蘄於覈與行,是用舟車而耻言步驟檣楫也,必不可得之數也。

三代而下,惟西漢治最近古。察其所繇無異道,則惟能覈名與行法耳。夫漢之稱名不過曰卑之毋甚高論,以霸王道雜之耳。然當時無盛名,亦無虛名,如木彊成安劉之功,蹶張著大臣之節,奴虜底薄伐之勳,醇謹肩受遺之任。以至桑、孔心計,趙、張吏蹟,京、翼術數,雖踳駮不馴,亦克筭計見績,豈非名近易覈之效乎?漢之立法不過曰三章九章、六條檢察、三尺律令從事耳,然當時有遺法而無弛法。如御大夫昌下相國,相國何下諸侯王,御史中執法下郡守,萬方輻輳,歸命天子,以至勸民不明則法,察吏過詔條則法,撟虔欺罔則法,不禁奸舍有罪則法,務在别白黑而定一尊,豈非法簡易行之效乎?

漢而下標名最盛莫如晉,而名之不覈亦莫如晉。議法最煩莫如宋,而法之不行亦莫如宋。晉承東漢標榜之風,競談名理,祖尚虛無,於時弼、晏、衍、澄之倫,不曰清通簡貴,則曰曠達自然,然皆依阿無心,闊闒世務。劉頌言治道,傅咸糾邪正,輒目謂庸流俗物,一旦土崩,惟有束手駭愕而已。此名盛不覈之弊也。宋以忠厚立國,迨至中葉,神氣浸微。於時熙豐、元祐諸人乍進乍退,遞興遞革,設制置條例司,已又設講議司,議論愈多,聲容愈盛,而治日以不振,大氐上下相冒以及陵遲而已。此法煩而不行之弊也。

我國家命名立法,實取《周官》,職掌之所分,誥律之所條,《會典》之所載,聖政日曆之所紀，顯號弘猷，瀉奕乎千載，即使孔子正名、姬公勅法，豈能遠過？乃邇者奉寧既久，瑕纇漸滋，積習既成，亹隙方大。蓋有名與實相背者，有名與實相溷者，有名有所甚重而移於所不重者，有名爲美而國有不美者；有法行近而不行遠、行外而不行内者，有法行賤而不行貴、行弱而不行强者，有法見爲可行而竟不能行者，有法見爲已行而竟若未行者。請誦言之。今夫奬儒術也，而西方、柱下之教盛行；抑浮競也，而秉纜揣衡之士榮官；擢廉介也，而繭絲輕肥之吏膴仕；急功實也，而文墨議論之途持棅。此名與實相背者也。露章則龔、黄比肩而烹鮮寡效，推轂則孫、吴接踵而折衝乏材，抵掌則人人賈、董而實用罕收，揮麈則卑卑游、夏而真修眇聞。此名與實相溷者也。一言誠合也而併信其素履，一節偶奇也而併信其生平。性命非不當談也，而令人得借以爲藪；恬寂非不足尚也，而令人得借以爲徑。此名有甚重而移於所不重者也。伏蒲批鱗之氣日奮，而鸞鴻之黨漸空；公車噴室之章常滿，而朔洛之郄漸搆；補牘還詔之節日競，而遇巷之交漸隔；投簪掛冠之致相踵，而奉公之義漸廢。此名美而國有不美者也。今夫詔蠲租而郡邑追徵自如，詔核邊而奏報虚冒自如，詔清勾而羽林期門占役自如，詔汰冗而緹騎光禄冗員自如。此法行近不行遠、行外不行内者也。久任及於守令而昵於尊官，糾刺嚴於散冗而略於大吏，跋扈脱巾因衆而懦治市賞歲幣有增而無已。此法行賤不行貴、行弱不行强者也。藩禄之可變通也，邊需之可稽覈也，西北水利之可開也，海運海口之可復可濬也。此見爲可行而不能必行者也。兵之日練日弱也，屯田鹽法之日飭日弛也，常平社倉之日積日耗也，鄉約保甲之日舉日不效也。此見爲已行而竟若未行者也。蓋呰漢名之爲近而不知其浸淫於晉也，嗤漢法之猶簡而不知其濫觴於宋也，覈而行之至急矣。

愚以爲欲名之覈，莫若近而斷之于實。是故寧取沉毅，毋取辨巧；寧取幹濟，毋取儇詗。毋以華藻標韻而信士，毋以借交要譽而程材。建言者務便于行而毋務便于聽，立行者務便于國而毋務便于身。毋使人爲無的之財，毋使人爲溷竽之吹，毋相劍以青黄鍛錫而以水剸陸斷，毋相馬以形容齒吻而以過都歷塊。如是而名可覈也，而覈名者且曰人其以鄧析、尹文、惠施、公孫龍之名議我乎？

是覈名而疑于名也。吾聞忠臣能以主爲高天泰山之尊，而以身爲壑谷鬴洧之卑。惟當途者不難卑身以尊國也，斯名必覈而無不覈矣。欲法之行則莫若簡而持之以必，勿以多指亂視，勿以多言亂聽，勿沿襲題覆以適衆，勿苟且申飭以抵嘖。利少害多，勿遽興，興則勿遽議革；害少利多，勿遽革，革則勿遽議興。桑雍釜鬵之私不爲掣，排山倒海之勢不爲回。持之如金石之堅，執之如四時之信。握之如太阿之銛，而賁、育、烏獲不敢搏；守之如深谿之阻，而嬰兒牧豎無敢窺。如是而法可行也，而行法者且曰人其以商鞅、韓非、申不害、慎到之法議我乎？是行法而疑于法也。

吾聞藎臣不以有所愛而爲，不以有所畏而不爲，惟當途者無所愛亦無所畏也，斯法必行而無不行矣。雖然，猶未也。語曰："事在四方，要在中央。"故臣舉其十不如君舉其一也。不躬不親，庶民不信也。昔齊威王三年不出令，一旦取阿、即墨二大夫誅賞之，國以大治。漢宣帝總攬萬機，綜核信必，遂赫然中興，而況不爲威、宣者也。夫惟人主覽斷躬裁於上，然後大臣有所措手於下，不然，優游牽制，未有能有爲者也。即爲之而人不信，雖姬、孔復生無益耳。

策一道兵制　甲午江西録。

問：歐陽永叔有言，三代而上興衰以德，其後鮮不以兵。兵之於國重矣。古今談兵制必首成周，非以其寓兵於農歟？後世有南北軍、材官騎士，有十六衛、六百三十二府，有禁軍、廂軍、鄉軍，其於周制孰爲近歟？然皆始乎振，常卒乎弱，又何歟？我國家置府立衛，分戍列屯，經武之制，度越前代，載在《會典》可考也。乃邇有少謬不然者，京營之呰窳成習，邊鎮之凋敝已甚，郡國之耗廢莫稽，至外不得其一矢之用，而内廩廩有操戈之虞，勢亦云亟矣。當事者思有以捄之，則有議簽畿甸丁壯以固三輔者，議募各邊土兵而撤客兵者，議按户編民兵而衛所勿復清句者，果爲長策歟？抑振之别有道也。夫傳記所載内政荆户，鋭士武卒，習騎射，教乘車，彼偏霸權謀耳，然猶能筭計見效，豈以今全盛天下，無術而處於此，具以石畫對。

嘗觀自古有天下者，其兵之振也莫不在開創經營之始，而其敝也莫不在熙洽寧泰之後，非制之工於始而拙於後也。兵無常强，有事則强；亦無常弱，無事則弱。故欲兵之常振而無弱，則亦無事而視若有事而已。在昔成周以井田起軍旅，居則爲比閭族黨州鄉，出則爲伍兩卒旅軍師，無養兵之費，籍兵之煩，而威嚴出於順治，制不啻善矣。然成康郅隆，克詰張皇之儆，《尚書》紀之；宣王中興，《吉日》、《車攻》之詠，詩人載之。當卻馬衅甲之日，恒若有對壘壓境之憂，此所謂無事而視若有事者也。其後世無事則無事而已矣。治兵振旅，茇舍大閲之教，不以時閑也；七征九伐之威寄之侯國，不以時奮也。至於齊盟之主交定王室，霸國之師迭戍王疆，而周卒不能以一矢相加遺，故周失之弱，則無事弱也。

三代而下，兵之可紀者曰漢、唐、宋。漢京師有南北軍，外有材官騎士。南軍衛宫，衛尉主之；北軍衛京城，中尉主之；材官騎士供調發，郡守尉主之。觀孟堅《刑法志》所略載，長駕遠馭之規模，不可貶也。唐京師置十六衛，中外置六百三十二府。兵籍於府，府隸於衛。有發則命將檄兵，平居則分番耕直。徵杜牧之論居重馭輕之制度，弗可易也。宋懲五季之弊，聚重兵於京師。其最精鋭者曰禁兵，次曰廂兵，其下者分散郡國曰鄉兵，在邊曰蕃兵。或選鎮軍以實内，或輪禁旅以戍邊。考《宋史》兵制之略，强幹弱枝之微意不可少也。較而言之，唐之府兵寓兵於農，去周制爲近。然漢《禮儀志》謂罷遣衛士必勸以農桑，馮唐言吏士起田中從軍，則漢時猶有兵農遺意焉。至宋而兵農分矣，兵常聚而食於農矣。然食而猶可用也，藉農以養兵，而亦藉兵以衛農也。蓋自井田廢而周制不可長用，彼三氏者各因時而爲之制，始未嘗不足以耀威中國，鞭撻四夷，逮後世因循無事，乃始陵夷耳。漢建武中，罷都肄省尉候，而兵始弱。永初、延熹間，入錢得爲羽林緹騎，而兵益弱。唐天寶中，李林甫請停上下魚書，而兵始弱。長慶中，蕭俛、段文昌奏請銷兵，而兵益弱。宋天禧中，人主厭兵，而兵始弱。宣和中，豐亨豫大之説進而兵益弱。譬之器置而不用則敝，弓久而不張則解，蓋其勢然矣。

我太祖高皇帝一統函夏，垂乾坤再造之基。成祖文皇帝定鼎幽燕，建宗社長久之策，其神武之得於天啓者深，其睿謀之周於戎行者熟。以故一代經武之制，最爲宏廓深遠焉。其大者如設京衛以固根本之威，置三營以練熊羆之士。九邊宿以重兵，則鉤陳薇垣之形壯；衛所間於州縣，則牙錯棊布之勢張。而又掌握調發分其職，優恤勸懲詳其令，校閲清查嚴其條，蓋法成周之意，包漢、唐、宋之美。經制備乎七德，規恢鏡乎萬禩矣。二百年來，神器安於覆盂，皇圖鞏於奠枕。日域月蝴，奉酎獻琛，封豨長蛇，弭喙脅息，豈非憚威棱之常震，惕鋒銛之難犯哉！雖然，以其赫聲濯靈之日盪，固得藉之以爲安，而戢干櫜弓之日久，不無狃之以爲患，至於今而弱徵乃一二見也，請略數之。

尺籍徒存，句稽鮮效，占役借工之相仍，逃亡流移之莫詰，則其弱在耗。麗醮乏組練之容，儲胥寡擔石之積，或半石弓而款段馬，或衣見肘而戈無刃，則其弱在憊。六花九軍之法教者不必知，鼓鐸鐃鐲之節習者不必辨，無論買閑而輸月錢，即荷戈角抵亦僅兒戲耳，則其弱在媮。肉食爲群未戰而期於敗，鶴列成行見敵而莫爲堅，無論老家不能受甲，即號稱挑選，語合刃鮮不色變者，則其弱在怯。責以投石超距若不勝縮朒，而至作姦扞罔又不勝譸幻，本敗屻也而割殘卒者有矣，無得獲也而掩平民者有矣，則其弱在黠。恇怯選愞之狀必不能以奮於敵，伉厲横行之氣獨敢以施於國，軍實少後脱巾而呼矣，軍政少急攘臂而仍矣，則其弱又在驕。

執事曰京軍惰窳，邊鎮凋敝，郡國耗廢，愚以爲惰窳者不獨京軍，而凋敝耗廢者不獨邊鎮與郡國也。當事者慮京軍則有議籍畿甸丁壯以固三輔者，先臣丘濬嘗言之，夫京輔八郡，其人古稱沉鷙勇悍，籍之以張犄角是矣。顧今供億百萃，甿多失職，一旦復簽之爲兵，能無重困乎？能無驚擾乎？且不先京兵而務固支輔，是病心腹而求榮衛之彊也。虞邊鎮則有議募各邊土著而撤客兵者，其議祖於鼂錯。夫邊民耐水土，習夷情，募之以代踐更是矣。顧今屯鹽法廢，邊地蕭條，一旦鳩以乘塞，能予冬夏衣廩乎？能使且耕且戰乎？設令烏合徒聚而訓練無素，是驅群羊以當虎狼之蹊也。憂郡國則有議按圖編民兵而衛所勿復句稽者，其議祖王安石。夫民兵不費公廩，自爲防禦，編之以代衛所是矣。顧今機兵保甲，所在蠹壞，即盡化編户爲民兵，能使皆劒南、澤潞乎？主者皆德裕、抱真乎？假令民兵無可賴，衛所不復補，是乘駑馬而幾畫駿之用也。夫漢之弱嘗更置西園軍矣，置積射義從矣，增營列塢遍天下矣，而弱日甚。唐之弱嘗更置神策射生矣，已又更龍武神威矣，塞上往往置神策行營矣，而弱日甚。宋之弱嘗刺義勇軍矣，已又更保捷保毅矣，保甲行而隸籍者七百萬餘矣，而弱日甚。故任其弱而不爲之救者，周之季也。多方以救之，亦多方以弱之者，漢、唐、宋之季也。

愚以爲聖祖昭德蓄威，貽謀至遠，今中外兵猶可百萬，周、漢、唐、宋盛時皆所不逮，正不必求多，要在反其所以弱者，設誠振之而已。其説有八。夫有投醪挾纊之恩，必有搴旗死綏之士。故壺餐存趙，羊羹禍宋。今債帥以誅求爲固然，兵尉以朘削爲常例。有利其糈而虐使脱伍者，有敓其賄而不敢問貙劉者。彼不爲我死，安能與之俱生？彼不爲我亡，安能與之俱存？振之則莫若先撫綏。夫令行則市人可戰，法必則女子可陣。故用濟誅而臨淮整，樊何殲而高平捷。今大帥不敢信威於偏裨，偏裨不敢信威於卒伍。比試亂行而鞭抶貫耳者鮮矣，臨敵不用命而戮社釁鼓者又鮮矣。櫛髮耨苗之威不用，而鳥驚魚爛之敗甘心。振之則莫若厲威嚴。夫兵法罰必上行，賞必下逮。故彘子喪師，元戎執咎；衛、霍豎勳，從軍剖符。乃今賞罰偏枯，功罪異體。有功則先登陷陣者薄録，而高坐觀望者優叙。有罪則啓釁首難者逭郵，而飲血裹創者就吏。然則儇詗鮮不幾幸，豪傑鮮不解體矣。振之則莫若均賞罰。夫兵法無必勝之兵，有必勝之將。故子玉將楚，文公爲之側席；高克帥鄭，《春秋》譏其棄師。乃今推轂或以譽取，授鉞多以賄遷。其賢者習爲唇舌筆札，哆口輕裘緩帶之風；不肖者竟爲乾没恣睢，罔涉尉繚、穰苴之籍。然則平日安能布恩威，臨時安能作敵愾矣。振之則莫若擇將帥。夫虺弗摧且爲蛇，穴弗窒且爲河。故川班妄訴，全軍皆廢；武雄肆掠，百卒竟誅。乃今跖盭難行，指病難使。自哮劉發難，今又幾見告矣，而尚蓄縮於彈痤，過葸於吹虀，挾餉則增，譁帥則逐。高歡將無窺其釁，三鎮得無效其尤乎？振之則莫若肅紀綱。夫用兵多筭勝少筭，少筭勝不筭。故用奇用伏者鮮不勝，用疑用間者鮮不勝。今見軍書奏報，輒曰撲砍耳，湧進耳。紈袴肉食，既難與謀,而士大夫復不以其事爲意。間有豪傑喜負者,又以文法繩之。則周安得以征伐任卿士,漢安得以文臣拜將軍乎?振之則莫若廣方略。夫一瓢不可衆輿,十羊難以九牧。故定遠都護殆四十年,郭進山西亦三十載。乃今士無專帥,帥無專官,方以一人言而用之,復以一人言而去之。耳目既不肅于上,心志自難一于下。雖廉頗安能用趙卒,李廣安能得士力乎?振之則莫若重責成。夫户之運以樞,車之行以軸。故薄伐底績,本張仲之孝友;上將減騶,懾楊綰之風裁。乃今受事行間,輒營求三窟;成功閫外,必馮藉奥主。將既不能獨廉,士亦安能宿飽?即李牧何由以市租饗士,李陵何由與士卒分甘乎?振之則莫若澄本源。

八振既修,六徵可袪,即制不必更而京營、郡國、邊鎮之弱可無患也。蓋齊有内政匡合成,楚有荆尸江漢競,秦有鋭士六王并,魏有武卒大梁彊。趙爲胡服,拓地千里;吴教車戰,主盟中夏。彼所謂一切權謀君子不道,然惟其信必然之畫,用能陳功見效,豈虚哉?今以全盛天下,倭虜稍得息肩,何患不振?惟廟堂之上念可振者惟此時,不可不振者亦惟此時,而以有事視無事也,則庶幾哉可以長享無事矣。

策一道憂勤逸豫　庚子應天録。

問:有天下者莫不貴憂勤而戒逸豫,乃孔子告君以當思者有五,而孟氏引君以王,直因所好而將順之耳,何旨嚮殊也。古有顦顇、黴黑、胼胝而天下治者,有茅茨樸椽、飯土簋、啜土鉶而天下治者,其焦勞可謂至矣。乃又有不盡然者。姑無論後世,即傳記所稱均臺之饗,大穆之遊,靈臺之鳥獸,辟雝之鍾鼓,洛水之羽觴,卷阿之車馬,彼皆有道令主也,亦未嘗張而不弛,豈治天下者固無事以天下爲桎梏歟?抑所謂憂勤者自在也。我皇上握乾履泰,二十八載于兹。勵精理治,已非一日。頃雖暫攝深宫,慮無不周浹海宇,以故久道化成,威靈遠暨。悍如哱,狡如倭,勁如播,殄之如撲孤豚。然天步既以清夷,聖躬益以彊固,乃稍羅萬國玉帛,集四方筐篚,離宫别館,不時臨幸,太液昆明,間聞樂豈,斯亦上聖所不廢,臣子所宜欣欣色喜也。顧聖主不以外寧而替内憂,藎臣不以無虞而忘儆戒，則夫豈弟矢音，祈招納讜，諸生得無意乎？試陳之，執事者且藉以入告焉。

夫事有相懸而機實相倚者，憂勤逸豫是也。憂勤則戒逸豫，逸豫則忘憂勤，此事之相懸者也。然憂勤也而逸乃至，逸豫也而憂乃至，此機之相倚者也。夫人情莫不便逸豫，憚憂勤，人主豈其遠於人情哉？顧常人以一身之逸爲逸，而人主聯屬天下以成其身，則以天下之逸爲逸。以天下之逸爲逸，其道必出於憂勤，而後天下始逸。天下逸而後人主之身亦逸，故能逸豫者必其能憂勤者也，能長享乎逸豫者必其長念乎憂勤者也。《書》曰："君子所其無逸，則知稼穡之艱難乃逸。"《詩》曰："爾用憂謔，多將熇熇，不可救藥。"然則惟明主知艱難者爲能逸豫，彼庸主者以憂爲謔，將熇熇不捄，又何能逸豫哉？

執事發策，首以憂勤逸豫下詢，愚有以知執事之意在憂勤，不在逸豫也。雖然，吾未見憂勤逸豫之判然爲兩也。蓋孔子因魯哀公未知君道，告以思懼、思憂、思哀、思勞、思危，其動之憂勤者切矣。然危者安其位者也，亡者保其存者也。吾未見有思懼、思憂、思哀、思勞、思危之君，而天下不底於寧者也，天下寧而君身泰矣。謂孔子言憂勤未嘗遺逸豫可也。孟子欲齊宣與民同樂，輒因其好貨、好色、好遊觀、好苑囿、好世俗之樂而將順之，若於君之逸豫無拂逆矣。然既與民同樂，不得不與民同憂，吾未見遇色貨則思民，遇宴遊音樂則思民，而人君能晏然於民上者也，民瘼切則君志定矣。謂孟氏非從君逸豫而實動以憂勤可也。大氐人君以一人治天下，亦以天下奉一人。故爲治有要，殫其心以運天下不言勞也。君人有體，厚其身以享天下不言汰也。簞豆之受，猶不可怠事，況受天下奉乎？手足之勞，猶不可無享，況爲天下君乎？世徒懲逸慾之基亂，乃有過爲矯激不情之論，以閉錮世主，世主苦於其説之不可必從，乃始厭之爲桎梏，而思逃之乎恣睢。是故淮南則言神農顦顇，堯黴黑，禹胼胝矣。韓子則言堯舜茅茨樸桷，飯土簋、啜土鉶，食監門之食，躬臣虜之勞矣。吾以爲皆非也。夫神農不處不爲之事，行不言之教乎？堯不黄收純衣，彤車白馬，雝容衢室乎？不天德而出寧乎？舜不被袗衣十二章，彈五絃之琴，遊巖廊之上乎？不無爲而正南面乎？禹不受九牧之貢，饗玉帛之奉乎？夏諺不稱其一遊而一豫乎？夫聖人亦以心運天下而已，而豈必爲此拘拘者也。不惟是也，夏啓固敬承繼禹，能守典則者也。均臺之享，大穆之遊，舞九招，聲九辨，《左氏》及《山海經》紀之矣。文王卑服即功，不遑日昃者也。靈臺則有鳥獸，辟雝則有鍾鼓，詩人稱焉。成王固緝熙就將，夙夜不敢康者也。卷阿之車馬，洛水之羽觴，詠於召公，傳於束晳者，抑何泮涣優游也。蓋帝王之治天下，其心必有所甚勤，然後其身乃有所甚逸。心之勤，故有思憂、思勞、思哀、思懼、思危之兢業，然其身固不必役役也，謂天下非役其身所能遍也。身之逸故有好貨、好色、遊觀、苑囿、音樂之安享，然而其心卒無息不慄慄也，謂一念荒則其逸有不可保也。此帝王以憂勤而享逸豫之説也。乃若周穆瑶池已來徐方之釁，漢武横汾亦貽輪臺之悔，則亦何能逸豫爲矣。

我皇上聖由天錫，運際斗精。乘乾履泰，二十八載于兹。十五載以前，求衣昧爽，旰食高春，勵精理治，至懃懇也。邇雖以聖躬暫攝，居嚴處深，然而神斷獨運，庶務總攬，身在九重，慮無不周于四海，用能化格日域，威行鬼區，函夏清夷，氊裘欵附。間如悍卒跳梁于朔方，島夷震鄰于樂浪，然天戈一揮，兇渠授首，元戎啓行，醜類遁踪，邇征播之師又復凱入矣。漢臣有言事無不始於憂勤，終於逸樂者，以今之五戎不距，四方無拂，武節紛綸，神靈震叠，豈非皇上昔日勵精之明効歟？夫張而不弛，文武不能。則夫筐篚玉帛、遊觀讌賞，於以怡志意而承庥嘉，斯固盛世所不諱矣。若然諱之，是延喜昭華不受於聖帝，貢金執玉不見於盛王也。是均臺大穆無紀，而靈臺辟雝無聞也。是洛水之觴不傳，而《卷阿》之詩不作也。

乃執事懷骞骞之忠，猶以召公豈弟之音，謀父《祈招》之諴，咨之鄙生。生誦法孔孟，請以所聞於孔孟者廣其意可乎？蓋孔子言思，孟子言同，其歸一也。君民之間，九閽萬里也，故常患不能同。所以不能同，由於不能思。能隨所見而思，則能隨所好而同矣。故帝王之於世主，其間相去無幾。思而同，則帝王；不思而私，則世主。思而同，忽不思而私，則帝王而世主。不思而私，忽思而同，則世主而帝王。孰知夫垂衣恭己之異於高居稱朕也？孰知夫輯玉貢金之異於求車求金也？孰知夫均臺大穆之異於樂池甘泉也？孰知夫靈臺辟雝之異於章觀叢臺也？孰知夫洛水羽觴之異於長夜百日也？孰知夫卷阿車馬之異於駿蹄錦帆也？其治亂則霄壤，其思忽則方寸而已矣。今之所願於黼座者，非敢遠述顛頊、黴黑、胼胝之爲，與夫茅茨、土鉶之軌也。《詩》曰："無已太康，職思其居。"皇上固以憂勤而享逸豫，尚亦保逸豫而思憂勤乎？誠思及憂勤，則亡論在朝在廟，與夫助祭在庭，餔民在甸，亡國之墟在望也。横身所接，横耳目所加，將無逸豫而非憂勤矣。

蓋昔者趙倉唐以晨雁北犬悟魏文侯而國本定，楚莊王因獵得三士而楚國安，則玩物不爲喪志也。漢文帝欲作露臺而念中人之産，唐文宗幸興慶宫而念居逸作勞，則逸己不爲厲民也。衛武公因飲酒而求民章戒戎作，齊桓公與甯戚燕樂，鮑叔祝以無忘在莒與飯牛也，則湛樂不爲敗度也。宋乾德中貯金帛封樁庫以備軍興，慶曆中出奉宸庫銀糴穀賑饑，寶元中出禁中真珠助糴邊儲，則積無用而實爲有用也。夫以世主而猶能然，況皇上以帝王之資，何難於一轉念？是故黄白充棟，晶熒照乘，則思懸罄竭澤之悲；八珍在御，百純在笥，則思藿食鶉衣之苦。樂在鎬之宴，則思《天保》、《鹿鳴》之交；聆《陽阿》之奏，則思《中谷》、《萇楚》之謡。泛太液之舟而思載舟覆舟之不可玩，騁纖離之馭而思委轡咍銜之深可虞。如此將樂皆治基，遊即民助，逸豫可長保，帝王不足侔矣。

嗟乎！城復于隍，繻有衣袽，盛猶戒衰，匪盛若何？方今公私俱殫，賢財兩空，地無寧土，人有攜志，皮盡而毛將落，葉存而根已撥，而猶數數襲克捷之虚名，醖驕疲之實禍，此范燮所以有卜偃之慮，越人所以望桓侯而却走也。恐釁不止徐方，而悔不待輪臺也。皇上誠思及此，將投珠抵璧，發粟散財，減膳徹樂，以憂勞萬民不暇，又何暇逸豫爲矣。愚生固陋，所願獻其芹曝者如此，不識可轉聞於上否？

策一道臣道剛柔　庚子應天録。

問：言臣道者莫詳於《易》，《坤》之彖曰："柔順利貞，君子攸行。"明以臣道屬之柔矣。而《文言》贊之曰:“坤至柔而動也剛。”豈臣道亦有不專於柔者歟?六十四卦中,臣道之吉凶備矣,其間或柔或剛,亦可舉其概歟?自古臣道剛柔之得失,亦有可互發者否?《詩》之稱申伯也,直曰“柔惠”;稱山甫也,直曰“柔嘉”,何以不及剛?而箕子之陳範也,則有三德;皋陶之陳謨也,則有九德。豈剛柔猶未足以盡之歟?後世臣道不明,蓋有純任柔而失者,有純任剛而失者,又有處乎剛柔之間而失者,乃《易》傳之論爻也,特戒以柔危剛勝,何歟?豈實心任事,非剛不可,聖人逆知世道人心之必趨於柔,特爲之坊耶?作《易》者其有憂患耶?願與諸生推究之,以徵異日。

夫地承天者也,夫臣承君者也。承天也,故無成而終天事焉。承君也,故無成而終君事焉。無成者柔也,無成而終事則非柔之所能爲矣。故柔而未嘗不剛者,地道也,臣道也。柔者承天與君者也,剛者所以承天與君者也。故人臣而誠心在承君,則何剛非柔,何柔非剛?不則剛也爲剛愎恣睢,爲威福玉食;柔也爲詭隨繾綣,爲集詬無任。處乎剛柔之間也,爲閃鑠變幻,爲無特操,不可方物,無一可者矣。《易》之《坤》曰:“柔順利貞,君子攸行。”蓋言柔也,然利貞則剛矣。請先以地道明之。

今夫天尊而地卑,天施而地承。曰卑曰承,皆柔體也。然天一氣耳,五行於地受質焉,百物於地受形焉。舉兩間之流者、峙者、夭者、喬者、跂行喙息者、蠉飛蠕動者,地悉持載而長育之,此豈一隤然所能爲乎?則其德固静而常動,動而常剛也。剛天德也,而地有之,合天德所以代天終也。臣亦然。天尊地卑,君臣定矣。一剛一柔,自天秩矣。然君無爲,臣實奉君以爲。故君曰令,臣曰共。君曰要,臣曰詳。君曰逸,臣曰勞。天下事皆君之事,則皆臣之事。而欲以選輭無爲承之,鮮不仆矣。故臣亦體柔而動剛也。剛君德也,而臣有之,與君一德,故能爲君代終也。夫人臣一心承君,亦何樂乎有剛柔名迹,惟其事勢推移,不可以方所定,故剛柔交濟,亦不可以轍迹尋。《易》傳所謂“剛柔立本,變通趨時”者是已。雖有時用剛,不可以剛名;有時用柔,不可以柔名。《易》傳所謂“剛柔交易,不可爲典要”者是已。乃其義則卦爻備之矣。

試舉其概：《坎》六四："樽酒簋貳，用缶，納約自牖。"納約自有體也，而誠缶難孚，則自牖不爲失也。《睽》九二："遇主于巷。"遇主自有道也，而睽孤難遇，則于巷而非邪也。《蠱》九二："幹母之蠱，不可貞。"幹蠱宜貞，而主值陰柔，則不貞乃貞也。《姤》九五："以杞包瓜，含章。"章美宜宣而陰當包涵，則含章乃章也。《同人》九三："伏戎于莽。"去邪貴勿疑也，而勢未可勝，亦何嫌于伏乎？《革》初九："鞏用黄牛之革。"自固非勇也，而勢未可革，無寧處其怯乎？《兑》九二："孚兑吉。"悦人非正大矣，而孚信内充則諧衆，豈爲諂乎？《巽》九二："巽在牀下，用史巫紛若。"巽在牀下，至卑矣，而明信自將，則過巽豈爲諂乎？此皆時之變剛爲柔，而柔固不可爲典要者也。《蠱》初六："幹父之蠱，厲終吉。"君父當承順者，而非强毅無以治蠱，則厲所由吉也。《蹇》六二："王臣蹇蹇，匪躬之故。"人臣宜守和也，而非寒諤無以濟蹇，則蹇蹇非爲身也。《同人》九五："大師克相遇。"事主貴和衷也，而黜僞朋，遇真朋，即用大師可也。《大壯》九四："壯于大輿之輹。"强壯非雅尚也，而當大幾、決大疑，即尚威克可也。《噬嗑》六二："噬膚滅鼻。"君子即尚德不尚刑，然大憝當懲，即噬膚猶爲愛耳。《解》上六："公用射隼于高墉之上。"君子即務安全，不務擊斷，然大難當黜，即射隼猶爲仁耳。《夬》九三："君子夬夬獨行，遇雨。"夫尚同非不可干譽，而義難苟容，則利用獨矣。《巽》初六："進退利武人之貞。"夫中立非不可祈免，而幾當立斷，則利用武矣。此皆時之變柔爲剛，而剛固不可爲典要者也。

蓋體柔而動剛者，立本之剛柔也，不可變易者也。變剛而變柔者，趨時之剛柔也，有時而變易者也。趨時者時之所值，而非意之所設，即謂之剛柔可也，即謂之無剛柔可也。故《詩》稱申伯也，直曰"柔惠且直"而已。頌山甫也，直曰"柔嘉維則"而已。然曰直曰則，則剛固在也。不則揉萬邦、肅王命，豈厪厪偏於柔者所能乎？箕子陳範也，則又有三德；皋陶陳謨也，則又有九德。然總之不外剛柔不偏而已，不則豈剛克柔克之外，復有正直，柔而立剛而塞之外，復有寬栗愿恭，亂敬擾毅，直温簡廉彊義之多歧乎？《詩》單言之而非不足，《書》悉數之而非有餘。故九可三也，三可二也，二可一也。一者何也？則《坤》所謂無成有終者也。

蓋《易》衍於文王、周公、孔子三聖人者，立臣道之極，而歷乎得失憂虞之故，其於剛柔之變言之至詳，要之不可以名迹求也。今觀柔順文明，吐握膚遜，鞠躬踧踖，其禔躬抑何委蛇；無侮無拂，破斧缺斨，誅卯却萊，其作用又何俊偉。化剛柔之迹，包《詩》、《書》所稱，善體《易》者，無如三聖人矣。後世臣道不明，於是剛者見之謂之剛，柔者見之謂之柔，偏至畸行，局於一曲，而不覩於大通，而剛柔之名迹始立。如員之忠，黯之戆，嘉之骾，寬饒之直，膺、滂之峻，非不剛也，而委蛇之度稍遜矣。如勃之重厚，青之和柔，建之醇謹，光之小心，安世之謹厚，非不柔也，而俊偉之節稍絀矣。又如堯子之愎，黶之汰，處父之斥，植、甯、郅之暴，偃之横，訓、注之躁，則又彼自爲剛而非人臣之剛也。又如據之同，弘之阿，五鹿之比，安昌之附會，義府之陰柔，則又彼自爲柔而非人臣之柔也。又如湯之陰陽，安國之兩是，廣之中庸，味道之摸稜，則又處乎剛柔之間而不可知。然情態彌工，脂韋彌甚，則亦偏之乎柔已耳。故夫純心爲君，剛柔無迹者上也。隨資性所近，而志在匡君者，次也。秦越其君，而自立名迹者，下也。立名迹以成其私，而托之乎爲君者，下之下也。

嗟夫！人臣既已策名委質，無論禄位，即膚髮亦非其有，齒舌錞刃之説，非所施也，何世之人羶悦勢利之途，薰心得失之際，鑒嶢嶢之多缺，甘碌碌之易容，令剛有易鑠之漸，而柔有必趨之勢，且無奈善爲托者衆也。蘧瑗之教顔闔也，先與君爲無町畦，而後達之於無疵。夫能達之於無疵，即無町畦，奚不可也？而世之先意爲逢者曰：蘧公之教也。國僑之治鄭也，爲載書以定國，衆怒而焚之，以違衆實難，將以靖國也。夫誠出於靖國，即爲衆焚書，奚不可也。而世之與俗俛仰者曰：國子之治也。狄梁公志在復唐室者也，周旋僞朝，日與嬖幸飲博而不爲怪，然後潛授五龍取日虞淵意，念深矣。而世之渫涊無耻者曰：梁公之智也。韓魏公宋社稷臣也，論議務容小人，不欲黑白太分，卒能護持善類，仆而復起，器識遠矣。而世之比周爲容者曰：魏公之量也。夫四公所謂剛德君子也，即時而摧剛爲柔，實所以善用其剛也。陳户牖詭對安劉，陳太丘投足張讓，君子猶或非之,況非二子乎？世人不得其立本之剛,徒竊取其趨時之柔,既已濟其私,又復托之公,此世事所以日非,世教所以日壞也。

愚謂人臣爲澤爲履,何患不柔？乃若真誠體國,實心任事,則必本之以明健之才,貞固之守,乃能隨時觀變,弘濟艱鉅,而靡靡者不與焉。故不患其不柔,而恒患其不剛;不患其剛之過,而恒患其柔之過。蓋剛者未必皆成,而成者必資於剛。柔者未必皆壞,而壞者必歸於柔。剛之過或至僨事,然猶可維持國是紀綱名教。柔之過雖一時偷幸無事,然人心士習將淪敗而不可捄。此《易》傳所以致戒於柔危剛勝也。故曰：作《易》者其有憂患乎？其衰世之意乎？然則聖人蓋慮之矣。顧剛豈易言哉！以宋博之勁概,乃至稱順孔鄉;以孫寶之風裁,不免挫節定陵。何則？意有所繫,則氣有所極。勢利得失之故未易忘,則陗峻倜儻之行非其質也。故曰：不屈於慾之謂剛。又曰：無慾然後可以言王佐。不能無慾而哆口言剛柔之屬也,吾未見其能勝也。

策一道清名清議　庚子應天録。

問：天下有視若甚緩而關於人國最急者,莫如清名與清議。隆古未有也,至後世乃亟稱之。故有偃息而藩魏者,有慷慨而却秦者,有面折廷諍而逆藩寢謀者,有高志正議而移鼎輟計者,有德幾殆庶而令人鄙吝自消者,有見其眉宇而令人名利之心都盡者,有居潁川而見黜甚於刑戮者,有居洛而不善懼於見知者,有持汝南管籥而豪貴不敢以輿服入郡者,有操士大夫品目而嬖幸以人主之命乞之不能得者。標名持議,有益人國,豈不章章乎？乃或謂名不足得,士至比之畫餅,或不欲子弟有盛名,或譏處士横議而絶跡梁碭,或欲禁小臣議令。然則名果不足貴而議果不足重歟？今寓内寖以多故,然猶安瀾無恙,説者以爲清名清議之所維持,然歟,否歟？惟是兩者扶植之難而剥蝕之易,今欲令清名常貴,清議常重,國家長有所恃而無恐,則何道而可是固？爾南都所雅言也,試一揚榷之。

東哲有言：無爲可以解天下之紛,澹泊可以紓國家之難。吾以清名清議當之。夫士脩之身而名附焉，韫玉輝崗，藏珠媚淵，非有意於名而天下之清名不能違也。夫士慮之心而議出焉，口判雌黄，言分衮鉞，非有意於議而天下之清議不能違也。名成而傅以清議，則議重而名益貴。議定而主以清名，則名貴而議益重。名貴故天下莫不貴也，議重故天下莫不重也。名之貴能使天下砥名而好脩，於是有招不來、麾不去，爵禄所不能勸者，以清名被之，靡弗竦也。議之重能使天下畏議而矜節，於是有利不趨、害不避，刑威所不能懾者，以清議束之靡弗震也。是故治平無事，足以培教化而厚風俗，卼𡰖多難，足以杜奸萌而弭釁端，斯亦聖人之金城，而治道之鼓吹也。

夫上古之世，未有所謂清名者。非無名也，素絲在位，振鷺在廷，三德六德，濟濟師師，無之非名也。無之非名，故清名忘也。《乾》初九曰："不成乎名。"時方純乾，亦何以名爲矣。未有所謂議者，非無議也，官師相規，工瞍咸陳，詔孅諫惡，嘉言罔伏，無之非議也。無之非議，故清議忘也。孔子曰："天下有道，庶人不議。"時方有道，亦何以議爲矣。惟夫脩士不盡庸也，而後清名始著。惟夫直道不盡伸也，而後清議始彰。清名著，清議彰，即不爲大道無爲之世，然天下猶必賴之。蓋段干木隱於西河，魏文侯禮之，而秦人不敢東向。魯仲連慷慨不肯帝秦，因以却秦而存趙。干木與連非有位者也，然而有賢於位者矣。汲黯面折廷諍，而淮南爲之寢謀。孔融高志正議，而曹瞞爲之輟計。黯與融非盡見用者也，然而有賢於用者矣。陳寔居潁川，而見鄙者甚於刑戮。司馬光居洛，而爲不善者輒懼見知。寔與光非在朝者也，然而有賢於在朝者矣。周舉稱黄叔度謂時日不見則鄙吝復萌，房琯稱元德秀謂見紫芝眉宇使人名利之心都盡。叔度與德秀非在勢者也，然而有賢於在勢者矣。許劭持汝南管籥，以袁紹豪侈，屏輿服而後敢入郡；紀僧真得幸齊帝，從帝乞作士大夫，帝曰：此由江斆、謝瀹，真御命乞之而不能得。劭非貴人，斆、瀹非人主所親幸也，然而有賢於貴幸者矣。之數子者，名不虚立，議不虚生，名成而鬱郁若蘭蕙，議出而凜烈若秋霜，風教以之維植，紛糾以之解紓，無爵而貴，無權而競，無衆而强，如此乎清名清議之有益於人國也，故名議兩者常在上而不在下，是治安之極也。不在上而在下，即非治安猶可不至亂亡；在下而上不能保全，至摧折而後已，斯亂亡之徵矣。嗟夫！天下不能以常治常安，則清名固不可一日不貴，清議固不可一日不重矣。是以聖人治天下必有所招揭廣勵，使其常貴常重，而後可以無患於天下，歷代皆然，周漢其尤著矣。昔周之興，清者莫如夷、齊，遜國之名至高，叩馬之議至正也。武王因而全其身，遂其志，因以招揭廣勵乎天下，是以終周之世，清名常貴，清議常重。當其盛也，朝有令聞令望之佐出入風議之臣，至於陵遲衰微，猶能抱其名議，空質以折問鼎，責包茅。周之享國長久，則名議延之也。兩漢之興，高祖以除秦蹙項之威，而能降心以伸四老人之節。世祖當息馬投戈之際，而即絀體以遂子陵之高。今觀其鴻冥山澤，芥視軒冕，翼太子數語，責侯司徒一書，至今猶有生氣。清名清議，於是爲盛。是以廉頑立懦，竟與漢世相終始。然西漢一挫於恭、顯，而望之、更生摧；再挫於王氏，而王章、何武、彭宣等誅。於是張禹、孔光、馬宫之徒以耆儒而傅會國賊，而宗室泉陵侯等頌莽功德者且數十萬計矣。東漢一挫於節甫，而君、俊、顧、及錮；再挫於曹氏，而孔融、禰衡、楊修等誅。於是華歆、王朗、郗慮之徒以宿德而股肱魏室，建安以後，天下遂不知有漢矣。蓋兩漢之名議盡而國祚亦從之矣。繇是觀之，兩者之扶植也不易，而其剥蝕也亦不難。且扶植而起也，如景風扇物，鬱舒蟄奮，不自知也。其剥蝕而盡也，如蘊崇銷膏，浸微浸滅，亦不自覺也。然則千古之殷鑒可覩矣。

我太祖高皇帝承胡元風化淪斁之後，思有以亟振之。於是旌福壽，黜危素，聘浙東四先生者與之朝夕諷議，昭揭廣勵，德意甚盛，貴名重議，駕周而軼漢矣。列聖纘緒，益獎斯路，蓋至於今而後知兩者之爲烈也。今天下不爲無事矣。採山漉海，日新月異，則山澤盡；告緡税陌，剥膚到骨，則閭閻盡；冠猴翼虎，搏噬從横，則紀綱盡；煬竈豐蔀，章疏沉閣，則政事盡；撲滿而入，漏卮而出，則財用盡；賜環無期，需次不補，則人才盡。昔人謂國有五盡，今或過焉。顧未盡者獨有清名清議耳。蓋嘗徵之，今外而銅墨之吏、師帥之長，日跆藉於璫使，至逮繫褫斥，纍纍矣，然猶昂首伸眉，出身爲百姓争一旦之命不爲少絀也。内而臺瑣諸署，鳴仗輒斥，不則積薪困之，人知緘默之易容，然而伏蒲批鱗，接踵連袂，不爲少靡也。大而三事九列，雖云堂陛日隔，然猶引大義，争當否，明知上意所不鄉，不敢少狥也。小而百司庶府，雖或厭瑣尾流離，睹寵賂滋彰，然猶繩墨自檢，襘結自防，樊陵、崔烈之事，不敢少萌諸念也。此無異故，清名罥之於前，清議夾之於後。利禄雖其所愛，而每奪於所甚愛；斥逐雖其所惡，而每奪於所甚惡。賢者既有所勸勉而必爲，不肖者亦有所愧耻而不敢。是以寧受實禍於身，而不敢輕塵點於名；寧得罪於世網，而不敢得罪於公論。元元有所扣心，海内有所繫命。則高皇帝昭揭廣勵之所貽也。雖然，戰戒於三鼓，忌其竭也。今名議之震撼撞擊於世也甚矣，毋亦三鼓之候乎？

愚謂扶植之路宜上下均任其責，廟堂之崇奬宜恕而士類之檢柙宜嚴也。蓋名者治世脩身之具，世情逐利如鶩，所恃以堤坊之，獨名耳。乃砥礪之士，復以博名窮之，是驅之利也。昔齊桓得甯戚，左右欲問所從來，公不可，曰："問之恐其以小醜而妨大美也。"故崇奬清名者宜出此矣。議者盡天下之心者也，士人建議，顧其有益國家何如耳。乃動加揣摩其所爲而齮齕之，不幾頓乎？昔田文納公孫戍之言，或謂其得寶於外者，文因署曰："有能止文之過，得寶於外者，疾入諫。"故崇奬清議者宜出此矣。乃若士之檢柙則不然。夫能有清名者必其無意於名者也，能秉清議者必其無意於議者也。有意於名勢且流於虚名，有意於議勢且流於横議。虚名成則名賤，而世亦賤之。始於賤虚名，既且并清名而賤之矣。横議出則議輕，而世亦輕之。始於輕横議，既且并清議而輕之矣。瑕釁既滋，壘郄方搆，數百年所扶植曾不足供耽耽者之一擊，則白馬清流之事可鑒也。故魏文戒勿以名取士，比之畫餅；申屠蟠譏處士横議，逃之梁碭；王僧虔不欲子弟有盛名，書崔瑗《座右銘》以爲戒；李德裕欲禁小臣議令，蘇軾稱其得體。噫！其有所感矣。然則欲清名清議之常貴常重，其必自貴自重而後可也。

策一道兵謀　庚子擬作。

問：自古用兵曰貴謀賤戰，故曰："多筭勝，少筭不勝。"又曰："屈人之兵，而非戰也。"乃又曰:"自黄帝以來皆尚仁義,而後權譎。"何歟?但見古人用兵用伏者鮮不勝,用間者鮮不勝,用誘者鮮不勝,設疑者鮮不勝,寘死地者鮮不勝,先人奪人者鮮不勝,擊惰擣虚者鮮不勝,攻無備出不意者鮮不勝。傳記中未易更僕詳,亦可摘陳一二,以明謀戰之大略歟?我皇上聖武布昭,膚功疊奏,邇來告廟飲至,殆無虚日。其大者無如東倭西播,功所由成,謀耶?戰耶?抑二方之捷不可謂無功,然亦已憊矣。使當事者蚤得成筭如古之貴謀賤戰,能無事半功倍否?兵者國之大事,當使後可爲法。諸士試論始之所以猖獗,後之所以蕩平,亦後來得失之林也,毋徒曰空談已成事已耳。

夫兵,天下至危殆也。戰而不勝,暴骨膏原而國危。亦天下至煩費也。勝不速決,師老財匱,而國亦危。人知不勝之害,而不知戰勝之害也;人知戰勝之利,而不知善爲勝者之利也。故兵不可去,亦不可狃;戰不可廢,亦不可恃。巧者以之享其安,而拙者以之蹈其危。巧者戰亦安,不戰亦安;拙者不勝亦危,勝亦危。巧拙之間,安危之界,甚矣,謀之不可以忽也。是故旗必正正,陣必堂堂。我可以往,敵可以來者,戰也。動静無端,變化無常。我欲守,敵不知其所攻;我欲攻,敵不知其所守者,謀也。戰者非衆無以制寡,非飽無以制饑,非逸無以制勞,非整無以制亂,非聚無以制散。謀者衆能寡之,飽能饑之,逸能勞之,整能亂之,聚能散之,故戰而勝者什一,謀而勝者什九。戰而勝,必煩徵調,必縻歲月,必耗士馬,功成爵賞,加於臣下,而弊御於國家。謀而勝,玩敵於股掌,決機於呼吸,過師於枕席,臣下不必有其功,而國家獨安受其福。此所以貴謀而賤戰也。誉平之言蓋出孫子,孫子曰:"多筭勝,少筭不勝。"言貴謀也。又曰:"屈人之兵而非戰也,拔人之城而非攻也。"言賤戰也。李衛公生平用兵得筭最多,其乘間揜襲以擒頡利,散舟止援以平蕭銑,設奇制勝不可方物,乃其論兵曰:"自黄帝以來,先正而後奇,先仁義而後權譎。"英雄欺人,寧可盡信?至其他日又曰:"善用兵者無不正,無不奇,使敵莫測,而天地風雲,龍虎鳥蛇之陣,悉歸之秘藏詭設。"此則衛公本論,蓋亦貴謀賤戰矣。愚謂天下事皆尚正,惟兵尚奇。天下事皆尚仁義,惟兵尚權譎。老氏所謂"以正治國,以奇用兵",《司馬法》所謂"國容不入軍,軍容不入國”者是也。

嗟夫！死生寄於一將,存亡判於枹端,非敵覆我,則我覆敵,不務深謀,惟務武進,漫以人國嘗試,此夫以正殃民以仁義得殘賊者也,豈可悔哉！吾觀古之善謀者動九天,藏九地,彍若弩,發若機,制變若水,難知若陰,始若處女,後若脱兔,求敵若求亡子。淵乎淵乎,至於無聲。微乎微乎,至於無形。是故敵人趨利,其進甚鋭,利在用伏。鄭突以三覆待寇,大敗戎師。屈瑕以采樵餌敵,覆之山下。此用伏勝也。敵人比附,其交甚親,利在用間。秦伯宵坎加書,詐取商密。曹公計擕超、遂,克平潼關。此用間勝也。敵朞我强,蓄疑持重,利在用誘。鬬比毀軍納使,以悮隨。師叔七遇皆北,以驕庸。此用誘勝也。敵氛甚惡,我應不暇,計在用疑。韓信陳船臨晉,乃渡夏陽,以擒魏豹。劉裕揚聲内水,乃從外水以克譙縱。此用疑勝也。我衆易散,臨敵縮朒,計在寘死地。項羽鉅鹿之戰,沉船破釜,以示必死。王鎮惡長安之克,解艦棄糧,以絶反顧。此置死地勝也。敵計未定,其守未固,計在先人奪人。李泌單騎入陝,而高暉無所施謀。陳慶之以二百騎逆魏師,而渦陽城守自潰。此先人奪人勝也。堅陣難陷,暮氣漸衰,計在避鋭擊惰。張良啗秦將以利,俟其既怠,而後急擊之。陸遜與蜀主相持猇亭半歲,度其意沮,而後火攻之。此避鋭擊惰勝也。敵虞在此,不虞在彼,計在擣虚出不意。孫臏救趙,引兵疾走大梁,而邯鄲圍解。盧循寇江陵,劉裕遣孫季高率三千人由海道襲番禺,循敗,遂無所歸。此擣虚出不意勝也。諸如此類,未易悉數。然戰之貴謀,大略可睹矣。

方今國家威靈震疊,武節紛綸,露布凱歌,雜遝踵至,其大者無如東倭西播。今二寇既已滌盪,邊徼既已敉寧,將士既已策勳,國家師武,臣力厥効,章章矣。執事猶欲諸生考兵事之始,終揣戰謀之得失,且曰使後可爲法,則請循本末而熟數之。夫倭之犯朝鮮也,震鄰剥膚,意欲難量,是何可不捄？獨意其捄之有遺謀也。夫中國長技,勝倭者艨艟巨艦也。倭再越海謀人國都,情形久著,非一朝夕矣。即能先以舟師逆而殲之海,固大善;不則奪據對馬島,邀其往來,絶其糧餉,倭能無腹背咽喉慮乎？倭之始入,略八道,陷王京,鋒不可當,我師出而倭漸疲,數戰數衄。碧蹄之役,我師熸而倭亦技殫矣。能於此時蒐乘補卒,申嚴號令,因惰而乘之,直可剪滅此而朝食,何遽懲小挫而即議欵乎?倭欲以欵愚我,我若借以愚倭,陽許其欵,而陰尾其歸,彼不爲備,必大得志,胡乃釋而不圖,既不能擊其歸,復不能備其來乎?蔚山垂拔,清正束手。若我築圍掘塹,以絶内外,而以偏師綴行長,行長固不能來,來亦不能援,然後持三日糧,示士卒必死,何患不克,而狼狽宵遁乎?清正、行長並有争心,不相爲下,我以計攜之,勢必内不相救。我不可承其弊乎?倭空國而來,謂我絶遠不能至,内備必虚,閩浙之人駕艅艎越海如履平地,令二省各出精兵數千,直指山城,勢在必克,即未克,而彼在鮮之兵能無還顧覆巢乎?乃曾計不出此,是東師之謀左也。

楊酋之横行於西也,殺將屠城,是何可不誅?獨意其誅之有遺謀也。夫酋始無逆節,徒以虐所部七姓耳。治夷狄當蕩佚簡易,何足深誅,而必欲討之耶?酋既就縶,一訊可決,又何爲訟縶之?縶而縱,縱而復縶,自非孝子順孫,能忍死自詣耶?夫以好往,百千人爲多。酋既旅拒,自知不赦,而欲以百千人格之,是孤豚咋虎也。入虎穴搏虎子,非闘智不可。羸而誘之,潛而掩之,或可得志,胡乃無他奇道而往遺之禽耶?酋陷我偏師,破我縣站,賊氣正驕,我積氣并力,擇利乘便,彼驕我怒,轉敗爲勝之會也。乃坐視而不敢發一矢,前不乃太輕,後不乃太重耶?播故恃其山谷阻深,叢箐蒙密,度索裹氈,彼所不虞,若以大衆叩其藩籬,而從間道搗其心腹,彼將皇駭不支,與仰攻重關者不亦相萬耶?安隴酋之婚姻,勢則唇齒也,怵我重誅,剸刃向彼,則彼中羽翼爪牙,寧無脅息跂踵捄死効力者,直遮隔不能自通耳。若我陳師壓境,密遣間諜説之從中取事,彼之聽我,豈待辭之畢耶?曾乃計不出此,則西事之謀左也。

大抵事機不常,斯須倏變,形勢稍更,東西易面。天下事始簡終鉅,始易終難,失之於簡易,未有不馴致於鉅難者。假令二方當事者蚤出泌與慶之之謀,賊之萌可折也。出闘比、師叔之謀,賊之智可愚也。出突與瑕之謀,賊之鋭可挫也。出秦穆、魏武之謀,賊之黨可攜也。出信與裕之謀,賊之嚮可誤也。出羽與鎮惡之謀,賊之勁可撓也。出良與遜之謀,賊之怠可乘也。出臏與季高之謀,賊之根本可傾也。惟是謀之不蚤，舉衆寡、勞逸、饑飽、治亂、聚散之勢，不制於我而制於敵，是以先迷後得，事倍功半。雖戰而勝，亦已疲矣。倭之役既挑選各邊鋭士，復募及吴、越、閩、廣；播之役既合蜀、楚、黔、滇之兵，復益以秦、晉、宛、洛。計二方前後各用數十萬衆，以介鱗易衣裳，何擾也。倭之役七載而後定，播之役反覆將十載，兵聞拙速，不聞巧遲，又何久也。倭之役費帑金八百餘萬，播之役亦二百餘萬，米穀蒭稾，轉輸之費不與焉，又何糜也。國家爲力幾何，而能堪此？故曰人知不勝之害，而不知戰勝之害也。人知戰勝之利，而不知善爲勝者之利也。

今朝鮮戍兵已徹，播亦化土爲流，幸稍息肩，而或者猶廩廩憂倭來而播梗，愚謂此不足患也。以區區之倭争衡上國，内竭於征繕，外觖於暴露，而終不能有三韓尺寸之土，關酋斃，焚巢而歸，倭實悔禍之延，何暇復來？播人苦酋虐久矣，一旦爲我編户，方喜解懸，鄰封諸酋惕息懲艾，何暇爲梗？萬一來且梗，亦當在十稔之後。吾以數君子之謀應之，固恢恢有餘矣。採榷行，人心離，國計虚，中原已伏之膏肓也。北虜未潰之癰疽也，惟無發，發即不惟難爲戰，且難爲謀矣。夫戰與謀，將之事也。廟謀廟戰，非將所能與也。秦越人之兄長者醫未兆，次者醫未形，越人察脉視色而醫，斯下矣，而况乎察脈視色之未能也。

策一道建極明倫　戊子擬作。

問：建極明倫，治道首務。若唐虞之敦睦慎徽，夏商之攸叙肇修，成周之敬止時庸，豈不亦後先同揆，授守一道者哉？三代而下，代有令主，而純王之治卒不可復，將時降世殊，所繇異路歟？孔子告君則有五達道，又有三言，經傳所載則有五品、六順、七教、八統、十義之目，其詳略同異何居？後世有稱説四維，勸行仁義，大指若不謬於古，其效至於一匡九合，外户囹空，即三五盛時，豈能遠過？廼談者何其不譽也。我國家綱常爲治，創守一轍，最著者高皇帝五教育民之誥，章皇帝《五倫全書》之輯，肅皇帝《明倫大典》之頒，睿謨懿躅，鏤金板而鐫圖書者，可窺其萬一歟？今聖天子垂意至寧，於人道尤兢兢。頃論《貞觀政要》，嗤晚近之悊德，揭人道之本原，維聖盡倫，宜在今日。兹欲將順德意，裨益休明，始終與帝王合軌，祖宗同符，將何道而可？諸士各攄所見，毋諱毋略。

自古聖人南面而聽天下，曷嘗不自人道始哉！人道備而後可以爲人，可以爲人而後可以治人，無古今一也。孔子曰："殷因於夏禮，所損益可知也。周因於殷禮，所損益可知也。其或繼周者，雖百世可知也。"漢儒所謂制度文爲可與民變革，三綱五常不可與民變革者是已。然而周以前因革俱晝然可知，周以後所損益者可知，所因者不可知，何也？聖人語其常，後世值其變也。故夫胤季世之失業，紹周氏之正統，昭百王之軌範，立萬禩之章程，舍昭代何適矣。《易》曰："有天地然後有萬物，有萬物然後有男女。夫婦、父子、君臣、上下。"此人道所由來也。又曰："父父、子子、兄兄、弟弟、夫夫、婦婦，而後家道正。家道正而後天下定。"此人道所由急也。馮翼初分，睢盱未袪，曼哉邈乎，其詳靡得而紀矣。乃若握符受命，蓁盛郅隆，莫尚乎三五之際。其建極明倫，載在詩書者可考也。

是故敦睦九族，則堯以底平章；慎徽五典，則舜以登協和；攸叙彝倫，則禹以階平成；肇修人紀，則湯以表萬邦；關雎樛木，則文以和有夏；時庸展親，則武以致迓衡。其間揖讓征伐之異時，渾渾噩噩灝灝之異書，忠質文之異尚，子丑寅之異建，《大章》、《韶夏》、《濩武》之異樂，而至於叙揆從典，則歷數千年而不變。蓋上有建極明倫之君，斯下有會極同倫之化。大綱既正，萬目斯舉，雖欲變之不得而變也。此所謂因革可知者也。哀公問政，孔子告之以五達道，曰君臣、父子、夫婦、昆弟、朋友。《大戴禮》又載孔子告哀公以三言，曰君臣正、父子親、夫婦和。蓋達道乃爲政之要，而三言又達道之要，謂有詳略，非也。若夫五品紀於《虞書》，六順見於《左氏》，七教列於《王制》，八統詳於《周官》，十義載於《禮運》，總之不離三言五達道之旨，特錯舉互見耳，謂有同異，非也。此皆言其所可知者也。

三代而下，往往詳治具而忽治本，間取其制度文爲粉飾私智，以陳功見能於天下，而至三綱五常反目爲迂緩不急之物，而肆爲恣睢。《淮南子》曰："齊桓失之乎閨内，得之乎本朝。"唐太宗曰："益多則人不怨，功大則業不隳。"其議論大都似此矣。夷考其時，齊桓内嬖如嫡，唐宗慙德閨門，而仲出堂阜之釁以相齊，徵脱玄武之難以佐唐，君臣之間，倫理胥媿。即稱説四維，勸行仁義，而晻曶狙詐，祇屬虚詞，故齊桓雖以任人而成一匡九合之勳，唐宗雖以納諫而收外户圜空之隆，未幾而群孽争立，妖后亂政，治不盈皆，禍溢於世，則治本撥而治具不足恃之明效也。漢以後其得失無慮若斯，是以或駁而雜覇，或亂而雜夷，王綱廢而不續，帝紘弛而不張。迨至胡元，淪斁已極，治統之在宇宙間更數千年忞忞耳。繼周而百世可知，幾於溟涬無睹矣。

至我太祖高皇帝迅掃胡元，洗滌乾坤，《大誥》三篇，首以五教育民，於是天下始翕然改觀易聽。羠羯之俗化爲冠裳，腥羶之穢變爲禮樂。然史臣稱其動契典則，度越千古，則五教又非徒誥者。試舉其大，如孝行有圖，祖訓有書，制太廟時享以奉先，定九奏樂章以寧神。勅閫幕而言無踰梱，馭戚畹而恩鮮内降。六宫取充位，無燕、趙二八之昵；閹寺供掃除，無憑城依社之奸。褒顯死義之臣而士知忠，敷求清修之彦而人知德。序封同姓而本枝聯，差等藩禄而親疎定。諸如此類，未易悉數。要之本人道以脩身，而後根皇極以敷言，王綱廢者已補，帝紘弛者已張，列聖相循，並隆兹道。至我宣宗章皇帝，復採自古嘉言善行爲《五倫全書》，以鏡臣民而一代之風俗益臻於敦龎淳懿。然而豫建元良，昭垂帝訓，保全趙藩，戒諭寧府，則其以身明倫者何肫肫乎！我世宗肅皇帝復因當時議禮同異，著《明倫大典》，以昭來祀，而一代之典禮益登於昭明融朗。然而建立世廟，推恩一本，更定祫禘，尊稱祖考，則其以身惇典者何兢兢乎！我皇上仁義性成，經綸天授，好生洽于遠邇，典學懋于始終。而淵衷所篤，尤以倫理爲先務。頃因御講筵，論《貞觀政要》，斥其君臣匪彝，復超然降諭，以爲人道之大莫如五倫，倫理有虧，小善何補？煌煌聖訓，真可與典謨並傳，日星等耀，三代而後，蓋所未聞。

愚嘗謂祖宗垂二代之家法，則以錫極綏猷開其先，所啓佑者無缺也。皇上繩百年之祖武，則以厚倫正俗衍其緒，所丕承者無斁也。蓋祖宗以帝王之道爲道，而皇上以祖宗之心爲心。光明俊偉之業，直與成周相承接，孔子所謂百世可知者，不至是而驗哉！而執事又以主聖不忘規，欲需塵露以益淵岳，則亦無過舉五倫之大者，而設誠行之已耳。今聖天子克謹天戒，顧畏民嵒，信任耆碩，招延衆正，非穆穆明明之度乎？然臨保或替，將異昭格之本；供億日煩，恐滋彫敝之虞。殿陛未孚則保泰之道或疎，聽納未廣則忠讜之路或隘。是故勅時幾，勵儉德，勤召對，開讜言，所當實圖者一。孝養兩宫，動求祖德，麟趾日茂，燕翼日廣，非永言不匱之思乎？然親身一體，則跬步有必欽，鬬石有訓，則私意難偏狥。國本至重，宜計萬世之安；神器難諶，宜豫承華之誨。是故慎守身，恪祖訓，定大本，先儲教，所當實圖者二。今壼域之内有《葛覃》、《卷耳》之風，宫掖之間多《江沱》、《小星》之譽。夫非刑于之化所淪被乎？然鷄鳴彤管，聖王用贊中興；耦正匹嫡，《春秋》實譏亂本。故鑒班伯式號之諷，思袁絲引座之言，所當實圖者三。今文昭武穆之親，並籍帶礪；河間、東平之賢，永固封疆。夫非棣萼之風所聯屬乎？然天潢之麗不億而藩禄之供歲逋，則困敝已極；分桐之日已久而受社之行無期，則親愛未公。故倣宋人限禄之制，而開其本業；味左師愛子之喻，而貽以久安，所當實圖者四。講幄時御，圖史日陳，師保在前，疑丞在後，夫非同心一德之誼所孚洽乎？然講説雖勤而咨詢之益蓋寡，觀聽雖美而納約之道未宏。則夫涣德音以暢世務，和顔色以盡下情，俾陳者不爲故事，聽者不爲虚文，所當實圖者五。是五者不出日用倫物之間，而可以該乎齊治均平之理。遠監祖憲，近守宗彝。咸五登三，舉不外此，是皇上所能行，在實圖之而已。昔孔子告君以五達道，而總之曰誠；告君以三言，而總之曰不過乎物。夫誠則物不過，三言五達道，一言以蔽之矣，愚生敢藉手爲當宁獻。

策一道治兵　戊子擬作。

問：兵法有云：兵無兩畏，畏我則侮敵，畏敵則侮我。故兵者不可不使之畏上者也。明興，高皇帝以神武定天下，建設長策，宇内之勢，如身使臂，臂使指，長駕遠馭之道，可謂盡之矣。乃二百餘年，絃轍未改，陵替漸生，跋扈咍衡，往往而是，其故何歟？曩自雲中五堡之變，當事者不能盡意於法，其後復擾遼陽，訌留都，未幾浙東、廣右、滇池、蜀漢之卒煽呼繼起，至去歲議鄖陽，今年處延綏，茲宣大又見告矣。如此而謂畏上，可乎？豈盡失馭所致歟？抑於制實有所失也。古稱順治威嚴，兵制之善，無過成周。周而後，無如唐府兵。然府兵三變而爲方鎮，其禍抑何蔓衍也。語曰：兩葉不摧，將尋斧柯。今釁大於兩葉矣，將戒唐人之弊以合周之順治威嚴也者，宜何道而可？夫變起倉卒時，長慮却顧之臣則虞激，慷慨慮遠之臣則虞靡，抑皆治標之説耳。乃若潛消默奪，形格勢禁，於以建萬世之安，意必有出于此。諸生倘有便計，固司廟筭者所急也。

夫行法定制而治兵，未有不畏上者也。兵而不畏上，非上之法不行，則上之制不定也。法者何？號令在其前，誅罰必其後。莫耶傅體，不敢不搏；虎豹突起，不敢不攫。如是者法行也。定制者何？聚散得其宜，勞逸得其施。可生可死，而不可使爲亂；可安可危，而不可使爲非。如是者定制也。兩者兵之至要也。兩者失一，皆是以啓變召禍，而失制之害無大焉。何也？法則御者之鉤餙錯錣也，至於制則王良、造父之操縱馳驟以適於馬者。得其所以操縱馳驟，然後鉤餙錯錣可施。不者，雖有鉤餙錯錣，馬且旁出矣。故使兵畏上非難，行法難。行法非難，定制難。定制非難，知其制之所由弊而以善制當之難。

高皇帝神聖統天，睿謀經武，其間大小相維，上下相制，至爲曲盡。二百年來，威稜常振，紀綱常飭，有運臂挈領之便，無旁落倒持之憂。而今稍一二弛也，執事感近日鄖西、延綏、宣大之變，蒿目而憂其後。愚以爲由來者漸矣。曩自大同啓釁，戕殺大臣，勾引北虜，稱兵内訌，其後遼陽繼變，當事者懲噎廢食，憚於持法，請更置則聽更置，請蠲免則聽蠲免，罪主吏惟恐弗重，庇悍卒惟恐弗輕。於是名分倒置，觀聽愈玩，不數年而四方跋扈之徒紛紛報警，吴越、蜀滇之兵，大者僇辱命吏，小者要脅粮饟。當事者因而撫之，而今且以爲固然耳。昔蘇令弗逞，梅福寒心；羽林横行，高驩樂釁。今全盛而有此，陵遲之風漸豈可長哉！

執事蓋鑒唐人藩鎮之害，因而以唐爲喻。愚以爲時固不同焉。唐自天寶建中之難，宿衛召募之兵幾不能受甲，所賴以濟變成功者皆節度勤王之師，人自爲師，師自爲戰，非朝廷所能約束而制其死命者也。以故事平之後，桀驁相仍，朝廷因而姑息，遂不能討。非不欲討，力不給耳。然至憲宗，決策淮右，猶能收復河朔。方今海内安瀾，金甌無缺，國勢奠於覆盂，非有漁陽鼙鼓、奉天倉卒之變，疆埸之士談笑以嬉，弢弓臥鼓，鬬鷄蹋鞠，非有間關百戰，勞苦暴露，克黜大難之勋，其譟呼倡亂者，大氐皆無賴狙獪、孱弱呰窳之夫，窮之即可盡，訊之即可服，特一吏之任耳。然而法不能必行者，此亦上懦治之過也。夫所謂懦治者，其過有二。一則未變憂變，而過爲縱弛，如養驕子然，奉之惟恐其或啼。一則既變憂甚，而曲爲寬假，如狎生犬然，啖之惟恐其不來也。夫兵者以律治者也，縱弛寬假，非所施也。今未變既無以作其震讋懾服之心，既變又復長其觀望忨愒之習。如是而欲其畏上也，豈可幾哉？故士不畏者法不行也。雖然，制定而行法則法可行，制不定而行法，其不爲旁出之馬者鮮矣。

請言兵制之所以得，及其所以失。蘇子曰：兵無事不可使聚，聚則不可使無事。蓋無事而聚，必至驕惰，驕惰必至不畏上而畏敵。然斯實成周之善制，而後世所不能必行者也。周時以井田起軍旅，天子六軍，六鄉六遂散之；大國三軍，三鄉三遂散之，次國、小國二軍、一軍，鄉遂散亦如之。有事則爲卒旅五兩，無事則爲比閭族黨，不憂聚也。春振旅，夏茇舍，秋治兵，冬大閱。卒乘服習，稽人成功，不憂無事也。以故其人服於禮義忠信之教，閑於攻殺擊刺之法。尊上死長，畏威遠罪，順治威嚴不虛耳。三代而下，井田法壞，兵農遂別。故藉兵以衛農，則其勢常聚；取農以養兵，則其勢常無事，而驕惰所從來矣。然漢、唐、宋之初，猶能稍倣周制，以貽百年之安。而其後寖久寖堙，遂以不振。就而較之，其初之處置得寄兵於農之意者，莫如唐；其後之屢變而不可收拾而兵患最博者，亦莫如唐。請復以唐喻。唐初建立府兵，總關内外爲府六百三十四，無事散居田畝，三時耕稼，一時講武。有事則以魚書下諸府，提兵而出，事已復散，是以驕惰不生，紀律自肅。未幾府兵耗廢，一變而爲彍騎，再變而爲長從宿衛，三變而爲召募，於是無賴惡少坐而待哺，蹇傲難馴，見敵輒遁，方鎮成而唐事非矣。繇是觀之，聚散勞逸之制得之者盛昌，失之者削弱，此其大較已。

我國家制兵實法成周遺意而大類唐。令甲，諸郡卒大率什三而守，什七而屯。衛所之兵徧天下，屯田亦徧天下。番休相錯，且耕且練，非徒以討軍實而寬民力，亦欲銷其淫佚怠惰之心，馴其虣驁恣睢之氣，意至深矣。自屯田弊而土著廢，土著廢而客兵集，於是一芻一粟悉藉民間，而兵始無事矣。失職之民一聚營伍，視爲世業，牢不可撤，而兵始聚不散矣。驕與惰相成，稍不如意，即群嘷而怒，叫嘑跳踉，無所不至，此亦失制之所致也。是故欲定制莫若復屯田。夫今屯田之額既耗，而土兵未練，客兵又未可驟罷，則莫若按籍以清舊屯，增墾以廣新屯，使客兵得與土兵錯列而耕，漸成土著，其究有五利焉。耕田力作，訓練以時，士氣不墮，一也。散處田野，校聯番休，煽亂不作，二也。積儲既盈，軍餉日給，脱巾不呼，三也。士既土著，人知自愛，陵犯不生，四也。部曲相保，動静相伺，奸宄不容，五也。然後擇將師之任，必使方略素裕，廉潔無私者馭之，而不至以刻削損威。重將帥之權，必舉生殺予奪，利鈍遲速者聽之，而不至以顧望避事。如是則制定，制定而或意外倐至，則行法。制定法行，則士畏上。士畏上，雖有蚩尤不能爲變矣。

嗟夫！天下之事，姑息者易就而無顯忒，慷慨者難收而懼及身。夫人皆不難以後憂遺國，而獨難以顯忒及身，所以往往有法而不敢行。故曰使兵畏上非難，行法難。事非由我始則歸其責於前，禍不及身見則諉其難於後。自非真任事之臣，未有不憚更化而樂因循者也。故曰行法非難，定制難。承弊襲舛，每博持重之名；達微濟務，多蒙喜事之誚。所以見其是而不得行，行而不得終者，比比也。故曰定制非難，知其制之所由弊，而以善制當之難。當今朝野無事，易於行法，上下相悦，易於定制。聖明在宥，賢能任職，易於斷決。不以此時圖兩葉之萌，待其擁腫而尋斧柯焉，雖草野鄙生亦安敢謂非當事者之責哉！

策一道一德一心　壬辰會試。

問：伊尹之訓曰："惟尹躬暨湯，咸有一德。"而武王之誓則曰："予有亂臣十人，同心同德。”又曰：“乃一德一心，立定厥功，惟克永世。”自古鴻鉅熙明之業，疇不以君臣契合得之，乃武言一心，兼言一德；尹言一德，不言一心，意豈異也？將一德固所以爲一心歟？三代而下，君臣號爲相遇者，或歡如魚水，或如左右手，或比韋弦，或稱内相，或辨論而砻其厚，或專一而愛其和。雖微一德乃心，豈盡不一歟？亦有足與商周絜隆比盛者否歟？我太祖高皇帝承天啓緒，佐命如雲，列聖紹光，闡繹延咨靡替，所爲一德一心者，亦可揚厲其萬一歟？我皇上資亶上聖，誼篤下交，嘉與天下賢士大夫，昭登盛理，二紀於兹，斯亦萬世一時。已乃比者過計之臣，既其形未既其實，鰓鰓焉疑於上意未盡宣，下情未盡達。夫古所稱君臣相遇，寧惟一晉接、一對揚之爲兢兢，彼其聚精會神，相得益章者，宜必有在也。乃大《易》稱天道下濟，地道上行。宋儒又謂“無欲之主，可與行王道；無欲之臣，可與言王佐”。意者必兩協而交脩，乃可臻一德歟？諸□□□原書義，敬效忠規，執事者願藉手爲丹扆獻。

君臣相遇，自古難之。非遇之難而一心難，非一心之難而一德難。夫君臣之分亦懸矣，君至寡，臣至衆，以至寡而欲聯至衆，則砻淵辨竽不勝煩也。君至尊，臣至卑，以至卑而欲附至尊，則萬里九閽不勝阻也。故曰非遇之難，而一心難。然心非可以强一矣。陽燧見日而燃，陰諸見月而津，則以氣爲一也。虎嘯而谷風生，龍興而慶雲集，則以類爲一也。故有所以一也，不期而自孚，不介而自合，無之而非一也，即迹若不一而一者固在。無所以一也，近之而愈遠，暱之而愈疎，無之而能一也，即迹若一而不一者固在。故曰非一心之難而一德難。執事發策首以一德一心爲詢，愚生跧伏草茅，烏睹所爲廟堂交孚者而效之，然是泰否之原，治亂之幾也，敢不置對。

蓋孔子有言，爲上可望而知也，爲下可述而志也，則君不疑於其臣，而臣不惑於其君矣。夫天下之患，孰有大於君疑臣惑哉！君疑臣則情上壅而治内蘐矣，臣惑君則情下壅而治外蘐矣。上下交壅，内外交蘐，於是釜鬲居其中，而患始有不可勝言者。故臣不可使君疑也，臣使君疑臣過也。德不可述而蘄君之不疑,則臣又過也。君不可使臣惑也,君使臣惑君過也。德不可知而蘄臣之不惑,則君又過也。故古之聯泰交而臻上理者,不恃其有慇懃眷顧之文,而恃有纏綿固結之心。不徒求之纏綿固結之心,而必求之真實懿美之德。斯義也,自古已然,而始闡於伊尹之訓與武王之誓。愚嘗論其世矣。湯之於伊尹,顯忠遂良則遇矣。然不邇聲色,不殖貨利,以義制事,以禮制心,湯惟德一也,尹是以元聖之德進。五就五去,不見爲誕;一介不取,一介不予,不見爲矯。起自耕莘,升于阿衡,不見爲驟。振民納溝,朕哉自亳,不見爲專。而湯與尹爲一心。武王之於十臣,知宅見俊則遇矣。然敦信明義,執競敬勝,無偏無黨,不泄不忘,武惟德一也,十臣是以民獻之德進。治内治外,宫府各舉其職;保傅疑丞,大小各效其能。歌雍詠勺,熊飛鷹揚,文武各宣其猷;疏附後先,奔奏禦侮,中外各恪其官。而武與十臣爲一心。尹言一德,不言一心,以德一則心自一也。武言一心,復言一德,以一心必本於一德也。

輓近璞散醇澆,上鮮一德之主,下寡不二之臣,於是主臣之間不勝異意,而間各以一切爲遇合。概而言之,大致有三:其上以意氣遇,其次以形迹遇,其下乃以比周遇。孔明決策鼎峙而契若魚水,蕭相定計關中而歡若左右手。此意氣遇者也。魏徵之在貞觀,諫比韋弦,未幾而辱,已見嫌矣。陸贄之在建中,時號内相,時平而盡言見讐矣。此形迹遇者也。公孫子之曲學阿世也,而督其厚梁丘據之可否無忤也,而愛其和。此比周遇者也。夫遇而出于比周,則其無疑無惑,所謂大疑大惑也,譬之琴瑟專一,鮮能聽之矣。形迹之遇,疑不疑相參,惑不惑相乘,譬之弓膠漆幹,鮮不露疏罅矣。意氣之遇,幾於無疑無惑,然本原則未粹也,譬之綢繆約結,合則合矣,猶有兩也。至於一德之遇則無遇而無不遇,無合而無不合,譬之一元運而天地交,天地交而品彙育,而人不見其所以然,斯真一心者也。故求相遇於一心,則邪正淺深之情猶異;求一心於一德,則離合疑信之端盡泯。然則自古君臣之遇可睹矣。

我太祖高皇帝當聖作物覩之期,廣開誠布公之路,維時佐命之臣,雲合響應,心膂股肱,相爲一體,德與心亦有可窺測萬一者。高皇帝嘗諭侍臣曰:"信心常起於忠厚，疑心常起於偏私。君之於臣信而好之，雖讒言不入。”味斯言，則所爲聯屬之心者何肫切乎？又曰：“好功不如好德，好財不如好廉，好術不如好信，好諛不如好直。”味斯言，則所爲孚契之德者又何純粹乎？蓋一心以通之而歡洽無間，於事使一德以本之，而真誠永固於始終，以故群策畢舉，衆正咸事，盛業光乎百代，休明浹乎于茲，有以矣。列聖纂緒，並隆茲軌。至我皇上亶上聖之資，而不難虚其志意，以盡一世之忠猷；履下武之運，而不難挹其崇高，以澈群工之肺腑。秉統承乾，二紀于茲。如尊信耆舊，親近儒碩，則濟川和羹之誼也。煖閣延訪，郊壇引對，則肆覲三接之勤也。邊儆有宣諭，灾沴有降勅，是疇咨交儆之虔也。扈從則命應制，齋閣則命獻箴，是《天保》、《卷阿》之音也。白駒維縶於空谷，干旄賁望於在浚，則明農保予之思也。殿陛之間，洞如廓如，何心之不一？宸衷之内，淵如穆如，何德之不一？夫是以振鷺充廷，鴻鸞漸階。幽遐之士，係心本朝，而闒冗獲耀于光明；休采之臣，展布四體，而事功日底于輻輳。蓋誠法祖宗芳規，軼商周盛際，而後世一切相遇之君臣，舉可無論矣。

乃一二憂治危明之士，猶緦緦過計，以爲上意未盡孚，下情未盡達，毋亦見邇者彤庭之臨蒞少稀，金華之晉接少闊，而意其有閡隔之漸乎？毋亦見邇者密勿之臣少疎於造膝，繩糾之論少咈於批鱗，而意其有否塞之漸乎？愚以爲君臣之間，不惟其文之相親而惟其實之相信，不惟其心之信于君而先惟心之信于己。乃比者人各有心，士多罔極，素絲之風未盡著，夬莧之黨未盡銷，懻忮之途未盡塞，雌黄之習未盡祛。或巧於乘人而褆躬則略，或勇於持論而任事則怯，或緩於職業而急乃在闒闐，或顯爲名高而究乃在厚實。此其自盟且不能自信，而何以信于上？不能使上信，而何以使上親？是故平日精神不孚流，且不能無厭，臨事慷慨陳詞，勢且不能無激。積厭與激，則疑惑所由生也。積疑與惑，則閡隔否塞所由成也。故曰下過也。雖然，天主施，地主承，而施爲承先；君主感，臣主應，而感爲應先。天不爲地之有荏蘖震沴也，而廢其施生之當；君不爲人之有虚張譸幻也，而改其蕩平之治。故曰天有常運，君有常行。與其令而使臣共，不如感而使臣應。

然則今日所以永固廟堂之孚者,毋亦我皇上始終一德而已。故意念則蘄於平若鑑衡,涣汗則蘄於信若金石。情有所昵也,而有係天下之大命者,則毋以幃房之恩掣;意有所習也,而有關軍國之大計者,則毋以城社之實借。以其人之便治而用之,則勿以其不便意而陰爲距之;以其言之便事而是之,則勿以其不便耳而過爲逆之。勿以有所着而嗇于格之中,勿以有所咈而越于繩之外。寧顯明其道,使人得而爲聽覩;毋寧微露其端,使人得而爲揣摩。是之謂一德,是之謂慎感。賈誼有言:"上以禮義待下,而下不以忠信事上者,則非人類也。"是故有湯不患無尹也,尹進而非尹者益化矣。有武王不患無十臣也,十臣進而非十臣者益化矣。上感下化,則上下咸有一德矣。下承上之德一,而媚上益固;上監下之德一,而眷下益篤。則上下咸有一心矣。宋儒胡宏曰:"無欲之主可以言王道,無欲之臣可以言王佐。"夫無欲者,君臣所以上行下濟,而泰道所自來也。敢以是爲廟堂交孚之助。

策一道委任責成　丁未會試録。

問:傳言以古爲鑒,可見興亡。然鑒遠無如鑒近,故殷鑒夏,周鑒殷,賈山借秦以喻漢,玄成援隋以誡唐,所從來矣。我國家接胡元之敝,鑒不在遠,太祖高皇帝嘗與侍臣推勝國覆轍所繇,一言蔽之曰:"廢弛。"故懃懃懇懇,力振頽風,二百年來,神靈震疊如一日,其指要有可窺測歟?邇者承平久,杞人過計,或謂明作功少,苟且政多,漸且入廢弛,弊所由來,與勝國將無同歟,否歟?夫高皇帝殫精盡制以懲之,至於今乃玩日愒月以踵之,其咎安在?《書》言熙載,首咨宅揆;《詩》戒宣猷,先慎考相。豈樞軸之地,承元首而康庶事者,尤當任其責歟?夫惟任然後可責。昔人謂任之以禮,乃可責之如法。又謂任一人則政專,任多人則相倚。果有當歟?或謂國有任臣則治,有重臣則危。或謂重臣不可無,權臣不可有。夫諱權諱重而可言任歟?弗專任而可獨責歟?弗專責而廢弛之弊,將無相推相諉而靡所届歟?今欲鑒勝國所以失,原國家所以得任人以奮起事功,將何所衷而可?

今天下之患莫甚於廢弛，尤莫甚於廢弛而莫知其所由然，尤莫甚於知所由然而莫敢言其然。夫國之爲國者政事也。今天下非無政事，然無如苟且因循者多也，似有政事而無政事也，無政事是不有其國也。故曰患莫甚於廢弛。政事所由領理者人才也。今天下非無人才，然往往媮食視陰，相仗相推，以入於廢弛，詰之而莫肯任其咎也。故曰莫甚於廢弛而莫知其所由然。人才所由奮振者委任也。今天下非無委任，然且結胸掣肘，振掉不自由，明知廢弛所從來而終莫敢言任也。發於當事之口，則若招權而賣重；旁觀言之，又若附下而借資。招權賣重，附下借資，是人主所大惡而人臣所大忌也。故曰莫甚於知所由廢弛而莫敢言其然。宜乎執事惘然有深鑒也，請先原勝國所以失與我國家所以得，而後事勢相循之故可得而言矣。

蓋殷革夏命，則曰“監彼夏王”。周反商政，則曰“咨汝殷商”。賈山借秦以喻漢，玄成援隋以誡唐，蓋興朝與勝國風氣漸染最易，故懲之宜亟也。我國家紹百王之統，而實接胡元之敝。覆轍之鑒，宜不在遠矣。高皇帝悼元季淪喪，嘗與侍臣推求其故，或言元政失之寬，高皇帝曰：“聞以寬得之，未聞以寬失之。元季喪亂正由廢弛耳。”愚嘗反覆元事，恭繹聖訓，蓋元起朔漠，僭閏統，一代經制匪立，胡風沿習弗革。迨至正之君，天降慆德，百度日隳，其大者則在委任非人，師尹多辟。燕帖木、别兒怯、哈麻、搠思監之倫，皆凶憸小人，更進用事，復訹阿魯輝伽璘邪説，深居縱逸，是以威福外竊，賄賂公行，選舉陵遲，紀綱倒置，賞可無功冒，罰可有罪免，法令飭而愈弛，盜賊撫而日多，而元社屋矣。元首叢脞哉，股肱惰哉，庶事隳哉，勝國所以失也。高皇帝親見胡元之亂，又數覽觀《元史》，灼鑒廢弛所由，於是振長策，規來禩，分中書而六，散樞密而五，凜然抑控在手，魁柄獨持。而其大者，則尤在懃懃懇懇以精意盡下，使賢才不得不爲軫心効力，故能經制大備，憲度修明，聲靈赫濯，震耀千古，元首明哉，股肱良哉，庶事康哉，高皇帝所以得也。蓋勝國以惰窳縱詭隨，似寬而實非寬；高皇帝以精神爲震疊，似嚴而非徒嚴。此得失大致也。

夫高皇帝殫精竭思，將萬世爲量，乃今餘二百年耳，倫制未改，而明作浸非，形體雖强，而精神已疲苶矣。執事試觀今之天下所爲精明奮振之氣餘幾？名實若摶沙，上下若跞鳌，吏治若傳舍，積儲若磬懸，武備若畫駿，邊事若養癰，宗禄若漏釜，河費若尾閭，吏弊若鼠穴，積牘若蝟磔。百司庶府，方且悠悠汎汎而莫之措憂，問之九列，曰："我分猷者也，何知成？"問之庶僚，曰："我守局者也，何知要？"問之封疆郡邑，曰："我外吏也，何知内？"即問之密勿，亦曰："我代言者也，何敢使官而越俎？"蓋波流茅靡，以入於廢弛而未有届也。所謂廢弛而莫知所由然，知所由然而莫敢言其然者也。愚生草野，幸無忌諱，請瞽測瞽言之。

夫三十六輻以爲輪，轉之者軸，而後有輪之用。一闔一闢以爲户，運之者樞，而後有户之用。爲國亦有樞軸焉。樞軸未嘗代輪與户，而輪户不得則無由馳驟開闔，樞軸之臣未嘗代衆職，而衆職不得則事功無由輻輳。樞軸之臣得所任，而百職釐，萬事理矣。夫高皇帝之制故在也，皇上又天下之明主也，居崇處深，慮無不在天下也，俊乂滿朝，股肱之良，又非乏也，毋亦樞軸失職，元首股肱之間，猶有關格弗相爲用之患乎？蓋勝國所由廢弛，以非人而任之太重，其在今日，則又不聞得人與否，而任之太輕，廢弛同而所由廢弛異。辟乘舟者，太重則沉溺，極輕則亦飄蕩。物極相反，各有所至，其勢然矣。夫高皇帝神聖，其臣莫及，雖以部府分省院，然樞軸之任，猶不能無寄。非惟寄之，又精嚮之。維時青田、金華參贊密勿，披心造膝，魚水靡間，已復加學士以殿閣。永熙而後，遂陟孤卿。其推誠委任，功效白著者，宣德時則有若楊文貞、文敏、文定，天順、成化時則有若李文達、彭文憲、商文毅，弘治時則有若劉文靖、謝、李二文正，嘉靖時則有若張文忠、楊文襄。委任綦重，致理綦隆，夫豈無外廷宣力之佐，乃宣上達下，持衆美以效之君，繄樞軸是賴，即皇上初嗣服曆，虚心元宰，端委以聽，故其人得展其精悍之才，而成綜核信必之治。其後秉成日久，意氣浸加，流爲鍥急，復流爲愎戾，一旦絀之若振落，於國家未有纖毫之損也。蓋昭代制置，樞軸之任，最爲盡善。使賢者得効其忠，而不肖者亦不得甚肆其慝。惟夫置而不任，然後賢不肖無所分，優游富貴之利歸於下，而廢弛不振之弊御於國，則今日是已。夫以今天下視萬曆初載治効，何逕庭也，豈人才實遜？則任與不任異耳。誠得其任，雖偏才可以奏功;不得其任,雖賢者無由陳力。是故不任則不能無顧形迹,顧形迹而深至之畫寡矣。不能不畏議論,畏議論而指視之骰亂必多矣。不能不商恩怨,商恩怨而依違姑息之風必長矣。不能不揣强弱,揣强弱而不茹不吐之氣必怯矣。如是而安得不廢弛?一臣不任則一事弛,樞軸之臣不任則百事皆弛矣。

今之所以任樞軸之臣者,猶在若有若無之間。前不能輊,後不能軒,惴惴調衆口,日恐不贍,幾不得輪户之用,而望其運轉輪户,豈可得哉?夫任之者將有所責之也,蘇洵曰:"任之以禮,方可責之如法。弗任而責,是絆騏驥而責千里也。"故責則不可靳任也,任之者又將令提挈衆任也。仲長統曰:"任一人則政專,任數人則相倚。"懼相倚之害成,而又慮專任之擅勢,則吹有混聲而瑟將上下鼓也。故任則不可靳專也,任專又不得靳重也。劉頌言:"國有任臣則治,有重臣則亂。"夫重而亂則何可任,任而治則愈重愈治也。任而不重是態臣也,非所宜任矣。任重又不可靳權也。蘇軾言:"國不可無重臣,不可有權臣。"夫挾重以自爲則重亦權,資權以奉國則權亦重矣。重而避權將并避事也,失所以重矣。今夫徒富貴而無所責於其人者,必其人非賢而主弗明也。若夫以明主擇賢臣,則惟恐任弗專而權弗重,而無以盡其用矣。夫惟任專矣,重矣,有權矣,而後可深責之。責而弗効,即譴訶隨焉,彼亦有弗得辭矣。如古者天地大變,天下大過,則當塗之臣引咎,而人主亦聽之。何者?任之至而無所逃責也。顧今所謂任者,豈必如古之以三公兼吏事,宰相判流銓、判度支,中書兼樞密之類,而後爲專,爲重,爲權哉?惟在人主精其意以通樞軸之臣,而後樞軸之臣得精其意以通百執事,如高皇、列聖所爲,無事不咨,無言不從,無時不接,無念不注,如是而已。蓋治天下如用兵,淮陰侯所以多多益善者,部分明而紀律肅也。部分明如萬目之屬于綱,有條而不紊。紀律肅如絀五指挈裘領而頓之,順者不可勝數也。是故上有所宣也,天子第付之政府,政府參酌而後布之六曹,六曹下之撫按,撫按下之監司、郡守,臺省則糾察其所宣之當否焉。下有所達也,守令、監司上之撫按,撫按上之六曹,六曹質之政府,政府參酌而後獻之天子,臺省亦糾察其所達之當否焉。當而有功則政府不敢尸其功而歸之天子,不當而有過則政府先受其過，而不得獨歸之衆有司。此虞廷宅揆之典，周室考相之道也。宅者任之也，考者責之也。總師而後考績，統均而後質成，任而後責，蓋虞周而已然矣。如此而大僚不得不作率，庶明不得不勵翼。倡之必應，震之必悚。有委任而有人才，有人才而有政事，而猶至廢弛者不矣。

嗟夫！任者國家所以便事，而非人臣所以便私也。不任者賢臣所以嘆約結，而不賢臣所以便覆匿也。夫不使賢者畢智，而使不賢者得以護短，假人臣以覆匿之便，而使國家受廢弛之禍，安可不謂廟堂計左也，是胡可不深監使後人復監後人也。

策一道大受小知　丁未會試録。

問：子言君子可大受，不可小知；小人可小知，不可大受。非欲合君子、小人並用之歟？乃《易·泰》取包荒而《師》戒勿用，世儒或謂君子、小人若陰陽不可相無，或謂若冰炭不可並立，何於仲尼之説不盡合歟？且古有元聖而多材多執，有懋德而克勤小物，大小不既兼乎？有數馬稱慎而居大位無所匡言，有酌水明志任方隅而封疆失守，有秋霜比質守北海而政散民流，有風流沉整帥陳陶而輿尸敗績，其人類君子也，寧堪大受歟？有典護軍而蒙垢而能傅會安劉，有尉通泉而扞網而克翼贊先天，有馳騁進取而著聲烏府，有丐貸無節而立功郅支，其人類小人也，寧局小知歟？又有清約承家人謂其有祖懷慎風節，抗疏僞朝時賢或擬之文若，及至揀用，並僨人國家，此於大受小知將何施用歟？抑仲尼既欲兼用大小，乃攝政三日不能容一聞人，與在位七十載不去四凶者又何懸也，各有説歟？願相與覆意之。

昔《中庸》贊仲尼曰："萬物並育而不相害，道並行而不相悖。"説在仲尼之論小知大受也。君子也而可大受，小人也而可小知。君子與小人並育，用君子與用小人並行矣。君子不以大而遺小人之小，小人不以小而妨君子之大。君子與小人不害，而用君子與用小人不悖矣。君子可，小人亦未嘗無所可；小人有所不可，君子亦有不可以全其可，此之謂無可無不可也。使大小各得於受知之間，而君子、小人無不並生於天地之内,天地無棄物,聖人無絶人,故曰:“天地之所以爲大也。”

吾於其象《易》知之。《泰》九二之象曰:“包荒,得尚于中行,以光大也。”夫泰,君子道長,小人道消時也。然治泰君子,又必光以照群情,大以容群品,使君子、小人各得其所,然後得尚於中行而不爲已甚,斯包荒保泰之道也。又於其作《春秋》知之。《春秋》之法,與人爲善,大能改過。善者雖小必録,賢者有過必諱。自非大無道之國,甚不肖之人,皆欲全安而成就之。人知《春秋》爲法之嚴,而不知爲道之大也。又於其語衛事知之。瑗稱其君子,鰌稱其直,俞稱其智且愚。至於衛之不喪,又歸功於圉、佗與賈。夫三子不盡雅士也,出處不必瑗,直不必鰌,能智能愚不必俞,而可以賓客、宗廟、軍旅,而其效可以存國,兹非合君子、小人無一可棄之驗歟?蓋仲尼於古帝王未有以大稱之者,獨贊堯曰“大哉”,又曰“則天”。今觀其時百僚師師,四門穆穆,九官十二牧布列於朝,君子可謂盛矣。而在位七十載,四凶猶然與衆君子比肩共事。行父謂堯不能去,非不能去,以爲不足去也。極治之世,即宵人無所售其惡,且爲盡其用,師錫之季,共工方鳩僝功,鮌猶試治水,則向之爲堯宣力者亦既多矣。惟是小人之性,器小易極,不能謹始厚終,至舜時而罪狀始著,故去之耳。四凶猶用,況其他乎?此堯之大所以則天而仲尼猶是也。

大都人品自庸衆外有四,有才德兼備之全人,有德勝才之君子,有才勝德之小人,而又有似德非德、似才非才而基才媢德,始以小人溷君子,終以小人毒君子之小人。天之生大聖賢與大奸慝俱不數,其餘君子、小人皆可以斟酌駕馭用者,惟用之各得其所,斯能並育並行,而不相害悖耳。是故姬公元聖,多材多藝。畢公懋德,克勤小物。何大何小不宜,何受何知不可,必若得斯人而後用,則幾於無可用矣。是以凡德勝者屬君子,類可大受,惟無務以小窮之。凡才勝者屬小人,類可小知,惟無務以大困之。請就明問舉其凡。

數馬後對,入里必趨,石内史醇謹至矣。然居大位九歲,無匡救之益。酌水明志,夷、齊比潔,吴處默趣操端矣,然刺番禺,不能抗盧循之難。高志直情,孔文舉不秋霜比質乎？乃相北海，而政散民流矣。風流沉整，房次律不名重廟廊乎？乃帥陳濤而輿尸敗績矣。之四子類以德勝，乃於大受若不足，要以質行足以表世，清操可以維風，義概能折雄心，雅尚堪鎮囂俗。雖則酬務絀於圓通，應變短於揮霍，吾猶不謂所受之非大也，而進此者可推也，故曰可大受不可小知也。護軍而受金，陳户牖幾集詬矣，而卒底績於安劉。匄貸而爲人作奏，陳子公稱儻葛矣，而竟立功於萬里。馳騁進取，不師道德者，朱子元也，而所在職辦，擅聲烏府，何奇乎？作尉通泉，盜鑄掠賣者，郭元振也，而計安四鎮，翊贊先天，何偉乎？之四子類以才勝，以語小知若有餘，要以詭對屬揣摩之伎，克敵衹角距之能，武譎之網絡多詐，膽智之作用猶麤，雖則事工於弋獲，謀集於跖跐，吾猶謂其知之未離於小也，而下此者可推也，故曰不可大受可小知也。夫大而小之是斧劗毛、杜摘齒也，小而大之是莛撞鍾、椎測地也。因大而兼責其小，是見麗梁衝城，而欲兼以窒穴也；因小而并責其大，是見韓盧善走，而幾其可驂服也。惟夫大小各隨其宜，而知受各適其量，然後世無遺人，人無遺用，斯包荒之道得矣。使仲尼而得邦家者，則姬、畢之倫並秩師保，孔融、房琯可使風議，石慶、隱之可用坐鎮，陳平、朱博亦預紛糺之司，陳湯、郭震必處爪牙之任。不惟蘧瑗、史鰌、甯俞在必庸，即如圉、如佗、如賈亦弗棄矣。不必元愷而後舉，即共工、伯鮌猶將拔拭用之矣。至若厚貌匿端如杞之菲衣惡食，當時咸謂有祖懷慎風節；檜之拒邦昌僞命，時賢擬之文若，後乃披猖，以至妨賢病國。此則以小廉小忠飾其大奸大慝，自非則哲之聖，鮮不淫其小而信其大者，《易・師》所以致戒於勿用，而仲尼斷以必亂邦者也。然曰勿用，正惟不可用之大受，而有命正功則亦未嘗不試之小知矣。

宋儒真氏謂君子、小人如陰陽不可相無，則《易》内陽外陰之説也。《易》所謂内外，則仲尼大小之説也。嗟夫！聖有遺慮，愚有得事，寸長尺短，兼責實難，舍短取長，誰非作使，要在以君子之大用小人之小，而合小人之小乃能成君子之大耳。蓋有四益焉。雞癰豕零，並効刀圭，輪囷離奇，同就繩削。資攻玉於它山，成粹裘於雜腋。則輻輳之功可集也。聲望不先功實，能否不關毁譽。有用則能呼不逆，虚恢則康匏亦置。則綜核之治可課也。濯祓之途在前，桑榆之績在後。不逞者既羈縻於纓組，無聊者亦觀望於歲時。則伏莽之釁可弭也。白黑不至太分，邪正何由遞乘。南北之部，各營職於公家；朔洛之朋，自不角其門户。則有丘之群可涣也。蓋收彼之伎倆，亦以濟吾之劻勷；獲吾之幹用，亦以消彼之辛螫。以大而用小，正欲并小而全大，兹聖人之弘也。後之用人者，吾惑焉。步必矩繩，程必尺幅。稱必耆艾，評必中正。其立名甚尊，棄豫章以寸朽，窮夜光以微考。體大而嫌其節疏，蹠鉅而議其舉遠。其置法甚密，本欲進君子，君子未必進，而已進其依似；本欲退小人，小人未必退，而已隳其幹濟。即使君子進矣，而鴻羽雖可爲儀，孰與効其剸割；小人退矣，而墉隼未可盡射，寧不益固其壘營。致使大受小知兩乖，君子、小人俱病。則何如俾各得其欲，以成吾事之爲大哉！

或曰：堯能用四凶，仲尼爲政三日，而誅少正卯，其大安在？夫君子用人自量其德，又觀其時度其人。故《易・泰》九二曰："包荒。"《師》上六曰："勿用。"上六過極之德，既非九二之中正，而師自訟來，又與泰之時異矣。矧地中有水，至險藏於至順，師之小人尤出陰陽常理外者，此所爲戒也。仲尼之德無異於堯，而所事者魯定，共事者三桓。彼婦之口尚能死敗，況以聞人而諂訛其間乎？夫四凶之罪，天下能名，其爲渾敦、窮奇、檮杌、饕餮，兩觀之事雖及門高足猶不能無駭也，知之淺矣，弗知深矣。淺者害眇，深者禍烈。聖人慮其終，不敢不毖其始，寧遺其小，不敢不防其大也。杞之狼狽奉天也，德宗猶不知其邪；檜之浮海歸也，雖大賢如康侯、定夫且交口譽之，蓋聞人之儔哉。惟其爲鄉愿亂德，故能爲小人亂邦。使唐宋蚤悟，寧有建中、建炎之旤哉！元晦謂君子、小人，勢若冰炭，無並進之理。其有感於杞、檜之事者深乎！嗚呼！後世時非陶唐，德異堯、孔，《師》上六之戒，豈可以忽乎哉！

河干集卷四

序

擬御製重修大明會典序

朕惟治莫要於定制，務莫急於成先。在昔殷宗，是鑒成憲，成后之時，《周官》始定。豈不亦神化宜民，善繼善述者哉？夫規創燕翼，實祖德是憑；纘紹鴻圖，伊嗣服是賴。光前裕後，以永厥世，固無得而遜焉。

我太祖高皇帝廓清函夏，肇一宇區，軫睿盡神，爲規萬禩。《諸司職掌》所載，休哉夐乎，真皇者之上儀，靡可易已。列聖循軌，用躋休明。顧時異勢殊，條貫靡竟，間亦小有增損。孝宗敬皇帝始勅爲《大明會典》一書，以《諸司職掌》爲經，以歷朝事例爲緯，綱目已具，刊布未遑。世宗肅皇帝遜稽祖憲，近考宗彝，爰命儒臣，重加纂輯。規摹益篤乎前烈，成功且待乎後人。抵今代更二聖，歲逾六紀。若復闇曶弗彰，無以定一尊而垂永久，謂繼緒者何？鬱王綱而不暢，缺帝紘而不章，朕甚懼焉。

先是特咨舘閣卿士，勅總裁、副總裁、纂修等官，誕開史局，共効編摩。校訂差訛，補苴漏罅。起洪武，迄嘉、隆，頗以見行事例折衷之。間者功緒告成，用呈進覽。金科玉條，炳炳麟麟如也。蓋事以制而不迷，法以徵而可信。非示爾極，孰率攸行？是用鐫之琬琰，副在有司。

於乎！秉統闡繹，法天道而不私；纂業承基，繩祖武於無斁。《書》曰："毋作聰明，亂舊章。"朕夙夜孜孜，恪守兹典，求以無失作者之意而止，寧敢有所越軼，以取愆忘？惟爾後昆，其尚戴巍巍，履栗栗，鑒兹彝訓，以紹我祖宗列聖無疆之洪庥，敬之哉！

南雍重刻史記序

自史遷作《史記》，變左體爲紀、傳、世家、書、表，厥後作者遞相祖述，雖名號稍庚，而規制無改，可謂正史開基而纂修鼻祖矣。至其變化無端，錯綜生色，言約而事該，文質而神王，則又諸史中無能闖其閫奥者，誠足前誇盲史，後躐班書，承祚蔚宗，而下無論也。第其書涉獵千載，貫穿百家，包孕既多，攟摭殊廣，所以幽詞眇旨，致難驟晰。自徐廣、裴駰、司馬貞、張守節之倫注音、釋義，搜隱窮奇，彼此參詳，後先互証，然後讀是史者，得繇景緯以步蒼旻，藉津筏而濟溟渤，羽翼之功，于是爲大。近時學士大夫乃增以己意，更加題評，班窺弋獲，並列殺青，使觀者意緒斷續，精神瞀亂。夫肌骸足體，何取駢枝？渾沌無門，豈當鑿竅？以此附彼，斯爲汰矣。

監本舊有《史記》，兼載題評，而於舊注多所删割，裒益之義，未協厥中。兼以歲久模糊，覽者滋病。大司成檇李馮先生來涖南雍，歎其闕事，遂手自校讐，重加鋟梓。題評新語雖愛而必捐，注釋舊文雖多而必録。非夫貴遠賤近，好揚抸乎前修，將以採實刊華，期開濟乎後喆。殆龍門之幹蠱，而子長之忠臣者乎？書成，爰爲僭題數語繫于篇端，俾覽者知所取財焉耳。

重刻三國志序

南雍舊鍥有《三國志》，歲久漫漶爲甚。大司成馮公視事之三月，乃重鍥焉。

余惟諸史自《史記》、兩《漢書》外，最著者無如陳壽《國志》。維時漢季群雄並起，所在豪傑如林，卓犖奇偉，敻絶千古。壽所結撰，其文采亦爛然稱是，故壽本傳謂其善敘事，有良史才。裴松之亦稱其詮敘可觀，事多審正。良有以矣。至其書具紀、傳而缺志、表，竊意鼎峙之際，天造草昧，運祚日淺，稽古禮文之事或多闊略，宜壽所重在此而不在彼與？三志所載，惟蜀爲簡，壽歸咎于相亮之不設史官似也。而後主紀乃云史官言景星見，豈是時史官主禨祥，不司記注邪？

即使史缺專官,而當時蜀士秦宓、譙周之倫皆博雅好論著,聞見宜非乏也。不寧惟是,相亮王佐之才,其用兵經武,司馬宣王至畏之如虎,八陣圖、木牛流馬,迄今無能窺其秘者。壽爲蜀人,親見其行事,乃謂管、蕭亞匹,將略非其所長,則何也?豈所謂修郄于相亮父子者,不盡誣邪?抑亮所敵者司馬氏,而壽後爲晉臣,不得不枉其筆邪?嗟乎!壽欲絀蜀,蜀不爲詘也。揜亮,亮不爲揜也。索米詒譏,衹足自點耳。後之觀是志者,不惟考鏡往跡,得以尚論百年之間,而是志之瑜瑕不相隱,抑亦握簡含毫者得失之龜鑑矣。此馮公所爲重鍥之意也。

重刻魏書序

《魏書》,元魏氏之書也。書成於魏收,收爲齊臣,齊接魏統,故其書帝魏而島夷江左。然魏起雲朔,開拓函夏,非惟奄有廣輪,抑且上應象緯,百餘年中原事蹟所在,安能盡以索虜斥也。惜其書臧否任意,時論譁然,至蒙穢史之誚。大抵史家雌黄當代,群情難厭,原易聚訟,而收恃才輕脱,多所睨傲,取憎多口宜矣。至其華藻贍蔚,跨軼邢、温,當時已艷羨之。又屢奉詔審改,歷文宣、孝昭、武成之世,三訂而始成書,蓋其慎已。隋唐而後,譔《魏書》者有魏澹、張太素、裴安時數家,然皆不傳,惟收獨傳,抑亦其文彩有過人者。若李延壽《北史》,雖於收書有所檃括,而間至晦滯,又有紀傳無志,補亡可耳,於以揜美前修,不亦難乎?

南雍舊有二十一史藏板,歲久多所缺蝕,前輩在事諸公虞其日湮,稍稍次第新之。不佞從大司成馮公來涖斯任,始重刻陳壽《國志》,繼馬遷《史記》,遂及是書。夫三書之文藻較然矣,然至不虚美,不隱惡,惟遷書有耳。任意之譏,壽與收皆不免焉。然則史家所難,其尤在實録哉,其尤在實録哉!

三鎮圖説後序代。

《三鎮圖説》成,督臣時寧既序之矣。臣某職在疆圉,宜有言末簡。

臣伏睹國家都燕,九邊綿亘若鈎陳内護,而最急者無如上谷、雲晉,謂其切近畿輔，與諸虜隔塞而處。而所謂大虜者，又力能左右東西虜，以與圉吏爲難。異時羽書夕報，則郊關晨嚴，背膞之患，所從來矣。三方各設重鎮，復設制府總督之，令相聯絡首尾，内固輔車，外壯犄角，計至深遠也。我皇上神靈遐鬯，威德旁馳，諸虜弭耳息喙，交臂屈膝稱外臣者三十餘年如一日。三鎮將吏弢弓緩帶，靡有烽燧儆，豈不甚盛際哉！乃識者廪廪抱厝火養癰憂，蓋欵久則虜氣漸張，我備漸弛，以張乘弛，是惟無發，發將不支。故《易》戒既濟，《書》儆無虞，是在今日矣。

臣待罪宣府，罔裨邊計，幸得受督臣時寧要束，與二三疆吏完陴繕鄣，簡卒蒐乘，廣儲除器，所爲先雨綢繆，不敢有遺力，而督臣猶惘然不自釋，兢兢於萬全經久之謀。按故牒，軫深忠，條晝薈萃，合成此書。中間地形阸塞，道里遠近，將吏沿革，士馬分布，與夫虜情向背，備禦緩亟，靡不區分櫛比，使人一展卷而三鎮數千里聯絡首尾、輔車犄角之狀，瞭然在目。能者通其變可以出奇無窮，不能者亦可據籍設備，而無猝然虞。實籌邊之方書，而仰贊我皇上廟謨之極慮也。臣因兹有感焉。

今三鎮外諸虜非即周玁狁、漢匈奴乎？玁狁匪茹，匈奴侵暴，莫甚於周宣、漢文之世，而當時不失爲治平。微獨其臣若吉甫、南仲、魏尚、李廣輩，能運其方略，以襄多難，奏膚公，效首虜而遠斥堠也。讀《采薇》、《出車》諸詩，想見周宣中興之烈。其恤征戍勞苦，鼓將士敵愾者，真若喘息之相通。讀史而見漢文與家令論兵事，往復懃懇，今日詔實邊，明日詔實塞下，而頗、牧之思，即一飯不寘焉。心竊鄉往之，以爲其臣之克運方略，有以耳。故曰在師中吉，承天寵也。又曰其原不在邊境，而在朝廷。臣等駑下，何敢望周、漢諸臣萬一，而皇上聖明遠過周宣、漢文，又時無匪茹侵暴，得精心籌畫，惟朝廷之上，永念師中，勿以既濟無虞而忽周宣、漢文之慮，斯邊境之間，徼藉天寵，得及時閑暇，而圖吉甫諸臣之功。圖説具在，畢四體以從，虜款固可逆折其氣，不款亦有以待之矣。否則兹刻屢畫駿耳，即臣等按圖而索，所與能幾？厝火養癰之憂，猶未知税所也。

通　翼　序

三教之道並立天地久矣。吾夫子未嘗以虚無立教，至見老聃，贊其猶龍，使竺乾氏與吾夫子同生震旦，共演妙義，必推以西方聖人無疑也。顧世遠言湮，漸乖正覺，爲竺乾之徒者，鮮能推明其旨，下者祇爲福田利益之説，以驚誘愚俗，即間有摽竊義諦，摭拾機辯，亦不過支拂竪頌，侈爲談資，以相誇詡，求之真悟，渺如也。法門龍象，彼岸津梁，豈有賴焉？佛教之不振，則爲其徒者之爲也。

西昌曾端甫氏，潛心内典，著爲《通翼》一書，余初於殘簡中得數帙讀之，見其比類博雅，闡義精深，灑然異之。已得其全書於友人張茂卿氏，既獲卒業，又深服其啓鑰抽關，六通四辟，胸翻萬象，識洞八荒，超絶耳目之表，而究竟於不可思議之域。讀其書者如握摩尼珠，幻境畢照；灌甘露水，慧心自通。夫然後知佛道之廣大，而佛法之無邊也。彼竺乾誠聖人也，若端甫者豈非聖人之徒哉？雖以余根器頑冥，亦庶幾藉以撤障祛礙，依稀窺七識八識之藩而進焉，則在高明又可知矣。其羽翼聖教，豈有量耶？昔蔡中郎得王充《論衡》秘之帳中，資其譚進。今充書具在，直世間常語耳，乃見推名輩若此。余愧中郎鑒識，乃得騁域外奇觀，所獲不既多耶？

茂卿既重刻是書，余不揣爲弁數語，冀傳之海内，與同契者共焉，毋敢私爲中郎之秘寶也已，斯亦茂卿之意也。

三教逸史序

僊釋可通於儒乎？曰可。儒者立教，要歸於盡心知性耳。道家修心鍊性者也，釋氏明心見性者也。法門雖殊，會歸則一，安在其不可同也。爲將而僊釋可乎？曰可。夫修心鍊性，明心見性云者，豈着空無事乎？無住無礙，隨緣證修而已。《陰符》、《道德》，道家之祖也，所言殺機谿谷强弱，皆權謀智略，不聞妨清浄也。佛教慈悲，亦以大光明智照十方界，自在神力降伏一切。五祖言大智慧人，輪刀上陣，亦得見性。斯則清浄固藉神通，慈悲亦資法護，與儒家師律謀成，克詰勝殘，豈異也。故爲將而不知儒，非良將；儒而不兼總二氏，非通儒也。

榆溪杜日章氏，關西將種也。尊甫世父昔授鉞建葆，著大勳勞疆場。日章精弢鈐，閑騎射，結髮纘戎，數立奇功，人方以西平世業望之，一旦托興文園，遵晦謝事,招致四方士,與講秇,操觚唱酬,篇什爛如矣。已復進而求之性命玄奧,超然有竺乾、柱下想,自號"三教逸史",數千里走京師介蕭學士問序於余。余惟紈袴者流,其齷齪勿論,有能挽强馳駿、抵掌孫吴,以夙習自喜,則既賢矣。有能敦詩悦禮,樽俎折衝,不作蹶張面目,則又賢矣。乃日章鈐弢騎射,精閑如彼,草檄賦詩,嫻美如此,又復棲神玄牝,鋭志般若,思三教之同歸,幾一悟而頓至,豈非龍象爲資,出乎類萃者哉！夫以爲將之勇猛精進,而求僊釋則直下承當,永無退悔,是爲鐵漢金剛,而道果必成。以二氏之清浄慈悲,而爲將則如然明之服東羌,武惠之下江南,斯能容民畜衆,而將略益遠,固交相成者哉！

雖然,二氏隨地證修,猶儒者行素,非可執着住相求也。昔李鄴侯泌從少好道,及歷佐三宗,屢戡禍亂,料敵制勝無遺策,稗官家言其數與靈接,終隸真籍,斯員通不礙者矣。高都統駢在咸通時定安南,走南詔,挫黄巢,雄武無與比,其後溺於長生鬼神,爲妖豎吕用之所困,如縶孤豚。然解脱之與貪癡,大致相懸若此矣。日者熏粥猶懷叵測,日章世將,國恩未酬,宜且於將壇證菩提,功成身退,然後汎蓬萊,訪伽衛,何所不得？噫！根器如日章,尚爲李鄴侯,毋爲高都統哉！

刻玉海序

嘗觀史遷論六家,謂儒者博而寡要。夫以寡要病儒,似也;以寡要而罪博,非也。昔者聖人於游藝學文蓋津津言之,故問禮、問官,紀萍實,識羵羊,察肅慎之矢,辨防風之骨,讀書而不廢小學,正《易》而兼次坤乾,聖人之不厭博,以爲多識所以蓄德,温故所以知新,舍博而求其要,無繇耳,夫博則何可廢哉！漢承滅學之後,斷編殘簡,出於灰燼之餘,學者無由兼總條貫,往往不該不徧,闇於大道。其時則苦於略而弗能博。自漢而後,著作之途漸闢,篇籍散見,充棟汗牛,自通人博士不能徧觀盡識,於是高者哆言性命,逃之溟涬之鄉,下者不過掇拾卮辭,烏睹大方。時則苦於詳而不能博。二者皆無由知要,而苦於詳者爲甚。方今文教宣朗,操觚講藝之子,鮮不人懷和氏,家握隋侯矣。試欲與之講明堂,議辟雍,定郊禘,諧律吕,十能辨一二否？欲與之步景緯,在璣衡,通河渠,條食貨,讀墳索，明譜牒，教營陣，別封域，十能辨二三否？欲與之考六秇之終始，覈百家之異同，究七略之指歸，稽九流之要眇，十能辨五六否？夫篇籍之途愈廣，而學者之耳目愈隘。無異故焉，章句之繁如秋荼，而士不知所税駕；緗帙之密如凝脂，而人不知所措手。惟畏其博而弗敢務，故弗能博；弗能博，故無繇反約而知要。是以君子知要有漸，而爲博有方。於乎，此《玉海》之所由刻也。

夫博古者之資於書，猶比德者之貴玉然。然崑崙縣圃之墟，採者不勝其炫焉。百川之水歸於尾閭，統尾閭之會，天下之水盡此矣。是編之纂始羲皇，迄趙宋，天人古今之變化，宇宙事物之精華，書契以來之文字，凡可蒐羅，靡不畢載。總群言之英，納之百川之會，使學者一展卷而燦若臚列，亡復炫惑，不勝其詳之患，其爲玉之海也，不既多乎？彙書舊刻者亡慮數十家，大抵割裂菁華，用資月露，要皆蓺林之嚆矢，而未足爲學古之津筏。夫惟精而不雜，詳而不漏，終身用之而不能盡，庶幾博學以知服，則是書足貴矣。

是書出宋尚書王伯厚氏，其目録篇卷舊别有叙，故不復具論，論其可傳者如此。

古文世編序

夫茫茫宇宙，俯仰成世，其不與世俱往者，文而已。心之聲爲言，言之精爲文。古人患心之精微言不能盡，故精心言之，猶恐言之無文，行之不遠，苟言之精者不存，欲以論世，奚繇哉？孔子曰："博學於文。"《易》曰："觀乎人文。"博則不欲其隘也，觀則不欲其略也。博以涉趣而禮可約，觀以盡變而化可成。君子由千世之遠等千世之前，用心何可不勤，搜羅何可不廣哉？

古今編文者無慮數十家，最著者無如梁昭明《文選》、李昉等《唐文苑英華》、宋真氏《文章正宗》，我朝唐應德《文編》。《文選》藻雅每多掛漏，《文苑》叢雜全無銓擇。真氏崇矩矱之辭而窘邊幅，應德尚體裁之辨而略碎金，論世者不無遺憾焉。其餘若姚鉉《文粹》、江鈿《文海》、吕伯恭《文鑑》之類，猥瑣疎略，益無足取矣。

西吴潘去聞氏秉鐸粤東，無斁敷教，薪楢既盛，髦士既烝，乃以其暇輯古文詞若干首爲一百卷，命曰《古文世編》。其時自羲軒以迄勝國靡弗包，其人自列辟、將相、朝市、山林、僊釋、稗官、閨秀靡弗采，其書自墳索、圖緯、流略、子史靡弗摭，其體自騷、賦、頌、表、箴、銘、詔、策、論、議、奏、啓、傳、贊、序、記、書、檄、碑、誄靡弗該。其不及六經，則列在學宫，無容纂述也。其不及選、近二體詩，則漢、魏以迄三唐别有紀，無事攙入也。其不全載諸大家，則取雋也。其不斥一二贋譔，則存疑也。其不及昭代，則俟後人也。於乎！世有升降，道有隆汙，心精畢陳，千古覿面，以言乎論世則備矣。有昭明之品藻而無其疎，有《英華》之薈萃而祛其濫。裁不必西山而波瀾則闊，辨不必毗陵而涯際莫窺。自非識鑒朗徹，足揚扢千禩，而胸襟廣大，復足包羅萬品者，其孰與於斯？

粤自白沙、甘泉倡道而後，學者灑然向方。然沿流濫觴，或逃禪寂，甚者嗤文字爲理障，而潦倒其習，空虚其腹，以自命解脱。是編出，庶乎因文論世，因論世而致世用，博文而約禮，觀文而成化，其津梁後學，意念深遠矣。粤故有丘文莊《大學衍義補》一書，集經史微言以廣治平要旨，宇内學士大夫奉爲經濟指南。文莊摭其實，是編兼茹其華，實相表裏驂服，其必傳無疑，則豈惟粤人賴之？

編既成，以余有一日雅，走人自粤至閩，向余問序。余非能重《論衡》貴《三都》者，然自束髮嗜古，三十年老蠹魚，今髮種種矣，欿於繙閲，日寘是編於側，是群玉酉藏在几案，而五車萬軸在把握也。昔人謂家富縹緗，擬諸南面百城，今且取之几案把握而足，何論嘉與宇内，去聞之貽我則侈哉。輒不辭固陋，爲叙其編文之意如此。若夫去聞禔躬應務，不專在文，而余之知去聞有出於文之外者，兹概未之逮也。

樂律志總序

自古帝王象功昭德，曷嘗不作之樂哉？樂者，天地之和也。聖人偵天地之情，達神明之德，詩以言志，歌以永言，聲以依永，律以和聲，八音以宣之，兩階以舞之，而樂盡此矣。其以助化也，神祇以之降出，風俗以之移易，飛潛動植含生負氣之倫，莫不待以茂對而涵育，故惟聖人爲知樂之不可以已也。治古盛際，樂教流行，列爲六藝，崇爲四術，立之學曰瞽宗，置之師曰樂正。人生十三學樂誦詩舞勺，成童舞象，春夏學干戈，秋冬學羽籥，其於樂也，若衣服飲食然，無之非是。於以豫養其遜順和樂之心，潛銷其暴盭陵犯之氣。道化成而不知，刑辟懸而不用也。世降道失，樂經淪亡。陳功見能，取辦一切，視樂爲駢枝疣贅之具，取其足以娛心志、悦耳目而已。世主具臣，承陋襲舛，駕言殊時不沿樂，隨世而施化，何必華山之騄耳，然後行遠乎？忽沕穆之上理，競錐刀之微能，人民無所宣其底滯，鬼神不得歆其明禋。淳風不振，鮮不繇兹。繇此言之，正樂興者治之隆，正樂廢者治之污，百王未有以易也。

歷稽往牒，代有制作。華胥有扶來之歌，神農有下謀之詠。黄帝作《咸池》，少昊作《大淵》，顓頊作《六莖》，帝嚳作《六英》，堯曰《大章》，舜曰《大韶》，禹曰《大夏》，湯曰《大護》，武曰《大武》，要皆事與時並，名與功偕，邈乎不可尚矣。周室不綱，王化陵夷，時廵之典不行，風雅之音無獻。東遷以後，時君列辟，益用淫泆，歌鍾鎛磬，女樂之奉，鄰封舉以相遺，陪臣恬而受賞。徹雍詩，舞八佾，踰越沉湎，往而不歸。戰國之世，荒淫逾盛，聽古樂而恐卧，樂新聲而忘疾者，不獨魏、晉二君而已。秦氏吞滅，樂籍煨燼，五行壽人，始變虞周，泆心極意，湛溺鄭衛。

漢初《韶武》猶存，高祖未遑稽古。制氏鏗鏘，既難言其義，張蒼律吕，亦僅有其名。以至廟樂徒因秦舊，房中純用楚聲。武帝置協律，作《十九章》，雜以趙代之謳，侈爲綺麗之賦。河間雖獻雅樂，僅隸掌故而已。哀、平不競，鄭聲尤甚，雖下詔禁黜，莫或衰止。光武中興，遞瞽師於益州，移樂器於郊廟。四時迎氣之歌，雲翹育命之舞，奕奕煒煒，有足術者。其後改名大予，分爲四品，雅頌奏於辟雍，絃歌被於雲臺。遭董卓之亂，正聲咸蕩。魏武平荆州，獲杜夔，會通古典，始設軒縣，二祖嗣服，樂舞爰增，聲歌稍有損益，愛翫乃在雕章。

晉武泰始中，荀勗始依古尺以定新律，調爲清商，時號切密，然聲異興國，阮咸譏焉。永嘉板蕩，伶官樂器，盡没胡羯。元帝南遷，皇度草昧，雖稍加採掇，而多所淪胥。宋至元嘉，更調金石，南郊之登歌雖備，宗祀之廟舞猶闕。《韶武》增修於孝建，雅鄭復雜於元徽。

齊因宋制，度以新曲。梁武本自諸生，素善鍾律，未及下車，意先風雅。遂自立四通，以推月氣，復造十二笛，以寫通聲。二舞于焉可觀，八音爲之粗協。其後臺城淪没，風雅咸盡。陳宣採三朝之樂，定一代之典，祠用宋曲，宴推梁章。其後黄鸝鳴而心蕩，玉樹雕而國亡矣。

元魏起雲塞，克中山，獲其樂縣，罔知採用。太和、永熙間顧欲廣修器數，審定音律，雖若金石近雅，亦復華戎兼收。北齊因祖珽考定正聲，始興宫縣之器，仍雜西梁之曲。河清以後，傳習尤盛，妖淫哀思，竟以促殞。後周文帝既平江陵，獲梁氏樂器，爰定歌舞，以享郊廟。後又造山雲舞以備六代之樂，郊社雩禘，庶幾雅音。然自高昌内附，突厥締婚，康國、龜兹，遂入樂府矣。

隋開皇初尚用周樂，既而檢閲音律，積年莫定。時君發憤，乃叶七始之音，宿學懷慙，竟主一宫之奏。大業矜奢，耽好艷曲，哀管淫絃，紛奏雜出，寶常所以興嗟，令言爲之變色也。蓋自南北分統，克合于隋，梁、陳多吴、楚之聲，周、齊雜胡虜之韻，新聲日競，雅樂漸淪。

唐宗受命，乃詔祖孝孫、張文收考定律吕，平其散漫，爲之折衷，造十二和以則天數，旋宫因而再起，啞鍾緣以復鳴。七德九功之舞，亦一代之創觀也。然乃托金石之自諧，抑文收之終請。豈非本原未深，抑亦貽謀非遠歟？爰及再世，浸肆荒樂，景雲河清之歌，《霓裳羽衣》之曲。上清道調，争誇仙聖之符；邊地入胡，已識涼、伊之應。自斯厥後，諸王侈習音聲，方鎮争獻樂舞。文猶近雅，欣笙磬之同音；宣至導欲，喜珠緹之連袂。由肅迨昭，頗有改作。然延陵磨剡，漢律殊乖；盈孫更鑄，唐運何裨。

梁、唐、晉、漢，享國不遠，亦各自揚廟舞，造爲郊歌，不問聲律，惟知環擊，鍾磬徒縣，旋宫義泯矣。周世宗嘗觀宫縣，患雅樂陵替，王朴乃依周法造爲律準，雖得迭宫之義，未免任意之譏。

宋祖受禪，以其聲高近於哀思，爰命和峴重加讎正，考以西京表尺，乃下王朴一律。興國、咸平之際,頗餙詩章,咸同律度。李照更制於景祐,以太府寺尺興律;阮逸改造於皇祐,以《周禮》嘉量立法;劉幾依楊傑之議,略尺量而重人聲;范鎮主房庶之譚,黍起律而律起尺。崇寧之世,魏漢津破前代黍尺之非,用夏禹身度之説,改鑄鐘鼎,賜號大晟。建隆之樂,至是盡變。然以君驕臣諂之日,妄意協律和聲之舉,事鄰於過,作樂幾於僞爲矣。建炎多難之初,未遑制造,迨至紹興以後,樂舞重新。孝、寧、光、理,未或愆忘,其大儒輩出,著書立言,如蔡元定之《律吕新書》,朱熹之《鐘律解》,陳暘之《樂書》,條理咸具,文獻足徵,尤煌煌乎盛矣。

元氏興自朔漠,入主中華。太祖徵用西夏舊器,太宗復收亡金遺樂,後乃稍習登歌,漸肄佾舞。雖有大成之號,故多變夏之音。紫色哇聲,僭于閏曆,胡笳塞拍,充仞神州。

天厭夷德,祚我皇明,高皇帝闢乾坤再造,揭日月重光。開國之初,即定雅樂,以供郊廟之祀。至於朝會宴享,《大樂》、《韶樂》施焉。彜章雅什,屢厪聖裁。因之革之,損之益之,然後淫僻之俗易,嘍囉之聲放,殷殷秩秩,真大聖人之作爲矣。列聖相承,式遵成憲。世廟龍興,游精考古,求伶倫而裁管,咨后夔以諧音,聲歌論譔,舄奕千載,斯可謂熙朝之勝事,太平之偉觀乎?故論次洪武以來制作,迄嘉、隆,用昭一代備樂云。

樂律志小序

昔黄帝命伶倫自大夏之西、崑崙之陰取竹於嶰谿之谷,以生而空竅、厚薄均者,斷兩節間而吹之,以爲黄鐘之宫。又制十二筒以聽鳳凰之鳴,别陰陽之聲。其陽六爲律,黄鐘、太簇、姑洗、蕤賓、夷則、無射;陰六爲吕,大吕、夾鐘、仲吕、林鐘、南吕、應鐘。於是文之以五聲,曰宫、商、角、徵、羽。播之以八音,曰金、石、絲、竹、匏、土、革、木。而樂備矣。律吕制度,其載在前史者,如司馬遷《律書》則有生鐘之分。班固前《志》則有備數、和聲、審度、嘉量、衡權之目。劉昭後《志》則有六十律候氣之説。自時厥後,代有制造,紛紛異同,不過尺度之短長,黍粒之多寡，而相生大較咸祖遷書，受黍候氣不離班、劉，大都循聲依響，愈愆愈棼，未有獨臻妙解者也。夫律吕者天地自然之數也，黄鐘十七萬七千一百四十七之數具在遷史，以朱熹之窮經，莫識其用，蔡元定之宿學，竟謬其説。豈非知樂實難，而冥契尤寡耶？

明興二百餘年，太和溢於宇宙，至治諧于金石。雖不待規規改制，以爲潤餙太平之具，而列聖陶育，哲儒相望，憫古樂之淪亡，期元韻之復振，聞黄鳥以興思，揖隸首而播筭者，蓋不乏人。其精者足以抉班、馬之秘藴，發朱、蔡之墜緒；其次亦莫不功勤獨創，思探無始，發揮自得，不主故常。斯固中和之君，審聽之臣，所必採者乎？考訂而折衷之，俟知音者考焉。

江西鄉試録序

萬曆甲午，郡國復當大比士，江西巡按御史臣士登疏請典試者主名，詔臣汝良暨主事臣應捷往。臣自惟章句豎儒，文質無所底，荷上擢拔，執筆供奉者幾十載，涓埃靡効。曩嘗分校南宫，以一秇受成於主者，可幸無辠。兹者之事，則臣爲政，脱有不適，臣無所逃辠，臣安能不懼？雖然，江右望國也，誠得徼上寵靈，益廣得賢之路，是猶有所藉手以効涓埃萬一，臣又何敢不勉？比陸辭馳至，則御史所招致同考試官推官臣叔春、臣中明、臣應甲、臣華秀、臣如龍，學正臣重光，教諭臣有光、臣文壁、臣成龍、臣喬遷、臣學書、臣之機已畢集待事，而提調則左布政使臣墀、右參政臣繼之，監試則按察使臣繼辰、副使臣年。御史實司監臨。乃與臣等分臬而任，御史惟專精於臬外，臣等是以得專精於臬内。已進提學副使臣馮景隆、提學僉事臣查允元前後所選士三試之，分緐覆閲，黍比銖程，崇淳雅，抑浮華，靡敢有遺力。得士九十五人，籍其文二十篇爲獻。蓋臣所能勉盡者若此，乃不適之懼則尚賴諸士以免也。録成，臣乃諗諸士曰：

諸士亦知聖天子所以重士之意乎？自乙酉用言官議，遵奉肅皇帝故事，以廷臣主郡國試，業已三舉，而言者輒復議罷。大指謂輶軒旁午，或所在驛騷，歸於節約至計，豈可貶哉？天子若曰：聖主勞於求賢，逸於得人，奈何以節約議弓旌之典？竟以禮官言，仍遣勿罷。兹所重責於衡士者意，豈有量哉！夫所重於衡士者非爲衡士者重，爲能得士也。所重於得士者非爲士重，爲能爲國家也。士或不以其重者爲國家，而挾其重以自爲，謂重士何？謂聖天子所以厚責於衡士者何？寓内冠帶都會十有五，江右爲偏幾舉士，制額江右爲贏，蓋兩都外無敢望焉，斯不克稱思皇多士哉！《詩》言“濟濟多士”也，則文王以寧若多士衹自爲，而國家無可藉以寧，無爲貴多士矣。夫自爲之心一，而自爲之端百，不可不督也。彼志温飽、嗜輕肥，此直以利自爲耳，何足言士？乃有顯爲義矣，於利有所陰而附焉，猶自爲也。即顯遠利矣，於義不蘄實而濟焉，猶自爲也。兩者之端，亦復百出。故心誠自爲則無之非私，心誠爲國則無之非公。公私之界，隱微之間，爾諸士及今始進方鋭，世味未深，宜蚤自辨，尚可不迷所往。設今不定，一旦紛擾遝至，如無柁之舟，波靡上下，未知其所底止也。

諸士不聞爾鄉先喆乎？若陶長沙、趙忠定之忠，歐文忠、胡忠簡之直，洪忠宣、文信國之節，兹皆盡瘁事國，潔白無私，昭昭若揭日月而行，其誰不信之？乃至徐南州、陶彭澤，彼惟適弗逢世，功業無所表見，要以觀變俟時，恬然好修，不以爵禄名譽入其心，亦何自爲之。有明興道化涵育得人之效，較前代尤盛。楊文貞而下，項背相望，未易殫述。説者謂大江以西，匡廬、彭蠡，摩天浴日，磅礴渟毓之氣，積而不過，故其人多博大而勝鴻鉅；俗尚儉樸，無紛華美麗以炫惑其心，故其人耐恬澹而寡嗜好；師儒輩出，率以聖賢道義之教相砥礪，故其人愛名節而重清議。是皆然矣。抑臣於諸士不能無過意也。

夫氣有所發洩則不能常完而無耗，俗有所漸染則不能常樸而無華，教有所汩没則不能常明而無晦。斡旋振作，渥灌匪異人任，實維爾諸士也，諸士勖哉！主上明聖，基命宥密，乃者災祲稍見，疆埸不靖，即居嚴處深，疇咨交儆，夙夜靡有寧。夫無事而侈汰，其徵爲否；多虞而殷憂，其徵爲泰。假令南州、彭澤而在，必且出而應外，比效匪躬，爲公家奉奔走不暇，何況長沙、忠宣諸賢？爾多士處勛勸之會，幸得遭聖明之主，致身遂志，正維其時。有如弓旌歲下，報効蔑聞，不賢者衹自爲利，賢者衹自爲名而已，則是有求賢之勞，無得人之逸，國家何所藉於窾言無當之士，而歲辱天子輶軒之使爲爾。江右既褒然稱寓内望國，不當首蒙其耻耶？諸士勗哉！諸士若能爲國不顧私，一心無二念，辨之今日，持以終身，以無負聖天子重士至意，則是爾江右之人才常盛也，則是匡彭之氣常完，敦樸之俗常茂，師儒之教常閑也。而臣等來自天子所，亦藉以不辱命，尚永永有辭。不然者，臣實不能爲諸士解，抑何以自解？爾諸士實重圖之哉！

因次其言簡端。是時巡撫則右僉都御史臣陸萬垓，督撫南贛則右副都御史臣謝杰，協贊于外則左參政臣支可大，右參政臣鄭時章、臣陳尚伊，左參議臣徐學聚，右參議臣張天德，按察使臣沈修，副使臣朱維藩、臣林文英、臣董宋儒，署都指揮同知臣梁文元，署都指揮僉事臣張雲翺，南贛參將臣段文炳，而右布政使臣李得陽、僉事臣吴鴻功、署都指揮僉事臣甘霖則以入賀行，户部員外郎臣黄騰春、主事臣楊初東則以使事至，例得並書。

江西鄉試録後序代。

臣某備員法曹，惟是傳爰書，訊鞫論報，使郵罰麗事，乃其職耳，何預校士？乃今秋江西鄉試届期，不自意上超越使臣令副編修臣某往典試事，毋亦以臣嘗以明經射策爲郎，其於諸士所藉羔雉固亦有習焉者乎？臣祗命遄征，夙夜兢懼，勉竭區區之愚，以佐主者，幸而竣役，則臣某所以訓告諸士之辭備矣，臣復何言？雖然，既於諸士有一日之雅，亦何敢缺故事嘿而已乎？

臣蓋觀古今之變，而有感於知人之難也。仲尼有言，不知言無以知人。至孟軻氏以知言自任，亦惟是詖淫邪遁之詞，有以知其生於心而發於政事，如是焉止矣。設有人焉，深情匿端以蔽陷離窮之衷，而飾爲正大篤實之論，生於心而能不發於言，飾於言而不能不害於政事，其何從而知之？竊意孔孟生周之季，當時曲士異端，方駕並馳，各述其意之所欲出，又如春秋辭命，戰國縱横，其言多舛駁不雅馴，以故孔孟能執知言之術，以銓次天下士，而可無漏佚。我國家統一聖真，諸不在六秇之科、孔孟之條者不立於學官。邇又屢申飭功令，戒士毋得尚奇詭、競浮誇，以傷平正之矩。兹士束於科指所漸摩，格於耳目所習染，躑躅燥吻，以畢一日之技,其孰不務正學以言,而肯爲曲辭以阿世?誠令孔孟生今日,欲盡以言知人,或亦有所不能。今臣等所掄士莫不按尺幅,程矩矱,脱越於驪黄而達觀於神識,於向所謂正大篤實者,當不至大謬。若謂實必中聲,皆本之心而可推之政事,則臣欲自詭有所不敢也。何也?直言愈工,則知人愈難也。

夫披文相質,崇雅黜浮,以不失去取者,程士者之責也。明試敷奏,詢事考言,以不爽殿最者,課吏者之責也,非程士之能也。顧臣謂今日之士即它日之吏,程士以言而課吏以政事,言可飾也,政事不可飾也。士今日方以言進,即有工藻績,繡鞶帨,或無所從辨,一旦爲吏,人且以言責事,以事責功,設有名實不相應,則三尺且從其後,亦何可不蚤從事焉。

臣法官也,請爲諸士言法。昔殷人制官刑警于有位,而終之曰具訓于蒙士。夫風愆之戒,不匡之刑法,故爲吏設耳,何以具訓于蒙士?不幾于見卵求夜、見彈求炙耶?先王之意以爲,責於已然者其化淺,訓於未事者其感深。訓於爲吏之日其機緩,訓於爲士之日其教豫。此臣所以不得不設不然之慮,諄諄爲諸士告也。邇者寓内雖稍有劻勷,然而世道益泰,人心益安者,則以物論清嚴,百職競勸,聖天子又執精粹之道以照臨之,幽隱闇曶,悉耀于光明,間有稍涉聲利,無論顯慝著尤立扞文罔,即迹是心非静言庸違者亦無所逃於日月雷霆之下。竊以爲殷之官刑弗震於此,然而聖天子猶以爲法不足恃,率三歲擇遣臣等分行郡國,奉弓旌之典,搜反陋之奇,一言中程,使者躬爲之駕,三老父兄,奔走供事,恒若恐後,斯亦可謂珍重有禮矣。此無它,廣風勵之途,示廉耻之路,庶幾法畫而不用耳。故曰禮勸於未然之前,法懲於已然之後。法之爲用易見,而禮之爲用難知。萬一始以賢書,繼以吏議;始以禮登進,繼以法受讁。譬如盛服而負皟,拱璧而抵鼠,豈惟使者之累,其爲諸士之恧則既多矣,諸士其勉聽臣言。毋幸於言説之得售,尚思政事之難稱。毋狃於今日之爲士,而惕於他日之爲吏。以禮自防,勿以身試法,臣與諸士其均有榮施。聞之江右夙稱道義之鄉,士日相與講明者,無非天人性命,即政事猶然粗迹。凡臣所言,皆諸士所不屑者也。臣法官也,知爲諸士言法而已。語曰:吹管者猶有嗃也,吹劍者吷而已矣。諸士厚自愛則臣之言其無乃當諸士之一吷也乎？

應天府鄉試録序

臣汝良材能駑下，塵叨史局，碌碌無奇。間者徘徊兩雍，首尾五六載，造士靡尺寸効，自分棄捐，荷蒙皇上過意濯祓，幸得承乏宫寀。乃庚子秋應天當比士，府尹臣惟學、府丞臣申以典試請。上復以臣汝良承乏，偕中允臣天合往。臣自惟受命校士，於今凡三矣。壬辰分校禮闈，猶一經也。甲午江右之役，猶藩國也。兹則持衡校都人士矣，臣即駑下，受兹隆任，何敢不自竦奮幾塞塵，叨萬一。既陛辭，晨夜馳而至，至則御史臣藩臣臣如松、臣陳烇、臣朱吾弼所譏防内外事咸毖劼。已乃進諸曹六館暨提學御史臣陳子貞所選士六千有奇，三試之。臣與同事諸臣矢公矢慎，殫精校閲，遵新命，取百四十人，録其文二十篇，籍奏之。臣宜叙首簡。

臣伏覩我皇上聖德在宥，端拱穆清，所與憂勞天下者，固歷年所收章縫士也。然而指撝不煩風行雷動，間有震虩，直見底寧，雖神靈遠迺，亦足明薪槱之多材矣。《書》稱俊民甸商，《詩》稱多士寧文，曷以尚兹？矧兹南畿，寔惟豐鎬重地，其形勝則龍蟠虎踞，三江震澤所磅礴也。其人才則豐芑棫樸，重熙絫洽所栽培也。臣今承命求士，正如採玉崑岡，探珠平圃，直可摸索而獲爾，何患不得士？或者謂當今文盛已極，而江左六朝餘靡，不可勝詰，竊爲持衡者慮之。臣謂文獨患不盛爾，求士以文而强言反朴，是猶羞人以太牢，而令薄滋味也。《易》曰：“觀乎天文，以察時變；觀乎人文，以化成天下。”天文則日、月、星辰是也，人文則六經、孔、孟之書是也。文之至者以化成天下，而何嫌於盛？國家以文取士固蘄其披抉聖真，銓綜物理，緣文采之要眇，覘神識之宏茂。經世裁務，率於是乎取之，惟恐其弗盛也。且六朝士亦何者？爲文勿論其卑，即高者不過揮麈拂，課玄寂，談言微中，不則以風雲月露相誇姹而已。故茂弘致譏於細唾，道徽貽愧於翰音。巨擘猶爾，它可知已。所以代更六姓，不能窺渾一之業，則吴士之羞也。繁文雖盛，如雕葉鏤冰，何與化成而何與於文？吴文之盛者，乃在我明。蓋自古帝王未有起東南而一海内者，有之，自高皇帝始。聖作物覩，千載一時矣。高皇帝又加意首善，無斁譽髦，誘進以仁義，陶融以詩書。二百年來，藴祟浡發。吴人文在寓内，如衣服之有冠冕，鱗介之宗黿龍，搦管含毫者以吴士爲稱首。士奮起鉛槧，大者謀王斷國，次亦展采錯事，名碩輩出，接軫寰中，化成之効，揜映千古，故曰盛也。

雖然，物盛者極必衰。臣今日不憂吴文之盛，而竊慮其衰也。請言其徵。夫六經、孔、孟之書，與日月並至，先儒傳注，則星之受光助明者也。存則人不則書，聖祖立之學宫，以觀文化成者惟此。今學者於傳注業明倍之，於經書則陽奉而陰倍之，以爲習聞無奇，而索之玄，索之禪，索之綺語。又非真能玄能禪能綺語也，往往剽掠殘瀋，計所至未敢望六朝後塵，已傲然自謂度越先輩，此參天而發，適在五步之内者也。作俑自吴士，寓内浸以成風，臣所謂衰之徵也。兹臣祗奉功令，寧硜硜守一，意所録士必準之六經、孔、孟，其言六經、孔、孟必準之傳注，非是者即心知其才士，弗收也。俟其神識完，虚憍化，後有收者猶臣收之也。臣謂是庶可堤坊末流，令吴士常盛無衰，於以永弼皇上穆清之化，以不負高皇帝無斁譽髦盛心，或非少補爾。

昔何武舉士，所舉者桀辟雅拜，議者謂其虚僞詭衆，武爲受適。今之以文詭衆者，桀辟類也。功令昭赫，臣亦何敢不懲毖？抑語有之：揚州之域，其人心輕。夫心輕則易變，臣虞其桀辟不在今而在他日，則臣雖逭適一時，咎乃滋大。蓋聖人言文必言質，非朴陋之謂質，甘受和，白受采，夫質所以受文也。有其受之，雖文實也；無其受之，雖朴贋也。諸士於文亦既斌斌矣，其亦有受之者乎？六經、孔、孟，天下萬事出其中，諸士第毋過求，亦不可不求，實究而實體之。湛則道德，焕即英華，如沃其根而柯葉茂，食其口而百節肥。由此暢四肢，發事業，何非文，亦何非質？無所贋，亦何所變？爾揚州不貢金與篠簜乎？錬之彌剛，矯之彌直者，質有之也。諸士誠質有其文，何世路之能變，行且與南金、東箭並珍天府，臣無庸過慮矣。《賁》之上九曰："白賁無咎。"白質也，賁文也，上九文之極也。以質爲文，雖極何咎？諸士尚求賁於白，毋使人謂爾心輕，庶永永無咎，而亦可免臣於咎，臣惟恐文之不盛也。

是役也，同考試官則推官臣一龍、臣鼎相、臣春熙，知縣臣志選、臣守一、臣浚、臣繼桂、臣可求、臣文輝、臣中選、臣維聰、臣大綬，教諭臣如霖、臣秉直，所謂與臣等矢公矢慎者也，例得並書。

會試録後序

萬曆丁未春，會試届期，皇上不以臣汝良駑下，命從學士臣道賓典厥事。先是，士習日頗，所爲制舉文往往析言破道，鮮雅馴，言者深惟世道爲兢兢，屢有建白。然惟是鄉書既奏，摘其尤謬悠者，稍繩艾之，未有議及制科舉者。至是言者逾切，謂是制科士實郡國表，其有制弗遵，舉者、所舉者胥宜罰，以風示四方。上可其言，復申命之，若曰是惟典試臣實總試事，其務如制是崇是斥，毋有所狥。夫上以郡國表責制科士，以精舉制科士責同考，諸臣以精覈同考所舉責典試，層絫之責，萃於臣等，天語煌煌，臣敢不益虔益毖，以自府辜。既入闈，乃交相飭也，曰是役也，務遵制，弗制而文，即有憐才名，勿敢遂也。弗制而録，即諸臣有憐才心，弗敢狥也。已事而竣，則又交相慶也，曰是役也，遵制矣，其稱才而在彀者軌功令矣，弗軌功令而稱才者弗在彀矣。雖然，臣玆自幸可以釋建白者之口，而未敢自釋所以報皇上之心也。

夫上所以諄諄命臣等者，豈士文是爲，毋亦士用是急耳。蓋臣幼業鉛槧，用先輩制舉文率質實少華，勿論洪、永草昧，至如成、弘盛際，於時豎鴻致遠之士，差肩接武，而其文猶不勝質，求一神奇要眇語不可得，然於用效也。今之能爲神奇要眇者抑何多也，神奇之上復有神奇，要眇之内復有要眇，試與今之操觚稚子語成、弘間文，鮮不傖父嗤之。然至國家欲肩任一事，動嘆乏才，是於用未必效也。昔之才才于用，未必才于文；今之才才于文，未必才于用。使人謂所課非所急，所急非所課，其故何也？意士之效用亦猶化工亭育，有翕聚乃有發施。在《易》之《坤》曰："含章可貞。"坤之育物必由根荄而萌芽，而後旉華結實，地道也，臣道也，未有章不含而可貞者也。今昔人才宜不相遠，獨鴻龐之世，磅礴鬱積之意多，其人精神内守而不外越，一旦當機應變，乃能以其全力注之國家，如谿子持滿不卒發，發則穿札破的。何者？翕聚完而發施有餘地也。迨淳澆樸散，士乃不勝跂躍焜燿之伎。未孩而誰，未卵而夜，人見其夙智之可喜，不知其精神已外越而無所守，是以試之於用，窺瞰揣摩之智彌工，恪職奉公之誼彌少。彼既有餘，此必不足。蓋自蓬蓽操觚之時，而已然矣。今天下事未有競于前，而文獨競，夫非含章與否之驗歟？

兹臣與諸臣試士其違制者遵新例斥出之，不違而無所見才者置之，遵制而才者則喜而亟收之。蓋國家集事者才，徵才者文，勢不得不出于此。然臣獨怪其神奇要眇之多，而虞其才之泄而無所於含也。蓋道之至者，聖人不輕言，大賢以下不輕聞，故曰“可使由之，不可使知之”，又曰“惟其有之，是以似之”。今士不必由而知，不必有而似。商庭祥穀，無端扶疎，兹臣所爲怪也。凡華勝者能傷根，根傷則實蠹。昔之生心害政以其詖淫邪遁，今之傷根蠹實懼在神奇要眇。彼之害顯，此則潛銷暗蝕而不可卒防，此臣所爲虞也。夫才于文者未有不能才于用者也，故《坤》戒含章，夫子象之曰“時發光大”。惟時發能光大，亦惟光大乃能時發。今天下文極矣，已雕已琢，還反於璞，天之道也。諸士際還璞之期，當從事之始，懷可貞之具，時含時發，才者與能繼。自今尚愛章光，葆神明，思仲尼之嘆賁，監周鼎之著倕，毋屑越而赤子，務繕修而渾沌，以其全力注之國家光大之業，何必昔人？如是則諸士不負舉，亦不負才，臣可逭責於今，亦可藉手於後，不亦兩有榮華哉！

故事，録成，臣宜敘末簡。臣素拙訥，不能爲巵言以益士，惟以所志舊聞爲士祝釐，因附簡末奏之，雖固陋不文，亦臣翆翆之一念也。

重刻福建乙酉齒録序

乙酉福建齒録成，則侍御大梁楊公、督學太倉王公業先後序之矣。歲壬辰重梓，京師同袍諸君子復令汝良序端簡。良惟孔子有言：“能以禮讓爲國乎，何有？”夫讓豈不亦爲治者善物哉。

鄉之有齒録也，固所以明齒讓、志永久也。虞、夏、商、周未有遺年者，自儲君入學與胄子齒，而天子養老更，至親爲祖割執爵焉，何論俊選之士乎哉！漢而後，間有署行議年之舉，然大都榮進風熾，恬愉道寡，而讓始不勝競矣，治亦緣以污隆焉。國家率三歲一舉士，既録其文，仍録其齒，雁次鱗比，使世世講之。若曰雖當紛華校秇之時，猶無忘少長，于以豫培其共順一念，庶幾異日服官從政，或多廩廩德讓君子焉，意寧不蒸蒸厚邪？顧語讓於平居易，語讓於進取難。語讓於意氣方新之日難，語讓於風流漸漬之日尤難。夫士方其紆體衡門，事親從兄，無所不讓，見爲固然耳。一旦離奥渫，昂首昭曠，謂吾一日之技可以跨躐同輩，其毋乃侈然而有競心。及其涉歷稍久，得失横生，世故日以熟，世味日以深，斯其競乃有四出溢發而讓直弁髦之矣。即吾儕以此自盟，視今日何如始進？視始進何如未進？則讓何可一日不講也。

夫讓者競之反，而競者治之蠹。今天下人才無慮極盛，第竊歎才益盛競亦益工。無論躁者、比者、詭者，抑或藏躁於恬、藏比於亢、藏詭於平，其變至不可勝詰，要皆競之屬而治之蟊賊已。閩於方内爲偏，其仕進最號爲拙。雖然，吾寧安其拙而不欲效其工也。即又不能無慮其拙者之難保而工者之不能無浸淫也，則兹録所以重刻之意也。故夫讓齒讓進一道也，吾持吾齒讓之初心，誠信而行之，不以異物而遷焉，其在公也無以異其在家也，其服官從政也無以異其事親從兄也。將首無濡，臂無攘，無乘人而便己，無外遜而中懻，而惟益於國家者是爲，斯廩廩之風，而孔子所稱禮讓爲國者乎？而兹録永有光矣。若謂藉此以締好比周，期與世之工進者相角逐也，是適以讓而爲競，即汝良雖甚不敏，不敢自願，而何故爲諸君願焉。

録合京榜得九十七人，其序次左具矣。

應天武舉録後序代。

丁酉南畿武試，不佞某幸得奉檄與校閲，既竣事，當有言末簡。

某惟昔人謂天地義氣在西北，故其人多鷙悍而壯强；天地仁氣在東南，故其人多柔脆而文弱。考其實不然。吴在春秋介於蠻夷,堇堇庶方小侯,一旦申公巫臣教之乘車戰陣,後竟用以覆楚、齕齊、脅晉,黄池之會,諸强國遂無敢雁行者。項籍以江東八千人渡江而西,不三年將五諸侯滅秦,分割天下,政由己出,玩弄群雄於掌股之間若嬰兒然。繇孫吴、東晉以迄宋、齊、梁、陳,皆以區區江左地不能中原十二,抗衡上國,威加敵人。赤壁、淮淝之役,又皆能以弱少挫衆强,戰功焜焯至今。繇此言之,吴之稱勁寓内久矣。

今之留都與夫皖城、姑熟、宛陵、池陽、新都、桐汭,則古句吴江介之墟,戰争之場,而最勝之國也。高皇帝龍飛之始,首定江南,此地實爲王業根本。當時六師所指,前無堅敵,後雖考上燕京,而向時羽林孤兒、期門佽飛,分隸南中諸衛所者,無改也。漢所謂六郡良家子弟,今不在西北而在東南明矣。夫以割據偏霸之日,吴士猶能奮其武怒,以陵厲中原,矧以今一統全盛,遵養時晦之久,乃使人嗤東南士脆弱無任,莫能爲國家效一臂之用,謂古今人不相及,必不其然。蓋不佞某曩嘗從觀風使者按行列郡,耳目所覩記,紈袴肉食之儔往往不勝呰窳,下者至乾没無賴,稍進者堇能纖趨鞠跽,瞰窺取容;又稍進之則有學爲褎衣雅拜,見長筆札脣舌之間,以江左風流自喜,博虚聲已耳。意亦頗輕其人,以爲猝有緩急,何所可恃?殆吴士脆弱之徵乎?

乃兹縱觀諸士,躍馬彎弧,挾筴借箸,抑何壯也。馳驟若飛,追風逐電之足,命中如神,射雕穿楊之技,以至揣摩情形,發揮奇正,又皆纚纚金版六弢之旨,然後知機智勇辨,吴人士原不後於宇内,惟所用耳。以機智勇辨而善用之,欲吴士無强不可得。以機智勇辨而不善用之,欲吴士無弱亦不可得。設今躍馬彎弧,挾筴借箸之士,一日受事行間,不以其伎倆用之,死綏克敵,而用之于進射利,於曩所謂乾没取容、博虚聲者,或有一焉。營搆既多,精鋭日鑠,即使人終謂吴士脆弱無任,亦何辭之與有?《周書》言保乂王家則曰熊羆之士,不二心之臣。夫惟心不二,然後克稱熊羆之士,乃克保乂王家,有如登進甚鋭,受事甚靡,其心二邪不二邪,於以保乂王家,能邪否邪?且平居無事猶或可藺窩自完,方今倭奴狂逞,北虜伺釁,國家方師武臣力,譬之刀之在割,利鈍立見,萬一以二心即戎,秉鉞者用軍興瀍從事，軍正繩前，司敗糾後，伎倆安所復施？竊爲危之。昔李將軍夜行見寢石以爲伏虎也，射之没金飲羽，已知其石也，却復射之則矢躍無迹矣。諸士能長存李將軍射虎之心，何功不立，將周室熊羆於是乎在，豈直與偏霸之雄爲伍？論武者從此益張吴矣，諸士勗哉。

莊梅谷老師文集序

嗚呼！此梅谷莊先生之所爲文若詩也。先生少負異質，弱冠即善古文詞，下筆數千言，崪絶驚人。丁丑登進士，出職方吴少柏、太史趙定宇二先生門。趙先生尤加賞識，每視之曰類我，類我。已入讀中秘，太倉王荆石先生時爲館師，每先生奏一篇，未嘗不擊節稱善。於是先生業益精，望日益起，人莫不以鼎鉉大業期之。先生有弟中益户部郎，亦嫺文，負才氣，並秀競爽，時稱二莊。亡何中益夭殁，先生護其喪歸，屬太公亦捐館，先生素孝友，不勝瘠，亡何而先生亦殁矣。

先生既殁，其門下士黄汝良輩謀所以永先生者，會先生之子喬申以先生遺藁至，乃爲請於趙先生曰："吾儕之事莊先生，猶莊先生之事先生也。昔莊先生不忘先生於難，吾儕敢忘莊先生於没乎？惟兹不朽之業，先生其圖之。"蓋趙先生嘗忤權相，杖北闕下，先生實出身周旋之，故云。趙先生受而稍銓其詩，適趙先生請急，則以授良曰："吾欲且歸矣，吾子其卒業焉。"某乃更受而詮其文。會同門楊君汝若按節維揚，始成剞劂焉。役竣，楊君更授良使爲序。

良蓋讀先生集而有感於文家兼至之難也。往古無論，自明興，設館閣以延詞臣，而爲其體者，務按尺幅，中程度，黽勉及格，即有才不得盡騁。潛溪、烏傷闢源，東里、長沙濬流，斌斌軌於大雅矣。然而豪傑之士，猶時負氣而不肯下，見爲鸞和節奏，豈足以盡權奇之能；朱絃疏越，豈足以窮要眇之致，而何以拘拘者爲雅也。使獻吉、元美、于鱗、伯玉輩抑其才以就館閣之格，則彼有所不屑矣，夫然後知才格兼至之難也。

先生年少都詞林游，精著作之苑，信其天授，可以直之無前，而能斂才以就格。至於雋氣飈舉,巧思涬發,觸心遇境,神情畢會,則又未嘗以格而揜才。今觀承明應制諸篇,冲融典則,何啻升潛溪、烏傷、東里、長沙之堂,而紀興贈言,迅寫所自得,運靈機,啓妙鑰,試與元美、獻吉、于鱗、伯玉數公角逸足於三駟之間,猶未辨其誰勝也。豈非兼至之技而無難于所難者哉?蓋先生績文祕署,時他學士或有異同,惟太倉王先生則如水沃水,無不涣然入者,王先生知先生才大而不欲盡以格揜也。今集中所選先生之詩菫十一,而文則什九,蓋趙先生以風格論詩,則非大曆、貞元以前者不入;良獨服先生之饒於才而雄於文,每嘆喈而不忍割,亦猶竊取王先生遺意云爾,後之觀者當知趙先生之精于選不爲刻,而或亮良之博選非阿所好也。

嗚呼!先生才具如許,使得竟其所至,當不獨以文顯。即以文顯,亦不菫菫如斯。乃未離史局而令中道夭閼也,造物之忌才亦甚矣。雖然,造物能使班、揚不達,賀、勃不壽,而不能使其名之至今無傳也。子桓有言:"年華有時而盡,榮樂止於其身,未若文章之無窮。"然則先生無窮之業在是,睹斯集者其亦可以無憾於先生矣。

刻黄葵陽先生鑾坡制草序

夫文章莫不有體,而莫嚴乎代言之體。代言者,代王言也,亦天言也,其體顧不重與?《周官》太祝作六辭以通上下,其曰命者,則後世誥勑之屬也。《書》之《畢命》、《冏命》是已。今讀其詞,渾厚爾雅,若遊巖廊而觀彝鼎,代言之體概可識矣。漢氏淳風未遠,詔策往往近古。王通以爲幾於三代,豈虚哉。唐宋而後,體稍稍變。凡國家有大除授,制詞屬對,漸極雕繪,文質之流,固其所也。然唐惟常、楊、元、白擅場,而宋獨推王、蘇、歐、曾,微直詞有利鈍,抑亦體有離合焉耳。真西山曰:"誥勑貴乎典雅温潤,字不欲險僻,語無取尖新。"其知言哉。明興,高皇帝神聖天授,一時策命,大都出自揮灑,渾渾噩噩,無論商周,又令代言者務在簡質,自是鑾坡視草諸臣,希光含潤,對鷄木而涣龍綸者,斌斌軌於大雅,臺閣之體,於斯爲盛。然其後不無一二濫觴也。率易者既傷淺直,刻畫者又落纖靡，黄麻六經，或少遜焉。

汝良通籍中秘時，吾師嘉禾黄葵陽先生方儤直綸省，獨擅兩制之譽。每華袞褒嘉，競以得出先生之手爲幸，時固已心識之。丁酉，良待罪南雍，先生在告，遣使函一編以示汝良曰："此代言制詞也。余欲削藁久矣，好事者强梓之而不能禁也。子其謂之何？"汝良受而讀之，見其典雅温潤，一洗險辭尖新之習。其駢麗者既足臻唐宋奥窔，而遒古者尤駸駸迫兩漢而上之。乃作而歎曰：訏謨定命，遠猶辰告，其在斯編乎？夫制命之詞，説者謂近於君諛臣。然自都俞以來，莫之能廢也。國家斟酌定制，自三事大夫以至墨綬之吏，競功營職者，皆得由身及親，徼寵綸於上，用以酬已然，勸未然，斯勵世之善物也。惟是如絲如綸，體彌重則言彌尊，言彌尊則勸彌遠。必宣之者有倫，斯奉之者無斁。俾百姓咸曰大哉王言，而無諛下之嫌也。則是編有焉。是編出而後之載筆者有所則効，於以藻潤皇猷，風勸有位，所助不既多乎？傳不亦可乎？且常、揚而下，亦何必削藁哉？因序之以質於先生。

先生盛年而用未究，文固不足以盡先生，而此尤不足以盡先生文，然亦足窺先生一班矣。

太學講章序

子貢曰："夫子之文章可得而聞也，夫子之言性與天道不可得而聞也。"夫謂文章非性道乎，非也。謂文章即性道乎，亦非也。文章忠恕而性道一貫也，文章博約而性道卓爾也。一貫、卓爾，是可徐悟而不可驟言者也。故夫子終日與門人言忠恕博約而已，曾日省於忠恕，故一貫方言而即解；顔力竭於博約，故卓爾無言而自得。當其未悟，雖以顔、曾之賢，不能驟而聞之夫子，况其下乎？此所謂文章可聞而性道不可聞也。誠恐學者鶩本體、忽功行，愈聞而愈惑，愈言而愈晦也。乃後之言道者何其汰也，曰玄，曰寂，曰空，曰定，日以命諸躬而號于人，至於省身克己、踐履篤實之事反嗤之爲鈍爲俗，不筏而渡，無級而登，是自處高於孔子而期學者賢於顔、曾也，亦汰矣。適燕者言燕甚辨，乃跬步不前，而曰我能至燕，疇能信之哉！

吾師張洪陽先生，精瑩性學，默識道體，乃其教人惟省身克己、踐履篤實之爲諄諄。爲南少司成時，嘗抉經書要義作《大學講章》以訓迪南雍士，其言隨事引掖，緣機觸發，切至而動人深省。若對病之藥石，近裏着己而急於實際；若布帛菽粟，不可一日離。未嘗譚無説有，而徹上徹下，六合内外，靡所不貫引而伸之，觸類而長之，夫子之文章盡在是矣。善學者功行既滿，本體現前，由此以悟性道無難，不則亦可以寡過遠咎而不失爲聖賢之徒。君子之言不下帶而道存，是編有焉。

汝良曩在中秘，幸得北面先生，親承眇論，間出是編，俾良輩自爲印正，破冥激懦，陶鑄實多。又十年，而汝良承乏南來，叨躡先生臯比，每抗顔都講，惟是竊取先生緒餘，衍繹指授，而本原闇淺，鮮能𢡟晰。計鑿坏取照，何如揭日月而示之。因與大司成馮公謀梓是編，永垂太學，冀將來環橋門者並如承面命於先生，爲澤顧不博與？先生禔躬大節，險夷一致，士人所素服，今且秉國之成，運大鑪錘以冶化天下士，天下士翕集歸嚮，何異百川之宗河海然。其言切近精實若此，是編出，庶幾踐履篤實之士有所藉以自信，而彼爲汰者或亦知媿而反本，此又正學絶續之關，微獨澤及南雍士已耳。

刻大中丞吴悟齋先生摘稿序代。

御史大夫吴公以直節事肅皇帝，於劻勷之際，嘗抗疏條分宜父子諸不法狀，受杖闕下，讁戍粤西者十餘年。莊皇踐祚，始獲召還。遭今天子明聖，陽德方亨，擢登九列，貞風肅紀，守正奉公，中外百執事師師矜式惟謹。乃於退食之暇，手摘其所爲詩文若干篇以授不佞，使爲叙。不佞受而讀之，大都粤西以後作也。既卒業，作而嘆曰：

讀其文，其人可知也。余觀今世號稱作者，厪能操頤頞，輒斤斤古昔，爲選體未有不稱黄初、太康、元嘉之際者，爲近體及歌行、絶句未有不稱盛唐者，以至叙、記、賦、頌、論、贊、碑、銘之倫，未有不稱先秦、兩漢而卑唐以下弗談者，然大致則所謂隨法華轉者耳。夫得之於宵貌而失之於象罔,此與優孟抵掌何異?吴公獨見爲不然。以爲修詞不如修意,意不稱而爲無從之詞,心聲謂何哉?吾行吾意之所至,而時與作者之詞合,吾非有所期於作者之詞;吾行吾意之所至,而時與作者之詞不必盡合,吾亦可以無憾於作者之意。以故凡所結撰,往往神理湊泊,成自一家,要以發抒性靈而止,此亦足以明其光明坦易之概矣。至其忠厚正直,足以淑人心而師百代者,又時形於篇什,使人低回沉吟,慷慨淋灕而不能已。

今夫文士沾沾自喜,固其素若,乃悒鬱侘傺,挾其所不平,如水激而怒,風激而號,於是恚懟無聊之氣多肆出而不可禁。故史遷是非或謬聖人,雖以靈均之忠君子謂之怨誹不怒,今觀《天問》、《遠遊》、《漁父》、《卜居》等篇,彼其於恚懟肆出者,未必盡無也。至若文王《明夷》,周公《鴟鴞》,純乎忠誠惻怛,而不以意氣參焉,非文明碩膚之聖,能乎哉?公之慷慨大節,出萬死不顧,一生既足以光日月而撼喬嶽,而所遭拓落摧折,又足以泣鬼神而變天地。顧得失之間,處之裕如,諸所諷詠,一歸之愛君憂國,而未嘗以纖毫意氣自多。如集中所云"無悶徵在今,有懷耿明發",又曰"罪大不蒙誅,有身同報主",又曰"吾道乾坤大,一節羽之微,老壯當益堅,末路須慎持"。其所論著,大略似此矣。彼其去沾沾者不亦遠耶?寧非文明碩膚者之似而爲忠誠惻怛之言也乎哉!

公蚤歲登壇,旁蒐博考,於載籍無所弗窺,假令信其才情,足無憾於修古,而不欲□意以從詞;挾其所感遇,不患不得志於持論,而不欲矜節以炫世,兹所以爲公也。公方以道德嚮用,身弼隆盛之業,所重諒不在文,而不佞又不足知公文者,特窺公之微於言語文字之間,誠有足爲人心世道係者,因書以貽公。公或者不以爲大謬也夫!

侍御意葵鄭公奏草叙

侍御意葵鄭公之按閩也,所頒布條教,若風紀二約,濟國微言,清軍命戒,及激揚興除章疏,爲閩計全安者。不佞幸與閩人奉德音,拜明賜,竊公經濟一班

矣。一日,復寄一編見示,則公在西臺時先後所上諸封事也。不佞讀已,作而曰:

惟其有之,是以似之。宜其緒餘,猶足造閫也。古今論諫職者多矣,大要綰於"知無不言,言無不盡"兩語。知而言固難,言而盡尤不易也。不知而言者識闇植淺,闊略於事情,王吉述舊禮於綜核之朝,貢禹稱節儉於優柔之主是已。言而不盡者,占風仰息,遭廻於時勢,杜欽、谷永黨附王氏,所陳災異專指切主身及掖庭是已。迂儒既失之於此,怯懦與智巧之人又胥失之於彼,兹諫職所爲難也。

公神完而識邕,養邃而氣沉。初以治行高等擬受西臺,七年而始拜命。其於廟堂大政、軍國大計,亦既湛思精而研慮審矣。故形之論列者,言言中窾,事事合節。至其劘皇躬、糾巨慝,又往往攖鱗批根而無所回顧。嗟夫!泰昌、天啓之際,事難言矣。危機隱禍,蟠結肺腑,固伏青蒲者之所口呿,而抗皂囊者之所却步也。而公發抒憤懣,忠君憂國之誠,厲風霜而矢天日。知而必言,言而必盡,豈非才與誠合,智與勇兼,以真精神、真力量而爲真建白者乎?公之通達開敏,大類賈太傅、陸宣公,而其鯁亮正直又類汲内史、宋廣平,至於證緜今古,辭尚體要,如陳拾遺之典而美,則公立言剩技耳。天下事惟諫官得言之,大臣得行之。今寓内俶擾,國步孔艱,公鼎望正隆,方以謇諤風有位,使言者盡如公,而大臣又能盡行公言,天下事尚克有濟。昔韓魏公在諫垣,欲彰國家從諫之美,乃集諫草七十餘,自題之曰"諫主理勝而至誠將之",公之遇不知何如魏公,而其理勝誠將真有合也。存之以爲靖獻之準繩,社稷之藩衛,不亦可乎?何必削草哉!

不佞良衰朽陸沉,自惟受國恩厚,每在田間,聞時事有所鬱結,無可奈何,而公已建白先之,蓋深喜同心之有侶,而朝家之有人也,微獨與閩人慶生成已耳,爰不辭固陋,而弁以一言。

刻德見陳先生制義序

夫以隨珠崑玉,不藉刻畫之工;鏡花水月,非關色相之路。何則?體純涵樸,質有斯貴,理到情來,傳神則足,斯非物則之大較,而作者之通途乎?制義起家無慮充棟，究其高下，略可而言。大抵吊詭餙誕，則枝葉雕鏤，而恬愉之風蓋寡；承腐襲咳，則氣格卑冗，而雋永之味索如。夫剪采雖華，弗登化工之巧；斲輪有數，不假糟粕之傳。若廼奇無詰亢，正非攟摭，標俊大雅，托意玄珠，斯其至者，可多得哉！

德見陳君，鉤芒褆思，蜩翼凝神。專精緻志，妙臻厥道。語致則泓渟鬱浡，斟酌之原無綦；搆詞則綺麗清新，嫣婉之態不極。亦猶雲飛泉流，非少天然之趣；又若露華玉屑，豈復人世之珍？合之雙美，無此二難。可謂超詣法門，獨標上乘者矣。不佞望愧士安，孰重太冲之價；識非德祖，安定陳思之文。聊附惠施，以擬莊氏；次名驗尾，用托青雲焉耳。

題會計録後

蓋自古有國家者，其務本節用，常在瘡痍耗弊之日，而屑越縻費，多在豐亨豫大之時，豈不以懸罄在目，兢惕易生，而帑廥充溢，不期自侈者哉？故財或盈之徵絀，或絀之徵盈。盈絀之道，每若循環然，三代而下，大都若此矣，而漢爲最著。漢興，户口減損，將相或乘牛車，公私之積，殊可哀痛。文、景因而躬行節儉，不數年而太倉之粟陳陳相因，至貫朽而不可校。其後孝武乘國家殷富，好大喜功，旋致虚耗。昭、宣相承，知時務之要，與之更始，休養生息，綜核剔抉，未幾遂復文、景之業。夫其旋盈旋絀，物極而反，盛衰之理，何其亮哉！繇此言之，財富未足恃，財乏未足憂。廟堂之趣向殊路，而盛衰之形變矣。

我國家聖祖開基，經制一定，維時品式周密，蠹弊莫生，兼之澣濯在御，事故稀少，是以家給人足，而國常有宛財。其後時異勢殊，而浸淫稍稍耗矣。觀是録所摭《會典》職掌經費，大較即洪、永之於宣、成，宣、成之於弘、正、嘉、隆間，以至今日，煩簡相次，代已逕庭。何者？入財之途漸荒，而經費之路漸廣也。今經費之大者無如邊需藩禄，而間者南北水旱，蠲賑西出，遼蜀興師，河渠壅潰，費又當以鉅萬計。屯鹽未可卒復，正賦且以減落，而内庭歲供日繁而不可問，漏巵難塞，入愈嗇，出愈浩，其究不至枵腹廢箸不止者，推數循理而觀，蓋亦漢武、宣之際而絀極當還之候也。

嗟夫！盈絀相嬗，物情之恒。幹蠱用譽，變通之理。今聖天子留心國計，加意民瘼，乙夜之暇，覽觀斯録，能無竦然色動也哉！夫豐而汰，雖盈必耗，縮而戒，雖絀必裕。故臣謂有餘非所恃而不足未足憂，以此耳。昔周天子之官，司會掌王會計財用，歲終必獻其成於天子，所以詔王稽盈縮，慎經費也，用能量入爲出，而國常盈。於乎！斯録之輯，意固有望於斯也夫！

温陵實政録序

余屏居海鄉，兼有犬馬病，日惟杜門却掃，經歲不能趨郡，即邦君起居之問闊如也。一日，客有手一編示余者，曰："是吾郡侯姜公《實政録》也，盍一言弁之？"時余病未能，客再請，乃受而卒業，則郡中賢士大夫所爲頌述備矣。大都政各有紀，紀各有贊，而總標之曰《實政録》。余作而嘆曰：

韙哉，諸君子善言政也。夫政術多端，要不外一實。實者誠也，孔子論九經亦曰"所以行之者一"也。蓋一實能該衆美，衆美卒歸一實。無實則亦無政矣。今觀録中所稱美政種種，何其詳也。如申鄉約，慎鄉飲，崇忠節，禁侈靡，則誼；卹獄囚，嚴包糴，給隸糈，時兵餉，則惠；繕城守，修洛橋，除壇壝，則敏；禁投獻，剔衙蠹，懲總牙，抑豪侈，則肅。至考課文學，精公品題，力行教化，則雅。乃諸君子不以名政，而歸之一實，可謂晰政要，窺公深矣。

吾聞公治郡若無事，不役精神，不屑苛細，未嘗煩一號令，設一鈎距，而自然事舉民治。人以拮据馳騖而不足，公以清静寧一而有餘。自余廬居三年，距郡稍遠，然第見田野繇歉而漸登，閭閻繇競而浸朴，疆圉繇嚻而就謐，蓋幾於樂樂利利而不知爲之者，誠無爲也而無不爲也，豈與粉飾矯虔者鬬捷而取効哉！《易》曰："有孚，維心亨。"誠有必孚之理，其効至於貫金石，格豚魚，矧靈而爲人，人之秀而爲賢士大夫，宜其感孚揄揚不能已已也。廟堂方綜名實，以勸吏治，公治郡可三載，適當肆覲之期，課吏者如欲褒嘉實政，以爲郡國表，則孰能後我公，欲稽我公實政，則孰能舍吾郡賢士大夫之言爲信？余不佞，衰朽蟄伏久，自耦於田夫野叟，差能談農圃事耳，其何足以知政？諸公毋辱。

客曰：子其明農哉！輒比於田夫野叟乎？即如吾子言田夫野叟，地遠而言慤，賢士大夫地近而言覈。慤與覈均能爲實，不能爲諛者也。夫公有實政而吾儕實録之，必合賢士大夫與田夫野叟而後成其爲信也，考政者亦不能廢子言矣。遂書以爲序。

世説新語題後

夫風會以代迭更而著述與世相麗，惟其時之所至，豈可同哉！自渾渾噩噩灝灝三五之盛，因時異紀，而況淑季以往，漸漬推移者乎？左氏之雄奇，騷人之精深，戰國之詭譎，西京之瓌瑋，人自爲論，家自爲法，非務相反，肖時實然。

漢晉之間，風流一變，標矩之俊，競於東都，名流之譽，沿於鼎峙。清虚之理盛於西晉，玄澹之宗極於江左。時則片言合窾，終身之聲價頓殊；隻事見奇，物論之品題遂叶。曠度逸趣，於是焉綦。臨川之代，遺範未替。擷芳潄潤，綴爲此書，至今讀其言，雋永簡奥，嫣然有致，令人心動神曠。旦莫遇之，尚書含笑，平子絶倒，豈虚也哉。以此方駕左、屈，並驟遷、向。雖瑣記短章，體裁歉於宏肆；而徵詞肖貌，旨趣極其淵婉。要之並時規創，各擅所長；不妨鳧脛，有味鷄蹠。近時有何氏《語林》，義例僅存，精神已索，將綴貂續蟬而不知其時之不類耳。然則劉氏之書，真足千古，豈特秇林之羽翼、正史之外篇已哉！

海上會編序

《海上會編》者，余友安平諸君所論著也。余家安平海上，去郡稍回遠，即海上章縫不乏，獨社中諸君子號稱莫逆，每相與論文，未嘗不意氣相得無厭也。余諸生時，數試不利，諸君不吐棄我，輒稱孺子負奇發憤，其在成公買之隱耶？及余通籍，即又未嘗不沾沾爲諸君竊怍，謂玫瑰薦廟，無患連城矣。

歲己丑，余廬居里中，讀《禮》之暇，門可羅雀。惟諸君時見暱就，披襟促膝，如諸生時。而是時諸君復進余弟汝惠社中，每有操觚，輒獲寓目焉。大率磊落喜負，故態如昨，而富有日新倍之，余亟讀亟嘆，乃諸君猶若不自得，顧余請曰："吾儕幸與吾子與縉帶游，今又及叔氏，吾子幸先我着鞭，以筆札事上，得縱觀著作之庭，將無知見起余哉！"余謝不敏。諸君業已不出户知天下，小子何知？雖然，與諸君並起海上，請爲諸君言海。

夫昔之論學曰學海，論秩曰秩海，彼有取耳。制義兼之，通於海矣。諸君曰："言海何如？"余曰："萬穴俱流，涓瀼畢注，嘘噏江河，吐納淮漢，是成浩汗乎？"諸君曰："唯唯。請通經學。""古以濬其源，受以尾閭，洩以歸墟，下有沃焦，滲漉百川，是神變化乎？"諸君曰："唯唯。請韞藉名理。""以會其歸，一潮一汐，與時消息，上應天樞，下關地軸，是有常度乎？"諸君曰："唯唯。請無廢矩矱。""以立其體，颰擊雲烝，飛濤起沫，蜃樓珠澤，映媚生輝，誰爲爲之乎？"諸君曰："唯唯。請無傷雄渾。""以煉其氣，大吴罔象，海童馬銜，含精見異，無乎不有，第數數然乎？"諸君曰："唯唯。請無多誕漫，以達其詞。"

余乃起肅諸君曰："善哉，諸君之有味於海也如嚮矣！《詩》曰：'惟其有之，是以似之。'諸君之謂也。吾聞裨海之外有瀛海，環十洲三島，孕裨海以十數，曾不以芥其胸中，而世但見裨海。異日諸君之業成，方將爲瀛海而孕余哉！"遂取所論著付剞劂氏，而并志余言，以俟異日。

刻無奇篇序

今海内之爲制義，蓋日趨於奇矣。始則詭者托焉，繼而陋者托焉。詭者托之以炫詭，而陋者托之以文陋，制義殆日奇而日以弊矣。蕩平正直之世，奇技、奇服、奇器有禁，彼其於文必無樂爲奇也，然而未嘗不奇也。制義將以闡揚聖真，發揮理奥，乃至竭蹷求奇，而叩其中索然，此其故蓋難言之。詖淫邪遁之詞，一一生於其心，而害于政事，子輿氏獨見其微矣。

不佞故無能爲奇，間縱觀於先民之軌，意其未嘗津津見奇者，即或見奇，亦惟無意於奇得之。頃叨從南宫役，主文者則既奉詔釐正，誓戒惟謹，不佞即欲無自信，何敢越功令而程士？以故所録諸君子，務斤斤稟諸正。役竣，諸君子更出其平日所論著，將梓爲同門録，不佞得寓目焉。則爲選其合者若干首，而題之曰“無奇篇”。

夫諸君子豈不亦咀英華，含理味，視卑卑霄壤，乃曰無奇也，能爲奇也者，能不爲奇也者，奇而出於無奇，則亦蔽之以無奇可矣。水之在地中，行於不得不行，止於不得不止，未嘗爲奇也。而蕩漾噴薄，宇内之奇觀出焉，故曰天下之至文。是刻其殆庶幾耶？嗟乎！世之好奇甚矣，夫豈獨文？令在蕩平正直之世將不勝禁焉。諸君子業已得之心，矢之言，兹且推之政事矣，其毋浸淫於時好，俾詭與陋者得借爲口實也，則是編爲左券哉。

成均拔雋録叙

今寓内爲經生文者，無慮瓌奇，自喜功令，日以平正挽之，不能盡勝也。大都世之耳目日新，人之稟受各異。居今之時，欲使才雋之士抑其遏雲振塵之質，而爲濕木敗鼓之音，勢固有所不能矣。余以爲奇正一耳。《易》曰：“修辭立其誠。”誠，實也，根理而無浮之謂實。使爲文者盡根理無浮，即出玄入微，奇固未嘗離正，即相質披文，正亦未嘗不奇也。不則，何論弔詭者亡奇，即卑卑齷齪其去正抑又遠矣。故與其醜奇好正，毋寧抑浮歸實也。

余來副北雍，則中涵方先生爲政。時已及瓜，間讀所爲《成均拔雋録》者，未嘗不擊節賞心。蓋先生不爲一轍限士，令士各信材質所至，發抒所自得，或高出青天，細入無間，要以剖析旨趣，不詭於理而止。故一時薪槱之士，奇者正者，並得入先生鑪錘，惟枝蔓浮華者無取焉，亦猶大《易》立誠之旨與？先生衷養温粹，操履醇備，都人士目擊道存，其作人不盡區區文字間，而觀其品隲亦足以占它日斟酌延納之大致矣。梓成，因題其首。叙先生所以論文者如此，冀後之環橋門者知所嚮方云爾。

成均同軌録跋

余歷兩雍，遍閲諸士文，大氐南士婉縟，北士簡勁，其大較也。世變江河，風會日競，無論南士已極於華，即北士間亦浸淫於南，駸駸失其故步，雅道可知矣。成均，士人之嚆矢也。

玆余爲諸生評文，故欲稍損南士之婉縟，以就北士之簡勁；或於婉縟不能盡割，亦其彬彬有理者，匪是，雖美必捐也。蓋取昔人損文用忠之意，不得不以此軌士耳。第今見肄太學者僅可三百餘，操觚者僅半。諸士當此，見爲易雄，一旦衆耦齊鄰，人之好尚不同，有如其面，售否復可知乎？語有之矣，"室中造車，萬里可適"，軌同故也。文亦有軌，世路之險夷不可知，可知者軌而已。涉世類然，微獨文也歟哉！諸士其永勿忘斯軌可也。於是自己亥夏迄冬，得文若干首，命曰"同軌録"而梓之。

金墩黄氏族譜序

黄之先出自伯翳，其後終陸封國於黄，因以爲姓。春秋之時，列于盟會，至漢而在江夏者爲著。晉永嘉中，中原板蕩，衣冠入閩，而我黄遷自光州之固始，居于候官。蓋光州在漢屬江夏郡，則江夏實我黄之自出也，然世系靡得而紀云。可紀者自唐桂州刺史公諱岸，當肅宗時歸自桂州，過莆之涵頭鄉，樂其山水，因家焉。四傳而爲處士公諱讞，徙莆之碧溪。又六傳而爲太常博士公諱中庸，徙莆城西。又三傳而爲江都令公諱府，徙莆之金墩。繇金墩而又三傳則爲吾始祖千一公，諱松，遷於泉，於是有泉之黄。而千一之弟千七公諱櫝仍居金墩，千九公諱棉徙居莆之塘下，然子孫至今並稱金家，示金墩所從出，不忘本也。自桂州公至今，歷千載，枝派愈分，遷徙靡定，賴先世賢喆，譜諜藉以不廢。至隆慶辛未，有族叔默來自莆中，手金墩塘下之譜，合泉州者參訂而重修之，總題之曰"金墩黄氏族譜"。董其役者，則吾大父衢州菊山府君與族兄給事公謙胥有力焉。于是我黄之系燦若臚列，根原條委，較若可睹矣。先時嘉靖之季，島夷訌莆，吾宗有自莆避亂之金陵者，因而僑居，且再世矣。其衣冠之秀者曰建中、建和、建章，於某父行也。某司成南雍，時時來過從，間出所藏叔默之譜，命某序之。

某惟人道親親也。親親故尊祖，尊祖故敬宗，敬宗故收族，收族者人道之大者也。吕伯恭有言："古之氏族繁而知之也易，今之氏族簡而知之也難。"蓋由於譜諜之興與廢而已。譜諜之廢，必自亂離始。彼當倉皇擾攘之間，歧析涣散，風烟緜邈，慶弔不相及，率然相過則路人而已矣。一體而路人焉，其如親親、尊祖、敬宗何也。譜諜存，庶乎其可免矣。某既重叔默之修譜，而又嘉三叔者之能不以亂離而廢譜也，因爲序而歸之。

三叔者系出千七，默與謙者系出千九，其詳具譜中，故不具論云。

方氏族譜序

傳曰："尊祖故敬宗，敬宗故收族。"族於宗祖一體而分者也。一體而秦越焉，忽其遠，遺其初，仁人孝子之所弗忍也。昔者孔子言之曰："丘也，殷人也。"夫孔自宋孔父嘉因字賜氏，以至防叔奔魯，不知凡幾世矣，言父母之國則魯也，言宗國則宋也，不曰魯宋，而曰殷，聖人之情可見矣。是以靈均賦騷，首著高陽苗裔；韋孟作詩，推本於翼商之豕韋。太史公自叙，遡程伯休甫以及重黎，猶有聖人遺意焉。然古者宗法舉而本支明，姓以統之，氏以分之，合食聘問以聯之，即無所事譜，而自無離析之患。漢魏以後，世重舊閥，士大夫往往精於譜學。宗法雖湮，猶能問派尋源，不昧所自出。由宋至今，高門鼎族既不得畸重於世，譜學寖不復講，於是孤生者有空桑之疑，而强附者復有遥遥華冑之誚，幾於忘其始矣。非夫仁人孝子，有尊祖敬宗實心者，孰能以收族爲事？

吾同年友方士美侍御，由歙徙齊之清源，若干世矣，然乃拳拳所自始。一日，手家譜示余曰："吾方氏太古六姓之一也。始鼻祖公雷，當軒轅之世，封國方山，因封得姓，代有明德。其後避地江左，則自漢河南太守公紘；其居淳安，則自黟縣侯公儲；其由淳安徙歙，則自于飛公羽。天幸祐我方，浸昌浸熾，歙之聚族而居者又分爲四，世歷數十，指不啻萬余。懼夫彌遠彌繁，而忘其始也。禮也者反本修古，不忘所由生者也。不穀雖籍清源，以有今日，然水木本原，何之敢諼？兹譜具在，吾子其叙之。"噫嘻，若侍御者所謂仁人孝子用心非耶？所謂得聖人遺意者又非耶？

或曰：在禮，别子爲祖。方既别歙而清源，則祖清源可也。别淳安而歙，則祖歙可也。奚以遥遥華胄爲？夫别子爲祖者，别支分派，越在殊域，歲時之事不得不近祖所親者，勢也。《詩》不云乎，“本支百世”。夫譜諜所系，不以勢限者，雖百世可也，況未百世乎？曰：然則郭樞密之拜汾陽，杜丞相之求通南杜，何以譏耶？曰：此夫不可知而强附者也。不可知而附之，與知而遠之，均之爲忘其祖，此譜所由作也。蓋譜其可知者也。昔者孔子既自系於殷，而其删《詩》也，載《玄鳥》之頌，不嫌於遠與誕也。方氏之譜由清源而歙，而淳安，以達於方山，皆確乎其可知者也，而又何嫌乎？宋儒謂宗法有君道，蓋取萃涣爲同之義。侍御方以繡斧代天子綱紀四方，邇又拜命按閩，推此譜也，以其收族者收大同之化，且曁天下，而首吾閩矣。因爲序而識之。

瀛溪韋氏族譜序

昔豕韋氏翊佐夏商，封國豕韋，居大彭之墟，子孫因封得姓。歷漢至唐，浸明浸昌。漢時則有賢、玄成父子，俱以明經至丞相封侯。迨唐而門閥益盛，若嗣立、承慶、處厚相業，安石、思謙、澳節概，臯、堅、弘景幹理，述、逌、綬、陟、應物著作，輝映紀乘，未易殫述，時人至稱爲尺五天云。大氏豕韋而後，散處非一，然漢之盛者魯國，唐之盛者京兆，總之皆豕韋遺烈也。

閩之有韋始自唐季繇、固，始徙漳浦，又三徙而居武榮之瀛溪，于是有瀛溪之韋。源杳派分，其出于魯國、京兆，皆未可知，而其爲豕韋之裔則可知矣。自韋居瀛溪，世隱田間，六傳至鷺沙公某，起家進士，歇歷省署，後先再典巖郡，名德芳猷，爲世所重。公雅意收族，未及譜而卒。公有子茂才仰沙君某，始克踵成之，而徵叙小子某。

茂才君之言曰：吾韋之先代有令聞，然蓋遠矣。吾近之不能恤，何暇徵遠？斯譜也，斷自漳浦，迨我武榮，俾本支昭穆毋或離遏，用成我鷺沙公之志而已，吾安取遥遥華胄爲哉？某蓋因茂才君之言有感也。夫别生分類，敦睦展親，人道之大者也。自宗法湮，譜學廢，世之胡越膜外者，僅取營孥果腹，纏繭於雞栅豕牢間，祖禰而上，袒免而下，問之蔑如耳。而夸毗之徒，又往往牽合附會以自豪。舉言李必隴西，言王必太原，言劉必彭城，言崔必清河。其不拜汾陽而傳梁公，蓋鮮矣。由前而敦睦展親之仁薄，由後而别生分類之誼乖，人道幾何不淪斁也。茂才君詳近而略遠，闕疑而徵信，合比之恩意若彼，斷制之精嚴若此，祖别則事允，合食則情洽，成先則孝備，一物而諸善舉焉，譜故足重也。語有之："公侯之後，必復其始。"故峼嶁無松柏而山澤産龍蛇，豕韋之後，光遠有耀，載揚載戢，久則必復。郡伯公施而未竟，茂才君韞而未施，踵魯國、京兆之盛者，其在後之人乎？

然吾又聞諸韋故有名起宗者，事母以孝，旌其母以節，至今名其里曰節孝。起宗之從子國賢爲福山令，以骨鯁迕中貴，逮繫詔獄，其崇尚名行與茂才橋梓實所從來矣。昔潁川陳氏三世滋益顯，人謂公不如卿，卿不如長。《詩》不云乎："無念爾祖，聿追厥德。"然則繩祖亢宗，將在德而不在區區名位也。諸韋勗之矣。

予母陳太宜人爲郡伯公外孫，予既切寒泉本源之思，又重嘉茂才君之志，作《韋氏族譜序》。

龍岡鄒氏族譜序

鄒君德輝理延郡可六載，風猷茂著，譽望蔚崇，於是以再滿考將上最都門，俶裝有日，乃走人自延至温陵，以重修《鄒氏族譜》屬余叙之。

余惟人情因時度務，在家急家，在仕急仕。德輝以名進士理郡，豸冠鶚章，積俸至六載未徵，兹當萬里奏績，懸心魏闕之時，乃獨篤念本源，展親收族之爲兢兢，此其意識不亦遠耶？既按其譜，作而嘆曰：今之譜蓋難言矣。古者仕有世官，官有世族。隋唐而前，高閥名胄，於世畸重，維時率能别派尋柯，不紊源本。自譜學廢，姓系湮，無論齊民，即號爲士大夫，往往處華都膴，茫然不辨所自出，袒免而外，邈若行途。甚至令狐、豐邑，强相扳附，拜汾陽、通南杜，爲世嗤笑。何以故？毋亦眉睫繭窩之營急，而水木本源之意微耶？乃若孝愛之深，義例之密，則鄒氏譜有焉。

昔永叔譜本夏禹，明允譜遡高陽，皆以原始祖所自出，故沿姓纂推正考甫，以著民初。《禮》“别子爲祖”，箋云：自遠來遷與繇庶族起爲卿大夫，皆爲别子。故歷碣石晉陵上高，以迄新昌之龍岡，條其遷徙與其起家，以尊始祖。古者祖有功，宗有德，自天子至卿大夫一也。故叙司諫浩之直節義旅，用中之歸順，以褒功德。傳曰：子孫守宗廟者，不知先德而稱爲誣，知而不傳爲不仁。故紀椉祖以上則傳疑而略，紀文祖以下則傳信而詳，以昭實録。古者姓統於上，是爲本幹；氏别於下，是爲支裔。故紀龍岡以逮偏橋星落，雖散處猶俱存之，以示萃涣。歐譜依年表，蘇譜準宗法，各有攸當，故兼用之以備家乘。追遠長厚若此，比類精嚴若彼，故曰孝愛之深，義例之密，兹譜有焉。

乃德輝所注意，又欲以譜牒寓勸誡，斤斤於講信修睦，繩祖亢宗之訓。朝夕與族人相規勗者，亦惟是。壽張、江州之樹惇，朗陵、太丘之懿範，即王氏龍虎、謝家芝蘭，猶非其所深羡也。此其意識抑又遠矣。司理紀綱之官也，德輝以其紀綱族屬者紀綱延郡，既有成績矣。兹行也，必且以治行高等久次留輦下，不列銓衡，必爲臺鎖。銓衡司人材，臺瑣司國是，亦以其紀綱一族一郡者遞推之而已足矣。德輝即不爲名位榮，能不爲紀綱寓内措意耶？請書以竢。

續筆管窺序

儒者之爲治有二，曰學道愛人，經術飾吏。乃淺深則有分矣。經術飾吏者，借此飾彼，如樸斲之資丹艧，非必質有之也。學道愛人，則由身加民，如源泉相爲浸灌，其去緣飾之術遠矣，宜夫子爲言偃亟稱之也。

雲間錢肇陽氏自少潛心理學，比久次公車，造詣益邃。所著《證言》諸書，大氐搜姚江之閫奥，以達洙泗之淵源，兩臺使者以及監司、郡守先後題其門曰正學，曰真儒，所謂學道君子非耶？已釋褐蓬萊令，未朞月治化大行。肇陽之治蓬萊，以潔廉約己，以豈弟盡下，以精明釐蠹，不專煦煦姑息，然大要歸於惻怛愛養。時屬歲侵，多方賑恤，舉荒政爲東牟第一。學道愛人，于兹信矣。肇陽又以勾校期會，非爲治本務，公餘之暇，日進諸青衿，與講明聖學。其所發揮視《證言》加諦加廣。蓋肇陽愛人之政非一，而此尤精且鉅者也。諸生既珮服其言，因謀梓以志不忘，謁余序之。

余謂治本於學，學要諸聞道。薛宣、朱博，所在辦治而不學，見嗤馬融。戴聖經學博矣，而治行罔紀，何者？以其不聞道均也。肇陽自爲孝廉時已洞然見萬物爲一體，故家不愈中人而捐産歲三百廛，以充宗禀，敦九族矣。宰蓬萊而循政最，洽四封矣，兹復發攄所自得以與士人相浸灌食，而又能教矣，豈非己立立人，己達達人，深有得於道者能乎哉！無論治辦俗吏，其與士之緣飾彌文，以塗人耳目者，同乎哉？昔言偃聞學道愛人之旨於孔子，及其以禮樂治武城，則牛刀笑之，以其學道無所施用，而僅局於一邑，蓋深悲偃之不遇也。今廟堂勵精理治，重咨民牧，肇陽爲令未朞而兩臺所以慰薦甚備，輦下諸公莫不知有錢蓬萊者，將來設施何可限量。勗哉，肇陽是可解牛刀之嘲矣。

刻明立金臺制義序

劉勰有言："情者文之經，辭者理之緯。經正而後緯成，理定而後辭暢。"國家以制義程士，無慮數變，其變而之下，必自辭勝始。卑者既積習浮靡，相推相沿，而不能自振；其賢者又不求其當，務爲吊詭之辭以高之。兩者高下有間，然其究皆足以澆淳而滅質。何者？神理不會之過也。頃者，天子嘉與天下士人，共復淳古之治，明詔所司取士，務遵平正。已又三令五申之，士亦既翕然顧化矣。而間或既其名未既其實，心習玄珠，貿貿然日享已陳之芻狗，而飲人以既醨之糟粕，以是爲平正也者，於是吊詭者愈自負不下，以爲世有騄騮，能一息千里，奈何欲以凡馬步之。嗟夫！無偏陂之謂平，無傾仄之謂正。非準之于辭，準之于理也。文以足言，言以足志。志在不得不行志，不在不得不止，即難易何擇焉？而不肖者既失之于彼，賢者復失之于此。離之兩傷，信其然矣。

余弟明立，天授素高，丱角治舉子業，即耻爲齷齪餖飣。乙酉試于鄉，師葵陽黄公大加賞識。當時明立之文如太阿發鉶，鋒鍔閃鑠，無人乎五步之内，往往信其才之所至，辭與情合者，十之七八，而辭或溢乎情者，亦十之一二。然其去無從之言則遠矣。歲戊子，余居京師，明立從計偕來，與余聚邸中，得從容譚秇。余督明立神益王，氣益和，每每超悟起余。居數月，得秇若干首。余讀而心善之，持以謁葵陽公，公曰："是殆進于技矣。辭無虚發，理無偏至，窾會悉中，而虚憍盡融矣，真平正之矩也。文在是哉！"是時，公期明立甚，謂余君家季方，咄咄迫人，殆將後發先至者歟？

已而明立復報屈。良農能爲稼，不能爲時，殆命也哉！雖然，明立而蚤得志於一第者，技殆不至此。語曰：疾行無善影。削鐻者齋三日而不敢懷爵禄慶賞，齋五日而不敢懷非譽巧拙，齋十日輒然忘其四肢百骸也，然後天全而鐻成。制義，士人席上之珍，豈其弁髦而因以敝之？余少時頗以此道自喜，曾未一吷，謬爾見收，遂不能以片語印可於世之學士長者，至今以爲恨。明立幸而不即收，得以從容竟其業。是刻行而與世之學士長者相印可，吾知其必有合也。明立第毋忘己之所合，毋勿忘於時之不可盡合而輕變，不患不得志於一第，與其易得之而猶有憾，孰若無所憾而後得之，明立當不以此易彼。且天下事以不易得之者微獨文也，明立其厚自勉旃哉！

張氏禮記主意叙

蓋孔子言禮而惜於文獻之無徵信哉，古禮之不易竟也，而今爲甚。自明興，五經並列學官，所謂《易》、《詩》、《書》、《春秋》者，非聖人之所筆削，則其所刪叙贊定也。至有宋大儒復爲之傳注，而其義益暢，使人繇其説坦然而無所於疑，而欲倍之者亦有所忌而不敢。獨古《禮經》亡於秦火，天下不幸不見聖人之全書。今之《禮記》四十九篇，戴聖蓋雜取七十子遺書及高堂、曲臺、秦漢諸家言而略約之，承天治人之道，亦幸以不墜。第其書總雜攸萃，不無詳而難遍，曲而難通之患。又其注晚出於陳東滙氏，不經濂、洛、關、閩之筆，是以今之讀《禮》者往往苦於無所津筏。繇陳氏之説而得之者固什之七八，而不盡得之者亦什之二三。於是稗言瑣論，托爲傳注之羽翼者，無慮數十家。俗師拘儒既承襲固陋，扃於咫尺，而不能自脱，而輕儁自好者稍求其説，而不能得，輒欲凌駕前人之上，併其合者而盡離之，以爲千古之玄珠在是，而不知其適在五步之内也。

西蜀張君某以是經主盟中夏，憫學《禮》者之若斯，一日出其所著《禮記主意》若干卷，將付之剞劂，以嘉惠來者。不佞得寄自焉。其大旨乃不欲越功令而求多於陳氏，而迫欲得記禮者之意，不難時增其所未備，暢其所未晰，條分句節，導窾應會，當其敷衍成説，不至蹈晻曶者之蹊徑，即或破拘攣越尋常，亦不至落好奇者之藩籬，要以得意之所主而止。《記》不云乎："先王之制禮也，必有主也。故可述而多學也。"又曰："其數可陳也，其義難知也。"義者，意也。故禮有意也，意有主也。得意之主即由東滙可以見戴氏，由戴氏可以見古禮經。彼求多者與襲故者，其無得於意則臧穀等耳。

間者聖天子詔以《禮記》進講筵，表章之遇特達千載，而諄諄以毋不敬一語諭虎觀諸臣。睿識淵宏，洞悉源委。張君方以經術列侍從，是書之行，會逢其適，使學禮者不至迷所指歸，其所俾於庸禮之治者甚大，後之人欲考文獻於今日，舍是書無所以之矣。若曰藉此綴文以爲營進者之嚆矢而已，則豈張君所以嘉惠後學之意乎哉！

舉業正式叙

自明興，爲甲乙之科以待士，經義、制策等於周之三德六行，士之奮起章縫，肩宏鉅而紀圖書者鮮不繇之矣。國家得人，於斯爲盛。然其文與時互爲高下，大略可言焉。大都淳樸之世，幹濟之効多而文采或不逮，熙洽以後，巧故日滋，雕刻藻繪之工視前人不啻倍，而於展竪獨少遜也。夫周之三德六行以行舉也，經義、制策之科因言考衷，亦行舉耳。乃其爲業寖工，而爲用寖微。豈經義制策不足以得士耶？孔子有言："事君先資其言，拜自獻其身，以成其信。"國家以經義、制策取士，夫非爲先資之具也歟哉？自積習久，澆漓興，人竟以羔雉視之，於是踰越矩矱，繡餙鞶帨，計以炫耳目而希青紫則已耳。先資之義蔑如，而安望其後之成信也。故樸茂之文，猶之布帛菽粟，堪爲世用；枝葉之文，猶之雕龍刻鵠，爲之愈工而去用乃益遠者也。夫流波横溢，非堤坊弗止。射者質的懸而妄發，中秋毫者退矣。文亦有堤坊質的焉，謂非維世者之責也乎哉？

宗伯公慨頹風之日靡，毅然以正文體爲已任。間嘗手校洪、永以來賢書，摘其文之雅馴者若干篇，命曰"舉業正式"，不佞受而卒業。大氐崇獎先進，抑默浮薄，粹然一出于正，使人循而習之，足以養其純實坦易之心。一旦藉此先資，庶幾於所謂成信者不至大謬也，其爲學者之堤坊質的不既多乎哉？

或曰：文，心聲也。因心而發，而何以式爲？夫因心而發者至文也，務華絶根至文蕩矣。式也者，所以去蕩而發吾心之至文者也，烏可無式哉？昔韓、歐二君子當文敝質窮之日，皆能力障狂瀾，反僞爲淳，彼其趣舍之路，夫有所式之也。然則是編之成，其亦有二君子之心，且爲世道升降之係也，直希榮噧矢云乎哉！

鳳凰雙壽詩序

子夏叙《詩》有言："詩者發乎情，止乎禮義者也。"人之情未有不愛父母者，愛父母未有不愛父母所自出者。《詩》詠樂只君子，擬之民之父母，而繼之以眉壽、黄耉、保艾爾後，民之父母則然，推之泰父母可知已。非長年何以保後？非保後何能煦我以生而慰其樂只？樂之故言之，言之不足又長言之，又從詠歌嗟嘆之，此人情之極也。感與應相孚，心與聲相叶，祝者無佞色，而陳之無愧詞，此則性情發之，而禮義域之矣。

雲間張侯澹若，以名進士來令我邦。鄭錦初製，宓瑟蚤調，甫一載，循聲翕然，温陵士民亦既樂孔邇而祝百禄矣。會其二尊人俱以是年登六衮，則又以其祝侯者祝太公、太夫人，篇什爛然，諸體畢備。考之圖志，雲間九峰，鳳凰最秀，因題曰"鳳凰雙壽詩"。大氐本山川之名勝，揆靈瑞之克生，遡美必歸諸前而祈年以保我後，此其大旨也。

汝良幸得寓目，作而曰：愛而衷，文而核，其三百篇之遺乎？三百篇之中未有無從而作者，亦未有無關勸誡而存者。後世沉湎物華，徵逐酬應，其聲浮靡不根，流蕩忘本，作者之志荒矣，風化奚取焉？有如上以凱弟惠下，而體其毛裏欲惡之懷；下以敬共報上，而酧其屺岵瞻望之悃。連類禔思，歸於忠厚惻怛而止，詎非天理人情極摯而太和遺音歟？

國家稽古定制，推恩恤臣。臣子盡職者，必加隆所自，猶是志也。繹斯編也，萃四表以寧親，可以勸孝；勤夙夜以無忝，可以作忠；愛其所親，不倍之誼也，可以教順；無德不報，根心之辭也，可以徵信。故曰發乎情，止乎禮義，足以風也。

抑余聞丹穴之山，有鳳凰焉，是生鸑鷟，見則天下泰寧。侯世世鍾靈兹山，太公績學遊成均，覽輝將下退而與太夫人修貽穀之訓。壬子之秋，河東並薦而侯最先鳴，是且棲阿閣、儀紫庭，以仁壽一世者壽親，區區一邑祝之則陋矣。雖然，鳳有五德，具徵一毛，昔之大賢，發軔百里。余舊史也，身獲芘焉，姑以見所見、聞所聞者術之。若夫聽歌謡以貢諸皇國，俾梧鳳振響，《卷阿》嗣音，是觀風者所有事也，余安能知之矣。

仲晉製義序

吾黄自桂州公由固始入閩，代有聞人。其後或留莆，或徙泉，徙泉者别支居于惠之前黄，前黄之黄未有顯者，顯者自今仲晉始。余於仲晉諸父行也，仲晉既領壬子鄉書，謁余安平里第，眎其貌樸如也，接其言温温逡逡如也唯謹，則以爲篤厚君子也。已出其篋中文，則又脱離塵筌，勃窣理窟，其大無所不窺，其精無所不入，其變化闔闢鮮不合節而中窾，斯已奇矣。何篤厚者之能發抒於文若是？

前黄介在海濱，鷗群之與狎，鮫室之與鄰，仲晉生不見異物，中遭落魄困頓，堅忍者屢矣。故能發憤，其所以爲文雄，繇困而亨，非偶而已。余衰且憊，何能爲宗衮有無？張桂州公之閥者，非仲晉而誰？仲晉兹計偕行矣，以彼挾持，無慮不融顯，顧天下事由篤厚而發抒者，寧獨文已耶？篤厚故能發抒，既已發抒而復歸篤厚，竟此志也，天下事必大有裨，無論亢吾宗矣。

林睿卿醒心草

制義謂之時文，謂其與時推移耳。大氐先輩貴醇雅平澹，輓近喜超悟玄著，蓋亦風會自流，如前代文有三變，詩有初、盛、中、晚，究其能事，皆足寫靈標俊，衡文者亦惟是録其才情，覘其幹用，寧必貴遠賤近哉！

余觀睿卿之文，禔思摛藻，劌心劖腎，於古法不必盡合，帖括不必盡傅，得意或在可解不可解之間，總之才情則有餘矣。倘逢具眼，儘足連城。睿卿佳公子，富齡嗜學，余烏能竟其所至？右軍有言："士名未立，當不惜齒牙獎成。"睿卿名所自有，余非能奬睿卿者，直叙時文大致與之相質如此。

太傅大司馬侍御黄公數馬集序

自古碩德重望之臣，往往多質少文，鮮有能兼著作之事者。非惟志業各有所營，蓋亦天授有分焉。自唐虞之佐，達樂不兼達禮，洙泗之徒，政事不兼文學，况其它乎？魏、丙、姚、宋之勳猷，與班、揚、韓、柳之制作，異軌分馳舊矣。韓魏公有言："以吾爲相，歐陽永叔爲翰林學士，天下文章莫大乎是。"雖魏公勳業無藉文章而重，然亦可見兼至之難矣。明興，以著作專任館閣，東里、建安、長沙諸公，樹立鴻鉅，而著作亦稱宏富，論文者猶訾其卑卑。輓近至北地、信陽，以逮嘉、隆七子之倫，始鋭意修古，自謂家握靈虵，人懷和氏，而樹立抑何匽匽也。其人或多坎壈於世，至使人謂文章窮而後工。乃知勳業、文章，不惟人所難兼，造物者亦若靳其兼者也。

兹乃於吾鄉得一人，曰太傅、大司馬彭湖黄公。公異質天賦，經緯咸宜。初筮仕刀州，歷華省，守郡章貢，督學東西川，藩臬楚、粤、齊、魯之墟，晉開府，陟留樞，由南而北，由大司寇還爲大司馬，總統六師，再受顧命，所在著大勳庸。而其撫山東前後十二載，當饑饉荐臻，重以礦税、河渠之役，精心拮据，恩澤甚厚，東人思之，若召奭之在周焉。任南北樞筦時，值國步艱難，疆埸俶擾，而公元老壯猷，折衝樽俎，廟社賴之。所稱碩德重望之臣，非乎？於時嚮用方殷，偶意有所不合，連章乞歸，天子内重公而不能違公請，乃晉太子太傅，安車馳傳，暫賜休沐。良幸得謁公温陵里第，傾倒竟日，間出其所著作示良，且曰："其爲我序之。"良受而沉酣者累月，望洋向若，茫然自失，不能贊一辭也。

大氐公學綜九流，胸羅萬象，獨能以靈機運斡，觸事會心，揮斥無盡。於諸體無所不賅，亦無所不妙。詩自三百篇以迄漢、魏、六朝，無弗咀茹，而所取法者盛唐，所服膺者子美，較其所詣，正在王、岑、錢、劉之間。以公之文合公之詩，可謂大矣，美矣，盛矣，而根茂膏沃，有可窺焉。由其品格之正直忠厚，故氣韻和平，而不爲鈎棘。由其心地之洞達光明，故詞旨敷鬯，而不爲飣餖。由其學識之膚敏，故言言中窾應節，而不爲空闊之談。由其意念之忠讜，故言言憂國愛君，而不爲游移之論。惟其有之，是以似之。故時而崇論竑議，則文章無非經濟；時而宣上達下，則經濟無非文章。流爲川，止爲淵，行乎其所無事，豈與操觚角技者等哉？竊謂公之德望類韓魏公，而設施尚未竟；文之雅正類歐陽文忠，而汪洋之趣猶或過之，語澹味永，無弗及焉。古人合併而不易，惟公具體而優爲，豈非兩間單厚，千載希覯者哉！

集何以名數馬？志謙，亦志感也。夫敬德之聚也，數馬後對，敬之至也。今中外多故，悞天下蒼生者率由譸張爲幻，令諸臣各存數馬之心，敬共朝夕，天下何事不濟？故均此數馬也，在石内史爲兢兢曲謹，在聖賢爲翼翼小心，即諸葛武侯自表亦曰"知臣謹慎"而已，此又文章經濟之大本大源，公以此名集，寄意遠矣。邇日言官建白，謂時艱急在政本，欲兼選内外名碩以資弼亮，有如天子一旦以舊德召公，俾平章軍國，如韓魏公故事，維時公出其全能，用襄上理，即東里、建安諸公，且黄扉遜業，而北地以下諸文人，且藉公吐氣也。文固未足盡公，良闇淺又何能知公文？姑叙其窺公一班者如此，即謂不能贊一詞可也。

參知泰華程公禦夷膚議序

兵猶水也。水因地制形，兵因敵制勝。善禦寇者因敵之情而以吾策當之，形格勢禁，使自爲解，此善之善者也。方今寓縣多故，閩僻在一隅，幸可小康。客歲乃有紅夷流突内海，竊據彭湖，詭言求市，潛懷叵測。介恃巨艦大銃，所向莫當。且聲欲東勾日本，北連海盗。而閩承平久，武備日弛，於是内地震驚。漳泉沿海之區，皇皇朝不及夕，一時議者或言當撫，或言當擊，乃其所以撫、所以擊,譁然未有成算。

參知泰華程公職在屏翰,折衝樽俎,爰集群策而折衷之。以爲欲銷夷氛,當制夷命;欲制夷命,當識夷情。夷之來不爲互市而爲剽掠,誰不知之?顧夷之所嗜者剽掠,欲驅之而不絶其所嗜未可也。於是修城浚隍,固圉清野,禁一切商舶不得出海,俾内外無所得掠,以絶其覬覦。夷雖犬羊,貪利避害,猶人耳。禁其所利而不張其所害未可也,於是選將增兵,造舟制器,且多募漁户,多設火攻,以懾其心志。夷訹奸民煽誘,兼狃六鼇、古浪狂逞,雖陰有所懾,不顯有所懲未可也。於是廣施方略,激厲將士,遂有銅山之捷,俘夷目若干,以折其憑陵。夷計窮思遁,而奸民方輸以火藥,資以糧稍,彼能無僥倖觀望乎?於是嚴保甲,懸購賞,㳟游徼,杜接濟,俾旦夕無所需,以速其必去。夷歸計雖決,猶以請市歸報爲口實,能無支吾遷延乎?於是市彭湖不許,市東番不許,市鷄籠、淡水不許,乃請於萬里外洋之咬嵧吧,許之,俾得以報命酋長,而有所藉口以爲歸。蓋公之意以修内備爲本,以飭外防爲標,以遣諭使爲虚,以伸國威爲實,以籌兵食、明賞罰爲正,以伺釁隙、施技擊爲奇,以許市遠洋爲縱,以勒令歸國爲操。至於標而本之,虚而實之,即奇爲正,用縱爲操,此又變化無端,運用之妙,所謂因敵制勝,以水爲師,而爲駕馭醜夷之善算也。兹夷已懷德畏威,摇尾弭喙,嗣且隳彭湖城返棹遠去,即梟音暫革,將來或未可知,而經畫一定,武備益修,譬之水然,荒度既周,隄防既固,即衝突無常,亦有以待之矣。

是役也,主持則大中丞商公,分猷則海道高公、方伯游公,以及藩臬諸大夫,宣力則總戎徐公、副戎張公,暨諸執事,而斟酌拮据於上下内外間,則公之勞苦功高,尤最著者。役竣,公裒其前後擘畫,題曰"禦夷膚議"以示余。余謂禦夷疆埸大事,要使後可爲法,是在必傳。然竊窺公意,似猶以兵將未能出奇効命,醜夷未經大創,永絶窺伺爲嗛嗛。昔澶淵之役,寇萊公計在一大創虜,使隻輪不還,謂如此然後可保百年無事。公之意得無同之,然方書具是矣。夷不重來,吾又何求來,而以此施治,易易耳。語云:"如保赤子,心誠求之。"又曰:"用志不分,乃凝於神。"公旬宣漳海,孜孜民瘼,三年如一日,惟保赤之心真,故視垣之見審，才與誠合，豈佹得哉！充斯志也，微獨障閩而已，於爲寓内戡難定傾奚有？開大府而弘廟略，竊旦晚於公有望矣。

某不佞，托公契末三十載，兹復蒙公厚庇，感恩知己無如余，輒不揣而弁以一言，不知其有當於公不也。

龍虎山志序

神仙之役使鬼神，何説乎？孔子曰："清明在躬，志氣如神。"《中庸》曰："惟天下至誠爲能化。"道家致虚守静，脩性練神，故能無爲而無不爲，出入三界，宰制萬靈，其理與吾儒實相脗合。即如符籙一事，亦須存想凝神而得之，斯亦志一動氣之驗也。三代以上，不見於經。彼蓋存而不論，使由而不使知耳。秦漢以來，世主以雄氣侈心求之，去之乃益遠。然史傳所載，若安期、羨門、淮南八公、王喬、壺公、薊子訓、魏伯陽、葛玄之屬，或輕舉飛昇，或蟬蜕尸解，出有入無，莫可端倪。神仙之説，斷斷有之，至求其洞三界、攝萬靈，爲斯民救災捍患，出世賴之者，蓋鮮也。有之，自真人張輔漢氏始。世莫不神異其術，然上古有之，人自不著不察耳。

昔黄帝鑄鼎荆山，鼎成上昇，非神仙事乎？命鬼臾區統百鬼，蚩尤作亂，迷霧障天，僇之涿鹿之野，非制服鬼神事乎？猶曰世遠難言也。乃若大禹鑄鼎象物，使民知神姦魑魅魍魎，莫能逢之，鎖支祁之怪，梏貳負之尸，斮防風之骨，省方倦勤，乃入禹穴，變化靈通，斯其彰明較著者。黄帝垂衣恭己，問道崆峒，大禹親承精一，至誠感神。惟有其理，乃有其事，豈虚也哉！周道既衰，禹鼎淪喪，神人失序，妖厲並興，於是老氏始出，爲後來道家之祖。《道德》五千言，通幽洞冥，於神人無所不該。漢世尚其道，猶能以玄默致治平。漢道衰，玄教微，爲其説者往往支離龐雜，無益於世，乃有輔漢氏真人出，爲道家符籙之宗。其原出於老氏，蓋《道德經》之有符籙，亦猶六經之有羽翼傳注也。《道德》開其源，其教尊；符籙演其傳，其益廣。老氏虚極静篤，在釋爲頓，在吾儒爲生知。真人積功累行，在釋爲漸，在吾儒爲學知。其源同，其究一也。計陽平飛昇之年，至於今千五百餘載,相傳五十餘代,其靈通變化如一日,無祈禳不應,無妖魔不除,佑國庇民,事覈而理顯,後世迂儒不究指歸,不覈真僞,以一切神仙爲誕妄,至鬼神直曰造化之迹耳,豈通論哉!

太祖高皇帝統一聖真,並立三教,嗣教太真人與衍聖公等秩埒崇,蓋真知其教之能夾佐儒術,裨濟蒼生,乃興神物,以前民用,此與黄帝之問道崆峒,大禹之鑄鼎象物,吾夫子以猶龍讚老氏,意豈異哉?列聖相承,崇尚無改。繼自今,雖與天地並存可也。

余幸得與今嗣教大真人張顯庸氏遊,一日出《龍虎山志》示余,命爲序之。蓋輔漢氏原煉龍虎丹於此山,後乃飛昇於陽平,傳四代而仍居龍虎。余特爲考據經典,論其實理之可傳者如此。若夫山川、世系、恩綸、宫觀、人物、藝文,志中備矣,余何言?《詩》云:“昭兹來許,繩其祖武,於萬斯年,受天之祜。”則在後之人哉,則在後之人哉!

大年集序

甲午江右典試之役,余得締歡于今侍御陳君立之,因詢知其世,而諗其尊人體軒翁之隱德也。其後萍梗參差,余退居閩海,而立之由承天司李歷高梁,徵爲南臺御史。余適起家承乏留禮,得與立之朝夕過從。一日,手所編次《大年集》造余請曰:“此不穀李郢時楚中諸公爲先君子祝大年者也。而今已矣,無可爲祝矣!先生其一言永之。”蓋立之理郢時,體軒翁適開八袠,又二年而翁即世,於今已十年所矣。

余受而讀之,其人自縉紳先生以及孝廉、青衿、耆宿無弗有,其體自序、賦、頌、詞,詩歌古體、近體無弗該。緗帙之富,殆數千萬言。而楚故大國,立言者往往有左史、屈、宋、唐、景風,斐亹多致,於以祝壽,可謂美矣,盛矣!余復何言?無已,則就所稱大年者一繹之乎?大年之説,著于莊生,其謂小年不如大年,若靈椿以八千歲爲春秋者是已。然莊生既已等彭殤,齊脩短,舉靈椿、朝菌而一之,則所謂大年者安在乎?余謂善言大年,無如老氏。其言曰:“没而不亡者壽。"蓋有生必盡,有形必窮,此以年計者;惟夫不與生俱盡,不與形俱窮,此則不以年計者。無論真常妙覺,即一言一行,足以垂世,均不滅也。亦無論勳名掀揭,即潜脩内美,有善可書,均不朽也。蓋可以年數者俱屬小年,其不可以年數者乃屬大年。大年之謂壽,此老氏之旨也。

今翁起諸生,脩身繕性,躬履仁義,雖蕭然蓬篳間,其質行自足不滅,得立之闡揚光大之,遂使通都大邑,同聲揄揚,永譽令聞,足紀圖書而垂金石,此之不朽,又寧可年計者?然則八袠之算,殆無羡於八千,而所謂大年者固在此不在彼矣,立之又何嗛嗛於愛日,而津津孺慕爲?

曰若然則祝壽者固無庸乎?曰:是在立之而已。揚雄有言:"孝莫大於寧親,寧親莫大於寧神,寧神莫大於得四表之歡心。"司李一郡佐,彰癉所至不出四境,乃能俾全楚之名公鉅卿以迄諸生、編户莫不翕然祝誦其親者,豈有異術?無亦歡心得耳。今司李而侍御矣,内而簪筆獻替,外而持斧激揚,當使朝野歸心,亦同然稱願,曰幸哉有子如此。從兹敭歷彌峻,歡聲彌廣,翁之名彌彰,神亦彌寧,而其所謂大年者固未有艾也。余聞翁登八袠之明年,立之以司李考最得封其二尊人。今天子覃恩,復贈翁侍御,太夫人亦有新綸。夫廟堂方且心眷侍御,而以綸綍永其親,俾存順而没寧,何况四表?而余又何能爲役?惟是托立之道誼之雅,誠見善言大年者,無如老氏,善言爲親延大年者,無如揚雄氏,敬述以爲立之勗。若夫翁之徽懿,則諸公言之詳矣,兹不具論。

題幼嘉姪制義草

文章千變萬化,緫不出一理。《易》曰:"修詞立其誠。"修者雖極詞之趣,第有理則誠,不則僞矣。今之爲制義者,往往自詫鏡花水月,不覺墮落牛鬼蛇神,大率"譸張爲幻"四字盡之耳。余謂衡文者惟當以理之有無程之,則妍媸自見,秦鏡懸,彼幻者將何遁形哉?

幼嘉吾黄諸少白眉也。下帷發憤,偃蹇埸屋幾十年,兹乃得雋計偕,將行,携其篋中文呈余。余覽之,大約從理解上發揮,提要鈎玄,機員神王,水有源而萬派，絲得緒而千尋，庶幾似之。余每嘆方今文敉質窮，駸駸憂及人心世道。掌南禮時，亟請釐正，雖奉旨申飭，而夙習難移，不謂有理之文，乃從吾宗英得之，蓋不喜其得雋，喜其會文切理，能不失吾意，又喜主司者之能以理衡文也。幼嘉行矣，從此得第，服官從政，一準之于理，如其文然，令彼幻者有所風示媿畏萬一，毋使人謂人心世道溺而不還，則吾黄大有生色矣。

沈太若老師梅園集序

丙戌南宫之役，汝良幸叨通籍杏苑，實出房師温陵莊翰撰、甬東沈虞部二先生之門。莊先生無禄蚤世，其得師事沈先生幾二十載。惟是出處參商，起居遼闊，無論不能親承辟呬，即夫子文章無得而聞焉。歲辛未，孟浪出山，而先生之文孫太史君時方讀書中秘，追隨于螭蚴豹尾間，相得甚歡。時手一篇示余曰："此吾大父《梅園集》也，子其序之。"汝良受而卒業，怳怳乎若睹四明之巀嶭，挹東海之波瀾，嚮之寤寐羹牆，想像步趨而不可得，乃今目擊道存矣。

大都是編雖簡衺無繁，而衆美咸萃。賦則包羅萬象，融貫九流，堪續太冲、平子遺響。詩則騷雅並馳，情景畢會，可踵王、岑、高、孟後塵。勑諭箋啓莊儷鏗鏘，上可方駕燕、許，而次亦無歉盧、駱、王、楊。贈送叙言宏博淵奥，足卑視韓、柳，而與近代元美、于鱗相出入。至於册立祈禱諸疏，忠誠懇惻，婉晰周摯，即使陸敬輿、李文饒操觚，何以尚兹？此又主德國本攸關，非直餖飣文字間耳。先生復軫精經術，兹集外有《易》解、《詩》傳、《禮記》述注諸編，精心妙義，真堪懸國門而貴紙價。蓋甬東山川靈秀，先生復家學濟美，如文恭相國、箕仲方伯，並稱文章鉅手，主盟詞壇，先生與二公相伯仲，鼎峙鴈行，豈有遜焉？然先生雖優著作而不欲以著作自名，故諸集至今未有能表章之者。昔子雲托契於桓譚，劉勰乞靈於沈約，先生蓋有所弗屑也。

抑不但恬於名，而且恬於位。先生自虞部轉儀郎，雅負冰壺玉尺之譽，而是時文恭公又駸駸柄用，人謂先生當需次銓部清卿，不則亦當督學使者，而先生僅以楚臬出治郢，既而歷楚、閩、中州，轉畿輔，旬宣績懋，藩伯資深，節鉞已在旦晚間，而文恭公時方秉國，先生即掛冠歸。歸而薖軸一壑，文史自娱，脱落名利之場，逍遥塵𡏖之表，遠韻貞操，真可冰霜比潔，松筠齊標。集號“梅園”，意深遠矣。《詩》云：“挹彼注兹。”天之道也。昔宋王晉公佑（祜）令德碩望，位不登台輔，手植三槐以俟後昆，其後文正公旦、懿敏公素竟躋上台，稱賢將相，故曰不在其身，必在其子孫。太史君方以文章經濟領袖詞林，行且横經翠帷，入贊綸扉，躡文恭之芳躅，揚晉國之徽聲，昔之梅園嗣爲它日之槐邸矣。繩武光前，事在太史，區區游、夏，安能贊一詞哉！

河干集卷五

序

送宫諭葉臺山南畿典試還朝序

萬曆丁酉，南畿復當選士，於是宫諭福唐葉先生銜命至。既竣事，將報，大京兆張公、支公遵故事，宜有贈言，以詞屬汝良。以良爲先生鄉人，且托館誼於先生也。

良惟人臣以人事君，任莫重乎選士，其在南畿則又重之重者也。國家兩都並建，南畿比於周之鎬京，實惟根本重地，古稱揚州之域，五湖之間，其民心輕，加以六朝頹風沿靡，輕脱佻薄之習，所從來遠矣。高皇帝建首善，運大鑪錘以冶化之，然後士習烝烝一變。二百餘年來，德教湊涌，名碩種出，棫樸薪槱之材，作楨王家者紛綸不可勝紀，蓋天下莫敢望焉。而邇來承平日久，習尚寖頗，士生髮未燥，往往掇二氏餘瀝，詫爲上乘玄珠，鄙夷先正，剖擊無諱。間飾棘猴木鳶以相誇詡，東晉玄虚，齊、梁綺靡，依稀總萃於今日，寓内響然象之。蓋方其盛時，天下推南都士爲冠冕，而其敝也，亦視爲嚆矢，故端士習宜無如南畿始也。廟堂覩才盛之若彼，悼習敝之若此，穆然嘉與維新，推擇侍從清德重望之臣，以司鑑衡而樹標表，而先生實來，斯其任不亦重之重哉！昔金陵始造，劉青田首典斯選，是時景運初開，士當振衣彈冠之會，其興起猶易爲力。乃今積習既成，流波斯逝，非有拔本塞源之道，亦安能一日而易絃轍乎？古今稱起敝維衰，無如歐陽文忠之於嘉祐，謂能進雅黜浮於文有所釐正已耳。竊謂文者文也，以攄心亦以匿心。文之浮雅固未足以盡士，謂程士而止於進雅黜浮亦未足以盡文忠，彼固有貴於文者也。今夫主司者之於士非有生平雅素，卒然相遇於薄蹏短槧之間，至終身北面奉之爲師保，豈其邂逅偶合之，以傳曰："師也者，教之以事而喻之德者也；保也者，慎其身以輔翼之而歸諸道者也。"故一氣則沆瀣也，相傳則衣鉢也。微道德而稱師保者，末矣。

今先生之來也，甫命下而士相慶以爲得師，比撤闈之日，進者不喜於進而喜就埏埴，退者不恥於退而恥失依歸。其化浮爲雅，被於文而潛格於心，舉積習流波一朝反之廓如也。功並於文忠，而事難於青田。夫寧較技程秇之能，以至於是。蓋先生精衡鑑於品題之中，而建標表於衡鑑之外，夫亦道德所風者遠哉。風也者，被萬物而莫神者也，百世猶興，矧於親炙。鳴陰者和，細要者化，矧於人之靈秀爲士者乎？《易》有之："觀盥而不薦，有孚顒若。"《鹿鳴》之《詩》曰："德音孔昭，示民不恌，君子是則是傚。"先生忠信明潔在未薦之先，顒若孚矣，德音昭矣，都人士則而傚之，庶幾其免於恌哉！先生嘗司北雍而北士化，乃今典南闈，而南士又化。兩都風化之始也，兩都化而宇内駸駸向風矣。故曰：道德之所風者遠也。

送南大司寇趙心堂報政北上序

昔成周居鎬作洛，惟東都其命君陳尹東郊，日辟賓惟厥中，辟以止辟。迨畢公繼任保釐，亦命以分別淑慝，彰善癉惡。夫《周官》大司寇之職掌建邦之三典，以佐王刑邦國，詰四方備矣，乃於二公又何諄諄也，豈非以陪京地重，彈壓糾懲之司，關於治理尤非淺鮮邪？

我國家建設留都，比於周之洛邑，而南北六卿並置，視周特詳。故事，南中諸司多優游取具員，惟大司寇棘木之聽，事任殷繁，直與燕中埒，又距京輦稍遠，時多玩愒，肺石之隱難刺，吞舟之網易漏，較燕中猶或過之。前代都關中者人主往往親至東都慮囚，而今一委之大司寇，蓋其重也，自非淑問足以服衆志，式敬足以長王國，未易以當斯任矣。

吾師四明趙先生以進士高第讀中秘，旋擢諫垣，一旦以忤權貴適外，沉淪者久之。比其人既敗，國是始伸，先生起田間，敭歷中外，所在聲實焜煒。稍稍晉大中丞、大廷尉，至少宰，駸駸柄用顯矣。天子軫念留都元元之命，特拜先生南大司寇，亦猶成周諄諄命二公之意也。先生之司寇留都，大率威明並用，不吐不茹，噬嗑申於庶頑，欽恤先於煢獨。彰癉之路一協厥中，而其本原在躬羔羊素絲之節，以端表率屬。南中清議素重，士大夫多修飭自好，自先生在事，風益大競，無論爽鳩之署，即諸司百執，莫不争自濯祓，惟先生是視。直臣舉而不仁遠，亶其然與？

歲之三月，先生滿三載，報政當上。先是，南缺大司馬，廷議首先生，疏入不報，毋亦以淑問式敬之佐，當朝夕左右密勿，豈復以留鑰久滯名碩。計兹入也，不秉執銓樞，則總統風紀。《詩》云："鴻飛遵陸。"公歸不復在今日矣。於是門下士某等不勝依依戀，就某謀所以贈言者。在《易》論爻有之，二與四同功而異位，二多譽，四多懼，近也。夫二與四均人臣也，二以遠多譽，四以近多懼，其故可知也。將由職守疏逖稱塞猶易，而地望密切則責備愈殷，故惟大臣不以近君爲榮，而以近君爲懼，則必不狃寵利而忘克艱，必不怙夙望而怠末路，斯二之譽可終，四之懼可釋，而大臣之事畢矣。孔子曰："大臣慮四方。"蓋言懼也。先生自登朝以迄于兹，氣節勳業，譽滿天下。兹入且履四而處近矣，願先生圖之也。昔君陳、畢公出則式弘丕訓，潤澤生民，入則謀猷良顯，弼亮克勤，善體《易》者，無如二公。

某不佞受先生道誼之畜，所以贊先生之行者始終二公之事而已。若夫彤弓之貺，玄衮之錫，此世所詫爲近君榮寵，而先生所自有者，即某能哆口張大之，先生有道者，當亦無取於其言矣。

奉送大司空楊後山還朝序

自古治水者其大指不過利害兩科，金堤、瓠子之塞避其害而不與其利，龍首、芍陂、鄭白之渠借其利而不虞其害。至於今而水之利害始并。古者河淮各自爲瀆以達海，隋唐以後，黄流乃稍稍闖入于淮，始於支派浸及全河，二瀆合流而泛溢衝突之害始殷。

國家歲漕東南四百萬粟，由江而淮而河，以入通惠渠，而灌輸京師。既藉河利，不得不時脩其害。於是下薪楗石，費無已時，而且數塞數決。蓋自淮河合而徐、邳、兖、豫昏墊之禍烈矣。乃隆、萬間河決崔鎮而北，淮決高堰而南，當事者憂其妨漕，乃日事築堤增堰，北逼河，南逼淮，以求二瀆之合，而黄强淮弱，主不勝客，淮既奪於黄，不得入海，退面瀦於盱、泗之間，而祖陵駸駸有懷襄之患矣。天子赫然震怒，罪總河大臣及諸在事者，而以畀今大司空楊公。

公采群議，躬荒度，以爲因黄病淮，因淮病陵，於是先開黄家壩以分黄，次闢清口沙以導淮，其諸堙塞故智，一切停罷。條既上，而浮言日譁，公守不動。已而黄波既殺，清流自駛，盱、泗水落而佳氣鬱葱如故也。而且民生免昏墊，運道無飄蕩。爲期可半載，費可五十萬緡，而諸患息，膚功奏。天子嘉之，晉公宫保，賚予甚厚。諸吏士受賞有差。亡何，河決黄堌口，勢漸南徙，議者更惟運道廩廩，或欲塞決口，或欲開老河故道。公謂運道原不藉河，曩因河決入漕，暫借以灌輸，久假不歸，則兹大害。今惟倣古人無與河争地之策，因其南徙，棄不復塞，而第股引小浮橋，加濬李吉口，兼以汶、泗、沂、汜諸水建閘宣節，自足濟運，不足復興大役。條既上，浮言復譁。公復守之不動，已而歲漕亦無恙。天子益信嚮公。先時，河漕並督以大臣，往往論議互生，事多掣肘，至是總漕缺，遂并以畀公。而是時方起三殿，天子重大司空之寄，不輕畀者久之，至是又詔公以大司空入理部務，於是公行有日矣。

民部張君某、陳君某、比部張君某，並有事淮上，得侍公走使，就某謀所以贈公行者。某惟言水者必祖大禹，禹之治水，鑿三門，灑二渠，播九河，不可謂無事，而孟氏獨蔽之曰"行其所無事"，則又曰"禹之行水，水之道也"。夫水之道何道哉？《易》曰："水流而不盈，行險而不失其信。"蓋行於不得不行，止於不得不止，水之道無事者也。故因不得不止而止之，無事固無事也；因不得不行而行之，雖有事亦無事也。禹所以獨稱神智以此。古今人不相遠，豈智盡出禹下，而往往急身家，顧議論，先以有事横於其中，是以穿鑿四出，當止而行，當行而止，行止皆不得爲無事，皆不得爲智。方公之決計於分黄導淮，與其後之聽河南徙也,沮之者非一,而其大者曰淮黄合襟,王氣攸係,奈何輒離析之?百官六軍萬姓之命,惟是仰黄流以濟咽喉,奈何坐聽其噎也。兹所恫喝震撼,皆皇靈國脉之重,一不當即有不可勝悔者。而公稽之衆,斷之獨,根之以忠赤,矢之以明神。時行時止,惟水是師,惟國家是爲,而不以一毫身家計較之念入之,故能感格皇穹,永奠坤絡,既臻厥成,天下晏如也,豈非行所無事之道勝哉!

公今還朝矣,水者國之大事,其利害當使後可爲法。意公不嫌於自明,而繼公者爲晉川劉公,公鄉人而明德君子也。公主之於内,劉公總之於外,河漕其永永有賴。且不獨此耳,禹作司空,實宅百揆,天子嚮公方切,旦夕且授公鈞衡。夫鈞,均也;衡,平也。皆不得以有事與之者也。至均無私輕重,至平無私低昂,以天下付天下,而己不與焉,此鈞衡之職也。夫公一日而宰天下,亦行其所無事而已矣。若夫飭材鳩工,將作之任,此有司之職守,烏足爲公述哉!某晚進,未能習公,竊窺公之治水有合於宰天下者,而願公長守之也,敬因三君者以質於公。

賀觀察使淳寰韓公三年考績晉秩右轄序

自古立國必重畿輔之勢,而後根本有所藉以爲安。故周營洛邑,首輯東郊;漢都關中,並建三輔,用以拱護王室,計至深遠也。我國家鼎宅幽燕,外隔漠北釐一塞,而内控萬里之輿圖,門庭儲胥,慮尤加毖焉。上谷直京師西南,距都城不數舍,俯瞰趙、魏,左連遼海,右搤雲、晉之衝,紫荆、倒馬,號稱天險,地既阨塞,俗尤獷悍,是用宿將屯兵於此,以爲神京右輔,制以開府,察以直指,分理以守若令,而監司使者提衡其中,若樞旋轂轉,使者職舉則兩臺拱手,守令奉法,上谷重而京師益重矣。

余同年友淳寰韓公以觀察使治兵其地。公起家掖垣,數論列天下大計,風采屹然,爲時名臣。天子念上谷要害,特以賢借公。某備員輦轂下,幸得屬耳芳猷,其詳未易殫述,乃較著者則餉必歸兵,士必實伍,器必犀利,馬必騰躍,時校閲,明賞罰,修險隘,蓋其綜核甚密。公雖職治兵,大指尤以安民爲本務。前後所墾荒地以數千畝，通水利以數百頃，積穀八萬餘石，賑饑民五十餘萬口。要以攘外者安内，壯衛者急本，蓋其周澤甚渥。公褆身清約，雖小必矜，日用一蔬一縷不以及市籍，時時朝將吏而訓之曰："使金如粟，馬如羊，廼公毫無所預。若不惟廼公是體，而有所朘削者，三尺具在。"蓋其表率甚嚴。畢公之命曰："潤澤生民，四夷咸賴。"趙營平謂耿中丞糴湟中穀二百萬斛，羌夷寧敢動耶？公潤澤經營於堂皇之上，而厭難銷萌於夷裔之遠，折衝樽俎，不動聲色，蓋其讋服又甚廣。先臣丘文莊嘗言：國家宜倣前代，寘三輔。異時帷幄議者祖述其意，亦請於近畿築四輔城，縣官若曰："吾寘韓公於上谷，其爲輔城，豈不壯哉！"於是公滿三載報政，天子嘉公丕顯績，晉公秩右轄，治上谷如故。諸將吏咸喜再蔭公宇下，於是清苑令王君某等謀所爲賀者，徵言某。

某竊因是有感於廟堂之知所重也。周之治東郊也，周、畢之倫心膂之選也，出則保釐，入則師保，其時至於三紀，寄任一何殷矣。漢以蕭望之經明持重，論議有餘，可任宰相，乃先更歷三輔，用治民以考功，猶有成周遺意焉。國家故事，凡監司皆得循資遞授遞遷，惟在畿輔，非才望推擇不授，非績成任久不遷。既才且久，然後顯擢加焉。牙纛棘槐，鍾鼎旂常，若於寄焉取之。二百年來，可覆按也。甚矣，其善法周、漢也。

公以瑣闥名流任兹師帥，推擇精矣。拮据三載，績用成矣。績成不遽遷崇其秩，而仍其守，廟堂之期公厚矣。繼自今公益懋其勳，廟堂亦益懋其報，將晉節鉞，又晉而樞筦，姬旦、畢高之烈，方旦暮遇之，無論漢臣矣。乃賦《韓奕》之次章曰："王錫韓侯，淑旂綏章，簟茀錯衡，玄衮赤舄。"以爲公賀。又賦《韓奕》之首章曰："夙夜匪懈，虔共爾位。""榦不庭方，以佐戎辟。"以爲公祝。敢再拜藉手以効於公，公其不以爲無當乎否也。

賀王則之太史三年考最序

萬曆甲午夏，余友王則之太史當滿三載考，是時天子方簡文學侍從之臣往典郡國試，太史乃有閩之役。王事鞅掌，馳驅靡遑，越明年春始成考焉。銓臣條上太史奉職無害狀,天子爲下璽書,所以褒嘉之甚具。於是太史所取士周君某等適成進士,隸事輦轂下,以余習太史,造余謀所爲賀者。

余曰:"諸君將何以賀太史?太史通籍十年於兹矣。同進之士或洊躋至尊膴,不則亦序遷以去。乃太史徘徊史局,猶然以三載考也。國家三載考績,自百司庶府,莫不各有事任,以陳功見能。詞臣優游冷署冰銜間,非有錢穀、甲兵、刑獄、河渠之委,即太史握瑾懷瑜,未及於政,亦安所見績而效之?而諸君亦安所稱而賀之?"諸君進曰:"蓋世有顯爲用之用,尤有不用之用。不用之用績莫大焉,則詞臣是已。夫詞臣之選,是爲儲輔,匪養弗成,匪積弗厚。國家假詞臣以歲月而不煩以事任,毋亦惟是静觀博覽,漸漬沉酣,于以廣聰明而堅志意,而廟廊之業基之。故修之奥渫,澹泊寧静而靡不足;施之廟廊,鍾鼎旂常而非有餘。譬之水焉,興爲雲,潤爲雨,流爲川,止爲淵,而非二物也。吾師即遊於冰銜冷署間乎,然而横經虎觀,視草鸞坡,夫非沃心代言之事歟?紀載蘭臺,掞藻北扉,夫非垂世經國之章與?即如向者掄士吾閩,懸鑑秉衡,銖毫無爽,雖以某輩無似,庶幾得與中原麟鳳相後先。夫登明選公,細大不捐,又非上宰延納之模與?彼以一庶官而負相臣之望,以三載考而豫名世之猷計,與錢穀、甲兵、刑獄、河渠爲績孰多?雖賀,不亦可乎?"

余曰:"諸君知太史之績也,孰知太史之不自有績也乎?今夫鍾釜之受,豆區不能容也。萬斛之舟,加以鈞石而入水不加寸者,量宏也。太史關西名閥,太公佐典大郡,有龔、黄稱。伯兄太僕公文章氣節爲世名臣,仲兄孝廉方待對公車,後先濟美,並秀競爽,然不以貴介公子見色。弱冠薦鄉書第一,射策高第,入讀中秘,藉甚公卿間,然不以弔詭露奇見才。十年史局,寂寞恬澹,退焉處後,恥學鬬捷,然不爲粘核積薪見淹。守必嚴一介,動不輕跬步,矜節好修,見利若染,然不爲嘵嘵皦皦見名。兹非萬斛之受也與哉?彼將視伊、傅爲儻來,視中書二十四考猶適至也。乃於今見卵求夜,津津焉以爲績而張之,毋乃非太史意乎?"諸君听然曰:"非吾子習太史不能及此言。然如吾子言,故足賀也。夫處於無所事而無乎不事者,致用實也。無乎不事而不自大其事者,容受虚也。實故能爲用，虛故能用天下，信如吾子言，故足賀也。"

遂以其言入告太史，太史曰："兹不穀之幸免於螯也，未知其他，其何敢承賀？雖然，以不穀與明起同年進，又同史局，兹又同三年考也，夫明起非祇爲賀也，爲勗也。其載之，不穀當與明起交勉之矣。"

贈李南鎮擢南雍序

昔在《周官》，太宰以九兩繫民，師儒之職得民以賢與道，暨牧長相次並稱，蓋其重也。獨怪三代而下，牧長之舉於其職者世不乏人，而師儒抑何寥寥哉？自遷、固傳志所紀，展采錯事之臣，臚列至今，而師儒闊略不道，間所載儒林、秋文、經術起家諸人，大氐皆私學巷議，非有能爲縣官勸學興賢、宣揚功令，若所謂九兩之繫者，何以故？自秦氏滅學，以吏爲師，漢興不能盡革功利之習，遂往而不還，言教化者溺其職矣。故教化重則師儒重，教化輕則師儒輕。重故人皆務專精於其職，而益成其重；輕故士不知所勸，闒茸而益甚其輕。事勢相激，無異故焉。

明興，崇獎教化，於師儒之選尤兢兢，以故一時文學掌故之士，矯首奮翼，獲耀于光明。朝離廣文，夕踐華要。若儀、藺、張、戴而下，可睹矣。師儒得人，於斯爲盛。間者承平久，浸淫稍逐於功利，學官之路多淹鬱而不振，士亦厭薄弗屑。今天子獨觀昭曠之道，思所以砥礪濯祓之，大都不欲以功能先教化，不欲以幹吏右師儒，於是坐皋比聲木鐸之士往往克自樹立，而臻於遠大，斌斌成周之選，蓋吾師南鎮李先生其人也。

先生以茂年薦公車，聲華藉甚，爲太公之養，故俛而署教温陵。其言曰："吾懼師不易稱而暇厭薄乎哉？"良時以弟子員居門下，沐先生之教最多。其爲教略倣經義、治事之條，整而温，寬而栗，士無賢不肖，無不靡然競化。未幾改儀真，擢助教成均，大都修温陵之舊而廓大之。至是天子稔知其賢，遂擢南雍丞，亞於大、小司成，益稱尊顯。於乎！先生真能以師儒自重，天子真能以教化重先生，蓋成周一時哉！南雍留都重地，人文甲天下，邇來士習稍蕩於紛華，而隳於呰窳。先生之嫺於教職者三,縣官不以展采錯事而特有是命,其所重於先生有在哉!記曰:“能爲師然後能爲長,能爲長然後能爲君。”他日教成,當復以藺、儀、張、戴召入,使先生坐而論道,而咨君國長人之術,夫先生之益成其重也則自今日始矣。

贈吴崇緒南昌司理序

今天子極意太平,思所以計安元元,惟在選擇郡國吏。郡國吏稍號盤錯,擇人尤毖。間者南昌司理缺而吴君崇緒實往,閩之同進諸君謀所以贈吴君行者。汝良諗諸衆曰:“兹行實重吴君哉!今夫士一旦登賢書,其試外爲吏者豈不人人得民社效之?然其試有方,而其效亦不能以旁及。試一邑即效一邑,試一州即效一州,外是欲有所展錯,且越俎議之。司理則不然。上而藩臬使者,又上而直指使,以至御史中丞,人人而耳目寄之,銅墨之長貳若賢不肖,無不從程量者。閭閻疾苦,民生隱伏,無弗從計利病者。彼其以郡佐而操大吏建白,名爲理而於諸司無所不持衡,故曰司理重也。凡理皆然,而最重莫如省會,蓋其朝夕大吏益親而所咨計益便也。況以南昌之鉅麗,又爲省會之特重也乎哉?江右淮海之襟帶,吴楚之走集,其人文都雅甲天下。南昌古豫章地,控制上游,彈壓諸領郡,儼然受其輻輳。廼邇者聲名日盛,物力日耗,浸淫入於凋敝。當事者思得一賢司理以爲之濯祓剔抉,夫豈惟責以佐郡是效?將大江以西實賴之。今吴君岳峙而淵停,璀涵而霞蔚,蓋望而知其辨者,恢恢乎游刃有餘矣。廟堂誠重君,惟君真能不負所重者哉?”

諸君進曰:“吴君成進士時,以操觚鳴一時。比課中秘,漢廷公卿愛其文,擬以當班、揚、崔、蔡之選,廼竟以數畸弗耦也。南昌理雖重,毋亦非其好歟?”余應:“否否。夫我朝鉅公不有薄治史而厚治民若華容者乎?又有麟鳳自負,厭棄吏事,爲鷄犬行者,而吾以爲皆非也。君子用與時並,安所置軒輊?文章政事,隨所遇而效之。止爲淵流爲川,豈有兩哉?吴君以明經無害成進士,既文名藉甚公卿間,即不中秘,能已見于天下。廼今得試盤錯以見功,實皚猷陳謨,益徵君非徒文者。異日君之重于世也全矣。”

於是吴君行問所以爲理者，余謝不敏三而述豫章之故事，以告曰：“漢時爲豫章則有蒲鞭化民而懸榻禮士者，彼其不以急刻先平恕，不以渾厚淆旌别。君推此二者，異日佐天下理易易耳，於理郡何有哉？”於是諸君稱善，遂次其言以贈。

贈鄭廷奎守信陽序

嘗聞鄭之先有南湖三公，倡道海濱，莆人宗之，由此知學，故其後世往往多有道之士。若宋狀元公僑、明尚書公紀，皆以道德文章起家，一稟於南湖之教，儒雅勳名，有聞于世。余同年友廷奎鄭君，實其苗裔云。

鄭君以萬曆丙戌成進士，明年以次補信陽州守。州守視理令雖稍尊，然以秩大夫入，不得復爲臺省官，故制科多不願得州守。鄭君既除信陽，意廓廓然適也。其言曰：“士甫離蓬篳，即刺一州，有銅墨奔走於下，舉民社而聽之，於分汰矣。吾懼夫守之不易稱，又安所不適於守？且士有所自效於國，寧必臺省也。”於乎！君何所得此有道者之言而稱之，其猶有南湖之遺者耶？今世之仕者，得一官則銖兩而較之，惴惴焉惟慮其不得趨捷而登膴，故其服官之日亦多出於苟且名聲，以標能炫燿而止。其視民生利病，反如秦越人視肥瘠，縣官何賴焉？鄭君悃愊坦易，急所難而緩所營，此非有所味於學道者不能持此，以爲信陽，即其他日所展布未可知，知必率其悃愊坦易者以爲奉法循職之吏，而無負於其守也必矣。志稱信陽俗尚本業，不事華麗。鄭君以悃愊坦易爲之，其能得赫赫聲名與否未可知，計且必與其俗相宜，與其民相安，其思召、杜而歸心龔、黄可知也。

方今天子深惠元元，洞悉治體，課察能吏，一以循良爲最，俗吏獵虚名者不得與。州守縱不能越令甲而列臺省官，然終不以不列臺省官而没召、杜、龔、黄之績，意將程筭其功能，茂積其閥閲，而顯庸焉。所謂尊名厚實，鄭君將不營而饒得之者也。《詩》不云乎：“豈弟君子，民之父母。”又曰：“豈弟君子，求福不回。”君將益廓大南湖之後，且自信陽始矣，君勉之哉。

贈諧虞王君令永康序

蓋古今言治邑之最者無如單父、中牟，昔人論三不欺，以不忍欺首推宓子，而恭治中牟，實以三異爲它邑冠，其感化之極，於夜漁、馴雉二事可概覩矣。彼野童、漁師、昆蟲之微猶然服其德化而無機害之心，况於編户齊民乎？則意其必有非常可喜之術，足以見奇標異於時，而傳記所載自彈鳴琴、行阡陌之外，無稱焉，試與武健嚴酷者較短絜長於朞月之間，其功能不逮遠矣。然而真心實政，每深入於民而不可知，而民亦含甘飲醇，維係不解，翕然風移而俗易，變百年之習而纏去後之思，有非武健嚴酷之徒所能恍惚者。甚哉，民之果不難化，而爲政者當擇所處也！

永康，浙東一劇邑也。前志稱其富庶敦龐，氣習醇厚，俗勤耕織，而士知學，風俗不翅美矣。而今則有相謬不然者。自淛以東號爲治理之不易諸邑中，無如永康者。彼其山川、風土、人物、食貨寧獨異於古耶？毋亦吏於其地者浸淫非其人耶？抑或有其人多出於武健嚴酷取辦一時之聲名，而與單父、中牟移風易俗之旨異耶？

吾同年友諧虞王君初試吏，得邑永康。王君博士起家，不逾歲高第進士，伉爽練達，夐然絶儔伍，乃獨不易永康，曰："吾以永康見吾能，如投巫鍩箭者之爲無難耳。雖然，吾何以使鄴民無震而潁川之告訐潛易也。"於乎！兹非長者之言而古循吏之遺旨哉！永康即難治，與往牒所載稍異，誠令以王君之才，稍自炫曜，顧盻咄嗟亦可以得志於聲名，而君獨悠然深念，不欲以彼而易此，君固知移風易俗之道非聲色期會之所能也。兹行也，且必出於宓子、魯恭之爲以治永康，他日政成而永康得與單父、中牟並稱，其不終於難，以無左往志也，請得而竢之矣。於是王君行，書以爲贈。

送韓仕廣之永寧序

歲壬午，韓君仕廣以曲臺家言領鄉書，褒然爲閩士冠。余始讀韓君文，業已内遜韓君。丙戌春，余幸得與韓君同薦禮闈，又同出太史莊公、水部沈公門下。比試政廷尉署，又同舍，於是得益親韓君。韓君爲人退然不勝衣，然其骯髒負奇氣，即偉丈夫無以如也。余則内遜韓君益甚，惟同事諸君亦無不嚴韓君者。

既以次除吏，得吉安之永寧。永寧於吉安最號爲瘠，其編户眎它縣不能什之一，人文都雅，薦紳先生不能伯之一，至其俗慓悍而嚚訟，即以它縣而眎，永寧又不能伯什之一。先是令永寧多廣文老博士，闒茸呰窳，雖乙榜得之，靡不蹙額稱屈者。始除目下，諸君相視而駴曰："異哉，韓君乃永寧哉！以韓君文才不即都華要，即外吏亦當巖邑耳，何至齷齪蕞爾彫罷也！當事者獨未耳而目韓君耶？"不佞應曰："諸君何異？諸君豈以縣官爲人擇地哉，抑爲地擇人也。誠爲人擇地，韓君不宜永寧；必爲地擇人也，永寧之爲韓君亦厚矣。夫地有膴瘠而事有難易。膴者未必難，而瘠者未必易。永寧其瘠而難者也。謂永寧瘠也者，則賢者不宜嗜膴地；謂永寧難也者，則不足以難賢者。夫韓君何如人哉？其必不厭瘠而辭難也明矣。先歲，當事者左計人與地，不知所參伍，津津焉惟資格之是程。其人誠制科，不問而與以膴且易者，非是，即不問而與以瘠且難者。士亦習其頹風，或志温飽，安偷惰，一行試吏，輒錙銖而計地之善否，不如意則怨且詈。以故吏益溺其職，而民益無所恃。賴今天子軫念元元，加意吏治，思與更始。當事者奉行惟謹，迺劑人地而提衡之。其膴瘠難易，務與才合，而無暇計其私。俾人無自爲之心，而得以各盡所長。以韓君之賢，假令得康莊之邑而試之，未必能見奇。迺兹歷羊腸過九折，是亦君展驥之秋也，當事者誠難永寧而賢韓君，而又何異爲？"於是諸君意稍廣。

數日，余行而過韓君，且以爲述。韓君曰："吾非敢厭瘠而辭難。雖然，吾何以使永寧之不終於瘠且難哉？"余曰："夫所患於瘠且難者，非以其物力耗而俗化敝耶？昔漢時召信臣好爲民興利，南陽阜；文翁勸學，蜀民向風。夫南陽非故沃壤，而蜀豈素習禮讓者哉？君以二君之治治之，何患焉。前此爲永寧者固取於闒茸呰窳，是以其瘠且難至今，而今得賢令矣，異日政成而永寧令奉璽書入，余得而稱曰：永寧之免於瘠且難，自韓君始。夫永寧之爲韓君，不亦厚矣哉!”

定興念塘李侯九年考績赴京序

在昔唐虞三載考績,三考黜陟,當時仕有世官,官無越局,庸不過崇,車服適不過殊畫象,是以其人專精一意,以熙帝載,雖終身不移官而無幾幸厭斁之心。後世五等,廢郡縣,興爵禄,以磨鈍品級以馭榮。前有鴻漸之階,後有鱗次之耦,九載之法不能必行,蓋其勢然已。然而勵精之主,識治之臣,猶汲汲於久任。漢盛時爲吏至長子孫,孝宣詔長吏有効者增秩,賜金,毋得數易。左雄亦謂轉徙無常,各懷一切。斯則唐虞考績之法,便於治也審矣。國家初制,課吏以九載爲限,滿九載而稱職則超擢殊等。其後浸久浸格,或五六年,或三四年,或一二年,皆得序遷以去。蓋九載之法便於治而未必便於情,亦其勢然也。皇上瑩精理道,尤加意牧民之吏,屢詔申飭久任,一時吏治蒸蒸然,鮮有能滿九載者。乃今於定興李侯見之。

定興直京師右輔,通道九省,邇又薦罹灾祲,籌劇愈倍。侯循績種種,未易殫述。大都戴星出入,類巫馬期。禮賢重士,類宓不齊。革火耗,輕贖鍰,潔廉,類范史雲。開水田,墾荒土,與民興利,類召信臣。設法捄荒,全活以數萬計,類富鄭公。節嗇厨傳,蠲供億之困,類何易于。禁奸弭盜,類虞朝歌。不畏彊禦,類董洛陽。畿輔縣令以百數,賢聲最著無如侯,歷俸最深又無如侯。直指使、大中丞以至制府、卿寺、部使尉薦積至三十餘牘,銓部推擇爲京朝官啓事之疏至十餘上,諸資望在侯後者皆得稍稍遷去,而侯獨否。

或曰:侯所部多貂璫貴倨、居中用事之人,而侯嚬笑不假,干請不行,人情不甚相遠,怨望必深,彼且爲憑叢,爲含沙,屢推屢格,疑有尼之者。不佞竊謂不然也。昔房守魏郡,内困石顯;膺尹河南,陰挫張讓。斯季末惛霿之世有之,方今太阿凜持,三尺無撓,雖間假借以城社,然卒震疊以雷霆。定興距輦轂甚邇,侯賢聲徹金閨甚熟,誰得爲彼所爲者?然則侯之滯積薪何居?夫風遠者先近,振習者舉要。故河東以股肱留季布,汝南以心腹屈韓崇。定興亦畿輔股肱心腹也，廟堂將修國家初制，繼唐虞盛軌，故特借侯以風之振之，寧遑恤其便於治而不便於情也乎？且夫不便於情者，庸衆之情也，賢者則不然。《詩》云："不懈于位，民之攸塈。"侯賢者也，孜孜塈民，視九載如一日耳，寧以積薪懈乎否矣。

於是侯當解任上計京師，丞尉李君、張君來請余言以張其行，且志邑人攀轅臥轍之感。余謂廟堂業已知侯借侯，又重借侯，其必有重酬侯，而後遠可風，習可振也。兹行不爲諫官，必爲銓曹。諫官主條陳利病，銓曹職銓擇人材，疏便宜以甦之，遴師帥以任之，寓内猶胥望焉，矧於股肱心腹之輔邑爲侯所嘗莅、莅且九載者乎？其爲德寧後在事之日哉！是可慰去思矣。遂書之以佐歌驪之詞而俟焉。

賀定興邑侯念塘李公榮擢禮曹序

古今傳吏治者多矣，鈎探鉅取，察淵束濕之致，詎不曰神明哉？惠則否矣。阡陌泉渠，米鹽豚鷄之務，詎不曰勤敏哉？本則否矣。誰能不察察而明自遍，誰能不瑣瑣而務自兼，則有本在。《易》曰："有孚惠心，有孚惠我德。"惟心惟德，本乃不佻，惠乃不窮。無本者躁而靡常，暫而難久。久而孚，孚而一，是豈襲取驩虞者能哉！桔槔之灌溉不若源泉之滲漉也，箑翣之鼓動不若凱風之噓拂也，則所爲本者懸耳。

李侯之爲政于定興也，滿九載于兹矣。侯曰："始吾視邑猶吾家也，今也何地爲邑吾弗知，知置赤子於懷中爾矣。"民亦曰："誰其家之嚴君與誰其邑之父母與吾弗知，知其生我、長我、教我、成我而覆載我爾矣。"萬家而一心也，九年而一日也，何施而得此也。邑故多沮洳，斬之苴莱蓬莪之中，一旦疆理焉，而麥岐興歌，甌窶盈篝，汙邪盈車矣。邑西南大川舊有輿梁者二，涯廣費鉅，歲苦修治爲艱，侯謂無煩百姓，官道上木林足庀也，工而度之四時之隙，于是乎成之，上不虚府藏，下不傾囷廩，民不病涉矣。侯下車以來，數值歲侵，民惴惴爲溝中瘠。侯惻然軫念，發粟賑之，爲糜哺之，儲藥療之，拊廵疾苦，雖窮簷蔀屋必周焉，緊起死人而肉白骨矣。暇則進青衿之子與之譚藝文，湔袚行誼，得高足者若而人，間捐俸贍之,繩樞桑户,待以舉火者比比也,衿佩翕然嚮風矣。商旅至者念其遠也,曲體煦沫之,便其貿遷,理其争訟,曰爾有利市寶賄我勿與知,賈至如歸矣。侯輕刑薄罰,桁楊罕用,有蒲鞭風,然民自不忍欺,蓋已駕單父、弟國僑而陋稱西門矣。侯催科弗擾,遇饑饉札瘥必加寬卹,然民亦輸納不後,大者牛車,小者擔負,課遂爲諸縣最矣。侯之惠政縷縷類若此,前後薦牘蓋不勝書,然未足見侯之深也。

余聞侯少也孤,鞠於大父,貽厥備至,以克樹立。逮其卒也,限於制,不獲承重,縗墨臨政,戚容慘悴,不茹葷者朞年,柴毁骨立,病且不支。邑之人叫號神明,禱祠山川者若狂,其至性篤行又若此。蓋侯諸所設施,慈爲本而孝以廣慈,則本之本也。所稱惠心惠德,非耶?其與定興之人交相爲孚九載如一日,萬家如一心,可佹得耶?於是侯以高第久次擢爲禮部尚書郎。在《周禮》以典禮屬春官。春之爲言蠢也,産萬物,猶聖人以禮養萬民也。荀卿有言:"禮者養也。"蓋禮之爲用,養人於善,使人褆福遠罪而不自知,故明於養人之術者必其深於禮者也。侯立本敷惠,能使定興之人優游漸漬,九載之間,穆然如登春臺,其精於養人也審矣。持此典禮,其亦必忠信以本之,義理以文之,於以佐大宗伯而内天下如春之治也,即爲令之日可預卜矣,是可以賀矣。

先是,甲辰貢舉之役,余與侯實共事禮闈,見侯恪共朝夕,心甚嚴之,以爲鞠躬君子也。至是鴻臚吴君來徵賀言,蓋吴君之戚屬客定興者,日覆翼於侯之宇下,故能言侯善政本末最詳。余乃信所見之不謬所聞也,故樂爲序而歸之。

贈安平王明府三年考績叙

王君爲安平之三年,以治行無害奏最闕下,於是諸薦紳先生無不嘖嘖知有王君。余鄉人周君爲安平尉,來乞言。不佞既多王君治行,又有是請,烏能無言?

昔庚桑楚居畏壘三年,而畏壘穰,其民相與尸祝之,曰:"吾日計之不足,而歲計之有餘也。"間嘗有味其言,以爲深得理人之術。及觀孟堅傳循吏,元康、神爵之間,吏治特盛,其爲吏人人殊,然至其入人深而得稱爲循吏者,大都無能出此兩語。今夫武健嚴酷之吏，急於自見，不難操下成名，顧盼咄嗟，亦可以釣奇而標異，而民不勝其馳驟，就之益易，而去之亦益急。循吏則不然。眎郡邑若家，眎民若子，徐徐焉惻怛忠厚而無一切操下之爲，驟而觀之，若無所見，長積而至於歲月之久，然後誠心實政，浹洽旁魄而不可解，而始信其入人之深也。故能吏恒以日計而循吏恒以歲計，此其大較也。古今善馭吏者莫過漢宣帝，牧民之吏皆得久於其職，或增秩賜金以待其成，未嘗急迫有所更易，以故虚名之吏無所售，而良吏得以自見。彼其有元康、神爵諸公，不虚耳。

方今聖天子振飭吏治，實修漢宣故事，而其所重者尤在京輔根本之地。安平屬京師右輔，去輦轂下五百里而近，邇者連年大侵，吏治若起尫瘠，甚不可以驟。而自王君在事，一意休養，斥去聲華，大都不欲以催科先撫字，不欲以繭絲易保障，故其始至若悶悶耳，既而治效稍著，大中丞與臺使者乃下檄旌之。一二年乃益著，則文交章薦揚之。至於今益浸灌濡澍，其民罔不依若父母而敬若神明也，豈不亦歲計有餘，庶幾元康、神爵間人耶？兹者三載考積，褎然稱最，於令甲可以序遷，天子重去君安平，特爲加郎秩，推恩所自，以褒嘉之，寧非期以元康、神爵間吏而俟夫異日之徵拜者耶？

君爲盩厔人。盩厔在漢爲三輔，黄京兆、韓馮翊、尹扶風皆以循吏起家，其遺蹟至今猶存。君生於其地，而所治又當今輔邑，他日政成而召爲貴近，其聲迹當不異於次公以下諸人也。夫三輔自古多循良起家之吏，豈不信然矣哉！遂授周君，使爲贈。

贈忠義參軍清原葉君六年考績序

蓋余讀《漢書》至神雀、五鳳間，未嘗不嘆其治之近古云。無論當時公卿大吏、郡國守相，即世所稱拓落散冗、斗食百石以上，無不競功營職，竭蹷以佐縣官，靡一切苟且之習，故班掾以爲自文學、政事、理法之士以至技巧、工匠、器械，自元、成間鮮能及之，亦盛矣。然其風之有二術焉，有所專責以畢其技，有所顯擢以勵其氣。兩者持衡於上，而必信於下，不以拓落散冗遺也。故倉氏、庫氏裨職耳，猶以長子孫而爲姓氏，他可知矣。及治行稍著，或以高第起家至二千石，列於九卿，若黄次公以貲郎秩潁川，張子高以卒史相膠東，朱仲卿以嗇夫遷渤海，尹子況以獄吏階三輔，是已。以此人人自愛，良吏爲盛，雖間不在賢良孝廉之科，而其樹立多有足述者，有以也。

國家馭吏，初亦修此二術，其後時異勢殊，法制漸更，若使人疑夫久任之法稍滯于下，超擢之法稍格于上，而競功營職者浸淫怠矣。聖明在宥，極意吏治，爬羅剔抉，不間幽遐，若曰吾獨不得黄、張、朱、尹輩用之，豈憂蒼赤哉！然而一時鴻漸之翼，自甲乙賢能外，求其能越拘攣之途如古之嗇夫、卒史，奮棅而立功名於世者，猶寥寥不可一遇。豈廟堂所以風之者，猶未至耶？將當事者狃於積習，耳目不可卒易，有賢而未暇深營耶？將黄、張、朱、尹未易數數然耶？乃於清原葉君而見其人焉。

君起博士，有聲博士，遊成均，遷上舍，有聲上舍，然竟以數奇不耦，俛而就吏，得忠義衛參軍。忠義隸在輦轂下，即古羽林期門、折衝果毅諸職，縣官恃此以壯鈎陳而固根本者。參軍爲之紀綱調度，初非瑣尾冗銜比也。承平久而職事稍庳，其後率充以庸流，闒茸窳呰，日與紈袴肉食之子共爲乾没，取敝甲彫戈之士而朘削之，衛幕故不得不卑，人竟厭棄之若長物。然葉君雖操觚儒者，顧獨不以卑視幕，其言曰："士在所自處耳，何知散冗？"循循然志潔而行方，念深而動毖，兢兢恪職，日夜不休，庶幾所稱鞠躬君子者哉！

君前後嫻於其職，爲年者六，臺省曹使者廉其賢狀，爲檄褒嘉之者積二十有一，遇覃恩增秩爲郎，贈父母如其官者一，上計簿而以吏績考最者再，人咸爲君稱榮。即今秩滿當遷，猶然久次不調，人又或爲君稱屈，而君澹如也。語曰："行不積不足以動人。"君第無忘其所謂積者而已。方今縣官綜核遠過漢宣，衛幕之職賢於嗇夫卒史以下，而葉君始終肅職不讓次公諸人，彼其久次不調者，安知非修神雀、五鳳故事，以竢一旦之推擇哉！君卒勉之矣。

贈韓璧哉晉觀察副使廵視閩海序

閩府州治九而瀕海者五，藩臬使者分部守廵者七，而專視海者一。海者，閩之大利大害也。閩地負山襟海，磽确潟鹵，歲入不足以供，生人之計，多仰給於海。北通浙吴，南通百粤，又外市海島諸夷，以與内地相灌輸，公私賴之。然扞網啓釁，害亦隨焉。邇承平久，見爲烽静波恬，顧牛喪于易，虞方大耳。朝鮮之役，倭未有所釋憾，琉球折入倭，而閩震鄰之患漸迫矣，故閩事莫海重也。國家防倭與北虜等，列屯置戍，棋布星羅，戈船下瀨，游徼往來，衛藩籬以固堂奥，豈不甚設？然兩臺制置於上而責成靡專，郡邑各司其地而禀成靡一，尤藉巡海使者奉簡書居中彈壓之。使者得人而兩臺拱手，郡邑輻輳，臂指聯而諸守巡地可以次安枕，故閩監司莫巡海重也。廟堂睠顧海邦，頃屢詔申飭防海，而尤加意精擇巡海之臣。今秋使者報缺，而高淳韓公由興泉監司膺兹簡命，某於是嘆廟堂之知所重也。

夫今之所虞於海者有數焉。卒伍虚冒，組練弗習，則虞。紈袴呰窳，僨帥乾没，則虞。艅艎弗具飭，器械弗犀利，則虞。奸民冒死越販而勾引嚮導芽孽，則虞。然是數者其竅會皆有可尋，而其根株至不可詰，惟茹納弗弘而事機有遺慮，執持弗信而法令有留行，是深足虞耳。公文武兼資，左右咸有。自計曹出視黔學，至今官，所在猷望烜赫。而其莅温陵僅年餘耳，拊循貞肅，弗戒以孚，吏民無不嚮若流水，共若神明，寧惟是才具揮霍陸離以至是。公曠度善下，於物無不容，人人自謂親己，樂輸悃誠，而中實堅貞，持法如山，誼所不可，雖賁育莫能奪也。茹之弘矣，持之信矣，竊謂公有似於海也。水善下而行險以信，大者莫如海。受以歸墟，不遺行潦，海之弘也。九年澇不爲增，七年暵不爲減，一潮一汐，應候無爽，海之信也。公方以海治海，何謀不集，何法不行？今而後何虞於海？公真能不負兹重哉！

於是公移鎮有日，諸縉紳大夫芘宇下者思有以贈公行，俾某執簡。某始識公遊南雍時，逮干旄莅止，猶然不落莫余棄，執誼甚殷，此亦無所不下之徵也。又聞公爲部郎時，入而起草，出而治庾，譽藉甚，獨不屑俛仰時局，持論慷慨，當事者弗善，乃有黔之行，諉以衡文重公，實遠之也。公之含弘并介，所從來矣。輓近士習崕柴，畛域横生，人不同于野而同于宗，而中鮮特操，往往色厲而内荏，易撓而多變，一遇棼紜，豈有賴焉。有如公博大以集思，堅貞以裁務，既弘且毅，微饒治海而已，雖肩任天下事易耳。

公系出宋少師持國，公侯之後，必復其始。公往矣，方且以海治海，以治海者治天下，始終無忘斯志可矣。

賀詹見五觀察三年考績序

劉劭志人物云：人材以中和爲最。中和之質必平淡無味，故能調成五材，變化應節。竊嘆其知言也。才有偏至，有依似。偏至者寸長尺短，遠於中和而非也。依似者餙楛爲良，近之而尤非也。是皆有所喜負羶悦，故不免齟齬偏枯。惟中和者本其至平至淡之衷，出爲無偏無黨之政，用能調劑衆務，和合群情，譬之酸苦辛甘鹹，各成一味，水平淡無味，乃能以無味調衆味，此《易》所謂“朋亡得尚”，而漢臣所稱“中和樂職”宣化之事也。竊以此衡量千古，乃今於觀察詹公益徵信也。

觀察古刺史州牧之任，昔曰州府，今曰兵使，然建節一方，坐鎮千里，一切察吏安民、貞風肅紀，靡不賅而理之。公所部温陵、莆陽諸郡邑，歲比不登，海氛未靖，兼以風尚華競，蠹敝叢生，尤種種稱難治。公喜愠不形，競緑無頗。其率物也不事谿刻，亦不假嚬笑。其裁務也不爲鍥急，亦不弛轡銜。詰奸宄也，不設鉗箝，亦自鮮漏吞舟。接士大夫也，介然不可得親，亦藹然不可得疎。法所不貸，肅之如秋；恩所可施，映之如春。堂皇之上，蕩蕩便便；四境之内，雍雍穆穆。蓋至今而無大無小，莫不謳頌一口，愛戴一心，自數十年來所稱賢使君，宜民宜人，未有如公者，是可俛得哉！公四知自矢，一介必矜。居常服茹無異寒素，其清約雅操，殆與古之羔羊素絲、懸魚酌水比潔，是可謂平淡矣，而非其大也。聞公待次銓曹時，序應選爲虞部郎，以膩地非其好，辭就比部。爲比部以高第當轉爲銓部郎，時主爵者爲公鄉人，歸誠於公，公復逡廵不居。久乃平遷爲淮陽守，薄華膴，避炎隆，是可謂平淡矣，猶非其至也。近世士大夫好樹頤頦，張門户，以講學高自標許，乃有談道最冲玄，居心最濃艷者。公生鶴山鵝湖之鄉，熟朱、陸異同之論。口未嘗哆談性命，而潛修實詣，動準於聖賢，密証於衾影。此闇然醇儒，真平真淡者也。蓋公以其平淡之真，醞釀爲中和；以其中和之軌，發攄爲化理。偏至者固無所施其伎倆，依似者亦無所庸其撟虔矣。

公茲滿三載考，薦紳士民恐一日遷去，合詞詣大府留公。或謂公天下才也，守淮特已大著能聲，比者吾地歲侵，精心賑卹，凋瘵頓甦，海寇匪茹，整旅陳師，萑苻遠避，蓄衆經武，能已顯于天下。方今東事孔殷，征繕日亟，公當爲國家扞禦要塞，拮据中原，豈閩一隅可久借？余否否。自古寓内俶擾，往往起一隅。方其芽孽，一賢鎮安之而有餘，及其潰決，衆賢經營之而不足。閩之薦瘥伏莽，亦牙孽時已，廟堂聚衆賢以經營其不足，而留一賢以鎮安其有餘，計未失也。攀轅截蹬，豈惟民情，增秩賜書，自有故事。公或者其重惠閩也。

公屬縣大夫署晉江司理丁君等以公報政當有颺言，謂不佞南宫之役，於公有一日知，使受簡。顧余曩知公以文，今乃知公以實。夫公之實，諸大夫與方内所共知也，何庸余言？姑述吾儕所願留公之意云爾。若公它日爲天下大用，牙纛棘槐，三旌九命，則公自有者，顧公平淡無欲人也，益無取於余言矣。

賀郡伯五岳蔡公三載考績序

夫爲吏之術多矣，其要必先聞道。漢時以經術典郡，若戴聖九江、馬融武都、應劭泰山，其人皆經師大儒，登壇執耳，而治狀闇智無聞。至若趙廣漢、張敞、尹翁歸、孟嘗之倫，或起卒史書佐，稱賢守，不若儒效闊疎。何者？經以載道，彼守訓詁而不聞道，固不如暗合於道者之爲得也。子云："君子學道則愛人。"夫惟以道得民，斯《周官》師帥之上軌，而非拘儒俗吏所可幾矣。

余所睹記諸公來守温陵者，名輩相望，乃所稱學道君子，無如今郡伯西吴蔡公五岳者。公起家經術，以名進士釋褐莆令，更香山，廩廩德讓，不屑炫異釣奇。歷南虞部、武部，丰猷彌邕，含香多暇，江山助人，往往彩筆花生，錦囊紙貴。爰以司鳩望郎，分虎出牧，雙旌五馬，來莅我泉。始下車，值歲事薦瘥，公蒿目焦思，饑溺由己，節浮捐俸，賑貸靡遑。又告糴鄰封，勸分巨室，爲民請命，無愛髪膚。逮溝有起瘠，民既忘灾，公乃鎮之以静謐，綏之以惠和，鍩箳不煩，獄市無擾。抱嬰酌水，務在全安；馴暴烹鮮，不大聲色。至於今儉歲轉爲樂郊，海濱漸還化國，於是僚屬象德，紳珮飲醇，蒼黔禔祉，其治效白著，郡人亦既庚桑祝之，峴首頌之矣。

乃良所以窺公微者，有進于是。自良屏居一壑，邦君稀所覿面，間一覩公芝宇，見其沆瀣澄神，珪璋式度，固已備四氣而滙千波。公仍忘其固陋，時時出所証偹俾令印可，又見其達觀物表，契悟象先，若世法出世法，靡不朗徹縣解，四辟六通，人或名其爲儒、爲禪，指其璀璨者爲文章，區畫者爲政事，而不知大道渾淪，萬流共貫，公固不名一伎倆，標一法門也。斯真學道者矣。故其治郡也，方員異施，權實異教，總之弘濟群生爲念。藩籬一剖，在在皆立人、達人；性命雙修，處處盡悲田慈海。此則萬物并爲一體，自利還以利他，真愛人者矣。惟真學道乃能愛人，惟真愛人乃稱學道。無論拘儒局曲比於夏蟲醯雞，即天資暗合者或未能闖其際也。

公於時滿三載考，考功令當遷，泉人不勝九罭之思，或謂余曰："公實具美，獨其譔述久播人間，兹當增秩，庶其以品藻衡文薪槱我乎？"則又曰："公覈歷武部，明於疆埸之事，拆衝樽俎，諒所優爲，嗣且建牙纛、開大府保釐我乎？"余謂公方游玄同之路，酌不貸之源，一切有爲之業，宜不足盡公，矧方隅之任足量公耶？閩耶，天下耶，安所預其擬議耶？蓋余平日心儀公者如此。會七屬之縣大夫以公政成當賀，屬余操觚。余病不能更端，因詮次其詞以復。諸大夫听然曰："夫玄宰無門，宗鏡不二，至人所托宿也，我未易言。陟明崇最，不器不官，廟議所與能也，我不敢必。惟是學道愛人，我輩所夙習於孔子，今日是則是傚，於我公者也，敬拜藉手矣。"

送郡伯蔡五岳晉觀察分部建南序

郡伯蔡公五岳治温陵可四載，清静寧一之化成，循譽馳於四國，而上徹於朝聽，主爵者稔公資望崇隆，又謂公習治閩，晉公觀察副使，領治建南三郡。公素寬大惻怛，能以誠盡下，而會與公同官諸大夫皆一時民譽，昕夕分猷共念，温陵之治，是以大和。於是公移駐建州有日矣，所部士民與其屬吏，既榮公地望轉高，復惜公幨帷暫遠，攀轅卧轍，繽紛載途，而公之舊僚郡丞舒君、別駕胡君、司李丁君，尤不勝聚散纏綿之感，相與徵言於舊史良以志戀戀。

舒君言曰："不穀職在防海，受公之成，幸而鯨波不揚，萑澤靡警，違公其能無虞於疆圉？"別駕胡君言曰："不穀職在積貯，受公之成，幸而征輸以時，儲偫無缺，違公其能無虞於庚癸？"司李丁君言曰："不穀職在勑法題材，受公之成，幸而犴狴無冤，淄澠不爽，違公其能無虞於鑑衡？"良唯唯否否。

夫畫地而守之，區分千里，無相及也。循職而課之，部領一方，無相借也。若夫精意之所默受，風猷之所慇殷，若一氣嘘拂，萬品炊累，是温陵、建州其猶均在公之宇下。且閩之疆志，諸大夫稔之矣。閩依山阻海，建南居其上游，崇山複嶺，北界楚、越，南襟帶沿海諸郡，其於閩畸重，猶木之有幹而裘之有領也。慮前者鎮後，顧右者毖左。北門之鎖鑰既固，而鮫室鰲窟之氛祲可静也。建於閩號樂土，其民火耕水耨，勤於力穡，歲出其贏，以與沿海諸郡相灌輸。使外府有餘儲，而海國之廥庾可實也。志稱建俗五方厖雜，邇者民尚異教，兼以谿山阻深，吏或撟虔以詭譽。故事，臺使者報命候代，必駐節境上，建有賢監司，謦欬密邇，日與平停其法紀，差次其官評，下國風而象之，則彰癉之條可覈也。公心性内完，神識外朗，明鏡不疲，照多智鋒，何難應遠。意動於彼，精喻於此。諸大夫寧必接袂聯鑣，乃爲親暱哉！

温陵舊故多賢使君，公所傾意仰止者獨在蔡忠惠公襄，爲之刻文葺祠，郡人亦密祠公於忠惠祠後，稱前蔡後蔡。二公文章政術正相頡頏。忠惠矯矯直上，醖藉風流；公超超玄著，静定慧和。度公異日建樹，視忠惠或過之無不及焉。忠惠守温陵，歷晉安而後晉都轄，公亦起家莆令，歷温陵而晉今官。讀忠惠集中轄閩時數陳便宜，爲全閩興利除害，恩澤甚渥，温陵賴之，獨惜其大用未究耳。公猷望方起，名位未涯，牙纛棘槐，直猶掇之，豈其弁髦敝郡，而有遐心？維時二三大夫敭歷彌峻，或在朝著，或在封疆，其胥無忘斯志也。語曰："舊國舊都，望之愾然。”温陵其永在公與二三大夫之宇下矣，敢拜手以佐歌驪，且以寓攀轅卧轍之意云耳。

又送郡伯蔡五岳晉秩觀察移駐建南序

吏道莫先於教化，教化所被，首徵於士人。孔子曰：教者非家至日見之也，默喻神孚而徵已遠矣。乃俗吏既以簿書期會而失之於此，拘儒復以守文牽俗而失之於彼，自非上根大智以覺民爲己任，烏能勝師帥而愉快乎？昔漢文翁、王襄後先治蜀，務在興學作人，其後蜀士蔚起，若司馬相如、揚雄、王褒、何武之倫，樹立咸斌斌足術，兩人治蜀，史不詳載，可紀者惟設學勸講，及中和樂職宣布之詩而已。當時承秦滅學之餘，未暇談及聖賢道術之事也。

吾閩自常衮爲觀察，士始知學，度其設施，與文翁、王襄無甚相遠，而閩士從此通籍漸與中州埒，談者率歸功於衮。歷唐迄宋，以至今日，閩文風愈競，家詩户禮，縹緲戴縰，紛綸藉甚。當此之時，閩士不患不知學，莅閩者無事爲閩勸學，宜必有統會聖真、直標正覺爲閩士啓鑰抽關，超然制舉文字外者，若吾郡伯五岳蔡公蓋其人哉！

公守温陵四載，嬔績未易殫書。如節浮剔蠹，脩廢舉墜，賑饑扶弱，緩刑去殺，以及勸課秇文，諸種種俱屬有爲之業，可見之功。其精心微旨，乃在統會聖真，直標正覺，以與諸士相提醒，使人悟本來而了心性。此之嘉惠後學，無論非俗吏拘儒所能辯，即漢唐三君子猶未之逮也。意諸士亦必有嚮風象指應公者，漢唐人物卑卑不足道矣。

戊午秋，公以資望崇隆晉觀察副使，部領建南。温陵八校廣文先生朱君某等率諸生來請曰：“某等幸得庇公宇下，惟公科指是奉。芹宫之教，不肅而成。今幨帷暫遠，我儕師生依歸若失。吾子其亦有言以致戀戀意乎？”余惟民可使由之，不可使知之。公以各適之願與民，而以獨知之契與士，宜其戀公獨摯。雖然，諸士依歸固在也。建南據閩上游，北連楚越，南控諸郡邑，若建瓴然。谿山險阻，賦役殷繁，重以歲之不易，灾沴薦瘥，廟堂爲全閩疆事計，特借公旌旄彈壓之，咽喉肩背安而衆體安矣。公文武全能，猷念風聲，何遠弗邕？吾温陵仰而藉公保障，猶几席也。諸士幸勉旃，有能默喻神孚、仰而受成風之誨，猶提命也，而何以戀戀爲？

顧余竊願因諸君有請也。建州自考亭氏承濂、洛之傳，以上接洙、泗，其後蔡、真諸大儒繼起，寓内翕然宗之。然鵝湖一講，岐路已分。迨邇者姚江、新會諸賢出，直自居不傳之秘，至詆閩學爲拘爲俗，或亦末流濫觴至是。乃考亭何可輕議也？公上根大智，以覺民爲己任，貞肅餘暇，宜參内外，融頓漸，與建人士相印，正俾洙、泗、濂、洛之教常明，庶海内學者咸有所津梁，微寧閩士温陵士，實嘉賴之。公滿三載考，時不佞嘗舉學道愛人一語似公，今仍以此復諸君，蓋真知公能以道得民，其餘有爲之業，可見之功，無足多談者，豈直在教言教云耳。

送郡伯謝韶石入覲序

國家一統全盛，金甌無缺。邇因建夷小醜跳梁一隅，寓内至爲驛騷，廟堂深惟根本之圖，以爲攘外莫先安内，制詔銓部，條上考功令甚具，務所以飭吏安民者。會温陵缺守，而荆南韶石謝公由南武部推擇以來。温陵閩海奥區，舊志稱爲閩南佛國，邇來民益敝，俗益囂，巧故益多，豪猾至不可問，衙蠹至不可詰，海寇出没根株蹤跡至不可窮，當事者欲剪除之，而材官戈船至不可使。又值遼事孔殷，羽檄旁午，征繕之令荐及，閩方吏往往具文塞責，至不可竟。公下車詢知其所以然，乃酌時宜而輕重布之，其言曰："史遷稱奉法循職，所以爲理也。顧不能奉法，職何由循？法之不行，何名爲奉？欲計安元元何繇哉！"公大旨欲以趙、張之嚴明，濟龔、黄之慈惠，故閭閻疾苦，寒暑怨咨，無日不蒿目，而扞網之巨豪、探丸之惡少，三尺亦不少貸。干旄在郊，緇衣適館，賢士大夫之造請無厭，而浚恒之深求，邑子之私謁，一嚬亦不少假。察淵之智、束濕之威雖不用以繩下，而窟穴之叢神、饕餮之碩鼠亦必鳌剔而不爲少容。以至海上軍興，東方調發，一切徵輸期會，務以精心實幹，取辦咄嗟。公之以趙、張濟龔、黄而仰副廟堂飭吏安民者，大致如此。於是紳佩揖志，黔黎輸誠，僚屬象指，監司以至兩臺莫不委心歸美賢使君者。昔子產治鄭，孔明治蜀，皆以法行愛，後人思之若召公之在周，愈久而愈見德。公治温陵於今甫半朞耳，而上獲下信已若此矣。

不佞蒙公接待，竊心儀公，器宇端凝，言論宏達，而察其中更有淵然莫可涯際，毅然莫可動摇，介然莫可磷緇者。有孚心亨，寧侂得哉！於是公當有肆覲之行，七屬之縣大夫謀所以贈行者，徵言於余。余惟今天下廢弛極矣，紀綱弗振，賞罰無章，由朝端而迄疆圉，泄泄成風，甚至指臂不相使，兵將不用命，以全盛而困一隅，弊正坐此。委轡咍銜莫甚此時，讀崔寔《政論》、仲統《昌言》，令人悒鬱莫可告語。不意識時之雋傑乃近在吾郡之師帥，假令二千石盡如公，何憂郡國？又令當事者盡如公，何憂天下？此余於諸大夫之請而重有感也。公行矣，今上冲聖，方震叠式序，赫然修中興之業，司功上計簿，稔公温陵治狀，必首見褒嘉，曰龔、黄、趙、張，爾實兼之。方且歌《湛露》、《蓼蕭》以享公，而勑公益毖厥職，以終惠温陵。政成而後徵公，旋陟華膴，光贊中興大業。昔周宣中興，仲山甫以卿士式百辟，詩人頌之，亦惟"不吐不茹，不畏不侮"而已，然則公不第優郡守而且優卿士，不第爲龔、黄、趙、張而且爲仲山甫也，請書以竢。

送觀察君聚沈公祖入賀序

吏治之有卓異，自西漢始也。當時差次郡國吏治行高等尤異者，入爲京朝官，或即拜公卿，至丞相封侯，而莫盛於神爵、五鳳間。是時漢宣勵精爲治，綜核信必有名，實不相應，必知其所以然，故漢世良吏於斯爲盛。然考班史所傳循吏，惟是外寬内明之黄潁川、勞來安集之王膠東、勤力興利之召南陽、化刀劍爲牛犢之龔渤海，是數公者，皆廩廩德讓君子，奉法循職爲理，欲求其所爲異而不可得。至若鉤距鉕箭之趙子都、誅鉏豪彊之田子賓、禁奸摘伏翹然思見其奇之張子况，雖名聲藉甚，猶不得與廩廩德讓者共載，况其下者乎？豈非以吏道惟在計安元元，初無取於近名以自爲異，故曰其政循循，其民悶悶。又曰上德不德，是以有德；下德不失德，是以無德。乃知惟無以異爲者乃真尤異者也。

我國家以卓異風勸郡國吏，實昉漢制，其意亦欲以計安元元而止。然而上以異求之，下以名應之，其流不能無譸張，無撟虔，無武健，種種違道干譽之事出，而課吏之本旨乖矣。是以卓異之舉，數行數格，亦漸靡使然。然而真卓異之品流，胡可掩抑也？今上御極，尤加意吏治，龍飛之二年，屬當大計吏，制詔考功，精核卓異以聞。而今觀察沈公舊爲吴郡太守，舉爲二千石卓異第一，所荷錫宴褒嘉甚摯。吴之財賦冠紳甲寓内，其浩穰殷繁無與比，寓内既公名而未既公實，意公之得志於兹郡，必有奇偉俶儻之爲以自見異者，一時聲望赫然。在考功法，公當擢爲京朝官，廟堂加惠閩海，特晉公觀察副使、備兵興泉，而温陵則公駐節地也。

閩之財賦固不足當吴一郡，而人文殷盛與吴埒。至吾温陵夙號海濱鄒魯，而邇來習尚恌盪，睎吴殆甚。桓東少年至探丸揭竿，愍不畏死，以煩三尺。加以紅夷匪茹，鐵焉啓疆，爲肘掖切近憂，此又吴中所未有者。人又意公必有一段奇偉俶儻之爲，以大整頓震讋其間，而公不爾也，亦惟是計安元元，循循悶悶，絶不見有一切可喜可愕之事者。處士大夫和易而有禮，處僚屬介重而有恩，撫氓萌若毛裹而亦不假於豪右，馭吏胥若夏日而亦無取於束薪。以至奸宄之弗逞，亦僅執訊其豪渠，而不爲凝脂密網；醜夷之弗靖，亦僅戒嚴于内地，而不爲張皇繹騷。潁川、膠東、南陽、渤海之循政，殆兼有之。由閩徵吴，而公之尤異大略可睹矣。瑩精於職業之内，而職業之外絶無所措意。執持於法紀之内，而法紀之外絶無所加增。斯之謂奉職循法，廪廪德讓君子，不求異而爲真卓異者也。

公莅閩餘一載，屬當入賀，士民懼公復將以尤異遷去，不勝扳轅感，於是七邑之大夫述士民之意來徵余言。良惟廟堂方脩綜核實政，聖齡日茂，益明習國家事。兹當祝釐之會，萬國來同，夫豈惟集竹宫以祈年，必且開明堂而咨治。公治吴循績久簡聖心，而閩海夷醜憑陵，奇民伏莽，時形奏牘，廟堂知公若彼，急閩若此，嘉舊勣，課新勳，其必以公終惠閩也。史稱神爵、五鳳間吏或至長子孫，而黄次公爲循吏稱首，其在潁川前後八載，高蓋增秩，侈爲美談，後竟至丞相封侯。近日鳳凰見潁川，適與漢符，當必有尤異若次公者起而應世瑞，意公其人哉！公方從此增秩而旬宣，而牙纛，閩功成而後入踐棘槐，則吾閩其爲公之潁川矣。

《江漢》之詩不云乎:“經營四方,告成于王。”又曰:“虎拜稽首,對揚王休。”公方由告成而對揚,由漢吏而周楨,將在此行也,是亦可慰吾儕扳轅之感矣。諸大夫曰然,請書以佐歌驪而俟焉。

賀别駕聞人二宗三年考績序

别駕之官起於漢魏,自昔詫爲右職,故休徵鵲起於沂海,巨卿展驂於屏星,蓋其重也。逮唐宋而有通守、監郡之稱,地望愈隆,三事九列,起家是職者,不可勝紀。我國家設官未改,而事任稍殊,然而二三名雋歘歷此地而致通顯者,故自不乏。乃知官以人重,非人以官重。能者自雄飛,不能者自雌伏。亨否之路,豈非職兢由人者哉!

泉於閩爲望郡,泉之郡佐與他郡同,而别駕與他郡異。别駕筦倉儲與他郡同,而兼駐鎮安平與他郡異。安平一鎮,浩穰萬家,百雉孤城,外連渺漫之巨浸,其民往往出没波濤間,以與外夷爲市而貿衣食,有殷富之名,而亦有奸宄叢攢之實。當事者鑒嘉靖中往轍,議置邑未果,乃疏請設館鑄篆以别駕駐鎮之,用彈壓沿海,爲泉郡南藩,以儲胥而兼保障,以師帥而兼干城,故曰重也。姚江二宗聞人公以賢科妙簡來佐吾泉,愷悌宅心,精明敷政,庾廥出納,蠹弊咸釐,以至署邑篆而邑事理,攝防館而防務脩,聽斷而兩造平,課士而品題允。郡政既閒,乃以油緹往來,廵行安海諸所,興除拊循,真若恫瘝之親切,毛裏之屬離也。而其最苦心者,時當疆圉多故,内有探丸之惡少,外有匪茹之紅夷。而公毖飭干掫,申畫繕守,拮据朝夕,不遑寢興。既佐主者以靖綏泉郡,爰及安平,胥有寧宇。於是臺使者監司以及諸縉紳衿佩無不交口賢公者。

會公三載政成,監司上其最於臺使者,大中丞商公特疏薦保留,而先時直指鄭公亦已揭薦公于朝,其語甚嫺。又吾鄉侍御蘇公蒿目桑梓,疏請泉郡添設郡丞一員,長駐安海,而即以公加銜久任。廟堂已稔知公賢,而新命未即涣,毋亦以公勞苦功高,一郡丞未足酬公耶?今最奏既上,方當委任責成,俟績効彌著而後修漢魏以來故事,入而含香華省,出而建節專城,若休徵海沂之康而大加顯庸焉，固無侈哆巨卿之屏星以自爲重，而别乘之官且從此重矣。

公世居姚江，服膺王文成良知之訓。又家世蟬聯，諸從祖父後先蔚起，文章行業，爲世名人。由其涵育學問者而奮起事功，由其纘繩家聲者而劻勷國事，公之自重其官而爲世重者，淵源甚遠，騫騰殆未可量也，寧泉郡與安平能久借題輿者哉？某泉之安平人也，叨公覆育最深，自謂知公弗淺，喜公政成，又懼不能久借公也，輒因鄉之縉紳衿佩以贈言請也，敬抒其見聞胸臆，以當海沂之歌。雖文采不足揄揚公美，若卮言以阿所好，則自諒其必無矣。

元輔荆翁王老師七十壽序

蓋孔子稱至德，曰民無得而稱焉。詎不以可稱者名顯，無可稱者名忘。顯者處時勢之難，爲之必究其成，人亦得據其成而名其爲。忘者處時勢之尤難爲，或出衆人耳目之表，而成或在歲月遞遷之後，未成而欲人盡亮其心既有所不能，既成欲自言其心於人又有所不可，惟忞忞焉守獨信于己，而證獨知于天，斯之謂至德也。故曰上德不德，猶龍氏之言似夫子矣。今夫社稷之計，未有大於國本者。臣下所最難言，未有甚於人主父子之間者。古今能定大計於人所難言，無如漢留侯、唐鄴侯。留侯設奇以廻轉圜之聽，其機捷；鄴侯以布衣與人主周旋，乘間納忠，其事便。迨功見言信，當時偉之，國史書之。蓋二侯處時之難，猶非難之難，即不自爲名，而天下莫不歸名。乃若處難之難，己不尸名，天下亦莫得而名，則無如吾師太倉王相公之事者。

公自擢上第，官詞林，師南北雍，握詹翰篆，佐秩宗冢宰以至大拜當國，勳業譽望滿天下，而其關國家大窾繫者有三焉。柄臣奪情事起，公養望清班，若可括囊無咎，然不難敝屣其官，率同寅諍之强，士氣振而人知名教之爲重，則德在倫常。既而宫府清言路闢，懻忮者間借擊斷行私，是非樊亂，公起田間，入參政本，若可伴食觀變，又不難府怨謗，毅然白黑列之，公論明而善類得恃無恐，則德在國是。升儲之議遲違累年，中外廩廩懷社稷憂，公時任首揆，所處者機密而所言者閨閤之内、骨肉之間，驟諫則虞激，露章則虞泄，公竭其忠赤之心，濟之以欵密婉摯之論，天子大感，爰詔元良出講，而心（星）前之耀始輝，則德在社稷。三者有關國家甚大，乃顯隱則有間矣。

公生平剛正直亮，事無不以貞心白意行之。如前之諍倫常、明國是，皆昭昭若揭日月，至翼儲一事，納約苦心，入告讜論，既不可悉暴於人，又不及大禮之成，遽奉太夫人以歸，故世知歸之爲孝，不知其爲忠。既不盡知在事之日所爲忠，又不深知謝事之日所以成其忠也。何者？主上神聖，雖深居沕穆，於人臣意態無不較若列眉。視叔孫之引古誼，史丹之伏青蒲，蔑如也。度其澡身浴德，未有足愜上意者。公自登朝以至柄國，素絲之節，一介必厲，上固已熟識素嚴之。一旦相業方隆，超然鴻舉，雖眷留温敦，曾不得公衮信宿。聞上每宫中深念，世寧有無慾如王太倉者乎？是以其契獨至，而其言獨重，居恒屈意以伸公忠，既去而猶久要以成公志也。留侯之能爲羽翼也，固曰上所不能致者四人耳。廣平之定不得之諸將相而得之五不可留之鄴侯，人主之情大約可睹矣。然而二侯身際其成，而身有其名，公則功不必自我，成名不必自我，有用意之幽潛，殆未可同日語者，此良獨以至德歸公也。

公歸可十年而儲建，儲建之年而公之子先已繼公擢上第，官詞林。其明年而上以覃恩存問公，再官公之孫爲尚璽、中翰。又明年爲癸卯，而公登七十，精神益王，享受蓋未涯也。公有大勳勞國家，不盡收名于人，而取獨證于天，宜天爲之恤胤錫羡歟？丙少卿直長者耳，以不言擁護曾孫功，識者猶預占其胙土延年，慶及苗裔，況至德如公哉！

公之姻戚觀察晴原李公謀祝公壽，令長君庶常徵余言。夫德業名位如公，即鉅公椽筆猶懼無足當公，何有於良？豈以良備弟子，未能名公一二乎？聞公里居益杜德塞兑，一切名譽福澤直視若塵芥，聆斯言必且蹙然曰：吾方抱無名之璞，遊渾沌之墟，生胡用名我者祝我耶？生多言矣！良知言之無當于公必矣。雖然，兹固公之爲公而德之所以爲至也。

賀大司馬容翁吴老先生壽序

今上信嚮老成，用人惟舊，諸宿德黄髮之臣往往起田間，迸於三事。吾閩大司馬吴公舊有大勳勞於國，年未至而乞身。吴公既歸，尚羊樾下，神益王，望益隆，中外人士既惜公未竟其用，又幸公健履，庶幾復應求舊之典。萬曆辛卯，公七袠加一，其秋爲覽揆之辰，故屬吏臬使者許君某、潯州司馬陳君某謂不佞良曰："維桑與梓，必共敬止。司馬實重吾閩，閩人尚有典刑，況吾儕偕尊甫幸承宇下，沐厚恩，子綰史筆，何可無辭？孺子其圖之。"不佞對曰："竊聞司馬養德丘園，厭聽諛説。今賓客上壽輻輳，不少立言之士，温陵去連江三百里而遥，良又不文，萬一使者効卮辭，司馬謝罷使者敬，不舉君之觴，奈何？"

陳君進曰："司馬起制科，敭歷吴、楚、齊、魯、梁、粤之墟，所在烜赫，其最鴻鉅而紀竹帛者，無粤功爲盛。撫粤西時則有若平三屯北三府江懷賀，制兩粤時則有若平妖徒珠海。岑岡瓊黎，叢菁毒霧，憑山嘯澤之蛇豕，國朝王、韓諸公所不能盡得志者，吴公偏師向往，捷若承蜩，伏波、武襄而後，無兩矣。即今甿安農，女安紅，伊誰之賜？庾嶺以西，牂牁以東，疇不尸而祝之，社而稷之，願吴公單厚戩穀無已時哉。《詩》曰：'文武吉甫，萬邦爲憲。'吉甫燕喜既多受祉，宜乎司馬之永錫難老也。盍以是爲吴公壽？"

許君進曰："老氏稱治人事天莫若嗇，而繼之曰是謂深根固柢，長生久視之道。吴公後先諸捷，大氐不得已而有功，節官帑、重民命、事半而功倍，去少而全多，斯已奇矣，而北三一舉尤稱殊絶。師不滿萬，饟不滿千，搗巢以百計，訊馘者萬餘，謼吸轉盼而百年之患熄，遭柄臣在事抑而不揚，弗得與於廷宣廟告，即有錫賚，大弗及格。吴公循墻而退，曾不幾微芥蔕。既而東山再起，粲功至留都大司馬，預樞筦，稱顯融矣，而公不勝遯思，輙乞身去。不自大其事，不自尚其功，儉於位，寡於欲，夫非嗇之道與？天道虧盈而益謙，其取彌約者其積彌厚，夫非長生久視之徵與？《詩》云：'保佑命之，自天申之。'盍以是爲吴公壽？"

不佞起，颺言曰："二君或以粤功爲公壽，或以功成身退爲公壽，率有味其言之。然猶疑於一隅一偏之事，不佞請少進。夫周盛於文、武，次則宣王，維時疏附後先憑翼孝德之儔豈乏，然尚父以八十總干，方叔以元老壯猷。尚父鷹揚致届，迨武功既成，猶陳丹書。方叔薄伐玁狁，厥後猶席其顯允，以威荆蠻。故一身而兼文德武功之任者，尚父也。一身而兼南征北伐之勳者，方叔也。而其年則皆篤老之年也，彼豈昧寵利之戒，闇止足之義哉？大臣計安天下，可以退不爲近名，可以進不爲近利。可以進而退，退而進，不爲近迹。斯其爲社稷之役，而聖人之時也。今東南賴司馬底定，乃西北羽檄時儆，廟堂至爲旰食，思得持重老臣以固鎖鑰，有如一旦授公鉞，盡護諸邊，周人繇玁狁而威荆蠻，司馬繇東南以靖西北，疆埸既晏，司馬還而杖於朝，坐而論道，天子斂容虛己以聽敬義之訓，然後釋師干之負，世胙太師，以表閩海，令天下復見尚父、方叔遺烈，不亦善始善終哉！蓋興雲澤物，莫神乎川嶽，然始於膚寸，徧乎天下，時旉而斂、斂而旉，不滯一隅，不局一偏，是以等鴻濛而無所終窮。而言壽者必曰如岡，如陵，如川，倘以是壽吴公，何如？”

二君合語曰：“子言誠辨，顧司馬方杜權息機，以游塵壒之外，孰肯以物爲事？雖然，子所稱社稷之役，聖人之時暢於大道，信辭哉。即司馬嚴於聽，猶庶幾舉吾之觴。”遂次其言授使者。

贈大司成馮具區五十壽序

蓋世之言長生久視者，莫不貴養神矣。然人皆知以養養，而不知以不養養也。養生者之言曰：毋勞爾形，毋摇爾精，毋使爾思慮營營，乃可長生。然是山澤枯槁者之爲，而非涉世者之所能也。山澤枯槁之人於世無營，物無搆，故能杜權息機，服食咽氣，以葆精神而延壽命，此無難者。士君子業以身涉世，紛紜於成虧得喪之場，嗜欲遝進，風雨驟至，究不能一切屏然而遂之，則是以生殉物而日尋斧柯也，所餘能幾？而或者琢削其性，矯拂其情，敝敝焉與物爲敵，抑之而愈張，撲之而愈熾，鉗陰陽之和而失其恬愉之本，又瞻子所謂重傷者也。然則攝生之道終非士君子所幾乎？是不然。枯槁之士其攝生也以養養之，士君子之攝生以不養養之者也。語曰：“事其神者神去之，休其神者神居之。”故或寂之反以諠，或諠之反以寂。寂之反以諠者，江湖而魏闕也。諠之反以寂者，涉世而出世也。是故不即不離，不浄不垢，試之成虧得喪之場而恬愉自若，斯之謂以不養養也。即不藉此以祈永年，要之其神全則其生不傷，而長生久視必歸焉，奚必山澤之癯而後得哉？蓋彭鏗，顯諸侯也，自虞迄商；李耳，周柱下史也，莫知其始，莫知其終。太公、召、畢爲周師保，而張蒼爲漢相，其人皆百餘歲，玆皆涉世最深，平格難老，不聞其有攝生異術。即老氏希夷静篤，亦惟是和光同塵，塞兑解紛，而未嘗不試之塵與紛也。故曰：損之而不爲損，益之而不爲益。廣乎其無不容也，淵乎其不可測也。斯衛生之經已夫，寧有所屑越，而亦寧柴栅纆徽者哉。

乃今於大司成馮先生見之。先生茂年登進士，擢南宫第一，官詞林，間中蜚語適外，時論莫不稱屈，而先生不以色愠。已而公論既定，稍稍歷南大行、尚璽，視南詞林篆，召入爲宫庶，侍東朝，駸駸嚮用，而先生曾不色喜。由宫僚出涖留雍，今滿二載，中外跂望，謂宜旦夕升揆，不當周南留滯，然先生處之澹如也。凡先生所涉歷，寵辱迭進，榮悴相踦，而先生視若寒暑晝夜之自至，飄風浮雲之適然，然後知先生之神全也。蓋不以物滑和，不以故攖心，非以養養以不養養也。

汝良幸得陪先生末席，見先生誨督諸生，懃懃懇懇，夙興夜寐，若見爲不勝悴，而先生益暇豫自得，渾乎若無事。其教無日不勤，而神無日不逸。無論諸生人人飲和，即良亦日挹其恬夷而潛銷其躁妄。觀其教人而生平可知已。於是先生始登五十，在《記》，五十爲艾。先生蚤皤而精神獨王，即少壯不啻。蓋先生得内而遺外，得精而遺粗，上根大智，不導引而壽，彭聃而下數君子，將旦暮遇之矣。且不特此耳。道之真以治身，其餘緒乃爲天下。先生得道者也，寧及身而已。一日揀用，行且壽天下矣。

是月某日爲先生覽揆之辰，諸國子先生徵予所以爲先生壽者，遂書之以質於先生。

壽鄧滄溟封翁七十序

蓋《易》言積而《老》言嗇，甚矣，其晰於天人之際也。天地之道悠也，久也。天地未有不以悠而成久者，故飄風不終朝，暴雨不竟日。山蜿蟺也，而後巀嶭；

河委蛇也,而後澎湃。至其生物亦然。藜藿之生蕤蕤然,日加數寸,然未霜而腓,望秋已零,曾不能以歲計。豫章之生七年而後知,及其飽風霜,干雲日,蘁鎮山岳,幹充隆棟,而人殆莫能窮其算。此悠與不悠之效也。惟生人亦然。今夫有敦龐淳固之德者,未有不獲富貴福澤之報者也。然往往不能以驟獲,或不獲於其身,而於其子孫,即雖獲於其子孫,又或偃蹇遲迴不能一日而盡如其願。蓋其聚也甚難,然後其散也必不易。其始之靳而不盡與者,乃其終之享而不易竭者也。自古勤修累行若季和、仲弓,始皆不甚通顯,後乃彌引彌昌,而功薄享厚,暴致盈盛,如五侯七貴之倫,雖其執可薰天,熱可炙手,而一旦銷鑠無餘,自有道者視之,固若驟拱之桑,自溢之井,不祥莫大焉。故《易》言積善餘慶,而老氏言惟嗇,乃謂重積德。蓋匪積則俿得俿失而無所餘,而匪嗇則亦旋享旋盡而不謂積。惟受彌嗇斯積彌厚,積彌厚斯餘彌多,而慶始不可爲量。斯天人之際,相乘之理也。蓋吾於滄溟鄧翁徵之。

翁之先代有隱德,其含樸樹惇,所從來矣。至翁父某公始以文行著,然不能離諸生。翁繼其業,行益邵,文益精,在黌序間藉甚,然數起數頓,白首青衿而無所遇,至晚乃以其子封。有子四人,長君尚德,與余同年進,今爲南駕部大夫,駸駸顯矣。顧尚德抱負甚偉,初試辰州司李,大著政聲,人謂貴近可立致。乃七年而始擢南廷評,又五年而始稍遷至今官,亦已遲矣。凡翁之世載其德,絀於先不獲於身,而始徐收於其子,兹其所取於造物者,抑何嗇邪?嗇則積,積則餘其慶未有量也。昔蘇子瞻爲王氏作三槐堂記,以爲國之將興必有世德之臣,厚施而不食其報,然後子孫乃克享之。夫王晉公即不相,然不爲不顯融,尚且以食報取必於後,如持左券。以翁之闇修潛德,何必多忝王氏,乃其遇則猶未什之一也。今尚德穆然,邃衷而遠視,又聞其諸少並佳,安知將來之不爲王氏也哉!

於是翁始登七袠矣。其步履視聽,健王如少壯時,意殆存志慮、節神明,又實能以嗇與積之道治身而游世以能如此邪?然使翁當身而顯融者,則亦不能無膠擾屑越,欲盡爲嗇與積,亦有所不能矣。然則翁之自爲壽,以食鄧氏無疆之報,殆天與人交相成者與?時尚德秩滿,考績承明,便道抵子舍,爲翁壽。其同袍友在南都者若干人，謀所以致祝者，徵言於良。良惟翁以治《易》起家，而居鄉持後守柔，素得老氏之精者，故采摭《易》、《老》遺旨，以質於翁，不知翁亦有取於其言否也。

贈沈太公吴孺人七袠雙壽序

沈侯令奉新之二年，部使者上其賢，以𧶘廉辦治調温陵。温陵去侯所居秣陵益遠，侯當行，念太公、吴孺人春秋高，不勝膝下戀。太公謂吴孺人曰："縣官爲巖邑急令，奈何以吾兩人奪之？吾就吾子養乎？"侯乃奉其二尊人以來。未幾，𧶘廉辦治視奉新益起，唯良輩時得從侯問起居，侯輒稱太公、孺人庭訓甚備，於是温陵人人樂得賢侯而心歸太公、孺人德也。

歲在上章攝提，太公、孺人齊七袠。其夏五月爲後先初度之辰，同籍二三君子謀所以效封人之辭者，謂不佞某齒居後，宜執役。不佞與二三君子幸得偕侯起家，故嘗以父母事太公、孺人，乃今則泰父、母也。親親故尊祖，邑之父老子弟寔然，而況吾儕，即絀於辭，何能已也。不佞蓋讀傳記而有感於事親者獲盡意於親之難也。古有仕三釜而心樂者，有仕三十鍾而心悲者。讀伊蒿、伊蔚之章，即三旌九命，徒然耳，故貴而親迨養難。《詩》言"君子偕老，副笄六珈"，蓋以六珈而際偕老，斯爲吉祥善事耳。即魯侯徒聞壽母，萬石衹詑嚴君，故親迨養而齊齒燕喜難，《陟岵》之瞻望也，《四牡》之靡盬也，《祈父》之尸饔也，《北山》之鞅掌也，一委贄而親舍若隔九閽焉，故仕而遠不違親難。鼂大夫以家令得幸人主，至貴倨矣，而不能娱親於邸。雋京兆非治行無害者，親不爲加匙箸也，故仕不違親而能使親悦吾仕難。侯以弱齡成進士，再綰墨分符，有百里以奉其親，親迨養矣。二尊人敬德相賓，祺壽作朋，不日且並受章服，椿萱茂矣。且也，杖屨無恙，不難數千里以就無方之養。侯出聽民社，入侍子舍，仕不違矣。侯再涖劇縣而再最，無論鼂大夫所不能得於親，即雋京兆遜治行焉。幸哉，有子如此，以志養矣。世人以全難之，侯以全致之，太公、孺人以全享之，斯不稱單厚哉！

乃不佞謂侯之壽太公、孺人者，方自今日始。請先言侯之壽吾邑也。侯開敏如干、莫，顧盼咄嗟，砉然申會，顧獨不以摘發廢咨諏，不以精明掩仁恕，不以催科緩撫字。即今乾没絶於庭，冤瀎平於圄，追呼息於里，枹鼓偃於徼，閭有保，鄉有約，社有學校、有課廩、有施舍，皆侯賜也。侯視事甚勤，戴星出，戴星入，似巫馬期。砮其中恢恢間間不減鳴琴之致，又似宓子賤。夫力專而無所分心，逸而無所亂，則又太公、孺人賜也。侯優於政，太公、孺人益以安於養。太公、孺人安於養，侯益以優於政，非相成者與？夫祭川者先源，蔭木者庇根，推本也。衆嘯而風，衆雩而雨，應感也。太公、孺人以侯壽吾邑，吾邑以侯願太公、孺人壽。萃衆人之歡心於以祈難老，祝無疆，天且不違之矣。秣陵，高皇帝首善地，鍾山、大江，泓渟鬱勃，無論前代衣冠，即邇之肩鴻鉅爲世碩輔，大氐江南、北産也。侯生其地，厚抱深植，旭然如日始旦，吾烏乎測其所至？太公、孺人其自今益葆神集禧，婆娑衎衎，以寧我侯；侯且以壽温陵者壽天下，即又以壽天下者壽其父母，則不匱之事，自今日始也。

諸君子聽罷，矙然曰："允哉，史辭近於善頌善祝者，即温陵瘠薄無可薦，庶藉手乎？"乃介侯胥命，侯入致辭前爲壽，太公、孺人曰："諸君子壽我以不匱之事，非盛德孰能堪之？若謂我寧子以政，寔獲我心，其爲我謝。"敬舉諸君之觴。

别駕殷玄楷壽序

當隆、萬間，有文武重臣曰大司徒殷石汀先生者出，擁節鉞，入握籌筦，内安外攘，功在鼎彝。天子大其勳勞，既陟孤卿，優錫賚，復官其子若孫。先生仲孫曰玄楷公，在公姓中最稱白眉，官至留京比部正郎，駸駸顯矣。會以微文當左官，揀銓者内賢公，而重違考功令，乃除吾泉别駕，作鎮安平。

安平泉南鄙，故未有鎮，臺使者念生聚駢闐，孤懸海上，懲往釁，防卒然，爲請於朝，鑄篆建署，爲彈壓綢繆至計。議始就，而公干旄適來。雖左遷，蓋慎選也。是時疆理方殷，庶事草創。公至未數月，顧盼咄嗟，百務具舉。鎮去郡稍遠，邪俠惡少，博塞呼盧，探丸擊劍，往往恣睢閭右，干掫莫敢誰何。公摘其尤桀黠者以讋衆，桓東之埸屏息矣。鎮素負殷富聲，奸人視眈涎垂，始僅雞狗竊關，繼且萑苻思逞，甿惴惴靡寧居。公爲慎管鑰，嚴街鼓，明保伍，飭游徼，夜廛無吠尨，潢池無帶犢矣。鎮有城數圮，外隍曾無衣帶之限，公創謀繕陴塞港，以壯金湯，言言仡仡，我阿我池，即日言可底績矣。鎮俗嚚訟，公幹局精敏，才諝練明，片言立折，兩造輸誠，鈞金既省，桁楊罕用，民用大畏。錦田以南，銀同以北，質厥成者如歸矣。公之美政更僕未詳，然大略類此。於是守公揖拱，郡屬仰成，呂虔解佩，海沂興歌，推功别駕者萬人一口矣。假令公優游郎署，按資序遷，高不過清卿，次一荒遠郡守，即有長才殊器，安所効之？公今從此升矣。

余因是而感世德之爲烈也。傳言"立賢無方"，又曰"世選爾勞"。夫孤生之桐，特達之珪，世豈云乏？要以植根芳苑，擢秀清流，憑藉濃而練習博，則世德尚矣。無論周以前，世賞世禄，濟濟多吉，漢而下若石内史篤行，汲長孺正直，霍子孟忠誠，李文饒、范忠宣相業，皆起家閥閲，焜燿至今。試與素門之士課青箱舊聞，較渥洼逸足，豈其溟涬然弟之哉。明興，頓八紘以掩士，士所由致通顯非一，然大都制科一軌，常操奇贏。其起資蔭、建鴻鉅者，視昔未數數然，豈真紈綺溺人，豪傑希遘歟？竊意國家豐芑之澤，醞釀日茂，宜必有慶門德里，濟美象賢之彦，蔚起爲時名碩，以上續景鍾之銘，下解華胄之嘲者，則公其人哉。

六月初五日爲公覽揆之辰，安平薦紳先生以及章縫士若而人，謁余謀祝公壽者。余惟公年方强仕，玄髮渥顔，炯眸膩理，春秋正富，福履方將，九如之頌，公固有之，以何者爲祝？無已，則以繩祖之説進。昔文、武受命，召公維翰，《甘棠》詠焉。其孫穆公虎能世其德，以旬宣江漢，詩人祝之曰"召公是似，用錫爾祉"。繹祖德，勗孫謀，斯可謂善頌善禱也。司徒勳勩何减甘棠，安平雖小，維泉南蔽，保障完則安平壽，藩蔽固則閩封以内壽。不特此耳，餘慶既衍，家聲彌劭，忠貞世篤，與國咸休，是公之壽家與壽國者兩未艾也，錫祉不既多乎？若夫驂鸞駕鶴，羽蓋霓旌，金膏玉液之爲壽，是向游閒公子所甘心者，其無當於公審矣。諸君幸不以余言爲謬，請書以佐酌者。

賀邑侯陳宜蘇壽序

江夏陳侯治晉邑滿三載，政成民熙，邑人人自幸得怙恃，又恐一日徵入，不能久有怙恃者。仲冬九日，侯揆辰復届，邑爲侯祝壽於今凡三矣，至是戀戴彌切，祝頌彌殷，徵詞陳詩，紛綸恐後。余從子文惠出侯門下，與其同門友來索言。余謂侯茂齡發軔，今甫逾壯耳。聞其淵渟玉立，睟容膩理，雖戴星出入，口瘏心殫，然形勞而神愈王，日升川至，侯實有之，而奚以祝爲？無已，則請言壽理。

記曰：人者天地之心。天地之心生物者也，有其心斯有其人，無所闕其生生者，而後所自生者常存而可久。此恒理也，而遂之實難。自人生而與物搆，孰能無刃劘？至於職治人者，則其刃劘浸大而遂其生物之心益難。它亡論，即一邑之宰，其間情僞殊態，枉直殊狀，章癉順拂殊宜，勢不能强物從我，於是生機日壅，而我之自生者亦日淪而不自知。惟大智上根不然。不以情逐境，不以故損真，乃能澤物而全生。

竊聞侯莅吾邑也，邑賦厖而多逋，侯爲易知單以詔民，毋浮毋并，邑入時而豪里猾胥縮矣。邑有訟者，侯授以符，即令勾攝，嚴其期會，省其株連，敏其聽斷，民不逢伍伯而狐假狙攫窘矣。邑故海濱鄒魯，邇俗尚浸改，市魁惡少，扞罔雄行，而貴遊子弟或爲奥主，侯引繩批根，三窟必窮，一嚬不假，善類全而伏莽探丸者慴矣。邑故多學士大夫，侯接引靡倦，然禮無失己，語無違心，事無撓法，賢者受德，愛而鱎來，蟻慕者沮矣。去秋苦暵，今秋苦澇，侯軫恤無餘力，然單户蒙惠而影射乾没者無所售奸矣。大氐侯爲政先道而後譽，略貌而致誠，不沾沾姑息煦濡，其究歸於愛利全安而止，蓋生物之心無之非是者也。以故始猶畏愛相半，至於今則旁皇周浹，無復異戴。臺使監司以迄紳佩始既服其聰明才辨，今則信其爲古遺愛、真循吏，無復異稱。

侯之誕月於卦爲《復》。夫復，嚴凝之候也，聖人以其一陽乍動，生理常存，而系之曰"復見天地之心"，乃知陰陽慘舒，無非亭育，侯撻明記，總屬並生。廣川氏謂天地以陽居大夏發生，陰居大冬積於無用，失其理矣。天地大父母也，天地常以心生物，故不毀；侯以天地常生之心父母吾邑，故厚物生，即以自厚其生。《詩》云："豈弟君子，干禄豈弟。"夫以豈弟存心，即以豈弟受禄，寧有兩哉？茀禄純嘏，在侯一掬中矣。侯最績既上，旦夕且徵爲臺省，不則銓曹。臺省職糾繩，銓曹主澄敘，要不能無章癉順拂。侯第以爲吾邑者爲之，不剛吐而柔茹，不齕異而昵同，究歸於長養人材，爲朝廷保元氣，俾一種生機盎然宇宙内，斯侯之壽國壽民者未涯，自壽者亦未涯也，而又奚祝焉？

某不佞，棲遲海上，却掃有年，芘宇下三載，未能一覯芝顔，妄意蠡測，未知有當於侯與否。諸君素習侯者，不以爲謬，遂載其言以入。

賀累封奉直大夫禮部員外郎念奇桂翁八十壽序

余之托契桂君驤雲，自丁未南宫之役始也。間詢其世，而知其尊人念奇翁之賢舊矣。越十七載，驤雲以觀察副使來莅閩藩，因得蒙覆翼，通契闊。乙丑夏，驤雲以書請曰："不穀有父年八十，維秋之仲節届懸弧，屬有入賀之行，將便道稱觴。徼惠同年諸君子爲介眉壽，敬以言藉先生。"余唯唯。

竊惟爲父莫不願子孝，然有義方以教孝而後忠可移君，則教孝無非作忠。爲君莫不願臣忠，然有譽命以廣孝而後臣乃益勉爲忠，則勸忠正以成孝。翁幼負奇姿，長淹群籍，績學弗耦，乃躬課驤雲。君夙宵無斁，遂爾高捷杏園，敭歷蘭省，今且旬宣八閩，節鉞在望，先志成而忠移於君矣，非教孝以作忠乎？先是，驤雲以行人滿考移封於翁，嗣以覃恩累封翁爲奉直大夫、禮部員外郎，譽命方來，勸忠益懋矣，非酬忠以成孝乎？兹萬里呼嵩，順途省覲，綸綍光前，章服賁後，金紫繞膝，蘭玉充庭，君親並祝於一時，忠孝交伸於此日。翁八袠初開，黄髮兒齒，融融洩洩而撫之，即傾臨汝之水以爲尊，罄雲林之芝以爲薦，猶未足喻其愉快也，余言何足爲壽？

雖然，亦以忠孝大誼再颺言之乎？《詩·既醉》言孝者也，曰："孝子不匱，永錫爾類。"孝不能錫類，施易匱也。《采菽》言忠者也，曰："樂只君子，福禄申之。"又曰："樂只君子，殿天子之邦。"忠不足殿邦，即福禄申錫猶虚爾。田大夫、顔光禄非不貴顯逮親，親且望然去之。《北山》之鞅掌，《鴇羽》之宵征，僅僅奔走王事，以語大忠，猶未耳。自驤雲筮仕，其在使署、禮曹，諸展錯不具論，第在閩言閩。驤雲所轄爲閩糧儲。閩故瘠而歲薦瘥，乃時其緩急而禁其繭絲，則調劑在撫字。紅夷匪茹，兵食孔艱，儲胥豫而戰士飽，夷乃亟遁，則綢繆在疆宇。方伯入覲，君實署篆，旌別吏治，疏達民岩，贊助兩臺，惟惠惟允，則經營在保釐。遼餉告亟，税畝洊加，君設法抵補，民力紓而邊輸蚤，功在攘外而尤在安内矣。夫閩雖僻陋，固天子睠焉南顧之邦也，君之殿閩至矣，錫類弘矣，雖君之能而翁之教也。今兹省覲，翁問何以治閩，君對如前，不益慰移孝教忠之初訓乎？抵闕呼嵩，天子問何以治閩，君對如前，有不益申勸忠酬孝之盛典乎？斯之謂真不匱，真樂只。微獨以綸命章服爲榮，而以岡陵恒升爲祝也者。

翁生於金谿道誼之鄉，飫聞鵝湖、鹿洞之講，橋梓間無非以忠孝相勗，其所謂忠孝又有進於常情常職外者。翁天錫難老，從此繇八袠躋期頤而上之，覩驪雲不匱樂只者未涯，則翁之貽穀亦未涯，壽亦未涯也。余不佞幸托道誼世講，不揣固陋，而以道誼之言進翁，即見地超超，未必不爲加一觴也。敢介諸君以佐酌者。

温陵祝壽編序

郡伯姑蘇趙公莅温陵，清静惠和，風行澤普，甫浹歲而郡人含甘飲醇，斟酌飽滿，不啻庚桑之在畏壘，思欲報公無從。商横涒灘之六月，公尊人封翁登八袠，薦紳先生以及衿佩之子相與作爲詩草，以祈千春而介百福，不謀同聲。某得受而讀之，其連類富而稱物芳，大旨則以郡人蒙公覆潤，乃推貽穀於封翁，而冀其壽考，又幸封翁壽考，以其安於養者安公於政，而長有公之覆潤，思深哉！美而匪諛，信而有徵，是編有焉。三百篇之《詩》，祝壽者多矣，或懿其豈弟樂只，或嘉其令德孔惠，第祝其人止耳，未有推本所自者。要以泝海者先河，親禰者尊祖，原原本本，斯亦人情之極摯而温厚惻怛之遺音乎？

然余聞封翁起諸生，茂材績學，足自致通顯，而斂采韜光，以啓喆胤，其積厚矣。公之伯氏開府公與公後先並秀競爽，乃伯氏甫建牙而賦苞栩，伯處仲出，色養與禄養兼隆，而翁樂之，其神愉矣。又聞封翁敦素抱璞，持後守柔，寶柱下之微言，修太丘之懿範，雖譽命薦錫，絶不以華膴嬰心，其天全矣。凡此皆壽徵也。

凡諸君子所爲翁壽而冀其然者，然翁所自爲壽而有必然者也。繇前言之，可以續四詩，繇後言之，可以備惇史。故曰美而匪諛，信而有徵，斯善頌善禱者也。

良不佞枯槁索居，雖未獲挹公芝宇，而涵育陶甄，樂聞世德，則既有日矣。敢僭爲序而系以歌曰：

震澤兮浩渼，洞庭兮嵯峨。有綽約兮一人，抱至德兮煬和。握明珠兮陸離，撫玉樹兮婆娑。擁雙旌兮五馬，施列戟兮高牙。藐浮榮兮章服，寄容與兮烟蘿。結大年兮御六氣，注長生兮觴九霞。邀洪崖兮作侶，恣閬苑兮經過。閲八千兮爲春秋，驂鸞鶴兮樂如何。靈根蟠兮敷廣蔭，僊源迴兮灑洪波。紓陟岵兮瞻望，福我民兮永無涯。

楊太公林孺人雙壽序

得數有常之謂壽。壽者人所祈望，不可必然握其常，然則亦有必然無爽者。今夫天有常浮，地有常奠，岡陵得之，不騫不震，故岡陵稱壽；松柏得之，歷風霜貫寒暑，而柯葉無改，故松柏稱壽。人亦然。太古壽以千計，中古亦以百計，豈非淳樸不散，渾渾悶悶，無所變易其常德而然耶？後世淳澆樸斵，情境互遷，轇轇擾擾，不恬不愉，民始不勝夭閼。然其中有委運任化，不至甚鑿其渾沌，亦能久視而後凋，此夫握其常然者也。

余丁未南宫之役，得締驩於楊君伯瑄，問器業所從來，則曰有父太公、母林孺人庭訓在。既里居稱世好，益得習聞醇懿公含德不耀，守素無營，與孺人綦縞相莊，若鴻妻萊婦，偕隱負郭環堵間，雖儋石不贍，意不爲加慼。逮伯瑄薦賢書，擢巍第，入讀中秘，駸駸顯矣，意不爲加溢。伯瑄庶常時，念二尊人甚，請急省覲，公與孺人曰："吾二老人起居甚適也。"亟遣之行。伯瑄繇庶常擬授給事，數載不獲命，屺岵彌切，復謀歸，公與孺人曰："吾二老人居起甚適猶前也。"亟止之歸。伯瑄待命久，歲禄未入，譽命未加，嗛嗛然念無以爲養爲榮也，則復寄聲曰："天子重侍從職不輕授，若其益儲思獻替，且有後命。吾二老人能飲食需也。"既無得色，亦無愠容。若然者，世路之得失榮瘁，世情之欣愉咈鬱，若弗聞弗知也者，居然岡陵常静，松柏常貞，握其常然者非耶？今歲太公壽九十有二，孺人壽八十有八，健飰安履，是且期頤未艾，其天不滑，故其生不傷，握其常然而有必然者，又非耶？

吾温陵居東維奥區，清源、紫帽，雄峙鬱蟠，筍江逶蛇，滄溟浩瀁，磅礴扶輿，不獨毓爲人文，蔚爲碩輔，宜有敦龎淳固不二之老，秀眉黄髪，與龜組蟬聯相輝映，楊氏宜兼有焉。乃伯琯意猶未已，謀於同年友，介林太史仕濟徵余言爲壽，若將藉以解親頤者。顧余言烏足爲壽計？丁未同籍諸君子，八九年來有至今未服官者乎？有服官不一命及親者乎？宜乎不能自已也。然於今同籍中稱具慶者有幾？具慶而八十九十以上者有幾？八十九十以上而健飰安履者有幾？彼之得數以人，此之得數以天。人者可徐待，天者難侂獲也，而又何嗛焉。伯琯而欲壽親乎？無患不得命，患不得職。給諫以秉槖事上，靖共正直，職業也，有常者也。淹速升沉，倘來也，無常者也。恪其有常者，置其無常者，可以酬國，可以顯親，可以養親志，可以永親年，是亦握其常然而獲其必然者也。《詩》曰："靖共爾位，正直是與。神之聽之，式穀以女。"式穀似親者也，亦壽親者也，伯琯勗之而已，余言烏足爲壽？遂介太史以復。

壽族伯體吾翁九十一序

虞、夏、商、周未有遺年者，維時國老庶老並養膠序，其遠在四方則令侯國就所在引年養之，人生五十六十則已異粻宿肉，至大耋而上則家有常秩，遊有常珍，燕饗酳饋以賓之，合語乞言以禮之，斯已隆矣。漢去古未遠，猶以歲時存問長老，加爵賜帛，行糜授几，養牛上尊之貺，祝哽祝噎之文，史不絶書，猶有四代遺意焉。漢而後，此誼寥寥矣。夫古者風氣厚，民多壽考，而世皆尚年；後世風氣薄，台背兒齒見爲希闊人瑞，而反不知貴老，此亦世道淳澆一大機也。明興，以章教厚俗爲首務，皤皤國老，秩在有位者無論，即民間耆艾，或榮以章服，或優以賓介，勸孝樹惇，德意甚盛。然而窮鄉僻壤，如古所稱不貳之老，其遺於盛典者蓋多矣。何以故？堂廉勢隔，署年議行之舉，往往視爲具文，而彼樸茂淳固、無羡無營者，又未必賓賓屑屑於此也。即如前代林間帶索之癯，漢陰抱甕之叟，彼其視世榮若爰居之駭鐘鼓，而何以苛禮縟文爲也。

吾黄世德單厚，天錫難老，代不乏人。余丁未自京師歸時，躋八袠九袠者尚六七輩，未十年間，晨曜漸稀，於今惟族伯體吾翁以九十一爲吾宗上壽。何但吾宗，即推而吾鄉安平，又推而吾邑吾郡，薦紳以及編户殆未數數見也，豈非希闊人瑞而可貴者歟？然翁晦德不耀，無論郡邑大夫不獲一借賓筵，即鄉里族黨欲徼《行葦》、藉《既醉》乞其秩秩之音，憲其抑抑之儀亦不可得，此其意不知與帶索抱甕者何若，然詎非樸茂淳固無羡無營之風歟？始翁爲諸生，居約攻苦茹淡，敝冠苴履以爲故然耳。其後年彌高，家踵饒而甘節無改，常若恐人之知其壽而煩費多事者。不見夫龜鶴松柏乎？蹴躪於泥淖，飲啄於巖穴，窮崖絶壑，飽雪欺風，以其壽而人不知乃益壽，翁與此意豈異也。

是年七月，翁弧辰復届，翁之孫俞廸與其友若干人謀所以爲翁壽者，介兒某來徵言。余惟禮稱事親者樂其心，不違其意。翁方實老氏之儉，守無名之璞，以是獲壽，以是保之，子乃侈詞章、盛賓客以張皇其事，無乃違翁意乎？無已，則翁嘗爲諸生習《易》，請爲翁言《易》。節訓制度，賁美戔戔，即《小過》之儉無譏焉。維德之共，莫不貴矣。至日昃之離，則勖以鼓缶之樂，而戒以大耋之嗟，若曰勞生逸老，一弛一張，鼓缶而歌，斯亦可矣。矧俞廸方績學精進，有如一旦以譽命及祖，翁時躋期頤而上之，郡邑大夫奉廟堂德意，酌大斗以延黄耇，而修四代之故事，翁於時能終避之乎？玆無亦順時爲歡，以從鼓缶之義乎？試以此佐稱觴，翁其以爲無當而吐之否也。

李封翁陳孺人雙壽序

今上瑩精典禮，數咨顧寅直之臣。於時吾温陵李公以少宗伯筦部篆，精勤爲理，夙夜匪懈，諸屬兢兢奉奔走猶懼無以當公意。余同年友李君宗英由國子先生擢司禮部務司務之職，承上而達下，號稱繁委，時又缺其一，宗英廉幹舉職，攝兩廳以達四司，而上承宗伯公，事無留行者，宗伯公倚重焉。宗英之尊人曰封翁、陳孺人，壽皆大耋，家居健履無恙。歲乙巳十一月，元孫誕育，其明年二月加上聖母徽號，天子覃恩中外，宗英得貤封翁如其官，孺人限於秩且需後命。乃宗英猶不自釋，謀歸爲壽不可得，則謁余請曰："不穀有父年八十加七矣，母亞於父一歲。徼天之芘，齊德偕老，乃不穀所以壽親者欿如也。始余諸生、孝廉時，家徒四壁，父母安之，猶曰士食貧固其當耳。今通籍六載，再徙官而所歷皆寒氊冷署，惴惴焉甘脆之弗供，何論三牲五鼎？間者報慶紛綸，輶軒四出，人臣懷内顧者皆得假皇華之節，申屺岵之思，余獨尼職守，親舍萬里，即太行之雲不可望，矧膝下乎？夫人臣及親而仕，固幾以榮名貽之。覃恩布自三事以下，並得推恩所生，雖貲郎參衛幕、署大官者無靳焉。司務僅貤父而不及母，即河清可俟，其若崦嵫之景何？夫有《北風》之窶貧，而復兼其埤益，有《北山》之靡盬，而莫恤其劬勞，余用欿焉。子亦有言以尉吾親乎？"余唯唯。若宗英之言壽親者備矣，無所更藉余言矣。雖然，請試言之。

夫世俗之事親者，亨孰膻薌，嘗而薦之，以爲能備養矣。稍進焉者則朝夕團欒，彩衣繞膝，以爲能承歡矣。又進焉者則貽以綸封，加以顯號，以爲能揚名矣。乃有道者異是。惟其順不惟其物，惟其志不惟其形。故餉鮓細事也，而士行之親以爲誡。遠出離思也，而左師之説以爲樂。至於鼂大夫之用事、顔侍中之驟貴，其親方深憂而亟去之。何者？有道者之養親與其所自養固與世俗異也。今宗英仕而能貧，官而能勤，敬共朝夕，無敢離局，可謂聚順矣。聚順以事親，可謂養志矣，又何屑屑於世俗之事乎哉？吾聞封翁從少績學弗酬，守寂持後，恥與世相紛競，惟日討宗英與猶子宗謙而訓之，其後同掇巍科。翁於時意氣無所加，每托於談藪醉鄉以自適其適。孺人亦克相成，蓋有得於道者也。其平格難老非偶，而己意所望於宗英宜有夐然世俗歆艷外者。且余與宗英伯仲同年薦，二十載間，其能及親而仕者有幾？仕而親享大耋者有幾？享大耋而齊德偕老有幾？乃惟宗英獨也，亦可謂得天單厚矣。夫畸而不易遇者純數也，盈而不可驟者浮榮也。宗英於不易遇者既遇之矣，於不可驟者而姑俟之，未不可也，而何欿焉？

曰：然則向所稱備養、承歡、揚名皆世俗之孝，可無庸乎？曰：否。人子能以道事親，即蕭然儉狹，順也，赫然榮華，亦順也。道不溺於人情，亦不遠於人情。順以時聚，志以時樂，是有道者所處也。有如廟堂知宗英於宗伯公，從此官益膴，禄益厚，名號益崇，間於職事奉簡書便道錦旋，備物尊稱躬承而進之，翁、孺人寧不益樂之哉？余言不文，君家宗謙善名理而嫻詞令，姑寄余言令潤色之，以陳説翁、孺人之前，然後率子姓上壽，其必囅然爲君舉觴矣。宗英稱善，乃書以授使者。

賀覺石李明府壽序

夫造物之於人何其巧爲挹注也？或豐之而先以約，或翕之而後以張。不於其身而於其子，有餘不足之數若爲之劑量裒益其間者。昧者不知，以爲適然，自知道者，循本測末，觀之直若寓而取之耳。故值其挹而約且翕也，無歉志；值其注而豐且張也，無怠修。非達天人之際，孰與於斯？

歲乙酉，余與李覺石先生同鄉薦。先生茂材績學，久譟黌序，出余遠甚，謂宜直之無前，乃五上春官不利，選爲黄陂令。陂故楚巖邑，百弊叢生，先生以精明爲理，而大旨歸之子惠。最著者如杜賦役之飛詭，省水兑之煩費，建義倉以資賑貸，嚴保甲以詰奸萌，戢悍宗而剷其角距，袪郵蠹而甦其驛騷，禁刁訟而犴狴清，絶追呼而村墟靖。比及五載，邑以大治，至於獷獸遠徙，廻風火滅，熯潦有祈無不輒應，時人詫爲三異，謂宜首被徵綸，亡何僅遷守陸涼。又亡何，復以不反調新昌。陸涼滇荒徼，新昌浙疲邑，先生治之，一如黄陂，而時有操縱張弛。先生前後三綰符，迹其治狀，開敏幹辦類趙子都、張子高，條教丰采類薛贛君、尹子况，扶弱抑强、興利除害又類孫子嚴、何子廉、召翁卿、虞朝歌。昔人有一於此，足立致通顯，而先生跋前疐後，再厄考功令，見爲多抑少伸，然先生諸子並秀，而長公時已成進士爲計部郎屬。先生當左遷，夷然不屑，曰："兒足竟吾事，奚鷄肋戀戀爲？"歸築小齋，顔其堂曰眠鶴，示將息機卧遊爲出世者，而時時寄聲計部君，勗以盡職官下，又若未能忘世而欲用其所未足者。計部君奉訓惟謹，夙夜佐大農起草持籌，種種皆軍國石畫。出榷吴關，甚有廉平譽。陪推浙學，使士論翕然歸嚮,風猷日隆隆上。屈指乙酉同籍九十餘人,身都通顯者不乏,而有子擢第聲實烜赫,自先生始。于公高閥,晉國植槐,旦暮遇之,豈非豐之而先以約,翕之而後以張,殆造物之挹彼注兹與!

歲己未先生登七十,計部君假使事便道歸省,謀所以壽先生者,徵言於余。余既附先生袍籍,丁未南宫之役,復托計部郡知己,幸得游安豐橋梓間,安敢無言?雖然,余亦何言矣。蓋古今言壽者,岡陵松柏,神僊龜鶴,雖多端,至天地長久止矣。然乾坤不自爲而寄之六子,六子善代乾坤以爲,斯乾坤藉以不毁,故曰虚而不屈,動而愈出。造物且自爲挹注而能長久,况人乎?而貽穀燕翼,陰有所垂裕於後,則挹之愈不竭。塗堲丹雘,大有所光衍於前,則注之愈不盈。挹之不竭,故可長注;注之不盈,故可長挹。兹壽道也。今寓内有大務三,曰國計、士風、武備。計部君佐計則既有効矣,自今資望益隆,即出而督學大藩,不則治兵要塞,其尚式弘薪槱,克詰張皇,經緯之道既章,晉而牙纛,又晉而棘槐,國家永永有賴,將先生志益慊,禔祉亦益厚,挹與注相成,其疇能極之?然則壽先生者計部君勗之而已足矣,余無言矣。計部君曰:“子之無言乃至言也,請書以佐觴。”

賀郡伯蕭見虞七十壽序

天啓龍集癸亥中和月,哉生明,是爲見虞蕭先生初度之辰,於是春秋登七袠矣。諸内外親友莫不稱觴上壽,余兒慶星則先生孫女倩也,諸親友謀所以祝先生壽,命星兒來索余言。余不敏,安能壽先生?然而知先生壽也。

先生長余四歲,歲丙子,余與先生同泮遊,實出督學胡二溪先生門下。是時余方丱角,先生甫弱冠耳。然竊窺先生器識沉潛,矩度詳雅,居然養粹而神完,已心儀之,以爲是敦龐淳固之質,非朝華夕秀者倫。既而浮湛諸生間二十餘年,始薦公車,豫章之産七年而後知,亦晚成後凋之一驗也。其後三上春官不利,以親老乃就禄養。初令貴池,輕刑薄歛,一意與民煦休。適值歲侵,亟請于監司,得便宜賑貸,賴以全活甚衆。至祈雨而滂沱,拜風而滅火,雖古循良蔑以加諸。

尋擢高州司馬。時粤方有征黎之役,先生練兵轉餉,事藉以寧。郡司馬故掌海課,稱膩地,先生冰蘖無染,更爲商舶廣開便利,粤無遏糴,閩得藉其灌輸。傳云:完人所以自完也,厚人所以自厚也。池陽之四封,高梁之九屬,與夫閩海之波潤,其拜明德而祝長生者不知凡幾,其得壽宜矣。然先生雅志物外,未老息機,迨讀《禮》歸來,即絶意仕路。居常杜門却掃,以松菊自娱。布衣蔬食,謝去一切紛華。遇賓朋舊故,油然與偕,若不知名之曾掛仕版,冠之曾戴進賢也者,此又合於善息以養性,蚤服以盡年,乃有道者之自爲壽而無事吐納導引爲也。

余别先生殆四十年,客歲始一會郡中,見先生海鶴爲姿,蒼松作幹,精神益王,步履甚輕,由今証嚮,知其眉壽未有艾,何論七袠?故曰知先生壽也。昔白傅居東都,有香山會;司馬温公居洛,有洛社會。一時耆宿,相與逍遥,嘯詠於枌榆杯杓間,侈爲盛事,而二公又作文以紀之,令諸公姓字至今猶新。然則諸公之壽,實藉二公以傳。余索居海上,既不能追隨先生杖屨以續昔遊,而德望文章何敢擬二公萬一,媿無以壽先生,姑書此以佐兕觥,亦令吾鄉尚知有老成典型,且以表皈依向往一念云耳。

别駕王澄北壽序

昔王休徵爲徐州别駕,徐人歌之曰:"海沂之康,實賴王祥。邦國不空,别駕之功。"古今以爲美談。乃今觀於王老公祖之保障海邦,抑何後先踵美也。

温陵海國也,距温陵六十里而遥爲安海鎮,錯壤三邑,生聚萬家,實漳潮夷庚,作泉南捍蔽,有闤闠殷盛之虚名,又有奸宄窺伺之實害。曩兩臺使者議置邑,議添設海防,最後乃議移泉郡别駕駐鎮之題覆,得旨:鑄給關防,晉、南同近界四十里以内關係地方者,聽其提衡。此其加惠海邦德意甚盛。承平久,玩愒滋,毛裏之視鮮真,綢繆之功罕競。一旦告亟,高坐府城,往往弁髦置之,寖失廟堂加惠初旨矣。

公蒞任之二月,適值海寇縱横,官兵挫衄,沿海居民,朝不保暮,惴惴剪爲鯨鯢,蕩析虔劉,罔知所届。公時下車方新,參謁未竟,乃羽書朝聞,星屏夕至,至則繕閲城隍，編補垛社，慎乃啓閉，毖乃干掫。備矢石，齊器械，約曰：寇至授兵登陴，協力共守，違者逃者以軍興法從事。於是睥睨之間，隱然有墨守之固矣。公又曰是捍其外也，防内謂何？於是申嚴保伍，出入相司，比閭之内，肅然寢蛇豕之萌矣。公又曰是防其近也，偵遠謂何？於是輪遣邏卒，遠出偵諜，匪茹動息，洞然在眉睫之前矣。公又曰是治其標也，固本謂何？於是勸獎殷户，多具餱糧，查覈倉穀，廣爲儲胥，一旦猝至，充然無庚癸之虞矣。加以冰蘖自矢，夙夜靡遑，公所以綢繆安海者至矣。是時歲方薦饑，重以寇虐，賴公保障，民志乃安，賊聞有備，亦逡廵遁去。假使安海不得公，無論緑林逞志，荼毒不堪，即一奔命間，仳離蹂踐，抑且樂土爲墟。然則安海之不空孰康之？海沂興歌，寧不千載同烈哉！公昔令黔之清平，值安酋作梗，公治兵固圉，以軍功擢府丞，駸駸大用，忽緣微文左遷吾土。余嘗與公籌畫城守，見其不震不竦，動中機宜，非胸中猷略素閑，安有此？公又工詩嫻文，讀所著《缶鳴集》，揮灑咄嗟，動臻妙境。公餘之暇，品隲譽髦，亹亹無斁。蓋所稱經緯全能似又休徵傳所未載者。然則余以休徵擬公，當非諛也。休徵既已保障海沂，其後馴致通顯，躋棘槐，享耄耋，公宗系同，官職同，保海邦之功又同，方今寓内多故，有如廟堂以猷略知公，卒授公以貞肅保釐之任，維時威敵附衆，公優爲之，安知今日之屏星非他年之牙纛，正恐區區海國未能久借公耳。

六月十六日爲公誕辰，沿海之薦紳衿佩同余庇公宇下者，詣余請爲公壽。余惟公壯抱茂齡，奚遽言壽，而其保障疆圉，繇黔南迄温陵，全活無算，又壽民以自爲壽者，即詠九如、賦三多，公將奚取焉。無已，公誕在六月，試爲公賡《六月》之什何如？其曰“文武吉甫”，公實有之，請爲公頌；其曰“吉甫燕喜，既多受祉”，公方俟之，請爲公祝。昔休徵官别駕時，吕虔識其必遠到，解寶刀爲贈，其後果如所期。余衰朽不文，毋亦竊附吕虔之意云爾。

壽參知陳章閣八十序

余年來掃軌塞兑，倦于事，且倦于文，而尤不任爲壽文，以其援庚擬椺，文不繇情故。然情之所在，間有不能已者。余幸得與參知章閣陳公同袍籍，托葭莩，稱莫逆者四十餘年。余家安海，距郡城六十里而遥，不得時時問起居。近因海氛匪茹，避地入郡，得追隨巾履，每侍杯酒接綢繆，見公泌衡一室，水石花鳥，羅列前後，往往寄興於歌唇舞袖間，連宵晝無茶。余荷翁繾綣，輒自忘其客況牢騷，又見公健王如少壯人，心鮮然異之。歲十月十日爲翁覽揆之辰，於是登八十矣。余方擬躋堂稱觥，以介眉壽，適周生輩以祝詞請，何能已已。

古今言壽有得之天者，松心竹筠，天錫難老者是。得之人者，服食煉氣，益壽延年者是。公粥粥若不勝衣，而神氣獨完，得之天者厚矣。又素好《黄庭》、紫陽之書，吐納抽添之訣，脩之人者粹矣。其歷八十春秋如旦暮，豈偶然哉！然猶未若徵公之素履也。《易》言視履考祥，公之壽祥具在素履，請舉其大。

初，司祝鳩，榷潯陽也，市如水以盟心，金如粟不入懷，則少私寡慾宜壽。轉客部也，輯睦遠使，賓至如歸，至小西飛以僞欵至，更折抑之，以奪其魄，則柔遠固圉宜壽。督粤東學也，無斁譽髦，超翁逾衮，嶧桐潁磬，東箭南金，若黄、韓、李、林輩，皆一時舘閣奇英，省臺偉器，並出公門，則得人楨國宜壽。參楚藩也，值楚宗變起，指麾戡定，及議楚獄，又爲解網求生，惟恐孤朝廷收族德意，則慈悲方便宜壽。退而林處也，悠悠與偕，坐人春風，飲人醇醴，不干世亦不異世，則葆真煬和又宜壽。而余最傾心於公者，公居鄉十餘載，兩臺交薦，章滿公車，而公鴻羽可儀，考槃弗告。天啓之季，逆璫擅朝，稍有因緣，公卿立致。而公恬然不屑，養晦自如，其於名位一何嗇也。夫惟嗇是爲重積德，猶龍氏所謂莫知其極者也。公之壽殆未有極已。

公有子四人，孫曾十有六人。繇長君州守而下，三鳳五龍，繩繩振振，此其壽尤未可世數者。在禮八十杖朝，公矍鑠健履，安事鳩杖？聖主當陽，咨顧黄髮，渭濱安車，宜旦夕至，公猶謂箕潁可尚，何必渭濱，趣更邈矣。余丙戌同袍籍閩中四十餘人，碩果不食，於今惟公與何司徒暨余而三耳。萍梗參商，聚散可念。每詠唐人“莫思世上無窮事，且鬭尊前見在身”之句，爲之慨然。擬欲偕何公從公諦香山、洛社約，庶幾挹清風，領玄論，尚羊忘老，公當許之乎？莊生有言:“小年不如大年。”夫朝菌與靈椿,其小大誰不知之? 竊思長生久視,猶屬小年,齊鯤鵾,混彭殤,放浪形骸之外,適志何有之鄉,逍遥無碍,與天爲徒,斯之爲大年耳。請以壽公何如? 繇前之言公既有之矣,繇後之言亮亦公所素晰也。然則余欲壽公,而竟無以壽公也,亦安用文矣。

壽侍御林道卿年丈八十序

萬曆丙戌,良幸得與林道卿同年進,又同讀中秘書,講德問業,追隨甚驩。比撤舘後,良備員史職,旋以讀《禮》歸,而道卿授御史,爲耳目臣,入而簪筆持槖,出而攬轡乘驄,獻納激揚,聲望烜赫。四十餘年間,不覺升沉聚散,萍梗參商,余既倦遊,翁亦善息。同時袍澤諸君子,落落晨星,山川阻脩,無從得通問訊。而道卿有子長君登進士,司理漳南,距余山中僅數舍,時時得與道卿箋記往來,唱酬詩什。今上龍飛之五年,良蒙恩應召入典春官,而林長君已擢爲御史,服豸繡,察虎旅,聲望與廼翁後先相輝映,爲時盛事。余復得從長君詢翁起居,優游嘯傲甚適,間以《詠懷》詩及《寐覺語》見寄,情致淵迥,繇善世以及出世,有味乎其言之也。於是翁年届八袠矣。其九月十八日爲懸弧之辰,長君欲得余言爲翁壽。余謝老弗文,又惟吾兩人者如靈光相望,於今猶得道生平,上壽相慰藉,誠爲稀遘,何能辭?

按古來賢士大夫所稱林泉自適者,無如裴晉公緑野、李衛公平泉、白樂天香山、司馬温公洛社,然樂事固多,缺陷亦有。晉公壽八十餘,數出入中書,間與李逢吉、皇甫鎛、元稹輩相齮齕,老不得休,自言若衆鏑攢體,烈火燒心,亦甚苦矣。衛公壽不滿七十,作《會昌一品録》,自叙五朝受知,屢戡禍亂,然與牛、李爲難,功成不退,竟有嶺表之行。温公當熙、豐、元祐時,位極鼎司,名讋外國,然與新法反覆相終始,毁譽迭乘,僅得下壽以没。白傅繇學士屢典大郡,至宫傅、尚書,壽過稀齡,官亦不薄,然爲詩名太盛相磨折,竟有伯道之嗟。此數君子者,德業勳猷,令聞令望,詎不謂造物所單厚? 惟其白首紛華之路,驚心寵辱之場,位雖彌尊,樂亦少損,得全全昌,猶若有憾焉者。道卿德性學問,何遜昔人,然而遄發遄收,見險即止。初爲御史,因建言而拂衣,繼起督學,方考滿而嘉遁。翁無求於世,而世亦無求於翁。天若嗇其浮榮,而饒以清福者。兼有長君肯搆紹庭,以發抒所未竟,益得蕭散徜徉於巖居川觀、觴詠手談間,以自適其適,年筭彌增,精神彌王,數年前尚有弄璋之慶,禔福集禧,眉壽未有艾,挹彼注兹,造物實善成之。假令數君子同世,亦必深羡於翁矣。乃翁之自爲壽則有進焉。吾儒之無入不自得,所以盡性立命也。道家之達觀塞兑,所以久視長生也。釋氏之解脱無礙,所以歷無量劫也。讀翁《寐覺語》,超然一切皆空,過眼成幻,何論富貴功名,固已齊彭殤、等鵬鷃,暢三教之奥窔,醒萬有之妄迷,無盡無窮之權直自操之,造物且無所司其命矣。

不佞良根器見地,何敢望翁,惟是幽棲十七載,於一切泡影空華,微有勘破,不謂世緣未盡,孟浪出山,三冒畏途,自投苦海,幾幸不遠之復,蚤晚且乞遂初以歸,行行過武林,望甬東盈盈一水,長君第寄此巵詞以侑觴,而不佞遥舉一杯以爲祝,翁必囅然曰:"是吾四十七年袍澤友也,所言實獲我心,視中秘時學益矣。爲我寄謝。"敬舉君之觴。

何母孫太夫人七十壽序

蓋人知福之爲福,而不知所以福者之爲福也。傳曰:福者備也。備者百順之名也,言内盡於己而外順於道也。順於道所以福也。世人以順於遇爲福,賢者以順於道爲福,然而順於道者鮮有不順於遇者也。即順於遇而於道有弗順,終弗福矣。賢者見其本而世人見其標,兹所以賢者獨稱備福,與斯理至著而内德尚矣。在《易·坤》爲地爲母,坤言德厚載物,而聖人係之曰:"坤道其順矣乎。"夫地之所以載物,寧獨以其廣輪八萬,隤然者之爲厚,正由順之故耳。順故其厚不毁,而其載不遺。母道之承載有家,亦猶是矣。周人之詠母也,《樛木》、《螽斯》,其言福履將綏,子孫振繩,備矣。君子謂誦周祐者不在《樛木》、《螽斯》,而在《關雎》之賢淑,《大明》之德行,《思齊》之徽音,何也?彼之順於遇之謂福,而此之順於道所以福也。

金陵建首善地，被二南之化獨深，以某所聞，未有如何母孫太夫人者也。某幸與何公露僉臬、仲雅侍御兩君者遊，因得聞母教爲詳。何之先故多隱德，自太夫人于歸，始與藩參公篳輅藍縷，以啓詩書之業，遂致通顯。比藩參公中蜚語罷非其辠，且坳，太夫人退而修聖善之訓，以課其子若孫，公露、仲雅用能後先繼起。無何，公露之子棟如復成進士，於是金陵言昌熾純嘏之祚，必推何氏。

是歲七月某日，太夫人始稱老，仲雅先予告家居，公露則以江右齎捧之行，便道壽母，而進士君亦奉部檄南還與期會，橋梓棣萼，蟬聯龜組，其餘公子公姓亦皆顒顒昂昂，並秀競爽，團欒輝映於一堂之上。太夫人六珈副笄，婆娑燕喜其間，福斯備矣。

乃公露、仲雅之同年友若干人宦留都者，合稱觴焉，徵言於某。某惟向所艷稱者，世人所謂福也。太夫人賢母也，我儕幸得叨世講，預聞内德，宜有進焉，請言所以福者。

方太夫人之嬪于何也，家四壁耳。拮据昕夕，羞甘膬而奉之尊嫜。藩參公藉以宦學，無内顧，不稱孝乎？相藩參公也，微則張之，拂則順之，虔始代終，克勤無怠，不稱共乎？訓子孫奕世休顯，不稱慈乎？且也，既貴而綦縞無改，則儉。自許字以至含飴，履不踰閾，則静。恤諸媵而篤小星之惠，則仁。撫支庶而均鳲鳩之愛，則壹。凡太夫人之錫福於何氏者，蓋無一而不順於道。以故順氣應之而徐斂其福於一身，舉所謂昌熾純嘏者承載之無遺，如山如河，不騫不震，太夫人於是乎得坤道矣。吾又聞公露爲工部郎，考最當封，上書言藩參公無害狀，有詔復故秩，太夫人乃有備稱。然太夫人不爲象服見榮，而以藩參公克復雁門之踦爲慰。仲雅拜御史不數月，念太夫人，賦《北山》歸，伯出仲處，太夫人樂之洩洩如也。彼其子母兄弟間，用心措意，殆有超出世俗外者。昔范功曹之母以子齊名李、杜爲福，崔員外之母以子服官貧乏爲福，而杜大夫、嚴僕射之母雖其子貴盛弗善也。賢者所謂福類此。太夫人賢母也，則所謂福可知已。計今令子若孫並上壽繞膝，必且祝之曰：未亡人幸錫難老，若其各宣力四方，盡瘁事國，益增母氏之慶允若。時太夫人方且迓百順，結大年，以福一世，寧獨食何氏之福已哉？請以此佐萬年之觴。

延母葛太孺人壽序

夫彤管所載賢媛之爲喆胤啓也，不亦彰明較著哉！乃《易》言“無攸遂，在中饋”，《詩》言“無非無儀，惟酒食是議”，此所論於閨房之秀，履順襲休，而無庸見德者耳。若夫搆穫方艱，拮据斯閔，翼義方，佐式穀，非藉聖善徽懿之母，曷克稱兹語云。是母是子，益自古記之矣。

良不佞與太原延元訥同年進，因得聞延母葛太孺人之慈訓爲詳。殆所謂聖善徽懿者，非邪？母名家女，十四歸贈翁，即能孝舅姑，和室人。是時贈翁方食貧，母茹淡攻苦，佐贈翁學者若而年。亡禄，贈翁即世，母持元訥泣曰：“所不即泯視息者爲若也，若不勉，未亡人其何以報地下？”則爲宵晝課其讀，而手絣纊洸供饘醴，以待盍簪者。元訥用能績學成進，此其課子成名，何異柳河東母也者。已而元訥出宰鄠，未幾以才調會寧。會寧數困供億，疲甚，俗又獷悍，往往自罹法網。元訥每退食，母必問令，今日所蠲恤幾何，平反幾何？元訥對稱旨，則喜爲加飲啗，否則終日不釋也。此其訓子廉平，又何異雋京兆母也者。元訥宰會寧時，適虜訌兩川，已又有寧夏之役，縣當夷庚，赤白羽且日夕馳矣，母謂元訥曰：“以邑之密邇寇讎而無備，一旦緩急，令度何以抗賊乎？”元訥乃繕郭陴，徬儲胥，賊不敢窺會寧。會經略葉公至軍，霪潦彌旬，攻具不時完，元訥出所製火藥萬餘以佐軍興，兵威振，賊卒以破滅。此其應變思難，又何異朱襄陽母也者。元訥先後爲令凡五載，積薦剡凡十有四，有詔徵入，且拜侍從矣，而修郄者中以微文，謫判睢陽。元訥意不自得，欲自投劾去，母慰藉之曰：“人其以爾爲懟也，苟無媿，何必不復，豈食魚必河之魴乎？”元訥即日趣睢陽，未幾幕府兩上功狀，天子異之，擢臨江司李，旋晉南民部郎。此其安遇順拂，又何異介緜上母也者。夫蘋藻之資偶發於性而暗合於義，即偏行隻語，已足光史册而稱難，矧薈衆孅而有之，如母者不尤難之難哉！雖元訥能子，非母疇爲成者？汝良固已深志之。

今年春，母六衮又加七，同袍諸君子謀所爲母壽者，授簡汝良。汝良惟母之所以爲賢者，孰非所以爲壽者乎？夫壽，久也。世人以身之久爲壽，賢者以德之久爲壽。竊聞母天錫難老，健履强飰，逾耆如壯，此壽徵也。顧母賢母也，爲壽宜有進焉。夫延之先，未有甲第顯者，母以孑然之身，張其閥而昌大之，贈翁贈矣，母亦有今稱，而且未艾也。是謂以一家壽，板輿所至，棠陰蔽芾，至於今，疇不尸而祝之，社而稷之？彼歌延母則推恩延泰母也，是謂以四封壽，元訥雖以中微文不得與於交戟之議，然用母言，遂稍遷至今官，所督南賦，六軍喁喁待哺，蓋留京根本係焉。元訥入視子舍，出調軍實，飛輓雲集，而無患於脱巾者，誰貽也？其德彌遠者其壽彌永矣。

乃汝良所以效燕喜之祝，則又有進焉。方今海宇承平，内地稍得息肩，惟是西北烽燧不時猶警，元訥故山以西産也，倜然負奇節，抱偉略，其所經歷又在秦隴邊徼。曩元訥坐謫時，天子念西功，至爲錫裹蹏者再，其知元訥甚厚。即留都重地，督賦劇任，宜不能久借。有如一旦拊髀思封疆之臣，制詔故會寧令習邊事，其以西北鎖鑰委焉，母幸尚强無恙，宜益進匙箸，專精神，時以向之備會寧者訓爾子成功，而紓廟堂旰食之虞，國家尚有無疆之休，亦惟母無疆之壽。維時汝良儻獲筆札從事，請得大書曰：是母是子也，回視前所稱賢母者，不亦夐絶掩映之哉！諸君曰："善。"遂介元訥入爲壽。

壽邢母翟太安人八十序

萬曆丙申十月，南京工部尚書郎邢君惟慎秩滿三載，以治行無害，例得封其嫡母翟太安人，而是時太安人且開八衮矣。於是惟慎將上最都門，造汝良請曰："是行也，不穀幸而免於盭，得以考功令加恩所自出者，則不穀將以嫡母翟請。即不穀有母，不敢先也。幸而獲封，不穀又將以其間過里中爲母翟稱八衮之觴，即不穀有母亦弗敢先也。敢以祝者之詞徼惠吾子。"汝良蓋因惟慎之言而有感於《樛木》之詩也。

夫《周南》之賢淑，即能以惠逮下，不過宜其室家，使人戴其内德已耳。乃詩不直詠其逮下之德，而豫占其福履之隆，至於咨嗟而三歎之，豈非以澤究者後必昌，後昌者福必集，是以《樛木》之後，《螽斯》次焉。誠謂有樛木之恩，即有螽斯之應，而振振詵詵之餘，則福履將綏所自來也，斯實善言母子之間感應之理，而豈徒祝頌願望之私云乎哉！

乃今於邢母翟太安人而益信也。太安人名家女，叔父故開府楚中，太安人不爲貴色，既歸贈公，克共婦道，雍雍唯謹。已而身舉丈夫子二，而復不難推序雁貫魚之恩，以逮小星江汜之媵母劉，是以克舉惟慎。惟慎生而太安人所以顧復之者甚至。比贈公以明經丞蕪湖，不得意歸，太安人朝夕撫其諸子曰："而忘而父未竟之志乎？"易書和丸之誨諄諄於惟慎者，視二子有加無不及焉。惟慎是以能成進士。已而惟慎歘歷中外，至今官，念太安人年高，不勝膝下戀意，欲無往。太安人讓之曰："爾結髮受書，期一當縣官任使，授事而棄之，謂望爾者何？吾老尚能遠行也。"即同之留都逾年，惟慎志稍定，則勗之曰："爾能約己奉公，以無忘陶母卻鮓之意，吾可無憂矣。"乃歸。惟慎是以能夙夜砥礪而稱其官。嗟夫！世人於嫡庶之際蓋難言之矣，其不爲裴秀、崔道固之嫡者，蓋亦幸矣。太安人不惟捐世俗之見，且覆育擁護之若彼，訓誨周至之若此，其爲《樛木》之恩也，不亦大乎？乃今壽躋八袠，天錫難老，竟以惟慎貴，儼然稱太安人。而且未已也，惟慎而一命，太安人亦一命，惟慎而三命、五命、七命，太安人亦三命、五命、七命，綸綍輝煌之章，副珈褕帔之飾，即有母劉在，而弗敢以並也。然則向之所爲覆育擁護、訓誨周至者，有不爲福履地者乎？吾故因惟慎之言而有感於《樛木》之詩也。

夫國家爲封典以待恪職之吏，以勸忠也。有嫡在則必先嫡，以勸順也。而勸慈之意實寓之。何也？彼慮夫世之爲裴、崔之嫡者不少也，直欲假褒寵之榮以顯艷而默誘之，若曰：爲嫡而能覆育訓誨其子者，褒寵之榮，必先焉。庶幾感福履之綏將，而相率爲《樛木》之惠也。若太安人者，真可謂能覆育訓誨其子者矣。太安人封而天下之爲嫡者勸，爲嫡者勸而天下之爲母子者定。然則福履之所貽寧有窮，而其壽又寧有艾也。惟慎故以《詩》起家，太安人所易書和丸而授之者也。兹獲封而壽母也，奉綸紵褕珈而將之，三歌《樛木》而以汝良之詞進，太安人有味乎其言，其必舉惟慎之觴矣。

壽祖伯母周孺人序

壬辰春，余被命分校南宫。故事，凡祗役南宫者，其家人不得輒入試。時余弟明立方待公車，余固辭弗獲，意不自得者久之。既竣事，明立將告歸，謂余曰："間者南宫之役，上命實然，且吾兄幸得以人事君，即使弟得雋，其益孰多？然弟有大母周孺人年八十餘矣，弟幼失恃，孺人實鞠我。兹者鍾釜之養非異人任，而弟又連蹇也，歸將何以壽孺人？無已，則藉伯兄之辭而後可。"

余聞而益不自得也，則謂明立，古今事大母而稱孝者，李令伯最著矣。令伯之孝，大都見於陳情一疏，至今讀之猶令人涕承睫而不可禁。非夫真情篤摯能然乎哉？令伯之得以禄養而懼其不及以身養也，吾弟之得以身養而懼其不及以禄養也，其真情篤摯一也。雖然，吾弟亦何不及之患？夫令伯之以太子洗馬徵也，是時祖母劉年已九十有六，計其後不期頤不止，令伯之得以成其孝而令天下後世知有劉也，蓋天實啓之。方其伶俜寡祚之日，李氏之祏不絶如綫，非劉之間關拮据，則其險釁凶閔不至爲若敖之餒者幾希。天既以劉壽李而存其祏，則必以李壽劉而食其報，兹豈人力也哉！而吾於周孺人有感也。

孺人歸西丘公，事舅姑以孝，佐西丘公以勤。西丘公用積著起，絫貲數千，而獨好施與，附仁義，孺人相也。先是西丘公娶於楊，生子長公，孺人晚而舉次公，其撫之也，未嘗不先長而後及次也。次公是以得稱爲弟。次公長而豪，其遊多長者，孺人不爲減仲貲也者而佐之，次公是以竟有賢聲。於諸孫中最憐明立，而至其課之讀，矻矻如也，明立是以用儒顯。今曾孫林列，且耄矣，猶夙興夜寐，杖而問家政剌剌不休。孺人之勤施而爲德於黄後先蓋五世矣，其間所遭固不至若劉之險釁凶閔，而敬共慈惠，克祚厥家而昌大之，視劉猶或過焉，乃其食報抑何屢屢也。西丘公没而稱未亡人者若而年，而長公繼之，次公又繼之，至吾弟而猶屢以孝廉養也，其厚於德如彼，而儉於享如此，揆以令伯報劉之天，孺人之自爲壽，與吾弟之壽孺人者，宜未艾也。史又言令伯才能自負，竟以觖望廢。今吾弟懷瑾握瑜，退然若不足，此其量何如？令伯語曰：積不厚者負無力。吾弟第無忘所謂積者，而益力於學，即三旌五鼎，孺人猶將享之，無患不及養矣。兹歸而及設帨之辰，其爲我歌《鴟鴞》之三章以爲勞，次歌《天保》之卒章以爲祝，然後率子姓奉承而進之，孺人有味於斯言，其必舉吾弟之觴。

明立听然曰："伯兄謂大母當以德食報，弟將以徼惠於天，至期弟積學以爲大母報，弟敢不勉？"遂書其言以行。

勅封郭母林太孺人壽序

蓋余於郭母林太孺人之造郭也，而有感於坤貞之吉焉。夫《坤》於卦爲純陰，於時爲建亥，於令爲閉塞潛藏，一元生生之機，或幾乎息矣。然而聖人係之曰安貞吉者，以其至柔而動剛，至静而德方，貞有必復之理，是以貞下起元，由是而陽復而剛長，爲《臨》爲《泰》以至於極盛而爲《乾》，而循環之運未有已也。則貞之爲也，地道也，婦道也，臣道也，皆無成而代有終者，其以貞得吉則一而已矣。

始太孺人之得事瓊州公，實在公懸車之歲。瓊州公起家名進士，敭歷中外，雅著名績。退而優游泮涣於平泉、輞川間，此一時也，既阜且康，俾昌俾熾，太孺人以名家子晚而稱相室江沱之後，處小星之肅宵，雖莫可非儀，而含章之德，獨能當公心而格神聽，用克誕育今侍御樾甫君。無何瓊州公即世，侍御君方在髫齔，而二三適兄相繼夭殁，家事日益剥落。此一時也，隆隆堂構，幾至析箸，衮衮箕裘，僅存如綫。太孺人伶俜一未亡人，上廑先君契闊之思，下軫育子殷勤之閔，含辛茹荼，拮据萬狀，其所以勸課侍御君者，斷機、畫荻、和丸、易書、截髪、剉薦，古賢媛育鞠諸事兼而有之，侍御君是以克底于成。蓋太孺人以盛年而賦别鵠，又十餘年而侍御君始薦鹿鳴，捷杏苑，又十餘年乃乘驄衣繡，爲天子廵方稱貴近臣，言論丰采，藉重朝端，舉瓊州公未墜之緒，益底于顯融烜赫，而未有艾。此其有造於郭，殆與女媧煉石補天、斷鰲柱地争烈，乃其安貞之吉，則所醖釀者厚矣。丁未南宫之役,余幸得托契侍御君,又重之以姻婭,頗得與聞閫範,竊稔太孺人外慈而内嚴,不惟訓侍御矻矻無所姑息,推而慎管籥,輯族姓,勑紀綱,無弗穆如肅如,此皆合於坤之至柔而動剛,至静而德方,其能無成而代有終誠有以也。

歲癸亥,太孺人壽六十加一,是花甲週而復始之年也。其正月爲設帨之辰,煖律初轉,是週而復始之月也。皆與貞下起元之數會。侍御君適竣長蘆之役,天恩予告,得錦旋將母。太孺人盛年純節,於法應旌,向以宦家例格,至是乃光膺譽命。侍御君躬豸繡,薦象服,鞠跽而進之,子若孫若曾孫以次上壽。太孺人山河令度,蘭玉滿前,融融洩洩,其樂未央,斯亦含弘光大應地無疆之盛際矣。乃侍御君孝思未已,廣徵祝者之詞,爰及不佞。不佞不文,何能爲祝?且太孺人以壽郭者還以自壽,理數自然,何所事祝?無已則重以坤貞之説進。《易》之繫《坤》曰妻,曰臣,太孺人既以母道而終妻道矣,意且以教子者而轉教臣乎?方今國步艱難,疆埸震虩,聖主赫然軫思中興之業,侍御司耳目,職侍從,地切任毆,寧可戀子舍而忘國恤,其尚勗以畢力馳驅,矢激濁揚清之雅志,抒安内攘外之鴻謨,俾國運反剥爲復,頃否爲泰,以臻於乾道之盛,而循環未已也。斯之謂以壽家者壽天下,其爲坤貞之吉孰大焉。敬以是佐燕喜之觴。

泉州文庫

選堂題

（明）黄汝良 著
李夢生 點校

河干集（下）

泉州文庫整理出版委員會 編

创于1897
商務印書館
The Commercial Press

河干集卷六

記

擬歷科一甲庶吉士題名記

我太祖高皇神聖開天，謂建國莫如親賢，親賢莫如豫養。堂基初搆，即設翰林等官，命編修張唯等十人肄業文華堂，親爲擇師較藝。至永樂甲申歲，文皇帝始命解縉選進士材質英敏者讀書文淵閣，得一甲曾棨等、庶吉士楊相等廿八人，令司禮監給筆札，光禄寺供法膳，分鈔市膏燭，賜第爲居止。列聖以來，循爲故事，得人之美，於斯爲盛。今皇帝鋭意太平，於儲才尤兢兢。丙戌春廷試進士畢，乃以一甲某等、庶吉士某等若干人，俱讀中秘，一時思皇多士，幸承德意，斌斌濟濟，充溢金馬間。當事者快睹諸士鴻漸之會，恭繹列聖燕翼之謨，思以鋪張令典，傳之無窮，乃上自永樂，下迄于兹，次其名氏，勒之貞珉，俾後世得以考鏡，而屬某記之。

某於是仰嘆我國家養賢育俊之典盛也，自古未有秘館儲才者，有之自昭代始。夫士自束髫受書，則已群之膠庠；膠庠之後，登以公車；公車之後，策以廷對；廷對之後，觀以曹政。其所以長養成就、優游漸漬之法，可謂盡之矣。然又以密勿之地非詮材所任，大成之士非旦夕所希，乃於制科中拔其尤雋者，聚之鴻都虎觀之地，授以人間未見之書。未遽妨以職事，俾專精神以玄覽古今，而豫圖經濟大業，意不亦甚盛休美哉！養之彌隆者責之彌殷，望之彌至者稱之彌不易矣。

今夫適千里之途者必厚其儲胥，造萬斛之舟者必堅其檣楫，國家以中秘儲才，所以致千里而載萬斛者也，如之何其易稱也。士方伏處蓬篳，或悒鬱無聊，一旦列清班，陪禁近，太官鼎珍士得而分之，内府金錢士得而賜之，金匱、石室之藏士得而縱觀之，其養尊處優，非諸司所敢望，人至指爲人主私人。夫人主非私其人，私其能成人主之事者也。士或不務成人主之事而自便其事，謂養士者何？抑冗散他司，或非世所指數，乃若蓬島瀛洲，去天尺五，士丁其遇，正如陟嵩華而依日月，觀望直見，故賢者易以見蠍，不肖者亦易以見慝。何者？其所處然也。明興二百餘年所選以千百輩，今其名歷歷具在，彼能克自樹立，以德業文章垂休流景者，其名固至今有餘芳；間或一二蹲沓諂詘、負乘覆餗，爲躍冶之金，乘軒之鶴，人亦得因其名而指摘之。語曰："後之視今，猶今之視昔。"故夫斯名也，俗士之所榮而賢喆士之所懼者也。

當今聖明在宥，賢路廣闢，率三歲一開館，預斯選者輒隱然具公輔望，即子雲無庸嘆其執戟，曼倩不暇托以俳優，不患上負，士當此時而不能希光遘會，矢心稱塞，以自成其名，使人謂儒效闊疎，斯不亦虧盛典、羞明時哉！文皇帝始詔諸士讀文淵，而訓之曰：直志須遠大，毋安近小。夫士患志不立，志立則才成，才成則功就，功就則名永。士能服膺聖訓，庶幾哉可以無負斯名矣。

擬翰林院學士題名記

國家稽古右文，設翰林院以儲才雋，而學士爲之冠。學士秩五品，然其地望清華，有非諸司所敢擬者。蓋漢以前職名靡著，建元、元封以後始有待詔金馬、太史、蘭臺校書、天禄講藝、石渠之倫，而學士之名不稱，大率文墨風議之任，近於猥瑣拓落若馬史、東方生、子雲所歎可睹已。唐宋以來，翰林設于禁中，學士之名始顯。鈴索花磚，稱貴倨矣。然末技衆流，厠名供奉，集賢、端明、龍圖、天章之類，職名雜出，靡得而專焉。

我太祖高皇帝草昧之初，即置弘文國史院。定鼎以後，罷弘文國史而專置翰林，以學士統其事。列聖以來，率由前軌，地列清閟，無冗散沉淪之嘲；選極英俊，無雜流瑣尾之譏；職掌專一，無它名雜出之繁。其視漢、唐、宋不翅重矣。乃若趨陪講幄，進侍經筵，則啓沃之任也。鑾坡視草，儤直宣麻，則絲綸之寄也。

參酌論思，拾級台衡，則公輔之儲也。奬進醇雅，抑黜浮薄，則文章之司也。其名彌榮者，其望彌竣；其望彌峻者，其稱彌難。蓋國家以翰苑儲才，由編、檢而講、讀，而學士，而後密勿參焉。故夫編、檢、講、讀猶登塊阜之丘也，坊局則配林不注矣。學士而參密勿，則如五嶽赤城而漸陟崑崙之巔，觀望無不見，指示無不集。兹名也，固俗士之所榮而鴻鉅之士所爲蒿目怵中而見爲稱之不易者也。

明興二百餘年，學士起家無慮數十百輩，其謀猷勛業，勒名身後，如宋景濂而下，固未易更僕詳，間有蹲踏諂訕，濫觴華貫者，至今猶可指數也。夫鴟梟鳴鳳梧則高崗無好音，青蠅棲垂棘則粹白有餘瑕，豈非所處然耶？士幸而得處鳳梧垂棘矣，毋亦兢兢於其名，以求勿點也哉！因爲次其名氏，自國初迄今日，俾後世得以考觀焉。

安海新設駐鎮館記

高皇帝疆理寓内，海邦尤詳，天下既定，屢命重臣經畫，其在閩則江夏侯德興、南雄侯庸，後先至，設屯堡十有六，悉籍漁户、商人資防禦焉。列聖以來，益謹綢繆。泉、漳、興、福之間，時增式廓，若竹崎、雲霄、海澄諸處，大者爲邑，小者爲鎮，犬牙錯而虎落周，良以巨浸浩淼，風颿飄忽，不備不虞，易啓戎心，蓋廟謨宏遠矣。

安海距泉郡五十里而遥，其地北阻府會，南控漳、潮，諸島夷僅在襟帶間。承平久而生聚繁，室家鱗次，闤闠櫛比，肩摩轂擊，駢駢闐闐，昔村落而今奥區矣。物力既盛，巧故萌生，曩時奸民往往闌出，交關島夷，自洋禁開，互市之舶，往來如織，彼餌我以刀布，我輸彼以情形，昔内地而今夷庚矣。嘉靖之季，倭訌突發，磨牙吮血，萬室爲墟。當事者乃始料民醵貲，築爲城堡，保聚扞禦，民用稍有寧志。其後夷氛既熄，經久慮疎，間鎮以武弁，桑梓紈綺，視聽既玩，事權復輕，不則委之幕僚，斗食之吏，卑瑣闒茸，徒規朘削，無事如蟻慕羶，有事如履遺迹，非惟無益，反滋害焉。何則？城非公創，不領於職方，守無專官，罔慮於民社，居平猶或探丸無忌，桴鼓時鳴，一旦有儆，其不剪爲寇讐者幾何。

夫時至則事起，以高皇帝加意海邦推之，詎於今日不爲之所哉？于時堡之縉紳父老走控上官，臺使者下其牘，或言置邑，或言設鎮。邑侯顧公議曰："安海置邑如海澄誠便，然必割晉、南、同之界，版籍既定，紛更爲難。又必設官，必建學，必多創公署，必措處輿臺，一切廩禄經費，猝未易辦。宜略倣雲霄、竹崎故事，建設分府，即以見在府倅一員筦之。無增官之擾，有保障之安，計無便此者。"監司上其議，直指方公深韙之，爲請於朝，給印章，文曰駐鎮安海，用示專守。堡人聞命，驩欣鼓舞，輸將恐後，乃始揆日蠲吉，飭材庀工，即城之西北而建置焉。繞以周垣，拱以重門，有堂有皇，有寢有房，賓館廨舍，罔不畢備。蓋不煩官帑一錢，而隆棟巋然矣。經始於别駕汪公，殷公繼之，趨事益敏。起丙午某月，越戊申某月落成。殷公干旄自郡來駐，乃屬余記之。

余因是有感於謀始之難也。謀而臧後且以爲福，始弗臧後且以爲厲階，故曰："民難與慮始，可與樂成。"必樂成之無憾，斯謀始之允臧。《易》言作事謀始，蓋難之也。自安海有城，何日不議守官？然且蓄縮如道傍舍，微方公堅決於上，顧公調停於下，百年之計，未有定也。前人議之數十載而不足，二公定之一旦而有餘，夫豈不惟勞民傷財之爲兢兢，要以利擇其大、害權其細，目前之偷安，孰與百世之寧謐？參酌劑量，績乃可底，斯不亦慮始之善物哉？

抑余有過計焉。聖人瞻言百里，小人見在眉睫。祁寒暑雨，民猶怨咨，有如保鄣之效未究，繭絲之嘆已盈，是以福始爲厲階，而始事之初心謬矣。汪公忱恂惠和，殷公開爽明練，要皆豈弟宜民君子，建侯草昧，衆志咸孚。繼自今來鎮兹土者，尚克念張官所以爲民，民之奉官亦以自爲，毋謂地遠而怙官勢，毋謂俗朴而狃民弱，平居則休養生息，有儆則禦灾捍患，以固吾圉而蔽泉城，以仰體高皇帝軫念海邦至意。使樂成之戴永堅，斯慮始之功益著，即方、顧二公與江夏、南雄並尸祝可也。《詩》不云乎："訏謨定命，遠猷辰告。"敢用贊謀始者。又曰："不解于位，民之攸塈。"敢用告後來者。

方公名元彦，歙縣人，丙戌進士。顧公名士琦，太倉人，戊戌進士，今爲給事中。汪公名矩，富川人，由舉人。殷公名光彦，歙縣人，由官生。若效勞諸役，則碑陰具矣。

侍御燕陽商公祠記

叔孫穆子論使臣之職曰："諏謀度詢，必咨於周。"夫使臣之職，孰有大於咨周者？今之稱使臣，孰有重於臺察者？自明興，設外臺以司按察，與行省相參爲理。其後承平久，見爲外吏，事權稍輕，或呰窳不能舉職，始特遣内臺御史出按郡國。御史以七品官代天子廵狩，據郡國百僚上，職地既雄，又一歲輙代去，往往繡斧自尊，民間利病或至闊絶，歲匝舉刺奏上，即謂吾激揚事畢，於向所謂諏謀度詢者，職稍絀矣。以余覩記，臺使來按吾閩，最稱舉職則無如燕陽商公與日池龔公。龔公别有紀，不具論。

方今上登極之五年，商公持節來按吾閩。閩是時當兵燹後，凋瘵未甦，差役雜出，官府驛傳、倉夫庫子諸徭，率借辦民間，歲一編役，猾胥高下其手，漏富差貧，丁是役者日費至百十金，民惴惴莫必旦夕。公下車問民疾苦，廉得具狀，深爲嘅然。會中丞龐公開府玆土，公與協衷一意，建條鞭法，計一歲官費幾何，民間丁田幾何，通融派之，酌古力役之征，規宋雇役之意，民不見騷，官無廢事。令初下，難慮始者或牴牾之，公力持其議，爲請於朝，既行之閩，復布之海内。其他節冗祛穢，剔蠹剗浮，一切厖政，順流與之更始，閩是獲有寧宇。大氐公之爲直指不欲徒以乘驄埋輪自雄詫，其注意乃在以宣上達下，撤幽蔀，故曰必咨於周。周，忠信也。公以柏府森峻，能盡心捜求民瘼，可不謂忠？民瘼既悉斷而行之不移不爽，可不謂信？忠信之至，豚魚猶孚，而況吾閩直道之民乎？

先時，公去閩，閩人德公，已所在名宦祀公。其後三十餘載，而公文孫等軒公來令邵武，豈弟神明，循績爲七閩冠。邵人士見令公如見公，事居懷往，謂非特祀無以稱公德。令公謙讓靡皇，乃即故侍御日池龔公祠協力新之，祠商公左，龔公右，屬余爲之記。余謂玆舉有四善焉：在《祭法》，法施於民則祀，公所興除，其法至今永賴，於典合矣。東海一尉，桐鄉一長，猶世世祀勿絶。公功大思永，何論百世，於澤稱矣。明神不享非類，公與龔公同官踵美，於享類矣。匪特祀則民志弗慊，勞民傷財，公志或違，因舊祠舉新典，於事衷矣。一物而四善備，紀不亦可乎？

或曰：公建白於朝，功施海内，何第閩，又何第邵武，而以區區尸祝爲？夫蔭其樹猶思其人，況親芘其子孫乎？商公以垂裕而大啓孫謀，令公以繩武而益彰祖德，邵人思其祖則戴令公愈殷，戴其孫則報商公愈切，此人情之極也。昔召康公爲德於周，其孫穆公虎繼之，《江漢》之詩作焉，其曰"召公是似，用錫爾祉"，因祖以及孫也。其曰"釐爾圭瓚，秬鬯一卣"，緣孫以享祖也。今令公且政成徵入，列職貴近，天子嘉孫謀，思祖德，將加闡揚褒大於商公，如周人之錫召康公者焉，而何疑於邵人？姑紀以俟。

商公名爲正，字某，别號燕陽，浙江會稽人。隆慶辛未進士，後擢大理少卿。邵武令名周祚，字某，别號等軒，萬曆辛丑進士南宫第三人。

延平司理豫源徐公德政碑記

余以丁未冬過劒浦，諸生王君尚烜輩相率來謁，以司理徐公德政記請。余時倉卒未能也。歸之明年，而諸君復介余友黄君某申前請，至于再，至于三。劒浦距温陵千里而遥，芨舍重趼，汲汲若將不可已者，距非有所深入而然，余乃知其意之殷矣。間出《鐔南謳頌集》示余。《謳頌集》者，集謳頌徐公德政之詩歌若文也。其言自延薦紳先生及孝廉、青衿、武弁、雜流、編户，以至鄰邦名碩、立言之士，靡所不有，余又知其論之公矣。既一一披閲，第見盛美種種，或稱守，或稱才。司理理効，攝守守効，攝令令効，攝各館各館効，三事克舉，八面立應，余又知其實之副矣。蓋余居京師時已稔聞公賢，至是而證歸益廣，聞見愈覈，雖余甚不敏，亦安能辭？乃即集中涯略詮次之。

按傳志，延當七閩咽喉，其俗質直淳朴。而邇來巧故萌生，浸成盤錯。司理郡紀綱，上爲兩臺監司耳目，下爲守若令樞紐，則舉職已難，矧其旁及兼攝，異時在事者或傳舍其官，芻狗其民，政粃厲而粃厲報之，雖善粉飾，不能欺一人，矧於闔郡鄰封之衆乎？徐公豈弟宅心，兢業爲念。其於民也，煦之若赤子，而凜之若朽馭，諸熾政未易殫述，其最著可紀者：如小大之獄必麗於法，賢否之隲不爽於衡，則明可紀。供億不及市，苞苴不及門，贄見不及庭，出納不及羨，則廉可紀。餉士必歸士，給役必歸役，歲荒發廩賑饑，顆粒必歸饑者，則惠可紀。剔衙胥之蠹，禁夜遊之女，杜多年之噩訟，裁郵傳之繹騷，則肅可紀。戴星出入，日昃不遑，則勤可紀。事無留行，案無宿牘，則敏可紀。猶以爲非其大也，公每慨有宋大儒若楊、蔡、羅、李悉皆延産，詎於今寥寥，故尤加意廣厲，葺學宫，課髦士，日與講論印證，幾有景前哲嗣興者，此則文翁興學、次公教化所由爲循良稱首，而非俗吏敢望者乎？嘗觀古之賢守令，或才守偏長，寬猛畸效，斤斤一察，並列傳記，又如桐鄉嗇夫、東海冗尉，守其挈瓶之職，猶能聲施至今，孰有如公一人而兼衆美，一官而兼衆務，游刃展驥，恢乎有餘，使在在肌淪髓浹，而庸可無紀乎？宜乎諸君之汲汲不已也。

然余過劍浦時，嘗蒙公接待，見公恂恂長者，絶無一毫炫耀近名意。兩臺又已知公，慰薦屢騰，有如以諛詞無益，謝卻諸君，如何？黄君唯唯否否。夫上德不德，遐軌也。美則愛，愛則傳，至情也。王道本乎人情，情不能已者聖賢弗禁。即公不近名，其能遠情乎？吾子不聞杜當陽陵谷之論乎？自績自紀之，猶懼異世淪落，矧吾儕蒙休揚美，若之何當吾世而已之，而禁之。抑吾子史也，職在纂述，親沐河潤而自嫌諛，公旦晚且擢爲臺諫，將嫌益甚，而賢邦君之紀無日也，史職謂何？余無以難，乃爲記而歸之。

公名九德，别號豫源，江右上饒人。由俊選登順天丁酉鄉進士。

曾裔雲少宰高曾祖合祠碑記

曾之先自宣靖公父子以相業顯，重於宋，歷元入明，文章節概，奕代蟬聯，蓋先祜繇來遠矣。學士曾少宰裔雲先生，懆先德之或湮，自傳其高、曾祖之明德，以屬不佞，曰："余去家之南里許，搆椽峙楹，奉厥所自有日矣。而礱石一片，猶闕泚筆。子大夫肅肅秩宗，敢藉言以垂不朽。"不佞唯唯。既而思不佞宗譜原繇莆之金墩徙泉，及兹十世，而曾氏從泉入莆，亦在勝國至元間，乃其先則皆來自固始。梓誼世世講之,即微少宰請而側聆旦評,典型世德,格格喉吻間,能無一言以志?

按曾之始祖延祚公,官唐團練,緣寇亂自光州固始挈家渡江而南,爲閩之泉人。歷數傳而有閩帥光溥公,繇泉而遷,又爲閩之莆人。繇光溥而神童公,而鍾秀公,而信忠公,而智華公,而維榮公,而良敏公,世居東門之蓮塘。曾氏爲蓮塘著姓,自信忠公始。而少宰貤少宗伯贈,則自良敏公始。祠良敏公以及維榮公,以及智華公,而禰别有廟。蓋自仁率親自義率祖意也。

少宰之言曰:“吾高祖智華則世稱東渠公。公岸性頎體,任俠喜負,嘗謂人曰:‘吾有一言一蹈爲若窺者,若不吾容;若有一言一蹈爲吾窺者,吾亦不若容。’間與豪貴遊飲,往往面折駡坐,絶不爲澳涊態。每夜行獨嘯,聞者輒引避。歲饑,毅然上書,舉行社倉,修救修賑,一以濟人爲念。邑大夫善其言,改容禮之。澤匱興僵,惟力是視。以故諸族黨鄰里憚公者未嘗不戴公深也。其骯髒之質,歿而魂魄猶毅。盂蘭節會有誤蹴其紙燼者輒病結欲絶,禱之乃蘇。英爽類如此。蓋公性多怪少可,而實禔躬嚴密,不示人以罅,所謂自勝之强非耶?晚而削剷崖岸,與人暱就,則納諷于明軒公居多。”

明軒即少宰王祖,名維榮者。少宰稱其平易和藹,樂道人善。龐眉皓髯,清癯無塵氣,而步履安整,觀者以爲行地仙。先時東渠公嘗謂人曰:“人之不可無氣,猶河嶽流峙于天地間,聖賢備全氣,吾自知未免客氣,顧吾見回遹男子如眼屑背芒,必解使去我而後快。”而明軒公則怡色婉諷,曰:“大人毋乃氣勝耶?”對人則曰:“老父生賦勁骨,將無與君左,願與忘之。”事東渠公如嬰兒,載歡載笑,隱若以鹽梅甘苦互爲劑也者。少宰日將調燮綸扉,亦若是矣。

嗣明軒而爲良敏公,則岐黄家著稱,號愛春,是爲少宰王父。初業儒,後以醫名家。嘗夢神人謂曰:“學儒而成,立身榮名;學醫而成,普物養生。物與身孰廣?名與生孰贏?”既而以其營學者營醫,剖晰叔和、東垣、河間諸方書,刀圭所投,無不立効。所著《女科撮要》、《本草辯疑》,皆精心手書。遇貧而病者,即施藥療之,不責其報。此又與蘇耽、董奉異世同符矣。公雖業醫,然縹緗盈軸,因目眚廢讀，慨然曰："吾不能讀，後必有能讀吾書者。"蓋預知其後必昌大，高閭植槐，種因樹果，直如取諸寄耳。

黄子曰：予觀自古高華名族，若漢陳、荀，晉王、謝，唐韋、杜、崔、盧，其先世皆有懿美淑範，而後乃俾熾俾昌。有開必先，千載無爽。莆之曾實出宣靖，公侯之後，必復其始。乃少宰公謂遥遥華胄，未暇遠述，第叙其近世三祖，又無所誇詡，而僅志其隱德獨行，此之爲實録也。然余竊窺其微，在東渠公得義氣多，明軒、愛春公得仁氣多，總皆天地間未雕未琢，敦龐淳固之氣也。氣鬱積而不過，乃始發祥于兹。少宰公擅著作，佐統均，且晚入參政地，而厥嗣孝廉、茂才諸君，競爽並秀，接武雲衢，未有艾也。宣靖重光，應在此日，陳、荀而下，何足多談哉！或曰：芝草無根，醴泉無源，如何？曰：子不見夫黄河濬流於星海，五嶽擘脈於崑崙乎？而何以芝草、醴泉區區爲也。雖然，不有黄河，孰尋星海；不有五嶽，孰遡崑崙？要以積慶乃能裕後，錫類始克光前，濟美篤祜，是又在少宰公勗之矣。乃不揣而爲之紀。

晉江重修儒學記

吾温陵自常衮建學以來，歷唐迄宋，文教浸昌。逮至今，薪槱之盛，詫爲寓内冠冕。然竊怪佔畢之藝雖工，而絃頌之聲鮮聞。至於聖賢學術，罕有升堂入室者。雖繁華之路使然，亦繇爲師帥者未有以風之耳。

歲壬申，參知二雲曾公以江右名儒，建旄兹土，毅然以興學化民爲己任。公餘之暇，躬率僚屬，延致紳衿，都講于學宫，務以闡發聖賢經書閫奥，昭示後學。自余告歸，幽棲遠壑，未能常陪絳帷，間有事郡中，諦聽一二，未嘗不心爽而神怡也，則其它親炙受益可知矣。是時晉江儒學屢以傾圮告，前時宰是邑者迫於征輸期會，時絀未能舉贏，適桐汭戈公製錦兹邑，豈弟作人，與曾公同心一德，遂奉曾公檄，節浮費，捐贖鍰，佐以諸紳衿樂輸，未滿歲而宫牆完繕，廟貌一新。乃介銓部林公讓菴屬不佞良記之。良以荒耄辭，弗獲，又自惟從髫齡蒙養縣庠，更今五十餘禩，猶幸得荷賢師帥面命耳提，遘兹盛典，何敢無一言以志？乃拜手颺言曰：

甚哉,學道之有關治道也!《學記》不云乎:“君子如欲化民成俗,其必繇學乎?”四代庠序,於經可見,彼豈直爲宫牆廟貌、崇飾壯觀,正欲諸士於此講求道學,爲化民成俗地耳。故《傳》曰:“學,殖也。不殖將落。”又曰:“脩禮以耕,陳義以種,講學以耨。”古人之於學猶之治生力田然,一日不殖則俯仰何資,一時不耨則菑畬何望。學之不講,則脩己治人何藉?是以鄭人議鄉較,子産尊以爲師;文翁用文學化蜀,《史》、《漢》推爲吏稱首。即夫子大聖,猶兢兢以學之不講爲憂。蓋謂化民成俗,舍學無繇耳。乃其欵會則括於告言偃之一語曰:“君子學道則愛人,小人學道則易使。”夫使天下爲上者俱愛人,爲下者俱易使,則唐虞時雍,三代刑措,何以過是,寧有民不化俗不成,而天下不治者乎?要以下易使繇於上愛人,上愛人繇於學道而以道率下,所謂操本以齊標,似緩而實急者也。

邇來夷寇披猖,寓縣騷繹,封疆長吏日夕惟勤催征,訓組練是急,然營之愈急而應之彌緩,終未能紓廟堂宵旰,豈非標本之間圖之不豫,上鮮愛人之吏,下鮮易使之民,學道之訓有未閑乎?吾温陵亦非無事之國,催科、訓練,豈敢後人?乃爲師帥者獨能以勸學爲本,務經文於緯武之先,折衝於樽俎之上,庶幾海天清晏,四封無虞,何幸子産、文翁、常衮復見今日。倘宇内師帥盡然,太平自可立致。信乎夫子學道一語,真萬世爲烈也,抑吾儕紳衿尤不可不自勗勵焉。《漢志》有之:秦燔詩書,以立異議;莽誦六藝,以文姦言。究竟殊途同歸,誠謂治貴學也,學貴真也。學之不真與無學等。吾儕得生逢聖代,承賢師帥甄陶,其尚省身克己,以真學自期。爲官則體國奉公,居鄉則入孝出悌,毋使異議得借爲口實,即無論升堂入室,但勿玷夫子之宫牆,則大善矣。餘序次如左。

銘

泰山紀遊碑銘

峩峩岱宗,極天蟠地。齊魯擁帶,日月虧蔽。秩祀眎公,靈威仰帝。望馬吴門,觀曦海澨。冠冕五嶽,吐納一世。繄余小生,寓形遠裔。寤寐山靈,爰有神契。掄才于東，返斾來憇。匪緣國命，詎能以至。顥氣朗清，秋暉澄霽。石狀嶄巖，山色佳麗。言陟其巔，歷覽無際。仰捫虛危，頫襲沆瀣。廓然大觀，盪胸決眥。登封檢玉，陳迹杳翳。烟剥雨蝕，荒碑殘碣。懷昔撫今，慷焉以嘅。悠悠震旦，萬古長峙。儆爾明神，尚國是芘。庶幾仁壽，與世共濟。

贊

樂律志贊

史臣贊曰：國家樂制，斟酌百代，高皇帝憫胡元之淫慝，慨然以正樂爲先務。時則冷謙協其音，陶凱、詹同稽其制，宋濂、樂韶鳳輩文其詞，其超軼前代者有四焉。平澹古雅，作止各歸其分，無狄成、滌濫之音，一也。歌功發德，雅頌各得其所，無天馬、赤鴈之奏，二也。放黜女樂，而翠翹、珠袖之淫輟，三也。削去胡部，而天筑、龜兹之伎歇，四也。聞樂知德，於兹信矣。然鐘律乃制作之要，而掌故闕略，靡所稱述，豈當時諸臣實有遺慮，抑有待也。文皇帝尤加意斯路，策士臨軒，屢發清問。嘗嘆樂書之泯，欲定黄鐘之律，而諸臣無能佐下風者。肅皇帝當百年之會，操三重之權，殷薦秩節，焕然一新。是時張鶚、李文察皆以知樂，秩在太常，自詭制律候氣之任，然績用弗成，事無可紀。而吕懷、劉濂、韓邦奇、黄佐、李文利、王邦直之徒，各著書言鐘律甚備，以職不在典樂，無所施用，徒托之空言而已。

語曰："知者未必爲之，爲者未必知之。"蓋自古患之矣。抑鐘律者自然之妙理，天授之獨契，論議辨説，非所幾也。古人言師曠之聰，阮咸之神解。夫聰與神解云者，豈辨博之謂哉？昔之言鐘律者莫詳於宋，而識者謂其制作之無成，亦由於辨説之太盛。如李照、楊傑、魏漢津輩，各逞其私説，施之製造，或爲歌工所更易，恬不知問，使人謂學士大夫之心思反不如賤工伶人之手巧。繇此言之，非知之難，亦爲之難。即使吕、劉、韓、黄盡得施用，猶未敢必其功效之遠過於張鶚輩也，況以李文利、王邦直之孤學曲説哉，而何貴於辨博之紛紛乎。

雖然，恃辨博者非也，廢辨博亦非也。夫心之精微，口不能授；性之解悟，筆不能書。而非口授書傳,則精微解悟亦何所寓之矣。《易》曰:“神而明之,存乎其人。”班固曰:“至治之世,天地之氣合以生風,天地之風氣正而十二律定。”方當重熙絫洽之運,順氣既應,和樂將興,必有倫、夔之臣應黄、虞而出者,考故實而綜異同,亦正樂神明之一助云爾。

開國功臣六王贊

於鑠高皇,載闢萬方。嗣續帝紘,恢廓王綱。滌彼腥穢,復我冠裳。乾坤再造,日月重光。孰克翼運,爰有六王。

中山首師,總我魚麗。惟皇授鉞,蹈厲以麾。摧吴如落,拉漢若遺。脅燕蹙秦,成功不遲。載啓齊洛,中原永綏。節制能謀,元勳首推。開平蓋世,桓桓其武。義旗首倡,用識真主。陷堅前茅,先登披羽。笞諒以箠,縲誠以組。奮臂燕支,前無勁虜。載其揚威,如羆如虎。卓彼岐陽,娟娍是鍾。烈烈英風,吴楚景從。維嚴作鎮,窺牟遁蹤。擒滅澆豷,貫頤洞胸。遂開北庭,絶幕摧鋒。媲漢征虜,文雅雍容。寧河魁梧,勇略赳赳。猛氣生風,壯志干斗。致届江淮,歸命罔後。廻戈漢沔,僞命授首。歷鎮八州,撝謙靡咎。追謚武順,帝心所右。東甌舊好,潛龍所乘。凌厲奮翼,夷克梟獍。席捲東南,吴閩響應。長驅蜀漢,善謀慮勝。功冠七萃,服膺九命。既成亢龍,厥終亦令。黔寧詻詻,不瑕維城。機權内頴,鷙猛夙成。斥遠西蹟,迅掃北平。還佐潁國,以靖昆明。百蠻來輳,五溪敉寧。固我南服,奕世載貞。

凡此六王,成功最章。雲蒸雷擊,虎視鷹揚。風櫛露沐,以奠金湯。勛垂帶礪,績表旂常。勛績既茂,我祚用昌。昭晰顯懿,澤流苗裔。日月依光,風雲符契。錫祚配祀,與國勿替。垂之册府,以表世世。

王石溪先生像贊即山陰王對南相公乃翁。

夫以川嶽播氣,測潤物之所因;經緯回天,知受光之有自。况乎質行純素,垂範長存;玄德好脩,流芳無歇者哉。

先生游神墳索，繕性丘園。幼負岐嶷之資，長懷瓌瑋之道。刑家孝友，則《白華》、《常棣》，遜其淳風。軌俗敦龐，則太丘、朗陵，謝其懿躅。加以循循善誘，諄諄誨人。是以啜芳嗽潤之英，望帷稟業；籯經味道之子，篚迹同聲。披褐懷瓊，弗爵而貴矣。

既而道存義方，澤裕啓佑。謀翼喆胤，參贊上猷。方鍾鼎於明時，作鹽梅于帝室。夫身不必珪組而功在本朝，處不離泌衡而化逮蒸庶。豈非幽光潛德，博厚高明者乎？

不佞幸覿令儀，心傾仰止。敢效詩人之作頌，用佐畫史之傳馨。贊曰：

紫河蜿蟺，恒嶽巃嵸。扶輿磅礴，孕靈毓哲。猗歟先生，人倫魁傑。禔躬綽約，澄神寥泬。惟孝友于，矩步繩趨。抗節匪厲，守貞若愚。既汎蓺海，亦葳道腴。絳帷皐比，良士瞿瞿。惟德惟禧，天眷不遲。誕育名世，以弼帝治。遂膺台鼎，躋于龍夔。誰能作求，式穀似之。昔晉先正，二王作程。太原質行，河汾授經。疇克攸兼，曰惟先生。況茲三事，繼述孔明。人亦有言，至貴爵并。我慕前脩，懿此德邵。清襟可挹，芳韻未藐。淵角殊祥，山庭異表。神波洋洋，情岳矯矯。積石共濬，龍門齊嶫。

仙師吕純陽先生贊有序。

距晉江西南六十里爲安海鎮，鎮城之西郭，友人陳周士別業在焉。有閣曰來青，溪山映帶，水樹蒨蔥，居然神仙窟宅也。歲戊午十月，仙師吕純陽先生降臨其上，時現景光，屢著靈異。士民有叩者輒以筆札爲語言，其應如響。或神物見乎壺中，或靈草隕自天際。於是遥邇咸詫，紳衿畢來。問休咎驗如蓍龜，徵方藥効捷岐扁。人洞肺腑，似照膽之銅；事徹幽遐，似燃犀之火。議論則懸河倒海而出，詩賦則刻燭擊鉢而成。然其注意歸於勸善誡惡，方便衆生，非徒張幻見奇而已。是以甿萌頂禮，即有道通人，亦無不翕然歸嚮者。

夫神仙以虛無静寂爲宗，至於成道上昇，而仙事畢矣。先生道成於千百載之前，而神行於千百載之後。既已出世，而猶汲汲皇皇於救世，其神之隨時顯現,何異水之在地中,其爲利賴,無處不然。即安海之處震旦,僅稊米毫端耳,猶不遐遺,况其他乎?我孔聖之聘列國,尚在當世;若如來之疲津梁,猶是現身。孰有時異世殊,功行無歇者,豈非三教之玄同、上真之首出者哉?

考之傳記,先生故業儒,舉唐咸通中進士,遇異人得仙,後復証妙覺法門,得無礙上乘禪,宜其變化不可思議乃爾。余生平不喜怪誕,然以耳目所睹記,不能不歸信於先生。昔張子房祀黄石,顔魯公紀方平,史遷有云:學者多言無鬼神事,然言有物。斯其旨矣。余之信嚮先生,殆有進焉。乃拜手稽首而爲贊。贊曰:

大道何際,法力無邊。出世入世,爰有上仙。超忽天界,來往人寰。吉凶同患,民用以前。幽深畢照,参伍化權。神周象外,慧炳幾先。靈通變化,孰測其然。由來三教,鼎立垓埏。猗歟先生,兼總其全。蚤成道果,白日騰騫。既証聖諦,亦儒亦禪。亦儒伊何,軫心痌瘝。亦禪伊何,苦海共憐。功濟浩劫,法蔭大千。豈如枯寂,隔礙人天。蕞爾安海,亦叨夙緣。顯示靈跡,來青之軒。訓誘愚蒙,用筆代言。有叩必應,如響斯傳。眇余凡質,幸參法筵。心醉骨竦,領略真詮。拜稽作頌,祇奉周旋。昭兹來許,永皈上玄。

巨源宗侯像贊

覿其貌忱恂而温然,聆其言斐亹而文然。問奇而書滿架,樂聖而酒盈尊。茹清真之道味,厭紈綺之世氛。動兮而悠悠偕適,静兮而綿綿若存。谷口牆東,人知其爲三徑之處士;金枝玉幹,孰識其爲七葉之王孫。不效東阿之求試赤社,不羡鴻寶之超登玄雲。惟息機而杜德,孰白屋與朱門。其渾沌以遊塵壒之表,將賢明而慕德蒼之倫者耶?

告　示

安齊宗告示

南京禮部爲體德意,以安庶宗事。

看得諸宗有犯，原不株連，安化、寧藩，自有故事。間者睿鑑，所坐罪止及身。本部與操院原奏自明，即臺中疏及議遷無非儆惕諸宗美意。乃諸宗咸有安土重遷之情，聖朝亦有敦睦體恤之誼。倘部咨行覆，本部與操院自當據經奏聞。宗長其傳諭各宗，安心静處，毋得輒自驚擾。須示。

斥冗書塞倖竇告示

南京禮部爲斥冗書、塞倖竇，以遵明旨，以重纂修事。

照得纂修兩朝實録，係國家大典，總裁有大老，編摩有史官。其書籍則有起居注、六曹章奏、每日邸報，此外備考則有《大明會典》、《諸司職掌》、郡邑志書及各衙門掌故，備矣。當事者衹加筆削删潤，爲編年紀載之體，即有異書奇聞，無所用之，况何取紛紛故紙爲乎？

乃近有一種影射監生，不知奉何旨意，憑誰差遣，輒於南京各衙門鑽討纂修實録志書名色，以貲郎而溷史臣之職，以抄寫而冒編纂之名。其歸結則欲本部咨送北吏、禮二部，爲准貢優選地耳。間有賫所修實録志書到部，本部取一閲之，只是將節年詔書、各官去來及衙門尋常行事，抄寫一番，裝釘齊整，重複之外更加重複，駢枝之餘復爲駢枝，其於纂修事務，有何干涉，而輒自標譽，以爲文苑英華，士林翹楚，不覺爲之失笑。此其營求優選之事小，而辱大典、混明旨之事大。若本部心知其冒濫無益，而爲之移咨求選，是自欺而欺北部、欺朝廷也。且近奉明旨，准貢已停，又王評事自請購書修志，亦已奉旨不准，欽此。廟堂明見萬里，又將誰欺乎？此後若再有鑽求纏擾者，定將本生參處黜革。倘諸生中果有文學殊等，不妨詣闕陳獻，無藉本部爲也。爲此合行示諭，須至示者。

國子監告示

國子監爲申飭監規事。

照得太學賢關，教化任重。本廂猥以淺薄，謬領師席，自度無益諸生，惟是聖祖設立學規，昭昭若揭日月，諸臣先後來守成均者，相與對揚闡發，著爲《條例》、《條約》、《紀略》諸書，不啻既明且備。本廂與六館師生是訓是行，亦足寡過。恐令久易玩，懲忘從生，本廂安所辭咎？爲此合行申飭，以便遵守者。

一、士習。照得諸生濟濟辟雍，非《詩》所稱都人士，爲萬民望者乎？近來四方士習恌薄，往往至挂吏議，扞文罔。若都人士先作匪彝，萬民何望？今後諸生宜恪守監規，相先禮讓。如有酗酒淫蕩，傷敗名簡；或糾衆結黨，脅制有司；或俠邪豪舉，凌犯先輩；或依倚勢豪，抗違師長。查訪的確，輕則罰壓懲責，重則遵照近題事例，徑自斥革，送部除名。

一、文體。照得科場之文謂之制義，經書傳注，皆聖祖表章，此王制也。近又三令五申，諸生何苦倍王制而自取放黜乎？今後作文務要據經依注，一以典雅爲式，即有湛思妙采，儘足發抒，毋得穿鑿異説，摭拾近時唾餘，陋句陋字，曾經部禁者。如違罰壓外，科舉時不復收録。

一、撥歷。照得兩廂東廳六堂，舊各有印信通知簿，諸生出復罰壓走班，日月一一備載，互相參考，故弊無繇生。後因六堂通知簿既廢，存者又無印信，書吏得以夤緣爲奸。諸生間爲詿誤，曩不得已曾一參處，吾甚恨之，甚惜之。今簿籍一新，宿弊可釐。諸生宜深以曩事爲戒，毋得妄意僥倖，復蹈前轍。

一、撥差。照得各項差歷，俱以在班日月先後爲序，載在太學條例甚悉，豈容驀越？諸生當臨撥前期，宜自計筭日月，滿足方准呈廂批廳序撥，毋得躁妄呈擾，及鑽求請託，淆亂成規，違者壓責不恕。

一、課會。照得月課之外，拔其雋者另作一會，無非激勸鼓舞之意。今秋比在邇，尤宜加勤，除月課照舊外，其會文每月多作數次，每次多作數篇，兩廂輪閲出序，其走班日期一概酌量疎數，暫便諸生温習，更不必紛紛呈乞免班。至於學未成就，只依舊作課，毋得躐等躁進與會，而文理不堪者，間摘置下等曠罰，以示裁抑。

一、禮生。照得國學體統嚴重，規矩所宜整肅。充禮生者須精選威儀閑習、聲音響亮，毋得周章囁嚅，以褻觀聽，不堪者即時退換，仍加曠罰，其免班只照舊例，亦不許分外求賞超撥，以啓逕竇。

一、分理。照得監務殷繁，下廂之時，束帶升座，闐委遝至，不惟接應不暇，亦且疎虞難免。除東廳、簿廳職掌頗劇，不可復煩外，其餘廳堂每日輪借一員，於本廂廂房中坐定，火房供茶，聽本廂不時批委咨詢，分理廂務，庶本廂可無叢挫，而廳堂才品亦可知其一二矣。

一、習禮。照得勳胄習禮，太學固期陶鎔德性，亦欲講求韜鈐也。除進班讀書照舊外，該廳仍精擇諸生中老成直諒、學行素優者充友伴，所讀《武經》等書，令一一詳爲講説。此外或旁及《史記》、《三國志》、《百將傳》、《古今將略》之類，本廂時加質問。如本官學問精進，才略疏通，將友伴破格獎賞，本官照例年終起送該部議叙。庶習禮不爲虚文，他日籍其幹用矣。

一、簿籍。照得兩廂及廳堂各有簿籍，記載職掌事例及錢糧出納，指掌可按。書吏或惡其害己，間致沉溺散失，交代之際，無從稽考。今着各書手將本廳本堂所有簿籍逐一開具手本呈廂，兩廂仍將本廂并廳堂簿籍總造一册，用印鈐記，以俟不時吊查。及交代時，得相授受，以免緣絶簿書之弊，亦挈領提綱之一便也。

一、從役。照得監中諸役吏書只管承行，門皂只給使唤，長班只跟隨拜客，凡事關諸生者，彼一毫不得與。如有向諸生需索詐騙者，許登時禀白究治，如不行禀白，事發一體重究。

以上各條俱倣取前人遺意於太學有關係者，不厭詳示申飭，其餘事宜，各遵照《太學條例》、《兩廂條約》、《辟雍紀略》、《典雍事紀》、《會計録》諸書行，惟期與六堂師生着實恪守，毋負國家作人至意耳。須示。

公　呈

安海請建邑公呈

泉州府晉江縣安海堡鄉官、舉監生員等呈，爲乞念濱海要區，改鎮置縣，以保生靈，以固疆圉事。

伏以徹桑綢牖，拮据以靖下民；建侯樹屏，經綸必需君子。時至事起，患思預防。竊見晉江縣八都之安海堡，百雉之城，萬家之聚。依岡阻海，原是漳粤去來之夷庚；天寶地靈，頗稱東南宏麗之鉅勝。俗比鄒魯，故多濟濟髦士，陶成乎家絃户誦之風；道通羯夷，不少蚩蚩奇民，出没乎鮫室蜃樓之窟。兼以郡邑再舍，官遠則民易囂；况乃走集四方，物豐而争必大。風帆迅駛，島夷之虎視眈眈；海市孤懸，奸宄之狐伏蠢蠢。

追惟嘉靖之季，薦罹焚掠之殃。蓋緣拊循調度之無人，以致勾通突發之有釁。居恒疇爲彈壓，戎已生心；事急孰聽指麾，人思掉臂。豈惟此方有厝火積薪之慮，抑且闔郡有舐糠及米之憂。異時董以武弁幕僚，同歸玩愒；近日駐以分府别乘，似覺崇嚴。然剖竹原非專官，能無拔來而報往；且督粮自有本職，難望畫圓而顧方。雖缾罄有罍耻之思，而長鞭無及腹之勢。當兹震鄰時警，恂是剥膚可虞。談虎驚魂，亟應聿求長策；亡羊晚計，豈可更緩令圖？欲計久安，終須建邑。倘依海澄、平和、寧洋之例，添設名封；稍裒温陵、武榮、銀同之疆，爰增式廓。倉廪府庫，並屬仔肩；社稷人民，莫辭典守。平居則父母子弟聯爲一家，而生聚教訓之必周；有事則痌瘝痌瘝視若一體，而有勇知方之足賴。若以更張爲擾，或疑慮始實難。則移舊治於南安，即新疆於安海。昔有成議，今可舉行。急病讓夷，既可均程而扼要；事省功倍，無勞益賦而增官。統在台裁，亟爲上請。庶海國有金湯之固，而泉城獲屏翰之安。爲此激切，合詞具呈。

緣　　疏

告族人修改祠堂疏

祖宗之於子孫，猶根本之於枝葉也。根本滋培則枝葉暢茂，祖宗寧妥則子孫盛昌，此理之必然者。

我黄祠堂重建於兵燹之後，當時物力未豐，制度草創，前有堂而後無寢，右有腋而左偏枯。對案有若反弓，兩水復分八字。門聳屋痺，規模全不相稱；背後横截，生氣何繇得來。此皆闕典之未光，且犯形家之禁忌。豈前人之有遺慮，正時絀有待後人耳。夫禮時爲大，孝不儉親。今子孫或千倉萬箱，而祠堂獨因陋就簡。居室多美奂美輪，祀先却不軌不物。祖宗神靈，其能無怨恫乎？神靈怨恫，子孫能無懼譴恕乎？故揆以奉先思孝之情，於禮既不容不改。準以榮悴相通之理，於勢又不得不改。此日我黄祠堂鼎新，斷斷乎其不可緩者。世人動於福田利益之説，緇黄之宫往往施捨無算，而於一氣之親獨慳，非惟有歉孝思，抑且有乖通理矣。《詩》云："祀事孔明，先祖是皇。報爾介福，萬壽無疆。"此培根本以暢枝葉之明徵也。

不肖老矣憊矣，無所更望徼福，惟願我宗盟同心共力，襄崈祀事，庶幾並藉祖德，以徼景福無疆，惟諦聽無忽。

重修安海西塔疏

寶刹凌霄，長閲人天三世；金標湧地，映蔭海市萬家。撑慧日於上方，播法雲於下界。

睠兹西塔，建自宋年。舍利閟藏之區，如來表光之宇。中經浩劫，賴神力以護持；出自毗荼，幸靈光之猶峙。巍峩百尺，聳聲聞緣覺之觀；岌業五層，現莊嚴妙明之相。衆生於焉仰止，六道由此皈依。矧以影對漸峰，正應形家文筆；抑且脉連曲海，默資甲榜題名。顧遞經乎歲時，漸剥蝕於風雨。陵頹谷震，懼雀離之變遷；甓落盤傾，驚象教之將墜。匪藉檀越，孰妥招提？雖曰鬼工，亦由心捨。昔阿育王廣浮圖於震旦，頓銷八萬報身之灾；若謝鎮軍刻像刹於杖頭，猶解西南沴氣之厄。願善知識同發慈悲，效袛園之布金，勉修白業；追眉山之捐璧，何愛青蚨。清净土嵬然一新，種種福田由心造；窣堵坡咸正無缺，綿綿智果應善因。各隨機緣，共成勝事。謹疏。

神山觀造橋緣疏

安海南門天妃者，護國之正神，浮海之司命也。作宫水國，結搆原擬乎神山；通道滲天，往來尚遵乎略彴。陧扤有妨行旅，津梁未便皈依。今當創建石橋，横亘琳宇。廣祝鼇之路，弘濟衆生；拯病涉之夫，同資冥福。

顧填海難憑夫精衛，而鞭石詎恃乎五丁。所冀善緣，共成勝事。惟朱提白鏹，各隨人以發心；庶鴈齒魚鱗，可不日而底績。舉重而借擎於衆，衆之協矣，自此睹永賴之鴻功；成民而致力於神，神之聽之，方來介無疆之景貺。謹疏。

安海築瀦水壩募緣疏

鍾英毓喆德産，亶繇地靈；輔相裁成人工，亦補天造。

惟兹安海，夙號奥區。挹朝夕之池，鮫浦鯨波萬頃；疏蜿蟺之脉，梅嶺蘿嶂千尋。顧勝地有金盞之形，而近垌少玉泉之瀦。潮來則望洋向若，兩涘幾不辨乎馬牛；潮落則懸磬傾筐，大地曾不餘夫涓滴。易盈易涸，如有缾罄罍耻之嗟；乍長乍消，似乖儲慶發祥之理。城無隍豈成潤，龍乏水安能神？堪輿之言有徵，荒度之功可緩。

議作半堰，近在南塓。外接海濤，内承澗瀑。潮盈而長，則任其汪洋，九十灣淼淼悉入懷抱；汐涸而消，則留其瀺灂，東西埭汎汎共滙清瀾。尺丈之防，綰神瀵之吐納；衣帶之水，資祥源之儲胥。利益安平，洵非渺小。道存弘濟，豈鴻陂杜固，爲一人一家之私；謀叶師虞，若蘇隄白塘，詎一手一足之烈。冀共成乎勝事，藉舉重於衆擎。我阿即爲我池，自是萬年之永賴；利他還以利自，只憑一念之發心。毋曰唐施，聿求多福。謹疏。

檄

擬遼東撫臣諭兩關屬夷檄

蓋聞天道福順而禍逆，故吉凶無門，惟人所召，向背之機，間不容髮。蚤覺悟者榮昌，終迷惑者戮辱，斯理異路，率由自取。智者所以貴見幾之哲，烈士所以絶狐疑之慮也。

國家設立建州等衛，以待爾女直内附諸部，疏爵剖符，有名有號，撫賞不缺於歲時，燕賜不絶於外府。逆酋那林孛羅、卜寨等悖亂天常，辜負國恩，窮凶極虐，世濟其惡。厥父仰逞二奴，介恃狡慝，跳梁跋扈，憑凌桀驁，煽動海西。幸而王台郊忠本朝，宣力境外，克黜其難，以靖建州。今二孽不思悔禍之延，用蓋厥愆，乃復踵兇父之餘謀，襲狼貪之故智。王台既殁，歹商孤弱，遂懷吞併之私，駕言同仇之釁。狐蜮暗射，蛇豕公行。糾合西虜恍惚太等，謀爲外援。連結猛骨孛羅、温姐、康古陡等，潛爲内應，乘機竊犯，同惡相濟。軍書數諭，怙終不悛，非直甘心歹商，抑且薦窺開原。蠢兹小醜，敢行稱亂，料二酋蟻聚烏合，無過數千，而欲逞臂當車，抗衡上國。方今國家全盛，士馬精强，鷹揚虎視之臣若林，扛鼎超距之士成列。彎弓則天山變色，飲馬則洪河涸流。以精鋭之全力，摧么麽之枯朽，譬則鴻毛燎於烈火，必無僥倖；遊魚之翻沸釜，終於潰爛也。

然而聖主深宏祝網之仁，國法不密吞舟之目。以爲含氣息視，皆吾赤子，理髮耨苗，惟取勝殘。幕府奉揚威德，剪滅暴盭，元惡大憝，罪在不貰。若其脅從之倫，詿誤之衆，情非本謀，路有可生，固朝廷所哀憐，至仁所惻怛。去逆即順，轉禍爲福，不遠之復，實在於斯。爾諸夷皆世胙外藩，歷世戴德，啣恩之日已深，負郄之嫌尚淺。亦或阻絶聲援，驅迫爲奪，有斧無柯，何以自濟？

今王師爰整，梟獍將夷，此志士立功之秋，棲鳥擇木之候也。爾部落在西關者與歹商勢爲唇齒，誼屬骨肉，何故倍親戚、棄畜田，貳心外寇，自甘大戮？亟宜擁兵還部，協心同讐，俱釋細過，勉樹新勳。其在北關者，迫近二酋，形接勢便，或能執取罪人，建立奇功，行賞酬勞，永不爾靳。夫寇在門庭則鬩墻禦其侮，維絆當蹊則猛虎絶其蹯。凡此二策，各宜深思。除康古陡前已梟示外，其温姐、猛骨孛羅等如克反正自新，亦當優渥曲全，復其位號，撫賞如故。若其依違不定，猶豫難忍，信猖狂之巧説，昧決斷之良圖，則大軍一臨，禽獮草薙，接矢嬰刃，悉爲鯨鯢。雖欲悔之，其有及乎？檄至，其詳慮無忽。

書　　啓

擬唐盧藏用與李邕書

僕不佞飫心榮問，抃芳猷之日舊矣。伏見足下乘時駿發，蜚英鋭甚，飈舉景奮,縱横揮霍,一時名流之士,無不戢翼斂手,捫心退舍,同聲推轂足下,足下能已見于天下矣。雖然,僕誠不勝罜罜之思,欲進其愚心而效其鄙説,竊附詩人周行之誼,幸左右試垂聽焉。

僕聞赤虬青螭之游冀野也,盤桓蠖屈,雲霧不作,蝘蜓與之争於江海之中;及其降扶風,雜凍雨,熊羆虎豹,匍匐而不敢動,而後知其變化也。鳳凰之翔至德也,清晏猶夷,草木不動,燕雀與之争於尋常之間;及其過崑崙之蔬圃,飲砥柱之湍瀨,薄日月,廻光景,而後黄鵠不能與之儷也。故斂縮而後動者,神物之能也。韜晦而後彰者,聖喆之經也。語曰:"炎炎者滅,隆隆者絶。"又曰:"嶢嶢者易缺,皦皦者易汙。"何者?用才之道誠不可以驟也。自天地之大尚猶愛其章光,嗇其神明,是以飄風不終朝,驟雨不終日。山逶迤而後高,河九折而後注。而况人含血氣之性,而當叔世之末流者乎?

昔者公旦元聖,碩膚几几;孔子生知,鄉黨恂恂。伯陽持後於谿谷,子雲守玄於寂寞。彼皆上聖大賢,絶類離倫,豈不能夸世以自炫耀,一日而見其技哉?然而涉世如此其迂也。大直若拙,盛德若愚,蓋謂是乎?夫有獨知之慮者必有藏用之哲,有出世之能者必有容衆之術。故有智不以自見也,有能不以自炫也。不自見智所以養大智,不自炫能所以蓄全能。先翕聚後發散,天之道也。故木秀於山,風必摧之;名高於世,衆必惎之。夫恃所長而不戒來懻忮之心,鮮不及已。賈太傅,洛陽雋才也,立談之間,遽爲人痛哭,卒廢長沙。孔文舉、禰正平意不可一世,自謂仲尼不死,顔回復生,竟齕於曹氏。嵇叔夜亦負其龍性難馴,以來鍾會之讒。近時駱、盧、王、楊,號稱四傑,亦以炫燿太過,終於沉淪拓落。之數子者,皆信必然之畫,寡沉静之慮。浮華畢露,没身而不悔,豈不痛哉!睹聖賢之如彼,嗟叔季之如此,趣舍之路,燦然可識矣。

今足下展竪北海,睥睨中原,舌如電光,氣如霆擊。直欲推倒一世,方諸古人,豈能遠過?雖然,干將、莫耶,天下之利器也,以其利而輕用之,不缺則折。今足下抱干、莫之具,輕用不已,得毋折之道乎?足下誠戢聖賢之休光,戒昔人之覆轍,鑒天地之消息,察神物之變化,翻然覺悟,厚自韜晦,雖名與日月争光,業與天壤共敝可也。《傳》不云乎:“狂夫之言,聖人擇焉。”惟足下財察。

上王對南相公啓

伏以大臣以道事君,不可則止;聖人之行不一,歸潔其身。故《易》著蹇蹇之忠,而《詩》歌皎皎之節。古今惟綱常爲重,名義非鴻鉅莫勝。

恭惟老師,學術淹貫乎天人,道德昭揭乎日月。氣節標砥柱之峻,萬仞凌霄;文章揚河汾之瀾,千流共派。横經虎觀,夙資啓沃於九重;視草鸞坡,早擅菁華於三俊。以至贊陪台鼎,業底和衷;逮乎獨運斗杓,功隆調燮。朝夕納誨,斧藻每切於皇躬;夙夜奉公,羽翼尤先乎國本。勗鸞鴻之士,蹇諤揚眉;倡《羔羊》之風,苞苴斂跡。擎天一柱,丕建内安外攘之勳;浴日寸心,將期旋乾轉坤之績。趙中令之補牘,復奏至于再且至于三;杜祁公之内降,封還寧患得亦寧患失。方謂至誠能動,孤忠可格干宸居;豈知大道莫容,遐心還結乎方外。一辭而退,信處難留。士類爲之興嗟,蒼生於焉觖望。

況汝良者通弟子之籍,覆翼最深;荷帡幪之恩,步趨尤切。能無讀《考槃》而驚魄,聽歌驪而銷魂者哉? 惟兹寓縣未寧,南北弗靖。意者興邦多難,將迎周旦于居東;啓聖殷憂,終信阿(下原缺)

奉唁太倉王相公啓

伏以寶婺星沉,驚傳杯棬之感;瑶臺僊遠,哀廢《蓼莪》之章。誼切門墻,痛均風木。

恭惟老師閣下,至仁錫類,大孝顯親。資事首弼一人,三階齊色;德教誕敷百姓,六氣維和。傅野鹽梅,獨運調元贊化之績;商山羽翼,懋建旋乾轉坤之功。業方崇於本朝,志亟遂乎初服。板輿將母,衮衣遺榮。將期千歲爲秋,長奉魯幃燕喜;豈意一朝溘露,遽見陶帳鶴飛。空聞聖善之徽音,孰相思齊之内教。感動當宁,斥内府之金錢;賻出尚方,發東園之秘器。有心莫不銜恤,至孝能無深摧?

某等遡生成之恩,兆自泰母;仰步趨之訓,謀等貽孫。羈紲一涯,罔奔赴於宿草;絜炙三獻,聊附悃於生芻。幸薦慈延,代抒衷愫。更願察於物之有所必至,觀於數之無可奈何。六珈副笄,生見上公之繞膝;八袠上壽,逝勤天使之承含。人世之福既已備,孝子之情何以加。日月有時,冀節哀而順變;社稷係望,行移孝而作忠。某等無任瞻依激切之至。

候張弘陽館師啓

伏以北斗具瞻,羽儀之刑斯在;東山高臥,台鼎之望攸歸。海内傾心,朝端側席。況兹門墻之内,尤切模範之依。

恭惟老師,翼星誕命,廬岳降精。道德惟百代師,經綸爲名世出。氣節干青雲而直上,文章度白雪以蜚聲。執耳登壇,冕弁葂苑。昌言維世,砥柱頹瀾。義抗權門,雖千人而必往;守貞介石,即九折以何辭。既而感鳴鶴之在陰,廻白駒於空谷。南宫典禮,不著寅清;東觀論思,尤弘啓沃。多士咸歸薪槱,清時仰藉鹽梅。爰立已叶於夢中,遐心還結乎方外。超然遠舉,夐爾孤騫。樂道棲真,耽玄寂其若素;難進易退,眇纓組以如遺。顧玉韞珠含,雖能光輝於流峙;而黄鍾大吕,終宜登薦於廟堂。譬彼冥飛之高鴻,未如來儀之瑞鳳。似章江雲壑,當暫緩卜居;而西山薜蘿,誠未應久戀者也。

某等希唾咳於絳帳,夙荷裁成;幸陶鑄於法門,敢忘趨步。用申微悃,敬訊台安。南睇遥天,可勝延結。

同門請沈太若老師啓

伏以南省含香,夙著寅清之望;外臺秉憲,新隆風紀之司。欣聞鶯遷,敬承燕喜。

恭惟老師台座下,人倫冠冕,士類羽儀。節概高標,巍巍跨四明之巇嶠;流略共貫,浩浩廻東海之波瀾。掇危科於龍門,魁名何忝;蜚英聲於鳳穴,濟美稱難。瑞錦窠中,久騰聲價于三《禮》;紫泥詔下,特畀觀察夫六條。起草暫輟於漢廷,擁旄推重于楚服。建朱旛而乘華轂,猶帶玉皇香案之雲;控衡霍而引瀟湘，方汎南國黍苗之雨。

某等竊荷埏植，叨列門墻。慶已叶於鱣升，情實深乎雀躍。顧兹登車攬轡，漸覺模範之違；屬當行部搴帷，徒有音容之想。爰諏吉日，式秩初筵。緑蟻一尊，雖則有愧於成享；驪駒三疊，或可請益於更端。冀馬帳之光臨，聽鸞鑣而趿踖。

請蔡青門座主啓

伏以離文炳照，夙依山斗之光；泰運彙征，載慶風雲之會。吹噓有自，注仰實深。

恭惟大師相蔡老師老大人台座下，士類羽儀，明時砥柱。志涵沆瀣，澄碧海以流清；氣勵冰霜，干青雲而直上。學藴武庫之富，詞擅文江之雄。克贊樞猷，運籌折衝千里；爰鳴鐸響，師表望重一時。簡用方隆，勳閥正懋。

某等佔畢陋資，章縫末品。昔日材掄南國，竊潤桃李之春；今朝網結皇家，叨陪麟鳳之選。濫竽旅奏，幸托齊門；下里裁歌，仍收郢路。淵源所從遠矣，造就之恩弘焉。願久叶於登龍，儀未脩于式燕。敬潔溪藻，衹滌山罍。爽氣澄秋，浮清罇而酌桂；商飈應候，迎仙珮以言蘭。幸賁斿旌，榮光几席。襲芳規于氣象，用慰仰止之思；挹粹範于文虹，不垂矜式之度。某等無任欣忭祈懇之至。

同省會請新制科啓

伏以九萬風雲，甲第標龍虎之榜；三千禮樂，中原識麟鳳之英。譽叶朝楨，慶均里梓。

恭惟某門下，羅五車之載籍，負八斗之才名。德器宏深，夙擅東南之美；文光燁煜，久騰牛女之墟。欣逢聖世拔茅，喜見英雄入彀。禹門蹴躍三層浪，快覩高騫；漢殿傳呼百里雷，佇聞首唱。弓旌應北闕，瞻衮冕於日邊；袍笏試東風，揖神仙於雲路。信爲儒紳之殊遇，不負下帷之初心。銘鼎彝，勒旂常，自今卜其伊始；摶鵬翼，騁驥足，將來直之無前。幸忝維桑，榮分擢桂。夙飫珪璋之望，心切下徐;願聽金玉之音,情歡御李。

謹以是月某日,衹申鴻衎,肅效燕需。慈塔題餘,已詫承恩儛掌;曲江集後,更迓看花馬蹄。不腆蘋藻之供,雖有愧於成享;衹徼文字之飲,用式宴乎嘉賓。惟冀賁然來思,慰此仰止。英賢畢會,豈數上巳於蘭亭;簪紱攸同,共挹惠風於芝宇。寧惟全閩之勝事,實爲上國之壯觀。注目光臨,委心無量。謹啓。

南雍到任謝政府老師

伏以陪京首善地,風化之職宜先;太學賢士關,模範之司獨重。欲教成乎棫樸,須望係乎斗山。可是庸流,謬分師席。

竊念汝良樗材朽質,閩海孤生。窮經下帷,雖幸沾乎一第;通籍中秘,曾未睹夫半班。屬載筆於螭頭,衹濫竽乎豹尾。棘闈再叨,有忝持衡;石室新開,無功汗竹。方深伐檀之懼,詎意遷喬之榮。

恭遇老師閣下,清朝大老,聖世醇儒。昔金華之論思,功弘啓沃;兹紫樞之調燮,業隆贊襄。聲色不動而東西底寧,乃復功成而不宰;謀斷兼資而中外肅穆,實惟道大而難名。化已洽於陶鈞,心尤切於髦俊。枯朽悉採,細大不捐。遂致小乘凡猥,遽貳大均表率。槐市米廩,獲踵昔賢之令儀;鍾阜石城,兼領名都之勝概。自是河東吹噓之力,豈云周南滯留之嗟。敢不法揚綰清貞,庶有補於胄教;非徒希穎達博雅,期不負乎儒宗。更願永借鑪錘,勿忘簪履。日月普照,宜先漸水之榭臺;雨露均沾,必始及門之桃李。汝良臨啓無任激切瞻戀之至。

復劉晉川總督

任城繫舟,極荷誨欵,别後忽復改歲,豈不欲時寓八行,少申謝私,顧謂無益寒暄,不足以瀆尊嚴,區區惟存瞻切而已。恭喜河伯效靈,玄圭底績。榮膺錫典,寵延于世,甚盛,甚盛。乃來諭諄諄,更爲廟社抱深恤。《書》云:“雖爾身在外,爾心罔不在王室。”則明公之謂矣。

承教《易》、《詩》妙義,具占大臣愛君體國忠厚盛心,委曲妙用,嘆服不已。

幹蠱用譽,來教謂用將順之道,以幹父蠱,此義自可補程、朱不及。第鄙見謂有幹蠱之志則可,無幹蠱之志而將順於蠱壞之日,則諛也。再觀《坎》之六四、《睽》之九二,其義自見。《坎》四比五則曰"納約自牖",《睽》二應五則曰"遇主于巷",蓋時方坎險乖睽,非若明良際會,不得不委曲求濟如此,則執事所謂用譽幹蠱之説也。然"納約自牖",必先之曰"用缶",謂當用誠意以感動之,不則爲曲學阿世矣。"遇主于巷",必戒之曰"未失道",謂雖委曲不至失道,失道則爲詭遇固寵矣。聖人深懼後世以爲口實,不得不惓惓如此。鄙見所謂有幹蠱之志則可者,似於此,有合否?至於《凱風》之負罪引慝,直是仁人孝子用心至極處。君親一也,爲臣者何獨不然?第孟氏既有言矣,《凱風》親之過小者也,《小弁》親之過大者也,不可磯不孝,愈疏亦不孝也。今觀《正月》、《十月》、《小旻》、《大東》諸詩,其咨嗟憤懣何如?故曰"無然泄泄","無然詍詍",古人用心端可識矣。

以上《易》、《詩》之旨,大係綱常,其於今日尤爲喫緊。既承賜教,不敢不質其愚。門下即日晉統均,佐廊廟矣,計必以此倡百僚,時事定有瘳乎?汝良名微位賤,何足與於斯,惟憐其愚而終誨之,幸甚。

上王荆石相公老師

間者黄、徐兩生到監,連得所賜鼎翰,發函跪讀,諗知孝履安穩,即吉有期,不勝大幸。至於致嘅世情多端,憂深詞危,反覆三嘆,具如師諭。嗟夫!不求人知而求天知,此孔公所以千載吾師也。然久之天定而人定,則人而亦天矣。老師謂自悔出山之誤。夫以黄、綺姓名,落在人間,自爲誠誤,乃其爲漢廷則不誤矣。況老師原受漢廷恩深,又非黄、綺比耶?邇來朝事隱憂,視昔加劇。昔何武作郡,去後見思,竊謂當國者亦然,老師勿便謂當世人心盡不古也。要之聖賢出處何常,樂行憂違,可潛可見,方爲龍德耳。

辰玉兄近日意氣何如?何日北上?韋平世業,宜及時努力,歲不我與,乞一道意,幸甚。某叨二南雍,首尾三載,竊計他無善狀,惟升座散衙,俛仰瞻眺,老師音容如在，時時用自點檢，或無大過。乃若迂疎性行，安往而不得，閬寂吏隱可甘，真不復羨長安况味也。因徐生便羽，布此起居。

上王相公老師

曩在留都，函丈差近，得時奉手誨爲幸。比過吴門，更蒙我師接待，侍燕竟日，數年積悰，於焉藉慰。一自北來，起居遂闊，乃若感恩知己，等于罔極，此衷亦何論遠邇矣。

想日來道候清勝，弟子頃謁侍時，覺老師况緒少佳，應是至情所鍾，未能淘瀉，今當不爾。弟子觀自古師相身退之日，若留侯之從赤松，裴公之醉緑野，雖跡之遠近不同，其出世無罣礙一也。願老師少採瞽言，以葆天和，介繁祉，是惟拳拳。時事似不可爲，今朝有重臣如老師者在，亦何披猖至是。某生平不喜譊譊者，今乃蹈之，彼一時，此一時，要以内不媿此心，外不媿公論，他不暇恤矣。老師亦亮其不能已已耶。張太僕行寓此問候。率次極不莊，伏祈我師慈炤。

報曾見臺大司空

某嘗謂士君子出處要當進不負國，退不辱名，求之於今，或亦希闊。門下芳猷亮節，宿著敭歷，大用方究，輿望正殷，乃盛年乞身，未險先止。間者再起留銓，復辭朝命，八座尊榮，棄若遺跡。遵白駒之高蹈，抗考槃之素心，即在古人，亦未數數矣。

某夙仰芳標，未遂造請。思傾忘醜，冒進鄙言。蛙黽之聲，何足無有？門下至今猶置之齒頰間，聞堂下而攜手，聽牛角而賞音。千載特知，何幸躬獲。方今事如沸羹，朝資黄髮，槐列尚虚，蒲輪且下。動静不失光明，遠近要之歸潔。睠言漸階，不勝翹企。彭生行，敬此附布腹心，冗次不倫，臨風神往。

報曾見臺南太宰

曩留計告竣，朝紳顒顒正望公衮入踐宰衡，茂贊平明之治，不謂乞身之疏已陳，予告之命遄下，中外駴嘆，典型謂何？雖然，以爲百僚表率計也者，則誠失；若以爲翁臺功成身退計也者，則既得矣。

邇來頑鈍成風，羶説多態。宦車生耳，漏盡猶行者，比比而是。竊謂障瀾樹矩，宜有其人。大臣固有以用爲用，亦有以不用爲用。然則翁臺之所爲功成身退計者，又非即所以爲表率百僚計也耶？蹇之高尚，漸之爲儀、爲身、爲國，翁臺固兩得之矣。惟是仰止一念積有年所，乃今竟不得一親範誨，以此介介無已耳。時政方新，志士奮庸之會，而某以樸遬下材，伏在散署，固靡長也。即有長安施，然且貪禄玩日，久縻纓組，來教猶記憶昔年三錫一辭俚語，津津誦之，將無責其言不慙耶？

尚冀時惠德音，敢忘迅勵，以報知己。伻還，率率附布，不盡瞻馳。

上陳玉壘相公

謹啓者：國家諸制度，較前代無不精密遠過之，惟樂律一事頗稱疏略。今日正史所志，乃後來權輿，鄙見寧受冗長之譏，勿貽掛漏之悔。謹纂爲四卷，其一，概叙我朝作樂之事，凡有關涉者，悉書。其二、三，詳叙郊廟、朝燕樂章及樂舞、器服，凡先後異同，悉書。其四，專叙律吕度數，除前史所屢載者不書，惟我朝諸公議論可以補前人之缺而爲後代制律之助者，則書，以至李、王二家黄鍾三寸九分之説，雖若弗經，然出近時創見，亦略約書之，蓋傳疑之意耳。

南中書籍殊少，聞見尤狹，兼以賤軀多病，本監吏事頗多，恐遷延日久，有稽嚴命。兹草創上呈，其疎漏舛謬必多，伏祈大筆郢正賜教，不勝幸甚。

復李桂亭開府

曩從鵷序，獲覩龍光，範型既遥，瞻企斯亟。

恭惟臺下，中原麟鳳，名世鼎鍾。風裁蚤著于掖垣，匡濟益茂于疆埸。惟兹章貢作鎮，實四省之要區；乃自節鉞來臨，歷九載而底績。惠澤既已旁魄夫楚粤，廟堂用釋宵旰于東南。增秩示酬，考功令典。爰陟貳卿之峻，仍覩獨坐之風。恒以久而化成,在彼地士民大慰攀轅臥轍之望;坤得朋而有慶,凡同朝紳紱盡興結綬彈冠之思。未遂凫趨,空懷燕賀。辱承翰札,深切冰兢。率勤荒箋,用申感臆。臨楮惟有神馳。

報唐抑所館丈

不聞問又復半年矣。頃歲報人回,獲接温諭,間詢及弱息,且爲之喜慰,真肉骨之愛,感何能已。又知去歲聯獲雙珠,丈方夙夜龍樓,乃餘勇猶堪賈乃爾,且喜且羡,恨無由屬厭湯餅耳。

邇來試事方殷,詞林輶軒四出,聞老丈以講筵獨留。元良斧藻,貞在萬邦,寧與搜羅仄陋者争獲哉!弟兹者情緒轉局趣,緣比來士類雲集,課業日廣,而不佞以孱弱之軀應之,筋力倦於升散,精神疲於校閱。向曾誇足下以池亭欣賞之將,今此事都廢,直是江南一老教讀,大無佳況也。秋役既竣,定擬乞閑,一丘一壑,無復能以塵鞅相關,第未知何日更接二三兄弟謦欬耳。鴻便率率附布,餘未縷悉。

報舒中陽大司空

曩得附長公年末,又同門同館,在朋儕中最爲莫逆。斷金之誼,謂可奉以始終,不謂造物生妬,玉碎蘭萎,戊子握岐,遂成永訣。山陽嘆逝,痛何可言!況以伯翁鍾西河之愛,值延陵之戚乎?向在京師聞訃,倉卒南來,又未獲便鴻絮炙闊焉,宿草懷悲,邇聞已托生遠裔,就養尊門,誠如傳説,事亦大奇。渠生前好奇,故應有此奇事,前身後身,輪回時有,然理終眇茫,迂怪難料。惟是錦囊秀句,堪垂不朽,似續享祀,計在後嗣。使渠亡而不亡,無子而有子,在伯翁圖之而已。伯翁春秋尚盛,明珠之産,何患不繩繩,更願節抑哀思以恤胤慰亡者是拳拳。兹敬寓不腆,遥致薄酹,不虔不備,統乞慈原。令弟芳問日起,并此奉聞,餘未敢多悉。

報蔡信菴表兄

滄泉丈來,得讀手翰,具悉起居,兼知近況,爲慰。熊夢未叶,時應有待。以兄翁盛德，何患不繩繩？惟閨閤間貫魚序鴈，大費調停，此在兄翁加之意耳。由來宦海無邊，回頭即岸，縱然白首功名，終爲世緣纏縛到老，這中並是多憂多懼、多勞多辱之場，自己有何受用？真正受用處，乃在一丘一壑，徜徉自恣，莊生所謂自適其適，非適人之適者是也。然人生幾何，到老得之，受用亦有限矣。兄翁壯年息機，安在不爲造物者所厚？若於此不了悟脱離，更爲一切俗緣苦惱，則造物者厚之於此，人乃自薄之於彼，苦海風波，何時休息？兄翁達者，當不作如此見解也。

近讀《道德》、《南華》二經，及陶靖節集，殊覺有味。今以相奉，及諸内典亦可時看。昔人謂三日不觀書，便覺面目可憎，真然。里中俗物，多能敗人意興，似不足與對也。弟了此秋試後，亦欲以告請，擬與兄作方外遊，爲三年規，雖世緣未能割斷，亦且暫憩探支便宜耳。小瞞略可人意，餘悰則猶在纏縛中也。滄泉丈此來多是失策，南都散地，國子閑曹，如秋風何哉？冗中百不盡，統希慈督。

報何匪莪年丈

沖虚兄及莊世兄來，連接手教，具悉近來起居，爲慰。東事遂爾陵夷，果如前疏所料，然伯兄固不願其言之中也。頃銓部分叙沉廢諸君子，伯兄褎然首推，亦足明公論不泯，而天聽尚高，賜環未下，以今國步多艱，猶然壅賢達失人心如此，時事誠未知税駕，然在伯兄固無不得矣。

弟兩載周南，碌碌散地，正可借此爲藏拙避諠之計。顧感時惕衷，胸臆祇自鬱結，不能爲國家分萬一之憂，真漆室之婦之不若也。仕宦顯晦，尚復何言。

因莊世兄南旋之便，附此訊候。世兄霜蹄暫蹶，騫騰有日，會時一廣其意興何如？千里毫將，并祈鑒亮。

報楊芳臺給諫

夏秋間連接報章，具悉拳拳雅念，鐫在肝鬲。弟疎拙如籧除，淪落棄外，久不爲人記憶，乃丈每每置之懷抱，曲意推挽，此誼非復人情所喻，記所稱久待遠致，亦何必古人？且感且服，第恐騃性傲骨，終不堪作長安貴人。使弟久處不競之地，以避熱藏拙，亦何不得之有？

東事殊費料理，雖暫弭喙，益不可測。鄙意謂時議但知議兵、議食，都不曾議將。即兵食不乏，倘無出奇敢死之將，猶危道也。兵固有以少勝衆、客勝主者，顧方略何如耳。丈夾袋中亦有謀勇兼資其人乎？有之，則倭不足平矣。漆室千慮，敢私布之。

夫人、如夫人俱無恙否？諸公子當學問日新也，敬附問。因歲報之便，率此起居，握手未期，强飭自愛。

上申瑶泉王荆石二相師

伏以名邦掄才，聿重衡文之典；賢書登雋，尤推南國之英。媿懸鑑之未能，幸伐柯之有則。

竊念某智昏菽麥，識闇淄澠。昔日陶鎔鑪錘之中，雖爾着地肖物；兹來違闊嘘潤之久，已覺有蓬生心。矧是豐鎬舊畿，夙號薪槱多士。人非匠石，未易窺梗楠杞梓之林；目異方皋，安能超牝牡驪黄之賞。偶承乏於宫寀，遽濫叨乎棘闈。深惟掛一漏萬之有譽，徒凜崇雅抑浮之夙訓。黽勉竣役，鹵莽成書。矩矱在前，敢云傳授衣鉢；模範伊邇，詎忘水木本源。敬齋心以上呈，懼雷門而操布鼓；幸成風以賜削，冀木枉而就繩夷。某臨啓無任瞻依馳戀之至。

報吴左海年兄

白下分攜，忽忽再歲，惟是彼此往來一念，諒不以南北風烟限隔耳。朱玉槎來，獲接手翰，具稔近履萬福，爲慰。讀大疏，無論忠肝義膽，言人所不敢言，且其鐫摘世情深切次骨，亦復人所不能言，斷斷爲有關係議論，敬服，敬服！弟嘗謂有君有臣，皆當各盡其道，今人皆知歸過於上，乃其護禄位如拱璧，嗜勢利如逐羶，無大無小，已成波靡，望其能尊主庇民，豈復可得。膏肓之病，實在於斯。

弟向者憤懣狂言,目攝者殊衆,恐不能自脱危機。如大疏固爲正人君子所與,似側目亦不能無。雖然,使所言能警省一二,他何足恤?仲翔有云:世有一人知己,足以不恨。弟竊有味於斯言矣。

鴻便率附起居,兼布私臆。楮短緒長,惟冀强飰自愛。

上沈太若老師

伏以秩長外臺,文武資萬邦之憲;地重畿輔,干城拱上國之尊。紳珮騰歡,門墻叶慶。

恭惟老師臺下,德惟名世,道爲儒宗。自奪錦南宫,已負聳壑昂霄之望;暨握蘭畫省,共占景星慶雲之祥。以至弭節於上荆,克邁壯猷於方叔。難進易退,菽水之情彌敦;移孝作忠,薖軸之價愈重。爰東山之召起,發閩服之來旬。外攘而内安,波澄日出;風貞而紀肅,澤洽海隅。乃簡帝心,特勤新命。依斗極而作鎮,寧惟寵魏國以大名;睠价人之維垣,實欲借召公而爲翰。此關輔所以歷試,而槐鼎旋見登庸者也。

某夙荷陶均,幸蒙覆載。念公衮之信處,實同桑梓攀戀之思;望紫氣之北來,更喜斗山瞻矚之近。先辱鴻訊,益切燕私。肅布謝悰,兼陳賀悃。臨楮無任感激馳神之至。

報王霽宇制府

恭惟門下,英蜚鳳穴,望重龍庭。燕雲建矛,夙壯干城於九塞;楚蜀開府,頓静風烟於百蠻。已見樽俎而折衝,方秉均軸而論道。乃幕府之多暇,靡寒品之遐遺。珍重九華,遽生冰署之色;輝映六角,况頒天府之餘。恍沐清飈,竊將奉揚以無斁;祗承厚貺,知欲酬報以何從。臨楮不勝感戢之至。

復陳懷雲學院

白下三載,數蒙接待,時得領聞正始之音,開其愚質。别來經年,不覺蓬心復種種也。文之詭正出於心術，而通於政治，此理斷斷不易，知言知人，吾先師孔、孟以之。今之人心多岐，世變江河，則經生文其左驗已。大抵弁髦傳注，剽竊二氏，近於機變而無所用耻矣，此之心術可知，即以推於政事又可知。習者既不悟其非，觀者又復喜其異，不佞私心竊有過計焉，恨力薄不能挽耳。幸門下建旗鼓，運鑪錘，毅然以崇雅黜浮爲己任，不復惑於好奇喜新之習，今之韓、歐，求之非遠矣。承示《南國集》，真稽古正學標的，豈惟不佞與都人士有所則效，其人心世道端有藉焉。謹兹對使拜嘉，兼附布私臆，言不宣心，統希崇鑒。

答莊泰岩親家

伏以六禮具而授綏，竊幸蘿生有托；三星明而合巹，喜覩玉潤增輝。敬仲之慶方來，向平之願初慰。

恭惟門下，公台偉望，道德鴻儒。秉鐸擁旄之勳，已重光乎述作；持衡聽履之任，即入踐乎統均。睠此象賢，允承搆穫。顧惟弱息，難擬姬姜。詎謂蘋蘩藴藻之姿，得當鳳毛麟趾之彦。故是天緣作合，亦由世誼倍敦。親迎告成，俾昌伊始。數年覿周南雅化，敢或愧肅雍之車；此日迨公子同歸，庶永諧静好之瑟。無非儀而湘錡釜，寧云姆誨之素閑；承燕翼而儆鷄鳴，統藉嚴君之垂裕。肅兹啓復，無限瞻馳。

復林碧麓廉使

伏以秩穹外臺，貞肅風行海表；寄重邊圉，安攘望係朝端。澤洽遐方，眷深宸扆。

恭惟老年伯臺下，承家節操，命世才猷。自握蘭西清，夙彰式敬之譽；嗣秉鐸東國，咸起有儀之歌。令問芳標，方見蜚英而騰茂；難進易退，又足起懦而立廉。薖軸之矢彌堅，蒼赤之需愈切。爰勤徵詔，再屬方隅。大慰粵人霖雨之思，更歟山甫蕃宣之任。惟珠涯乃東南巨鎮，而觀察實吏民紀綱。文武而爲法萬邦，豈惟嶺海有磐石之固；樽俎而拆衝千里，抑且廟堂釋宵旰之虞。知建牙開府之非遥，占列棘面槐之有日。

某孤陋末學，冗散具員。老成尚有典型，矧是誼均猶子；桑梓必共敬止，況乃道在先程。契闊之問未申，眷存之音祇辱。睠言鄭重，倍益凌兢。肅裁荒緘，罔酬感臆。臨楮惟有馳神。

復劉復齋掌詹

頃見時事紛糾，不勝憤懣之私，出位狂言，自甘罪戾，不謂猶然不棄於長者也。良嘗謂吾人出處無常，惟義之歸。義之爲道至精至嚴，故有進退綽綽者，有不俟終日者，非可同日論也。在《易》九四，或躍而進則無咎，上九，龍既亢矣，能上而不能下則有悔。老先生方在九四之時，寓内方喁望輔翊九五，匡濟艱鉅，安得引上九之義，來教未敢聞命。小疏草附奉覽教，并謝諄諭。日因腸風作惡，未能親謁，伏祈慈宥，不宣。

復徐石樓開府

伏念不腆閩邦，懸隔要服，負山襟海，地湫民稠。風會叨鄒魯之稱，形勝實東南之阻。時矧當夫棼紕，任尤重于撫綏。匪藉鴻碩，孰克敉寧。

恭惟老公祖臺下，道德匡時，才猷振世。顯顯而宜民宜人，亹亹而令聞令望。英聲茂實，敭歷已熟於輕車；緯武經文，眷知益隆於當宁。屬廟堂嘉惠海國，爰節鉞慎選名流。乃睠藩伯之舊勳，特涣中丞之新命。凡兹紳佩，莫不喜溢彈冠；況在帡幪，可知幸深庇宇。

某蹤跡匏繫，未遂趨蹌。捧讀瑶函，豈勝踴躋。緬想風高牙纛，永静罔象之波；更祝履近星辰，將圖麒麟之閣。臨啓無任瞻馳之至。

與胡趨徵年丈

客歲彭旦陽年兄行，率附八行起居，不浮沉否？甲午過貴邑，獲奉謦欬，于今忽忽十稔，天涯弟兄，每切懸注。承華札，具悉邇來福候佳勝，豪興逸調，猶如曩日，藉慰所思。時事否泰，全在賢人用舍間者，聖心已悟，賢路將闢，乃德音旋發旋收,毋亦泰運猶隔耶?要之天衷既動,涣綸有日,丈即欲久有考槃之樂,恐未可得也。

弟腹背微毛,原不足爲時輕重,兼以踽踽孤踪,多怪少可,計惟有蚤知止足,庶免殆辱於世耳。既託莫逆,何以謂之?蔡中山庶常才品卓犖,新館白眉,弟素有道誼之雅者,來教諄諄,敢不敬志。伯修遂化異物,吾黨諸君,銷落如許,既切山陽之感,又悟塵世幻夢,今古如斯,朝市山林,歸於同盡。季鷹有云:"未若當時一杯酒。"竊有味於其言也,丈意謂如何?佳葛祗領,謝謝。外薄將附申意,檢存爲幸。餘惟爲世道珍攝。

答馬石菌節推

伏以半刺名高,恩覃棠蔭;三年績最,寵溢楓宸。喜分鄰燭之光,媿深投瓊之貺。

恭惟臺下,江漢濯秀,衡霍降精。胸藏五車,吞雲夢者無數;神遊三昧,學北方者莫先。當初登制科之時,即預占公輔之器。惟莆陽乃海邦劇郡,而司李實臺閣先聲。水鏡澄清,群品於焉畢照;霜刃霹靂,覆盆自以不冤。至乃文采風流,尤超然簿書期會之表;况復仁慈惻怛,恒盎然耳目明察之間。允矣三楚上林,休哉七閩循吏。兹當考績,備極褒綸。玉檢紫泥,已見疏榮於鳳掖;烏臺青瑣,即看簉跡於鵷班。

某覆載情均,皈依望切。昔日御李,傍壺嶠幸挹露冕清暉;當年借寇,視温陵更沐隨車甘雨。欣逢吉典,祗勤燕私。佇待徵書,方動雀躍。雖人非素望,何知汝南之評;而國有名賢,敢愛曹丘之口。捧來函而踧踖,裁報牘以怔忡。臨楮無任瞻遡馳戀之至。

復高兩目安溪

敬惟連茅杏苑,過承水木之思;結綬花封,喜近江河之潤。雲天可薄,幪帡惟均。

老父母臺下，胥濤翻胸，天目作表。窮經探曲臺之奥，禮樂縱横；射策推甲第之英，天人妙貫。大才初試製錦，美政遥媲鳴琴。豈弟宅心，在孔門則學道愛人之君子；廉平爲理，居漢世則經術飾吏之循良。時甫及夫再朞，化已騰乎三異。清溪既樂孔邇，桐邑尚借餘休。

某學匪淵源，敢云遠來衣鉢；居密棠蔭，竊幸大芘梓桑。未展寸私，猥辱厚雅。何當華訊，益媿先施。遡甘澤之隨車，已知海國遊華胥之域；竚承明之飛舄，即看台垣應列宿之光。臨楮無任瞻切。

報杜文焕參戎

久飫英問，直謂鈐弢家白眉耳。辱承牋寄，副以佳什，展玩璀璨，令人接應不暇，真有横槊賦詩、磨盾草檄之風，可謂文武兼資，超逸絶塵者矣。來教又云雅慕仙釋，益諗高風遠韻，欽嘆不已。第仙釋不在遠家離俗，惟在隨地證性，故曰眼前是道，即心是佛。足下受恩奕世，英資妙齡，謂宜蚤奮行間，承家報國，在我法是爲盡孝盡忠，在彼教即爲種善種福。雖操觚剩技，猶不足多競，矧枯寂出世之爲哉！僕於《三教逸史》序中已陳其愚見，而於八詩卒章復寓勸駕意，當勿以老生庸談忽之乎？敬此附布腹心，并謝厚雅。握晤何期，臨楮依依。

答朱近華開府

謹啓。不佞某幸荷生成，桑梓之事，何俟饒舌。抑聞之，小人知其近者小者。敝居在晉江之安海堡，距郡城可六十里，中聚萬家，外濱大海，其民往往商販外夷，糊口於驚風駭浪間，有殷盛輳集之名，而亦有奸宄攢叢之實。無官彈壓，人各有心，海中無事則已，有事則安海必中寇，中寇必不支，萬一此堡有他虞，無論數萬生靈，必且爲泉、漳腹心大梗。即往時倭訌閩中，幾危者屢矣。承平既久，翫而弗圖，邇者數傳海儆，實切杞憂。惟是安海城雖脆薄猶足憑，人雖怯弱猶足守，資雖匱乏猶足餉，獨患無官耳。無官則良民之禦寇者無所統，奸民之市寇者無所懾，此危道也。頃有議建邑者，有議移海防廳駐札者，有議割泉中五所之一以隸者。要以百世之利,無如建邑,海防駐札次之,分所又次之。若鎮闔茸之首領武弁,志卑權失,雖有官猶無官也。萬不得已,則擇其中最賢者猶可支撑目前耳。伏祈老公祖加意桑土,速檄道府,擬議施行。豈惟敝堡徼惠,其泉南保障,實有厚幸焉。

報李霖寰制府

恭惟臺下,望隆柱石,任重封疆。承天寵於師中,總王略於閫外。吉甫之兼文武,爲憲萬邦;郤縠之悦詩書,盡護諸將。惟元老之方在事,知西賊之不足平。

某鴻都竪儒,鱣堂散職。未識荆州之面,仰德徒深;遥瞻元禮之門,承風轉切。詎謂樽俎之靡暇,乃復管蒯之不遺。赤牘下頒,青團繁錫。七輪六角未足爲珍,翟羽螭皮有同斯貺。已覺清飈之滿袖,何愁囂塵之襲人。奉揚仁風,敢忘謝傅之嘉惠;指揮軍事,緬佇武侯之膚功。肅附短函,聊布感臆。九華掩映,即看奏凱於鳳軒;六合廓清,方見圖形於麟閣。臨楮不任馳神之至。

與方岱陽侍御

每接里中鱗羽,無不極口攬轡芳猷,貞肅得大體,諏度無遺瘼,閩海如登春臺,如就化日,幸甚,幸甚!承大教具悉,深謀遠慮,老公祖所以爲敝邦却突徙薪計者至矣。第前旨既已拒絶,此夷決無復反汗理。高瑺疏不見抄,又頗聞紅夷已廻舶,此則老公祖形格勢禁所謂童牛之處牿、豶豕之牙,無事與宵人争口舌也,敬服,敬服!抑不獨紅夷當絶也,吕宋小醜耳,一旦虔劉我華人至二萬餘,亦可謂中國大辱大憤矣。乃華人無他計,猶然忍詢往市,傳笑四夷,謂中國體統何?夷氣益驕,將來復將奴虜魚肉之,恐民亦未可得利,官亦未可得餉也。鄙意謂興師問罪,雖鞭長難施,亦當暫停市舶。西夷不得漢物必大困,必與吕宋相咎怨,因使辨士游説其間,假手殄其惡酋而易置之,似亦除兇雪憤一畫,即市亦可長久耳。且曩時吕宋酋之見戕於西夷者屢矣,隃度事勢,或亦可行否?

又安海添設海防一事,其便計具士民狀中,想已徹台覽矣。以今島夷叵測,安海孤城,界在漳、泉之間,闤闠殷繁如此,奸宄攢叢如彼,無官彈壓,定啓戎心。一旦有事,剪以與寇,藩籬既徹,漳、泉必危,駭而圖之,豈有及乎?本圖建邑,慮始爲難,今但添設一海防同知,長駐之,無事可以坐鎮,有事可以調度,既無更張建置之擾,而有綢繆桑土之功,此事之萬萬可爲者。惟老公祖斷以必行,則一舉手間便爲地方造無窮之福,不者終爲道旁舍耳。如謂弟祇爲桑梓私言,則鷦鷯一枝,出幽遷喬,何適不可?顧爲此嘵嘵也。統惟台臺留意焉。延佇,延佇。

報趙準臺侍御

自使節之東也,蓋三奉華訊矣。散落孤踪,何足以當惓念,綈袍高誼,殆非夷所思矣,謝謝。間者大禮舉行,國本遂定,政府言路亦以次涣綸,此國家治平之大本大機也。要之聖心一悟,何所不悟?一切異政或將旦夕報罷,我輩從茲得端委以奉清時,爲幸大矣。老丈盛年方茂,鼎望正殷,繡斧在身,激揚在手,真得志行道之時,聳壑昂霄之候也,何感而再上書乞身?即以老年伯榮登九列,宜解臺職,然辭不見允,誼當勉承。古不有隔屏風故事乎?來教非所聞也。

弟碌碌庸駑,叨冒已過,邇乃濫竽東華講席,益非其據。雖夙夜在公,而斧藻何補?賴天之靈,元子睿質夙成,温文恭敬,孚格聖心。茲廟社之慶,非人力所至。丈乃心王室,想所願知也。冗次率復,不盡願言。

報方岱陽侍御

安海議官駐札一事,前此費經畫者屢矣。然言發盈庭,功隳築舍。恭遇老公祖繡斧乍臨,諏謀旋合,庶言朝同,封章夕上,前此數十年未了之局,成之自今,後此百千年全安之福,造之自今,即老公祖一日坐廟堂而斷國是,其妙用端可預睹矣,敬服,敬服!旨已下部,想題覆有日,某輩敢不畢力慫慂,以奉承德意。原議每年撥兵二哨,更番汛守,具見當事者綢繆桑土苦心。

第安海近年已撥營兵一哨爲守,緣無官彈壓,又不别建兵營,與城中居民雜處,小民往往受其魚肉,或綑良民爲賊盗,或掘城濠爲蔬圃,或强槊人貨物,或逼擄人子女，稍不如意，即露刃相向，未能弭盗，先自爲盗，安海人視之如毒藥猛獸，非一日矣。今即謂汛守不可無兵，亦須擇離城閑曠去處起蓋兵營，令主者嚴加約束，毋得與居民錯雜，則無事既獲安静之便，一旦有事，居民授兵登陴於内，營兵犄角邀擊於外，賊腹背受敵，安海有綢繆之固矣，似尤不可不并議者也。

其紅夷事已俱留中，吕宋事已於前書僭布，兹不具贅，惟俯賜采擇。又安海陳烈女事真爲難能可貴，風化攸關，并乞蚤題。餘惟爲蒼生、爲明時珍攝，不任拳拳。

報趙準臺侍御

客歲春夏間，吾兄弟聚首燕中者四人，當時已嘆寥寥，然猶不時過從，啣杯對枰，往往深夜劇談，神情各暢。既而老丈按節東省，弟亦叨役南闈。比弟之返也，子醇忽遭嚴譴，伯修旋化異物。感兹聚散，黯慘傷懷。子醇做一場大事，所言切中廟社隱憂，千秋大名，已載而去，雖則荼苦，其甘如薺。惟伯修無年無嗣，溘先朝露，此吾黨所共惜聞，丈與蕭允升書深爲愴惋，故當不能已已也。

東省時事誠難，然亦何至難足下淵識妙用，此老丈由來繡斧在身，何難張弛，乃復諄諄若不自釋，豈諏詢謀度，使臣體固爾耶？弟南闈之役，勉强竣事，以兹懼府得無咎譽，幸矣，他何敢知？賢書一册，附奉尊覽。策場一三五出自塗抹，漆室懷愚，時藉以發抒胸臆，無心與諸年少競枝葉也。率次無緒，諸未縷悉。

答方中涵侍御

老丈繡斧行部，職雄事殷，乃獨睠睠燕中寒友，數月之間，再厘尺素，何交誼篤摯如此也！國本既建，匕鬯攸凝，政府言路漸次涣綸，兹廟社莫大之慶，雖使節在外，乃心皇室，其爲欣豫，概可知已。倘採榷諸政從此一切報罷，豈不亦王明並受其福哉！緬惟弭節西江，民懷吏畏，此自攬轡風采繇來，乃至伊人伏喙，異類猶媚，殆所謂"式固爾猷，懷我好音"者乎？昨景鎮忽爾有云，想終當在法力馴擾中也。

弟某碌碌如昔，日濫竽東華講筵，雖夙夜靡遑，而斧藻罔効，長者亦何以鞭策之。

報彭秀南開府

旬日間凡兩接鼎翰，具稔福候佳勝，且已建牙上谷，門墻瞻依，無量慰藉。當今巽政亟行，宇内驛騷，所幸九邊諸夷縻于貢市，疆埸尚無大患。然幾倖者危伏於貪功，因循者費殫於無秩，國計漸潰，戎心難測，識者每有隱憂。上谷神京北門，鎖鑰重任，視諸邊尤亟。師臺以文武顯允之猷，當折衝千里之寄，將來籌略未易窺識，即來教所云不多事以開釁，勿濫觴而秏儲，此兩言者操縱期於安邊，張弛要之體國，真老成石畫，安攘訏謨哉！某敬爲師臺他日成功賀，敬爲廟堂此日得人賀矣。肅因旋羽，附布腹心。

報曾見臺司空

春初朱大行出使之便，肅寓八行，奉訊福候，兼以勸駕，不知曾塵台覽否？不佞某非敢以世俗榮寵爲有道願也。退之有言，出處無常，惟義之歸。義之爲物，因時而制。邇來廟堂於閣部大僚殊不輕涣綸，乃獨注意耆舊，制麻所下，歸德、紹興暨翁而三耳。而臺下留選之命，申之至再。是且將大用，特借此爲漸階地耳。則翁之受知於時者，不可謂不深。又曠期大典，一日舉行，天心有旋復之機，寓内有太平之望，終濟美業，端藉名碩，則時之需治，於翁者不可謂不亟。時不可失，則義不可違，故曰：君子之道，或出或處。不佞所以拳拳於東山之駕也。廟堂之上計，當爲賢達惜，不佞特鳴其私臆如此耳。

若某以愚蒙晚達，辱翁注念，屢勤提誨，感恩厚矣，無可爲報，惟有禔躬恪職，庶幾不負知己，將來或可備藥囊中細瑣之用而已。率率附布，不敢作尋常寒温語，伏祈台亮。

復吴左海大參

去秋台駕入賀，幸得言叙契闊，雖匆遽中不時聚晤，而一談一笑冷然莫逆於心。白水青松,未足喻其親切也。别後忽復温風改候矣,知己欬謦,恒若在耳,而聞問缺焉,心旌爲摇。接翰教,知初夏始克還部。中州凋敝極矣,幸有誠心真品如吾丈者,足爲地方保障耳。然能必無掣善畫之肘者乎?聞朱旺口又復决裂,三百萬金錢空委巨壑,丈謂時事能幾經此而不壞?使丈蚤得與議,當不至此。自古治河惟有不與水争地,今争者三,敗者三矣。相尋覆轍,其故正難言,杞人惟有仰屋長嘆而已。

弟素木强,非適世具。邇來鑿枘益見,來教期望過殷,殊恐不能仰酬耳。使旋,附布腹心,餘未敢多談。

復陳毓台中丞

自中使四出,人皆知採榷之害,而不知其害在紀綱也。惡採榷之害者第欲剸刃决胸,亦寧知國之利器不可示人,舐糠未有不及米者。始臨清詬馬堂,已而戕州守矣。姑蘇閧暨禄,已而訌守令矣。武昌窘陳奉,已而殲撫臣矣。當變起時,鋤惡璫惟恨不慘,懲亂民惟患不輕,至於亂民膽粗手滑,旋且移之師帥長吏,蓋紀綱陵夷之漸,有必然者也。然三方尚在内地,中使之禍猶止於誶詬窘辱耳。今則焚公署,燬勑印,屠殺銜命之使及隨從,至伏尸流血,不可勝數,紀綱掃地極矣。以滇南遠懸天末,若更事姑息,流禍寧復可言?紀綱尚有可挽乎?然則台臺之擒治戡弭,蓋瞻前慮後,計畫不得不然,寧爲一楊璫哉?大氐端本澄源,慎舉動以消未萌者,廟堂之事也。奉公體國,戡禍亂以遏横流者,封疆之職也。臺下又何疑焉?至於税事之必有所攝,遺貲之必有所歸,亦皆事體之不得不爾。言事自易,當事自難。人知其一,莫知其他。臺下惟自信其是以俟論定而已。敬因諭及,附布狂愚,餘未。

答李修吾開府

已亥秋初,弟入都門,而翁丈遂有淮揚之命,握岐如昨,忽忽三載。翁丈三載間撫循在黎庶,戡定在封疆,建白在朝著,榮問在海宇,真可以上酬主知,下副生平。弟某叨在知己,不勝藉采之幸。時事漸更,中外顒顒以望太平,惟是礦税倒懸最急,乃明詔旋發旋收,此事竟未知所届耳。當時聖躬違豫,親召大臣於榻前,口授玉音,乃不終朝而反之。竊謂當日悔悟實由聖心之明,後來反汗實由人臣之過。何以故?精誠正直不能孚格平日,而視著定間蔑如也。翁丈毋以爲罪言否?

弟某踽踽孤踪,久戾於世。且也質同蒲柳,衰颯畢來,直爲東宫初建,叨役講讀,未宜便以告請,第止足弗圖,政恐兩疏笑人,不日且乞閒去矣。公周庭庶常,韞藉標格,新館白眉,來命敬志之。不具宣。

復錢大復春元

曩在南雍,曾托長公文字之契。庚子南闈之役,於次公稱知己焉。二妙文采璀璨,意其淵源有自,客歲獲遘高賢,冲襟雅抱,明允篤誠,然後知鳳毛麟趾,從來非偶也。門下橋梓,真足掩映三蘇,不佞闇淺,何當永叔?乃謬忝世契,虚往實歸,詎不稱厚幸歟?

讀《證議省言》,邃詣真諦,往往標前人未發,可謂獨探玄珠,誕登彼岸者矣,敬服,敬服!門下異日直當以經術世業,紹韋平芳躅,寧獨以雕蟲小技取通顯已耶?人旋,寓此布謝,兼叙闊悰,率爾不備,惟有神馳。

與錢聖錫明經

曩在南雍,每讀足下文,綽約精妙,如藐射姑仙子,以爲非從人間來者,擊節賞心,已非一日。間者叨役棘闈,意謂定得收羅,一酬夙願,乃令弟入彀而足下偶遺,豈謬眼眯瞀,後先頓爽與?將房考失之也。人生遇合有時,無論足下棣蕚遭際蚤晚,時不可强,即不肖戔戔福德,亦自有限,欲如昔人騁雙驥於日下,馭二龍於天衢,舉無留良,亦未易可得耳。

承華訊,不以疎謬爲嗛,更津津於昔誼,久要厚雅,應於古人求之矣。以足下抱負瓌瑋,何患不耦?連城之璧,非一獻所售,願言勉旃毋怠,副此拳拳。人歸,率此布悃,不備在炤。

與錢龍錫孝廉

違闊謦欬,忽已浹歲,依依之懷,彼此不異也。憶客歲爾時,足下三場甫畢,與張瀛海見顧,各質試文,不肖謬評,以爲兩公文相伯仲,即日題塔,亦應鴈行。然乃或售或否,乃知遇合有時,未易可測。第瀛海百折之後,始克大伸,遭際雖奇,挫劘亦久,足下茂齡後穎,發軔方新,即再加鍛鍊,稍老其才,以爲大受地,似未爲不可。乃知或售或否,造物者順逆,皆方便也。計足下自識此意,不審邇來精進何如?君家橋梓壎篪,自足師友,將鍊成九轉,惟在勿替火候而已。

不肖日來多病,衰颯漸見,迂疎之性,涉世尤難。方將爲乞閑計,未知握晤何日也。

上王荆石老師

闊焉奏記,忽又經年,遥睇吴門,無限藴結。每從南來紳紱詢起居,恭諗福候,邇益佳勝,間或寓道心於農圃,寄禪味於鳥魚,此於老師清福自在得矣,顧瞻時事不無少慨。門生觀往籍中,如魏公醉白,温公洛社,皆薖軸未能信宿,朝命旋已荐臨。何則?國家之安危重,則一身之勞逸不得不輕。兹何時也,而令老師久有林壑哉?爰立方卜,首揆尚虚,門生竊以此覘否泰矣。

門生才原樸遬,性復迂疎。當争市逐兔之時,無見幾避賢之决,自取彈射,敢誰怨尤?兹惟有亟圖鴻冥,庶戈者無慕,不至重爲師門點耳。春間承乏禮闈,徼藉師訓,幸而竣事,猶未知其揚扢之當否也。謹以試録附奉呈覽,其《中庸》、《周書》、《詩經》、《禮記》義暨表二、四道、策,則不量操觚,并祈郢裁賜教,幸幸。姚中翰行,肅此啓候,餘事姚君能具道之,未敢多及。臨啓不任戀切之至。

上王荆石老師相公

去歲爲先慈乞銘,正值讒説震驚老師譊譊矢音之日,乃憐其悲悃,特賜揮擲，先慈實藉以不死，良亦藉以逭死，此感寧可言喻，時即遥望師門，百稽顙以謝。旋擬走一介謝閣下，而窀穸未畢，繼復横被口語，罪狀未白，大懼爲師門黜，遂逡廵至今，歉惕何已。嗟夫！如良德薄望微，其不理於口固當，乃精忠亮節如老師，猶復求多未已，此良所爲仰天扣心，憤懣欲絶也。

竊謂世間自有真是非，猶天地之不可翻覆，日月之不終晦蝕。今人概指吴門、山陰與敝鄉先輩爲奸爲邪，殊不知其解，至妄加詆毁於老師，是真欲變天地日月矣。即使共工善觸，有窮善射，恐未能終得也。近復驚聞長兄之問，益震悼，悲惋不自勝。不惟人無所不至，視天亦復夢夢矣。第天之難問，從古已然，雖孔聖不能延其子，子淵不能延其身，老師其若之何？達生者亮脩短之同盡，知命者晰幻變之無常。從古人情所不堪者，惟聖賢能不失其恒，故曰："太上忘情。"非老師其孰與於斯？乃良猶懷過情之慮，喋喋父師之前，亦不自知其謬矣。丙戌高足弟子已莫落若晨星，如良雖後死，今亦沉淪，行與草木同朽，負媿師門，何可言？顧此亦天也，老師其若之何？

山川阻脩，何日再奉杖屨，謹因便鴻，肅此奏記，少展候私，并致長兄一爵，並乞鑒涵，幸甚。臨楮無任瞻依戀切之至。

上申瑶泉相公

曩先人窀穸之事，老師幸而賜之鉅章，不朽之感，世世萬子孫無斁也。緣襄事以後，良即横被口語，年來席藁杜門，悒鬱無悰，至今未能一言爲謝，計老師亦憐其所遭而不深責之也。

恭惟老師，昔日擎天玉柱，此時行地神仙。道德功勳，應五百年而命世；康寧福壽，將八千歲以爲春。其視世之蹲踏譸詸，日搆鬬於毁譽得喪之場者，何異蚊蚋蜉蝣争喙攢嚷於虚空内，寧以爲有無也者。惟是今之黨禍已着人膏肓，殄瘁且移之國矣。老師即超然物外，寧亦不爲世道疚心？所冀天心有轉泰之期，聖主有求舊之典，一旦元老還朝，握斗杓以回元化，庶幾復見蕩平之世乎？

良罪業深重，駮迕世途，雖蒙聖明拂拭，恐終無路報稱，負國恩，負師恩，私念悢悢何已。雖然,有道元老猶未麾之門牆外者,亦何敢不自磨勵,以幾桑榆之萬一。太倉王老師與老師二華相望,今頹其一矣。老師應不勝山陽之感,矧在及門之徒乎?聞其文孫甚弱,能無當户慮,羽翼長養之,在老師有猶子之視,亦何憂。因便輒敢僭及之。沈太醫及春間入温陵,良僻居海邊,久不聞問,地主之職缺焉,歉甚,歉甚!至是始以師札見寄,乃得一通名刺,而沈君猶在同安,尚爲舍親王瞻溟欵留,倘還轅時肯一見過,得親接和扁緒論,不亦愉快乎?先此奉覆,諸容另申。

復程羅陽太守

恭惟任重三輔,久著勞來之勳;績課六條,再覩治平之最。光生露冕,知結凝旒。門下經濟全能,循良獨步。才與誠合,豈弟無乎神明;威以惠生,師師本之父母。惟北平乃神京左掖,而輔郡實寓縣具瞻。望爰借名賢,遂臻久道。德厚茂乎六載,風聲表夫百城。昔河内之寵寇君,多經歷歲月;而馮翊之試蕭相,亦積累功勤。稽令典以酬庸,即看增秩賜金之詔;疏殊榮而旌勩,旋躋建牙列棘之班。

僕某屬邇風猷,夙承覆載。拜僑、札之嘉貺,不盡凌兢;竚龔、黄之徵綸,深勞抃企。臨楮無任馳神。

復龔潤寰親家

伏以婚姻敦舊好,言尋董擇之盟;閥閱推德門,聿慰相攸之願。采葑不棄,倚玉多榮。

恭惟尊親家臺下,甲第承家,才猷振世。楚兩龔之節概,繩武亢宗;漢八使之風裁,持斧作牧。朝天五馬,方沐湛露渥恩;向日雙旌,竚膺建牙新命。至於麟趾鳳毛之英妙,固應愈出而愈奇;乃若沼沚蘋蘩之萌生,敢遽議家而議室。祇憑夙契,獲托良緣。睠維絲縉,喜鳳占之叶吉;拜兹瓊玖,覺冰署之增輝。不腆附將,敬用爲好。冀締歡於永永,尚衍慶於綿綿。臨啓可勝欣仰之至。

復饒映垣大參

伏以薪槱多材，久推鑒衡之雅望；藩宣重寄，喜晉屏翰之新銜。海國歡騰，朝紳慶叶。

恭惟老公祖臺下，豫章擢秀，牛斗淪精。家學亢宗，何論八龍三鳳；都官展采，大裨國計民生。允矣幹濟之英，况兼文章之伯。全閩之鐸再振，固已人人樂育菁莪；行省之署重開，方看在在式歌蔽芾。何幸仰沫承流之孔邇，更知建牙開府之非遥。

僕良叨芘鴻慈，未申燕賀。遽辱多儀之享，殊深敝帚之慙。敬三肅以銘心，抒八行而布悃。臨楮不任瞻馳。

復黄慎軒宫庶

詞苑步趨，多荷切劘；承華出入，更密追扳。緊離索之縈懷，每寤言而永嘆。

敬惟閣下，識洞三昧，學淹九流。在國家則鹽梅舟楫之儲，在朋儕則直諒多聞之友。曩者東朝勸講，甘盤之寄方殷；顧以北山獨賢，疏傅之踪遽遠。身雖安乎薖軸，望益係乎巖廊。特厪涣綸，用咨勸駕。凡此同朝甚喜，况於莫逆可知。忽承華緘，猶滯脂轄。鼎槐側席，已乖茅茹之思；樽酒論文，尤切蒹葭之感。尚冀幡然而改，賁然以來。不遺親，不後君，克蹈前賢之懿訓；先而憂，後而樂，勿負夙學之初心。臨啓不任神馳。

與陳懷雲開府

伏以中臺總憲，式隆綱紀之司；獨座觀風，尤重封疆之寄。咸喜名碩，榮膺簡綸。何幸海邦，荐沐覆露。

恭惟老公祖臺下，文武忠孝，正直蕩平。五百應期，何論斗牛間氣；九三行事，未羡方虎徽猷。當持斧簪筆之時，春温秋肅，固已備四氣而不偏；逮秉鐸衡文之日，棫樸菁莪，復克造多士於無斁。士仰山斗，朝詫鼎鍾。比箑迹於銀臺，益受知於玉扆。在中外想聞風采,誰不幾見景星慶雲;乃東南特睠天衷,居然快覩高牙大纛。

伏念不腆閩服,眇介遐陬。雖家禮户書,尚傳海濱鄒魯之舊;而民貧地險,宜軫隍復桑土之思。曩藉衣繡巡方,幸去思之深仁猶在;兹蒙擁旄開府,知來蘇之喁望更殷。况某夙荷蓄幸之恩,更叨班行之雅。欣聞有命,竊希帲幪之自天;屬耳下車,不覺踴躍之無地。敢嫌陽鱎之先至,寧後堂燕之賀私。肅誠微將,敬陳下悃。臨楮無任瞻切之至。

答李晴原大參

恭惟門下,牛斗間氣,東南偉人。學得精華,揖游、夏而升堂入室;文起衰弱,陋潘、陸之倒海翻江。蚤掄魁於棘闈,久傳天人之策;繼含香於蘭省,茂著寅直之聲。楚浙衡文,高懸朗鑑;黔粤建節,獨擅芳猷。樽俎折衝,即看樹纛而開府;鍾鼎係望,方且曳履以秉均。

不佞良閩海孤生,冰署散秩。地隔晚進,心仰前修。未瞻元禮之龍門,偶識超宗之鳳羽。模索而獲,敢云驊騮杞梓之能知;扶遥而升,實惟水木淵源之有自。幸叨世講,遽承先施。辱延陵紵縞之交,何堪厚德;媿風人瓊琚之報,聊貢素心。臨啓無任瞻切之至。

復顧襟宇太常

伏以清卿峻秩,聿重禮樂之司;甲榜英才,幸睹鳳麟之瑞。淵源有自,橋梓增輝。

恭惟臺下,江左偉人,斗南間氣。烏臺執法,久傳柱史風稜;紫塞治兵,式固北門鎖鑰。惟文武推吉甫,丕著殊勳;故豐鎬借奉常,特深眷注。備德斯有備福,教國仍以教家。爰啓象賢,高標鴈塔。

僕良浮沉散署,尚隔一世之龍門;仰止有年,今睹九苞之鳳翮。薦賢實以爲國,敢尸薪槱之功;資父乃能事君,總屬韋平之訓。展賀未獲,先施爲榮。寄微悰於八行，致私慶於三肅。是父是子，喜人臣尊寵並集一門；難弟難兄，佇入彀英雄方看聯璧。敬陳謝悃，兼布鄙衷。臨楮惟有神馳。

復連少嵩開府

伏以鎖鑰任殷，彈壓必資名碩；封疆寄重，綢繆允藉壯猷。喜棨戟之初臨，知屏翰之已固。

恭惟臺下，中原俊傑，命世英賢。蚤執法於内臺，名高柏府；迨策勳於卿寺，望簡楓宸。睠惟畿輔冲邊，無如雲中上谷。矧虜情蠢動，難恃舊盟；而普贊方更，未測新局。陵京保障，經畫屬文武之全才；華夏鉅防，安攘仗翕張之妙略。爰授節鉞，用拱藩垣。頃聽宣麻於黄扉，已見紳佩動色；兹聞建牙於紫塞，遥想旌旗改觀。

僕良竊步鵷行，久欽中朝之懿範；馳情鴈磧，佇奏《六月》之膚公。敢布悃誠，敬酬芳訊。謹啓。

報丁禹門方伯

伏以閩海旬宣，正喜棠陰之蔽芾；中臺貞肅，佇看柏府之弘開。師錫已協於明廷，簡綸旋慰乎下國。欣動紳佩，慶叶蒼黔。

恭惟老公祖臺下，道本真儒，才惟命世。南金東箭，蚤登著作之壇；武緯文經，夙負公輔之望。自握蘭含香之日，已著水鏡冰壺之稱。迨分臬維屏之時，益顯豐玉儉穀之用。曩廟堂嘉惠閩服，俾名碩來長薇垣。遠至邇安，汎若黍苗之膏雨；脩内攘外，共詫樽俎之折衝。海邦既寧，朝望咸允。赫赫觀風獨座，匪名碩疇克首推；煌煌列戟高幢，知遐陬終蒙厚庇。

某蒲柳散質，薖軸餘生。一壑一丘，迹若疎於覆載；戴日戴斗，心敢後於瞻依。頃聞啓事之遥傳，已切生平彈冠之想；兹承華緘之辱及，更慙下濟寵被之光。肅布下悰，恭陳謝悃。顒候牙纛新命，另申燕雀賀忱。臨啓可勝感佩懇切之至。

復莊泰岩親家

伏以閥閲推名德，久占長發之祥；婚媾諧好逑，式慰相攸之願。敢云物各有耦，實維天作之緣。

恭惟門下，鳳羽九苞，甲第文章獨步；龍門千仞，才猷節操承家。在昔握蘭秉鐸之辰，士類已欽爲山斗；方襄開府面槐之業，聖朝應詫有韋平。矧是令器芳標，允稱華宗寶樹。蜚英擢秀，焯焯真如干、莫之發鉶；克家紹庭，戔戔奚取蒹葭之倚玉。爰憑氣味，獲托絲蘿。緬惟通籍結綬之追隨，幸過蒙夫董擇；睠兹納徵請期之蕃錫，益深感乎綢繆。男有室而女有家，父母之心總當不異；歌采蘋而賦采藻，公侯之事猶恐未閑。叨承多儀，敬拜明貺。薄附不腆，統希俯涵。

莊泰岩親家

伏以一枝堪比鷦鷯，奚有竹苞而松茂；環堵僅蔽風雨，敢云出幽而遷喬。淵明之愛吾廬，計在將老；子荆之善居室，義取苟完。竊忝楚宫，敢當晉賀。輪奂非美，瑶華枉賁乎寒茅；筐篚盛將，庭實爛盈乎蓽户。閭里詫其生色，構堂爲之壯觀。誼托葭莩，從來荷帡幪之愛；情深瓊玖，何日諼珮結之懷。肅此拜嘉，薄陳感臆。

與蕭玄圃少宰

小价自京回，捧讀手翰，語語衷膈，殷殷夙誼，至憐念草土無辜，横遭謡詠，爲之憤懣咨嗟，此情真足泐青山而泐白骨矣。古人謂一晦一顯，交情乃見，豈其然哉？

恭諗榮膺簡在晉貳統均，何論舊侣彈冠，袍籍生色。以爾時滔滔靡届，得一平康正直名碩爲群僚表率，正如標砥柱以障狂瀾，懸軒鏡以程殊態。廟社明神，實式靈兹舉。近讀紀綱官常一疏，其於今日世道人心，真可謂隔垣之視，頂門之針，即兄翁將來銓次流品，又進而平章國是，勳業可知，此又獨生平石交致私抃已哉！

弟創甚痛鉅，百慮灰盡。向者李内江横加誣衊，不得已遣人奏辯，而舍親黄九石諸兄以止謗無辯阻回，其言甚正，其相愛甚深，弟亦惟身將隱矣，安用文之？

又自惟從古獨聖賢德望素孚,雖有流言,無傷日月,則不辯可也。如弟德薄望輕,而指摘之人復言賍言證,若不據實分剖,則身被惡名,永藉丹書,誰見昭雪?無論集詬貽知己羞,即没齒蓬累,復何面目上父母丘墓乎?兹特遣人再往,惟兄翁命之。兄(下原缺)

與蕭玄圃少宰

賫疏人回,捧讀手翰,綢繆滿楮,情見乎詞。又稔知爲弟發憤,爲弟周旋,種德不言,施恩不報,《詩》云:“鶺鴒在原,兄弟急難。雖有良朋,況也永嘆。”其不然乎?昔子厚以柳易播,退之盛稱之,以爲士窮見節義。鄙意謂子厚、夢得俱在窮時,同苦相憐,未爲奇節,惟老丈處日月之際,弟在泥淖之中,一貴一賤,交情乃見,斯真千載寥寥耳。時事日否,誠如來教所憂。老丈謂是誰過與?自來匹夫相要,亦須有一段忠信惻怛,然後能相入相下,豈有不分賢否,不論是非,只憑一片愛憎異同,偏心浮氣,既以跆藉一世,又欲强聒至尊,無盈缶用圭之誠,而冀收上行下濟之遇,可佹得乎?今當事君子且未論品望才猷,正須以虚心爲第一義。蓋心虚則無愛憎異同見,亦無衆寡强弱見,然後能延納群品,興起事功,即九重垂拱,天下已安已治矣,矧明主未嘗不可至誠感動也。方今稱忠厚正直大臣能虚心者,獨老丈與孫太宰耳。太宰已都統均,更使丈贊密勿,中外協心同力,以蕩平爲百僚倡,天下事庶可爲耳。綸扉首簡以資、以賢、以望,具屬老丈。弟竊爲廟社忻忻企幸矣。

弟摧毁之後,皮骨僅存,一壑一丘,計在没齒,一切是非得喪,久已空華泡影視之。惟願老丈鼎鉉大業,光于四方,俾得爲太平逸民,受賜宏矣。因舍親蘇孝廉計偕之便,附此一布契闊,并謝。握晤無期,臨楮惘惘。

與陸瑞亭直指

伏以中臺望重,風猷夙著於朝端;八使名高,露覆先沾夫海服。幸處照臨之下,尤荷拂拭之恩。

恭惟老公祖台臺,浙東真儒,斗南間氣。蚤蜚英於馴雉,預識公輔之占;繼妙簡於乘驄,式隆繡斧之寄。惟遐陬尚紆睿顧,乃巡方特借名賢。正直忠厚攸兼,剛不吐而柔不茹;諏謀度詢惟允,害斯革而利斯興。軫饑溺以捄災侵,澤中鴻鴈安集;肅紀綱以振惰窳,海外鯨鯢潛踪。

某某際會生成,仰塵眄睞。快接芝宇,何殊披雲霧而覩青天;荐辱寶函,正似損瓊瑶以享敝帚。不謂簡書之鞅掌,未忘煢疚之餘生。真是天地之至仁,輒爾細微之不棄。萬念俱盡,已絶意簪紱之榮華;一息尚存,敢忘捐頂踵於高厚。肅附布謝,不盡瞻馳。

復李碧海觀察

伏以内翰蜚英,夙著北扉之雅望;外臺秉憲,暫宣南國之新猷。幸陪著作之塵,復叨帡幪之宇。

恭惟老公祖臺下,文章哲匠,道德名儒。標俊詞林,豈但擅菁華於揚、馬;纘戎祖武,且將紹相業於蕭、張。乃廟堂軫念乎海邦,而貞肅克借乎碩彦。咨文武之吉甫,來旬之任匪輕;試經術於望之,爰立之期非遠。公侯必復,方隆槐鼎之勳;繡衮且歸,行聽鱒魴之詠。

僕品同樗櫟,病似蘧蒢。昔講蓺於石渠,竊希蕕蘭之臭味;兹承庥於棠蔭,喜沐膏露之沾濡。尺素馳情,未展芹曝;百朋寵錫,遽枉瓊瑶。將高情偏注乎素交,誠大造靡遺夫枯槁。肅此附謝,不盡感悰。謹啓。

又

卧痾海上,望棨戟數舍間,無能一奉清光,脉脉懸結。頃八行代候,未能少申寸芹,乃温諭腆貺,枉逮泌衡,虚往實歸,未知何德堪此,彌感彌慙矣。

敝鄉自六月亢旱至今,不惟秋禾槁盡,來牟亦無望矣。此地瘠薄,人不耐災,重以海外時有匪茹之報,桑土實有可虞。僕所居安海堡,距府治六十里而遥,一城孤懸海上,生聚萬家,人多以販海爲業,往往交關島夷。曩因無官彈壓,易啓戎心。丙午之歲，兩臺題請，以郡别駕鎮焉，始建館給印，文曰駐鎮安海堡關防，爲地方德意甚盛。乃殷、徐二别駕，一駐鎮，一駐郡，而二君俱以不得意去，繼之者遂視安海爲畏府，而裹足不來矣。夫官評自有本末，豈繫駐鎮與否？且官以駐鎮爲名，則安海乃其信地。倘平日不責其綢繆，而有事始望其保障，其將能乎？一旦剪爲寇讐，何嗟及矣。至於巡捕首領，三月一换，尤屬不妥。營鑽而來，傳舍而去，徒有取償之心，必無終日之計。非徒無益，且有害焉。幸老公祖加惠地方，乞勑别駕常川駐鎮。若曰府員難缺，則捕務已并二守，敝府無糧可督，徒贅員耳。其巡捕首領亦乞擇其賢者，令其常在地方，近亦以歲爲期，庶責任既專，職事自舉，不惟海上之鉅鎮以安，而泉南之藩籬亦固矣。慮關桑梓，伏冀留神，幸甚，幸甚。

與郭阜所舅

伏以啓承莫重冢子，配需好逑；濬發宜資德門，禮謹親迎。敬躬醮以明重，特廟遣以告虔。

恭惟執事，玉樹英標，青箱宿學。紹庭奕世，已豫徵晉國之槐；肯搆纘戎，方再看杜家之柏。象賢允稱濟美，思孝尤亟成先。憶在京邸之時，幸托司徒之契，以公季女，字我長男。結之以綢繆，申之以姻婭。恍如寤寐，忽歷歲華。昔俱孩提，今已長大。有家有室，緬想尊公夙愛，應篤館甥之思；伊緡伊絲，惠徼執事嗣功，以獲歸妹之吉。爰及鴈鳴之候，式諧鳳飛之占。聽鷄弋鳧之規，其勤夙夜，尚藉閨訓之素閑；螽羽麟定之慶，長衍振繩，永承宅相之榮被。敢布悃欵，統希鑒涵。

復張程川觀察

棠蔭正濃，忽以朝天北上，遥睇星軺，皈依若失。又惟鼎望崇峻，想即借重巖廊，馬首再東者，會是建中丞大纛耳。抱病海曲，未能一展歌驪，乃四牡倥偬間，特爾垂注枯槁，温諭腆貺，遠逮泌衡，拜命可勝鄭重，可勝慙皇，敬此謝。

頃承問越販事,不佞謂惟律可以已之。蓋越販有厚利,而重律不必用,其誰不思僥倖者?至於逆寢其謀,則惟有令給引餉船,蚤發蚤回,不許其壓冬,最爲喫緊。蓋日本在閩之東北,須以南風往而南風還。今之奸人牟厚利者往往托爲給引餉船,遷延至三月盡四月初多南風時方往,至六七月多北風時方還。或托爲經紀不利,壓冬至明歲俟北風方還,所以混雜難問。今若嚴限以盡二月半開船出洋,盡五月半還船到岸,過限者必如律無貸,即有神奸,其能違風往還乎?其他往販吴越,南風往而北風還者,則往無絲緞等重貨,還無多銀,决不能假托。其有往而重貨,還而多銀,則係越販無疑,亦必如律無貸,則奸人計無復之矣。至於海上干掫員役,多有與交關爲市,此則在台臺信賞必罰,而非草野所能知也。海人談海事頗悉一二。頃琉球船到安平,欲登岸赴省,不佞懼其不測,率鄉民閉城登陴却之,今幸中矣。桑梓關情,兼辱下訊,輒敢抒其一得,伏惟賜擇,轉聞之兩臺,幸甚。臨楮不盡依戀。

與陸開仲徵君

棲遲海陬,蕭索沉淪,一切世緣都盡,惟是生平一二石交,不能不時廑寤懷耳。從來世道隆汙,關係言路,而此時尤甚。惟兄世載忠孝,德備直温,經綸素裕乎胸中,標格迥超乎物表。當兹國是未定之日,欲求龍門之砥柱,鳳梧之好音,非門下誰當前矛者。掖垣首推,中外胥慶,乃啓事屢上,新命猶稽,蓄極而通,計涣綸當在此日。唱百僚以忠讜,躋一世於蕩平,竊幾幾望之矣。

僕齟齬世途,將十年所,自分永棄爲溝中斷,乃聞門下居常引誼慷慨,猶欲刻畫而青黄之,援之於不知,施之於不報,青松白水,豈足爲喻?顧僕不足言也。竊聞時泰則野無薖軸,世否則下甘龍蛇。門下方以致泰傾否爲己任,甄叙抽揚,詎有遺慮。僕如雙鳧乘雁,寧足齒鸞鴻下陳哉!惟門下勉圖之而已。濩落餘生,原不敢作長安問訊,惟誼在斷金,不復自嫌,便羽敬此一布積悰外,拙刻一部奉覽。正中有二詩乃尊公甲午開府江右招飲滕王閣之作,忽已是二十餘年别,撫今追昔,能無動門下五君之感乎?不備。

報袁晞我開府

自老公祖弭節敝閩，所爲拊循其痌瘝，綢繆其桑土，懃懃懇懇，蓋邰伯、吉甫之事兼焉。閩人怙冒覆幬，難悉名言，至於惡璫煽虐，事出稀聞，實蠢賊着于腹心，虎狼嘷于闔域矣。臺下不愛頂踵，爲閩人去此積歲窮兇，幾與抑洪水、驅猛獸爭烈，寧惟舜功二十之一哉！未酬策勳，遽返初服，雖老公祖冥鴻高舉，其如國家疇庸之典與閩人勿拜之思何矣。

某年來卧疴一壑，即不敢以無益寒温冒瀆台嚴，而薖軸無恙，實惟頂戴高深，驚聞予告，無計攀轅，方擬少效歌驪，而台翰鼎貺先已賁及衡門，又重以瓊瑶佳什，諷詠再三，培增黯慘。使者鵠立取報，肅此附布謝悰，尚容另申屬和。臨楮無限神往。

與袁晞我撫臺

不佞某嘗謂士君子進退皆不可虚而無據。進而碌碌固謂虚進，退而悠悠亦謂虚退。進退既虚，無論出處遠近，皆不可以明潔。

老公祖起家敭歷道德勳猷著在他方者，固非某所能熟悉，乃自轄閩以至建牙之日，約己裕民，安内攘外，饑溺心切由己，綢繆計軫苞桑，其乘時表樹，固已卓犖如是。而十餘年來，兇璫之熸毒于閩者，如癰瘍着于肺腑，至近日而潰決極矣。老公祖不難危身爲蒼赤爭一旦之命，披肝瀝膽，竭悃籲天，僅乃克之。兇豎去閩宇寧，然後見幾遵養，不俟終日，此一退也，抑又何所爭者大而所濟者弘耶？《易》曰："時止則止，時行則行。"動静不失其時，其道光明，斯可謂老公祖千載之券矣。

某半生孟浪，進退無一可言。芳躅在前，深用景仰，私心所介介者，尚以不能爲閩人徼帲幪終惠，是增縶維之感耳。雖然，廟堂一日而恤九罭遺思者，安知不以公衮大庇閩人也。願言崇護，以副中外拳拳。病踪匏繫，無計扳轅，敬托子墨，少抒積悰。扇頭二詩，非敢續貂，藉見區區，幸亮。

與黄鍾梅大司馬

郡中幸得謁晤，領玄誨，承厚欵，時迫歲除匆匆，弗及面謝而歸，至今無日不銜飫明德也。歲事聿更，想新禧日茂。接邸報知大疏已再奉温綸，敦促榮上，而邇來朝宁清議，翕然歸嚮名碩，乃知天理民彝，原自不泯，陽明世界，終非陰曀所能晦淪，彼魑魍宵行，肆其簸弄伎倆者，今竟何如耶？嚴裝何日即發？親翁受國恩濃，向來經營美業，猶屬方隅之事，今兹舊京樞筦，允維根本重寄，繼且入踐統均，爲百僚倡率，化淫比爲蕩平，豈異人任？上酬主德，大展生平，願努力勉旃，毋爲久滯家食也。

聞聯岳丈少宰之命已涣，親翁方與壎篪應和，大來之慶，雖枯朽能無生色耶？欣企企。向所乞大序，想已脱稿，幸與領下。其拙草係友人一時詮定，中有當刊落者，并乞摘出見示，毋辱華衮。計爾時賀客駢闐，輒以不堪惡草煩聒鉅公，甚不自寧。惟是仲翔嘅知己之難遇，子建亦望石交以定文，此情亦可念耳。尚擬榮發日攀送河梁。不備。

與薛青雷大司馬

袍澤盍簪三百五十人，三十餘年間，萍梗參差，寂落可念，而吾詞林弟兄運鍾百六，於今靈光獨存，喬嶽聳峙，赫然爲皇家楝樑柱石，大用者惟翁丈一人耳。翁丈德備中和，才兼經緯，膚公已奏於九塞，天寵晉總乎中樞，樽俎折衝，社稷是賴。方今世道陵夷，振揚在風紀，人才壅閼，銓叙在統均，計蚤晚更有新綸，雖復克詰張皇之任，恐未足久煩名碩也。翁丈匡濟素裕，式百辟而轉泰交，當必有以處此矣。

弟某沉淪衰颯，苟安薖軸，三逕十畝間，生涯可見。彈冠結綬之事，斷不敢望於長安貴游。惟是素交未盡，高誼有人，安知雲臺麟閣暇餘，不猶記玉堂舊侣，篤嚶鳴遐思者耶？詎以車笠而遽分霄泥也。因小兒應試之便，肅此祗候興居，兼布積闊，微將並拙刻請正，麾頓爲榮。握晤何期，强飰自愛。

報來路然太史

詞林追隨，遂歷一紀，雖枰梗之踪靡定，而嚶鳴之念長懸，計彼此同之也。

兹者廟堂加惠海邦人材，棘闈鉅典，特借鴻儒，一時入彀者濟濟，髦俊時譽，所推無弗收羅，得人之盛，掩映前聞。異時處揆地，操大衡鑒，以澄叙流品，此實爲權輿矣。至於録文之婉緻精深，種種匠心而出，而矩矱是崇，復粹然一軌於大雅，此尤足以風寓内、式來學，又非直閩人士奉爲衣鉢已耳。詞林藉有光榮，不佞某亦復藉有光榮矣。

卧疴一壑，懶慢相成，望文旌數舍間，未能一申契闊，而華函腆貺，忽自雲來，聾瞶頓開，枯槁生色，佩結當何如也。羽旋，率附布謝，臨楮無限依依。

復楊崑阜宫諭

詞林追隨，忽忽遂周一紀。憶曩時朝夕盍簪，諸公皆極海内英儁之選，而不肖以行能譾薄之人，抗顔其間，得朋之幸斯大，而奔蜂蜀雞之媿亦既蹋踏靡寧甚矣。

恭惟榮資漸深，鼎望彌峻。綸扉揆地，方且拾級以升，睠時事之多艱，藉名碩之弘濟，廟筭石畫，計已預定於此時矣，欣企企。

不肖雲壑孤踪，日就淪落，倘未即先朝露，猶及見光明俊偉相業，詠歌太平，榮願已足，又寧必彈冠結綬之爲艷羡哉！雲泥迥隔，山川阻脩，自分幽棲，無緣上援。不謂天路石交，猶復垂存枯槁，瑶函珍貺，遠賁衡茅，歲寒誼高，何必千古。拜命銘鍥，未知所堪，因來路然兄旋羽率爾，附布并謝，臨楮無限依依。

上李九我相公

歲底有事郡中，荷老伯提携，兼承厚欵，得聞年來未聞，開豁蓬心，感飫更倍。獻歲未敢陳謝，并候新禧，祇恐無益荒函，反勞裁答爲罪耳。

恭聞鳳毛絢彩，麟趾呈祥，掌上又添一珠，階前並茂三秀。自非老伯慶積流長,何以致此?方來紹世業於韋平,作王家之禎幹,濟濟未有艾也。亟擬逐隊充閭,諦試英物,病踪匏繫,未遂所懷,謹此代布賀私。不腆輶褻,聊用志喜祈年,伏惟鑒茹幸甚,容日得屬饜湯餅也。臨楮不盡欣企。

報黄鍾梅大司馬

頃以鄙文奉質,冒乞大序,蓋謂世有一人相知,庶幾能彈射其短,因與海内共討論之,微獨妄意借大人以成名已耳。兹承惠佳章,諷誦數四,宏卲瓌偉,揚扢數千載間,真足披抉文心,包羅秋海,珠玉在前,能無覺我形穢耶?至於覆匿其瑕,過爲獎飾,直欲刻畫無鹽,使之增價,先正有言:士未成名,正須勿惜齒牙餘論。親翁此意,將無同乎?雖弟某駑下無當剪拂,然而感恩知己之思,要當不與有形共盡矣。率此草勒,附謝,脂轄有日,尚擬歌驪道左,一展區區,兹未縷悉。

與黄鍾梅大司馬

台旌榮發有日矣。陪京重地,樞筦重寄,昔周以君陳尹東郊,唐以裴相司洛下,壯猷折衝,允藉名碩。又南中清議,素嚴親翁,安攘餘暇,以正直忠厚之論,倡率百僚,爲國家惜人才而護元氣,此其事更有出於保釐拮据外者。風猷既盛,即入而總統紀綱,銓叙流品,轉移世道,化偏黨爲蕩平,端在此行矣。

弟某雖不敢妄意彈冠,而幸睹大來熙運,即跧伏林壑,不亦有餘榮耶?叨在肺腑,比來更感隆情,兹别雲泥一隔,未知握晤何期,能不倍增黯然?惟是神情倘相來往者,亦何待接袂而後綢繆哉!日苦痰暈,未能蹴躃走别,先肅此代布,尚擬扳望行塵,俚言二首書于扇頭,當不堪出入懷袖,略申遠意,統祈鑒,幸甚。臨楮依依。

與申玄渚太常

恭惟尊公老師,弼亮熙朝,十五載太平宰相,尊主毗民,安内攘外,勳名之盛，後先都綸扉者無敢望焉。既而功成身退，優游泮涣於平泉、緑野間又二十餘載，平格難老，高朗令終，諸世兄濟美纘戎，韋平世業，方旦暮遇之，福履之盛，又近代揆地所希覯。至於忠厚正直，蕩蕩平平，渾乎太和元氣，粹乎玉鉉朱絲，道德淳備，又復超乎勳名福履外者，政所謂在天星辰，在地河嶽，而在人世則爲人，此豈依形氣爲存亡者哉！即門下孝思無窮，亦宜稍自寬慰，節抑哀情，以聿追先猷於不匱而後可矣。

某荷老師鑄陶，在三之誼，等于顧復，自媿沉淪拓落，老無所成，方望老師終惠指南，以無辜生成大德，而今已矣。西州之慟，如何可言！病踪匏繫，罔克匍匐奔酹，肅誠絜炙，少申微虔，乞爲呼名代薦老師筵几，幸幸。更祈葆嗇順變，以慰老師於九原。臨楮不任拳切，餘未敢多及。

報蔡虚臺少參

宦遊南北，幸接班行，風雨飄摇，亦附邁軸。襟期可要之久，言議莫逆於心。自謂生平石交，未能數數者，邇來把袂雖稀，遡風自切，此情計彼此可相然信也。

老丈品格精瑩，如冰壺水鏡，節操勁挺，如翠柏蒼松。自含香粉署時，則已隱然負棘槐隆望。比出參名藩，聲實彌邕，向之諂訕醜正者，今何如哉？陰霾漸銷，鸞鴻箎跡，老丈既允乎輿論，徵起田間，便當入踐清華，主張國是，豈甬東若耶之區猶足久滯名碩耶？

弟某涯分已逾，衰颯總至，自度終無報恩之日。倘持世有人，大來有會，則巖棲谷飲之逍遥，亦何必減麟閣雲臺之建樹。君子之道，或出或處，各努力勉旃而已。頃欣聞新命，犬馬病踪，方以不獲躬賀爲歉。乃脂轄倥偬中，特枉函貺，拜命之辱，跼蹐倍增。佳刻一寓目，種種璀瓅，容卒業以竟發蒙。又謝外拙刻一部，附奉覆瓿，瓦缶而報瓊瑶，媿風人多矣，幸有以教之。

上葉臺山相公

恭惟天恩予告，公衮暫還，躡高蹈於赤松，賦閑情於緑野。在台臺觀消息盈虚之理，不以寵利而居成，允合明哲之出處；在聖主盡眷顧體恤之誠，許以功成而身退，尤全君臣之始終。自非道契時中，天付完節，安能任乾坤爲卷舒，胥動静而光明乎？近時揆地諸公殊爲希遘，它年畫史載筆應侈傳馨者也。

某跧伏遐陬，欣逢勝事。幸依桑梓，竊願攀洛社之清塵；載詠鱒魴，無緣奉公歸於信宿。肅布悃欵，恭候興居。臨啓無任瞻企。

又

復聞晝錦方新，長公遂有脩文之問，似於圓滿世界，不無小小缺陷。第脩短命也，長公其如命何？老先生其如長公何？伏願少存延陵之洞觀，略捐西河之過戚，因時陶瀉，用保天和。私心不勝拳拳。不腆生芻，遥將一酹，并祈鑒頓。幸甚。

報韓璧哉兵道

新命未克鳧趨，荒札代申，未辰芹悰萬分一，乃煩留神寵答，雲霞璀璨，晃耀心目，真然虚往實歸矣。

恭諗幨帷暫駐，未便榮上，温陵得借一日，且徼一日之貺，攀轅慰意，鄙人實百倍蒼黔也。承問及築堰事。窮壤瑣務，不謂上軫台慈至慮，及流言阻撓，更感肺腑之示。此番舉事，實出不佞爲桑梓一片熱腸，其收支出納，一付之工正副，宜無纖芥可疑者。第愚民難與慮始，安必其無，佛固有割膚截臂以福利衆生者，今使衆生蒙其福利，不佞受其訾謗不亦可乎？第恨所福利者小耳。台臺流石塔之建，自是爲全郡造無量功德，計台臺慈悲片念，從此津梁一世，亦當如是刹矣。不佞所願朝夕頂禮皈依，寧惟同衆生受益已哉！率爾附布，未罄願言。

復魏澹明銓部

憶丁未在燕中，當風雨飄摇之際，機鋒驟發，知遊多避爲不祥，惟兄意氣相憐，周旋不舍，幾乎以墮甑相累。歲寒交誼，千歲寥寥，何日不鐫之心骨也。比來索居海鄉，裹足郡邑，缺焉箋寄，遂已九歷歲華。縮地無由，遡風徒切，忽接芳訊，極慰闊疎。然以太夫人大故，祇今莫能一展喧私，則休戚關誼之謂何？復不勝悚仄矣。惟兄水鏡冰壺品格，天心月脇才情，養晦有年，資望彌峻。邇來公論漸復，黨比漸銷，度其清明正與門下登朝領選之時相值。此天以昌期授彥碩，令身與道泰也。將來佐統均以建平康之業，惟兄勉之而已。

僕之壯也，猶不如人，今衰颯總至矣。自分報恩無期，永棄爲溝中斷。雲路知己，即欲刻畫青黄之，奈之何哉！遠辱厚注，拜命感跼，率此附謝，兼布積悰，外絜炙寄奉太夫人一酹，乞爲呼名代薦，幸幸。

與吕天池侍御

先正有言：人有不爲也而後可以有爲。又曰：真正英雄豪傑從戰戰兢兢來。近時之稱有爲以雄傑自負者，大氐皆浮氣用事耳。下者仰息占風，并浮氣亦無之，矧云聖賢作用？惟門下宅心平粹，養德冲和，挺然于紛華波蕩外，信心信理，絶不爲世局套數所摇惑，此所謂大學問、堪爲大勳猷者也。僕每私心自念，使門下在事倡率百僚，偏黨之世便可化爲蕩平，即補天柱地，何所不優優，何有於三吴學政悠悠之口？亦是爲世道大慨矣。第真心不昧，公論未泯，秉彛之好，計不獨閩中二三君子晦之彌彰，其是之謂耶？

恭聞台旌里旋，亟擬趨郡一展積悰，緣犬馬病纏綿未堪蹴躃，然不禁神情之飛越矣。敬此代布，不盡瞻企。

與易甌寧

兄五載甌寧，神明豈弟，久矣爲七閩冠，玆果榮膺盛典，需次瑣臺，君子道長，實傾否爲泰之候。此日海内顒顒想望丰采，寧獨生平石交彈冠稱慶已哉！僻處陬海，讀啓事稍遲，正欲遣人奉賀，而使者適至，不謂脂轄倥偬中，猶篤念枯朽乃爾。一喧一寂，交情乃見。薄劣何以徼此於大雅耶？兄行矣，正直忠厚四字，實當今捄時第一義。真心任事，爲國家振積習，愛惜人才，爲國家培元氣，此高賢所優爲,不佞所爲効繞朝之贈者,舍是何以矣。至於衰朽無用,自分永棄明時,顧向之多口嗸嗸,實未知所受,近又蒙聖恩擢袚,口角之便,倘獲昭雪一二,不佞得謳歌蕩平之世,榮願不啻足矣。會貴同年統爲致意。

本擬專力扳送行色,詢之貴從,榮發甚急,恐一番遣使,又多勞一番裁答,敬此附布,并謝,更祈長途珍攝,勉爲明時加愛。臨楮不盡殷拳。

與計龍溪

清漳隔温陵一衣帶水耳,不獲奉色笑者既再經年。盈盈脉脉,兩地政當不殊也。榮倖漸深,報政將近,每聞豈弟神明,遠邇同聲,河潤百里,深用爲慰。至於歲時餉訊,薦逮雲林,雖則琴臺多暇,殊非枯槁所堪矣。昔人謂宦海無岸,得休好休。矧玆蜩螗羹沸之辰,尤避景息陰之會。輦下諸君以白簡相借,即未亮鴻冥雅志,而以此成其嘉遯,實爲感之。來教特相慰存,自是肉骨雅誼。所云"掉頭成夢,冷眼如雲",非相知心者不能及此言也。

韶華迅駛,端陽又届,每怪靈均沉泊,千古煩冤,而世人以爲諧戲節令,何耶?豈首陽、東陵,事等臧穀,一切世間忠佞悲愉俱戲場幻境耶?偶感寄此一噱。嘉餉惠自知己,不敢不拜,惟華幣非山中所宜,敢藉手掌記爲謝。臨楮不盡佩結。

與魏澹明銓部

生平黯沕拙訥,不能俛仰世途,至於朗識貞心,超然於蹊徑標榜外,同志中所心儀内賞者,於門下獨切龍象之契。記丁未歲,僕困頓觸藩,人多引避,兄獨周旋其間,幾爲謠詸并及。倘如門户之人也,則亦能陰陽押闔,有餘地以庇所知矣。獨怪邇來公論漸明,正士吐氣,衡鑒之地,須人尤亟,乃深資碩望如兄,公除既久,尚稽綸召,則何也?毋亦以京察在近,實大小往來一大關竅,非得公忠識量名流,孰能領理,廟堂注望,實在於斯。兄於時宜以傾否還泰爲己任,明白透徹,幹濟一番,勳業品望,繫此千古,時不可失也。

僕衰朽甚矣，精日銷亡，異時同志即或以簪履相念，祇恐河清難俟，白日易頹，何能復効一割之用哉！薦承貺訊，極感注存，因貴門生便羽，率此附布腹心，并謝，外微芹匪報，麾頓爲榮。臨楮不盡依戀。

與葉層城太史

自丙申南雍邂逅，以迨庚子南闈之役，幸得托契高賢。在不肖不過從暗中摸索，覥焉稱一日長，而門下雄文駿譽，雅韻冲襟，日藉甚士林間者，遂擢巍第，翺翔石渠、金馬間，隱然已負公輔隆望。不肖謬叨石交，饒得分芳席釆，然則得朋之慶，不在高賢而在僕也。館事既竣，載筆優閒，計爾時益得遠稽遐覽，殫心經濟大業，異日僕所分芳席釆者，抑又未可量矣。

僕偃蹇世途，齒髮行暮。三逕十畝，自分畢此生涯，獨快聳壑昂霄，有生平知己在，即不敢希望於彈冠，儘足神王於在澗矣。久闊音容，自惟落莫侘傺中，不敢作長安問訊。乃客歲揚惆孩庶常抵家，過承優渥，在喧眷寂，迥出恒情，嗟乎，誰謂素交於今頓盡哉！感不足言也。兹因舍親蘇虹如北上，寓此一布積悰，并謝，不腆輶將，統希莞頓。臨楮無限依依。

與徐正宇學院

曩台臺按節敝閩也，貞風肅紀，播闓流膏，酌競緑之衷，備夏冬之日，閩人仰化歸誠，自有歌棠紀峴口碑在，無待草野揄揚萬一也。至如潦倒雲卧，固已久謝名根，永甘沉霾，無分華衮，乃台臺過意拉拂，餙銀黄於溝斷，假無鹽以鉛華，事出匪虞，德施不報，此之感恩知己，又復百倍閩人。第恐枯槁餘生，草木同盡，終無如坱軋洪造何矣。

一違繡斧，不覺再易星霜。緬惟福候佳勝。恭聞江淮文體士風蒸蒸顧化，衡鏡高懸，薪槱日盛，將來棟廟楨國，誰非明德所貽？牙纛鼎槐，升華應在旦晚間矣。欣企，欣企。兹因貴同年劉長汀鱗羽之便，寓布積悰。長汀君豈弟慈祥，真心誠品，鳴琴未浹歲已燁然茂著循聲，按臺公祖報命在邇，冀鼎吕一爲先容，舉所知以惠舊治,計亦台臺傅政盛心所不靳也。藉愛饒舌,臨楮依依。

與趙霖宇南安

恭惟仙舄莅武榮也,首尾三載於兹,端凝雅操,可質神明,惻怛純衷,下周蔀屋。以至晉邑之攸兼,益著烹鮮之明效,乃宓琴方調,召蔭正濃,主爵者遽奪此以與彼,何也?即謂省會殷繁,宜借重卓、魯,而令温陵兩地毛裏之赤子,一旦驟離乳哺也,其情不亦甚可念耶?

期會既嚴,想榮上有日,攀轅軹道,邑之父老子弟實然。僕叨蒙夙誼,日來尤荷注存,雖不敢恩幸干澤,能無爲地方惜賢?維縶之懷,又當何如惆切矣。准擬歌驪道左,犬馬病未能,敬此八行代布外,拙集一部,奉請郢正。臨楮依戀。

與黄與參開府

不佞某曩得厠老師翁門牆,所受覆育恩濃,弟子行中未有兩焉。迨台臺推壎篪之雅,重以袍澤之歡,世好綢繆,蓋年籍中又未有兩焉。南北參商,聚散難料,闊焉晤對者遂餘二十年所。邇來卧痾一壑,仰視天際舊遊,霄泥迥隔,無復皈緣之想。不謂不腆海拜得以節鉞徼借名碩,此無論閩之紳韍,即山川草木猶將欣欣色動,矧不佞某憑藉最厚,其爲慶抃,寧不百倍物情?

恭惟老公祖臺下,忠貞世篤,經緯全能。水衡拮据之庸最多,方岳保釐之績愈懋。海内高其品望,若威鳳祥麟;貴其丰猷,如豐玉儉穀。甫建牙纛於海國,即踐鼎槐於中朝。此亦足大慰我師翁堂搆之思,而追蹤作楨,亦世之烈矣。

弟某衰朽沉淪,永甘薖軸,自媿負國恩、負師恩,今而後得親庇宇下,庶無恙於雲棲。幾及見台臺纘戎榮業,餘光被之,所不虚暮年殘息,或以此耳。肅兹恭賀榮上,兼布闊悰,統希鑒涵。臨楮不盡。

與于振芳方伯

同門弟昆,荏苒餘三十載,寥寥如象緯向晨,嵇、阮之感,今昔所同也。乃若身泰名亨，能潛能見，巋然靈光獨峙，惟老丈一人耳。以老丈道韻深醇，德味澹粹，冲用而不窮，汪涵而莫際，宜乎人所不足，兄獨有餘也。恭承徵起東山，晉統方岳，清卿已同師錫，開府即拜簡綸。八桂旬宣，豈能久淹名碩；鴻鸞漸階，深惟國慶，微獨譜誼分榮已耳。

弟某黯不解事，老而無成。青山白雲，志願長畢。視翁丈翺翔千仞，覽德輝而下之，何如哉！虚此日朱、蕭之結綬，媿當年盧、鄭之深知矣。久闊音容，無緣箋寄。兹因順羽，附此一候起居。臨楮不盡馳戀。

與李覺石封君

讀來翰及接來价口傳，則是非曲直，與頃所聞者逈殊。三十餘年袍籍，一旦以蝸角微細，大體爲傷，則信乎交誼之難全而隙末之難免矣。

弟枯槁僻遠，言不能爲重輕。郡中猶有同籍鼎言，能坐視而不爲解結乎？要以上智大賢，寧容人而不爲人所容，若老氏之守雌、佛氏之無諍，與吾儒之不較，則又并是非曲直而付之兩忘，自非老丈高明，疇望哉！如謂弟浮氣人也，而以上智大賢望我，則弟益跼蹐無地矣。藉愛附布，統惟台原。

復夏歙縣

丁未托契，忽已九閲歲華，追想昔游，恍若夢寐。雲泥既逈，聞問闊如。至於薦離廢莪，亦不能以一字相唁慰，蕭索牢慅之情狀，真不可復比於人，知己其亦能盡原之不耶？大凡仕宦惟令於民最親，久則於事愈練。兄湘東製錦，已著賢聲，新安鳴琴，益茂循績，閲歷深矣，枝經肯綮，備嘗之矣。勿謂通籍八年，猶滯仙舄，大風大翼，將在於斯。匡濟權輿，願言懋勉之矣。

僕雲卧以來，久甘薖軸，於世故無所不忘，所不能盡忘者，惟是生平蘭契，歲寒石交，企望騰騫，差贖曠負。若夫補苴明時，豈迂疎遲暮可冀？來教殷殷，末繇稱塞矣。肆覲屆期，百務鞅掌，顧乃綢繆貺訊，遠逮泌衡，在喧眷寂，情誼一何超超。伻旋，率次言謝，兼布積悰外，輶將匪報，并希鑒涵。

臨楮不盡佩結。

與蘇碩水尚璽

門下邁軸多年,頃拜南符之命,亦復一年所矣。三揖彌高,宇内望之若威鳳祥麟之不可驟睹。兹來部檄敦促,朝命重申,門下即耽雲卧而傲世榮,其若簡書之嚴與急公之義何?陪京根本地,士人貴清議而重久要,不佞曩叨貳留雍,所目擊心儀者,距今二十餘載,恍恍夢寐,不知風會能無與時移易否?清卿雖號吏隱,然名碩所在,趣嚮攸歸,維淳風以培國是,可不勉哉!黄鍾老一時龍門,老丈與之出入風議,儼然若嵩少相亞,不佞即不敢爲梓里詫彈冠,能不爲世道幾幸耶?欣聞榮上有日,亟擬蹴躡趨郡,扳送行塵,犬馬病踪,有懷惘惘,如何,如何。肅此荒椷代布,臨楮不盡瞻馳。

與蔡虚臺光禄

幸托世誼,兼辱同心之好,兩都追隨,眷焉莫逆。曩因門户煽搆,風雨飄颻,弟既甘心巖棲,兄亦暫時豹隱。間者公論大定,兄臺徵起田間,建節首藩,奮武揆文,並勒茂績,遂膺特簡,拜命清卿。此亦足明正人樹立之不虚,而爲世路大來之胥慶矣。

弟衰朽無用,邁軸自安。雖不敢僭附彈冠,實則傾心連茹。方今時事孔亟,正忠賢擊楫投袂之秋,謂宜計程脂車,以贊廟謨而匡國步,叨附夙誼,不勝拳拳。台旌錦旋,未及一申積悃,先辱榮施,感踢可言。敬此專力馳候,副以微芹,統希鑒在爲榮。臨楮無限瞻遡。

報詹見五兵道

伏以秉憲外臺,福耀初臨於一路;貞風閩海,祥雲徽蔭於千間。澤流下車,榮施空谷。

恭惟老公祖臺下,嶙峋節概,爽朗丰猷。蚤標雁塔之英,知分斗牛間氣。近接鵝湖之講，直承洙泗真傳。法署司鳩，平明播種德之譽；淮陽分虎，清正紹長孺之風。循聲丕著于漢廷，公望久騰於魏闕。乃眷東顧，遐陬特軫宸旒；遂簡名賢，下國快瞻露冕。山川之精神頓倍，已覺滄溟改色，閩嶠生輝；民吏之鼓舞方新，行看鴻澤興歌，鯨波息警。

僕某樗櫟朽質，薖軸餘生。曩叨杏苑題材，謬稱一日之雅素；兹來棠城弭節，更荷二天之帡幪。病骨凫趨，未抒積闊；空函燕賀，祇媿素交。詎謂輕身以先，獨詫干旄之燻灼；更復多儀爲享，何當筐篚之爛盈。鼎貺驚心，瑶函耀目。雖加恩簪履，在高賢厚德以何厭；而增重泌衡，寧枯槁薄緣之克受。肅布謝悰，附陳感憶。

柬史聯岳少宰

伏以衡鑒任殷，竚膺爰立之命；蘋蘩教豫，幸締相攸之歡。六禮告成，百年諧好。

恭惟閣下，簪纓奕世，節操承家。鼎甲臚傳，中外已瞻公輔之器；詞林展采，道德而主文章之盟。佐統均於兩都，共詫冰壺水鏡；咨弼亮於三事，方需舟楫鹽梅。允矣夔龍之儔，何論秦晉之匹。

不佞某忝附年籍，謬托姻聯。次豚某爰自弱齡，猥蒙董擇。睠兹勝衣之質，忽及授室之辰。敬告廟而醮之迎，禮隆本始；冀宜家而錫之羨，《詩》美有齊。警昧爽於鳴雞，庶稚子無負乘龍之眷顧；徇俾昌於占鳳，在鄙人式慰貽燕之慇懃。

與陳海庚户部

伏以飛鳳叶占，適采蘩同歸之候；鳴雞警旦，當摽梅迨吉之期。告廟而行，自天作合。

恭惟臺下，望重台斗，儀式珪璋。筦盈縮於鳩司，訏謨仰裨乎廟筭；峙儲胥於龍塞，碩畫克振乎國威。已聳牙纛之先聲，旋陟棘槐之峻列。德門嘉耦，追惟叔弟秦晉之初盟;淑媛好逑,竊幸猶子絲縎之有托。年當授室,禮謹迓輪。攝醮而命之迎,乘龍敢擬於逸少;有齊而閑之訓,弋鴈藉範于太丘。庶江夏江洲名媲美於冰清玉潤,將宜家宜室祚永綏於《麟趾》、《螽斯》。

與李心湖武部

恭惟臺下,人倫鍾鼎,士類山斗。風采夙著於巖廊,省蘭望重;月旦更推乎里閈,仙李名芳。懿此華宗,藉甚纓組;自非宿德,敢托絲縎。

姪孫天存,藐爾孤生,未聞過庭之詩禮;孱焉眇質,敢擬作袒於姬姜。謬許委禽,深慙倚玉。衹緣不佞弫叨葭莩,施及稚蒙;并採葑菲,卜維其吉。緬追韓姞之相攸,愛敦乎親;頓忘齊大之非耦,敬承嘉意。言定厥祥,伏祈炤涵,無限胥慶。

復徐同安

恭惟仁臺,分符同邑,化洽再期。調宰莆陽,廓增百里。豈弟神明之譽,已高第於漢廷;勞來安集之勳,期歷試於閩海。信是譜傳卓、魯,行且代踵馬、裴。將添勝事於熙朝,詎侈徽惠於下國。想宓琴方振,莆陽宜騰來暮之歡;然牟轂乍遥,同邑何堪去思之感。矧僕飫沐河潤,兼叨世交。固應慶飛騰而彈冠,尤復懷去□而攀轍。敬抒芹悃,統希海涵。臨楮可勝瞻切。

復吕天池侍御

時事孔殷,徵起新綸,計在旦晚,繡斧無當久滯衡泌也。欣企,欣企。間者鯨氛匪茹,遠近震驚。敝鎮實惴惴有葦苕之虞,貴鄉亦在單外,能無少戒心否?聞賊夥雖有十餘舶,然大半是烏合脅從,真賊實不過二百餘耳。然乃招摇内地將十日,至爲謾書嘲弄官府,出示令居民供饋,揚揚張甚。中南水陸官兵,無慮數千,不惟不敢發一矢,且不敢過而問焉,亦可謂虛無人矣。此番賊勢未必敢登岸,第彼窺見内地局面伎倆如此,恐將來招合大夥,禍難測量,可憂者不獨單外市鎮耳。台臺方出贊廟畫，寧無爲桑梓重圖之。

與朱寰同觀察

締歡浹二十載，闊别亦十餘年。緬惟海内相知，固自不乏，至所稱蘭契石交如兄臺者，指實不未易數屈也。興言聚散之感，能不倍增黯然？

兄臺亮節芳猷，名流領袖。昔日執簡柱下，持斧西州，聲望正隆隆起，乃不以表率朝端，暫爾建節藩服，重賢達之謂何？惟是上賢固取歷試，使節亦稱殿邦。聞久已視事豫章，足徵高賢肅王命、畏簡書之義，欣企，欣企。方今疆事孔殷，廟堂宵旰，求才皇皇如不及，兄臺貞肅既効，望實益崇，牙纛大府，旦晚可需。惟努力爲時加愛。

僕落落莫莫，久孤於世，今精日以銷亡矣。恤緯有心，投袂何處？偷息爲樗櫟全，固其分耳。承翰貺遠貽，深感存注，久要之誼，一何其濃。率此附布謝悰，兼抒積闊。微芹匪報，并希鑒涵。握晤未期，臨楮無限依戀。

與梅長公學使

乙卯冬小兒歸自京，得兄臺報札，讀之綢繆肝膈之談，恍如覿面。又聞兄臺居京輦，往往逢人説項，若有意青黄溝斷，刻畫無鹽，爲拉拭向往地者。何大雅念一日、篤久要若此，誰謂素交頓盡哉！感鐫，感鐫。以兄臺高才邃抱，遠職芳標，不以領袖詞苑，黼黻鴻猷，真稱缺事。乃若天垣諸建白，侃侃正直忠厚，其於世道人心，蕩平之路，尤極關切，何當事者不假承明一席地，遽令言路無色也。然内外莫非王臣，師帥允爲重任。欣承弭節左粤，甫及再朞，風貞紀肅，猷望彌崇。兹者東省督學之命下矣，鄒魯文學冠冕，寓内自非一代斗山，當今左、馬，安能勝衡鑒薪櫃之任而愉快乎？努力勉旃！時事孔艱，方内俶擾，急時表業，允藉文武兼資，紓勔勷而光竹帛，惟高賢重圖之矣。

如僕潦倒支離，久孤於世，守拙全生，政同樗櫟，知己其若之何？遠辱芳訊，多荷記存，肅此附布闊悰，并謝。

答丁未諸公辱寄壽章

龍蛇之蟄,僅存其身;樗櫟之生,奚益於世。嘆犬馬之逾邁,驚居諸之若馳。顧蒲柳之爲姿,將草木其同朽。自憐潦倒,竊愧辰雌;敢枉高華,爲祝亥首。初度應在磨蝎,何當岡陵之矢音;歲晏樂有考槃,久負蓬弧之夙志。矧雄文出公相椽筆,懸諸泌衡之室,已覺殊榮;而嘉貺分大官鼎珍,充此藜藿之腸,尤屬非分。感知己之遠意,無論寄隴上一枝之梅;飫美人之多貽,不異餐安期千歲之棗。雲霄之上,在喧念寂,素交綿誼,一何濃哉;薖軸之身,年老命慳,明德隆施,將何報矣。肅此謝悃,不盡馳神。

與李集虚太史

相違忽十餘載矣,會晤無從,訊問亦罕。人生幾何,能經此契闊乎?年老友朋疎,每用自嘆耳。貴門生郭復菴抵家,獲華札,讀之具諗近履,深爲慰藉。至於貺遺殷腆,則甚非枯槁所堪,感跼,感跼。每怪兄冲養淵粹,才望高華,何以重遭坎壈於世,得來教乃知南箕貝錦,實出桑梓葭莩,其所言者絶爲不情之事,人理所必無,至以加之賢者,真豺虎所不食者矣。要以無妄之讒,自古聖賢所不能免,一旦晛消冰釋,公道自明,彼譖人者衹自造作苦業耳,何能爲計?此時已當拔拭之日,田間徵起,尚爾寥寥,當事者亦獨何哉?惟兄臺厚自愛,稍寧耐歲時,無慮不蟠泥天飛也。

如僕衰庸潦倒,沉廢正宜。間者啓事紛紛,師錫甚盛,能者自廊廟,不能者自一丘。時事方殷,倘藉諸賢力戡定敉寧,貽林叟以薖軸安穩,不亦休哉!因郭君北征,寓此一布積悃,并謝外,微將並拙刻請正,惟筦存。握手未期,臨楮依戀。

與弟明立

不接音容十餘載矣。人生幾何,而堪如此闊别乎?每得弟白下書問,雖稔知起居安穩,而晤對猶未有期,能無悵結?白下風景清佳,人物華盛,雖足流連送日，然遊子故鄉之思，亦人情所不能免否？“錦城雖云樂，不如蚤還家”，昔賢已道之矣。人生幼而學，壯而行，老而歸，人理之常，身名榮悴得喪畢竟過眼空華，何足介意，一下飄撇有何葛藤？且也，雙親在殯，繼母在堂，諸弟程督無人，兒子往來奔命，有何不得已而舍此戀彼也。問舍求田，雖云流俗，然生事家事，豈能盡無？未有長年旅食僑居，恐奚囊行亦烏有，一旦時勢遷化，後將若何？語云：徘徊湘川，將戎怪鳥。昔既誤，肯復容毀家乎？惟弟圖之。

不肖向來叨忝雖稍過，然所遭攮挖譎詆，侘傺邅屯，不減於弟，幸稍知計筭，不自作牽纏障業耳。日來疆事孔殷，乾坤俶擾，豈無鳴劒裹革之思？然用行舍藏，天也，我何與焉？一丘一壑，幸足逍遥，但能作白骨觀世事，何所不澹？陶靖節、白樂天吾師也，弟亦時取其集諦觀之乎？明臣弟尚未到家，日與族中十許人爲真率會，談農圃事，差不落莫。弟能蚤歸，則壎篪唱和，抵掌千古，更成風流韻會矣。屢承教明性弟事，聞之此弟孟浪弗馴，真費鞭策。然落魄赤貧，且係至親，無容疾之已甚，俟嚴兄回自當就我繩束耳。俞言姪行附此平安，外薄物引意，拙集並請正。弟能一言弁之乎？望望。餘俟晤時申悉，諸不備。

柬黄鍾梅大司馬

客冬高淳丞便羽肅附八行，恭候台居，不知以何時徹掌記。歲事聿新，計純禧滋至，應與鍾阜、長江同峙共遠。遥瞻紫氣，輒不勝祝願之私，不知邇時樞筦餘暇，燕磯、牛首間，亦能數徼履綦否？所與選勝唱和儔侶當不乏人否？顧今時事多艱，朝端表率需人尤亟，雖復豐鎬鎖鑰重寄，亦安能再滯名碩乎？

吾鄉歲比不登，僵殍載野，加以海氣殊惡，儆報狎至。去秋料羅，今春大金，皆白日突發，焚戮之慘，所不忍言。恐手滑志得，將來未可測量。當事者未見有保障石畫，丘壑眠食，不免驚心動魄。不知元老壯猷賸技亦能鞭長及之，爲桑梓一借前箸乎？望望。因李心湖武部行，便寄此一布鄉往，臨楮依依。

報黄鍾梅大司馬

書已函封，適龔丞人至，獲奉台翰，盥讀再三，恭承近履亨嘉，藉慰懸戀。至於高情垂注，繾綣纏綿，感嘆不能已已。人之禀賦各自有分，翁臺宇宙生身，社稷爲悦，神情如海鶴龍馬，涉世超世無不如如。今此筦鑰，夙宵直勞，其外耳。方入而總師秉成，綜萬務，澄萬品，焦心極慮，勤勞方始，故曰"王臣蹇蹇，匪躬之故"，惟翁臺能任，亦惟不容不任耳。

如弟雌甲雖少數歲，然精已銷亡，固無用也，雖用亦何能爲用？然鄙意謂大鵬、斥鷃，要各自逍遥，若進既不能耦時，退復不能自適，是重爲天僇民也。每讀靖節、樂天集，輒欣然有會。問學嵇、阮自放，蕭散牢慅，不自知其不□。郭景純有言："吾天授有限，常恐用之不盡。"竊謂此意將無同也。來教勉以愛身有爲，恐無緣仰副尊望矣。曩以省疏疑似，嘵嘵别白，名根未除，言後深自媿悔。别諭又云其人到建寧，漫舉對客。渠以冬初抵京，閲月餘而疏始上，抵建時杳未有疏，何由置答？此不幾采苓首陽之巔乎？殆娼者知翁臺素見親暱，故爾不根自口，不自覺其矛盾也。顧此譎詭瑣瑣耳，未免饒舌至再，頗似聞螘闘見腐嚇，與溷濁玩世牛馬任呼者逕庭，弟學問又真不濟也，一笑。

舍弟居中騃性不減乃兄，非翁憐才，孰能青眼相向？愚兄弟惟有五中可泐已耳。珍貺璀璨，感跼何如？吾儕既相知心，隨便寄意，正不須一一煩裁答也。努力爲明時珍崇。

與黄鍾梅

前者夏杪兹月望前，兩奉台翰，具諗道候佳勝，藉慰斗瞻。翁臺碩德重望，身繫天下安危，所握者留都元樞，又兼攝三部，盡瘁國事，分議實然，身雖勞而東南半壁鞏矣，安得羡野人牢慅蕭散之事而以爲樂哉？近見南中邊事日急，公疏懇惻忠誠，真老臣乃心王室，無如天聽轉高何也。獨怪建夷一隅小醜，何至徵召騷動寓内，猶患不給。宋人聲容武備，議論成功，今日得無似之乎？今所急固無如發帑用人，尤莫急運籌帷幄之人，計中外實心任事大僚，孰有過翁臺者？乃爾時尚留滯周南，急病讓夷之謂何？朝著内泄泄風靡，大率類此矣，又安可獨歸過於上也。大抵此日大人交窮，上下胥失，杞人憂天，真未知所届耳。

扇頭二詩,聊述近況,惟暇中覽教之。小豚過擾侍子,且憐其病體長途,資之脚力,護以健丁,真家人肉骨之愛,謝謝。諸郎君濟濟文闈,指日定有捷報。兒輩學力尚淺,未敢遽有非望之想也。貴伻行,寓此肅候,臨楮戀切。

與黄鍾梅大司馬

恭候榮膺,眷召總統六師,此國家根本命脉所繫,而當此時事倥偬之際,安危反掌,任寄尤殷,天啓宸衷,師錫攸同,自非廟社有靈不至此,幸甚,幸甚。獨怪國有方、召,居平無事,疎逖寘之,直至事勢蒼黄,始急下徵命,如唐之郭汾陽、裴晉國,往往如是,雖竟藉敉寧,亦既震且業矣。計爾時已聞命遄發,入都之後,且即踐元樞。語云:“國以一人興。”又云:“有事則聖哲馳騖而不足。”惟翁臺以天下事爲己任,努力自愛。

今之談東事者,只議兵議餉,不佞謂非無兵無餉之足患,正苦無人無法耳。以無人故無法,以無法故愈無人。若兵與餉則既足矣。今遼左新舊兵尚十餘萬,戰不足者守有餘。古者列國諸鎮,皆能因地用武,即民即兵,漢時征伐至發七科,適及罪人贅婿,推此義以徵發郡縣之快壯,衛所之軍丁,用兵法部勒之,數十萬之兵可具也,何無兵?議餉不必爲一切苟且之政,各省直亦當隄備,烏可瑣瑣搜索?軍興出之田賦,自是正正堂堂。一畝加三釐半即得二百萬,遞加至七釐或一分即可得六百萬。以是佐軍興有餘,事平即已,有産業之人未爲損也。邇者復以監税歸計部,總計歲可增餉七八百萬也,何無餉?獨是無人無法以用之,則兵歸糜爛,餉歸屑越,往事可覩已。曩者東師真同兒戲,豈有流丐烏合之衆,未經訓練,全無紀律,可遽驅之以擊强虜?無論兵法知彼知己,見可知難弗省,即尋常《語》、《孟》中所謂以不教民戰,不教民而用之之訓概不聞乎?

又奴地一穴耳,我無端而分四路,並無後繼,自反衆爲寡,反聚爲散,又各帥不相統攝,應援不相及,是“弟子輿尸”,九節度覆轍也。且地形不審,風異不戒,偵探不豫,冒險深入,中誘陷伏,種種犯兵家所忌,不敗何爲?人皆知爲楊經略之罪,顧用經略者誰?催之速戰者誰?李氏遼東世將,然獷悍弗馴,全費駕馭,如以爲可用則勿疑之,如以爲可疑則勿用之,此一恒人能辨者。鷙戾如魏延、鄧羌,有孔明、景略皆能盡其力用;唐之僕固懷恩、宋之酈瓊,本計非欲反者,經激之使出無聊耳。乃今日用如柏而詆訶其與賊有連,明日用如楨而恫喝以闔門爲僇。不執諍於未用之先,競攻擊於既用之後。古今用將,萬萬無此。復聞其與新經略有隙,恐將來僕、酈之禍,未易測量。彼推之激之者皆非,而任推之激之絶無可否,尤非之非。不知平日夾袋中排筭何物,如是而謂師中有人乎?國中有人乎?

《詩》言"有嚴有翼,共武之服",雖王者之師,亦曰"威克厥之愛,攸濟"。兵者死地也,驅敗軍而當强敵,尤死地也,自非以軍興法必死繩之,孰肯用命向前?今時事廢弛無論,九邊廢弛無論,即東事之殷,仗鉞賜劍矣,未聞借一人行法,甚至棄城池、覆師徒者弗法,東西躲閃、避敵臨難告病者弗法,調將不行、調兵弗赴者弗法,侵冒軍餉至百餘萬、輦金輿璧以營三窟者弗法,保任非人者弗法,逼禄山使反、促哥舒翰使戰者弗法。昔楊素每戰先令數百人嘗敵,反顧者皆斬。李光弼每戰,見諸將稍却,輒使人取其首來。孔明治軍雖愛將如馬謖,用事如李平、廖立,有失不貸。柴世宗高平之戰,大將樊何先潰,立誅。由昔視今,當不其然。我世宗肅皇帝當庚戌之變,迨至倭虜交訌,所處債事之臣,及謀國不臧、進言支吾者,常刑罔赦。以故人心震疊,克奏膚公。由昔視今,又不其然。如是而謂師中有法乎?國中有法乎?由今之道,即使盡編户爲兵,罄南畝爲粮,多多益敗耳。要以有人則法必行,萎苶可化爲精强;有法則人思奮,中材亦足備驅策。自内而之外,自大而之小,豪傑輻輳,賞罰信必,然後合天下之兵衆粮餉,飈舉霆擊,何戰不克,何守不固,何奴酋之足虞?或謂奴酋無大志,未敢長驅。人情登高則望,臨深必窺。彼負不赦之罪,乘屢勝之鋒,知中國伎倆止此,無大志亦有大志矣。五胡、金、元皆起小醜,晉、宋之事,可爲寒心。然非奴酋足虞,正惟今之人心朝政深可虞耳。

翁臺才誠兩合,中外物望所歸,方且由樞府晉而都統均,晉而參密勿,主持廟略,非公而誰?區區所願效蒭蕘者,始終惟用人用法四字。若夫簡卒蒐乘,袪一切面情積習，以勵虎旅而鞏鈎陳，此元老壯猷剩技，無庸鄙人喋喋矣。鄙人廢棄餘生，曩嘗過沐國恩，又於翁臺叨稱莫逆，屬兹事任重大，敢無一言以贊行色？若弟良精神銷亡已盡，氣體虺頹難支，萬念俱灰，一息僅續，翁臺勿意其欲强與人事，有所覬希也。

小兒往還白下，極蒙猶子之顧，感佩何綦，謝謝。萬里緘情，言不宣心，統惟翁臺涵亮。

與詹見五

朱明郡中多荷優渥，荏苒忽復秋半矣。對此皓魄當空，恍若清光在望，窈糾懷思，恨無從一陪南樓佳興，衹有含情脉脉耳。文場擢桂，鏖戰正酣，賢郎家學世德，定應高騫，兒輩碌碌隨人，未敢遽萌非望之想也。

海寇渠魁，近已伏辜，趙弁大憝，復幸就縶。其蚊港越販諸奸，亦各經懲創，海上從此可望寧宇，自非藉台臺威德折衝，安有此？第聞趙憝黨與伏藏諸處者實繁有徒，尚當有以輯睦而解散之，不者得無涼州人之慮耶？統惟台裁。

嘉貺拜領訖，謝謝。外一芹藉手爲獻，更祈莞涵。率爾不及莊啓，并希慈原。臨楮不盡佩結。

與詹見五兵道蔡五岳郡守

謹啓：敝居晉江之安海堡，距泉郡縣六十里而遥，爲城可千餘丈，中聚萬家，旁翼兩大鎮，而外瞰大海，舟帆櫛比，闤闠鱗次，蓋漳、潮之走集而泉南之捍蔽也。地潟鹵，民稠不足供衣食，往往興販於驚風駴浪間，以與島夷爲市，故有物力殷阜之名，而亦有奸宄攢叢之實，兼以無官彈壓，易啓戎心，居常而保甲什伍之法不明，緩急而指麾號令之權無統。海中無警則已，有警則安海必先中寇，中寇必不支，南道梗而郡之藩籬撤矣。嘉靖之季，倭寇突發，奸民勾引以來，伏尸流血，萬室爲墟。遂出没此地，連破沿海諸屯，泉城幾乎廆鮠震動。後雖藉武力敉寧，而設官經略，尚屬草創。異時董以武弁佐領，均之傝茸不堪。近以别駕駐鎮,將謂分府,體統稍重,冀其有益,然剖竹既非專官,督糧自有本職,一年之間,十九在郡。殆有官與無官同,一旦倉卒,何所恃命?

間者海警狎至,患在剥膚,安海父老子弟皇皇然朝不保夕,乃敢合詞以建縣請。蓋建縣則縣有專官,官有專職,庫獄典守攸屬,城池休戚與同。平時而綢繆必周,有急而捍禦必力。此地方萬世計也。它勿論,即如漳州原設七縣,後增置海澄、漳平、寧洋而十。今泉以七縣而增八,奚不可者?或謂册籍難割,經費無從,則前此有移南安以治安海之議,尤爲事半功倍,蓋有三便焉。南安距晉江僅七里,而距同安則一百三十里,安海北距晉江六十里,南距同安七十里,而康店驛屬南安,去縣六十里,而去安海僅八里。棋置星錯,供億爲均,則道里便也。南安地形衍緩,無巨川大陵之險,安海則渤澥爲池,控引漳、粤,環帶海上諸島,居中扼要,則形勢便也。南安之豪宗宦族皆已移居府城,可從宇下彈治之,其在南安城中不過么麽貧户,不成縣治,至南安之三四十都,晉江之東石、白沙、深滬,同安之浯洲等處,依山阻海,獷悍難馴,徵輸不時,勾攝不到,令作邑安海,指臂運掉自易,則統理便也。而又官吏不必更設,廪餼無事加增,惟是一二衙宇,則安海編户力自能辦,情自樂輸。有三便而無煩費,而可爲地方建萬世之安。蓋前此縉紳宿老具有成議,惟在斷而行之耳。若沮於旁撓,舍此不圖,而暫爲添設海防之策,雖曰所防在海,駐劄可常,然不無署府、署縣之别,借陞轉去來之不時,有官無官在否當各半耳,是亦聊且之暫計,未爲經久之永圖矣。

伏惟台臺加意民瘼,留心保障,而一時兩臺公祖亦皆孜孜諏謀度詢,集思廣益,能觀非常之原,而禔人世之福者,輒敢矢其蒭蕘,伏祈台裁斧斷,地方幸甚。若曰一人私便,則出幽遷喬,何難去此而爲是曉曉哉!并希財督,不宣。

與徐雲林同安

憶曩尊公爲孝廉時,不佞緣家岳李我湖一日之雅,獲締縞帶交,自是南闈共事,京邸盍簪,益以氣味相綢繆,白水青松,頗稱同調。世路多岐,彼此肥遯者餘十載,聞問闊焉,然已稔知臺下鳳羽九苞,翽翽覽德輝而將下,竊沾沾爲尊公慰藉久矣。邇遂掄魁杏苑，出宰銀同。卓、魯循聲，行克紹當年之縣譜；馬、裴世業，且踵司昭代之銓衡。僕幸得密切琴臺，欣沐河潤，不惟爲海邦樂歌孔邇，亦世周楨之詠，方載筆竢之矣。

恭聞榮上有日，亟擬鳧趨，少抒燕賀，犬馬抱痾，未堪蹴躋，敬此肅布荒械，代申嚮往一念，希惟鑒涵。臨楮無限懸竚。

與史聯岳親家

伏以衡鏡高懸，鼎鉉方需調燮；泰華聳峙，蔦蘿幸得攀緣。誼繇世敦，合自天作。

恭惟閣下，端方玉尺，瑩徹冰壺。清節承先，任水標龍門之峻；高文獨步，韓雲應虎榜之占。佐兩都之統均，人推公忠識量；繫一代之山斗，時佇舟楫鹽梅。地望雅重乎崔、盧，門風不數乎王、謝。詎謂樸樕，獲托葭莩。緬惟同薦公車，牒曾附乎驥尾；嗣是篷跡詞苑，班更接乎螭頭。遂蒙臭味之收，謬承因緣之好。

次豚某初識文字，媿舞象之未能；何當相攸，喜乘龍之已近。敢用蠲吉，祗告納徵。猥云五兩之承將，陳誠非腆；尚藉蘋蘩之敬戒，洵美有齊。統希炤涵，無任欣忭。

與蔡五岳郡守

恭惟灝氣應律，皇覽揆辰。持世持身，至道偕鴻仁以不老；爾彌爾性，遐齡並純嘏以無疆。添東海之籌，由來秀毓天目、具區，同時歛福；候弧南之曜，此際輝映清源、紫帽，群姓騰歡。遥祝九如，誠竊附於籠雀；朋開三壽，瑞久占於紱麟。獻忱採在澗之毛，殊慙戔戔之儉陋；介眉釀中山之酒，幸鑒欵欵之微虔。統祈筦涵，可勝馳戀。

與吴南安大尹

伏以邑錦新裁，衣被欣幪於海國；縣花初發，蔭映先逮於衡門。枯槁知榮，邁軸生色。

恭惟老父母臺下,才優經濟,學有淵源。名德出道誼之鄉,南州獨步;政術超詞章之表,劍氣鍾靈。屬廟廊睠顧乎遐方,肆陬僻惠徽乎俊彦。豈弟孔邇,亟願快挹夫龍光;怙恃正殷,况甘疎遠於河潤。孰意文園之病叟,尚隔舄履之僊踪。未申一縷之慇懃,遽枉十行之璀璨。投以桃,報以玖,敝帚之享何堪;虚而往,實而歸,山民之顔彌厚。肅布謝悃,難罄感衷。牛鼎屬饜,方普濃化於百里;琴臺側聽,行徹循聲於九重。臨楮不任馳神。

與詹見五觀察蔡五岳郡守

歲事聿新,緬想台候萬福。鹿門遯踪,久不能箠跡州府,奉謁清光,計在慈亮。

有啓者:頻年薦饑,海警狎至,地方處處抓揑。近日大金之變,尤可寒心,恐猾盜志得手滑,計難測量,安平孤城海上,内多越販奸徒,外有垂涎劇寇,無官無備,萬一風帆迅駛卒有非常,能無貽老公祖疆圉之悔乎?今建邑既未成議,新駐鎮又未可即來,虞在燃眉,難以遥待。署鎮防館宜檄令撥冗暫來料理一切巡警、譏察、點垛、除器諸事,先有號令要束,然後鎮人乃可遵行,守禦乃可爲計耳。至捕官一節,尤覺未妥。以百雉之城,萬家之聚,當此震來虩虩,僅寄之一猥瑣之倉廵,而又數月一更,無論趣向何如,即使有賢者,誰聽指麾?孰能展布?不惟無益,且將有悮。似宜精擇府幕縣佐中有志操幹才者,速令來管捕務,佐防館,拮据城守。如其有益,不妨久任,不則更置何難?此均係地方緊急事情,不惟僕慮切桑梓,亦老公祖保障封疆責任也。統乞留神。

與戴金梁少参

違闊許久,向同在里居,漳、泉數舍間,猶得郵筒相及。比老丈振鐸黔中,天涯萬里,更增寤愾。乃沈君平臺過温陵,不意獲接芳訊,發函盥讀,則還旆暫寓建州時寄也。恭諗道次安穩,藉慰積悰。至於睠顧綢繆,又不知何緣稱此高誼,感踴，感踴。老丈文藻標格，似黔士未足以辱薪櫍，彼人猶且鵷鶵是嚇，真可胡盧。乃若捉景捕風，説夢説鬼，此則近日謠詆恒態，直應浮雲過鳥付之耳。弟慣看宦海風波，世事羹沸，真覺朝市不如山林，雖無似也，一觴一詠，差足自老。如丈宿望盛年，高才遠韻，樂行則鳳梧瑞世，倦游則豹霧成文，奚往不得，亦可無悶於世故矣。

佳刻璀瓌陸離，古體尤甚遒上，置之案頭，展誦無斁。兹以拙草請正，非云報瓊，我輩直欲相悉情寄所在耳。輶軒有便，能迂道一遂促膝乎？尤望。率布并謝，無限依依。

報戴鳳岐制府

曩於京師幸得一瞻喬嶽，嗣後從長公成均中，頗得通聞候，於今已作一二十年别。比來卧疴一壑，望清漳盈盈一水，無能理棹山陰，敬奉安道杖屨，獨此心無日不在香山、洛社間也。恭諗健履休勝，錦堂金谷，樂事婆娑，甚羨。自來消息盈虚，天地弗違，極世間崇高薰灼，畢竟泡影空華，適去適來，有何罣礙？此惟我輩能言之，翁能聽之，不以語人也。顧翁方晦德杜權，神功乍歛，而次公已復通籍金閨，占班玉筍，將來纘戎冒大，尤未可涯量，此則事皆圓滿，境無缺陷，又真所稱行地神仙者也。僕正如鷽鳩、斥鷃，作榆枋適，烏可與於鯤鵬逍遥哉！

王幼白山人來，獲接芳訊，深感注存。山人眼力心地果形家白眉，第此中人多作目睫生涯，將此段事當無要緊，即輶言無如之何也。負此君，且負鼎言，媿惕，媿惕。因其行，附此布候，并復令弟。今梁年丈抵舍，近况何如？希爲道致，尚容專問。臨楮不盡依依。

復沈進賢

曩在南雍，幸托高賢交誼，識忝鍾期，契深流水，逢人未嘗不詫得朋之非偶也。苒苒歲華，兹來已是二十年事。癸丑得杏園捷音，無限慰藉，雲山綿邈，無從一寄賀悰，惟有夢寐間津津爲知己神王耳。兄兩地製錦，自簡而繁，江右道義之鄉，省會夷庚之邑，兄以冰霜雅操，干、莫長才當之，恰爾人地相得，政成徵入，期在旦晚間。應三異之殊褒，修隔屏之故事，行且翹企以幾矣。

僕駿不識時，拙於逢世。自成均待罪，已露端倪。曩蒙尊公老先生不棄，南北提携，奉以周旋，庶幾幸無咎譽。遭門户申煽，風波突來，僕既倉黄憂歸，尊公亦膚碩暫遜。邇來世路漸夷，宿德牽復，尊公遂光膺綸召，簡在留銓，計不日且入都統均，澄清流品，建光明俊偉大業，僕即没齒蓬蒿，亦可無悶於薖軸矣。

叨辱貴橋梓特知，亹亹及此。遠承貺訊，多荷注存，期會鞅掌中，何渠枯槁爲念。感跼高誼，惟有心銘。草勒附謝，兼布積悰，微將匪敢云報，麾頓是榮。尊公未敢率爾，尚容專候。餘惟努力自愛。臨楮依依。

與蘇虹如大行

憶郊坰握岐，正在秋杪，兹忽復朱明啓候矣。春間得榮選佳報，殊慰積懸。大行皇華星使，班近職雄，且得諏謀度詢，於四方利病肯窾，無不在歷攬中。一旦陟耳目侍從之司，恢恢定有餘地矣。

不肖岑寂近况，不言可知。吾鄉歲事薦饑，情景殊惡，加以疾疫盛行，僵仆載道，九閽萬里，何由上聞？僕輩二三鄉紳，雖與當事者商略賑捄，所與能幾？又海上流賊頗甚披猖，去歲略嘹羅，入大金，焚蕩廬舍，俘殺人民，而大金之變尤慘，至盡城爲墟，官兵莫敢誰何。此猶是流寇，耳聞近日倭奴已潛注北港，此中奸民與之交關，去來如鶩，釁孽萌生。北港距彭湖僅二三程，吾安平孤城單外，緩急無官，何恃而不恐。去秋承兄省城寄書，道開府公建邑雅意，不揣爲安平士民舉呈事，竟皮閣，總由山林言輕，事難慮始，兄與海庚丈作輦下貴人，唾咳鼎日，可不爲桑梓重圖之留意？幸甚。

柬詹見五觀察

春間台駕有事海上，幸得徼惠干旄，謦欬片時，藉慰積悃，晤言如昨，忽復朱明節届矣。

恭惟道候亨佳，至於時事多艱，每煩慈軫賑恤其凋饑，醫療其疾苦，此不獲納溝之耻，有饑由己之思也。凡有血氣心知，誰不銘心戴德？惟是天未悔禍，饑疫未起而海中流寇日以披猖。向時嘹羅、大金、彭湖之熸，不復言矣。近日福全之闕，寇益多，地益迫，震來虩虩，真可戒心。寒家有一老僕，家住福全，兩日前來，見報云頃賊有船六隻，每船載可六七十人，多是漳、泉鄉語，間有作倭裝者，操持利器，亦有旗幟、兜鍪、火銃等物。因追趕商船販穀沙埕回者，擄其一船，奪米穀，殺十六人，其一船急走至福全登岸，賊隨追逐，即下小舟向岸，幸有所官率所軍堵拒，而居民漁户亦有數千人助其聲勢，凡格鬬三日夜，度不得上方去。小僕父子亦在格鬬中，真見當日情形如此。顧去歲犯嘹羅，僅一舟，入大金亦僅二舟，此番遂至六舟，并所擄分坐一舟而七矣。似賊徒招誘奸民、饑民，嘯聚日廣，其勢漸張，膽亦愈壯，恐將來遂成大賊，禍未可測量也。獨怪水兵寨游，防汛星錯，乃流寇恣意來往，並無一將一兵誰何，至突入内地三日夜若罔聞。知國家朘民間骨血以養此輩何爲？祇因前者大金失刑，遂成積玩，似不可不一推問也。

又聞邇日倭奴潛住罔港近島，距敝地僅三五日程。此中奸民闌出絲帛與之貿易，大抵百金之貨不出十日，便可得息四五十金。奸民利其息多，徑捷走之如騖。向之通倭遠在數千里外，今之越販近在數百里内，恐往來稔熟，釁孽一生，内外響應，尤爲肘掖迫切之憂，似尤不可不急杜也。

語云："爲虺不摧，爲蛇奈何？"以上二事在海上流賊，宜嚴紀律以期擒剿之效，修城守以固疆圉之防。在罔港倭奴，宜禁闌出以杜勾引之萌，絶互市以沮窺伺之計。均須一厪籌畫，庶免後艱。倘蒙留神則台臺始終安全地方大德，與天無極矣。别駕公已履任，并乞檄令來鎮，保障此方，幸甚。情關桑梓，復恃恩私，睹聽既真，敢不密切上達，希惟崇原，不盡瞻佇。

與黄玉崙翰撰

丁未握歧，於今十載，雲泥既迥，寤寐徒懸。而兄金玉詞音，無間暄寂，歲寒之誼，一何超超。自來詞林十年後任寄甚殷，猷望漸赫，兄獨夐立塵氛之表，莫可際涯，遵養杜權，閬若處子，此之謂真澹泊、真寧静，一出而樹光明俊偉之業，寧不豫券兹時哉？邇來宇内浸以多棼，兼以承平日久，恐循環之運，理有必然，將來得政諸公當遞爲肩任，兄雖脩然庭幃衡泌間，亦宜静觀遠覽，精心熟籌。男子頂天立地，時到則爲，無所與讓也。願言勉旃。僕質本庸駑，年來衰朽日茂，三徑十畝，自分畢此生涯。生平石交，幸可藉手，亦可無悶於沉冥矣。子舍既久，似當及蚤還朝，以體教忠之義，毋徒以膝下爲孝也。許新寧旋羽，忽接華函，恍若晤承，極慰積闊。顧循省枯槁，何以當此？祇深佩結。率爾附布，并謝，外戔戔藉致，匪敢云報瓊也。臨楮無限依戀。

復陸鏡泓撫州

戊秋晤言，極荷繾綣，别後雲泥遂隔，無緣一寫惄饑，惟間於邸報中得高賢敭歷騫騰狀，以此稍慰鄉往區區耳。至讀建白疏揭所言父子、君臣之際，慮關廟社，事切宫闈，批鱗蹈尾，尤人情所難，大節凛然，又不獨於展錯間徵猷望矣。兹來輟直承明，專城出牧。昭武雖稱瘠郡，然江右原係道誼之鄉，高賢素無温飽之志，恰是人地相得，循績貞操，慮無不一日千里也。輦下諸事未易縷陳，高賢睹此否塞景象，謂朝市與山林，果孰安穩？一丘一壑，幸然無悶，此可爲知己道，難爲俗人言也。

遠承芳訊，誼隆素交，感刻，感刻。穉子輩雖勤勸課，顧駑駘凡種，難望追風，安能如長公之超逸絶塵也者。勞問輒及。因李郡幕人次附此布謝，副以微縷，并拙刻請正。不盡依依。

復諸公賀生日

衰遲轉迫，建樹無聞。散樗詎雕斵之材，老馬乏道途之用。遡劬勞之日，弧矢之志既違，懼忝所生；當俶擾之時，頂踵之酬莫効，慚負知己。問年空數亥首，抱拙貽嘲辰雌。不謂大雅之多情，猥蒙隆施之下濟。揆其初度，祈以永齡。自惟榆景蒲姿，何當海籌之祝頌；矧是龜腸蟬腹，敢叨鼎膳之充盈。雲天之誼彌殷，溝壑之顔愈厚。肅陳謝悃，未盡感悰，臨楮惟有瞻切。

復戴今梁學使

相違許久，邇乃得赤牘相聞，匆匆奉報，未展積悰，而華札又從北鴻翔來矣。開織盥讀，猶是發自建州，豈幔亭九曲名勝，仙人窟宅，老丈是閬苑謫籍，於彼當有夙契，故久盤桓不舍耶？恭稔道候亨佳，足慰懸戀。讀《東歸草》，種種佳妙，咤迫唐人，粤㝔一何富有而日新也。

弟日來衹孟浪送日，於此道亦復不能數數。匪直受佛祖綺語戒，多是叔夜嬾散耳。萬緣到底畢竟虛空，天下事何者實相？聊且隨分適性，無拘礙以全吾真，身外名已不當一杯酒，矧是五濁世界耶？老丈以爲何如？承餉山荈、石蓮，調中破悶，敬拜嘉惠。外附寄乾海錯二種，山中亦可令佐酒也。餘事無足多談，南還須得把臂，不盡瞻馳。

與王斗溟開府

乙卯秋小兒應試，肅附一言起居，旋奉報札，虛往實歸，兼得所寄疏草、詩草，盥讀再四，滿腔忠悃，溢目瑶華，晃晃令人神悚心降，何其兼王、魏、李、杜所難兼若此，佩服無斁。

恭惟台臺碩德隆望，亮節芳猷。中外方倚爲擎天柱石，謂宜即都鼎槐、筦銓樞，以爲社稷藩衛，不意區區敝閩得暫借牙纛，廟堂毋亦惟是閩中邇來歲事荐瘥，海警狎至，非藉名德重臣，無以敉寧而鎮拊之故，且開大府以試膚公，而後殊錫加焉。斯之睠顧海邦，倚注名碩，德意不胥殷殷盛耶？

弟某叨附袍籍三十餘載，萍梗参差，每勞瞻遡。兹一旦獲處宇下，芘召棠，沐郇雨，今而後無虞於寢興，穩棲於衡泌矣，甚幸，甚幸。伏承榮上有日，望麾葆數舍間，亟願謁賀堦墄，一申契闊積悰，卧疴匏繫，有懷靡及，敬托子墨，代展燕私，希惟鑒涵是荷。餘未縷息，臨楮可任翹瞻。

與詹見五觀察

恭惟臺下政成三載，化洽七閩。紀肅風貞，豐功特最於海國；芳聲茂實，永譽久騰於廟廊。漢廷公卿,計當虚席以俟;大府牙纛,方且指日爲懸。顧士民之倚賴方殷,而遠邇之係戀正切。聽歸衮之頌,應念赤子之依依;督攀轅之情,必動紫宸之眷眷。增秩賜褒之故事,宜再見於今乎;借恂留蔫之至誠,冀曲體乎下也。

僕叨恩覆載,實等高深。托誼綢繆,由來夙昔。睠承明之奏績,敢僭彈貢禹之冠;竚申命之留賢,如重迎并州之駕。敬陳賀悃,希賜台涵。

與徐若谷少參

頃枉重干旄,泌衡生色。十餘年契闊,一夕得促膝譚心,聞所未嘗聞,聚樂欣暢,靡可言喻。惟是海邊倉卒,莫展有杕之虔,衹勤隆施爲踽蹐耳。

恭諗返旆之後,即駐三山,莆中風景不惡,若如舊節鎮於此,酬應既省,體統亦尊,上可連絡省會,下可控引温陵,其於彈壓尤便,莆陽與敝府均切瞻依,微獨僕一人幾幸謦欬。屬邇已耳海上之事,百孔千瘡,非藿食者所敢深言。至於鷦鷯一枝,何能不桑土是釐?異時通倭者自閩至倭,尚在數千里外,近日奸民勾倭潛住北港,緊與彭湖接聯。彭湖故晉江下都也,近在三四百里内,幾與豺狼同鼾睡矣。奸民利其息多,徑捷走之如鶩,日爲領銀貿貨,百相欺,百相負,而牧圉干掫之夫往往因以爲利,一二敗類紳衿,間或不能無濡染,諸所嘗觺果腹者皆倭市本中物也。一旦發憤索償,風帆迅駛,禍可測量哉?向時兩浙王直發難,正坐此。不佞謂民雖貪亂樂禍,惟法可以已之。語曰:"攫金沸鼎,愚者不爲。"誠使犯者必法,干掫與爲市者必法,爲奥主者必法,故縱不捕者必法,何患此輩不殄而禍萌弗杜哉!且何第此也,上之法誠必行,無旁撓亦無内尼,海上之兵可精,械可利,船可駕,城守可完,雖北港么麽,使彭湖戍卒從竈上驅除之,易耳。然此終非藿食所敢深言也。

叨恃知己,附布腹心。魏澹明兄已莅任,與台臺兩華相望,閩有人焉,庶幾無虞於宇下。臨楮神馳。

又

蘇大行寄來尊札,極感注存。中承問及申解哨役事,敬備陳之。

僕所居安海孤城,無官彈壓,警報狎至,每用戒心。近復重以北港孽釁,益惴惴萑苕是虞。乃前四月廿八日,忽報南門外有健兒十二三人,乘輕舸突迫城下,滿載利器,晶光耀目,問之輒露刃向人。又有大鳥船泊白沙港,距安海十五里而近,船上有五六十健兒,所載利器稱是。不佞驟聞之,不勝皇駴。自來出汛俱在海門,未有闌入内地者,萬一不逞包藏禍心,此十二三人者櫜兵而入,大鳥船乘潮繼至,内外相應,變起倉卒,安海不爲大金之續乎?乃一面令人閉城乘障,一面傳哨營將城下之船圍捕。僕時親加詰問,渠稱是趙把總哨探之兵。僕詰之云:既是兵,何無腰牌號衣?既差哨探,何無差票?且哨探只用數人密訪,多載兇器何爲?是兵非兵,須解官一審。兵即釋放,有何妨礙?倘有非常,關係地方不小。遂着哨營星夜申解防館,白沙鳥船遂即遁去。當日事急,未暇致詳,解後始有言其爲護送通倭銀貨而來,又有言其爲截劫通倭銀貨而來,而大鳥船則趙把總在焉。比防館申詳而海道韓公祖始明言其爲趙把總部兵,差委哨探,即時釋放矣。然差委原是哨探,或奉差者因而有别營,未可知也。要以壯夫精械,不以執醜外洋,而以震驚内地,總非干掫所宜,而負韓老公祖委用之意矣。

大行公又言韓璧老謂僕膽怯。僕謂畏匡戒薛,聖賢亦有怯時。鄭人失火,子産授兵登陴。《易》言"重門擊柝",過防何害?不防而悔,寧有及乎?至把總趙若思始末,臺下亦宜知之。該總名秉鑑,曾爲漳浦諸生,家貲數萬,説劍談兵,招集亡命,旋以不軌見告繫獄坐黜,乃改今名。韓公祖邇收爲愛將,領遊兵六百,號哨探。蓋延攬拉拭,用人美意,然而作使作敵,要以駕馭何如耳。又安海有鍾某者,亦以通倭見告充哨探,近益披猖敗露,韓公祖兹亦聽防館逮捕之矣。大抵小人不可與作緣,類此。承問輒爾漫及,惟台亮。敝鎮置縣事,容另呈覽裁,兹未一一。

柬蕭玄圃少宰

丁未握岐,忽忽閲十三載,緬憶曩時燕中聚晤,二十餘年間,恍若黄粱一夢,不知此夢有日更續否也。粤閩萬里,鱗羽便稀,乃若嚶鳴褆思,亮不緣風烟限隔，翁丈此誼將無同耶？

恭惟台候，一向佳勝。時事孔亟，幹濟要自有人，既非枯槁藿食者所得言。至升沉榮悴，屢屢空華泡影，又不必爲有道者言之。我輩天涯關念，惟應問平泉、緑野，水石草樹無恙何如耳。翁丈素精心禪理，計邇來見地益自超超。弟棲遲一壑，只是孟浪送日，證脩了無所得，第於鵬鷃逍遥，微有達觀，見解猶未肯落叔夜、嗣宗後塵耳。翁丈何以教之？

適因李成山人西征之便，肅此附候興居。李君半世歷落，生計蕭然，以向來青眼蒙恩，輒爾不憚遠涉，亦有以振之乎？便中并及，幸亮。外拙刻一部，奉充覆瓿。相對何期，努力加愛。

復詹見五

伏以星紀初廻，舒陽和于天上；燬律乍轉，錫福祉于人間。

恭惟老公祖臺下，道與泰來，德隨剛長。綏履端之慶，合海國以同熙；噓獻歲之春，睠槃阿而首被。頃柏椒之代薦，媿芹藻之未申。乃枉華函，特頒大貺。豈惟屠蘇菜甲，可果藜藿之腸；從此彩勝燈花，增張泌衡之色。睹生階之蓂莢，祈台禧與化日俱新；聽出谷之嚶鳴，感高誼將春雲可薄。肅此言謝，不盡馳神。

又

又啓：改邑之議，僕不揣冀爲桑梓建便計，然時已知天下事輔勢而行，輶言之不能諧衆口久矣。從來建官爲民，時至事起。外邑諸公似猶屬藩籬之見，然此疆彼界，一膜自封，亦人情所不能免也。至郡公謂茲舉重大，宜關兩臺，確是事體。聞撫臺公祖頗加意敝鄉，屢垂咨問，娓娓建邑之役。而按臺公祖此時駐在建州，又屬報命之期，書呈遠投，能無形迹當避乎？即使兩臺檄下，倘上下未必同心，彼此或且阻格，能不更煩老公祖蒿目焦慮乎？今姑存此一議，以俟來者。若老公祖一念如保真心，敝鄉固已世世萬子孫鏤骨奉之。天惠海鄉，或欣睹蚤晚建大纛者，此事無慮作道傍舍也。近已營鳩巢郡中，如有倉卒踉蹌，率鎮民就宇下保障，猶可偷安旦夕。抑台臺折衝樽俎，當使海氛漸銷，或未必至此也。臨楮不盡佩結。

復詹見五觀察

伏以天中應節，撫時仰高明之居；蕤賓司辰，銜恩推長養之令。習静觀朝堇，何意競渡争先；夢斷薦含桃，獨甘考槃隱約。

台臺心探月窟，手播南薰。起瘠飲醇，人在華胥，不須懸長命之縷；消萌壓難，功成樽俎，無事佩辟兵之符。順天道之恢台，念獨軫於對時育物；愧雲林之薖軸，榮先被於三錫百朋。斟蒲泛蘭，對清飔而覺爽；粉團角黍，果藜腹以多慚。拜賜何堪，捫心徒結。肅次附謝，不盡欲云。

復錢機山太史

偃蹇山中，歷落歲月，高誼毋我遐棄，再歲再辱存之，空谷足音，幸慰寂寥矣。東事俶擾，宇内爲之驛騷，兼以宫府隔絶，人情悠悠，泛泛如在夢中，天下事萬分可虞。所幾幸者，國家靈長氣運耳，餘何所恃哉？近閲邸報，見詞林有一二慷慨憂時之士，毅然投筆請纓，禁中頗、牧，庶幾求之非遠。惟是事何容易，談何容易。倘言可底績，謀必隤成，釋宵旰于廟堂，張藝林之赤幟，詎非盛事？願諸君子重圖之也。

兄經濟素裕，遵養多時。正如干、莫韜光斂彩，一出便當直之無前。此際寧可再戀家食，不思佐國家緩急哉？竚俟，竚俟。如僕材散精亡，只宜作櫟社樹苟活，何敢復哆口天下事，任事要自有能者，兄臺勿復小草望我也。握晤未期，努力自愛。

與黄鍾梅大司寇

間者朝政鼎新，皇仁遐暨，太平有道，方謂千載一時，不意國步多艱，荐罹大故，遠近驚駴，喧傳以爲先帝方瑩精理治，稍稍違和，一何賓天之驟，宫闈事秘，固非草野所可輕言，萬里孤臣，惟有痛心泣血，恨不能抱髯號弓，以從鼎湖之馭耳。所幸嗣主英明天縱，必能纘大紹休，惟是聖齡冲茂，上無聖母之擁祐，又未有儷德之坤儀。深宮邃密之中，九閽萬里，懲前毖後，實可寒心。竊謂今日當以保護聖躬爲第一義，然後聖學可務緝熙，聖政可務脩舉，安内攘外，可次第爲也。愛君憂國，是翁臺素抱由來，矧受國家厚恩，處孤卿重寄，計安社稷任豈異人，亮必與三事大夫夙夜重圖之也。

弟汝良廢棄沉淪，何知廟議，顧蒙先朝豢養，兼叨潛邸舊臣，芹曝區區，亦何能已。敬因賫奏人便，輒一効其狂愚，統希台亮，幸甚。

與姚益城奉常

自兄臺奉命閱邊，旌旗壁壘，固已在在改觀。而遼左摧敗之餘，猶能轉弱爲勍，奴酋席累勝之勢，猶然弭耳伏喙，不克逞志于我，豈非中國有人，懾于虎豹在山之威乎？至小小得失，一彼一此，似無足介意。當今計惟在討軍實、嚴號令、蒐卒乘、繕郛塞，使彼進無所獲利，退無所得食，將不戰自潰，伺其釁而圖之，罔不克矣。語云：牛雖瘦，僨於豚上，其畏不斃。此營平坐解先零之術也。兄臺始終所以佐廟畫者，毋亦出此乎？惟是間者國步多艱，荐罹大故，根本之慮，有不在邊境而在宮府者。泰昌皇帝勵精理治，千載一君，驟爾賓天，遠近皆謂事出不測，宮闈秘密，一時未可究竟。今上冲齡踐祚，九閽萬里，懲前毖後，能無蒿目疚心。兄臺受恩累朝，處常伯之任，出入風議之間，計必與當事諸老重圖之，無俟藿食者嘵嘵矣。

因楊滄我兄北上，附此一布積悰，不備。

復林丹臺年兄

叨附袍籍將四十載，暌違日久，有如參商。向猶宦路多岐，今則里居密邇矣。乃温陵望清漳數舍間，無緣一奉晤對，即一介起居缺焉，弟之疎散潦倒，殆不可自比於人矣。猶冀嵇生嬾僻，正平介性，或能見亮長者，恕其牢慅，不深罪之也。每從南來，恭詢福履，具稔養重衡泌，游意縹緗，著作日盛，名山可藏。方今兩朝實録未脩，值兹弓旌四出，岩壑爲虚，有如老丈宿德耆學，置之蘭臺石室間，寧不有光盛典，企余俟之。

弟汝良迕世孤踪，叨冒復過，曩不容於門户，繼獲戾於首揆，擯斥沉淪，甘之已久。即邇者先皇有求舊之思，而不言之介推，無緣之令伯，誰復見及？所幸十畝三逕，足自逍遥，飲酒讀《騒》，生涯可畢。豈其食魚必河之魴？老丈謂此意何如也。適承芳訊，殊慰逃虚，率爾附布積悰。何稺孝丈徵起，差爲同籍生色，還朝想在夏秋間。并此附復，外扇頭二詩奉覽教，非敢唐突大巫，正藉見近況耳。餘具别楮，不備。

與蕭玄圃少宰

客秋李成脉山人回，獲捧報札，兼獲所寄佳章，雅貺恍恍如面。更詢知起居康勝，即吉有期，十五載契闊，浣慰一朝，幸甚。間者國步多艱，荐罹大禍，我輩受恩兩朝，抱髯號弓，應同此悲痛也。又泰昌先帝勵精方始，驟爾賓天，中外諠傳，以爲事出不測。我輩潛邸舊臣，戴天履地，更當同此憤惋也。宫闈事秘，根抵難窮，萬里孤臣，惟有疚心疾首已耳，其若之何？所幸嗣皇英睿，雖謙讓未遑，而事多獨斷，將來會有天清日朗之時。頃屢詔録，叙甘盤舊學，至再至三，而當事者借以植黨行私，恣行胸臆，以老丈碩德重望，猶爾徵命杳然，矧於弟之碌碌。兹何時也，誠無心計及身名，要以曩日受恩深重，庶幾捐頂踵以酬報萬一，了此世緣。而物態日異，崦嵫漸迫，循髮撫膺，恐一旦無常，萬事長已，每思還源反本，誠欲扳依釋□，棲息玄門，而宿業既深，根器復鈍，兩下證脩，了無所得。老丈何以開示方便，令不虚度此生乎？

因李君行，寄上年伯母一酹。扇頭二詩，略見近況，非言報瓊，惟鑒在（下原缺）

與黄鍾梅大司寇庚申冬。

讀翁臺請告大疏，中辯焦道長一段，具諗正直忠厚，真大臣體國深心。惟是前後恭讀聖諭,以選侍得罪聖母,往往以不共戴爲言,又以一嬪御妄覬吕、武往轍,抑且有關社稷,聖心恫恨,情理宜然。惟其事未行而前過止於妬悍,若推先帝遺恩,包含曲貸,僅以盗犯罪其左右,可謂情法得衷矣。至於先帝驟崩,進藥無狀,海内諠傳,皆謂禍出宫闈,果爾則滔天大逆,覆載所不容,神人所共憤,與選侍事又迥不相侔,寧可含糊遂已耶?國家萬事皆宜從仁厚,此事則仁厚所不行。今海内憤懣,恨氣填胸,而南北諸臣已屢形之章奏,計聖心亦不能無動。君父之讐,誼無不討。鄙意執法之臣宜明白奏請,勑下閣部、省臺諸臣,將進藥李可灼、崔文昇等,及進獻諸宦從公廷鞫,確覈有無奸謀,有則與天下共討之,肆市洿宫,常刑罔赦,窮究根柢,法有必行;無則與天下共釋之,止坐李可灼等左道事上,如前代方士柳泌,嘉靖中妖人胡大順、趙楹之例,不得濫及無辜。如此則光明洞達,一了百了,人心無不平之憤,後世無見影之疑矣。

大氐憤生於疑,疑生於影。語云:"不見其形,願督其影。"然既有其影,即有其形。玆影實有種種可疑者,先帝未正儲位時,見厄於寵人者舊矣。賴神宗皇帝止慈,先帝止孝,故儲位得安。彼人計迫,乃出張差一奇,計既不行,亡何先帝即位,彼人益迫,乃出進夭冶一奇。先帝在潛邸時,言動不失尺寸,時在諒陰,夭冶必不御,彼人益迫,乃有假手進紅丸一奇。比霍顯、梁冀之謀既遂,恐人之議其後,乃復有票擬褒賞可灼,庇護文昇一奇。種種奇着,節節相應,初起於徼福,中遂於懼禍,下卒成於感恩圖報之人也。此天下所以疑其有,區區亦未敢遽信其無也。

翁臺身爲士師,實秉紀法,似玆大事,決不可不明白究竟,即一時不究竟,後來必有究竟者,毋寧使人得借爲口實,謂司寇失刑,小不忍而忘大義。昔唐元和末宦者魚弘志等弑逆,嗣主冲年,賊不能討,其後逆亂相踵,唐遂不競,後世深以裴度、韋處厚諸大臣不明《春秋》討賊之義爲恨。然當時權歸奄宦,舉事實難。今之時勢未可同日而語,此舉不惟關一時法紀,實關萬世治安;不惟關國家大義,亦關大臣身名。幸與復菴諸兄商之,乘言官發憤建白,亟請勑下法司,會集多官廷鞫,要見先帝諒陰之日屢進美人者何爲;先帝以哀戚勵精違豫,醫監先進剥劑，鴻臚繼進燥烈之紅丸者何意。且果是紅丸與否，此丸來自何手，鴻臚小臣薦之進丸者何人，厥後擬旨褒賞之者復是何人何意，一一直窮到底，與天下共聞共見之。如此庶無失刑，亦無後艱。

弟良受先朝豢養恩厚，又受翁臺肺腑深知，隕首陷胸，未足酬報萬一，輒效芻蕘，希賜採擇。

與左滄嶼侍御

自庚子邂逅，二十餘載間，晤對抑何僅僅。丁未握岐，於今首尾忽復十五載矣。衰暮餘生，後會更未可知，誦少陵“人生不相見，動如參與商”之句，不覺神思黯然。計大雅歲寒高誼，不替素交，雖雲泥路迥，亦復時厪嚶鳴之感也。

兄臺學綜九流，識洞千古。自是天生名世，兼以遵養日久，玄覽遜稽，其於經綸世務，目中更無全牛。爰自拜命内臺以來，每從田間讀封事，大氐體國訏謨，捄時碩畫，而一本之忠懇肫惻丹衷，自非才誠雙合，孰能辦此。方今邊事孔亟，國步斯頻，總由年來輦上諸君子懷禄養交，釀成一段萎苶不振之氣，所謂其原不在邊境而在朝廷，倘憂國奉公盡如兄臺，必能聚精會神，折衝樽俎，合四海全力以圖一隅小醜，即坐而制其死命，自爾恢恢，何至恇擾之甚。

僕衰朽沉淪，久孤於世。自分一丘一壑，畢此生涯。如聞雲霄上猶復過存簪履，若有意噓枯吹生者，此管、鮑、王、貢高蹤，感佩何極。顧無奈宿業深重，久爲政地所猜，敢倖小草，以媿心知。鴻便輒爾披露，惟崇原。

復孫六吉侍御

違知己謦欬忽十四載矣。衰朽孤踪，仰睇輦上貴游，如在天際，無復攀緣之想。乃兄臺以柏府森嚴，當繡斧行部之日，特爾眷念素交，數千里外專使而辱存之，沾逮優渥，慰諭殷拳，歲寒高誼，不亦千載寥寥哉！鄙人不惟亟其銜感，亦且亟其嘆服矣。

恭惟兄臺，經綸厚負，兼以遵養日久，玄覽静觀，其何所不洞晰？每從邸報中讀封事，侃侃訏謨碩畫，純心體國，未嘗不竊幸臺端之有人也。間者國難頻仍，人情恫駭，乃首任阿衡者，輒以受遺明得意，視皇躬若弁髦。一種肺腸，真難測識。向之妨賢植黨，悞國喪師，猶其小者耳。言路諸公雖引其端，猶莫竟其事。兄臺身雖在外，心存本朝，亮必以計安社稷爲悦，伸大義於既往，鞏皇祚於方來，豈徒付之南、董之筆已耶？

僕廢棄餘生，何敢干預廟議，惟是曩日受恩深重，且三載講幄，每廑先帝求舊之思。痛鼎湖之莫追，遡翠華而長結。一腔孤憤，輸寫向誰？至於身名出處，又何足道！介山既隱，焉用文之？承兄臺篤念簪履，輒布腹心，并謝。

與徐若谷少參

屏居海澨，蕭索面牆，邇得之傳聞，云使節有朝天之行，脂轄有日矣。以敝邦之獲承覆載，郇雨召棠，毛裏屬焉。一旦遠離，其若喁喁待命者何？乃若西臺品望，夙著朝端；閩海旬宣，復將三載。當兹直道昌明之辰，定有賜環新命，卿寺節鉞，旦晚俟之，又輒爲大來稱慶矣。

獨不佞衰朽沉淪，更未知面承謦欬何日，以此爲介介耳。抑嫠不恤緯，杞亦憂天。竊於近事，不能無搤擥也。泰昌皇帝聰睿仁聖，千載一君，嗣統甫匝月，鼎新幹蠱，實奠萬世之安。乃勵精方始，倏爾賓天，海内痛心疾首，皆謂侍醫無狀，釁起宫闈。首揆公居保傅之任，受顧托之重，傳曰“保也者，慎其身以輔翼之”，《詩》曰“式是百辟，王躬是保”，乃先時不能防閑，已事不能推究，忽皇躬如弁髦，視置君若奕棋，保傅何爲？受顧托何事？近日言路引許世子、趙盾爲抨，真千古確案也。此事不竟，爲臣子者將何顔以立人朝？今嗣皇冲齡踐祚，獨處深宫之中，寄命婦寺之手，上無擁祐之周親，傍有根株之黨與，懲前毖後，實可寒心。竊謂在事諸老，宜以保護聖躬爲第一義。左右贄御必飭，飲食起居必欽，聖躬安然，聖學可務緝熙，聖政可務脩舉，安内攘外，可次第爲也。兄臺言路舊碩，素明《春秋》之義，此番宜昌言於朝，蚤爲社稷計，不然彼胡廣、馮道安往而不得富貴，徐而議之，其有及乎？

不佞受恩先朝，且曩叨東宫舊學，身在萬里外，獨抱孤憤，欲報何從，知己之前，不覺宣盡，統希鑒原，萬幸。不腆將意，惟概賜莞存，臨楮依依。

復徐若谷少參

台旆榮發有日矣。廿餘載麗澤，重以三載帡幪，一旦違離，後會更未可知，寧不傷神自倍哉？近見省臺外補諸公，往往入踐卿寺，或建牙大府，乃才猷卓犖、品望俊偉如兄臺者，猶然三年淹也，用人如此，豪傑能無灰心？惟是斗間紫氣，終難遏抑，神物遇合，應自有時，願言千萬珍重自愛。如僕衰庸棄捐，固無足道，獨是感憤近事，不能不眦裂髮衝者。

萬曆先帝，四十八年太平天子，初擬謚曰恭。古有天下謚恭者，晉、隋、後周，皆亡國之主也，何忍比而同之？悖謬如此，其心尚有君父乎？泰昌先帝以勵精勞悴，虚火違和，崔文昇先進十神湯以剥伐之，李可灼繼進紅丸以銷爍之，遂致大漸。其中更有不可知者，借曰無之，獨不有唐柳泌、嘉靖末方士之例乎？乃票旨爲二逆出脱，更奬賞之，樂釁幸灾如此，謂不通謀，其誰信之？天啓二字，見於傳記者曰“禍亂之生，天所以開聖人也”，又曰“不有廢也，何以有興”，今何居乎？將無以先帝之短祚，啓今上之龍興乎？父死之謂何？陷吾君於有過，其何逭於不道罔上大不敬之條乎？此三事明明無君，若其它妨賢植黨，悮國喪師，直小小者耳。乃輦上君子雖啓其端，未竟其説。或是嗣主新政，謙讓未遑，有如廟社有靈，一旦聖聰覺悟，獨奮乾剛，無君者之肉其足食乎？萬一此義終於泯滅，忠臣義士惟有蹈河入海而已，其可褰裳以就之哉！一介孤憤，無可抒瀉，輒向知己一露。計兄臺係心本朝，有同然也。

傚裝匆冗，過辱腆貽，拜命衹有慙感，率爾附謝，臨楮依依。

上葉臺山相國

間者朝政鼎新，名碩旅進，老先生以阿衡元宰，甘盤帝師，首應蒲輪之徵，載還綸閣之任，真所謂人情賢於夢卜，泰道際其吉亨者也。緬想朝野具瞻，久候東山之駕；無論枌榆末進，冀拂故劒之塵矣。

方今嗣皇冲茂，聖躬尚當保護，聖學所宜緝熙，内而臣鄰之衆志未孚，外而夷虜之匪茹孔亟。凡兹艱鉅，悉費經綸，自非碩德重望之元臣，孰睹順治威嚴之偉績。昔裴晉公、韓魏國皆以宿德舊勳，屢踐台鼎，庸能輯睦宫府，填拊華夷，既社稷之計安，亦身名之俱泰。允惟公相，今之裴、韓，尚思名世之責任莫辭，矧是聖恩之隆重可負，蚤赴追鋒之召，難堅在澗之盟。在閣下應自有微權，寧鄙人尚煩於勸駕哉！

某夙荷陶鑄，自甘棄捐。頃緣講幄推恩，尚徼求舊之命，無奈平津宿郄，徑坐除名之科，亦已焉哉，文之安用？惟願台翁相業重光於寰寓，不肖餘生永藉於泌衡，幸矣，幸矣。肅布微忱，統希鑒在。臨楮無任瞻切之至。

復鄭意葵直指

恭惟老公祖臺下，一代偉人，兩間正氣。恒岳毓秀，爲社稷而生身；晉水發祥，應鳳麟而瑞世。鳴琴近輔，循績久注於屏間；簪筆西臺，丰裁獨持於柱後。封事則補天浴日，式倡朝端正直之休風；壯懷在攬轡埋輪，方收海宇澄清之雅化。不謂閩方之陋，特睠廟堂之衷。繡斧廵方，爰借名賢於上國；山川動色，行暢貞肅於遐荒。

不佞良枯朽餘生，江湖散質。昔當杏園登俊之日，獲托金蘭之素文；兹值柏府觀風之辰，更荷帲幪之洪庇。十年契闊，一旦瞻依；慶比二天，榮增九鼎。顧燕賀未通於典記，乃鴻函遽逮於泌衡。棹楔輝煌，蓽門爲之掩映；瓊瑶鄭重，蓬室頓爾充盈。下濟之誼彌光，爲壑之顔何厚。拜命跼蹐，感德凌兢。肅布謝悰，并抒積悃。臨楮無任馳神。

復鄭意葵直指

恭惟持斧廵方，貞肅名高乎八使；登車問俗，諏謀惠覃乎七閩。濁則激而清則揚，總躋蒼黔仁壽之域；剛不吐而柔不茹，胥囿海寓蕩平之風。抑且身鞅掌而心切本朝，時勗勸而志康王室。投袂而起，糾桓桓熊羆之師；擊楫而盟，勗嘽嘽戈瀨之衆。指顧而風雲變色，慷慨而組練改觀。醜虜知中國之有人，必且膽寒而思遯；諸藩聞王師之首路，方增敵愾以争先。賊不足平，事在必濟。寧惟疆埸之衛，允矣社稷之勳。

僕恤緯有心，揮戈無力。藉經綸之巨手，仰詫貫日精忠；愧衰病之微軀，何裨匡時妙略。聊庇鷦枝而雌伏，身荷帡幪；竚看麟閣之雄飛，功書竹帛。

復鄭意葵直指

恭諗按節清漳，望干旄盈盈一水間，未獲瞻奉顔色，饑惄何可言。第竊聽道路口碑，知繡斧日來行部，兢綵得體，揚激允孚，大都歸之正直忠厚而止。以台臺喬嶽高標，丰裁夙若於朝端，詢度特周於下國，真有道作用。不佞不但爲維桑慶覆露，且僭爲知己借光榮矣。幸甚，幸甚。

遼陽失守，京師且爲震驚。舉高城深池，猛將精兵，堅甲利器，火藥儲胥，一旦悉淪没于么麽小醜，彼强且十倍，當事者何孟浪至此？考之往志，女直有硬軍之死而致生，我兵無紀律之生而致死。此得失成敗相懸之大較也，然非獨失之閫外已耳。試觀東事之殷薦楊經略者誰？舉李如柏、李如楨者誰？烏合初聚，馬上差人督戰者誰？縱棄城之貪官者誰？東西避寇之麻承恩，倡率鼓譟之劉孔胤，逮而復縱者誰？任遼餉數百萬，無支銷而弗究竟者誰？廟堂之上，法紀蕩然，人心玩忽，以至調兵不應，遣將不前，此百舉百敗之轍也，誰實秉成而悮國至是？

竊謂今之謀國者懲前毖後，當作淮陰背水陣法，令人人無反顧，雷厲風行，自近及遠，然後强敵可摧，疆圉可固也。然飭法自是良圖，徵兵則爲急着。今寇在門庭，計不旋踵，普天之下，宜亟効勤王。事有緩急，捍頭目者自不得還顧手足。台臺投袂慷慨，糾率義旅，爲四方先，此忠臣根本之極思，九廟神靈所共昭鑒者也。聞福唐諸公相亦且脂車就道，即日謀斷相資，與台臺合心同力以匡國步，時事其有瘳乎？

不佞良腹背微毛，望輕地散，何足爲人事有無。台臺容其放頓丘樊，終安愚分，斯爲相成之雅矣。來教期許過殷，何由克副。《戰遼陽》十絶句作於去春驚聞遼事敗後，今書之扇頭，奉台覽。非敢取厭雕蟲，正見杞憂憤懣一念耳。餘具别楮不宣。

又復鄭意葵直指

自台臺立朝以來，不佞得從田間讀封事，大都言言愛君憂國，秉道疾邪，真高崗之好音，聖世之司直矣。至泰昌勵精之初，倏有升遐之問，遠近惶駴，皆謂禍起宫闈，事固未易測量，第見引進無望之劑，褒賞逆節之臣，似不無履霜堅冰、中外連結之情形。維時台臺正色昌言，引義慷慨，而惠掌科焦、王、傅三道長，曹光禄諸公繼之，此尤植天綱、扶人紀，覆載間必不可泯滅之正議，雖一時未能究竟，倘廟社有靈，英主當有憬悟之日，未可竟從遏抑也。方今主少國疑，幸賴諸大臣擁護。第宫府似未盡清泰，論議似未免多岐，台臺時在廵方，心存王室，保皇躬以熙化理，定國是以臻蕩平，計必夙夜重圖之。至若爲敝閩貞風肅紀，飭吏安民，此自台臺匡濟餘能，不佞安所効其狂瞽耶？

僕良日久沉淪，自分永棄。乃聖朝過有簪履，猶餘留都半席地，録及十四載邁軸之孤臣，天恩浩蕩無量。惟是止足當知，病朽莫任，正思小草未有期也。此復。

柬黄鍾梅大司馬

蒼頭回自京，獲接手翰，至爲弟委曲周旋，真誠懇惻，即家人肉骨不翅，未知何以堪此。讀邸報具諗，聖眷彌隆，群情轉協，感格無俟風雷之變，愛戴競起鱒魴之思，几几碩膚，千載爲烈，不勝慰忭。顧爾時廟堂意見似未盡和衷，疆圉安攘覺未有定筭，大臣計安社稷，將來非翁孰克敉寧？又不勝欣企。

弟良沉淪日久，自分永棄明時，乃聖朝過存簪履，尚餘留都半席地，録及十五載邁軸孤臣，恩厚無量。然費大力推輓，亦已甚矣。量而後入，古有明訓。弟潦倒不堪之狀，詳具辭疏中。倘自知不堪而猶蹴蹐爲竊禄計，不惟辱明時，是且辱知己。疏到日，乞爲從臾諸老，准其情辭，更爲始終恩造，望望。弟非敢嘆長孺之積薪，覬休文之凉散，正自委頓病真耳。要以翁臺在朝弼成太平世界，弟即巖居川觀，儘有餘適。出處之道，豈可同哉？賫奏人便，附此肅候起居。臨楮不盡依戀。

與南京禮部各位公書

不佞落拓迂踪，沉廢日久，邇來杜門息機，無復小草爲意。不謂聖朝罔棄菲葑，過存簪履，睠兹豐鎬重地，典禮清班，録及十五載蔼軸孤臣，殊非意想所到。每自念受恩三朝，蹉跎半世，倘得乘未盡之年，捐頂踵以酬高厚，寧非至願？又憶曩日宦遊白下，所接士大夫往往重清議而矜名節，敦意氣而篤久要，當兹高賢畢集之會，幸得同寅共事，侶麟鳳而薰芝蘭，爲益尤非眇小。無奈福緣淺薄，疾疢纏綿。自壯歲苦腸風，衰年轉劇。春間一發連旬，生趣頓盡。敢云泉石之膏肓，實覺形神之狼狽。若自知弗堪，猶蹴蹐爲竊禄計，不惟羞明時，且辱知己。近例三品官不得套辭，如不佞委頓實甚，正自不得不情辭耳。萬里叩閽，計必得請。至於負聖朝祓濯之深恩，虚高賢延竚之雅誼，悢悢無已，亦付之無可如何矣。率此附布腹心，統希崇亮。握晤何日，臨楮依依。

與袁熙宇侍御

幸托契末，忽忽歷十五載，自分霄泥迥隔，晤對無期，乃兄臺珥貂持橐，身在日月之際，猶復篤念林壑素交，明揚仄陋，令得與時賢比肩齊齒，真所謂蒙豐肌於枯朽，餙溝斷以青黄，誰謂管、鮑、王、貢千載寥寥哉！每從田間讀封事，具諗體國貞心，濟時妙畫，而陛辭一疏，尤極懇惻忠誠，一字一藥，賈太傅、魏鄭公不得專美于前矣。恭承爾時已按節宣大。宣大國家北門，與虜相當，卜素情形叵測，且值奴酋震鄰之候，綢繆桑土，謹飭銜轡，振積習於邊疆，紓北顧于京國，此自兄臺經緯與能，鄙人何容效一喙哉？

僕衰颯沉淪,久已絶意小草,不謂聖朝過存簪履,尚餘留都半席地,録及十五載邁軸孤臣,恩厚無量。自非藉佛力護持,不有此。惟是止足當知,病朽莫任,不得不以情辭。負三朝睠顧之恩,虚知己特達之契,福緣淺薄,以此悢悢無已耳。因賫奏人便,肅此一布闊悰。

復鄭意葵直指辛酉冬。

繡斧行部,已竣五六。貞肅出之惠和,正直歸之忠厚,名高八使,化洽七閩矣。至於海上戈船,膚公疊奏,援遼戎旆,首路無譁,加派而民間不知,征繕而地方恬若,自非芳猷碩畫,彈壓調停,豈有此? 敝閩幸甚。第安得提衡寓内者盡如兄臺,俾在在襲休禔福哉!

近接京報,殊懷杞憂。東圉棿杌已甚,西兵震虩復仍。天下事真未知所屆,兇逆窺國家權輕乃敢爾。然二方作梗,豈云便不可爲,正惟廟堂與邊境事事譸張,法紀與人心在在解弛,此真不可爲耳。安有用兵不肅紀律,不設方略,不講訓練,不精蒐簡,不誅脱伍。紛紛調募遍寓内,只説無兵。處餉都不覈支銷,查虚冒,海運者任其浥爛,入堡者悉以資敵,加派至八百萬,發帑至六百萬,全無着落,只説無餉。用人不嚴保任,往往任情薦舉,高下在心,至欲商一晝,圖一事,當一面,只説無人制敵。不務自强,今日靠西虜,明日倚朝鮮,畢竟捕風捉影,臨時倉皇,只説無策。又如疆埸敗衂,敷天同仇,正主辱臣死之秋,乃重重宣遠年小捷,人人詫延世殊賞,大駭觀聽,取笑裔夷,不幾讌衎焚棟之下,歌舞漏舟之中乎? 又如山陵之役,臣子分當執紼,抑且痛纏號弓,何忍華膴穹窿,輒自相貴,不幾樂憂幸禍乎? 又如喪師失地,國有常刑,乃或縱而不問,或逮而復縱,或縱而復用,僅論一二幺曆,將來尤而效之,不幾以國爲市爲戲乎? 又如師克在和,今本兵與經略異,經略與撫臣異,廣寧與登津異,不幾蹠盭痿痺乎? 又如戰勝在氣,今文武將吏無人不思脱卸,偏裨卒伍無人不思脱逃,不幾風聲鶴唳乎? 此類未易悉數。冲聖在御,講學親政,用人聽言,何所負於諸臣,不意諸公圖報,廑廑如此。載觀歷代,似此景象而能戡難定傾者無之。天之方蹶吾儕,不能無微管之憂也。

林壑旁睨，不覺憤懣填胸，輒敢爲知己吐露，意兄臺應同此焦心蒿目耳。至如不佞出處，亦何足言。不惟病不能出，即出亦無所事事，即有事任，亦不能緘忍取容，必至殆辱。與其危身而無益於國，不如隱也。小疏已附家弟，再乞休致，倘遂得請，實惟大幸。惟台亮。

復鄭意葵直指壬戌春。

頃搤腕時事，一片熱腸，無可告語，輒向知己傾盡，兄臺不嗤其狂愚，更加獎借，同心之言，其臭如蘭，來教字字次骨，舟漏棟焚，不思同力補救，祇相傾擠，焦溺之禍，能無載胥？事既如斯，正藉一二正人君子隨事獻替，委曲匡扶，効一畫即冀一益。若輕犯諱忌，危身而無益於國，如來教所云朱雲、陽城，一去不復，身既棄置，時彌顛危，不有君子，其能國乎？非所望於高賢也。

承示急勑豫防一疏，真根本深慮。唐祚不竞厄於安、史，正得諸藩力耳。誠使近輔各團精甲三萬，與神京呼吸相應，既可以遏奴賊狂鋒，復可以杜諸虜乘釁，折四方逆萌。只將額兵選練，更無事徵召煩費，此應時急着，勢在燃眉，乃持籌與建牙者泄泄，何也？聞遼撫已提兵出關，規取海州。兵法，戰不足者守有餘。豈有守則驚惶，戰則勇鋭，理所必無。且戰而能復遼瀋則大善，取南衛能固守次之。若其不能，孟浪一擲，如鎮江前轍，遼事寧堪再悮乎？且我師南向，賊能無擣廣寧乎？大疏所云先爲不可勝以待敵之可勝者，真石畫也。

奢酋圖逆，其志不少。秦、楚、黔近省倉卒無兵可使，只得使夷攻夷。諸土酋獨安家最强，曩時取播，全藉其力，後以覈播州侵疆，裁抑之已甚，此其心不可知。或購以侯伯世賞，許以叛人土地，庶幾諸酋當有傾心用命者。國家如此大事，欲以斗酒豚蹄祝汙邪，其能得乎？然要在中國急圖自强，如法師神王則能役使鬼神，不則反爲鬼擊，此尤根本之本，未可盡言者。疎遠藿食，何能與謀，旁觀一畫，聊以質之知己，幸亮而教之。

更讀水兵啓行大疏，具悉計慮精詳，綜理周密。第此兵只可作聲援耳，奴賊未有舍突騎、争舟楫之患，登萊、津門水師太多，似張皇無益，徒自恇擾耳。如何，如何？不宣。

上葉臺山相國

闊焉台候，又復半歲矣。恭諗道履增勝，聖眷彌隆，詔使敦促還朝，已申命至再矣。不知嚴裝何日，若猶盤桓，實所未解。大凡大臣出處，内度其身，外度其時，兩言而决耳。老先生胸羅萬象，識洞九流，道大德宏，沉幾先物，當今謀王斷國，浴日補天，自非老先生命世真才，疇克堪此？而且松筠挺質，龍馬爲神，納麓待旦，何所不恢恢此身之可以大有爲也。老先生當萬曆秉成時，饒有納牖遇巷之功，猶在朝乾夕惕之際，兹則明良合德，朝野歸心，縱壑順風，休明千載，此又時之可以大有爲也。前代相臣洊歇兩府，數入中書者，未易縷悉。即如近時費鵝湖、張羅峰諸公，皆屢陟鼎司，身名俱泰。老先生一出而建昭代無前之相業，酬累朝不世之眷知，豈得無意？若云爵位已極，只圖安穩，則非所望於愛君體國之元臣矣。

良落拓迂踪，自分永棄，不謂聖朝過存簪履，猶餘留都半席地，録及十五載薖軸孤臣，恩厚無量，自非老先生疇昔噓培，不至此。惟是物望輕微，兼以宿疾沉痼，度身與時，無一而可。倘若貪禄希榮，靦顔强出，何異白首嫠婦，塗抹入少年場中，終難争妍取憐，祇足益醜耳。兹已控疏陳辭，計必得請。叨在覆育，不敢不聞。萬一遂初未獲，亦當候蒲輪還朝之日，方敢徐議出處。祇恐溲勃瑣細，終不足備藥籠佐使耳。肅此恭候萬福，并布腹心。

上葉臺山相國

頃肅函奉候，發之三日，乃驚聞遼陽失守，意神京必爲震動，杞人憂天，罔知所届。已得奉讀報章，恭諗脂輪有日。裴令還中書，中國相司馬，補天柱地，有元老壯猷在，亦何憂？雖然，老先生今日任綦大，責綦重，要須憂其所可憂，然後可以無憂耳。

今之可憂者非憂無餉、無兵、無將，獨憂無法耳。以今全盛天下，幅幁廣大，派之田畝，發之内帑，孰非餉？調之諸邊，籍之郡國，與召募，孰非兵？開功名之門，懸封爵之賞，立保任之條，孰非將？惟是無法則人人幾幸，處處潰散，轉輸悉以資敵，將士終於糜爛，多多益敗，此則深可憂耳。試觀自遼左軍興以來，熊經略斬三懦將外，誰復敢借尚方明法者？楊既委靡於前，袁復寬縱於後，以致號令弗肅，覆敗相尋。然此猶是閫以外也，竊見近日廟堂之上，蜩螗沸羹，旒黈之前，哈銜委轡馬上。督戰僨事，弗問矣。薦楊鎬、李如柏、李如楨，主名弗問矣。鄭之范棄城，弗逮矣。麻承恩東西避賊，劉孔胤倡率鼓譟，逮而復縱矣。逃兵之將與詐病之官，俱得保全無恙矣。錢糧數百萬，無支銷推問，弗報矣。近又見各鎮調兵支吾，樞臣行邊觀望，並出關無日矣。似此景象，正如人病痿痺，自身不能運掉，何暇應敵？遂此不變，未有不淪胥以亡者也。

史載女直舊俗，國有兵事則畫灰而議，議定寂無人聲。兵出則立五十伯長，長領騎直前，長亡則所領皆斬。今尚踵其遺風，此其法令嚴明，與我正相反，故能得志于我，舉無不獲，豈虛哉？昔孔明以法治蜀，其言曰："兵交方始，若復廢法，何用討賊？"又曰："吾心如稱，不能爲物輕重。"故愛將如馬謖而必法，用事如李平、廖立而必法。彼能以一隅雄視寓内，雖其智計自殊，亦用法勝耳。今宜略倣其意，稍脩萬曆初年及嘉靖中故事。冲主在御，人有玩心，要得朝廷太阿獨運，雷勵風行，自近及遠，庶幾精神震盪，疆埸改觀。任者無敢規避，議者無敢恣睢，而後戡定可期也。孟氏曰："上無道揆，下無法守。"上能以道揆物，下乃不敢不奉法守。若揆地畏議論，狥面情，道揆弗立，何能行法，何能勘難？良不佞，所以贊老先生之行者，惟有"道揆法守"四字而已。若料敵制勝，如來教所云李長源、李文饒二公則老先生優爲之，何容復贊一畫哉？

良衰朽病廢，萬無出山之期，顧叨三朝厚恩，受老先生知遇，輒效蒭蕘一得，冀少答涓埃，不知可備採擇否。主少時危，廟社蒼赤，惟老先生一人恃命，萬惟珍重是祈。臨啓無任瞻戀之至。

與朱安百大參

伏以留京典選，夙著澄叙之芳標；行省疏榮，特陟旬宣之重寄。歡騰閩海，慶逮泌衡。

恭惟老公祖臺下，經緯全才，斗牛間氣。當杏苑拔俊之日，公望已協于周楨；迨花封製錦之時，循聲比隆于漢吏。政成卓、魯，遂晉容臺之司；名高馬、裴，更歷水鏡之署。惟廟堂嘉惠乎海服，爰遐陬克借乎名賢。夾鹿擁熊，方樹屏翰之偉績；建牙開府，竚綏槐鼎之宏猷。

僕樗櫟餘生，江湖散質。頃雖叨塵朝命，已斷出山之思；從此放頓丘園，正藉賀厦之芘。愧燕私之未展，驚駿惠之已臨。高誼隆施，衹緣一日之雅素；謙光下濟，徒仰二天之帡幪。肅布謝悰，未紓感臆。

柬商等軒開府

恭惟老公祖臺下，淵源世德，經緯全能。掇錦杏園，已負斗山之雅望；分符花邑，夙茂卓、魯之循聲。遂結知於楓宸，爰升華於梧掖。荷囊簪筆，每正色以立朝；納讜輸忠，惟奉公而體國。世皆貴爲儉穀豐玉，人咸仰爲威鳳祥麟。乃晉清卿，益隆峻譽。緊廟堂嘉惠夫海服，斯牙纛借重乎朝楨。獨坐而觀閩風，方歌召棠而賦郇雨；在外而心王室，行綏下國以奠京師。

不佞某久挹芳標，載沐遠潤。懷瞻依之在昔，喜覆露於自今。佇熊軾之聿臨，倍切二天之慶幸；知鯨波之將晏，立銷萬里之塵氛。未克鳧趨，少申燕賀。肅題尺素，微展寸丹。希惟鑒涵，可勝欣企。

柬鄭方水侍郎

客冬奏慰人行，倉卒不及脩候。比蒼頭抵舍，而華札翻自雲來，誨諭殷拳，恍如晤對。何兄臺交誼篤摯乃爾。恭承榮膺新命，晉陟春卿，揆地已在步武間，展經濟之全能，弼休明之景運，使人謂昭代相業，大有光于前朝，竊幾幾爲知己望之矣。

不佞衰颯沉淪，自分永棄。不謂聖朝過存簪履，尚餘留都半席地，録及十五載邁軸之孤臣，恩厚無量。倘非藉兄臺齒牙餘潤，不有此。惟是福緣淺薄，疾疢纏綿，萬里控辭，情非得已。負累朝擢拔之深恩，虚知己推輓之隆誼，亦付之無可如何矣。幸爲言之中堂老先生，票擬准辭，免其觸藩維谷，尤荷相成之推，留意幸甚。頃承寄武録運籌、制勝種種，悉中機宜，它日平章軍國，此其一班矣，謝謝。鴻便肅此，附布腹心，外拙刻一部，奉充覆瓿，刻中稍有增入，總屬下里，暇間乞一言弁之粃糠而祈珠玉之導，於望汰矣。恃愛唐突，統希崇原。臨楮不盡瞻切。

與左蒼嶼侍御

頃因奏慰人旋，獲接華函，兼拜大貺，無限感跼。至於念膠漆之纏綿，叙嚶鳴之繾綣，誼篤素交，無復霄泥爲隔，此之感跼，又復出寒温紵縞外矣。

間者國步多艱，人情恫駭，兄臺陳誠納讜，往往有人所不能言、所不敢言者。今宫鄰漸泰，朝著漸清，國有人焉，慶在廟社，甚休甚盛。承教屯田水利疏，三因十四議，具是體國石畫，不佞嘗謂國家制奴賊，正與趙營平坐解先零同一機局，不宜浪戰見短，正當以多筭勝之耳。傳云："牛雖疲，僨於豚上，其畏不死。"我以寓内全盛奉一隅，猶廩廩憂不給，聞奴衆不下十萬，大氐皆鹵獲中國穀食待哺之民也。歲當食穀不下二百萬石，芻藁稱是。彼甌脱彈丸之區，安所取給？若我多屯京東餘地，開溝洫，明斥堠，廣積儲，憑堅城，與之持久，使進無所掠，退無所食，彼衆立見散盡，内變直須臾耳。大疏確確可行，而不肯實行，欲與争利僥倖，未見其可也。

恭承振鐸首善，斗山在望，目擊道存，文體士風當翕然顧化。第經緯要地，安得盡如兄臺者任之哉？不備。

與蔡元岡兵垣

客冬幸惠足音，深慰契闊，至所承衷諭殷拳，奚啻家人肉骨，無日不肝膈鏤之。

恭諗還朝後即晉都兵垣。方今時事艱鉅,無戎務爲大,兄臺沉幾妙略,真可爲樞筦慶得人。我國家坐制奴酋,與趙營平解散先零機局正同,不宜浪戰見短,祇宜以多筭勝之耳。我以全盛寓内奉一隅,猶廪廪憂不給。聞奴衆不下十萬,大氐皆鹵獲中國穀食,待哺之民,計食穀歲當不下二百萬石,芻藁稱是。彼彈丸甌脱之區,安所取給?若我廣脩京東屯田,明斥堠,練卒乘,慎修保,扼要害,深溝高壘,與之持久,令進無所掠,退不得食,彼衆能忍饑不散乎?散則如昔日王杲之首,旦暮可得矣。兄臺大疏與貴漳王掌科廟筭正合,行其言,奴賊不足平也。

顧此外賊耳,猶有久逋内賊焉。逆臣李可灼進丸一事,内連宮掖,外連要津,大義未申,人心憤惋。言者往往顧望,或擊此而遺彼,或先發而後默,惟兄臺侃侃不阿,直窮根柢,真横秋之一鶚,而鳴陽之孤鳳,此尤萬世不可泯滅之章疏。倘先帝有靈,此事終無不究竟也。昔唐虞之世,猶患蠻夷猾夏,寇賊奸宄不能無藉於謨明之直臣,今之直臣非兄而誰?此尤足爲廟社慶矣。

不佞良衰朽沉淪,自分永棄,乃聖朝過存簪履,猶餘留都半席地,録十五載薖軸孤臣,恩厚無量。自非佛力護持,安有此?惟是支離莫任,止足當知,不得不以情辭,不佞非敢嘆長孺之積薪,覬休文之凉散,正自犬馬病真,雖負國恩、負知己,亦無可奈何耳。因小兒應試之便,肅此附布腹心,臨楮依依。

柬劉韓二閣下

不佞良曩備員詞林,得瞻奉光儀,飫聞緒誨,泰華在望,私心不勝景嚮,庶幾異時獲快睹熙朝無前相業。間者老先生際風雲之會,處日月之間,輔政受遺,功在社稷甚盛。至乃保護皇躬,緝熙聖學,聯宮府爲一體,籌樽俎以折衝,古之上臣格皇天而光四方者,且旦暮遇之矣。猶復開誠布公,廣闢門之盛典;兼收並蓄,羅在澗之遺英。雖以良之譾劣衰庸,尚欲收之藥籠,以盡其溲渤之用,真夢想所不到。

伏念良受恩三朝，蹉跎半世，兹幸而遭盛際，受深知，豈不願竭麾下風，畢力趨命，以仰酬聖朝之擢拔，而不負閣下之提攜？無奈疾疢纏綿，福緣淺薄，種種委頓不堪之狀，具在辭疏中。敢云泉石之膏肓，實惟形神之狼狽。矧留都根本重地，常伯寅清大僚，若其强蹶躃而辱弓旌，寧無曠官常而羞聖世？伏祈俯察微悃，票擬准辭，毋致維谷觸藩，斯所稱真知己、真感恩者耳。

萬里陳誠，兼布微欵，恃在夙誼，統希俯賜鑒涵。臨楮無限瞻切之至。

賀趙儕鶴太宰公啓

自昔人才進退，關治道隆汙，其在國步孔艱，需人尤亟。方今非無才之患，又非有才而不用之患，然而群策未舉，太平未臻者，要未得用人之人耳。

恭惟老先生閣下，兩間正氣，一代真儒。夙佐統均，品藻素程於刀尺；久甘薖軸，節操飽歷乎風霜。邇乃首應蒲輪，晉都柏府。慨然以澄清一世、振刷六條爲己任，具諗秉道疾邪之純衷，捷收正己率物之明效矣。兹者帝心簡在，師錫攸同，爰躋上宰之尊，特冠文昌之座。庶僚仰德，何論裴、馬、李、盧；群品嚮風，不數清通簡要。方闢四門以延士，集衆正以事君。而其最喫緊提醒世道者，尤權輿於剖良心一疏。今振鷺充庭，多士豈不濟濟然，而狗情面，狃因循，往往知其不可爲而昧心爲之，以致時事日非，要其良心故在也。有如用人者自揭其良心，而以鑑空衡平叙流品，斯用于人者亦各反求其良心，而以憂國奉公報朝廷，事功有不輻輳，勛勦不即底寧者乎？然則今日宅揆新命，未足爲老先生榮，而爲天下得用人之人，則于世道深足賀也。

某等備員留京，歸心元宰。朝陽鳴而群飛刷羽，斗柄指而列宿承輝。其能不交慶而彈冠，希光而引領乎？謹用合辭肅將賀悃，不敢莊啓，實奉德音。臨楮無任瞻馳。

與阮員海給諫

憶曩歲使節有事清漳，曾於病中遠辱台翰，實緣韓太史水木之誼，爰及枯槁。維時輒自榮詫,以爲空谷足音,旋於病榻間口授奉報,倉卒不知所云。既而台臺拜命掖垣,直聲亮節,震動寓内。凡在冠紳,無不願希光承采。不佞某蠖伏海濱,略不敢通束脩之問。此自安薖軸,愚分疎拙。由來乃聞台臺於朝著間往往逢人説項,幾欲舉溝斷而青黄之。古有緣傾蓋而定交,聞堂下而攜手,千載以爲美談。某何脩而得此於當世名賢,且無俟面承,不由介紹?在台臺爲不報之施,而不佞爲非望之福矣。

當今國步斯頻,杞憂方大,台臺横津梁之寶筏,懷梧鳳之好音,不以此時出而弘濟艱鉅,而久滯文園何爲乎?願言夙駕,不勝引領。

不佞某廢棄餘生,何意小草,直謂被命三載,薦辱温綸,不容不勉强一出,以明令共大誼。自惟老來蹣躃風塵,於人事毫無軒輊,庸庸竊禄,正恐兩疏笑人。台臺未替夙誼者,何以幸教之?白下距皖城盈盈一水,榮光在望,敬因葉宫允鴻便肅此起居。臨楮鄉往。

與楊周卜侍御

不佞通籍幾四十載,里居忽十七年,自分永棄明時,不意朝家過録簪履,起自田間,畀以留京寅直之任。竊惟年衰地散,無可報塞厚恩,獨有精白一心,自矢可對天日耳。方今天下一君,四海一國,我輩爲朝廷臣子,但當從君國起念,不知東西南北,畛域從何而分?愛憎異同,意氣從何而起?矧兹何時也,共處漏舟之中,不同心協力,急救顛危,輒紛囂搆鬥,其載胥必矣。此衷每用耿耿,承來教嗤門户之角立,戒玄黄之戰争,欲潛銷朝端反側,方默成寓内清寧,真純臣之忠猷,救時之良砭。不佞雖無似,竊附于如蘭之契,敢不益勉初心,以副知己。

小刻二册,請覽正。雖無用之言,亦見勤懇一念耳。臨楮不盡佩結。

與孫六吉學院

違闊日久,兹承乏留都,望繡斧盈盈一水間,無從一奉晤對,瞻切可言。

恭諗道侯亨嘉,鼎望崇峻,衡文久推山斗,升華方借棘槐。此之爲知已慰藉，又不待把袂而後親切矣。自古聖賢論文曰詞達，曰尚體要，曰風行水上。即六經、《語》、《孟》以及秦、漢、唐、宋諸大家，曾有不可曉不可讀者乎？不意邇來文敝遽至於此。士子作文都不理會題旨，不務練格練詞，下筆只尋變幻猥鄙，以不可曉不可讀爲佳，衡文者亦從而佳之。人心政事，原與文章相通。文既如此，心地安得不闇昧，政事安得不譸張？此體實作俑三吴，不佞昔年典南闈欲正之而不能正也。聞兄臺秉鐸兹土，毅然以正文體爲己任，起敝維衰，黜浮崇雅，文體正則士習端，此韓、歐以後一人也。然韓、歐在當日論者亦有異同，久乃知其有功世道。願兄臺愈自信自任，豈惟吴士是爲，世道實嘉賴之。

僕邁軸餘生，本無心小草。乃四辱朝命，三載盤桓，或疑其偃蹇擇地，不得不强顔一出，以畏簡書。然落落風塵，於人事有何軒輊？故園之思已勃勃動。兄臺不止足規我，更獎飾之，愈甚其跼蹐矣。率爾附布，并謝。外附疏草二册，此疏上於失廣陵之後，其時不勝憤懑，冀効涓涘，於今爲罪言，爲贅言矣。乃相知者猶憐其勞薪而梓之，覽訖付覆瓿可矣。諸未縷悉，臨楮依依。

與魏道冲閣下

賫疏人行，肅附八行起居，至今未見旋羽，祇深懸戀。想邇來道候佳勝。乃若密勿之贊襄，廟謨之措置，閣下自有經濟妙手，豈疎遠之臣所能窺測耶？時事孔艱，東方最急，閣下與孫愷老安攘同心，規隨相應，中外人心幸有所係屬耳。

僕潦倒日久，驟習官儀，入白下兩月來，已有種種不堪之狀。每入寅清之署，閣下芳規在前，豈不欲黽勉步趨？而識闇才劣，恒懼顛躓，自非知己從天上覆翼之，其能免負乘之羞乎？兹留都地震之異，恭循職掌奏聞，疏中不無饒舌。蓋逢閣下開誠廣益之會，少効憂治危明之思，非敢無疾而呻，惟是有懷必盡耳。倘恕其愚而辱教之，幸甚。别有疏草，乃壬戌春條陳者，維時廣寧失守，人情洶洶，既不能出山，而杞憂不可忍，輒抒狂瞽，於今爲罪言，爲贅言矣。乃友人猶憐其勞薪而梓之，今以奉台覽，覽訖付覆瓿可矣。張侗初兄南中共事，方自幸得朋，不謂小小聞言，輒堅去志，老丈能縶其白駒乎？是所望也，并此附布。

與蕭玄圃大宗伯

歲裏賢郎南旋，附有八行起居，不知能蚤徹否。昨見郵報，云仙舟過龍江，即遣人往候，乃知寶眷在焉。旋接令孫春元公枉顧，始諗翁丈久從陸而北，計爾時當已朝見闕廷矣。

方今時事孔殷，輦上諸君子同處焚棟漏舟中，不思同力協心，勉圖救濟，尚爾分門别户，排擊紛囂，一人之身名何恤，其如國事何哉？新進少年，見地不到，而老成復然，更何望矣。吾丙戌館固云運鍾百六，亦或噂沓背憎，職競由人，今何可不戒？《詩》云："靖共爾位，好是正直。神之聽爾，介爾景福。"吾輩不敢希景福，正懼陰禍耳。三十八年詞林，重以先朝潛邸講幄，甫拓落一散地，自謂得無諍持後法門，而弋人輒爾耽耽見慕，抑何甚也！弟今拂衣歸矣，君子之道，或出或處，出者其道光明，而後處者其身安穩。翁丈旦晚綸扉，"靖共正直"四字，努力勉之而已。因令孫鴻便，率附布悰，握晤何期，臨楮瞻遡。

答郭旭陽直指

紫氣在懸，知使節廵臨之近；青規應序，喜台禧際泰之新。幸傍繡斧之末光，薦承雲天之高誼。辛盤彩勝，莫展藻澗之微虔；珍餉華函，又枉柏臺之寵貺。傳柑節屆，頓果羹藜之腸；爆竹聲喧，倍增粉署之色。瓊瑶之施莫報，溝壑之慙何堪。率布謝悰，難名感臆。

與惠元孺太常

頃賫疏人行，率附尺素，少抒契闊，匆匆未展所懷，書發數日，始得拜命奉常之報，地望崇隆，節鉞已近在步武，叨附夙誼，彈冠之慶可知也。

邇來疆埸孔亟，泄沓成風，兼以肘腋之間，結轖爲患，種種捏杌之狀，真如來教所云。兄臺處日月之際，必有碩畫訏謨，與諸君子同心協力，弘濟劻勷，廟社實式憑之矣。不肖駑朽孤蹤，備員冗散，何能軒輊人間萬分一？日偕尊翁抵掌時事，真未知稅駕何如，惟有仰屋竊嘆而已。安攘宏略，惟兄臺重圖之。臨楮無限瞻切。

與内閣諸相公

某入山不深，見幾非蚤。叨徹聖朝之簪履，仰藉閣下之噓培。備員留都，强顔小草。方謂散曹或容藏拙，不知負乘遽已來彈。雖風影無端，内省庶幾不疚；而網羅既設，遠引寧可需時。乞歸下情，具在短疏。伏祈垂察，票擬准回。蚤脱風波之畏途，得還薖軸之微尚。即生成之德莫報，而啣結之恩敢忘。伏在下風，不勝引領。

報袁熙宇侍御惠元孺太常

不肖以望輕招尤，重煩雲霄知己爲之左右，後先彌縫其釁璺，雖歲寒高誼，施德於不言，而感跼則既多矣。頃承見示，乃知孫長科原無成心，直爲暗揭中傷。其人桑梓懿親，忍以睚眦小故，下此殺機，世路羊腸，一何其甚，不肖其若之何？惟有聽之昭昭公論，質之冥冥天理耳。

然不肖竊因此有感也。不肖通籍幾四十載於兹矣。在詞林二十年，於載筆、典試、教胄、教庶常諸職業，幸無大戾。叨潛邸講讀三年，正當册立出閣之時，朝夕啓沃，頗効有微勞。里居十七年，一向杜門掃軌，絶跡公門，節經兩臺疏薦，頗有鄉黨自好之稱。比起自田間，往往後發者先至，而不肖以先朝舊學，反由北得南，亦庶幾處不争之地。入南都三月，謹身率屬，守法奉公。南中清議所在，一時頗相然信。乃以貴同年諸兄，濟濟當路，從雲霄之上引掖之而不足，竟以一鬼蜮魍魎之么麿從黑暗中齮齕之而有餘，此鄙人所未解也。從來暗揭害人，比於匿名文書，若使評品人物者不惟正人君子是憑，而惟宵小暗揭是信，將來是非樊淆，寧有底止？恐關一人身名者小，關人心世道者大也。不肖今賦歸矣，兄臺及貴同年俱有世道人心之責者，似不可不爲之慮也。賫疏人便，復此一布腹心，臨楮瞻切。

與顧塵客兵部

泰昌、天啓之際,事殊難言,不佞以潛邸舊臣,不勝憤懣,時伏田間,輒向人輸寫,然終不能有所建明,少申大義于天下,政恐綱淪紀斁,抱此孤憤,將何顏以立覆載。其後孫昆陵、鄒吉水二大老昌言朝端,一時諸賢亦頗同聲相應。不謂二老相繼去國,此義竟復寥寥。嗟夫,不佞已矣,倘廟社有靈,仗諸賢力,二老或相次秉成,長夜或未至漫漫不旦乎?承兄臺言及,斷金如蘭,敢不敬佩。大氐我輩爲人臣子,戴天履地,惟知有君父爲重,有何愛憎異同,有何情面瓜葛?不佞所竊自信而信諸賢者,此耳。

孫淇老宗伯便間乞爲代致,千萬爲時爲道珍重。兹未敢專柬,臨楮不盡瞻馳。

與鄒匪石兵部

賫疏人回,得報章,讀之言言肝膈,深轄闊懷,重以嘉貺,豈冰署可堪,更甚跼蹐矣。

兄臺經緯宏才,真心真品,乃至今留滯郎署,又僅寄空銜,殊令人有野渡横舟之嘆。大氐近日得志者惟是仳仳蔌蔌騙官騙餉之倫耳,安得真士而用之?果有真士也,時事亦不至淪胥矣。僕垂老出山,深媿小草,初謂南都散地,或可處于不争,不知其有妨賢逵,遽來矰繳,計此時輸忠報國則不能,竊禄苟容則可耻,惟有亟賦遂初,庶不至披猖末路,以羞知己耳。

因賫疏人行,復此布悰,并謝。

與譚清湖户部

欣承光膺新命,榮晉計曹,軍國儲胥,特借名碩。以兄臺通才練識,方見起草持籌,佐大農以弘濟時艱,既登亨途,即需大用矣。附在契末,慰藉可知也。

不佞望輕招尤,至煩知己爲之彌縫,後先歲寒之誼,惟有心藏之而已。不肖叨詞林二十載，於載筆、典試、教習諸職業，幸無大戾，潛邸講讀三載，朝夕啓沃，頗效有微勞。里居十七載，杜門却掃，絶跡公門，經兩臺疏薦，頗有鄉黨自好之稱。比起自田間，往往後發者先至，不佞徼先帝末命，講幄舊臣，反由北得南，亦既處不争之地矣。乃留都之席未温，而抨彈已至。《詩》云："夙夜在公，實命不同。"又曰："無罪無辜，讒口囂囂。"自古三閭、長沙諸君子尚猶不免，何況於不佞之區區？至於販海一語，乃十年前爲會推南大宗伯，選郎詭借以脅太宰媚首揆者，兔網雉羅，郢書燕説，今仍借爲口實，兄臺鳴琴澄邑時，與敝鄉安海最近，曾聞不佞有猥瑣事乎？曾有一字一札以干清嚴乎？省躬無愧，惟有聽之昭昭公論，冥冥天理耳。

然不佞不可不去有三焉。不能奉承政府，交驩言路，獨行一意，罔識時宜，一宜去。入山不深，見幾不蚤，祇言主恩未報，不識賢路有妨，二宜去。雲霄之上濟濟知交，乃精誠不能信友，以致結綬稀蹤，彈冠寡耦，倀倀踽踽，是以有侮，三宜去。有此三宜去，倘或盤桓，必至披猖。兄臺是天下有心人，而位非津要，即誼篤金蘭，其將若之何？再疏已上，蚤晚即拂衣歸矣。幸爲致意貴同年，努力明時，盡瘁事國，勿如不佞之迂疎拓落也。不備。

與熊壇石操院

落拓過時之人，原不宜冒昧出山，直謂留都風紀領袖有翁臺在焉，或可朝夕承教，庶幾無罪，不知其不能三月淹也。此時言官欲人去即去，不當置辯，第販海一語，頗關身名，不得不稍分晰之，敬以小揭并前日地震之揭上台覽。語云："身將隱矣，焉用文之？"又曰："世有一人相知，足以不恨。"倘大君子不以爲罪者，即日灑然林棲，未必不榮於三旌九鼎矣。新禧未及奉候，并此布悰，諸不備。

與熊壇石操院

待罪杜門，新禧未及祗候。頃承枉重，又未敢走謝，歉惕可言。拙刻荒陋不文，中復多觸時諱，一向未敢示人。荷翁臺特達之知，乃敢奉質，猥辱獎飾，愧甚,感甚。

捧讀大集,瑰瑋奇麗,晃心耀目。詩則古體、近體不落前人窠臼,輸寫心靈,各臻妙境,文則學貫天人,道備經緯,自成一家,足擅千古。向特仰泰山喬岳高標耳,不知文章妙天下如此也。不佞以木桃而得瓊瑶,何幸甚。如之地震大疏,言天更詳,憂時更切,不佞前疏便可焚草矣。率爾布謝,諸容面申。

與鄭方水大宗伯

頃在南都,老丈無我遐棄,時惠德音,藉不落莫。比不肖歸閩山,丈亦超然鳳舉,聞問缺焉。汪別駕行,僅附荒函,少抒契闊,乃遠辱專使,過垂記存,瑶華滿楮,朋錫盈筐,何高誼隆情乃爾,感不足言也。

詢來使,恭諗福候亨佳,蘭玉森爽,具慰懸懸。第想鋒車隨至,須戒舍人促裝,雲壑無容久戀耳。近閲邸報,見時事日異月甚,謡該之禍駸駸,羅、吉及於顧命股肱耳目,即詞林亦多不免焉。不意興朝幾見熹平、光和間事,即諸君子甘與李、杜齊芳,無如殄瘁受之國何哉,似憂不在東西傚擾矣。杞人漆室感此,不覺憤懣填胸,涕泗交頤也。雖然,漢季不竟,惟不得諸君子維持乃至此,天祚明德,未有底止,聖主克亶聰明,一旦憬悟,世道轉移在瞬息間耳。老丈德維名世,道爲帝師,浴日補天,轉否爲泰,寧異人任? 願言努力厚自愛。

不肖才非通方,老不解事,雖蕭然一壑,猶恐未脱危機,藉庇得偷安薖軸,幸耳,它何所覬哉! 肅此附布,并謝。粗幣匪敢云報,藉見區區,更祈筦頓爲榮。臨楮瞻切。

與魏道沖閣學

頃因被言自劾,疏發之明日,而前賫疏人回,得捧讀報札,言言肝膈,至不愛鼎吕爲緩頰首揆公,幾令望見闕廷,此管、鮑、王、貢高誼,寥寥千載,不佞何脩而且爲深知辱也。兹旦暮去國,敢略布愚心。

不肖通籍幾四十年,雖弱植無似,而兢兢報國,一念自矢,不敢後人。在詞林二十年，當官恪職，幸無大戾。叨濬邸講幄三年，朝夕啓沃，頗効微勞。里居十七年，杜門掃軌，頗有鄉黨自好之稱。比起自田間，往往後發者先至，不肖徼講讀舊恩，反由北得南，三載次且，猶爾黏核，自謂幸處不争之地，入南都兩月來，日與侗初兄拮据官守，庶幾隨分自靖，少答涓埃，而彈抨已及矣。嗟夫！無罪無辜，讒口囂囂，自古上士大賢如三閭、長沙、眉山尚不免謡諑，何有於不肖謭謭者哉！販海一語向於乞罷疏中已略剖晰之，其由來則起於乙卯春會推南大宗伯時，太宰擬以不肖承乏敝鄉選郎，欲奉承當事者，乃借姜長科暗刺它人之語移之不肖，以恫脅太宰，魚網鴻羅，郢書燕説，至今猶然，承訛襲舛，然其原則不在言官而在政地。不肖山居日久，不知世故，江河猶仍，傖夫故態，雖托首揆桑梓，居平無慇懃綢繆之雅，五次辭謝，俱達空函。又囊條陳疏中種種皆迕世傷時之論，草野迂疎，自取厭棄，宜閣下鼎吕借之，而不能得也。邇來言官攻擊往往枯菀占風，彼既欲爲同鄉出缺，恰值揆地厭棄之人，不逐去何爲？已矣，此生無可報國恩、報知己矣。獨是耿耿孤悰，倘得附于三閭、長沙、眉山去國微尚，則所以報恩私者猶在此而不在彼矣。至于閣下天生名世，自當以弘濟艱鉅爲己任，願稍委蛇其道，需次秉成，然後大振頹風，弼成中興美業，視廉頑立懦一時者功相百矣。廟社倚賴之身，千希順時珍攝。來教輒起遐心，非敢聞命也。

風便，附此悃欵，幸爲秘密。臨楮無限瞻切。

復黄鍾梅官傅

孟浪出山，踉蹌還里，此日蕭然一壑，絶無縉紳冠蓋往來，與鷦鷯巢於深林何異。莊生所謂斥鷃不知天池榮願以足者，其弟之謂乎？然一介微尚，以眎穹富極貴奄奄如泉下人者，猶未與易也，親翁能無笑其狂誕乎？

途中烝濕勞碌，痰嗽陡發，兼以老妻久病纏綿，未能策欵趨候請益大方，敬以異日。諸公姓濟濟英物，何爲霜蹄暫蹶，豈遇合有時乎？如豚兒輩學力尚疎，勿遽僥倖，以犯造物之忌，未爲不得也。頃薄將未能少申，翻損厚餉，如何？敬恭台命祇領，建酒二尊，餘完謝。諸容面悉。

與南二太開府

卧疴一壑，藉庇萬間。荷覆育之洪慈，素沾優渥；感歲月之將晏，更切綢繆。

恭惟老公祖臺下，經緯全能，安攘弘略。家學世德，濟濟三鳳八龍；秉哲宣猷，湛湛召棠郇雨。靖氛祲於閩海，蓋已坐尊俎而折衝；奏膚公於廟堂，方將疇勳庸而飲至。屬兹陽長之候，欣竚大來之期。衡泌安棲，一縷未申夫賀厦；瓊瑶寵錫，百朋薦逮于考槃。爆竹聲諠，光生鷦鷯之室；傳柑節届，惠飫藜藿之腸。肅布謝悰，不盡感臆。

與林槐亭館丈

弟以癸亥又十月履任留都，得晤令婿全年姪，詢知起居安穩，殊慰闊懷。時倥偬中率寓八行，併扇頭小詩附之，用以一展離思，不知其瓦缶之無當也。弟性行迂疎，不識時變，留禮席未及温，遂不能無咎無譽。每自念此時得志行道則不能，欲苟容竊禄則可耻。惟有懇乞遂初，棲遲一壑，庶不至披猖末路，以殆辱貽羞知己耳。至翁丈所處則不然。蓋弟爲亢而有悔之日，而翁丈則爲在淵或躍時也。啓事應在蚤晚，其能久戀烟霞乎？賢長公理漳五載，猷望冠冕八閩。即日定以銓諫首徵，弟向所稱隔屏故事，當不虚矣。時事日異，政在北司輦上諸君子實有以致之。今且駸駸如漢、唐季末，如何，如何？願尊橋梓努力爲之，藿食陳人，且藉以紓憂天一念也。

薦辱芳訊，深感久要。扇頭佳咏，風格遒上，情致綢繆，諷誦其不忍釋手，何幸以一木桃而博兩瓊玖也。來教有感於邇來文體心術，竊附斷金，去夏在南中曾有小疏及之，乃當事者冷煖爲見，竟置不覆。時論猶謂其言近理而梓之，今寄二册，并三詩奉台覽。餘情未能更端，臨楮惘惘。

與蕭元恒學院

四序載更，喜春風之播煖；三陽乍轉，慶泰運之肇新。幸傍繡斧之光，復瞻薪槱之盛。辛盤彩勝,莫申藻澗之微虔;珍餉瑶函,又枉柏臺之寵貺。傳柑節届,頓果藜腹之腸;曝竹聲喧,倍增粉署之色。便蕃薦錫厚而無復可加,銘鏤徒深施而何能爲報。肅陳謝悃,難罄感悰。

復蕭元恒直指

居諸逾邁,建樹無聞。兹值劬勞之辰,更切遲暮之慨。何當過念,爲祝長年。矧是繡斧之崇嚴,乃煩櫟樗之存記。如岡如陵之誦,揣分奚堪;既優既渥之施,靦顔彌厚。感綢繆之無已,媿溝壑之謂何。惟台貺之遠來,即欲衡命而不敢;且臺體之森峻,將效輶報而莫從。輒用拜嘉,祗深佩結。肅附布謝,感難具陳。

與黄鍾梅大司空

邇來朝事一新,冲聖恩威喜怒,迥不可測。然猶俯順輿情,注意舊碩,咨于師錫,召自田間,微獨以邦土任重,匪上臣莫勝,毋亦謂朝著之内,朋比之風未化,蕩平之路未臻,亟藉正直忠厚元老以風示而表率之耶?統均宅揆之命,又復旦晚涣綸矣。昔人謂新法之行,吾黨有過。近日鼎革紛紛,似輦上諸君子亦不得不任其咎。將來化比爲平,傾否爲泰,安内而後攘外,非親翁補天柱地之事誰事哉?親翁兩朝顧命,一品穹階,榮貴豈復有加?兹起寧足爲親翁賀。惟其關於平陂泰否者甚鉅,則深足爲世道彈冠耳。

聞報之辰喜極欲舞,即擬策蹇趨郡,躬展燕私。緣日來痰暈困慰,寸步未能出門。肅此八行志喜,兼布腹心。薄將不敢爲縟儀,統希鑒在。諸容面候申悉。

復張侗初宗伯

以不肖之迂疎無似也,曩在詞林,叚得叨附麗澤,承乏留禮,又獲謬托同寅,道誼提携,朝夕暱就,肝膽輸寫,裨益弘多。且出處竊附乎高賢,襟期無間於遠邇。即此亦可不閟于薖軸,適志于枋榆矣。

間者朝事載更，賢逵方闢，閣下心性内朗，經濟外宏，臻泰道于廟堂，奏膚公于疆場，非閣下名世之任誰任者？爰立計在旦晚，竊欣欣望之。不肖歸田以來，衰朽彌甚，三徑之外，萬緣都灰，翹企同心，永肩世道，願言勉旃而已。敝鄉黄鍾老道足鎮俗，志切匡時，此番當應環召出山，方來可與協心共濟，渠亦津津向往閣下也。令親王别駕公祖名儒碩望，上佐高標，深爲省會得人慶，來教敬志之矣。第未知枯槁輕轡，能爲人事軒輊否耳。遠辱注存，布悰并謝，握晤何期，臨楮瞻切。

與明立

石頭握岐，忽焉經歲。别後再得平安手書，具慰遠況。又聞客歲得蘭孫，更爲天倫樂事，餘又可無問也。不肖間者冒昧出山，真是孟浪往來，小草增嘲。然稍得意者有三焉：與弟闊别廿餘年，遂獲促膝譚心，不徒作池塘夢想，一也。三十年舊遊勝地，得再攬結夙賞，山川蠟屐所至，彩筆助人，二也。白下故多賢士大夫，道誼意氣，幸無棄余，白水青松，殊不落莫，三也。語云："不得志則龍蛇。"矧有此三適，又何不得之有？

歸來嘯傲一丘，徜徉三徑。客來則濁酒數盃，手談幾局，客去則怡神縹緗，寓目花鳥。成寐蘧覺，自謂不負羲皇上人。又每接邸報，見邇來許多咄咄怪事，宦途真如奕棋，朝賢不當草菅，以此益幸遂初之計得而感激聖主之恩深也。惟是精力日衰，孫枝未茂，此則運化有自然，世界難員滿，亦不足置懷抱矣。

賢弟久客白下，可謂無礙天游，然爲客定有歸休時，出世法固未易言，若言世間法則祖父大事未襄，老母垂白，諸弟伶俜，亦何得不一料理？向平欲俟婚嫁畢，乃爲五岳游，諸事似較婚嫁更要緊，似歸計切切不可緩也。弟讀盡萬卷書，何須余言。又俞言姪學問精深，大是吾宗渥洼神物，何不令爲太學員而屢屢以遠涉悮其進取，一何失筭，亦區區所不解也。肺腑至戚，休悴關念，故不憚娓娓重言之，惟高明留意。

因姪子鴻便，附此一布闊悰，餘事姪子能言之，不縷縷。頃寄來顧少宰大序，瑰偉鉅麗，鄙文得之，何異嫫首飾珠玉，幸爲我多致謝。姪子輕裝，不能有所附致，統俟嗣申。

與鄭方水大宗伯

頃發疏乞罷之明日，而前賫疏人始回，得捧讀報章，言言肝膈，具慰卬瞻。乃腆貺駢蕃，益深感跼。至於逢人説項，幾欲溝斷而青黄之，此管、鮑、王、貢特知，感佩更不可言喻矣。

恭承鼎望彌峻，聖眷彌隆，由來帝師傅宜作相，矧時事方殷，急需名世，詎宗伯宫詹足優當世第一流也，宣麻且在旦晚矣。僕入山不深，見幾非蚤，初謂南都散地，或可處于不争，不知其亦妨賢路，亟勞剪鋤也。販海一語，乃是十年前爲推南宗伯選郎借以陰奉政府者，魚網鴻羅，郢書燕説，今復借爲口實。第彼直欲剪鋤耳，何計其事之烏有哉？兹亦不足深辯，惟有亟去以謝腐嚇耳。再疏已上，乞爲言之政府，速票允放，免致紛嚚。非知己其孰成之？翹企，翹企。

與黄鍾梅大司空

繇來國家以一人興，天生名世，固將世道是爲耳。方今疆埸多故，宫府未寧，國步正苦斯頻，賢哲寧遑啓處。翁臺三朝名宿，一代元臣，正直忠厚，居衷貞心，實幹應務。此行暫敷九土，遄宅百揆，聖春方殷，物情允協，操大有爲之具，遇正可爲之時，所望保護皇躬，弼成主德，以綜覈熙庶績，以和衷倡百僚。廣益集思，安内攘外。閭閻寛一分即受一分之賜，國家建一事即收一事之功。上酬國恩，下答輿望。願努力爲世道重圖之。昔唐之裴晉國、宋之文潞公，並以宿德舊臣，屢踐台鼎，人皆占其出處以卜世道隆污。今之二公求之豈遠？

弟某叨蒙真知真愛，竊敢以衷言贊行色。若夫富貴福澤，世俗所艷羡，不可階之榮，此翁臺所自有，無俟鄙人哆奚斯之頌矣。聞旆發有期，不勝欣躍。聚散興感，莫可宣心，敬以扇頭二詩並芹將九頓爲獻，千希破格笎涵，無任光寵。至若弟某昏迷潦倒，待盡林間，倘藉鴻庇，得無咎譽，延寢興爲聖世遺逸足矣，無煩更軫台念也。敬遣小豚專候起居，八騶啓路，尚容躬祖河梁，面展區區。臨楮不盡瞻切。

復南二太開府

恭惟台臺，明時斗山，聖世元凱。文經武緯，閩海永藉保釐之勳；外攘内安，廟堂幸紓東南之顧。詠歌已遍八郡，淪浹比及三年。既奏膚公，爰垂聖眷。玄圭而奠九土，疇咨暫濟時艱；赫舄而統百僚，簡在方需名碩。敝邦之攀留方切，新命之敦促孔殷。去住關情，士民戴德。

僕某幸托世誼，復叨心知。祖道之欵欵，未展寸衷；陽關之依依，難伸一曲。更煩存注，遠辱駢蕃。棹楔輝煌，頓增泌衡之色；沾逮盈溢，孰稱瓊玖之施。率布謝悰，未盡感臆。謹啓。

復黄玉陽方伯

不佞章句腐儒，泌衡餘息。才本駑朽，原非用世之資；性復乖崖，更乏相時之哲。向來閩海跧伏多年，久謝朝簪；間者留禮暫膺半載，旋還初服。自是疎慵之本色，敢擬寵命之重臨。運際維新，簪履每披乎巖谷；人思求舊，弓旌誤賁乎丘園。秩宗任寄寅清，寧可衰庸竊忝；詹尹宫僚領袖，豈容負乘貽譏。叔夜之嬾散奚堪，壺山之出處宜審。敢忘止足，用點班行。

恭惟台臺，勳茂藩宣，望隆節鉞。經文緯武，鴻猷久著乎方隅；列棘面槐，駿譽咸推乎上國。昔日杏園拔雋，幸托管、鮑之素交；此時薇省升華，重垂枌榆之宏庇。覆載已蒙厚德，冒叨更軫深慈。期許慇懃，知末途何繇稱塞；沾逮盈溢，媿微分無處銷承。率布謝悰，不盡感憶。

與韓象雲閣下

恭惟閣下，千年命世，一代偉人。輔佐先朝，功高燮理，值奸逆擅政，遠引見幾，辭朝一疏，真足維乾坤而光史册，此寓内共見共聞，非某一人敢阿所好也。

聖主御極，篤眷元臣，還裴令於中書，召温公於洛社。明良相得，千載一時。邇來朝事日見精明，奸黨已盡澄汰，又方慎剥復之大界，收安攘之殊勳。治躋唐虞，功歸稷契，熙朝無前相業，舍老先生其誰哉？

某潦倒疎慵，老不解事。向爲恭、顯時之廣、受，今爲堯、舜時之巢、繇。藉庇稱太平逸民，爲願已足。乃聖天子推念先朝簪履，叙及講幄微勞，晉秩特恩，事出望外。自非老先生密勿推挽，詎有此。且非獨爾也，追思壬戌起家之抗章，甲子南都之去國，老先生於票擬中嘘植彌縫，不遺餘力，某感恩知己，日夜鐫佩在心，第恨衰朽途窮，恐此生圖報無地耳。敬因奏謝賫本之役，肅此奉候。臨楮神馳。

復成崑余閣下

違台候廿載餘，無從一奉晤對。頃因奏謝之役，肅寓八行起居。捧讀報章，綢繆滿楮，乃寸縷未申，輒荷百朋遥逮，殊不勝感跼。又復曲賜提攜，俾狂瞽陳言，仰徼温旨，且更見之施行，自非天上知己，擴茹納而借嘘培，安有此，銜結不足云也。

間者虜氛猖獗，畿輔震驚，幸藉帷幄運籌，折衝千里，元老壯猷，文武爲憲，真足紀圖書而光竹帛矣。惟是外寧内憂，昔賢所慮。威嚴順治，本計爲先。想憂治危明之陳規，安内攘外之擘畫，台丈自有淵識鴻謨，無俟杞人津津過計也。

僕潦倒迂疎，久甘爲明時棄物。乃來教敦念無已，猶欲以出山相期，引管、鮑、雷、陳高誼，千載寥寥，不意於今佹得之。惟是葵藿雖知向陽，崦嵫竟難移景。無如衰齡轉迫，冷灰難然。何也？此時惟有引分自安，倘徼庇假息，得竟睹太平相業，稱聖世逸民，於願足矣。報國酬恩，幸得藉手生平知己，又何嗛？便鴻肅此布悰，并謝。臨楮無限神馳。

與李金莪宗伯

賫疏人回，獲承報札，高情厚德，虚往實歸，感甚，媿甚。且爲看定疏草，又約貴同年諸公爲先容於政地，遂使迂闊陳言，仰荷温旨，復見之施行，自非雲霄管、鮑，極意嘘培，安有此？啣結不足言也。

近接邸報，恭諗榮晉秩宗，論思講幄，聖惓彌篤，物望彌隆，計爰立簡綸，匪朝伊夕，聖主得賢臣頌，於今幸親見之。彈冠慶抃，又非直爲知己藉采分榮已耳。

僕棲遲一壑，潦倒無堪，久甘爲明時棄物。乃聞台丈屢煩鼎吕，幾幾欲拉以同升，前挽後推，罔遺餘力，雲天之誼自高，無如崦嵫轉迫，冷灰難然。何哉？白樂天有云："未酬恩寵年空去，欲立功名命不來。"此際只可引分自安耳。倘天假餘年，得快覩知己無前相業，實所欣企也。

因舍姪慶增會試北上，肅布起居。舍姪賦性拙樸，潛讀山中，於座師問候闊如，所希慈亮。兹來禀承絳帳，冀無靳辟咡詔之尤幸。臨楮不盡神馳。

與王射斗太宰

賫奏人回，得捧讀報札，具諗綢繆雅誼，感佩不能去心。又春間貴屬林考功抵舍，得貴部具覆加恩咨文，中間奬借種種過情，既亮其乖崖之拙衷，復嘉其出處之微尚，不惟推恩加銜，且擬遇缺起用。施青黄于溝斷，飾渾沌以蛾眉，何意餘生，獲此殊遇。

間者賜環新命，賁及衡茅，雖則聖主搜揚，不替遺簪墮履，實繇元宰茹納罔愛，嘘枯吹生。某即有胸無心，寧忘感恩圖報？無奈年臘衰朽，精氣銷亡，已迫崦嵫之窮途，敢犯止足之大戒。兹特抗疏陳悃，懇乞遂初，尚冀翁臺俯憐苦念，轉達政地，票允辭免恩命，俾得終老丘樊。大德生成，當世世啣結於無斁矣。臨楮無限瞻切。

與政府諸公庚午年。

僕某落拓迂蹤，衰遲朽質。頃歲盂浪出山，兩出而兩無成，黔技亦可概覩矣。兹來一壑幽棲，崦嵫轉迫。自分烟霞永錮，敢復夢想世緣。恭逢聖主中興之辰，幸值台丈秉成之會。集思廣益，無間幽遐。墮履遺簪，搜及衡泌。向已視爲隔世之陳物，今更詫爲復揚之冷灰。何意餘生，獲此殊遇。僕某捐糜頂踵，未足以酬主恩，答知己，何敢言辭？惟是所欲盡者寸心，而不能廻者暮景。惛慵既黯于世務，潦倒更怯于長途。豈是殘息尫隤，可堪宫寮領袖。玆已抗疏陳悃，懇乞初衣。伏冀台丈俯憐苦衷，票准辭免新命，俾安止足之誼，免致顛蹶之虞，始終曲成，頂戴鴻慈於世世矣。

復張華東開府

台丈芳猷亮節，久著掖垣，乃自撫浙來，酌兢絲以釐飭，軫饑溺以撫綏，召棠郇雨之詠，亦既諗載口碑矣。至於海寇一事，剿撫操縱，尤節節中窾合宜。先懷鄭弁以好音，後遏周三之狂逞。遠則趙營平之控制先零，近則胡梅林之殄除徐海，方略正同。亦既策勳飲至，晉秩示酬，慶洽封疆，名垂竹帛矣。不謂輦上諸君子棄顯白之殊庸，尋掩昧之瞽説，忽爾求多，深可駭異。《十月》之詩云："好言自口，莠言自口。"又曰："諭諭訿訿，亦孔之哀。"不意聖主勵精之日而有此也。第世事何常，公道久定，轉轂藏鈎，直反覆間耳。願言珍重，俟時是望。

若不佞老朽乖崖，合是明時棄物。介之推不言禄，禄亦弗及矣，又奚怪焉。遠辱華函，深感存注。歲寒高誼，信乎匪夷所思。讀佳刻益徵所見不異所聞，敬佩。卮扇之貺，恍若飲醇醪而沐清颸。所云寄雍把總書未到，得無作殷洪喬乎？并復。握晤何期，臨楮悵惘。

與張日葵直指

老公祖亮節忠猷，夙推柏府；正言讜論，久著烏臺。逮繡斧按閩之辰，值海邦勖勦之會。貞肅與綏和並懋，順治與威嚴交孚。用能吏飭民安，内修外攘，澄清之効，敝邦永永賴之矣。

不佞某幸得挹芳標，承欬誨，未遂請益，祗勞馳神。乃於邸報中讀還朝報命大疏，齒及賤名，既冒華衮之褒榮，更首冠紳之行列。何期衰朽，獲此殊知。冷灰幾于復然，一言重於九鼎。間者賜環新命，遂爾賁及衡茅，固是聖朝旁搜罔遺簪履，而非台臺噓枯吹生，安得有此？惟是聖恩高厚難稱，臣誼止足當安。兹已抗疏叩閽，懇辭非據，尚冀台臺亮其衰邁，鑒其苦衷，轉達當事，票准允辭。倘得終老丘樊，勿致披猖末路，則始終曲成大德，世世戴之矣。

與李爲輿户部

頃得密邇興居，時聞謦欬，披心促膝，差不寂寥，别後便覺蕭索面牆矣。接邸報，以八月朝見，遥知長途安穩，藉慰惄饑。台丈資望深崇，風尚恬雅，計班行中二十四年郎署，更無它人，廟堂方欲拔才獎恬，舍台丈誰當首推者？京卿新命，旦晚俟之矣。要以别利展驥，須借盤錯嵚嶔，精心練識如台丈，即令歔歷藩宣，幹辯巖劇，功能顯著，而後節鉞樞筦，以次涣綸，似未爲不可，高賢意謂何如？

不肖年臘衰朽，性行迂疎。一壑一丘，孟浪送日，只靠低棋殘簡作生涯情況，有何足道？頗聞貴同年諸丈尚欲拉以出山。竊惟葵藿寧忘向陽，桑榆竟難移景，其如殘漏轉迫，冷灰難然何也。寄語諸公，頗憐老子，令得逍遥遨遊以終餘息，至於肩宏樹鉅，夾輔中興，惟諸公努力善圖之。管、鮑、朱、陳，儘堪藉手，何必身親爲之哉？吾地海氛自李酋殄後，幾得寧息。乃新撫桀黠，屢恣游移，藉口實沈閼伯日尋干戈，正恐鷹眼難馴，禍釁未已。幸撫臺公祖威懷疊用，張翕互施，且兢兢爲自强之策，或可徼有寧宇耳。想台丈慮切維桑，因并及之。

舍姪慶增計偕北上，敬此附布嚮往。舍姪全未更事，幸無吝指教，尤幸。臨楮瞻馳。

與熊心開開府

温陵别後，忽已週星，更奉晤言，當在何日，念之能無惘然。海上之事，藉老公祖極意籌畫，蓋心拮据，固已功成九仞，兹所賴佛力合尖耳。其新撫之人，老公祖向嘉其効命除驅，所以綏懷獎借之者，亦既推心置腹，不啻三令五申矣。竟爾游移叵測，罔懷好音，兹復擁衆合艅，迫處省會，意欲何爲？據所傳披猖之狀，想老公祖亦既稔聞之矣。繇來朝廷大法,封疆大計,惟有“撫剿威懷”四字。逆則剿,順則撫,始逆而終順則懷,外順而中逆則威。此在老公祖翕張操縱,觀變審機,非山林老朽所能謬參末議者也。

鄭弁芝龍感台臺覆翼深恩,矢心圖報,逍遥安海,虚過日時,且民兵雜處,居人亦以爲未便。老公祖移之上游,甚善,且呼吸可通,驅策亦易。其人膽智魄力,儘可當干城腹心,惟當煩台諭戒以善持重,以萬全耳。

聞省中所造艅艎堅鉅足用,第不妨多多益善。此時調發煩費,供億難支,近聞福清獲有販日本陳對文、王一等商船,湖絲以八十擔計,每擔百斤,共直銀八千有餘兩,而所報只六擔,此數尚多,若以此數盡充造船餉兵,亦是一助。至於敝府海防,關係要緊,矧非無事之時,詎宜以無官之人久尸此任,尤不可不亟爲處置者。言不宣心,臨楮神往。

復陸鳳臺浙撫

奉違謦欬,五稔于兹。追惟昔日覆翼之洪慈,言念生平道誼之契闊,遡風望斗,何日去心。台丈韞藉富有五車,才猷素優八面,首藩開府,真稱人地相宜。間者徵調頻繁,羽書旁午,正是展驥别利之秋。欣聞懷保與鳌剔並施,國計與民生俱賴。秦鏡何疲於屢照,郢斤豈觖於成風。不佞不徒爲浙省彈冠,抑且爲廟社手額矣。聖天子聰明神武,洞燭幽遐,綜核雖則孔嚴,酬庸亦亶單厚。如台丈之忠勤勞勩,久應簡在帝心,槐棘疏榮,敬傾耳以俟矣。

僕潦倒疎慵,久甘林壑。頃因冒恩講幄,正值虜騎驚心,奏謝陳誠,過荷聖明茹納,稍解維鵜之誚,敢忘夜行之規。來教猶以小草相期,寧意想所及哉?晤對何期,臨楮無限馳戀。

復熊心開制臺

曩台臺之建節敝閩也,紀肅風貞,邇安遠至,逆孽如鍾斌、李魁奇等殄之如拾芥,封疆靖晏,禔福無量,棠蔭峴碑,真可千載爲烈。

比開大府于兩粤，鳌保弘猷，既已漸被于嶺表，威靈遠振，又復永賴于閩方。至若香寇之狡猾披猖，更甚鍾、李，台臺妙運方略，折衝樽俎，初爲招撫以誘之，俟其志氣驕横，罪惡貫盈，然後出奇用計，一舉而剪蕩之。其潛天潛地，尤在密奏會剿一着。蓋彼所忌者鄭將，而幸其不爲粤人所喜，未能猝至，迨密奏之旨倏下，而鄭將之師潛來，攻其無備，出其不意，疾雷不及掩耳，乃克成此膚功。不佞舉手加額，幸天道之佑順，而尤擊節傾心於台臺之筭無遺策也。捷書已奏，旋奉温綸，策勳酬庸，國有令典，又安能以萋菲之虚詞而掩顯著之明効哉！來教冲挹過甚，非所敢聞也。方今寓内多故，東南半壁，獲藉名碩節鉞，差底敉寧，詎是功成身退之日乎？願言爲時加愛。至於鄭將之賈勇習戰，自非台臺吐握推心安有此，不知爲何遽有隱遁之思？不佞日勗以鼓勵，行間上報主上弘恩，下酬台臺知己，渠意尚在盤桓間。然既奉有奇勳，上賞褒綸，想亦無所容其盤桓也。

率此附布積悰，并謝。潦倒不及莊啓，統祈慈原。臨楮不盡瞻切。

與熊心開開府

此番鍾渠殄滅，海上收功，固是天意，亦藉人謀。雖鄭弁之効力居多，而發縱指示，則老公祖樽俎折衝之爲烈宏矣，欣企，欣企。其當日鍾斌窮迫投海情形，安海有被擄在彼船者，目擊最真，所報無一字虚假，計此時已露布上聞矣。惟是一二善後事宜，尚有可言者。選良將，練營兵，脩巨船，利器械，覈功賞，散餘黨，無事爲有事之備，想老公祖豫有成畫，無俟藿食更贅。

至於二鄭兄弟，允是海上干城，謂宜題授實銜，置之中左，令其防剿他寇，謹守藩籬，决不宜處之安海内地，安坐肉食，且民兵雜處，或致釁端，不惟不便地方，抑恐有累鄭弁。此亟當檄其刻期擕家移鎮中左也。紅夷匪我族類，貪狡異常，向年爭市彭湖，猖獗匪茹，耗官帑十七萬，殘民命無數，漳、泉爲之凋敝。當事者計出無聊，陰許以互市臺灣，稍免剥膚。然臺灣距彭湖只一水地耳，邇者海禁既通，臺灣之市勢不能禁遏，或可寬網待之。至於内地，决不可令其闌入。近日紅夷巨艦，往往出没中左、銅山間，甚至闌入安海。奸民潛與貿易，殊令人驚駭。彼内地曲折既熟，久且生心，是海上一患除一患生，甚不可也。想老公祖未必知之。謂宜亟檄鄭弁兄弟，并諸寨遊，一切禁絶，如有仍前勾引入内地者，以軍法從事。此亦思患豫防一要着也。事關桑梓，敢諱嬈舌，惟留神，幸幸。

不佞某衰朽甚矣，恐不能仰報聖恩，兹已抗疏陳辭，冀得終老衡泌。三山晤對，未敢爲期也。率爾布悰，臨風無限瞻遡。

又

老公祖麾葆莅閩，首尾已浹三載，精心籌畫，畢力拮据操縱，動中員機，威懷具有妙筭，以致累年劇寇，漸次芟夷。兹者元兇既鋤，餘醜盡散，海氛已見清肅，疆寓幸底敉寧。方當宣捷策勳，飲至告廟之日，不意諸公風聞造次忽有煩言，靡諒勞薪之炊，幾搖投杼之聽。南箕貝錦，自古嘆之，其如寓内任事勞臣灰心解體何哉！惟是廟堂自有公論，凱音時且奏聞，主上聖明，照見萬里，决不令海邦頓失鎖鑰，浮議加於膚功也。願言珍重加愛，以終惠我閩，幸甚。

兹遇三春載淑，南極星輝，薄申薦履微虔，遥祝添籌遐筭，希惟鑒涵，可勝芹悃。餘具别楮，統冀垂神。

與熊心開開府

海氛告靖，山寇亦已遁踪，老公祖樽俎折衝，封疆席庇無量，幸甚，幸甚。然未雨徹桑，猶不可以既安而忘備。此時鄭芝龍部兵亟宜移駐中左，抗泉、漳之咽喉，據山海之津要。倘要突發，亟令驅除，節短勢便，似於機宜爲妥。若安海内地，何用屯兵？且民兵雜處一城，紛囂更屬可慮。雖鄭弁嚴爲節制，難保不生事端也。又距漳、汀益遠，策應爲難，倘有意外，不惟關碍鄭弁功名，能無煩老公祖區畫乎？幸惟台裁。

復潘昭度臬長

老公祖珪璋粹品，經緯全能，芳猷夙著含香，偉望彌隆振鐸。兹者不腆閩服，幸得借重高賢，總風紀于外臺，方建牙纛于大府。不佞某怙恩覆載，荷德生成，夙叨世誼之綢繆，今藉洪慈之蔭映，喜深賀厦，慶倍彈冠，未展繾綣之私，忽承騈蕃之賁。拜命可勝感蹋，揣分衹切凌兢。

至于垂老出山，殊非素願。奉旨詣闕，實畏簡書。正凛大義于令共，深媿明規于止足。台臺不以夜行爲戒，而以遠志相期，捧讀瓊瑶之華，益甚猿鶴之赧矣。肅此率布，附謝。即日過三山，尚容面請。臨楮瞻馳。

復熊心開開府

老公祖開府敝閩，已週三稔，貞風肅紀，飭吏綏民，爲八閩計安全者，口碑莫罄揄揚。至海上撫剿一事，翕張操縱，節節合中機宜，畢竟渠魁盡殄，妖氛蕩平，真可謂封疆之勞臣，社稷之重衛矣。聖主明見萬里，策勳疇庸，國有令典，誰能以浮議而加功實，懷邦錫命，應在旦晚間，向之貝錦南箕，亦且悔心捫舌却矣。

至不佞某仰藉洪慈，身蒙厚庇。以閩人而言閩事，以真見聞而爲真品題，直道公心，何嫌何隱？計銓樞大老，桑梓舊游，必能亮其無他，蒭蕘或當見采納也。適承台翰過於挹冲，遂初之圖，未敢聞命。願言爲明時珍重，以俟眷綸，幸甚。台駕不知何日移鎮，以三省全力，小醜幺麽，何足膏斧鑕。然易亦須備，謀貴萬全，台臺廟筭恢恢，無庸鄙人過計也。鄭守備赤膽英風，儘堪驅策。惟在台臺駕馭，定能報効，事完令其赴任中左，於地方爲便。其餘善後事宜，統在垂神。台光漸遥，臨楮無限瞻切。

與傅星垣南大司馬

方今聖天子勵精求治，而時事愈棼，幾不可收拾，則以中外臣工虚文塞責者多，實心幹濟者鮮也。使人人皆殫精體國，畢力奉公如台丈，則餉無漏巵，兵無虚伍，器必犀利，馬必騰驤，國家威靈，何患不震疊，而幺麽群醜亦何至蠢動紛紛乎？

至於任事自必任怨，此付之勿恤可耳。明旨森嚴，時有詰責，輦下諸部臣章奏無日無之，然展措自如，聖意在綜覈激勸，總無成心，而政地諸公則無不知台丈者。不肖即時効曹丘，實不足爲軒輊也。率爾布復，統希炤原。

與徐若谷南少司空

老丈旬宣閩省，幸得接綢繆，承咳唾，差慰闊悰，于今忽忽十年往矣。逆豎擅朝，天地閉塞，老丈于時身彌屈而道彌光，迨聖明御極，賢人得輿，既膺召環，宜正台席，詎當久滯周南爲也。想還朝在指日間，統均風紀之堂，竟當借名碩爲領袖矣。欣企，欣企。

不佞垂老出山，甚非得已。蓋緣聖恩隆重，嚴旨屢申，不得不畏此簡書，以凛令共大誼，然無如止足之規何也。方擬履任後懇乞遂初，倘不至蹈夜行以羞知己，則大幸耳，餘非所敢覬也。門户之説，在衰世則有之，今泰道方新，誰能變亂白黑？來教猶津津乘墉之戒，真憂世深心，敬佩之矣。率爾附布，并謝。冗病不及莊啓，更希崇原。

與李從樸方伯

叨附袍籍垂五十稔，聚少别多，萍梗參商之慎，計彼此同之也。老年翁碩德鴻猷，歷著中外，乃屏翰之偉績方懋，而霖雨之大用遽收。嘉遯清風，寓内共仰，然猶嗛嗛於經濟之未盡展也。爰有宫允公郎，克紹堂搆，行躋綸扉，人臣尊寵，集于一門，植槐貽穀之章，敬爲翁丈誦之。此不惟爲國家盛事，而年譜亦借無限光榮矣。

弟某年臘衰朽，性行迂疎。此番出山，甚非得已。祇爲聖恩隆重，嚴旨屢申，畏此簡書，不得不一出以凛令共大誼。入都三月，得覲聖顔，奉清問，餘生幸出望外。然酬應紛劇，公務鞅掌，已覺形神不堪，計惟有懇乞初衣，庶不至披猖末路，以爲道誼羞，它無所敢覬也。賢郎已有榮差，即日便可省覲，第翁丈雖老，天錫福祐未涯，教忠有訓，可無令久滯家園也。

與熊心開開府

老公祖開府八閩，已幾四稔，深仁厚澤，肅紀貞風，紳佩蒼黔，其誰不受萬間之庇？而勳庸最懋著，無如掃蕩海氛，威懷兼施，翕張並用。向之驚魂動魄，今轉爲鼓腹含哺。不惟敝閩樂有華胥，廟堂實藉以紓宵旰矣。

不佞入都，每接輦上諸君子穆如之頌，毫無間然。乃樞部敘題，久從寢閣，不知何意。蓋中有齮齕之者，老公祖想亦有聞也。不佞發憤不平，約諸鄉紳以公揭投樞部，又面拜熊本兵，再三申明，國典策勳，不宜遲遲。本兵公亦言當叙，第欲俟按臺第三勘疏到日方題。不佞與之强諍，幾至動色。又面託兵垣汪、祝二公及同鄉言路，屢申前揭，終以勘疏未到爲辭。最後朝房相晤，説已屬草，即日具題，輒復反覆。不佞無如之何，今只速催劉按臺勘疏速到，彼更無以爲辭，即彼人更無所用其齮齕也。此中原欲借重老公祖北卿貳，或邊疆總督，或暫加銜以待山寇結局，在老公祖當無所不可也。

不佞以衰遲殘息，幸得覲見闕廷，叨冒禮席，庶幾圖報聖恩萬一。無奈酬應繁劇，形神之潦倒難支，性行迂疎，踽凉之孤踪寡耦，歸興已勃勃動。方擬懇乞初衣，以安止足，未知老公祖入都時猶得追隨步武否耳。三山握岐，過蒙優渥，率爾附布積悰，并謝。勘疏千萬速催，其所叙不必太冗。公揭此中已發抄，以質公論，閩中近頗豐稔，皆藉福祐。聞紅夷時乘船入安海港，或坐轎入市，與奸民交易，此不可不嚴禁以防不虞。并此附聞，臨楮無限馳戀。

與劉心城藩參

憶癸亥歲履任白下，維舟閶門，幸得邂逅知己，欵叙綢繆，不覺于今十年往矣。萍梗參商，未知後晤更在何日也。

台丈勁節壯猷，懋著敭歷。曩秉鐸黔中，遭逆酋披猖，圍困省會，墨守三百餘日，竟能保全危疆，方略堪追玉璧，忠貞何遜睢陽。謂解圍之後，策勳疇庸，節鉞應有新命，詎宜至今猶滯藩參，竊所未喻。惟兹寧夏古朔方地，實西北之巨防，乃鎖鑰之重寄，欣諗在事以來，核餉練兵，安内攘外，疆寓屹有金湯，廟廊紓其宵旰，國家借重勞臣，意在兹乎？將來牙纛又將安往也，欣企，欣企。

不佞垂老出山，深媿小草。秖爲聖恩隆重，明旨森嚴，不得不畏此簡書，以凛令共大義。入都後得覲聖顔，奉清問，餘生實出望外。惟是年臘衰朽，夙夜之鞅掌難支；性行乖崖，踽凉之孤踪寡耦。方圖止足，懇乞初衣，不至委頓末途，以爲道誼羞，實惟至願。來教期望殷殷，非意想所及也。讀二揭，具徵擘畫苦心，深爲巖疆得人慶。率爾附布積悰，并謝。外疏草二册奉覽教，雖迂疎無似，冀鑒其葵藿片忱耳。臨楮無限瞻切。

與張華東南總院

二東潰壞，繇於當事者失先後着。叛兵初起時不滿千人，合東省之力，可立刻撲滅，乃以撫自愚，蓄縮觀望，致令猖獗。及其破七縣，據登城，遼民嚮應，勢已燎原，此時當俟召集精兵，壯諸郡縣聲援，固圉觀釁，俟其糧盡氣衰而後取之。乃不度彼己，浪戰喪師。先後着數，一何差池。今猶認賊作子，嘍啃養癰，借寇資糧，禍未知所底也。正恐四方草澤與關外猾虜聞之，有以窺國家淺深，不獨患在東土耳。此事發縱在二撫，運籌在本兵，論者專責備揆地，似覺未平。首揆公才識敏練，器度淵宏，此時此際，尤不可無此人。近日内使四出，言路多摧，政地未嘗不匡救，而外廷未亮其苦心，跋胡疐尾，自古難之矣。所幸人言雖多，聖眷彌篤。台丈宜勗以令共大義，弘濟艱難，萬勿遽起遁思也。

至於不肖，衰病已甚，義無苟容。非説休官故套，承王貢暗地嘘吹，恐無以副厚望。然感激高誼，亦何能諼。疏草一册附台覽，言雖無當，庶亮其爲勞薪之炊耳。

又

丁未握岐，家居十七載，乃始孟浪出山。三出而不得一晤知己，未知此後邂逅何期，念此饑惄，如何可任。台丈壯猷偉抱，望重資深，誠宜借重鼎槐，領袖朝著。顧今疆寓多事，寇賊憑陵，惟大江以南迄可小康，留都根本地，江南資其鎮壓，江北資其轉輸，暫藉名碩爲之貞風肅紀，庶幾根本既固，枝幹自强，關係良非淺鮮，寧必長安寇履而始爲重乎。鋒車北來，總有日也。

不肖四朝受恩，萬里赴召。初亦望少効葵藿片忱，乃入都來應務殷劇，形神之潦倒難支，性行乖崖，踽凉之孤踪寡耦，又不自揣，遇事發抒，側目者多，不去懼有後悔。兹已抗疏陳悃，懇乞初衣。倘蒙恩放歸，得於江干一叙契闊，實不勝大願。語云："四時之序，成功者退。"天地猶不能違時，况於人乎？况於不肖乎？知己亦可以亮我矣。

荐承芳訊，極感綢繆。東土不靖，寶眷移入留都，甚爲便計。惟夢臼之戚，中年所難堪，不肖昔已遭此，第有付之無可奈何已耳。若以家鄉而起遁思，非敢聞命也。向缺慰唁，復深歉惕。率爾附布，并謝。

與蔡質凡開府

台丈綜練宏猷，蚤騰華省。經緯偉抱，歷著名封。以至旬宣滇南，資望最深，而惠澤最厚。適當毆勦之會，遂涣節鉞之綸。方今疆寓多故，祇緣建牙諸臣鮮克實心幹濟，有如台丈真心誠品，事事從君國封疆起見，何難不除，何功不奏？近者普酋猖獗，雖勝負難料，然調兵措餉，既有成謀，操縱翕張，自饒勝筭，計策勳飲至，應在旦夕間，廟堂且藉以紓宵旰，微獨西南嘉賴之，翹企，翹企。

不肖孟浪出山，深媿小草。祇緣聖恩隆重，嚴旨屢申，不敢偃蹇家園。入都來幸得覲見聖顔，冒叨禮席，庶幾酬報萬一。無奈年力衰朽，性行迂疎，形神之潦倒難支，踽凉之孤踪鮮耦。惟有懇乞初衣，以安止足，敢或沉湎濡首，以爲道誼羞哉！

又

自來疆埸之事，一彼一此，勝負何常。至於轉弱爲勁，因敗爲功，則在操縱翕張之妙用。傳曰：城濮之勝，其兆在郯。則台丈今日事也。

大疏已得旨，大要以運籌勵飭，制勝圖功爲勗，可謂明見萬里矣。昨會閔太宰、畢司農、熊本兵於文華直房，不肖具述台丈拮据辛勤之意，謂此時兵餉不可不凑手。畢司農初欲只發四萬，不肖與太宰力争之，以爲封疆事重，乃許發十萬,須三次檄黔中轉解。太宰又謂黔兵不足恃,其可用者竟是滇兵。諸土司雖未必盡誠順,惟在推心善駕馭之,必能得其効命。交兵原弱,即助逆不足憂,然亦須密諭以去逆從順。合能離之,兵家善物也。其將領敗歸者,亦可令策勵殺賊贖愆,未可盡棄。太宰之言如此,本兵亦以爲然。蓋太宰昔開府于滇,熟其情形,謂滇事無難結局,惟在台丈鎮定熟籌之耳。敬轉聞以佐石畫。奏凱有日,統容嗣申,餘具前書中,不備。

復鄒匪石開府

老公祖建牙敝閩,時僅逾期耳,事事安攘見功,節節釐保著効,至於約己裕民,軫心籌國,精誠一念,真足動天地而孚豚魚。乃來教云,閩人有忌者,有思齮齕者,豈其拂天地之性而豚魚之弗若哉?恐未必有也。即使有之,亦何足介意?周公恐懼於流言,孔聖遭毁於武叔,祇自絶耳,其何能傷日月乎?兹者海上奏凱,飲至獻俘,自是天道祐順,廟堂方有疇庸令典,彼人且捫心結舌,何敢復萌其嘵嘵,直可度外置之耳。讀奏捷大疏及與京中公札,具諗翕張妙用,激勸微權。此番成功,全賴此着數,不然夷寇獰猙,風濤洶湧,刀砲之下,性命僅在呼吸間,使人捐軀殺敵,豈易能哉?不佞向所示不獨服台臺勁操,更服其宏略,正謂此耳。今雖不敢冒知人之明,然竊幸其不謬矣。

閩疆雖藉有寧宇,然善後尤宜亟圖。願言專精神,善調攝,爲封疆加愛,幸甚。聖天子重勞臣而不喜委卸,掛冠一語,萬勿形之章奏,蓋此非乞身時也,惟慎之。率爾布復。

又

老公祖白璧青松雅操,經文緯武鴻猷,允矣一代名臣。自開府敝閩來,值海上多事,慎固封疆,綢繆桑土,軫盡心力,無一念不從國家起見,亦既壁壘生風,鯨鯢褫魄矣。至於海外夷氛,突來竊發,事出不虞,汛地將領自當爲法受過。中左距牙纛七百里而遥,鞭長能及馬腹乎?且損失只於船械,城池鄉井晏堵如故也。廟堂軫念疆圉，不得不下部議。乃當事者不爲閩方重保障，復不爲國家惜人才，輒爾深求，殊乖公道。寧無使任事灰心，勞臣短氣乎？不謂覆覈與票擬諸公冥冥决事，乃爾將統均平章之謂何？不肖適從邸報見之，不覺憤懣填胸，恨身在草野，不能萬里叩閽，一伸公道。若爾時尚在班行，定不能默默處此也。所幸天道祐順，旋奏膚功，間者料羅一捷，執訊獲王，計此時獻俘露布已上徹九重，聖心悦豫，錫勳疇庸，自有盛典，無論復鴈門之踦已耳，敬翹首俟之，閩人尚徼福無量也。

近來疆臣奉嚴旨者俱在地方經理候代，矧老公祖過微功大，廟堂責成甚殷，又海外夷寇雖逃竄遠洋，伏莽狡謀，尚未可測，幸勿遽移鎮，令將士解體。且事勢喻度爲難，此自地方安危所係，而老公祖始終報國貞心關切更不細也。萬惟慎重，亦知達觀遠識無俟鄙言，而誼在心知，何能已已。肅此荒函，代候起居。統惟珍重加愛。

與林季冲宗伯

違闊多時，恒切瞻注。頃得請南旋，冀得於途中一奉欬誨。不意水陸相左，竟阻機緣。比至淮揚，獲接芳訊，慰諭慇惓，高誼隆情，可勝佩結。老丈貞心卓品，邃學鴻猷，當兹勗勦之會，正宜首借綸扉，弘濟艱鉅，乃會推爲何見遺，當事者其有意耶，無意耶？瞶瞶至此。今啓事既久留中，宸衷自有專注。拜麻新命，竊爲老丈彈冠俟之矣。

不肖迂踈潦倒，比者三出而三無成，蒙聖恩浩蕩，獲遂初衣。此時入山，惟恐不深，寧有它覬？惟翹首政地得人，幸稱太平逸叟足矣。歸來幽棲一壑，未免塵冗爲絆，兼以海氛未靖，魂夢荐驚。又鄒開府方奏捷音，先遭嚴譴，當事者全不爲封疆愛惜人才，將來將士解體，灰心伏戎，殊未可測。老丈方以社稷爲任，可無爲桑梓重圖之乎？留意幸甚。

鴻便肅此，敬候起居。貴同年諸公未得專啓，并爲道致。兒輩在京，冀時加提誨，又望。臨楮不盡依依。

與曾二雲大參

陽復啓候，皇覽揆辰。如升如恒，至道偕鴻仁以不老；壽身壽世，遐齡並純嘏以無疆。昔日瑞應南弧，祥發匡廬、彭（溢）浦；此時籌添東海，輝騰紫帽、清源。凡荷函蓋之恩，並切岡陵之頌。

不佞托誼單厚，受知最深。幸際紱麟之昌期，尤懷籠雀之懃悃。無奈潦倒，未克趨蹌。敬托八行，遥抒三祝。

復曾二雲大參

老公祖經緯全能，樽俎宏略。干旄榮蒞兩載于玆，向來飭吏安民，貞風肅紀，閩方蒼赤亦既登化國而躋華胥矣。玆者視師海上，奏捷行間，積年夷氛，殄之一旦。自非台臺與撫臺公祖同心共濟，安有此？策勳疇庸，廟堂自有令典，敬彈冠俟之矣。

泌衡餘息，幸無患於寢興，所受萬間之庇不淺也。小兒慶華學殖鹵莽，幸素蒙提誨，叨薦京闈，敢諼所自，未及趨蹌謁謝，乃翰貺忽自雲來，獎借過情，沾逮非分。老公祖繇來操端玉尺，笑比河清，愚父子何以徼此異數？尊命又不敢不共，感蹢更倍矣。肅此附布謝悰。

與李金莪宗伯

都中聚晤，深荷綢繆；青門握岐，忽復霄泥迥隔矣。不肖向以衰朽疎慵，塵叨禮席，自知瘝曠實多，所幸藉手同心，差可蓋愆贖負。惟是時事孔艱，政地需人尤亟，台丈啓沃親臣，鼎望崇峻，乃師錫既同，涣綸猶格，毋亦以典禮任殷，須暫借名碩，拜麻新命，直旦晚俟之耳。

不肖蒙恩予告，獲遂生還。以仲秋抵舍，日來幽棲一壑，偷息視陰，情况總無足道。惟朝夕焚香默祝祈聖天子萬福無疆，名賢如台丈者蚤入綸扉，弼成中興大業，藉庇得稱太平逸叟足矣，它何求哉？次豚慶華學殖膚淺，幸叨薦京闈，謁見時冀無吝辟咡詔之，俾不忝通家末誼，敢諼明德？又舍親户部主政林徽初蒙題典試西粤，此君大有才品，亟思軫盡心，方以稱任使。第粤西僻處一隅，文獻與中土稍異，不得不隨地掄材，解卷到時，計台丈自有鑒裁也，惟垂意荷荷。

與莊任公兵垣

都下晤對，深荷綢繆，春明握岐，又復雲泥逈隔矣。向在京與政府諸公屢訂以閩中當留詞林一人，已概承許可，乃不佞出京，遂爽然諾。雖去國言微，無能軒輊人事，然廟堂之借重台臺，則不啻厚矣。語云：天下事惟宰相得爲之，惟諫官得言之。言路七品官，權與宰相埒。矧當時事劻勷，所藉兵垣之謀謨尤亟，青瑣黄門，其貴近與詞林無異。而急病讓夷，計圖安攘，其任寄則非詞林所敢幾也。詞林爲之猶在十數載之後，掖垣言之其奏効則在呼吸轉移間。台臺淵學鴻抱，胸中何止數萬甲兵，此廟堂委任之意綦隆，不佞叨附莩末，所爲彈冠而加額也。

想邇來福候亨嘉。尊公太親家精神健旺，日與不佞酬應往來，深羡天錫難老，無煩陟岵内顧也。不佞蒙恩予告，得遂初衣，歸來幽棲一壑，差不至委頓末途，無可爲親知道者。小豚慶華仗庇叨薦京闈，得朝夕承教，惟無吝肺腑提誨之，倘將來獲追隨末塵，則無量之貺也。鴻便肅此布候，不敢附戔戔，恐反勞酬答，惟台亮。不盡瞻馳。

復鄒匪石撫臺

老公祖正己率物，貞心爲國，自是生平素抱。撫閩未兩載，軫精竭慮，爲封疆計安全，亦既不遺餘力，幸而僚寀嚮風，氓萌樂業，閩人庶幾藉有寧宇，不佞亦叨庇萬間。不謂邇來疆埸小釁，參處屬弁，忽奉嚴綸，大出意外。近報捷大疏方擬策勳疇庸，乃叙卹僅及將士，而運籌帷幄，發縱指示者不與焉。夫無罪而蒙嚴譴，首功而忽不録，票旨與覆疏謂何？無論閩海永失怙恃，將何以勸勵封疆勞臣，天下事失平至此，方正不容，邪曲害公，自古記之矣。

來教謂閩人因閩事居中齮齕者，誠或有之，然不盡然也。不佞向入都門，晤政地諸公，語及國家封疆事，忽如飄風過耳。至道及氣節正人，輒嗤爲世間怪物，大不利其出山。如貴同年惠元孺、王石門、姜素臣諸君子，不佞雖數數言之，畢竟欲錮之聖世。惟老公祖當會推之辰，不佞不揣極口推轂，閔太宰幸過聽之。倏推倏題，倉卒間不及商之要津，然終非諸公意中人也。蓋三案之黨尚冀出山，故其視正人如仇。乃爾不佞心知爲時側目，而决意乞歸，非第以年老身病也。若此時不去，已僇辱及之矣。承示揭書稿，自是侃侃正直。然鄙人尚望台臺爲蘧瑗之逶迤，毋爲三閭之憤懣。語云：人無所不至，惟天不容僞。倘天道祐順，聖心有時開悟，公論不容終泯，安知屈之不爲伸乎？萬惟委順俟時，珍重加愛，是拳拳。

不佞比來潦倒彌甚，日與彼人同處一城，正恐梟音暫革，鷹眼難馴。又干旄益遠，未知將來安穩何如？言念同心，會晤無日，不禁涕泗之交頤也。欲馳一介送行旌，恐榮發不相及，肅此附致戔戔，臨楮不盡瞻切。

復彭讓木司馬

頃在京師，叨總裁之役，於六曹章奏中得讀台臺掖垣諸建白，具稔經世鴻猷，濟時石畫，未嘗不慶國家之有人，又詫桑梓之有人也。維時史官所遺漏者已備載之實録，庶幾文獻足徵，千載不朽矣。屬諸時事孔殷，中樞幸得借重名碩，向之論列者今且見之施行，運籌帷幄，樽俎折衝，知寇虜之不足平也，中興美業，竊幾幾俟之矣。

不佞某年既衰朽，性復乖崖，間者孟浪出山，自知曠負，幸聖恩浩蕩，獲遂初衣。歸來棲遲一壑，偷息視陰，庶幾補劓息黥，然亦何足爲知己道哉！吾地海寇雖暫遁遠洋，紅夷雖遭創乞市，然情形尚未可測。竊謂上策莫如自强，惟有選將練兵，修船繕械，恃吾有以待之而已。便中希藉鼎吕，爲當事諦言之，倘得偕父老子弟無患於寢興，無非藉萬間之庇也。都門多荷欵愛，二小豚更蒙垂青，别後未能寄候台禧，乃遠辱華翰，重以瑶章，循省何堪，無限佩結。長豚尚未抵家，詩箑尚未得寓目，無從奉和。然潦倒亦安能爲陽春和哉？鴻便率爾祗候，并謝。晤對何期，臨楮不盡依戀。

復賀對揚宗伯

閣下德備四氣，學擅三長，向在詞林，已不勝景仰。間者徼有天幸，禮席叨附同寅，昕夕瞻承，如坐春風而依玉樹。方得朋自慶，乃以衰朽乞身，忽爾雲泥迥隔，參商之感，如何可言。枚卜盛典，政地亟需名賢，竊擬師錫既同，聖心自應簡在。不謂宣麻，尚猶有待。然天祚聖明，舍正人君子，孰佐中興，爰立新命，旦暮俟之矣。

不佞某仰荷聖慈，獲遂懸車之願，庶不至委頓末途，爲道誼羞。歸來卧痾一壑，僅爾偷息視陰，廻想天上知己，何日去心。顧潦倒無堪，未能作長安問訊。不意華翰忽賁及之，在誼念寂，雲天高誼，匪夷所思。三復無限佩結，敬因鴻便，附候台禧，語短心長，臨楮惟有依戀。

與鄭參戎

兵法云：客倍而主人半。今日我兵以逸待勞，主客之勢既異。聞賊船雖有七八十，然皆舴艋小舟，每船不過一二十人，總之不過千餘，與貴部下人衆或不甚相遠，而船之大小則相懸矣。若果相遇大戰，定在中左、圍頭之間，則中左與石湖各處汛兵定當協力共剿，豈容坐視。合之當不下三千，則多寡勝算又在我矣。足下向時志氣豪雄，削平諸醜，視劉香如几上肉，以爲不足平。即近日紅夷發難，亦與諸將士剪髮立誓，竟爾奏捷獻俘。乃今視香賊一何難也，豈功成名遂，持重太過耶？願言益勵初心，矢志殺賊，以古之英雄自期待，如前日殄魁奇、鍾斌及紅夷故事。天道祐順，兼仗朝廷威靈，逆賊罪惡貫盈，立見殄滅無疑。勉旃，幸甚。

然不肖又有請焉。自古名將立功，惟在恩威兼濟。必先有恩，能得士心，然後威令可行。令之向前殺賊，不則以軍法從事，彼無所辭。如李牧之市租悉以饗士卒，李勣得賞賜陳之幕下，聽軍士自取，故能嚴紀律而奏膚功。然則收士心尤行兵第一義，幸留意。胡美入粤，足下可具一文書與熊制臺，借來以助一臂。前日粤急則閩赴之，今日閩急粤能坐視乎？閩粤誼同休戚，熊公祖又深愛足下，亮無不允也。諸惟留神。

復曾霖寰學使

長安晤對，深感綢繆，春明握岐，忽忽再易歲華，聚散參商，無限寤懷。欣聞秉鐸南越，丕振文風，崇雅黜浮，拔雋袪贋，品題不爽尺寸，神識超出驪黄，粤人士無不頌薪槱而服鑒衡矣。至於貞操勁節，無畏無狥，一秉公虚，絶去情面，此尤足挽頹風、端士習，爲近日學使者砥柱狂瀾，它日秉銓樞風紀之司，丰裁已可概見。計此時兩考已竣，優擢簡綸，旦晚翹首俟之矣。

不肖衰朽無任，止足自知，連歲十疏乞休，甚非得已，蒙聖恩浩蕩，獲遂初衣。歸來一壑棲遲，世緣永謝，雖偷息視陰，猶以虚負明時、慙媿知己爲嗛嗛。次豚慶華叨雋京闈，鯫生寸進，亦何足道，乃遠辱注存，過承奬飾，雲天高誼，其何以堪。承教《品士録》、《學政篇》，披誦發矇，不覺泌衡生色。率次附布，并謝。不盡神馳。

復熊心開制臺

辛歲仲秋，三山握別，不覺年華三浹矣。雖洊承渥愛，時惠德音，而晤對無期，其能不厪參商之懷乎？老公祖文武壯猷，懋著勷歷，纛節在敝閩，外攘内安，撫順剿逆，棠蔭峴碑，至今詠歌載道。比者開府兩粤，諸經濟妙略，未易管窺，乃山間之狼虎殄跡，海上之鯨鯢遁踪，五嶺八柱之區，已詑華胥樂國。方今寓内多故，秦、晉、豫、楚間幾無净土，倘節鉞諸臣人人如台臺者，亦何致至尊獨憂社稷哉！策勳疇庸，廟堂自有令典，銓樞棘槐，新綸旦晚俟之矣。

不肖衰朽無任，止足自知。十疏乞身，甚非得已。蒙聖恩浩蕩，獲遂初衣。歸來一壑棲遲，世緣永謝，幸不至披猖末路，爲知己羞，然枯槁潛夫，有何足齒？

乃遠辱存注，至華兒叨儁京闈，過垂獎飾，不謂牙纛尊嚴，期會鞅掌中，不遐遺乃爾，高誼真匪夷所思矣。感刻，感刻。率附布悰，并謝。臨楮無限瞻馳。

又

蒙恩予告，藉庇猶得偷息視陰，乃邇日海氛未靖，香寇連艅，空入内地，夢魂不免震驚，幸有鄭参戎爲下城，資其防禦，然敝閩儲胥空乏，兵船每費拮据，未知將來結局何如耳。香寇近轉猖獗，又有李國助爲之羽翼，其勢未可卒圖。頗聞慴老公祖威德，欲乞撫轅門而粤中縉紳輿論未一。鄙意謂兵凶戰危，不如姑以好音懷之，而徐觀其動息，或鴞音革響，或狼性難馴，操縱翕張，隨時制變，如老公祖處閩時事，未必非勝筭也。惟尊裁何如？

鄭参戎爲閩粤効命，具有成勞，其弟又以海戰捐軀，深可憐念。不佞向於閩撫鄒公祖處爲之調護吹噓，心口爲瘁，不但爲桴誼，實爲封疆故。第参戎君剩有勍氣，稍欠細心，不惟鄒公祖時有督過，即漳中司道及鄉紳輿論亦不甚協，而其部下亦多觖望者。既爲老公祖愛將，庇在卵翼，便中幸時加温諭，勗以殫心報國，推恩逮下，毋使人得借爲口實，庶幾疆圉式憑，它日秉鉞登壇，垂勳名于有永矣。率此布復，千希垂神。

復鄭参戎

接來教，具悉海中情形。香賊向與紅夷合夥，又有李國助爲之聲援相倚，正苦披猖難圖。今乃與紅夷互相攻擊，而國助亦與之離異，勢孤力疲，此香賊授首之時，而我坐得勝筭之日也。此際舟師且不必遠出，惟當養威蓄鋭，據險扼要，伺其瑕釁而亟殄之。兵法所謂兼弱攻昧，以逸待勞者，足下已先得之矣。至於李國助乞降歸順，意甚可嘉，在我因而撫之，深爲得筭。第兵法受降如受敵，尤當飭備修防，爲萬全之畫。來教所云令其連艅駕入中左，以聽處分，然後給票免死，散其黨徒，歸籍歸商，各具甘結，零星倭種，編入寨遊。真可謂筭無遺策，計上臺無不允行。從此海氛可靖，廟堂得紓南顧之虞，而海上逸叟庶無患於寢興，藉庇更不淺矣。

與黄東崖太史

久闊晤對，瞻切爲懸。欣聞榮發有期，不勝彈冠慶幸。台丈品地精金美玉，經綸茹古涵今，天禄、石渠間推爲領袖舊矣。兹者文旆還朝，鼎望彌峻，即見横經翠幄，視草綸扉，黄閣拜麻，旦晚俟之耳。且也，令昆長公高捷杏苑，聯接筍班，棣萼壎篪，竝秀競爽，熙朝應侈爲盛事，寧惟梓里借光已哉！

不肖棲遲一壑，朽病支離，亟擬策欵趨郡，祖送行旌，潦倒無堪，祇懷向往，敬托子墨，少抒寸丹。不腆微將，希惟鑒在爲榮。

與蔣八公宫庶

頃歲孟浪出山，毫無建樹，惟是京邸中得追隨步武，欵洽綢繆，受益良非淺鮮。得請歸來，遂爾雲泥迥隔。客冬使節便道錦旋，朽病支離，無能策欵趨郡，一叙闊悰，無限歉惕，計在慈原。老丈鼎望崇隆，經綸滿腹，兹已晉長春宫，黄扉近在咫尺，蚤晚宣麻，翹企以俟。又再歲間典試文武兩闈，此詞林稀有，將來以人事君，經緯安攘大業，已權輿於此日矣，羨羨。令弟給諫公屢奏封章，俱係軍國大計，塤篪迭奏，棣萼相輝，允惟廟社式靈，寧獨桑梓葭莩，割榮藉采已哉！太夫人起居康勝，燕喜未涯，貴昆玉綵衣繞膝，足慰屺思，此又得全全昌之大慶也。

不肖幽棲一壑，僅爾偷息視陰，乃海氛匪茹，未免驚心動魄。近日粵中撫事又復無成，將來作何結局，廟堂何以策之？鄒匪石公祖向日撫閩有功無罪，乃煩冤去國，公論殊爲不平。捷疏至今未覆，吾鄉輦下諸公能無稍爲伸理，以勸封疆勞臣乎？便中僭及令弟及諸相知，未能專柬，希爲道意。餘惟努力明時，不盡瞻遡。

復李贊宇光禄

再承手翰，具稔精心典故，真所謂好學不倦者，敬仰，敬仰。

來教所云立後一事,《禮記》云:“爲人後者爲之子。”又云:“爲人後者不得顧私親。”此一定之禮也。然在士庶人則然,至於有國家者則有繼統、繼嗣之分。漢成帝無子,以弟定陶王之子爲後,是爲哀帝。宋仁宗無子,以弟濮安王之子爲後,是爲英宗。皆先育之宫中,後乃嗣位,所謂爲人後者爲之子,繼嗣之謂也。故當時師丹、司馬光之議爲是,而泠褒、段尤、歐陽脩之議爲非。至於漢光武中興,去元帝已三世,乃上繼元帝而别立四親廟於雒陽,不得稱帝,此以繼統而强爲繼嗣,蓋欲重大宗以從人望,於《中庸》所謂敬所尊而愛所親,於禮實未協也。至我朝世宗皇帝之入繼大統,正爲兄終弟及,原無爲人後之義,欲後孝廟則孝廟原有子,欲後武廟則弟無爲兄後之理,所謂繼統不繼嗣,張文忠之建白,真協諸義而協者也。《明倫大典》一書闡發甚明,悉當時諸臣力諍,蓋愛戴孝廟之深仁而未暇詳究耳。台丈以爲何如?

又承問南向之禮,自古帝王南面而治,有何異説?《鄉飲酒義》亦云賓必南向,主人入門而右,客入門而左,左右而上,則坐北向南也。我朝太廟南向,高皇帝居上而諸帝俱分昭穆左右,又何疑焉?若鴻門倉卒之會,武安家人之儀,何足深辯?弟潦倒餘生,何敢言禮,承下問,率意以復。

復曾霖寰少參

間者台丈秉鐸東粤也,模範方嚴,品題精確,士風文體,翕然一新,無論粤衿奉爲法程,即寓内亦且推爲山斗。乃清卿之綸未涣,僅爾量移藩參,計廟堂歷試名碩優異應有日也。

側聞嶺西新任尚未啓行,粤中兩臺復有備海之疏,蓋深諗台丈經緯宏略,樽俎折衝,爲粤疆計綢繆,非藉壯猷弗克。乃邇日遂有灣前奇捷之報,香賊鴟張海上七年于兹,屠僇横行,三省並受其慘禍,甚至羈辱道將,嗤靳制臺,此王法所不容,神人所共憤。兹乃一戰收功,兇渠就殄,自非台丈籌海深心,式贊廟謨,何以臻此?有文事必有武備,於今見之矣。即日膚功上奏,定有疇庸令典,節鉞新命,旦晚俟之矣。欣企,欣企。率此附布,不備。

與施四明大參

老公祖弭節清漳，忽屆三載，恩覃釐保，績懋旬宣。吏飭而民懷，邇安而遠至。亦既紀甘棠之詠，勒峴首之碑矣。至於紅夷之猖獗就俘，香寇之憑陵克殄。妖氛屏息，疆圉敉寧。非藉台臺文武壯猷，樽俎妙筭，孰克贊襄廟略，疊奏膚功，禔福祐於東南，紓廟廊之宵旰乎？惟全蜀爲寓内雄藩，而臬長係觀察重寄。光膺啓事，榮荷俞綸。肅紀貞風，蓋欲借才乎名碩；樹鴻展駿，旋將歷試而登庸。計節鉞棘槐，嗣涣新命於旦晚矣；第無如敝閩，白駒之戀戀何耳。

不佞夙庇萬間，兼叨世誼。彈冠之慶，攀轅之思，實百倍於恒分，無奈幽棲一壑，莫克躬摳。敬托八行，少抒向往。臨楮不盡瞻切。

與林鶴胎宗伯

曩歲都門幸得追隨步武，洊承道誼欵誨，比得請予告，又重以琬琰贈言，光我行色，無日不鐫在五衷。頃台賀省覲榮旋，不佞幽棲一壑，潦倒支離。温陵望清漳數舍間，未能馳一介候起居，祗懷向往，計在慈原。閣下道德真儒，匡濟碩彦。望實久孚於朝論，經綸夙簡于帝心。特詔鋒車，佇需鼎輔。起温公于雒下，召安石于東山。人情賢於夢卜，千古盛事，乃於今親見之。邇來寓内劻勷，皇衷宵旰，中外注望救時之相，何啻惄饑，顧言畏此簡書，王程計日。蚤樹無前之相業，立躋世道于昇平。令衰朽殘生，猶得稱太平逸叟，榮藉無量。至於梓里之借光席采，又無論矣。肅布八行，用抒寸悃。又拙刻四種請正。臨楮無限瞻切。

與陸東虛贛撫

丙歲往還過武林，幸得暢叙綢繆，深慰契闊，於今忽已七稔。晤對邈如，能無聚少别多之愾乎？惟此章貢，江湖嶺海關鍵，閩、粵、浙、楚要區。節鉞任殷，特借名碩。欣諗建牙以來，吏飭民安，風貞紀肅，釐保之明効，經緯之弘猷，無論虔南封疆攸賴，即敝閩受河潤之賜多矣。間者山寇匪茹，奉有四省合勦之旨，亦既執汛獲醜，屢奏膚功。從此同心協力，選將練兵，信賞而必罰，散黨而招携，合四省之威靈以殄么麽之殘孽，風中隕籜，釜底游魚，計復何之？獻俘飲至，定在旦晚間，廟堂藉此紓宵旰矣。翹企，翹企。

不佞年臘衰遲，自媿小草。且老不曉事，動與時違。六疏乞休，未蒙允放。方圖再申前請，無敢沉湎以羞知己也。遠承翰教，多感注存，率爾附布，并謝。臨楮無限神馳。

與鄒匪石撫臺

方今寓内處處竊發，漸有瓦解之形。蓋繇兵虛餉冒，將怯謀疎，乃蕞爾敝閩，亦坐此病。山海小醜，輒敢號澤窺關，而僅恃招撫之將以支吾目前，亦可慨矣。

接來翰，知榮上有日。從此飭吏安民，脩内攘外，籌折衝之長策，先自治之要圖，即見組練增輝，旌旗改色，閩而今有衽席望矣。大教言言中窾，而扼要尤在明賞罰、肅軍法以儆暮氣一語，最爲捄時針砭。微獨敝閩，即它日晉樞筦，提衡一世之精神，易易耳。向時長安諸公聞知台臺節操，而未識台臺經濟弘猷，不佞獨於大集中窺見一班，每舉以似輦上諸君子，今而後當不以爲阿所好也。

不佞潦倒倦游極矣。自分不能蹴躡風塵，兼以直心狂言，爲時側目。間者五疏乞休，冀必得請。又值皇子誕生，不得不勉出稱賀。擬數日後再申前請，倘蒙聖恩垂憐，得遂初衣，則冬至後便可望謁干旄，從此安穩泌衡，皆藉萬間之庇矣。病榻率爾附布，不盡瞻馳。

又

閩中軍餉庫貯素裕，後因沈何山助工之請，繼因南二泰紅夷之役，三十餘萬金，搜括罄盡，邇又以貼駕銀解京，而東西洋販禁斷，年減商税三四萬兩，於是汛期無兵，又復無船矣。今庫貯既不可追，而貼駕銀似可停解，并開洋税，共歲可得餉四五萬，即以此補兵造船，裨益非小。又開洋非直官得税已也。漳、泉海多田少，小民衣食無資，倚販海爲命。自嘉靖末年漳寇猖獗，乃議開洋禁，於是富民以財爲市，貧民以力爲市，民有生理，海上無寇者垂六十年。邇因防夷賊接濟，遂概禁開洋。懲噎廢食，而賊乃愈多，何如開之，官得餉，民得貲，而盗可弭，此三利也。熊心開公祖近有疏言開洋而未甚暢快，所以票擬持兩端而下之兵部。兵部復持兩端而委之撫按。老公祖試質漳、泉鄉紳，當無不以爲便，然後聞之廟堂，造福於閩不淺也。

年來紅夷作難，漳、泉受荼毒極矣。向禁之彭湖海島中，近乃有奸民引之潛入内地，甚乃有至安海城下貿易者，將來禍未可量。此似不可不嚴禁也。鄭芝龍兄弟此時方藉爲捍城，鼓舞翕張，老公祖自有妙用。然其駐劄汛地，亦當在中左、浯嶼間，若在安海，則置之無用，且民兵雜處，又甚不便矣。安海設有駐鎮别駕，須令長駐安海，既可資彈壓，又可藩蔽泉南。此皆桑梓要緊，不敢不罄愚心。若流寇之協勦，海賊之亟除，隨機制變，當無出老公祖石畫，惟有翹首以聽捷音耳。便中附聞，餘具前書中，不具悉。

與鍾梅家少保

違闊道候，忽已歲餘。陳比部入都，得捧讀手札，恭諗起居萬福，殊慰懸懸。至所以期勗不肖某者，冀其正色立朝，盡瘁事國，有出於尊膴榮華外者，此不朽盛事，兄翁之教某者，一何諄懇，愛某者，一何切摯也。顧某自分根器淺薄，叨冒已多，寧敢復有過望？正惟形神蚤衰，與兄翁稟賦大不相侔，又動與時違，側目不少，屢疏乞休，正恐犯止足之悔，以負兄翁教愛。乃先後八疏，未蒙允俞。維谷觸藩，將來未知所税，然終無夜行不休之理。新春當懇遂前請，倘平泉、緑野間猶得追隨杖屨，則聖主如天之貺也。

麋之姪資俸已深，且望雲情切，幾得楚中一郡，以便道省覲，已與曾少宰再言之，想啓事當在蚤晚也。承教蘇石水司寇卹典，即當爲題覆，如令甲。敬此附復，冗病中率附布悰。臨楮神往。

[題原缺]

(上原缺)支昔人所云無足虜也。今欲使其不入内地,須禁奸民勾引,而大要尤在許以互市。外洋如咬嚁吧遠在萬里最便,其次則臺灣千里外亦無妨,歲發十許引,聽商人往販。彼既遂互市之願,我亦免迫處之虞。此不驅之驅也。若洋禁之開,實與紅夷不相干。蓋開洋有東西洋。東洋則吕宋,西洋則交趾。向時歲發船無慮數百艘,官得税則可以餉兵,民得利則可以救貧,無賴子有生理則不至爲盗,若銷紅夷之釁特其一耳。至於鄭弁兄弟,効命之心膽既真,海上之情形亦熟,所當拂拭用之,推誠置之。若疑其勾引,强之出海驅逐,無論船炮與紅夷不敵,且此時山海之氛未靖,徵調之役方殷,若更啓釁生事,萬一勝負無常,悔將何及。此所當相時度勢,虔始慮終,而未易輕言者也。頃大疏入告時,廟堂認紅夷脅市與東西開洋爲一事,故票旨未盡允俞。今兵部已剖明題覆,旦夕得旨,庶無後艱。若老公祖之貞操絶俗,潔己爲民,閩人當何報德,矧不肖叨稱莫逆,敢不備布腹心,希惟台亮。餘具前書中,不備。

與張華東總院

浹月之間,再接手教,深慰戀懸,然猶以未得即晤爲嗛嗛耳。前者大司空之命已有書爲台丈勸駕,然邦土雖重任而將作之事稍瑣碎,又與彼人共事稍有未便,此台丈所以次且其行也。至於掌院職在風紀,激揚總成,率屬其任寄,與統均並重,而又無煩瑣牽掣之虞,於台丈方正惇大品格,恰爲人地相宜。當缺出時,適與首揆公商之,首揆公亦以爲然。既而師錫攸同,綸命即涣,此台丈得志行道之會也。命下之辰,輦上諸君子無不欣欣胥慶,且謂時下議論未一,畛域猶分,方藉台丈虚公調停,集思廣益,以臻蕩平之軌,仰望蓋甚殷也。

至於借言點輟,宵小恒態,彼即有所爲,亦不能求多,祇云僨耳。竊嘗嘆古來盛世無不愛惜老成,乃若賤老貴少,熏鬻夷俗,播棄黎老,商季亂徵。夫人顧樹立何如耳,何論老少？且台丈原未老也。如不肖則真老耳,且無論建明,猶乞歸而未得也。古者三揖而進,台丈辭疏至三,可謂難進矣。聖眷隆重,屢旨甚温,不宜更有所陳,以煩聖聽。周大司農謂須聖節前見朝,甚是。此一來也,在台丈爲利見,爲得輿,在朝廷爲得隆棟、元龜,爲得尚干、中行,而不肖以旦晚去國之人,猶得暫借盍簪,稱得朋爲幸更大矣。

敬此附布悃衷,惟趣裝就道,望望。餘容面申。臨楮無限瞻切。

與許定于晉撫

海内知己曾幾何人,乃最相知如台丈者,聚晤未能匝歲,忽爾分攜,何能禁蒹葭寤愾也。接來翰,知開府榮上有日,殊慰瞻懸。不第爲台丈建牙櫜慶,正深爲全晉獲安全慶也。山右雖武備積弱,餉費空虚,近已檄宿將急赴行間,調邊兵以張犄角,至於軍興急需,自可便宜措處,晉事似尚可爲。大疏已得俞旨,所云用間設奇、撫順勦逆、懲貪起懦、正法止嚚,種種俱是安攘石畫,龔渤海、張膠東、虞朝歌、皇甫威明具有前軌,以此知晉寇不足平而策勳飲至,旦晚可俟矣。岳武穆云:"運用之妙,存乎一心。"霍冠軍亦云:"顧方略何如。"此自台丈能事,然孫武十三篇、《百將傳》亦能益人意智,未可盡以陳編拚却之也,何如,何如?

餘惟努力自愛,不肖拓落近況,台丈所知,不具悉。臨楮瞻馳。

與傅星垣南參贊

方今寓縣多故,漸有瓦解之形,惟此留京根本重地,老丈以經綸偉抱、文武兼資,特借中樞,奠此半壁,内安外攘,運籌折衝之効,已見於此時,廟堂正藉紓宵旰,鋒車綸召,方在旦晚間,乃忽有引陳,豈中外所望耶?來疏已奉温旨慰留,幸安意視事,爲國家効忠宣猷,勿復萌薖軸之念也。

不佞衰朽無用,正如乘鴈雙鳧,六疏乞休,未蒙允放。方圖再申前請,不敢明犯止足,以羞知己,點清時也。《易》所謂或出或處,道各不同者也,未知台駕入都時猶能更奉晤對否耳。率此附布,臨楮不盡瞻馳。

與鄒匪石撫臺

方今聖主勵精圖治，宵旰不遑，宜天下立見太平。然而東西震虩，寇虜憑陵，若有鼎沸雲擾不可收拾者，何以故？來教謂病在兵弱而民窮，誠是寓内通患，不肖竊謂此猶是標病，而本病尤在輦轂之下泄泄譃譃，偷食視陰，徒取具文塞責，莫肯爲國家深謀遠慮。皇甫之詩，千古共歎，倘得社稷爲悦，文武壯猷如台臺者爲之疏附後先，奔奏禦侮，何患民不富，兵不强，而區區虜寇之足憂乎？若不肖年臘衰朽，性行乖崖，向已愚公見嗤，今且馮婦相笑，尚敢哆口言天下事耶？

不腆敝閩，素號樂土。間者山海小醜，倏忽去來，已虞及剥膚。邇復有悍吏奸民，釀亂生變，此尤患在紀綱，察脉者之所深懼也。幸而台臺批郤導窾，壓難銷萌，閩事猶未至陵替潰決，爲四方效尤，此其功在國脉，抑又遠矣。貼駕既未得旨，而免扣尚屬籠狙，無米何炊，將來補伍造船，費將何出？向在南都見鼓鑄實有三分之息，第南中每銀一兩抵錢一千餘，而閩中每一兩止得三百餘，即以五百文計之，猶可得息六分餘，若令八郡俱鼓鑄行錢，子母轉鑄，勿使奸民盜鑄，得握奇贏，大可佐軍興乏。省會原設有鑄錢通判，後以官非其人，無利罷鑄。今尚有積銅在庫，且民間廢銅甚賤，又苦錢貴，以此裕民用而充官餉，實兩便也。若開洋禁，則向已言之矣。鄭芝龍既感恩思報，當以一實缺處之。大抵海寇多從粤來，處之漳、泉間，以衛藩籬，而以芝虎駐館頭，較爲得策。且其人素習海，尤爲用其所長，若它處有警，不妨隨時調度可也。

率布愚心，統希裁詧。承教疏刻，敬拜百朋，謝謝。外拙刻三種，附請教正。臨楮無限瞻馳。

又

大府新開，百務頓整，老公祖之爲敝閩計全安者可謂無遺策矣。乃間有《春秋》致責備者，云太峻急而少逶迤，且以効狂瞽責不肖。不肖於老公祖不惟金蘭夙契，抑且休戚相關，何肝膽不可罄盡，則惟有孔夫子之温良恭儉讓而已，惟有恭寬信敏惠而已，惟有無意必固我而已。蓋老公祖已是豪傑聖賢地位中人，乃不肖不獨以豪傑相期，而且以聖賢相期，不獨相期以聖賢，而且相期以至聖，即清任和猶其後者耳。倘宥其狂瞽而賜采擇，榮感不惟一人已也。又白。

與張湘衡司馬

附袍籍幾五十禩，聚少别多，參商寤懐，彼此想同之也。翁丈敭歴巖疆，晉都樞筦，勞勩著于安攘，勳名垂于旂常，既而功成身退，優游于平原、緑野間，以自適其適，超然塵壒之外，此豪傑而神僊者也，企羡，企羡。

弟某碌碌無聞，老不解事，向叨詞苑，僅作蠹魚，其後幽棲十七載，庶可息機藏拙，不謂世緣未斷，自丙寅至今，三次孟浪出山，往來屑屑，一無所成。間者八疏乞休，未蒙聖恩允放。苦海沉淪，將來未知税駕何所，真天之僇民也。不但建樹媿翁丈，正自出處媿翁丈耳。遠辱芳訊，深感隆情。五十年老弟兄，猶能靈光相望，尺素相存，儘足慰意，它置勿論可也。佳刻種種名言，敬藏爲秘寶，謝謝。外長白卷並家刻三種，請正。臨楮不盡瞻馳。

與鄒匪石撫臺

敝閩弗辰，山海之妖氛未靖，乃復有弗類敗群、犯上無等之府僚，幾欲煽動世界，不惟猖狂自恣，抑且譸張爲幻，人間安得有此怪物，豈其生長夜郎，傲然不知有漢大者耶？大疏侃侃糾彈，大關朝廷法紀，寧惟吏治官評係之。兹已得旨下部，聞部中僅欲與侯官並處，似未足蔽辜。不肖每向當事言之，乃諸公尚有囁嚅不敢盡之意。蓋彼實有所恃而然，而當事者不無投鼠顧忌耶？但得離地方，即度外置之可矣。官邪既懲，人心知警，從此吏飭而民可安，内修而外可攘矣。貴省山寇與浙中海寇聞皆遁去，不知閩中此時警息何如？綢繆保障，有老公祖在，亦何憂？貼駕、抽扣二項已言之大司農，想來歲可存此二萬餉，若開洋復可得餉三萬餘，足食足兵，庶其有賴乎？

邇日長安風景頗異昔時,法令煩苛,群心涣散,憂不在邊疆而在朝著矣。不肖老而且病,動與時違,六疏乞休,不蒙允放,無涓滴之稱塞,久涉歷于畏途,觸藩之身,將何稅駕?知己何以教之?率爾附布,不盡瞻馳。

與林道卿同年

附袍籍幾五十載,同輩落落晨星,而吾兩人猶得時時箋寄,牛奇章詩云:“莫論世上升沈事,且鬬尊前現在身。”此亦可引滿遥相慰矣。無如兩地参商,蒹葭寤愾,何也?入都來每從令郎侍御君恭詢起居,具諗福候佳勝。平泉、緑野間,逍遥觴詠,真神僊中人。又聞新産明珠,不徒爲鳳毛麟趾稱慶,更占精力强健,眉壽無疆之徵,弟某尤擊節而深羨也。

弟某衰邁倦勤,久斷出山夢想,不意聖恩起之田間,又嚴旨屢申,着令上緊供職。畏此簡書,無容偃蹇。惟是部務不堪鞅掌,精神日以銷亡,踽涼孤踪,誰可與語?每自念崦嵫日迫,報恩何時,不揣遇事發抒,罔識忌諱,以此取憎於世,眼中秕糠,誰能容受?始悔無端老景,涉此畏途,惟有懇乞初衣,庶幾不遠之復,或不至披猖以貽羞知己耳。承諭世道之壞,其占見於不經之文。有道之言,實獲我心。時方病困杜門,未及題正,實嗛嗛,其他俱是捄時箴砭,然非去國之人所敢言矣。佳刻字字琬琰,敬百朋奉之,謝謝。率次附布,臨楮無限瞻馳。

與林季冲宗伯

老丈碩德鴻猷,久爲宫端領袖,假滿已久,自宜趣裝入直,待次綸扉。聞者環召之命,自是詞林故事,輿論攸同,寧不肖輶言能軒輊萬一哉!辭疏已奉温旨,鋒車當即日就道,以副朝宁顒顒,毋久戀家園爲也。時事孔亟,聖主焦勞,非有濟時真品,莫能定也,老丈詎以薖軸而忘廟廊哉?翹企,翹企。

不肖衰朽無用,性復迂疎,本爲受恩深重,又恐圖報日短,身叨禮席,往往信心直言,雖蒙聖主優容,而得罪時局不淺,汎汎者既以爲贅物,而眈眈者更以爲眼釘。八疏乞休,未蒙允放。疏傳有云:不去懼有後悔。倘得老丈蚤入都門,不肖即掛冠神武,安意衡泌,庶可無身世之虞乎? 吾地近日海事如何? 鄒匪石公祖實心任事人也,而鄉紳間有不喜之者,老丈幸爲游揚芳問,俾得安位行志,保其能爲吾閩造福也。餘俟面悉。

與成崧予閣下

違闊台候二十餘年,所蒙渥愛綢繆,恒如一日,獨無緣更奉晤對,爲悵悵耳。間者聖皇御極,台丈首簡綸扉,時伏在林莽,竊不勝爲海寓彈冠。乃鼎鉉之業方新,而霖雨之施未究,中外禔福承休之望猶爲觖然,微獨生平契末嗛嗛於割榮而已。當今國家多事,廟堂切求舊之思,恐綠野之優遊未穩,而洛下之環召方來也。

不肖年老出山,甚非得已。蓋緣聖恩深重,兼以屢旨森嚴,畏此簡書,無容偃蹇。入都半載,已覺形神不支。又自念景迫崦嵫,報恩日短,往往不知忌諱,遇事發抒,雖蒙聖度優容,而取憎世局,亦復不少。陰陽人道之患,駢集於此時,惟有懇乞初衣,庶不至沈湎以貽羞知己耳。來教津津,猶若有味於勞薪之炊,即從此嘉遁亦足無悶於薖軸矣。大疏具占敬慎,已光膺寵綸。握晤何期,臨楮瞻遡。

與陸鳳臺少司馬

武林邂逅,幸得暢抒積悰,乃所荷繾綣綢繆,種種榮施格外,即道誼不施德,碩德亦烏可言盡也。台臺節操嶙峋,猷望卓越,無論中外敭歷,莫不仰爲景星慶雲,貴爲豐玉儉穀。即如撫浙三載,值時事之多艱,殫經綸之夙抱。中間飭吏安民,調兵輸餉,寓催科於釐保,繇順治而威嚴,樽俎折萬里之衝,堤坊貽千年之固,允惟經世名碩,濟時通儒矣。兹者師錫攸同,帝心簡在,晉榮秩于樞貳,協元戎于師中,廟社式憑,軍國攸寄。方今疆寓多故,聖主焦勞,願言夙駕鋒車,以慰當宁睠顧,翹企,翹企。

不佞自別麾葆後,以仲冬之望入都門,獲覲聖顔,奉清問,餘生實出望外。

惟是部務殷劇,夙夜趨蹌,形神已不勝疲苶。賦性迂疎,罔識時變,每懷葵藿,輒形封章,雖屢蒙温旨,而未能實見施行,自念受恩深重,年老出山,浮沈則不能,尸素則不可,計惟有懇乞初衣,以安止足愚分,不知台駕入都時猶能追隨步武否耳。肅此附布,并謝。諸容嗣申。

與鄒匪石太僕

托契末二十六載,聚少别多,萍梗參商,今昔共嘆。台丈理延時猶得邂逅晤對,登朝之後,猶問訊時通,逮世界變遷,天地閉塞,台丈既投荒遠裔,不肖亦遁跡海濱,老别知己,自分盍簪無期,乃今猶得起居相聞慰,可悲亦可喜矣。台丈冰壺玉尺,猷望夙著於樞銓;威鳳祥麟,出處動關乎否泰。方今聖明在御,陽德方亨,偉抱芳標如台丈既膺賜環,即宜乘時大用,光贊中興,乃至今尚滯南冋,竊所未喻。不肖時時以小往大來、外柔内剛爲當道頌言之,僅如飄風過耳,無能有所軒輊也。每私念方今聖天子勵精求治,千載一君,而疆寓愈覺多故,實繇輦上諸津要,迷者執滯方隅,卑者沉濡榮利,奉公體國,一德一心,鮮見其人。世事悠悠,未知所底,若吾輩名位升沉,又不足道矣。

不肖此番出山,事非得已,衹爲聖恩綦重,嚴旨屢申,分宜畏此簡書,無敢盤桓偃蹇。入都來幸得覲見闕廷,寅直夙夜,庶幾少申圖報萬一。惟是應務殷劇,形神潦倒難支,賦性迂疎,踽凉孤踪寡耦。又感時憤懣,往往出位多言,雖聖主優容老臣,時叨温旨,而側目者亦復不少。方擬見幾遠引,懇乞懸車,敢犯止足明規,顛頓末途,以貽羞知己哉!讀所寄詩文,種種佳妙,真堪與唐宋諸大家步武,不肖深媿不及也。自是彩筆天授,抑且江山助人耶?此貺已過百朋矣。率此附布闊悰,并謝。外近疏草八册奉覽教,乖崖無當,冀鑒葵藿區區耳。臨楮無限瞻切。

復錢御冷南少宗伯

閣下乾坤間氣,道德真儒。當彤廷首唱之辰,人已占爲柱石;迨翠幄論思之日,望更重于鹽梅。久推領袖於詞林,暫借寅清於豐芑。兹值時事之俶擾,尤資政地之平章。師錫既已攸同,帝心定有簡在。宜鋒車之夙駕,佇綸閣之秉鈞。寧容久滯周南,更復逡巡禮席乎?

不佞某年臘衰朽,性行迂疎。待盡薖軸之居,久斷榮華之夢。不謂聖恩隆重,兼以明旨森嚴。正惟祗畏簡書,復爾冒叨禮席。應務殷劇,形神之潦倒難支;感時發抒,踪跡之踽凉鮮耦。方思止足之分,深切負乘之羞。正擬懇乞初衣,庶免披猖末路。遠承芳訊,極感厚情。不揣缶鳴,統希郢政。臨楮惟有馳神。

與何半莪學使

方今聖天子鋭精理道,而於文體士風,尤亟加釐飭。既以遴選委典試主司,而更以薪槱責成督學使者。聖謨淵遠,臣下敢不欽承?

台臺秉鑒空衡平之虚衷,擅懸珠燃犀之神識。無斁閩士並荷甄陶,不惟閩海漸還鄒魯之風,抑且廟堂獲藉楨幹之用,右文盛治,實式憑之。解到優卷,滿目璠璵,俟八府解完,自當祗遵功令,移咨主銓,優擢新命,直在旦晚間矣。翹企,翹企。

不佞潦倒出山,甚非得已。祇爲聖恩隆重,嚴旨屢申,不敢不畏此簡書,以凛令共大誼,然無如止足明規何也。兹已陛見履任,時下要緊部務料理稍完,方擬疏懇乞身。倘不至披猖末路,以爲道誼羞,則大幸耳,餘非所敢聞也。臨楮無限瞻切。

與倪三蘭直指

台臺浙東偉人,斗南間氣。獻可替否,讜論夙著於朝端;肅紀貞風,峻采懋騰於江右。清則揚而濁則激,繡斧名高;吏乃飭而民乃安,山岳色動。廟堂用紓其宵旰,寓縣共仰其丰裁。望已隆於建牙,榮方疏於列戟。

不佞泌衡殘息,薖軸餘生。久斷出山之思,敢希覲闕之想。聖恩隆重,無容偃蹇于家園;明旨森嚴,輒復叨冒乎禮席。應務棼劇,既苦形神之難支;感時發抒,更覺踽凉之鮮耦。方思止足以乞初衣,寧敢負乘以貽覆餗。即附台臺世講,正恐請益難期;雖叨令弟同寅,未知追隨幾許。遠辱芳訊,深感注存。肅布謝悰,未申積悃,臨楮惟有馳神。

與丁光三宣撫

台臺嵩河間氣,經緯全能。華省含香,猷望夙騰于廊廟;大邦作鎮,勳名歷著于藩宣。睠慈王谷巖疆,允惟神京右輔。建牙寄重,正資樽俎以折衝;開府任殷,特借鎖鑰于名碩。欣聞風貞紀肅,畿南之釐保方新;更詑繕塞除戎,漠北之威名蚤震。釋九重宵旰之顧,在此時也;登三事鼎槐之司,遄其望之。

不佞性行迂疎,年臘衰朽。受恩深重,無容偃蹇于家園;奉旨森嚴,輒復冒叨于禮席。雖惕令共之大誼,實慙止足之明規。方擬抗疏以乞初衣,敢蹈負乘而貽覆餗。肅此布悰,兼抒積愫。臨楮無限瞻切。

與蔡元崗太常

闊焉晤對,忽六更歲華,出處聚散,恍恍如夢。惟詢稔道履亨嘉,藉慰饑惄耳。

台丈芳標偉抱,望重資深。省垣之建白猶新,卿寺之勳猷茂著。當兹時事劻勷之會,正宜爲國家弘濟艱鉅,光佐中興。雖留都重地,常伯崇班,未足久滯名碩也。鋒車綸召,匪夕伊朝,欣企,欣企。

不肖駑朽殘息,泌衡餘生。久斷出山之思,敢萌覲闕之想。惟是聖恩隆重,明旨森嚴,無容偃蹇丘園,輒復叨冒禮席。入都來,應務殷劇,既苦形神難支;賦性乖崖,更覺踽凉鮮耦。惟有懇乞初衣,以安愚分。倘不至披猖末路,爲知己羞,則大幸耳。功名之事,非衰朽所敢聞也。

吾閩海氛暫寧,遽疎復隍之備似爲非筭,台丈慮之甚是。熊公祖既轉制臺,代之者爲鄒匪石,此公勁節貞操,經濟更裕,可爲吾地得人慶。臨推時頗有異同,不佞不得不侃侃諍之,其論始定。閩中利病,幸爲詳言之,造福桑梓無量也。熊公祖此轉亦頗費齒頰,幸吾鄉公論素明耳。鄭芝龍即日題叙,授以實銜,置之濱海,幾可得干城力用矣。臨楮瞻馳。

與徐若谷侍郎

台丈壯猷偉抱,亮節貞操。向當昏濁之時,清流之摧折已甚;今當泰來之日,名碩之嚮用正殷。乃至今猶留周南,實所未喻。不肖每向當事言之,猶如以水投石,即與台丈同患難之人,亦以鄙言爲不知時變。覺得奸逆雖除,而衣鉢還在,世界俶擾,總繇源頭弗清,時事未知所届也,如何,如何。查覈撫賞一項,不肖商之二三相知。朱北泰給諫實司其事,渠已疏言,年久者無從稽查,只可清覈崇禎元年以後。想撫按與監視(司)力量所及,亦不過如斯耳。向謝山持給諫則謂來疏不必上,恐反致葛藤,不如無言較爲安妥。總臺陳衷老亦以爲然。疏既不上,則亦無藉於票擬矣,統惟裁炤。

不肖正苦衰朽,鞅掌難支。近因家難慘傷,益甚潦倒。不得已引疾乞歸,倘蒙明旨允放,即飄然長往,不知會晤當何爲期也。率爾布復,臨楮愴況。外疏草九册奉台覽,迂闊傷時,正可質之知己耳。

與李建霞閣下

違闊晤對,荏苒二紀餘。向者跧伏林莽,閣下以揆地崇嚴,罔替素交,吹噓不愛鼎吕,箋寄更荷綢繆。至於樗櫟殘年,輒蒙瓊瑶寵贈,詫爲家寶,傳爲世華,感戴靡有諼也。

恭惟黄扉爕理,盛業方擬伊、周;緑野逍遥,高情暫結夏、綺。顧兹乾坤方爾俶擾,軍國正藉平章,環召鋒車,應在旦晚,平泉、洛社未容滯留也。

不佞垂老出山,甚非得已。衹緣聖恩深重,明旨森嚴,無敢偃蹇家園,輒復叨冒禮席。部務殷劇,既苦形神難支;性行迂踈,更覺踽凉鮮耦。惟有自知止足,懇乞初衣,庶不至沉湎末途,以貽羞知己,則大幸耳,它無所敢覬也。

與黄玉崙宗伯

尊翁壽躋百齡，尊稱三達，間者廟堂遠循乞言之令典，特舉存問之彝章，真可謂鄉邦殊榮，人世上瑞。台丈稱觴膝下，舞彩階前，尊寵備集一門，吉祥並臻五福。叨附世誼，遠隔遐方，恨未能薦履奉觥，少效九如之祝耳。

不肖此番出山，甚非得已，祇緣聖恩隆重，嚴旨屢申，不得不勉强趨朝，以凛令共大誼。已於仲冬之望陛見，履任寅清之堂矣。方擬再圖乞身以安止足，倘不至披猖末路，以貽知己道誼羞，則大幸耳。綸扉之業，須台丈來日爲之，非衰朽夢想所及也。尊翁煩爲道致。臨楮不盡瞻馳。

與范質公開府

通鎮畿南重輔，又儲胥在焉。台臺以司馬擁旄開府，所統戰士僅五千，近以三千援遼，僅存二千，此於城守猶虞不足，况能拱衛神京乎？不佞入都，屢向當事言之，若飄風過耳也。不得已抗疏言之，請撤登萊、皮島之兵以益通、昌二鎮，以壯虎豹當關之勢。雖蒙温旨，竟未見之施行。奴虜得志，計必重來，患在燃眉，當事者略不加意，聖主焦勞於上，而諸臣泄泄於下，燕雀處堂，將來真未知所税。台臺身雖在外，乃心罔不在王室。且品望崇隆，還朝應在蚤晚，將何以豫籌之？杞人不獨爲門户謀，正深爲堂奥慮耳。惟垂神，幸幸。

與劉滄嶼少司馬

方今聖天子惕勵憂勤，千載無兩。然求治愈切而封疆愈見多故，則以上下未克同心，體國奉公之誼少而譸張爲幻之態多也。然其負國以此，而能安富容身亦以此。台臺正大宅衷，純誠體國，前日以樞貳開府榆關，中外方慶得人，以爲必能實心任事，修備預防，一洗向來欺蔽夙習。乃受事未兩月，遽爾召環，殊不勝駭歎。頗聞台丈事事綜覈，既不便於同寅；件件實報，復不喜於内樞。所以涣汗反汗，莫可控揣也。

至不佞“師中紀律宜肅”一疏，實見樞撫付托不效，國家賞罰無章，不勝感憤而發。其曰國家歲費四百八十萬以餉遼，平日訓練何事？臨時方略何施？實爲在事日久者致責備。若台丈建牙四十餘日，長山之敗，身又不在行間，何敢不情苛求？計高明自能見亮也。大疏已奉還朝温旨，命召不俟，臣義宜然。即日都中得奉晤對，一抒積悰，何幸甚如之。率爾附布，不盡瞻馳。

與范質公開府

頃行次通鎮，躬謁干旄，親承欬誨，足慰生平。至閱歷睹記，城堡之繕完，兵士之訓練，已心儀壯猷。乃若清貞率物，節約奉公，得之道路口碑者，又甚悉也。竊私念，當今内外諸臣，肯實心任事盡如台臺，何患疆寓不靖謐。入都來每向當事言之，此自述其真見聞，正恐未能爲軒輊，台臺於何知之，乃來諭津津及之耶？媿矣，媿矣。

别後抵京陛見，欣睹聖顔，垂賜清問，爲幸萬萬。惟是部務鞅掌，酬應倥偬，已覺潦倒不堪。即欲遽乞初服，又惟萬里應召，四朝受恩，寧可碌碌自便身圖而已。憂時鬱積，輒不自揣量，思以塵露益淵岳，雖洊蒙温旨，竟未能實見施行，輦上諸公得無以鄙儒闊譚見嗤乎？擬入春後惟有懇乞懸車以安止足，庶不至負清朝、媿知己耳。台臺得無笑其往來屑屑乎？損辱芳訊，多感注存，至於樗櫟賤生，亦勞記憶，益跼蹐無任。盛儀敬完璧，盛情已心勒之矣，率謝，不盡瞻馳。

與張華東南總院

違闊晤對，忽二十載餘，兩度出山，又兩相左也。頃泊舟淮北，距寶棹非遥，乃聞夜間遄發，風猛流迅，遡流莫從，参商之憾，計彼此同之矣。陪京豐鎬重地，留臺風紀要司，台丈望重斗山，才兼經緯，特借名碩，領袖百僚，廟堂自可紓南顧之虞。第聖主求治方殷，朝著需人尤亟，銓樞紀綱之任，舍台丈明德其誰？不佞每對首揆公言之，首揆公亦以爲是，似周南無容久滯也。

不肖潦倒迂疎，久安薖軸，無奈受恩深重，罔敢盤桓，且屢旨森嚴，又不容偃蹇，此日得覲聖顔，蒙召對，爲幸萬萬，乃無如止足之規何也？入都來酬應繁勞，簿書鞅掌，又值嚴冬之候，已覺形神不堪。然以萬里應召，未敢遽請遂初，間遇時事感衷，輒不揣見之陳列，冀少抒葵藿一念，雖荐蒙温旨，然未能實見施行，真所謂鄙儒不知時變者也。台丈於邸報中見之，得無笑其老而更狂乎？每自念國家多事，聖主焦勞，欲浮沉則不能，欲尸素則不可，計惟有安分請老，庶不至狼狽末途，以爲道誼羞耳。入春後即當抗疏陳乞，未知台丈還朝時猶能追隨班行否耳。言念萍踪，愈增嘆惋，臨楮無限瞻馳。

與劉滄嶼少司馬

台丈鈞衡夙望，經緯全能，當疆圉多事之秋，荷聖明特達之眷，申命樞部，開府榆關。欣聞牙纛初臨，旌旗改色，韓、范之威名已震，胡虜之魂魄潛消。竚奏六月之膚功，忽聞九重之召命。未竟底績，頗駭輿情。豈樽俎折衝，中樞尤重於外閫；而文武爲憲，運籌更急於捍城乎？想聖主之睿斷同天，而名碩之大用有日也。翹企，翹企。

不佞年臘潦倒，性行迂踈，久斷出山之夢思，叨蒙典禮之環命。寅清寄重，方凛負乘之愆；衰朽景頹，正懷止足之戒。擬乞身以遂初服，敢耽樂以媿素交。肅附布悰，臨楮瞻切。

與謝青墩南冢宰

向在山中，得老丈南冢宰之報，不勝彈冠慶幸，謂南都根本重地，而冢卿群寮表率也。顧聖主眷注方殷，而著定需人，更切想還朝之期，俟之非遥，統均風紀之堂，竟當藉名碩爲領袖矣。

不佞垂老出山，深媿小草。祇爲聖恩隆重，嚴旨疊申，不敢不畏此簡書，以凛令共大誼。擬履任後方圖懇乞遂初，倘不至顛頓末路，以爲道誼羞則大幸耳，功名之事非所敢聞也。榆關視師，封疆安危所係，幸有敢任之臣，不佞可免負乘之懼矣。承衷諭，深感肉骨之愛，謝謝。冗甚不莊，統希崇原。

與張華東南掌院

台丈學問淹博,經濟淵宏,兼以資望崇隆,精神健王,中外方倚重耆碩,如景星慶雲。請告之章,殊非所望,幸聖主隆眷,温綸慰留,維時適會推大司空,師錫攸同,宸衷簡在,涣綸當又在旦晚間。司空職總九土,而此時事務劻勷,征繕旁午,綜理任寄尤殷。老丈以貞幹練猷當之,恢恢其有餘地矣。幸蚤脂車,以慰側席,兼慰中外顒顒,萬勿遜辭盤桓也。

不肖精銷力疲,潦倒已極,又迂腐不知時變。邇因傷風傷暑,肢體幾於不仁,自分老宜去,病宜去,不合時宜去,間者綸扉不蒙欽點,聖主哀憐朽臣,開以一綫去路生路,恩德無量,不者將來未知稅駕所矣。至於首輔誼遡淵源,愛推烏屋,用情無所不至,獨恨無以副其襟期耳,便間幸爲道謝。寓縣多故,寇虜交訌,東叛之披猖已甚,奴虜又迫逼宣、雲間,當事者燕衎居息,視若□然。又封疆儆報,絶不使廷臣聞知,大有安石廟堂之量。第恐極重難支,即欲偷食視陰,又未可得也。頗聞持籌者計在撫與守,恐既破之桐葉難縫,而窮山之獨坐可慮也。老丈幸蚤來,以佐廟畫,時事或可望有瘳乎?不肖豈不知多言取罪,正以報恩日短,有懷不忍默默,今且爲馮婦矣。秋間再擬乞身,得請乃已。老丈蚤入都,猶望得一敘契闊,遲則邂逅無期矣。四十餘年參商,念此令人氣結。

舍弟居中幸蒙接引,謝謝。劉令親魁壘不似斗食中人,然今亦可徜徉自適矣。承惠二佳刻,具諗清興逸調,今此事須暫置之耳。貴從急於取報,率此附布志喜,餘俟面承。外近疏一册奉台覽。臨楮無限瞻佇。

與家太傅鍾梅兄

五月中旬,得兄翁手書,恭諗起居萬福,甚慰懸戀。兄翁雖老天錫,自是山岳間氣所鍾,無需調攝。然調攝之方,亦養生家所不廢,所願葆嗇珍重,以膺無疆之算,是拳拳。

弟某原是蒲柳朽質,蚤已衰零,所藉藥物支吾,以至今日。春夏間爲積勞風寒所傷,肢體疼痛,右臂幾於不仁。再疏乞休,未蒙允放,勉强復出,愈苦不堪。問者綸扉不蒙欽點,聖恩或憐其老憊,留一綫去路生路,以廣皇仁,甚幸。近時政地皆辰入亥歸,章疏叢委,無一暇刻,倘淪入苦海,豈復有出脱之期乎?時事劻勷,萬分可慮。弟向者亦以報恩日短,每効瞽言,顧力微安能廻天,又以此取憎於世。兩疏有云:不去懼有後悔。秋初當再懇乞身,冬間亦可追隨杖屨也。坤宫姪孫行,草草附候平安。外疏刻一册奉覽教,雖無足取,見區區耳。臨楮瞻切。

與姜素臣舊南吏科

甲歲共事南都,幸得追隨繾綣,乃過辱推轂,特薦于朝,管、鮑、王、貢之誼,無日不五内勒之也。無何萍梗參差,契闊又十年所矣。台丈嶙峋亮節,匡濟宏猷,掖垣諸建白,真可與日月争光。向以見抑權閹,横遭摧折,聖明鼎革,已有旨賜環。不謂一種陰霾之氣,又復掩蔽聰明,植黨狥私,牢不可破。向來忤璫諸賢,並錮林莽,不肖入都來,屢以崇節概、伸公論爲言,不惟鑿枘不相入,且側目視之。至於台丈起用一節,不肖於朝房屢晤閔太宰,不敢更言及他,衹再三謂經濟有用之才,宜及時借重。太宰亦以爲然。最後南符卿缺出,已面許起補矣,適太宰被言注籍,想此番再出,當稍存公道,啓事定可期也。幸趣裝以俟,翹企,翹企。

不肖孟浪出山,深媿小草。衹緣聖恩深重,嚴旨屢申,不容不勉出供職。無奈精力疲苶,應務難支,又乖崖之性,感時發抒,觸犯忌諱,應爲時局所不容,台丈想於邸報中見之也。兹惟有見幾遠引,庶免貽辱,自分無以報知己爲恨恨耳。要以泰否相仍,時事未可知,嗣於山中看英賢濟世事業,又不在把袂促膝間矣。病次率布積悰,後會何期,臨楮瞻遡。

與張二水閣下

違闊道候,忽將匝歲。憶别時多荷厚雅,錫以隆貺,餞之郊垧,雲天高誼,何日不鐫在五内也。貴門生吴歸善來,恭諗福履佳勝,日逍遥於平泉、緑野間,翰墨觴詠，適志娱心，超超塵壒之表，此真行地神仙也。

不肖衰邁殘息，孟浪出山，無端自投苦海。入京數月，應務殷繁，形神愈覺潦倒，兼以賦性乖崖，遇事發抒，往往駮迕於世。老丈虞不肖有榆關之役，未知此中之勞碌巉巇實榆關不啻也。春間再疏乞歸，未遂允放，不得不勉强支吾，擬秋來更申前請，期必得遂初而後已，或晤對當非遥也。燕中諸事及封疆俶擾情形，想老丈於邸報中見之，獨抱杞憂，無敢多贅。遠辱芳訊，深感注存，率爾附布，并謝，統容抵里日申悉。

復鄭意蕤開府

老公祖開府津門甫再閲月耳，諗聞組練生色，旌旗改觀，雄鎮一方，折衝千里，京國有重門之固，漕河無咽喉之虞，功在廟社甚盛。邇來兵驕將窳，積習成風，自非老公祖藎慮奉公，貞心幹國，安有此？從此兢緑互施，翕張兼濟，永收順治威嚴、安内攘外之偉績，當無出壯猷妙筭中，鄙生何能贊一畫哉！時事日異，變故孔多，輦下諸公悠悠詑詑，當爲者莫肯實爲，當言者莫敢昌言，焚楝漏舟，將來未知所底。不肖受國恩厚，竊懷杞憂，兼以景迫崦嵫，常恐報稱日短，不自揣量，往往遇事發抒。惟是微誠既難動天，觸忌取憎世局，揆以不可則止之義，祇有見幾遠引，庶不至爲道誼羞耳。

遠辱注存，拜命感跼，肅此附布，并謝。餘俟歸帆過津日面悉。

與蔡質凡滇撫

春仲獲接芳訊，具諗起居嘉勝，兼得聞撫滇崖略，深慰遠况。旋附荒函，想當蚤徹。乃兹曾幾何時，翰貺又賁及之，不謂羽書旁午之際，輒注念長安散曹乃爾，大雅之於故人，一何厚也。感佩，感佩。滇事危而復安，非藉樽俎折衝妙用，焉有此？孫武有云：水因地制形，兵因時制勝。逆普於法固不當撫，然丁猖獗莫可如何之時，不得不爲權宜變通之計，利而誘之，合而離之，因與以爲取，將翕而故張，此正兵家善物也。今交兵得賞而却歸，逆普鷙伏以待命，臨安無恙，省會解嚴,既以保全生靈,亦以暫紓疆圉。乘此治兵調餉,爲自强之圖,諸土司向雖觀望持兩端,我聲威既振,彼必讋服輸心,因善誘而用之,梟獍可計日殄也。楚餉十四萬聞已解到,黔兵與沐國之兵亦已漸集,轉敗爲功,千載一時矣。昔趙營平制西域,張然明服東羌,皆用此策,而吾閩熊心開近日之殄海寇,亦剛柔互濟,先抑後伸,此老丈今日事也。大疏得旨責成甚殷,在廟堂駕馭邊臣不得不如此,雖未及撫之一字,然閫外之事原不中制,《春秋》之義,疆臣有可安邊利國者專之可也。老丈此時用權固圉,它日獲醜獻俘,策勳疇庸,國家自有令典,亦何顧慮之有? 欣企,欣企。

若不佞衰遲潦倒,應務難支,感時發抒,多言叢戾,方乞歸善息,以避賢逵,無以稱知己厚望矣。敬此附布腹心,并謝。臨楮不盡瞻馳。

與熊心開制臺

老公祖文武壯猷,安攘宏略。曩除妖於山左,已徵戡定之勳;邇作鎮於閩方,更懋敉寧之效。指揮折衝樽俎,功烈久勒旂常。惟兹兩粤巖疆,特借上臣釐保。爰晉司馬之穹秩,式瞻大府之新開。簡在實出宸衷,師錫允孚輿論。柔遠能邇,方紓宵旰於九重;壓難銷萌,佇暢威靈於萬里。

不佞某久荷函蓋,蚤托金蘭。聽鳳詔之疏榮,不勝彈冠之喜;驚熊軾之乍遠,更軫卧轍之思。所幸閩粤鄰封,庶徼江河餘潤。牙纛在望,猶冀兩地之推恩;休戚關懷,未改千間之弘庇。尚缺燕賀,先枉鴻函。肅布謝私,不盡感臆。臨楮無任瞻馳。

又

老公祖建牙敝閩,四載于兹,深仁厚澤,文德武功,閩人有口碑,國家有彝典,制臺之綸甫涣,鼎槐之命方來,此實上眷宸衷,下孚輿論,豈曹丘有口能揄揚萬分一哉! 接台翰,知此時已與新撫臺鄒公祖交代。舊政告新,爲閩人計全安者應無遺慮。且粤閩接壤,輔車相依,將來沐河潤之廣被,徼并州之餘恩,未有涯也。幸甚,幸甚。閩人田少而穀貴,粤人田多而穀賤。穀貴則苦饑,穀賤則傷農。惟毋遏糴,相爲灌輸,此兩利之計也,千希留意。鄭芝龍兄弟畢竟當置之漳、潮間爲率然之勢,彼此有急,可以朝呼夕應,庶幾奸宄有所畏而不敢動,此又兩利之計也。前勦虔寇時以糧盡暫歸,兹江右人多咎其縱寇,大疏中幸爲一别白之,何如?至於三省會勦,同力協心,謀出萬全,游魂小醜,應無所遁,策勳飲至,旦晚俟之矣。

不佞衰病已甚,五疏乞休,冀必得請。來教期望殷殷,將何以稱厚意哉?荐承芳訊,循省何堪,力疾率附布謝。諸容嗣申。

復鄒匪石開府

臺下學優經緯,識洞古今,行方而智員,才大而心細,蓋當今第一流人物也。乃時人睹其偏而未睹其全,知其節操而未知其猷爲,或憚其清執而疑其已甚,是以都下月旦未得大同。間者朝房會推之辰,適江右、楚、閩三撫並缺,太宰公手一單以示九列,見江、楚二撫已推有人,而閩撫獨未登啓事。不肖問其故,太宰云議論未能歸一,於公謂何?不肖應以品行經濟無踰鄒太僕者矣。幸太宰見信,即手筆填單,令吏人速語選司,同日具題,遂得俞旨。方師錫時,不肖略舉老公祖涉歷坎坷,以質在坐諸公,乃無一言相應。又若恐相累者,深爲可怪,然後知特立獨行之難也。今閩中開府得人,不肖幸得與閩人藉庇萬間,顧統均風紀之地,安得如老公祖者爲之領袖,時事庶其有瘳乎?

不肖竊見當今時事孔艱,漸成瓦解,諸君子同在焚棟漏舟中,全不思協心共濟。即門户之名不立,而畛域之見愈堅。泄泄悠悠,未知所底。竊不自量,感時發抒,雖蒙聖主優容,而傍猜者已爲眼中屑矣。合則留,不合則去,來教真吾師也。若衰朽當去,又不待言矣。頃再疏乞歸,未蒙允放,秋初當懇申前請,計謁干旄時當不遠也。肅此附布,餘具别啓。臨楮無任瞻馳。

又

敬啓者:閩中海氛雖暫消,山寇雖暫遁,然備禦之計猶不可不圖。向時設有水陸寨遊諸兵,近因抽費以充勤王之役,營伍太半空虚。今援兵已遠,亟當依舊伍補足。又聞兵原餉甚薄,每月一兵餉額九錢,承弊襲蠹,兵實得止四五錢,糊口之不足,安望敵愾。其出汛哨船工料原估八十兩,并衛所貼駕,一船額價共一百二十兩,朘削之餘,僅得四五十兩,成造板薄釘稀,遇風輒壞,故汛兵雖殺之不敢出海,汛期止躲藏内港,海寇猖獗無忌爲此。此二弊不盡在□流所當釐革而未可驟繩者也。

閩地依山阻海,可耕之地少,民倚海爲生活。自嘉靖末年許給引販洋,民獲其利,官收其税,海鮮嘯聚,兵得宿飽,真稱兩便。適因紅夷海寇難作,接濟爲奸,當事者懲羹吹薤,一概禁絶,窮民衣食路斷,盗乃益多。似宜照舊開禁爲便,向敝鄉何司空言之詳矣。

鄭芝龍兄弟雖出身緑林,然効順心赤,勦戰敢死,熊心開公祖既用以殄海寇,又用以讐山寇,真堪稱赳赳干城。近日朝廷亦已叙賚實授矣。宜令統所部駐劄漳南,以防流突,未可慮大壚酒酸而令夜扃無守也,只在恩威並用,鼓舞駕馭之耳。

紅夷貪利兇狡,閩中受其荼毒最慘。向日費司帑十七餘萬,民間膏血爲罄。頃者鄭芝龍殄劇盗李魁奇等,倚紅夷爲外距,因稍與互市,後遂潛入内港,間至城堡,與奸民往來貿易,恐將來爲患不少,似宜令所司嚴禁。第此夷貪漢物,絶之又恐生他釁,或官給數引,於臺灣近洋互市,以示羈縻,亦是權宜,然終不如發引於彼本國咬𠺕吧爲市,其地去閩數千里,尤爲長計也。

以上數事於桑梓頗關切,便中輒敢饒舌,統希台裁。至若有司之貪婪,豪强之兼并,間亦有之,想大府一開,自當望風省改,無俟置喙矣。榮上何日,更祈夙駕,以慰顒顒,幸甚。諸容嗣申。

與鄒匪石開府

頃報代人回,附奉尺牘,想當蚤徹也。兹又捧讀手教并疏揭,具占綢繆苦心,經略妙筭,振歷來之積玩,抒自治之壯猷。敝閩何幸而得此保障長城也!

正軍法、禮健將二事,正與臨淮之誅用濟、景略之撫鄧羌,古今相符,此後誰敢不僇力効命者。至於復寨游防汛、留衛軍貼駕、大治戰艦、補足額兵,種種石畫,並是實心實事,只復其所本有,非創其所本無也。國初用衛所之軍,便足制變禦侮,後因其脆弱不堪,遂聽其虚冒而盡棄之,此所謂因噎廢食也。來教欲選擇其壯健者以充戎行,最爲本論。蓋選有糧之衛所尤易於練無餉之鄉兵,然鄉兵亦自可練,只在道府設誠善行之耳。董任子受熊心開公祖特知,今有舘頭敗衄,可謂上負知己,下隤家聲。聞其平日舉動多弗馴,不可聽其再誤也。

大疏已得温旨,委任責成,德意良厚。獨惜貼駕一事猶未允行。大疏未上時不肖適在注籍,惟與吴青門相公言之,托其轉達諸政地。吴相公言向在棘闈曾與台臺有傾蓋好,甚見推轂,然竟不能轉移貼駕事,則信乎任事之難也。不肖潦倒迂疎,不諳時局,加以多病纏綿,歸心勃勃不可禁。六疏乞休,計必得請。倘歸而未填溝壑,即負朝廷深恩,或少佐桑梓末議,猶不虚此奄𡡉殘息也。病中率爾附布,餘具前書中,統俟晤悉。

與徐若谷南少司寇

撫賞一案,諸公身在事中者甚多,皆晏然在列,一無所礙。台丈建牙上谷時,因年例不發,以撫賞借支,銷筭甚明,此何礙於考成大典,而次且不前乎?甚無謂也。止或尼之,誠不知其何意,矧是維桑懿戚,同患難之人乎?張、陳、蕭、朱不意復見今日也。此公今已負重譴去矣,可不必言。台丈碩德勁操,爲時山斗,且年力方盛,豈容久滯丘園?此時公道猶在若明若晦間,雖諱言門户而異同之見彌堅,賢人得輿,其在雪消晛見之日乎?願言珍重自愛。

不肖性行乖崖,老不解事,信心矢口,久爲時局所猜。且衰病纏綿,不去懼有後悔,六疏乞歸,冀必得請,未知會晤更何爲期也,念此慽然。貴同年簡君與台丈同事,交代文册收支甚明,到部一查當自了了,何足爲累?衹是費一番往還耳。率此附布,并復,臨楮瞻馳。

與鄒匪石撫臺

敝居在晉江之安海，距府城六十餘里，生聚萬家，孤城斗懸，向頗有殷實聲，爲奸人所垂涎，嘉靖年間受禍最慘。萬曆丙午始因撫按奏請得旨，以泉州別駕駐鎮其地，特欽降關防，許其四十里内晉、南、同三邑民詞得受理之，蓋爲彈壓保障計耳。聞近日泉郡樊府公欲撤去安海鎮舘，不許別駕駐劄，是廢欽命而棄安平也。方今海氛匪茹，一旦緩急，誰可控訴？幸亟檄葉別駕即時移駐，以防不虞而固城守。既可保安海之生靈，亦可壯泉郡之藩蔽，其造福地方功德非淺鮮矣。便中并及，萬祈垂神。

與張華東司空

老丈碩德宿望，粹學弘猷。間者司空之推，允協師錫；明綸之涣，眷自聖衷。豈生平相知能阿其所好哉！何嫌何疑而有次且盤桓之意乎？辭疏已奉温旨，即宜趣裝啓行，以慰朝端喁仰。方今中外多故，宵旰殷憂，防禦繕修諸事宜俱將作攸賴，真心真品，如老丈正當爲國家肩此重任，弘濟時艱。若近日統均之席，朝論亦多歸心，然以桃李方在首揆，稍緩此一着，未爲不可，而邦土職掌，則又不相侔矣。貴鄉寇患近已漸紓，法紀一申，勝負立剖，所謂原不在邊境而在朝廷，非虚語也。顧困獸負嵎，將來猶未可知，且看結局何如耳。

不肖老而且病，動與時違，惟有止足當知，更無榮華可戀，乞休已經六疏，首揆公鑒其苦情，幸已見許，竟未蒙聖上允放，不得不勉出支吾，俟明春再申前請，或天假之緣，得於燕邸中一叙四十年契闊，猶不虚此遲遲吾行也。延竚，延竚。率爾附布欵悰，諸俟晤悉。

復周日臺學使

恭惟台臺聖世珪璋，明時山斗。學傳洙、泗、濂、洛正派，何論北方莫先；文與左、馬、班、揚齊驅，寧惟楚材獨擅。握蘭久馳乎漢署，秉鐸幸借乎閩方。目擊而道存，俄頃三年士習，幾還鄒魯；標立而景赴，依稀八郡文體，欲睹噩渾。高第獨最承明，光贊棫樸菁莪之雅化；新綸即開大府，永綏經文緯武之芳猷。

不佞某欣炙儀型，過蒙盻睞。昔歲三山來往，幸承式玉式金；今兹一壑棲遲，未遂亦趨亦步。忽枉德音之下賁，恍如道範之親臨。一札瑶章，泌衡可勝焜燿；百朋珍貺，蓬篳頓覺充盈。循省何堪，銘鏤增蹈。率爾附謝，不盡願言。

與葉臺山相公

某頃歲冒昧出山，毫無建樹，更以懶拙招尤，機鋒駭發，幸藉台庇，得蒙恩予告，不至披猖末路。覆翼洪慈，終身靡有諼也。乃亡何而一代元老亦且暫賜休沐，使人疑于摩天鴻翮與腹背微毛同置，蒼生咸爲觖望，何論桑梓嘆失依歸哉！

某自還山以來，屏居一壑，耳目無所見聞，兼以腸風委頓，展轉床簣間，生趣幾盡，至今未能通一介候起居，而老夫人瑶池長往，亦復缺焉吊唁。近偶閲邸報，始知之，疎散之辜，真無地自容，然猶冀台慈亮其心之無敢後至也。兹宿病暫甦，强起肅布荒函，恭候萬福，兼致絮炙于老夫人几筵，伏祈太上達觀，順時珍攝，蚤應輪召，答中外喁喁。臨楮不任瞻切之至。

復張乃蒿侍御

僕某支離朽質，薖軸餘生，泉石久著膏肓，纓緌詎入夢想。不意聖朝過存簪履，偶爾徵詔，誤迨泌衡，雖冗散具員，何足軒輊人事，而衰庸逾分，實懼忝叨天恩，方當懇乞初衣，敢致披猖末路。

台臺八閩正氣，一代偉人。心存體國奉公，夙推西臺之領袖；言歸正直忠厚，允稱聖世之鳳麟。竚看激揚，暫賜休沐。廟堂正資讜論，未許戀晝繡之榮；海寓行借貞風，即應奉鋒車之召。烟霞寧容穩卧，中外共想丰裁。繇節鉞而登鼎槐，蚤慰蒼生霖雨之望；肅朝著以靖疆埸，式增梓里葭莩之光。附布腹心，用紓契闊，并謝芳訊，不盡感悰。

又

不佞駑朽原非適用，乖崖更鮮通方。海上一丘，久甘没齒；留都半載，即返初衣。種種不堪，亦既見於前事矣。徵命之來，實出意外。雖主恩高厚難報，而臣誼止足當知。蓋審己量能，庶幾不辱朝命，或亦報知己之萬分一也。兄臺鼎望隆重，道候亨佳。正宜乘此昌時，努力建樹。久滯家食，胡爲乎？方今朋比晛消，皇風肅穆。貪氛霆掃，世路清夷。真鼎革盛際，然元氣不可不護，國體不可不存，所謂得尚中行，方能永保泰道耳。發大建白，維此世界，非台臺之任誰任？

不佞衰朽固不能出，即出而散署碌碌，將何施乎？敬謝大教。賀儀概不敢承，盛命遠來，謹拜登徽墨一色，以志明德，餘完璧，感感。不盡。

與顧鄰初少宰

頃備員留都，雖未能面領大教，而聞問相及，差慰廿載闊懷。解組歸來，又復天涯懸隔矣。行時多荷繾綣，寵以佳章，張之堂皇，大爲泌衡生色。今春又得明立舍弟寄來所賜大序、佳集，神藻陸離，凌駒千古，且以兹琬琰導彼粃糠，極感錫朋之愛，無如買櫝之慙何耳。想邇來道體亨嘉，天爲世道而生名碩，定有神靈爲之呵護，竟厥隆施，何小小陰陽之能患？願言益加珍攝，以迓黄扉簡綸，不勝遥竚。

僕衰遲餘息，止足自知。邇乃復有宫詹之命，雖廟廊未替簪履，而泉石已入膏肓，老矣無復能預人事，竟當懇乞初衣，庶不至以末路羞知己耳。林宗伯行，肅此附布，并謝。戔戔引意，統在鑒涵爲榮。臨楮無限瞻切。

與朱如容開府

伏以肅紀中臺，福曜初臨於一路；貞風獨座，祥雲徼蔭於萬間。澤流下車，歡騰在澗。

恭惟老公祖臺下，宇宙間氣，經緯全能。蚤敷嶺海之春，神羊絢彩；旋珥掖垣之筆，瑞鳳矢音。言言憂國愛君，一心惟社稷以爲悦；事事披肝瀝膽，九折經砥柱而不廻。迨晉冏司，益隆公望。惟廟廊加惠乎裔土，斯牙纛克借乎名賢。内順外威，方見折衝於樽俎；天清海晏，竚看紀績於旂常。八郡誰不傾心，百城於焉象德。

僕某盤桓薖軸，偃息泌衡。山斗長懸，久切江漢朝宗之想；雨露躬被，幸遂草木向陽之思。遥睇大府之新開，深慰二天之厚芘。虔將燕賀，翹企龍光。謹啓。

又

索居潦倒，世事闊疎，至於傾注龍門，則千里猶如面命也。間者宸衷簡在，師錫攸同，不腆敝閩，幸得徼芘牙纛。向也徒勞瘝懨，今得覆露親承，抑何幸甚如之。欣聞熊軾乍臨，行看鯨波息警。靖烽烟於日域，登黎庶於春臺，在此日也。棲遅海鄉，肅此代布，臨楮無限瞻切。

復陸太和侍御

托契末十九載，雖萍梗參差，然嚶鳴一念，固無日不相往來也。

恭惟兄臺八使芳標，三吴名碩。臺端建白，允稱浴日補天；方内激揚，到處風貞紀肅。黔中昔日之擘畫安攘，大禆廟謨；楚事此時之提衡調劑，更徵國手。方今疆埸多故，吏窳民窮。西南釁孽未銷，時事寧知所税。奠三楚以奠寓内，廟社實式憑之，異月牙纛棘槐，寧足爲兄臺道哉！翹企，翹企。

不肖質既駑朽，性復乖崖。閩海棲遅多年，已甘薖軸；留京典禮半載，旋錮烟霞。種種不堪，亦已見于前事矣。聖政維新，徵書濫被，主恩高厚罔極，臣誼止足自知。惟當懇乞初衣，寧敢披猖末路哉！遠承翰貺，極感注存。肅此附布闊悰，并謝。臨楮不盡。

又

世事變遷，人情羹沸。天祚明德，或有默啓聖衷之時，然元氣所傷，已多殄瘁,伊誰實受,恐今日蒿目不獨在邊境跳梁而已。繡斧時在廵方,乃心王室,將何所施其維持匡救乎?至若澄清三楚,貞肅一方,調甘苦於内封,施纓冠於鄰省,此自高賢經濟能事,鄙人何所効其蒭蕘乎?

衰朽餘生,叨冒非望。昔時既悔小草,今日寧堪褰裳,知己應亮其區區微尚也。握晤未期,努力加愛。

與何匪莪少司徒

憶昔與翁丈同硯席,同袍籍,同在朝,同歸隱,已復同出山,同還山,冷眼世事,真如蕉鹿,正可付之一噱耳。間者鼎革方新,弓旌屢下,以弟某之潦倒無似,誤辱召綸,距意想所及。第秕糠已先簸揚,鐘鼎定應登廟。翁丈宜勅舍人治裝,方當大展經濟,爲昔日同事生色,幸甚。如弟則惟有自知止足,懇乞初衣,無敢冒叨,以忝知己也。

損辱芳訊,重以扇頭佳詠,諷誦再三,感惕何已。率爾附謝,外有聞命、書懷二首,情見乎詞,敬録上請正。未能報瓊,容有俟也。不備。

復張二水宫詹

蒲柳蚤衰,崦嵫行邁。感居諸之不俟,媿建樹之無聞。潦倒逐年增,每拊髀而興慨;精神隨日減,祇顧景以自憐。叨朝命之温敦,知觸藩何由遂;荷天恩之鄭重,思望闕未有期。夙知暮成,正藉大雅,幸耳提面命;散材雌甲,敢勞多情,爲祝壽祈年。華札遥臨,已深踧踖;珍貺寵錫,更甚慙惶。肅布謝悰,不盡感臆。

復阮圓海太常

積想芳標,未承面命;長懷瞻遡,每廑寢興。頃因葉宫允便鴻,一布向往,乃煩勞寵答,叙致拳勤。虚往實歸,載欣載恧矣。

台臺九苞鳳彩,一世龍門。忠讜懋著於省闥,猷望夙騰於槐鼎。清卿暫借,大府方開。乃朝野之拭目正殷,而騄駬之啓途尚杳。恭聞太夫人燕喜甚適,正宜移孝作忠,匡國寧親謂何,而戀戀子舍乎?

僕某支離朽質,邁軸餘生。泉石久着膏肓,纓綏詎入夢想。不意聖朝過存簪履,偶爾除書誤逮泌衡。雖冗散具員,何足軒輊人事;而衰庸逾分,實懼忝叨天恩。方當懇乞初衣,敢致披猖末路。來教屬望過厚,恐無以副心期矣。復因便羽,一布腹心,不盡神往。

與何匪莪司徒

奉違台候,忽覺歷夏徂秋矣。記行時親勞玉趾,送我郊坰,惜别依依,此情無日不厪寤愾也。

翁丈品望崇峻,寓内無不仰爲景星慶雲,祥麟威鳳。乃東山久卧,至今猶滯蒲輪,弟間詢之相知,云或以吉水葛藤故。夫吉水亦何負國家,時論如此,真所謂譊譊詉詉,亦孔之哀矣。第此時局面何常,往往朝變夕更,翻雲覆雨,翁丈第珍重以俟,論定徵起,當非遥也。

弟去國二十載,此來如隔世人,碌碌風塵,新貴滿眼,出入無可與語者。朝參外絶無一事,直長安道上老窮措大耳。又嬾散日久,驟習官儀,勞暑交侵,血痢發劇,注籍伏枕者月餘,幾無生趣。稍俟秋深,便乞初衣以去,他無所敢覬矣。弱女忝得字尊門,嘉耦自幸,不謂行至德州,種痘夭殤,命短福薄,其若之何?翁丈想同此痛悼也。便中不敢不告,原采敬奉璧。草次無悰,嗚咽而已。

與魏道沖相公

恭惟閣下忠誠可質,神明正直,爲時砥柱,既已弼成中興之業,旋爲見幾勇退之圖,真以道事君之上臣,而中行得尚之極軌也。惟是時事孔亟,聖眷方隆,時止時行,光明總歸易道;或潛或躍,出處原爲蒼生。願言促裝,竚需召命,首膺元宰,大展經綸。

僕某垂老出山,負媿小草。祇緣聖恩之高厚未報,且念生平之知己莫酬。兩疏笑人,深恐披猖於末路;鮑子知我,尚祈指示於迷途。肅布感悰,兼陳謝悃。

臨楮無限瞻馳之至。

又

去歲秋仲因賫辭疏人行，肅貢一言恭候，兼述感激私衷。比至京，而台駕已先出春明矣。鬱積莫伸，至今惘惘。自惟才疎年朽，本無意出山，乃長安一二寄聲謂邇來功令孔赫，切莫多辭盤桓，以干嚴譴。用是不得不黽勉趨命，乃於二月十八日啓路，至五月初五日入都門。去國二十載，忽復逐隊班行，往事真如夢寐，舊遊總似晨星。肝膽一腔，向誰輸寫？風塵碌碌，况味可知。望昌樂猶隔數舍，安能縮地一抒積抱哉！此中輿論，無不咨嗟閣下之去，而翹企復來。謂内安外攘，培國脉，護元氣，須是閣下秉成之日，庶幾復見蕩平正直之風。鋒車特召，計在蚤晚。僕尚需遲散署以樂觀太平，不則亦乞初衣以去矣。

敬此復布腹心，并去秋荒函並塵台覽，亦見區區一念也。

復錢機山南少宰

違闊十七載，僅得留都數月之聚，促膝譚心，差慰積悰。此來幾得長安握手，稍續夙遊，不謂復有南北參商之嘆也。

閣下經濟名儒，鼎槐峻望。啓沃功高旃厦，夢卜久叶綸扉。海内方以未即宣麻爲缺事，乃復自北乞南，恬雅風尚，信乎非夷所思。然廟堂懲前毖後，思得真品宿望，以宏濟時艱，即日定首應爰立大典，鋒車蚤晚入春明矣。

僕垂老出山，深媿小草，直爲受恩隆重，畏此簡書，不謂潦倒多年，弗堪勞頓，兩月來腸風發劇，氣息奄奄，乃知廣、受真吾師也。方擬蚤乞初衣，庶幾息黥補劓。恐鵷鷺序中無復能追隨履綦，衹自恨福緣淺薄耳。遠辱芳訊，極感注存。病次率爾布悰，并謝。臨楮無限依依。

復來路然南宗伯

闊别二十載，兹來冀得握手長安，一抒積愫，不謂尚有南北參商之嘆也。留都地重豐鎬，宗伯任隆夷夔，不肖嚮以匪才叨忝，瘝曠實多，閣下珪璋粹品，經濟宏猷，一躋寅清之堂，立睹敦庸之效。南國道德風俗，庶幾翕然一新，不佞亦且知蓋愆所矣。惟是揆地需人，宣麻在邇，鼎望如閣下，定當首膺簡命，入贊綸扉，即欲久借周南，寧可得哉？

不肖此番出山，甚非得已，蓋爲功令孔嚴，散署或可藏拙，不謂勞暑交侵，腸風發劇，生趣奄奄欲盡，乃知叔夜之七不堪良非虚語，無論嚮者南中跋疐而已。方擬杜門乞身，未知鋒車入春明時，猶能追隨步履否耳。遠接芳訊，深感注存，病次率爾布悰，并謝。不盡依依。

復王任吾制府

僕某薖軸餘生，冒叨散署，何敢哆口言天下事。惟是欽奉明旨，廟社安危攸關，竊敢隨諸公効千慮一得，幸聖主獨斷于上，亦復過採蒭蕘，勑分任而勉和衷，真明見萬里矣。

伏讀大疏及華札，具諗純忠體國，畢力奉公。所云是非相濟爲和，隨聲附和非和，以分任之名行共濟之實，尤爲鴻猷石畫，且超超廉、藺、寇、賈上矣。竊以此知奴賊不足平，策勳飲至非遠也。語云："寧我容人，毋人容我。"自古成大事、建大功，率從開誠布公天空海闊中來。以翁臺掀揭駿望，而能永念降挹，休休無所不容，斯爲豪傑而聖賢者矣。不佞惟有詠穆如以頌盛德而已。至如覈餉、練兵、審勢、料敵，此自翁臺尊俎餘事，復何言哉。

肅此奉復，外拙刻二册，奉塵台覽。

河干集卷七

誌　　銘

明故資政大夫正治上卿禮部尚書贈太子少保諡文恭履菴萬公墓誌銘代。

萬曆丙戌某月某干支，致仕禮部尚書宜興萬公卒于家。有司以聞，詔所司議贈謚，得贈太子少保，謚文恭，賜祭葬如令甲。公子春等將以某年某月奉公歸某阡，而以同邑侍郎徐君所爲狀來乞銘。不佞故嘗以鄉先輩事公，春風靈雨，噓潤實多，誼無所辭。

按狀：公諱士和，字思節。先爲鳳陽人，至六世祖勝徙宜興。勝生壽，壽生雄，雄生政，政生璵，璵生吉。吉爲桐廬訓導，配李氏，實生公，以公貴得贈祖、父皆禮部侍郎，祖、妣皆淑人。

公生五歲能誦詩，比就外傅，受《小學》，輒能身踐之。弱冠補博士，舉嘉靖庚子鄉試，明年成進士，選讀中秘書。閣試數最，例得史職，以不謁分宜相，解館僅授儀制司主事。丙午丁外艱，服除，補祠祭，以母老乞南，遷南職方員外。迎養未幾，淑人以疾還，公念之甚，會有使事可取道歸省者，公不少待，曰："吾不忍以官置吾親。"即棄歸，所司追以使事屬公，乃得侍淑人終。既免喪，補南車駕，調儀制，出爲江西僉事，是時登第已十五六年，諸同館多遷爲大吏，公獨滯南都，逗留郎署間，處之澹如。尋晉副使，督學貴州。

貴俗夷獠相錯，民挾兵弩出入，即諸生無暇談説詩書。公勸率多方，俗爲之化。己未遷湖廣參政，治苗。先是治苗使者頗以禽獸役屬之，好任用一切。公獨結以恩信，出於至誠，由是苗民用命，聽撫者二十八寨。是時三殿大工方興，採木使者冠蓋相望，驛道騷然。公曲爲調停，辰、沅間賴以休息。辛酉，拜江西按察使。分宜既有前郄，見公屢調，且按察其鄉，意殊不懌，於是某給事揣指捏他過劾公，公趣歸不置辨。撫臣爲白於朝，會分宜敗，乃復以原官起家山東。踰年擢江西右布政使。乙丑，轉廣東左。故事，藩政總之左使，右惟拱手受成事。公謂方伯重任，縣官設左右以提衡之，安所取伴食坐嘯乎？乃約分日治事，於賦政多所釐革。廣民輸輓内帑，歲累不貲，公乃稍徵運費，令計吏領之，民大稱便。丙寅，遷應天府尹，未任，擢副都御史，督南都餉。

時去振武之變未遠，公懲宿弊，條上嚴考課、議本折、省遠倉、處水兑、減贖鍰、專委任等便宜六事，行之。而計解費額，勒石漕次，豪猾不得爲奸，徵輸以時，軍儲充。轉户部總督倉場右侍郎，其設施大致如南都時。尋改禮部左。會華亭罷相，相新鄭，公意有所不可，即上疏引疾。疏四上，乃得歸。公歸而望益重，與雲間陸公以碩德頡頏，每部使者有所推轂，未嘗不首稱兩公云。今天子即位，陸公起爲大宗伯，詔起公南少宗伯，攝成均，務以誠厚化人，即有不帥教，終無所譙讓，士亦不忍負之。

癸酉，陸公致大宗伯去，江陵則請以公代爲大宗伯，欲以收輿望。公因陸公去，頗測江陵所嚮，殊不欲就，疏辭者再，不得請，乃以甲戌六月抵京。江陵既會公，頗知公不可狎，殊咈然，猶謬爲引重。公任典禮，見民間服用奓靡，首以崇儉約、端風化爲務。宗室諸請，必按籍以時關白，事無留行，賄蠹剷落。時灾祲踵報，公奏杜倖門、容戇直、汰冗員、抑干請以圖修弭，語多時忌。適儀郎缺，江陵用其所知，自他部來代。未幾祠郎稱疾，故事，儀郎當代，祠郎以次補之，江陵意祠郎望己，欲甘心焉。公爲力言無他。會有詐郎印牒爲奸利者，事覺，主者欲坐郎，公復爲辨，事雖寢，然江陵以此益嗛公。朱成國者，故於公有連，因江陵欲進封，且得旨，公力争，謂非高皇帝約，議遂格。大璫昵方士，爲謀得官，江陵主之，公復持不可，於是銜公者益衆。乙亥，江陵怒給事中余懋學指摘時政，矯旨褫其職，然頗以公論爲憂。一日從容語公，冀公從臾之。公正言無所阿，江陵色變，恚益甚。公自知不容於時，即謝病，而承望風指者遂劾公衰懦，公亦力乞罷，得賜乘傳歸。是時江陵方粉餙太平,强幹自任,諸賢多爲之用,惟公逆知其終,鴻飛冥冥,厥識遠矣。

公歸,聞一善政及一善人進輒喜,至聞政事闕失、宵人用事,當食未嘗不廢箸也。得忠諫疏,必焚香盥手讀之。久之,柄相倖璫相繼敗,嘉與天下更始,徵車所賁,羔鴈成群,於是復起公南禮部,而公以老懇乞骸骨。疏再上,天子重違其意,特加資政大夫、正治上卿,以優寵老臣,用羽儀於世云。又若年而公卒。

嗚呼!不佞蓋觀公行事殆斤斤質行君子也。始公自少時則已從荆川先生游。先生爲世名儒,日與四方聞人談説理學甚晰,公獨稱學不在多言,惟當反求其過,應時定改,便爲學者第一義,徒騖玄虚無益也。以故凡公所爲學,未嘗標揭門户,而禔躬應物,卒澤於道德。立朝不欲皦皦爲名,而義利所關,操持凜然。居官奉法守職,所在無赫赫稱,然去思遺愛,至數十年而勿絶。其在鄉里不隨俗浮湛,煦沫悦衆,而聞風飲和者依之若慈母。詩文惟取叙事寫性靈,不事雕餙,而大足感人,斯亦可謂善學荆川者矣。

内行甚脩,居二尊人喪,三年不入内。伯兄司勳以毁没,公喪之極哀。爲卿貳歸,年已及耆,事叔父莊甚,不命之坐不敢坐。貴廣故饒丹青、犀象、珠璣、瑇瑁、異香之玩,公宦其地,歸無長物。茹淡服疏,或終年不製衣,非賓祭不擊鮮。至族戚交遊,緩急丐貸,未嘗以乏爲解。嘗建大宗祠,割上腴田無所恡。少子曾之妻之母死,以田二頃遺女,公誡曾毋受田。嘗有德於貴陽土酋,夜以千金餽公,公恚曰:"乃公豈受暮夜金者,且曩豈爲受金地耶?"視江右篆,積羡至五百餘,代者謾自好密以遺公,公謝却之。在辰沅,水陸廩既悉從裁去。公生平以踐履爲實學,大都似此。與人交和易肫至,口不道人過失,而是非可否之際斬如。始抑于分宜,中擠于新鄭,終齕于江陵,難進易退,未嘗偶合。華亭合矣,及其求解相位,大臣各疏留,公獨否,彼蓋則義度人,豈隨風靡靡者哉?

生某年日月,距卒得年七十一。病革時有星墜屋東北。配張氏,有内德,能成公志,累封夫人。子五:長春,以公任南京後府經歷;次習,太學生;次會;次智,太學生;次曾,邑庠生。四子張夫人出,智側室史出。女二:長適尚寶少卿唐君鶴徵，即荆川先生子也；次適乙酉舉人吴秉忠，爲監察御史吴君達可子。孫男七，孫女十四，其婚配皆名家，狀備矣。銘曰：

謂公嶽嶽，含醇抱璞，不競于俗。謂公抑抑，光明正直，爲經于國。公儒匪名，先民是程，展也大成。公學無門，履道循循，倫常是尊。三揖而進，其進以正，貞而不磷。一辭而退，其退若蜕，廉亦不劌。孰令公庸，孰齕公終，與道污隆。帝眷不遲，顯號昭垂，格爾令儀。峩峩大阡，佳氣鬱焉，營之自天。曰維宗伯藏，厥神尚羊，厥道大光。

明故文林郎廣東道監察御史慎菴沈君墓誌銘

甲辰夏，侍御沈君奉命按粤西，别余行，無幾報君至錫山長畢矣。繡衣未還，素旐空引。都亭甫埋，北邙遽即。嗟乎！沈君乃至是乎！余與君誼重然明，知深惠子，刺心雨泣，亦何中言。君葬有日矣，其孤承源走三千里乞宫允陳公之狀，請余任隧中之石。追感生平，藉手惇史，是余心也。

按狀：君諱裕，字以寧，先世爲常熟人。宋熙寧間進士權以鹽鐵使謫勾餘，因家焉。入明而顯者，洪武乙丑進士志遠，官御史。數傳至處正，家殖甚富。處正生瓊，瓊生洋，並以業儒不就減父訾。洋子三，季問，號雨池，是爲贈公，君父也。母曰方孺人。贈公食窶彌甚，既舉君，覩其卓穎可念，撫而喜曰：“是將大吾門乎？”躬授之經。比長文業日進，游益廣，往來苕霅間，占籍武康，補諸生，受廪餼。壬午舉于鄉。壬辰成進士，實出余門。癸巳，謁選得豫章之崇仁。

崇故巖邑難治，前令多以不任去。君精心爲理，加之以光明。邑賦龐雜，民莫能知要領，里胥因緣爲奸，征求無藝，君始刻爲長單，賦入者指掌較如，宿蠹頓滌，民乃樂輸。俗貧而好訟，村落間常苦追呼，君乃申飭鄉約保甲，令狡猾者不得譸張敗群，有訟者第令兩造自相勾攝，至則披誠與相開諭，間或摘發隱伏，聞者驚詫輸心，無敢復飾詞，君第罪當坐者，而逭其株累，毋概爲贖。又節省郵傳供億，令纔足，用甦疲困。君善政種種，大氏歸於惻怛愛利，不朞年崇以大治。主爵者高其能，調吉水。崇父老争走白臺，曰：“何遽奪吾天？”冀得還君于崇。

臺重吉而又不忍于崇，則聽留崇三月而後去。去之日，士民擁輿不得前，因爲生祠祠君，而董司寇爲之記。

君至吉，適歲大侵，所以賑卹煦休之者無不至。大農責積逋甚急，君曰："令以茈民，民實無歲而忍悉索敝賦又埤益之乎？令無狀，敢不爲單赤請命。"于是衷徵應之額而緩急之，令民得自輸，無佗奇羨，民大悦争輸，賦亦及格。會學宫圮，諸生請更建，君曰："以歲之不易，經費實難。然治道以建學作人爲首，且舉役以食貧民，亦可昉捄荒一畫。"乃捐俸勸分，悉心經理，踰年于事而竣，人忘其興。蓋君在吉所爲善政，略約如崇而加久，民安業，士安雅，胥史安法，諸臺使課吏豫章，以爲莫能佹勝之，尉薦無慮數十上。己亥春，用異等徵吉士，民所以留君祠君者亦視崇有加，詳在曾少保碑記中。

君赴徵，久之，部院推擇爲廣東道御史，二年而始得俞旨，又一年而始爲真。君感激自許毋負此官，拜命未幾，輒發憤指畫國家大計摩切流失。如疏黄河涸非小變，宜痛修省。奸人比而倡採木勾夷之説，開釁梯禍，不宜聽熒。税璫詆誣按臣，虐死天子之大令，武弁修郄擊傷二千石至犯上亡等，此而不懲，非所以習天下。滇南寶井不宜開，慮啓戎心，以長寇讐。他如條議江南白粮絹折，民苦不堪，宜以漕艘領白粮，織造領絹折；與夫請釋詔獄，請補撫臣，請節財用，皆便計正論，雖有行有格，而中外稱沈君偘然真御史矣。已而有廵按粤西之命，君攬轡戒途，適妖書之事起，上震怒切責群臣，期會必得諸御史，當行者俱留治獄。是時罪人雖有狀而未即輸服，間有告訐蔓引者，輒付獄，獄益急，株連益衆，長安中絫足脅息，人人自危。上又令府部、法司、臺省諸臣以及緹騎之長，並鞫廣廷中，而特遣大中涓出刺其事，更數日莫能定。或謂宜且議獄緩死，君獨計事不蚤決且毒液無已，時比再訊，乃挺身離次，抗聲叱罪人曰："爾修怨造孽，前後踪跡皆有驗，何復展轉冀脱死耶？無益，徒自楚耳。"乃袖中出奏草以示諸公曰："諸公不蚤決者，裕請得自讞之，設有不當，裕也任其咎。"同事者皆心折，謂沈君能爲官家決疑分憂，我輩獨可後乎？乃以次署名具奏。中涓入白其狀，上於是竟誅罪人而貸其蔓引者，株連之禍息，一時長安中咸謂沈侍御平日温温長者，臨大事氣決乃爾。孔子稱仁者有勇，然哉，然哉！君亦益發舒自喜，謂從兹擔荷天下事，亦當如此矣。遂行，至維揚而病，病七日竟卒。嗚呼，惜哉！

君樂易爽朗，與人交洞見衷愫，雖邂逅傾蓋，亦樂爲輸寫。師友篤誼，可敝金石。游揚士類，不避寒暑。恕己而諒人，厚德而寡怨。聞人過失，口不忍道，人或有緩急，必曲爲周旋。吉故令李之孫落魄不能歸，四十無室，君厚賙之，又擇良家女使委禽焉。簿于某以負責侵公税自拘于獄，君不以聞上官，曰："吾幸可爲若地。若積俸漸還，無苦也。"其施德無厭皆此類。迹君風裁自將，而處衷隱厚乃爾，斯爲難矣。

君生嘉靖庚戌十月二十六日，卒萬曆甲辰六月十七日，年五十有五。配姚氏，封孺人。子三：長承源，國子生；次承瀚，邑庠生；次承清。女一。孫男三：梅春，槐春，和春。孫女一。婚配俱名家。墓在上虞縣烏膽山。

史汝良曰：昔雋曼倩斷成方遂之獄，引經慷慨，大將軍深奇之，謂公卿宜用通經術、知大體者。丙少卿治巫蠱，郡邸獄多所全活，及疾革，夏侯勝以爲陰德未酬，非死病也，竟永年胙土。沈君治妖書事，其折盈庭大類雋曼倩，完株累亦近丙少卿，即此一事，足占遠器，乃年位遠不逮，何耶？將意與古人同耶異耶？然使君尊膴壽考，終其身無建樹，奄奄如泉下人者，君亦不與易矣。銘曰：

爲令而家户尸祝兮，居臺而丰采嶷嶽兮，胡不女禄兮？雖不女禄，名鬱郁兮，餘潤滲漉方昌厥族兮。吁嗟，是亦柱下史之縠兮！

明奉政大夫同知廣信府事進階朝列大夫印洲王公墓誌銘

萬曆癸巳九月十一日，故奉政大夫、同知廣信府事印洲王公捐館舍。時余適以奉使過里，其子廷麟娶於黄，爲余女弟，一日手公行狀造余請曰："先大夫已矣，廷麟無可爲報矣，惟兹窀穸有期，若舅氏賜之一言，猶庶幾藉手乎？"始王公與余先大夫衢州公同鄉薦，又重以姻婭，王公年稍後而其父仙泉公數從先大父遊，爲耆英祭酒。惟王公亦不時至，汝良曩侍先大父，間習王公遺事爲詳，能述王公者宜無如不佞。

按狀：公諱時拱，字曰臣，别號印洲，先爲河南光州人。始祖君安贅於同安之浯洲林氏，因姓林，至公始復爲王。君安四傳生杲，杲生慶玹，是爲仙泉公，樸茂君子也，娶林，生二子，長即公。公生而聰穎，十歲能屬文，十二試有司，郡守俞蒲山公奇之，自是益下帷發憤，其師友皆知名士。庚子，遂以儒士領鄉書，是時年甫十九云。公白皙鮮令，標舉絶倫，又英妙擢賢科，一時望之者皆以爲神仙中人，謂將來高第直猶掇之。然前後六上春官不利，既久困公車，嘆曰："吾弱齡發軔，如渥洼汗血，千里一息易耳。乃今連蹇一第，又何難也。難易有時，獨奈二尊人養何？"

丙辰謁選，得杭州别駕。所部儲偫供億，事極米鹽，而豪猾吏巧爲乾没，宿弊蝟集。公至，乃多布耳目以起發弊端，徐爲條教搜剔之，署中清。異時賦入賦長輒先饋主者以爲例，公曰："即如此官自乾没，何以禁下？"痛革之，豪猾吏乃咋舌不敢動，民益喜輸納。已而歷視仁和、富陽、錢塘、海寧諸縣篆，所在皆有政聲。而在富陽節約愛利尤多，去而民相與尸祝之。是時浙東西苦兵，軍儲乏，一日健兒脱巾呶呶道路。公請便宜發帑金以給當食者，當事者讓公，公曰："帑金易集耳，即有他虞，帑金寧足愛耶？"卒白大吏許之，諱伍靖，向讓公者始内愧服公識也。廵撫梅林胡公委公團練鄉兵，公日夜訓督，卒乘服習，課績爲浙倅最。胡公首薦于朝，璽書賜白金。

辛酉，擢同知廣信府事。信閩、浙孔道，游寇時時往來，公職主詰盜，勑扞掫惟謹。適有山東劇賊二十餘輩，皆有主名，將入閩爲亂，詐稱應募，乘夜闌入信城。公廉知其狀，令游徼給食，謾爲好語存慰之，約旦日給牒遣行，而潛教吏掩捕，比曉吏已執送庭中，無一脱者。時礦賊連結倭奴，繇贛内訌信州，攻陷永豐、玉山二縣，且至貴溪。貴溪邑無城隍，民傳警輒鳥獸潰。公視邑篆，乃多方倡率勇敢，守要扼險，設伏置疑，十餘日，邑賴以完。已而援兵至，敵皆殲焉。先是胡公在浙時既已稔公才，至是晉總制，信州屬焉，乃益才公，命公遂城貴溪。公相地度宜，鳩工督役，不三月而城成，邑人至今賴之。功奏，天子爲再賚白金，蓋殊典云。公在信州前後凡五載，當遷，然公素行潔廉，鮮彌縫，絶奥援，卒以此廢。

乙丑守入計，公假守，比守回，已交篆矣。是夜府署火，公仍引爲己責，遂以此罷官。

公夷然解組歸，念浯洲孤懸海上，乃僦居晉江之安海堡。已而更治别業於水頭村，日奉其二尊人婆娑燕喜，蔣逕罕開，陶門常閉。間攜漁童樵青，籜冠葛屨，散步寓目於溪山壠沼之畔，興到時詠長短吟，取意所適，不論工否。倦則濁醪盈觴，嗒然忘其出處。里中市兒罕見其面，見亦不知其爲官人也。郡邑大夫以鄉賓請，輒辭不應，間起一應，意殊不屑，其恬淡并介如此。天資孝友，暮年二尊人各逾大耋，己亦七十老矣，朝夕承歡，未嘗少懈。與二弟篤愛尤摯，既居安海，丙舍腴田在浯洲者即割以畀二弟，仲坳更厚卹其孤。最後爲親治壽域於浯洲之湖邊，而以旁二壙自儗，曰吾百歲後魂魄歸舊丘，依吾親徜徉爲快耳。

史汝良曰：余聞嘉靖之季，爲吏者事故多矣。外困棼紏而内困賄，當此時見才難，見廉尤難。王公再佐劇郡，皆以職辦著稱，志行皭然，其於廉能可謂兼之。以公茂年績學，宜直之無前，而竟靳一第。其行能無害，足自致通顯，而官不過郡丞。退而息機，澹泊寡營，宜長生久視，乃僅僅中壽而止。其於造物抑何約取耶？抑有待耶？然概足述矣。是宜銘。銘曰：

湖邊之原望瀰瀰，外有浩蕩滄溟水。就中鬱蔥護蒿里，是爲王公手所治。生於是兮歸於是，上爲橋兮下爲梓，誰爲銘者黄史氏。

明勅封翰林院檢討徵仕郎五淤鄭公墓誌銘

信州有隱君子焉，曰五淤鄭公。太平蕪湖，公先世之舊也，上饒五里淤今之所聚族也。萬四官人，公始遷之祖，由沙溪務官僑居者也。道同公、福周公，公之曾大父、大父也。封虞部員外黄石公諱寧，公父也。封太宜人婁，公母也。邦祥、履甫，公之諱若字也。邦福、邦祚以及禮祺，公之仲、叔、季也。王氏、鐵氏，皆公配，贈孺人者也。甲午鄉薦，辛未第，讀書中秘，官翰林檢討以偉，公之第五子也，公冢嗣也。受虞部公指以身當户而以福、祚二弟宦學，其稱翰林檢討、徵仕郎，則以子偉貴，荷東宫覃恩封也。其生嘉靖辛卯十二月二十一日，距萬曆戊申五月初十日，爲筭七十有八，公之壽也。以某年月日兆于某山，公之藏也。凡此皆必誌也，而非公之所以誌。蓋檢討君之狀曰：先君子口無異衷，行無乖恕，其生平重自愛，不欲其躬儳焉如不終日，今無以留其身而思不泯其行，毋令逝者再逝，嗚呼，是可悲也！是真不可泯泯也。夫顯而非以顯顯者，其詳必核也。隱而不以隱隱者，其行必述也。

余以甲午典試江右，知檢討君，因得聞封公行最悉。蓋公資性警穎，饒爲讀，以護二弟讀故輟之也。試爲掾堇浹旬而非所樂也，則曰："移我擎拳曲跪者于親，我孝矣。我家督也，奚以案牘溷吾事爲？"遂棄去，一意服勤奉親，以成就諸弟。仲弟福起家辛未進士，筮仕嵩明，敭歷至南太僕少卿。凡舍下貲産監奴皆公爲綜理，以得無他顧。其於諸弟亦然。檢討君鄉薦之歲，適喪太僕公，公啁噍在原，順不爲解。叔弟祚疾，公視之夜五六起。遺孤儀在齔，公撫之婚之教誨之，底於成人，以方第五倫稽延祖云。至家指繁而匜椸無常主者，則又宛然崔、陳家法也。事虞部公、婁宜人致養致毁，伏臘生忌，致誠與哀。撫六子均在桑之愛，居常怡怡而庭訓甚嚴，諸子不直意輒對案不食。尤惡奢靡，子姓一巾履鮮異輒誰讓之。無溽食，無奇餙，安服若性，蓋公之大者，施有政矣。

公與虞部公再膺譽命，里中人既樂虞部公恬厚，至公益好行其德，里中爲之語曰："貴不恣睢，黄石五淤。"公與鄉飲賓席者五，自歌鹿揚觶外，無一語及干謁。惟鄉閭利病，細民疾苦，則不嫌爲當事者娓娓言之。立然諾，洞肺腑，鯁舌不爲貌親，然不以不堪督人，人樂其易也。假人以器，墮失無顔惜。或酗而酌，醒而謝若不聞也。臺史行部按作奸者以簣公錢爲左驗，公掩覆密税之，玆其仁心爲質，直不恣睢已耶。蓋其神情無所罣礙，故老益健王，晚病脾少食，遂至大病。檢討君篤孝，既貴，念公不置，即請急歸，侍居舍歷三温凊，竟得奉公殮含，可謂孝子能終矣。猶嗛嗛於公名弗彰，而以不朽屬余。

余讀史見茅季偉、孟叔達晦德潛脩，何異鄉里鄙樸人，一遇郭林宗，徵其賢於設饌、墮甑間，遂至名昭史册，焜燿至今。此所謂不以顯顯，不以隱隱者也。公質行大類季偉，識趣大類叔達，矧又有檢討君爲之昭融光大，制書褒嘉甚備，亦既無隱不顯矣。即余德媿林宗,無能名公,公寧有待而名者哉!

公元配王,生子以伸,娶徐;以伯,娶葉;以達,蚤夭;以倬,娶劉、娶王、娶徐。繼室鐵生檢討君,娶鐵;以仲,娶周;以仰,娶祝、娶周。孫枝婚配别具行實中,繩繩未艾,得附誌者也。銘曰:

通德遥遥,有耀于信。太僕鵲起,内翰鵬奮。兄斯父斯,孰長守貴。惟公善挹,園戔自賁。爲政于家,作範于里。雲屯雨施,將在太史。有鬱佳城,以妥公魄。祐爾象賢,澤我蒼赤。

淳懿文源劉公暨配恭順徐孺人繼配慈惠王孺人合葬墓誌銘

文源劉公者,余座師沈丘令劉先生之父也。劉先生令沈丘,循良豈弟,爲中州冠,且奉三年最,幾得贈其父母矣。而是時中州歲侵盜起,他縣或中寇,時有欲中劉先生者,爲蜚語以沈丘被圍聞,沈丘實無盜,臺使者屬當報命,已叙先生薦剡中,聞蜚語猝不及督,遂格弗薦。比最上,贈典亦弗及。劉先生不自得,即乞歸。使者素賢劉先生,後又廉知蜚語,慰留甚厚。先生不屑,竟拂衣去。而是時先生已有子成進士,以治行顯矣。歸之二年而汝良移官留都,先生以書來,曰:"吾向者折腰五斗,冀爲吾親徼一命耳。而今已矣,吾能忘吾鷄肋,不能忘吾親身後名也。無已,則墓中之石吾子其爲之誌若銘乎?"汝良自惟闇淺無足辱命,顧獲侍門墻,稔聞先生世德,即不文,亦何敢辭?輒再拜受狀。

按公諱儒,字良才,以子業文,里人號爲文源居士。世淮陰山陽人也。始祖彦廣,當國初時數詣闕陳便宜事,高皇帝異之,蒙恩賚。由彦廣而仲遠,而存樂,而德隆,而琉,是爲茶亭居士,公父也。茶亭公以積著起而本之仁義儉勤,推其贏餘以擁衛族人,里人義之,往往從質曲直。始居約時,粥菓橋市,得遺金,守以待主者。它復多隱德,時人謂其當有陽報云。娶馬氏,繼董氏。馬氏實生公。

公生而惇篤,體貌豐偉,口訥訥而中慧。丱角從鄉先生黄竹溪游,讀書暢大義。竹溪善楷書,公精得其筆法,然困於當户,遂棄去,受賈。於賈廉而有心計,知時觀變，用致奇羡，不屑屑競錐刀。中歲賈益饒，往來吳、越、齊、魯間。嘗渡吕梁，舟子弗戒，舟敗，公挾得舟版，飄二十里不溺，會救至免。遂趣歸，辭於茶亭公曰："兒徼有天幸，幸不死溺，若更往，設有不虞，如大人遺體何？且兒幸有子，能以時督之，所獲與行賈孰多？"自是不復更出，以貲任長子城息之，而專課仲子坤及劉先生學。招致賢師友，館穀務極豐腆。所鍾愛劉先生而督之益力。劉先生學稍進輒喜，或稍儻軼輒加嚴譴，須改乃已。劉先生用能精於其業，卒以戴氏《禮》起家云。

公雖游於賈人，然斤斤晰大體，事父母孝，處宗族鄰里雍雍無所忤。與人絶不爲城府，見則和氣煦然，容可掬也。折節下人，如恐傷之。間有思逞者，竟感公至誠，不忍發，反以好終。性雅，重然諾，輕財利，其馳義如渴。時郡中繇役繁興，族人困踐更，苦不堪命。公竭貲爲擔負率什三在衆，十七在己，曰："此茶亭公雅志也，何可當吾世而失之？"而時撫劉先生兄弟曰："吾所以日夜課若者，非望及身而已，尤望并庇吾宗。葛藟猶能庇其根，若必勉之。"伯父卒無嗣，謹事其妣，善遇其養子。茶亭公故有養子，亦乏嗣，公收恤其遺女如己出，爲擇良耦歸焉。所遺故宅，寧施爲蘭若，身弗有也。處諸姑中表恩禮備至。中表有貸其母錢販海者，亡其貲，中表圖償之，公聞遽爲焚券。自奉甚薄，生平無少年遊俠之好。至事關禮體，則毫無疏略。茶亭公喪葬絞衾、蔞翣之具，必誠必信，未嘗有悔。既卒，宗黨相與誄之曰淳懿，蓋實録也。

配徐孺人，繼配王孺人。徐孺人諱貞潔，本淮陰名族，父德光，母蔣。儀容端淑，女訓甚閑。自髫及笄，外人未嘗窺其笑語。及歸公，事舅茶亭公及姑馬孝謹，克共婦道。滫髓醴酏之屬，非手擇不敢進。後事繼姑董孝謹帥初，若不知其爲繼，即董亦自忘其繼也。先是，茶亭公病劇，適公外出，孺人急走告其父德光，爲延醫診治。茶亭公怯瞑眩，藥不時進，孺人涕泗交頤，鞠跽榻前，嚼請飲之，猶不進，孺人泣，德光以女故亦泣跽請飲，乃飲，疾遂瘥，人謂孝感所致焉。與公伉儷十五年，婉娩順從，未嘗有違。公遠出身爲裝辦，居恒執麻枲治組紃，搆燈熒煌，至丙夜不休。身富家女，婿家亦不貲，然被服麤素，不爲綺麗之飾。自茶亭公及公俱饒酒德，喜賓客，客座常滿，孺人則多備醪醴，盛供具，客來無不極歓以去，以稱其意。遇臧獲有恩，雖甚嗔不以醜詆加之。所産男女五，竟以産多不得壽。

王孺人者亦淮陰著姓也，儀容修偉，有志操。歸時及事茶亭公及姑董，孝謹一如徐孺人。徐孺人所遺丈夫子三俱穉，而劉先生最幼。孺人愛惜保護，恩意懃懇，即己出不啻也。三子以次婚，孺人董之，六禮具整。比三婦入禮之如賓，愛之如己女，與所出子若婦均鳲鳩之視，毫無所軒輊。冢婦、仲婦歿，哭之盡哀。持舅姑喪，饋奠賓客之事，各極意無憾。事公甚莊，而時以女紅佐其經營。凡公之好義樂施，二孺人後先實克相之。公晚歲善病，病滿三載，又冢子城蚤世，迨公歿，家日益落，孺人身總内外，擇紀綱之任，用能具伏臘，有巴婦清風。尤善承公意，教督諸子孫，於諸子孫雖均愛，所注望乃在劉先生，父子蓋慈而能明也。劉先生久次諸生，數頓，孺人悲喜代，仍勤勞交至，劉先生竟以明經試京闈，擢巍科，子一臨亦旋登第，孺人喜而後可知也。劉先生綰符趙城，方圖迎養，而孺人不待矣。家人以二孺人俱有懿德，私謚徐孺人恭順，王孺人慈惠。劉先生遂以爲祔廟之稱焉。

公生以弘治庚申四月十三日，卒以嘉靖壬子四月初二日，壽五十有三。徐孺人生以弘治癸亥六月十四日，卒以嘉靖壬辰九月十二日，年三十。王孺人生以正德甲戌六月初四日，卒以萬曆戊子五月初十日，壽七十有五。子六：長城，蚤夭，娶王氏；次坤，郡庠生，娶萬氏，繼娶朱氏；次即劉先生，諱世光，己卯順天亞魁，授英山教諭，乙酉分校閩闈，汝良實出門下云，擢趙城知縣，丁王孺人艱，復除沈丘，秩滿引年致仕，娶鄉貢士李燧女；徐孺人出；次塏，蚤卒，娶鞏氏；次堣，娶朱氏；次堦，娶董氏、周氏；皆王孺人出。女一，蚤夭，徐孺人出。孫男十三，城出者一經，娶胡氏；坤出者一言，娶賈氏；劉先生出者一臨，己丑進士，授常山知縣，以賢調長興，娶光禄寺署丞高第女；一鑒，太學生，娶太學生張稷女；一炤，邑庠生，娶沂州同知蕭應登女，李孺人出；塏出者一鳴，娶李氏；一鶚，聘王氏；堦出者一中、一道、一唯，未聘。孫女十，城出者適尚紳；坤出者適黄承業；劉先生出者適王輔,適郡庠生高鹿鳴,適賈承孝,適郡庠生張肇京,李孺人出;許字武進士徐州參將韋國禎子,側室徐出;塏出者適孟希顔,適陳尚仁;堣出者適王朝。曾孫男二,自立,娶張氏,一經出;一未名,一臨出。曾孫女三,許字顧得位子,一鑒出;許字光禄寺署丞杜逢霖子,一未許,一臨出。劉先生先已葬公與徐孺人於三里塘祖塋之兆,兹以丙申年某月某日奉王孺人合葬焉。

黄汝良曰:昔史遷傳貨殖,以爲貪賈三之,廉賈五之,竊殊謂未盡。吾觀劉公賈人子,身居積,然見險而止,不鶩於利,退而好行其德,覆露族戚,賙䘏孤弱,約取而厚施,抑何廉也。中雖緣此捐貲而訓子及孫,卒以昌大高閎亢宗,其嬴無算,什五云乎哉!二孺人之婦順母儀,後先儕美者,其襄助啓佑亦寧可揜哉!夫寧俟服章而後榮也。銘曰:

隱于賈,克篤爾祜,曰與之爲取。翼爾子,爰及子之子,曰式穀以女。匪穀之式,緊德之食。匪緊爾德,亦兼爾伉儷之力。有鬱者塘,卜焉允臧。諧爾鴻光,以觀爾祚之昌,以遲爾服章,九原有餘慶。

明承務郎南京户部江西司主事午亭丁公暨配贈孺人李氏封孺人莊氏墓誌銘

嘉、隆間,吾郡以文章政術推名輩者,必稱丁槐江先生。余生晚,不及奉先生步趨,而得從先生之子計部公遊,多其曠懷遠韻,庶幾先生典刑。余貳南雍時,公適令高淳,往來問訊甚暱。亡何公轉南曹,余亦遷去。聞公榷淮上,忽以驟病解組歸,歸而徜徉甚適也。復私自念倘一日得遂初衣,幾從公結嵇阮社以爲快。不謂余奉諱里居,而公殁已三載。又三載而公且行即幽宫矣。於是公子啓瀚以公從子銓部之狀來請銘。嗚呼!契闊永岐,風流將遠,余何忍銘公,乃又何忍不銘公。

按狀:公諱日近,字光元,别號午亭。始祖維清公仕宋爲姑蘇郡守,咸淳中節齋公始由姑蘇占籍泉之文山里。至仁菴公徙陳江,而族始大。而封工部後吾公復徙文山,有子諱自申登嘉靖庚戌進士,仕至蒼梧守,贈中憲大夫,是爲槐江先生。配張恭人。子四，長贈文林郎，即銓部尊甫；次某；次即公；又次苑馬監正某。

公生而神骨駿竦，先生甚器之。稍長，偕文林公受《易》，輒有獨詣。弱冠補弟子員，應癸卯鄉試不售，乃負笈成均。己卯薦順天。己丑第進士，實出今大學士李公門。李公負人倫鑒，既雋，文望益洽。尋除河南郾城令。郾邑小而當孔道，輪蹄旁午，兼荐離熯潦，愈不堪命。公下車詢民間疾苦，亟白監司使者，爲通融協濟而以身任怨，力格其冒濫。有中貴虎而冠，横捶郵吏，公尼其八騶不得發，窘甚，乃更爲好語謝公，僅得出境。過客聞之，曰："是嘗挫横璫者。"亟約車徒去之，郵傳始甦。舊時門攤辜榷，即米蔬負販不免横索，公酌惟正緩急，以時受徵，其他瑣細一切條罷。邑士故椎少文，則遣人之通都購古今載籍分授之，而課第其甲乙，賢聲浸起。惟吏胥慴公嚴，無所恣其乾没，稍稍造爲蜚語，而監司中有望公者公不應，或諷公宜稍委曲，公曰："吾安能朘人媚人乎？升沉有數，吾聽之耳。"

頃之直指疏上，然不能别有指摘，惟以南人宜南當量調而已。主爵督公治行無害，乃改應天之高淳。淳實繁于郾，蓋示優云。公再試爲令，吏事益習，而其大意乃在愷悌利民。邑有腴田八千餘畝，淪于湖，年年苦賠輸，公爲奏記當道，浮賦得豁。諸生以無年貸官廩幾四百餘石，貧不能償，公爲力請學使者，盡蠲除之。其孜孜惠下多此類。胭脂河者，承宛歙上游諸水，而天生橋綰其瀦洩，歲久石圮流噎，諸下邑滙爲巨浸，淳尤甚。前令議疏鑿之，皆以費鉅莫敢任。公躬履荒度，乃條上便宜，且曰："有如不效，令請以一官謝百姓。"臺使報可。士民既信嚮公，莫不子來恐後。公親露宿拊循之，於是畚鍤雲興，且濬且堰，逾五旬竣役，所費金錢僅前議之半。臺使大喜，詫曰："此鄭白手也。"事具徐司寇、朱太史豐碑中。於是更議城淳，城淳又萬世利也。會有南計部之命而止，遠識者深以不得竟公志爲恨。

公之轉計曹，次當筦榷淮上。公雅不欲膏膩自近，以展墓辭，不獲，乃勉之任。其務在剔蠹除苛，爲國家奉揚通商德意，不屑屑銖兩，然商通而税亦辦。視事餘三月，病痱，客説公曰："榷政可臥理耳，第無缺大農額，無失往來貴人歡，即不歸未有害也。"公已決計投牒，遂不待報，徑發。

既抵舍，前病良蠲，即斥俸資三百緡爲仲兄贖故業而歸之，已復大新陳江祠宇，費餘七百緡。已復爲槐江先生建享堂，益廣墓田，以供歲事，皆獨力肩任，不以問諸昆季。宗人有鬩墻者，片言居間立解。時爲宗人排難解紛，或不令知。群從子弟有雋才者，亟薦之有司。其以貧乏請者，内外親黨及故人子姓，至老賤厮役，無不各慰其意以去，即有佻蕩而陽示窘者，亦應之不暇踪跡也。或言及治生，輒傲然不屑。晚與二三同調爲方外遊，或流連湖山，信宿忘疲，興到輒命酒稱詩，取適趣而已。蓋歸六年而卒。卒前數日，猶與監正君陶陶永夕，且與客訂山中約，其曠達如此。

元配李，贈孺人，文學一林女。繼莊，封孺人，喬岳女。俱先公歿。李孺人家故饒，及于歸，乃能衣茹疏淡，躬操作，諸婦中最能得張恭人歡，時時督公所往來客，有不類者輒遣蒼頭謝罷之。非孺人姿性明慧，足稱女士，其佐公仕宦，固户牡，馭臧獲，司旨蓄井井有緒。大抵儆昧爽以勸學殖，李孺人力居多；湘錡釜以勤在公，則莊孺人之助公不細矣。

公生嘉靖癸丑三月初四日，卒萬曆甲辰正月初二日，得年五十有二。李孺人生嘉靖甲寅年五月初六日，卒萬曆乙酉五月初二日，得年三十有二。莊孺人生隆慶丁卯十二月廿二日，卒丙申三月初六日，得年三十。子一，啓瀚，國子生，娶江西布政使許公國瓚女，李孺人出。孫男一，孺樸，未聘。孫女一，未字。俱啓瀚出。墓在晉江李帽山祖塋之傍。國子君卜以某月某日奉公葬，而以二孺人祔焉。

銓部又言，公少時數有奇徵。始張恭人産公京師，病不任湩，公日呱呱而神獨王。從先生宦蜀，行棧道，墜邃谷中，輿敗而身不傷。就塾時子夜燈殘，衆聞閾外勃窣聲，有物獰鬙，恍惚漸近，公叱之，應時息滅。此數事皆若造化單厚，神物護持，如古所稱絳籠中人者，乃其年位何厪厪也。要以公仁心爲質，所在標能，歷民社則著循績，司度支則效幹局，居族黨則秉義概，且於得喪生死之際洒如也，斯亦抱瑰負奇非偶而已，即謂并國爵、結大年不可哉！造化單厚，神物護持，復何疑於公乎？余向所嚮慕能世槐江先生者，亦謂此不謂彼也。銘曰：

陳江滉瀁納巨溟，醖釀靈秀毓諸丁。槐蔭垂垂覆鯉庭，美人爲政紹前馨。除民疾苦利則興，居富去思載令名。三徑歸來樂泌衡，篤彼行葦亦爲政。揚雄有云豈其卿，況復仲容水鏡明。蟬聯三世啓復承，亦有淑媛佐内扃。芝凋蘭殞薤露零，吁嗟帽山之原理玉并，何年華表看歸翎。

明故文林郎廣西道監察御史弘宇徐公暨配葉孺人合葬墓誌銘

歲丙戌，余與三衢徐公同舉南宫，同出太史梅谷莊先生、水部太若沈先生門，公稍長而練於事，余兄事公，自喜得附公籍。别可十載，而公以治行高第爲御史，不數月而卒。余含悽而視公殮。卒之五載，余有南闈之役，事竣而公之子應雷乃持鄭太僕所爲狀來乞余銘公墓。余追惟盧、鄭之歡，益增嵇、阮之感，誼安所辭？

按狀：公諱任道，字仁卿，别號弘宇。先爲汴之祥符人。宋建炎中，有徐楠、徐杓者兄弟同爲御史，扈蹕南渡，居于衢之龍游瀔水鄉，號聯豸西徐氏，則徐遷衢之始也。世靡得而紀，可紀者曰奎章，以伯子仲達貴贈江浙行省理問、飛騎尉、龍游縣男，叔子仲禮邵武路總管府知事。仲禮生彦祥，朝奉郎，贅於西安，遂卜居焉，於是乃爲西安人。彦祥生文友，文友生景淵，景淵生勢容，勢容生琦。琦以次子孔昂爲弟珍後，孔昂生三子，長曰良鎖，號慕軒，娶於鄭，實生公。

公幼岐嶷白晳鮮令，五歲就塾，聰穎過人。稍長即能屬文，舞象試郡邑，占高等。弱冠補博士弟子。無何，母鄭即世，哀毁篤摯。服除，益肆力於學，每與諸生試輒冠。既廪學宫，前後試棘闈，所司禮獎者再，然數奇，弗得録。壬午始領鄉書，及成進士，觀禮部政。其冬奉使臨清，便道省覲。明年報命，授河南汝寧府光州固始縣知縣。

縣衝繁素稱難治，公甫下車，延見長者，咨詢利病，乃摘陳數十條奏記臺使者，悉見報可，仍具題著爲絜令。縣故有城門，榷税歲七百金，以備修葺及游徼費，公悉蠲之，城垣舍當修葺者别爲設處，罷游徼之卒而令民間自爲守望，公私便焉。時潞藩當之國，中州各縣科派迎候夫馬費以千餘計，公持牘嘆曰："民力竭矣，豈堪重困？"乃以公帑及攢兑羡餘補給，毫不以累民。邑之東有均濟河，堙塞日久，公發官帑鳩工濬之，延袤百餘里，民藉以溉田，大獲其利。邑西七十里有春河，爲南北孔道，石梁傾圮，往來病涉。前令修之未就，會歲侵，議者難其役。公曰："興役救荒，趙、范二公不行之越州、浙西乎？矧前功可繼也。"捐俸踵成之，饑民得食而橋完，即今之廣濟橋也。公爲政主於節嗇愛利，所裁省供億歲羡以百千數。建置社倉二十餘所，常以春散秋斂，儲偫常盈，用備賑貸。己丑歲大歉，疫癘乘之，公令各村落蓋廠二十有六，設糜粥，躬省視，俾窶人各便近就食。又廣置醫藥療其病者，全活不翅萬計。其亡不能殮者，爲義塚三處，令所在揜骼埋胔。辛卯大比士，直指使選公同考内簾，典試者倚公爲衡鑒，得人最盛。二經義程式實出公手。公爲人精嚴，折獄鋤蠹，摘發如神，而其大指乃在教化，申飭鄉約，講讀訓諭，新黌宫，修社學，勸率無斁，人士斌斌嚮風焉。前後兩臺使者薦剡以十數。三年課最，璽書褒嘉，封贈一如令甲。

初封公迎養在邸，既而患瘋痺，公晨起視湯劑，必躬進然後視事，入則侍牀笫，如是者久之。時復當上計，公以封公病甚，欲投劾歸養，封公不許，不得已遣子婦護封公旋，扳送數宿而後北上。封公竟不起。公至涿鹿聞訃，一慟幾絶，乃附上計簿，晨夜奔還。居喪孺慕如喪太孺人時，畢力襄事，必誠必信。甲午起復，待次都下，銓部督公治行尤異，資俸已深，計徵書且下，不欲以往來煩公。明年乙未，遂選爲廣西道御史。是時公已病瘠，擬以告請，御史大夫衷公惜公去，留之。比疾亟疏上，而公遽易簣矣。

元配葉孺人，婉孌宜家，儉勤佐讀，公未離諸生時蚤卒。繼配吴孺人，撫視前孤無間己出，而當公疾亟時，截髮請代，刲股和藥，尤爲節烈，至行人以徵公刑于之化焉。

初鄭太孺人卒後，封公納二側室，公曲體封公意，每事善待之，有庶弟、庶妹各一,尤加友愛。妹許字於何而殤,公待何如妹婿,更爲擇母家女女之,疾亟時猶惓惓以弱弟爲念,爲處置田廬甚悉。公雖仕宦,無長物,而處族黨姻婭,恩意獨厚。收養其老者,賑贍其貧者,揜葬其暴露者。於人無忤,惟以買封公葬地爲黠者所齮齕,至爲蜚語布之都下,公不爲較。然質行素孚,竟莫能損。始公與同邑納言徐公一檟微時相友善,公初讀《易》而納言公以《禮》起家,公感其際遇,復改讀《禮》,遂精其業,遠近來學者羔鴈成群,學成往往致通顯。丙戌南宫之役,莊、沈二先生賞識公甚,惟余同進兄弟亦推公白眉云。

子一,即應雷,以弟子員入太學,娶明經余廷璧孫女。孫男二,國樑、國桁,未聘。孫女一,許太僕寺少卿鄭公有年孫元霖。鄭公即狀公者也。葬以己亥七月十四日酉時,墓在縣之清源鄉公塘山之麓。葉孺人先厝楊村,至是祔葬公左而虚其右以爲吴孺人百年之藏。公生嘉靖乙巳九月十三日,卒萬曆乙未六月初四日,得年五十有一。葉孺人生嘉靖己酉十一月二十日,卒萬曆丁丑七月十二日,得年二十有九。

黄汝良曰:班、范二史於經術循吏亹亹傳之,然罕能兼者。余觀徐公紛綸曲臺,成就後進,綽矣后蒼、慶氏奥窔,一旦綰綬劇邑,澤普化洽,即桐鄉、蒲亭之蹟無讓也。聯豸西徐,克復其始,乃繡斧未及行事而溘爾隕落,何造物者畀以兼長而不假之永筭,惜也。然具足不亡矣。銘曰:

講蓺嶽嶽,行誼則篤,以訓我士族。爲政循循,豈弟是遵,以庥我黎元。我衣既繡,我馬既驄,胡然而否,胡然而通,天獨何意於是公。

勅封文林郎浙江蕭山縣知縣輿吾林翁暨配陳孺人合葬墓誌銘

余丁未南宫之役,得托契于今侍御福唐林君尚瓊,問詢其世家,而知尊人封翁之質行與太孺人之内懿也。比余制歸温陵,距福唐數舍間,頗得聞封翁、太孺人起居狀。林君由蕭山令拜御史,太孺人已即世。既復除,屬有按部淮揚之命,而封翁亦捐館舍矣。侍御既禫,乃以施太史之狀來請曰:“不孝幸稟先訓,得備廵方之役，祗奉簡書，係心岵屺，而今無可瞻望矣。惟是墓中之石所以垂不朽而永孝思者，敢徼惠先生。”不佞幸叨世誼，與聞世德，何敢辭？

按狀：翁諱元豪，先名俠，以字行，别號興吾。始祖仲雅，居福清之市西，至文昺徙龍江里，起家進士，官運幹。七傳生講，講生□達，以臨高尉禦寇全城，臨高人特祀之，又祀名宦，翁父也。母某氏。娶陳，是爲陳太孺人，名家女也。生二子，長文學君有施，次即侍御君有臺，字尚瓊。

翁生而夙慧，少習舉子業，後以當户稍輟去，然翁雖不名爲儒，而實有儒行，於世俗紛華之味澹如，於聖賢義利之界斬如也。嘗侍養臨高，臨時客有橐八十金附行李者，至而發之，則石也。蓋胠篋者易之，不辨而償其金。後事覺，客大慚謝，此與直不疑之事豈異哉！文學與侍御既就外傅，則爲擇賢師友教誨切劘之，學成而諸名士以講業至者，翁必爲掃榻焚香延進之，雖四壁蕭然，而扉屨常滿。太孺人輒爲拮据供具，或脱簪珥佐之，無所厭，人稱其有陶母風云。

侍御君令蕭山，迎翁養署中，日以節廉惠愛爲勗。每退食必問今日治事幾何，所行孅政幾何，得微有隔毛裏、困桁楊者乎？侍御對稱旨，乃色喜。侍御爲令可五載，茂著循績，蕭人尸祝之，實陰受翁賜也。以考三年最，封翁如其官，太孺人乃有今稱。人或爲封翁賀，翁曰：“此未足賀也。”及去蕭之日，垂橐而出，翁曰：“此可以賀矣。”侍御既徵入，待命者七年，家人資用益乏，翁夷然不屑，足跡名刺絶不入公府。侍御既拜命，益檢勑僮僕，勿得與人事。三徑十畝間，見者不知其爲封君貴人也。惟與一二親知往來道故，或啣杯對枰以自娱樂，飲不及酩酊，碁不恔勝負，取適意而已。至遇佳山水，選勝尋幽，嘯傲竟日，逌然有物外致。

始居約時，嘗有齮齕之者，既貴，或語及脩郄，翁曰：“虚舟飄瓦，忘之久矣。屑屑報復，何其陋也。”與人遊真率坦夷，不爲崖岸。然至公正發憤，雖豪强不爲阻。龍江有故城，歲久頽圮，倡義捐貲葺之。環堵之室，與五世同居，即臨高公有所增置，亦割以均諸從。建祠宇以萃涣，聚族曰：“此先志也，何敢以有無爲辭？”卒之日，惟勗侍御以忠讜報國，言不及私。與太孺人白首相賓，太孺人亦自以淡素勤劬佐錡釜，又斤斤晰大體，凡翁之約而能施，貴而能降，以清白廸哲胤，以睦愛厚宗支，以和靖乎閭里，多太孺人所相也。邑賢大夫數輩莫不欽翁宿德，前後禮致賓筵者三，葉相國推爲鄉祭酒，爲文壽翁，其詞甚嫻。福唐邑志備載翁行誼，爲封君白眉。大率與施太史之狀略同，皆實録也。

翁生嘉靖壬寅年八月廿八日，卒萬曆庚申三月廿六日，得年七十有九。太孺人生嘉靖甲辰十月初十日，卒萬曆乙卯七月廿八日，得年七十有二。有施，郡文學，娶翁氏，繼蔡氏；有臺，丁未進士，歷湖廣道御史，娶鄧氏，封孺人。文學君文章德器與侍御君並秀競爽，人稱二林，惜其不永，先翁卒。女二，適謝恩、適章一興。孫男一，承郁，尚幼，侍御出。孫女六，文學出者適謝應憲、適孝廉陳亨嘉子長泰、許庠生翁雲龍子紹瀚，侍御出者許觀察佘夢鯉子爾慮、許解元郭應響子文鳳，一未字。墓在峰山之麓，坐艮向坤，文學君偕配翁氏附焉。葬以某年某月某日。

舊史良曰：古史未有封君立傳者，今郡國志往往有之，要以太丘、朗陵雖差有名位，然惟其作範鄉閭，貽穀燕翼，乃足術耳。史氏所傳原在此而不在彼。余觀林翁作範貽穀，何忝陳、荀，即以備惇史而勸將來，詎不可者？何論志一邑哉！若太孺人壼範杼訓，無可表暴，然亦均足永也，是宜銘。銘曰：

顯不維其名，維德令也。貴不於其躬，綏餘慶也。亦有儷美，襄内政也。胥壽且康，膺譽命也。大歸乎峰麓之阡，埋玉併也。匪余言之諛，徵邑乘也。

明贈文林郎太平府推官原任濮州學正承春施先生暨配太孺人合葬墓誌銘

歲壬辰，余分校禮闈，而得今比部檇李施君，既出闈，問知其尊人爲承春先生與金太孺人也。已而施君由太平司理入爲比部郎，以才名推擇典粵西試事竣，便道過里，忽以書來曰："爾志父坳二十餘年，乃先德猶泯泯也，幸得逮慈顔，而今又已矣，無可爲報矣。惟是丘中之珉乞靈先生，庶幾藉手乎？"余叨世誼，不能辭。

按狀：先生諱乾，字一元，先爲括蒼之縉雲人。始祖有政，當勝國至正間，仕爲密雲令，致其仕歸，值寇道梗，遂止居桐鄉之樸（濮）鎮。有政生懋，懋生晟，晟生玉。玉有丈夫子四，其仲爲春菴公容。自懋公以下皆晦德弗耀，至春菴公乃下帷發憤，更徙居郡城瓶山之麓，以便朋徒盍簪，吾伊餘暇，間以詩鳴，然終不遇。晚年兼精岐黄，里中大疫，賦藥所活甚衆，人以占施門將大焉。室於歸，實生先生。

先生生而馴慤，無他嗜好，與之嬉娱若不慧，惟授之書則心開。春菴公曰："承吾志者將是子矣。"長乃號承春以見志。弱冠補諸生，每試輒高等，旋餼學宫。然至場屋數蹶，所成就門弟子多去爲大官，而先生尚守舊業。甲辰以歲薦上春官，謁選得懷遠訓導。人或惜先生宿學，不當屈首青氊，先生曰："吾生平矻矻窮年，乃今得操鐸傳經，自其素業。吾聞師道立善，人多患不立耳，爲師何必減爲吏乎？"比至則嚴勑軌範，諄懇誨誘，每指明倫堂示諸生曰："此堂所名謂何？"故其教人率先德行而後文秇。至於情意藹然，又復出章程外。以故諸生信若神明，而嚮若流水。繼擢陵縣教諭，已又晉濮州學正。其教大類懷遠，而總統規條，益加飭毖。在陵縣四載，去之日諸生依依惜别，挽留不能得，則爲立碑學宫以志思。教濮復四載，上下咸孚，諸長吏所以慰薦甚厚，而先生以行年逾耆，飄然起季膺（鷹）思，當道交檄諭留，先生歸志已決，竟投牒去。嗟夫，世之仕者濡首羶途，往往漏盡不休者，力索身殫而後已耳，其能自免去者蓋鮮，其能當上下未厭之日而自免者蓋又鮮。先生優游教席，上獲下信，年未及至，視去官如脱躧，可不謂卓越哉！

先生雖以廣文歸，而德劭望尊，特爲時所推重，故門弟子少宰姚公弘謨、僉憲李公儒烈、邦伯錢公同文，日北面候起居，執禮甚綦，自非氣類，無得狎見，人以擬康成通德門云。郡邑大夫採月旦延爲鄉賓祭酒，物論稱允。先生操行淳篤，具有壇宇。髫年喪母，終身哀慕，事春菴公及兩繼母曲盡其歡，撫庶弟坤甚有恩愛。間稍儻蕩，終不失友于。祖塋故有隙地若干，族人鬻之，捐貲贖還，以待貧絶不能葬者。司訓時適同里人爲主爵，不肯一通介紹。其後諭濮陽，郡守盛、州守前施後鍾，皆同里人，先生絶無所引重。於施曰偶然同姓，非族也。於盛與鍾曰，吾宦遊久，雖同鄉未之熟識也。平陰令缺，當事者檄先生視篆，則辭，辭不得則稱病篤。其潔身遠利，多此類矣。

始先生再娶于張，俱不壽，無子。既仕，乃娶金太孺人，遂舉比部兄弟。孺人爲嘉興處士芸之女，天性貞静柔嘉，居恒無疾言厲色，即臧獲有過，不輕怒譴，遇鄰嫗雖微賤，亦接待以禮，閫閾之内，雝如也。先生坳時比部兄弟方丱角，孺人稱未亡人者三十年，拮据家務，訓督諸子，竟祚施氏，底于昌熾，可謂代終女士矣。比部以太平司理考最，贈先生如其官，太孺人乃有今稱。

先生生弘治乙卯四月十二日，卒隆慶辛未二月二十又二日，得年七十有七。太孺人生嘉靖壬午十月初四日，卒庚子某月某日，得年七十有九。子男三，長即比部君爾志；次爾學，蚤卒；次爾業，邑諸生。孫男五人，孫女二人，曾孫男四人，曾孫女一人。其婚媾狀具矣。墓在濮鎮辦字圩祖塋之左，不忘始也。

比部又自言，少孤晚達，於先生芳懿什不能徵一。不佞謂徵貴遠不貴近，貴信不貴繁。世不爲徵者，或憑通顯，藉子孫，侯之門，仁義存焉。然每得之於擿耳，而失之於見睫，曷足貴矣。先生苜蓿冷官，無先容資藉，而所至蔚有休問，爛焉故牒。教陵縣也，去思有碑，言曰“敦本尚實，還淳去僞”。吾徵諸鄉先生某公汝。爲教濮陽也，識别有序言，曰“學博知方，行介能群”，吾徵諸大司馬蘇公佑。祀濮陽也，名宦有傳，言曰“温雅易直，與人如飲醇”，吾徵諸符卿李公先芳。殁而祀于鄉也，鄉賢有志，言曰“能慎取予，辨析名義”，吾徵諸吾師詹事黄公葵陽。徵先生者遠矣，信矣，無事於近且繁矣。天蓋以比部報先生耳，乃先生之誠心質行，鼓鍾聲聞，寧藉比部乃顯哉！銘曰：

豐于學，嗇于仕，沐我春風，青衿之子。恬于利，勇于退，留兹餘慶，以貽汝委蜕。鬱鬱濮圩，還反其初。偕爾儷德，萬禩樂胥。是惟有道施先生之居。

明處士巖泉方公墓碑銘

巖泉方公者，余同年方侍御之曾大父也。先出漢黟侯裔中，由淳安徙歙之巖鎮，爲歙望族。至孫復徙清源，曾孫元彦遂籍清源，擢進士，歷官侍御。萬曆乙巳秋，侍御奉命按閩，一日馳手書以友人程君嘉相之狀來請曰："余曾大父葬歙西葉之墟六十餘禩矣，而潛德未有所紀。昔吾父蓋有志焉而未之逮，則以屬不穀彦，不穀日畏簡書，驅馳靡遑，至于今缺事。以齊、吴之遼闊，僴焉抱陵谷虞。今幸竣閩役，將以其間展墓而後報命。惟是麗牲之石，敢徼惠吾子。"余謂碑墓非古也，令甲京秩三品乃得樹神道碑，處士而碑尤非古也。雖然，子言之矣："丘也，東西南北之人也，不可以弗識也。"方氏昔歙而今清源也，識容得已乎？且夫不忘遠則厚，承先志則孝，示後世則教，行一物而三善，得碑可也。乃拜命操管。

按狀：公諱富祐，字德廣，巖泉别號也。父南山公，母吕孺人。兄弟四人，公居仲。生而醇謹，事二尊人以孝聞。處昆季友愛篤摯，有姜被、繆居風。南山公用鹽策起，游淮、揚、吴、楚間，公輒佐之，能徵貴賤，權輕重，趨時觀變，資用益饒。既富滋好行其德，以然諾義概自喜，恥專事纖嗇，其赴人之急未嘗以有無爲解。鎮溪故有水步，居人行汲處，泥淖没骭，公捐金爲石堿一，鎮稱便。客湖陰，見渡頭漲落不時，泊者苦沮洳。公曰："此吾事也。"亟割貲鳩工砌築，至今賴之。其存心濟物皆此類也。

某某輩負子母錢至數十百緡，公督其窘，即爲焚券，曰："奈何以此益其窘？"公雖游於賈人，雅慕宛孔氏之致，有游閑稱所好，古書圖畫，金石遺蹟，居恒以自娱。客至輒出以供賞玩。其交游多長者轍，如吕涇野原、唐新菴臯，皆以文章甲第操郡管籥，狎與公周旋，贈述篇什爛然，度其内有以重公，非直陽浮慕之而已。

迨老倦游，聽子弟息之，而自治别業溪上，絫石疏沼，環以松筠，顔曰巖泉小隱，日與賓客盤桓，蕭然塵壒外。或嘲之曰："是結搆洵美，然所與幾何？"公曰："吾知適吾見在耳，安能計吾後？"始居室成，鄰有挾郄者，被縗服執榼承飲稱慶，冀以厭之。親故或不平，公曰："何害？夫縗服者孝服也，後當有孝子順孫亢吾宗乎？"禮而謝之。晚年郡大夫以章服榮公壽，受而笥之，不時御也。凡此具足窺公識度矣。

公享年八十有四。配吴氏，壽至百。子鉞，先公卒。婦汪，以節孝旌。人以歸公内教云。孫四，大漳、大濱、良儒、良輔。輔即侍御父，遷清源者也。以子貴，先封金華知縣，後贈御史。侍御忠厚正直，望重朝著，歷按秦、趙、越、閩，所至勳猷茂焉。此外爲曾孫某某，玄孫某某，來孫某某，皆斌斌能以箕裘嗣其世，方興未艾也。史遷有言："廉賈歸富。"又曰："廉賈五之。"故陶朱、計然之術往往以予爲取，能及身而致富厚。公輕財樂施，德不出闤闠，然息之身而收之數世之後，若操券而責。以及侍御，遂底明昌，此其贏寧獨什五之間哉？陶朱、計然之術，方斯眇矣，是故足碑也。銘曰：

積著之理，勝在握奇。至奇之贏，其贏不貲。公溉根柢，以灌本枝。四世乃獲，濬發匪遲。峩峩豸史，有遠其光。公德之食，既壽俾昌。自鄣徂齊，源深派長。曾玄及來，蟄蟄未央。佳氣有鬱，酉葉舊阡。肸蠁來竭，福我清淵。越六十禩，乃闡幽潛。行行且式，視此貞珉。

處士斗巖陳君暨配顔孺人合葬墓誌銘

夫程士行於積著家難也。積著而起艱窶，累纖嗇，期以士行則尤難。蓋閱困既多，則其顧阿堵必重，而用以爲德必不輕。故爲孟嘗之市義猶易，而望陶長君以輕財則難。人情大抵然矣。以余所聞積著家起艱窶累纖嗇能易人所難，卓然士行者，則無如斗巖陳處士云。斗巖游於賈而處士者何？古之隱者或於市肆，或於墻東，或於谷口，惟其有士行也，賈而有士行則處士可也。

君諱珊，字子珍，世爲泉郡人。宋末徙南安之衢斗鄉，三傳至宗俊，爲邑諸生，慷慨尚義，檀那建天竺寺，中丞朱簡菴公爲之記。宗俊傳英義，英義傳壺峰，壺峰傳斗山。斗山業儒，稱篤行君子，娶於李，生三子，君其季也。君自幼孝謹，父母鍾愛之，曰是子定能克家。陳自壺峰以來號素封，嘉靖之季，倭訌連年，故宅焚燬，田園悉爲甌脱，又業盡産存，供億無秇。會二尊人相繼殁，諸兄不能支則跳之他所。君慨然曰："如皆跳，誰守宗祏？"乃挺身當户，獨力支撑，蟬腹龜腸,瑣尾無聊者久之。君之婦翁曰顔道謀,長者饒財,始見君垂髫時器之,許以委禽,至是受室,則謂郎君無苦,其於我歸稅。君乃就顔翁居,而稍資其橐裝以自給。君雖處艱窶乎,然重然諾,慎取予,不以窶故隕穫。顔翁有所委任,精敏立辦,臨財貨毫無所私。嘗旅郡城之水鎮寺,得遺金,坐待信宿,還之,其人問其名,不以告。顔翁以此益重君,乃大割其橐,恣所游,於是北之吴、越、齊、魯,南之粤,所至能權子母,徵貴賤,雖不規規析秋毫,然貪三廉五,其贏自倍。

末年遂以貲雄,君乃嘆曰:"吾向落魄時,親坋不能葬,兄弟仳離不能恤,吾間關拮据,未嘗一日忘之。今幸可爲悦,瓶罄罍恥,吾其爲錢虜守哉?"乃爲其二尊人治窀穸,襄事盡禮,而推所有以贍伯兄及季父。又疏屬之貧者,宗中無不舉火者矣。祠堂之在衝斗者燬于兵燹,君曰:"營室先廟,禮也。"即庀材鳩工,一新廟貌,歲時伏臘,祀事咸秩矣。君又念天竺之建檀自祖俊,即不福利,是爲若之何其忘吾祖也,乃捐橐重新之。功有緒而後乃謀居室。於時百堵皆興,經歷歲月,君支笻攀蹬,往來營度,體亦以是鈌,疾發遂劇,惟拳拳以堂構爲屬,又曰:"吾雖育于姜以昌前業,然百歲後魂魄猶樂衝斗也。"嗟夫,約不忘介,積不忘施,終不忘本,皆士行之可紀者也。

君配顔孺人,顔翁季女也。孺人雖生長富厚,比于歸獨能躬操作,攻苦食淡,多寒女所不堪。事斗巖君甚謹,雖匱乏未嘗少露摧謫,人謂有孟德耀、桓少君風。自以不及事尊章爲恨,故其相斗巖君襄事尤毖,處妯娌忍詢絀體,穆如也。君之富而好行其德,孺人實從臾之。君既十九在外,諸子治生績學,各競其業,稟慈訓爲多,然則非直君有士行也,孺人亦女而士矣。晚年精心事佛,與余母陳太淑人爲姊姒遊,相與修齋持戒,頂禮大士,於禪悦若有會焉。斗巖君卒之三月,孺人不勝瘠毁,亡何亦卒。人謂孺人精心禮佛,而不能不鍾情所天,斗巖君檀那招提,至以身瘁而津津不忘續祖,皆未免情識世諦。夫倫常之爲幻妄,爲實相,余未暇辨,要以兩人不由學問,即未了出世法,其於世法誠不啻有合矣。

君生嘉靖戊申正月二十二日,卒萬曆丙午五月二十二日。孺人生嘉靖壬子九月初八日,卒萬曆丙午八月二十二日。子四,長鍾彦,太學生,有文才,與余二季善，余亦稱世好焉；次鍾光，次鍾偉，次鍾瑞。女二，其婚配孫枝具顔左史狀中。墓在壺山之原，距衡斗數十武而近，從治命也。銘曰：

賈而士，困而後紓，乃能涣其居。女而士，克相所事，用能穫其菑。衡斗之墟，有丘睪如。偕爾齊德，還返於初。而我其銘之，不泯在兹。

明處士顔象峰公暨配蔡碩人合葬墓誌銘

顔之先本出自張，元末有張念九處士自南安出贅晉江之安平鎮，從外姓爲顔，其後遂爲安平著姓。八傳至思餙翁，娶于許，生三子，季即公也。生而凝重有夙慧，舞勺時嚴親見背，哀毁如成人。家故饒，思餙翁以伉直不阿爲怨家所螫，漸至廢箸。兄伯、仲俱不任治生，既受室于蔡，乃嘆曰："不腆先業垂殫矣，男兒不自彊力，徒束手守四壁，即稿項黄馘，吾能忍之，其若垂白之慈何？"乃稍拾遺貲及蔡碩人奩具，南賈嶺海，北賈青齊，相時權子母，少有贏餘，即以供許碩人甘膬，與伯、仲饔飧。無何母、兄相繼歿，喪往贍居，悉獨力支撑。既傷毁瘁，復苦拮据，一疾幾殆。疾已，復脩故筴而息之，業駸駸起，而公遊已倦。一旦鍵其橐歸，曰："人貴知足，賈亦嗤貪。吾安能長年冒犯風露，跋涉險阻，爲錢刀逐逐無已時哉？"乃以其貲聽之人，亦不失刁間。羡慕金陵風景，擕筇往，縱觀其人文都雅，歸而一意課子業儒，曰："即不敢望朝菑夕穫，要不可以錢刀而廢詩書之業。吾且時蓏褏耳。"所居安平西疇有溪山之勝，履屐所如，時時偕野老作農圃談，寄興物外，依希韻士矣。

公雖隱於握筭持籌乎，顧立義較然，不屑䮊獪汶汶，戚里中貧待爨、喪待殯、緩急待濟者往往而足。漳人某子甲嘗貸公金三百，已還金而券猶在，其子不知也。某歿，公往吊，其子以爲索償來也，公告以故，且還之券，漳人誦誼焉。從子都諫公與族人謀拓祠堂，碍公居而難於言。公慨然捐居室以崇大先宇，都諫公嘖嘖謂浸假吾叔，得尊顯者，距令希文事寥寥哉！先王父贈宗伯衢州府君文行高峻，少許可，晚年與里中耆碩結香山社，心雅嚮公，嘗介都諫封翁招之，公以年輩不敢當先，宗伯猶以不得致爲嗛，數贈以詩什寄意。語云："不知其人，視其所與。”此足概公矣。

配蔡碩人，亦安平名族。于歸時遭家式微，既斥裝具以佐公賈，復勤操作于閾内，以紓公經營于閾外，身雖攻苦茹淡，其進姑許旨蓄滫髓必腆，妯娌即不能均奉養，終無間言。雖與公起纖嗇而佐公爲德，一無所吝。所生子茂才君蚤夭，孤孫方在襁褓中，育鞠周摯，然猶軫似續深慮，勸公置媵，竟再舉二子，鳲鳩齊愛，此尤鴻妻萊婦所未前聞者也。

公諱猷，字道謀，别號静山。生嘉靖甲申十月初四日，卒萬曆己亥七月十九日，壽七十有六。碩人父名光溥，生嘉靖甲申十二月十三日，卒萬曆丁未正月初十日，壽八十有四。丈夫子三，長容俊，邑諸生，娶知縣陳載熙兄善熙女，先公卒，蔡碩人出；次夢曾，娶楊可勝女，繼娶陳奇忭女；次夢宗，長殤，俱側室陳出。女子三，適陳宏箴，適王同耀，適陳珊，俱蔡碩人出。孫男一，希仲，太學生，娶龔邦接女，容俊出。［孫女三］，適太學生柯萃藻，容俊出；許蔡崧甲，許柯崇伯，夢曾出。曾孫一，祚昌，聘余弟太學生汝惠女。曾孫女二，許孝廉黄燿子維墀，一未許，俱希仲出。太學君卜以辛亥二月念二日奉公與碩人合葬于晉江梅山新阡，而以公從弟左史公之狀來丐言。余既稔聞公誼，又重之以姻婭，何敢辭？乃既按狀誌之，而復爲之銘。銘曰：

幹蠱克家振荼蓼而，知足善息守量幅而。錐刀仁義匪儒服而，鞠哀翼謀遠貽穀而。相有内淑載由軸而，梅原膴膴夏屋覆而。藏璞韞鑛氣鬱燠而，式祐爾後俾茀禄而。

明處士治宇柯公墓誌銘

萬曆辛亥六月十四日壬午，處士柯公治宇卒于家。粤十月初十日丙子，卜葬晉江柯前山之原。其子太學生萃藻等匍匐飲泣手儀部何公所爲狀謁余，請誌若銘。公元配陳孺人，余母陳太淑人女弟也，余因得頗聞公質行。然自余丱角以至宦遊里居，未嘗得一接公顏面，先宗伯於公爲友壻，亦未嘗得一通綢繆，其在他人可知也。公於里中推耆宿，其實未嘗出户庭，未嘗與物搆。老氏稱至德之世，民各甘其食，美其衣，至老死不相往來，故曰常德不離，復歸於嬰兒。其公之謂哉？良蓋以此貴公，而信其質行足述也。微太學君請，故願有言識公，詎敢辭？

按狀：公諱香，字孚蘭，别號治宇。先世莆陽人，後徙家晉江之安平鎮。數傳至西巖公，以伯子池州守實卿公貴，贈刑部員外郎。仲子諸生奇卿娶於黄，生二子，公其長也。公雖生於鼎族，自少無紛華盛麗之嗜，吾伊之外，一無所營。池州公甚器重之。觀察蘇公濬，公妹壻也，少時與公切劘，自以爲天資不若公。學成弗售，乃棄去，雅慕馬少游、張仲蔚之爲人，曰："豈其食魚必河之鯉也。有室數椽，有田數畝，曰饘於是，粥於是，以糊余口足矣！"事親篤《南陔》之慕，友弟馥敦《常棣》之愛。聞人困乏，隨緣施捨，遇拂逆事情恕理遣，初無不平見於眉宇，口無謟訕，心無町畦，無所攮拕，亦無所暱厚。始池州公貴時所親或侈輕肥，恣豪舉，惟公守雌抱朴，不異寒素，閉門塞兑，非急事經歲不至闤闠，純樸之行，老而彌劭。郡大夫廉公誼，禮以賓筵，逡巡謝弗往。錫以弁帶，謝弗服，或强之，爲一服而輒匱之，曰："曾如我角巾布袍爲適哉？"繼室曾孺人，有士行，大能毗公内政，復與余母叙姊娣好，每爲余母言公身不窺園，不問米鹽，不曉握筭，不持威蕤鑰而家事治。今有子若孫若而人，以儒業付萃藻、春耀等，以生計付餘諸子，公惟知飽食安眠而已。《詩》云："釐爾女士，從以孫子。"公之得全其天，亦天全之也哉！

余迹公生平，不惟名不彰於國，行不炫於鄉，即幹局刺促亦不施於家。不受人益，不受天損，侗然嗒然，真老氏所稱嬰兒，而儒者所謂不失其赤子者耶？嗚呼！使人人如公，便可結繩而治，奚至嘐喋多事。余惟感世之嘐喋多事而益嘆公之純樸足貴也。

太學君又言，公晚年通於服食練氣，未卒前一夕，夢若冲舉者，已而熟寐無苦，條爾歸盡。屬纊之際，容貌若生，疑於尸解羽化者。嗚呼！以公委順煬和，其神明毫無所屑越，蓋真與化人爲徒者，奚必尸解羽化乃稱化化哉！

公生嘉靖辛丑八月廿八日，距其卒，得壽七十有一。先娶陳，爲太學生陳公良紀女。繼娶曾，爲給諫曾公仲魁子諸生宗孔女。丈夫子六：懷耀，陳孺人媵某氏出；震耀，萃藻，春耀，漸耀，峻耀，俱曾孺人出。孫十三，孫女九，曾孫二，曾孫女二，其婚配詳狀中，不具述。墓坐丁揖癸，左先以厝陳孺人而虚其右以待曾孺人，禮也。銘曰：

渾渾沌沌守素樸，無智無營若濩蠖。有美如玉殊公族，葛天之民華胥國。遽然成寐何住着，柯丘若堂訏且樂。行人應識愚公谷，萬禩千秋勿震薄，蟄蟄繩繩詒爾穀。

明處士懷心黄公暨配盧孺人合葬墓誌銘

夫所貴德門者，非謂名位競也，蓋令德茂焉。在昔仲弓、季和位不稱德，後雖奕世蟬聯，而世之貴陳、荀者猶曰在此不在彼。至如姜伯淮、薛孟嘗，初無名位於世，徒以孝友禔躬，當時人主嚮慕之，欲圖其形而不可得，虚己側席，致禮恐後。斯寧藉簪紱始重哉！

吾黄自桂州公由固始入閩，千一公由莆徙泉，雪軒公、雲軒公由泉城徙安海，通籍起家，浸昌浸熾，而世德之茂，實與纓緌相輝映。以余所及見，尚誼樹惇，不爵而貴，依希姜、薛之躅，足亢陳、荀之宗者，則有我叔翁懷心處士云。

公諱尚絅，字廷美，自桂州公以來與余同祖，至雪軒公始分派。雪軒再傳而淳窗，而古愚，而見心。見心郡博士，娶許孺人，是生翁。翁髫年喪父，哭踊如成人。及長，明發永懷，乃號懷心，以志慕。事許孺人色養兼摯，遭家中落，痛送往事居之無藉也，乃謂仲尚某曰："吾聞事親就養無方，我賈爾讀，各自努力可也。"於是積勤絫纖，涉歷閩、粤、吴、越、燕、趙之墟，上供母養，下資弟讀。眥稍稍進，仲亦補福唐博士員。翁雖客湖海，意念無日不在膝下。一日寓閶門，有所感觸，泫然流涕曰："本圖治生以奉親，顧反違親乎？"乃棄去，歸而一意定省，歲時伏臘，具甘脆，披萊彩，率其仲若子姓稱觴上壽，凡可以娱親意者必曲致之。先宗伯衢州公贈以言，稱曰能子。

亡何仲卒，翁痛終鮮兄弟，悲不自勝。既無可奈何，則迎其室福唐覆育之，撫孤姪士璧與子士珪均鳲鳩視,一杯羹珪與璧同酸鹹,一衣履珪與璧同冷煖。幼課讀,長授室,壯割囊中金爲資斧。及璧子女長,食指頗繁,終不忍分析,一門之内,團欒雝睦,有子無常父,衣無常主之風,鄉里嘆詫焉。許孺人亦爲解頤。許孺人年八十餘卒,尚爲孺子慕,擗摽哭泣,哀動路人。手治窀穸必誠必信,又推先人未盡之孝,舉高曾祖之殯在淺土者,畢就營域。敦倫趨義,未嘗以豐約爲解。在粤時裁足自給,適有族子幼孤寓潮,窶甚落魄,謀欲跳之海南,翁弗忍,即捐資賑之,令勿轉徙,其仁心爲質類此。翁狀貌如鄙樸人,與人恂恂和易,生平無駿迕,亦無譾詖,口未嘗道説詩書,惟常稱"爲善最樂"四字,服之終身,幾于不言躬行者。

配盧孺人,笥江名族,有閨範,事姑婉娩柔廉,能當其歡。性勤嗇,至祀先享賓必腆,翁白首宜之。其尤難者,仲亡後,鞠孤姪不殊離裹,仲妻忘亡。其助翁實多本之,則翁孝友所儀刑也。子士珪,孫肇郁,與余游,醇謹無與比,其孝友亦大肖翁。桃李不言,下自成蹊,然哉,然哉!夫孝友常行耳,而世之真孝友者不常有,如翁所謂真孝友者也。好爵爾縻,此足亢吾宗矣。以其生不值行舉之世,又所居遼僻,性復悃愊,不自炫燿,是以旌命弗及,世亦無能舉其概,以列於史傳,陳、荀尚有位,姜、薛饒有名,翁悶悶如也,是又可謂重積德矣。老子有言,重積德則莫知其極,翁後未可量也,亢吾宗者又將在翁之後矣。翁生云云。銘曰:

隱于賈,篤于行,惟孝友于是,亦爲政。及爾偕老,爰有淑令。孰亢吾宗,惟德之競,方來有慶。有菀者麓,斯其爲德人之扃。

明徵仕郎湖廣布政司副理問榆泉黄公暨配
謝孺人合葬墓誌銘

嗚呼!伯父榆泉公歾十三載矣。公慈愛子姓,視某尤不殊離裹。自某通籍,未得服事承歡,歾時又不得與於哭泣之哀,歸來七載,憂病相仍,至今乃始克相窀穸。伯父視某猶子也,某不得視猶父也,於其窆也,安忍無一言志其幽?乃拉淚而誌之。

公諱時清,字以時,以字行,别號榆泉。先光州固始人。唐桂州刺史諱彦占籍于莆,至千一公由莆徙泉,再傳爲雲軒公,後由泉城徙安海鎮。由雲軒而安常公,而主閑公,而鋭齋公,而菊山公。菊山公諱伯善,官至同知浙江衢州府事,文章政事,爲世名人,贈禮部侍郎、翰林院侍讀學士,配伍,贈淑人,是生公。公居長,仲即某公雙江公,諱憲清,官至同知廣東廉州府事,贈官如菊山公。

公少承庭訓,勤身績學。癸卯補邑弟子員,是時菊山公屢上公車,繼宦遊四方,公即身當户。又伯祖漸峯公厄于仇,久羈圜土,公奔走拮据,靡有遺力。倭難發,攜拾帑裝,提挈弟妹,竄迸往復于郡堡間,殆而獲濟,家藉以不毁。屢試閩闈不利,乃肄業成均,結交盡海内髦俊。再試京闈,復不利。丁卯,丁伍淑人憂。是時菊山公老矣,而某父雙江公亦已薦鄉書,遂無意科舉,惟以養親樂志爲事。菊山公雖至篤老而精神健王,公順適其意,多儲酒肴供具,以與里中諸老爲耆英會,坐客常滿,菊山公樂之。第以生平抱負未酬,每欲諸子孫隨緣自效,幾及身見焉。庚辰,雙江公授陽春令。

乙酉,公亦從親命謁選得湖廣布政司副理問。藩幕職簡,公莅以寬静,藩伯重之,有緑水芙蓉之譽。逾年筦解京師,凡上供之物,務按程度,事竣,即懇恩歸養,未報,投劾徑歸。藩伯以幣楔追獎焉。歸而菊山公已病亟,得奉訣視含,無悔於送終,人謂孝愛所感云。

公爲人外恭而内坦,卑鯫折節,設誠待人,絶無苛責深猜。然其嫉惡剛腸,大類菊山公,義氣所激,不以險易有無爲阻。漸峰公之厄于仇也,府倅某受囑將斃之囹圄,公時爲諸生,率弟昆叩府閽譟呼,欲與俱死。倅怒,併縶公,然竟心折,不敢害漸峰公。漸峰公既脱纍囚,上書擊倭自効,稍得首功,竟死之。時賊寇猖獗彌漫,公伏近郊,夜乘賊間,率僮奴篡取其尸以歸,人服其義膽。楚幕時鄉人徐某爲某縣丞,上賦藩司,途中亡失數百金,懼辠告急於公,公爲白藩伯豐城范文恪公,言丞虧賦,誠有辠,然事出不料,幸及寬政,令得徐補所亡失。范公許之。公徐爲措辦,丞官獲全。或謂公不慮并罪耶?公曰:“吾哀其無妄,遂不自顧慮。”筦解京師時,臬幕彭某亦以筦解至,其子因忿争誤傷人至死,繫法司,彭幕以同官來告急。公探囊中得百金，即以與之，彭因藉以居間，父子遂俱脱罪，迄不問其償否，其仁心義概類此。與雙江公友愛尤篤，身爲家督，財不入内。菊山公有所斥買田宅，務厚其直，公實佐之。菊山公卒後，凡族中有義舉，胥公爲政。宦歸十四年而卒。

元配李孺人，無子，夭，先葬南安報劬鄉。次配謝孺人，同安人，兵部郎中謝公崑姪女。十七來歸，李孺人尚在，性淳質慈和。李孺人歿後，菊山公以其有子，命爲公繼室，相祀事。内職克修，雖數舉子，然亦數殤，最後乃育二子，與側室之子均愛，公甚宜之。

公生嘉靖乙酉年八月初六日卯時，卒萬曆辛丑年三月十三日辰時，得年七十有七。孺人生嘉靖乙亥四月十三日巳時，卒萬曆乙酉年十一月十七日寅時，得年僅四十有七。子云云。墓在晉江七都桐山之麓，坐巳揖亥。葬以癸丑年十二月十九日。中爲公，左爲謝孺人，右以俟側室劉。禮卑不銘尊，然禮之言銘又曰愛之斯録之敬之，斯盡其道。夫以愛敬而銘，雖銘尊亦奚不可者。乃既誌而銘之，銘曰：

是爲余賢伯考，有家是保。立義匿名，循性合道。爲親辭禄，尚羊以終老。吁嗟，大歸乎桐山之原，偕爾儷人永静好。

明遥授州同知梅山黄公暨配勤肅柯孺人合葬墓誌銘

公諱回青，字以新，别號梅山，良從伯父也。始祖唐桂州刺史公諱岸，由光州固始入閩居莆，世歷顯仕。至宋末千一公由莆徙泉，再傳而雲軒公，由泉城徙安海鎮。又六傳而爲鋭齋公，生三子，長金谿公諱物備，以明經歷官玉山王府教授；次漸峰公，諱仰，以諸生討賊功贈州同知；季吾祖菊山公，諱伯善，以鄉進士歷官衢州府同知，贈禮部侍郎、翰林院侍讀學士。兄弟三人皆博學嗜古，以文章鳴一時。公即漸峯公長子也。母曰楊孺人。

少業儒，弱冠補邑弟子員，聰敏有父風。漸峰公負才骯髒，嘗牴觸一鷙悍鄉紳，横遭齮齕，縶圜土者十年，公亦坐累落弟子籍。荼毒備嘗，幾至覆卵。會倭寇猖獗，泉郡戒嚴，漸峰公自獄中上書請討賊，乃率義兵戰安海西南扼賊衝，全活者萬計，竟以衆寡不敵死之。臺使上其功，得贈官而版授公襲冠帶州同知。是時賊勢憑陵，安海城草創，雉堞樓櫓、器械儲偫無一可恃。鎮人欲棄去，適菊山公自衢州歸，與公經營守禦。公部勒義勇子弟，晝夜登陴，身親矢石，多具糗醪以餉入保者。鎮有惡少謀𨍭城應賊，公偵知其狀，白菊山公，乃偕鎮弁格捕示賊，賊氣沮解去，城賴以完。於是人皆謂公能纘戎，成父志也。御史中丞嘉公能，欲辟公行間備折衝，公痛父捐軀死難，不欲復以遺體行殆，辭不赴。自是徜徉里社間，以詩奕自娱。詩不必工，奕不必精，取適志而已。

天性孝友慈祥，母楊蚤殁，事繼母色養無間。異母弟不慧，不能自食，始終鞠育之，不以責諸弟。爲人慷慨多大節，第拙於治生，家徒四壁，然急人之困，如身當之。有喪者匍匐赴之，有鬬者纓冠救之。自宗族以及里閈，凡有紛糺轇轕，往往藉公爲政，緩急叩門，未嘗以事爲解。有施不責其報，雖夙有釁郄，一言解仇，即涣然冰釋。或有欺公負公者，其爲德終無替，人以此服公長者也。

配柯孺人，婉娩識大體。事繼姑、處異母叔皆曲體公志，絶無勃谿嚢頡嫌。自漸峰公時，家難擾攘，孺人以冢婦當户，内外事一藉拮据。漸峰公葬近郊，時賊方發塚責贖，將謀不利，孺人脱簪珥罄囊底物以啗寇，窀穸得完。公既不問家人産，而祭祀賓朋供饋無缺，皆孺人攻苦操作，積纖嗇所相也。公亦白首宜之，琴瑟静好，歿身不衰焉。

公生嘉靖癸未九月十四日戌時，卒萬曆癸卯九月初四日未時，享年八十有一。孺人生嘉靖丙戌八月初十日申時，卒萬曆甲辰二月十八日未時，享年七十有九。丈夫子二，長中通，次中英，武舉生云云。

良嘗摭公生平，其立義不侵，投袂搤掔，有節俠風；其氣决不撓，當機應變，有干城器。然且熱腸濟人，隨緣方便，是謂存菩薩心，不修邊幅，絶無町畦，又若脩渾沌術者。公蓋不受天損，不受人益者也。業儒談兵，一無所成，竟窮約以老，公所取於造物者廉矣。今其子若孫，賈者素封，讀者秀發，若稍食公報，乃所留尚賒也，後其未有艾乎？猶記良困諸生時，公獨撫之曰：“爾無患落拓。”及叨一第，又撫之曰："爾必大亢吾宗，恨吾不及見也。"蓋公所期望良者甚奢。昔王僧虔、柳公綽皆受知伯父，其後各能克酬所知，顯名卿相，良竊以此媿公，然感公契闊之訓，安忍不銘公也。銘曰：

幹家之屯，急人之病。不沾其禄，亦膺其命。爲族紀綱，爲鄉中正。不有儷德，孰襄内政。以翼以貽，寖昌寖競。爰勒夜臺，永徵家乘。

明奉政大夫淮府左長史前河南鄧州知州鼇泉黄公暨配高宜人合葬墓誌銘

歲在嘉靖甲子，先宗伯雙江府君偕從叔祖鼇泉公同舉于鄉。萬曆庚辰，復同選銓部。越五年丙戌，汝良幸得讀中秘，備員史職。又九年乙未，而公之子編修君以高第入詞林，汝良得從遊天禄、石渠間，朝籍既同，家好陪敦，在宗盟中既詫爲橋梓棣萼勝事，即安平里中望之亦若兩華二室之相映峙也。亡禄，先君即世，編修君亦弗克壽，今公復捐館舍。日月有期，幽窀行即，俯仰三餘紀間，榮悴悲愉，恍恍若夢。歎椒聊之靡常，遡葛藟而增感。小子汝良髮且種種，其忍當吾世而不銘公？

公諱錫，字伯福，别號鼇泉。先光州固始人，唐季桂州刺史公岸始籍于莆。元至正間，千一公松始由莆徙泉，再傳由郡城即安平家焉。又再傳而生士堅，堅生穎，則公父也。公三歲喪父，五歲喪母，既少孤露，兼家徒四壁，幸有同祖兄東川公鑄卵翼煦沫，恩同怙恃。稍長，爲延師課讀，乃得卒業於儒。會學使朱鎮山先生得公文異之，遂以弱冠補諸生。自後更數名公來視閩學，試輒前茅。公雖困食貧，然其下帷發憤，窮而益壯，晦明寒暑，未嘗少輟。嘗稱吾志所至，氣必副之，當吾篝燈兀坐，竟夕苦吟，天地若爲動。比其躑躅燥吻，湛思劌腎，鬼神若將通之者。蓋其篤極如此。時吾郡王道思先生方以文學冠冕寓内，引爲高足弟子，於是公名大譟，一時績學之士若今大宗伯黄公儀庭、觀察蘇公紫溪、相國李公九我，皆與公締研席交，稱鴈行云。

甲子領鄉薦，時方病瘧，文成猝爾，未嘗加點，幾於得心應手矣。前後六上春官,不利。公文如黄鐘大吕,不屑錚錚細響,而時尚漸趨鈎棘,以此數躓。而公子編修君已嶄然頭角,公一意課之,髫年應省試,籍甚場屋間。公喜曰:“孺子能了吾事矣。”乃謁選,部試高等,得鄧州守。

鄧志稱陸海,然民多惰窳少蓄,公爲政務以勤劬帥下,往往戴星出入。諸如修社倉,培堤堰,賑饑乏,履疆畝,皆强力肩任,歸於愛利,其所注意尤在興學,日進學官弟子,訓勵勸課無間昕夕。學宫敝,前後議更未果,公爲行擇勝地,庀材鳩工,不費公帑而規制一新。先是鄧士連年偃蹇,是歲預計偕者五人,鄧人以爲公功云。開府監司多才公,某直指弗善也,稍遷淮府左長史,竟坐劾免。

公歸,充然自足,惟杜門課子,冀竟厥志。辛卯編修君遂領鄉薦第一,乙未成進士,選讀中秘,館閣論譔,多出其手。試又輒冠,旋授史職。文名既振,加以德器温恭,人多以遠大目之,且以式穀之訓歸公。亡何以瘁□官,嗚呼,是不獨殞吾宗英,實殄吾國寶也,可勝惜哉! 公既失編修君,乃益課次君及諸孫,曰:“即豐荒弗常,烏可棄藨蓘弗事哉!”今次君及諸孫亦復風氣遒上矣。

素性儉樸,雖仕宦歸,無鮮麗之奉,親族過從,濁醪麤飣,皆爲引滿盡盂。訓子孫亦然。既鮮强近春功,事從兄東川如父。歸田日,襄父母窀穸訖,即爲東川治墳以報德,且使與己壽藏差近,曰:“庶異日魂魄團欒如生時也。”與人多直遂鮮貌,語雖有睚眦,亦不芥蔕。晚年郡大夫以賓禮禮,以約正正焉,有以矣。

公配高宜人,處士高于岐女。于歸時不逮事舅姑,其事東川夫婦如事舅姑。公終鮮兄弟,與洪氏姊自幼相依,宜人體公意,歲時問遺不絶。東川無子,有女適蔡,爲脱簪珥佐奩具遣之。公微時負笈遠從學,率元日後往,迫歲除方歸。宜人育恐育鞠,拮据甚艱,終不少露徧謫意。于歸七年而舉編修君,至次君益晚矣。雖甚憐愛,而課督備勤其慈,嚴緩急豐儉一一與公相劑,故公終身莊之。比筮仕而宜人遄逝,别鵠之歎,傷盡可知。

公生嘉靖甲午,卒萬曆己酉。宜人生嘉靖乙未,卒萬曆庚辰。子二,長志清,即編修君,娶某;次志源,國子生,娶某。女一,適某。孫男四,廷雷,國子生,娶某;廷榁,郡庠生,娶某;廷柄、廷榕。墓在南安麒麟山之原,先已厝高宜人,太學君以辛亥十月啓中竁奉公合葬焉。

汝良曰：史稱召、杜前後守南陽，號召父杜母。考其實大氐廵阡陌，拓土田，如傳所稱衆母止耳。若夫文翁以勸學治蜀，長養人才，厥後司馬相如、王褒、何武、揚雄之徒，譽髦遝出，蔚爲國華，此其規橅視召、杜特遠，宜史遷傳之爲循吏冠也。鄧故漢南陽地，公治鄧未論廵陌、拓田與召、杜何若，迹其興學育才，駸駸文翁之概矣。即以列於漢吏，不可哉？公於文學抑亦天性，始以致躬，繼以造士，既以翼子，復以貽孫。太史若在，其施將大。孫子螯螯，其究未極。此尤所未聞於漢吏者。語曰："學猶殖然。"公可謂善殖矣。然後知道思先生之門能得士也。銘曰：

始困能亨學則成，而筮仕專城。身既榮而五馬發，發胡遽蹶而。威鳳窣窣，胡遽没而。榮額吊慶，豈有常而。豈弟義方，謀則臧而。弋鴈畫荻，藉儷德而。幽宫有侐，共爾域而。吁嗟，佑爾後人無斁而！

明故茂才鰲橋柯公暨配黄孺人合葬墓誌銘

嘉靖間，安平有柯公少海者，由部郎出守池州，以能吏著聲。鑱厲鷙舉，果敢無所持難，其治大類趙子都、張子高之爲。然以摧擊强豪，竟爲所中，左遷鄖陽。已復鐫官歸，歸而施其政於鄉，建議城安平，規一方保障，它亦多所幹濟。然其悁俠用壯，往往發於睚眦，以是牴牾於時，終用此困。公有弟曰鰲橋公，醇樸君子也。雖都貴介，絶不以氣勢凌物，折節下帷，無異寒素。見池州公所爲心弗韙也，每乘間進曰："竊聞士大夫家食宜杜權晦德，以薖軸物外自娱。奈何多預人事，自取紛呶乎？"池州公弗能用。於是釁璺兢起，往往集矢於其弟，公亦以身藩兄，險阻備嘗，幾不自免。比池州公歿，始脱犴狴，向之齮齕者知公無它腸，乃與解仇式好，公亦平心處之，不復芥蔕，人以此更推公長者。嗟乎！公之處此亦難矣。

公卒二十餘年，今始克葬。公仲子太學君馥率其子太學君恒耀、姪太學君萃藻輩來乞銘，公故余從姑壻也。公之曾孫開樾又壻於余弟汝惠，余既多公誼，復重以親暱,何能辭?

按柯系出莆陽,宋時顯者龍圖學士述,後再徙晉江之安平鎮,累傳至封刑部員外西巖公。生三子,長秀卿,次實卿,是爲池州公。季即公,諱奇卿,字特季,鰲橋其號。少治舉子業,博涉嗜古。弱冠補郡諸生,試輒起文聲,咄逼伯仁。尋坐池州公累,剷弟子籍,士論惜之。池州公議城安平也,公佐其晝,復部署族人睥睨,作捍禦計。無何,倭至,率以登陴,兼治糜以哺入保者,與衆共守城,卒以完。比島夷再訌,野勦無所得,則發塚責贖。時封公已葬,乃冒死從間道以封公柩歸。已而與母黄太宜人更葬,費悉出槖中,不以及諸兄子。池州公之歿也,實以建城採木故爲兇徒所戕,事極冤酷,公徒跣搏顙控諸兩臺。時當困踣乍甦之後,雖粲歲重趼傾貲不爲輟,兇人卒伏其辜。蘇紫溪先生濬微時負笈安平,窶甚,公見其文奇之,更睹其狀貌,詫曰:“世有如此人而長貧賤者乎?”乃以愛女女焉,厚給使竟學。蘇先生竟以解元登進士,歷督學至觀察使,文章藻鑑爲當世聞人。公既有貴壻,亦自以年德,惟鄉祭酒,族人咸稟約束唯謹。伏臘踐更,具有程度。里有大繇役,亦胥聽命於公。公爲劑量,各得其平,始終無所憑藉軒輊。晚年鑿小池,蓋茆亭數椽,日與老宿徜徉其間,曰:“吾閲歷倦欲,今且休矣。”

配黄孺人,余曾伯祖肇慶别駕畏菴公孫女也。不及事封公,奉黄太宜人色養甚備。其事池州公伉儷亦儼如尊章。時家難漸殷,取辦一切,孺人茹淡課織以佐費,脱珥雜佩以供賓,拮据門内,亦藉以枝撑門外。訓子女尤勤劬,諄諄門户之不易保,警戒之不可以怠,依然女士風規,惜乎其不永也。

公生嘉靖壬午十月念五日,卒萬曆庚寅七月念六日,得年六十有九。孺人生嘉靖癸未二月十二日,卒嘉靖己酉十一月十一日,得年僅二十有七。子三,香,冠帶鄉賓,娶太學生陳良紀女,爲余母姨,繼娶給諫曾公仲魁子文學宗孔女;馥,太學生,娶蔡克寬女,俱黄孺人出;馪,蚤夭,娶高魁時女,繼室蔡出。女二,長即蘇紫溪先生配,封淑人,黄出;次適黄志賓,蔡出。孫男七,孫女二。曾孫男十九,曾孫女十七,玄孫男七,玄孫女二。名次聘字詳具狀中。墓在南安三十六都新塡山之原，坐庚向甲。葬以某月某日。

史氏曰：嘉靖之季，吾安平不盡燔于夷者，幸有城可憑耳。城之議創于池州公，又以身殉，其爲德於安平甚大。吾聞活人者有後，以死勤事者有祀，乃靳焉忽諸，則何也？《泂酌》之詩曰：“挹彼注兹。”天之道也。公蚤負驃騎第五之譽，而枉蒙司馬致邑之辜，挹而注之，其猶有天道乎？食德代興，舍公之後奚適矣。銘曰：

是貴介而誡其盈兮，無怙侈而離其眚兮。亦既困而後乃亨兮，天道張弓豈夢瞑兮。吁嗟乎新原鬱鬱，偕以其耦，永即爾萬年之扃兮。

明故茂才黄體吾翁暨配柯孺人合葬墓志銘

士有隱約窮巷，敦素抱朴，其致可以永年，而其風足以範世者，固惇史所必稽也。太古人壽多至千百歲，中古亦百歲以爲常，後世乃以七十爲稀壽，非氣禀有厚薄也。古者鶉居而鷇食，睢睢而盱盱，直無所撓其生耳。後世嗜慾滋侈，往往以生殉物，至富貴尤甚。羶薌綺麗之煎靡窮外，搆鬬紛囂之攖鍵窮内，明銷暗折，生理所餘能幾？世人不察，以爲古今人不相及，不然矣。乃若生叔季澆漓之世，而躬淳古朴素之風，既以壽其身，還以訓於俗，則余族伯體吾翁其人哉！翁今往矣，人生百年過隙耳，一息不續，即彭殤正等，猶復哆口言壽，不亦陋乎？要以治身範世，胥有取焉，故足術耳。

翁之生亦無異徵，體貌不逾中人，第其由少壯而至大耋，神明日以健王，營衛日以强固。余嘗從翁之孫虞治問起居，以爲别有吐納屈伸、内視返聽之術乎？曰無有也。嘗講求黄岐之編，藉藥力扶衰之助乎？曰無有也。曰然則奚爲而壽？曰吾祖無以爲壽也，亦未嘗有意於壽也。惟是循循常常，生平無紛華之嗜，室中無柔曼之容。食取其淡，衣取其麤。初居約時如此，晚年饒足亦如此。即虞治輩奉鮮腆而進之，弗御也，曰吾從吾所好耳。余曰：嘻，此翁所自爲壽也。夫寡欲則無所戕於性，薄享則無所忌於天，既富如食貧則無所變其常，此恒久之理也。且非直自爲壽已也，人之好侈何所不至，惟語及死生壽夭，鮮不惕然猛省者。今世尚日漸日靡,見翁之靈光不熸,碩果不食,則莫不咨嗟豔羨。至問其所以得壽之繇若彼,或者其有還醇反本之思乎?昔王君公避世牆東,馬少游僅取衣食裁足,惟其一節,足以勵俗,並載漢史。如翁而紀之隱逸、獨行間,奚不可哉?

翁諱逢春,字以仁,别號體吾。始祖千一公由莆徙泉,再傳而爲雲軒公,居安海。又五傳而爲肖川公,生翁兄弟五人。翁居長,少業儒,爲諸生,與其仲、季俱有聲黌序。翁既一意下帷,不問生産,家益落,而事其尊人孝謹無缺,賴其子育秀治計然,能以賈佐父讀。屬有天幸,家稍稍饒。育秀歿,孫虞典復繼其業,遂致素封。翁前以久次諸生終不達,乃棄去,任其孫虞典以賈,而課其孫虞治以學。虞治列青衿,文日益進,騫騰且有日,而季公亦以明經官博士,翁益徜徉無它累,杜門息機,時手一編,自謂羲皇上人,無事足不出里閭,獨其淡泊之致,始終無改。晚年郡邑延以鄉賓,逌然不屑,曰:“吾安能爲此拘拘者?且章服何益吾生哉?”

配柯孺人,與翁同德齊齒,敬事尊章,和協妯娌。而其襄錡釜,慎蓋藏,斤斤纖嗇,尤能當翁心,若鴻妻萊婦,特相宜甚,故翁白首莊之。

翁素康强,丁巳哭孫虞典,不勝慟,無何柯孺人即世,益增邑邑。至庚申冬乃捐館舍。翁得歲九十有六,孺人得歲九十有二。或謂太上無情,翁寶嗇治身幾知道者,而不能忘情眷屬,何也?夫親親而哀死,人情也。自上世以來,未之有改也。翁讀儒之書,行古之道,游方以内者也。若夫生死浮泡,眷屬摶沙,此脱離一切者,世法所不載,非翁所幾,翁亦無取焉耳。

良不肖,幸得托翁族屬,稱猶子。宗有老成,世儀在望,庶幾寶嗇是師,而宿業深重孟浪,未能髣髴,竊以此媿翁。於其葬也,因虞治之請,不辭固陋,而爲之誌。葬以天啓元年正月十有二日辰時。墓在南安之碧石阿,坐乙向辛。若子姓婚配則季公之狀備矣。銘曰:

是嗇于奉,乃贏于歲。惟宗之老,惟世之瑞。晚食緩步,無辱當貴。抑戒何庸,惇史可載。齊德同穴,偕以其配。碧石之阿,夏屋若蓋。綏其遺慶,福爾委蜕。

處士懷芹陳公墓誌銘

處士陳懷芹公者,余母太淑人胞弟也。諱士欽,字敬甫,别號懷芹。自始祖宣教公以來,爲安平著姓。數傳至廸功郎公光璘,光璘生衖,衖生汝倫,汝倫生良紀,即太學生芹野公也。娶于韋,爲廣信太守鷺沙公女。生二子,公其長也。

少習舉子業,芹野公甚器之。甫弱冠而芹野公歿,公煢然孑立,毁瘠幾不自存。事母能曲意承歡,無何母韋捐世,喪之如喪父。公既失怙恃,弟復蚤夭,百凡家務,悉以身仔肩,坐是學業稍荒。時當兵燹蕩析,田廬丘墟,先業遂落,而祠宇亦在燬中。衆苦力詘,公謂營室先廟禮也,鳩其族共拮据成之,廟貌一新,公實爲之倡也。屢試有司不利,乃棄去,學王君公牆東之隱,睢睢盱盱,與時浮湛,絶無機心機事。俗好奢而獨處約,俗巧競而獨守雌,俗操奇贏、權子母而獨守無營,是以生理不能自振。然意有所適,不計有無,至中有不平,口亦無所揀擇,人亦亮其無它,不爲怪也。

先宗伯性方嚴,清白自將,獨喜其無崖岸,以爲有葛天、無懷風。宰陽春、守廉州時,公皆不遠千里往相訊候,欵欵寒温,盤桓絫月,比歸,垂槖而入,意亦夷然不屑也。良嘗拜其畫像而贊之曰:"是爲陳懷芹,厥貌恂恂。縫掖之服,方山之巾。儒非局趣,市亦隱淪。雞肋凫脛,蹴躇風塵。有琴不絃,有醪盈樽。身世醉鄉,乾坤散人。"人謂頗能傳公神云。晚年與里閭舊侶作真率會,叱嗟肴簌,拍浮酩酊,至篤老猶能蹣跚劇戲場中如嬰兒狀,其任性無町畦皆此類也。

公生嘉靖戊戌年十一月十三日亥時,卒萬曆戊午年十一月初二日辰時,得年八十一云云。公卒越月而葬,諸子來請銘。余惟渭陽之誼不能辭,乃既誌而銘之。銘曰:

匪貧匪富,絶智去故,長守其素。靡榮靡辱,居鶉食鷇,未雕其璞。是謂不二之老,無風波之甿。既彌爾性,還反其真。面原晦晦,背洳粼粼。子孫詵詵,福禄將來臻,以永穀爾後之人。

族叔祖處士莘野公暨配陳碩人合葬墓誌銘

史遷有言,貧富之理莫之與奪,巧者有餘,拙者不足。夫白屋窮巷,起徒手,不階積絫而致素封,此其才有過人者,然非識以居之,其富未能長守。能守富矣,或未免賈胡見嗤。若夫遭孤窮仳離之會,而驟致卓、鄭刁師之贏,據富厚逸樂之資,而兼有騷人韻士之致,自非識與才合,未易語此。於吾宗得一人焉,曰處士莘野公。

公余大父行也,而年相亞。少失怙恃,依從兄省吾公。余髫齔時從省吾公受塾學,公與焉。是時零丁孤苦,幾不自存,略通文義,不能竟學,已乃從叔父筆峯公客姑蘇。筆峯公貲僅中人,公受其要束,莫克發舒,乃歸而收拾餘燼,自以其意經營拮据,軫慮卒瘏,資稍稍進。安平人以販海爲生,公從其俗,一揚帆市島嶼間,頗獲奇羨,歸而嘆曰:“此畏途也。吾聞無財力作,少有鬬智,既饒争時,何必危身以博阿堵乎?”乃徵貴賤,權取與,任人而息之,貲遂大起。公雖起積著,然性儻蕩曠達,不屑瑟於錙銖。酷嗜音樂,每以聲伎自娛。不能勝杯酌,而樂與酒人遊。不能纖趨請謁,因緣貴勢以自引重,而意興所投,逌逌與偕,度曲呼盧,每至達旦。

記余自南雍轉官取道省覲,與公會武林,公觴余湖上,酒酣約曰:“吾兩人同遊里塾猶昨耳。三十餘年來,風塵岐路,經過此中,湖山依舊,朱顔已非,乃知富貴紛華,俱屬幻夢。若一旦倦遊而歸,當相與及時行樂,勿令嵇、阮笑人也。”後十年余歸,乃與公理夙約,招族戚結社,倣香山故事,花朝月夕,過從無厭,選勝尋幽,追隨不舍。余既潦倒,公亦酩酊,輒然忘其身世,將謂此樂未央,而孰意公先棄我去也。

公素有羸疾,惟意是適,不拘拘攝生,以是僅望下壽。郭景純曰:“吾天受有分,常恐用之不盡。”張季鷹曰:“人生貴適志耳。”此其意與? 公豈異哉? 嗟夫! 吾觀世之賈豎逐逐於錐刀,有智盡力索而斃耳,終不肯知止而讓餘。不直此也，即縉紳先生亦往往沉湎浮榮，勞瘁卷跼，至鍾鳴漏盡，老死而不獲規一日之適者，孰有如公起窮約，不名一錢，徒手而致素封，乃見險即止，未老先休，陶陶於物外，豈非達生知命，明於儻來之分然乎哉？余竊謂公識與才合以此也。

公之子太學君爲余言，公治家嚴而有法，父子愛而能勞，與人交和易無城府。丐貸懿親不見德色，即貸而負，負而復貸，亦無難色，此又實行可紀者，微獨才與識足貴耳。

公諱宗任，字伯尹，別號莘野。與余同三世祖，父諱克嶠，母蔡氏，配陳碩人，余母太淑人從姑也。婉娩識大體，能以纖悉就公放達。公卒後，捸家七年，業益拓，有巴婦清風。子三，亮陟，即太學君；亮載，亮衡。女五。太學君將以是年戊午十月念九日奉公與碩人葬于南安九溪百峰嶺之麓，徵言於良，謂良與公生同族，少同學，晚同遊，知公者宜莫如良。其何敢辭？然非良言實能永公，公實有可永者在也。乃既誌而復銘之。銘曰：

挹盈注虛，積著之理。困能亨屯，泰能傾否。貪夫殉財，公趣則異。徵士閑情，仲長樂志。反而相成，亦有内美。既克負荷，方引勿替。孰銘諸幽，維家史氏。

故文學我藩黄公暨配孺人蔡氏合葬壙誌

公諱汝封，字明祚，別號我藩。始祖千一公自莆徙泉。唐時桂州刺史公諱彦者自光州固始入閩，則始祖所自出也。千一公再傳爲雲軒公，復由泉城徙居安海鎮，由是世爲晉江安海人。雲軒公三傳爲主閑公。主閑公生鋭齋公，鋭齋公生菊山公，菊山公生雙江公，是爲公高曾祖禰也。鋭齋公而上並有隱德。菊山公歷官舒城令，擢衢州貳守。雙江公繇陽春令擢廉州貳守。菊山公剛方明敏，爲世能吏，爲鄉先正，而詩名最著，有集行世，海内鉅公稱述焉。雙江公居家孝友，仕宦所至，絜廉惠愛有聲，以循吏祀學宫，並載郡乘中，後用天子覃恩俱誥贈通議大夫、禮部右侍郎兼翰林院侍讀學士如子汝良官。雙江公配陳，封太淑人。以嘉靖乙卯年六月初十日生公。兄弟四人，公居長，次即汝良，次汝惠、汝爲,俱國子生。

公生而氣質清弱,少多病,母陳太淑人絶憐愛之。父雙江公性素嚴,訓督備至,且病且讀,晦明風雨弗輟。兄弟中與良年相近而姑子蔡信菴公彭長公一歲,常相與肄業北山精舍中。公聰明强記,略與信菴兄埒,至其下筆敏捷,日未移晷,纚纚千言,無論汝良瞠乎其後,即信菴兄亦遜以爲不及也。己卯補郡弟子員,其秋試省闈不利歸,益力學。少時爲文多揮灑急就,晚更嗜古子史衆家,手自抄録,文更沉蔚有致,同儕咸推謂當指日穎脱,然竟以體弱善病,不能終其業。時同學信菴兄與汝良俱後先舉進士,及同儕亦多通籍,而公竟以病廢。公既病,乃謝青衿,終日趺坐一室,一二親朋狎至者,與之燕敍劇談,雜以諧詼,佐以絲竹。間視蒼頭蒔花蓄魚,以自爲娱,若忘其病者。至於時事牴迕,中懷感憤,引繩批根,有千人必往之氣,又若不知其身之在床第也者。癸巳,汝良奉使過里,得日夕候起居。越明年而公病亟,易簀之際,幸得奉永訣,視殮含,實甲午二月初四日也,享年僅僅四十。嗚呼,痛哉!

配蔡孺人,爲尋甸太守蔡公民望女。十八而歸,後公一年卒,實乙未某月□□日,距其生乙卯□月□□日,得年四十有一云云。墓在晉江九都檳桃山之原,距大父菊山公藏左數十武,坐□向□。葬以壬子年十二月十三日。

嗚呼!公爲菊山公冢孫,雙江公冢嗣,庭訓若此,天授若彼,唾手青雲,宜若易易,乃竟以多病纏綿,賫志而殁,冉盧之疾,賀勃之殀,秀而不實,天實爲之,謂之何哉!然其學殖之恢宏,英氣之勃發,胸襟之灑落,謂非得祖父遺風不可矣。在禮,卑不銘尊,汝良何敢僭爲公銘?惟是㝉棣愛深,人琴痛切,不忍伯氏泯泯也,爰追憶生平,述其概梗,以爲藏中之誌云。

明太學生邇江黄君暨配慈肅留氏合葬墓誌銘

余弟明學殁今六稔矣。日月有期,窀穸將窆,余欲稍紀其生平,納諸壙中,輒低回嗚咽,筆不能下也。嗟夫!余弟也,非猶夫人之弟也。始先王父遣先君偕先慈莅陽春任也,王父耄矣,伯氏暨余方待試黌序,不能盡帑以行,唯弟執羈靮焉。亡何，先慈不便水土，先君遣之歸，唯弟奉板輿焉。是時弟年十七八耳。侍親往返，間關出入蠻烟瘴雨中，勞憊甚至，而余乃得竟吾伊之業，是安余於學者弟也。丙戌之役，余叨一命於朝，伯氏已病篤，季弟尚少，弟出而奉吾祖，入而奉吾母。大父即世於戊子之夏，先君奔歸，無禄，捐館於戊子之冬，十九載而先慈亦棄栝棬養，啓手足，視殮含，惟弟實克左右，余藉以稍逭不孝罪萬一，是安余於仕者弟也。余既宦游，又强年始有似續，一切家務悉藉弟綱紀，歲時灑掃松楸、供祠伏臘、應對賓客、枝撑門户，即環堵蓬室亦弟爲居守，糊口石田亦弟爲畬菑，是代余爲家督者弟也。弟性通敏，晚益練事，胸中具有肉譜，於古今載集多所涉獵。自余索居安平里，第面壁蕭然，或古人出處、時賢履歷，每有遺忘，叩之無不如響。間有所結撰一篇成，必持以向弟，稍經彈射推敲，輒欣然有會。或於事有轇轕，弟一爲斟酌，往往開余，是爲余益友者弟也。夫弟也，非猶夫人之弟也，此余於其坜也，既深人琴之慟，於其窆也，尤悲惘於悒而不自禁也。

弟諱汝惠，先君以其資穎任學，字之曰明學，因自號邇江，事父之義也。祖自光州固始入閩居莆，代有顯者。至千一公由莆入泉，再傳雲軒公，徙晉江之安海，七傳而爲祖菊山府君，歷官舒城令、衢州府同知，八傳而爲吾父雙江府君，歷陽春令、廉州府同知，祖父皆贈通議大夫、禮部右侍郎兼翰林院侍讀學士。祖妣伍氏贈淑人，妣陳氏累封太淑人。生余兄弟四人，伯爲文學明祚，蚤卒；次即余；次即弟；又次爲太學明臣弟。先君義方素嚴，弟每過庭，齋遬尤甚。自陽春歸，乃冠受室。丁亥補郡諸生，辛卯、甲午應試棘闈。丁酉，余貳南雍，弟來省視，因入太學，遍交海内英儁，學日益進。自此再試南闈皆不利，亦以家務殷繁，不得專精舉業故。或勸之隨牒，即夷然不屑，曰："少游故不羡伏波，第五何必減驃騎？人生豈在區區仕宦哉？"余丁未内艱歸，弟與余交相泣也，已又交相慰也。五載之間，壎篪翕集，輒然寛其侘傺。壬子秋，余病腸澼幾殆，弟朝夕診視，幸而不死。弟素彊，又尊生謹，疾甚，第稍患陰重，亦無大苦。其冬誤爲浪醫所砭，遽爾不起。嗚呼，痛哉！

弟天性快爽，心地慈祥，與人處絶無崖岸，薄責而厚施，卑躬而恕物，卒之日知與不知，無不嘆息至涕下者。娶留氏，爲文學留君紫沙女。勤幹稱女士，家事多所埤益，弟特倚重之。男女婚嫁，並屬拮据，終始相莊，内無妾媵，弟卒後茹荼廢沐，雖家人會未嘗有預，外人罕見其面。後五年亦卒。

弟生嘉靖甲子閏四月十九日午時，卒萬曆壬子十二月十七日寅時，得年四十有九。弟婦生嘉靖丁卯年十一月初二日卯時，卒萬曆丁巳四月初九日巳時，得年五十有一。丈夫子三，慶增，邑庠生，娶常德府知府李公道先弟太學生君光先女；慶暘，聘户部主事陳公應春女；慶胤，聘封刑部主事陳公賓子庠生君儀采女。女六，適柳州府推官王公孟遴子庠生鳳祚，適太學生柯君恒耀子開樾，適浙江參政周公良寅子庠生君道元子庠生廷璜，適程鄉縣知縣林公欲揚子庠生賓櫄，適兩淮運使蕭公騰鳳子庠生君鶴標子宗聖，適太學生顔君希仲子祚昌。孫男一，弘祖，聘庠生陳君梅羹女。孫女一，未許。俱慶增出。墓在南安三十六都，坐坤揖艮。葬以戊午年三月十七日子時。

史遷有言，學者多言無鬼神事，然言有物。蓋弟殁後凡三見異焉。始城南有二傖父，後先病困，魂爲鬼卒所追，至冥司，見達官坐堂皇判斷生死，熟視之，乃明學也。二傖父初不識丁，醒猶記其判案具有文理。最後族弟諸生明偕死，一日復甦，語人云適至冥司，見門前牓云“是是非非地，昏昏曉曉天”，入見明學緑衣執筆，爲悲涕求還。弟亦加慰藉，爲改判案五十字。時明偕甫四十，自喜得延其年。五月初十日卒。又屬明偕寄語諸子，欵欵皆他人所不知，聞者驚異，乃知釋氏天堂地府之説，道家注生録死之文，豈誕也哉！亦由弟生平心行平恕，兼以畢命無妄，宜其魂魄毅而爲冥正也。銘曰：

子能事親弟能悌，才能克家美能濟。石火電光何蚤世，雲車風馬將安逝。執司冥權顯靈契，精氣颯爽永不敝。蜿蜒洪原蟠福地，迎祥妥魄驅殀沴，墮淳昭晰穀爾裔。

明禮部儒士俞特黄君暨配龔氏合葬墓誌銘

余從姪俞特韻士也，而隱於賈，年差長於余。余從族屬中，素習其爲人慷慨重然諾。少業儒，已棄去，客遊湖海。余司成南雍時，俞特自粵走金陵謁余司業署中，與余劇談古今上下，南北風烟，間及名賢書畫、金石欵志、方外服食之類，莫不纚纚有致。尤工操縵，出槖中琴爲余鼓之，其聲慢愋而淵婉，遒古而淡宕，余灑然異之，曰："子賈也，何意識之不類賈也。"已别去，復客遊粵。久之，余歸自京師，方期趣仲容歸作方外侶，乃俞特竟以客殁也。嗚呼，惜哉！殁之若年而喪歸，又若年而克治窀穸。其子徵曜輩以余能知其父，謁余請銘。余不能辭。

君諱維珪，俞特其字，别號執軒，以喜琴工佩蘭調，又號佩蘭。父北軒公，母柯孺人。生丈夫子四，君其仲也。北軒公賈外，君與諸兄弟侍母以孝友稱，於諸父亦各得其歡心。好義樂施，耻屑屑競錐刀。北軒公老倦遊歸，爲諸子析箸，田産聽諸昆弟自擇，有姜、薛風。其後食指漸繁，乃罷舉子業，代父行賈，往來吴越間，而多在粵。所至往往與其名士交結。其嗜琴晚而益甚，每遇佳山水，風朝月夕，或賓朋邂逅，或侘傺岑寂，輒援琴鼓之，渢渢泠泠，怡然適也。嘗訓諸子曰："賈非而父本懷也，吾嗤世之賈豎往往貜攫而谿藏，喪心而昏智，故吾托於琴，庶幾鎔砭而滌蕩之。方吾鼓琴，躊躇滿志，不知天地高下，形骸有無，何况區區嬴絀多寡？故知吾琴心者賈可也。"嗟乎！此其言不幾於有道者哉！吾觀自古有道之士，往往托於物以齊遇，若嵇康之鍛，阮孚之屐，伯倫之酒，吾俞特之琴，意豈與古人異哉！晚年遥授禮部儒士，不沾沾侈章腋，亦以見賈不忘儒之意也。

始君居外，遇歲時伏臘，必遣人賫金治酳爲二尊人壽。比北軒公終，君亦及艾，奔赴哀毁，戚易過人。除喪後，復一出，念母老，趣治裝歸，未發而疾亟，遂卒。

初娶蔡氏，蚤殁，無出，别葬某。繼娶龔氏，爲龔利賓女，性孝謹，事舅姑如俞特事父母，睦妯娌如俞特睦兄弟，又能以其明慧經理家政，歲時問遺，戚里必周，推而煦沫窮乏，以至橋道渠井、佛廬道院，輒能隨緣施捨。俞特之久遊無内顧，皆其助也。歲已酉，徵曜自粵舁父櫬挈父妾與其子來歸，龔氏婦哭之哀，勗其妾以先君之思，撫妾子以鳲鳩之愛，斤斤晰大體類此。其順舅姑、和室人而當夫君,有以也。後俞特六年卒。

俞特生嘉靖甲寅十二月廿二日卯時,卒萬曆己酉五月初一日戌時。龔氏生嘉靖癸亥九月廿五日丑時,卒萬曆甲寅四月初三日戌時。系與余同四世祖,由安常而直毅,而暝齋,而拙齋,而竹山,而環江,而北軒。丈夫子四,某某。女三。婚嫁狀備矣。葬以某年某月某日。墓在晉江四都之御臨山,負坤揖艮。銘曰:

臨阜之陽,膴膴瀜瀜。坎其坳,崇其封,是維韻士之所藏。及爾静好,即爾幽宫。而我識之,高山流水,德音不忘。

明待贈誨齋蔣公暨配葉孺人墓誌銘

距余居安平瀕海七十里而爲同安之澳頭鄉,有賢豪長者曰靖節蔣公,余居常習聞其義。歲丁未,南宫之役,得其子起部君芳鏞,問而知其世,益深嚮慕。越四載而公没。又五載而克襄窀穸,起部君手莊太史之狀爲余泣而以墓中之石屬余誌而銘之。余既習知公,又重以世誼,何能辭?

公諱懷忠,字靖節,别號誨齋。先爲鳳陽人,初徙晉安,再徙同。曾祖啓份,祖崇温,父仁卿,是爲龍江先生。崇温公慷慨好施,至龍江始啓詩書之業。公生而警敏,龍江公課之甚勤。中遭蕩析,不能竟業,而天性篤摯,年二十值倭寇海濱,扶其父竄匿禾山。父病亟,倉卒無殯具,公晝夜號哭,哀感傍人,鄰人潘爲冒風濤越海募材佐殮,曰:“有子如此,可莫爲死乎?”亡何喪母,哀亦如之。時崇温公繼室尚存,無出而卞嚴,公與配葉孺人婉曲事之,竟得其歡心。比歿,猶强視悲訣曰:“老身不能爲人母而過獲大母孝奉,是可暝矣。”弟某儻蕩嗜酒,公數數箴誡之。弟竟以酒殀,遺孤三人,俱穉幼,公與孺人撫之,不異毛裏,底于成立,而其二復同日溺海,則又撫其孤之孤,粒粟寸布,計入均賦,一家雍睦相與,食貧于一人,真不辨其爲常兒常衣也者。

公尚義重然諾,然以倖直故嘗爲不逞所齮齕,縶於犴狴,昕夕手《尚書》一編,諷誦弗輟,若有神呵護之者。未幾縶亦解,而其慷慨尚義終不以困故少衰,蓋天性然也。起部君以丙午舉于鄉,丁未登進士,公貽之書曰:“兒能竟汝大父詩書之業，幸甚。然吾宗有妥靈之祠與先世之丘壠，夷於兵燹，吾每念泣下，思肩此久矣。老人恐不能待，孺子圖之。”起部君告歸，請具曰：“兒猶食貧也，將何以哉？”公曰：“子能節約如青衿時，何患不克？”起部君帥其教，經營歲餘而竣役，公喜曰：“猶未也，而曾大父樂施之志未竟也。”會明年歲侵，族多困瘁，乃告糴於廣以贍族，槥其不能殯者，遣其不能嫁者，優課其能文者，而又推其餘以逮里人。里人與邑之薦紳大夫上其事於學使者及郡邑，略云：公事父母孝，而能孝繼大母，則又難。處弟友，而能鞠其弟之孤與弟孤之孤，則又難。貧而爲德於族，而推之以德於鄰里、鄉黨，則又難。郡邑遂以鄉大賓禮禮焉。

葉孺人者，同之後葉望族也。性婉嫕，而晰大義，常別第閨帷流品，用資勸誡。于歸時正值家落，拮据辛勤，以無廢箸。凡公之爲義，貧而不什，危而不悔，實藉内助云。雖憐愛起部君，而訓之讀無間寒暑，往往機杼聲與吾伊聲相竟至丙夜。卒以此得瘋癱疾，疾亟，無所怛，惟睠睠以起部君成名爲念。此豈與兒女子喔咿剌促者同乎哉？公生云云。

起部君又言，公性絶不喜浮屠，而數勸人爲善。每每誦聖祖六訓及義門、義莊諸事以相誨誘。此非浮屠氏以口布施者耶？不惟此也，迹公生平身之所履，由家而族而鄉，方便利他，隨緣施舍，種種發菩提心，具菩薩行，無非佛也。居其實不居其名，此夫真喜佛者也。夫心量無際，雖所及有限，功行固無所不圓滿，而况乎有哲嗣以竟其量也乎？銘曰：

勉勉德人，瞿瞿良士。既敉厥家，由宗及里。種福于田，以時耘耔。是蓘是蔗，報爾喆嗣。翔風之山，有岐斯髻。漸鴻角聳，天駟拱峙。罩如者丘，萬禩樂只。偕爾齊眉，永綏來祉。

族姪俞瓊墓誌銘

余丁未歸自京師，里居五六載間，君無日不相過從也。晨夕風雨，周旋靡舍。余襄先人窀穸，若成室，若治別業，皆藉君庀具鳩工，吉凶之務，君胥助焉。余仗之若有肱。然非特此也，黄族指以數千，若族中有大建置、大祭祀、大喪紀、大宴饗，以至貧當賑、孤當恤、患難當排者，類皆藉君爲之經紀而調停。又非特此也，即安平堡中諸事，亦往往倚君而辦。前時修城垣，建鎮館，君皆參預紀綱之役。修西塔，建神山觀，則君爲主進。其它若堡中人有緩急扣門，未嘗以事爲解，豈非古所稱幹局之才，綜理之任，庶幾賢豪間者耶？余嘗慨世俗之人一膜自封，日卷局於鷄棲豕牢之側，飲食妻子外孰能資其一毛？即有賸力餘技，莫得藉其用。又或鬼蜮其心，狙猨其智，别有肺腸，難可方物，即有賸力餘技，可爲人用而人又莫之敢用。君長不滿五尺，家不逾中人，身處闤闠，非有詩書之素，然而濟物營務，鄉族賴之。微獨其才具勝也，亦其胸中坦洞，立義不侵，能使人信而嚮之，非苟而已。然則君非惟有用，實亦有心。《易》曰："貞者事之幹。"心之不貞，幹於何有？嗚呼，使世之任事者人人如君，天下事何所不了？此余於君之歿所以咨嗟悲吒而不能自已也。

君諱維瓊，字俞瓊，别號敬堂。始祖千一公自莆徙泉，四世以上俱與余同祖。至直毅公始分派。直毅三傳而爲竹山公，竹山生宜山，宜山生後齋，是爲君曾祖、祖父也。竹山、宜山皆以慷慨尚義見推鄉族，君之繩武所自來矣。余先伯祖贈州同漸峰公以義俠見齕仇家，宜山公爲之引繩批根，并爲仇家所中，適死嶺南。亡何，後齋亦客粤死。是時君方弱冠，間關扶柩，後先皆得歸葬。既少孤露，家事益落，上養母蔡，下撫幼弟，拮据千辛，最苦矣。然猶割其橐中金若田以供曾祖祀事，與繼曾祖母之饔飧，又推以贍其伯父某及其孤姪，君之大義較然類此，其爲人所信嚮有以也。

妻曰陳孺人，實善相之。子一，文表，南安邑庠生，勤學篤行，方大厥家，娶陳王藎女，繼娶陳宏緒女。孫男三，應蓮、應梅、應荔，俱未聘。女一，適陳一讚。孫女一，未許。墓在南安三十六都之雲山，坐甲揖庚，君所手治者。君素强無恙，善飲啗，步履輕趫。余每晨起盥櫛出廳事，則君已遍歷勾當諸務來矣。然君嘗有妖夢，豫知冥數，故急於治藏，藏成而卒，卒逾月而葬，蓋其達也。未卒前三日，猶與余遊，劇談至丙夜。又一日，猶爲中表料理分箸，其明日忽報君逝，蓋近於尸解坐化者，妖夢是踐，悲夫！時萬曆壬子十一月念六日也。距其生嘉靖壬子九月念七日，花甲僅一週。余既臨而哭之哀，恨不能起君於九原，於其葬也，爲之誌而銘之，毋使其泯泯云耳。銘曰：

吁嗟俞瓊，俞瓊！雲山之宅，於汝藏魄。昨日逡逡今無跡，如何舍我即幽寂。思汝幹用何由得，我爲汝銘淚沾臆。

明中順大夫柳州府知府卓然郭先生暨配黄孺人陳孺人合葬墓誌銘

郭卓然先生者，先宗伯同年友也。良自垂髫過庭時，則已瞻望其丰采，私淑其文章，心儀非一日矣。比備員庶常，而先生官計部，所蒙覆翼提誨甚摯。其後宦轍參差，風烟懸隔，邇來棲遲海澨，望先生起居再舍間，幾得時奉杖屨如曩時，而先生往矣。壬戌冬，先生窀穸有期，冢嗣太學君手其所自爲狀來請銘。良感世誼之綢繆，傷典型之綿邈，何能辭？

按狀：公諱立之，字某，别號卓然，泉之晉江人。父贈户部郎某公，母太孺人沈氏。先生七歲贈公見背，太孺人含辛茹荼以課先生於學者，備極勤劬。先生奉稟慈訓，用克自奮勵，學業大競。年二十一以儒士科應試，二十七舉于鄉，四上公車弗第。丁丑已入彀，又復見遺。念太孺人老年食貧，乃屈就鐘釜，掌教象山。象山浙東下邑，先生設立科程，多方誘誨，士斌斌嚮風焉。三載屢膺高薦，擢國子監博士。先是令象山者欲以意氣加先生，先生師道自處，屹不爲動，及令以贓敗，意先生齕之，將釋憾焉。先生夷然若不知者，瀕辭諸當事，爲極口昭雪，以此稱爲長者。其教成均，條約一如象山，而宣上達下，得寬嚴之衷，兩司成賢之。尤精於品題，在象山得邵芝南於丱角，在國學識南玄浦於明經，一見以國士期之，人服其有人倫鑒云。

擢司計部務。計務最號殷繁，每堂上有所咨詢，條析如響，大司農倚如左右手。晉副郎，尋晉正郎，出監兑三楚。先時糧長包解，乾没至不可詰。先生精心釐剔，宿蠹一清，繇是聲望日起。尋擢守柳州。前此仕宦所至，太孺人皆就養，至是年益高，又以粤西荒遠，不便將母，不勝膝下戀。太孺人固遣之，曰：“兒向司户曹時，僅貤贈兩父，今仕至二千石，獨不思以五馬榮雙親乎?”於是單車就道。至則問民間利病，鋭意興除，初未嘗鄙夷其民而鹵莽其政。閲爰書有二十七人者以不軌論辟，其二人已斃圜扉，餘亦奄奄垂盡。先生疑其冤，乃隔别虚心審鞫之，乃知其爲集衆墾地山後，與虎狼爲鄰，執兵自衛，縣官勾攝不時至，因坐以謀逆，時已羅織成獄。先生特爲請命，監司難之，先生曰:“人命至重，一夫含冤，猶能變動天地，况多命耶？倘有失出，守當任咎。”於是轉讞三臺，覆審報允，並獲解網。賊酋覃公禮有衆數千，焚劫村落，出没無常，先生偵知其窟穴根柢。時有庫吏犯贓，素桀黠有心計，乃出之囹圄，曰:“爾能辨賊，當貰爾罪。”對曰:“願效死。”因使誘賊入内地，而豫爲之備。又先檄土舍某斷其歸路。賊掠無所得，退無所歸，竟剿除之，民以安堵。其保赤勝殘它政類此。

居一年，柳人戴德方殷，而陟屺嬰懷，不能少俟，遂申文三臺，懇乞終養。臺使監司以及士民扳留，俱不能得。解組東歸，日奉太孺人婆娑燕喜，歲時伏臘，率孫曾以次上壽。親既皓首，身亦蒼顔，自謂安仁捧輿、仲統樂志，雖三公不與易也。比太孺人耄期厭世，甫禫除而先生亦捐館矣。

元配黄孺人，于歸半載而没。繼配陳孺人，婉順善持家。先生故食貧，負郭數畝，饘粥僅給。既舉于鄉，遊道日廣，供億皆出孺人拮据。事姑太孺人甘旨之奉，務極鮮腆，意有所欲，咄嗟立辦。時食指既繁，特善承姑意。撫養其二外姪之無父母者，與其子均鳲鳩愛，自諸父諸母以及諸姊姒，無不各得其歡。訓子女不以慈廢嚴，閨内肅然。先生居官所在察廉，孺人實善成之。比歸自柳，猶能推其俸餘以周宗戚。時孺人雖没，猶其平日勤儉所遺也。

先生生嘉靖戊戌八月廿七日，卒萬曆癸丑五月廿六日，享年七十有六。陳孺人生嘉靖癸卯四月初二日，卒萬曆丙戌十一月初三日，得年四十有四。子四，宗堡，即太學君;宗垣，宗培，國子生，陳孺人出;宗戴，側室鄭出。女三，皆陳孺人出。孫男五，孫女六，曾孫三，曾孫女一，婚配皆名族，狀具矣。葬以某年某月某日，先生與元配同穴，陳孺人在其某方，禮也。

舊史良曰:昔柳子厚守柳州五載，以禮法治郡，風移俗易，郡人祀之，没爲羅池廟神，退之侈爲美談。先生守柳僅一年，雪冤民，夷大憝，去之日民攀轅軹道不忍釋，其化尤捷，即以郭柳州繼柳柳州，奚不可也。然子厚失身伾文，没齒荒裔，先生托興北山，急流勇退，識趣抑又遠矣。是宜銘。銘曰：

是維郭柳州，賢書蚤升，猷問夙騰。仁明爲政，孝誼作程。仕爲良二千石，而處爲鄉先生。亦有淑媛，克相蘩蘋。罣如相望，異穴同扃。於萬斯年，穀爾孫子永繩繩。

茂才吕新溪先生暨配黄孺人合葬墓志銘

距泉郡六十里有樸鄉焉，而吕爲鼎族。樸鄉之稱自宋吕公大圭始也。公受業陳北溪門人王招復得考亭淵源，登淳祐進士，官侍郎，學者稱爲樸鄉先生，故其地至今稱樸鄉。當幼主播遷，公以舊臣，蹇蹇斥蒲壽庚逆黨，義不草降檄，卒以身殉。子孫覆巢是懼，棄家竄入浮圖，不絶如綫矣。其後二百餘年而茂才新溪先生始克復樸鄉故居，爲廟以祀，令德孝共，不媿繩武。嗚呼！孰謂忠義之裔竟泯泯哉！余嘉樸鄉有後，於先生之葬而請銘也，樂爲誌之。

按狀：先生諱謨，字以訓，以字行，别號新溪。先出光州固始，五季入泉。宋元祐而後，代有顯者，而譜牒不詳，詳者自樸鄉公始。五傳爲敦德，敦德之季子守直，守直之季子實翁，配侯氏，則先生父母也。先生居長，次茂才猷，次太學生豐。先生具至性，精勤有幹局。少小無嫚語佻習，下帷發憤，用志不分，補弟子員，每試有司多見賞識。以數奇，竟偃蹇棘闈。初實翁用本業起，比嘉靖末兵燹饑疫荐臻，田廬荒燬，遂減先貲。時實翁已勸勤，猶未弛家政，先生歎曰："吾聞爲學以奉親，乃以親奉乎？《鴇羽》之嗟，可念也。"乃謝罷諸生，身家督，修實翁之業而息之。田園陂池益斥。娱侍其二尊人，無不曲中所驩，時人詫曰："仲長樂志，奚必減毛義奉檄哉！"

侯孺人先卒，喪之極哀。又虞實翁不無别鵠懷，乃爲迎箠室而母事之。友愛二弟，與仲氏少則吾伊倡和，老而杖屨追隨，姜被、韋床，壎篪無間。季少先生廿餘歲，弟友而師，課之學成，俾鼓篋成均。無禄即世，不勝鶺鴒痛，拊其藐諸恩愛備摯，稍疾病則驚憂不成寐，真若屬毛離裏者，蓋不徒第五之十起矣。

中年未胤，人謂先生行篤宜胤，日覘其門有弧矢，而竟未也。先生達觀無滯，取季弟之仲子子焉，是爲太學君宗瑞。時先生猶未艾，或疑其蚤計，答曰："人生何常？弟子猶子，而又奚俟乎？"家既素封，好行其德。樸鄉聚族處者數百家，悉推行葦煦沫之，或鞠其孤弱，或贍其婚嫁，或衛其田廬，人人受葛藟庇焉。即姻戚友生，有緩急告者，指囷割橐，隨緣應之。歲侵、軍興乏輸粟佐公家，動至百石，有司欲榮以章服，弗受。鄉飲賓請，亦弗應。臺使者旌其門曰尚義，先生逡巡曰："尚義是吾素心，若以義市則不敢也。"與人交和易無崖岸，接其眉宇者皆樂其可親。遇使酒者醉而訽，醒而謝，若弗聞也者。至於公正發憤，或事關鄉族，則解紛排難，引繩批根，雖勞費無所避。雅尚儉嗇，布袍脱粟，終身無改。嘗言吾非遠人情，第惜福耳。至喪祭及延師教子，則盡禮無吝。其知剛知柔，耻費輕實，蓋幾有道者。生平無濃冶滑其天和，故老而聰明强健。易簀之際，閑定無怛，謂太學君曰："禮不忘所自生。室南爲樸鄉先生故居，距實翁佳城不百武，吾經營僅得之，歿必藏我於此。"太學君遂營窀穸焉，從治命也。

配黄孺人，出安平名閥，閫則甚閑，相夫子甚謹。先生供旨朧則孺人湘錡釜，友棣萼則孺人和妯娌，勤拮据則孺人警昧旦，禱弓韣則孺人推衾裯。子其姒之子如己出，而其子亦母之，忘其非母出也。凡先生之爲義好施，其出先生措意者則從臾之，其米鹽細瑣則體先生之意行之，先生或不知也。卒之日，遠近親暱無不思其惠，宗人因以惠思私謚焉。

先生、孺人生卒云云。子一，即宗瑞，以諸生入太學。孫男二，諸生日甲、日早。孫女六，曾孫男一，曾孫女一。婚配皆名族。墓坐丁揖癸。太學君卜以庚戌年正月初八日奉先生、孺人合窆，而以張司理之狀來請銘。太學君生母韋與先慈陳太淑人之母皆出郡守鷺沙公，於戚屬爲尊。然太學君執成均一日誼，稱弟子，蓋謙謙君子，本先生教也。因其請，既誌而復爲之銘曰：

穚穚樸鄉，顛沛殉國。忠貞之後，光遠必復。有美茂才，襲慶詒穀。孝友惠和，因心則篤。太丘範家，通德聚族。是亦爲政，奚論國爵。鞠衣者裡，承車者輻。寧惟弋鴈，亦有挽鹿。仙宅故墟，永埋雙珏。祖禰焉依，共遊寥廓。

贈文林郎浙江嘉興府嘉善縣知縣泉坡蔡公暨配贈孺人黄氏合葬墓誌銘

嗚呼！余姑夫蔡贈公偕余姑黄孺人之即世也，時汝良方孩耳，茫然未有知識。及稍長而聞表兄蔡工部語及孤苦荼蓼之情狀，與吾大父母暨吾父母痛逝撫孤之慇懃，未嘗不爲廢莪泣下也。居諸不俟，荏苒花甲一週又三載矣。而今乃克就窀穸，則惟是苦于宦學之靡遑也，毖于堪輿之多畏也，此工部君所以含恤靡屆，皇皇焉欲汝良有言以闡其幽而志其感也。汝良屬在肺腑，即不文無能爲役，然何敢不勉爲役？

按狀：公諱以德，字□□，别號泉坡。遠祖自莆陽徙晉江之青陽里，實與宋端明學士蔡忠惠公同譜系。其後遷徙靡定，至始祖穀盈公由嶼頭鄉徙居安海，五傳而爲古愚公，娶於某，生四子，公其長也。生而敦樸忱恂，絶無浮薄恌盪之習，人皆目爲令器。自舞象時則已藉甚閭里，先王父菊山府君見而異之，以長女許字焉。長遊膠庠，益折節讀書，不專事帖括，沾沾爲舉子業，諸經史子集無所不涉獵，下至稗官小説，京省郡邑等乘，往往不厭寓目。每賓朋燕會，覽結名勝，論辯蠭起，公爲剖晰臚列，人人解頤。至某山某水，古刹招提，或方外雜俎，人所不經見聞，具能一一舉其梗概，質以記載，無弗符合，聽者咸服其該博，雖子政識貳負之尸，茂先辨豐城之氣，無以逾也。比卒而先王父哭以詩曰："天上緣何事，黄衣下玉魚。自多得快壻，不永翻愁余。載酒問奇字，捐金購異書。諸孤依舅氏，中或有魏舒。"蓋先王父博古多通，其學無所涯際，實惜其能讀翁書，非獨以半子痛念也。

性至孝，事二尊人曲意承歡，友愛諸季弟而能以義訓廸之。族戚中有鬩牆者，得公一言居間，紛囂立解。其居心平恕，能服人乃爾。獨不喜竺乾家言，以爲福善禍淫，降祥降殃，吾儒之書備矣，又奚取因果輪廻迂誕爲也。其意實祖宋儒，然公仁心爲質，歸之方便慈悲，實與佛子暗合，與區區佞佛者逕庭矣。

嘉靖辛酉，倭寇猖獗，遠近入保者聚廬雜遝，以致癘疫盛行。於是居人逐客，仳離載路。公見而憐之，適有佃人托宿病甚，家人白欲遣去，公不許，曰："修短命也。賊寇充斥，病復垂危，欲令奄奄者安適乎？"於是舉家傳染，竟以二豎作祟，七日而殁。嗚呼！公之悲智濟物，已證菩薩位，孰謂公不喜佛哉！

配贈孺人黄氏，爲先王父贈宗伯原任浙江衢州府二守菊山府君冢女，母曰伍淑人。自幼端重寡言笑，姆訓克閑。先大父食貧時，伍淑人課以烹飪紡織諸務，晝躬操作，夜習女紅，雖甚劬弗怨，惟弗當父母歡爲兢兢。十八歸贈公，祗事尊章，恪共婦道，勗贈公以青雲大業，問雞贈佩不遑寢興，贈公甚莊之。待戚屬具有恩意，同室中有未孝敬者必曲爲調護彌縫，以無即于盭，是以閫以内肅而雍，閫以外睦而辯。無論蔡家之妯娌、姑姊欽其壼則，即外家自吾母若伯母亦莫不以賢明推蔡大家，敬事唯謹。先大父宰舒城，情鍾愛女愛壻，令護先大母至宦邸，遂留焉。孺人體父母冰蘗綦縞雅意，衣布茹淡，一無改家食時，大父益賢之。適有謀爲贈公援例入南雍者，孺人嘲之曰："男兒不能刻苦於黄卷中取榮貴，乃蕲以貲郎起家乎？"弗果行。大父聞而益賢之，曰："是何女而士也。"亡何辭歸子舍，初年數苦胎殤，已乃舉工部兄弟，雖甚愛而不爲姑息。贈公性稍寬，孺人以嚴濟之，既就塾，必課其日讀何書，作何字，對稍弗中程，輒威以夏楚，大有和丸畫荻風。

贈公既殁，孺人號哭不絶聲，水漿不入口，寢疾十有八日，竟從公九原矣。是時諸子長者九歲，工部君七歲，季僅三歲耳。而古愚翁媪亦並遘凶閔，先大父、大母痛愛女愛壻一時殀札，又痛諸孤煢煢無依，哭之絶痛，無可奈何，則收諸孤鞠育之，與良輩諸孫枝均愛，而家嚴先宗伯於諸甥中獨奇工部君，其課之學亦與良輩均切。工部君是以克自鵬奮，己卯領鄉書，癸未成進士，以嘉善令考最，得贈二尊人。嗚呼，以贈公之博雅慈祥，兼有孺人賢明爲之内助，宜其及身貴，及中道殀也。不於其身，而於其子，天語煌煌，幽潛以光，斯亦足以慰冥寞矣。然工部君爲嘉善六年，豈弟神明，恩澤甚厚，兩臺薦至七次，以不能阿奉貴人，僅轉工部，驟掛彈章，秉銓者又從而下石焉，鐫秩殊非其辜，今公道漸明，徵起宜在旦晚，意先王父之望魏舒以成宅相者，尚有進焉。顯揚大孝，當無藉於余言。獨是汝良於工部君少而起居食飲同，長而學問切劘同，仕宦而意氣襟期同，雖中表而若同胞也。其視二尊人亦猶怙恃也。於其窆也，無可用其情，姑爲志其不泯者如此。

公生某年某月某日，卒某年某月某日。孺人生某年某月某日，卒某年某月某日。子三，彤，娶黄某；彭，即工部君，娶黄某，封孺人；彤，邑諸生，娶某。孫男女某某，曾孫男女某某，婚配狀具矣。墓在晉江雲屏山之陽，葬以某年某月某日。既誌而爲之銘。銘曰：

胡德之種，而命靡長乎？胡學之殖，而名靡彰乎？胡降割鞠凶，而後乃昌乎？胡沉霾闇曶，而譽命乃揚乎？其無常，乃有常乎？屏山之陽，以爾嘉耦尚羊乎？久而卜乃臧乎？篤爾後之慶，乃未央乎？嗚呼噫嘻！

明累贈朝議大夫國子監祭酒原任光禄寺監事從菴吴公暨配累封太恭人史氏合葬墓志銘

延陵自季子封國以來，崇尚名節。迨宋楊中立唱道玆土，學者翕然景從，其後鄒志完、陳伯脩諸君子皆以矜名植節爲世表儀。邇來風尚彌競，無論士大夫敦好脩而重清議，即閥閲之英、閨闈之媛，亦多饒有内美，有足述者。余庚子南闈之役得托契于今宗伯吴君上于，頗稔其先世。其後二十餘年，余起田間，叨任留禮，舟過延陵，上于衰絰來謁曰："宗達弗天，先嚴蚤世。玆慈親又復見背，無可爲報矣。惟是幽宫潛德，敢藉手先生。"余拜受狀，三復歎曰：嗟乎！吴世德家聲，所從來遠矣。宜其光啓宗伯，而未有艾也。

按狀：公諱同行，字子異，别號從菴。世居常州宜興，九世祖慶六公四傳而爲古直公昊，生秋厓公禮，封南京户部主事。秋厓公生寓菴公性，始占籍武進，登嘉靖乙未進士，歷官尚寶司司丞。子四人，顯者爲翰林院檢討後菴公可行、翰林院侍讀學士贈禮部侍郎復菴公中行，公其季也。母段安人，前母杜贈安人。生而警敏，特達，髫齔時讀書日盡數十帙，試之對句破題，無不立就，多驚人語，尚寶公絶奇愛之,曰:"是英物不在兩兄下。"年十四,尚寶公即世。稍長,試有司,數奇不利,益自發憤。喜讀史書,坐卧常置數册,每見古人遭時建樹,俶儻會心處,輒撫几太息曰:"人生一世,奈何無昂首信眉時!"又曰:"人謂讀書成否爲榮辱關,今直死生關耳。"其刻勵如此。已不得志,乃遊太學,授光禄寺監事。蓋公天授絶高,又見諸兄鼎貴,竪立表表,爲世聞人,而己適弗逢世,俛而雌伏,宜其坌鬱無聊,而有野鶴雞群之慨也。

生平廉介,視不義若浼。外翁史無後,家貲累鉅萬,僅有二壻,公爲長倩,絲毫無所染,曰:"丈夫奈何倚妻家自潤?"身爲貴介,每引嫌避匿,超然塵外。或非意相加,輒夷然不屑。即素畜蒼頭飽而颺去,亦弗問也。不事家人生産,歲入纔足,隨手輒盡,往往寄之山水魚鳥間,以散其牢騷不平之感。見要人齷齪嗜利,揚揚里閭者,心厭薄之。一日以所着餘巾施輿隸曰:"彼沐猴意,得距此幾何?"人或以乖崖目之,不知公志潔行芳,不屑與世浮湛,其多怪少可無惑也。訓諸子義方凛然,每直指慮囚,輒携以觀,曰:"彼纍纍者袛緣一念之差,以至於是。君子懷刑,可不畏哉?"

晚年見地益超,顔其室曰"只如此"。或問之,曰:"使吾多金如邑富翁某某,使吾以子貴如邑封翁某某者,亦只如此耳。"又題其柱曰:"不愛不貪,已知薄命從前定;多思多慮,何苦微軀爲後忙。"又曰:"苦海茫茫,無限切身皆業障;慈帆在在,有些善念即菩提。"皆確然見道語。獨其悒鬱侘傺,終未易忘情,竟以此抱病卒。

配太恭人史氏,溧陽名族,父、大父俱逸才蚤世,曾大父太僕少卿玉陽公際與尚寶公善,遂締姻焉。十六于歸,姑段安人性嚴卞,米鹽纖嗇,太恭人承以柔婉唯謹,曲得其歡心。贈公既骯髒不問有無,太恭人即衣粗茹淡佐之,至桓裝質盡,無所恡。其不顧外家厚貲,太恭人實從臾之。贈公殁後,當户孔艱,惟日夜訓勑諸子及蚤自竪。比宗伯辛丑連第,始一開顔,猶躬自紡織,至老不休。一苧帳三十年,宗伯製一紗帳進,輒笥而藏之。間薦以鮮腆,亦不時御,曰:"吾自甘吾素也。"惟賓祭則特從其豐。獨不喜佞佛,其衷于大義類此。諸子若孫,無論嫡庶,鳲鳩之愛如一。下至臧獲,並逮以恩,門内雍如穆如。丙辰冬,伯子之喪,哀慟致疾。時宗伯以册封秦藩歸省,遂留侍不出者五載。疾良已,會鼎湖再泣,朝事一新,宗伯亦從家食中兩拜新命。太恭人乃促治裝,曰:“此豈而偃息家園日耶?”宗伯乃强出。然宗伯篤孝,終念母不置,再出再歸,期以終奉菽水。壬戌秋病遂劇,乃得無憾於含殮。先五日,預示化期,勑治後事甚悉。

贈公生嘉靖庚戌九月十九日,卒萬曆甲午六月念一日,享年四十有五。太恭人生嘉靖癸丑正月念五日,卒天啓壬戌七月念五日,享年七十。贈公初以神廟上聖母徽號贈文林郎、翰林院編修,再以光廟登極晉贈奉政大夫、右春坊右庶子兼翰林院侍讀,三以今上登極晉贈朝議大夫、國子監祭酒。太恭人亦並時受恩,初封太孺人,再封太宜人,三封太恭人,至是以卹典請,上念講幄勤勞,特與祭一壇,父母並祭,蓋異數云。子五,宗逸,太學生,娶惲氏,贈兵部員外繹思女;宗達,即上于,甲辰進士,禮部右侍郎兼翰林院侍讀學士協理詹事府事,娶趙氏,累封恭人,邑庠生仰明女;宗選,娶蔣氏,福建守備存素女;宗閏,武舉,娶戚氏,南安府通判存溪女;宗進,鎮江衛鎮撫,娶蔣氏,山東布政司照磨宗泉女。女三,適應斗,適蔣廷埴,適趙士芳。閏與適趙女,側室周氏出。孫男二十,逸出者果思、來思、求思、東思、秉思、乘思、素思,達出者職思、位思、任思、名思,選出者善思、美思、養思、義思,閏出者某思,進出者緯思、繹思、纘思、紹思。孫女十一,諸倩顯者周延儒,癸丑進士,會試、殿試俱第一,任右中允兼編修;湯啓烺,壬戌進士。餘婚配俱名族。曾孫男十一人,曾孫女十四人,狀備矣。葬以某年某月某日。先時贈公已葬鍾溪之原,玆奉太恭人合窆焉,禮也。

嗚呼!以贈公之韞珍負奇,處鳳羽鴈行間,即禄位未顯,第五之名何減驃騎,而至憤鬱以終,彼誠中有所挾持,冀乘時表見,非嬰情好爵而已。其懷沙、賦鵬之概,馮敬通、趙元叔之儔乎?太恭人之閨範儲訓,幾無愧萊婦、陶母矣。彼二人者志行皭然,即父翁囊槖間物曾不足動其一眄,而況於世之淄澠乎?其慕延陵諸君子之風尚而興起者乎?今宗伯與諸從龜組蟬聯,舄奕中外,大氐砥礪名節,束脩自好,寓内望爲景星慶雲,其重諸吴誠在此,不在彼。彼二人者,其亦可大慰於九原矣。銘曰：

延陵之後，世載令名。爰有君子，遠紹厥程。皎皎贈翁，奮志鴻冥。象賢懿考，接軫難兄。厭彼紈綺，獨紉杜蘅。如彼鵷鶵，肯嗜餘腥。人亦有言，被褐懷玉。鬱伊侘傺，非關寵辱。時命不猶，志行則郁。孰相内扃，實資明淑。克代厥終，如輔輔軸。慇斯懃斯，育恐育鞠。光啓秩宗，方登三事。龍躍鶱翔，雲行雨施。蘭玉庭階，有引勿替。鬱鬱鍾原，豐碑大隧。馬鬣斯皇，龍章洊賁。貽穀方來，植槐有自。勒此幽珉，以徵世世。

翰林院修撰梅谷莊先生墓誌銘

吾師莊先生歾於今三十載餘矣。始先生家世蟬聯，伯仲鼎貴，已而相繼隕落，人咸怪其銷沉之速，或歸咎於形家。先生有子喬申，慎毖葬事，屢卜而屢不克窆，蹉跎十餘年，而喬申復夭。一孫命騶呱呱襁褓中，幸有師母陳孺人賢明當户，如綫之緒，賴以弗絶。至是命騶年及舞勺，孺人稱篤老矣，一日命命騶手族子鼎元公狀來，且命汝良曰："不吊昊天，未亡人忍死存孤以至今日，惟先太史未即窀穸，閔閔焉懼無以報地下。兹襄事有期矣，知太史者無如吾子，墓中之石，吾子其圖之。"汝良惟丙戌之役，幸得出先生門下，時方盛年耳。無禄，不得終事先生，木壞山頹，感恨何已。今髮種種矣，既不能有所建樹以稱知己，復不能闡揚盛美，萬一倘旦暮不可知，將益負師恩，抱恨無窮，敢辭執筆？

先生諱履豐，字中熙，别號梅谷。世居晉江之青陽里，爲温陵甲族。高祖遺耕公軫，曾祖封吏部南田公旺，祖藩参石山公一俊。父封編修小石公望槐，娶丘孺人，爲中丞集齋公養浩女，實生先生，次户部益廷公履朋。孺人蚤世，時先生甫四歲，中丞公念之甚，命某恭人育鞠之。未就傅，口授諸書，悉能記誦。中丞公喜曰："是能成吾宅相者。"稍長，乃聽封翁携歸，延師授以戴氏《禮》。藩参公每舉疑義，剖析如流，心甚奇之。先生秀澤明晳，修目揚眉，聳顴隆凖，碩下而鋭上，視不能遠，然讀書輒數行俱下。藩参公文章氣概高自標許，既蚤廢家居，晚遭兵燹，落拓無聊，時封翁亦屢蹶場屋，及見先生穎甚，乃慰意曰："庶收搆穫於貽厥乎?"間戲謂封翁曰:"若勝吾,若有二佳兒。"

庚申補弟子員,明年入棘闈,居副榜。郡守周雲川見其文,亟加嘆賞,呼爲小友。庚午領鄉薦,時年甫廿四。丙子,户部公亦領鄉書。明年丁丑成進士,出職方吴少伯、太史趙定宇二先生門。趙先生每視之曰"類我,類我"。嘗以先生行卷質之翰長肅菴陳先生,陳先生曰:"是我輩人。"亟薦之。其六月館選居前矛,改翰林吉士。太倉王荆石先生見其名,躍然曰:"此閩中才子,吾十年前聞之同郡周雲川,今真得之矣。"先生自弱冠即嫺古文詞,宏中肆外,下筆輒數千言,峠絶驚人。既讀中秘,縱觀蘭臺石室之藏,業益進。時荆石先生爲館師,每奏一篇,未嘗不擊節稱賞。撤館授編修,吾郡起中秘授館職自先生始,而授職實爲第一人,望隆隆起。凡館閣著作,多出先生手,四方羔雉成群,無不願得先生文爲重者。後先相君咸相欽挹,山陰王相公遣子受業,向慕尤殷,蓋莫不以鼎鉉相期者。

辛巳,持節册封韓、慶二藩。韓、慶居秦西偏,以急於省覲,故不辭遼遠,餉餽無所受,橐中惟墨書數幅、甘杞數封而已。便道過里,承歡膝下,襄丘孺人葬事。藩參公亦克就窀穸,以其間檢束紀綱,存問諸親舊,肅如訢如。明春還朝報命,亡何丁繼母褚孺人艱歸。服除,補原官。時次公亦已登癸未進士,除户部主政,公餘相與揚榷古今,壎篪唱和,並秀競爽,時號二莊。丙戌分校南宫,所取士濟濟稱得人。惟汝良幸得粃糠蒙録。重修《會典》成,陞修撰,賜銀幣。尋充經筵官,記注起居,駸駸顯融矣。適户部公卒于京,且未嗣,先生哭之慟,復虞封翁老不任戚,請急護弟喪歸,庶幾藉慰封翁。封翁竟以傷神捐館,先生摧毁幾至滅性。先生故以軫精著述,有文園病,至是連遘凶憫,瘁不自勝,形銷骨立,疽發背卒。時汝良亦以外艱歸,侍先生於易簣之際,恨不能百身以贖也。

先生博大洞達,好結知天下士,然義命之介,持之甚嚴。讀中秘時,與江陵相國子同年同館,或謂宜加綢繆,冀相引重,先生平等率意,略無所親疎。趙太史抗疏奪情事,杖闕下,諸人畏相國,鮮敢省視,先生獨挺身擁護之,起諸血肉中,爲調理無恙。其後削籍里居,復因使事迂道謁之,趙貽書曰:"自吾得罪相君，生平親知率多鳥獸匿，惟公不替歲寒，以此知公超也。”洪司寇芳州（洲）爲虎冠吏羅織，斃獄三日，弗得殮，先生竣使事，過省城，慷慨發憤，頌言出之，屬所知經紀其喪，致賵含焉。或訹之曰：“是故相國所睚眦者，何强與人事爲？”先生不爲動。其立義不回類此。

通才敏識，論事亹亹如懸河，爲文若不經意，而遇景觸心，神情畢會，巧思涔發，雋氣飈揚。或刻燭擊鉢，篇章淋漓，每修四方書問，咄嗟數十函，並有佳致。人謂得藩参公文豪而矩矱自勝，留心經濟，蒿目時艱，居恒稱劉忠宣願爲三知之語。每臺使、監司、守令有所咨詢，至利病興除，未嘗不娓娓言之，而温和長厚，絶不爲谿刻吕鉅以凌物。人有一善譽之惟恐不彰，或有過失，曲爲覆蓋。其周旋士大夫不避寒暑，往往薦引調護，不令其人知之，時謂先生具佛心腸云。孝友肫惻，出于天性。奉封翁恪共朝夕，居喪戚易兼盡，諸父雖年少者事之齊遬惟謹，友育弟妹，悼往篤存，無不周摯。方户部公病革，呼天請代，聞者辛酸。仲喪停邸中，夜火忽起，將延及，先生自寓所踉蹌奔赴，氣竭隕絶于地，賴同年蔡君弼侍御嘘甦之，購撲火者，櫬得完。請假逾年，封翁促之北上，戀戀子舍，行期屢更，竟得啓手足，視殮舍，咸謂孝誠所感。身所營葬，骨肉十許喪，皆必誠必信。與祖叔中丞陽山公搆葺祠宇，拓祀田爲蒸嘗費。收族屬，恤母黨，知交待以舉火者甚多。景行先哲，郡中特祀蔡虚齋、陳紫峰二先生，皆先生倡建。豈非仁心爲質，見義必爲者耶？所著有《梅谷集》若干卷行于世，門人楊汝若侍御梓之，汝良與何太僕穉孝校而序之。

配陳，封孺人，爲陳紫峰先生姪孫女，有女士風，先生甚宜之。子一，即喬申，太學生，娶户部主事王公三陽女。孫一，即命騶。女三，適侍御林公寅賓子庠生某，適贈吏部主事丁公日造子某，適山東布政許公國讚子某。墓在某地，葬以某年月日。

汝良備員詞林，幸得步趨先輩，略觀其所挾持與其所成就，不能無少慨也。丁丑在館諸君子，吾師而外，若馮琢菴、陸葵日、顧學海、沈几軒、沈少林數公，皆海内名雋，才高八斗，學洞九流，然竟無躋揆地者，且多夭閼坎壈，而吾師又甚。

乃知氣數盈虧,偏有所值。值其盈則唾手雲天,值其虧則陸沉泥滓。蕭遠、孝標,津津於時命,由來已久,非直丁丑詞林與今時爲然矣。雖然,名雋之生,特鍾造化靈秀,上則星辰,下則川嶽。適來則爲名雋,適去復還爲星辰、川嶽。以星辰、川嶽而視,人世聚蟻也,富貴榮顯泡影空華也,百年一瞬也,然則盈虧之數,果當誰屬?吾於吾師又何憾矣。乃拜手稽首而爲銘曰:

兩間清淑,師稟其贏。標幟詞苑,琬琰日星。百年幻夢,師際其慳。頓轡促景,電火石烟。不滅者心,不朽者文。以徐穀爾遺昆,以式訓我後之人,孰没孰存。吁嗟乎,又何嗛嗛於先生。

誥贈奉政大夫右春坊右庶子兼翰林院侍讀穎菴姚公暨旌表貞節累贈宜人姚母文氏墓誌銘

誥贈宫庶侍讀姚公暨旌表累贈宜人文氏者,今宫詹孟長姚君之考若妣也。孟長襄其二尊人窀穸,一在萬曆乙巳,一在天啓丁卯,乃猶虚其藏中之石至于今,以委不佞某,使誌而銘之。夫三吴文獻甲天下,孟長一世龍門,生平海内知交鉅公,椽筆非乏,若某之潦倒迂踪,雖幸得締歡孟長,然向托傾蓋,今甫同朝,豈其尊人不朽大事可堪僭役,交淺而知深,何以得此於孟長?某即不能重姚氏之世,而借附青雲爲榮實多,又何敢以不文辭?

按狀:贈公諱某,字敬由,别號穎菴。得姓始有虞氏之姚墟,其後渡江居吴爲著姓,與朱、張、顧、陸相伯仲,然世邈無可考,可考者始祖榮生,當國初蚤世,配黄氏,守節撫孤,高皇帝特表其閭,以示風勸,家聲駸駸起矣。榮生文聰,文聰生桓,桓生翊,俱貞隱弗耀。翊生丞,丞生厚,厚生圭,三世俱以明經起家,制舉義爲後進標的,然皆數奇躓場屋。丞弗屑就官,厚官沂州判官,圭仕武陟令,是爲公父。武陟娶于殷,生子蚤夭,箎室錢氏、施氏,錢生汝軾,施生贈公。

少而英特,武陟公憐愛之。既就塾,聞其書聲輒爲加匕箸,居恒自語曰:"自吾祖、吾父窮經攻苦,於今三世矣。神之聽之,寧無式穀予汝乎?是子非局趣轅下駒也。"爲擇嘉耦,得文氏女,是爲宜人,故待詔公徵明、博士公彭之曾孫女、孫女，而衛輝丞公元發之季女，今鼎元宫庶公震孟之女兄，爲時名閥，世有令範。武陟公即世，既免喪，宜人于歸，贈公承遺命鼓篋南宫，攜室以從。雖在齠年，常有翀霄志。在國學中與其俊造名人相砥礪，治戴氏《禮》，聞有佳篇秘聞，不惜重購之。所讀書手自謄寫，務在博聞强識。時有挑達少年以章臺裘馬誘之者，絶不爲動。聽雞弋鳧之儆，宜人有助焉。

性邁爽，不沾沾生産，好行其義，有長者稱，人莫不以遠大期之。己卯，孟長産于白門。明年從白下還，而二人俱病，公竟弗起。時宜人年僅二十有二，孟長生甫十月。宜人伏尸長號，幾往而不返。嫡姑殷、姑施哭勉以存孤，曰："是呱呱者將誰屬耶?"意不忍割，乃勉進漿水，順禮含殮。而令老媪掖孟長被麻置稾苫以接弔客，客多爲出涕。公之伯氏素弗友，乘弟喪，以踐更事投牒，欲齮齕其孤。宜人抱週歲兒付姑，之府對簿，賴奉常袁安節以通家誼爲解救得免。是時至親爲刀俎，旁無强近，孟長幼又善病，宜人以一身當户，上事兩姑，下拊稚弱，手口卒瘏，伶俜孤苦萬狀。

會宜人之父以衛輝少府致政歸，稍得所依，間爲遷居置産，差無飄飖饘粥憂。又爲孟長議婚擇傅傅之。宜人少通《小學》、《内則》諸書，晰大義，孟長每夜讀，紉繡伴之，讀竟必令背誦，一字之訛，必加詰責。既爲文，則以塾師之評品爲欣讁。孟長十六泮游，二十一餼學宫，聲價藉甚，績文之子至者無遠近寒暑，盤餐供具靡弗洗腆，皆宜人身拮据而手調飪，至典簪衣佐之，此與陶母截髮供賓意豈異哉！姑殷蚤卒，事姑施孝敬篤摯。姑年老病泄，爲手滌厠牏，姑没喪之甚哀，時孟長方爲贈公治兆域，謂曰："爾襄而父及未亡人之窆宜也，獨不有而父同氣在殯者乎？人其謂曩事介介也。"於是孟長乃并葬其伯父及伯父生母與其冢婦，凡本支遺胔，無弗歸土者。無何孟長喪内，一女二男，煢煢莫依，宜人又收之内室，撫摩教誨之。壬子孟長薦鄉書，其明年宜人年五十有五，郡邑以孀節事聞之臺使者，使者上其事，旌表如令甲，與始祖妣黄後先相映，過者式廬焉。

己未，孟長第進士，讀書中秘，迎養邸中。辛酉，授翰林簡討，贈父如其官，母封太孺人。而舅震孟亦於壬戌廷試第一，舅甥官翰苑，於是姚母之節聲滿長安，士大夫交口讚頌。孟長每羞甘旨以進，輒愀然不御，曰："未亡人茹荼四十餘年，何忍嘗此？"時斷葷已久，惟清齋誦經而已。廣陵陷後，宦長安者往往遣帑，宜人獨否，曰："廟社安危在此，何一人身家是恤，示恇擾爲？"此其意識抑又遠矣。逆璫煽虐，名流殄瘁，孟長與其舅素正直，持清議，邪黨惎之。其舅先以削籍去，宜人知孟長不獨免，又見時事日非，心懷憂懣，寢疾遂劇。孟長雖娛侍百端，竟不能留。

贈公生嘉靖庚申五月二十日，卒萬曆庚辰九月十二日，得年僅二十有一。太宜人生嘉靖己未十二月初五日，卒天啓乙丑四月二十八日，得年六十有七。孟長以辛酉覃恩得贈封父母，乙丑以忤璫追奪。今上龍飛賜環還勅，累晉右庶子、侍讀，贈公、宜人乃有今稱。子一，希孟，字孟長，今官詹事府詹事兼翰林院侍讀學士、經筵日講官。娶馮氏，撫州知府符之孫女、按察司經歷時康女，累贈宜人。繼娶王氏，太傅文恪王公之孫有極女，封宜人。孫男二，宗典，國子生；宗昌，邑諸生。孫女一。皆馮氏出。曾孫男二，鍾、祥，曾孫女三，其婚嫁聘字皆名族，狀備矣。

余觀姚氏之祚而有感於造物之巧爲挹注也。贈公以英妙名家子，承累世詩書之業，力學好脩，未遂騰騫，遽遭夭閼。數月之孩，不絶如綫，百六降割，一何甚也。乃有宜人操勵冰霜，志甘荼蓼，既以哺雛而奉老姑，復以母慈而兼父教，又復代夫葬伯，代婦養孫，至於仕而教忠，嫠能憂國，自古彤史所載淑令實萃而有之。孟長爲時名臣，方霖雨一世，孰非孟機、歐荻之所貽哉！將欲注之，必故挹之，剥極而復，貞下起元，非惟人事，亦有天道焉。要之，天道竟不能外人事也。銘曰：

有姚之墟世令德，洪源蜿蟺來吴域。明經篤行舊傳家，七葉餘慶綏武陟。矯矯贈公自渥洼，英風邁爽萬夫特。一朝挾策遊白下，文章氣意聲烜赫。隋珠和璧人争羡，剗采韜精誰料得。存孤幸有未亡人，嗣後光先係一身。和丸課子心獨苦，忍淚奉姑氣酸辛。冰霜節操傳閭闔，琬琰篇章動佩紳。茹檗原是閨中秀，訓杼今爲席上珍。彤管令名輝史册，黄扉大業佇經綸。是父是母有是子，哭往歌來今如此。歌哭等閑何足云,否傾泰來有常理。松楸之下馬鬣封,龍章賁來應未已。璩原有鬱佳氣浮,要知祥發何從起,認取姚墟通德里。

李安人貞烈銘有序。

李安人者,吾師莊太史仲氏益廷民部公之配也。歲丁亥,民部卒于京,夭且弗嗣,安人哭之哀,欲絶者屢矣。已而用伯姒言,以旅櫬之越在萬里也,二女之弱在繦褓也,毋寧一死塞責,重爲伯氏累,且重憂逝者何? 安人内嚴伯姒言,弗果死。逮太史公解官以護仲喪歸,越明年戊子, 屬有封翁之戚,安人猶及佐姒氏共朝夕奠,然自其歸則茹荼含辛如一日,其毁瘠亦益甚。太史公將以十二月畢封翁窀穸事,且併治仲窆,安人則欷歔爲伯姒泣曰:“所不即死而稱未亡人至今者,惟仲喪之未有寧處,與弱息之纍然孩也。今微伯氏之賜,仲獲有幽藏,女亦稍稍離繦褓矣。余惟同穴之義心惛然,殆不能須臾,余將歸報仲氏,余夫婦之不終爲若敖之鬼者,是在伯與姒矣。”遂絶粒引吭以死。

嗟夫! 死生大矣,吾觀彤管所紀,笄珥璸瑀者流,其能捐生殉節非一,然大都慷慨激烈於天崩地折之日,内不勝其儀特唱隨之思,外不勝其生死訣别之感,故其視死如飴,猶易耳。乃若日月既易,慘怵漸衰,死者日以遠,而存者若可戀,於此而能致命遂志,不難引決以報逝者,斯不尤春容足多哉! 安人不死於倉卒怛化之時,殆慷慨者之所不易忍,而其死於易歲臨穴之期,則呴嚅者之必不能決。總之皆無所失道。史遷有言: 非死之難,所以處死者誠難。安人其殆知所處者耶? 銘曰:

合巹同年,從一則終。靡天靡後,有身曷從。安人矢志,有死勿貳。夫靈萬里,即死何易。呱呱之女,矧也孤露。間關濡忍,爲是之故。女離孩只,靈亦歸只。窀穸兆矣,云誰俟矣。立後有伯,日月難竟。惟是一死,蓋棺事定。之死不後,之志不負。夜臺載扃,偕以其耦。青陽鬱葎,魁原巖嶭。生斯藏斯,精靈不滅。

明陳母慈惠孺人李氏暨貞節孺人蔡氏合葬墓誌銘

汝良垂髫時則稔聞陳母李孺人之内德茂也。孺人者吾母陳宜人泰母也。

太宜人之言曰:"余在褓而不逮事吾王父,及笄而不逮事吾父,余之歸孺人實爲我結褵焉。孺人於内職無不備而尤善訓子,性聰慧,博涉經史。自吾父與二三叔父雖出就外傅,入而孺人課之讀,齗齗如也。間與同吾伊,釋疑義,恒至丙夜不休。陳氏詩書之業弗墜,緊孺人是賴。汝長則毋忘孺人之德也。"良固已心志之。比壯,宦遊四方,愧未能闡揚。歲己亥,自南雍量移過家覲母,太宜人語及孺人,未嘗不泫然泪下也。蓋是時孺人殁且三十餘載,去紫溪公之窆六十餘載,諸子惟季在,日夜望有顯者,庶張太孺人窀穸之事,未能也。傳不云乎?斂手足形還葬,稱其財,斯之謂禮。良深惟太宜人至意,數舉斯義以勗孺人之季子茂才,茂才不以爲謬,於是執紼有期,乃以狀授良,使爲誌若銘。

按狀:孺人系出晉江之鳳池,爲縉紳名閥。父司訓卓齋公碞,母某。年十六歸陳公成穆,是爲紫溪處士。事姑李以孝謹聞。紫溪公素封自豪,里中推爲祭酒。孺人佐以儉勤,資用日進,而特好施與,諸親戚有以緩急告者,賑恤無所惜。紫溪公富而好行其德,則内助力也。紫溪公年四十三捐館,舍諸孤稚弱,孺人拮据支撑,躬簿書,捍内外,人莫敢侮。婚嫁悉名家,訓督諸子並有聲黌序,人以此稱慈惠賢母焉。

孺人生弘治乙卯年十一月二十日,卒嘉靖壬戌年三月二十日,得壽六十有八。子四,良紀,由郡庠入國學,娶廣信知府韋公尚賢女,是爲汝良外祖妣;良謨,郡庠生,娶大司成蔡文莊公虛齋孫女;良綱,郡庠生,娶蔡公際女;良韜,邑庠生,即所謂茂才者也,娶瓊州府知府蘇公輔孫女。女四,孫八,孫女六,曾孫十有八,詳具狀中。

先時嘉靖丁未葬紫溪公於上方之杜棠山,良綱祔焉。綱蚤夭,蔡孺人稱未亡人者二十年,茹蘗飲冰,履無踰閾。鄉族公論易名曰貞節,蓋實録也。蔡孺人生嘉靖甲申年十二月念七日,卒嘉靖甲子年三月念二日,得年四十。有子鋭,亦蚤卒,是以久不克葬。至是孫淵并議合葬焉。既啓紫溪公竁,以形家言不利,乃去窆即阜,得吉壤距舊窆可百餘步,中二壙爲紫溪公與李孺人,左右則綱與蔡也。墓負丁揖癸,葬以萬曆己亥三月初七日。

黄汝良曰：有家之興資内德，尚矣。李孺人之拮据内治，姑無論，即其訓廸諸子，何忝柳河東母蔡孺人之矢志靡他，固《柏舟》之遺烈也。母儀婦順，萃於一門，宜陳氏之歷世彌昌，而不盡然者，何也？天道如張弓，吾且俟之矣。銘曰：

爾其才能終厥事，爾其節能不負厥志。惟嫜與婦，從喬與梓，離而克合，越六十禩，并獲有寧處。我其銘之，以徵彤史。

明故誥封夫人莊母王氏墓誌銘

古今稱内德者莫不徵婦順母儀矣。顧孅鮮兼摯，遇難並隆，乃若以姬姜而躬孟桓之操，以敬戒而茂聖善之風，禄壽且康，後先濟美，豈非秉坤道純全，實天篤生以爲閨範標表者與？它不具論，其在吾温陵則無如司徒莊公元配王夫人者。良幸得附仲君方伯、季君孝廉歌《鹿鳴》於鄉，弱息又蒙董擇爲方伯君家子婦，竊聞夫人内德爲詳。歲戊午，夫人令終，且二載，窀穸有期，方伯君不謂良不文，俾紀墓中之石，誼不敢辭。

按狀：夫人世爲晉江之安海人，後徙郡城。父曰大參公諱慎中，文章檢鏡爲時聞人，世所稱王遵巖先生者也。母曰陳恭人。生有貴徵，王先生素愛之，特爲鄭重相攸。時司徒公丱角應行省試，先生見其文大加賞識，許字焉。館甥之禮特異凡壻。己酉司徒公薦鄉書，會葬母楊夫人，乃迎夫人歸青陽里。事舅贈方伯公繼姑陳太夫人婉而能肅。贈公性卞急，客不時至，夫人咄嗟治辦，未嘗少違其意。始夫人未歸時諸妯娌謂是貴家女，恐難並及，是乃退抑出諸妯娌下，人人意愜。戊午，島夷難起，司徒公挈家入郡城，蕭然四壁，兼以薦饑艱食，賴夫人節約拮据，不至廢箸。壬戌，司徒公成進士，待次都門，適島夷久掠無所得，則發塚責贖。楊夫人塚在發中，家人皇遽，夫人悉索袿珥及假貸以充，竟得完姑遺魄。

司徒公令會稽，入爲給事中，出僉浙臬，累遷江西學使、河南左轄，夫人胥從。警昧爽，慎筦鑰，助公實多。自公退食則對案相賓，或公于役，攝治祀事，森然一準於禮。參粵西藩時以贈公病目及撫江西屬陳太夫人病脾，特留侍養。身爲冢婦，率諸介婦昕夕起居，滫髓之奉具腆。比遭大故，殮含饋奠，必誠必莊，司徒公藉以無悔。

訓勑諸子斤斤大義，不以煦嫗廢勤劬。方伯君少善病，在諸子中最加憐念，然課其讀常至丙夜間，爲覆説大意。比就傅，傅不勤問，乃知爲母授也。迨方伯君既貴，爲言世受國恩，宜努力報稱，時時舉王先生、司徒公經營四方宦蹟以爲規勸，曰："此前人芳躅也，孺子合思紹庭乎？"己亥，方伯君受命督蜀學，新失伉儷，顧諸子呱呱，次且其行。夫人詔之曰："吾幼從而外王父視學山東，已從而父視學江右，今又見子受命校蜀，斯稱殊遇矣。不以此時爲官家弘薪槱，其毋乃遏抑前人光，謂稱塞何？"方伯君乃趣裝之蜀。甲辰，司徒公捐館。既除喪，方伯君睠戀子舍者十年。比起，參粵藩，都無行意，夫人勗以簡書乃往。及長黔臬，擬自疏罷，夫人聞之愀然曰："兒謂我耄耶？我猶能夙興夜寐，未耄也。且吾聞西南疆事方殷，豈若内顧時耶？"命之强至，爲損匕箸。方伯君徬徨不自得。會當上計，度往返不數月可歸侍，比竣計事，江右方伯之命下而夫人不待矣，時萬曆丙辰三月十五日。距生嘉靖戊子閏十月九日，得年八十有九。

生受譽命者四：始以邑令考封孺人，繼以給事中遇覃恩再封孺人，三以僉事考封宜人，四以左布政使考封夫人。子三，懋儀，光禄寺監事，娶贛州府同知柯公乾敷孫女；懋華，己丑進士，今歷江西右布政使，娶温州府知府張公國謙女，累贈恭人，繼娶光禄寺監事許君一善孫女，封安人，贈恭人，繼娶南康縣教諭王君策孫女，封恭人；懋聲，乙酉舉人，娶常州府同知李公大瀾女。女三，適梧州府知府丁公自申子贈吏部文選司郎中日造，以子太常寺少卿啓濬貴封孺人，贈太宜人；適湖廣參政陳公鳴華子始興縣知縣炳奎，俱夫人出；適南京禮部尚書黄公鳳翔子琦中，媵出。孫男十，嗣奕，國子生，娶户部郎中黄公國賢女，繼娶應天府丞丘公有嵓姪諸生應姫女；嗣燮，邑諸生，娶南昌府知府杜公應楚女；嗣奏，邑諸生，娶湖廣左布政使楊公道會女；嗣贊，娶高要縣知縣劉公廷科女；嗣賡，邑諸生，娶南京禮部尚書黄公鳳翔子邑諸生正中女，繼娶邑諸生吴萬安女，俱懋儀出；嗣珂，郡諸生，爲不佞汝良女壻，繼娶霍丘縣知縣蕭公春芳姪大和女；嗣琰，邑諸生，娶廵撫貴州副都御史林公喬相女；嗣□，聘太子太保東閣大學士李公廷機女；嗣□、嗣□，未聘，俱懋華出。孫女九，適江西左布政使李公開芳子國子生鍾衡懋，儀出；適雲南參政黄公思近孫國子生中烇；適吏部文選司員外蔡公應麟子邑諸生國鋋；適南京刑部尚書陳公道基孫國子生琪符；許南京兵部尚書黄公克纘子邑諸生道守；許湖廣副使龔公雲致子某；許工部主事吴公淳夫子某；許刑部主事李公栻子某，俱懋華出；適南京刑部尚書陳公道基孫官生汝兆，懋聲出。曾孫男十，曾孫女八，玄孫男二，詳具狀中。墓所在具司徒公誌中，葬以戊午年□月□□日。

史汝良曰：嘗聞坤道主静，故能不騫不震，而厚德載物。甚哉！夫人之似之也。余女歸寧時，每言夫人寡言笑，對人絶不聞嘻嘻謦欬，竟日端坐一室，常浹旬不履域外。服食儉素，不喜紛華。臧獲非有大過，不輒譴訶。有所施於人，不掛諸口。所知惟閫内事，閫外事置不省。此皆静之屬也。方伯君又爲余言，乙酉不穀兄弟並登賢書，時夫人在河南，報至，稱賀相踵，夫人色不加喜，若不聞也者。晚歲皈依西方，每言心即是佛，但不負心，便可証佛，初不效里婦佞態，以福利嬰懷。此其性地寧極，幾乎不起一念，真得坤道之静者。故能相儷德，訓喆嗣，宦轍所至，澤物無方，而又歛爲五福，聚爲百順，修齡齊齒，薦被綸封，内外子孫並時鼎貴，五世團欒於一堂，此孰非夫人静德中醖釀亭毓而致者，厚德載物非偶而已。銘曰：

婺彩淪精，冰清作程，紉彼杜蘅。乃理蹇修，爰即好逑，瑟彼黄流。赫赫司徒，在公矢謨，湘釜是圖。勉勉方伯，四方宣力，杼訓是翼。徽音静穆，乃集厥福，龍章象服。茀禄既康，眉壽既長，貽穀既昌。福與德併，具美淑令，彤史攸鏡。黄石之坻，勒兹壼儀，與公永垂。

傳

蔡默齋先生傳

先生名光，字汝謙，别號默齋，世河南之光州人。唐季遠祖爐以流寓入閩，爲建陽令,因家焉。元至元中,以避難占籍江西饒州之萬年,至天順間大父斌爲光州訓導,曰吾故土也,遂還籍焉。斌以好學篤行稱。父鳳翹,以順天别駕諫武廟西巡杖闕下,起家復爲某郡丞,忤時致其仕歸,世稱顯德先生者也。娶於李,生先生。

先生生而幼悟,有至性。髫齡受《孝經》,即晰大義。顯德嘗與王文成公論良知有所不合,先生從傍語曰:"能行孰不是知?"文成異焉。一日,顯德與華亭徐文貞公坐,先生侍,文貞戲之曰:"兒心何在?"即應聲曰:"上天下地,皆我心在。"文貞大奇之。顯德之廷杖下獄也,臺人攜以入省,匍匐哭,舐其血,觀者感動。丱角補弟子員,已餼學宫,是時即有志聖賢之學,雖爲舉子業,殊弗屑也。甲辰丁外艱。己酉中河南鄉試,與今沈龍江相公故、徐某司徒同舉,稱石交焉。先是故從王淮川先生問學,壬子卒業南雍,復與天台耿先生遊,二先生講學淑世,爲一時龍門,先生與之往復印證,稱得師得朋,於是學益進。

乙丑上公車,時華亭柄政,高中玄公典試事。或謂先生,華亭於子有雅素,中玄公亦有梓誼年誼,往謁幾得其益。先生弗屑曰:"吾儕所學謂何?命未可衡,祇自點耳。"先生既屢躓春官,中有以自得,澹如也。歸而卜居東河上,且耕且讀,入則奉母盡萊彩歡,出則教子弟及遠近來學者,間遣其子往受學於天台,而日與淮川談經味道,徜徉甚適,有終焉之志。母數趣之仕,未即行弗懌,乃以戊辰謁選,得永之江華令。

江華時經陷賊急令,先生以才授既不可久留,乃留妻子侍母,而以單騎抵華。是時殘破之後,幾不能邑。邑故六百里,存者僅數百户。先生曰:"民耗流移,可綏而還也。"乃多方招來,給以耕具,朞年,復業者數千家。華七營兵僅數百在伍,先生曰:"兵耗興乏可覈而充也。"乃汰胥役冗濫若干,清軍實虚冒若干,並以佐募費。華故有撥運銀三千,歲以半兑,餘多歸官吏囊橐以爲常。適歲除,吏以千金進,先生叱曰:"何爲者?亟籍之。"吏叩頭曰:"例也。籍之前官吏且罪矣。"先生曰:"毋多言。"悉籍以報當路,且請毋罪前侵漁者,報可。乃悉以餉募士,計新舊得組練三千,於是環城列營十七,城内建五丈樓,指揮諸營,以時校閲,華居然湖南一保障矣。異時數苦虎患,先生曰:"設令無狀,當伏辜,毋爲虐吾民。"一日有虎陷泥淖死,用事于社,患遂已。華城據高山,民取水涴江,平居水鬻于市,賊圍城輒渴斃,往往不攻自破。先生禱于神,得五泉,人謂德感云。華俗不蓄女,乃出教嚴禁溺女者,爲相司連坐之法,前後活女以數千。

往洞徭來邑貿易者,軍民利其糈,多掠殺之,以故數梗。先生下令曰:"殺市夷者死,奪糈者抵罪。"自是交易如平民,徭咸喜曰:"公心天老,來何暮也。"先生度其可施教化,乃注聖諭六言解、諭民諭夷詩以教道之,曰:"徭願來者聽,不勿强也。"徭俗用童男爲犧祭纛,先生曰:"此未可法令論也。"會峒中病疫,乃召邑内巫覡,密受教,往峒中視病,曰:"天帝好生,若用人以祭,故降之罰,用牲則免。"徭大懼,自是不敢用人矣。無何,徭人率其千户來歸,願比編民,乃爲置里甲而不賦其田,第令聽徵發而已。於是建議裁革江華倉廵、駐江華通判,徭服故也。于時政通人穆,邑中無事,乃開高明洞,與同志都講,會胡廬山先生亦講學永州,時往參請焉。

庚午秋,古田賊犯錦田所,官軍敗績,當道檄先生督兵往援,屬其幼子於零陵宋令曰:"不勝,我必死之,幸收此以報吾母。"遂投袂而起,韎韐先登,殲其渠魁滿汝泗等,賊遁去。事聞,賚白金。冬署守永州,又兼筦江華、零陵,蓋異數云。先生治華先後六載,治行爲湖南第一,薦章交公車。會永之寧遠連鐫數令,臺使者難其人,議以卓異調先生,部覆謂江華令治最且久,法當内擢,不宜調。柄政者嗛其不相聞,乃加靖州守,知寧遠縣事。去華之日,民徭相錯遮留,車軹不得發,家尸祝者無數。

至寧,祛煩除苛,治一如江華。寧饒而頑,先生曰:"教化不明,所以偷也。"乃率以孝弟,風以勸懲,寧俗大革。已入覲,疏乞終養,不許。會江華大錫峒亂,兩臺羽檄狎至,趣先生還。時治兵使者已駐零陵,部署戒嚴。先生至,詢便宜,對曰:"職令江華時,頗能得其要領,可無加戎而定也。"請身往諭之。使者難其行,令以兵從,曰:"兵則示疑,請毋庸。"遂躍馬徑詣賊營。賊望見曰:"是曩公心天老來也。"拜伏聽命。先生披誠爲陳禍福,乃遁。事聞,治兵使者受上賞,兩臺薦先生，即擢衡永監司。會丁内艱，不果。

己卯，起復爲海州守。是時州苦澇，乃弛漁禁，通鹽法以捄之。流移安集，海人忘灾。治行復爲兩淮冠，然先生仕宦所至，廉幹自將，不屑爲先容地，每入覲，行李蕭然，貴人無所通，至是以覲入都，有江陵客徐某過曰：“君久次郡邑，治行高等，使某得間官可内也。”先生謝曰：“念不及此。且又何敢勞君？”客目攝而去。亡何轉同知兖州府事，尋調臨洮，先生亦已倦遊，遂乞休，許焉。部檄獎曰：“天逵鴻漸，此足羽儀；世路頹波，用能砥柱。”先生賦詩曰：“畏途誰便快先登，消渴人間有茂陵。藥裹尋真知已晚，袖中那復劒稜稜。”又曰：“江海功名事已非，江雲海月自依依。乾坤浮劫餘空簡，回首千山鳥倦飛。”謂子弟曰：“道在是矣。信心所流，無勞牽復。”

歸而結茅蒔竹，斗室中惟紙帳琴書，日與里中諸賢爲紅雨緑陰之遊。郡邑大夫雖干旄時至，然非公事不一見也。丁亥，七十，飲于鄉。己丑修邑志成，謂所親曰：“余欲辭人間世矣。人死不可復生，然生生者不死。”乃與所親飲宴，自擊磬浩歌，令子弟和之。明日，具衣冠拜家廟，遂出遊東門之野，歸而寢疾，猶講説吟詠不輟，越五日含笑而逝，壽七十二。沈龍江先生爲之銘，先生志也。

先生自少至老，無一念一事不在于學。仕宦所至，輒更其淫祠爲書院，與朋儕講學其中，以是爲化民成俗本務。其學以静而入，以敬而存，一根諸躬行踐履，不徒爲聲聞口説，言動悉準古人。居二尊人喪，廬墓三年，未嘗群立旅行。四弟俱異母，友愛篤摯。諸生時設教委巷，鄰有美婦，窺其獨處，闖入欲蠱以桑中，正色拒之，見旌學使者。在華時舟夜行，有吴山賈海犯殊死，以暮金三千求脱，怒却之，竟致其辟。其謹獨不欺暗室皆此類也。歿後學使者采公評祀于鄉，又特祀于社。子五人，某某，毅中最著，受學天台，稱高足弟子，今爲翰林院檢討，文章器業能克紹堂搆云。

史氏贊曰：自王文成倡良知之學，而爲其徒者往往是陸非朱，至於今遂顯稱二氏，操戈闕里者比比也。假令文成而在，寧無褰裳捄其濫觴哉！先生及侍文成，而周旋於淮川、廬山、天台數君子間，雖其説時有出入，要以行誼較，然功業足術，了洞於死生出處之際，期於知至至之，知終終之，不惟不悖文成，抑有功文成矣。翰檢君又爲余言，其祖出西山元定。西山，考亭畏友也，然則先生家學淵源蓋遠矣。

孝義吴先生傳

余齠齔時則已聞里中有吴孝義先生云。先生者今侍御吴君龍徵之父也。先生起窮巷，以孝義名里中。自侍御未貴時，郡邑大夫故嘗以鄉大賓禮之，直指使、御史中丞又爲書亭、書棹楔，後先旌之，最後復以侍御貴贈先生如其官，詔書褒嘉甚備。而侍御先已乞當世立言君子爲志表之倫，蓋詳哉其言之，於是薦紳大夫無不人人知有孝義先生者。乃侍御猶急欲得余言，毋亦以邑子熟里中掌故，其言當有似之者乎？即某不佞，無能爲傳，然安敢不傳先生？

先生名喬柏，字子秀，其先蘭陵人而徙晉江。父曰毅齋公，母林，繼母方。同産六人，先生居四，二季則異母弟也。先生生十歲喪母林氏，又九歲喪毅齋公。毅齋公用魚鹽起，先生少孤露，繼母與諸兄割産瓜分之，用此失職，遂大減其貲。先生逾時乃得受室於黄，以侍御貴稱孺人。先生既痛其二尊人不逮養，家復日落，不能以時襄窀穸，每與黄孺人語及，輒相對泣下。念諸兄弟落魄，無可與計者，乃嘆曰："吾有親不及事，又不能葬，何以子爲？傷哉，貧也！誠得歛手足還葬，縣棺而封，人豈有非之者哉？吾以俟吾兄弟者終無時耳。"於是乃與黄孺人日夜拮据，攻苦絶甘，稍稍得贏餘，遂營城東閑敞地，身操畚鍤，與傭保雜作，矗矗三月，而窀成。諸兄弟往視之，乃大驚，始奉其二尊人葬焉。既葬，先生思慕不已，手自纍石墓側，無風雨寒燠廬其中，躑躅不去者纍年，今其石纍纍在焉。亡何繼母方歿，殮葬一倚辦先生，不以責二季。其後諸兄及二季相繼歿，殮葬亦如之。

先生天性淳篤，其孝友根柢於内，無所間，雖家乏擔石，往往用義自奮，至困踣百端，終不爲厭。中遭凶閔，諸兄弟惸惸寡祚，惟兄檜舉二子，又苦繼母，跳身走粤。於是諸兄弟往往零傳不能當户，先生單力擁扶之。歲時伏臘，一切踐更之費，於兄弟無所問。兄椿老病，伏牀第，先生時已逾耆，日夜爲調醫藥，治饘粥，間取帬厠牏浣滌之，雖甚頖不休。兄病，先生亦病，病瘉，先生亦瘉，其真情篤摯如此。弟橡歿，遺孤女二，先生飭衿褵嫁之如己女。而前跳粤者生二子，補粤諸生，先生微得其處，即大喜，百計謀歸之，三年而侍御君成進士，讀中秘書，今爲名御史，蓋所憑藉者遠矣。

贊曰：以吴先生之行誼踔絶，令生曩代，當在孝廉辟召之科，不以窮約終也。而侍御謂余言，先生在時好稱述陰德，猶耳鳴之語，跡其人殆闇然好修，不求聞達者。彼二篋之不皇恤，安計有身外名哉！然先生卒以孝義旌，比侍御起而其遺事竟大顯融於世。蓋善行無名，而天爲之名者耶？侍御之闡揚先德，亦孔子所謂孝子敬親之美者也。

毛穎陳玄石泓褚素傳

昔魏文帝好文詞，招置毛穎、陳玄、石泓、褚素之屬，並詔公車。其後日見親幸，號禁中四貴，一時相詫，以爲美談。余間采其逸事著之傳中，俾後世得以覽觀焉。

毛穎之先本出中山，其先曰明眎，世居東方，後徙中山，爲中山氏。秦皇帝使蒙恬伐中山，拔之，獲其子曰毛，使主書記，號曰中書君。佐始皇定天下有功，受封管城，故其後子孫皆爲毛氏。漢時有毛公者，蓋其苗裔云。自漢以來，毛氏世世受書，至穎博學强記，於墳籍無弗通。又善規人，意遇所善，日纚纚數千言或萬言，至所不善，默如也。始穎自中山遊諸名都，一時文人墨客，無弗貴重。穎獨不喜武人，及召置上方，與陳玄、石泓、褚素並典樞管。或諸貴臣不在，上獨對穎等，穎殫精畢鋭，盡心任職，每有摹畫，未嘗不稱上意。久之，以老謝病。上察其髮秃，不欲煩以事，賜歸管城，復召用其子孫。

陳玄者，歙人。本陳胡公庶孽，爲周火正。周之季，與伯陽俱守柱下。漢時顯者曰松、曰堅，皆以侍中貴録尚書事，所善揚雄。其後或居上黨，或居絳，或居歙，而歙之陳最著，爲世所重。玄雖出自名族，然雅韜晦不耀，闇然自脩束，不欲以皦皎見譽。自書契以來,文字無弗默識。既玄與穎等俱召,或讒之曰玄貪墨易染,奈何? 上曰:“玄所謂居官任邑,亡以逾人,顧獨守文深堅可耳。”於是卒信幸任事。玄亦感激知遇,時時磨礪,無所顧惜。每穎有所畫,皆玄潤色之。帝嘗嘆曰:“毛穎善畫,得陳玄乃益彰。”黄初間以功封即墨侯,而居絳與上黨者亦頗用於時,不甚見重云。

石之先不知何許人,至漢武帝時有羅文者,居歙之龍尾溪,以待詔見幸。時故有萬石君慶,以質行聞,而羅文以文墨起家,亦號萬石君,遂爲石氏,泓其後也。泓爲人坦中璞直,而温温縝密。少時雅志閑曠,所居必枕巖漱泉,遇異人胥琢器之。穎等廉知其名,因奏事請曰:“陛下不以臣等末技,使待罪行間,所與共事者乃頑鈍小具,不足效。臣所知石泓宜足以稱任使。”帝曰:“試與俱來。”遂入見文德殿,帝睹其温潤自然,叩之即鏑鏑如響,甚嘉之,令與穎等俱給事中,嘗稱之曰:“泓所謂金玉其相,追琢其章者耶?”勅賜玉屏風(下原缺)

河干集卷八

墓　　表

明故浙江參政台巖劉公墓表

萬曆庚戌春，故浙江參政台巖劉公卒于家。其冬將即窀穸，子茂才廷焜等乞銘于史少宰，復求余表其墓。余與公同舉于閩，已復同舉南宫，已復同讀中秘，至其始終相然信，則又非直以邂逅偶同故。公卒而余爲文哭之，曰："士有真品，交有真知。"今皆不可復見矣，嗚呼！余惟托公真知，然後知公之品真也，表公者非余後死之責而誰？

按狀：公諱弘寶，字公可，别號台巖。世居泉之洛陽橋。父時逵，母黄。生而端慤夙慧，及長，苦心力學，遂精通經義，兼淹貫群籍。己卯試郡司皆第一。乙酉領鄉薦，其明年登第，選改翰林院庶吉士。益感遇思奮，恥與時譁競。同儕或聚首劇譚，獨扃户理縹緗，爲文揮灑立就，取平正條達，試每高等。戊子授户科給事中，時上方事静攝，朝講稀御，公首抗疏言之。又言中貴鯨横恣不法狀，不宜在左右，建言被謫諸臣，亟宜賜環，邊事廢弛，宜脩復屯鹽。二疏言皆中窾。尋歷右，轉左，晋都工垣。

公謂水衡儲偫不滿百萬，而歲出浮歲入以十六萬計，是且立盡。上疏力勸節省，左右或欲夤緣爲蠹，公每援舊制格之，即傳旨宣索，亦必再三執奏。是時江右苦燒造，三吴苦杼軸，徐淮苦懷襄，公先後建言，燒造糜費已甚，今又益以奇巧難成之物，將何以堪？上供服御誠不可缺，然計三服官積年在笥尚多，宜裁省其數，不得已亦須寬爲數限，以紓物力。河堤決宜以時脩復，然須官爲區處傭直，不宜復朘之昏墊孑遺，助河伯爲虐。至河所宜疏闢，言人人殊，宜勅總河大臣折厥衷,若復老黄河故道及别浚膠萊河等議,功力浩大,皆晝駿難施用,宜一切報罷。會言路中亦有言時絀不可舉盈者,於是總河舒公應龍採公指條上其議,惟脩補故堤,諸大役且停罷。是時腰舖河已興役,亦在罷中,識者多公體國相時,稱老成石晝云。其他和合朝議,如許給諫弘綱之調垣,李宗伯長春之去國,皆取公一言而定。諸公卿益以此重公。嘗言人臣欲道行於君,其詞婉;欲名高於世,其詞訐。故凡所建白,惟主理勝,而以至誠委婉將之。疏或留中,未嘗輒以草示人,其正直而忠厚類此。

甲午轉浙江參政,治紹台。紹台瀕海而俗嚚,公至則提衡文武吏,繕城隍,訓組練,儲粟令足支經年守,金湯屹然。禁民間刁訟,其以重情至者往往片言折其奸狀,奸民望風惕息,俗以大改。大書其署云:"視公事如家,便有不敢苟之心。視百姓如子,便有不忍傷之心。視同類如己,便無自私自利之心。視禄位如寄,便無患得患失之心。"人以爲名言。顧公匪惟言之,實允蹈之矣。

視事數月,會黄河海口淤,黄迫淮縮,衍溢盱泗間,漸及基運山之堧。於是言者争鬨治河無狀,震驚陵寢,大率歸咎腰舖河之停。部覆遂列上初議者主名以塞責。上震怒,切責總河舒公,鐫其官,公亦謫惠來尉,制下,飄然就道,未嘗説人無罪。已給假歸,侍母課子外,觴詠自娱,絶不形牢騷不平之感。自幼失怙,終鮮弟兄,事母篤孝,惟頗以未及受封爲嗛。比喪母毁甚,長子繼喪,益不自勝,然猶强起襄事。病中猶書"素位而行,不願乎其外;殀壽不貳,脩身以俟之"二語以自廣。卒年僅五十八。易簣之際,神氣安閒,見大心泰,非耶?

余嘗摭公生平,在朝引繩墨,持大體,侃侃不阿,然不露意氣,人莫能名其直。居家陶陶物外,干旄罕接,然敦篤倫常,貞不絶俗,人莫能名其介。歷户、工二垣,身都華膴,皭然不緇,使德藩贈遺一無所受,官三品家無長物,然清畏人知,人莫能名其廉。濁醪一杯,脱粟一盂,圖書一室,蕭然不異寒素,然不爲敝冠垢衣,欵段下澤以自表,人莫能名其儉。與人洞撤城府,輸寫肺肝,坐人春風,飲人和氣,而恥爲好言軟語,卑顔紬體,以鈎情干譽,人莫能名其爲。甘爲醲,爲學一本於主敬實踐,體認天理,登河東之堂,闖餘干之窔,然不屑標目樹幟,人莫能名其孰宗派，孰門户。豈非黄流玉瓚，美在其中而爲天下之真品耶？

至於議河一事，尤屬無妄。古稱河曰神河，謂轉徙無常，非人逆覩也。言治河曰行所無事，謂因勢利導，不得已而應也。國家借河以通漕，乃人臣亦借河以媒利。大抵不行無事而喜有爲，穿鑿譸張，以幸爲嘗，一役之興，大者費數百萬，小者數十萬。亡何而叙功矣，晉秩延賞矣；亡何而河已復告變矣。人臣之計甚便，獨無奈國家之計日索何也。方公議河時，河未覩大害，勢不得不因時補葺，以待轉徙之定而爲之圖，所謂以河爲師而行無事之策，不得不爾。聞之祖陵據窿阜，距河遠迥，不能爲害，而忮者以爲非此無以行恫脅而激雷霆，且以自營自脱，當時亦無一人爲公誦枉者，亦可慨矣。公獲罪之後，河凡幾變，黄涸之工甫竣，蒙墻之役繼作，費皆不貲，而王口尤甚，聞縻公私金錢以五百萬緡，役夫饑疫死者數十萬命，而河卒不可通。功成有叙，不成罰亦不及，是無所往而不得也。假令公當時從臾喜事者，無論成否，其究皆可以徼功而避罪。然使公嘍啃一官，而屑越國家之帑藏，塗釁萬民之膏血，亦安在其爲公乎？以此獲罪，爲公甘之矣，此又公謀國之忠而人品之真之大者。余故表而出之，以附公深知。若世系子姓，具少宰誌中，兹不具論。

明中順大夫湖廣常德府知府我湖李翁暨配封孺人陳氏墓表

故常德守我湖李翁暨配陳孺人之葬也，同郡黄大宗伯既誌而銘之，詹司寇復傳之矣，汝良戚忝東床，人非玉潤，何能更贊一詞？而翁之子重芳輩猶汲汲余言也，曰："子故史也，當世懿嬍，宜靡弗知，靡弗纂述，矧幸屬肺附，知宜最真，纂述寧可獨後，若之何其以内稱避也？"余聞之懮然，不敢諉。

翁諱道先，字克登，别號我湖，泉之安溪人。父文林郎白厓公，母黄孺人，繼母林太孺人，娶陳孺人，皆以翁貴。翁生而警慧異常兒，丱角補弟子員，試輒冠其耦，廩學宫。甲子領鄉薦，數上春官不利。庚辰，謁選授桂林司李。桂林粤西省會，兩臺屬耳目焉。翁廉潔律身，精明應務，小大之獄，無弗得情。兼所差次官評，銖毫無爽。繇是兩臺傾心，諸屬欽其風采。陽朔缺令攝令，蒼梧缺守攝守，皆以廉幹舉職。在陽朔時有疆理之役，躬歷塍畮，均較詳覈，田無漏賦，亦無賠賦。粤軍興，取辦梧税，翁剔蠹革羨，商民樂輸，公私便之，還署之日，惟圖書幞被而已。前後六膺薦剡，最後郡守欲有所庇其私人，翁不能爲之地，陰短之，長安當事者僅遷衢州貳守。

初至衢，念趙清獻公衢産也，顔其署曰"琴鶴餘媿"，以自勗。衢故孔道，供億無秩，爲力裁其郵傳之冗濫者。沿江置干掫以護行李往來者，其紳弁之賢者特禮重之。青衿子之嗜學者，勤拳勸課之。至豪貴有所挾持干謁，輒沮抑無所借。間攝守若令，皆有惠政，一如桂林時。其均江山賦，亦如陽朔，民尤德之，立石紀焉。居七載，始擢兩浙鹽運同知。至則條上鹺議十七欵，其大指在潔己束下，惠竈通商，視鹺臺使韙之，而徐督翁行事盡與議合，乃益賢翁。會運長入覲，翁代視篆。臺使劾運長而薦翁，見爲清濁相形，而所連逮諸衙役，翁雖極意洗雪，而不能盡揜覆。運長鐫官，久之，翁遷常德守，而睚眦遂不可解矣。

翁既五馬專城，益得發抒於政事，諸所節約興除，惟孳孳利民是爲。而築武陵石塘，尤稱永賴云。視事未朞，屬當入計，楚兩臺並注上考，而按浙御史某乃以鹺事劾翁，當落職，蓋中曩時睚眦也。會御史大夫南昌衷公主計，督翁廉無害，得從量調。翁意殊不屑。丁林太孺人憂，既免喪，無意復出。親朋强爲勸駕，行至建溪，遂回棹徑歸，曰："仕途嶮巇，何減黯淡，奈何垂老重冒畏途乎？"歸二年而卒。

翁七歲喪黄孺人，事林太孺人色養無間。文林郎公病，禮斗請代。友愛二弟，不知其爲繼出也。此又其内行可紀者。

配陳孺人，侍御西郭公蕙女也。自少婉娩柔順，于歸時及事王舅姑，服勤盡慎，處妯娌姑姊雝雝欸洽，林孺人甚宜之，每祝曰："安得諸子孫婦盡如陳氏婦乎？"其相夫子也，琴瑟在御，室無勃磎，綦縞從官，入無徧讁。晚年撫育庶孽，篤鳲鳩之視，庶幾無惡無妬，賢明淑令者歟？

子三，重芳，重華，俱庠生，孺人出；重萼，側室楊出。女二，長適洪左伯啓睿，封夫人；次歸良，封淑人。孫男二，孫女十一，其世系姻婭以及他行實詳誌傳中，不具載。

漢人有言，廉吏清在一己，意謂廉者未必能。夫廉則生明生威，安見能不從生？且能而不廉，詎真能乎哉！翁雅慕清獻，其貞白之概真無愧琴鶴，而所至循聲赫然，遺愛在人，幾乎史雲、隱之、次公、子都，具體而微矣，寧清在一己耶？齕翁者不惟没翁能，且併其廉而没之。當時白簡至云滿載而歸，翁仕宦餘一紀，歸不能斥一畝、增一椽，諸子廩廩虞不給，是不幾誣荃爲蕕耶？彼非直鑑昏，且中蝥也，謂是起家乙科，至二千石，雖行能如史曾，亦應罷耳。國家未嘗以資格限人，而流俗之人類不能作格外見解，此賢者所爲灰心解體也。翁惟靳一第，故雖極意砥礪，不能越序遷，已自致通守，稍稍祟膴矣，竟不能及政成，蓋猶以資格限也。雖然，鄉有評，宦有蹟，今越且儼然俎豆矣，後之傳廉能吏者，計不能遺翁，是烏能終限翁哉！烏能終限翁哉！乃陳孺人之内助，亦何可揜也。因摭所知而爲之表其墓如此。

行　狀

明故侍御岱陽方公行狀

公諱元彦，字士美，别號岱陽，徽之歙人也。始祖漢河南太守紘，由始興遷江左之淳安。至唐末，其裔孫羽始遷歙，世有聞人，爲歙著姓。曾祖父富祐，用鹽起，富而好行其德。祖父鉞，嫻詞翰，敦行誼，以節俠旌。有子四人，季曰良儒，娶于程，則公父母也。以公貴，父封文林郎，贈監察御史，母贈孺人。

公生而慧悟，舞象時讀《易》即了了，下筆雋爽多致。先是諸方故有籍山東之臨清者，從兄元焕時已掇魁東省，公往從之遊，即補臨清諸生，試輒前茅，遂餼學宫。今大司馬蹇公達督學東省，深加賞識。壬午舉于鄉，旋丁内艱。丙戌成進士，釋褐金華令。

金華婺首邑，事多盤錯，前令常以不任鐫去，人或爲公難之。公曰："吾何知難，吾知盡心撫摩而已，倘有敗群，寧以一官掣吾肘哉？”故其爲政常折烹鮮拔薙之衷，事無留行者。邑苦熯魃，公竭誠祈禱，澍雨立應，郡人爲賦“岱雨隨車”以美之。郭西南有通濟橋，長七百餘尺，歲久圮壞，往來苦之。梅沙湖者舊與泮水通，後因堙塞，士歲比率不利。公捐俸倡民修濬之，人無病涉，士多彙征，郡人復爲賦“濟川樂泮”。于時甘露降于松，麥岐秀于野，邑士民咸踴躍争詫，以爲公德政致然，又爲作“甘露瑞麥”之歌。公逡廵弗居，曰：“是偶然耳。”後先兩臺使者慰薦相踵，三載奏最，褒封如令甲。又二年，以高第徵，民遮道攀留，輿爲軹。

旋擢雲南道監察御史，奉命廵視帑藏。已復廵京城。帑藏弊藪，狐鼠憑城社窟穴其中。京城故五方雜沓，事關豪貴，干掫法動柅不行。公剔蠹去甚，引繩批根，未嘗爲撓，輦下清。會寧夏有哱劉之變，督臣恇擾周章，賊用猖獗。公疏劾其失策五，且請别推經略，督臣方負時名，雖有目攝，弗顧也。其後事所由定，卒用公畫焉。又疏論大司禮田義不法狀，請册立東宫，以次行三大禮，二疏雖不報，議者韙之。

出按甘肅，公念河西孤懸，士日夜乘鄣，半菽不飽，紈袴子復從而朘削之，下車即訪問戰士疾苦，而按治將領之尤貪婪不悛者。時火、永二酋蹂躪西陲横甚，更以市賞要我，或言宜許之，公抗疏謂虜若歸誠聽命，吾何愛一欵而不以紓邊患，若因其掠而與欵，是城下盟也。且制欵在我則約可堅，制欵在虜恐渝無日矣。宜一意修戰備，期一創虜而後許欵。疏入，得旨如公議。虜謀折，遂宵遁。時當大閲，故事董以科臣，有詔即以方御史視閲。公因陳修邊五議，曰：築民堡，增墩臺，塞險要，修關口，增防禦。嗣又條上八事：明職掌以覈虛冒，補卑官以重典守，飭查盤以破積習，議銀鹽以充倉廪，均易買以實營馬，慎招降以消内變，覈番族以實藩籬，戒媚虜以尊國體，皆鑿鑿中窾，大於邊政有裨，部覆次第施行焉。塞上時歉屯餉，逋負以數十萬，公度急之終無所出，且逃亡，乃疏請蠲之。沙剌藏卜囊肚者，番人也，游徼者妄執爲奸細，已坐死。公廉得其情，奏釋之，諸番感泣。已而開採議興，冠虎四出，公適按畿南，露章極言璫使横行狀甚悉，璫使咋舌，“是冷面者”，不欲近之，即去之晉，而以趙地付他使者，畿南稍甦。

尋出按浙，疏言越山本無金礦，使所進皆吮血槌髓朘之民間，如此不已，一旦挺而走險，恐得不償失。是歲越復苦饑，疏請蠲積逋，緩徵輸，復發倉粟數十萬賑之。又檄鄰省和糴以相灌輸，越人賴之。既代還，當刷卷南京，以外艱歸。服闋，復除江西道。時閩中變怪頻仍，萑苻數警，又大吏多缺，人心益皇皇不自保，廟堂冀得練事直指紀綱之，乃以公往。

公馳至，先請簡用撫臣，補監司、郡守諸缺，俱得旨。延、建妖徒吴建等以左道惑衆，聚黨至數千人，二郡請以反薙之。公謂愚民以瓣香斗粟相詿誤，豈足深誅，駁議至三四，竟奏誅首事，餘得貸死。先是，奸人張嶷以採金機易山，歲可得粲鉅萬，誑奏，有旨遣官往勘。機易山者在海外島夷吕宋近境，勘官至則吕宋大疑，謂將圖己，其後轉相搆煽，吕宋遂虔劉我商人之在其地者以數萬計。或以問罪請，公度事在海外，鞭長難施，姑緩之，而第以張嶷罔上啓釁請正法以謝死者。有詔逮嶷至京，磔于市。自是奸人言利者脅息矣。

紅毛部在西夷中最爲獰黠，時航海據閩之彭湖島，請市。閩璫使高采利其賄，爲請于朝，幾以異物蕩上心。公極言延寇户庭，爲閩腹心無窮憂，不可許，賴上聖明，却其請。而高璫猶請未已，公乃遣辨士説紅番以利害，而禁人毋得闌出粒糈與通。久之，解舶去，閩人始得帖席。

泉之安海堡人稠物豐，顧孤城海上，無官鎮守。曩時倭寇發難，幾剪爲讐。公奏移府倅駐鎮上，屹然泉南保障矣。閩地故瘠陋，採榷行，民愈不堪命。公上言閩中邇年妖星方告，已而海沸繼之，已而地震連旬繼之，民怨天怒，咎在採榷，宜撤璫，使以答告譴，其言甚切。又琉球請封，使臣駐閩，督舟將渡，公言海氛未靖，不如令彼領封，若天使銜命冒不測，不虞辱君貺耶？事雖未行，識者以爲便。先是，按閩直指相連卒官，及公被命，或意公有難色，公曰："叱馭何人？東西南北，惟命之從耳。"及按閩，竟以拮据勞苦，比事竣疾作，乞歸，歸數月竟卒。

公在臺歷俸九餘載，草疏凡三百餘牘，懃懃懇懇，夙夜在公，有所建白，惟心所安，不肯伺人俛仰。然忠厚持大體，恥爲憍激沽名，廵歷所至，未嘗以束濕操下。行部簡約無擾，雖鷄犬當前不問也。尤精鑒賞，士經品目，後輒遠到。居家篤叙倫誼,程孺人病,禱于岱宗,願減己齡以延親壽。比喪,哀毀骨立。喪贈公也,年逾艾矣,猶然致孺子慕。撫弟元立,友愛甚摯,雖籍清源而於歙之宗黨尤敦水木思,建祠堂,修家譜,皆捐貲倡之。周恤窮乏,未嘗以有無爲解。與人交披瀝肝膽,不侵然諾。身居要津,未嘗片言干溷,有司扁所居堂曰"清白家業裁足,不欲子孫有贏餘",此皆内行可紀者也。

生嘉靖乙巳閏正月十九日,卒萬曆丙午七月初七日,享年七十有二。元配程氏,封孺人。子四,文升,文謨,文烈,文康,俱云云。墓在房山之陽。葬以某年某月某日。

嗚呼！方紅番請市,宵人爲之奥主,微公力破邪計,閩迫切之禍幾種頃刻間。余自燥髮時則已聞安海設官議,然築舍數十年,至公而始有成事。一以杜無窮之害,一以貽長久之安,皆當機立斷,真風霜振厲,無忝持斧者哉！二事皆余桑梓親睹記,則其他注厝興革,可概矣。余既與公同年進,又從閩人親芘公宇下,知公者宜無如余,因公嗣文升之請也,不辭而爲之狀,以俟操如椽者采焉。

先王父菊山府君行略

府君諱伯善,字達兼,所居對黄菊山,别號菊山。先籍光州固始,晉時避亂入閩。至唐桂州刺史公彦自侯官徙莆,至千一公松又徙晉江。六傳而爲鋭齋處士,諱懋,娶於顔,生三子,長物備,以明經官至玉山王府教授;次仰,以諸生起義擊賊,死贈州同知;季即府君。

生而聰警特達,三歲喪父,從兄受學,九歲能屬文,讀書寓目即記。嘗憇道旁碑陰,碑文千餘言,所鐫姓名復以百計,有父老謂曰:"古人誦碑華再據三,孺子當幾讀?"府君稍涉目便皆上口,父老大驚,以爲神物也。始受《易》,既更讀戴氏《禮》。天性酷好吟咏,及古文辭,其爲舉子業亦必信己意緣餙古義,不肯齷齪規時調,故其試有司數躓。少而孤露,及喪母析箸,家貧落魄,稍往來吴越間事計然,輒數奇,乃棄去,歸而攻苦勵志卒業,偕一二同志讀書於靈源山室,刻晷程書,不滿程即日旰不食。於是沉酣墳籍,浸淫百氏,自天官、輿地、仙釋、稗家、瑑説，靡所不究，暇則相攜登臨江石，上凌倒景，下俯滄溟，慷慨賦詩，有空千古之致。

出補郡博士。是時督學田公汝成、潘公璜、江公以達皆有人倫鑒，府君試輒冠，聲藉甚。然至場屋不利，庚子始領鄉薦，三上春官，復不利，最後已録復失之，乃嘆曰："豈命也乎？丈夫當蟠泥飛天，胡縻歲月需一第爲？"遂謁選得昌化教諭。

昌化杭末邑，諸生椎朴少文。至則爲談經課藝，其後斌斌埒上國焉。壬子分校貴陽，稱得士，事竣當入試禮闈，以病甚不果。在昌化餘五載，兩臺監司及遠近士大夫徵文者牒相錯，而浙學使者薛公應旂尤加賞識。嘗葺萬松書院，鳩浙士俊者令侍府君都講，於是羔雉成群。會薛解職，事旋寢。

乙卯擢知舒城縣事。以砮廉幹局爲理，務在守法奉公，除民所疾苦，剔浮蠹，鋤豪猾，果敢不爲持難。性開敏朗暢，縣中務無大小剖析如流。一日決事或以百計，斷獄數語立辨，雖踪跡闇昧必得其情。每上官有疑獄，朝檄下舒城，夕傳爰書訊鞫論報，未嘗不擊節稱善。嘗自言："古人第三不欺，吾治舒未能如單父，至如西門、子國庶幾近之。"舒故巖邑，户繇、保馬、漕兑，事極米鹽，而是時起三殿採文石，使者坐郵舍，刻期詭辦。又河決淮泗間，舟楫不通，過客取道經舒者，冠蓋傍午。府君條畫區處，事無留行，而大旨乃在節約裕民，民以此咸愛戴之。治舒可三載，直指使、大中丞及漕河大臣交章薦列，其函書幣以旌者復十數，然性伉直不能脂韋取容。時分宜相方用事，有昆弟子嚴某道舒，挾勢恫喝，府君不爲禮，郵亭中故有過客題詠，嚴素驕，題詩詆諆諸作者，府君命復其題，嚴爲氣沮，驅車去之。印馬御史蔣某按事至舒，府君不能遠迎鞠跽，御史恚曰："令木彊者，簡我耶？"於是微購欲中以文法，未有所得。舒絶少薦紳，其中豪皆貲郎、掾史，故事，見令輒據上坐，有所行於縣中，索馬讌客，縣爲給燭，府君並裁弗與，請見者勑勿爲通，以此大望欲甘心焉，往往謾爲蜚語上聞。

戊午遷同知衢州府事。會守缺，攝守。其治倣舒而稍持大體。衢故有上供段三千，其價直皆勢豪代爲關領，市籍或不得半直，段率粗紕不堪。府君以時散給，公私便之。時有開礦之議，府君持不可，謂衢四通孔道，地險民窳，一旦示以利竇，慮有他虞，議遂格。視事五月，而御史蔣竟以前郄摭蜚語論劾罷官，府君怡然曰："直道果難行，兹歸已後矣。"歸值倭亂，所居安海城圍急，府君率鄉三老部勒城中子弟，日夜乘郛，多具醪糒以餉守者。城中有二惡少謀應賊，府君廉知，即與三老子弟共覆驗，捕得示賊，賊氣奪，乃却，城得以完。

府君既解組，益思行其德於鄉，數爲鄉人排難解紛，輕財利，重然諾，鄉人服其義。尤急於宗族，族中指以七八千，爲紀綱約束之，獎其賢者，周其貧者，誡斥其尤儻蕩不類者。祠堂燬于倭，首倡義新之，祀事修而群族人其中，爲陳説禮法，族人多化焉。爲不義者，輒曰毋令菊翁知之，望見即避匿。

配伍宜人先卒，是時方及耆，無他妾媵，每燕坐惟掃地焚香，以圖史自娱。後又治别業城東，倣香山故事，結里中耆碩，往來酬唱。爲人神骨竦秀，骯髒善談論，不爲苛細刺促，不喜飲酒，至對客竟夕不倦。處人不設城府，然天性耿介，往往疾惡過嚴，有所感憤，杯酒間時或罵坐，第心無他端，事過亦無所芥滯。其耽書老而益甚，學無所不窺，文特好《周禮》、《左氏》、兩司馬、前後《漢書》，間及唐宋諸大家。詩神情獨造而兼備諸體，五言古清逸澹岩，置之陶、謝未易辨也。七言歌行雄渾沈鬱，足入少陵三昧，而一二效元、白體。五言近體，太半入杜，餘亦翩翩在賈、孟、錢、劉之間。七言近體，高者不謝王、岑，晚年率爾間及蘇、黄。五七言絶，駸駸與摩詰、昌齡相伯仲矣。府君於詩殆天授，自髫年以至大耋，賦詠日新，即事觸目，動輒成韻，擊鉢刻燭，皆臻妙境。自明興，作者非一，然至包孕宏富，結撰精敏，殆謂千載絶蹤。尤長於聯對，偶爾屬成，便稱絶倒。每節序慶誄，諸親故各來乞言，隨索隨應，愈出愈妙。王道思温陵聞人，少許可，至論詩即遜席曰："此物自君家長技。"其見推名輩如此。自以擔負峭絶，生平多抑少伸，無能爲國家樹鴻鉅而攬拕，諂詘者又時齮齕之，其愛君憂國之情，與夫牢騷不平之氣，每於篇中輒見焉。

精神素王，年八十餘，猶能作蠅頭楷，然夙有痰疾，少飲啗。戊子春疾遂篤，其夏五月卒，得壽八十有六。葬於縣之檳桃山。子二，長以時，湖廣布政司理問;次即良父諱憲清,廉州府同知。

府君大節淳備,仁心爲質,事母兄愛敬篤摯。仲兄嘗爲仇家所搆,爲赴闕奏辨,幾陷不測。見人死喪貧病,調護賑恤,如以身當之。辭受取予,一稟于義。在舒時歲例有公費三千鏹,悉弛以與民。居家時有所斥買,務過其直,曰:"彼本以貧折業,奈何更困之?"語及非義之獲輒揜耳叱咤。訓子孫一本於詩書禮法,絶不及居積。長子五十無子,府君曰:"吾平生無得罪造物,兒必有後。"後竟得四子,府君及見焉。嘗曰:"吾自省未能爲君子,然不敢爲小人。"此足以占檢身克己之概矣。

所著有《菊山文集》、《菊山詩集》、《讀書彙記》、《連枝集》、《詞對雜體》,良不肖,藉先澤遺訓,遊宦十餘載,貧且拙,未能梓行先集。萬曆丁酉服官南雍,溧陽尹豫章李君時相過從,見府君詩集,深爲擊節,捐俸梓之。良因哀次其行略,繫之篇後,俾誦讀論世者考焉。

先考奉政大夫同知廉州府事雙江府君行狀

蓋府君之歿也,則以外艱歸云。歲戊子五月戊申,先王父卒于家,時府君服官大廉,訃聞,不勝慟哭,泣不絶聲,水漿不入口者累日。稍甦,即解官就道,併日而行,冒炎蒸毒露弗休也。不一月抵舍,慟復如之。臨朝夕哭無時,食饘粥,重衰絰,饋奠拜賓,慮事具物而弗敢惰也。是時府君委頓已甚,而其在道中病瘍,至是復發,憊不可治。比先王父撤幕,而府君亦捐館舍矣。嗚呼,痛哉!先王父之棄府君也,猶在千里之外;府君之棄汝良也,遠在萬里之内。先王父即不及期頤,然猶躋大耋而上之,府君之得以禄養者且十年,府君望下壽不可得。良甫得備史職,徼一命,而府君乃弗及見也。"蓼蓼者莪,匪莪伊蒿",良其猶人乎哉!府君之没也,無餘言謂,謂汝良:"吾不忍先德之日堙也。"嗚呼,先王父之懿行弗傳也者,府君且不瞑;良所不惟推府君之孝以永府君也者,良即死且有罪。乃以去冬采摭先王父遺事以徼惠于仁人,既有成言矣。而府君不朽之行未彰,是用充充皇皇,顧每援筆不數言,輒嗚咽不能竟也,然而不敢不竟也,仁人其亦少垂採焉。

狀曰：黄之先始自光州，至唐有桂州刺史諱彦者始入閩，代有聞人。其後再徙，繇莆入泉，則始自千一公松。四傳而有孫曰大光，曰世光。大光有孫曰寬，曰瑗。寬歷陽春令，至肇慶倅；瑗累官至肇慶守，皆以循吏祀學宫。而世光之子允厚，允厚之子懋，懋之子伯善，是爲菊山公。菊山公博學好古，工詩賦，起家昌化教諭，歷舒城令，至衢州府同知，爲世能吏。娶於伍，以府君貴贈宜人。生二子，長爲理問君以時，次即府君。

府君諱憲清，字以憲，别號雙江。少時凝重有志趣，就里塾，群兒無敢狎進者，出入人輒指識之。菊山公教諭昌化，府君從，延師爲講戴氏《禮》，能析疑義。已而遣歸，受室於陳，爲陳孺人。府君既歸，益結交諸名士，而身下帷發憤，業益進。戊午督學使者胡公行部，得府君文奇之，以儒士應鄉試，報屈，補郡弟子員。甲子以《禮經》領福建鄉薦，上春官不利。丁卯，丁伍宜人憂。甲戌入太學，是時馬文莊公、余文敏公及今相君太倉王公相繼爲司成，皆奇府君文，每試輒高等。其後馬公、余公相繼入政府，人或謂府君宜謁，府君逡巡謝曰："一日偶合，不足以溷鉅公。"前後凡五上春官，登乙榜者再，然竟不第。

歲庚辰，菊山公年七十有八，府君嘆曰："使我老公車不足恨，如吾親何？不若蚤徼一命，猶可藉手耳。"於是上銓部，部尚書當府君高第，時有同年友爲選郎，或謂府君少通殷勤，宜得善地。府君曰："吾不謁政府，乃謁選郎耶？"及除目下，得陽春令。陽春在肇慶萬山中，絶僻，俗獷悍，而前爲令者多不自飭，下人因緣爲奸，甿無俚輒嘯聚叢薄中，往來者至挾兵器自隨。府君至，乃極意拊循之爲教，與諸卒吏約曰："令幸得衣食租税據甿，上所不自飭，而以一銖一縷浚甿者，若鑒之，若不惟令是眎，而爲令取怨于甿者，讁死矣。"於是絶饋遺，省詞訟，輕贖鍰，革火耗，勸農桑，禁追呼，而間摘一二大猾不悛者寘之理。富豪賴秋顯子殺人，府君與郡倅當鞫之，顯行百金倅，倅欲貸其罪，復以百金爲府君壽。府君卻之，白諸當道，卒伏辜。久之，春民大喜，謂黄公吾父母，何忍負之？則相率歸誠復業，山藪間無復帶牛佩犢者矣。

會有詔疆理四方田畮，陽春米額故九千餘石，中遭亂離，折其二千餘，其後又隱匿飛詭相仍，至不可詰，賦額縮而民猶苦代輸。至是當清丈，而春四面岑崿，田往往崎嶇山谷間，嵐氣尤惡，人或爲府君虞之。府君曰："既已出身爲吏，安所避難？且是役能於國課民生有裨，即他虞吾甘之矣。"於是設法按畝勾稽，諸有田所在，深山窮谷，無不身履之，不可輿則躡屩徒步，攀躋上下，或鹽汗交流，喘息薄喉，不爲廢。勅所至毋得供張，屢以算器食自從，曰："吾不欲以爲甿者擾甿也。"遇夜或宿田畯家，不能具坐席，往往以闔扇皮草具，食訖寢臥其上。府君在家時服用頗號鮮明，然其仕宦簡約如此。凡五閱月告竣，所清田畮視舊幾倍，遵制書惟取復舊額而止，而據見田通融減之，計民歲減出田租太半。乃立石廳事，并新舊田畮賦額並紀之。壬午春，造黄册，例當得税畮金千餘兩，府君曰："何例也?"盡卻之。於是民復大喜。

縣故少青衿，乃以其服進諸生，時時爲課蓺文，而立學田以贍諸生之貧者，春人士斌斌嚮風焉。居三載，陽春大治，桁楊罕試，春人爲之語曰："陽春有脚三黄續。"蓋謂府君及二肇慶云。總督侍郎郭公應聘、御史鄧公鍊並薦之於朝，以考功令得封典。又歲餘，銓部督府君治行爲東粵最，擬徵入爲京朝官，然府君廉絶不能緣餙以輔名聲，而他御史按粵時意有所不可，居中沮之。乙酉，擢同知廉州府事。

廉州故漢合浦郡，珠海在焉。貳守職領珠海，號利藪。舊因偷盗出没其中，置兵守之，有司或陰與爲市，不時縱兵入海，以游徼爲名，實自爲盗。府君至，廉知其狀，嘆曰："凡吏道先自治而後治人，吾詎令孟嘗獨擅千載?"乃禁兵無事不得帆海，而第謹堠望以偵之，須寇來乃縱兵。約曰："寇不來帆海，與寇來不知、知不亟捕者，各坐之。"視事數月而千户陳與階當補裨將，以珠嘗府君，府君即時白發之，按致其罪，而并按前作姦者數輩，悉論爲鬼薪，群下慹服。自是裨將當補者必籍記二人，聽守自擇，而月粮度支必委之廉吏，絶去乾没。將士以此慴府君威信。往時舟師所用衣鎧、器仗、火具，率冒破具虚文，府君乃時時巡覈之，務極犀利可用，以故遇賊輒獲，計前後獲珠賊以千百數，璽書賜白金者再。桀酋李茂者故大賊魁，後因招撫居海南，有黨數百，常爲盜主，有司無敢誰何之。府君首白之當事，計散其黨，卒擒斬之，凡獲賊有珠贓，勅毋得擅進。報至，坐堂皇，於廣廷會衆封識，應時白守貯公帑，一顆不以寓目。嘗稱曰："人非由夷，安敢不嫌疑是遠？"或嘲府君，君轄珠乃不識一珠，府君曰："以轄珠故不敢識珠。且吾自愛吾珠耳。"

雷陽缺守，視守篆，已復假廉守，皆以節省惠愛見稱，而所釐革弊規尤多，人謂府君，君爲政潔廉誠善，然無如後來者何。府君曰："吾使後來者爲清白吏顧不足耶？"治廉甫一年，而總督吴公文華、御史汪公言臣復交薦之。而後來總督吴公善、御史蔡公夢説尤賢府君。戊子秋滿三載考，兩臺方具疏議留，而菊山公之訃至矣。嗚呼，痛哉！始府君去陽春時，其民扳號塞道，至不可行。至是去廉復然。

府君天性孝友，居處莊嚴有度，至其事菊山公及伍宜人，未嘗不承以柔色婉容，侍立或至丙夜，不命之退不敢入子舍。奔伍宜人喪，哀毀備至，然尚以菊山公在，抑情不敢盡，遇忌辰終日哀慕涕零。年四五十時，菊山公微有譴呵，必鞠跪受之。居陽春一年，思菊山公不置，請歸不可，乃遣陳孺人歸，曰："庶幾代吾養乎？"處兄弟友愛尤篤，家貲一聽之理問君，無所問。即陳孺人葳蕤鑰不知也。其後家指頗繁，陳孺人以分箸請，不許，而數數爲良輩稱述博陵崔、江州陳家法。娣子蔡彭少孤，鞠于舅氏，授之經，日夜課其讀，未嘗不先蔡而後及良輩也。後蔡竟以《禮經》成進士。天資端毅寡内，絶不爲兒女刺促態。良輩每進見必齊遨而後敢入，閨門之内斬如也。

陳孺人既歸自陽春，府君無家於外者八年，每退食惟蒼頭一二鵠立，衙宇蕭然。所居又在嶺海絶徼，人情難之。府君名家子，器宇昂藏，然與人交剷削崖岸，醇謹不失尺寸。其附離進退，一揆諸義，恥與世俗浮湛。令陽春時，比部郎沈公思孝以論江陵相謫戍陽江，諸公或多引避，府君獨與唱酬，往來甚驩。比還朝，言不及私。逮署雷陽，而故相子張嗣修復以戍至，困甚，府君獨憐之，曰："是其子何罪？"即又數遣人遺之，人謂府君不虞迕時耶？府君行之自如。生平輕財好施，聞人緩急輒推金錢貸之，或不能償，往往爲焚券，至居官而橐若洗矣。而一二親友來者，探其中無有，或豫支俸給之，以故宦遊幾十年，没之日家僅四壁。丙戌汝良成進士，讀中秘，府君詒汝良書曰："家幸奕世受恩，而父思所以稱此甚恐懼，孺子慎毋以一第爲榮，努力明德，有以自效。"汝良每誦此言，未嘗不懪然如面命也。

府君爲人豐頷便腹，目耿耿如電光，素彊無疾。自陽春入山行田，爲瘴氣所中，患瘧者三年，從此體稍稍耗。比奔王父喪，抵家則已尫然骨立，卒至大病。語曰："臣死忠，子死孝。"府君蓋庶幾焉。疾亟之際，起書"死生有命，達人大觀"數字置床頭，而獨以菊山公大事爲念。蓋府君所養晚而益定，其見解足以了死生，齊變化，而所重乃在君親大倫，殆所謂事順没寧，殀壽不貳者乎？嗚呼，痛哉！

府君生以嘉靖癸巳年十一月廿六日卯時，卒以萬曆戊子年十月初十日戌時，享年僅五十有六。卒之日，知與不知無不嘆息，有垂涕洟者。所著有《家藏稿》、《宦遊稿》，文取平正達意，詩清遠有王父風。丈夫子四，云云。墓在南安之吴埔山，負艮揖坤。葬以庚寅年十二月念二日。嗚呼，府君已矣，其行事不足泯也，仁人幸而賜之一言，府君之有辭於永世猶弗死也。不寧惟是，其不孝良獲藉以逭罪萬一，是猶得稱爲人子，以從先大人於九京也，惟仁人留意焉。

誥封太淑人先母陳氏行狀

先母太淑人陳氏，晉江之安海人。世爲名族，入明仕者爲瑞州别駕彜、廸功郎光璘、海康令佐、今萊州太守亮采。祖紫溪公汝倫雄于貲，節俠義概，爲鄉祭酒。父芹野公良紀，太學生，有文才，娶廣信太守韋鷺沙公女，寔生母。

母生而端恪寡言，芹野公奇愛之。里中富人子議婚者數輩，皆無所許。是時先大父菊山公方久困公車，遣人爲先君雙江公董擇，芹野公素重先大父績學高誼，又奇先君器宇，謂韋孺人曰："黄孝廉雖食貧，其門必大，此嘉耦不可失也。"先君乃委禽焉。十八于歸，時先大父隨牒昌化廣文，先大母贈淑人伍氏留稤家。先大母性勤儉,母夙興夜寐,謹蓋藏,湘錡釜,先大母宜之。先君女弟楊氏姑當嫁,母悉斥奩具以贈,先大母乃益喜。先大父擢令舒城,先大母從子婦獨當户。會倭寇突發,安海城堡未完,倉卒從先君跳下村落。時不孝方在孕,一日夜徒步走數十里,艱難顛頓,殆而獲濟。已僑居郡城,適先大父致衢州二守歸,冢婦先伯母李前卒,家事埤益介婦,母未歸時,芹野公已卒,至是韋孺人復卒,舅氏弱母,既主中饋,復經紀外家,進奉養翁姑,退而躬乳哺不孝兄弟,兼以遷徙靡常,蓋手拮据而口卒瘏矣。會寇靖,還居安海,先君以是年領鄉薦,時嘉靖甲子歲也。

先君篤學嗜賢,所交皆知名士。母承先君所好,雜佩問贈,貧者待以舉火,客至供具鮮腆,士益願交,先君用能切劘成名,母内助有力焉。丁卯秋,先大母病篤,時先君方計偕北上,先伯父理問公亦應試京闈,母昕夕省侍,嘗湯藥,滌厠牏,不解帶交睫者連旬朔,比卒,含歛饋奠必誠必信。先君歸,獲藉以無悔焉。先君既屢躓公車,庚辰謁選,授陽春令。念先大父老,不忍離。先大父固遣之,又固遣母從之任。抵陽春甫匝歲,先君念先大父弗寘,母亦自請歸養。時方患濕腫,力疾以行,跋涉蠻烟瘴雨中,弗恤也。歸而孝養彌摯,先大父益安於養。先君乃安於仕。又五年爲萬曆乙酉,先君擢廉州二守,不孝亦以是年領鄉書,其明年第進士,讀中秘,母寄聲誡不孝曰:“自吾爲汝家婦,見汝祖父辛勤矻矻,猶嗛一第。孺子何佹得,亟圖報稱,纘戎先緒,孺子必勉之。”不孝至今惕若提命也。

戊子夏,先大父即世,先君自廉州奔歸,不勝瘁毁,其冬十月亦捐館舍。時連遭大喪,諸事倉遽,賴母擘畫戚易,奢儉咸秩於禮。比不孝匍匐抵舍,哭先大父、先君柩前,呼天搶地,慟不欲生,母亦持不孝哭極哀。已復拭淚曰:“爾祖爾父未竟之志,尚在子也。復過瘁毁以憂逝者乎?”不孝是用勉支視息,具稟慈訓,以克襄祖父大事。辛卯秋,不孝當起復,跪請就養,以弟妹婚嫁未畢,不允。癸巳,不孝奉使趙藩,戊戌由南司業陞任,俱取道過里省覲,再申懇前請。母素鍾愛伯兄,會其夫婦夭歿,兒女弱,于母焉依,以是尼行,而再三勗不孝以報稱大義，不孝不得已含辛就道。然尚冀如向者奉差南轉之便，得申陟屺一念，而事與願違，荏苒八年於外，母雖老天錫，每弟侄書寄皆言黝髮渥顔，起居衎衎如常時。然不孝每心動，丙午秋陳情歸養，疏留中不報。明年丁未春闈竣役，方圖再疏，會卜相事起，人言猝及，乃復九疏乞歸，計獲避賢，庶遂將母。節蒙聖恩慰留，不孝益徬徨不知所措，更圖冒死叩閽，而訃音至矣，嗚呼！母向所勗報稱者何有，而徒虧母養也。聖恩愈厚，臣罪愈深，終天之恨，尚忍言哉！

母生受譽命者四，初以先君陽春令滿考封孺人，次以不孝編修滿考從先君進封宜人，三以不孝諭德覃恩加封太宜人，四以不孝禮部侍郎兼翰林院侍讀學士覃恩贈先大父、先君皆如不孝官，先大母、母乃有今稱。至是請卹，天子考令甲，兼酌東宫講讀勞，推恩與先君並祭，賜上方金錢開壙合葬，然安得起九原而榮之哉！

母勤恪慈祥，自然天性。至於閨範閫則，斬然不爽跬步。自少至老，紡績不去手。生平無冶容飾，大布之衣，淡茹之食，自爲婦至貴如一日。良輩或製華綺以進，受而櫝之，不時御也。或珍羞滿前，不設鮭菜即不喜飯，人或以古賢媛贊之，曰："我不識古，但性覺肥腴不若淡素適口，華綺不若布帛便體，無事度日不若勤事之爲愜志也。"舅姑膳羞必手自烹飪，食畢然敢歸私室，雖先君之膳亦如之，未嘗先先君食，或先君有事未食，雖日旰夜深弗食也。

先君性嚴卞，家法峻整，母亦禮度自將，足不踰閾。先君或遠遊，則扃鍵門户，内外肅然。先君待諸子甚嚴，母以慈濟之。然不孝輩嬉遊稍過，即加譙讓。先君於家人時見嗃嗃然内莊，母謂是謹飭者能了吾家事，以故終身不置媵。仕宦十年，單宿於外，曰："吾以此答其勤劬耳。"伯似李歿無子，相室謝有子，先大父以子故欲加禮其母，母即以身下之，出入必推使前。先君有女兄適蔡，夫婦蚤夭，諸孤鞠於舅氏，母常與諸子均愛，甥彭竟成進士。先君在時言未嘗及閫外，比先君歿，不孝仕宦於外，常約束族戚及僮奴，毋令生事，有違者必令人推詰，曰："未亡人幸未聾瞶，安能寘家聲弗恤。"其晰大體類此。雖受服命，終無自貴之色。村嫗至者，亦與均茵席。性不喜妄費，米鹽必稽，雖外家求請推與常有節，惟祭祀賓客必務豐潔。見窮苦則加憐卹。晚年與諸女眷持齋禮佛，檀施無所吝。

月中素食强半，非禮事未嘗殺生，即不規規福田，而於禪戒有暗合焉。臨終前數日，猶與諸女眷爲大士會，已而覺腹中弗快，經旬竟弗起。嗚呼，痛哉！

母生嘉靖丁酉七月初三日子時，卒萬曆丁未六月十九日辰時，享年七十有一。子四，長汝封，郡庠生，娶尋甸知府蔡公民望女；次即汝良，娶常德知府李公道先女，封淑人；次汝惠，國子生，娶庠生留君維祉女；次汝爲，國子生，娶浙江參政周公良寅女。女一，適靖州知州李公大瀾子庠生廷柱。孫七，慶元，邑庠生，娶梧州知府丁公自申子贈吏部稽勳司員外公日造女，爲稽勳司員外公啓濬女弟；慶承，娶湖廣布政使史公朝宜子庠生君繼伊女，蚤卒，繼娶蔣，汝封出；慶星，官生，聘户部左侍郎郭公維賢女；慶華，聘布政使史公朝宜子諭德兼翰林院侍講公繼偕女，汝良出；慶增，邑庠生，娶知府李公道先弟國子生君光先女；慶暘，聘舉人陳君應春女；慶胤，未聘，汝惠出。孫女十一，適贈吏部考功司郎中潘公維城子庠生澧，爲江西參政公洙弟，汝封出；適户部右侍郎莊公國禎子四川參政公懋華子庠生嗣珂；許雲南僉事龔公雲致子邦京，汝良出；適舉人王君孟遴子庠生鳳祚；適國子生柯君恒耀子開槐；許參政周公良寅子庠生君道元子廷鑽；許舉人林君欲棉子庠生賓櫄；許兩淮運使蕭公騰鳳子庠生君知秋子兆昌；許國子生顔君希仲子文昌，汝惠出；許陝西行太僕寺少卿江公萬仞子庠生君中栻子長熼；一未許，汝爲出。曾孫女二，許國子生龔君廷華子文燦，一未許，慶承出。不孝輩卜以戊申年十二月之吉奉太淑人祔葬先君吴埔山之阡，謹抆淚次狀如左。嗚呼！不孝終天之恨無可復追，惟是内德有所托以不朽者，庶幾贖不孝罪釁萬分一也，惟仁人垂憐採擇焉。

累封夫人亡室慈靖李氏行略

亡室李氏，故常德太守李公我湖之女。母陳，爲故侍御陳公西谷女也。十八于歸，逮事先父母，又佐先父母祗事先王父，恪恭蘋藻，甚得尊人歡心。不穀偃蹇諸生將十年，賴其視旦問夜，一意勉旃，幸得脱牛衣，通籍詞苑。已乃纂縞從官，其儆戒朝夕，一如諸生時，絶不效兒女子作滿假繁華態。慎管鑰，謹蓋藏，不穀得兢兢恪職，無内顧虞，先王父、先父母之喪，萬里星奔，祇相饋奠，比克襄窀穸，皆藉以無悔。不穀年幾强仕，未有子，則爲置諸媵，前後生三男四女，鳲鳩之愛，真切一如所生，人多其有《樛木》風焉。

性莊重簡默，言無囁嚅，動無嘻豫，而一本之平恕寬和。處妯娌姑姊穆如雍如，御臧獲嚴而有恩，卒之日，無論子女毁瘁，親眷傷痍，即内人無不行哭失聲者。得年僅六十有四。初以不穀編修封孺人，再以諭德封宜人，三以侍郎封淑人，四以尚書封夫人。雖綸命煒煌，而壼範杳不可復即矣。獨其徽懿有足述者，因節惠而私謚之曰慈靖，蓋實録云耳。

祝　告　文

族中奉迎菊山公配享祖廟祝告文代從叔作。

維萬曆四十八年歲次庚申，正月庚辰朔，越十八日丁酉，孝曾孫原任清流縣學教諭聯春等敢昭告于一世顯祖考千一府君、顯祖妣方氏暨列位顯祖妣之神曰：

孝惟因心，率親莫重率祖；義以起禮，宗祀亦推宗賢。從叔父誥贈通議大夫、禮部右侍郎兼翰林院侍讀學士、原任浙江衢州府同知菊山府君，政事文章，擅徽聲于邦國；剛方正直，昭懿範于里閭。垂裕後昆，家慶資其貽翼；崇事先烈，族屬藉其紀綱。宗衮攸歸，皇綸有赫。允符祀典，宜秩明禋。敬采輿論于宗盟，爰升祔享于祖廟。厥配誥贈淑人慈懿伍氏，並祔。謹以剛鬣柔毛，庶饈醴齊，恭申奠告。尚饗。

祭　　文

祭王荆翁相國文

維萬曆三十九年歲次辛亥，三月辛丑朔越，九日己酉，原任禮部右侍郎兼翰林院侍讀學士門生黄汝良謹以束帛牲醴之奠，致祭于大柱國、建極殿大學士、少保兼太子太保、吏部尚書荆翁王老師之靈曰：

世有貞臣，實天生德，精白一心，以衛社稷。嗚呼我師，是立臣極。忠惟國楨，清惟士則。夙稟靈異，孝友天植。蚤歲掄魁，聲名輝赫。大廷獨對，南宫首陟。春殿雷傳，祥雲絢色。天禄石渠，高文大册。領袖詞林，曰文章伯。匪詫春華，乃茹秋實。敦節明志，松風翏翏。六館庶常，是訓是廸。目擊道存，如陶在埴。柄臣奪情，彝倫將斁。師率其僚，諍之甚力。昌言忤時，心猜目側。鴻飛冥冥，碩人之軸。斗望彌隆，甌卜爰協。起自田間，遂登揆席。詔爔弼違，皇衷是格。風于有位，忠厚正直。揚賢振滯，衆正咸闢。言路驟通，間以讒慝。既旌其淑，亦别其忒。三事大夫，始克朝夕。大璫竊權，潛恣肘腋。隼射于墉，苗去其螣。宫府晏如，城社用勑。虜欵有年，漸生瑕郄。選將儲偫，廟筭在握。撫順剿逆，耳弭喙息。堯湯水旱，不時告亟。輶軒賑貸，賁望南北。遠至邇安，計由密勿。

師之相業，未易殫述。其最鴻鉅，儲宫羽翼。國本未建，人心桯杌。師積其誠，自牖納約。史丹伏蒲，鄴侯造膝。乃誘天衷，前星朗晰。所謂伊人，功在廟祏。凡此弘濟，匪倖而得。師之禔躬，素絲五緎。盈缶以孚，用圭以告。匪嘉其猷，鑒其粹白。

昔師在朝，庶政具飭。明明在上，濟濟在列。師之去位，時事日棘。如沸如羹，夢夢墨墨。人轉懷思，宸眷終屬。井冽不食，爲我心惻。皇皇詔使，馳自天陌。皎皎蒲輪，冀廻遵陸。黄扉首揆，虚佇歲月。公衮未歸，台階遽圻。士失用儀，邦殄萎喆。天方荐瘥，民今無禄。嗟師昔年，西河抱盡。賢胤太史，凋蘭殞玉。又不憖遺，喪我柱石。惟師正氣，乘化超忽。在天爲星，在地爲嶽。偶爾朅來，何足執着。八袠榮壽，上台穹秩。卹典褒綸，既優既渥。蓋棺論定，令名終揭。若論出世，何生何滅。若論世間，誰無陷缺。

汝良小子，閩海樸樕。荷恩知己，等于顧復。稱塞謂何，負師負國。驚聞訃音，痛心慘目。吴門黯淡，東海震薄。範誨永謝，云何能穀。卧病遐陬，罔克匍匐。在三之誼，如父匪服。恨不從師，遠游寥廓。臨風薦詢，血淚迸落。尚饗。

祭郭希宇司徒文

維萬曆三十四年歲次丙午，六月乙未朔，越六日癸卯，禮部右侍郎兼翰林院侍讀學士、協理詹事府事眷生黄汝良謹以束帛牲醴之儀，致祭于故户部左侍郎希翁郭老先生尊親家之靈曰：

嗚呼！清源孕秀，東海毓靈。挺生碩彦，柱礎明廷。泰華振領，滄溟濯纓。寶劍之鍔，玉壺之冰。筮仕章江，上游巖邑。惠洽飲醇，令勵束濕。尸祝至今，懷思感泣。卓異升聞，南臺鶚立。桓桓勁節，侃侃嘉猷。正士所憑，宵人是仇。蹶而復起，再觸宸旒。百折不回，社稷是憂。天鑒孤忠，拔試心膂。仗鉞擁旄，拊循全楚。赫赫楚疆，憲我文武。既惕肅霜，亦膏陰雨。公所拊循，省約自躬。維城維賦，維祀維戎。綏此吏民，輯彼藩封。三年之畫，百世之功。入佐内臺，詎云坐鎮。盟心論列，殫殫忠藎。群議紛呶，片言徵信。風節凛持，紀綱式振。

自公還里，物望逾崇。茂膺宸眷，晉貳司農。簡命方新，云何永終。典型凋謝，摧折棟隆。迹公生平，邦之司直。處即恂恂，出即嶷嶷。賈傅憂時，鄭公匡國。貞介匪名，綜覈匪刻。天幸憖老，胡鉅弗勝。四方薦瘥，恃公以寧。庶僚偏黨，藉公以衡。國之殄瘁，喪我周禎。

顧慚寡昧，辱在姻連。誼敦金石，契托蘭荃。訃聞擗摽，有泪如泉。爲世盡公，豈爲私焉。尚饗。

祭户部侍郎莊陽山文

維萬曆三十三年歲次乙巳，五月甲戌朔，越七日庚辰，禮部右侍郎兼翰林院侍讀學士、協理詹事府事年家眷晚生黄汝良謹以牲帛之儀，致祭于故户部侍郎陽山莊太親家翁老年伯之靈曰：

東溟浩渼，閩嶠巉嵲。旁礴渾淪，是生碩喆。碩喆伊何？曰維莊翁。孕彼靈秀，亶兹駿鴻。蚤登甲第，筮仕會稽。神明父母，卓、魯名齊。乃首徵書，拜命瑣闥。謇諤露章，彌縫衮闕。出僉淛臬，爰參江藩。風貞澤氾，秋肅春温。南州材藪，翁秉文鐸。薪之槱之，芃芃棫樸。帝曰嘉哉，休兹多士。時維爾功，更爾歷試。滇粵坤裔，河洛天中。之屏之翰，益茂勳庸。勳庸既茂，節鉞乃授。高牙大纛，在江之右。江民允懷，憲翁文武。如彼黍苗，載膏陰雨。乃晉司徒，列于九棘。軍國大計，藉翁盈縮。翁矢忠赤，夙夜不遑。千庾既積，四國是皇。

北堂含恤，解組來歸。宸衷眷顧，慼焉有違。翁之歸矣，鄉有典型。國資黄耇，譽望斯并。朝野惓惓，蒲輪啓道。胡天不弔，莫遺一老。嗚呼哀哉！歲在單閼，閩海掀天。以至執徐，坤軸摧騫。按策占之，大人所忌。詎翁無禄，應此盭氣。嗚呼哀哉！望八之年，不謂不壽。貳卿之貴，不謂不耦。矧有鳳毛，九苞五彩。方岳槐鼎，韋平斯在。蓄其盛美，以篤後慶。騎箕乘昴，庶其徜徉。

維良弱息，許字文孫。夙偕令嗣，袍澤篪塤。世講綢繆，誼同子姓。驚聞訃音，乖兹景行。羈宦天涯，靡躬絮炙。臨風薦詞，有淚沾臆。嗚呼哀哉！尚饗。

祭詹咫亭司寇文

維萬曆三十八年歲次庚戌，二月壬申朔，越二十日辛卯，原任禮部侍郎兼翰林院侍讀學士眷年姪黄汝良率弟某某等，謹以束帛牲醴之奠，致祭于故通議大夫、刑部侍郎、前都察院副都御史咫翁詹老年伯先生之靈曰：

蓋聞諍臣以盡言極諫爲節，大臣以純忠體國爲賢。故身有時而不愛，名有時而必捐。既蹇諤而正直，亦忠厚而蕩平。相時無我，其斯爲臣道之全。方公以治行高等，徵拜臺列，乘驄冠蟬，持槖簪筆。適先皇鼎新之日，于時蠱緒初振，直道久鬱。人戒立仗，士趨抱葉。而公白簡霜飛，皂囊飈發。或繩糾及宫闈，或指斥及近習。玉階之首可碎，彤庭之檻可折。九死不移，三褫靡慴。抑何轟轟烈烈，而負天下之大節。既而起自明農，晨采奮庸。中丞司寇，載歟載崇。適今上泰道之隆，于時主德寬大，相度休容。鴞音翕集，或雜鸞鴻。國是靡定，讒夫將昌。而公端冕正笏，絃直鑑空。得尚于中行，式遏彼譸張。冒嫌疑而不恤，破朋比而奉公。寸心如結，四國是皇。抑何肅肅雍雍，而爲天下之大忠。

嗚呼！公之大節，人咸仰之。公之大忠，或恫以疑。惟公明哲，身退不遲。弋者何慕於鴻冥，碩人自矢其委蛇。迹公明諫顯諍，原不爲身計；抱忠遺榮，夫豈爲名尸。顯行固昭於共揭，孤標亦貴於知稀。東山一壑，北海一巵。干旄在浚，曾莫覯其顔面；司馬居洛，誰不稟其羽儀。非有道者，其孰與於斯。嗚呼！使廟堂今日而用公，當並受平明之福；使鄉邦今日而留公，庶再挽淳龐之俗。胡斗戾而山夷，遽台拆而星落。

某年譜子姓，梓里後學。匪爲私而盡公，哀殄瘁於鄉國。至若豸繡承先，象賢似續。壽邁七袠，位登九棘。亦既高朗而令終，奚爲於公而剌促。生芻一束，式薦冥莫。公靈如在，鑒此心曲。嗚呼哀哉！尚饗。

祭黄葵陽老師文

維萬曆二十九年辛丑，二月庚午朔，越四日癸酉，門生左春坊左諭德兼翰林院侍講黄汝良等，謹以束帛牲醴之儀，致祭於故朝議大夫、詹事府少詹事兼翰林院侍讀學士掌院事葵翁黄老師之靈曰：

生人之義，在三則一。道崇模範，恩深埏埴。皇皇我師，實天生德。植根芳苑，振翮丹窟。菁華外映，黄流中積。妙齡擢桂，弁冕全浙。聯騫高第，鵾運鵬擊。落筆北扉，抽書東壁。鷄木應制，螭坳儤直。絲綸有煒，燕許是匹。入講金華，啓沃秘密。陳必堯舜，望隆臯稷。睿情屢顧，仔肩時佛。宫寀洊躋，揆路行即。木秀招風，名高來嫉。師之嗜善，不啻口出。潤借齒牙，風假羽翼。推挽無厭，寒暑靡恤。既分黑白，從生得失。三衡棘闈，雅崇浮黜。文爲世程，才楨皇室。維名公器，豈間私暱。天實可監，士也罔極。謦欬之聲，爰止于棘。

師時挂冠，避彼廻遹。樂道丘園，脱躧簪韠。碩寬有堂，陶陶猉猉。東山臥久，蒼生望軼。尚冀衮還，收功浴日。視肉告凶，商飈其飂。昊天弗弔，倏爾萎喆。嗚呼哀哉！下壽之年，宫詹之秩。途修景迫，道大用絀。胡然挺生，胡然長畢。嗚呼哀哉！不朽者言，重在載筆。師之摛藻，金相玉質。庶幾不刊，襲六爲七。人亦有云，橋梓作述。師之令器，金紫連帥。玉樹振振，如蘭斯茁。以人事君,上臣是率。師所取士,春華秋實。弼亮方來,藹藹多吉。震澤浩渼,胥山崒嵂。靈兮與俱,長存無歇。

某等鲰生,謬蒙收拭。感恩眄睞,仰止道術。木壞山頹,心痛首疾。遥跽薦詞,臨風蕭瑟。尚饗。

同年祭蔡青門老師文

大江之西,匡彭是紀。扶輿磅礴,異人鬱起。侃侃名碩,維蔡夫子。沆瀣中涵,喬嶽外峙。高標孤映,貞志礪砥。吐詞爲經,周情孔思。蚤歲射策,連翩帝里。含香握蘭,爽鳩筮仕。奏讞平亭,惟欽惟毖。中遭宵人,慷慨引議。方枘員鑿,蹇修難理。鹽車之下,爰有騄耳。金剛豈摧,幹勁寧靡。淑人君子,其儀不二。國是旋定,賜環不遲。樞機爪牙,疇佐邦事。帝曰汝賢,輔司馬治。克詰張皇,四國是底。其勤夙夜,丕著勞勩。歲維作噩,闓當薦士。帝曰汝賢,往典厥試。匠石總材,楩楠梓杞。獻于明廷,惟天子使。赫赫三楚,衆才攸萃。帝曰汝賢,文衡是司。懸鏡然犀,擯杜擪芷。三湘七澤,文風率俾。藉藉令問,方興未已。乃晉藩參,漸躋顯懿。中外喁喁,拭目隆施。不憖昊天,胡奪之亟。

追風逸足,其行負負。曾未超忽,遽頓其轡。垂天大翼,共飛離離。曾未寥廓,遽鎩其翅。胡然而生,胡然而逝。倏畀倏收,彼蒼何意。有質必虧,有形必毁。人亦有言,彭殤等視。孰如我師,皭尔不滓。是結大年,曷生曷死。

某輩鲰生,幸依仰止。埏之植之,恩同怙恃。木壞山頹,魂怵心悸。川原綿邈,遠莫能至。臨風長些,有淚如泌。靈如有知,庶其鑒只。

同門奠莊太老師文

嗚呼!維翁獲天之厚,得昌之全。亢宗奕世,烜赫蟬聯。翁爲銓部公之適,親紹庭構,麟趾振振,鳳毛翩翩。人謂翁之植根擢秀者若良玉出平丘之圃,而明珠産赤野之淵。既而啓哲胤,翼義方,則有吾師太史氏逌季民部氏,爲之繼世而象賢。人謂翁之陰隲隆施者若符陽之出爲雲而潤一世,崑崙之流爲河而納百川。兼以悃愊無華，謙冲不炫，混如璞如，晦德而杜權。人又謂翁之宜食報於將來者，且如尾閭之長納勿溢，而岡陵之永峙弗騫，而翁胡以遽捐。嗚呼哀哉！

歲躔淵獻，民部隕焉。我師解珮在告，而旋懼西崦之靡樂，托南陔以承顏。翁獨曰否，命乃在天。與嬿婉於萊庭，孰恪職於如椽，而胡爲乎兒女之拳拳。師聞斯言，涕泗洏漣。將脂轄而睠顧，終踽踏而留連。懷晨昏以難離，而孰意翁之不復少延也耶？嗚呼哀哉！謂翁弗值造物之完也者，則孰爲之啓後而承先。謂翁終值造物之完也者，則曾不能俟其身於黄耇，不能使季君之勿殀其天年。故曰物有所必至，事有所固然。白雲蒼狗，孰知其端。同於盡者終歸大還，其無盡者在世而傳。昔翁斯存，固欲吾師之圖其大而勿爲膝下之欒，今雖没矣，吾師苟出而圖其大，翁又何憾於九泉。尚饗。

祭翰撰莊梅谷老師文

吁嗟天乎，其有意乎，而生吾師。無意乎，則宜冥冥木木，盱盱睢睢，曷淪精而托異，璀璨而陸離。有意乎，則曷不俾之單厚戩穀，禔福延禧。曾展竪之幾何，羌中道而棄之。然則有意無意耶，其皆不可知。謂景星慶雲之不常見，騶牙長離之難久羈耶？則世豈無定，爾孔固弗騫弗虧。苟隳美而害成，又曷睹夫龍夔。謂文章招神物之妬，而盛滿來造化之忌耶？乃吾師弢鍔斂鋒，降抑不遑，未三命而循墻，踵碩膚之逶蛇。胡金甌之未卜，忽玉樓焉修詞。嗚呼哀哉！彼擎天之貞幹，方及拱而云榣，若騏驥之方騁逸足，蹶于皇逵。淪清廟之鍾鼎，鎩士類之羽儀。豈斯文之將墜，抑泰運之未熙。繄有情與無情，孰能睠此而不悲。嗚呼哀哉！

維余小子，材朽數踦。中遭拓落，委棄塗泥。甘頑石之塵埋，偶拂拭於和氏；荷孫陽之一顧，謬增價以驅馳。倘驤首於自今，故吾師之所貽也。懷國士而未酬，夫何喆人之遽萎也。慨成風之弗運，徒抗質於惠施。韻高山與流水，孰令聽夫鍾期。吾安能揮魯陽之戈兮，撐若木之技。嗚呼！世事翻覆，元化差池。曩吾師之伯仲，紛聯翩而濟美，擁朱輪與華轂，光奕奕其葳蕤。奚白雲與蒼狗，驟變化而參差。嗟大劫之將盡，雖天地其必墮，況人世之大幻，何修短之能持。悟鼠肝與蟲臂，終同歸於無涯。諒吾師之何怛，將駕鳳而驂螭。乘游氣以上下，從巫咸之所居。雖達生之如此兮，竟眄慕其若疑。惟遺編之不朽兮，實大年之後衰。亦幸有象賢之喆胤兮，庶可藉慰夫幽思。誓青松而未改兮，共勉旃於異時。大招兮長些，桂酌兮繐帷。廣莫噫兮懸河泪，吾以哭兮吾師。尚饗。

祭洪方伯訒原文

維萬曆四十四年丙辰三月十六日，方伯訒原洪公卒于家。越四月十□日，同年襟弟黄某率男某等以束帛牲醴之奠，哭而酹之，而誄以詞曰：

豪士放曠，拘儒卷曲。或鮮町畦，或傷局促。寧睹大通，終歸樸樕。有煒洪公，洞觀寥廓。智府縝密，神峰灑落。才周幹世，道豈牽俗。居身綜務，豐玉儉穀。惟洪名胄，時號丹窟。並爽競茂，朱輪華轂。公生其間，靈慧自夙。三秀靈芝，五苞鸑鷟。先翁茂宰，亖世弗禄。公思紹庭，年在丱角。矢志下帷，淋漓揮霍。魁英臚傳，文名震薄。爰佐秩宗，粉署含馥。夙夜惟寅，猷望蔚若。出司外臺，兩浙秉鐸。如衡在懸，如鑑在握。苑無殰材，群無留騄。濟濟譽髦，咸楨上國。文事既經，亦緯武略。詰戎于海，總紀于臬。敭歷彌崇，晉長方岳。

公之宦履，十載浙服。郇黍召棠，既陰既渥。旦暮棘槐，步武牙纛。人之罔極，工爲謡諑。公之歸來，尚羊寬綽。散慮玉局，恰情金谷。矯矯冥鴻，誰能結束。養晦一丘，馳聲九牧。常恐鳳書，奪此松鶴。汎汎横舟，其載萬斛。方期涉川，倏爾藏壑。嗚呼哀哉！左伯綦崇，耆齡匪蹙。高朗如公，孰豐孰約。

某忝友壻，計偕共牘。鵷鷺接翅，側珠倚玉。余兄事公，誼均手足。公神健王，余病縮弱。每懷朝露，莫陪芳躅。詎謂後凋，顧先摧椓。嗚呼哀哉！人命危脆，詹尹難卜。與公周旋，壯游如昨。榮瘁靡常，忽歌而哭。山陽惜逝，悲心惨目。有形必毁，無幻不復。雖知其然，衷情難割。短些招公，涕泗躑躅。我則陋矣，公胡不樂。尚饗。

祭給事六橋兄文

金墩得姓,我黄自出。靈根盤紆,洪源鬱浡。焕爲人文,其祥長發。時維吾兄,實鍾厥喆。夙紹箕裘,克大閥閲。聯翩甲第,萬里超忽。射策螭陛,待詔鵷列。出宰花封,甘棠蔽芾。中牟馴雉,單父鳴瑟。帝徵三異,獻替密勿。黄門青瑣,風裁烈烈。兄感知遇,矢心糾暱。志厲鷹鸇,氣横秋日。彼美之彦,邦之司直。岸峭先頹,木直先伐。分宜作相,時事多咈。將捜城社,敢愛簪韍。兄名既震,兄位旋蹶。赫赫清班,棄之若脱。

懸車來歸,杜德林樾。身處江湖,心存魏闕。壯士興歌,唾壺爲缺。衡門棲遲,以陶湮鬱。散情嘯傲,遊心著述。晚年題詠,殊躋閫域。咨詢在浚,干旄揭揭。宗有白眉,鄉有黄髮。夷猶偃息,歷兹歲月。乃如之人,胡不大耋。無知不知,聞訃驚咽。雖有百身,曾是可贖。矧我孔懷,能毋愴恤。人亦有云,死而不没。其次立言,其上立節。兄既兼旃,同應不滅。麟趾振振,其定嶷嶷。肯穫爾菑,肯搆爾室。靈兮有知,奚怛兹訣。

緊余小子,蒙憐最密。惠連入夢,康樂草茁。昔歲登第,貽我華札。我懷瓊玖,期奉勿失。豈料空谷,徽音遽絶。在原之思,中心如癋。寧不鄉往,身在羈紲。寄言涕零,生芻一束。長風蕭蕭,神來恍惚。尚饗。

同郡奠黄同春侍御文

嵯九日之嶔岑,淼金溪之澎濞。爰鍾毓乎名俊,發清淑於流峙。粤侍御之挺生,實閩海之間氣。度脩偉以軒翥,神爽朗而昭晰。足三冬之文史,折九師之同異。蚤發軔於公車,遂連翩乎甲第。初釋褐于李官,佐韶陽而展驥。既抱嬰而酌水,時埋輪而攬轡。燭覆盆以無冤,鏡群品使咸理。來閶闔之寵綸,勤徵書於帝里。肅紀綱於留臺,托豐鎬之重地。感知遇而逾迅,庶匪躬以自誓。飛霜簡以論思,攖龍鱗而獻替。雖危身其奚恤,或旬月而屢至。稽屯馬之米鹽,兼游徼之總萃。抗法冠之峩峩,驅驄馭之矗矗。法雖微而必飭,奸無鉅而不薙。惜寸陰於暇餘,尤鋭精於縹記。翻中郎之石經,問子雲之奇字。

緊夙夜之鞅掌,致形神之慘顇。屬霜露之末疾,痛芝蘭之易碎。哭垂白於北堂,矧呱呱其猶未。哀競爽之棣萼,嘆人琴之俱逝。響方震而遽收,光甫耀而旋祕。魂煢煢以孤征,路迢迢而遥裔。遡福善之徒然,亮非人之所致。將才志之修姱,亦造物之攸忌。嗟托生於寓内,孰有形而不毀。争修短之幾何,將彭殤其等視。存素節於烏臺,留皂囊於丹陛。惟芳靈之未歇,故雖死而不逝。會飛翻於鴈行,嗣搆穫於麟趾。苟斯事之可憑,雖九原其何悸。

情綰結於金蘭,誼纏綿於桑梓。感白門之悲風,灑山陽之涕泗。欽范雲之視含,效徐孺之奠漬。托短些於蕪詞,靈彷彿其鑒只。尚饗。

祭劉台巖大參文

士有真品,交貴素知,不在吊詭與醲艷,惟在平淡與襟期。真品之士,洞乎如谷神無我,渾乎若孩提未誰。素心之交,無角距之刃劘,亦無膠漆之附離。嗚呼! 無名之璞,非公其孰有之? 如醴之歡,余於公或可免於庶幾。

憶昔與公,聯翩公車,翺翔中秘。公時思懸河漢,筆瀉琉璃。倚馬擊鉢,藻詞雲披。白詩枚賦,秇苑飈馳。既而拜命瑣闥,晉長鵔鸃。風裁偉於梧鳳,神采粹於木鷄。夙興夜寐,念念愛君而憂國;巷遇牖納,言言藥石而弦韋。有孚盈缶,告公用圭。迨參浙東之省,益軫來旬之思。未雨徹土而金湯改色,擁熊問俗而嚚競頓移。恩方覃於蔽芾,釁忽起於菲萋。遂使賈傅投荒於炎徼,昌黎棲迹於惡溪。胡鷄肋之足戀,戢鵬翮以來歸。有書盈室,有酒盈巵。一觴一詠,徜徉委遲。聊寬碩以自適,樂天命乎奚疑。

迹公生平,處則脩身繕性,而不爲近名;出則體國奉公,而不爲借資。履道坦坦,恪職孜孜。此公品所以爲真,即不盡用於世,而其羽固可爲儀也。

良托公臭味,辱公誨提。我兄事公,公弟畜台。公懿我范,我失公規。言必底裏,動無駢枝。庶塤篪之倡和,而驂服之毗麗。嗟夫! 人心變幻,世路嶔碕。百盤九折,誰能不陂? 素交既盡,耐久易虧。孰如公之内外如結,終始不岐。此余所以嘆鍾期之難遇，而於公之殁，益動山陽之深悲也。

方公無罪見謫，朝議嗟咨。冀事久論定，或賜環有時。何昊天不吊，而宿德遽萎。與善徒然，報施參差。諒彼蒼之無爽，將挹彼而注兹。睠象賢之駿發，佇弓冶而畬菑。生芻一束，侑以荒詞。生死契闊，有淚如絲。嗚呼哀哉！尚饗。

祭郡伯李我湖岳翁文

維萬曆二十七年己亥二月，辛亥朔，十四日甲子云云。

自昔良吏，不朽厥名。惟廉惟能，爲世楷程。趙張有幹，孟吴無營。此道罕兼，惟翁實并。翁之茂齡，英風嶽嶽。標舉侣潘，豪才擬陸。一鶚横秋，五鹿折角。獨壓黌宫，高騫上國。强年筮仕，司李八桂。峻采霜凝，湛恩露霽。吏惕拔薤，民懷酌水。公乃生明，惠仍克畏。晉貳三衢，宦績益劭。惟此三衢，夙稱孔道。翁削煩苛，煦此枯槁。六載去思，如嬰脱褓。黝能污白，利能昏智。澍之鹺政，濡人如膩。翁佐都運，無弊不薙。魚惟晝懸，金無夜至。帝眷南顧，畀翁常武。五馬雙旌，專城大府。政慎烹鮮，歌追憩樹。賢聲彌暢，讒舌亦賈。

讒舌之來，釁乃自浙。宵人醜正，淫女妬潔。更調左職，物論稱觖。翁賦遂初，夷然不屑。翁既投紱，自守清真。室無長物，門鮮雜賓。尊開北海，社結南鄰。陶陶樂聖，忘世與身。親朋勸駕，無已太康。寧以葛屨，芥彼金章。翁謂出處，道貴自量。豈其食魚，必河之魴。

戊戌之冬，良歸覲母。時亦趨郡，訊翁安否。視翁甚適，意翁壽耇。不謂一别，遽成永久。嗚呼哀哉！豈無黄髮，大耋期頤。泯泯悶悶，久視奚爲。翁即下壽，永在口碑。大年是結，令譽長垂。豈無膴仕，三旌九命。覆餗素尸，奚取趙孟。翁止郡守，隨車載詠。此之爲貴，國爵可併。豈無厚糈，銅山金穴。鼠碩狼藉，貽譏來喆。翁歸垂囊，賸有姱節。清白遺芳，享受無歇。矧是嗣續，亦各翩翩。大者堂搆，小亦嶄然。翁魄降地，其神行天。存順殁寧，又何怛焉。

良叨東床，夙荷誨掖。先君之誼，謬見董擇。生死契闊，哀情難抑。臨風薦詞，有淚沾臆。嗚呼哀哉！尚饗。

奠史明府直吾文

嗚呼！天之降災於史氏，何其甚耶？始公一門並時貴盛，人謂史氏以德食天之報，其休未艾。無禄，公之仲氏給事君守雩卒于雩。又若年而公之太公大夫公卒于家。又若年而復溘然喪我公也。昔之並時稱盛者，今獨孝廉君在耳。嗚呼痛哉！或謂天道忌盈，物禁太盛，公雖奕世蟬聯乎，然其禔身甚沖，斤斤卑陬挹損，貴不形於色。又壯歲始領鄉書，凡五上春官，方成進士。成進士而僅試令，試令僅三年而當左遷，道固多屈而少伸。公令德清，有孅政，甚得民和，廼以事午上官，卒見中。公恬然不爲動，務行其德。夫持滿而守沖，挫鋭而爲遲，樹德而遺榮，數者皆足以介福永世，豈宜遽先朝露，而公竟以若是亡耶？

公之亡也，壽不能逾艾，秩不能逾令。電景石煙，其見者不能十之一，顧獨其所藉以無憾於死者三耳。始公仲氏没，太公、太夫人老無恙，公每念及，泪未嘗不垂垂下。即在官，固無日而不在太公、太夫人也。比德清當左遷，乃得便道展覲，竟獲奉太公、太夫人終。夫君子親在不敢言死，或不及視親含，其恨極終身，而公得至死服勤，公雖没可以無憾於其親。公之死實以公除赴闕，中道卒武陵。武陵故德清錯壤，民聞公訃，悲悼躑躅，雖農夫女紅亦然。計且必尸祝俎豆公於賢人之間，永永勿絶。夫世所稱尊官大吏，即百年而在人間能得此於民者幾何？公雖没，可以無憾於其官。夫及身者淺，及世者延。人有令子，死而不亡。公自對公車時孝廉君輒與偕，鍊而益精，銛而益利，計不衝星而發不休。史氏之有孝廉君也，史氏不亡矣。公雖没，可以無憾於其子。

嗚呼！忽忽百年，孰彭而殤。璅璅纓紱，孰晦而章。存頤没寧，維公則長。數有不可盡，然公能守其全。生亦無所奈何於公，公亦無所奈何於天。物有不可盡膏，公縱值其奇，公亦無所歉恨於天，吾亦無所歉恨於公。公靈尚存，其尚有鑒於吾之言。嗚呼哀哉！尚饗。

奠陳肖軒封君文

人世亨嘉，在述與作。述則紹庭，作則詒穀。誰履其全，是惟令德。事匪弋獲，惟公咸克。惟公先曾，鵲起蟬聯。公車别乘，題輿旌賢。爰及尊甫，製錦鳴絃。海康荔浦，循績騰騫。公思繩武，亦思繼志。下帷發憤，庶幾濟美。騣騵争馳，干莫競利。鬻序既張，棘闈數躓。公曰命哉，在後之人。箕裘弓冶，世修其勤。時薦時衮，終必逢辰。一經黽勉，大啓後昆。後昆伊何，藩參嶽嶽。其餘並秀，珠明桂馥。

維此藩參，璀璨揮霍。含香起草，褰帷出牧。於越青齊，風猷丕著。帝揆厥功，推隆所自。懿此庭訓，雲行雨施。煒煒服章，煌煌永譽。公睠恩厚，教忠彌篤。藩參孔孝，瞻岵靡樂。公詒之音，靡家殉國。逍遥白社，以康茀禄。

壬子之秋，藩參入覲。迂道子舍，淹戀温凊。公朂之行，四牡是竟。庶及遄歸，斕彩輝映。詎深愛日，昧谷遽淪。大參新命，公竟不聞。可堪遠訃，萬里星奔。哀哀風木，孰慰白雲？嗚呼哀哉！

孰無先閥，難必爾後。雖有象賢，難兼啓佑。引翼後先，惟公則有。既勤丹雘，仍基堂構。嗚呼哀哉！八衮之筭，亦既云長。三錫之貴，亦既俾昌。矧是喆胤，弘施未央。積厚光遠，亶云不亡。

某等渭陽情均，夙叨研席。締歡橋梓，誼兼三益。生死契闊，山陽悲笛。薄酹一巵，無限盡傷。尚饗。

奠黄文學文

惟靈生今之世，抱古之心。太羹玄酒，樸玉渾金。學有淵源而不屑爲吊詭，文遵矩矱而不遇乎知音。懿鵬圖與駿足，顧歷落而崎嶔。實時命之弗耦，鬱厚抱而陸沉。布襪青鞋，且逍遥而容與。蒼烟野水，聊寄傲而蕭森。諒知稀之足貴，亦戔吉之爲欽。睠象賢之喆胤，美如璧而如琛。勤遺經於勸課，冀肯搆之可任。方將一息而千里，曾何朱紱與華簪。嗚呼！如公知時守道，素節冲襟。約取多餘，宜引年於耒艾；厚積徐發，尚戩穀於自今。正喜渭濱之難老，豈謂少微之遽沈也。

生某夙叨長君友誼，嗟鶯谷之難尋。兒輩今從仲君稟學，幸馬帳之式矜。

素交義重，世講情深。遡徽音於逝水，吊幽範於遠岑。痛老成之凋謝，泪承睫而莫禁。率兒輩而唁師，廢《蓼莪》之悲吟。寄微悰於絮炙，庶恍惚而來歆。尚饗。

祭方秀才文

維君質茂，秉心塞淵。美玉韞璞，明珠藏川。貌雖逡逡，文則翩翩。肆力汗簡，殫精韋編。脱躧華競，味道中邊。青衿之子，是惟世賢。

昔我來雍，謁我青氊。道誼契闊，意氣纏綿。立雪講秇，載酒問玄。忘我固陋，愛爾精專。籍湜之輩，未或爾先。千秋大業，庶幾勉旃。月惟南吕，金飈應躔。六翮既整，望爾騰騫。云胡末疾，奄忽棄捐。賈生有志，長吉無年。美才多迍，今古同憐。析爾棣蕚，戚爾椿萱。杳杳遺構，淒淒斷絃。天之降沴，一何慘焉。悲纏吾黨，感觸殘篇。門失惠子，席闕彭宣。脱驂莫賻，宿草難蠲。招爾短些，臨風潸然。尚饗。

祭史聯岳相國文

緊史氏之世德，夙弁冕乎清泉。笏連牀而列戟，曳龜組而蟬聯。懿太翁之循懋，躡龔、黄而比肩。植三槐以啓後，爰毓喆而光前。伊名世之應運，實天挺之自然。昴淪精而誕命，心齊聖而廣淵。騁驥足於韶歲，奮鵬翮而高騫。旋射策於天閽，占瑞彩而臚傳。弭彤管於玉陛，侍翠幄於金鑾。望綦隆於鈴閣，聲亹茂於花磚。將歷試而簡在，佐鈞衡以秉銓。清通復兼乎簡要，偏黨式化于蕩平。

屬天啓之初祚，應枚卜而麻宣。絢五雲以夾日，參八柱而承天。調鹽梅於密勿，霈霖雨於垓埏。晉保傅之崇秩，協皐夔以後先。方領袖乎揆席，忽遐思夫考槃。謝紛囂之塵鞅，守静默而養玄。當宁之眷舊靡替，蒼生之繫望尤懸。際時事之孔亟，詎東山之穩眠。冀蒲輪之夙駕，佇綸扉而賜環。

何台星之告圻，忽騎箕而上僊。喪鄉邦之儀羽，隕廊廟之棟梃。念衰朽之樸遬，同袍澤於昔年。迨詞林之繾綣，叶氣味於蘭筌。矧袒腹之蒙稚，荷乘龍之眄睨。感心知之夙契，托世誼之纏綿。灑山陽之涕淚，思會晤以何緣。嗟人生之如寄，孰等筭於彭佺。迹公禄位與名壽，允惟單後而昌全。既樹平章於政地，仍垂不朽於汗編。雖百齡之猶嗛，庶五福之罔慳。挹難弟於華省，想清標於惠連。琳瑯茂而璀璨，麟鳳振而翩躚。世澤方衍於未艾，家慶克紹而永延。攄蕪詞於心悰，薦薄酹於几筵。冀靈爽之不昧，式藉慰於九原。

同門奠沈師母文

維萬曆十六年歲次戊子，二月甲寅朔，越十日癸亥，門生翰林院編修舒弘志，翰林院庶吉士黄汝良，吏部觀政進士嚴正邦，户部主事于仕廉，刑部主事屈燦，都察院觀政進士郭俊賓，慶府推官楊廷蘭，通州知州張和中，固始知縣徐任道，扶溝知縣楊伯柯，嵩縣知縣綦才，襄陽知縣周如綸，耒陽知縣王立賢，侯官知縣褚國賢，南充知縣楊光訓，江浦知縣梁祖齡，華亭知縣張集義，進賢知縣韓邦域，永豐知縣陶明禮，太湖知縣王一鳴，進士何喬遠、李原中，謹以香帛之儀，奠于沈師母姚安人之靈曰：

維靈淑媛，幽閑是規。乃嬪德門，媲美姜姬。紉彼蘭若，載結蘅蘼。媚睦以孝，家人其宜。泙澼拮据，實相我師。相之維何？克順克隨。内德可憑，乃忘厥私。矻矻贏贏，専精下帷。遂冠曲臺，鳲鳩是司。伊人德懋，不替于時。處貴若素，益集其禧。我師勤官，夙夜孳孳。疇其佐之，《鷄鳴》之詩。我師褆躬，五紽素絲。疇其佐之，衣縞巾綦。師入子舍，齊慄夔夔。亦有安人，壽魯燕嬉。師謀燕貽，蘭玉祁祁。惟此安人，垂裕螽斯。厥德既令，惟帝鑒之。章服紛綸，賁于庭幃。謂斯令德，百年維祺。胡先薤露，溘爾淪萎。嗚呼哀哉！涼月在户，晨風在楣。嗟彼悼亡，安仁之思。諒我夫子，如何不悲？嗚呼哀哉！蘭摧桂折，遺馨不虧。伊人雖殁，徽音孔垂。爾天爾後，方熾隆施。妼娍是偕，九原可怡。

緊余小子，門墻是衹。瞻依懿範，實同母儀。遥聞訃音，震悼悽其。絮酒束草，長跪薦詞。嗚呼哀哉！尚饗。

同館奠劉母范太孺人文

於賢母氏，桓陶之儔。直方不習，温惠自周。舊閥式歸，令德作逑。相我封翁，既敬且柔。挽鹿佐養，鳴鷄儆修。和丸畫荻，績箕紹裘。克嫺姆訓，誕育名流。名流維哲，威鳳靈虯。胸韞經濟，腹笥索丘。木天視草，瑣闥分猷。任隆鼎耳，闕補衮旒。貞心貫日，壯心横秋。是母是子，厥亦有由。帝用嘉爾，錫爾天庥。龍章象服，聖善是酬。母謂夕郎，益殫忠謀。感恩圖報，雖休勿休。郎奉母誨，風采逾遒。批鱗逆耳，竟獲譴郵。暫還白簡，鞏用黄牛。母也甘只，其樂油油。與推共往，勗滂無愁。我思古人，此意實侔。昊天弗弔，婺彩遄收。毛義適慰，季路孔憂。西池促駕，東海罷籌。燕喜未厭，梱範日悠。《蓼莪》廢讀，杯棬增慘。

某等夙偕哲胤，並籍應劉。塤篪天禄，武步瀛洲。仰德斯茂，視子則猶。懸悲鶴帳，莫挽鸞輈。羈鞅爲敓，匍匐靡繇。陳詞遥酹，寄此卺卣。尚饗。

祭丘安人文

女德之茂，載在彤史。擬其鴻鉅，視夫與子。伯鸞伉儷，偕隱吴門。齊眉稱則，喆胤眇聞。斷織和丸，諄諄母訓。玉子於成，得一則儁。未若宜人，兼兹顯懿。婦職母儀，既順以備。在昔結褵，歸于封翁。徽柔婉娩，蘋蘩是共。惟此封翁，潛德不耀。宜人相之，恬愉益劭。靈源鬱浡，弘爲啓佑。螽斯麟趾，克昌厥後。

厥後伊何？有仲及伯。伯兮仲兮，萬夫之特。聯翩鵷序，頡頏鴈行。秉憲于東，聽棘于王。分猷宣力，媚兹帝室。帝曰嘉哉，隆爾自出。綍綸煌煌，服珈濟濟。申命荐錫，壽母燕喜。安人燕喜，衎衎其儀。庶幾百年，禔福延禧。用慰爾子，不懈于位。以及季方，並履昌熾。云何不待，崦嵫遄迫。寶婺晦芒，瑶池掩迹。睠兹北堂，紛帳繐帷。令子歸來，胡能不悲？

維余小子，竊忝世誼。夙仰聖善，聞變中悸。嗚呼哀哉！從則有三，宜人罔愆。福則有五，亦履其全。死者大歸，姒任弗免。安人兹化，夫亦何怛。桂酒在觴，蕙有在筵。靈兮有知，藉慰余言。尚饗。

祭岳母李恭人文

坤道維順，乃克承乾。女訓效坤，其道亦然。惟母妻婦，缺一弗全。伊誰能兼，曰惟母賢。母生甚貴，家聲有赫。厥考乘驄，甾子董擇。爲母相攸，歸翁郡伯。忘彼姬姜，温惠是廸。孝事尊章，齊遬不遲。既諧姑姊，亦和妯娌。無惡無妬，無非無儀。琴瑟静好，惟翁是宜。翁始績學，母相其勤。雞鳴問夜，以勗夫君。雜佩贈好，蓄旨論文。養成風翮，爰致青雲。

翁之筮仕，母相其廉。御有綦縞，入無摧喚。蘋藻二筐，風月一簾。懿此内美，嗤彼屬厭。翁之歸來，母相其老。鹿車偕隱，菟裘是保。北海賓樽，日佐懷抱。勉爾優游，以及令考。翁之既殁，母相其終。新阡大隧，穹壟幽宫。鞠育孤孽，毛裏相通。在桑之愛，貽燕攸同。凡此閫德，坤順斯聚。惟天助順，福禄來傅。翟茀顯章，河山令度。庶謂百年，受命孔固。嗚呼哀哉！

夷則之晦，月暗婺沉。陰風零雨，驚聞訃音。凡在莩末，誰不疚心。矧叨半子，傷盡曷禁。嗚呼哀哉！在昔于渭，曾蒙館甥。禮意並篤，顧復非輕。忽忽三紀，徒懷報瓊。撫今追昔，彌切怦怔。頃歲宅憂，栝棬抱痛。聞妻哭母，益感余慟。徽音兩失，視天夢夢。臨風薦詞，有淚如涑。嗚呼哀哉！尚饗。

祭黄葵陽師母文

粤惟坤元，厚德以載。坱圠亭育，含弘光大。惟靈象之，福與德會。孰測内美，適覩其外。毓秀華胄，惟師作配。儆戒昧爽，濬發祥派。龍雲駸駸，鳳羽翽翽。百順既聚，純禧來屆。

我師奕世，家聲有赫。龜組蟬聯，橋梓棣萼。淑人凝之，弗震弗業。師直北扉，論思翠幄。跡篷夔龍，望隆鼎軸。淑人相之，夙霄棐篤。師之喆嗣，伯仲雙轂。中丞鵬奮，制科駿服。淑人訓之，金玉追琢。惟伯中丞，猷問孔彰。高牙大纛，于閩之疆。爰有潘輿，翟茀雍容。紓此内顧，以克干襄。綏我海服，永固苞桑。閩人稽首，遥祝北堂。願泰泰母，既壽且康。靈萱歲歲，悦豫舉觴。慰我中丞，畢慮劻勷。郇黍邵棠，徽惠未央。昊天不吊，介福靡常。瑶池促駕，婺彩揜芒。嗚呼哀哉！

某叨師門，在三之誼。丙歲通籍，復附伯氏。今芘宇下，帡幪有自。恩澤之濃，寶同毛裏。杯棬之痛，寧異慈恃。懷德望奢，聞訃心悸。顧惟淑人，榮華終始。五命八袠，既多受祉。惟我中丞，暫當解組。待澤之衆，恫悒以此。矧是門牆，攀號曷既。卧疴一壑，扶服難至。遥酹陳誠，靈兮鑒只。

祭莊母王淑人文

坤道維順，坤道維静。静爲順根，福以德應。猗惟淑人，具此德令。婦無非儀，母惟善聖。内美既備，純嘏來并。淑人之生，毓質名胄。班蔡文風，王謝閨秀。爲姑相攸，爰獲嘉耦。佐我司徒，問夜贈玖。將翺將翔，蜚英朝右。司徒孔碩，夙夜在公。宦轍所至，綦縞以從。湘其錡釜，蘋蘩是共。罔有内顧，以克奮庸。魚軒翟茀，肅肅雍雍。

既相夫君，仍啟哲嗣。清廟珪璋，天閑騂驥。旬宣方嶽，步武三事。孫枝琳瑯，鬱爲世瑞。訓杼含飴，貽穀有自。慶綦篤矣，世綦昌矣。愔愔其德，不改故常。履不踰閾，言無及閎。安貞之德，應地無疆。謂宜百年，茀禄彌康。教忠之義，老而不衰。黽勉令子，勗以驅馳。孝在養志，豈必庭幃。庶幾終事，及爾威遲。云胡不待，靈萱告萎。嗚呼哀哉！

奕世顯命，九袠遐齡。生有備福，殁有餘榮。煌煌崇阡，上方所營。委順歸化，九原可瞑。矧是委蛇，濬發方亨。

某托令子，袍澤之誼。重以姻婭，覆育同視。敬共闈儀，彤史昭示。婺彩沉淪，使我心悸。長跪薦芛，臨風涕泗。尚饗。

祭勅封安人史母黄氏大夫人文

清源巀嶭，筍江逶迤。既毓名俊，亦鍾内美。靈生鼎貴，媲姜與子。考維恭肅，蹇脩爰理。高而能降，祗佐夫君。徽柔静好，淑有令聞。夙宵敬戒，蘋藻飶芬。慇斯懃斯，載夕載昕。偉兹少宰，天生命世。贈佩聞雞，青雲矯厲。鼎甲臚傳，北扉待制。步武夔龍，佇需匡濟。伊時縞綦，實資壼則。勗其素絲，自公退食。澄清品流，倡率勵翼。帝庸嘉之，服章有赫。有赫服章，翟茀斯皇。薦膺申錫，吉劭方將。嗚鳳在梧，鳲鳩在桑。蘭玉森爽，珪璋顒昂。宰公綸徵，行躋揆路。靡室靡家，王事靡盬。夫人曰留，舒公内顧。宣麻之期，近在旦暮。庶追燕喜，及公齊眉。大毗陰教，永翊坤儀。

云何奄忽，芝謝萱萎。瑶池促馭，寶婺沉輝。繄余次豚，委禽名閥。結褵方新，聞訃倉卒。婦啼于幃，婿同其恤。綢繆之故，能無首疾。嗚呼哀哉！八座之女，左伯之婦。銓宰之配，禔福孔膴。克昌者後，不夭者數。委順遷化，曾何足怖。宰公達觀，無已釁傷。盡瘁事國，以迄贊襄。益綏謈命，彤管載揚。敬攄短些，薄酹一觴。嗚呼哀哉！尚饗。

奠蘇母曾太孺人文

繄有家之將昌，資内美於閫掖。固儷體之爲重，亦藉毗于相室。誕發祥於厥初，垂啓後於有奕。懿靈媧之克生，秉椒蘅之芳質。賦江沱而從官，瞻小星而祗肅。佐雜佩以問遺，絶北門之徧讁。雖卓、魯之能賢，亦縞綦之所弼。既種玉而覃仁，爰夢蘭而毓喆。迨茂宰之遂初，偕隱君而寶穡。痛所天之弗憖，矢貞志於皎日。嗟風雨之飄飖，羌育恐而育鞠。軫陶母之供賓，悲絡秀之折節。身攻苦而拮据，手和丸而訓廸。曰先君之是思，勗構穫以底績。澤豹霧以成文，譬鳳苞之五色。奮風翮以高騫，騁天衢而蹀躞。睇白雲乎歸來，娱斕綵而悦懌。若裴秀與道固，母艱貞而後得。庶禄養於無方，同昔賢之棒檄。

何婺彩之忽沉，遽瑶池焉箯跡。懷風木而靡届，固孝思之所極。感廢莪於行路，矧托契乎同澤。慰慈靈兮何以，期方來兮勵翼。貤報國兮顯親，暹譽命兮輝赫。奠桂椒兮薦詞，靈歆只兮饗胗。尚饗。

勑封孺人莊師母陳氏祭文

坤德之茂，配乾代終。惟我師母，德厚與同。祗相師翁，孝慈懿共。中成燕衎，後軫憂忡。夙夜其勤，艱貞有庸。以引以翼，錬石比崇。師之潛晦，粗糲備嘗。昧旦勸學，將翺將翔。綦縞從仕，錡釜是襄。用紓内顧，載筆洋洋。玉堂鈐索，乃焕天章。帝用嘉止，綸命有光。象服其宜，翟茀斯皇。師望孔隆，步武揆路。亦有塤篪，蕚輝省署。教成鳳毛，階庭玉樹。

時運弗常，電光草露。凶閔薦仍，如綫之祚。呱呱弱孫，含飴以哺。慇斯懃斯，載育載護。零俜孤苦，垂三十年。蓄租捋荼，拮据靜專。逷觀舞象，歸報所天。似續啓後，實藉母賢。我師相見，式慰九泉。不有王母，孰祀庭堅。無成有終，坤德斯全。八袠匪永，彤史是傳。

人之大倫，生三事一。荷師甄陶，恩同罔極。忽聞訃音，有淚沾臆。轉憶師範，瞻依何日。幸有母慈，罔替宗祏。門牆小子，庶承甕肸。長跪薦詞，臨風蕭瑟。靈如在兮，鑒兹絮炙。尚饗。

封太宜人李母王氏祭文

内則所徵，婦順母慈。至於繼室，亶難兼之。逝梁發笱，世俗蚩蚩。維太宜人，允蹈芳規。産自名閥，教成女師。來相夫子，令德令儀。問雞警夜，挽鹿齊眉。祗事尊章，恪奉巵匜。追養繼孝，潔祀豐粢。撫摩令子，愛均鳩鳲。育恐育鞠，慇斯懃斯。無分顧復，罔間屬離。夫君筮仕，勗以素絲。躬此綦縞，湘彼釜錡。分符楚越，遠歷滇池。輿人有頌，去思有碑。匪藉内美，孰毗隆施。

夫君倦仕，三徑猶夷。肯搆肯穫，爰付佳兒。騰騫雲路，杼訓是資。含香粉署，佐計度支。紓其屺岵，勉以驅馳。華省方最，公望在兹。帝用嘉止，服命寵綏。龍章三錫，翟茀薦披。長公孔孝，子舍逶遲。依雲愛日，遶膝含飴。庶幾燕喜，同享期頤。豈謂勝事，缺陷參差。椿靈既隕，萱色旋萎。婺彩晦沉，鶴帳淒其。凡在戚屬，誰能不悲？

余附覺翁，計偕同時。令子擢第，忝叨文闈。重以親誼，蔦蘿松枝。聞訃傷疊，莫禁涕洟。卧痾海澨，翹企堦墀。臨風遥酹，侑以荒詞。遹觀令子，帝載庸熙。顯揚大孝，申錫未涯。冥漠不泯，庶其慰而。嗚呼哀哉！尚饗。

祭誥封一品夫人黄母陳氏文

古來淑媛，彤史所傳。揆其享受，德爲福先。懿範純祐，誰領其全。得全全昌，夫人有焉。蚤儷名碩，作合自天。衹相夫君，于渭之年。蘋蘩錡釜，必戒必鮮。問雞贈佩，朝夕秉虔。育恐育鞫，朂以勉旃。垂天之翼，於焉騰騫。亹亹司馬，靖共爾位。敭歷所届，節約慈惠。時維夫人，善成厥志。縞綦從官，紛華弗視。入有箴儆，室無徧誶。砥勵夫君，素絲罔二。庸紓内顧，以弼帝治。一德濳孚，光登三事。帝曰休哉，懿厥所自。誓命荐膺，服章有賁。天語煌煌，用彰閫則。翟茀朱鑣，陰教是翊。被之袆袆，以配赤舄。帝憫勳勞，休沐暫適。庶幾偕老，燕喜無斁。

方期環召，聿來永錫。詎謂瑶池，遽爾掩迹。别鵠凄其，戚我柱石。月晦婺沉，有心共蠹。矧是夫君，叨余同澤。嗚呼哀哉！七袠之筭，受命既長。八命之貴，榮問孔揚。濟濟蘭玉，卓立森張。曾孫蟄蟄，有衍未央。聖善之訓，允廸義方。八龍三鳳，方來有慶。坤厚載物，德合無疆。人亦有言，没而不亡。願言司馬，以勿永傷。哭我丘嫂，如在洋洋。嗚呼哀哉！尚饗。

河干集卷九

賦

秋日懸清光賦

緊陽精之炳燿兮，繼照熙以常明。況兹灝氣之泬寥兮，羌其增輝而烱夫太清。皇穹遼亮倬以無氛兮，陽陸赫其遄昇。九垓曭朗以猶夷兮，流藻景而含華精。夐其皓旰以無垠兮，烜煜飛火馭之盈盈。凝碧落而寧埃壒兮，澄皪晷而麗夫天行。

爾其温風解候，凉飈應律。蓐收司令，商音届節。碧漢晨霽，層霄晝謐。紀平秩於西成，瞻晴昊而出日。纖塵縹緲以莫飛，微霧杳繚而若失。游絲眇邈而不見其氤氲，非烟闃寂而罔施其鬢肸。

於是乃使羲和戒途，夸父清蹕。八鸞進駕，六龍扶軼。騰翥乎蒙汜之渚，徘徊乎扶桑之窟。初曈曨而杲杲，復揚暉而炪炪。過鶤鷄於姑餘，耀靈烏於天室。煌煌乎若寶炬高煇，融照於須彌之墟。熒熒乎若咸池載浴，澡雪乎虞淵之質。天澹澹以暟暟，風蕭蕭而瑟瑟。敷萬象以耿光，晃庶彙而昭晰。

於是宇宙熠烈，埏垓明章。遐邇瞪瞭，函夏舒敭。射銀榜，映綺窗。皛阿閣，曙重廊。的皪耀兮黄金屋，晴暉焕兮白玉堂。雖有豐蔀邃宇安所容其揜翳，即有荒陬遥裔何所遁其閉藏。九馗清晏，八表抒祥。萬寶告成，六幕咸盪。奥突昂眎，闇曶昭融。魑魅魍魎周章於廣莫之墅，夔魖狂裔旁徨於莽互之鄉。驅螮蛇，辟雲將。静晻靄，散微茫。收霳霿，窮蒼蒼。羨虛空之不滓，陋銜火之燭龍。金天逈兮高不極，若木掃兮亘無旁。息妖祲兮四陲，挂靈曜兮中央。睇清輝於白帝，仰大明於碧空。惟暈珥之莫點，故旁燭於無疆。彼頌美乎聖德，亦借暴於秋陽。

嗟君德之所尚，疇明哲而不臧。廓昭曠於皇路，廣照臨於萬方。追欽明與濬哲，媲盛美於虞唐。既日新而又新，法顧諟於成湯。苟毫釐之障蔽，安所圖而能昌。鑒秋日之垂象，堪作則於維皇。振日鑠曜周回兮言薄高秋，颯蕭寥廓兮荒憬曠悠。憑翼清淑兮醇精景流，昭明澒澈兮洞幽灼浮。璇宇穆兮曜鏡懸，玉盤赭兮濯天泉。倍矖瞰兮睔上玄，會翼角兮房之躔。曦陽阿兮暾八埏，浄玉宇兮氣象鮮。於乎法此清光以普耀兮，固君人之所全。

玉壺冰賦

乾坤融結，坱圠精英。太素異寓，妙有各呈。故粹然而温潤者則連城之美玉，皎然而輝映者則玄冬之層冰。或托艮而爲璞，或止坎而成形。或毓陽精而見寶，或秉陰德而下凝。或變風威與積雪，或韞西崑與南荆。斯皆稟清淑於自然，非人力之所營。然而隨象賦質，不相爲能，未若清標交暎，皎潔渾成，玲瓏中結，純粹外承。嫇娟鮮妍，圓滿浄瑩，皓皓盰盰，溓溓冷冷。皛皛皚皚，雙美是并。對之而神爽，觀之而心靈。臨華筵而色媚，伴寶鑒而影明。賽方諸之津夜月，軼瑞露之溥金莖。

爾其縣圃之山，平丘之澤，孕奇鍾秀，精彩赫奕。夜光含輝，截肪吐白。相以卞和之工，劚以他山之石。尚象準規，虛中爲谷。婆娑肉好，不傾不圻。犧象黄彝，咸遜品式，懸黎結緑，於是咸失。

爾乃涵以地六，盛以天一。灌以圓淵之潤，注以靈潮之液。置以瓊宫之署，居以璇穹之室。塵壒不揚，氤氲寧謐。静蟻蠓，澄蠁肸。於是蓐收猋逝，玄冥届節。急景馳流，朔氣蕭瑟。颸獵獵而凜凜，風飂飂而飃飃。雪肅颯以霏霏，木摇落而槭槭。履霜移候，應鍾司律。一夜築烈，涷沍内實。團團盈盈，縝密以栗。

爾其爲狀也，朝澈騷騣，平潎滉瀁。表裏洞見，纖毫莫障。月輪齊潔，璇蓋等樣。爾其爲氣也，凜冽清警，光芒直上。窈窕綽約，雪煜嫽亮。條達晃朗，孚尹旁皂。寒景透兮水晶簾，流光射兮雲母帳。寶砌霜明差足狀其髣髴，瑶臺雪暵略可窺其色相。誠沆瀣凝精於一掬，碧落歛氣於蒼漭。豈俗物可喻其佳境，庶高標能賞其神王。

於是則有阿閣洞房，葯室蘭堂，王公貴人，薦醪舉觴。重貉火浣，隆冬載陽。耳熱析酲，愛彼寒光。又有文人學士，藻雅芬芳。句落珠璣，筆灑琳琅。却紛華而不事，寄素業於縹緗。掛條冰於册府，擬片玉於崑崗。顧景沉寥，抽思對揚。又有姑射之仙，浮丘之侶，鍊形咽氣，却粒絶糧。饑餐玉露之屑，渴飲瓊液之漿。御冷風而超忽，襲灝氣以尚羊。斯皆因人而異趣，未若貞士之所臧。皦精明而澄澈，皓鮮白而含章。既堅貞而不滓，亦虛受以爲量。員中規而匪隨，守淩嶒而無傷。絶氛埃之點染，精鑒別於微茫。緊姱脩與内美，思勗德於勿忘。

亂曰：極北冰天遠渺邈兮，寒甚冰海混墋黷兮。百川潢汙豈無冰兮，納穢藏疾煩鬱濁兮。未若玉壺瑩且澈兮，冰之承矣晃濯濯兮，員朗璀瓃匪雕琢兮。吁嗟乎，懿兹清德吾所服兮。

五言古詩

觀鄭俠流民啚有感

林林宇宙内，蒼生何所麗。曰惟君人者，民牧乃是司。昔賢勤隱恤，明王切疇咨。百年仰懿範，千載奠洪基。嗟哉王路降，嗤彼昏者誰。晏然處高宇，豈復念畬菑。天門九重隔，民瘼那得知。侃侃安門監，披圖攄深規。遐陬睠咫尺，載道寫流離。時艱目裏擊，民命圖中危。扶老更攜幼，呼寒復啼饑。問彼何能爾，新法實所貽。矚睇傷往事，睠顧欲悽其。明明惟我后，監古乃憂時。留心九扈事，軫念《七月》詩。桑林躬步禱，鈎盾視耘耔。眚災偶然有，賑貸亦不遲。天心宜降陟，時和轉雍熙。邈矣如傷視，休明念在兹。願將此圖鑒，終始軫睿思。

謁先聖祠瞻壁間石刻畫像

日月麗中天，八表同光被。悠悠江河水，萬古長行地。我觀大成聖，至德疇與二。道脉通古今,乾坤共不毁。逢兹盛明日,右文昭慎毖。講藝開華軒,鼓篋來中秘。步趨想氣象,羹墻挹清粹。梁木泰山儀,麒麟凰鳳瑞。彷彿漂三五,依稀失類萃。肅穆勤仰止,徘徊久瞻企。居然揖游夏,一似從洙泗。憐余蓬蒿士,安能測原委。徒讀芸閣書,無補楓宸治。爲此慙遭逢,因之厪寤寐。聖訓亦有云,爲山基一簣。蒼黄慎所入,毫釐辨諸志。從兹謝紛華,還淳觀太始。一唯有真詮,六經無文字。

陳烈女安平有三烈女,俱陳姓。

昔有童汪踦,未臣能死國。慷慨衛社稷,捐軀豈爲禄。仲尼欲勿殤,表義激末俗。皎潔陳氏女,許字我士族。未醮殉夫君,何論生同穀。淳風既已降,世事多翻覆。白頭猶如新,誰能念契闊。矧是閨中秀,書史何曾讀。十七不出門,兩髦況未覿。聞難遄奔赴,哀號震寥廓。畢命彈指間,嫣婉那得説。大義自秉心,非緣恩愛篤。紅顔雖凋喪,英靈不淪落。小小安平城,昭代有三烈。陳陳復有陳,後先紹芳躅。爲女未成婦,矢志並超卓。正氣何時無,叢蘭出幽谷。吾聞君與夫,大倫等天澤。如何鬚眉人,委質反弗若。我推尼父訓,作詩紀貞淑。彤管輝千載,應待良史續。

金華勸講

商王儆又日,夏后惜寸陰。丹書既受誡,户牖亦陳箴。伊人豈不哲,典學固所欽。巍巍隆盛業,天命亦難諶。宴安寧不美,柯斧將來尋。玩好信易溺,涓涓成陸沈。所以昔令德,危微戒厥心。廣厦延儒俊,講藝列朝簪。善敗既我晳,聖賢亦我臨。何如迷奧渫,疢毒日相侵。一暴功易寒,就將詠至今。維皇胡不覆,千載紹徽音。

詠史二首韓琦、司馬光。

舟楫濟川具,鹽梅和鼎實。赫赫韓忠獻,經綸爲世出。調和形迹間,定策危疑日。博大集衆思,忠貞狥帝室。兩宫亦已安,三朝亦已謐。濟務期成功,何須别白黑。老臣多苦心,賢人德惟一。拮据復同誰,范富爲儔匹。

又

昔在宋熙豐,彝章紛板蕩。台宿闇無光,鵾鴞相和倡。一朝相司馬,淳精鬱復鬯。招延衆正士,布列華堂上。群邪散如烟,新法滌如盪。但言天祚宋,安恤後來狀。夷虜亦知名,蒼生無觖望。誰知紹述者,睊睊不相忘。

三月三日觀蘭亭修禊圖

慣説蘭亭會,風流羡昔賢。誰知曲水勝,乃在此中懸。林巒散花竹,窈窕想巖泉。崇山何鬱鬱,曲澗若涓涓。含毫清興發,激水流杯傳。並遊皆俊彦,賦詠盛詩篇。接羅示真率,麈尾疑談玄。右軍筆勢妙,諸公樂事偏。而我烟霞姿,對此亦泠然。况兹禊飲日,恰值晴明天。俯仰自今古,披襟同所憐。銜杯一展玩,遐想永和年。

上巳觀禊

好景三月春,薄言睠水曲。禊飲復在兹,山樹向人緑。素漄漾清波,芳林發蘩縟。夭采絹柔荑,流鶯出幽谷。寶馬六萌車,遊戲紛相逐。誰家青樓女,羅襦巧妝束。偏有冶遊郎,雕鞍雜鳴玉。竭來大道中,香塵暗擊觸。一一盛紛華,光輝映晴旭。來尋捧劍地,共賽流杯俗。雜坐臨水嬉,芳樽泛醽醁。洛川侈故事,唐風傷局促。顧景忽欲斜,爲歡樂未足。片月漸生輝,聲歌猶斷續。

省中紅藥

退食歸仙署,朝罷散掖垣。風光何淡蕩,紅藥向階翻。緑萼承朱華,映日大如璊。微芳射綺疏,艷質照華軒。托根幸得地,不受塵囂煩。玉堂多清暇,對此醒詩魂。金鼎思調和,願以奉至尊。雕欄深擁護,鈴閣伴朝昏。獨有聲音槐,標格許同論。

望　雨

陽蒸何太烈，荒郊炎如炙。黄霧起氤氲，塵飛滿阡陌。歷歷去年秋，抵今草樹白。驕陽日皚皚，安用覘泉脈。抱甕難出灌，荷鋤竟何適。瞥瞥翻鳴鳩，喚罷倦雙翮。忽聞雷聲殷，迢遞薄林隔。起視天際雲，油然遠山霎。云何倏已散，惆悵驚心魄。空山欲焦燎，百畝半磽埆。闌珊隴上麥，苗生不堪摘。更恐秋候新，租吏來坐索。督責不少寬，家中空四壁。嗟哉農事苦，荒年難擘畫。蒼生諒何辜，昊天勿屯澤。

賦得七月流火

朱明候初改，炎燠忽以移。仰視列宿間，龍火已西馳。瑟瑟金天浄，涼風吹我帷。促織鳴中野，玉露零高枝。漢宫收團扇，楚客動秋詞。漠北驚寒近，城南怨歸遲。拮据豳風民，歲晏正憂思。顧兹節物换，使我心懷悲。昨日丹青樹，凋疎異昔時。白駒一何駛，芳辰那可追。感嘆蒲柳質，不似金石姿。誰能浮丘子，千載以爲期。

度車盤嶺

車盤古地險，一日幾盤車。霧濕千峰暝，雲蒸萬壑虚。鳴笳驚魍魎，披木狎猨狙。激水流偏壯，層巒鬱復舒。風烟閩楚隔，經略漢秦餘。心迹飄零後，鄉關入望初。不堪回首處，撫景更躊躇。

薊門道中感遇

天涯何曠莽，客子倦行役。朝發青齊郊，暮税燕趙域。况兹薄玄冬，時序轉蕭瑟。哀風嘯廣野，積雪委長陌。緇塵化征衣，寒威颯容澤。昏鴉向人啼，如悲遠行客。感此再三嘆，衷情徒脉脉。豈無樽中酒，惆悵難自適。

又

冉冉征途間,寂寂歲華晚。俯仰世多岐,鬱積中心滿。紅顔齊結髮,誓心同所願。陵谷忽以移,白首恩愛斷。朝爲鴛與鴦,暮爲蒯與管。雲雨逐手變,身世如蓬轉。行路多險艱,羊腸豈在遠。鵷雛各有適,鴟鴞各有戀。好爵固自縻,富貴何足願。終矯北溟翼,安能懷憂患。

攬　　鏡

清晨理疎髮,攬鏡徘徊久。自傷三十餘,朱顔頗非舊。曦馭日夜馳,安能抗老醜。蘧廬是天地,萬物等芻狗。顧此四大身,從來非我有。龍子泣前魚,牛山悲素首。富貴既徒然,榮名亦身後。賢聖俱寂寞,空言貴不朽。何如放志意,遺棄簪與綬。相期汗漫遊,服食長延壽。

被命江右典試道中即景書懷

昔我方春仲,辭家薊北遊。今茲發帝里,盛夏復徂秋。征軺日行邁,晝夜不敢休。燕齊何莽莽,吴楚更悠悠。清商變物候,倏忽炎氣收。慘慘寒蟬號,蒼蒼灌木稠。孤烟媚晴顥,西稼滿良疇。時聞清籟爽,復喜叠巖幽。往時陽膏動,今來大火流。暮雲歸遠岫,鳴鳥求其疇。而我久行役,撫景生百憂。母弟異鄉縣,家室北淹留。豈不懷良晤,感恩未能酬。鞅掌使臣業,靡家喆士謀。江南採杞梓,漢苑需驊騮。駿骨未足買,真龍固所求。願得豫章幹,剖爲濟川舟。歸來報天子,拜命銅龍樓。碧山不我負,吾還訪舊丘。

贈別趙南山太醫浮海從封使往琉球

有客信州來,青囊繫肘後。活人指掌間,俞扁更何有。一日動京華,如遇壺中叟。我昔腸風劇,刀圭煩解剖。霍爾起沉綿,餘生藉國手。君今欲遠別,使我惆悵夕。蘇耽橘正芳,董奉杏誰守。浩蕩東溟闊,幾時見回首。况我颯病姿,常恐肩生柳。舊聞三神山,靈藥制衰朽。順風憑借問,寧可採得否？世事似轉蓬,浮名空纏糾。遲君赤玉舄，相期汗漫友。

卧病口占

衆生在世間，鮮能免病楚。病楚從何來，日維有生故。六塵相因依，五濁遞攪沍。結轖起針芒，忽來似風雨。人知有生樂，未識有生苦。若其無生時，病復何處所。嗟余眇然躬，雞肋無比數。强年苦腸風，攝生固無素。涓涓不自防，值兹齒髮暮。血澼墮連旬，刀火攢腸腑。浸假更不支，瞥然成今古。今古亦何分，沉痛不可訴。生平所紛華，此際如糞土。因思衆生命，冤苦亦同趣。飛走罹砧盎，鱗介罥網罟。涕乞大悲尊，一切施普護。哀憫無知衆，苦海皆得度。永謝輪回根，不關煩惱路。無死復無生，翛翛出寰寓。

甲子六月廿九日余自南都舟過京口五更苦熱不寐起行窺窗有月東上高數丈感而賦之

夏季二十九，曉月出天陲。東方高數丈，彎彎照水湄。朓朒有徵應，陰陽互盈虧。考之占候説，無乃陽道微。時序遞遷化，氣類總相隨。因憶前日事，百慮攢心脾。去冬及今春，地震兩京師。太白當辰見，其分在尾箕。洪流没城郭，木末宿浮苴。豕禍更可異，碩鼠翅能飛。凡此陰氣盛，一一乘陽衰。時余堂留禮，灾祥實所司。覽此咎徵繁，能無杞人思。抗疏排九閽，少効憂危詞。指切各有以，議論頗傷時。感激抒憤懣，載賡《十月》詩。調燮三數公，嫌余多刺譏。權璫逞兇焰，造孽更自疑。用事群小輩，承望煽禍機。視余眼中釘，扤扤欲去之。余心良不悔，賦歸不遲遲。全身計已得，匡世竟屬誰。回想國家事，陰禍難測知。水火正相薄，戰争未有涯。悠悠仍謔謔，從政者殆而。前徵既響答，後應豈參差。今余已解組，何由更陳規。從兹戒饒舌，逢人學愚痴。孤踪萬里去，無望報恩私。中情懷悵惋，慷慨有餘悲。幸有骨鯁士，觸邪忘險夷。所希衆賢力，共贊唐虞治。蚤施扶抑術，乾剛得自持。安内以攘外，太平庶可期。耿耿何能已，聊復筆於斯。余也歸隴畝，一意事畬菑。

舟行即事

山水越中佳,夙昔寄幽賞。今兹越中行,悠然愜素尚。兩岸饒蒼翠,諸山呈殊狀。近山多嵂崒,遠山互環擁。一水亘其間,逶蛇摇蕩漾。桐江何漣漪,嚴瀨亦清壯。是時七月中,日月正相望。朝秀連夕輝,乾坤氣森爽。清颸忽沁人,恍恍羲皇上。回想羈拘日,中情不得暢。酬應疲形神,得失煎腑臟。煩囂孰可比,寢闠與曝纊。浮生能幾何,苦海日流浪。所以嚴陵輩,飄撇事長往。隱約自釣耕,芥視卿與相。千載烟霞姿,至今猶神王。媿余老出山,未改舊骯髒。勞薪只獨知,嫠恤誰能亮。幸兹辭冕韍,無復闠塵坱。寓目此山川,吊古懷高曠。庶幾不遠復,物外聊自放。

請告南歸三衢道中遣興

衡門十七載,留曹僅數月。出山何太遲,還山何太速。嗤余薑桂性,行藏固落落。不辨爲繞指,其能免踸踔。世俗競紛囂,志士懷寥廓。介石不終朝,轅駒羞局促。卷舒各有時,敢自謂明哲。三朝受恩深,中情何忍恝。寧無濟世思,風波渺難越。白日舞鵂鶹,叢薄出蛇孽。鸞鳳豈争食,榆枋聊自足。一壑且棲遲,世事安得説。迢迢去路長,三吴亘兩浙。山水頗清佳,芊綿草樹緑。澹雲歸遠岫,爽氣來深樾。雖覺往來煩,悠然幽興浹。翹首望閭闕,計旬可超忽。還家正及秋,三逕覓松菊。報國杳無期,居身幸不辱。從此得逍遥,無復嬰羈紲。

島上紀聞

遼陽既陷没,廣寧亦覆敗。重兵扼榆關,此地當險隘。未圖戰與守,動説事牽制。牽制屬何人,舉朝仗毛師。毛師鎮何方,皮島居海外。遼廣千里隔,波濤天塹界。正好蔽朝鮮,中國豈有賴。關外有緩急,輙云與風會。兵馬無名數,轉輸自歲歲。何殊身病者,他身乃著艾。蹤跡杳難窮,言論多迂怪。擊柝海山中,萬騎自崩廢。間拾幾幼口,獻俘自張大。漢廷足廟謨,奉之若蓍蔡。烏奕降龍衣,晶瑩白玉帶。位號已冠軍,帑金賜滿載。况擅貂參利,兼饒海賈税。并入無憂城,或償長安債。但恐學徐市,止王更莫奈。世事久茫茫,休道彼狡獪。

春日乍寒乍煖感時書懷

昨日北風吹,今日南風發。南風餘鬱燠,北風轉寒洌。寒時覓醴醪,燠時想林樾。茫茫宇宙内,變化無常節。同是大地春,氣候已分别。物理遞遷化,人情分冷熱。因思世上事,天人共一轍。吉凶與消長,循環如轉轂。白日未改移,朱門幾歌哭。淒凉悲紈扇,寂寞嘆金屋。張陳相刃劘,田竇互淩奪。五侯乍紛華,七貴忽銷歇。較其得意時,驩笑不盈睫。即如塞翁身,榮悴數反覆。倚伏寧可知,營謀空勞碌。豰豹亦何爲,亡羊等臧穀。擾擾岐路子,自謂知時哲。宛轉陰陽間,朝秦暮適越。時局一旦非,大巧翻成拙。何如守静人,味道無羶悦。委運任倘來,機緣兩不設。庶幾樂坦蕩,無復嬰危嵲。

偶得木芍藥一株雙花爛然戲題三十四韻

芍藥出中土,原是調鼎材。炎方非所産,土力費栽培。偶然得持贈,一本雙花開。鮮妍入罨畫,的皪粲瓊胎。鄰里争誇詫,客子競看來。客謂爾芍藥,夙號百花魁。聲價傳洛譜,香色壓叢臺。宜置黄金屋,應翻白玉階。欣賞傾都會,來往車馬豗。胡爲失所重,飄泊天一涯。淡紅空鬱郁,淺白枉毰毸。芳菲信可喜,淪落亦可哀。主人爲解嘲,莫笑花運乖。仙葩逐處有,豈必盡蓬萊。何須歆富貴,何事嘆沉霾。贏得貴人玩,薄言薦上台。粧點繁華節,俗殺錦繡堆。一株千數緡,太半成虚詼。更有一般苦,劚削和鹽梅。捐生資鼎實,浮榮安在哉。未如含芳質,吐萼小山隈。三徑無俗物,静境少塵埃。瓦盆滋灌溉,儘好長根荄。正逢春日煖,氣候向詠駘。高齋饒幽致,主人有好懷。婆娑舒嘯傲,潦倒恣啣杯。對此增景色,一日幾徘徊。淮南叢桂樹,楚水芳杜枚。炎炎或易滅,油油可與偕。且勿較喧寂,何妨映茅茨。永言侶花友,乘興數追陪。豈如溱與洧,邂逅媾良媒。莫擬元暉詠,標榜使人猜。惟願仙顔駐,風雨莫浪催。

悲哉行乙丑歲時魏璫酷殺楊、左諸君子。

索居無聊奈，秋風正蕭瑟。中情何所瀉，獨坐理緗帙。寓目小齋頭，圖書堆四壁。偶然抽一卷，史漢二三策。熹平光和間，漢事漸凌迫。帝傍四星熠，威横不可測。張並牢脩輩，承望相羅織。謡諑讎正直，貞良困讒慝。一時清名士，君俊顧厨及。盡入密網中，駢首圜户側。前有固與喬，後有膺與密。誰憐陳竇忠，陳尸委路陌。侃侃范功曹，辭親氣凄惻。其餘遭顛沛，風霜各飽歷。鴟鴞笑鸞鳳，伊顔爲桀跖。雲霧慘不開，天地忽變易。撫卷發浩嘆，涕下横沾臆。因思《板》《蕩》詩，其來非一日。周宣號中興，忠諫殺杜伯。萇弘志興周，枉死血爲碧。上官搆三閭，娪脩成禍謫。子胥屬鴟夷，心膽空自赤。方正故難容，今古一丘貉。白璧不可爲，黄鳥逝安適。人生誰無死，百年同瞬息。榮名千載後，自有陽秋筆。志士諒不悔，能無蹙國脉。悲哉復悲哉，此恨向誰述。

卜居篇

棲真居谷口，避世隱牆東。開逕邀裘仲，塞兑蔽蒿蓬。淵明傲松菊，曼倩狎王公。静躁各殊境，古人意則同。隨緣貴適趣，詎必盡逃空。我家安海曲，别業對芳叢。人烟頗輳集，幽致迥不窮。閭閻多淳樸，溪海一氣通。山光與水色，圖畫總難工。登樓時遠望，蒼翠鬱蒙茸。舟航朝汐池，野寺晨昏鐘。竹摇半池月，花送滿院風。楸枰消永晷，遣興有詩筒。春來百卉生，好鳥鳴噰噰。夏蕖開緑沼，丹荔子芃芃。蘭桂秋來好，香韻透簾櫳。梅芳綻晚歲，標致伴筠松。有美四時景，並羅十畝宫。往來皆熟客，相對兩三翁。忘形渾爾我，劇談雜圃農。濁醪家藏有，海錯亦易供。陶然共一醉，白日友鴻濛。更有百城樂，萬卷充棟隆。遊神兼散慮，磊塊不留胸。倦來一高枕，栩栩蝶夢鬆。呦鹿堂下耦，舞鶴戺前雙。觀魚何曾取，濠上兩融融。清歌間長嘯，揮麈倚高筇。偶然知音至，山水發絲桐。凡爾百幽致，考槃具此中。追憶長安日，擾擾復憧憧。鬚鬢逐年白，塵埃拂面紅。幸然脱樊籠，冲舉諧冥鴻。好似拔火宅，涼颸沁其衷。我今欲何往，感舊心飛翀。既非廟廊具，應擅林壑雄。茫茫宇宙内，孰能測始終。人生所與幾，而苦懷憂忡。終日自結束，縮首學寒蛩。所以逍遥樂，委運任所逢。一區可自適，勿計約與豐。不夷亦不惠，昔賢道所崇。未論成仙佛，庶超出淡濃。緬思真隱者，言躡哲士蹤。詹尹何須卜，永此息微躬。吾事聊自足，無用訪華嵩。翛然放志意，漫説是潛龍。

還　舊　廬

趨朝未半載，歸休仍三逕。静諠從所好，行藏久已定。且喜完吾鼎，何心戀彼甑。幸今即舊廬，永言謝囂競。魚鳥未見猜，水樹還相映。四隅無俗物，一榻自清浄。熟客好頻來，幽期不用訂。才拙嬾無堪，身閒興可乘。咄咄昨日非，蘧蘧春夢醒。來少去苦多，隨緣且適性。時至我則行，達生是裴令。

顔同蘭掌科夫人侍翁病未愈割臂調羹以佐湯藥閨帷中有此異孝詩以紀之

骪膚人所愛，阿翁病在牀。割裂豈無楚，忍痛調羹湯。調之亦何以，默以進高堂。夫婿都掖垣，獻納侍明光。行時再三顧，翁老藉扶將。于今萬里隔，各在天一方。荼蓼誰與語，抆血叩昊蒼。昊蒼爲感格，翁瘵幸小康。含涕緘素書，暗暗寄夕郎。開緘不忍讀，讀罷淚沾裳。北山滞鞅掌，陟岵思徬徨。有父不遑事，痛楚委閨房。疏陳此情緒，請急控天閶。聖明崇孝治，予告暫釋韁。一以矜婦順，一以體臣良。嗟哉此奇孝，列女古未嘗。不意蘋蘩俶，乃在桑梓鄉。寧惟芝蘭性，更兼金石腸。聖代内教洽，顔推訓澤長。媿余徒歎羨，安能罄揄揚。終藉良史筆，千古映縹緗。

冬日齋中即景詠懷

淒風颯然來，朔氣振林薄。芙蓉既凋瘁，叢菊亦萎落。顧景自牢騷，餘生寄一壑。感此歲將晏,中心忽不樂。不樂亦何爲,關情豈凉燠。繇來色界中,四序遞剥復。朝暮暮還朝,朔望望復朔。何必歎崦嵫,何須羡暘谷。大地非有餘,一區詎不足。况兹環堵宫,幽致未寂寞。前有滄浪水,旁有琅玕竹。蚤梅已含蘂,晚桂剩餘馥。枝頭噪寒雀,堦下鳴素鶴。濁醪堪適趣,殘編可寓目。隨運且逍遥,幻化誰料度。無事《南華經》,助我意寥廓。

悼　　亡

年老始抱孫,差可慰枯槁。生來岐嶷資,慧性夙明曉。矯矯轅下駒,翩翩雲間鳥。期爾是英物,鍾情故非眇。造物苦不仁,奪之一何蚤。眼前碧瑯玕,忽然埋荒草。入室何所攜,向誰開懷抱。况我歲華晏,形容久潦倒。將俟孫枝茂,居諸難自保。涕下淚沾襟,悒鬱心如搗。欲作彭殤觀,世緣未能了。惟有呼巫咸,招魂來冥窅。託生返舊窠,玉環長汝寶。

七言古詩

題商山四皓圖

煮白石兮採紫芝,花開花謝不知時。青松玄鶴長爲侶,龐眉皤首自追隨。巉巖絶壁不可攀,飡霞吸露與雲閒。未許人間知姓字,絶跡高騫豈顧還。知君偃蹇何代人,杳窅商山好避秦。棊裏不知歷日月,洞中閑度幾秋春。漢祖英風不可測,欲一見之何由得。空有漢家爵禄肥,祇向深山自藏匿。却從留侯謾見招,羽翼前星來漢朝。一顧萬乘驚錯愕,半夜楚聲空憀憀。須臾拂袖復歸來,碧蘿丹楓未見猜。神龍變化那可識,威鳳豈是樊籠材。君不見,翩躚蕭颯若太癯,藐射真仙應不殊。丹青貌得高風在,千載令人賞畫圖。

觀上林春曉圖

長安帝里艷陽天,三月風光倍可憐。明光曉色靄將曙,上苑宫花紛欲然。

誰家貌得丹青裏，青樹丹霞看成綺。此景人間料有無，瀛蓬閬苑應相似。碧桃紅杏弄晴光，黄鸝紫燕乍飛忙。翠微掩映迷鳷鵲，佳氣氤氳暗鳳凰。萬朶千叢烟霧中，瓊樓貝闕遠曈曨。芳草臨除堪滴翠，初曦照殿逈添紅。初曦的皪風晨好，芳草菲菲上林道。對此油然心賞開，天上雲林幾人到。自來春色繞皇京，萬象欣欣向帝榮。吾君不事流連樂，相如空賦《子虛》成。

金人捧劍篇

秦川三月静如練，灞滻晴明張水殿。翠幕紅緯凝紫烟，撞鐘擊缶恣酣讌。三杯起舞意豪雄，秦王睥睨視中縣。精光熠熠水上來，龍形銅色如可見。英風颯爽何魁傀，掣曳紅雲驚閃電。遥裔獨立起水中，須臾渭水光似霰。龍泉三尺皎白日，涼風三月忽蕭瑟。截蛟斷鰲鬼母驚，神物千年爲君出。感君威靈把似君，何處六王敢爲匹。西方使者自天至，授君寶契顯精異。先年侍帝聆鈞天，陳寶煌煌發幽祕。横行此日應莫當，神功總叶千年事。四坐聳觀但拜手，稱觴齊獻南山壽。共言秦命宜永昌，千世萬世從此受。誰知眷德原不常，渭水咸陽更誰有。祇今上巳清明時，空傳故事今人口。

華封三祝歌

昔有人兮在華封，托生聖世慶其逢。殷勤三祝意何濃，獻曝精誠固所鍾。我欲因之祝聖皇，願陳閶闔帝之傍。有君上聖繼陶唐，胡不永綏福萬方。三事祝君將何以，多富多壽多男子。曾聞尾閭納百川，祝君之富亦若此。君之壽兮復何擬，如崗如陵永不圮。螽斯有羽麟有趾，君昌熾兮應相似。三祝祝君君莫辭，由來眷德本無私。狂歌持獻唐堯后，千載休明在此時。

鴈飛曲

東方未明一鴈飛，哀鳴嗷嗷使我悲。不盡雲山關路遠，鴈今欲渡苦何爲。朔氣冰天不可以處，矰繳高張不可以俟。鴻鵠高飛羽離離，我欲從之恐後時。

寒塘曲

惆悵步寒塘,寒塘風景暮。下有澄澈之静川,上有攢岏之枯樹。空山四顧紛摇落,遊子心中慘不樂。昔日丹青迷遠岫,誰知倏忽還消爍。華姿易盡今如此,何用浮名自結束。坐來北鴈兩三聲,况復哀蟬悲斷續。風物似此愁人心,那堪更唱寒塘曲。

龍舟泛太液歌

朱明佳氣滿皇州,萬乘平康展豫遊。玉輦淹留臨水曲,翠華旖旎俯清流。樓船近出躍龍池,文衛森森建羽旗。夾岸楊花迷彩鷁,冲天簫鼓引青螭。木蘭爲棹桂爲枻,太液淼漫清且冽。戲水鳺鶄時下上,含烟鳷鵲遠微滅。採菱一曲舞《霓裳》,映日芰荷撲面香。錦纜牙檣荇帶渡,銀塘水殿綺羅張。稱觴上壽詠康哉,把酒臨風夜漫催。會見瑶池王母下,應有神女弄珠來。君不見,漢時習戰昆明水,隋帝錦帆亘萬里。當時寓縣幾紛紛,黷武乘槎猶未已。吾皇燕豈乘時昌,還軫睿思鞏搆堂。日中猶戒流連樂,有卷矢音泰道長。

葵心向日歌

君不見,園中葵,含芳吐蕚何葳蕤。羞向凡卉争春色,自許檀心向日披。憶昔當年桃李葩,芳菲爛熳幾人家。終然妖艷多恣態,曾似傾心向日花。曦馭遄馳東復西,葵心向日轉不迷。旖旎初開晴景麗,參差還對夕陽低。薰風摇曳炎陽天,向日臨風倍可憐。花映日兮看似繡,日含花兮煖生烟。生烟似繡感芳時,向日精誠意自知。莫道無情沾雨露,請君且看向陽枝。

遼陽行

夜聞單于獵邊疆,羽書朝來奏未央。天子臨戎屯細柳,將軍仗劍出遼陽。遼陽一去道路賖,白草黄雲没胡沙。幾度塞外傳鳴鏑,幾處林間動悲笳。渤海天山亘萬里,環甲揚旌度散水。昏黑烽烟白日迷,慘淡殺氣陰風起。此時虜騎正横行,驅馬彎弓走長城。天驕未遠塞月出,男兒顧恩寧顧身,爲君一敵摧萬人。轉戰窮山連日暮,長驅直北掃胡塵。膽寒魄落胡兒愁,威武桓桓擁貔貅。左轂盡殷丁令血,壯士渴飲月支頭。桃花島,石門關,鐃鼓蕭蕭唱凱還。膚功已勒燕然頂,猛氣應圖麟閣間。君不見,遼陽戰場自古聞,道傍白骨亂紛紛。會看壯士挽天河,聖世休誇衛霍勳。

三　冬　吟

慷慨三冬吟,朔氣正蕭森。悲風起巖壑,雜雪下陰岑。君不見,凄凄芳草何處是,東園無復桃與李。惟見松柏蕭蕭號層林,寒月滄茫,光照長洲氾。水落霜明變素秋,于今歲月忽已遒。韶華荏苒不相待,永夜殘灯思正悠。古人文史三冬足,莫遣蹉跎空碌碌。朱顔壯盛能幾時,世間閑事枉馳逐。君不見,大禹聖人惜寸陰,贏得芳名到如今。達人所貴在不朽,何妨歲月苦相侵。

漁陽老將行

朔風颯颯吹胡沙,雪滿陰山塞月斜。城頭觱篥數聲動,漁陽老將長咨嗟。憶昔紅顔出塞時,跑哮猛氣驚胡兒。平原引滿雙鵰落,白日崩騰萬騎摧。天子當時論戰功,平臺意氣一何雄。佩來鵲印大如斗,賜出龍淵氣似虹。自從一鎮燕支山,春風幾度晉陽關。歲歲悲笳劍鋒底,年年浴鐵馬蹄間。白首翛然桑海變,丹心未朽生涯見。伏櫪老驥聲正哀,七尺之軀何足戀。聞道匈奴尚未滅,凌烟疇復開生面。君不見,營平蹴踏金城裏,伏波顧盼據鞌起。何論生入玉關門,到老豪雄心尚爾。吁嗟乎,壯士報恩當若此。

桂樹歌詠舒太年伯重慶堂别孺立年丈

君不見桂山岑,桂樹枝,桂子繁生何離離。結根貢隅陽,偏受雨露滋。本是仙人手自栽,天風吹入玉京臺。從知桂樹好,未識山中老。種桂仙人歲月賒,桂山桂水兩無涯。勝地至今傳桂樹,寧知桂樹出君家。君家桂樹裊天香,阿娜交加宿鳳凰。開府麾旌綏海服,公車待詔賦《長楊》。憐君磊落更年少,洛陽才子山東妙。生來十九步玉堂,錦囊未數《陽春》調。横行自此復誰當,暫訪庭幃覔故鄉。萬頃廣陵濤色壯,三秋楚客杜衡芳。來到湘原望桂里,桂枝鬱鬱凝雲紫。天將持獻種桂人,仙人婆娑顔色喜。願祝仙人壽未央,如陵如岡永不圮。青門惜别意何多,斗酒沉吟桂樹歌。轉憶萋萋人去後,桂樹思君君如何。

千秋金鑒歌

蓐收八月開晴昊,萬里無雲日杲杲。玉律金風淑氣催,虹流電繞應昌時。南山雷動華封祝,北斗天開獻壽巵。獻壽稱觴列御筵,未央殿裏奏鈞天。似瓜火棗來殊域,結子蟠桃歲十千。八表四方俱彙集,嵩呼虎拜自翩蹮。皆言受命齊天保,盡説長生似偓佺。憶昔藎臣張曲江,愛君自獻《千秋録》。丹心不道獻金鏡,鏡古願君調玉燭。我願因之祝聖皇,岡陵日月意偏長。瑶圖已卜萬年曆,金鑒常懸照萬方。

九月十四日駕謁陵畢幸石景山臨觀渾河見水勢洶湧因念黄河時有衝決面諭輔臣經理須要得人復命作詩恭紀

節序金飈應,園陵玉輦遊。駕言迂石景,騁望賞渾流。渾河之水桑乾出,萬乘臨流駐警蹕。噴薄洶湧亦壯哉,飛波跳沫紛相汩。皇情對此睿思深,遠覽超然興隱恤。爲想黄河萬里賒,雷咆電激蕩雲日。崑崙蜿蟺截天下,直是桑乾杯裏瀉。河伯年年賽鄴巫,陽侯歲歲移桑野。倏忽平原變遊魚,衍溢奔騰驚萬馬。浩刼安能測陸沉,歷陽未暇論真假。國家定鼎都燕冀,又是咽喉一線地。去歲頗聞齧衛徐,今年復道侵淮泗。睠兹瀺灂已如此,可信懷襄誠不易。嘆逝徘徊感慨多,天工人代終思毖。昔時昏墊咨神禹,天錫玄圭奠九土。空傳璧馬漢時功,瓠子金隄竟小補。杳杳八枝既莫尋,寥寥三策誰能數。鉅艱欲濟在賢人,此事千年如可睹。天語琅琅千古烈,神謨遠慮衷情别。一遊一豫不忘憂,寤寐思賢心轉切。順軌效靈在此時,無功補衮慙調燮。非才應制總難工,强作狂歌歌聖哲。

春鳩唤雨歌

澹蕩春風淑氣移,農人催種向東菑。土脉陽和已涣涣,可憐膏雨猶遲遲。春鳩忽聽鳴烟樹,兩兩關關坐唤雨。唤雨呼來似有情,爾情可似憫農苦。積翠緑陰聲轉幽,唤罷深林日將午。農人聽聽心應喜,荷鋤看看時耘耔。倏忽空中膚寸合,求侣呼媒猶未已。乍遠乍近南陌頭,還斷還續輕陰裏。曾聞巢樹居鵲枝,復道拂羽换鷹姿。古來漫説鳩性拙,鳩鳴原來亦知時。只今九重農事急,分明禽鳥識皇慈。

北虜嗣封表貢紀事

太平天子御萬方,河清海晏静邊疆。梯航日出羅王會,玉帛車書總八荒。天驕北虜自今古,白草黄雲幾戰場。萬里彎弓横月出,千騎飲馬捲扶桑。彎弓飲馬更何有,昭德蓄威廟筭長。冒頓控弦今欵塞,呼韓稽首競來王。來王欵塞北庭空,解辮獻琛儼服章。已見單于荷大册,復言閼氏奉裁璋。天子明堂開左个,旃裘拜表謝天閶。左賢已入鷺鴛序,天馬遥來苜蓿鄉。汗血肉駿何躞蹀,六龍駕乘盡飛黄。天顔有喜燕明光,武帳森羅文衛張。旖旎旌旗明旭日,訇鏗鍾鼓韻長廊。稱觴上壽樂時康,四海爲家鞏構堂。萬國洗兵知此日,介鱗盡化作冠裳。陰山草木春生色,瀚海風烟净不揚。君不見,秦帝金城亘萬里,漢皇鐵騎耀千行。豪雄意氣成何事,力役凋盡胡未亡。未如我后慎張皇,樽俎折衝勢莫當。願裁山甫吉日頌,既濟還思戒干隍。

汲井行有小序。

為劉母作也。孝事尊章,親操井臼,罹于坎窞以隕其壽。作《汲井行》。

汲井汲井聲嗚嗚,爲誰養者舅與姑。布衣椎髻照寒碧,素綆瓷瓶轉轆轤。

朝朝行汲古湫下，寒風瑟瑟飄四野。體脆力弱不自勝，俺家非無代汲者。爲婦操作應自供，不親不躬心不瀉。水深泥滑苔痕濕，綆短曲身難佇立。安得銀床井作欄，偶然失足何嗟及。泉咽飇號渾欲語，哀哀勞人不歸去。道傍感嘆盡欷歔，至今猶指孝婦處。在昔曾聞姜氏妻，養姑汲浪自提攜。鬼神爲動雙魚出，彤管青緗幾品題。又聞有女號曹娥，痛父不見自沉波。江邊賸有豐碑在，紅絹妙辭永不磨。劉家有婦亦如此，一生一死等閑事。璧碎珠沉雖已矣，天報孝婦今有子。孝婦有子直明光，風采稜稜冠夕郎。彈琴美政徵三異，抗疏高名動八荒。爲余語此淚簌簌，風木懷悲神慘傷。四十年來杯棬痛，欲報之德諒何將。余謂劉郎勿太苦，壽殀從來一聚土。人生惟有孝與忠，留取丹青照萬古。爲婦死孝母能賢，衮職有愆汝第補。我能傳爾忠孝家，使爾千秋事如睹。

上谷太守行爲汪給諫乃翁保定守作

君不見，上谷太守清復苦，官二千石守環堵。一腔惟存報國丹，雙手急灑憂時雨。由來寂寞子雲心，十載爲郎始分虎。正值郊原歲薦饑，況兼採榷使旁午。真誠能令虎狼馴，全活自占十萬户。春風蔽芾保陽樹，襆被蕭蕭朝天路。朝歸露冕帶雙符，勞來巡行連夙暮。三年鞅掌皮骨乾，朱顔凋盡爲誰故。囊空四壁絶長物，惟餘一劍氣突兀。病急呼兒將與渠，淬鋒歛鍔莫倉卒。生平未了感恩心，待汝飛揮看超忽。憶昔與君會白下，辟雍蘭省班相亞。而今隔世邈河山，感嘆思君淚盈把。長安邂逅見夕郎，鳳毛翽翽渥洼馬。補天浴日應此時，幸君有子我心瀉。君不見，胡質之後有胡威，清名令德相映輝。又不見，楊秉之先有楊震，四代五公開喆胤。如君是父復是子，熙朝勝事添橋梓。

讀蘇子瞻南海集有感

宋時人物數子瞻，文章節概稱第一。蚤歲受知韓與歐，京華價重聲赫奕。神考臨文嘆奇才，留將大用待後來。文采聲名自特達，結知人主不繇媒。元祐之間嘗召見，承恩數對紫宸殿。宣仁太后賜顏色，金蓮御燭送歸院。叙述前朝知遇恩,孤臣感激淚如綫。兩宫睠顧真莫比,一時學士争嘆羡。竚登三事彈指間,時移事改如流電。晚年用事章蔡儔,疾視方正如仇讎。遠謫窮荒猶未已,鬼門關外居儋州。儋耳風土不可説,蠻烟瘴雨無時收。天涯海角誰朋侶,獠豎猺僮呼馬牛。生平遭際真春夢,功名富貴兩休休。一日夢到馮夷宫,蝦冠使者來相將。殿上主者知姓字,階下羅拜儼成行。請公作賦賽玄虚,賦成落筆驚輝煌。其王作禮延上座,開宴錯落夜珠光。忽聞報道鱉相來,入門出語便相厄。譎譎訛訛饒舌多,作意搜尋加徧謫。主者聞之爲聽熒,罷宴收珠令逐客。命運不時逢懺忮,龍宫一醉胡由得。嗚呼!古來志士多坎坷,得喪由天難自保。屈原沉湘苦離憂,賈誼賦鵩長沙道。如公落拓似昔賢,磨蝎宫中命所造。嗚呼!公自才大應時舍,區區章蔡何爲者。

攤　書　行

四壁縹緗堆兀突,老我生涯是此物。憶昔壯懷羞瑣瑣,耳後生風鼻出火。豪雄意氣頗自負,世間萬事無不可。無端入讀中秘書,蠹魚鬱鬱不得舒。三冬四餘分刻漏,年年歲歲度居諸。八部四庫愁未多,五車萬軸空嵯峨。祇言涉獵苦不廣,那覺精神暗銷磨。如今白首成何事,壯圖韶華皆過去。皮枯眼澁一衰翁,生平所讀無用處。邇來一翣强蹣跚,感時觸事多辛酸。索居志意無所寫,朝暮猶復把書攤。莫攤書,空自苦,世事無庸太楚楚。書亦不可盡,讀亦無所補。君不見,天寶上相貴莫當,眯目落筆寫弄麞。文術何曾經心緒,坐在偃月氣揚揚。排倒海山皆象指,籠羅豪傑似驅羊。適世何嘗需半部,笑殺揚雄書一床。世上功名各有以,不在多讀書與史。生兒要須禄命好,勞精矻矻徒爲爾。

試　新　茶

啼鳩拍拍刺桐華,風光也到野人家。胸中磊塊何曾有,撥悶聊復試新茶。山僧日出扣柴門,靈山雀舌與我分。一春宿雨無多摘,方便爲我醒詩魂。天瓢無取石泉香,蠏眼正憑活火爨。率意未須陸羽經,隨宜且進盧仝椀。蔡襄昔薦龍鳳團,時人頗用爲譏訕。後生譏訕亦何爲,食芹有美尚欲獻。此日君門遠萬里,先嘗慙媿獻天子。

君子行贈何稚孝年丈兼以爲壽

九苞寧説瑞,并角未云禎。隋珠空照乘,趙璧詎連城。物華天寶定誰是,且聽我歌君子行。温陵紳佩如雲屯,有美一人不可諼。貞不爲夷和不惠,五車萬軸浩胸翻。浚郊使者皆憑軾,魯國諸生半及門。北海名高片楮貴,太丘道廣衆流尊。憶昔與君同研席,鹿鳴輸君忝通籍。十載叨陪宴曲江,同門同譜稱同澤。白雲初對法署秋,瑞錦再分南宫碧。起草休誇傅粉郎,題梅恰賞含香客。由來龍性那能馴,世故羊腸真莫測。投荒萬里蒼梧路,回首長安雲莽互。獨醒肯爲澤畔吟,達命不作長沙賦。石田茅屋歸去來,斗酒筒詩等閑度。著書可但周藏史,修乘兼羅漢掌故。谷口牆東自率真,玄亭白社同心素。山公啓事日紛紛,寵辱何心悄不聞。翜翜松風非竈下,昂昂野鶴豈鷄群。有山卜築堪娱老,有子凌霄看策勳。共惜冥鴻思招隱,正需作楫孰與君。已知時艱如轉石,却道物態似浮雲。君今周甲又加一,身强神王氣超軼。愧我與君同甲雌,潦倒疎慵故無匹。道氣自與凡人殊,豈惟松蒲各異質。感君高誼久纏綿,青眼白頭意轉密。去臘賤生煩記憶,瑶章壽我輕千鎰。今秋八月君初度,苦欲酬君無健筆。火棗交梨遠莫致,炊金饌玉何足術。君不見,八月皓魄當空明,一任盈虧虧復盈。又不見,八月海門濤聲屜,朝朝汐汐信瀠廻。盈虧朝汐總無關,萬古長存天地間。至人不住亦若此,長伴秋月與秋水。祝君何用祝大年,爲賦《南華》《逍遥》篇。

泛海歌明臣弟邀余泛海,作歌紀之。

余弟芳名標第五,好奇不減岑嘉州。平生居海未識海,今日招我海上遊。呼童多帶桑落酒,約客齊上木蘭舟。初出青門四五里,猶是蓬萊清淺水。遠山廻環渚岸青，晴日映帶烟波紫。銜杯時聞杜若芳，舉掉數見鳧鷗起。須臾漸覺眺望寬，衆客争誇得大觀。恍惚蜃樓如可見，依稀鮫室出層瀾。是時五月南颸發，遡風逆浪聲活活。長年舟子慣風波，鼓枻前行未肯輟。天吴簸弄罔象號，滄洲曠莽勢轉闊。白日摇蕩天地偏，檣傾濤怒渺難越。四座停杯顔色愁，謝公顧此亦掉頭。乘風破浪非吾事，勸君遇險且休休。挽却星槎暫回首，莫貪涉漢看斗牛。須戒垂堂迮石尤，嗚呼慎勿垂堂迮石尤！

抵分水關有賦

去年赴召閩關出，今歲秋山解綬回。自笑行藏何倉卒，自憐壯志已虺隤。人間出處多岐路，世上升沉豈論才。令伯無緣難得意，子雲拙宦乏良媒。諸方雲擾有時静，九曲風波不易廻。萬種浮榮皆是幻，兩丸跳景轉相催。冰山金埒誰長在，上蔡華亭正可哀。去去帝鄉日以遠，無勞更上望京臺。閩山遼遶千層秀，閩水奔騰萬壑豗。故園秋色正瀟灑，翠竹青楓未見猜。車敓馬疲途尚杳，濁醪且進兩三杯。

純陽仙師降筆以詩爲壽賦此奉酬

百年三萬六千日，古來上壽幾滿百。青天急景兩跳丸，塵世浮生俱過隙。少壯幾時奈老何，韶華一往如逝波。六十七年今忽到，來日苦少去日多。勞勞出處成何事，悠悠歲月已蹉跎。臘月五日逢初度，一年一逢轉衰暮。門前賀客詠岡陵，鏡裏頹容嘆草露。添籌薦履衹空言，對酒當歌少歡趣。天上忽傳雲錦箋，道是仙翁祝壽篇。上言努力將進酒，下爲凡骨祈長年。寶籙豈是人間得，瑶華滿目驚四筵。吾聞先生得道已千年，出入倒景淩紫烟。詎謂賤生同樗櫟，也於上界得攀緣。可憐凋朽質，恍爾獲真詮。思昔真人成道日，鼎間微物亦得仙。倘然道力肯提攜，眷屬團沙若脱泥。轉首蓬山近，還看碧落低。何愁駐顔無靈藥，何須涉險覓丹梯。滄海桑田猶一瞬，五侯七貴等醯雞。嗚呼！彭殤脩短争幾許，今古榮名歸何處。安得扶侍玉枝杖，永作先生風馬雲車御。有時化作丁令鶴，長隨先生三島十洲去。

三月春望會宗中耆宿遊東郭水榭醉後放歌

春風澹宕春草緑，先生閉户傷跼促。乘輿聊爲郭外遊，别業一區跨海曲。烟光萬頃白茫茫，廻伏遠山青矗矗。幽壑圖畫本天然，偶營菟裘成小築。空濛水樹互參差，繚繞軒樓相結束。勝比浣花頗有餘，休向平泉嗛不足。騁目儘堪散鬱陶，臨流正好携醽醁。光陰迅速春將暮，寒食過後無風雨。老去春來更幾番，芳辰可令等閑度。熟客招邀莫厭頻，佳期恰值同心素。阮北杜南總一家，呼盧浮白無量數。山水既饒有清音，也徵絲竹助歡趣。放歌長嘯任真率，聽鳥觀魚隨縱步。羲馭不停夕照沉，東方又見冰輪吐。春月融和圓且鮮，嬋娟不受纖雲妬。海天一色沁人肌，恍惚三山如可遇。對此不樂奈老何，俗緣勞碌枉馳騖。君不見，長安貴人勢薰天，昨日繁花今落絮。又不見，世上金穴與銅山，到底一文將不去。乍滅乍没看倏忽，何妨酩酊太突兀。丈夫歷落孰覊牽，古來長在是何物。不如適意且啣杯，留連更待日東出。

杜　鵑　行

杜鵑啼，何太苦，聲聲爲哭春將暮。春去春來會有時，栖惶啼血向誰訴。南枝啼罷又北枝，子夜月暗黄昏雨。多少遊人增感傷，閨中怨婦倍凄楚。爾身本是蜀望帝，化爲野鳥知何故。生事變化不自知，苦啼却要留春住。春不住，還復來，留春無用太聲哀。世間無限不平事，爾曹不聞胡爲哉。申胥秦庭痛宗國，賈傅漢世慟時危。阮籍途窮輒興悲，唐衢傷世則哭之。凡此抱憤不得舒，有情自合重欷歔。野鳥若解人間事，枝上啼血更何如。

劒　浦　放　舟

久客倦長途，陸行多辛苦。爲節車馬喧，覓舟向延浦。三山如可見，歸期自暗數。舟子貪利涉，未怯灘濤怒。繇來此地是畏程，神物變化因得名。至今湍瀨風波惡，砰磕震薄令人驚。凌嶒石芒如劒脊，卷曲山骨似龍形。百丈深潭藏水怪，千重簷莽舞山精。驅使雷霆不可測，覆地翻天在頃刻。長年三老亦何施，顛危倐忽難置力。漫放舟，漫放舟，勸君莫惜暫淹留。羊腸鳥道未爲險，灧澦畏途是急流。遠路徐行容可到，急流冒險悔難收。且休休，任悠悠，行路難，不自繇。

院竹余以癸亥、丙寅兩次出山，歸來園亭花卉太半荒落，獨脩竹數竿，蒼翠自在，爲賦長句。

小院西頭數竿竹，直節參天青矗矗。肯將騷颯鬬芳菲，瀟灑出塵任意綠。高幹無殊夏與冬，清標不改寒和燠。籟響長廊波濤喧，影動疎簾雲綺錯。主人平昔慣幽棲，賴是此君伴寂莫。繁陰爽處酒滿杯，小亭静時棋一局。我歌我謡樂婆娑，朝看暮看無厭足。邇年孟浪再出山，南來北去枉馳逐。落拓曾無一事成，猿驚鶴怨自抱恧。投簪解組敢終朝，天時人事如轉轂。白駒谷裏嘆飑㕓，羅雀門前誰剥啄。舊日池舘半凄凉，故園花卉多摧落。獨對此君未改移，翠筠勁質依如昨。長條歷歷干雲上，芽筍森森長青玉。一區揺曳有餘清，三徑盤桓差不俗。乃知耐久是此君，名利場中徒結束。六逸七賢知我心，與君終訂歲寒約。會見瑯玕結實成，應有鳳凰來棲宿。

王母瑶池歌送李豫石庶常請假省覲

薊門柳色遠蒼蒼，傾都出祖李庶常。借問庶常去何意，爲戀萱堂隔海方。少小下帷藉杼訓，周遊學海攬青緗。高名已揭黄金榜，壯志今登白玉堂。虎觀談經窺百氏，螭坳槖筆擅三長。方誇秘閣延英俊，却憶倚閭望故鄉。抗疏陳情意懇惻，暫依子舍沐恩光。佳兒遶膝慈顔喜，昔日布韋今服章。九天盤露傾作酒，七襄雲錦製爲裳。共看寶婺輝南國，王母瑶池樂未央。歲歲欣傳青鳥信，年年願祝紫霞觴。舊聞性善賢哉母，移孝作忠意豈忘。好捧潘輿來帝里，舞袖斕斑接鳳凰。

五言律詩

端午賜扇紀恩

榴花應節開，箑賜自天來。雉尾含風發，龍綃偃月裁。玉華傳漢闕，霜翮陋襄臺。願奉南薰調，吹噓遍九垓。

西苑觀菊

御苑高秋肅，黃花應曉催。凝霜偏有韵，含露更添姿。璨爛金鈴價，幽香玉盞奇。宸遊欣晚節，特地賞東籬。

賦得玉壺冰

朔氣千門度，層陰一夜凝。寒光侵曉幕，浄色映雕瓊。玉結溥霜後，輪圓片月生。清標宜歲暮，端不謝金莖。

除歲立春日賜百官食春餅應制

春風到上苑，文陛列千官。詔出黃金闕，恩頒赤玉盤。未賡束晳賦，殊勝宋公團。宿飽大官貺，明朝慶履端。

雪後望西山

瑞雪春初霽，西山眺望開。岧嶤銀作闕，蜿蟺玉爲臺。野鶴迷歸樹，山花徧是梅。朝來饒爽氣，柱頰興悠哉。

賦得池塘生春草

芳池鬱蒨芊，草色發新年。影動含風細，緑匀帶雨鮮。浮青翻寶鏡，映碧上花甎。撫景饒佳興，清標想惠連。

賦得春深五鳳城

晴日明丹闕，祥風繞桂宫。長楊深柳色，上苑暗花叢。閣道輕陰合，西山積翠通。皇心多悦豫，還與萬方同。

張學士閒雲館

徘徊章水曲，章水去悠悠。古刹雲端出，孤峯樹杪浮。長風摇極浦，落日印清流。一洗寰中累，超然物外遊。

又

棲神臨水國，抱膝卧雲窩。兀坐觀玄始，禪心解世魔。庭空幽鳥下，天遠片帆過。君意成長往，蒼生望若何。

晚出御陌望西山

落日欲西馳，西山望逶迤。嵐輕黛色淺，鴈杳路歸遲。翠巘凌雙塔，暝烟眇遠陲。還看宫裏樹，晚翠正參差。

雨霽聞蟬

雨歇氛初霽，鳴蟬咽樹端。芳苔静晚院，爽氣汎清瀾。調改秋知蚤，聲遲夏覺闌。飄飄楓葉下，蕭瑟坐長嘆。

夏日館中即事

清居丹禁近，秘苑玉堂深。永日抽書帶，薰風調素琴。芳池含雨氣，嘉樹散晴陰。共道神仙地，誰知吏隱心。

賦得胡馬嘶北風

朔雪暗邊城，蕭蕭塞馬鳴。陰山白草暮，瀚海黑雲凝。壯士雙鵰落，將軍一劍横。匈奴猶未滅,會欲請長纓。

霜降陪祀山陵

玉露溥金掌,明禋肅閟宫。千年王氣固,十葉帝圖雄。方劍龍髯遠,衣冠虎拜同。松楸回首處,瑞靄鬱葱葱。

信菴兄歸自檇李有感書懷

吾兄匡濟略,不解學齊竽。世路人間險,宦游我輩孤。十年淹驥足,一眚屈鵬圖。誰復豐城夜,還知劍氣殊。

又

嫫母衣偏錦,西施却負薪。雌黄真若此,好惡更誰陳。門客應非舊,海鷗尚可親。賢豪貴適志,尊膾豈全貧。

秋　　夜

清秋饒爽氣,地僻静囂塵。池色侵堦冷,蛩聲入夜頻。斷萍魚仰露,深樹月窺人。誰識閑中趣,勞勞覺悟津。

泊舟淮上寄贈曹明府

停橈淮浦夜,問俗楚江濱。解道山陽宰,還同漢吏循。野鷄飛傍客,叢桂鬱含春。祇恐徵賢詔,應愁卧轍人。

曹明府餉酒舟中書此爲謝

久客悲摇落,逢君意氣高。綈袍憐舊好,斗酒故相勞。獨酌情難瀉,臨流興自豪。明朝挂席去,回首正滔滔。

九日遊摩訶菴聽無絃上人彈琴

令節逢重九,尋幽憇大千。何來山水調,散入雨花筵。槭槭驚秋葉,泠泠溜暗泉。禪心應不住，解脱悟無絃。

甲午祗役江右開府陸仲鶴招飲滕王閣有賦

昔日笙歌地，崔嵬直至今。江山還勝蹟，棨戟復登臨。章水連天迥，西峯爽氣深。城中十萬户，棠樹遠森森。

又

畫棟倚巍城，闌干北斗横。豪華悲帝子，聲價憶王生。海月堪留客，秋風易析酲。何當徐孺榻，不淺庾公情。

送漢篆侄南還

久客倦栖栖，閩山憶舊蹊。才情終蠟鳳，蹭蹬老霜蹄。親舍秋雲杳，鄉心旅鴈齊。殘編堪料理，馮鋏未須攜。

遣　興

百年今欲半，一宦尚羈栖。歲月忙中老，鄉關夢裏迷。旅鴈知新序，春花發舊蹊。馮唐緣底事，白首望提攜。

詠　懷

浩蕩遊京輦，蹉跎異壯年。形容看潦倒，疾病况沉綿。豈有涓埃報，虚慙雨露偏。乾坤方俶擾，顧景撫龍泉。

壽朱清冷乃翁

有子登仙署，問年到古稀。欣逢紆錦晝，恰值懸弧時。白水明秋節，香風遶桂枝。還將仙掌露，來獻萬年巵。

小亭即景

清和二月天，滄漭一亭懸。水滿知魚樂，花深聽鳥便。山青盤屋角，樹緑罩簷前。幾回公會懶,春事坐相牽。

晚春别從兄益金陵

萬里春將暮,别君天一涯。清歌連棣萼,晚酌帶烟霞。不必悲生事,應須惜落花。江南風景好,得醉且爲家。

寒碧亭漫書

小徑遲三益,孤亭擬四休。乾坤容懶拙,魚鳥任沉浮。何意爭糜煖,無心得寢丘。去來俱逆旅,世事故悠悠。

又

已得溪山趣,誰知吏隱兼。疏蕖風淡淡,細柳月纖纖。縱目凭虚檻,繙書坐碧檐。俸錢雖自薄,酒價喜能廉。

重過皖城寄問吴尚之館丈

重過皖子國,幽意動相關。碧稻香侵岸,淡雪翠繞山。王程催轉急,遊子羡飛還。憶昔同心侶,其如不可扳。

又

一悟無生法,聞君義轉高。明心見彼岸,苦海憐愚曹。世事渾如夢,人寰到處勞。何當遺組紱,與子共禪逃。

重過安陽

昔年持節地,此日重經過。極目西陵樹,傷心故國禾。秋風欺旅鬢,落葉下漳河。三載風塵裡,翻驚歲月跎。

壽白紹明太夫人時紹明以給諫言事待謫其乃郎新制科

燕喜傳青鳥,鸞章出紫微。盤羞千歲菓,錦製七襄衣。重慶恩方渥,教忠願不違。彩雲生碧海，遥識版輿輝。

又

騫譽歸慈訓，榮光映北堂。駐顔寧服食，怡志總名揚。桂子逢秋節，蘭孫又國香。夜來看寶婺，應帶壽星長。

重陽後送臣弟落第東歸遥望親舍悵然有賦

失意逢摇落，那堪更遠行。天涯余短髮，歲暮汝孤征。疲馬嘶山館，寒鴻叫水程。看雲餘別恨，何日彩衣并。

何烈婦

乾坤垂正氣，鍾淑在斯人。慷慨三泉路，綱常萬古身。貞心懸皎日，薄命委輕塵。謾道閨房秀，容容媿爾臣。

又

捐軀爲所天，含笑自怡然。冰雪阿翁操，雲霄夫婿賢。疾風知節勁，匪石秉心堅。千載縹緗裏，看將烈女傳。

城南漫興二首

江湖渾浪跡，聊避市朝喧。烟月隨幽興，樵漁共欵言。尊開孔北海，病似馬文園。臧穀浮生事，何勞祇自煩。

又

風塵爲客久，攬鏡忽成翁。正悔歸來暮，何妨野興濃。嵇生原懶散，陶令晚龍鍾。細數達生士，將無意與同。

重陽日遊覺海寺遇雨

千年覺海寺，寂寞閉雙林。燕石疑飛動，龍宫自古今。蒼茫迷壑谷，繚繞度雲岑。落帽有佳興，奇蹤冒雨尋。

一　片　瓦

石屋乾坤永,神工結搆真。上方窺萬井,下界坐千人。攝屐寧知險,振衣已出塵。蹁蹮雙鶴跡,彷彿在嶙峋。

天　竺　寺

西來分浄土,卓錫院重脩。石磴蘚痕古,山門灌木稠。跏趺蘭若静,攀陟斗巘幽。入夜清無寐,松濤萬壑秋。

山　　行

風塵俗不了,今日得遨遊。放曠心無礙,冥搜意自幽。巘泉如夙契,風雨有朋儔。寄與山靈道,且將宿靄收。

又

山色秋來好,天風助勝遊。丹崖垂薜荔,古木舞龍虬。地迥人烟隔,雲蒸石勢浮。重來未可卜,得意且淹留。

宿天竺寺陳鴻鼎上舍邀飲

舊聞天竺勝,乘興此登臨。簌簌秋聲急,濛濛夜雨沉。多情緣地主,開宴憩禪林。莫嫌笙歌沸,由來不住心。

詠　海　潮

瀰漫渾無際,去來亦有期。百川廻向若,萬疊息相吹。震撼因風盛,虧盈與月知。沉吟歎逝意,今古總如斯。

又

璚島流將去,銀河若爲傾。六鰲翻浪勢,萬馬雜班聲。浩森秋偏壯,喧豗夜轉明。仙槎如可泛,直擬訪雙星。

秋夜同諸從讌集池閣

一尊明月夜，萬里浄江天。賓主皆兄弟，談諧間管絃。青蚨何足愛，白髮正堪憐。諸阮無南北，由來達者賢。

又

恰對三星夕，旋驚一葉秋。炎凉悲轉隙，華萼喜同遊。席倚池邊竹，樓觀海上洲。不辭深夜醉，遮莫數更籌。

神宗皇帝輓詞

四紀綏醲化，萬年鞏丕基。乾綱歸掌握，帝則叙倫彝。軫旱桑林禱，勝殘六月師。内寧兼外晏，高拱乃無爲。

又

淵嘿九重居，太阿故不移。昔勤追喜起，晚静鎮囂漓。積貯舒時用，遺賢廣翼貽。睿衷原有意，至德總無私。

又

卷阿受命長，天保得全昌。舜孝宜多祜，湯寬乃發祥。本支垂奕葉，社稷得元良。鼎成思厭世，乘龍返帝鄉。

又

恩深陪豹尾，時久隔龍顔。雖棄江湖遠，能忘日月間。捐縻今莫報，盛美永難刊。北睇定陵樹，蕭森不可攀。

光宗皇帝輓詞

三旬敷聖治，八表頌明君。龍馭歸何速，烏號不忍聞。心驚八駿電，腸斷九疑雲。此際孤臣淚，不禁兩袖殷。

又

鴻圖方纘舊，鳳曆未頒新。詔發九邊帑，恩覃萬户春。軒墀羅俊艾，巖壑起沉淪。朞月已如此,虞周庶可倫。

又

憶侍東華日,陪參講幄時。皇穆宜君度,温文就日姿。瑶山懸隔久,黼座忽臨遲。敢道甘盤舊,倍增墮履悲。

又

民生嗟孔疚,國步嘆斯頻。正值艱虞會,不需德化臻。乾坤方有托,日月又重新。憑几玉音在,紹廷尚克循。

聞命起南少宗伯感恩書懷

閉關爲日久,被命起田間。豐鎬龍蟠地,寅清玉筍班。烟霞已自痼,霄漢逈難攀。小草非能事,初衣庶可還。

又

生平懷壯志,豈敢負清時。自顧崦嵫近,尚徼雨露私。鶴書空借寵,鴻羽詎堪儀。矧兹根本地,寧可混夷夔。

又

江海一乘雁,風塵兩鬢霜。主恩真浩蕩,臣分敢披猖。久已偕麋鹿,終當謝服章。正須知止足,未擬上行藏。

又

三載侍潛邸,愧無啓沃功。祇緣求劒履,叨竊列鵷鴻。努力扶明主,協衷藉群公。滿朝英俊在,且欲乞微躬。

春行憇田家

何處淘幽興,尋春出郭行。晴嵐薰柳色,蛙鼓雜鶯聲。麥壠黄雲積,秧畦緑水平。朝纓如可謝,即此度餘生。

又

一溪通略彴,三逕隱蓬蒿。野静閑牛犢,春深卧桔槔。誰識田家樂,方知市上勞。瓷罌聊引滿，何苦自牢慅。

抵家喜賦

出山何草草，歸里未徐徐。俗眼隨青白，浮雲任卷舒。門無今雨客，案有舊時書。仲蔚蓬蒿徑，從今不用鋤。

又

幸辭軒冕累，便製薜蘿衣。適志今朝是，迷途舊日非。黄花如我待，野鶴漫相譏。萬事何須問，南山採蕨薇。

夏日宦邸憶家園

長安羈旅客，無日不思歸。江國蓴羹好，閩山荔子肥。宦情從積濕，歲序任斜暉。勞碌風塵裏，徒傷未息機。

又

憶昔幽居日，園亭信所娯。紅塵無罣礙，白社有枌榆。觸目成佳句，賞心即畫圖。何因隨小草，逼仄自羈拘。

又

觀潮時出郭，避暑每登樓。隨意開三徑，坐談到十洲。池從山簡醉，莊慣輞川遊。歲晚買纓組，林容不盡愁。

又

臘積稱前輩，官閒守故吾。生來無貴相，只好學潛夫。架上書千軸，花間酒一壺。菟裘存晚計，莫久混迷途。

蚤朝四首

咫尺朝天近，承明謁帝來。嚴城猶未啓，漏箭迥相催。天上宵衣警，人間曉夢廻。疎星還點綴，舉眼望三台。

又

九陌傳呼集，千官劍佩鳴。東方瞻曙色，北闕聽鐘聲。紫闥金風動，彤墀玉露横。衰遲陪侍從,祇恐負生平。

又

雞人初唱曉,鳳闕候鳴鞭。法座鑾輿出,清班玉筍聯。聖顔高肅穆,天語遠臚傳。漸覺東曦上,欣看萬象鮮。

又

承恩空曳履,垂老未抽簪。自顧支離影,誰憐獻納心。乾坤猶俶擾,歲月易銷沉。解組懷疏傅,灌園羡漢陰。

歸　興

幸免龍亢悔,休歌鳳德衰。聖恩天浩蕩,身事日差池。抱璞知稀貴,獨醒欲向誰。流行須坎止,攘攘竟何之。

又

落拓原非才,蕭騷遂本懷。息機今解組,即景且啣杯。朋舊幾人健,風霜兩鬢催。猶驚羈旅日,屢上望鄉臺。

又

何事悲摇落,餘生得蚤還。相逢隨白眼,依舊對青山。寵辱心無礙,寢興意自閒。梅花今已綻,恰喜到闉闟。

又

對客休言事,卜居莫問天。五湖雖自遠,三徑足留連。已約羲皇侣,方超醒夢牽。無營即至道,何處訪真詮。

即　事

莫羡人問寵,難耽世上愁。無堪祠海鳥,只好狎沙鷗。蔣詡閒開逕,龐公嬾入州。静來看物化,何事不浮漚。

又

白黑今休問,寂諠各有宜。忘懷千日酒,散慮一枰碁。静默觀周鼎,牢慅詠楚詞。春來曾幾許，又是緑陰時。

看地得竹兜山

寂莫竺乾山，静然好閉關。山山皆拱護，水水自廻環。鳳穴符千載，牛眠勢一般。真龍誰識得，天上豈人間。

齋中芙蓉

謾説秋容淡，繁花助興豪。桂香猶瑣細，菊韻自牢騷。粧就雲霞臉，翻成錦繡濤。幽齋餘寂莫，幸伴醉顔酡。

又

無事悲摇落，仙葩已滿枝。應爲花砥柱，不逐景參差。的皪紅緋綻，威甤緑玉披。何如桃與李，祇趁芳菲時。

登臺

索居萬事嬾，臨眺强登臺。顧景愁難駐，懷人去不廻。雲容殊黯淡，山色半沉霾。寥落空搔首，向誰一舉杯。

夜坐

坐久星河轉，露深中樹零。潮聲來遠壑，月色上疎櫺。世慮終難遣，年華迅不停。啼蛩催落葉，蕭瑟那堪聽。

晚春

春來曾幾許，荏苒送春期。鶗鴂悲叢薄，活東鬧水涯。殘紅花錯落，亂緑草披離。觸景傷心處，幽懷衹自知。

郊行喜雨

四野雲瀼瀼，千山雨意長。農人欣載耜，客子任沾裳。漸覺郊塍潤，倍添草樹蒼。年來艱食久,最喜麥頭昂。

聽　雨

春事驚將晏,甘霖喜自天。恩膏沾率土,凋瘵起頻年。料得千畦滿,行看萬象鮮。夜深還滴瀝,傾耳不成眠。

五言排律

大祀方澤

皇圖光地軸,帝德叶坤貞。朱夏開晴景,黄祇答廣生。風雲護泰折,日月動飛旌。爟火重城澈,鈞天廣樂鳴。祇將黄玉薦,欣覩紫泥平。虎拜羅簪笏,鴻禧集聖明。應賡大有頌,九土慶生成。

讀秋聲賦有感

颯颯高颸急,蕭蕭遠籟鳴。吹蘋嘯廣野,凄角惨邊城。木落楓林滿,天高塞雁横。縈懷身世事,感慨古今情。悲序愁難歇,驚寒時已更。不知作賦者,幾度嘆秋聲。

城樓登眺

客興三秋壯,層樓四望開。皇圖恢寓縣,帝里敞蓬萊。鵲觀中天起,鳳樓拂曙廻。青山俱北拱,紫氣亦西來。阡陌連雲錦,閭閻匝地雷。千門迎瑞靄,萬里浄浮埃。縱目川原迥,倚身霄漢嵬。天風欺旅鬢,北斗想卿杯。且盡登臨興,誰當作賦才。黄金曾市骨,聖世有高臺。

賦得雨中春樹

樹色醉東風,萬家烟雨同。新枝添舊幹,細網罩芳叢。漠漠疎還密,濛濛緑間紅。川原迷近遠,殿闕遍青葱。歷亂翻多景,翠徹望未通。帝城佳麗地,恍對畫圖中。

送蕭漢冲太史使西安秦府便道歸省

使耀輝東井,龍函下建章。山河仍帶礪,盤石壯金湯。人是蓬瀛客,旌分太乙芒。錫茅歸帝胄,持節屬仙郎。詞賦原張楚,白元舊擅場。先驅擁弩矢,乘傳駕飛黄。函谷關山曉,渭川草樹涼。簡書良靡盬,萊彩情難忘。陟屺紆秦甸,望雲入漢陽。華堂開壽域,瑞露浥天漿。命服榮雙桂,恩綸降七襄。德星聚大別,南極帶衡湘。且莫戀桑梓,願言促驌驦。五雲歌舞處,待君賦《長楊》。

壽徐賓岳太公七十

驛路儼驂騑,仙郎衣錦歸。華堂開壽域,北闕帶恩暉。玉露分金掌,皇華下紫薇。日遲椿樹影,風繞桂香飛。題柱榮今使,問年到古稀。灊山多氣色,皖水發清輝。綺席供雕饌,絃歌逐舞衣。王程還計日,未許戀庭幃。

皇子誕生志喜

熊羆符帝夢,弓韣應重陽。剪葉他年事,懸弧此日祥。多男堯祝叶,衈胤漢圖長。百子池生彩,萬年枝染香。《螽斯》歸太姒,《麟趾》詠周王。帝祚聯瓜瓞,天孫製錦裳。璇宫齊燕喜,椒闥萃平康。履運逢昌熾,皇家樂未央。

册封宗藩侍班紀事

北闕初鳴鞭,鳳書出殿前。詔分宗子社,懿此睦親賢。寶册光朝日,金函動紫烟。承明冠冕合,閶闔句臚傳。鳥囀笙鏞調,花明簇仗連。天顔應有喜,皇澤總無偏。廣建仍周典,大封自漢年。山河磐石鞏,帶礪古今懸。瓜瓞從兹永,方看帝祚緜。

送吴京江給事奉使册封德府德在山東濟南。

聖代宗盟重，仙郎擁傳初。詔從青瑣闥，言捧紫泥書。十二關河壯，親賢帶礪餘。薇星臨泰岱，世胙表青徐。簡矢迎征蓋，風雲護使車。基開齊歷下，人似漢相如。尚擬觀梁父，寧須姹子虚。東方瞻海氣，北斗憶宸居。諫草留丹陛，徽音限玉除。何當共把臂，入直承明廬。

即事詠懷三十二韻

西方未蕩寇，北地更憂胡。屬國愁崰嵲，島夷敢覬覦。欃槍纏斗極，枉矢近天弧。宇宙多饑虎，乾坤足孽狐。徵兵連鬼國，列燧照皇都。舉目山河異，驚心戰伐殊。寧無名譽寵，豈少廟堂謨。世亂哀羊質，時危索駿圖。盈廷多鹵莽，借箸半模糊。肉食還推轂，紈袴舊握符。千群輕一擲，靡爛在須臾。青海餘流血，黄沙委斷顱。三軍闃草野，上將擁氍毹。舞舞人如玉，行行米似珠。瘡痍誰復問，庚癸豈堪呼。少壯從戎旅，孱羸倦轉輸。誅求貧到骨，凋瘵鮮完膚。革廓能無裂，土崩信足虞。洪基何赫赫，小醜直區區。錯愕誠難理，英雄可盡誣。匡時思管樂，戡難憶孫吴。贅世牽微禄，清班忝腐儒。虚稱良史筆，實耗大官厨。通籍十年近，爲官一事無。交遊疎許史，仕進闊蕭朱。莫莫樊中鳥，悠悠水上鳧。沈腰渾瘦却，潘鬢二毛徂。擊楫心雖壯，乘風志已孤。仲宣盈涕淚，曼倩寡驩娱。閶闔憑誰叩，杞人祇自愚。風塵堪汩没，翰墨强支吾。鷄肋奚當戀，扁舟羨五湖。

喜承林道卿館丈問訊賦此爲酬兼寄問長公司理

不見道卿久，忽然寄素書。開緘如見面，慰我久逃虚。憶昔同遊日，題名鴈塔初。曲江新宴罷，共直承明廬。秘文繙藜閣，高議講石渠。追隨如手足，結契慶茅茹。良緣難自保，分手忽躊躇。君乘驄馬出，意氣一何舒。余也仍株守，俯首作蠹魚。歲時如轉轂，聚散若浮苴。荏苒踰三紀，風烟訊問疏。君既倦羽翼，余亦混樵漁。屈指同游侣，晨星魯殿餘。夢寐每驚詫，感歎徒欷歔。乾坤方俶擾，世事漸紛挐。舉目風景異，將無詠載胥。嗟余蒲柳質，衰颯無所知。况復懷骯髒，自分與世疎。嵇生故龍性，那堪學籧篨。王恩亮難報，終老事耕鋤。聞君尚健履，何意戀尊鱸。諫草留丹陛，文風振粤墟。徽猷豈不遠，偉抱鬱未攄。山公頻啓事，未許竟懸車。時艱須努力，馳騁莫次且。有美君令子，闈署蚤題輿。聲名標水鏡，旦晚奉宸居。勗哉橋與梓，弘濟罄才諝。隔屏添故事，列戟映朝琚。方襄唐虞理，豈獨耀里閭。竚望歲寒友，蕭索豁愁余。馮唐今潦倒，無事聽吹噓。

送周礪齋太史奉使滎陽便道省覲礪齋育於伯母。

上國宣綸日，高堂設帨時。王章分路帛，使節耀門楣。衆建依周甸，大封陋漢儀。輶軒來禁掖，驛道儼旄麾。既荷乘軺寵，還申陟屺思。一星輝寶婺，雙斾近瑶池。羊叔真情重，柳公素見奇。玉蘭初滿砌，珠樹已連枝。霳霴霱君渥，峥嶸憶母慈。鶴齡應未艾，烏哺豈云遲。燕喜今方洽，花封蚤更貤。金莖傳瑞露，斕綵映朝曦。通籍連鰲禁，臨岐憶鳳逵。贈鞭開祖席，把酒唱驪詞。北斗春雲滿，竚君上玉墀。

嵢峽道中

爲愛溪山好，客行故故遲。千峰争點綴，萬壑競逶迆。怪石呈殊狀，幽泉咽更奇。輕烟籠翠幄，細雨颺青絲。薈蔚松杉古，威甤薜荔垂。天開真步障，水映碧琉璃。結架丹青壁，嚶鳴窅窱枝。由來江海性，况值暮春時。康樂興逾逸，武陵路不疑。曾聞鳥道異，已覺人寰岐。意到忘言久，詩成每自知。未辭軒冕累，祇愧烟霞姿。

送夏鶴田給諫使琉球

獻納司存舊，懷柔簡命新。皂囊廻日月，絳節動星辰。任重殊方使，憂分禁掖臣。殊恩初賜玉，華榜乍張銀。出餞傾都邑，逢迎走下陳。冥搜窮碧海，行色映青春。赫赫皇華體，巍巍上國賓。丈夫輕別離，壯士雅嶙峋。濟巨寧爲險，懷居豈足珍。由來弧矢志，慣與波濤親。恍惚經三島，迢遥過七閩。鵬摶風破浪，鳶跕霧蒸旻。日出扶桑窟，天低若木津。揚帆驚罔象，擊楫避鮫人。神鬼應呵護，蛟螭敢怒瞋。旌旗瞻鷁首，魋結拜龍綸。象譯銜恩闊，鷄林問字頻。衣冠綏卉服，德義化文身。已識官儀迥，咸欣聖澤醇。乘槎曾涉漢，採藥昔逃秦。徐市空迂怪，張騫自苦辛。何如將雨露，歷覽博諏詢。通道今無外，漸風距有垠。東方看海氣，北斗戀楓宸。萬里天風便，九重睿顧諄。懸知回首處，高閣畫麒麟。

題頤貞先生傳册爲沈給諫作

淳樸誰云季，孝廉自有真。談經推折角，通德可爲鄰。愛日能移景，揮金等委塵。清風廻末俗，精意感穹旻。曾閔光前軌，管華接後陳。箕裘今奕葉，俎豆且千春。史筆乾坤永，天章日月新。休疑年位薄，留與照無垠。

神山觀

碧海湧金標，蓬瀛路不遥。珠宫浮縹緲，貝闕浸瓊瑶。翠靄琱窗潤，彤霞絳節飄。諸峰斜遶郭，遠浦曲通潮。蜃氣晴中結，嵐氛雨後銷。風帆争利涉，廟祝賽昏朝。漁火明深夜，鐘聲散泬寥。憑虚懷廓落，撫景滌煩囂。且喜滄洲近，自憐埜意饒。徘徊消永晝，酩酊怯危橋。波印江心月，雲生水面飈。湘靈濤鼓瑟，玉女籟吹簫。埜曠雲歸洞，天高鶴唳霄。塵棼隔縣圃，沆瀣襲凌歊。嘯傲者誰子，蘇門有老樵。

題謝烈婦册有小序。

永城有烈婦謝，王司馬彭伯南銓部宜蘇姪諸生王佩玉妻也。痛夫蚤卒，刎頸以殉。閨闈中有此壯烈，真足光女史而媿柔情矣。詩以紀之。

嵩河有正氣，毓哲在紳弁。不謂香閨秀，翻爲烈士觀。摧蘭悲別鵠，獨樹忍棲鸞。祇識綱常重,匪緣恩愛捹。黄泉諧所儷,白璧碎猶歡。本是蘋蘩質,今知鐵石肝。中情懷感激,畢命肯盤桓。血化千年碧,心存萬古丹。風雲應慘澹,天地亦辛酸。世德由來遠,家聲永不刊。銓曹方秉鑒,司馬舊登壇。凛冽冰霜概,熒煌汗簡端。誰言慷慨易,正擻死生難。寄語鬚眉子,好將彤史看。

河干集卷十

七言律詩

瀛州亭觀新水

玉堂清署敞瀛洲，日影花磚宿靄收。溜色初添新雨後，晴光遥曳碧天流。明河迥落三秋浄，太液平分一鏡浮。叨沐恩波丹禁近，濯纓對此意悠悠。

九月朔日禮官進祀册及登科録有述

金天曙色五雲開，玉殿春官捧册來。虞帝秩宗明典禮，周王豐芑屬栽培。受符已暢三靈貺，入彀今羅萬國才。享德欽賢扶泰道，天長地久咏康哉。

扈從南郊紀事

一陽初動展郊禋，鑾輅先期下紫宸。萬騎森羅雕輦道，千官繚繞屬車塵。登壇肅穆風雲濩，檢玉輝煌禮樂新。奉蹕今朝陪顯相，擬歌《天保》答昌辰。

瑞雪應禱

詔傳祈雪軫皇思，瑞霰今朝應不遲。颯沓寒郊堆玉屑，繽紛雜樹發瓊枝。飛花已漏先春信，盈尺懸占大有時。萬國歡呼歌帝澤，誰知眷德總無私。

送李太史册封趙藩

星使迢迢出漢關，啣來紫詔五雲間。金章原借鳳凰客，玉節暫分鵷鷺班。冠蓋明時新雨露，恒漳册府舊河山。竚君此去莫留滯，蚤入金華奉聖顔。

陪祀朝日壇有述

王宫秩祀肅寅賓,法從幸陪豹尾茵。禮樂千齡修吉典,衣冠萬國拜重輪。青郊宿靄氤氳合,暘谷初曦氣象新。願祝皇明如日出,年年來捧屬車塵。

詠上苑牡丹

上苑千花莫妬香,天葩此日壓春光。芳緋暗度聞鵁鶄,錦繡晴開舞鳳凰。玉砌露深牽宿醉,香亭曉起試新粧。自憐得地迴宸賞,誰數人間有紫黄。

送季太承太史使平凉韓藩便道歸省

玉函捧出明光宫,帝胄分茅帶礪同。萬里星軺渡晉水,一雙龍劍倚崆峒。漢廷視草絲綸美,周史分桐職事雄。君過庭幃莫留滯,須知楓陛佇重瞳。

輓周徽菴老師

簪韍宫端識羽儀,况陪絳帳沐青颸。文章振古窺皇姒,道德明時應帝師。京國衣冠疑尚在,吴山弓劍不勝悲。哀榮此日承恩寵,應有他年墮淚碑。

又

水鏡高懸帝座東,清時桃李屬梁公。自從仙客修文後,長憶春風化雨中。身世百年幻有夢,儀刑千載道猶隆。興言江漢依歸地,此日儒紳涕淚同。

又

賦罷長招試問天,儒林誰復似公賢。不將霖雨還商夢,祗賸藜編照漢年。大道非關憎賈鵩,澹心何意慕楊鱣。他時重過西州路,慘淡松風□舊阡。

又

光傍太乙一星微,感嘆蒼生望已非。有淚空山雙鶴去,乍驚滄海一鯨飛。空傳嶽降當年瑞,何事箕騎太蚤歸。木壞山頹千古恨,揮戈莫挽魯陽暉。

題張弘陽先生閒雲館

章江卜築對斜暉，舊説先生此息機。萬頃烟波廻曲檻，一區花鳥共柴扉。但將流水供清浄，何處浮雲更是非。拂袖重來三徑在，青山江上故依依。

又

主人自愛薜蘿裳，蕭散江皋任徜徉。海月時來邀几席，南窗寄傲見羲皇。閑庭種藥春風好，虚空據梧白日長。此意人間誰會得，欲將吾道問滄浪。

贈張同春季文守通州

江城遠接鳳凰臺，共喜細侯竹馬來。吴會山光連海曙，廣陵濤色拍天開。張文自昔推高第，露冕從今識吏才。此日使君跨鶴去，他年明主賜金廻。

又

張公爲政漢時聞，刺史風流復見君。懷虎地雄淮海勝，夢刀兆應斗牛分。蒹葭白露横揚子，雲樹京華想鴈群。聖世祇今延牧守，徵書會見下江濆。

壽徐太史尊堂六十時太史君以職事未獲歸省

雙壽婆娑鬢未銀，一番甲子慶初辰。石渠此日還開閣，金馬當年舊賜綸。天浥露華廻北斗，人依日下祝千春。斑斕漫道能娱老，何似恩光動紫宸。

寶善亭納凉

紅亭日午雨初晴，夏木陰陰覆地生。蕭爽自餘雲水氣，翠微不減薜蘿情。清齋習静人稀跡，隔葉間關鳥獨鳴。坐對薰風無限意，渾忘世故是簪纓。

送李心湖謫武昌僚幕二首

去國投荒楚水濆，青門繫馬總難分。秋風已隨衡陽鴈，落日還看薊北雲。澤畔蕭騷人在否，長沙涕息事堪聞。如何聖世批鱗客，却是西曹舊使君。

又

南天蕭索更何如，斗酒相逢惜離居。一去楚臺連七澤，千年騷賦憶三閭。秋高幕府堪供臥，吏隱江城好著書。聖主轉圜深漢帝，知君莫戀武昌魚。

日食陰雲不見

靈臺何事説禨祥，從識氤氳瑞氣長。舜日千年原不改，堯雲五色自爲章。不妨羲馭馳黄道，遂有非烟護太陽。端是聖朝無缺德，猶勤脩省秉謙光。

辟雍陪祀

暫輟承明下建章，黌宫虎拜肅趨蹌。橋門濟濟環多士，廟貌巍巍儼素王。萬國衣冠瞻禮樂，千年道術見羹墻。崇儒盛典隆今古，過魯何須侈漢皇。

秋日登毘盧閣遠眺

招提畫閣鬱崔嵬，淅瀝秋風萬里來。碣石峯寒連地湧，遼陽海氣接天開。岧嶢樹杪蒼龍闕，沆漭雲深駿馬臺。俯仰幾多今古事，凭欄一嘯久徘徊。

九日登高

薊門兩度看黄花，此日登臨興轉賒。萬里悲風愁大陸，千巖落照隱寒霞。開尊我自邀彭澤，落帽人應笑孟嘉。明歲登高何處所，寒花且插滿頭斜。

雪後朝天宫習儀

瑞靄紛紛向曉晴，仙宫鵷鷺序初成。銀樓旭色花間曙，玉陛寒光仗裏明。九陌傳呼迷積素，千官拜舞落殘英。明朝將獻鳳池去，誰擅裁歌《白雪》名。

吴泰軒太常使河南便道省覲

翩翩白馬映金羈，共説仙郎擁傳時。朔雪驪歌燕市暮，春風鴈影潞河湄。

即看題柱榮星使,還給官厨獻壽巵。莫道庭幃堪久戀,須君漢殿起朝儀。

題上林春曉圖

上林曉曙遠葱葱,春色由來圖畫中。柳拂條風初散緑,花迎旭日倍舒紅。金莖簇擁樓臺出,琪樹偏承雨露濃。咫尺懸知宸賞洽,擬賡漢賦秦銅龍。

贈李南鎮先生擢南雍

金陵秀色滿鍾山,槐市春風盡日閑。王氣長懸霄漢外,文星總在斗牛間。傳經子政遥開閣,稽古桓榮蚤賜環。解道鱣堂饒勝事,應知旦晚接清班。

送王寰宇給諫使江西便道省覲

翩翩白馬照黄麻,便到萊庭路不賒。漸近西江看劍氣,暫辭北闕泛星槎。共誇玉節榮青瑣,還借天漿入紫霞。愛客滿堂歌燕喜,恩波淛水兩無涯。

古　　意

蘢葱古木絳河東,寂寞閑雲瑣閟宫。金屋妝成徒有恨,銅臺舞罷若爲同。迢遥洛浦無消息,縹渺高唐不易通。子夜凄涼那可問,朱樓繡户月明中。

送吴民表館丈歸丹徒

青門惜别此凄其,正好承明攜手時。雪盡郊原陽鳥度,春深驛路柳條垂。漢廷視草遥相憶,燕市悲歌好對誰。極目悠悠京口路,《陽關》唱罷暮歸遲。

送王弘陽光禄使粤西二首

使者銜恩出建章,星軺滿路有輝光。天潢遠亘西南極,仙桂遥連雨露香。何似漢臣通百粤,不勞騷客賦三湘。風烟到處堪乘興,歷覽憐君是子長。

又

傾蓋當年解鷫鸘,結交意氣似君無。相逢幾度堪青眼,惜别惟應倒玉壺。

五兩輕時看八桂，嵐烟盡處見蒼梧。遥知負弩先驅日，猶憶鴻都一腐儒。

島夷傳儆寄酬林雲斌秀才

烽烟久已静邊疆，海外而今聞跳梁。蠢爾敢窺銅柱域，居然自詫夜郎王。須知有毒防蜂蠆，可謂無傷慢犬羊。從古書生堪料敵，終期談笑掃扶桑。

送給事中彭秀南先生使長沙

漢家赤社舊封疆，使者分桐出建章。勝地由來誇七澤，壯遊自古説三湘。天廻白簡留青瑣，日下丹書借夕郎。獨有登龍門下客，驪歌一曲意偏長。

重脩會典成賜宴禮部有述

彤庭獻帙拜明光，宴錫容臺賽柏梁。御酒傳來誇露湛，宫花插去帶天香。青藜幾歲翻金匱，在藻今朝侈玉堂。不是皇家深燕翼，何緣虎觀受恩長。

和康節仁者吟

仁者由來貴有常，何緣喪德恃無傷。誰知動裏多岐恨，寧向静中覺味長。石縱無甘還愈疾，疢雖饒美却爲殃。悠悠世上鮮能識，達士須防人不防。

白燕爲王荆石相公題

玉質翩翩暎紫薇，何年雪氅换烏衣。户開曉月春聲度，羽拂梨花錦字微。可是京樓施粉去，還疑漢殿化釵飛。由來不入尋常宇，今日相逢始覺稀。

贈潘俊武舉

骯髒如君誰許同，曾從鬼谷説雌雄。馮驩一劍風塵外，季布千金意氣中。結客自拈豪士賦，立身不似少年風。祇今市駿燕臺上，何事安仁嘆短蓬。

送觀察蔡肖兼年伯入賀還部貴陽

朝罷承恩發建章，朱輪華轂動輝光。即看北闕雲霄逈，猶帶雙旌雨露香。

奇探科文開二酉,芳搴杜若過三湘。休教竹馬兒童喜,蚤晚徵書走夜郎。

答瀛叔南海見寄

一別温陵幾度霜,天南天北兩茫茫。忽傳嶺外來雙鯉,不覺魂飛到五羊。粤客壯遊推陸賈,金門大隱擬東方。知君久讀相如賦,草罷能無獻建章。

孟冬朔日頒曆紀事

玄冬北闕集簪纓,歲朔新頒歲事成。萬國授時尊大統,千官拜賜謝承明。堯墀此日符蓂莢,舜室由來紀玉衡。自愧非才塵侍從,何能仰答泰階平。

送王則之太史年丈

與君槖筆意何稠,聊解虔刀綰別愁。太史高名推白虎,西關紫氣看青牛。春回薊北萋萋路,雪盡藍山湎湎流。此日金華多勝事,文園病客未應留。

送莊冲虛太史奉使靖江在廣西臨桂。

仙郎銜命下牂牁,芳草離亭送玉珂。八桂風烟天地外,三湘詞賦古今多。分茅已覺周親遠,奉使曾聞漢節過。半璧西南稱絶勝,昭人彩筆定如何。

送焦漪園太史奉使周藩在河南開封。

鴈池兔苑古平臺,此日分茅寶册開。漢節星臨輝洛汭,梁園賦就失鄒枚。黄河九折雲邊落,嵩少秋高黛色來。遥想仙郎題柱處,誰人不羡馬卿才。

送王希泉給事奉使韓藩便道省覲韓在陝西平涼。

緑樹條條遶斾旌,夕郎到處有逢迎。東來紫氣通函谷,西過崆峒憶廣成。綵筆應酬題柱客,綸音蚤慰倚門情。如今羽檄西陲急,借箸憑君一洗兵。

無　事

由來避世藏金馬,此際爲官一事無。才拙自宜多暇日,官疎應得寡朋徒。

苦吟兀兀花相笑，獨酌徐徐鳥可呼。聖代縱然容吏隱，何堪歲費大官厨。

九日偕館中諸丈遊賽天寧登藏經閣遠眺

招提兀突近諸天，騁望憑虚意窅然。孤刹鈴聲空外度，十陵紫氣眼中懸。未論説法堪成佛，已信浮生斷撲緣。歲歲人人逢九日，龍山何事至今傳。

秋日懷戴今梁年丈金陵却寄

淮浦相逢憶歲餘，乘驄使者意何如。還聞朔塞屯金甲，未報遼陽静羽書。碣石峰寒秋寂寞，鍾山木落遠蕭疎。相思白下雲烟外，喜有封章到玉除。

壽徐慕蘧封君時乃郎侍御君省覲未獲。

鄭虔解珮懸車日，石奮傳家逸老時。壽酒官厨來北極，梅花庾嶺應南枝。鱣堂舊事今休論，烏府恩綸亦不遲。自有神羊呈五色，遥將日下祝椿巵。

送大司空曾見臺老先生南還四首

安車駟馬出燕都，千載猶賢漢大夫。聖世衹今資鼎鼐，宦情蚤已結蓴鱸。翩翩何處棲玄鶴，皎皎誰能縶白駒。安得東山奉杖屨，來参社會醉平蕪。

又

曳履聲高北斗臨，明時誰不戀朝簪。幾多仕宦車生耳，無數風波陸自沉。身世如今三徑外，埃塵肯受二毛侵。典刑尚在徽音遠，惜别魂銷不易禁。

又

濟世由來仗老臣，那堪華髮傍風塵。也知咫尺黄扉地，自愛逍遥緑野春。終戀豐林看獸鹿，不貪高閣畫麒麟。高風旻旻傳青史，媿殺書空咄咄人。

又

遺榮勇退事漫漫，曾似先生蚤掛冠。須信趨朝三錫易，寧知末路一辭難。清朝有意悲遺履，世事無心賦考槃。鴻舉冥冥誰弋得，青門出祖幾長嘆。

贈高侍御省覲

朝夕慈烏柏府看，繡衣爲借綵衣歡。揚名蚤著飛霜簡，駐老應分接露盤。最喜瞻依南極並，無勞悵望百雲端。須知楓陛虚懷日，注目趨朝獬豸冠。

册封紀事奉呈趙王殿下二首

驅車擁節自天來，訪古還登銅雀臺。紫詔遥傳周史葉，朱門特設穆生醅。濡毫祇羨梁園客，托乘難追鄴下才。欲戀西園飛蓋夕，嚴程四牡蚤相催。

又

安陽草色緑王程，玉節傳宣帝子迎。地指漳河還似帶，價非趙璧忝連城。恩波荐沐歸龍種，宫宴時聞雜鳳笙。最是賢王能下士，當年漫詑小山名。

又呈臨漳殿下

名藩大國寵臨漳，帝遣詞臣下建章。白馬公孫初入趙，平臺賦客舊遊梁。文皇啓統山河固，宗子分茅帶礪長。此日承恩良不淺，星槎直已到天潢。

同王西里大行使鄴贈别二首冢宰公之子。

與君擁節鄴中行，何幸相逢得友生。飛蓋時陪公子讌，題詩獨愛仲宣名。疎燈坐對論心地，四牡同懸報主情。握别匆匆無限意，好將世業繼韋平。

又

鄴城分手意躊躇，猶記同來畏簡書。君去過庭頻聽履，我行將毋喜攀輿。萋萋草緑江南道，漠漠雲深北斗居。欲解虔刀貽遠别，還憑尺素寄雙魚。

遊武夷二首

碧嶂丹崕插遠空，尋幽來謁武夷宫。清虚古洞神仙府，劈劃巨靈造化功。幾見嵁巖留蜕蹟，難將剖判問鴻濛。青溪半日聊乘興，看盡名峰若箇同。

又

三十六峰九曲溪，璇臺玉宇碧雲齊。桃源徑僻無人到，華表年深有鶴棲。始信藏舟懸絶壁，誰知上界接丹梯。保時得問參同契，指點玄都路不迷。

送大總戎朱師復還姑蘇

炎方作鎮静埃塵，南北驅馳報主身。殊寵非無三錫命，高情太向五湖人。吴門此日韜龍劍，漢署他年憶虎臣。聞説將軍猶健飰，須看再起畫麒麟。

贈李見羅先生

弋人何意慕高鴻，閩海今聞正始風。揚子有《玄》堪自老，丁寬授《易》已從東。千年事業微言在，十載升沉覺夢中。看看賜環徵舊碩，名流未許坐書空。

贈温陵文學陳漢臺

温陵五載滯豪賢，可似耽玄寂寞年。自喜桓寬《鹽鐵論》，不妨匡鼎廣文氈。傳經槐市春風好，開閣藜光海氣連。漫道盤中苜蓿冷，啣魚勝事正堪傳。

送趙心堂先生由開府晉秩大理還朝

樹牙擁節靖閩方，烏府高名動建章。即看台星輝列棘，還餘瑞露紀甘棠。淮南雪後濤偏壯，薊北春生日正長。最是登龍門下士，驪歌望斷意難忘。

蚤發建陽

金風瑟瑟送朝暾，落木寒蛩處處聞。稍喜芙蓉供客笑，可堪鴻鴈想離群。溪廻百折龍津合，路薄千巖鳥道分。名利牽人成迫仄，何如近謁武夷君。

劍津懷古

延津古渡百閩通，龍劍千年臥水中。解識當時衝斗極，何來此際會雌雄。

喧豗已怪吟巖壑，倏忽還疑變雨風。神物沉淪從古有，令人感恨憶張公。

崇安郵亭得女更宿遣懷

空庭落葉雨颼颼，旅舘西風倍客愁。忽聽兒童傳弄瓦，翻驚蒲柳蚤先秋。韶華苒苒寧相待，世故茫茫可自由。即有濁醪難强進，可堪此地更淹留。

九日寓崇安旅舍悵望武夷山

徘徊旅舘逢佳節，城裏無聊獨看山。摇落三秋悲客况，風塵萬里厭行間。白衣載酒何曾有，落帽勝遊未可攀。横黛蒼蒼空憶爾，何當相對破愁顔。

包涵所查虞皋二主政招飲西湖時予扶病强起

輕舠載酒探奇蹤，更喜招攜二妙逢。病似馬卿遊未倦，詩慚謝朓興漫濃。丹青逶邐岡巒合，翠靄滄茫水樹重。取醉莫辭還夜棹，百年此地幾從容。

辛卯過武林有感

驅車日暮武林過，頗覺臨安異昔時。歌舞樓臺全寂寞，百千户口半凋疲。迢遥歲晏川原静，寥落天寒鳥雀饑。何處吏呼猶促賦，誰將白簡寫流離。

同洪欽所民部遊雲龍山

哀風殘照滿彭城，臨眺躊躇萬感生。楚漢興亡丘壠在，青徐形勝古今并。黄河滚滚天中落，碧嶂環環眼底明。放鶴亭中人去盡，相逢莫惜醉如酲。

官　　柳

無端衰颯道傍柳，歷歷千株與萬株。雨雪寧知經歲月，乾坤何意變榮枯。天涯有客今生肘，世路無媒任故吾。多少長安離别恨，幾人此處問迷途。

樂城道中遇雪有懷同館諸君子

滿目同雲雪下時，征軺軋軋路行遲。寒郊遍種藍田玉，岸柳先飛四月絲。積素應連鳷鵲觀，含毫正想鳳凰池。泠然不減山陰興，郢調誰將寄所思。

聞邊事有感

千載何人更請纓，空聞塞外築三城。月虧鴈磧還鳴鏑，雨滿狼河未洗兵。趙宋和戎那可論，羯胡事主久無情。擁旄肉食恩寧薄，誰把丹心答聖明。

送余雲衢太史册封周藩二首

漢廷使節屬才賢，十載聲名侍從年。帝胄山河磐石奠，中原形勝古今懸。梁園賦客堪誰羡，鄴下詩人未許傳。洛浦風光何似昔，歸來好奏聖人前。

又

紫詔銜封下鳳凰，仙郎軒蓋有輝光。適周舊禮何須問，入洛高名總莫當。萬里風烟迎綵筆，一天雨露擁征航。銅臺金谷都題遍，蚤晚待君賦柏梁。

贈李克菴少司寇乃翁

太華嶙峋滻渭清，關西夫子屬先生。逢時未遇羞彈鋏，樂道無營對濯纓。開徑風流邀蔣詡，傳經心事託玄成。試看嶽瀆施雲雨，申甫今朝翊聖明。

送侯泰和年丈奉使便道省墓

紫闥仙郎擁節遊，賀蘭山下展松楸。彩衣何異趨庭日，風木應銷陟屺愁。已見高門環駟馬，更誇殊錫賁眠牛。明光草奏憑資事，莫遣星軺滯道周。

送翁青陽太史奉使周藩取道省覲

詞臣啣命出金閨，玉節翩翩映紫驪。大國宗盟歸汴洛，中原名勝接青齊。

馬卿辭賦自今古,兔苑風烟更品題。莫向三山淹晝錦,海天遥夜憶然藜。

送李四履奉使秦藩取道省覲

分桐使節向西州,百二河山壯客遊。太華岩嶤渾似削,五陵佳麗鬱相繆。那堪秘署青藜隔,若到函關紫氣浮。便訪庭幃應計日,三湘春色漫淹留。

送區海目奉使淮藩

分茅使者出燕關,玉節儛儛馬去閑。詔向芝城開赤社,人從玉笋輟清班。曳裾謾詑鄒枚輩,授簡何論大小山。借問淮南多桂樹,題詩招隱幾追攀。

送劉性宇太史奉使肅藩

聞君持節赴金城,斗酒難禁惜别情。百二名封藩北極,五千驛道亘西京。蘭山歷歷秦關險,湟水蕭蕭漢月明。去矣劉郎應努力,男兒自古遠横行。

和劉雲嵩計部夏日招遊天壇有作

漢家泰一玉爲壇,萬木森森夏色寒。細草芊綿瑚輦路,彩雲長駐碧欄干。清虚轉覺星辰近,騁望方知色界寬。喜有仙郎能載酒,況兼《白雪》和歌難。

舟行不寐

河水荒荒不駐流,夜聲轉急入鄉愁。三年奔走緣何事,十載論交幾舊遊。世事真成蝴蝶夢,人情似泛木蘭舟。無端促織啼將曙,衹恐明朝换白頭。

送唐華濱參知賀事竣歸壽太夫人

昆明萬里入朝天,壽母雙旌晝錦旋。歸去秋光浮湛露,到來萱色發新年。遥知虎拜炎荒並,重沐鳳章北斗懸。自有金莖分玉液,無勞大藥駐嬋娟。

贈茂才曾時應會丈

當年與我共精廬,風雨論交十載餘。白眼更誰知鮑叔,朱門何日薦相如。

昂藏意氣心還壯，荏苒埃塵鬢易疎。自古大才多晚達，知君應釣任公魚。

送少司寇謝繹梅先生還朝

重沐恩波捧聖朝，幨帷乍動法星遥。三年蔽芾思長在，六月飛霜祲欲銷。漢室如今還汲黯，虞廷此日有皋陶。自憐留滯周南客，回首雲霄未寂寥。

賀總憲陳還冲公祖考績榮封兼以爲壽

憲府重開帝寵新，綸恩殊錫畀勞臣。鳳章日麗輝三世，熊軾風清静百閩。執法從來冠獬豸，策勳會見畫麒麟。兹逢皇覽揆予日，願浥東溟祝大椿。

别後寄家弟明學明臣

自憐遊子别離頻，又是風塵萬里身。故國時依南斗望，夢魂猶捧北堂春。心知鴈棣牽情久，愁對鶯花滿路新。直北長安容易到，不堪回首日傷神。

三山道中即景

梅子青青橘柚花，黄雲刈盡稻苗斜。流鶯百囀差池燕，乾鵲並棲乳哺鵶。好景恰逢三月暮，韶光迸在野人家。多應笑我勞行役，料得閒時鬢已華。

壽韓母王太夫人七袠

夕郎蚤識韓荆州，王母真同閬苑遊。彩袖褊襹雲錦璨，玉漿厭浥露華浮。熊丸舊説河東柳，燕喜今添海外籌。何事北山歌鞅掌，潘輿只在殿西頭。

吴少溪翁見訊却寄

耆舊聲名九老前，鳳毛五彩復翩翩。遥看疋練思吴會，忽躍雙魚慰日邊。顧我論交虚紵縞，感君高誼薄雲天。故人若問長安事，潦倒齋頭掛酒錢。

漫　題

莫向東風怨病枝，不才應得滯明時。相門却掃非吾事，名刺深藏衹自知。

抗疏何心愁仗馬,傳經從古笑鴟夷。百年過隙行將半,世路悠悠任所之。

題張半洲大司馬駿烈重光册

曾從册府想英風,盪寇東南第一功。市上有蠅能變虎,斗間埋劍每成虹。天廻日月幽還照,道在朝廷久自公。却笑奸諛成底事,汗青留與照鴻濛。

郭希所中丞見招座上觀紅白梅

中丞愛客意清真,座致梅花照眼新。風味渾同漢署柏,天香獨壓薊門春。淡紅淺白應無價,冷蘂疎枝却有神。它日調羹憑國手,孤芳願比歲寒人。

燈節邀謝司寇郭中丞飲燕市南樓分韻得風字

皇州煖律轉東風,燕市燈花眺望通。萬户笙歌臺榭裏,五陵車馬霧烟中。謝安屐齒由來健,郭泰仙蹤此際同。最是南樓春月好,夜深遮莫照顔紅。

立春後連日高風和謝司寇之作

金臺玉琯暖初生,何苦狂飈作意争。屏翳聲嗔花信悮,元規塵暗客心驚。鳴枝已似雷霆鬬,嘯谷還憂豺虎横。寄語東皇休震薄,可教陰靄滓清明。

送方岱陽侍御按節留京

銜恩直指鳳臺東,飲餞青門繡斧雄。緑柳垂堤浮彩鷁,白蘋遶郭躍花驄。金陵王氣三山外,柱史高名八使中。杼軸東南何似昔,憂時試爲問諸公。

送許孟葵仲葵二郡伯應朝還部

更誰難弟與難兄,華轂朱幡照上京。鴒鷺序中誇合璧,股肱郡裏並專城。春深五馬聯鑣地,日下雙龍萬里程。桂嶺楓江休戀得,循聲蚤已挂金莖。

送姚如龍南還

紫陌鶯啼柳絮飛，那堪遠客送將歸。獨留詩卷還心賞，擬共仙舟與願違。驛路慣看芳草合，故園正憶荔枝肥。應知别後憐同調，仰面長空望少微。

壽劉復齋宫詹尊堂雙壽八十時乃弟用齋開府浙中。

鶴髮婆娑百六春，龍章荐錫受恩新。金華屢顧鳳毛異，玉饌時分燕喜頻。已見中丞鳴鼓角，方看學士掌絲綸。張醻勝事誰云遠，會送壽觴接紫宸。

壽銓部趙乾室乃堂

仙郎冰徹玉山高，壽母徵詩遍彩毫。子貴由來知聖善，君恩特與報劬勞。宫衣舞袖明朝日，春酒浮杯泛海濤。始信當年占鼓角，方看閬苑醉蟠桃。

贈張大真人二首

仙源直接泬寥天，聞道飛昇自漢年。《真誥》寧惟茅氏得，道書應是枕中傳。祇將寶籙護千刧，何事浮生問九還。玉局雲音如可遇，願騎青竹養芝田。

又

羽蓋雲車佩玉符，靈通世世領玄都。身游碧落三天界，手攝真形五嶽圖。洞裏吹笙黄鶴舞，壇邊噀酒白龍趨。憑君欲借降魔劍，如是塵魔伏得無。

送盛陽陊太史奉御書使秦中藩府

奕世清華侍從臣，金函玉節映青春。天潢井絡原通漢，晝繡星軺却入秦。紫氣臨關占彩筆，朱門負弩拜彤綸。西京舊事猶堪賦，肯與揚班作後塵。

送邵芝南太史奉御書報慶山東藩府

天書捧出大明宫，太史乘軺使職雄。十二關河占紫氣，青齊韊矢候花驄。

共欣少海重輪日，好采東藩大國風。岱嶽雲開春駐馬，懸知彩筆總如虹。

送張瑞石太史奉御書報慶河南藩府

聞君使節向中州，詞客梁園舊壯遊。爲報星華輝日月，即開玉檢拜王侯。雲來嵩室盤征蓋，雨落黄河送客舟。賦就平臺清讌罷，旋歸載筆侍宸旒。

送給諫王斗溟年丈謫永從

唱罷驪歌曙色沉，夕郎何事解朝簪。安劉未就商山羽，吊屈翻爲楚澤吟。抗疏千秋臣節重，投荒萬里主恩深。牂牁不道嵐烟隔，飛夢猶懸捧日心。

送高太史册封潞藩

天書五色下螭頭，朱邸新開古潞州。玉節分珪周太史，白茅授社漢諸侯。使星夜映壺關月，筆彩遥凌柏谷秋。帝子西園能愛客，應題秀句續曹劉。

題大司寇趙心堂先生節孝流芳册

彤管徽音古所難，誰家雙美暎琅玕。歌鴻自矢冰霜操，挽鹿能成菽水歡。正氣寧惟歸冕紱，芳規始信萃門闌。雲仍已曳星辰履，報國貞心一樣丹。

題周儆菴老師祠堂

學士祠堂接翠微，衣冠廟貌儼清暉。江山有意留文藻，禽鳥無心識道機。身後榮名餘論定，生平事業貴知稀。行人應有峴山淚，况復門生隔絳幃。

贈賀道星吏部得告將母南還

水鏡澄花傍帝居，啣恩暫得捧潘輿。章廻日下來飛翟，饌入江鄉喜有魚。聖代銓衡歸訓杍，高門鼓角應充閭。此時晝繡歡何極，粉署含香正憶渠。

送梁三山詞丈改官海鹽

結交意氣更誰親，偃蹇才名二十春。聖世能容强項令，宦途偏讓折腰人。

憂時擬著鹽官論，吊古應翻海賦新。緬想東風吹苜蓿，便便經笥豈全貧。

又

惜別都門雪意稠，燕雲潞水迥生愁。鄭虔垂老仍文學，潘岳當年舊邑侯。今古榮名惟大業，升沉世事總浮漚。青氊莫道儒官冷，越絶風流是秀州。

誄贈大中丞三泉温筠岡翁温一齊乃翁。

清峨隱約采真遊，孝友傳家似太丘。雅操嶙峋雙華峻，祥源迤邐八川流。恩波灑作筠岡雨，佳氣籠將柏府秋。借問于門高幾許，庭槐已見緑陰稠。

送吴文源丈上京考績便歸省覲

承明謁帝朝天還，晝錦堂開舞袖斑。喜看龍章輝彩服，應教鶴髮駐紅顔。華筵已得分仙掌，大藥無勞問葛山。桂子椿萱佳氣合，壽星多在德星間。

題贈耿華坪吏部乃翁侍御按應天時曾
以保全善類忤時相得罪去者

曾傳故老蘭臺簡，想見當年柏府霜。最羡芳名齊李杜，那知炙手有金張。終歸磨滅榮何處，正使沉埋骨自香。此日箕裘裴馬在，誰云世事竟茫茫。

壽梁惺田給諫乃翁封君六十

紫氣團團禁掖連，春風遲日舞衣翩。恩銜鳳字輝青瑣，賜出駝蹄錯繡筵。海屋今添新甲子，高閭蚤已傍雲天。前身自是五羊客，何事餐霞問偓佺。

送芮中翰奉使勑諭河臣便道過原籍瞻掃

玉簡曾傳蒼水使，天書特借紫薇郎。行看璧馬歌瓠子，更訪枌榆到溧陽。六代風烟酬翰墨，百年閥閱見羹墻。可憐報國承家意，并作星軺滿路光。

春闈至公堂校士簡同事崔楊二侍御

春風繚繞鎖重闈，東壁文昌傍紫微。斗氣千尋摇彩筆，藜燈萬點晃朱衣。

恩慙市駿心猶壯，賦羨凌雲意欲飛。總爲皇家收杞梓，休將桃李鬭芳菲。

又

複閣層門棘院深，更籌夜柝肅森森。衡文盡借金閨選，法座還陪繡斧臨。多少魚龍争變化，須臾雲雨别升沉。漫催嚴鼓妨佳思，遮莫東方照碧岑。

送畦東蓀太史館文奉使册封衡藩在山東。

瑶函玉節出金閨，豹尾螭蚴暫解攜。漢世諸王仍受社，周家太史舊分圭。關河十二資屏翰，海岱風烟屬品題。便訪庭幃榮晝繡，可堪天上隔青藜。

送張澤臞太史館文奉使册封襄藩在襄陽。

詞臣銜命出天閶，看看文星映楚湘。冠蓋里中迎使節，銅鞮歌裏送仙郎。茅圭五等周屏翰，帶礪千秋漢德蒼。聞道鹿門存故事，可能耆舊訪襄陽。

送林述菴守潁州銓部省菴乃弟。

美人爲政意何如，白皙專城展驥初。帝里遺黎思保障，中原起色借方書。他年漢吏榮高蓋，此日商霖應使車。鴻鴈動名裴馬在，承明接翅看題輿。

鄧内黄明府以詩見賀叨轉賦此爲謝

琴聲恍恍傍朱絃，自是畿南尺五天。爲政久聞推卓魯，揮毫誰識妙雲淵。彈冠有意憐同調，補衮無功媿俸錢。時事紛紜何日定，承明遲爾諫書懸。

贈宫諭朱蘭隅先生之南京掌翰篆

宫臣拜命出螭頭，暫輟仙班汎斗牛。六代雲烟今白下，百年豐鎬舊瀛洲。花磚鈴閣人寰隔，朱雀烏衣晝繡遊。近説黄扉延夢卜，周南太史豈淹留。

題寶樹長春圖壽苑卿謝韋紳先生

卿月堂前淑氣新，言將川嶽祝長春。車懸德里江湖穩，社結香山杖屨頻。

魁象當年真伯仲，家聲濟美亦荀陳。稀齡介壽時何蚤，寶樹原來是大椿。

李烈婦

少小名門自秉荃，乘龍夫婿擬高騫。百年伉儷誰能料，萬古綱常要好肩。零落忍看孤影鴈，精魂應化並頭蓮。莫言慷慨都容易，取義成仁詎不然。

壽李心湖祠部太夫人

純坤月吉慶初辰，壽母筵開燕喜頻。歲歲長看萱色好，年年添得海籌新。芳庭森爽皆蘭玉，瑞錦蹁躚有鳳麟。自是嬋娟原不老，無勞客子祝千春。

和大司馬黄彭湖公遊石佛寺有作

天然勝相法身存，突屼招提象教尊。疑是渡杯憐苦海，故將化石現空門。浮生好去依三乘，世路幸來免七奔。蚤慰蒼生期謝傅，重遊白社許同論。

大司馬黄彭湖公赴任留樞有贈

重臣銜命典留樞，劍履星辰壯廟謨。匪直東南綏半壁，也憑鎖鑰鞏皇圖。他年事業歸麟閣，此日風烟静虎符。二水三山看未遍，黄扉又見下徵蒲。

又

曾撫山東十二州，龍蟠地重睠宸旒。千齡王氣懸霄漢，八座仙班壓品流。樽俎折衝麾白羽，熊羆選將坐青油。燕磯牛首餘清暇，幾度揮毫紀勝遊。

和大中丞袁晞我公祖予告還晉陵作

天清海晏定誰功，久挹中丞獨坐風。破柱孤忠緣射隼，漱流雅志托冥鴻。到來閩海棠陰合，歸有豐碑峴首同。慙愧含恩枯朽者，扳轅無力叩蒼穹。

又

星臨正喜畫熊來，愁聽綸音予暫廻。但得閭閻還樂土，已拚簪紱等浮埃。

驚心草暗江南路,極目雲深薊北臺。濟世終須延舊碩,袁安未許老蒿萊。

黄彭湖司馬公以遊莫愁湖詩見寄步韻却寄

莫愁湖載莫愁名,今昔遊人遠興生。翠黛還餘青嶂色,明眸似對緑波横。接羅豈逐豪華醉,彩筆端酬景物清。莫向津頭吟秀句,千秋也恐妬傾城。

聞遼事有感二首

一卧滄江十二秋,今辰獨上望京樓。邊城幾處劉琨嘯,關塞何人李廣侯。萬里難傳青海信,千峰不散白雲愁。孤臣有淚向誰灑,敢道歸田便得休。

又

一統河山全盛年,何緣小醜便憂天。甘泉烽火黄塵暗,細柳旌旗黑氣連。合借前籌應有策,長吟《梁甫》豈無賢。燕臺市駿今方急,肯信驊騮老道邊。

明臣家弟京闈中式志喜

蚤歲才名詠帝京,青衫着破試初成。燕臺此日無留駿,楚璞從今可直城。三世峥嶸憑介弟,一官落拓媿難兄。火攻咤咤拚饒汝,努力鵬摶慰所生。

吕純陽仙翁降臨安海城西屢著靈異作詩紀贈

欣逢海市駐仙旌,下界何緣接上清。已向人間分碧落,無勞物外訪蓬瀛。遼城信有丁令鶴,緱嶺真聞子晉笙。一自身參靈境俊,心知世事等塵輕。

又

舊記先生證道年,鍾翁邂逅便成仙。洞庭劍氣今無恙,廬嶽方書久不傳。似厭壺中虚日月,也來世上説因緣。時人剌剌休多問,不見滄桑變海田。

又

秦漢求仙事事窮,如今驀地顯靈通。徵詩到處皆如響,問事逢人即發矇。得道由來班閬苑,順風直好繼崆峒。已拚盡棄人間事,蚤晚清齋奉碧瞳。

又

歷覽寰中遍紫虚，不妨小有此樓居。青囊恠底揮靈藥，玉札空懸寫素書。駕鶴驂鸞寧怳惚，十洲三島定何如。年衰學道愁余晚，猶苦凡心未破除。

又

慣説韓湘頃刻花，復聞薊子動京華。神仙方術知無限，變化玄通詎有涯。照徹九淵秦地鏡，賦翻五采赤城霞。擬將種種諸靈異，紀向它年傳裹誇。

登　　樓

春深無緒强登樓，極目川原氣似秋。炎海烽烟何日静，遼陽征戰幾時休。黄梅仍閣千村雨，杜宇倍添萬井愁。風土不殊情景異，清尊緑蟻若爲浮。

漫　　題

百年萬事任蹉跎，古往今來總逝波。樓上青山聊對酒，鏡中白雪自行歌。誰將幻夢分蕉鹿，肯遣是非罥薜蘿。寄語悠悠夸毗子，鴻冥寥廓可如何。

小　　池

方池半畝躍陬隅，修竹閑花亦數株。浩蕩乾坤容嬾拙，棲遲歲月伴清癯。平泉水石今何許，金谷豪華好在無。寂寂玄亭誰往返，凭欄獨嘯每踟躕。

奉送詹見五觀察公祖入賀二首

四載棠陰匝地垂，祈年此際動旌麾。愁看遵渚鴻飛蚤，直爲攀轅馬去遲。已識褰帷標玉扆，還應獨坐宴彤墀。那堪瀕老别知己，竚望新綸慰所思。

又

使節朝天賦遠遊，驪歌唱徹邈難留。漢廷久擬徵劉寵，閩海何期迓細侯。萬里長風吹幞被，九霄湛露拜宸旒。同袍貴客如相問，傾蓋于今已白頭。

蕭允升學士館丈遠寄詩什奉和却寄

曲江宴罷直承明，四十年來老弟兄。昔日青雲成往事，今時白首見交情。

漢廷尚擬徵蕭相,東海惟應卧管寧。世上風塵君自見,肯教小隱負鷗盟。

又

每向蒼梧望八桂,忽從灕水得雙魚。詩章寄我開懷抱,筆札知君健起居。獨草玄亭誰晤語,舊參白社定何如。幾時乘興山陰道,兩地離思盡破除。

閑　居

閩海年年一壑居,蓬蒿滿徑不教鋤。春來無緒惟高枕,老去何庸在讀書。幸有羊裘邀蔣詡,謾勞狗監薦相如。驚心細數平生侶,逝水辰星正憶渠。

感　遇

綰帶登朝蓋盡傾,霄泥路迥見交情。更無越石逢平仲,豈有王陽待貢生。歲晚凌霜憐老幹,春寒出谷少鳴嚶。等閑且付杯中物,半畝滄浪自濯纓。

直指鄭意葵公祖書問至口占奉謝

欣聞繡斧播皇仁,何幸遐方迥得春。頓覺山川增氣色,也沾枯朽倍精神。昔年紵縞交情舊,此日衡茅覆露新。閩海無愁霄漢隔,封章蚤已澈楓宸。

送郡丞舒慎吾公祖擢兩浙運同二首

六載頌聲滿刺桐,棠陰匝地露濛濛。題輿久載循良傳,露冕方酬保障功。秩詑金章都轉運,籌分海賦浙西東。時艱只道徵輸急,無那攀轅眼底紅。

又

朝還恰迓細候車,又喜遷書出玉除。渤海寧須防佩犢,漢廷蚤已識懸魚。錢塘疇昔稱佳麗,鹽筴如今費拮据。謾説湖山能醉客,使君正是飲冰初。

章司理公祖奏最有贈

三年法署擅徽聲,最剡飛騰一鶚鳴。鑒識由來犀渚照,芳標自許玉壺清。

欣瞻福耀輝閩海，竚見封綸出漢京。蚤晚鵷鴻陪侍從，去留此日已關情。

又

南金價重邁時英，在浚干旄慰識荆。文藻陸離揮綵筆，才華瓌瑋比連城。口碑有紀棠陰茂，胏石無冤貫索平。屈指徵書來下國，不知何計駐雙旌。

留署書懷二首

幾載棲遲戀故山，一朝何意出閩關。見時豈若潛時穩，鬧處方知静處閑。難道清曹無吏事，祇慙朽質點仙班。乞身蚤擬遂初賦，屑屑能無笑往還。

又

憶昔入山恨不深，忽捹白社到如今。浮名自古皆春夢，世事何時起陸沉。矻矻勞薪誰識味，悠悠流水幾知音。故園新柳垂垂發，空閉柴門長緑陰。

飲李家園

背郭園林野意賒，尋芳偶到逸人家。嶺松矗矗當窗秀，澗水潺潺遶逕斜。春事不堪啼杜宇，公餘且得醉流霞。銜盃對局饒幽興，遮莫暝烟噪暮鴉。

靈谷寺

江南四百餘多寺，靈跡幽蹤此最奇。法雨一泓功德水，香風十里檜松枝。空街天樂無還有，虚谷梵聲應不遲。更有神鐘雲外度，袈裟蜕塔誌公碑。

重遊清凉臺

二十年前憶勝遊，重來復此攬芳洲。周遭列嶂雲端出，迤邐長江天際流。醉倚孤亭舒嘯詠，閑偷半日憩林丘。山川景物還依舊，短髮催人不自由。

雨花臺登眺

法雲曾此散天葩，此日登臨騁望賒。繚遶江山餘感慨，蒙茸草樹自横斜。

千齡王氣懸霄漢,六代風流變歲華。碌碌塵纓成底事,不如回首聽三車。

憇高座寺

高座道人何處歸,當年説法寂傳衣。曇花散盡餘殘艸,祇樹荒來對落暉。寺裏空存千佛相,眼前瞥見一燈微。禪門遷化今如此,何況人間是與非。

登報恩塔

巍峩九級與天通,曳屐上方望不窮。鈴送梵聲來鷲嶺,燈傳慧照晃龍宫。神工應是憑阿育,説法還思接大雄。恍惚置身霄漢外,金陵佳麗一塵中。

坐木末亭

寂静春山灌木稠,最憐木末一亭幽。坐來窅窕晴疑雨,看去蘢葱翠欲流。恍爾幻身遊碧落,超然宦况對滄洲。裴徊頓覺紅塵隔,恰好棲神擬四休。

謁三忠祠靖難死節,皆閩人。

閩海精靈永不弢,金川前事遡孤高。夷齊節概留千古,王魏勳名等一毛。已揭丹心光琬琰,寧辭白骨委蓬蒿。歲時伏臘維桑梓,凛凛忠魂肅我曹。

題宋三忠陳公勤王死事傳

陳大司空陪翁始祖,宋末死難。

由來亂離别貞良,日却揮戈似魯陽。寧惜一門殉國難,也拚九死繫朝常。丹心不逐炎灰盡,青簡猶令烈骨香。誰道孤忠無顯報,雲仍已見笏連床。

謁一拂祠

落拓當年一監門,千秋尚此酹芳尊。憑將繪事廻天矚,遂得民艱達帝閽。廟宇清凉棲翠羽,松筠寂寞對黄昏。近來多少不平事,慷慨何能起九原。

得請予告感恩書懷

留曹小艸事寥寥，豈有涓埃答聖朝。强半杜門銷日月，幾番抗疏乞漁樵。江河世變今非昔，羹沸人情總費調。不藉皇仁優賜沐，清泉那得滌煩囂。

又

清源海上足烟霞，回首閶闔望不賒。還我青山渾鹿豕，任他白日競龍蛇。驚心久宦車生耳，撫景衰年鬢有華。得請聖恩真浩蕩，漫將廣受向人誇。

謁辭孝陵恭紀

虎拜園陵思悄然，松楸佳氣鬱葱芊。鍾山弓劍留千古，原廟衣冠祝萬年。臣職何能優禮樂，聖謨幸在免忘愆。江湖此去雖云遠，魂夢猶依咫尺天。

出　留　都

一介悠悠去國身，蕭騷幸得脱風塵。蒙恩賜秩新優渥，拂袖還山舊隱淪。半載閑曹慙曳履，數莖短髮笑盈巾。時人莫道懸車易，細數林間幾老臣。

夜乘潮渡錢塘江

拂拂涼風月照衾，枕邊唱棹發江潯。欣迎鷁首三層湧，漫説鮫宫萬丈深。震撼慣經羅刹面，孤危未負子胥心。從來世路多如此，一任風波直至今。

重　遊　武　夷

鬱嵂環廻幾洞天，閩方秩祀漢時傳。山誇靈跡群峰聳，瀑湧潺淙九曲連。石壁藏舟疑幻變，幔亭委蜕憶真詮。重遊陵谷依然在，笑我塵容不似前。

又

嵯峨列巘界清流，别是仙人洞壑幽。一自開山閑日月，不知閲世幾春秋。奇踪未省寰中有，倦客祇應物外休。何論紅顔生羽翰，逍遥放浪即天遊。

聞客談燕中事賦述

長安近事與君聽，顛倒人間誰最靈。赤牘難將心裏赤，青蚨却轉眼中青。西園長袖多奇舞，南郭無媒枉獨醒。漫道君卿唇舌好，空能徧致五侯鯖。

又

突梯炙轂自知雄，谽谷幽深正似龍。萬事休將問伯始，中庸只合讚胡公。容容自有周身智，謇謇徒勞許國忠。長樂堂中歸去穩，薰天灼地已穹窿。

又

自古幽都怪幻多，角蛇翼虎更如何。誰能握節收王甫，復有通關倚宋娥。社鼠不薰驕白日，天龍偶睡任妖魔。抗章請劒真男子，顛蹶不扶焉用它。

又

昔怪陪臣銜國命，今驚群豎筦朝章。掃門語久翻雲雨，入幕情親借虎狼。市上摸金横夜尉，墦間乞瀝詫山郎。公私剥盡無聊賴，獨飽狺狺伴墨囊。

抵家明日遇中秋偕族中諸兄弟讌賞

握别匆匆又一年，歸來共此賞團圓。難逢讌婉中秋節，恰對清和八月天。喜有祥雲輝棣萼，幸無宿靄妬嬋娟。人生聚散誰能定，莫惜當歌買笑錢。

飲東郭水榭

虚堂背郭俯滄洲，萬頃烟波一望收。列嶂環江皆入座，聽潮看海更登樓。醉來似覺銀河瀉，坐處真成水鏡浮。長嘯秋風塵慮盡，不知世上有閑愁。

九日遊東山别業

廻環碧嶂接層霄，萬里長風萬里潮。景到重陽增廓落，天留一壑與逍遥。登高眺遠隨蕭散，詩思歌聲洞泬漻。安石何須問出處，東山正好混漁樵。

又

去歲王程計日催，今年泛菊此登臺。空濛海氣連天逈，騷颾秋聲動地來。

萬事隨緣休罣礙，一樽對景且徘徊。整冠落帽憑真率，水白山青不受猜。

遊東山别業得姪慶增京闈捷報志喜并示諸少

帝里拔茅榜墨鮮，應推戴《禮》舊家傳。遥遥世德輝江夏，衮衮魁名照海天。恰好東山閑謝傅，欣聞淝水捷阿玄。慇懃説與諸年少，努力三冬蚤着鞭。

又

偃蹇青衫已十年，燕臺一舉遂登賢。同年桃李雲霄侣，座主門牆尺五天。寂寞丘樊余蠖伏，峥嶸甲第汝蟬聯。榮枯漫道俱前定，太向飛騰屬勉旃。

送陸鳳臺方伯入覲

襆被朝天萬里行，河梁阻别若爲情。可堪極目雙旌遠，長遡含風兩袖清。即聽彤庭歌湛露，旋膺紫詔拜承明。燕臺貴客如相訊，莫道深山舊姓名。

又

兩載旬宣殿海天，春臺映徹靖蠻烟。鴻名蚤已題宸扆，熊軾何時迓旆旃。闓澤多留召伯樹，貞標遥挹隱之泉。莫愁公衮遲還日，未信雲霄雨露偏。

至日用杜韻

陰陽代謝迭相催，短極長舒自往來。倏忽年華弦上箭，升沉世事管中灰。寒光歲晏終輸竹，煖氣春先蚤讓梅。四序循環何足問，欣逢佳節且啣杯。

自壽甲子年十二月初五日。

偃蹇蹉跎嘆鳳衰，流光過客迅難追。桑弧志業今休問，櫟社心情只自知。展轉鳩鷹隨物化，逍遥鵬鷃總吾師。祇言住世須行樂，不道浮生未有涯。

又

喬松遐舉事難期，乞得閑身且便宜。閲歲老梅開舊幹，衝寒瘦竹放新枝。重逢甲子幾遷换，獨對江山未改移。欲學無生愁不蚤，從來幻世已如斯。

田間閱邸報有感

世變玄黄自古來，長安近事正堪哀。依人燕雀無恒宇，處世龍鸞有禍胎。莫向人間分白黑，祇應市上買痴獃。衡門此日差安穩，動魄班行見劫灰。

人日對客

春盤對客且隨宜，管領春風博笑時。莫惱烏巾添白髮，聊看綵勝綰青絲。關心藥裹差能健，到手屠蘇任較遲。聽鳥尋花清興在，樂天委運更何疑。

燈節書懷

市上纔聞諠爆竹，尊前又見笑傳柑。張燈叠鼓人皆出，月煖更遲客正酣。五夜樓臺高斗北，萬家烟火鬧城南。齋頭獨醒驚時節，仰面長噓看鬱藍。

春深苦旱

傷心四野起埃塵，大地蕭條不似春。南畝雩聲空作苦，西郊雨意却非真。欲除尺魃應無計，謾說商羊會有神。此日潛龍深睡穩，爲霖濟世待何辰。

久旱喜雨叠前韻

厭浥霏微静陌塵，心知大地總回春。秧畦麥隴行霑遍，柳暗花明已識真。萬象欣欣瞻起色，三農望望慰傷神。洪鈞播物尋常事，大有方登兆此辰。

送黄鍾梅翁起拜大司空應召還朝

繇來一德格皇衷，詔起東山慰望同。暫應玄圭敷九土，旋瞻赤舄統群工。爲霖自昔資良弼，夾日終須借上公。莫戀平泉淹夙駕，蚤知楓陛注重瞳。

又

三領文昌一品身，天恩顧重錫環新。平成欲奏思名碩，社稷胥安憶老臣。

隱見隨時占鳳德，卷舒從道識龍神。不堪叔夜支離甚，休費山公齒頰頻。

送大中丞南二太公祖拜命司空總河公前有平紅夷功時方議敘

纓緌奕葉德門高，列戟閩方靖海濤。談笑風雲廻白羽，指麾神鬼遁紅毛。看將漢代標麟閣，從此中原識豹韜。祇爲懷襄咨碩彥，冬卿錫命未酬勞。

又

三年節鎮召棠新，八郡噓來氣似春。吏飭六條雞犬静，師潛九地虎狼馴。安攘捷奏天顔喜，荒度任殷帝顧頻。待取宣房歌璧馬，方看上國秉鴻鈞。

壽龔潤寰八十

逍遥白社對泉山，蚤遂初衣歲月閑。應世猶堪徵渭水，著書無事出函關。階前玉樹翻麟彩，案上《黄庭》駐鶴顔。慣説庚桑饒種福，壽星總在德星間。

漫　題

世事驚心任倒顛，餘生猶幸得樗全。風光幾度寒仍暖，月色頻看缺復圓。莫怪巢空飛乳燕，獨憐春去鬧啼鵑。遽然一枕繁華夢，未抵杖頭换酒錢。

閒　居

薖軸幽居一壑偏，翛然半榻維摩禪。窮通有分唯從我，寵辱無關莫問天。客至過牆呼濁酒，夢回度晷托青編。莊生漫説人間世，已鑿滄浪洗耳泉。

聞命起宗伯掌詹感恩述懷

寂莫休居守故林，久安愚谷謝朝簪。方來赤紱慙非據，却悔青山隱未深。剥啄乍驚猿鶴夢，蕭疎難改薜蘿心。猶希聖世容箕穎，且莫移文向北岑。

又

年來小艸笑無成，又枉除書出漢廷。主聖難酬恩顧重，臣愚可奈福緣輕。

宫詹已詫承華近,學士况兼八座榮。自是倦遊應止足,敢懷好爵負生平。

壽蔣貞母吴太恭人華誕母盛年守節庶常制科二君俱在家上壽懿範遐祉真足垂休彤史敬賦二章爲祝

凌霜翠柏秉心堅,閱世靈萱結大年。王母筵中仙菓熟,文孫膝下桂枝連。無須令伯陳情表,好續康侯燕喜篇。此日温陵添勝事,國恩家慶一時傳。

又

杍訓名成賁鳳章,含飴今見二龍翔。天將介福酬貞節,人慶長生詠發祥。淑範方標彤史筆,昌辰宜進紫霞觴。多應婺彩留人世,翟茀年年映七襄。

哭　内　子

空帷髣髴淚闌干,别鵠哀絃不忍彈。四紀相賓勤夙夜,半生爲我護芝蘭。蒙莊達命終難割,孫楚多情强自寬。即有題封丹旐在,何如粗糲對盤桓。

司理簡公祖考績榮封奉賀二首

星屏露冕照青春,法署仁聲徹紫宸。價重連城飛鶚剡,恩覃奕世拜龍綸。騫騰正喜雲霄近,獻納方看雨露新。説到來年徵詔下,攀轅不住却愁人。

又

玉尺冰壺上國珍,宣和樂職漢時循。三章鑒徹盆無覆,兩袖風清甑有塵。已擬甘泉陪法從,可能閩海借咨詢。承明指日朝天去,須記温陵起鳳麟。

丙寅應召北上途中次李若金韵述懷

荏苒風塵鬢已華,龍鍾自笑未懸車。廻頭漸覺家山遠,極目飜驚客路賒。敢逐寒鴉分日照,也隨旅雁任風斜。相攜喜有同心侶,斗酒筒詩兩未涯。

過　常　思　嶺

小草無堪更出山,天恩未許乞身閒。數來白首誰知己,行對青山有厚顔。

伊軋車聲頻厭聽，嶔崎嶺路强躋攀。蹉跎老去緣何事，幾度勞勞過此間。

三山道中聞奴酋大舉入犯旋聞寧遠多固守稍挫賊鋒志感

驚傳烽火照甘泉，黯慘胡塵欲撼天。西虜合謀防薊北，王師扼險護寧前。休誇億旅榆關壯，且喜孤城墨守堅。料得廟堂饒勝筭，急翻遼水盪腥羶。

再過茶洋

征車幾度過茶洋，歷落崎嶇客夢長。安石重來時已晚，陶潛歸去意難忘。雲封閩嶺千層互，水遡延津百折强。行行不覺春事晏，無情草樹遠蒼茫。

出山過大横驛讀官傳黄公壁間詠時公得請暫還依韵却寄

閩山繚繞嶺雲低，多少長安旅夢迷。我愧鴻冥垂倦翼，公如鳳德暫高棲。已拚芸閣埋玄草，未戀花磚對紫泥。早晚初衣如可遂，相從緑野醉萋萋。

同李若金文北上途中賦贈

文采風騷一儁才，英雄何事老蒿萊。袖中賸有雕龍筆，日下貪看市駿臺。馮衍著書愁未達，子長歷覽喜同來。隋和詎信沉霾久，尊酒論文且盡杯。

清明前一日度分水關

行來忽已度閩封，閲盡閩山不記重。寒食春風猶料峭，雨餘樹色更蒙茸。紆廻百道潺淙急，鬱嵂千峰霧氣濃。雲物儘堪供客况，塵蹤媿我幾從容。

過桐江望釣臺

杳渺中流兩岸蒼，勞人此地昔曾嘗。衰年更怯風波惡，倦客况堪道路長。桐水乘春迷釣渚，富山宿霧暗錢塘。高標千載依然在，却笑塵容祗事忙。

廣陵懷古

雉堞迴遭俯萬家，邗溝烟月盛繁華。逢人孰説江都傅，吊古猶傳錦樹花。幾見迷樓飜舞鶴，空餘暮柳亂啼鴉。興亡莫道前朝事，一望中原感慨賒。

余以丁未渡淮經今廿載重過感賦

淮北經過忽廿年，重來撫景意茫然。川原曠莽還依舊，人物風流幾换遷。客况蕭踈隨白眼，奚囊索莫有青編。舉頭欲望長安日，猶隔浮雲萬里天。

過孟夫子廟

廟貌巍峩古木蒼，巖巖泰岱見羹牆。唐虞一脉承先聖，仁義七篇配素王。可但分廷輕晉楚，難將歷騁悟齊梁。今逢有道崇儒日，伏軾欣聞俎豆芳。

初到京請旨得謁定陵慶陵恭紀

弓劍攀號去不留，園陵展拜淚雙流。螭蚴橐筆雲霄逈，鶴禁横經歲月遒。四紀昇平規萬禩，三旬聖治足千秋。莫言簪履銜恩切，海寓謳吟總未休。

到任後書懷

一到長安白盡頭，空言此地是瀛洲。車塵馬跡紛相逐，聽鼓聞雞幾得休。潦倒寧堪陪豹尾，疎慵只好狎鷗浮。故園淑景恢駘候，何事王孫却遠遊。

贈張真人

院裏朝元去不歸，簫聲鶴影尚依稀。九霄白日聞雞犬，千載巨靈護鉢衣。喜有雲仍繩祖武，應從元始演真機。嗤余黄石稱華胄，肯許通家謁道扉。

病中思歸

年來潦倒水雲居，喜得今朝侍玉除。萬里未能輸犬馬，一心豈敢念蓴魚。

誰知蒲柳非隆棟，只合蓬蒿守舊廬。難道不材明主棄，祇緣衰病賦歸歟。

得請出都門

無邊宦海急回頭，正好休時喜得休。寵辱繇來皆幻夢，是非到底總蜉蝣。燕雲渺渺迷京闕，潞水悠悠送客舟。一壑從今堪洗耳，萬緣自此付東流。

和李若金出都門見贈之作

乞得疎慵朽病身，幸然遁跡脱風塵。無媒莫笑嵇生懶，有酒何妨元亮貧。世上勳名休復問，天涯儔侣轉相親。憑君試數春明客，畫史傳馨更幾人。

題張贈公孝友册户部主政張善治乃翁廬墓三年，以弟之子爲子。

孝友曾聞紀仲張，雲仍千載紹前芳。痛來伊蔚終天慕，愛護同根衍澤長。菽水懷悲風動木，塤篪迭奏被連床。何須史筆徵家乘，仙署雙綸已蚤揚。

曉渡揚子江霧中望金山

浩浩長江去不廻，中流屹立亦雄哉。孤標古刹浮空出，萬頃烟波蕩地來。恍惚樓臺疑蜃氣，微茫草樹錯龍堆。揚帆未續登臨興，遥對山靈一舉杯。

歸抵分水關

萬里歸來又此關，楚山行盡見閩山。客程荏苒餘三月，鳥道崎嶇遶百灣。歲暮依然看積翠，愁思賴是聽淙潺。凝眸不覺家鄉近，藉爾風烟一破顔。

得請南還臘前泊三山江上逢初度

悠悠去國餘三月，擾擾浮生又一年。樗櫟閒添新甲子，松筠恰秀老江天。開尊自對青山色，祝壽何勞錦繡筵。却笑萍踪無住着，不如静處永逃禪。

徐山人之鏌以詩見贈次韻答謝

曾無一事罣心情，到底萬緣總是輕。偏愛家園静景好，恰宜首夏晚風清。方尋世外逍遥侣，且向林間自在行。珍重齋頭徐孺榻，肯來巾屨喜相迎。

和陳京山人見贈之作

歸來何事更關情，幸覺身閒步履輕。寵辱紛如誰實相，簪紳謝却莫言卿。幽期好約還巢燕，勝友惟招出谷鶯。濁酒一觴棋一局，儘堪永日對晴明。

觀海樓避暑

朱欄小閣俯清川，慣説樓居僻是仙。列嶂風雲生足下，半空帆檝出簾前。圖書几案皆蕭爽，林壑陰晴遞换遷。已覺飄揺塵壒外，憑虚恍拍洪崖肩。

壽何司徒匪莪年丈七十

靈椿漫數古稀年，灑落人間别有仙。疏傅遺榮揮紫紱，子雲守寂富青編。忘懷每醉中山酒，愛客時開九老筵。抛却勳名付白面，崆峒還待訪真詮。

又

交遊白首散如雲，歲晏青松轉憶君。秋月恒隨卿月照，壽星偏映德星分。門前薦履多鴻翼，階下舞衣有鳳群。雌甲嗤余滯遠壑，一尊遥祝意徒慇。

聞錦圍暫解奴騎猶駐大凌河

鐵騎重重匝錦州，徵兵列戍海西頭。元戎仗鉞禁中出，廟算折衝俎上收。六月龍庭歌奏凱，千官鵲印賀封侯。匈奴未滅憂方亟，不見夜來枉矢流。

觀書自嘲

生來性僻頗耽書，老去猶甘作蠹魚。意識還貪窺往古，精神大不似當初。

搜窮萬卷知無用，樂擬百城覺有餘。自笑嵇康終日鍛，光陰費盡欲何如。

閒居遣興

解組抽簪又一年，棲衡樂泌自超然。歸來賦擬陶彭澤，醉後詩吟白樂天。世上有形都是幻，心中無礙便成仙。時人未識休官好，白日安閒夜穩眠。

又

居諸不駐隨流水，榮瘁雙忘似冷灰。池舘蕭騷惟鶴伴，院庭索落有花栽。四時景物還心賞，萬卷縹緗任意開。宦海風波誰料得，全身賴是屬非才。

招明聰弟奕棋

誰將伎倆醒𣈶矑，獨對楸枰興未灰。得失何須誇着數，輸贏只好當諧詼。謝家賭墅仍多事，橘裏爛柯定幾回。春草池塘偏憶汝，欣聽竹院屐聲來。

九日東山草堂會客

南北奔馳鬢已霜，歸來又度一重陽。雲林有客應開抱，籬菊無花也舉觴。碧水翻風添浩淼，丹崖銜照迥蒼茫。昨年此際長安路，正怯風波望故鄉。

讀白樂天詩有小序。

白樂天神情曠達，詞藻陸離，全集中有詩三千餘篇，動臻佳妙。其長篇往往至百韻，愈出愈奇，實爲一代詩人之冠。世人未見全集，謬加品題，余數年沉酣，三復擊節，知稀者貴，特表出之。

年來遍讀樂天詩，壓倒唐人世未知。灑落才情真曠達，縱横騷雅任驅馳。千篇富有精神在，百韻渾成造化移。未覩全編輕品第，悠悠耳食正堪嗤。

壽姚石嶺令公明府華誕

二月潘花滿縣披，極星恰映弧南時。神仙喜借雙飛舄，豈弟歡騰萬口碑。

信有鸞來棲赤社，蚤知鶚薦徹彤墀。甘棠此日未須詠，且向琴臺祝一巵。

春　　遊

堪笑浮生衹事忙，一年一度攬春光。螻蛙鬧處千村緑，橘柚華時滿路香。節物偏宜寒食後，徜徉恰對水雲鄉。高吟暢飲何拘礙，任道疎狂老更狂。

春　　閒

不熱不寒春氣好，無榮無辱老身閒。憑銷永晷時開卷，莫惹浮塵蚤閉關。有客隨緣呼緑醑，登樓作伴約青山。應須認取逍遥樂，悔却年來浪往還。

望　　月

高高皓鏡上天衢，雲浄星稀照九區。怨婦閨房增惆悵，豪人臺榭轉歡娱。輪飛萬古何停晷，印落千川迥共符。三五等閒圓復缺，催人白盡老頭顱。

晉秩宫保感恩恭紀書懷

虚稱啓沃四朝臣，叨列文昌一品身。葵藿向陽心自苦，蒭蕘補衮意徒真。先皇屢眷遺簪舊，聖主虚懷寵命新。顧此嶂嵫枯朽質，將何蹈蹶報恩綸。

又

蚤侍瑶山隨鶴馭，久持椽筆立螭頭。文章華國詎能事，經濟匡時乏壯猷。四十年來憐碩果，八千里外眷宸旒。已驚曳履星辰迥，又忝穹階雨露稠。

晉秩後拜疏奏謝道遇虜騎梗塞乃更疏附陳十策蒙聖主嘉納施行不勝感激作詩恭紀

曾聞遠尉奏封書，身後陳誠有史魚。世泰雖云無缺事，時平未可狃安居。况當虜騎縱横甚，正值封疆玩愒餘。萬里承恩垂老日，杞憂芹獻敢徐徐。

又

一封冒險奏天閶，不道江湖隔帝鄉。聖主兩階威自暢，愚臣十策語空長。

泰山原不資塵土，滄海何曾厭露瀼。止輦未須誇漢代，闢門直是接虞唐。

壽蔡五岳方伯公祖六十舊泉郡守，七月十四日生，海寇新就撫。

無數蒼生祝壽頻，弧南瑞色映高旻。昔時遺愛甘棠舊，此日來旬晝戟新。玉露初溥禾黍滿，金風乍轉虎狼馴。使君饒有長生訣，一氣噓成海國春。

應召舟次吴門承范長公參知枉顧書此奉贈

何緣老去傍風塵，來到桃源怯問津。不謂生平勞夢寐，却於邂逅慰心神。蚤年杞梓朝中幹，晚歲丘樊席上珍。安得香山同結社，與君同醉樂天真。

應召北上停泊姑蘇時值重陽承范長公招飲賦謝

驚心節物滯江濆，客况蕭騷伴夕曛。無分登臺舒嘯傲，何當投轄接慇懃。銜杯恰對寒花發，整帽同看旅鴈群。未羡繁華饒勝賞，堪誇唾咳挹清芬。

蒙召命入都書懷

久辭榮禄戀青山，不謂天恩又賜環。名列九卿都典禮，身叨一品領崇班。吁俞往往推朝論，獻納時時動聖顔。報國涓埃未効得，敢圖便計乞身閒。

送鄭大白官贊册封岷藩取道省覲

承明紫詔五雲開，玉節傳封出上台。赤社河山連翼軫，平臺詞賦壓鄒枚。分桐並建周親遠，負弩欣迎漢使來。舞彩萱庭歡未畢，鑾坡屬草已相催。

送李陽俶給諫册封遼藩

漢家赤社舊天潢，星使彤綸借夕郎。大國雄藩誇七澤，壯遊歷覽亘三湘。朝陽諫草留青瑣，題柱詩篇滿錦囊。莫戀西川淹晝繡，諏謀蚤入奏明光。

壽林潛江八袠加八翁歷仕至都轉運,時銓部公重慶侍膝下。

高門種德樹鴻儀,歷仕甘棠舊有詩。渭水堂前颺祖武,巨源阤下拜孫枝。靈椿無事添籌祝,真誥何勞薦履詞。竚看貤封槐棘日,龍章寵錫訪期頤。

又

林壑逍遥九十春,温陵耆舊更何人。傳家積慶鍾蘭玉,報國餘忠付鳳麟。眼底冰壺堪瑞世,枕中鴻寶足棲真。慇懃趣爾貽謀喆,好佐均衡答紫宸。

予告過劍浦書懷

延浦問津記昔年,中間出處兩茫然。江干怪石猶依舊,世上浮雲幾换遷。龍劍深藏真得算,漁舟放浪孰拘牽。往來屑屑成何事,多媿頹顔照水邊。

寄賀新入閣相公

鳳闕承恩喜拜麻,五雲瑞色映堤沙。絲綸日下開黄閣,啓沃天高捧翠華。萬里無塵資廟筭,一人有慶眷皇家。台衡寄重殷憂地,謾説身榮籠碧紗。

九日東山招飲

歲月催人何太忙,驚心節物又重陽。棲遲久戀東山墅,潦倒還開九日觴。約客頻招嵇阮侣,題詩好對水雲鄉。休言出處年來事,總是邯鄲一夢場。

又

西風摇落不須悲,叢菊花開已滿枝。饒有送來彭澤酒,可無獨酌少陵詩。香山未倦登臨興,金谷曾如汗漫期。四座相看半白首,銜杯引滿莫教遲。

秋日芙蓉

輕紅澹紫綻仙葩,映日翻風趣轉賒。蕭灑酡顔溥宿露,葳甤麗質燦朝霞。徘徊嘯詠餘秋興,粧點池臺伴歲華。寄語園中桃與李,謾將春色向人誇。

觀海樓即景書懷

小樓高搆接雲烟，水色山光一鏡懸。颯爽高秋横雁陣，微茫夜火泛漁船。披襟適志逍遥侶，揮麈談空不礙禪。潮去潮來看逆旅，一觴一詠送流年。

遣　懷

世界繇來多缺陷，人生畢竟屬籧篨。桑田滄海何曾定，泡影空華總是虚。送日好傾壺底酒，澆胸喜有案頭書。紛紛得喪無窮事，盡付東流莫問渠。

乙亥冬皇上因寇虜猖獗痛倚任匪人避殿撤樂下罪己詔恭紀感賦

寓内欽傳罪己詔，山中捧誦涕沾紳。宵衣旰食緣何事，憂國奉公豈異人。慘目四郊多寇壘，驚心千里暗胡塵。感恩投袂能無意，放頓其如朽病身。

又

聖主勵精自昔年，端爲社稷計安全。宣麻授鉞多殊錫，握筭運籌屬仔肩。遍地妖氛誰掃蕩，普天蒼赤任顛連。干戈滿眼今如此，惟有齋心叩上玄。

五言絶句

茶洋驛東亭

亭前列翠竹，階下泉噴玉。對此懷賞心，相看兩不俗。

過豫讓橋

漆身豈無苦，難忘國士恩。悠悠五起事，千載向誰論。

又

橋石何齒齒，橋水自粼粼。我來橋上過，似見橋下人。

古洞棲霞

何知小有洞，乃是神仙宅。不見洞門深，雲封常五色。

園池十詠

北亭

開户受南薰，隔窗看翠靄。亭在水中央，人遊方以外。

南亭

突屼駕長虹，觚稜挂樹杪。空明水鏡分，略約雲航小。

上池

渟渟一鑒方，内美涵清沘。怪底心眼開，爲飲上池水。

下池

一畝分蒼翠，池南復有池。樽中吾事足，不問并州兒。

遠塔

遠刹插層空，輕烟浮縹緲。恍惚銜杯看，金莖雲外曉。

石橋

碧澗卧石梁，閑來時縱步。自饒濠上興，何必天台路。

竹徑

寂寞閉柴門，蕭疎坐竹徑。人聲悄不聞，水樹閑相映。

柳岸

春風任意長，幸得辭攀折。不似章臺路，年年綰離别。

嘯臺

灌莽平臺出，憑虚一嘯休。蘇門千載韻，吾意亦悠悠。

醒樓

獨醒上高樓，縱觀猶嗛隘。還期汗漫遊，一覽乾坤大。

觀　海　潮

日日看海潮，朝夕自來去。萬古天地間，渾是等閑事。

望　西　疇

世事何須問，駕言復焉求。西疇春水滿，爲覓釣魚舟。

雙　　鶴

雙鶴何蹁躚，堦墀畜來久。本是淩霄姿，今爲鴈鶩友。

小　　池

方池躍細鱗，瀺灂亦可愛。若比北溟鯤，逍遥兩自在。

葉坊嶺遇驟雨丁卯歸途。

頭上黑雲低，風雷送雨齊。笑余非納麓，勿問可曾迷。

又

山雨忽如注，喧豗走萬壑。此勢難久長，且莫太震薄。

又

迅雷觸雲根，千林長雨足。倏忽濛氣收，蟬聲滿空谷。

又

瀑澗走廻谿，潺淙到處響。褰帷望夕陽，還照遠山上。

劍浦山行至古田

山行曲復曲，崎嶇未可越。自來行路難，勞碌安得説。

又

行盡萬疊山，終日幾躋攀。升高更臨下，軋軋何曾閑。

又

遥遥望遠岫，英英起白雲。自笑風塵色，無緣得似君。

又

兩岸高突屼，蒼茫繞一壑。祇恐無平地，客行何處宿。

又

盡日深山行，無情荒草色。眼前樹石奇，忙忙看未得。

又

山氣鬱不開，秋陽更炎赫。願言借清颸，勿太惱行客。

六言絶句

閑居詠懷

詩酒琴棋作友，風花雪月同人。何如六一居士，可是醉吟後身。

又

老去自憐潦倒，興來强作清狂。餘年此後還幾，盡日爲誰着忙。

又

黄卷不時獨對，緑�遍地新栽。喜無俗事牽罫，長與騷人往來。

又

閒聽鶯聲鬪巧，静看蟻陣争忙。落落乾坤浩蕩，紛紛今古戰場。

又

百歲蘧然是夢，萬緣到底皆空。舒卷一任元化，成虧休説塞翁。

又

野鶴穿林對舞，池魚戲藻閑游。會心寧必在遠，適志之外何求。

又

惟有青山計得，也從白髮道公。岐路饒它幻變，一尊還我春容。

又

宦海風波難料，交情冷煖自知。署門何勞解事，抱甕乃是吾師。

夏日小樓即景

水色山光互映,紅葩緑樹交横。饒有眼前天趣,不妨户外市聲。

又

海鷗隨潮上下,溪柳夾岸東西。日永青箱足度,客來緑醑堪携。

又

樓上日對青山,問山與我孰閒。山色陰晴輒换,惟我寵辱無關。

七言絶句

讀懲忿窒慾編

攖人世事總無端,煩惱破除自古難。誰把太空生障礙,請君試作虚舟看。

又

出世靈根苦不多,那堪智慧日銷磨。正須澮却源頭水,莫待涓涓可奈何。

夜　坐

半輪斜月挂西樓,深夜閑庭意自幽。坐久懷人今未至,明河看看渡牽牛。

送李晉陽館丈歸姑蘇

桐葉驚寒露已秋,西風送客不禁愁。姑蘇莫道雲烟隔,一夜相思到虎丘。

詠　紅　梅

名香國色許誰同,昨夜催春入漢宫。可道上林消息蚤,玉梅已自醉東風。

又

長安傳道蚤春歸,即看紅粧點翠微。若爲寒花無豔質,故來雪裏弄芳菲。

又

尋香踏雪傍燕臺,萬紫千紅讓此開。若待園中錦繡合,何人不道看花回。

又

靚色凝香映曉霞，恍如絳雪落天葩。碧桃紅杏今知否，徒爾紛紛趁歲華。

賜扇紀恩

緑沉紫紺未爲工，明月團圓似漢宫。賜出君王懷袖裏，披襟不道楚風雄。

又

五色雲綃巧様裁，上方賜出自天來。明光殿裏承恩後，習習清風滿袖回。

又

朱明漸近艷陽天，一曲南薰動五絃。尚恐天風吹未遍，還將白羽禁中傳。

又

五明綺麗總堪誇，何處人間識九華。拜舞承恩無恨意，仁風從此到天涯。

袁了凡丈過從夜飲重惠佳章書此爲酬

下榻爲迎長者車，夜深投轄且徐徐。相逢意氣君能盡，十日平原總不如。

又

銀燭金樽月照楣，歌成《白雪》夜何其。明珠愧我堪知己，青眼逢君自一時。

了凡時將出宰復賦二章爲别

匹馬明朝又送君，燕南薊北夢中分。侯巴縱有耽奇僻，何處尋常覓子雲。

又

慣識奉高姓字香，方看列宿動輝光。雙舄莫厭風塵色，百里曾經下鳳凰。

題熊尉遺思卷二首乃子尚文發解江右。

熊公美政綰遺思，仙尉風流尚有祠。莫道當年官寂寂，峴山涕淚至今垂。

又

丈夫豈必盡飛雄，黄綬青袍也自公。俎豆從兹酧伏臘，門閭會見又高崇。

觀　　奕

一局榮枯一局新，機關用盡不饒人。楸盤罷却渾無事，共看江天月一輪。

重送中尉望兄赴東粤幕府二首

萬里横行别帝京，飛鞭又指尉佗城。一從戴鶡承恩後，匣裏龍泉夜夜鳴。

又

秋風淅瀝動征衣，壯士辭家逐隼飛。此日橋南題柱去，他年海上勒銘歸。

送林開先館丈藩參浙中四首

詞客分章帝寵新，行軒露冕照青春。薊門柳色黄金嫩，折贈同時獻賦人。

又

漢廷才子厭承明，出牧其如戀闕情。暫試名藩知有意，逢人莫道主恩輕。

又

十載提攜供奉班，那堪握别淚潸潸。看君不是風塵吏，蚤晚明光定賜環。

又

山水括蒼天下奇，森森萬竹石離離。風流使者今饒得，躡屐登臨好寄詩。

鄴中懷古

禾黍依稀望鄴城，蒼蒼風雨暗西陵。銅臺不散英雄恨，玉帳空悲紅粉情。

又

七子高名動建安，共遊秋海汎清瀾。如今寂寞千秋事，大業猶能不朽看。

又

割據驕奢石季龍，櫻桃妙舞鬬花紅。豪華國色今何處，無限垂楊夕照中。

又

投巫太守事堪論，萬頃漳渠蹟若存。河伯無灾禾被野，令人千載憶西門。

又

洹水西來繞相州,韓公舊宅壓城頭。魚鷗亭榭雙雙起,猶似當年晝錦遊。

渡揚子江

微雲不動午風柔,萬里長江正穩流。滿目山光看不盡,輕帆已過南徐州。

又

盪日連雲天塹迴,翻空倒浪海潮生。中流砥柱江心寺,雄鎮東南北固城。

雪後蚤發鄭城

雪霽鳴騶發鄭城,無人不唱苦寒行。會心却憶神仙客,鶴氅翩翩眼倍明。

又

舊苑荒庭一夜新,萬樹千花遍是銀。大地河山俱幻變,怳疑月裏泛槎人。

又

凝華掩映浄浮埃,捲地旋風撲面廻。野曠山空天寂寂,饑烏無數逐人來。

又

薊門曙色復如何,正想彤庭映玉珂。此際長安直北望,寒光恐上翠雲多。

戲題郵亭

郵亭無處不逢君,怒目張牙勢不群。世上正邪都莫管,神冠且自戴惠文。

西湖懷古

宋朝遺事説西湖,引得看花半是胡。南北祇今如夢裏,風烟依舊滿平蕪。

金陵別家弟明學

三載相違會却難,匆匆又欲理歸鞍。行人底事輕離別,極目關山不禁寒。

又

閩山越水兩悠悠,步月看雲到處愁。宦拙囊空何贈別,慇懃爲汝佩吴鈎。

又

遥憶金陵客到時，也應爲我數歸期。且須料理三春酒，待取雙雙獻壽巵。

又

斗酒白門此送君，停杯不語悵難分。何因更作池塘夢，獨倚鳳臺看鴈群。

舍弟歸寄問社中諸君

病骨無堪潦倒身，那能蹴躇老風塵。縱然白髮勞公府，曾似青山對隱淪。

又

宦海浮沉鬢欲華，懸知别後轉思家。憑君寄語裘羊侣，待我歸來掃落花。

題雲嶺貞松圖爲某侍御題。

青松歷歷雪中看，最是貞心耐歲寒。惟有《柏舟》心似爾，清風娉節不摧殘。

又

當年忍死爲誰存，鞠子三遷孟母門。此日彤綸輝白屋，花驄蚤映北堂萱。

題四皓册

避世東園歲月多，杖藜採蕨自行歌。無端孺子偶相識，頓令輣軒惱薜蘿。

又

綺里逃名自守真，茹芝長嘯出風塵。漢廷將相知多少，羽翼翻來致隱淪。

又

黄公綽約天之徒，鶴髮翩躚道氣殊。一落承明驚漢帝，宫中無事泣青蒲。

又

逃秦避漢隱商山，甪里深深静閉關。猿鳥愁看生客入，却嫌姓字到人間。

題畫竹爲蘇心竹太常題

淇園梁苑未全荒，六逸七賢意自長。何似太常蘇進士，清齋咫尺對瀟湘。

又

數箇琅玕貌得真,幽期長與此君親。清風高節誰同調,看竹時來問主人。

八景詠爲杜日章將軍作

思柔坊

金𨱍閑拋出塞餘,青門擬卜故侯居。坊間自釀中山酒,架上常翻禹穴書。

轄井

昔時投轄有陳遵,千載豪華亦可人。猶恐虚名驚坐客,故將脱落渾風塵。

釀室

銜杯樂聖且淹留,塵世勞人不自由。學得葡萄新釀法,等閑懶去博涼州。

漉床

醁醽漉出鬱金香,今古魂銷幾戰場。得道無如陶靖節,沉碑空説杜當陽。

洗杓池

拍浪行歌漾羽卮,風流絶勝習家池。每因酩酊傳佳句,不獨清狂倒接䍦。

浮白臺

讀《騷》暢飲是吾曹,蕭散憐君意氣豪。麟閣勳名都不管,興來欲典鷫鸘袍。

醒酒石

園中一片光如璧,道是平泉醒酒石。買醉千金故恨遲,縱然獨醒成何益。

醉鄉深處

醉鄉何事老英雄,爲愛林泉蚤掛弓。一日大風思猛士,須防渭水獵非熊。

戊申冬閲邸報有感

虎鬬龍争未肯休,江湖廊廟總關愁。看花謾唱玄都曲,也恐清流變濁流。

又

南北東西總一家,紛紛何苦自柴涯。高崗好去朝鳴鳳,菀柳何來噪暮鴉。

又

和衷協力藉群公,無異同中却異同。莫道紛紛無了局,藩籬剖破即大通。

風　雨甲寅八月初六日。

急灑亂號暗海山，憑陵天地濕人間。高齋閉着深深坐，風雨自忙我自閑。

又

連宵徹旦未曾收，户閬尊空阻勝遊。料得川渠皆飽滿，殘花欲盡肯休休。

讀張江陵集有感

今人開口説江陵，要説江陵未可輕。細數熙朝賢宰輔，幾人相業似江陵。

又

赤忠奉國霍子孟，綜核濟時魏弱翁。文采風猷更遠過，才誠合并許誰同。

又

十載功勳安社稷，養成睿德在冲齡。倉箱紅朽無憂歲，南北敉寧不用兵。

又

自行賦法一條鞭，豪吏更無横索錢。釁校置郵皆清楚，用才任職破拘攣。

又

北虜稱臣四十年，封疆無數獲生全。若非制勝歸帷幄，争得憂勞不在邊。

又

更有一般事堪論，分明白黑定一尊。四海平平遵王路，無復横議與私門。

吕純陽先生降筆以詩見示前生原是列真有感奉和

三生幻化杳難窮，得道自然宿命通。一奉真言方悟得，前身恍在蕋珠宫。

又

曾記遨遊隘九州，下看塵世總蜉蝣。不知天譴緣何事，謫落人間幾十秋。

又

百年蹤蹟混風塵，苦海沉淪不定身。若匪神仙相指點，誰將寶筏濟迷津。

又

自昔談仙俱恍惚，此時度世得真詮。蓬山限隔無多地，羽翰生來有夙緣。

奉茶香二事作仙供并謝賜藥方

一盞清茶一炷香，玄都拜獻野人將。香雖撲鼻饒花供，茶即澆胸劣酒嘗。

又

扶衰却病藉仙方，未禮空王禮藥王。正使延年仍小果，浮生也免笑郎當。

戰　遼　陽

遼左班聲不可聞，賦車籍馬更紛紛。朝中賸有安邊策，且得東山卧水雲。

又

生平慷慨謬談兵，老去何緣更請纓。《梁甫》吟成空太息，那能噓氣作長城。

又

誰將一檄促哥舒，十萬琱戈一擲虚。帷幄運籌何卒卒，衮衣退食故徐徐。

又

軍儲徵發暮連朝，可似滄溟實沃焦。一歲朱提六百萬，行間費盡又蕭條。

又

積餉調兵苦不多，有師無律却如何。人間皮骨愁將盡，幾見軍前奏凱歌。

又

授鉞登壇似奕棋，風聲鶴唳等兒嬉。錦衣肉食醺醺者，鬼哭黄沙總不知。

又

無定河邊骨未收，烽烟漸到海西頭。良圖竚看新經略，滅虜須封萬户侯。

又

騰騰劒氣凛生風，威克由來競武功。太白高懸三懦將，從今號令識飛熊。

又

不見漢時趙營平，屯田十二制先零。戎事貴謀原賤戰，坐解羌夷不在兵。

又

殫却方州奉一隅，鄧林爲竭海爲枯。不將勝筭籌樽俎，從此中原那得蘇。

奉寄吕純陽先生兼獻茶香之供

堪嘆浮生未了緣，玄都白社兩茫然。近來幸接寥天界，抛却光陰又幾年。

又

菘蘿茗荈配龍涎，拜獻蓬萊閣上仙。不問等閑身世事，朝元何處得因緣。

漫題四首辛酉起官。

錦繡場中宜少年，老婺塗抹總難妍。畫添蛇足還多事，瑟向齊門且莫前。

又

小隱漁樵有夙盟，東臯猿鶴不須驚。紅塵世上三千丈，公欲渡河恐未成。

又

小有齋頭别有天，醒時起坐醉時眠。那能去此懷憂患，膏火雖明衹自煎。

又

長安物態似驚波，臧穀争來竟幾何。静裏正堪供一噱，曾如適志且高歌。

晚春二首

纔見舊巢回燕子，忽聞何處響啼鵑。春來春去催人老，老去春光更可憐。

又

一春宿雨滯淋漓，野外青青尚未知。雨霽更逢人卧病，春光肯住幾多時。

别星兒白下

慇懃送我石頭城，我向南歸汝北行。閣盡天涯雙别淚，平安兩字總關情。

又

辭榮去國此身輕，欸乃秋風亦可聽。我自南山甘豹隱，北溟待汝奮鵬程。

舟發錢塘晚憇宿六鰲塔下時甲子七月十三日。

左邊月色右邊山，塔影清孤伴客閑。一種寒蛩啼不住，江聲入夜響潺潺。

又

老去閑身得自由，五湖從此任扁舟。不知矗矗何爲者，是處貪癡不肯休。

蚤到富陽

夜發錢塘蚤富春，桐江釣艇憶高人。笑余潦倒緣何事，猶帶塵容往返頻。

又

建武當年號太平，先生猶恥振塵纓。鵷雛詎是樊籠物，肯與時人競濁清。

桐廬道中

江流渺渺日西沉，兩岸青山萬木陰。還照嵐光難畫得，月明又見出東岑。

又

金光蕩漾水中亭，月色秋風倍可憐。多少忙忙名利者，幾曾攬結此山川。

上灘

挽却方舟上急灘，遡風逆浪幾盤桓。人間磊塊多辛苦，莫怪江湖行路難。

舟行苦熱

已是高旻白露天，炎蒸何苦太熬煎。自來四序還相禪，且放涼飈送客船。

賦得歸去青山好十首

家蓄圖書萬卷餘，懸知别後飽蟫魚。從今歸去青山好，賸却殘年讀五車。

又

白社客來數舉觴，晚年能進三蕉强。從今歸去青山好，萬事銷除有杜康。

又

舊築層樓傍水湄，登高眺遠頗相宜。從今歸去青山好，助我新詩興不遲。

又

小小園亭一畝宫，冬宜煖日夏宜風。從今歸去青山好，壺裏乾坤是此中。

又

學圃曾栽滿地花，芳菲偏足野人家。從今歸去青山好，莫笑香花壓鬢華。

又

淘瀉性靈竹與絲，徵歌更有遏雲奇。從今歸去青山好，領取蠻音佐酒巵。

又

刷羽鳴皐警露天，翩躚最得主人憐。從今歸去青山好，勝似佳人舞繡筵。

又

碧玉鬖鬖無數竿，閑來慣得此君看。從今歸去青山好，不斷清颸五月寒。

又

幾局輸贏幾爛柯，人間何事不消磨。從今歸去青山好，盡把閑愁付與他。

又

鑿却方池爲放生，含風漾月有餘清。從今歸去青山好，半畝滄浪可濯纓。

車中望武夷山

蜿蜒山色帶烟霏，中有仙人卧翠微。名利樊籠今得脱，好於此處偃巖扉。

又

天下名山此處奇，諸峰秀削競殊姿。凝眸已覺人寰迴，便訪幽蹤學採芝。

題福唐宏路驛後老樹時福唐相國將歸

偃蓋蟠根不記年，龍鍾老幹欲參天。郵亭貴客經多少，閲盡勞勞幾往還。

又

怪看紫氣太焜煌，津吏爲言近福唐。寄問榮歸葉相國，年來世事費平章。

莆陽道中見不入試諸士子紛紛還歸感賦

紛紛失路往還頻，歷落由來我輩人。世上升沉誰料得，好將筆研更相親。

又

荏苒風塵四十秋，也曾抱璞歎難酬。偶然得第成何事，一夢邯鄲已白頭。

老妻病甦志喜甲子自南都歸。

入門及見老荆妻，病骨崚嶒面似泥。挽鹿猶堪偕隱去，可能舉案與眉齊。

又

當年記得困牛衣，許道卿卿共錦歸。此日相看憔悴甚，白頭猶喜對斜暉。

與客對奕

日長無事且淹留，一局能消萬種愁。欲避塵囂何處所，須知橘叟是天遊。

又

紛紛勝負總非真，只好娱情寄隱淪。莫向人間誇着數，機心費盡損精神。

五日漫書

千載懷沙涕淚長，至今五日痛沉湘。如何鼓棹横江子，却作歡娱得意場。

又

陽極陰來沴氣生，憑將桃印攝身輕。結成艾虎全無用，况説蟾蜍會辟兵。

又

佩符鑄鏡總兒戲，續命争誇五色絲。若使長生原繫得，願將萬縷獻彤墀。

又

記得明光賜扇回，南薰此日滿燕臺。慇懃寄語承恩者，好送仁風遍寓垓。

東池殘荷

昔日看來賽水仙，忽然憔悴更誰憐。秋風滿地今如此，待得花開又一年。

齋中木芙蓉十月始花戲贈一絶

結蘂含葩何太遲，輕紅摇曳兩三枝。春光豔冶饒先得，冷澹秋容復後時。

過武夷遇陰雨阻遊

雲巖一望杳蒼蒼,生怯山靈問行藏。這回阻却爲陰雨,莫怪征夫去太忙。

又

曾記幔亭兩度遊,最奇接筍壑藏舟。今來咫尺空相望,始信行蹤不自繇。

雨霽過鉛山

野路微茫澗水流,鵝湖峰上雨初收。行行不覺閩川迥,鄉夢醒來是信州。

清明道中即事

宿莽寒烟草樹花,清明客路轉思家。北邙遥望傷心處,野哭荒荒日欲斜。

重過富陽江

一年兩度越中行,出處曾無一事成。惟有江山未改色,烟光依舊遠相迎。

又

兩岸溪山相對清,往來屑屑媿嚴陵。癯容恐帶風塵色,肯借滄浪一濯纓。

於越道中至後聞歸雁

陽鳥攸居慣識時,衡陽歸去一何遲。閩山倦客原同調,落後失群爲汝悲。

又

南來北去嘯聲哀,至後臘前今始回。歲暮天寒道路遠,不堪嘹唳越王臺。

雪後玉山道中

千山寂歷朔風飄,返照熹微凍未銷。説與征夫防路滑,馬蹄石磴怯危橋。

又

碧岫晶瑩映落暉,殘霙猶自撲征衣。衝寒客子緣何事,點檢行藏覺昨非。

仲冬入閩見梅花盛開

南土梅花獨蚤開,無心折贈寄燕臺。孤芳寂莫寒山裏,應喜同心歸去來。

又

綽約南枝庾嶺分,先迎臘雪吐芳芬。似憐旅況蕭騷久,故放仙葩伴夕曛。

重過武夷山

暖日和烟籠翠微,一年兩度挹清暉。應猜遠客勞行役,爲謝山靈已蚤歸。

又

鬱律峰巒駐馬看,烟霞秀色正堪餐。擬將盡撇人間事,就此鍊成九轉丹。

問歸燕

春來秋去一何頻,每向西風別主人。雛長巢成拚却後,天涯海澨更誰親。

代燕答

氣候炎凉君自知,世間萬事各隨時。明年向煖還須到,莫對西風怪別離。

感事

仕宦繇來有四時,華亭鶴唳亦堪悲。塞翁得失君須記,且學輕鷗較便宜。

又

勢利薰心不自繇,沉酣滅頂未言休。何人得似陳嬰母,蚤識風波一轉頭。

丁卯仲冬欣聞魏璫伏辜奸逆盡殄聖主神斷逈邁古今敬賦太平歌十首

太平聖主正當陽,整頓乾坤廟筭長。奸逆剪鋤翻覆手,垂衣揖拱坐明堂。

又

唐虞相繼四凶誅,合併窮凶世所無。兩觀何曾延刻漏,真然睿斷出唐虞。

又

當時節甫勢薰天，仗馬瘖瘖静可憐。白日雷霆聲已震，封章好奏聖人前。

又

假狐指鹿豈無因，煬竈依冰更有人。不是乾剛歸獨斷，幾何居攝不成真。

又

金碧宫牆争祝壽，鬚眉巾幗競稱功。祇緣魁柄落它手，一轉鴻鈞便不同。

又

吉網羅鉗次第開，歡聲一日遍埏垓。更聞蚤下徵賢詔，小往自應見大來。

又

内操既撤外監收，罷却上公伯與侯。宫府敉寧邊境静，華夷率舞拜宸旒。

又

根深蔓草去猶難，外攘功成本内安。六月載賡《天保》詠，老臣樾下亦加餐。

又

陰霾掃浄氣昭蘇，鳳至河清應夙符。四海謳歌歸聖主，千秋史筆紀神謨。

又

明明離照炯中天，更揭虞箴法座懸。廣厦細氈資斧藻，萬幾一日凛冰淵。

赴召北上淮陽道中即景書懷

荒荒衰草落寒鴉，野水漫天日又斜。一片孤舟誰與語，怎教行客不思家。

又

滿目寒烟兩鬢霜，無勞客子問行藏。祇緣聖主天恩重，不覺風波道路長。

過嚴陵釣臺

青山兩岸水中流，千古芳名迄未休。若使當年耽漢寵，雲臺無過得封侯。

又

浮榮到底總成空，賺盡勞人是此中。漫道一絲係九鼎，且羸雲壑得春容。

聯　　語

登第後過家題新居

冰蘖承家,無美輪美奂,插架差堪萬軸;
詩書奕世,在肯搆肯堂,傳經敢負前人。

題　祠　堂

珍重家聲,世德繇來黄叔度;
紀綱族戚,他年願學范希文。

題伯兄我藩齋居

傳家最羡太丘長,難弟難兄;
居室當如公子荆,苟完苟美。

鑿小池正堪洗耳,
對高塔恰好棲神。

能作平等觀,居身便是福地;
但存慈悲念,彈指即到西天。

乙未年題南雍司成齋中寒碧亭

水色天光,大塊文章長假我;
石城鍾阜,碧山烟景不負吾。

題南雍一鑑亭

衡泥而不染者蓮也,願言對此澄心;

鑑物而無私者水乎，正可師之應世。

題逍遥園壬子、癸丑。

樂聖且啣杯，門前客今莫問；
夜遊須秉燭，身外名復何爲。

浮生俱逆旅，功名富貴總非真；
聖世有逸民，隱居放言奚不可。

翠竹千竿，蒼池一畝，興到翛然自足，亦何須緑野平泉；
鄴書滿架，陶酒盈樽，生涯樂此殊多，更不羨五侯七貴。

雲影天光，閲不盡悠悠世界，却可憐從鬧裏蹉跎；
觀魚聽鳥，這其間種種逍遥，誰知道向閑中識取。

用舍行藏，惟我漫説後樂先憂；
消息盈虚，與時渾忘昨非今是。

世事都如壑藏舟，堪適志時聊適志；
人情太向朝趨市，得逃喧處且逃喧。

乙卯燈聯

三陽開泰運，應知小往大來，天心有喜；
四序紀王春，長願五風十雨，帝德無偏。

地北天南，佳節長瞻千里月；

江湖廊廟,太平共祝萬年春。

燈月交輝,萬户笙歌城不夜;
柳梅乍放,一天雨露物同春。

坊　　聯

萬里舟航,鮫室蜃樓盡羅王會;
千家絃誦,鳳毛麟角並籍國珍。

海宇平分玉燭,
城南最近楓宸。

朱晦翁祠聯

道學淵源,接唐虞孔孟之正統;
經書羽翼,集濂洛關閩之大成。

丙辰燈聯

時際三陽是泰,
人偕萬物同春。

太平寧有象,但看萬户歡千燈熖,可知玉燭常調;
樂事更何求,第得賓滿座酒盈樽,不謝金門大隱。

北闕南山俱是夢,箇中蕉鹿何分;
批風抹月且隨時,明日陰晴莫管。

但存福利衆生心，觸景皆成浄土；
誰識逍遥自在趣，浮雲不碍虚空。

丁 巳 燈 聯

民殷物阜胥同樂，方成富貴元宵；
暢飲踏歌莫太康，也要綢繆未雨。

千燈鬭巧，曾如月色浄明；
萬品方亨，總屬春光嘘潤。

雲物占時紀歲芳，遥矚天上樓臺氣色；
土膏動處詢花信，更知民間稼穡心情。

己 未 燈 聯

家慶豈易諶，春煖常懷獻曝；
罔恩何能報，身閑獨切憂天。

春來萬物胥榮，無用粧花鬭巧；
月遍十方普照，何勞饞燭争輝。

千家簫鼓謾喧豗，且聽城頭曉角；
九扈菑畬須料理，休誇市上春燈。

山城羯鼓且謾撾，金甲尚屯細柳；
海市蜃樓已開霽，欃槍行掃扶桑。

祠 堂 聯

江夏宗英何滚滚，只緣忠孝傳家；

金墩佳氣遠葱葱，會見夔龍接武。

碧海市上歡聲，願獻南山歌萬壽；
黄金臺上舉首，喜看北斗近三台。

辛酉春聯

蓂莢堯堦獻瑞，
孟陬舜曆重熙。

萬户笙歌，總是謳吟思帝澤；
九天雨露，端爲海宇播王春。

玉燭紀新元，海市燈光增燦爛；
瑶圖綏景福，春城日影正舒長。

壬戌春燈聯

聽市上鼓鼙聲轉，憶廟堂需將帥；
看簷頭雲雨意好，爲邊塞洗兵戈。

東西小醜莫猖狂，自有太平玉燭；
中外大家須努力，共成無缺金甌。

數廵藍尾春，與人不若與衆；
萬里關山月，同樂還應同憂。

大地均沾帝澤，

春風亦到吾廬。

坊　　聯

莫道春來遲,待長三陽開泰運;
從今歲其有,裁成萬品屬鴻鈞。

癸亥春燈聯

北闕未酬恩,《梁甫》吟成空太息;
東山且寄傲,雒生詠罷少知音。

寒月滿關山,朔塞征人還倚劍;
春風到上苑,漢家酺事幾開筵。

三朝寵命新,敢愛遺簪敝履;
一壑棲遲久,難忘鶴怨猿驚。

時泰應思道泰,
世平只在心平。

乙丑燈聯

逍遥樂處處皆春,何必秦樓楚舘;
農圃言欣欣有會,無論洛社香山。

堯曆喜逢泰運,
衢樽共祝豐年。

去年曳履上星辰，猶記天風吹短髮；
此日懸車蒙雨露，何繇草樹報春暉。

好向燈前宴衎，間來塵事總無關；
欣聽市上酣歌，識得太平還有象。

丙寅家坊燈聯

江湖雖遠，敢忘君衹效華封三祝；
葵藿向陽，還戀闕恒瞻斗下六符。

臣誼無所逃，有命必從，敢計東西南北；
主恩何能報，惟道可事，庶幾正直平康。

時當除舊布新，總藉鴻鈞一氣；
運際大來小往，自然品彙成亨。

祠 堂 燈 聯

祖功宗德淵源遠，須念燕貽心；
棠棣斯干世澤長，勿忘堂搆志。

甲第滿温陵，起家多是青燈黄卷；
德星占太史，瑞世何論三鳳八龍。

丁 卯 坊 聯

五夜遊且莫歸，幾見冰輪滿照；
千燈艷未云巧，惟祈玉燭常調。

翫月並分桂樹輝，水畔樓臺誰獨占；
看花休唱玄都曲，春來雨露總無私。

莫思世上無窮事，順倘來何須量晴較雨；
且喜尊前見在身，值佳節聊復抹月擔風。

遥傳蓂莢生堦，
且看農祥應候。

大塊文章假我，
陽春煙景隨人。

祠　堂　聯

入孝出悌莫教違，天道自然祐順；
飄瓦虚舟能勘破，人間何必争先。

百年廟貌重新，尚思紹庭肯搆，有美非輪奂；
千載精靈如在，永念尊祖敬宗，惟馨對几筵。

戊辰燈聯

潢池靖駭浪，此時五夜喜張燈；
烽火通甘泉，何日兩階看舞羽。

庚午燈聯

世事老無關，只祈民康物阜；
聖恩深無報，惟祝地久天長。

燈火耀城南,應是重離喜色;
春風到上苑,恰逢出震昌辰。

來青閣對聯

現身藏身總法身,神遊三極;
出世入世爲善世,德遍十方。

天界人寰變化無方,原是上真領袖;
知來藏往醒提有衆,允惟覺路津梁。

辛未燈聯

天恩洊賁茅衡,可道明時無棄物;
聖世肯容石隱,益看愚谷有餘輝。

往來總任乾坤,何須逢世術;
草木難酬雨露,惟有向陽心。

老去光陰倍可憐,莫錯過風晨月夕;
春來興趣依然在,且隨緣對酒當歌。

三徑未忘野意,
北山且莫移文。

甲戌燈聯

未證禪門六通,
先持老氏三寶。

乞身幸得依三徑,庶無忝廣受家風;
課子差能誦一經,敢侈言韋平世業。

架上書不能讀,散慮只憑斗酒局棋;
户外事何敢知,關情惟問五風十雨。

天恩莫報,惟遥祝萬壽未央;
聖治方亨,但仰看三台霽色。

孺子射策天門,願人傑人豪一時同入彀;
老夫税駕林壑,看年去年來世事如轉圜。

欣聽里巷酣歌,却想太平真有象;
休笑燈花鬭巧,繇來伎倆總非真。

乙亥燈聯

天心本自祐順,一人有慶應此時;
上帝原來好生,萬國洗兵還何日。

危言危行,蹇蹇未能爲君子;
患得患失,硜硜不敢作鄙夫。

抑抑威儀間,衛武徒勞自儆;
超超塵壒外,蒙莊乃是吾師。

從來讀聖賢書受國恩,敢後立功報主;

老去遭屯蹇運憂時事，何繇投袂請纓。

觀海樓聯

眼前水色山光，閲歷幾多閑世界；
案上青編黄卷，沉酣聊度幻生涯。

惟有知命樂天，
何須量晴較雨。

詩酒琴棋適志，
風花雪月同人。

樂天知命不憂，
安土敦仁何怨。

題吕仙師來青閣

步虚證果，歷千年三清法界風塵外；
度世棲神，來一壑五嶽真形掌握中。

丙子春聯

幻身暫寄逍遥遊，何論大鵬斥鷃；
在世但行無諍法，自然海闊天高。

報國心徒愍，三往三還何屑屑；
乞身計已晚，一丘一壑且悠悠。

茫茫色界中，奚有奚不有；

擾擾繁華路，是真是非真。

陽春喜開泰運，
瑞雪兆應豐年。

聖上中興年，正喜扶陽開泰運；
老臣無用處，猶能擊壤詠康衢。

一切不關心，邂逅惟談農圃事；
萬緣都洗耳，是非莫惱漁樵人。

丁丑春聯

長對江山不老，
喜瞻日月重輝。

校點後記

《河干集》十卷，明黄汝良撰。

黄汝良(一五六二—一六四七)，字明起，號毅庵，福建晉江安海鎮人。萬曆十四年(一五八六)進士第二，選庶吉士，散館授編修。歷官國子祭酒、太子諭德。萬曆三十三年擢禮部侍郎，旋丁母憂歸。天啓三年(一六二三)召爲南京禮部尚書，旋請告歸；六年再起爲禮部尚書、實録館副總裁，復告病歸。崇禎四年(一六三一)出任禮部尚書兼翰林學士，六年致仕。據阮旻錫《海上見聞録》載，鄭成功抗清，他曾傾家資助。

黄汝良雖官至一品，但仕途坎壈。萬曆帝朱翊鈞中年後不理朝政，派宦官出外斂税開礦，搜括錢財，黄汝良多次諫争，十六年未被啓用。天啓朝魏忠賢當政，黄汝良上災異疏，賦詩"調燮三數公，嫌余多刺譏。權璫逞兇焰"(《甲子六月廿九日余自南都舟過京口五更苦熱不寐起行窺窗有月東上高數丈感而賦之》)，被視作眼中釘，被迫辭官。再次出山，因魏忠賢主持編修《三朝要典》，歪曲史實，令朝臣以此爲據編《實録》，黄汝良不從，再次迫辭。崇禎元年黄汝良上《申大義核信史疏》稱，《實録》"先朝之大義未盡申，萬世之信史未盡核"，對梃擊、紅丸、移宫三大案直抒己見，陳述在編《實録》時與《要典》齟齬遭魏黨排斥攻訐事。崇禎帝朱由檢登基，清除魏黨，廓清朝政，勵精圖治，黄汝良覺得實現抱負的時機已到，重新回朝，就時事、治理提出不少建議，但很快發現崇禎帝剛愎自用，感到"長安風景頗異昔時，法令煩苛，群心涣散，憂不在邊疆而在朝著"(《與鄒匪石撫臺》)，毅然辭官，全身而退。他在萬曆年間將集取名"河干"，其意或如吏部侍郎顧起元序所説"蓋有味乎詩人伐檀之義。夫檀有車之用，而寘諸清漣之濱，人有惜其非地者。蓋幽人常咏此以自厲"。

黄汝良作文循規蹈矩，樸實無華，理致清楚。詩作多應酬遣興。朱彝尊《明詩綜》卷六十、郭柏蒼等《全閩明詩傳》卷五十五均僅録其《登樓作》一首，且未加一語褒貶，以人存詩而已。

《河干集》依體分卷，篇幅懸殊，如章疏、書啓均僅一卷，却均占全集五分之一左右。黄汝良終身仕宦，幾乎都是禮官，屬於清曹，所以對國家面臨的内憂外患，非職事所關，於奏章中涉及不多。除普通部務及大量請辭疏外，值得一提的是萬曆年所上《乞罷礦税疏》，觀點明確，語言犀利。天啓中所上《條陳救時十畫疏》，建議嚴軍興之法、嚴經武之法、嚴連坐之法、嚴賞功之法等；崇禎時所上的《時務八要疏》，言“重本”、“節財”、“革貪臣”、“勵節”、“實兵”等，均臚舉時弊、洞中窾要。在其大量書啓中，却不乏討論國事、閩事及家鄉安海事，細緻入微。即以其奏疏與書啓論之，黄汝良可謂達則兼善天下，窮亦不獨善其身，仍以天下鄉邦事爲己任，實爲士大夫之楷模。

《河干集》現存明末刻本，藏日本内閣文庫，廣西師範大學出版社據以影印，收入《日本内閣文庫藏稀見明人别集彙刊》中，今據以校點。書正文署“温陵黄汝良明起父著，同郡蘇琰伯潤父校”，前有黄克纘、史繼偕、顧起元、鄭以偉、蘇琰序及自序，顧序署天啓四年仲秋，自序則作於萬曆四十三年。從集中書信，知不斷補充，今集中詩已有崇禎八年所作，又有詩記八年崇禎帝下罪己詔事，而校者蘇琰卒於崇禎十二年，則本集當刊於崇禎九年至十二年間。原書裝訂有多處錯葉，今改正；個别缺文，因無其他版本可校補，故仍之。卷内各體標目原無，據原刊卷首目録補。

編　者

二〇二二年七月

圖書在版編目(CIP)數據

河干集／(明) 黄汝良著；李夢生點校. —北京：商務印書館，2023
(泉州文庫)
ISBN 978-7-100-22556-4

Ⅰ. ①河… Ⅱ. ①黄… ②李… Ⅲ. ①古典文學—作品綜合集—中國—明代 Ⅳ. ①I214.82

中國國家版本館 CIP 數據核字(2023)第 099593 號

責任編輯　閻海文
特約審讀　賀聖遂

河 干 集
(明) 黄汝良　著

商 務 印 書 館 出 版
(北京王府井大街36號　郵政編碼100710)
商 務 印 書 館 發 行
山東韻傑文化科技有限公司印刷
ISBN 978-7-100-22556-4

2023 年 9 月第 1 版　　開本 705×960　1/16
2023 年 9 月第 1 次印刷　　印張 50　插頁 4
定價：358.00 元(全二册)